形成される教養
十七世紀日本の〈知〉

〈知〉が社会の紐帯となり、教養が形成されていく歴史的展開を、室町期からの連続性、学問の復権、メディアの展開、文芸性の胎動という多角的視点から捉える画期的論集。

鈴木健一 編・本体七〇〇〇円（+税）

浸透する教養
江戸の出版文化という回路

従来、権威とされてきた「教養」は、近世に如何にして庶民層へと「浸透」していったのか。「図像化」「リストアップ」「解説」の三つの軸より、近世文学と文化の価値を捉え直す。

鈴木健一 編・本体七〇〇〇円（+税）

書誌学入門
古典籍を見る・知る・読む

この書物はどのように作られ、読まれ、伝えられ、今ここに存在しているのか——。「モノ」としての書物に目を向け、人々の織り成してきた豊穣な「知」の世界を探る。

堀川貴司 著・本体一八〇〇円（+税）

図説 書誌学 古典籍を学ぶ

書誌学専門研究所として学界をリードしてきた斯道文庫所蔵の豊富な古典籍の中から、特に書誌学的に重要なものを選出。書誌学の理念・プロセス・技術を学ぶ。

慶應義塾大学附属研究所斯道文庫 編・本体三五〇〇円（+税）

元禄・正徳　板元別出版書総覧

元禄九年から正徳五年に流通していた七四〇〇に及ぶ出版物を、四八〇以上の版元ごとに分類し、ジャンル別に網羅掲載。諸分野に有用な基礎資料。

市古夏生 編・本体一五〇〇〇円（＋税）

近世・近代初期書籍研究文献目録

前近代から近代初期における書物・出版に関わる、のべ一万四〇〇〇以上の研究文献を網羅的に分類・整理。日本文化史・思想史研究必備の書。

鈴木俊幸 編・本体八〇〇〇円（＋税）

書籍流通史料論　序説

貸本屋や絵草紙屋、小間物屋等の営業文書や蔵書書目・看板・仕入れ印など、書籍流通の実態を伝える諸史料を博捜。書籍文化史の動態を捉える。

鈴木俊幸 著・本体一〇〇〇〇円（＋税）

鳳岡林先生全集

江戸前期の漢学界を代表する林鳳岡《はやしほうこう》の文章を集成した全集を影印刊行。その詩と散文から、江戸前期の生活や政治、学問について知る。巻末には解題・解説を付す。

徳田武 編・本体八四〇〇〇円（＋税）

中院通勝の研究
年譜稿篇・歌集歌論篇

激動の時代を生きた通勝の営みと時代状況を、年譜稿として集成。また、通勝の歌学歌論を伝える未発表資料を翻刻。堂上歌人中院通勝の総体を捉える画期的成果。

日下幸男 著・本体一二〇〇〇円（+税）

豫楽院鑑 近衛家凞公年譜

近衛家凞はどのような人的ネットワークの基に学問・芸道を修し、政治的・文化的営みを為したのか。陽明文庫所蔵の資料を博捜し、近衛家凞の足跡を再現する。

緑川明憲 著・本体九八〇〇円（+税）

陽明文庫 王朝和歌集影

陽明文庫の名品の中から、王朝和歌文化千年の伝承を凝縮。真髄を明らかにする名品群を精選・解説。最新の印刷技術により、実物に迫る美麗な姿でフルカラー再現。

国文学研究資料館 編・本体二八〇〇〇円（+税）

江戸時代初期出版年表
天正十九年〜明暦四年

出版文化の黎明期、どのような本が刷られ、読まれていたのか。江戸文化を記憶し、今に伝える版本の情報を網羅掲載。広大な江戸文化の様相を知る。

岡雅彦 ほか編・本体二五〇〇〇円（+税）

著者略歴

日下幸男（くさか　ゆきお）

1949年大阪府生まれ。大阪府立大学大学院博士後期課程修了。博士（学術）。龍谷大学文学部教授。

『細川幽斎聞書』（和泉書院、1989年）、『近世古今伝授史の研究　地下篇』（新典社、1998年）、『歌論歌学集成』14（共著、三弥井書店、2005年）、『中世近世和歌文芸論集』（編著、思文閣出版、2008年）、『類題和歌集』（和泉書院、2010年）、『中院通勝の研究―年譜稿篇・歌集歌論篇―』（勉誠出版、2013年）などがある。

後《ご》水《みずの》尾《お》院《いん》の研《けん》究《きゅう》

――研究編・資料編・年譜稿――

下冊　年譜稿

著者　日下幸男

発行者　池嶋洋次

発行所　勉誠出版㈱

〒101-0051 東京都千代田区神田神保町三―一〇―二

電話　〇三―五二一五―九〇二一㈹

二〇一七年二月二十八日　初版発行

印刷　太平印刷社

製本　若林製本工場

【二冊揃】ISBN978-4-585-29141-1　C3095

索　引

人名索引

凡　例

1　本書所収の人名(除近現代)を50音順に示す。数字は本書の頁数を示す。頁数が連続する場合は、3-6のように略記する。但し、網羅的に立項するのではなく、取要を旨とする。

2　原則として姓名で立項する。
　《例》長頭丸→松永貞徳

3　姓が不詳の場合は、名・通称・号・官職名・寺院名等で立項する。
　《例》照高院道晃親王・権典侍・女三宮

4　資料編の人名は比定困難のものが多いため、本文記載のものをそのまま引用し立項する。
　《例》伊勢殿(いせどの)

5　年譜稿の人名は文事を中心とし、行事や人事関係は多く省く。なお頻出する後水尾院・後陽成院及び徳川将軍等は立項せず、古今伝授関連等のみ採る。

6　姓の読み方は一般的な読みに従い、名は原則として音読によるが、並びは厳密ではない。

7　参考事項は(　)内に示す。ただし考証ではなく便宜を考えてのものである。
　《例》飛鳥井雅親(雅世男)

8　複数の名号を持つ人も多いので、適宜、参考見出し等を掲げる。
9　不審の点は本文にもどって確認されたい。

【あ】

青門→青蓮院尊証親王
青木遠江守義継　241, 1269
青山幸成　947
青山忠俊
赤井忠泰　843
明石(熊沢蕃山または松平信之)　190, 191
赤塚芸庵　98, 222, 393, 1279, 1280, 1305, 1314, 1325
赤塚正賢　1147, 1304, 1305, 1334
赤塚正隅　1321
秋篠大弼　859
秋田実季　817
安居院覚澄　1038
明智光秀　1071
朱宮(緋宮・明宮)光子内親王　256, 459, 494, 1574
浅井氏常光院　986, 987
浅井氏崇源院　987
浅野長吉(長政)

浅野幸長（紀伊和歌山城主）　819, 845
浅野長晟　910, 934
朝山素心（意林庵）　1174, 1178, 1193, 1196, 1198, 1202, 1206
足利学校元佶　782, 785, 786, 800
→円光寺元佶　792, 810, 872
足利学校禅味（龍派）　797, 805, 825
足利義尚（常徳院）　148, 650, 654, 660, 662, 678, 681, 686, 701, 706, 712, 720, 723, 735, 742, 755, 758
足利義昭（道慶）　774
足利義尋　1208
足利義政（慈照院）　148, 647, 682, 690, 693, 719, 727, 735, 744, 748, 754, 755, 758
足利義満（天山）　1119
飛鳥井栄雅→雅親
飛鳥井雅胤　888, 891, 917, 918, 927, 932, 943
飛鳥井雅賢（雅庸男）　18, 794, 809, 830, 832
飛鳥井雅康（雅世次男）　148, 153, 157, 648, 652, 653, 655, 659, 664, 666, 675, 694, 705, 712, 714, 728, 745, 747, 755, 759
飛鳥井雅綱（雅俊男）　13, 1038
飛鳥井雅親（雅世男）　45, 148, 151, 153, 665, 671, 712, 728, 736
飛鳥井雅俊（雅親男）　14, 148, 652, 655, 659, 665, 668, 677, 687, 696, 700, 701, 729, 737, 739, 745, 752, 754, 759
飛鳥井雅春（雅綱男）　14
飛鳥井雅章（雅庸三男）　36, 53, 55, 68, 72, 73, 93, 153, 156, 170, 180, 194, 376, 530, 768, 996, 1033, 1036, 1038, 1048, 1049, 1052, 1053, 1055, 1056, 1068, 1072, 1074, 1079, 1081, 1092, 1094, 1096, 1098, 1108, 1110, 1111, 1115, 1127, 1129, 1131, 1132, 1136-1140, 1143, 1146, 1150, 1153, 1164, 1167, 1170, 1173, 1174, 1179, 1183, 1185, 1186, 1188, 1189, 1192, 1195, 1197, 1198, 1200, 1202, 1204-1206, 1213, 1216, 1218, 1221, 1227, 1238, 1246, 1249-1253, 1257, 1261, 1265, 1269-1272, 1274, 1285, 1290, 1293, 1302, 1310, 1317, 1321, 1323, 1332-1334, 1348-1350, 1358, 1375, 1379, 1384, 1385, 1390-1392, 1396, 1397, 1400
飛鳥井雅世　151, 153, 157
飛鳥井雅宣　975, 983, 996, 1009, 1015, 1016, 1030, 1044, 1052, 1065, 1075, 1092, 1096, 1116, 1117, 1124, 1128, 1129, 1141
飛鳥井雅知　1096
飛鳥井雅直　768, 1188, 1201, 1238, 1242, 1261, 1268, 1272
飛鳥井雅敦（雅春男）　13
飛鳥井雅庸（雅敦男）　17-19, 149, 209, 770, 783, 790, 792, 802, 805-807, 809, 815, 816, 818, 823, 826, 838, 839, 841, 842, 846, 852, 857, 860, 863, 866

愛宕通福　1273, 1333, 1334, 1369
姉小路基綱 148, 155, 650, 651, 657, 660-663, 665, 674, 675, 679, 682, 684-686, 688, 692, 696, 703, 705, 718, 724, 730, 732, 736, 743, 744, 747, 752, 756, 759
姉小路公景（阿野実顕男）　849, 891, 975, 983, 986, 1008-1010, 1029, 1079, 1083, 1084, 1107, 1134-1136, 1142, 1145
姉小路公量　1544
姉小路済継 148, 155, 657, 665, 677, 683, 691, 698, 700, 705, 707, 711-713, 715, 717, 722, 746, 747, 749
姉小路実道　1272, 1203, 1207
姉小路宗理　1076
阿野季信　194, 196, 1326, 1557, 1566
阿野公業　1056, 1086, 1098, 1111, 1117, 1144, 1186, 1192, 1216, 1242, 1256, 1258, 1267, 1290, 1310, 1354, 1394
阿野実顕　794, 804, 806, 807, 814, 822, 849, 889, 896, 899, 921, 929, 969, 994, 1004-1006, 1018, 1057, 1062, 1072, 1084
油小路隆基　1049, 1051
油小路隆貞　1147, 1138, 1165, 1166, 1246, 1321, 1348, 1360, 1384, 1392, 1396
阿部重次　1033
阿部致康　1166
天野長信（中宮付）　931, 985, 988, 1063, 1072
綾小路高有　891
綾小路俊量　148, 697, 704, 740, 741, 758, 1189
新井弥兵衛　159
荒木宗太郎（長崎商人）　909
荒木田武辰　1194
有馬晴信　813, 832
有馬直純（肥前日野江）　842
粟田口作兵衛　1058
安国寺恵瓊　788
安藤重信（下総小見川）　867
安藤重長　947, 1004, 1012, 1098
安藤正珍　964

【い】

井伊直孝　978
井伊靱負　545
飯尾宗祇　148, 171, 664, 670, 675, 678, 710, 752, 759, 1370, 1374
伊益（伶人）　174, 198, 1240
家原自仙　222, 393
五十嵐幸清　1265
生島玄蕃秀成（八条宮家）　1119, 1196, 1218, 1244
池上本門寺日遠　962
池上本門寺日樹　951, 961, 962
池尻共孝　193, 256, 486, 531, 1105, 1168, 1170, 1177, 1183, 1236, 1251, 1289, 1301, 1311, 1321, 1338, 1340, 1362, 1536, 1537, 1546, 1547, 1550, 1552, 1553
池田新太郎光政　1108, 1126

池田重次　1029
池田忠雄(岡山)　964
池坊専順　1244
池坊某(二代専好)　950, 952, 968, 1015, 1043, 1045, 1047, 1074, 1113
一竿斎→北野社能貨
一乗院→興福寺
一華堂(いっけどう)乗阿　25
石井→いわい
医師道察　1160
石井仁兵衛(鼓)　1263
石井弥兵衛　1304
石尾七兵衛　114, 485
石川憲之(石川忠総孫)　1238
石川丈山　1217, 1363,
石川宗運　1314
石川忠総(大久保忠隣男)　63, 210, 878, 1238
石田三成　778, 786-788
石田正継　787
石田正澄　787
伊錐公　1100
出雲寺和泉掾元丘　163, 164, 1345
伊勢殿　224, 405
医大膳亮三悦　1123
板倉重矩　199
板倉重矩女(相馬昌胤兄嫁)　170
板倉重宗(周防守)　213, 387, 483, 520, 891, 894, 903, 916, 924, 930, 938, 942, 943, 946, 957, 959, 962, 965, 981, 1004, 1007, 1019, 1021, 1033, 1045, 1054, 1063, 1073, 1099, 1105, 1115, 1121-1123, 1146, 1175, 1199, 1209, 1211, 1214, 1298
板倉重昌　830, 831, 832, 946, 964, 965, 1020, 1022, 1029
板倉勝重(所司代)　792, 813, 814, 828, 831, 834, 842, 843, 846, 848, 852, 853, 855, 856, 861, 878, 884, 887, 891, 919, 1536
板橋志摩守　404
伊丹康勝　994
伊丹重純　1259
一位　726
一位局　148, 155, 647, 706, 730, 732, 748
一条教輔(伊実・教良)　1066, 1072, 1095, 1097, 1102, 1128, 1139, 1201, 1202, 1210, 1211, 1216, 1226, 1227, 1229, 1242, 1291, 1312, 1313, 1333, 1339, 1393
一条恵観(兼遐・昭良)　209, 212, 214-218, 312, 768, 813, 828, 833, 857, 865, 882, 890, 902, 916, 918, 932, 958, 963, 965, 976, 979, 986, 941, 996, 1003, 1055, 1066, 1067, 1071, 1072, 1075, 1082, 1090, 1093, 1095, 1097, 1099, 1102, 1103, 1109, 1110, 1119, 1123, 1129, 1130, 1132, 1140, 1161, 1163, 1214, 1232, 1250, 1296, 1298
一条兼昭　1291
一条兼定　212
一条冬経　1573
一条内基　790, 828, 833, 838

一条内房　1539, 1554, 1557, 1561, 1563, 1569
一条内房息二郎　1554
一乗院真敬親王　1266, 1284, 1285, 1291, 1293, 1302, 1320, 1324, 1339, 1355, 1359, 1546, 1572
一乗院尊覚親王　835, 845, 887, 909, 1083, 1109, 1155, 1276, 1291, 1293, 1302, 1321, 1551
一乗院尊性(尊勢)　18, 777, 845, 849
一乗寺宮　535
一宮按察使局　516
一糸文守(法常寺・永源寺・仏頂国師)　284, 512, 513, 517, 543, 1027
一色直朝　148, 155, 652, 654-656, 667, 668, 670, 672, 673, 675, 676, 679, 683, 687, 689, 694, 696, 703, 704, 707, 709, 713, 714, 716, 730, 736, 739, 741, 745, 753, 754, 759
五辻(いつつじ)英仲　194, 195
五辻元仲　13, 17.
五辻之仲　17, 18, 838, 850-852, 900, 935
伊藤九左衛門　1049, 1089
伊藤宗貞(南可父)　1084, 1226
伊藤長兵衛　1043, 1047, 1049, 1050, 1054, 1069, 1077, 1081, 1083, 1089, 1093
稲葉重通　808
稲葉正勝　933
稲葉正則　72, 73
稲葉能登守信通　1398
猪苗代兼載　161
猪苗代兼寿　1530, 1532-1535, 1548
稲荷肥前(大西親栄)　1261
井上正就　930
猪熊教利(四辻公遠男)　18, 830-832
出雲巫女国　803, 821
今井宗薫　938
今枝直方(加賀前田家)　644
今大路親昌　933, 1032
今大路親清(玄鑑)　933, 1032
今大路道三(曲直瀬玄朔息)　779
今川氏真　1038
今川澄存→若王子
今川直房　1188, 1211, 1313
今城(いましろ)定経　195, 196, 1532
今城定淳　1324, 1326
今出川＝菊亭
今出川経季　1030, 1036, 1052, 1056, 1103, 1138, 1151
今出川公規　55, 194, 197, 198, 1197, 1224, 1312, 1397, 1533, 1545, 1556-1558, 1563, 1572, 1573
今出川晴季　11, 14, 772, 780, 784, 794, 857, 876
今出川宣季　209, 884
今村正長(長崎奉行)　984
今屋宗忠　808
入谷道源　242
入谷道津　257
石井(いわい)行豊(平松時量男・石井局養子)　194-196, 1555
岩倉具起(久我晴通男・母園基継女)

36, 174, 968, 987, 1004, 1052, 1079, 1094, 1109, 1117, 1119, 1123, 1125, 1133, 1137, 1138, 1145-1149, 1153, 1157, 1158, 1159, 1161, 1193, 1195, 1200-1202, 1204, 1205, 1224, 1237, 1238, 1243, 1244, 1246, 1250-1253, 1257-1259, 1265, 1266, 1290, 1376, 1378, 1383, 1390
岩倉具堯　987, 1018
岩橋友古　222, 395, 1225, 1269, 1293, 1304, 1305, 1314, 1319-1321, 1325, 1334, 1337, 1334, 1337, 1343
岩坊法印証孝　1036
石見守俊光→北小路
岩山道堅　148, 650, 656, 657, 659, 661, 663, 686, 687, 689, 691-693, 695, 701, 703, 704, 715, 721, 723, 727, 728, 731, 734, 743, 753, 759
院経師法橋浄智　1550
隠元禅師　1226
印盛　63
斎部親当（紀康綱）　831

【う】

上杉景勝（出羽米沢）　822
上杉定勝　944, 960, 1039
植松長右衛門　1047
上原彦右衛門　223, 397
植松長右衛門　1047
上村一庵　1117, 1157, 1159
宇喜多秀家　778, 787
浮津弥五左衛門　1100
右京殿（富小路頼直女）　1158
宇佐美興庵　188, 189
宇津真之　123
打它公軌　1121
内山上乗院僧正　1219
梅小路三位　239, 471
梅小路定矩　1168, 1207, 1221, 1235, 1288, 1297, 1302, 1320, 1321, 1337, 1338, 1343, 1353, 1354, 1366
梅園季保　195, 196, 1299, 1549
梅溪季通　1016, 1018, 1029, 1041, 1052, 1146, 1180, 1204, 1207
梅園実晴　1310
梅宮（四辻与津子・鷹司教平室・円照寺）　970, 1100
浦井宗普　813
裏辻季盛　1538
裏辻実景　1087
卜部兼英　886
卜部兼充　1227, 1572
卜部兼里　1051, 1074
裏松意光　194-196
裏松資清　1098, 1107
雲松院（承章母）　1123
雲龍院如周正専　1075

【え】

永源寺一糸→一糸文守
英長寺廓山（正誉）　827
永祟→大聖寺・陽徳院
越前掾　194
越前中納言→結城秀康

江馬紹以　1074, 1106
右衛門(えもん)督(女御女房)
右衛門佐(衛門佐)　127, 131, 132, 221, 232, 237, 402, 419, 454
円光寺元佶(閑室)　792, 810, 812, 815, 818, 825
円照寺宮文智　1187, 1215, 1302, 1546 →梅宮
円通山興聖寺石梯　1545
円満院栄悟親王　1285, 1322, 1539
円満院常尊親王　1113, 1171, 1175, 1183, 1208, 1246, 1270, 1293
延暦寺恵心院僧正某　920

【お】

大炊御門経季　1125
大炊御門経光　194, 1374, 1384, 1400, 1542, 1556, 1557, 1563, 1568, 1572
大炊御門経頼(中山孝親男)　770, 773, 774, 780, 784, 789, 794, 800, 829, 833, 836, 837, 840, 842, 852, 858, 859, 866, 877
大炊御門信量　148, 686, 690, 758
大炊御門頼国　830, 832
大石甚介(八条宮家)　786, 800
大岡忠吉　1063, 1072, 1199
大御乳母某　901
正親町院　3-5, 8-10, 34, 770, 783, 827
正親町季秀　772, 820, 827, 843
正親町季俊　906, 911, 918, 926
正親町実豊　1051, 1065, 1068, 1073, 1075-1077, 1145, 1156, 1113, 1164, 1166, 1183-1185, 1212, 1213, 1238, 1240, 1241, 1258, 1281, 1287, 1289, 1292, 1294, 1304-1308, 1310, 1314, 1316, 1318, 1319, 1321, 1322, 1324, 1325, 1327-1329, 1333, 1336, 1338, 1343, 1345, 1346, 1352, 1360, 1363, 1364, 1373, 1376, 1385
正親町大納言　232
大久保忠隣　852, 947
大久保長安　797
大河内正綱　884
大河内正勝　1031
大坂兵大夫　1071
大沢基恒　1530
大沢基秀　1551
大沢基重　919, 1082, 1087, 1121
大沢基宿　836, 841, 846, 864, 877, 878, 908, 921, 947, 951, 962
大沢基将　1190, 1229, 1398
大沢侍従　1551
太田玄淳　194
太田資宗　989
太田宗勝　1017
大谷吉継　787
大谷甚吉(米子町人)　883
大中臣種昌　823
大野治長　858
大橋重保　875
大橋親勝　952
大平五兵衛　1069
大宮実勝(姉小路公景男)　1535
大村純信　903, 955, 994

大森宗勲（新蔵人）　11
大山玄同　1538
岡平兵衛尉　819
岡崎宣持　1165, 1168, 1185, 1217, 1236, 1310
岡本内蔵助　1545
岡本玄蕃（宝鏡寺）　1065, 1066
岡本重左衛門　1179
岡本丹波　222, 393, 1065, 1066
小川玄斎　1363
小河五郎左衛門　1304, 1354
小河庄右衛門　1304, 1354, 1386, 1393
小笠原一庵（奉行）　809
小笠原秀政女（秀忠養女・細川忠利室）
小笠原丹波　441
小笠原丹後守　240, 1549
小川坊城→坊城
御蔵左兵衛　222, 393
御蔵出雲守　246, 478
小倉公根　1052
小倉実起　1004, 1561, 1569, 1570, 1574
奥村宗道　835
尾崎雅嘉　54, 57, 58
小沢通直　1165, 1168, 1281
押小路公音（母三条西実条女）　189-196, 198
小瀬甫庵　910
織田高長　961, 966, 967
織田常真（信雄）　961
織田信昌　961
織田信良　915
織田有楽斎（長益）　858
小田切美作　1310
小槻孝亮（壬生）　775, 895, 896, 997, 1004
小槻重房　1111
小槻忠利　891, 924, 1004
小野小町　544
小野毛人（妹子男）　851
小畠左近右衛門（能）　1259, 1262, 1263, 1265, 1270, 1276, 1278, 1286, 1294, 1304, 1327, 1345, 1386, 1393
小原正安　1538
御室菩提院僧正（下冷泉為景舎弟）　1147
御香具屋播磨　1549
女一宮（興子・明正）　915, 918, 921, 941, 947, 957
女五宮（賀子）　978, 987, 1032, 1075, 1372
女三宮（顕子・鷹司信尚室）　441, 925, 956, 957, 1000, 1016, 1032, 1253
女三位局（古市胤栄女胤子）　1267
女二宮（昭子・近衛尚嗣室）　134, 515, 925, 927, 1001, 1011, 1013, 1014, 1016, 1018, 1020
恩徳増　961

【か】

海部屋勘兵衛　50
海北綱親（浅井家臣）　800
海北友松　799, 801, 804, 805, 862
海北友雪　1231, 1240, 1258, 1262

加々爪直澄　994
覚恕准后→曼殊院
覚深親王→仁和寺
覚定（鷹司信房男・三宝院義演附弟）
賀子内親王（二条光平室）　1539
風早実種（左京・母西洞院時慶女）　67, 82, 239, 470, 1147, 1163, 1166, 1167, 1177, 1178, 1181, 1184, 1187, 1189, 1190, 1207, 1244, 1259, 1281-1283, 1285, 1288, 1289, 1291-1295, 1304-1306, 1313-1315, 1318-1320, 1333, 1334, 1536
花山院家雅　784, 789, 791-793
花山院持房　1552
花山院忠長（浄屋）　830, 832, 1010, 1011, 1254, 1256, 1257, 1260, 1264, 1285, 1293, 1294, 1315
花山院長親　175
花山院定逸（定煕孫）→野宮定逸　908
花山院定煕　17, 18, 209, 808, 809, 814, 827, 831, 836, 847, 852, 859, 863, 866, 867, 882, 885, 908, 998
花山院定好　215, 217, 823, 989, 1006, 1023, 1041, 1044, 1049, 1054, 1153, 1210, 1264, 1285, 1294, 1345
花山院定好室（鷹司信尚女）　926
花山院定誠　193, 194, 1294, 1300, 1352, 1533, 1539, 1548, 1552, 1554
梶加左衛門　1127
梶井最胤親王　12, 17, 18, 779, 793, 804, 815, 845, 850, 890, 907, 965, 969, 979, 990, 992, 1030
梶井慈胤親王　957, 958, 963, 992, 1054, 1060, 1061, 1072, 1101, 1102, 1127, 1136, 1164, 1172, 1174, 1175, 1198, 1228, 1243, 1335, 1341, 1344, 1345, 1354, 1359, 1383, 1394, 1395
梶井盛胤親王　1144, 1298, 1300, 1353, 1359, 1544, 1569
梶井承快（未親王）　780, 793
柏原道喜　1108, 1112
勧修寺尹豊　783, 787, 1071
勧修寺教豊　865
勧修寺経慶　1112, 1170, 1178, 1246, 1249, 1286, 1312, 1318, 1349, 1352-1355, 1358, 1369
勧修寺経広（坊城俊昌男・坊城俊直）　173, 923, 963, 965, 967, 991, 996, 1004, 1015, 1020, 1028, 1043, 1047, 1050, 1052, 1053, 1056-1058, 1060, 1063, 1064, 1072, 1093, 1095, 1097, 1102, 1114, 1119, 1123, 1125, 1128, 1137-1139, 1143, 1149, 1153, 1155, 1158, 1161, 1164-1166, 1168-1170, 1178, 1179, 1181, 1183-1186, 1188, 1189, 1193, 1195, 1200, 1202, 1204, 1207, 1208, 1212, 1225-1227, 1231, 1232, 1237, 1246, 1249, 1251, 1253, 1254, 1257, 1259, 1262, 1266, 1267, 1269, 1276, 1281, 1283, 1284, 1287, 1293, 1296, 1300, 1302, 1305, 1309, 1310, 1315, 1317, 1330, 1341, 1353, 1355, 1374, 1375, 1380, 1381, 1384, 1386, 1392

勧修寺経広室　1047
勧修寺経尚→海住山→穂波
勧修寺光豊 17, 18, 769, 775-777, 779, 780, 784, 786, 787, 796, 797, 802, 803, 806, 812, 817, 818, 832, 835, 836, 838, 841, 844, 886, 1076, 1107, 1328
勧修寺晴子→新上東門院　789
勧修寺晴秀　1053
勧修寺晴豊　14, 770, 773, 777, 778, 786, 788, 800, 857, 1003, 1053, 1148
勧修寺晴右(高寿院)　783, 1107
勧修寺大納言　256, 396
加州家臣今枝氏→今枝直方
春日局(竹千代乳母・齋藤福)　808, 921, 957, 980, 1042
片桐且元　846, 856
片桐貞昌　985, 1115, 1382
交野時貞(可心)　240, 1165, 1168, 1170, 1177, 1203, 1217, 1236, 1255, 1289, 1362, 1536, 1553
交野時久　162, 166, 167, 242, 469
片山宗哲　863
桂昭房　1222, 1227, 1229, 1233, 1235, 1236, 1247, 1249, 1274, 1280, 1290, 1295, 1299, 1301, 1303, 1310, 1315, 1316, 1332, 1335, 1346
勝田八兵衛　1092
幸徳井(かでい)友景　210, 212, 214, 217, 872, 941
加藤清正　786, 807, 821
加藤理右衛門　993
角屋七郎次郎　879
金森宗和　1019, 1049, 1168, 1181, 1247
金子善兵衛内儀(勧修寺経広妹) 1114
狩野安信　1084, 1218, 1231
狩野右京　1046
狩野右京父子(安信・時信)　1231
狩野永真　128, 221, 392
狩野永徳　862
狩野永納　1236
狩野益信　1090
狩野外記(寿石、信政男)　1046
狩野元信　1091
狩野興以　1007, 1061
狩野孝信(永徳男)　237, 885
狩野光信　804
狩野山楽　923, 966, 1002, 1032
狩野三兄弟(守信・尚信・安信)　1018, 1083
狩野三之丞　1217
狩野尚信　966
狩野采女守信→探幽
狩野甚之丞(真説)　840
狩野探幽(守信)　237, 256, 454, 521, 545, 546, 936, 1013, 1046, 1047, 1050-1052, 1058, 1059, 1068, 1087, 1095, 1106, 1111, 1215, 1218-1220, 1224, 1225, 1230-1232, 1244, 1247, 1380, 1383
狩野探幽室　1106
狩野貞信　914
狩野蓮長　162, 164, 166, 167

蒲地休右衛門尉(島津家)　830
樺山久高(島津家)　828-830
神尾元勝　1011
神尾元珍　1559
鴨播磨介　236, 454
上御霊社別当　1157
上御霊社別当祐玄　1570
紙師藤原景軌(土佐掾)　1197
紙師藤原重吉(河内大掾)　1197
神松頼母太夫　1232
紙屋彦左衛門(安原貞室)　1192
唐橋在村　216
唐物屋寿庵　1077
烏丸光栄　1376
烏丸光賢　851, 859, 866, 867, 888, 900, 902, 1015, 1026, 1027
烏丸光賢室(細川忠興女)　866
烏丸光広　8, 18-20, 25, 37, 40, 66, 89, 148, 156, 209, 215, 652-654, 656, 658, 659, 663, 664, 668, 669, 674, 693, 694, 698, 707, 709-713, 720, 722, 730, 731, 737, 738, 742-744, 747, 751, 752, 756, 759, 770, 771, 773-775, 782, 784, 785, 788, 789, 791-795, 798, 802, 804, 807-809, 812, 813, 815, 816, 818, 819, 822, 823, 830, 832, 837, 857, 866, 867, 875, 916, 925, 926, 932, 937, 960, 975, 983, 986, 991, 998, 999, 1008, 1013, 1022, 1026, 1027, 1396, 1555
烏丸光康　212
烏丸光宣　17, 775, 782-784, 787, 788, 790, 791, 793, 802, 810, 820, 829, 838, 840
烏丸光雄　190, 1333, 1345, 1348, 1349, 1364, 1391, 1392, 1400, 1541, 1550, 1551
烏丸資慶　36, 1027, 1051, 1055, 1063, 1088, 1092, 1094, 1111, 1140, 1190, 1258, 1278, 1281, 1287, 1295, 1301, 1304, 1312, 1316, 1317, 1324-1326, 1329, 1332, 1336, 1341, 1346, 1351, 1352, 1365, 1372, 1373, 1375, 1379-1381, 1383, 1384, 1387, 1388, 1392, 1395
烏丸本願寺光寿(教如)　856
烏丸本願寺光従(宣如)　902, 965, 1028
烏丸本願寺光従息児　1157
河合又五郎　964
川勝喜内　1054, 1066
川勝広綱　976
川勝杢介　1066
河路又兵衛正量　1162, 1178, 1190, 1192
川副重次(孝蔵主養子)　928
河端安芸守(北面)　194
河端直益　1162
河鰭基秀　891, 1025, 1101, 1310
川辺小右衛門　1057
河村与三右衛門(淀川)　862
河村益根　133
観阿居士→松田以范　37
関月　126
寛佐　1007

菅式部殿　1158
観俊坊　1353, 1355
観助僧都
観世重威　952
観智院亮盛（高倉永相男・中院通村猶子）　820
上林竹庵　1072, 1305, 1328
神辺十左衛門　1052, 1089, 1090, 1151
神辺庄兵衛　1007
神辺宗利　1090
甘露寺経遠（勧修寺晴豊男）　769, 770, 782
甘露寺元長女　798
甘露寺嗣長　1053, 1054, 1064, 1066, 1107
甘露寺時長　917, 927, 929, 937, 943
甘露寺親長　148, 692, 717, 759
甘露寺方長　194, 1348, 1360, 1394, 1396
甘露寺豊長　809

【き】

義演→醍醐寺三宝院
堯円→醍醐寺無量寿院（阿野実顕兄・今出川晴季養子）
菊亭→今出川
喜多七大夫　985
喜多十大夫　1266
喜多院空慶　849
北大路俊祇　1249
北小路山城守　239, 441
北小路主税介　239, 470, 1337
北小路俊光（石見守・北面武士）　198, 199
北野社随吟　1393
北野社能愛　1314
北野社能円　190, 1019, 1020, 1026, 1027, 1032, 1033, 1036, 1038, 1040, 1042-1054, 1065, 1066, 1068, 1083, 1088, 1096, 1111, 1118, 1149, 1151, 1169, 1171, 1182, 1214, 1219, 1233, 1247, 1248, 1273, 1316, 1384
北野社能円内室　1088
北野社能貨　194, 1161, 1171, 1215, 1219, 1269, 1318, 1384, 1393
北野社能覚　1214, 1219
北野社能喜　1051, 1053, 1083
北野社能化　1040, 1042, 1050, 1053, 1068
北野社能二　1393
北野社能叶　1051
北野社能祝　1393
北野社能順　1219, 1393
北野社能瑞　1315
北野社能碩　1304
北野社能遷　1051
北野社能通　1215, 1303, 1314, 1315
北野社能拝　1161, 1169, 1190, 1215, 1219
北野社能有　1106, 1169
北野社友世　1215, 1219
北政所（秀吉後室・高台院）　773
北畠親顕（玉丸・中院通村実弟）　62, 63, 173, 944, 962

北村季吟　1323, 1350
北村五左衛門(富宮家老)　1255
吉郎兵衛(大狂言)　1246
木辻雅楽助　242, 445
木辻行直　1536
木下雅楽頭　135
木下検校　1038
木下順庵(貞幹・錦里)　998, 1280, 1285, 1558
木下俊長(豊臣)　73
金武王子　995
木村越前守(三条西家)　1011, 1042, 1059
木村権之丞　964, 970
木村勝正(淀川過書船)　862
木屋弥三右衛門　909
堯円→醍醐寺無量寿院
堯空→三条西実隆
堯助→醍醐寺理性院
堯恕→妙法院
堯然→妙法院
堯孝　58
狂言師惣兵衛　1099
京極御局(園基任女)　1155, 1158, 1174, 1230
京極高次後室(常光院浅井氏)　987
京極高知女(智仁親王妃)　873
清原宣賢(細川幽斎外祖父)　801
清原賢忠→伏原
京極宮文仁親王　1571
吉良義安　1063, 1065
吉良義央(上野介)　224, 408, 1038, 1381, 1547
吉良義弥　842, 878, 897, 915, 921, 925, 947, 966, 977, 978, 1005, 1010, 1030, 1051, 1059
吉良義定室(若王寺澄存妹)　1038
吉良義冬(若狭守)　231, 422, 951, 953, 962, 967, 978, 989, 1005, 1015, 1082, 1119, 1127, 1145, 1181, 1229, 1343, 1344, 1381
金武王子　995
銀座常是　1211
金恵頃　961

【く】

空海(弘法大師)　855, 923
空性親王→大覚寺
久遠寺日暹　951, 961
久貝(くがい)正俊(大坂町奉行)　890
櫛笥隆慶　1324
久島八左衛門　1077
久志本常尹　1017
九条兼孝　788, 789, 795, 809
九条兼晴　1099, 1190, 1216, 1300, 1317, 1346, 1353, 1395, 1547
九条幸家(忠栄)　211, 789, 810, 821, 825, 833, 837, 841, 851, 894-896, 903, 932, 940, 948, 972, 978, 998, 999, 1000, 1157, 1210, 1218, 1230, 1294, 1309, 1397
九条松鶴(忠栄男・二条昭実養子)→二条康道　841
九条道房(九条忠栄男)　851, 971, 981,

991, 996, 998-1000, 1003, 1011, 1012, 1021, 1054, 1062, 1064, 1065, 1073, 1076, 1077
九条道房室(松平光長妹・家光養女)　971, 981
葛岡(くずおか)宣慶　1163, 1166
久世広之　1054
久世広通　1080, 1154
久世新五郎　1046, 1053
久世通音　1310
久世通夏　60, 207
久世通俊　1086
久世通量　60
朽木(くつき)弥五左衛門　240, 428
邦高親王→伏見宮　148
邦房(くにのぶ)親王→伏見宮　8, 10, 14, 28-31
邦房親王妃→伏見宮
邦輔(くにすけ)親王→伏見宮
邦彦親王→伏見宮
邦道親王→伏見宮　155
国友寿齋(鉄砲鍛冶)　902
国松→忠長(秀忠次男)　897
久保勝時(女院付)　1499
熊沢蕃山　169
隈本盛治(運天)　974
倉橋泰吉(土御門久脩男)　845, 891, 1307, 1310, 1323, 1325
倉橋泰純(倉橋泰吉男)　1325
黒川真頼　163
桑山一玄　1122

【け】

慶光院守清　926
建仁寺九岩(中達)　1003, 1004, 1165
元佶(三要・閑室)→足利学校
源空(法然)　833
玄旨法印(長岡藤孝)→細川幽斎
玄叔嘯三　73
玄俊→里村　174
玄春(言春)　174, 1242
玄蘇(景轍)　829
玄方　953, 973
兼庵　1147
玄碩法師　1217, 1289, 1286, 1315

【こ】

小泉吉左衛門　1313
小泉惣兵衛(狂言)　1265
小一条局　517
小出尹貞　1319
幸阿弥与兵衛(蒔絵師)　1076
興意親王→聖護院・照高院道勝
高雲院宮　835
耕雲→花山院長親
光照院尊厳　945
光照院禅尼宮(院皇女・母女御前子)　173, 838, 939
興正寺佐超(顕尊)　871
興正寺昭超　1196
江青　174
興成院兵部卿　1131
孝蔵主(川副氏)　928

高台院(秀吉後室杉原氏)　804, 813, 837, 864, 920
高鉄寺不鉄　941
勾当内侍(四辻春子)　148, 665, 676, 692, 701, 725, 731, 732, 734
勾当内侍某　782, 1230
勾当内侍(長橋御局基子)　806
幸徳井→かでい
河野豊後　1061
弘法大師　823
孝明天皇　25
河野喜三右衛門
興福寺一乗院尊覚親王　821, 898
興福寺喜多院空慶　968
興福寺浄心院覚音坊(宣豊室舎弟)　1096
興福寺総持院某　853
幸若五兵衛　1302
久我(こが)広通　1216, 1224, 1229, 1235, 1302
久我敦通　782
久我通前　935
後柏原院　7, 46, 51, 58, 66, 97, 145, 148, 148, 151, 155, 523, 645-664, 668-672, 674-680, 682, 683, 685-687, 689, 692, 695, 696, 698, 699, 702-706, 708, 709, 711, 713-724, 726-729, 731-733, 735-738, 740-742, 744, 746, 747, 749-752, 754-757, 905, 982, 1071
後光明院(菅宮・素鵞宮)　218, 514, 515, 984, 1052, 1054, 1056, 1058, 1059, 1062, 1063, 1020, 1052, 1126, 1207, 1208, 1209-1212, 1376
国鯨和尚　543
後西院(花町・桃園宮)　36, 78, 96, 103, 122, 145, 158, 166, 189, 193, 1021, 1100, 1208, 1211, 1212, 1341, 1372, 1376, 1396
後土御門院　46, 148, 154, 647, 651, 653, 654, 669, 680, 681, 683, 688, 692, 695, 698, 708, 719, 734, 736, 743, 755, 757
後土御門院一位　148
後鳥羽院　63, 392, 977, 978, 1024, 1361
五条為学　212
五条為経　208, 772, 831, 833, 860, 864, 903, 1555
五条為経女(掌侍)　833
五条為致　1555
五条為適　209, 212, 917, 946, 1065, 1104
五条為庸　1035, 1065
小谷宗春　1079
後藤基次　856, 862
五島盛利　994
五島淡路守　439
後奈良院　148, 678
小西行長　788
近衛家熙　1347, 1551
近衛基熙(もとひろ)　192, 193, 1212, 1312, 1313, 1317, 1339, 1347, 1348, 1376, 1384
近衛尚嗣　982, 1013, 1017, 1018, 1059,

1063, 1067, 1070, 1092, 1095, 1097, 1099, 1103, 1104, 1120, 1129, 1131, 1134-1136, 1140, 1148, 1150, 1151, 1153, 1170, 1176, 1183, 1184
近衛稙家（たねいえ）　826, 1091
近衛信尹（信輔）　17-19, 21, 22, 37, 38, 40, 149, 772, 774, 777, 791, 804, 806, 809, 814-816, 819, 820, 822, 844, 855, 857, 1090, 1113
近衛信尋（応山・本源自性院）　380, 552, 782, 814, 852, 857, 863, 866, 890-893, 896, 903, 918, 923, 930, 932, 934, 942, 945, 960, 967, 982, 991, 1007, 1016-1019, 1021, 1023, 1027, 1041, 1055, 1067, 1071-1074, 1082, 1084, 1088, 1094, 1095, 1097, 1099, 1100, 1102, 1103, 1107, 1109, 1113, 1114, 1116, 1119, 1123, 1124, 1129, 1135, 1136, 1141, 1286
近衛前子（さきこ）（中和門院）　40, 304, 483, 776, 782, 803, 811, 816, 831, 849, 855, 858, 864, 867, 868
近衛龍山（前嗣・前久）　19, 20, 22, 23, 212, 782, 796, 816, 818, 819, 843, 844, 919
後花園院　157, 851
後花園院上臈（転法輪三条冬子）　148, 648, 662, 700, 730
小浜民部光隆　941
小早川秀秋　787
古筆了佐　1070
小堀源兵衛　425
小堀大膳　944
小堀遠州（政一）　885, 897, 904, 916, 941, 944, 997, 1049, 1077, 1082, 1092
小堀権左衛門　1092
小堀仁右衛門　245, 474, 1220
小平太　174
駒井親直　943
五味金右衛門　1057
五味藤九郎　278, 499
五味豊直（金右衛門・京都代官）　211, 885, 997, 1097, 1180
御霊社別当祐能　808
御霊社別当旦把（春原元辰）　1160, 1161
金剛勝吉　961
金光寺覚持（七条道場）　1076, 1103, 1104
権四郎（碁打ち）　1054
権僧正亮淳　791
権大納言実宣→滋野井
権大納言局（東福門院侍女）　923, 1000, 1001
権大納言局橋本氏　923, 1031, 1034, 1035
権中納言殿（四辻季継女）　1158
金地院　256
金地院元良　1215
金地院巣雲　551
金地院崇伝（以心）　114, 842, 856, 858, 860, 861, 863, 867-872, 882, 885, 893, 902, 903, 912, 915, 918, 920-923, 930, 934, 936, 938-941, 944, 946, 952, 962,

963, 1114, 1126
権典侍(中院通勝女)　790, 830, 832, 914
権典侍(万里小路命子)　148, 684, 700, 706, 710, 727, 752
近藤伊織　1267, 1276, 1301
金春重勝　944
金春権兵衛　1081, 1085

【さ】

西園寺公益　209, 215, 216, 884, 890, 931, 958, 963, 976, 981, 1040, 1535
西園寺公経　1113
西園寺公満　1051
西園寺実益　18, 770-772, 775-777, 779-781, 784, 792, 793, 802, 806, 815, 817, 822, 825, 827, 830, 831, 833, 835-838, 841, 847, 851, 859, 866, 879, 887, 977, 1201
西園寺実晴　768, 1029, 1075, 1140, 1142, 1153, 1195, 1196, 1207, 1209, 1210
西行法師　58
祭主慶忠→藤波　771
祭主友忠　1003, 1182, 1307
齋藤昌盛 1129
斎庵(医師)　1089
最胤親王→梶井宮(梨門)
斎宮貞子内親王　882
西室公順(三条西公条兄)　175
齋藤盛信(左京・北面)　194
西福寺某　853
阪幽玄(鍼医)　961
酒井忠勝　1013, 1062, 1063
酒井忠世(雅楽頭)　213, 895, 896, 933, 934, 941, 960, 963, 1145
酒井忠良　1530
酒井抱一　168
榊原職直　1009, 1011, 1024, 1026
榊原淡路守　1131
榊原伊勢守　1131
榊原志摩　1310
榊原職直　1009, 1011, 1024, 1026
榊原忠次(松平式部少輔)　1090
佐方宗佐(吉右衛門・之昌)　774, 791, 795, 796
佐川田昌俊(喜六)　134
鷺仁右衛門(狂言)　1266
作右衛門長好　1159
佐久間日向守　1045
桜井玄蕃　1047
桜井道助　114
桜井庄之助　485
桜田秀正　877
桜町院　65
左近右衛門(能)　1257 →小畠
佐々木資敦　1168, 1177
佐々木野資敦　1105, 1165
佐敷王子　995
貞敦親王→伏見宮　148
貞清親王→伏見宮　155
貞清親王息女(禅智院)　1052
佐竹義宣　846
座頭城秀　1103

里村玄仍　822, 1233
里村玄俊(玄陳男)　1265, 1318, 1319, 1321, 1325, 1333, 1360
里村玄仲　1023
里村玄陳　161, 1233, 1275, 1318, 1319, 1333, 1360, 1373
里村在宣　1298
里村昌叱　782, 790, 794, 801, 804
里村昌琢　790, 801, 958, 970, 1007
里村昌程　1296, 1298
里村昌頓(昌陸男)　1538
里村紹巴　782
里村昌陸法橋　1199, 1298
左内太夫(傀儡)　1129, 1130, 1254
真田信繁(幸村)　856
誠仁(さねひと)親王→陽光院
参議源蔵人→竹内源蔵人義純　423
三級(通勝弟・毘沙門堂公厳)　785, 794, 1159
三級女　1159
三時知恩寺尊勝　1536
三条公広　823-825, 830, 850, 851, 930, 934
三条公富　1029, 1045, 1051, 1115, 1127, 1138, 1150, 1166, 1168, 1173, 1212, 1226, 1267, 1542
三条公敦　679, 680, 758
三条公仲　786
三条実秀　991, 1007, 1029, 1049, 1051, 1063, 1064, 1068, 1086, 1098, 1209, 1064, 1068
三条実通　1556, 1572
三条正親町実有　823, 835, 836, 838, 839, 867, 878, 882, 907, 976, 986
三条西公勝　1042
三条西公福　1376
三条西公条(称名院)　148, 175, 653, 665, 667, 672, 676, 683, 684, 685, 688, 690, 693, 695-699, 702, 704, 717, 722, 725, 738, 746, 758, 798
三条西実教　153, 187, 193, 198, 994, 1042-1044, 1059, 1072, 1074, 1110, 1118, 1127, 1128, 1131, 1136, 1148, 1153, 1213, 1220, 1222, 1226, 1229, 1230, 1238, 1239, 1241-1243, 1249, 1261, 1275, 1310, 1365, 1380, 1385, 1388, 1390, 1394, 1395, 1400
三条西実枝(実世・実澄・三光院)　148, 172, 212, 660, 662, 695, 697, 700-702, 712, 714, 716, 751, 758
三条西実条　13, 17, 18-20, 25, 37, 40, 46, 63, 149, 187, 193, 210, 770, 775, 784, 804, 807, 809, 815, 816, 818, 822, 825, 830, 833, 835, 838, 846, 848, 852, 854, 856, 858, 859, 863, 865, 868, 872, 876, 877, 879, 883, 888, 896, 897, 906, 918, 921, 924, 928, 930, 943-945, 953, 954, 957, 961, 964, 969, 972, 977-981, 988, 1009, 1011, 1015, 1026, 1028, 1029, 1032, 1033, 1038, 1041, 1042, 1044, 1202-1365, 1367, 1369, 1370
三条西実隆(逍遙院)　26, 45, 46, 51, 53, 58, 66, 148, 151, 175, 647-664, 666-674, 676, 678-681, 685, 686, 689-

697, 700, 702, 703, 705-709, 711-729, 732-758, 1028
三光院→三条西実枝
三千院慈胤親王→梶井　904
三宝院義演→醍醐寺
三位御局（古市胤栄女）　1155, 1158, 1171, 1174, 1253
参頭寿恩　1253

【し】

慈胤親王→梶井
慈運親王→曼殊院
四王院尊雅→積善院
滋岡至長　75
滋岡長祇（大阪天満宮）　74, 75
滋野井季吉（松平頼重養父）　852, 857, 977, 997, 1004, 1005, 1015, 1016, 1018, 1052, 1055, 1068, 1074, 1109, 1111, 1134, 1151, 1155, 1159, 1160, 1164, 1165, 1168, 1171, 1174, 1176, 1183, 1189
滋野井教広　1310, 1375
慈眼大師・南光坊天海・毘沙門堂天海→天海僧正
四条隆子（逢春門院・後西天皇生母）
慈照院→足利義政
慈受院禅尼（青蓮院尊純妹）　1143
四条隆致　794
四条隆昌（冷泉為益男）　788, 791, 823, 848
慈鎮和尚　58, 1125
実相院義延親王　1575
実相院義尊　853, 923, 971, 1072, 1105, 1113, 1175, 1183, 1189, 1195, 1207, 1208, 1237, 1246, 1267, 1295, 1305, 1309
実相院慈運　853, 1183
品川高如（内膳正・高家）　237, 448, 1119, 1183, 1295
品川庄右衛門　451
柴田隆延　222, 401
柴田良宣　1293, 1296, 1298, 1300, 1302, 1305, 1306, 1308, 1311, 1318
芝江釣叟　165
渋江氏胤　1018
渋谷対馬　1053
渋谷大夫　1006
品宮（級宮常子）内親王　1255
芝山宣慶　1163
芝山宣豊（しばやま・せんぽう）　224, 399, 525, 1009, 1027, 1041, 1049, 1050, 1052, 1058, 1072, 1076, 1082, 1089, 1097, 1102, 1105, 1107, 1111, 1115, 1123, 1125, 1130, 1138, 1143, 1158, 1160, 1166, 1168-1172, 1176, 1184, 1204, 1206, 1217, 1228, 1231, 1232, 1244, 1247, 1273, 1281, 1283, 1296, 1299, 1302, 1310, 1314, 1320, 1322, 1327, 1330, 1337, 1339, 1340, 1341, 1343, 1353, 1354, 1362, 1366, 1375, 1379, 1383, 1395, 1400, 1401, 1537, 1552, 1553, 1572
芝山宣豊内儀（御世根）　1096
芝山大弼　232, 421

芝山定豊（数丸・宣豊男）　1163, 1171, 1186, 1197, 1244
芝山内記（加賀家中）　1041, 1272
島又右衛門　238
島川内匠（対馬府中）　879
島田政之（角倉船）　919
島田直時（大坂町奉行）　890
島津惟新（義弘）　782, 806, 807, 809, 817, 830, 840
島津家久（忠恒・鹿児島）　782, 806-809, 813, 817, 818, 827-830, 840, 844, 847, 848, 865, 918, 920, 936, 994, 995, 1002, 1007, 1014, 1018
島津光久（松平大隅守）　1025, 1554
島津龍伯（義久）　828
島屋吉兵衛太夫　1140, 1256
清水瑞室　1017
清水千清　162, 167
清水谷実業（堀親昌男・母三条西実条女）　120, 192, 194, 196, 1572, 1538
清水谷実任　1101
下妻修理（竹門坊官）　1337
持明院基久　838, 846, 850, 851, 862, 864
持明院基孝　8, 13, 770, 773, 775, 784, 790, 794, 795, 816, 838
持明院基子（勾当内侍）　828
持明院基時　1541
持明院基定（大沢基宿男）　174, 864, 971, 1038, 1048, 1052, 1079, 1083, 1102, 1112, 1189, 1201, 1202, 1230, 1281, 1317, 1318, 1332, 1349, 1352, 1354, 1363, 1367, 1379, 1390, 1394
持明院基輔　1572
下冷泉為景（細野）　1038, 1050, 1053, 1069, 1075, 1077, 1079-1081, 1085, 1088, 1095, 1098, 1111, 1140, 1145, 1150, 1152, 1154
下冷泉為景男（島丸）　1098
下冷泉為元　1310
下冷泉政為　51, 66, 148, 651, 653, 654, 658, 659, 667, 668, 670, 672, 674-676, 678, 680, 681, 683, 691, 695, 697, 699, 703, 705, 708, 710-712, 718-720, 724-726, 737, 739, 741, 746, 749, 750, 753, 758
釈正広　680, 759
釈正徹　58
隼士長兵衛　1320
寂照院日乾　901
積善(しゃくぜん)院　230
積善院尊雅（四王院）　802, 823、
積善院宥雅（聖護院院家）　1210, 1262, 1267, 1565, 1572
寿信（為豊弟・相国寺）　769
寿泉（相国寺）　769
守藤（集雲）　895
准后国子（国母）→新広義門院　1543, 1561
准后晴子（国母）→新上東門院　773, 776
俊盛　150
春養　194
寿信（冷泉為豊弟・相国寺）　769

寿泉(相国寺)　769
乗阿→一華堂
松意(藤谷為賢室)　1221
常胤親王→妙法院
庄右衛門(仙洞料理人)　1202
承快親王→梶井
正覚院某(延暦寺)　807, 827
松花堂昭乗　1037
正覚院僧正某　1556
勝月権兵衛(能円孫婿)　1394
松厳院玄光(舜岳)　899
貞心院(良如室)　998
成等院(宣如室)　998
勝仙院晃玄　1381
勝仙院僧正　1537
聖護院済祐親王→高松宮好仁親王
803, 811, 820, 849, 865
聖護院道寛親王　53, 180, 186, 193, 923, 1159, 1239, 1247, 1253, 1259, 1269, 1270, 1275-1277, 1281, 1284, 1288, 1291, 1293, 1300, 1324, 1326, 1327, 1332, 1335, 1339, 1342, 1343, 1345, 1350, 1351, 1357, 1373, 1379, 1381, 1382, 1386, 1391, 1393, 1394, 1396, 1397, 1398
聖護院道晃親王(照高院)　36, 388, 457, 458, 842, 905, 930, 934, 954, 961, 968, 970-972, 991, 996, 1010, 1012-1014, 1024, 1027, 1032, 1034-1036, 1038, 1042, 1044, 1045, 1054, 1055, 1057, 1058, 1060, 1061, 1066, 1067, 1071, 1072, 1079, 1082, 1084, 1085, 1088, 1090, 1099, 1103, 1111, 1113, 1123, 1124, 1129, 1130, 1133, 1134, 1136, 1139, 1141, 1143, 1084, 1085, 1090, 1099, 1103, 1111, 1113, 1123, 1124, 1129, 1130, 1133, 1134, 1136, 1139, 1141, 1143, 1144, 1146-1148, 1152-1158, 1161, 1162, 1164, 1165, 1170, 1172, 1174, 1175, 1177, 1179, 1181, 1184-1189, 1192, 1193, 1198, 1199, 1203, 1204, 1207, 1213, 1216, 1218, 1221, 1224, 1225, 1228, 1230, 1234, 1235, 1237-1239, 1245, 1246, 1249-1253, 1256-1259, 1261, 1262, 1264, 1265, 1267, 1268, 1270, 1271, 1273, 1274, 1278, 1294, 1297, 1300, 1305, 1309, 1312, 1317, 1320, 1322, 1324, 1326, 1328, 1332, 1335, 1339, 1343, 1350, 1365, 1371, 1373, 1375-1377, 1380, 1381, 1390, 1396, 1398, 1530, 1535, 1538, 1540, 1541-1543, 1545, 1547, 1554, 1557, 1559-1562
聖護院道尊親王　1264
聖護院宮道祐親王　1575
照高院興意親王(聖護院道勝親王)
17-19, 25, 27, 46, 778, 779, 803, 804, 806, 809, 811, 815, 818, 819, 823, 827-829, 847, 850, 861, 863, 871, 894, 898
照高院道周親王　846, 904, 934, 996, 998
照高院道澄准后(近衛稙家男)　18, 19, 30, 778, 779, 804, 806-809, 816, 818, 823, 826, 866, 965

相国寺闍首座　1052, 1059
相国寺寅首座　1061
相国寺雪岑崟長老　127, 133, 221, 395, 1052, 1165, 1230
相国寺光源院玄室(周圭)　844
相国寺文嶺(承民)　842
相国寺宥蔵主　1053
相国寺有節　919
相国寺鹿苑院顕晫　907, 1230
相国寺慈照院昕叔(日野輝資男)　1096
城作座頭　1062, 1069
昭子内親王→女二宮
掌侍(五条為経女)　833
掌侍唐橋氏(在通女)　830, 832
掌侍水無瀬氏(氏成女)　830, 832
掌侍平時子(西洞院時慶女)　830
庄田与右衛門(鼓)　1271
上乗院道順　774, 775, 792
浄善寺賢諦　1161
聖乗坊宗存　847
紹仲(冷泉為純弟・大徳寺)　769
尚寧(琉球王)　806, 809, 829, 830, 840, 847, 865, 898
尚豊　898, 918, 936, 995, 1014
称名院→三条西公条
逍遙院→三条西実隆
常徳院→足利義尚
承璉侍者(三条西実条男)　1011, 1028, 1041, 1042, 1045, 1059
青蓮院尊敬親王　1075
青蓮院尊純親王　843, 865, 895, 898, 899, 905, 969, 1008, 1039, 1041, 1046, 1057, 1058, 1060, 1061, 1071, 1072, 1075, 1076, 1164, 1172, 1174-1176, 1179
青蓮院尊純親王姉　1143
青蓮院尊証親王　193, 1295, 1535, 1551, 1572
青蓮院尊朝親王　771, 773
青蓮院宮　223, 404, 421
白川雅業　1195
白川雅元(母四辻公理女)　194, 196
白川雅喬　174, 193, 194, 196, 1035, 1063, 1219, 1220, 1239, 1241, 1317
白川雅光　107
白川雅朝　17, 18, 770, 784, 785, 794, 796, 803, 807, 809, 811-813, 815, 816, 825, 829, 833, 967
白川雅陳(高倉永孝男)　174, 543, 886, 976, 1035, 1350
白川雅冬　107
白川雅富　107
白川顕成　809, 816, 823, 886
白河三位　238, 436
新院御所　462, 463
神護寺平等心院明忍　823
新広義門院国子(霊元天皇生母、父園基音・母谷衞友女)　512, 1543, 1545, 1546, 1561
陣佐左衛門　1024
新上東門院(勧修寺晴子)　773, 776, 777, 792, 793, 797, 804, 828, 829, 831
新典侍(勧修寺房子)　148, 727, 733, 760

新中納言局(香誉声春信女)　512, 516
新中納言御局(園基音女国子)　1155
進藤権右衛門(脇方)　1185
同市兵衛　1185
真如堂上乗院純海　1230
同上乗院弟子尊忍　1230
新如堂蓮光院　1053
神龍院梵舜　795, 812-815, 819, 840, 847, 850, 857, 858, 864, 868-870, 882, 893, 908, 914, 930, 945, 970, 977, 981
神龍院梵瑛　893

【す】

瑞圭　67, 71, 73, 82
随光院(北条氏重母)　1143, 1152, 1247
随心院増孝　914, 965, 966, 987, 992, 998, 1037
随心院増孝附弟栄厳　998
随心院長静　977
瑞仙(桃源)　898
瑞汀(相国寺)　769
出納萃庵(平田職忠)　1233
末次平蔵(政直・茂房)　926, 940, 947, 950, 962, 969, 976, 980
菅宮・素鵞宮→後光明院
菅谷刑部(妙門)　1352
杉生庄左衛門(妙門)　1324
杉原賢盛(宗伊)148, 648, 650, 658, 664, 665, 668, 669, 673, 677, 680, 682, 685, 697, 698, 699, 704, 705, 707, 708, 713, 716, 718, 721, 724, 729, 730, 731, 735, 737, 740, 743, 745, 754, 756, 759
杉本民部存昌　1271, 1280
鈴木淡路守　246, 477
鈴木伊豆　442
鈴木伊兵衛　242
鈴木次太夫　1077
墨師藤原吉次　1193
住吉具慶　1347
住吉如慶　1347
角倉与一(玄之・吉田素庵)　844, 856, 857, 862, 892, 978, 989, 1021
角倉了以(光好・吉田宗桂男)　808, 815, 819, 824, 856, 857

【せ】

清右衛門(筒人形)　1353
清閑寺熙定　1544, 1546, 1555-1557, 1561, 1563
清閑寺熙房　768, 1174, 1177, 1180, 1193, 1241, 1541, 1544, 1546, 1555, 1556, 1561
清閑寺共綱　174, 943, 963, 977, 990, 991, 997, 999, 1006, 1017, 1018, 1022, 1023, 1030, 1035, 1063, 1170, 1177, 1209, 1212, 1227, 1229, 1230, 1321
清閑寺共房　809, 825, 827, 829, 833, 835, 836, 840, 841, 850, 851, 958, 967, 969, 983, 1003, 1006, 1026, 1051, 1073, 1164, 1170, 1182, 1212, 1213, 1321
清閑寺大納言　223, 410
誓願寺安楽庵策伝　916

誓願寺秀岳　155
清子内親王(鷹司信尚室)　792, 1018, 1019, 1155
清光院(毛利高直母)　1152, 1344
関屋市郎右衛門　1214
勢多治興(豊前守)　213
雪舟　1259
雪村　1007
禅閤　385, 520
善光寺大本願知伝尼　971
善光寺大本願比丘尼　904
泉涌寺(せんにゅうじ)　521
泉涌寺円岩長老　1574
泉涌寺天圭長老　1574
千姫(秀忠女・秀頼後室)　804, 872
千宗旦　1056, 1060, 1070
千宗利　1056
善法院(善法寺)　230, 424
禅味(龍派)→足利学校

【そ】

宗義成(対馬府中)　879, 887, 901, 908, 922, 931, 936, 937, 949, 951, 953, 973, 979, 981, 982, 984, 1001, 1004, 1035, 1039
宗義智(対馬府中)　829
宗智順　908
僧雲叔　863
僧玄光　942
宗三　194
宗韶　769
宗珍　230, 410
僧道知　809
僧幡随意　842
相馬昌胤　170
僧洋　144
曽我古祐(奉行)　984, 995
曽谷宗喝　1060
帥殿(水無瀬氏成女)　1158
園基音　173, 174, 920, 932, 951, 958, 960, 1004, 1020, 1023, 1041, 1052, 1071, 1074, 1087, 1158, 1162, 1164, 1165, 1168, 1169, 1183, 1189, 1214
園基継　17, 784, 785, 789, 809, 838
園基任　18, 838, 841, 846, 1064
園基福　180, 190, 1543, 1552, 1155, 1177, 1178, 1185, 1221
園大納言　255, 484
園池刑部　230, 425
園池宗朝(四条隆致男)　1057, 1058, 1076, 1077, 1158, 1163, 1168, 1169, 1171, 1177, 1193, 1330
園池中納言　239
存応国師→増上寺源誉存応　834, 840
尊応准后→青蓮院
尊雅→積善院・四王院
尊覚親王→一乗院
尊純親王→青蓮院
尊勝院慈性　931, 963
尊勢准后→一乗院
尊性親王→大覚寺
尊証親王→青蓮院
尊朝親王→青蓮院

【た】

大阿闍梨晋海→法身院
大音寺関徹（伝誉）　906
大覚寺空性親王（随庵）　773, 778, 826, 1035, 1176
大覚寺尊性親王　797, 800, 815, 827, 847, 858, 911, 1001, 1051, 1058, 1061, 1067, 1572, 1087, 1172
大覚寺性真親王　1100, 1117, 1186, 1193, 1253, 1254, 1262, 1281, 1321, 1360
大外記　238, 448
大経師左京　1034
大黒屋常是（銀座常是）　792
醍醐冬基　120
醍醐寺三宝院覚定（鷹司信房男）　884, 899
醍醐寺三宝院義演　771, 773, 843, 847, 861, 894, 909, 920, 923, 925, 929
醍醐寺無量寿院堯円　794, 801, 811, 817, 821, 825, 828, 833, 836, 841, 846, 852, 859, 867, 986
醍醐寺理性院堯助　770, 773, 775, 779, 780, 784, 789, 790
大聖寺永崇（陽徳院宮）　830, 919
大聖寺恵仙　904
大聖寺宮元昌　1174, 1200, 1243, 1244, 1249, 1259, 1282, 1290, 1332
大聖寺比丘尼（後奈良院妹）　156
大徳寺安室　1049
大徳寺仰堂和尚　1552
大徳寺玉室　954
大徳寺什首座　1172
大徳寺春屋宗園（大宝円鑑国師）　788
大徳寺全海　1069, 1069
大徳寺沢庵　543, 944, 954, 979, 994, 1027
大徳寺徹翁義亨和尚　1029
大徳寺徳舟　1236
大仏師法眼左京　1223
当麻寺念仏院究諦（慶誉）　988
大文字屋一郎右衛門　98, 222, 393
大文字屋次右衛門（松江重頼）　1159, 1193
平智広　953
高雄上人　1046, 1057, 1064
高木作右衛門　945
高倉永慶　173-175, 214, 215, 823, 890, 896, 932, 944, 1015, 1035, 1062, 1075, 1176, 1182
高倉永孝　13, 17, 18, 822
高倉永将（永敦）　174, 1232
高倉永相　820
高倉嗣孝　1076
高倉嗣良（藪）　809, 826, 911, 1004, 1005, 1020
高木伊勢守守久　1254
孝子内親王→女一宮　180
田方屋伊右衛門　49
高田専修寺堯真　891
鷹司殿　238
鷹司教平（鷹司信尚男）　850, 932, 953, 970, 993, 1003, 1066, 1132, 1066,

1132, 1169, 1230
鷹司教平室→梅宮　970
鷹司兼熙　1392, 1551, 1556, 1557, 1563
鷹司孝子(信房女・家光室)　914, 915
鷹司信尚　23-25, 770, 833, 836-838, 850, 851, 856, 858, 905
鷹司信尚室(清子内親王)　957
鷹司信尊(鷹司信房三男・興福寺大乗院)　840
鷹司信房　770, 772, 774, 777, 789, 793, 823, 827, 840, 856, 884, 895, 899, 1021, 1259
鷹司房輔　193, 1066, 1541, 1545, 1549, 1552, 1194, 1212, 1316, 1392
高松宮好仁親王→聖護院済祐親王
高松宮好仁親王　887, 926, 928, 937, 951, 966, 974, 991, 1026
高松宮好仁親王室(秀忠養女寧子)　966
高辻少納言　235
高辻遂長　1029, 1047
高辻大納言　473
高辻豊長　74, 75, 1249, 1267, 1268, 1334, 1552
高辻良長　1189
高仁親王　935, 946
高橋数馬　194
高橋内膳　1080
高山等伯(長房)　856
沢庵和尚→大徳寺沢庵　543
竹内惟庸　195, 196
竹中季有　1170, 1317, 1327, 1357, 1358, 1393
竹内孝治　810
竹内俊治　1038
竹内長治　13
竹内三十郎(正親町三条実有舎兄)　809
竹内源蔵人義純　1169, 1170, 1185, 1190
武田恭安　1081
武田恭円　1080, 1081
武田玄了　224, 399
武田寿仙　1053, 1056
武田信経　1080, 1081
武田信俊　134
武田信勝　1080, 1081, 1050
武田信徳　1080, 1081
武田信良　1080
武田四郎兵衛(手妻)　1131
武田晴信(信玄)　159
武田道安　1053, 1060, 1069, 1074, 1075
竹千代乳母斎藤氏(稲葉重通養女)→春日局
竹中重義(豊後府内)　951, 955, 969, 971
竹中重門　971
竹中少弼　237, 448
建部宇右衛門　231, 420
田島覚左　1055
田島源太夫　1131
竹屋光長　212, 214-216, 851, 852, 856, 859, 867, 883, 905, 916, 1159, 1164,

1170, 1171, 1183, 1185, 1190, 1195, 1258
直輔(ただすけ)親王→知恩院良純(八宮)
多田定学堂　50
伊達綱村　1569
伊達政宗　783, 849, 863, 877, 908, 912, 930, 931, 934, 937, 944, 1000, 1010
伊達宗嗣　1010
伊達忠宗　1039
立入(たてり)宗継　909
田中吉政　788
田中敬清(八幡宮社務)　174
田中秀清(石清水八幡宮祠官)　843
谷衛友(丹波山家)　941
谷野対馬守　224
田原仁左衛門(本屋)　1054, 1069, 1342, 1376
田丸養貞法橋　82
俵屋宗雲　1054
俵屋宗達　964
誕生寺日税　962

【ち】

知恩院御門跡　127, 131, 132, 221, 398
知恩院尊光親王　1564, 1565
知恩院良純親王　806, 824, 858, 859, 862, 890, 910, 1023, 1047, 1065, 1282
親康(ちかやす)喜安　1178, 1553
親康恕安　1553
千種有維　768
千種有能　194, 987
千種刑部(竹門坊官)　13337
智舟尼　145
茶屋四郎次郎　945, 959
沖長老(梅印元沖・細川幽斎弟)　791, 1024, 1033, 1037
中和門院(藤原前子)　172, 173, 304, 483, 776, 782, 803, 811, 816, 821, 831, 895-899, 901, 904-907, 911-913, 915, 917-919, 924-926, 928, 937, 944-947, 949, 953-958, 959, 1010, 1087, 1341, 1561
釣月(明珠庵)　120
千代姫(家光女)　1016, 101
長宗我部盛親　856
陳元贇　929

【つ】

通君　231
津軽信英　967
津軽信義　157, 967
津軽信牧　967
辻近完(将監・近元男)　190-194, 196, 198
辻近元(伯耆・南都楽人)　190, 191, 193
土御門二位　128, 221, 396
土御門有春　212
土御門久脩　214, 215, 217, 838, 842, 845, 849, 886, 891, 896, 915, 923
土御門泰広　174, 1064, 1162
土御門泰重　41, 173, 174, 209-211, 834, 863, 867, 872, 875, 877, 878, 884, 887, 896-899, 903, 904, 911, 912, 915,

918, 928, 930, 931, 956, 957, 959, 961, 965, 971, 977, 988, 1004, 1005, 1015, 1029, 1041, 1057, 1072, 1087, 1176, 1182, 1188, 1237, 1238, 1322, 1323
土御門隆俊　1237, 1238
土山主殿（八宮御内）　1340
土山駿河守　237, 238, 453
都築太郎左衛門（明石藩家老）　199
常子内親王（近衛基熙室）　180, 1049
鶴光丸→舟橋秀賢次子・伏原賢忠
鶴屋七郎左衛門（太夫）　1173, 1185, 1232

【て】

定家　1306, 1307
鄭芝龍　1086
鄭成功（国姓爺）　1086
定甫（貞甫）　193, 194
転法輪三条公敦　148
典侍広橋氏　830, 832, 914
天海僧正（南光坊・毘沙門堂・慈眼大師） 832, 841, 849, 854, 863, 865, 869, 870, 876, 879, 907, 938, 939, 962, 979, 994, 1003, 1004, 1018, 1030, 1038, 1039, 1062
天顔（琉球）　990
天樹院（家光姉）　1000
伝通院（家康生母水野氏）　798
伝通院廓山（正誉）　843, 849
典薬兼庸備後守　832
天龍寺慈済院虔長老　1532
天龍寺寿仙　1039
天龍寺蔵光庵俊西堂　1532
天龍寺提西堂　1574

【と】

土井利勝　213, 895, 896, 904, 930, 933, 934, 941, 963, 964, 968, 979, 1013
道永入道親王（仁和寺・広隆寺）　690, 758
道作法印（道朔）→山脇　222, 395
東寺観智院亮盛　820
道勝親王→照高院興意親王
道寛親王→聖護院
道晃親王→聖護院・照高院
道澄准后→照高院
東大寺住僧　845
東大寺成慶　118
東大寺成算　135
東常縁　148, 651, 670, 676, 684, 689, 707, 716, 718, 739, 747, 753, 759, 1370
藤堂高虎（伊勢津）　817, 890, 894, 939, 940
藤堂高次（大学頭）　544
東福門院（徳川和子・秀忠女）　231, 236, 241, 284, 387, 420, 423, 424, 428, 429, 444, 453, 468, 514, 528, 545, 958, 960, 963, 964, 966, 967, 985, 990, 1000, 1002, 1014, 1019, 1026, 1539, 1555, 1558, 1568, 1569
東福寺玉峰　1004
東福寺勝林院聖澄（月渓）　844, 848, 852
東福寺天得院清韓（文英）　849, 855,

898
東福寺令柔(剛外)　924
藤兵衛政治　1159
籐兵衛重供　1159
稲梁軒風斎　163, 165, 167
土岐立庵　224, 397
常盤直房(清閑寺共綱男)　1163, 1167, 1170, 1171, 1187, 1242, 1289
徳川家光　1174, 1177
徳川家綱　1567, 1174
徳川光圀　93, 155, 1010, 1297
徳川光友　1024, 1037, 1039
徳川義直(義利・秀忠弟)　836, 860, 908, 910, 913, 914, 919, 930, 934, 963, 969, 973, 982, 1037
徳川綱吉　1567-1570, 1575
徳川忠長　933, 968, 969, 993
徳川頼宣(頼将・秀忠弟)　836, 860, 909, 913, 934, 946, 973, 990
徳川頼房(水戸)　913, 970, 987, 990, 1010, 1017
徳大寺公信　932, 1008, 1048, 1064, 1077, 1180, 1224, 1229
徳大寺実維　1554
徳大寺実久(公維孫)　209, 830, 832, 837, 866, 873
徳大寺実通　1238
徳山直政(上方目付)　943, 976
土佐光起　1196, 1224
土佐光吉　848
土佐光則　1023
利長母(高畠氏)→前田
毎敏(としあつ)親王→大覚寺尊性
智仁(としひと)親王→八条宮
智仁親王女珠光院　1043
智忠(としただ)親王→八条宮
戸田氏鉄(左門・美濃→摂津)　890, 1214
戸田摂津守　1570
戸田忠昌(越前守)　1530, 1533, 1536, 1537, 1545, 1547, 1551-1553, 1566
戸田藤左衛門　1009
富小路永貞　1326
富小路資直　148, 155, 685, 686, 688, 723, 759
富小路秀直　17, 18, 787, 871, 900
富小路頼直　1038, 1049, 1061, 1184, 1243
豊臣秀吉　14, 772-774, 776-778, 780-782, 804
豊臣秀頼(拾丸・羽柴)　771, 772, 776-778, 780, 782, 783, 786, 787, 795-797, 803, 804, 806, 807, 812, 813, 820, 823, 837, 842, 846-848, 852, 853, 856, 858, 861, 862
豊田宗林　1226
豊原秀秋　991
鳥居小路経音　1179
鳥飼道晰　790
頓阿法師　171

【な】

内藤信正(大坂城代)　892
内藤忠興　1026

内藤徳庵　856
内藤頼長　156
直江兼続　822
中井定知（主水正・京大工頭）　192, 198, 236, 451, 1545, 1559
永井尚政（信濃守・信斎）　385, 520, 930, 975, 984, 1054, 1056, 1180, 1394
永井尚庸（伊賀守・所司代）　189, 192, 193, 1246, 1530, 1534-1537
永井直勝　821
永井直清　984, 1047, 1180
永井白元（幕府目付）　845
長岡玄旨→細川幽斎
長岡忠興→細川忠興
長岡忠辰→細川忠利
中川忠幸（飛騨守）　240, 441, 1255
中川弥五左衛門　1214
中島平兵衛　224, 409
長島玉之介（手妻）　1131
中園季定　194
長谷三位　240, 461
長谷図書頭　242, 433
長谷忠康　1155, 1168, 1177
長束正家　788
中臣敬芳　75
中臣治政（吉田社家）　1194
中臣祐紀（春日若宮神主）　843
中根正盛　157
中野郷右衛門（明石藩士）　198
中院通為　212
中院通勝（也足軒素然）　13, 17-20, 30, 40, 63, 148, 155, 156, 172, 187, 203, 649, 651, 661, 663, 664, 677, 682, 685, 694, 700, 702, 704, 714, 729-733, 743, 748, 759, 776, 778, 782-785, 787, 790, 791, 793-795, 801, 802, 804-809, 811-820, 822-824, 827, 831, 834, 928
通勝女→権典侍　790
中院通秀（通淳息・十輪院）　148, 660, 669, 701, 730, 734, 744, 755, 758
中院通純（通村息）　60, 172-174, 176, 187, 943, 965, 1000, 1003, 1035, 1036, 1041, 1055, 1065, 1068, 1075, 1086, 1101, 1102, 1176, 1177, 1213
中院通村（通勝息・後十輪院）　18, 20, 25, 37, 38, 40, 43, 44, 46, 48, 60, 62-64, 71, 73, 78, 83, 141, 148-151, 153, 156, 159, 169, 170, 172, 179, 180, 187, 203, 204, 207, 209-211, 217, 218, 283, 370, 519, 529, 626, 630, 632, 649, 653-655, 663, 666, 667, 671-673, 675, 677, 680-682, 684, 687, 688, 693, 694, 697, 702, 704, 705, 708, 710, 711, 715, 721, 725, 729, 732, 733, 736, 739, 742, 746, 750, 753, 754, 757, 758, 789, 794, 801, 804-807, 810-816, 818, 820-824, 834, 840, 848, 855, 859, 864, 865, 867, -870, 875, 877, 897-901, 907, 909, 911, 912, 915, 917, 921, 923-925, 928-933, 937, 938, 943-947, 953, 959-961, 968, 1000, 1003, 1005, 1010, 1012, 1014, 1015, 1019, 1022, 1023, 1030, 1031, 1033, 1035-1037, 1039-1042, 1044, 1047-1049, 1056-1058, 1060, 1068,

1072, 1073, 1079, 1081-1083, 1086, 1088, 1089, 1092, 1094, 1096, 1097, 1100-1103, 1534, 1172, 1176, 1213, 1306
中院通茂(通純男)　36, 55, 60, 68, 70-72, 75, 93, 103, 114, 120, 122, 124, 139, 153, 169-171, 178, 187, 188, 192, 201, 203, 207, 286, 515, 1005, 1530, 1532-1536, 1538-1540, 1542-1544, 1546, 1548, 1551, 1552, 1555, 1558, 1559, 1562, 1565-1567, 1213, 1219-1221, 1230, 1236, 1238-1240, 1242, 1243, 1249, 1250, 1296, 1305, 1316-1318, 1341, 1364, 1365, 1366, 1372, 1373-1378, 1384, 1386, 1387-1389
中院通村室(瑞亨院)　1241
中院通茂室(板倉重矩養女)　170
中院通茂母(高倉永慶女・桂光院)　193, 785, 1046, 1081, 1177, 1315, 1554
中院通躬(通茂男)　41, 201, 202, 1317, 1377
中園季定　1551
中原師生　212, 214, 217
中林道意　1294
中坊美作守　230, 421
中御門資胤　173, 770, 772, 773, 784, 791, 794, 809, 827, 831, 837, 855, 857, 860, 879, 906, 912, 927
中御門資熙(母阿野実顕女)　188, 189, 193, 198, 768, 1213, 1216, 1229, 1230, 1232, 1369
中御門尚良　1032, 1033, 1185
中御門宣基　1545, 1549, 1556, 1558, 1569, 1574
中御門宣衡　809, 817, 821, 824, 825, 827, 831, 832, 846, 847, 891, 896, 921, 958, 964, 967, 977, 983, 991, 994
中御門宣綱　212
中御門宣順　963, 965, 967, 969, 1045, 1048, 1172, 1177, 1201, 1230, 1268
中御門宗顕　1565, 1569, 1572-1574
中御門宗信　830, 832
中御門宗良　768
中村親雲上　809
中村六兵衛　240
中山慶親　14, 773, 785
中山元親　997, 1036, 1037
中山三柳(医)　1571
中山親子(典侍)　825
中山親綱　772, 775
半井古庵　1070
半井寿庵　1052
半井成近(侍医)　961, 989, 1032
半井驢庵　245, 472, 1162, 1180, 1244, 1314
鍋島光茂(丹後守・松平肥前守)　170, 171, 1243, 1251, 1385
鍋島光茂室(中院通茂妹)　170
鍋島勝茂(信濃守)　199, 545, 844, 849, 1024, 1026, 1251
鍋島直能　1502, 1517
鍋島直茂　821
波屋助右衛門　815
済祐(なりすけ)親王→高松宮好仁親王

鳴滝右京→清水谷実業　188, 189, 198, 242, 448
南光坊天海→天海僧正
南昌院　223, 408
南禅寺以心　934
南禅寺元沖(細川幽斎弟)　800, 801, 807
南禅寺語心院　1284
南禅寺規伯玄方　1285
南禅寺聴松院在天(中院通茂弟)　195, 199
難波宗種(飛鳥井雅宣男)　1016, 1166, 1174, 1179, 1183, 1185, 1188, 1212, 1221, 1224, 1253, 1276
難波宗勝(飛鳥井雅庸次男)　18, 794, 830, 832
難波宗量(飛鳥井雅章三男)　55, 72, 73, 195, 1561, 1188, 1324, 1397
南可(南歌・良玄・周令)　1042, 1052, 1053, 1065, 1066, 1069, 1132, 1169-1171, 1173, 1218, 1226, 1280, 1305, 1311, 1321, 1323, 1350

【に】

二階堂政行　148, 651, 662, 679, 753
西池伊右衛門　1123
西大路隆郷　891
西川源兵衛　1273
西川瀬兵衛　1046, 1052, 1058, 1077, 1171
西瀬→西川瀬兵衛
西川忠味　1041, 1050
西洞院時慶　17, 18, 20, 167, 803, 804, 815, 822, 848, 853, 854, 857, 882, 883, 902, 945, 981, 1016, 1038
西洞院時興　944
西洞院時直(時慶男)　18, 33, 853, 879, 883, 944
西洞院時子(時慶女・掌侍)　830
西坊城遂長　921
西村越前守　240
西郁道益　104, 106, 108, 140
西本願寺　238, 449
西本願寺院家勝奥寺法眼　1531
西本願寺門跡光常　1491
二条為世　171
二条康道(松鶴・昭実養子・九条忠栄男) 841, 850, 918, 932, 956, 958, 963, 977, 978, 986, 995, 996, 998, 1003, 1004, 1006-1008, 1015, 1021, 1026, 1039, 1062, 1064, 1071, 1072, 1076, 1087, 1164, 1167, 1188, 1230, 1236, 1340, 1373, 1382
二条光平　978, 995, 996, 1051, 1071, 1087, 1132, 1165, 1166, 1209, 1210, 1213, 1229, 1555
二条昭実　777, 837, 841, 850, 857, 864, 889
日賢　961
日光御門跡　127, 131, 132, 221, 398
日光院某　835
日厳院堯憲(妙法院院家・園基音男) 1539, 1573
日門主　545

日弘　961
新田義重(鎮守府将軍)　836, 840
蜷川親当　161
若王子(にゃくおうじ)　240, 429
若王子澄存(今川氏真末子)　1038, 1137
若王子内式部　1089
女院(新上東門院・勧修寺晴子)　776, 804, 828, 829, 831
女院(中和門院・近衛前子)　304, 483, 776, 782, 803, 811, 816, 831
女院(東福門院・徳川和子)　231, 236, 241, 284, 304, 387, 420, 423, 424, 428, 429, 444, 453, 468, 483, 514, 528, 895, 896, 905, 907, 908
女院女房(帥局)　831
女御女房(右衛門督)　831
女御明子(好仁親王女・後西院妃)　1569
二楽軒宋世→飛鳥井雅康
庭田重条　194-196, 1555, 1556, 1561, 1563, 1564
庭田重定　823, 896
庭田重通　13, 17
庭田重保　14, 17
仁和寺覚深親王　791, 835, 854, 948, 977, 978, 981, 988, 1061, 1099
仁和寺性承親王　1098, 1099, 1542, 1552, 1175, 1251

【の】

能阿弥　1007
能円→北野社
能貨→北野社
野瀬日向守　1552
野宮中将　246, 478
野宮定逸　908, 1017, 1018, 1041, 1164, 1188, 1200, 1261
野宮定縁(中院通純次男)　189-196, 198, 201, 204, 1318, 1544, 1548
野宮定基(安居丸・親茂・中院通茂次男)　207, 1548
野宮定輔　1369
野々山丹後守基綱　1105
野々山丹後守兼綱(女院付)　224, 401, 1246, 1310
野間玄琢(寿昌院)　1079, 1080, 1084
野間三竹(玄琢男)　1244

【は】

ハビアン　893
灰屋紹由　907
灰屋紹誉(佐野重孝)　907
萩原兼従(吉田)　40, 866, 868, 886, 908, 911
羽倉伯耆介　223, 395
橋本実村　921, 1033
長谷川藤継　832, 857
長谷川藤広(長崎奉行)　817, 818, 828, 832, 839-842, 857, 887
長谷川藤正(長崎奉行)　896, 899, 903, 906, 908, 918, 922, 939
長谷川等伯(奥村文之丞宗道男)　834
長谷川頓也　1050

支倉六右衛門(常長)　849, 908
秦宗巴(家康侍医・立安・寿命院)　824
八条宮穏仁親王　1207, 1227, 1244, 1253, 1281, 1342, 1398
八条宮智仁親王　616, 621, 647, 649, 657, 671, 672, 682, 684, 691, 692, 696, 711, 728, 730, 733, 741, 742, 757, 758, 770, 772, 774, 780, 781, 783-786, 789-791, 794-800, 802-804, 806, 815, 818, 819, 824, 826, 828, 834, 857, 860, 873, 874, 897, 924, 926, 931, 935, 944, 953, 997, 1194-1196, 1207, 1380, 1554
八条宮智忠親王　935, 951, 1036, 1042, 1087, 1191, 1216, 1221, 1222, 1342
八条宮智忠親王室(前田利常女)　1342
八条宮長仁親王　1217
八宮→知恩院良純親王
蜂須賀光隆　1235
服部備後守　256, 452
花園実満　92, 99, 100, 119, 120, 139, 768, 1548
馬場利重　1009, 1031
浜田弥兵衛　940, 947, 950
葉室頼孝　1556, 1564, 1230, 1233
葉室頼業　1037, 1044, 1051, 1064, 1251
葉室頼宣　14, 770, 772, 773, 788, 827, 831
葉室頼宣女(目目典侍)　848
早川庄右衛門(仙洞板元)　239
林永喜(信澄・羅山弟)　845, 870, 940, 941, 959, 1027
林鵞峰(春勝・春斎・羅山男)　208, 214, 1063, 1269
林主計　82
林羅山(信勝・道春)　814, 822, 840, 845, 848, 853, 856, 858, 860, 861, 867, 869, 902, 918, 929, 940, 941, 954, 959, 964, 966, 976, 982, 986, 993, 995, 1007, 1013-1015, 1017, 1035, 1045, 1063, 1250
林叔勝(羅山男)　954
原田清高　82
針立宗寿　1007
幡随意智誉　842
般舟院　521
般若院快運　842
伴与九郎紀全(八幡神人)　174, 882

【ひ】

比叡山恵心院良範　905
比叡山実厳院(園基音男)　1254
東久世木工頭通廉　241, 436, 1369, 1548, 1549
東園基賢　194, 1155, 1184, 1185
東園基量　194, , 1543, 1551, 1556-1558, 1561, 1563
東園中納言　255
東坊城盛長　824
東坊城知長　1165
東坊城長維　208, 210, 212, 217, 876, 917, 1065
東坊城和長　212
東本願寺　238, 440, 1203

東本願寺光清　1199
樋口信孝　1017, 1018, 1037
彦坂重紹（大坂町奉行）　199
彦坂織部　197, 1532
英彦山座主広有　1517
英彦（ひこ）山座主亮有　1410, 1411
秀忠室浅井氏　905
毘沙門堂門跡　114, 447
毘沙門堂公弁親王　1569
人見賢知　1033
雛屋立圃（野々口）　1159, 1162, 1163, 1167, 1173, 1179, 1190, 1208, 1291, 1295, 1301, 1362
日野輝資（唯心）　33, 770, 772, 784, 789, 790, 793, 794, 796, 804, 855, 858, 914, 1219
日野光慶　209, 215, 217, 850, 851, 852, 883, 960, 1034, 1329
日野弘資　36, 172, 180, 187, 188, 192-194, 196, 486, 1034, 1052, 1063, 1166, 1229, 1239, 1317, 1341, 1365, 1372, 1373, 1376, 1377, 1386-1389, 1533, 1538, 1539, 1548, 1552, 1566, 1567
日野資勝　209, 773-777, 780, 781, 794, 796, 846, 857-859, 865, 902, 907, 911, 927, 943, 951, 957, 958, 963, 964, 969, 976, 977, 983, 986, 991, 994, 995, 1006, 1008-1010, 1014, 1015, 1021, 1023, 1025, 1026, 1031-1034
日野資茂　193, 194, 1533, 1558, 1563
日野淳光　849
日野忠有（日野輝資息）→英彦山霊仙寺座主　793
日野西総盛　891
表具師久左衛門　1068
表具師惣左衛門　1068
表具屋庄次郎　1299
表具師庄兵衛　1115
表具屋庄兵衛　1269
平賀清兵衛　1064
平山六左衛門　1272
広庭祐宣　1286
広橋兼賢　211, 215, 217, 842, 844, 852, 854, 859, 863, 864, 866, 867, 963, 965, 967, 976, 987, 990, 992, 999, 1008, 1013, 1015, 1052, 1064, 1065, 1077, 1166, 1171, 1176, 1179, 1182, 1184, 1188, 1195, 1254
広橋兼勝　17, 18, 774, 787-794, 802, 803, 806, 817, 820, 833, 838, 845, 851-854, 856, 858, 859, 861, 864, 884, 887, 888, 896, 897, 907, 910
広橋兼茂　1227
広橋綏光　1002, 1009, 1054, 1056, 1063, 1064, 1177
広橋総光　17, 18, 209, 773-775, 779-781, 783, 785, 789-797, 800, 801, 803, 804, 806, 807, 808, 810-812, 814, 820, 822, 823, 825, 827, 847, 850, 854, 856, 1051
兵庫頭某　779
平等心王院明忍→神護寺
兵部卿宮→幸仁親王（有栖川宮）
平井春沢　193

平野孫左衛門　813
平野藤次郎　230, 425
平間長雅(風観斎六喩居士)　42, 93, 98, 144, 162, 168, 645
平松時興　173
平松時方　194-196
平松時庸　948, 986, 1029, 1182, 1184, 1202, 1203
平松時量　768, 1548, 1551, 1566, 1203, 1321, 1325
平山常陳　908
拾丸→豊臣秀頼
広沢長好→望月長孝

【ふ】

風月宗智　1038
深津越中守正貞　1255, 1272
深谷永碩(絵師)　1533
袋屋三郎左衛門　1294
袋屋宗雪　1182
福仙院僧正　1538
藤智縄　973
伏原賢忠　1177, 1193, 1196, 1197, 1199, 1200, 1203-1205
福島正則　787, 796
藤江雅量　1155, 1165, 1168, 1171, 1176, 1177, 1188, 1255
藤江定時　953, 954
藤木加賀守　236, 435
藤木小左衛門字直　1269
藤木主計　1323
藤木信濃守　242, 442, 1382
藤木成定　866
藤木但馬守　223, 396
藤木土佐守　1532-1535
藤白清兵衛　529
藤谷為賢(冷泉為満次男)　814, 957, 1171-1173, 1183, 1184
藤谷為賢室永寿院　1310
藤谷為教　194, 195
藤谷為条　180, 1063, 1162, 1165, 1173, 1184, 1192, 1193, 1206, 1217-1219, 1236, 1252, 1255, 1256, 1310, 1322, 1323, 1340
藤谷道沢　438, 452
伏見院　7
伏見宮貞敦親王　649, 749
伏見宮貞清親王　783, 816, 852, 890, 918, 932, 1076, 1189, 1202
伏見宮貞清親王女顕子(家綱室) 1534
伏見宮貞清親王男天祥院　1038, 1087
伏見宮貞致親王　1311
伏見宮邦彦親王　837
伏見宮邦詠親王　1537
伏見宮邦高親王　650, 652, 666, 667, 675, 681, 683, 688, 701, 719, 725, 728, 733, 736, 745, 758
伏見宮邦尚親王　932, 934, 1189
伏見宮邦道親王　1203, 1298
伏見宮邦輔親王　773, 902
伏見宮邦房親王　777, 791, 816, 905, 906
伏見宮邦房親王妃　870

藤原為家　812
藤原家隆　58, 544
藤原佳気万寿　118
藤原行成　810, 812, 813
藤原俊成　175, 544
藤原清輔　50
藤原粛（惺窩）　819, 890, 1062
藤原達子（秀忠室浅井氏）　933, 935, 940
藤原定家　175, 544, 786, 812, 854, 855, 863, 937, 1252
藤原長綱　58
藤原範永　52
藤原与津子（梅宮・四辻公遠女）　889
二村八郎左衛門　1167
仏光寺　224, 397
筆結庄兵衛　1353, 1355
不動上人正円　1122, 1132, 1168, 1175, 1215
舟木弥七郎　813
舟越外記　1077, 1184, 1327
舟橋弘賢　75
舟橋国賢　810, 858
舟橋秀賢　17, 18, 25, 794, 798, 803, 804, 807, 809-812, 814, 816, 817, 820-823, 834, 839, 840, 842, 843, 853, 854
舟橋秀相　854
舟橋秀雄　217
舟橋尚賢　75
舟橋良雄　212
古田織部正　862
古川智次　937

【へ】

遍易（変易）　1323, 1306, 1307

【ほ】

甫庵（小瀬）　910
法印慶雲　1533
法印杏仙　1550, 1570
法印春沢（得寿院）　1530, 1531, 1551, 1554, 1555
法印通元　1532-1534, 1548
法印道竹　1554
法印山脇道作　1088, 1192, 1193, 1197, 1206, 1343, 1358, 1533, 1551, 1554, 1555
法眼意斎　1353, 1531, 1550, 1551, 1554, 1555, 1570
法眼慶雲　222
法眼玄長　1531
法眼柴田梅安　1531
法眼治徳（自徳）　128, 222, 392
法橋正伯　1531
法橋喜庵　1193, 1203
法橋玄貞　1199
法橋玄的　1200
法橋玄伯　1200
法橋三接　1200
法橋正淵　1550
法橋宗恕　1199
法橋道員　1536
法橋道元　1533
法眼玄長　1531, 1552

法眼石庵　1533, 1551
法眼純海　1200
法眼玄昌　1554
＊便宜的に法印等以外の医師もここに集める
医師益安　1570
医師芳安　1570
医師暦庵　1202
医師橋悦　1345
鍼医賀茂成親　1533
鍼医賀茂成量　1533
報恩院寛済（東寺長者）　1265
報恩院有雅（東寺）　1557
放下師小太夫　1177
宝鏡寺禅尼宮久嶽理昌　1090, 1229
宝鏡寺理豊（後西院皇女）　121
宝蔵坊信海　1548
豊光寺承兌（西笑）　825
宝慈院周芳（中院通村弟・日野家猶子）　199
宝生重房　970
法常寺一糸文守　982, 987
北条氏重　1056, 1070, 1074, 1077
北条氏宗　769
北条氏治　769
北条氏朝（河内狭山）　41, 42, 45, 96, 98, 99, 144, 145, 147, 148, 154, 558
坊城俊完（俊直弟・葉室頼豊）　174, 769, 857, 944, 963, 975, 1019, 1020, 1027, 1029, 1041, 1043, 1044, 1047, 1050, 1056, 1057, 1058, 1061, 1068, 1070, 1073-1076, 1087, 1132, 1162, 1168, 1169, 1172-1174, 1179, 1183, 1185, 1187, 1193, 1215-1217, 1220, 1230, 1231, 1233, 1236, 1255, 1331
坊城俊広　1068, 1069, 1074, 1556, 1561, 1179, 1183, 1185, 1220, 1231, 1233
坊城俊昌（晴豊三男）　769, 788, 789, 791, 803, 806, 810, 816, 817, 823, 857, 886, 1047, 1267, 1331
坊城俊昌次男→葉室頼豊→坊城俊完
坊城俊直（勧修寺経広）　769, 857, 865, 1331
坊城俊方　1558, 1564, 1569
坊城大納言　223, 411
法身院晋海　835
宝台院（秀忠生母西郷氏）　946
宝台院境誉　947
鳳林承章（鹿苑寺・相国寺晴雲軒・勧修寺晴豊男）　388, 458, 769, 857, 1442
朴平意　807
保科正之　1026
星野宗仲　1099
細川ガラシャ（明智玉）　786
細川興元（忠興弟）　788
細川幸隆　782
細川忠興（三斎）　782, 785-788, 793, 823, 839, 866
細川忠利（光千代・忠辰）　785, 787, 902, 1024
細川幽斎（長岡藤孝・玄旨法印）　40, 46, 63, 148, 155, 156, 171, 659, 665, 666, 670, 671, 673, 678, 681, 688, 689, 693, 696, 699, 700, 701, 709, 711, 715,

717, 718, 720, 723, 725-729, 733, 734, 738, 740, 742, 743, 753, 756, 757, 759, 770, 774, 776, 777, 780, 782, 785, 786, 787, 788, 791, 793, 795-802, 804-809, 819, 821, 835, 1368, 1380
細川幽斎室　795
菩提院信遍　1251
牡丹花肖柏（中院通秀舎弟）　148
堀正意（尾張儒医）　845, 910, 930, 934, 1063
堀正意弟子正室　969
堀利重　1004
堀柳庵　1063
堀尾忠晴　966
堀川弘孝　1171
堀川弘忠　1163, 1171
堀田一通　985
堀田正盛　1033
堀川具世　1306, 1307
堀川本願寺寂如（九条兼晴猶子）　1188
堀川本願寺光昭（准如）　828, 842, 965
堀川本願寺光円（良如）　940, 948, 949
堀河康胤　891, 896, 932, 974, 1008, 1016
本阿弥光悦　782, 1015
本阿弥光林息又八　1053
本因坊算悦　987
本因坊算砂　803, 847, 911
本覚院→理豊女王
本覚寺玄忠（沢道）　827
本圀寺僧正　543
本田親政（島津家臣）　830
本多正之　1559
本多正純　797, 815, 827, 838, 853
本多正信　826
本多忠政（伊勢桑名城主）　872
本多忠刻　872
本屋山城掾　1549
本蓮寺日慧　899

【ま】

前田安芸守　1548
前田玄以　782, 785
前田光高室（家光養女）　982, 989
前田利家　777, 778, 780, 781
前田利常（松平利光・利当）　846, 856, 973, 982, 1002, 1025, 1268
前田利光室徳川氏　908
蒔絵師半兵衛　1045
牧野佐渡守親成（所司代）　214, 241, 444, 925, 1215, 1265, 1266, 1271, 1276, 1278, 1283, 1319, 1320, 1356, 1536
牧野摂津守　1552
益田四郎　1020, 1024
増田市左衛門（表具師）　1214
松崎俊章　1177, 1279
町口大炊助　240, 438
松井康之　787, 788
松江重頼　1159
松浦鎮信（宗静）　782, 823, 885, 1035
松浦隆信　903, 954, 986, 1016
松尾相基　1393

松尾宗圃　1315, 1316
松尾土佐(松室重朝)　1261
松倉勝家　964, 1020, 1026
松倉重政　961, 964
松倉三弥　1026
松倉重頼　1026
松木五郎兵衛(金貨鋳造)　792
松下述久(民部少輔・賀茂)　826, 1545
松田以范(観阿居士)　37
松平伊豆守(信綱)　257, 486, 1012, 1020, 1022, 1024, 1025, 1062, 1063
松平越前守綱昌　1547
松平康安　892
松平広忠(家康父)　836
松平光茂→鍋島
松平左兵衛督　438
松平市正　236, 435
松平志摩守(信重)　1255
松平勝政　892
松平勝隆　1004
松平信之(明石藩主)　199
松平対馬守　278, 499
松平忠晴(伊賀守・丹波亀山)　157, 241, 441
松平直政(出羽守・結城秀康三男)　926, 1269, 1277, 1354, 1547
松平忠直(結城秀康男)　836
松平忠利　979
松平忠房(肥前島原)　1385
松平定綱　931
松殿道基(九条幸家男)　995, 998, 1011, 1012
松永昌三(松永貞徳男)　162, 164
松永貞徳(長頭丸)　162, 164, 959, 1070
松波主殿介光教　1375
松姫(徳川家康女)　834
松前公広　993
万里小路惟房　802
万里小路雅房　768, 1159, 1168, 1177, 1229, 1230, 1538, 1545, 1555, 1556
万里小路孝房(充房男)　817, 822, 825, 827-830, 833, 835, 836, 838, 845, 876
万里小路綱房　990, 992, 1031, 1041, 1042
万里小路充房(晴秀男・輔房養子・桂哲)　9, 783, 791, 811, 825, 826, 891, 896, 933
万里小路淳房　194, 195
万里小路輔房　933
曲直瀬玄朔　779
曲直瀬玄理　1017
曲直瀬道三　948
曼殊院覚恕親王(後奈良院皇子)　786, 816
曼殊院良恕親王(北野社寺務職)　13, 17, 18, 25, 26, 29, 32, 804, 806, 815, 816, 821, 850, 890, 903-905, 926, 940, 944, 957, 988, 1007, 1009, 1032, 1039, 1045, 1060, 1072
曼殊院良尚親王(智仁親王男)　975, 997, 1039, 1176, 1179, 1191, 1215, 1216, 1230

【み】

三井寺上光院　1036
三井寺日光院　1036
三井寺仏地院　1397
三浦按針　1010
三浦正次(書院番)　937
三木右近善利(御香宮)　1251
三木源蔵人　231
三木嗣頼　212
三木主膳(伏見宮家)　1145
御櫛笥殿(櫛笥隆致女隆子)　1158, 1171
水田長隣(尾崎七左衛門)　41, 42, 45, 92-94, 96, 98, 139, 143-145, 147, 154, 389, 558
水谷伊勢守　239
水野伊勢守　471
水野守信(長崎奉行)　929, 951
御簾屋徳助　241, 446
溝口宣勝(越後新発田)　210, 949
溝口宣直　174, 1165, 1171, 1241
光千代(細川忠興息)→細川忠利
三刀谷三省　806
水無瀬兼俊(氏成男)　981
水無瀬兼成(三条西公条息)　91, 775, 787, 798
水無瀬兼豊(氏信甥)　194-196
水無瀬康胤　791
水無瀬氏成(兼成男)　19, 63, 286, 390, 804, 819, 928, 977, 981, 1031, 1054, 1074
水無瀬氏信(兼俊男)　1292
水無瀬親具(高倉永家次男)　791
源経信　52
源光行　175
源孝行(親行男・素寂)　175
源親行(光行息)　175
源由義　128, 285
源頼家　52
源蔵人→竹内源蔵人義純
峯本民部存昌　1353
壬生→小槻
壬生院(藤原光子・園基任女・新中納言殿)　1208, 1210, 1230, 1261, 1565
宮城和甫　992
三宅玄蕃助　236, 241, 439, 460
三宅正勝　896
宮崎河内守　238, 435
明珠院釣月　120
妙心寺慧稜(伯蒲)　949
妙心寺大梁　1053
妙心寺単伝(士印)　979
妙心寺沢雲　1066
妙心寺東源(慧等)　979
明珍出雲掾(轡師)　1514
妙法院堯延親王　1540, 1575
妙法院堯恕親王　1564, 1572, 1186, 1202, 1255, 1281, 1300, 1314, 1324, 1360, 1380, 1396
妙法院堯然親王　36, 799, 847, 1027, 1036, 1042, 1045, 1049, 1051, 1053, 1058, 1060, 1061, 1075, 1087, 1132, 1164, 1167, 1172, 1175, 1176, 1180,

1185, 1187-1189, 1193, 1221, 1222, 1223, 1225, 1227, 1236, 1237, 1239, 1245, 1250-1253, 1256, 1257, 1318, 1324, 1352
妙法院常胤親王　31, 773, 788, 806, 856, 863, 902
三好冬康(安宅)　162
命婦讃岐(兼保妹)　830, 832

【む】

向井忠勝　1001
武者小路実陰　120, 1376
村井立圃　1045
村上勘兵衛　54
村上五兵衛　1292
村上左近(狂言)　1254
村上忠順　145
村川市兵衛(米子町人)　883
紫式部(為時女)　180, 181
村瀬佐介　1092
村部流鶯軒　139
村山等安(長崎代官)　876
無量寿院堯円→醍醐寺　794

【め】

明正院→興子・女一宮　218, 921

【も】

毛利秀就　868
毛利輝元　778
毛利秀元　993
望月長孝(広沢長好・長孝)　93, 162, 168
望月藤兵衛重供　1179
本康(もとやす)徳齋(医)　1070
物加波(徳大寺家)　1426
森市三郎母　1070
森共之　90, 91
森甚五右衛門　1050
森川重俊　975
森本一房(アンコールワット参詣)　975
諸鶴理右衛門　1201

【や】

柳生宗矩　901, 1037
屋代弘賢　163
安井算哲　987, 1315
安井算知　1315
安井知哲　1315
安井門跡　554
安田貞雄　164, 165
也足軒素然→中院通勝
柳原業光　215, 838, 839, 841, 845, 847, 849-851, 855, 858-860, 866, 900, 908, 911, 916-918, 920, 925, 928, 930, 932, 935, 940, 943, 951, 1015, 1016, 1037, 1042, 1054, 1055
柳川検校　1302
柳原資行　1016, 1037, 1045, 1051, 1054, 1055, 1062-1064, 1086, 1166
柳原資俊　786, 788, 789, 792
柳原資廉　194, 1539, 1543, 1569
柳原淳光　771

柳原淳光後室(楊林院)　831
柳原方光　1168
柳川智永(対馬藩家老・調信男)　829
柳川調興(対馬藩家老、智永男)　931, 937, 1001
柳川調信(対馬藩家老)
藪嗣孝(四辻公遠孫)　1178
藪嗣章　188, 192
藪嗣良(高倉・四辻公遠男)　843, 891, 896, 1052, 1056, 1057, 1072, 1161, 1162, 1164-1171, 1178
藪内紹順　1235
藪内紹智　938
山岡景以　897
山鹿素行　199
山形隼人正(三条西家)　1028, 1042
山形右衛門大夫(三条西家)　1011
山口意仙　1315, 1316
山口直友(伏見奉行)　856, 894
山崎宗鑑　855
山科言経　17, 30, 779, 780, 785, 788, 790, 794, 803, 804, 807, 818, 836
山科言行　1329
山科言緒(母為益女)　18, 30, 799, 803, 806, 809, 817, 834, 839, 840, 844, 857, 872, 875, 884, 894, 895, 1015
山科言総　932, 965, 1166, 1172, 1183, 1221, 1329
山科持言　193-195
山科持言室(中院通茂女・本了院)　193
山下宗琢　1029
山田長正(長政)　904, 921, 928, 933, 956, 973
山井局(時貞女・後水尾院上臈)　167
山井図書定重　163, 166, 167
山内《やまのうち》忠義(高知)　939
大和屋善左衛門　940
山本内蔵介　1169
山本五郎右衛門　239
山本五郎左衛門　449
山本西武　959
山本勝忠　1037, 1062, 1178, 1195
山本友我　1079, 1167, 1169, 1171, 1206, 1215, 1306, 1330, 1346, 1348

【ゆ】

結城秀康　818
幸仁親王(有栖川宮)　196, 197
遊行廻国上人　1066, 1068, 1070
遊乗坊草庵　1066
祐清法印　90
祐甫(関東牢人)　63
弓気多昌吉　896
由良外記　1340

【よ】

陽光院(誠仁《さねひと》親王)　3, 5-8, 12, 774, 792, 835, 1012
陽徳院永崇　1234, 1283, 1385
要法寺本地院大蓮坊　809
楊林院→柳原淳光後室
横山康玄　973
横山左衛門内儀　401
吉岡九左衛門　962, 970

吉岡庄左衛門　194
吉川監物　1241
吉田兼庵　236, 241, 436, 451, 1168, 1170
吉田兼英　909
吉田兼敬　75
吉田兼見　774, 779, 816
吉田兼起　1185, 1201, 1227
吉田兼従（萩原）　40, 866
吉田兼則　1163, 1171, 1217
吉田兼治　823, 827, 850, 851, 870
吉田兼連　1543, 1574
吉田光由　942
吉田権右衛門　1046
吉田四郎右衛門（開版屋）　1097
吉田美作守　224, 403
四辻季継　17, 18, 212, 215, 779, 790, 853, 855, 891, 896, 906, 920, 927, 932, 937, 943, 944, 960, 962, 963, 967, 975, 983, 986, 990, 991, 997, 999, 1006, 1014, 1022, 1023, 1033
四辻季賢　1076
四辻季満　10, 791 →鷲尾隆尚
四辻公遠　8-10
四辻公韶　1563
四辻公理　1044, 1055, 1193, 1209, 1233, 1249, 1357
吉権→吉田権右衛門
好仁親王（高松宮）→聖護院済祐親王
淀殿（秀頼生母・浅井氏）　862
米定御方　237
万屋太治右衛門　163, 165
職仁（よりひと）親王（有栖川宮）　65, 80

【ら】

来迎院　435

【り】

理豊女王→宝鏡寺
輪王寺公弁親王　1558
輪王寺守証親王（尊敬）　1224, 1226, 1227, 1568
輪王寺守全親王　1555
琉球王尚寧→尚寧
良純親王→知恩院
良恕親王→曼殊院
龍雲　827
龍宝山見性庵天祐　1234
了長　194
輪王寺守澄（尊敬）　996
輪王寺宮　262

【れ】

霊鑑寺宗栄　1199, 1268, 1541, 1562, 1563
霊鑑寺禅尼宮（月江宗澄）　1152
霊元院（識仁・高貴宮）　47, 54, 59, 73, 156, 189
霊源寺法常寺開基一糸（仏頂国師）　1553
伶人伊益　174, 1240
冷泉為経　890
冷泉為広　148, 682, 690, 699, 705, 706, 718, 724, 731, 735, 744, 745, 758

冷泉為親　18
冷泉為清　1132, 1162, 1173, 1183, 1184, 1186, 1192, 1221, 1222, 1232, 1236, 1261, 1267, 1283, 1310, 1321, 1322, 1324, 1369
冷泉為村　65
冷泉為治　957
冷泉為満　13, 17, 18, 149, 774, 784, 786, 788, 790, 803, 807-809, 811, 812, 814-818, 821, 823, 834, 842, 843, 852-854, 857, 871, 876, 888
冷泉為頼　840, 900, 930, 932, 937, 938
冷泉定経（今城）　195, 196
冷泉政為→下冷泉
歴安　459

【ろ】

鹿苑院　542
鹿苑院顕晫　898
鹿苑院瑞保（有節）
鹿苑寺承章→鳳林承章（勧修寺晴豊六男・母土御門有脩女、伯叔母新上東門院）
六陽斎長雪　163, 164
六条有広　17, 18, 209, 786, 857
六条中将　543
緑毛斎永保典繁　165

【わ】

分部又四郎　940
脇坂安元　157, 791, 809
鷲尾隆康　791
鷲尾隆尚　17, 18, 791, 809
鷲尾隆量　999, 1003, 1006-1008, 1013-1015, 1023, 1029, 1232, 1233
渡辺数馬　964
渡辺宗賢　163
渡辺友綱　1037
度会弘仲　1194

書名索引

凡　例

1　本書所収の書名(除近現代)を50音順に示す。数字は本書の頁数を示す。頁数が連続する場合は、7-10のように略記する。

2　原則として『　』内の書名を採るが、属性が一目でわかるように、「定家自筆古今集」「後西院宸筆百人一首」のように表記する。出典名(『続史愚抄』)等は省く。

3　書名だけではなく、便宜により書画作品等も立項する。適宜、属性を重視して作品名を与えるので、一般的な呼称と相違することもある。
《例》定家卿筆書状掛物、続千載為之筆光広奥書、本屋山城掾献上歌加留多一面。

4　書名の読みは『国書総目録』や国文学研究資料館データベースを参考にするが、違う読みでも検索されたい。

5　複数の書名がある場合は、適宜、空見出し、参考見出し等を掲げる。

6　10文字を越える場合は略記することがある。

7　不審の点は本文にもどって確認されたい。

【あ】

亜槐集　1542
県召除目次第　4
足利版孔子家語　782
足利版三略　782, 786
足利版六韜三略　782
飛鳥井栄雅息女新曹筆歌書　1203
飛鳥井雅章書状　1478
飛鳥井雅親女筆古今集　1061
飛鳥井雅頼筆古今集　1061
吾妻鏡　823, 919
東鑑　812, 868
東鑑綱要　845
天草物語　1024
闇公遺影像　1068

【い】

家隆卿筆掛物　1125
家隆卿筆鶺鴒の絵　1083
家隆筆伊勢物語　1100, 1103
家隆筆堯然補写伊勢物語　1107, 1109, 1118
池坊二代専好立花写し絵手鏡　1043
出雲風土記　995
惟清抄　801
伊勢物語　770, 827, 853, 923, 925, 926, 1118, 1182, 1220
伊勢物語聞書之私上　1239
伊勢物語愚案抄　4
伊勢物語闕疑抄　807, 1038
伊勢物語抄玄旨作　1512
伊勢物語称談集解　91
伊勢物語秘説伝授状　33

板倉版十七条憲法　828
一座御会の御短冊一結　1537
一字御抄（勅撰一字抄・御撰千首）36, 49, 50, 153, 1397, 1508, 1558
一字御抄出典群　51
乙夜随筆　175
一人三臣抄　45, 48
一休掛物　1112
一休自画自賛蘭の絵　1225
一休師自絵自讃蘭画　1387
一休竪掛物虚堂普説　1116
一休筆横物　1443
伊藤宗貞追善詩歌　1226
伊藤長兵衛相国寺山内指図　1083
伊藤長兵衛書押絵小色紙　1055
伊藤長兵衛原の境の絵歌　1082
因幡堂縁起　1030
今出川公規公記　55, 1397
異名集　898
韻鏡　1377
院七絶通勝奉和　783

【う】

謡抄　813
歌かるた　1549
宇津保物語　811
雲松院御影　1103

【え】

栄雅息女新曹筆歌書　1203
詠歌大概官本　1550
詠歌大概切紙四通　1389
栄雅の書物　1272
詠歌大概　790, 808, 868, 1281, 1550
詠歌大概抄　1222
詠歌大概御抄　4
栄華物語　775
英公遺事　1229
鷲巣御集　80
鷲巣集　77-80, 82, 83, 91, 98
易然集　1560
画師の印集　1093
江戸の地図・大坂の地図　998
絵巻物狩野右近筆　1420
延喜式　853
円光寺版周易注　812, 815
円浄法皇御集　39, 41, 43, 94, 389
円浄法皇御自撰和歌　18, 42-45, 48, 51, 53, 78, 93
円浄法皇御自撰和歌　98, 141, 152, 159, 646, 1397, 1452, 1462, 1478
園大暦　1325
袁了凡綱鑑　1211

【お】

奥義抄　1257
鴎巣集　42, 77, 82, 83, 98, 123
黄檗山卓峯筆三十三観音　1549
正親町院御記　4
正親町院宸翰小色紙　1080
正親町院勅筆懐紙　1327
隠岐国御奉納二十首　968, 977
大坂城の絵図　989
大坂陣の図屏風　869

おちくぼ物語　29
御手鑑　1271, 1272
御手鑑目録　1243
御湯殿上日記　4
御湯殿上日記抜書　4
御月次永正五年　48
御独吟和漢聯句　4
御密事勅書三通　1448

【か】

晦庵先生語録類要　1377
芥記　769, 1238
改元記　208
改元部類　214
改元部類記寛永　217
改元物語　208, 218
海北友雪細筆山水　1240
海北友雪短冊五枚　1510
海北友雪式三番絵　1231, 1258, 1263
河海抄　172, 173, 175, 182
隔蓂記　764, 769
革命記　899
鶴林玉露　1059
掛物定家卿大原野の詩　1009
掛守写　1439
勧修寺家系図　1053, 1089, 1093, 1095
勧修寺晴秀御影　1053
歌書集成　156
可笑記　1059
春日社司祐範記　209
春日住吉両神御影　1119
歌仙屏風押様之事　1535
花鳥余情　172, 173, 175
科註法華経　843, 905
甲子文書寛永　211, 217
仮名文字遣　33
兼右卿日記抜萃　4
狩野安信筆瀟湘八景図　1084
狩野興以筆山水図　1061
狩野山楽筆海津社絵馬　923
狩野清真図絵　1527
狩野探幽→探幽
狩野洞雲絵数十幅　1526
狩野・土佐合作当麻寺縁起絵巻　988
亀山院宸翰　1057
亀山院宸翰小色紙　1050
賀茂社拝領歌仙色紙　1562
烏丸資慶灌頂三十首　1372
烏丸資慶自筆草稿類　1456
烏丸資慶編黄葉和歌集　1452
烏丸資慶編常縁集　1461
烏丸光広詠草　1452
驊騮全書　959
歌林尾花末　159
河端安芸勧進短冊成就四法　1461
寛永行幸記　936
寛永十四年正月同詠并当座和歌　1015
寛永板本和漢朗詠集道寛加点　1342
勧学文　774
顔暉筆芦雁掛物　1430
観俊坊写大和物語　1353, 1355
観俊坊書百人一首　1350
漢書　822, 1065
官職便覧　1233

菅神御筆経　1404
勧進帳　1251
鑑禅師之信心銘　1481
灌頂三十首　1372, 1376
顔緋筆の絵　1408
翰墨全書　1377
翰林五鳳集　1535

【き】

葵旧記　1532
季吟自筆伊勢物語拾穂抄　1350
季吟自筆土左日記之抄　1323
北野法楽和歌即席十五首　1069
行幸記　963
行幸御譲位屏風　1077
堯恕親王・探幽筆法皇御寿影　1380
堯然御筆外題伊勢物語　1118
堯然親王菊の絵　1509
堯然親王筆絵に道晃親王賛歌　1509
玉海　855
玉篇　819
玉露稿　1489
玉露稿交野時貞奥書　1489
清輔自筆本写奥義抄　1257
御物古筆手鑑　931
桐壺抄聖護院道寛親王自筆　180
今花集　46
勤旧帳新策　1092
金玉集　878
錦繍段　774, 791, 807, 907, 1173
錦繍段抄　959
近代百人一首　159
禁中御手鑑　1254
禁中御手鑑一六冊　1272
禁中雑事　4
禁中并公家中諸法度　864
禁秘御抄　1476
禁裏院中月卿地下分限帳　1477
禁裏古懐紙短冊等　944
禁裏御会始和歌正保五正十九　1103
禁裏古今講釈次第　41
禁裏御着到百首並寄書和歌　15
錦里文集　1280

【く】

空海筆般若心経　855
愚詠之覚　765
公卿補任　1050, 1060
公卿寄合書歌仙色紙　1108
公卿寄合書三十六歌仙　1537
公卿寄合書三部抄　1537
公卿寄合書時代不同歌合　1468
公卿寄合書新古今　1468
公卿寄合書平家物語絵の詞書　949
旧事記　816
愚草　764, 769, 1213, 1219, 1249
車屋本謡本　790
桑原幽室筆二枚屏風一双　1514
薫香方　815
群書一覧　45, 49, 54
群書治要　853, 867, 924
訓題抄　60, 61

【け】

慶安御手鑑　1155
慶安太平記　1144
渓雲問答　175
稽古略韻　1376
稽古録　855
慶長十一年三十首和歌　19
慶長十三年冬日同詠三十首　25
慶長十二年夏日同詠五十首　20
慶長千首　18, 48, 149, 815
慶長二十年七月十三日改元　208
啓迪集　1184
迎陽記　1113
決疑鈔直牒　959
源空の七箇条起請文　833
元亨釈書　1315, 1316
兼好像に徒然草の一段加筆　1318
源語秘訣　189, 1514
源氏絵詞　1535
源氏外伝　199, 205-207
源氏聞書　179
源氏聞書寛文六年　180
源氏聞書後水尾院講談　180
源氏系図　795, 812
源氏抄　171, 960
源氏清濁　179
源氏箱　786
源氏物語　33, 771, 782, 790, 794, 799, 807, 815, 824
源氏物語定成・基綱　189
源氏物語聞書　4, 178
源氏物語湖月抄　1515
源氏物語三ヶ大事相伝切紙　835
源氏物語抄　175, 178, 200, 201
源氏物語抄草稿　174, 184, 1035
源氏物語手鑑　878
源氏物語不審条々道晃親王遺物　1562
元和帝御詠歌聞書　118
元和帝御製集　120, 124
憲法　813
建武式目　840

【こ】

故亜槐資慶卿御詠　1457
古筆朗詠　1340
香雲院右丞相口伝　60, 64
孝経　810, 816, 821
孔子家語　782
高寿院殿御影　1103
興聖寺縁起　1443
興聖寺再興縁起　1443
興聖寺再興諸堂諸軸総目録　1443
行成筆和漢朗詠下巻　1118
行成筆和漢朗詠集　810, 813
黄石公兵書　822
後宇多院宸翰　1102, 1115
後宇多院宸翰高山寺五首　1113
皇朝類苑　903, 908, 912, 948
弘法大師御筆の写点の事　1247
黄葉集　66, 75, 1478
黄葉和歌集　1452
高麗版大蔵経　829
孝亮宿禰日次記　210

古懐紙短冊等　944
後柏原院御集　1241
後柏原天皇宸筆阿弥陀経　982
久我通名起請文　1448
古澗自筆略韻　1367
後漢書　1065
御記御即位　1243
御記目録　1243
後京極良経筆懐紙　1279
古今聞書　171, 789, 790, 794, 799
古勤旧帳　1092
古今後花園　189
古今集講談座割　1249, 1317, 1377
古今古聞　796
古今集相伝之箱入目録　799
古今集之抄　1252
古今抄　794
古今抄正当流　799
古今肖聞之内　796
古今伝授応答控　170, 171
古今伝授掛守　797
古今伝授証明状　786
古今伝受資料　41, 785, 797, 799, 926
古今伝授誓詞等　809
古今伝受日記　764, 769, 1364, 1379
古今伝授箱　786
古今内巻物　796
古今箱　1368, 1369, 1378
古今御抄　1367
古今和歌集　926, 931, 1089, 1185
詁訓和歌集　1250
古今和歌集法皇御抄　1378
古今和歌集両度聞書　1038
後光明院勅筆御色紙掛物　1126
後光明院勅筆寒山絵掛物　1090
後光明天皇御日次記　768
後小松院御文掛物　1272
後小松院宸筆自讃歌　1547
後西院外題道晃親王筆此集　1385
後西院宸翰喜撰法師歌　1443
呉子　813
古事記　816
小色紙押絵の本　1049
後白河院御影　1252
御即位記　1239
後醍醐院御歌宸翰　1430
後醍醐天皇宸翰御文御掛物　1413
後醍醐天皇宸翰掛物　1138
小朝拝事　4
後土御門院宸翰御懐紙　1404, 1430
御亭日観筆葡萄絵　1279
後藤宗也歌集一冊　1049
後鳥羽院御歌掛物　1272
後鳥羽院御記一軸　1473
後鳥羽院宸翰御歌一首　1232
後鳥羽院宸翰御詠　1214
後鳥羽院宸翰御懐紙　1094, 1361
後鳥羽院尊影古筆　1475
後鳥羽院・長房・家長懐紙　1113
近衛信尹御筆大色紙　1113
御はいせんの事　4
御拝之事　4
後花園院宸翰御懐紙　1430
古筆歌書并巻物名筆　1071

古筆古今集　1093
古筆定家慈鎮伏見院後光厳院色々　1125
古筆百人一首巻物　1133
後深草院宸翰御文　1029
後深草院宸翰掛物　1043
古文孝経　798, 1349
古文真宝　844, 848, 852, 896
古文真宝抄　1059, 1330
御法会拈香拙語　1121
古法眼筆彩色人丸像　1091
古法眼筆鶉の絵　1095
古本源氏物語　928
後水尾院円浄法皇御製集　86
後水尾院御仰和歌聞書　1541
後水尾院御日次記　167, 764
後水尾院御歌　90
後水尾院御集　42, 66, 68, 70, 73, 78, 83, 93, 111
後水尾院御集　112, 115, 119, 121, 122, 130, 286, 764
後水尾院御製　78, 86, 104, 107, 111, 114, 126, 127, 131
後水尾院御製　221
後水尾帝御製　111
後水尾院御製集　68, 73, 75, 99, 101, 109, 116, 128, 135
後水尾院御制集書抜　83
後水尾院御製和歌集　132
後水尾院宸翰寂蓮法師歌　1443
後水尾院和歌作法　1465
後水尾天皇御製　67, 119
後陽成院五日百首　16
後陽成院絵老師像掛物　1430
後陽成院御五十首　4
後陽成院御百首　4
後陽成院御記　4
後陽成院御製詩写　783
後陽成院宸翰　814, 817-819
後陽成院宸翰扇地に御歌　1286
後陽成院宸翰御文　1050
後陽成院宸翰鶴屏風　1027
後陽成院宸筆歌仙　1034
後陽成院宸筆名号　1540
後陽成院本和訓押韻道晃親王写　1470
後陽成天皇宸筆源氏物語　907
御霊社法印祐能御伝授日次　808

【さ】

西園寺公経懐紙花有歓色　1113
西行法師行状絵詞　964
西湖十境詩色紙　1418
西湖図屏風　966
逆耳集　810
前内相実隆公百首集　46
策彦詩集　898
桜岡懐紙集　1502
酒百首　954
狭衣物語　1273
定親卿記　1239
佐太天神之記　1234
薩戒記　1218
左伝分類　884
里蜑集　1235

実隆公記　211
実隆百首　46
三玉集　1508, 1558
三玉和歌集　46, 51, 66, 1508, 1558
三光院抄　1370
三光双覧抄　858
三重韻　1161
三十首一巻　1478
三十首和歌慶長十一年　19, 819
三条大納言聞書　1199
三条西正親町両伝奏排斥之件　1448
三条西実教筆短冊三枚　1128
三世相点付本　1083
参内記　995
三体詩　869, 1473
三体詩注本　1152
三代実録　914, 957
三代集(聖護院本・高松宮本)　1544
纂題和歌集　54
三体和歌注藤川百首注　1199
三筆寄合書三部抄　1540
三部抄　1280, 1376
三部抄之抄　1038
山楽筆近江海津社絵馬　923
山楽筆百椿図　1032
三略　782, 786, 807
三略諺解　929

【し】

詞花伏見院　189
四河入海　1485, 1490
史記　1065
詩経大全　884
慈恵大師七猿絵和歌七首　1131
慈眼大師追善道寛親王詠歌短冊　1520
四条院御影　1429
詩仙の人形絵三十六枚　1362
侍中群要抄　855
慈鎮和尚御文御歌掛物　1104
慈鎮和尚筆一巻　1430
四部抄　1330
島原合戦記　1024
清水千清遺書　167
寂蓮法師自筆の文　1303
寂蓮法師筆の掛物　1415
儒医精要　1110
周易　1174, 1178, 1183, 1194, 1196, 1198, 1202, 1206
周易抄　898
周易注　812
集外歌仙　158-168
集外三十六歌仙　36, 158
修学院御殿新八景詩　1282, 1288, 1389
春秋左氏伝　842, 1193, 1196, 1197, 1199, 1200, 1203-1205
修習止観坐禅法要　959
衆妙集　1478
秀葉集稿本　1457
周礼素本　1273
首書源氏物語　199
入洛記　995
首楞厳　1069
俊成卿筆蹟歌書切掛物　1175

俊成九十賀記　1466
俊成定家卿両筆掛物　1436
俊成・定家像新写　1111
俊成卿筆一巻　1512
俊頼筆掛物　1052
譲位即位図屏風　1070
紹運系図　847
常縁集　1461, 1478
承応御会和歌　1213
松鴎齋記　1437, 1438
承応日次記　764, 768
貞観政要　785, 805, 853, 916, 1065
将軍宣下等陣儀次第　4
聖護院本しづくに濁る物語　1276
聖護院本寂然集　1277
聖護院本仙洞御点取之和歌　1151
聖護院本帚木　1035
聖護院本倭漢朗詠注　1342
聖護院御門跡日々記　764, 1035
照高院道晃法親王御詠集　765
相国寺祖師堂什物　1460
瀟瀟八景図　1084
承章和歌詠草法皇御添削　1132
章長の筆　1404
聖徳太子十七条憲法　828
肖聞抄　29
逍遙院の筆　1484
逍遙院詠草　47
逍遙院五十首　47
逍遙院自筆連歌懐紙　1028
逍遙院集　47
逍遙院抄　1371
逍遙院殿御詠草　46
逍遙院内大臣百首　47
逍遥院内府詠歌　63
逍遙院内府百首　47
逍遙院筆迎陽記由来四言詩　1113
逍遙院筆短尺　1093, 1129
逍遙院百首　47
逍遙院基綱卿両吟百首　47
昌黎文集　1314
諸家系図屏風　840
諸家筆古今集　1547
諸家筆三十六歌仙　1547
職原鈔　1437, 1449, 1450
続五明題　54
続撰吟抄　45, 48, 878
続日本紀　842, 847, 853
相国寺二十八祖画図一幅　1220
書札認様　819
諸社諸寺額写　1422
諸大名馬印屏風絵　1115
諸天伝　1163
諸道勘文写元和十年　217
新一人三臣和歌　1438
新院御千句　1478
新院住吉玉津島御法楽短冊　1379
新院聖廟御法楽写　1381
新院水無瀬殿御法楽写　1380
神祇道服忌令　813
新三十六人歌合持明院基定奥書　1176
晋書　855
新上東門院始入内　793
新続古今集　45, 46, 152, 157

新撰六帖　1036
信長記　910
新勅撰集　812
神道行法印　868
神道大意　796
神道大意　796
親王宣下条々　816
新板伊勢物語　1499
新板三重韻　1161
新板史記　824
新板の古今集・伊勢物語　1312
宸筆法華経　1545
新編江湖風月集略註　959
神名帳　930
辛酉紀行　904
新類題　54, 60
新暦八卦　1500

【す】

随庵公御筆色紙　1108
瑞仙書写周易抄　898
住吉社奉納千首和歌　155

【せ】

世阿弥風曲集　1117
惺窩先生文集　890
聖教要録　199
醒酔笑　916
斉民要術　842
世界国々図六枚屏風　1297
世界図　969
雪玉　47
雪玉集　46-48, 66
摂家門跡筆家集　1489
雪山筆布袋絵　1118
雪舟筆山水　1443
雪舟筆出山釈迦像　1259
雪村筆四睡　1007
善悪物語　1054, 1089
宣賢自筆惟清抄　801
専好立花写絵手鑑　1043
戦国策　993
選択集　853
仙洞御手鑑　1198
仙洞御製　101
仙洞御製宸翰　1125
仙洞古筆御手鑑　1059
仙洞御両吟狂句御聯句　1337
仙洞山居御屋敷絵図　1047
仙洞宸翰衣笠山の御製和歌　1206, 1214
仙洞当座御会御懐紙十枚　1123
仙洞褒貶歌合　1181
仙洞夜話集　1058

【そ】

宗鑑筆二十一代集　855
宗祇抄　1371
宗祇法師自筆書状　1113
宗祇法師の筆　1113
草根集　13
宗佐編細川幽斎聞書　1478
宗佐編幽斎詠草　1478
荘子　189

叢首座所持名庸集　1374
続亜槐集　1542
即位行幸屏風　1071, 1080, 1081
即位行幸屏風　1071
即之の筆数多　1068
疎藁　1116
蘇東坡筆大文字　1344
蘇東坡筆自絵自讃竹図　1061
素問入式運気論奥序　1377
尊円親王御手本　1534
孫子諺解　929
尊朝歌書物　1028

【た】

大学　781, 813, 814, 822, 842, 1092
大規和尚吟稿　1519
大系図　946
大慧普説　1095
大施餓鬼集類分解　1396
大蔵一覧集　861
大徳寺悦渓墨跡　1089
太平記　915
太平御覧　824
当麻寺縁起絵巻　988
題林愚抄　54
題林愚抄一部八冊　1318
尊氏家代々官位記録写　1269
尊氏公自筆文　1100
高辻章長の筆　1404
高辻久長筆文　1429
卓峯筆三十三観音像　1549
武田家系図　1050, 1056
武田道安系図　1053, 1060
太上法皇宸翰御短冊　1272
蛇足軒絵讃　1121
多々良問答　1243, 1450
伊達本古今和歌集　931, 937
伊達本和漢朗詠集　931
為家卿筆伊勢物語切　1125
為家卿筆掛物　1128
為家小色紙　1043
為家筆俊成九十賀記　1466
為氏五首懐紙掛物　1411
為景新写俊成定家像　1111
為相懐紙掛物　1257, 1304
為満本二十一代集　871, 876
為世卿為相卿古筆　1103
為世筆歌合一巻　1061
俵屋宗雪筆押絵　1054
探幽絵小色紙　1247
探幽押絵四枚　1111
探幽息仙千代三歳の絵　1224
探幽二条城襖絵　936
探幽二枚屏風の三幅一対　1059
探幽筆鴈掛物　1444
探幽筆観音像　1287
探幽筆禁中御屏風　1229
探幽筆鷺絵　1411
探幽筆三幅一対　1059
探幽筆屏風一双　1059
探幽筆屏風絵　1224
探幽・養朴両筆画屏風　1523

【ち】

知恩院什物上人伝記　1453
竹園御月次明応　48
痴絶墨跡　1125, 1245
中興光照大規和尚紀年行状　1519
中峯広録　1546
中庸　912, 915, 1174
中和門院御筆歌二首掛物　1329
中和門院十七年御忌法事記録絵図　1088
長恨歌琵琶行　1429
聴雪集　46
聴雪和歌抄　46
朝鮮絵師筆寒山・布袋図　1061
朝鮮人雪峯筆名月軒の三大字　1070
張即之筆数多　1068
超殿司筆三幅対　1007, 1068
兆殿主筆二十八祖五百羅漢　1068
勅筆御色紙　1411
勅撰名所和歌抄出　958
勅版職原鈔　781
勅版大学　781
勅版中庸　781
勅版日本書紀神代巻　781
勅物全本礼書　808

【つ】

土御門院順徳院御百首　1508
土御門泰重卿記　210
貫之筆大色紙掛物　1074
貫之筆掛物　1093
徒然草　1555
徒然草烏丸光広奥書本　1555
徒然草也足軒奥書本　1555

【て】

定家家隆百首歌合　1307
定家奥書為家筆新勅撰集　812
定家卿小倉色紙の内　1299
定家卿仮名文掛物　1171
定家卿真筆三代集之抜書　818
定家卿真筆書状掛物　1108
定家卿筆書状　1092
定家卿筆蹟掛物　1193, 1428
定家卿筆二首和歌　1113
定家卿文掛物　1430
定家卿墨跡　1113
定家卿室八島御掛物　1271, 1408
定家自筆伊勢物語　854
定家自筆奥入　175
定家自筆古今和歌集　855, 863, 937
定家自筆拾遺愚草　786
定家自筆為秀写詠歌大概　1264
定家消息文掛物　1304
定家真跡本写僻案抄　1268
定家の明月記　1283
定家の明月記写　1343, 1344
定家筆青表紙本　175
定家筆切れ　1269
定家筆更級日記　1061
定家筆拾遺和歌集新院臨写本　1544
定家筆舟に浮きの詠歌　1217
定家筆冬歌七首点有　1306, 1307

定家筆万葉集三冊　1061
定能舞楽記　1512
手鑑雲会一帖　1440
伝狩野山楽筆百椿図　1032
伝教大師筆弘法大師宛書状掛物　1117
天正五年親王家五十首　12
天神縁起之絵　1034
伝心抄　794
伝定家卿筆古筆掛物　1126
伝定家卿筆の色紙　1403
伝定家の色紙　1424
天王寺宝物　1546

【と】

道寛親王遺物法皇宸翰名号　1540
道寛親王詠三十首　1447
道寛親王小倉山庄色紙和歌聞書　1396
道寛親王覚書　1381
道寛親王自筆伊勢物語聞書之私上　1239
道寛親王自筆愚詠之覚　1332, 1381
道寛親王自筆寂然草聞書私　1424
道寛親王隅田川舟逍遙和歌　1398
道寛親王短冊　1455
道寛親王寂然草聞書　1391
道寛親王等寄合書三部抄　1540
道寛親王筆詠歌大概法皇尊講　1426
道寛親王筆桐壺抄　180
道寛親王筆能所歌道伝受之日次　1396
当今勅筆寒山絵　1090
塔供養拈香拙語点付　1423
当家家領之事　865
東家代々和歌　1462
道晃御筆大峰八大金剛童子　1280
道晃親王遺物源氏物語不審条々　1562
道晃親王校合一人三臣二冊　1438, 1508
道晃親王校合御千首和歌　1542
道晃親王校合続撰吟抄八冊　1508
道晃親王校合万葉集註本群　1228
道晃親王校合和歌童蒙抄　1468
道晃親王御詠集　200, 1310, 1520
道晃親王自筆詠歌大概　1264, 1545
道晃親王の玉露稿　1541
道晃親王跋八重一重　1517
道晃親王筆一字御抄　1421
道晃親王筆詠歌大概愚抄　1444
道晃親王筆歌仙色紙　1112
道晃親王筆興聖寺再興縁起　1443
道晃親王筆古今和歌集　1508, 1520
道晃親王筆此集　1385, 1401, 1448
道晃親王筆此抄　1499
道晃親王筆三十六人之色紙形　1559
道晃親王筆三十六歌仙　1547
道晃親王筆十体和歌　1460
道晃親王筆瀟瀟八景詩歌　1497
道晃親王筆新一人三臣　1438
道晃親王筆新院御千句　1478
道晃親王筆当途王経　1489
道晃親王筆百人一首抄　1448
道晃親王筆水無瀬殿法楽和歌　1528
道晃親王筆和漢朗詠集　1479
道晃親王筆三十六人集　1066, 1530
藤氏系図　840

藤氏大系図　908
堂上地下寄合書源氏物語　782
東照社縁起　1038, 1039
東照大権現縁起　1004
桃蘂集　65
道増准后筆後撰和歌集　1403
道尊親王筆詠歌大概私抄　1264
道澄・光昭当座和歌　965
道澄准后筆百人一首　1538
当途王経　1489
東常縁詠歌写　1462
多武峰縁起　1347
東坡詩集　898
東坡集　849
東坡筆掛物　1430
道風御懐紙　784
道風筆白氏文集巻物　1061
東福寺公用墨跡図画　1068
東福門院押絵紀貫之像　1443
東福門院寄進家康の画像　985
唐文粋　824
冬夜詠百首和歌外十種　831
徳川実記　764
徳川光友御絵山水　1091
土佐日記　1038
土佐光起筆押絵　1224
智仁親王御記　783
杜詩分類　1110, 1111

【な】

直江版文選　822
中務集　1543
なかにも露ばかり→雫に濁る物語　1276
中院家古文書類　862, 875
中院家蔵書目　156
中院殿源氏講釈聞書　173
中院通村筆詩歌掛物　1065
中院通村日記　38, 40, 156, 211, 882
中院通村筆興聖寺縁起　1443
中院通茂家集　199
中院通茂灌頂三十首　1372
中院通茂古今伝受日記　764, 769, 1364, 1379
中院通茂自筆寛文十一年記　1471
中院通茂書写三十六人集　1530, 1543
中院通茂日記　186-188, 1524, 1532, 1534
中院通茂筆後十輪院内府集　1534, 1535
中院也足軒詠七十六首　781
渚の玉　156
鍋島直能詠歌集　1517
難経本義　1376
南蛮世界図屏風　840
南蛮の世界の絵図　1088

【に】

西本願寺本三十六人集　822, 1461
二十一代集　786, 871, 876, 1097
二十一代集後談　37
日時期文之抜書　1494
日光山縁起(東照社縁起)　1008, 1009
日光山大猷院勅額　1169

耳底記　1345, 1377, 1396
二度メはは木ゝ　186
二八明題　54
日本紀竟宴和歌　75
日本書紀　844, 911
日本書紀神代　781
女院御筆掛物　1117
女御位次之事　4

【ね】

拈香陞座法語　1223, 1224
拈香拙語　1121
年中御作法留　4

【の】

能阿弥筆布袋　1007
能所歌道伝受之日次　1424, 1477
後十輪院殿御詠　156
後十輪院内府集　150, 156, 764, 1535
宣胤記懺法講　1239
信長公御自筆仮名文　1121

【は】

柏玉集　45, 66
白氏文集　803
柏逍徴吟抄　47
柏逍冷三百首　47
八景絵一巻　1194
八景の古歌古詩　1258
破提宇子　893
花園院宸筆掛物　1411
帚木抄　172, 174
林和泉板耳底記三冊　1345, 1377
万国絵図　1096
播州之名所画図　1504
般若心経　968
般然筆牡丹絵掛物　1432
板本寒山子詩集道寛親王朱点　1481
板本八代集官本校合　1143

【ひ】

彦火々出見尊の巻物　1454
秘書後水尾院御製集　138
筆道口伝切紙写　1387
筆法の書物一巻　1247
日野弘資灌頂三十首　1372, 1376
百丈清規抄新版　1273
百人一首　819, 1117, 1317, 1569
百人一首御講釈聞書　120
百人一首色紙六枚屏風　1412
百人一首御抄　4
屏風押色紙和歌　150-152, 159

【ふ】

風月版寛永仙洞歌合　1038
武王殷紂征伐　808
武経七書　819
武家諸系図　1050
武家尋問条々　156, 967, 1121
富士山応制詩御色紙清書　1333
伏見院庚申御手本　1071
伏見院宸翰伊勢物語掛物　1287
伏見院宸翰歌合一巻　1430
伏見院宸翰御写歌二首　1071

伏見天皇宸翰琵琶引　931
冨士三保絵屏風五岳長老詩清書　1331
無準禅師手蹟十五幅　1068
無準禅師筆達磨賛　1381
藤原佐理筆巻物　817
藤原定家自筆拾遺愚草　786
伏屋塵　179
仏鑑録　1069
服忌令　934
仏国録　1377
仏語心論新板　1284
仏法金湯編　1377
筆のまよひ　156
夫木集　57
分類杜詩→杜詩分類　1110, 1111

【へ】

平家納経　796
平家物語　1062, 1145
平家物語絵　949
米元章筆掛物同巻物　1130
米元章筆墨痕承章加点　1130
碧巌録　902
片玉集　1358
遍照寺宮詠　765
遍照寺宮御詠写　765
弁燈配剤医燈　1377

【ほ】

法印玄旨御詠草　1479
法皇御影一軸同讃の色紙　1488
法皇御製百人一首之抄御下書　1361
法皇御発句承章入韻両句の宸翰　1409
法皇宸翰唯識の二字大文字　1422
法皇宸筆常縁集の勅題　1462
奉挙筆長尾鳥掛物　1430
北条氏治筆の絵　1404
簠簋内伝金烏玉兎集　959
慕聚集新版　1320
蒲室之聞書抄　1323
細川玄旨老詠歌昨波軒追善　1124
細川幽斎聞書　1478
細川行孝三十首法皇勅点　1478
法華二十八品法楽和歌帖　945
堀川具世一筆八代集　1306, 1307
本願寺本歌仙集　1232
本願寺本古今集　1202
本朝皇胤紹運録　771, 782
本朝通鑑　1400, 1464
本朝文粋　863, 959
本屋山城掾献上歌加留多一面　1549
本屋山城掾献上万葉集一部　1549

【ま】

前内相実隆公百首集　46
摩訶止観　865
雅親集　1013
増鏡　864
松浦宮物語　811
万里小路系図　802
満室抄　1307
万葉集　821, 1036, 1549
万葉集佳詞　1228
万葉集注釈　1228

万葉集注抄　1228
万葉集註本　995
万葉集目安　1228

【み】

通茂宛烏丸資慶書状　1375
通茂日記　186, 768, 1481
通茂筆類題和歌集　1559
水戸領内水戸図八枚屏風　1297
箕面寺之縁起　1203
明星抄　172, 173, 182-184
未来記　772
未来記雨中吟　1038
未来記雨中吟抄　871
未来記雨中吟御抄　4
岷江御聞書　187
岷江入楚　171, 172, 187, 776-778, 804, 805

【む】

無極大極倭字抄　1035
虫歌合　1166
夢窓国師大文字掛物　1051
夢窓国師の像　1383

【め】

明正院押絵渡唐天神像　1443
名所和歌　775, 785, 1054
明題部類抄　61
名筆各筆源氏物語　1061
名庸集　1374
明暦二年芥記　764
綿考輯録　835

【も】

蒙求　928
蒙吟詠藻　1462
孟子　823, 824, 1135, 1143
毛詩　782, 820
藻鴎集　82
文字鎖　4
もみちの賀／花のえむ　186
文選　822, 1065

【や】

八重一重　1517
柳生宗矩兵法の書　1037
やくそうの事　4
八雲神詠秘訣　866
八雲御抄　1240
也足軒素然集　831
也足百首二冊　1481
也足岷江草本　172
山下水　172
邪馬台詩　924
山本友我歌仙絵　1348
山本友我筆押絵御屏風　1330
山本友我筆河鵜の絵　1097
山本友我筆人丸像　1110

【ゆ】

幽斎詠草　48, 1478
幽斎古今伝授書　808
有職問答　1450

融通念仏之縁起　1251

【よ】

瑤樹抄　47
瑤雪集　46
吉田版二十一代集　1097
義政御筆詩歌　1142
義満自筆御文　1075
代世嘉吉逍遙院詠　47

【ら】

羅山先生集　1250
蘭亭記の石摺一巻　1431

【り】

利休居士筆書状掛物　1060, 1090
利休居士古田織部両筆文掛物　1090
六韜　782, 786, 810
里蟹集　1235
律令　855
律令写本　1012
略韻　1320, 1325, 1366, 1367, 1386
立圃下向紀行誹諧発句　1167
立圃十八番発句合二巻　1301
立圃千句　1295
立圃点取誹諧　1173
立圃万句　1190
令義解　934
令集解　934
良純筆古今集　1451
梁塵愚按抄　1264
寮馬奉納事　4
林間録　1069
林丘寺蔵御手鑑　1441

【る】

類聚国史　919
類字和歌集　1313
類題　48, 53, 57, 60, 1425, 1508
類題一字抄通茂鑑定　1558
類題寄書　54
類題和歌集　36, 52-56, 78, 141, 152, 153, 1078, 1397, 1558, 1559
類題和歌集出典群　58, 59
類題和歌補闕　58

【れ】

霊元院御製一字抄　50
霊元天皇宸筆聴賀喜　1541
霊元天皇宸筆百人一首　1569
霊元天皇勅書　1562
霊元法皇御集　65
冷泉家蔵定家明月記　1283
冷泉家蔵名物　1283
歴代名医伝略　1377
列仙伝の内十二人の伝記　1402
列仙伝の書物の団扇　1401
連歌手仁波　1214
霊元院御集　80
蓮台寺花坊の座敷絵　1050

【ろ】

朗詠集古筆二巻　1451
弄花抄　29, 175, 182, 184, 854

六条有家筆掛物　1413
麓塵集　1229
六家集類句　1221
六家類句和歌集　1221, 1326
六百番歌合　1222
論語　817, 822, 853, 1097, 1112, 1116
論語集註　805
論語抄　819

【わ】

和歌一字抄　50
和歌覚書　170, 172
和歌懐紙書様　1378
和歌血脈道統譜　35
和歌式詠草懐紙短冊等之事　1054
和歌題類聚　47
和歌題林愚抄　30
和歌渚の玉　156, 159
和歌方輿勝覧　4, 32
和漢朗詠集　799, 810, 931, 1342, 1437
和漢朗詠集御訓点　1342
和漢朗詠集註　1342
和訓押韻　1470

和歌初二句索引

凡　例

1　本書所収の和歌について、初二句を採り、その頁数を示す（歌番号ではない）。
なお和漢聯句・発句・狂句等は省略する。

2　五句揃わない不完歌も採用する。

3　和歌は原則として歴史的仮名遣いに統一する。

4　違う読みでも検索されたい。《例》うめ→むめ

5　本文だけではなく、イ本校合等の注記からも検索できるようにする。

【あ行】

あかさりしむかしのことを　532
あかしかたせとこすふねを　381, 552
あかすおもふ
　こころをそめて　400
　こころをつきに　695
　そてのなかにや　749
あかすしも
　きみにあひきや　603
　わかれぬほとを　277, 496, 547
あかすとや
　かみもうくらむ　379, 557
　たましくうへに　663
あかすなほ
　いまひとよりと　246, 349, 478
　みきりのまつの　249, 349, 477
あかすみむちよのかすかも　23, 339, 457
あかすみるつきのいるさの　22, 692
あかつきの
　しももおくかと　259, 378, 558
　とりよりさきに　297, 405
　わかれといえは　229, 297, 405
あかてゆくこれもこころの　737
あかなくに
　なにをかつきの　693
　またきうつきの　284, 387, 514
　やまのはなくは　708
あかなくのこころのいろや　299, 407
あかにほふしきみかはらの　586
あかむすふあかつきおきの　707
あからさまにいふいつはりや　490
あきかせそみたれてしけき　240
あきかせに
　くもまのこゑそ　685
　たもとのつゆも　283, 520
　つゆのしらたま　462
　みたれてしけき　322, 441, 688
あきかせの
　おとをもさらに　247, 566
　そなたになひく　268, 319, 436
　みつのうききり　693
　みにさむくなる　244, 628
　やとりとやなす　369, 526
あきかせも

せみなくつゆの　235, 312, 423
なみたもよほす　578
あきかせやさそはぬさきと　683
あきかせをみやこのそらの　242, 335, 438
あききてはほしのなにあふ　683
あききても
なほたへかたき　241
なほたへかたく　315, 429
あききりのたちもおよはぬ　381
あききりもたちなへたてそ　607
あきさむきおのかうれへや　460
あきさむみおのれかうれへ　342
あきすくるまつのこかけの　703
あきとこそいはねのしみつ　622
あきなれやきりのまかきの　685
あきにしくつきのこほりや　693
あきにまつこころひかれて　593
あきにみしつゆをはしもに　706
あきによするこころとやみむ　335, 438
あきのいろの
あかぬこかけに　702
かたみにのこす　470
なかのほそをや　440
あきのかせ
よさむなりとや　324, 440
よさむなるとや　268
あきのきく
たれあかさりし　457
たれあかすみし　340
あきのきてはすゑのつゆの　461
あきのこゑのなかのほそをや　321, 440
あきのつき
いつくはあれと　281, 627
しもおくにはと　677
あきのののふるえのまはき　245, 628
あきのはなにこころとられて　612
あきはてていほあらはなる　747
あきはなほはるはのきはの　325, 434
あきはまつよふかきほとに　748
あきふかきみやまおろしに　241, 324, 439
あきやなほ
うちのわたりと　697
うちのわたりも　697
あきよいかにいはほのなかも　686
あきよりも
まさこのしもに　575
まさこのしもよ　575
あきをうらみつまをしたひて　687
あきをまつくさのしけみの　674
あくかれて
つきにそひゆく　467
つきにそふらむ　467
あくるよの
しらむひかりや　270, 327, 444
ほとなきそての　355, 496
あくるよりのとけくもあるか　16
あくるよをのこすかけとや　310, 421
あけかたのつきもかたみの　579
あけくれにありしなからの　512
あけそむるきりよりいつる　651

あけたてはおのかうらうら　374, 530
あけたらはおのかうらうら　262
あけになるちまたにいとむ　555
あけぬよの
　おもひよなにに　728
　おもひをなにに　728
あけはまたあきのなかはは　544
あけほのや
　やまもとくらく　237, 238, 336, 453, 696
　やみをたとらぬ　395
あけまきの
　はなちかふのの　233, 562
　よりあふからに　718
あけやすきそらそわりなき　360, 501
あけわたる
　かとたのいなは　577
　なみちはのこる　612
　やまはそれかと　413
あこかれてつまよふねこと　554
あさあちふのしもにもかれぬ　442
あさかかみ
　よしなににせむ　539
　こころのいろも　109, 411
　ささなみちりて　661
　たちえもみえぬ　222, 294, 401
　やまのはことに　105, 107, 288, 391
あさかせにふきやられてや　239, 344, 471
あさかほの
　あさなあさなに　437
　あたなるいろそ　321, 435
　つゆにやとかる　554
　はなよりのへの　320, 434
　もろきもちよの　84, 245, 346, 473
あさかほはあさなあさなに　437
あさからすちきりしくれの　727
あさからぬめくみをみても　1562
あさきよめなほこころせよ　345, 471
あさきりのはるるをみれは　696
あさくこそひとはみるらめ　353, 492
あさころもなほうちそへて　698
あさちふの
　しもにもかれぬ　242, 323
　をののしのはら　333, 450
あさとあけていつれはいつる　647
あさなあさな
　こほりかさねて　346, 475
　よもにのとけき　13
あさはかにひとよふたよは　720
あさひかけいつのまにかは　659
あさひかげいつるそなたの　109
あさひかけ
　きえあへぬゆきも　287, 391
　さすやそのふの　412
あさひにもそむるはかりに　623
あさひやまふもとのかはの　596
あさほらけ
　いつくはあれと　114, 115, 116, 226, 289, 392
　いつこはあれと　125, 130
　いつらはあれと　69
　やまのいつこは　134, 572
あさましやくもるはかりの　728

あさまたき
うみつらとほく 635
こころあるかせや 681
つゆしらみゆく 321, 435
またきおきいてぬ 374, 489
あさみとりなひくやなきの 295, 403
あさゆふの
なかめをわけて 548
まかきのつゆや 231, 310, 424
あしかきの
まちかきこやに 698
よしのもちかき 656
あしねはふいりえにつくる 753
あしのははふゆかれはてて 705
あしはらやしけらはしけれ 534
あしひきの
やまのこのまに 577
やまものとかに 412
あしへよりみちくるしほに 716
あしまよりともしたふこそ 644
あすかかは
いつかおもひの 679
なかれてはやき 312, 426
あすはまたこかけにそみむ 470
あすをまつけふこそはなは 227, 561
あたなみのたつたのかはの 605
あたなりとおもひもすてぬ 656
あたにちるはるのはなより 239, 344, 470
あたひとのとはぬかことと 509
あちきなく
おきいつるそらに 721
たれにまけてし 714
よはひはたけぬ 752
あちきなしあたなるはなの 658
あちきなや
こころのうちの 542
またかはかりの 720
あつきひの
かけよはるやまに 675
くれかたかりし 233, 309, 424
あつさゆみ
いるにもすきて 377, 482, 533
いるののしかや 324, 440
ひくまののへの 24, 634
ふしみのさとに 549
やしまのなみを 285, 384, 512
やそせのなみを 590
やまとのくには 69, 85, 92, 96, 105, 107, 112-117, 119, 120, 122, 123, 125, 126, 130, 132, 226, 559
ゐるののしかや 272
をるるゆくゑや 598
あつまやの
ましはのけふり 427
まやのあまりに 227, 560
あとしたふたたひところゑは 234, 307, 419
あとつけはうしとそおもふ 710
あはしとはおもひさためて 619
あはしともいはてすきしや 717
あはすはとおもひなからも 724
あはれいかにゆふしもまよふ 688

あはれたれまつこともなく　261, 372, 526
あはれとはつゆたにもみよ　541
あはれなり
くるまをおもみ　756
とりへのにたつ　515
とりへのやまの　515
よるなくつるの　693
あはれみにおはぬなけきや　254, 364, 507
あはれわかよはひもいまは　232, 310, 422
あひおもふ
いろともみえぬ　136
ことはまてこそ　508
しるへときけは　730
みちともみえす　622
あひみてそこころのおくは　720
あひもみぬさきならはこそ　275, 357
あふけなほ
なもおほそらの　755
やしまのほかも　380, 553
あふことは
いさしらなみの　606
ゆめはかりなる　508
あふこともわかまつやまは　544, 365
あふことをわれまつやまは　507
あふさかのつゆにおもへは　355, 495
あふさかや
せきのとさしの　696
なこそえさらむ　729
あふせあらはいとはてよしや　731
あふとみるひとよはかりの　251, 629
あふひくさかけてもおもへ　757
あふまてのかたみにのこれ　497
あふみまくほりえのをふね　734
あふよははたたあらましの　464
あまくものよそにすきゆく　634
あまころも
なほうちそひて　272
なほうちそへて　337, 454
なほうちそへよ　454
なるとはすれと　277, 569
あまつかせ
しはしととめむ　299, 408
ちりくるくもを　77
ちりくるゆきを　68, 70, 79, 80, 93, 94, 99, 101, 102, 109, 112, 113, 117, 119, 121, 122, 286
はらひつくせる　556
ふけゐのうらに　548
あまつそらくもりなきまて　644
あまつひをみるかことくに　261, 382, 488
あまつほしとみえてくもゐに　455
あまてらすかみもいまより　754
あまのかは
たえせぬよよに　318, 432
たえぬちきりを　318, 432
なかるるつきも　242, 643
なみもかへるな　317, 431
あまのこのひろふかひなき　510
あまのすむ
うらにたくもの　728

　しほやくさとは　749
あまのそらかすみのうへに　134
あまのとをおしあけかたの　413
あまのはらかすみのうへに　571
あまひとの
　そてにもなみの　575
　ひとはにまかふ　257, 374, 530
あまをふね
　はつかにそきく　274, 335, 438
　はつゆきなれや　376, 477, 530
　よるのたもとを　268, 324, 564
あめかしためくむこころも　366, 488
あめとなるくもゐのこゑも　556
あめのおとゆきのこゑにも　736
あめののち
　はなそまれなる　300
　はなにまれなる　265
　やまのみとりに　367, 522
あめふれはやまたのつつみ　667
あめもよにうしやなたたる　280, 627
あやすきのあやなくふちの　588
あやにくにくらふのやまも　251, 355, 495
あらしふく
　あきよりのちは　254, 353, 492
　たかねははれて　696
　まつもひとよの　225, 633
あらしをはうつみはてつる　711
あらそはてあらすやまたの　610
あらそはぬたみのこころの　267, 302, 410
あらたまの
　はるのしらへも　291, 396
　はるをもこゑの　265, 288, 394
あらためぬちきりやつらき　318, 432
あらぬよとなりもこそすれ　339, 455
あらはれししほのやおえの　754
あらはれはいかにせむとも　614
あらはれむとはおもへとも　542
あらふへきかはもなみたに　607
あらましきかせこそうけれ　409
あらましにつもることはは　598
あらましのあきにもろきも　468
あられふるにはのたまささ　543
ありあけの
　つきとみしまに　250, 348, 478
　つきはつれなき　277, 496
　ゆきのゆくへの　671
ありてうきよをしるはなの　663
ありとあることはさなから　553
ありとやはみをはみるへき　750
ありまやまありつるみねの　573
あるはなくなきはなみまに　514
あれそゆくおひさきとほき　675
あれはありしこのみよいつの　355, 495
あれまくもはるそおもはぬ　259, 368, 525
あをつつらいろなきまてに　598
あをやきの
　いとたえすして　295, 403
　みとりをうつす　370, 486
あをやきはなかなかおもる　265, 295, 402

いかさまに
　あはれもうさも　715
　いひもかへまし　354, 494
　またいひなさむ　352, 491
　よるはほたるの　732
いかてかくいのるしるしの　354, 493
いかてかはいろにはいてむ　603
いかてさてひとのくにまて　755
いかてそのすめるをのへの　279, 385, 519
いかてなほめくみにあはむ　485
いかてみの
　さとりひらくる　68, 70, 77, 79, 80, 84, 86, 94, 99, 101, 102, 110, 119, 286, 389
いかならむ
　こころのおくも　623
　このひとふしの　359, 499
　よそにきくたに　686
いかなれはあささはぬまの　667
いかなれや
　さしものはなの　611
　しもはわかしを　346, 473
　みるものからの　227, 560
いかにききいかにみてまし　670
いかにして
　あひみぬさきの　716
　かたりあはせむ　722
　このみひとつを　376, 533
いかにしてひとにむかはむ　725
いかにせむ
　いへはまことの　639
　ことしやよひを　668
　しのふることの　491
　つれなきよりも　497
　としにまれなる　255, 355, 495
　とはれむはるも　254, 360, 501
　なみたのかはの　504
　ふるやなみたの　276, 356, 497
　むかしはものを　496
　ものやおもふと　352, 491
　わかこひころも　255, 364, 506
いかにまた
　あきのゆふへを　283, 520
　いろかそはまし　293, 399
　みきはまさらむ　243, 643
いかぬせむそてのしらたま　721
いかはかりうつろふつきも　329, 447
いくかへりふみまよふらむ　716
いくさとかおなしこころに　326, 442, 242
いくそたひいきしぬみする　554
いくたひか
　ことはのはなも　400
　しくれのくもを　351, 473
いくちちのこかねをいへに　554
いくちよにかけてなかめむ　536
いくつねてはるそとひとに　538
いくはるかことはのはなも　230, 293, 400
いくめくりいくよのあきの　756
いくよみむなかはのあきの　326, 443
いくよをへつきもみるへく　378, 551
いけにすむをしとやさこそ　228, 561

いけのおもにうかひてあそふ　707
いけのおものはすのうきはの　676
いけみつそむらさきふかき　264, 303
いけみつに
　うつれるかけを　413
　こほりのせきや　579
　なほきえやらて　422
　むらさきふかく　410
いけみつの
　きしねのまつに　486
　そこなるかけも　403
　にはなるかけも　225
　のとけきやとと　487
いけみつをのとけきやとと　487
いこまやまはなのはやしも　666
いさきよきあさつゆなから　298, 407
いさきよくゑかくはかりに　534
いさここにちよもまちみむ　298, 406
いささめにおもひそめにし　507
いさりひもふけゆくなみに　328, 452
いすすかはいそとせあまり　485
いそくなやよもまたはこし　276
いそくなよよもまたはこし　568
いそまくらわかともふねと　336, 438
いたつらにおきいててわけむ　729
いたはしやあさかせさむき　245, 351, 474
いたひさしゆきにはあるる　710
いたまあらみまたたくかけに　747
いちしるしたえなるのりに　380, 552
いちはやきよにもあれとも　591
いつかしとのきはははるの　654
いつかわれみのりのうみに　541
いつしかと
　けふはもみちの　239, 314, 428
　のきはははるの　654
いつしらぬことはとしるに　252
いつたひのあとによよへて　584
いつとかはゆふへあけほの　749
いつのまに
　いりひのをかの　594
　いろつきぬらむ　685
　うつろふいろや　603
　ねやのあふきの　706
いつのよのにひしまもりか　662
いつはあれとまつをあきかせ　693
いつはとはわかきのえたに　756
いつはらぬことはとしるに　568
いつはりにならぬよころの　719
いつはりの
　ことのみおほき　500
　なみこそこゆれ　669
いつはりはつれなきほとの　719
いつまてか
　おもひわひけむ　723
　こなたかなたに　582
いつみかはいつみしよりも　578
いつもとのやなきはあやな　610
いつもわれふかすかけとや　463
いつよりか
　おもふかけみむ　581
　わかなはよそに　729
いつをかはかすむいろとも　130, 222, 290, 393

いているにやまあるつきの　689
いてぬまはそれとはみえぬ　665
いてぬまもそれとはみえぬ　665
いとたけのよきわさしつつ　712
いととしくよはかきくれぬ　284, 387, 514
いととなほくゆるともしれ　509
いとはしようからすとても　577
いとはやも
あきたつとしか　679
かすみにけりな　287, 392
みとりそひゆく　403
みとりににほふ　403
いとひしをおもひしれとや　705
いとふとてみなひとことに　523
いとふへきことはりまては　535
いとへたたこころのやみも　608
いとまなくよたかるしつも　450
いとまなみ
ことしもくれぬ　246, 350, 479
よをうちかはの　482
いなはにもあまるめくみの　274, 343, 557
いなみののあさちいろつく　585
いにしとしわすれぬはなの　658
いにしへの
ことかたらなむ　128, 129, 133, 221, 291, 395
ちきりにかけし　261, 375, 531, 749
いにしへも
おもひのこさぬ　744
さこそはつゆを　313, 428
いにしへを
あらはすふての　531
しのはぬほとや　751
いねかてにつまやとふらん　323, 439
いのちとていのるこころを　507
いのりおく
いまゆくすゑも　621
ちとせはよよに　258, 383, 484
いのるそよ
かみのましはる　755
ふたよをかけて　597
いのるともかみやはうけむ　717
いはかねのこなたかなたに　367, 523
いはしみつ
なかれのすゑの　258
なかれのすゑも　631
いはたたむみきりのいけの　21
いはなみをこすゑにかけて　39, 262, 367, 522
いははやなしたのうらみの　365, 506
いはひつるまつにちきりて　302, 483
いはふそよこのあらたまの　95, 482
いはまゆくみつのひひきも　342, 460
いひしらすすすきましりに　344, 471
いひしらぬ
いろにもあるかな　280, 627
つきそうつろふ　328, 450
いひはつるうらみはくやし　501
いひはなつうらみはくやし　501
いふことはいはてもあらむ　718
いへいへのまつのことのは　371, 528
いへつとにせよとやかせの　409

いへのかせ
　ふきつたへしを　200
　よよにつたへて　385, 520
いへはえにいはてもなにか　553
いまここに
　ひとのくにさへ　382, 483
　ひとのくにまて　234
いまこそと
　かとたのかりの　369, 526
　ふくろにはせめ　382, 485
いまこそはしのふもちすり　634
いまさらに
　とふへきたれを　261, 368, 525, 746
　にほはぬはなの　249, 349, 477
　やまたちはなの　637
いまさらのわすれかたみは　1562
いますめるかすみのほらの　264, 305, 391
いまそしる
　いやはかななる　750
　うきとしつきも　493
いまはかりあひみぬよしは　599
いまはさけみやまかくれの　52
いまはそのならのあすかも　739
いまはとてねなむもかなし　728
いまはみの
　こひしねとおもふ　718
　すむともなしの　666
いまはよしとにもかくにも　714
いまはわれはこやのやまの　699
いまふるはつもらてきゆる　397
いままてにむかしはものを　276, 357, 493
いまみるにかはるなみたや　464
いまもそのはるやむかしの　416
いまもなほさかののきちの　580
いまよりの
　おもひやそはむ　720
　にしきぬものの　289, 392
　はるをかさねて　95, 304, 483
いまよりは
　さらにもいはし　540
　ゆきもてはやす　478
いまよりやつゆもみにしむ　730
いもせかはたえむとたれか　605
いもにこひねぬよのそらに　707
いやたかくおひそふままに　262, 370, 529
いりあひにかねのみさきの　697
いりかたの
　そらたにあるを　327, 444
　やまなからみそ　541
　やまなけれこそ　541
いりぬへきそれたにおもふ　620
いりはつるみやこのやまの　328, 452
いろいろにのわきのかせの　682
いろかはる
　あきのなはきを　684
　くつのうらかせ　682
いろかへぬまつのをやまに　586
いろかをはおもひもいれぬ　240, 342, 461, 461
いろきゆるまさこのよるの　677
いろこくもつねのまくらに　508

いろこそあれもみちちるひは　84, 250, 350, 471
いろそむるかりのなみたも　686
いろならはうつるはかりに　680
いろにいてはおもひしるらむ　491
いろにこそあらはれすとも　384, 520
いろになる
　みやこのあきの　335, 438
　をたのほむけの　697
いろはいさにほひなしとや　669
いろみえは
　おのかさまさま　321, 440
　これやはつしほ　240, 314, 429
いろみしはおのかさまさま　271
いろもかも
　うつりにけりな　657
　なにかみのりに　756
いろもなきくさのたもとの　683
いろよかよはつはなそめの　507
うえこむとしらすやほしの　243
うかひふねいくせのほりて　312, 425
うきあきのもみちにもるる　554
うききりとややなかめやる　386
うきくさのすゑよりみつの　84, 225, 305, 398
うきこともかたりあはする　334, 450
うきしつむさかひはとをの　556
うきたまもつゆとなるまて　464
うきちきりわれはむすはて　729
うきてよる
　みるめすすしく　677
　やまふきさくら　386, 514
うきなかはかりよつはめよ　251, 363, 505
うきなかもうすむらさきを　604
うきなから
　おくれこそすれ　516
　かくてふるきの　582
うきねするちさとのなみに　335, 452
うきみには
　あきのならひに　753
　やまたのひたの　540
うくひすの
　こゑきくよりも　125
　こゑきくよりや　69, 115, 116
　こゑするえたの　651
　こゑのうちにや　92, 96, 114, 125, 126, 226, 559
　こゑのつつみも　229, 300, 406, 413
　こゑのにほひを　266, 290, 394
　とひくるのみや　222, 395
　とふこゑのみや　291, 395
　ゆきにこつたふ　651
うくひすもところえかほに　279, 385, 519
うくらむもしらすやほしの　643
うけそむるたらひのみつを　557
うけつきしみのおろかさに　511
うこきなき
　したついはねの　258, 378, 557
　やまをためしに　649
うこきなくおもひさためて　637
うしつらしちきりにかけむ　358, 499
うしやいまたかたまくらに　364, 506

うしやうしはなにほふえに　116, 550
うしやこのみやまかくれの　278, 388, 521
うしやたたわかみにしらて　732
うしやよにたえたるをつく　359, 500
うしやよのひとのものいひ　253, 569
うすくこく
そめしこすゑに　459
つゆやいろとる　340, 458
うすけふりなひくをみれは　580
うたたねのゆめちにしはし　557
うちいてむなみにはとほき　125, 138, 278, 632
うちかすむやなきのいとや　654
うちしめるあめさへおもく　39, 89, 100, 365, 522
うちつけにやかていさとも　353, 492
うちとけて
みえむはいかか　282, 625
みえむもいかか　503, 727
うちなひきあきくるいろも　679
うちむれて
けふやたもとに　572
けふやわかなを　572
うちわたすこのかははしの　612
うつしうゑてきみかみかきに　660
うつしても
みてやみやゐも　558
みはやみやゐも　378, 558
うつしみぬ
われやいかなる　376
われやなになる　251, 376, 533
うつしみむあへなきたまの　516
うつしもてかへらむほとの　653
うつすともえやはおよはむ　711
うつせなほたけのそのふの　538
うつつあるものとはなしの　511
うつつとはおもほえなくに　535
うつつとやみつのくるまの　515
うつまてもなにはかりなる　748
うつみひのもとのこころを　350, 479
うつもなほきくひとよりは　269, 565
うつもれぬこころのまつの　712
うつりかはる
よのならひとも　533
よのならひをも　377, 506, 533
うつりかをみにそふものと　721
うつりけり
さきしこはきは　460
はきはいつしか　342
うつりゆくときをかそへて　720
うつろふとみしいろもなし　699
うつろふをはなのうへにも　699
うとくなるおのかなくねも　233, 562, 671
うなはらやしほときいそく　609
うのはなはひかすへたつる　232, 628
うはたまのゆめてふものも　405
うみはあれときみかみかけを　284, 384, 512
うらかせのすゑにまかせる　601
うらかるる
くさはにのこる　24
まくすかなかの　240, 322, 441

うらとほく
かへるなみをも　671
みえぬるつきも　537
うらなくもわれこそたのめ　719
うらなひやさんせうふにかち　1408
うらなみの
おとにもこえて　712
たちわかるるも　85, 347, 475
よるのなかめも　413
うらにつりしまにひくしも　386
うらのなにききてはとほき　406
うらひとのゆふへあかつき　565
うらふねのとまかかけてや　296, 404
うらみあらはひとやくみしる　725
うらみあれやしちのはしかき　598
うらみしなやまのはしらぬ　622
うらみしよことはのかきり　359, 499
うらみすやねやのひまさへ　722
うらみてもかひこそなけれ　596
うらやまし
おもひいりけむ　279, 384, 519
はなはひさしき　662
みにこそしらね　615
みにをはしらね　615
うれしくもほりかねのゐに　593
うれしさもうきもねさめの　739
うゑしよをみよのくもゐの　660
うゑわたす
さなへのすゑは　420
たこのもすそも　611
えたなひくのきのいろかき　597
えにあらふ
にしきもしかし　340, 457
はるのにしきや　655
えにしあれはこのあきもみつ　463
えにしけきあしのはからす　346, 473
えのみつにふねさすさをの　294, 402
えのみなみむめさきそめて　127, 129, 131, 133, 221, 294, 402
おいのさかこえてもとほし　289, 392
おいののちおなしこととて　755
おいのやまかりするひとも　535
おいらくのあかつきおきも　541
おかにもやつひにのほらむ　231
おきあへぬつゆはさなから　273, 330, 447
おきあまるつゆはこほれて　698
おきいつるそらにはつきも　721
おきいてしわかれかなしき　497
おきいててとなふるほしの　647
おきそふやふるさととほき　255, 374, 489
おきつかせ
かすみをはらふ　21
みきはによせぬ　749
おきなさひ
あはれたへても　695
たれとかむなと　236, 333, 451
おきのうみのあらきなみかせ　558
おきのこすかきねもあれと　345, 472
おきまよふしものいろのみ　377, 533
おきわかれなみたのそらに　722
おくしもにけさそあとなき　344, 471
おくつゆもほにあらはれて　680

おくふかきやまかせさむみ　610
おくままにくさのはつかに　704
おくやまのふかきこころは　743
おくれしのこころやおひて　749
おさまれる
　みよのしるしは　756
　よのこゑならし　395, 413
おさめしるひとのこころよ　382, 485
おしめたたよそにもくれす　713
おちたきつかはせのなみの　696
おちはせし
　こすゑのゆきは　349, 579
　こすゑはよそに　472
おつるともしつくはみえぬ　737
おとあれしよのまのなみの　88, 90, 616
おとかへていつふきとかむ　346, 474
おとするも
　おとせぬときも　705
　さひしかりけり　744
おとつれもたえてほとふる　709
おとなれしよのまのなみの　81
おとはやま
　おとにきこえて　311, 424
　おとにもしるし　314, 428
おとろかす
　あかつきことの　373, 526
　あとよりやかて　369, 526
　たひにはおなし　716
おとろきてさめつるゆめに　502
おとろへむみのゆくゑをも　556
おなしくはいとへよのなか　517
おなしののをはかそても　688
おのかうへに
　いくよをあきの　324
　かさねむしもを　279, 633
　ききおひてこそ　231, 313, 425
　なによをあきの　237, 439
おのかうへのちとせのいろや　685
おのかためむめもやなきも　396
おのかつま
　こひしきときや　323, 440
　まつはつらくも　475
　まつはつらしと　619
　まつよむなしく　612
おのかなすひかりみるさへ　575
おのかなのこてふにたり　255, 363, 505
おのかなるひかりみるさへ　575
おのつから
　あやしのしつか　743
　おもふはものを　554
　さむるゆめちや　747
　そてにもかかれ　730
　そめぬこすゑも　341, 458
　つきもくもらし　380, 553
　なひくをかせの　684
　みやもるそてと　408
　みゆらむものを　253, 570, 723
　やなきやたふれ　629
　やなきやたほれ　257
おひいつるおとよりそしるき　529
おひてまたかへるふるすに　306, 418
おひましるきしねのたけの　227, 560

おほあらきのもりのこからし　589
おほえやまふもとはきりの　594
おほかたの
うきならはこそ　636
つゆにはなれし　741
おほけなやみなすへらきの　752
おほそらにやまのはもかな　666
おほそらのほしのやとりも　601
おほそらをおほはむそてに　224, 292, 399
おほつかな
あめふりくらす　316, 430
しらしやひとは　509
なれかををふむ　510
おほはらや
をしほのさくら　755
をののすみかま　713
おもかけの
みにそふよりは　716
われにむかひて　361, 502
おもかけはたそさなからに　535
おもかけも
みぬはなみたの　592
やとにはこひて　464
おもかけを
うらのけふりに　259, 376, 530
こよひみやこに　467
おもはしとおもひかへせと　509
おもはすのさはりのあめも　508
おもはすもうきよをいつる　540
おもはすや
かせのなひかむ　724
ふるさとひとの　726
おもひあまり
そのさとひとに　597
もらすともなき　714
おもひいりしそのやまいてて　543
おもひいるこころのおくの　258, 369, 523
おもひおけとこのやまには　277, 494, 547
おもひかねこすゑのつゆも　341, 459
おもひかはわかみなかみの　81, 490
おもひくさ
おもふものを　358, 497
をはなかつゆに　715
おもひしるこころのままに　752
おもひしれ
さそなちきりの　597
つゆははけもの　581
ひとりふすまを　601
おもひそめしこころのままの　748
おもひたつ
けふそはつねの　726
けふははつねの　726
こころやゆかて　659
こころやゆきて　659
これそあしもと　105, 252, 567, 714
おもひとけはひとにのみつく　615
おもひねにあふとみしよの　726
おもひのみ
しるへとならは　353, 492
ますみのかかみ　582
おもひやりおもひおこせは　709

おもひやる
　あかしもすまも　239, 332, 449
　おもひおこせは　452, 709
　こころのみちそ　257, 335, 452
　こころのみちも　614
　たひねのゆめも　623
　なにはあたりの　654
　おもひやるをおもひおこせは　334
おもひやれ
　あはぬつきひに　357, 498
　いるかことくも　79, 535
　とこはくさはも　275
　とこはくさはを　343, 461
　はるかことくに　136
　ひとのこころの　360, 362, 502, 503
　ふるさとゝほく　374, 489
おもひわひ
　きえなはつひに　717
　ききもあはせむ　360, 501
　おもひわひぬいまもちりきは　582
おもふかたにみをこそたのめ　727
おもふかたのかせにはさしも　361, 503
おもふかなさくらひときを　656
おもふこと
　いはぬにほひの　573
　しらたまつはき　731
　なきたにそむく　535
　ひとつかなへは　133, 531
　みちみちあらむ　381
　おもふことのみちみちあらむ　262, 484
おもふそよ
　あしのほのかに　275, 353, 492, 510
　あまつひつきも　318, 433
　いちにもすめは　524
　ちさとのむまを　373, 528
　ふるさとゝほき　567
おもふそらふるさとゝほき　248
おもふてふことはまてこそ　508
おもふともみえしとしのふ　105
おもふには
　うきもつらきも　254, 359, 500
　すゑもとほらぬ　723
　なけのなさけも　276, 358, 498
おもふにも
　かきりそしらぬ　689
　かきりてしらぬ　689
おもふより
　つきひへにけり　283, 519
　とほくきぬらし　375, 488
　はるのなこりの　1232
　ほかにやはゆく　620
おもへかしかみにしるしの　717
おもへこのみをうけなから　279, 385, 519
おもへたた
　かねこそかねて　639
　たれもかくして　487
　たれもかへして　383
おもへとも
　おほふやせはき　700
　かきりあるよの　721
　つれなくひとを　602

なほあかさりし　308, 417
ひとのゆくへは　501
おもへひと
あすはとふとも　277, 362, 502
うきみのとかに　254, 359, 500
きそのかけはし　377, 521
おもへよはたましくとても　260, 570, 746
おもへよをたましくとても　746
おもほえす
あたのたまのを　702
ちよもめくらむ　339, 457
おやもこもなきいにしへの　543
おやをおもふこころわするな　750
およひなきくものうへなる　73
およふへきくもゐならねと　671
おろかなる
みともなけかし　752
みをなけきても　751
おろかにてすむよのほとや　707
かかやくは
たまかなにそと　238, 321, 435
かかやけるたまのうてなの　314, 429
かかりひに
たきもくたすは　674
たきもけたすに　674
かかるよのつきにゆめみる　281, 624
かかるよりかりもはらはぬ　345
かかるをりにぬれぬそてやは　514
かかれとて
あらしやおきし　332, 449
つくりやいてし　500
かきくらし
あめとふりいてて　704
ふりもつもらて　104, 107
ふるもたまらて　292
ふるもつもらて　287, 391, 397
かきくらすゆきにもしけき　249, 348, 477
かきくれぬわかれしけさの　497
かきりあらは
こすゑのゆきと　408
ひとやくみしる　725
かきりあるはるはかひなし　223, 303, 411
かきりあれなうきあかつきの　601
かきりなき
おもひやつきに　720
わかねさめかな　583

【か行】

かくしあらはいくはるもみむ　414
かくとたにつけのをくしの　608
かくなからつくしはてはや　616
かくやまやかみよをかけて　735
かくらをかゆきにかなつる　588
かくれかにみをはこころの　540
かくれかの
いつくかはある　381, 552
こころのゆきに　246
こころもゆきに　348, 477
かけうすき
つきのかつらの　237, 333, 465, 627
つきやかつらの　280

かけうつるいりえのみつの　654
かけきよきくもまのつきの　753
かけすてしかせのしからみ　705
かけたかきまつにふくたに　268, 563
かけたかくしけりそひたる　611
かけていははとほきみちかは　739
かけてなほちよもあかしの　640
かけなくてやとのこすゑの　650
かけならぬしももまことに　617
かけにほふまつもうつりゆく　242, 326, 445
かけはなほくまなきつきの　555
かけはらふてにまかせてや　269
かけもあへすあたになかれむ　684
かけやとすあさちかつゆの　272, 333, 451, 469
かこつかなみちのひかりは　575
かこつへきたよりたになく　727
かささきの
　かけたるはしは　579
　かけたるはしや　579
　わたすくもちの　264, 289, 393
かさしにもをらてみはやせ　573
かさなるやふきわくるかせに　239
かさなるを
　ふきわくるかせに　344, 471
　ふくくるかせに　245
かさぬるもゆめとやおもふ　240, 317, 430
かさはやのうらみなからも　592
かしこきはすてられぬみを　534
かしこしな
　わかくにたみも　424
　わかくにたみを　309
かしはきのかけしめはへて　735
かすかすのおもひのつゆは　688
かすかなるにはのをしへを　583
かすかのやくさのはつかに　110
かすならぬ
　あさちかつゆの　679
　かきねのうちの　13
　みのねかひにも　757
かすみかとみねのひはらは　529
かすみさへたちもおよはぬ　647
かすみたつはるのなかはに　52
かすみてはうつさむふての　649
かすみにもちへまさりけり　236, 321, 435
かすみにやなほこもらまし　651
かすみのみあけゆくよはの　572
かすみゆく
　あしたのはらに　549
　かけさへうれし　223, 296, 404
　まつはよふかき　264, 300, 407
かすむかとみねのひはらは　371
かすむとはたかいつはりそ　296, 404
かすむともわかすやいかに　296, 404
かすめとも
　かねのひひきは　665
　またしらゆきの　109, 411
かせかよふふもとののへの　678
かせきよしやまつらなりて　381, 552
かせさえてかすみふきとく　225, 628
かせさはくたかねのくもを　676

かせならはふきもつたへよ　605
かせにあれてつきもるほとは　673
かせにおつるみねのささくり　543
かせにもえなみにもきえぬ　674
かせのつてもとほやまさくら　662
かせのみかこのまもりくる　315, 429
かせのみやちりもはらはぬ　675
かせふけは
　そらにしられぬ　486
　そらにはしらぬ　257
　そらにはしられぬ　372
かせもいまおさまるはるに　225, 303, 398
かせもなほのとかなるよは　397
かせやなほこのはにあらき　344, 470
かせをききゆきみむための　736
かたいとの
　あはすはかかる　356, 495
　うらあらぬすちにそ　539
かたかたにわけこそまよへ　406
かたかひをするかのうみの　589
かたこひをするかのうみの　589
かたはしも
　まねはしひとの　359, 500
かたふかはくいあるみちそ　238, 326, 445
かたふくをいかにまかへむ　495
かたふけは
　こすのまちかく　264, 296, 404
かたらへよありあけのつきを　671
かちひとのあさかはわたる　619
かちまくらむすひもあへす　539, 642
かつきするあまもいりえの　654
かつらきやあくるなこりの　577
かなしきはこころにうかふ　695
かににほふはつはなそめの　597
かねてより
　つきのうつろふ　231
　つきもうつろふ　638
かねのおとにけふはあすかと　525
かねのおとよそにききてそ　615
かねのおとをわかすむかたと　526
かねのこゑにけふはあすかの　368
かねのこゑよそにききてそ　615
かねのこゑをわかすむかたと　374, 526
かのおかにもゆるくさはの　261
かのこゑはたかぬのきはに　674
かのこゑを
　はらひいてても　311
　はらひはてても　232, 421
かのをかにもゆるくさはの　370, 527
かはかせに
　さそはれわたる　613
　まつかけはれて　690
かはかみの
　たかねのこすゑ　697
　やまはかすみに　19
かはかりのこころはそめし　340, 458
かはしつるをりもありきと　733
かはしてもあさきこころの　605
かはそひのやなきにすくや　233, 562
かはつらのふかきかすみの　649
かはなみにつきのかつらの　331, 447

かはらしとなほたのめとや　731
かはらしなかはらのすすり　317, 431
かはりゆく
　くにともしらて　508
　ふちせをみせて　312, 425
かひなくて
　くちやはてなむ　731
　をりやはてなむ　731
かひなしや
　こころにこめし　352, 491
　たひのそらとふ　343, 460
かひもあらしかたちはさこそ　253, 364, 506, 629, 734
かへしても
　さてもねられぬ　609
　みるよまれなる　276, 364, 506
　ゆめたにうとき　364, 506
かへまくもほしのちきりよ　243, 643
かへりくるほともまたれし　353, 493
かへるかりさすかにとまる　663
かへるさの
　われまとはすな　726
　われまよはすな　726
かへるにやおのかうらうら　749
かへるへきいのちもあたの　730
かみかきのはるもひとよの　288, 395
かみかきや
　きのふにもにす　304, 398
　はるのしるしは　104, 107, 263, 287, 390
かみかけてちきりしすゑを　718
かみかせやみもすそかはの　754
かみこころやみにそたとる　543
かみたにもけたぬおもひを　674
かみなひのもりにしくるる　590
かみまつるうつきのかけも　235, 307, 419
かみもさそまゆみつきゆみ　580
かみやいかによのならはしの　719
かみやいまよのならはしの　719
かみよいかにききたかへたる　253, 569
かめのうへのうつしゑなれや　366, 521
かやりひのくゆるかけにも　427
かよひこしみちふりしきて　710
かよふそよよしやちさとも　607
からころもあふよやもれむ　733
からころもたかあきかせに　697
からころもはるはるとしを　516
からころもひとのつらさを　733
からさきやまつのひときの　1220
からにしきこそたたまく　238, 324, 440
からにしきたつたのやまの　317, 430
かりうともけふたつとりも　708
かりころものはらのつゆに　660
かりてほすたおものにはの　747
かりにたにひとはこさらむ　275, 362, 504
かりにたにひとよまくらを　539
かりねするゐなのささはら　742
かりはらふてにまかせてや　565
かりよらむさともわかれす　621

かるるよりかりもはらはぬ　472
かれかれのちきりをこそは　724
かれのこるおちはにたにも　704
かれはつる
　ひとめをふゆの　669
　むしのちきりは　732
かれはててなかなかあきの　248, 351, 474
きえかへり
　このよのつゆの　697
　をしむこころや　701
きえかへるけさのなこりに　497
きえてこそみしかにちかき　600
きえねたた
　かたみのくもも　586
　ひとはうさかの　608
きかはやなまかきのもとの　324, 440
ききしともえしもさためす　419
ききしよりみおとりせぬは　353, 492
ききそめてあかぬのなかの　234, 630, 671
ききつともかたるをひとの　670
ききなるるひとやうからぬ　618
ききなれぬこゑのこたへも　536
ききにみしはるのにしきの　683
ききのいろのうつろふいけに　273, 342, 459
ききはみなうつろひはてて　343, 460
ききわひぬ
　たかためならて　337, 454
　よさむのねやの　688
　をしとおもふよの　272, 338, 439
きくさけはけふやたかきに　340, 456
きくさけるけふやたかきに　538
きくたひにききそまさりて　426
きくのこと うつろふからに　363, 505
きくはいま
　さきものこらぬ　468, 641, 699
きくはいまたさきものこらす　243
きくひとのかたるをききて　324, 439
きこえくるおとにこころを　698
きしかけにはるゆくみつは　654
きしかけのやなきのこすゑ　265, 295, 403
きにふよりけふそめつらし　399
きぬきぬに
　つらきのみかは　748
　なれはあふよも　721
きのふけふさみたれそむる　427
きのふには
　なほふきかへす　429
　なほふきかへつ　314, 429
きのふまて
　ところもさらぬ　657
　みきはにさえし　394
　ゆきとみえける　15
きのふみしとほやままゆも　81, 88, 90, 616
きのふよりけふはめつらし　266, 305, 399
きふねやまよしさはきねか　586
きみかてにけふとるたけの　87, 486
きみかへむくものさかひに　536
きみかみよなほのとかにと　18

きみかよの
　はるにそみまし　1213
　はるにやみまし　1213
きみかよを
　ちきりこそおけ　757
　やちよとまもれ　536
きみとわれふたみのうらの　723
きみみすやちるはななから　546, 553
きよきせをこまうちわたし　589
きよたきやいはせにそむる　586
きよみかた
　あきのたくひて　467
　いはうつなみに　742
　くまなくはれて　595
　そらのひかりも　690
きりにのみむすほほるらし　320, 437
きりはれてけふはなかめむ　315, 431
くさきにはいつふきいてむ　678
くさのいほのくちなむのちの　368, 525
くさのいほもめくみにもれぬ　655
くさのうへにけさそきえゆく　233, 311, 422
くさのとのすきまのかせの　368, 524
くさのはらこゑもみたれて　688
くさまくら
　あらしもなれて　637
　かりふくあしの　717
　ねられぬつきに　334, 452
　ひとよのゆめち　726
　ふしみのさはの　596
くさもきもなへてはふかす　318, 435
くすのはのそのことはりに　603
くちなしのいはぬいろなる　594
くちねたたみをくたきても　719
くちはてぬのちこそあらめ　235, 562
くちはてむのちこそあらめ　674
くつきにもたくふすかたは　658
くにたみとともにたのしむ　398
くにたみもともにたのしむ　398
くひなをやおとろかすらむ　673
くまもなき
　ひとのめくみを　304, 399
　まさこのつきに　245, 333, 451
くまもなくつきそもりくる　347, 475
くみそへてめくらむみよは　456
くみそめてめくらむみよは　340
くもかすみうみよりいてて　104, 107, 287, 390
くもきりのそらにつつみて　737
くもくらくやまのはとほき　676
くもとちてのへはふりくる　311, 424
くもにあふあかつきかたの　137, 229, 296, 404
くもにおふあかつきつきに　738
くものうへにわかのうらつる　583
くものうへのかけもかよひて　330, 447
くものうへやふたたひかかる　694
くもはらふやそのかかみを　465
くもらすよ
　くもゐのにはの　339
　つきのかつらの　693
　くもゐのにはの　455

むへもこころある　238, 331, 448
くもりあらはよのうらみにと　694
くもりなきつきにもこゑの　639
くもりにしなかはののちの　329, 446
くもるそよつきのかつらの　693
くもゐよりさはへにかよふ　644
くもをけちゆきをうつみて　658
くやしくも
いはてすきにし　614
たちしわかなは　43, 725
くらふやまはなのなみさへ　586
くらへみむ
いつれかあきの　468
もみちのいろに　700
くらへみよめかりしほくみ　724
くらまやまはなのなみさへ　586
くりいたすひとこそあるらし　666
くりかへし
おなしことのみ　356, 496
ちとせもあかし　295, 403
なかきよまても　358, 497
なとやうらみむ　735
むかしをいまに　544
くるかりもたかたまつさを　335, 438
くるかりやなきてかへらむ　686
くることのちきりまちわひ　681
くるしみのうみにふかくも　554
くるはるの
いろもそひけり　104, 107, 287, 391
みちひろからし　69, 71, 74, 79, 286, 390
くるることのちきりまちわひ　681
くるるまてこえつるみねの　583
くるるをもしらすやわくる　248, 567
くれかかるうらのとまやに　707
くれたけの
こそのやとりの　651
そのふにのこせ　370, 529
くれてゆく
あきのなこりの　702
はるよりほかに　668
くれなゐになほふりいてて　585
くれなゐのはなにはあらて　649
くれなゐもみとりもみえす　395
くれにけり
おきそふつゆの　682
はるよいつくに　667
くれぬとてかへるやとほき　481
くれぬれはおきのともふね　269, 332
くれはともなにかたのまむ　356, 496
くれふかくかへるやとほき　249, 348, 476, 481
くれやすきみはおいらくの　482
くれゆけはたたはるかせの　661
くろかみにふれしやいつの　508
くろかみのおもかけさらぬ　722
けけらなくくさにもなひく　540
けさそなくうらめつらしく　335, 438
けさのほとひるまのそらを　666
けさのまはかせもあきなる　315, 429
けさはまた
そなたにうすき　278
ちしほのうへに　613
をきもおとせて　313, 428

けさはまつ
　おきそむしもそ　455
　おくはつしもを　339
　そなたにうすき　125, 138, 632
けさよりそこほりなかるる　287, 390
けさよりはおともいつしか　576
けしきたつかすみはかりに　109
けふいくかをちのうらこく　536
けふことに
　おもるえたより　249, 348, 476
　すきゆくとしを　248, 567
けふすきぬとはかりいひて　738
けふそしるあやしきそらの　81, 105, 352, 490
けふたにも
　いかかととめむ　565
　みるひとなしに　333, 450
けふといへは
　こころをわけて　306, 416
　つもるもゆきの　104, 107, 287, 391
　なにおふはなの　332, 445
　ふきくるおとの　109
　ふきけるおとの　412
けふにあけてはるとやかすむ　648
けふにあふたなはたつめの　576
けふのみとなつはひとまね　563
けふのみのなつはひとまぬ　234
けふはかりいかてととめむ　270
けふはそのみなかみのつきも　405
けふはまたまつほともなし　327, 444
けふもあれな
　あすのゆふせを　586
　あすのゆふへを　586
けふもなほかたへゆきふり　648
けふもまつあすかのさとの　639
けふりこそ
　まつあらはるる　713
　まつあらはるれ　713
けふりたにひとにしられぬ　361, 503
けふりとそまつあらはるる　250
けふりにそまつあらはるる　350, 479
こかくれてあさゆふつゆに　563
こかくれはあやないてても　329, 446
こからしにもれすとみえて　711
こからしのやとすきかてに　244, 641
こきいててあすのなみちも　742
こきいてはあすのなみちも　282, 625
こきかへるほともうきせか　681
こきゆけはあきなきなみに　638
こけのむすいはほのつらら　20
ここにきえかしこにうかふ　755
ここにみるほとはくもゐの　689
ここのつのしものしなをも　756
ここのへにうつせるかめの　383, 487
ここのへの
　うちののすゑも　588
　かさしのさくら　754
　きみをたたさむ　383, 488
　ためならぬかは　379, 485
　なはたたすなり　484
　なはたたすなる　484
　なはたらすなり　382
　にはにやちよを　577
ここまては

ふらさりけりと　480
ふらさりけりな　480
こころあてにおもひしみねの　691
こころあての
くももかすみも　543
そのおもかけも　594
つきのあかしは　467
こころあらは
うはのそらなる　623
ふきなちらしそ　610
こころあれや
あめにふりいてて　263
あめもふりいてて　293, 400
あめよりのちの　622
ちりゆくみつを　373, 531
こころからものおもへとや　105
こころして
あらしもたたけ　279, 385, 519
いまひとたひの　458
なほのこりける　613
ねくらのすすめ　598
ふきなはらひそ　341, 459
こころたにあかすはよしや　659
こころなき
あまたにはるを　412
あまのをふねも　331, 449
あまもこよひは　681
しつかかきねに　669
そてのしつくも　538
なやあらはさむ　660
わかともよりも　661
こころならぬさはりあらはと　354, 494
こころまてゆきにそなひく　711
こころもてひらくるはなは　552
こころより
あまるなみたを　715
しつかならすは　256, 368, 525
ひとりひとりの　523
よさむはさすか　576
こしかたのたよりのかせと　741
こしちにはたたときのまに　619
こしのゆきよしののはなの　654
こすゑにはまたしきほとの　701
こすゑにもうをもとむへき　673
こすゑにもうをもとむへく　233, 562, 673
こすゑふくかせにはまたや　236, 460
こすゑゆくかせにはまたや　341, 460
こそよりも
ことしはしけく　519
ことしはまさる　266, 293, 400
ことしやしけき　385
ことしやしるき　280
こたかかりつきになるとも　585
ことうらにこころもとめす　385, 520
ことうらのそらはくもりて　642
ことくさにたひねしぬへく　229
ことさらに
たひねしぬへく　300
ふねよせよとや　611
ことさらのちよのはちめや　550
ことしおひのかけさへしけく　260, 370, 529

ことしけき
　よにたにあきの　433
　よをもわすれす　225
　よをもわすれつ　630
ことたらぬみはみのほとの　479
ことなつはいかかとききし　574
ことにいてておもひなくさめ　622
ことのねはそらにやかよふ　736
ことのはの
　いつもやへかき　754
　たねならぬかは　370, 486
　つゆのひかりも　339
　つゆはひかりも　457
　はなそむかしの　654
　はるにはあへす　222
ことのははよしやちるとも　727
ことのはもいつのゆふへに　602
ことはりにかつらはひとも　715
ことはりの
　そてのつゆかな　325
　はるにはあへす　129, 289, 393
ことよきにはかられきては　105, 253, 569
ことよきもはかられきては　105
ことよせてとひくるもうし　279, 633
このあきのゆふへにたへす　338, 439
このくににつたへぬこそは　280, 385, 519
このくれのさはるうらみを　360, 502
このくれもまたいたつらに　580
このくれをまつちきりおけ　354, 493
このころの
　あさゆふつゆは　341, 458
　きくそうつろひ　388, 457
　きくにうつろひ　457
　せこかころもの　244, 315, 430
　のへやいかなる　271, 319, 436
このころはせこかころもの　430
このさとにくもりはやらて　617
このさとのみちしるへには　278, 633
このさとは
　くもりはやらて　617
　ひかけそめくる　575
　ふくかせはやみ　617
このしたにめてこしはるの　573
このねぬる
　そてのまくらの　652
　ひとよのまつの　288, 390
　よのまをこそと　647
このはなのあまいのちさへ　465
このはるにせめておとろく　77, 87, 110, 121, 136, 390
このはるはせめておとろく　102
このままに
　うきことそはぬ　313, 428
　ひとよをあかす　326, 445
このやとに
　うつしうゑても　268, 563
　けふをはしめと　371, 528
このゆふへ
　さそひつくしぬ　472
　はなものこらぬ　303
　はなものこらむ　411
　みつまさりてや　470

こはもてをいまはみはてし　493
こひしさはをりふしことの　725
こひそめてまたふみわけぬ　507
こひちをはおりたつたこの　602
こひつつもなくやよかへり　284, 288, 392
こひわふるひとのなけきを　358, 498
こふるまにおもひそめけむ　716
こほりとくいけのかかみに　265, 295, 402
こほりとけしえのみつとほく　127, 129, 131, 132, 221, 305, 398
こほりとはつきやみすらむ　737
こほりゐしいりえのかりも　663
こほるをやくもるといふらむ　378, 533
こまつなく
　たかためかほに　228, 266, 294, 401
　たかためかほる　401
こまとめて
　そてうちはらふ　1059
　はなにそくらす　549
こまなへていさみにゆかむ　576
こゆるきのいそのみるめも　540
こよひあふ
　ふたつのほしの　432
　ほしのいもせの　681
こよひこそしのふることを　720
こよひさへころもかたしき　273, 316, 429
こよひしもあめはふりきぬ　580
こよひたに
　いかてみやこの　332
　いかにみやこの　445
　いるかたみせぬ　443
　ちよをひとよの　284, 334, 483
　よとむせもかな　331, 447
こよひなほさとをはかれす　463
こよひのみはにふのこやの　464
こよひふるあめよりはなほ　463
こよひまたあはてかへらは　607
こよひもやとおもふはかりを　614
こよひわれはらふよとこも　508
こよろきのいそへのなみの　465
こりすまにまつははかなき　427
こりつめるしはしかほとも　375, 531
これそこのあきのいろとや　342, 460
これまてもおもふこととて　467
これもまた
　こゑあるたひとや　366
　こゑあるゑとや　521
　しろきをみれは　248, 351, 473
　たきなくもかな　272, 330, 448
　にしきなりけり　319, 435
　わたるふなひと　337, 453
これもよのならひのをかの　588
これやこの
　おさまれるよの　134, 572
　ちとせのはしめ　304, 482
　ちとせのはちめ　95
　もとついろなる　306, 417
これやそのわかれとかいふ　664
これをたに
　ひとにみえむも　121, 133, 535

　みさらむほとは　251, 629
これをよのすかたともかな　370, 487
ころもうつ
　あるしはつきに　698
　おとはおとはの　698
　よしののおくの　698
こゑいさむこまやしるらむ　656
こゑきけはなれもたひとて　336, 439
こゑすなりよのまにたけを　350, 479
こゑなからうつすはかりに　291, 395
こゑのうちに
　はなちるやまの　526
　はなもるやまの　373
こゑをしるともはたちたる　537
こをおもふ
　こころやかはす　297, 409
　やみをとはすは　539

【さ行】

さえかへりかせやかすみを　116
さえかへる
　かすみのそての　572
　かせもしられて　393
　かせやかすみを　69, 114, 115, 125,
　　130, 226, 289, 392
　そらにはくもる　396, 636
　のははつくさの　655
さえさえしよはのとかにて　713
さえさえてちるやあられの　708
さかきはにかけしかかみも　690
さかむともおもはさりけり　52
さきいつるをりしもあかす　232, 561
さきさかすはなもにほひて　414
さきさかぬいろやさなから　338, 455
さきしより
　ちらんまてとや　53
　みれはおもひし　656
さきそめしおもかけなから　306, 417
さきそめてなほめつらしき　656
さきたちて
　いりしこころそ　368, 523
　いりしこころも　259
さきてとくちらぬためしも　638
さきにほふ
　こすゑのさくら　415
　はなもおそしと　288, 394
さきぬやといそくこころの　573
さきのこるひときのいろに　663
さきのとふかはへをとほみ　740
さきのよのゆめをわすれぬ　357, 498
さくきくにおほへるわたも　340, 457
さくきくの
　おほへるわたも　340
　したゆくみつや　699
　はなのひかりに　1327
さくきくやあまつほしかと　455
さくはなの
　いつこにこめて　399
　いつこにそへて　292
　けふのあるしに　661
さくはなもつきもいろそふ　339, 457
さくふちのかけをましへて　303, 410
さくふちもうらむらさきの　230, 303,
　410

さくままにはなふさおもみ　339, 455
さくらちる
　みかきかはらに　222
　みかきかはらは　291, 395
さくらゐのさとのしをりも　590
ささかにのひとはにうかふ　530
ささなみの
　おとはこほりに　705
　かすかすにしも　619
　よるさへみえて　310, 422
ささなみやにほのうきすと　416
さしいりておくものこらぬ　230, 309, 425
さしこむるいはのとほそも　745
さしてうきいろはわかれす　325, 433
さしまよふたまのをふねの　606
さしもそのおなしかさしを　733
さしもみをよせにしものを　606
さすかまた
　さとなれぬこゑ　652
　はらひはすてし　753
さすかみはおとろきなから　259, 373, 526
さそはるるゆめのなこりも　324, 440
さそはれしゆめやいくたの　707
さそはれておのかたちゐも　475, 635
さそひきてひとつににほふ　652
さそひくるふるさとひとの　742
さそふにはおほふそてもや　662
さそへとも
　うらまぬかせの　572
　ちるへくもあらす　228, 299, 408
さたかなれとはつかあまりに　535
さたかにももりくるかねの　269, 565
さためなき
　けふりのすゑに　587
　けふりのすゑも　587
　このみもいつの　84, 103, 249, 343, 469
　よにはまことの　719
さつきこは
　うつむたつらを　382
　うゑむたつらそ　483
さつきまつはなたちはなに　306, 417
さてもなほなかきねむりよ　738
さてもまたいかにみゆへき　582
さとかすむなはしろみつの　413
さととほくのはなりにけり　692
さととほみやこゑはきかて　745
さとなれぬこゑのゆくゑを　639
さとのなのいはてもものを　302, 410
さとはあれぬ
　たれかはありて　672
　みさらむのちの　660
さとひとも
　かやりたくなり　311, 422
　かやりひたくや　422
さとまてはさしもおくらぬ　306, 418
さはかりにまたれてけさそ　709
さはたかはそてつくみつも　579
さはにふるみかさはしらす　655
さはるへきくもなきよはの　690
さひしさになれてすみこし　710
さひしさのまたうへもなし　691

さひしさは
　あきならねとも　545
　あきのならひの　462
　あきのならひを　433
　ゆふへのそらに　318, 435
さひしさもあきはならひの　462
さひしさをとひくるひとも　524
さほひめの
　かすみのころも　18
　まゆみのをかも　592
さまさまに
　うつりかはるも　511
　こころうつりて　320, 434
　しのふもちすり　358, 491, 497
　みしよをかへす　257, 629
さまさまのみちのひとつの　751
さみたれの
　ころはしなとの　673
　はれゆくかたに　544
さみたれは
　しくれはるさめ　421
　しくれむらさめ　421
　つつみのうへも　89, 100, 365, 522
　なみそあらさむ　638
さめぬへきゆめちそとほき　373, 525
さめはてぬ
　あかつききききの　233
　あかつきやみの　562
さもこそはふゆこもりせめ　706
さやかなる
　かけはそのよの　727
　つきにはなほも　689
さやけしな
　かいこをいつる　380, 553
　きよくすすしき　319, 436
　たえてものこる　443
さゆるよのすむつきなから　623
さよころもせめてかひなき　502
さよしくれとふにつらさも　703
さよふかきをのへのくもに　620
さよふけてとりとりなりし　539
さらしなのあきもこよひは　329, 446
さらにまたあひむむことは　734
さりともと
　うみやまこえて　545
　なくさめきぬる　253, 359, 569, 717
　わかゐるやまも　510
さをしかの
　おのかすむのの　323, 439
　こゑのほかなる　687
　たつたのおくも　232, 310, 421
さをしかもやまとりのをの　271, 323, 440
しいのはのあらましかりし　731
しかすかにいのりしことも　603
しかそなくすむやいかにと　324, 439
しかなかりそはきかるをのこ　436, 635
しかのねにたちならひても　439
しかりとてととまらなくに　578
しきしのふのりのむしろも　516
しきしまのこのことのはに　260, 571
しきしまやこのことのはに　756
しきたへのたかまくらにか　320, 437

しくものもなきふることを　665
しくれきてこのゆふなみに　246
しくれきぬいそやまちかき　642
しくれこしこのゆふなみに　351, 474
しくれには
　そめあへすとも　333, 451
　たつたのかはも　23
しくれにもときはのもりの　700
しけりあふくさのみとりに　235, 308, 420
したはまていまやそむらむ　341, 459
したはよりものおもふあきに　53
したはれてきにしこころの　227, 560
したひきてはるもきのふの　242
したひこし
　おもかけなから　361, 499
　はなももみちも　703
　はるもきのふの　335, 438
したひもももこころもこよひ　508
したふしのまくらやまちし　659
したへたたうらみなはてそ　723
したへともいなはのうみの　581
したもみちかつちるよはの　468
したをれのねくらのたけの　652
しつかうつこゑをそへつつ　686
しつかなる
　しはのとやまの　743
　みやまのまつの　380, 524, 553
しつけしなひともはらはぬ　270, 333, 450
しつのめか
　かたみになさけ　600
　かやりふすふる　604
しつのをかたまかきなれや　311, 424
しつはたのやまもうこかぬ　589
してものもなきふることを　665
しなとりのあやおりはえて　222
しなはやなもよほしくさよ　534
しのひつつたちよるねやに　726
しのふそよはるののもせの　516
しのふともけふのひかりや　591
しのふとも
　みえしとおもふ　105, 568
　みえしとしのふ　252
しのふれは
　うれしきものの　254
　うれしきものを　631
しのふをもくさはにつけて　737
しのへともむなしきそらに　580
しはしこそしもをもしらぬ　245, 345, 472
しはしなほくもるとみしそ　281, 624, 703
しはのとに
　たれかしこきを　369, 524
　またすみなれぬ　745
しはのとははなももみちも　744
しはのとを
　おしあけかたの　665
　よしかりそめと　746
しひしはのともにくたけて　708
しほならぬ
　うみにそからむ　448
　うらにそからむ　331

しほみてはいそやまさくら　298, 406
しほむかふなみもかすみに　592
しほむすふなみもかすみに　592
しほやかぬみつのけふりも　696
しめのうちのはなをよきてや　300, 409
しもおかぬくさもありけり　351, 473
しもかれのこのはそまかふ　235, 312, 423
しもさむきあらしのかねの　702
しもさやくははそのさむき　699
しもさゆるひむろのやまに　587
しもしろくかれたるあしに　613
しもつけやこかのわたりの　593
しもとくるいたまのしつく　713
しもとみえこほりとまかふ　706
しもなからきえものこらし　266, 379, 416, 551
しもなれやひかりおさまる　250, 566
しもにまたむしのねよりも　345, 472
しもののちの
　まつこそうけれ　638
　まつもしらしな　338, 456
しもののち
　またもきてみむ　387, 458
　まつもしらしな　456
しもまよふまくらのあらし　706
しもむすふよさむのとこの　706, 748
しもをさへよはにかさねて　474
しもをへてうつろひかはる　344, 471
しらかはのなみのしらなみ　590
しらくもにけふのつきをし　462
しらくもの
　いつこかいへち　249, 631, 710
　たなひくかたを　741
　まかふはかりを　511
しらくももてにまくはかり　88, 100, 365, 522
しらくもや
　あさたつやまの　587
　あはたつやまの　587
しらさきのひとりふるえに　462
しらさりき
　さらぬわかれの　511
　ちきりもうちの　582
しらさりしみるめなきさそ　364, 506
しらすたれ
　あきなきときと　623
　ほしをかさしに　281, 624, 695
しらせはや
　おもふたよりも　607
　わかれていにし　732
しらたまの
　かすにもしるし　370, 486
　まなくみたれて　367, 523
しらつゆの
　かさしのたまの　268, 564
　たまえのあしも　596
しらつゆもたまぬくはかり　585
しらなみのたちわかるるも　250
しらふるも
　なにあふはるの　128, 129, 221
　なにおふはるの　291, 396
しられこしとおもひもいれし　105

しられしとおもひもいれし　105, 352, 491
しられしなあはてうきみの　362, 503
しられしのおもひのゆくゑ　715
しるしおく
　ふてになにかは　750
　よのふることの　387, 520, 531
しるしらすここそとまりと　624
しるしらぬこまうちなへて　594
しるひともなきよといひし　723
しるへなきやみにそたとる　255, 361, 503
しるやいかにこきゆくふねの　376, 530
しるらめやうちねのほとは　729
しれかしな
　ことにいてては　620
　とはれぬとこの　364, 506
しろかみのうはすてやまに　589
しろたえのいけのはちすの　373, 527
しろたえの
　いろそすすしき　230, 309, 425
　ころもほすかと　307, 418
しろたえの
　しもにまかへて　273, 323, 442
　やまをうつせる　710
　ゆきこそひかり　249, 350, 478
　ゆきにかさねて　128, 129, 221, 290, 392
　いけのはちすの　261
しをりせしかたののみのに　595
しをれきしあきのくさきの　703
しをれこしあきのくさきの　703
すきゆくをたれはつねとは　418
すくなるをこころとしるも　736
すくなれとまとのくれたけ　583
すすきのみせめてわかれて　250, 345, 472
すすこさすひもさしかかり　482
すすしさの
　おとにくらへは　678
　ことはりすきて　312, 425
すすしさを
　いつくにこめて　315, 429
　はちすのうへに　675
　まちいつるかけに　611
すすみこしまつのこかけも　314, 429
すたれまくおほみやひとの　653
すてしよのみちにあやうく　745
すてはてはなほさりによと　752
すなほなるすかたなからに　753
すまあかしすむらむかけも　241, 631
すまのうらはあまのいへたに　595
すみかきのたたひとふての　750
すみかまのけふりもをのに　591
すみすてし
　くもゐのまつの　736
　むかしもとほく　562
　むかしをとほく　233
すみたかはむかしいかにと　739
すみてよになかめしよりは　462
すみなれてなれもちとせの　487
すみぬへきやまくちしるし　329, 446
すみのえの

なみにもなつを　678
まつのこかけに　574
すみのえやはるのしらへは　222, 290, 393
すみのほるつきのかつらの　447
すみよしの
とほさとをのの　584
まつのみとりも　570
すみよしや
あふくめぐみの　109, 120
いつのみゆきに　262, 378, 558
まつのみとりも　259
すみれつむゆかりののへの　739
すみれにもひとよはねしを　684
すみわたるつきのかつらの　331, 447
すみわひぬみにあきかせの　540
すむうちもあはれふかくさ　739
すむたつにとははやわかの　258
すむつきのかけもまことに　334, 450
すむつるにとははやわかの　372, 527
すむとりもはるよりのちや　306, 417
すむひとの
こころのほかに　248, 348, 477
こころほそさも　745
みよりてらすや　756
すむひとはかけたにみえぬ　366, 523
すめはすむしはのとほそを　744
すゑかけていかかたのまむ　734
すゑたえぬよよのちきりは　317, 431
すゑつひに
ふちとやならむ　81, 105, 352, 490
みにしむいろの　268, 313, 563
すゑとほきよよをまもりて　755
すゑとほくたかきにうつる　652
せきあへぬそてのたきつせ　254, 362, 504
せきいるる
なはしろみつも　416
やましたみつの　562
せきいれてくまむもいくよ　386
せきかへしおとにやたてぬ　617
せきとめてむすふたもとも　592
せきのなのかすみもつらし　743
せきもりのうちもねよとの　608
せきもりはうちもねななむ　377, 533
せきもりもいかてととめむ　540
せにかはるきのふのうさも　516
せのおとをたつねもやらす　434
せみのこゑしくれしあとに　677
せめてさは
かはりゆくこそ　508
なかにことはる　724
ふたよともかな　24
ものいひかはせ　450
ゆめちにあきを　468
せりかはのたけたのさなへ　588
せんにんの
なにおふやとそ　372, 487
なにおふやとに　260
ひめにしふたの　590
せんにんはさひしさいかに　550
そことなき
きりのうちゆく　274, 336, 453
きりのうらゆく　453

さとのゆくての　574
そてかけてをらはおちぬへく　268, 319, 436
そてことに
にほひそうつる　294, 401
にほひやうつす　223
そてにいつおつとはみえむ　729
そてのつゆ
かからましかは　680
かかるもしらす　441
かかるをしらす　441
そてのつゆやもろくはならむ　695
そてはまたあさおくつゆの　679
そてふれはひとをやしのふ　653
そなれてもあはれおきなの　239, 333, 451
そのかみのうきみにかへれ　620
そのたひやかきりとききし　599
そのひとのこころもさそと　734
そのままに
かはるちきりを　681
こころのうちを　546
そはつたひひとりひとりの　746
そまひとはみやきもひかぬ　230, 308, 421
そまやまやまつはまれなる　735
そめあへぬえたもてことに　269, 565
そめかみのやまきのそてに　464
そめさらはうつろふことも　662
そめそめすつひにあらしの　103, 247, 344, 566
そめそめぬしくれのほとを　700
そめつくす
いろはこけれと　701
しもよりのちも　237
つひにあらしの　103
つゆよりのちも　341, 459
そめてみはうしやにしより　285
そめなさはうしやにしより　381, 551
そめやすき
よそのこすゑに　604
よそのこすゑの　604
そめやらぬしのふのもりの　578
そめわたるつゆのこすゑは　699
そらたかくのほるほたるは　675
そらにしれくもまにみゆる　509
そらにゆくひかりはおそし　465
そらねなくとりたにあれな　732
そらのくもかへりつきたる　740
そらはなほかすみもやらす　21
そらよりやあまのかはらに　738
それそともえやはいはての　591
それとのみみつゆくかはも　584
それとみるこころのいけの　555

【た行】

たえすたつとまやのけふり　433, 612
たえせしな
あまつひつきも　256
そのかみよより　382, 485
たえせしのちきりにあきの　315, 431
たえたえに
けふりにきほふ　674
をのへにひひく　739

たえたえのこけのほそみち　711
たえたるをつくやゆきけの　223, 292, 397
たえてみしゆめのうきはし　1562
たえなれやつひによそちの　380, 552
たえぬとも
　おもひしほとの　501
　しのひしほとの　356
たえぬへき
　それをかことと　356, 500
　つきのゆくへの　501
たえねとのかこともとめし　724
たえはてて
　おもひしものを　711
　またはあふみの　730
たかおもひあまりていてし　310, 422
たかかたに
　よるとなくらし　438
　よるとなるらし　335
たかかひのけふはかりとは　349, 478
たかさこのをのへならては　418
たかさとにはつねとはまた　671
たかさとのはるかせならし　88, 90, 616
たかさとも
　もれぬめくみの　112, 113, 117, 119, 122, 124, 124, 132, 138, 278, 632
たかためにおもひみたれて　241, 319, 436
たかための
　いのちならぬと　356
　いのちならねと　496
　つゆふかからし　238, 319, 436
たかなかのひとめつつみの　337, 453
たかなみたあめとふるらむ　316, 430
たかへすははふくはるにそ　484, 383
たかよよりあたなるいろに　662
たききこりみつくむみちの　366, 523
たきそへてさすかみふゆの　351, 474
たきつせにあらしやおつる　538
たきなみをこすゑにかけて　231, 312, 423
たきのいとのみたれにかせの　661
たくひなや
　あふよとなれは　251, 568
　やなきのまゆも　366, 488
たこのとるさなへのつゆの　672
たたきぬるをのへのあらし　745
たたたのめ
　かけいやたかき　483, 514
　かけいやたかく　284, 387, 514
　たのむにつけて　638
たちかへり
　かせやうらみむ　660
　しのふるこゑは　672
　とふともとほき　252, 569
　やかてとおもふ　357, 498
たちさらてこころのうちを　527
たちそひてきえぬかふりと　730
たちならふ
　いけのみきはの　736
　えたにもうつる　294, 401
　かひこそなけれ　159
たちぬはぬはるのころもの　289, 392

たちぬるるしつくもあかぬ　617
たちはなにむかしのかせの　574
たちはなのにほひそしらぬ　672
たちはなはとほきしるへに　672
たちゆくもあとになるみの　377, 533
たちよれはそてのかふかし　652
たちゐなくかいこのとりの　380, 553
たつことやいととかたのの　661
たつたかは
　あきのもみちの　596
　なにたつききの　578
　みつのあきをや　701
たつとりのあらぬはおとに　228, 266, 297, 405
たつねみむめにもみみにも　507
たておきしかみのちかひの　728
たなはたにかすものにもか　317, 431
たなはたの
　あきさりころも　680
　うらみやしけき　433
　けふのあふせも　316, 431
　ころものすその　243, 643
　としのわたりの　318, 432
　なかきちきりや　316, 432
　なかなかあかぬ　318, 432
　ひとよのちきり　432
　わかれよいかに　318, 432
たにかけもあはまくはかり　304, 398
たにかせにふるすあらすな　651
たにのとにあかるるはかり　285
たにのとはみちもつつかて　687
たにのとやさすかはるとは　69, 114-116, 125, 223, 290, 395
たにふかみ
　はしをすきしの　748
　はなはむかしの　651
たのましなことのはことの　354
たのましよ
　ことのはことの　354, 493
　ことよくちきる　354, 494
　みにそふかけは　716
たのまれむこころはいろに　354, 493
たのみこしゆめちもたえて　258, 631
たのむそよみもすそかはの　260, 571
たのむへきやとならなくに　386, 513
たのめおくものとはなしに　670
たのめこし
　かけあらはなる　708
　ひとのこころの　361, 502
　まちにしひとも　590
たのめしはあらすなるよに　281, 361, 628
たのめしをたのまはいまは　251, 355, 494
たのめつつくれをまつまや　599
たのめてもかひもなきさの　591
たのもしな
　あまねきつゆの　380, 553
　たとへはつみに　555
たのもしな
　なつののくさも　230, 310, 423
　なほのちのよも　284, 387, 514
　はやまはうすき　341, 459
たひころも

　あさたつのへの　374, 489
　うちぬるままに　260, 570
　うつるともなき　742
たひにして
　しのふくさおふる　740
　みるさへかなし　740
たひまくらみやこおもへは　263, 296, 404
たふさよりはなもひらくる　713
たへかぬるあつさやしはし　555
たへてすめききうきとても　524
たへてやはみやまのいほに　262, 570, 744
たへなれやつひによそちの　277
たまかきはかせもよきてや　417
たまかつらみねまてかけて　264, 302, 411
たまくらのねさめのさとの　538
たまさかに
　あひみるよはを　735
　あふよなれはと　495
たまさかの
　あふよなれとは　276, 355
　あふよなれはと　495
たましけるやともおよはむ　331, 449
たましひはわかれしそてに　496
たますたれ
　かかけしままに　507
　すすしくかせに　663
　ひまもとめいる　265, 294
　まきのいたとを　468
たまたれのひまもとめいる　401
たまつはきとしにふたたひ　646
たまよすることはのうみの　754
たみにおほふこころもなくて　713
たみのくさ
　うけてもしるや　757
　かけてもしるや　757
たみをおもふみちにもしるや　305, 399
たむくともうけしことはの　615
ためしあるあやうきふちの　602
ためしなやほかのくににも　383, 484
たれかこののをなつかしみ　271, 319, 436, 684
たれかはとおもひたえまし　461
たれきけとなかきひあかす　652
たれといててこそはともみむ　226
たれとなくゆくてあまたの　415
たれとはぬ
　うらみもさらに　435
　うらみもひとり　435
たれとひてこそはともみむ　92, 559
たれならぬ
　いけのみつかけ　466
　かけをともなる　665
たれはらふみちともなしに　369, 527
たれみちをうけつかさらむ　534
たれもおもへききてもみても　512
たれもみないのちはけふか　738
たれゆゑにいはぬいろしも　228, 561
たをやめになしてもいさや　607
ちかひをやしつはたやまの　511
ちきらぬもひとまつよはと　733

ちきりあれや
　かならすあきの　686
　はるけきおくの　689
ちきりおかむはこやのやまの　95, 482
ちきりおきしあきよりさきの　718
ちきりこそとほつうなはら　734
ちきりさへよそにうつりし　725
ちきりしはあさはののへの　730
ちきりしもあたちのはらに　581
ちきりたたおもふにもうき　361, 503
ちきりたにかれすはなにか　581
ちきれたたおもふにもうき　503
ちくさにもなほかへつへし　345, 472, 246
ちさとにもくもらぬつきの　438
ちちにみをわくともあかし　321, 434
ちとりなくさほのかはきり　347, 475
ちはやふる
　かみよもきかす　23
　みそきもかはも　717
ちへまさるきりやへたつる　276, 570
ちよこもることのしたひに　291, 396
ちよにちよかさねてこもれ　110, 412
ちよのいろものとけきそらと　137, 469, 484
ちよもしるしみかきのたけの　383, 487, 542
ちらせつゆおいをはいかに　541
ちらはまたはなにうつらむ　659
ちりうせしたたわれひとり　624
ちりうせぬ
　このことのはの　338, 456
　ためしときけは　383, 485
ちりしくをまたふきたてて　472
ちりそひてやまあらはるる　239, 344, 470
ちりそむるひとはのおとに　556
ちりそめてつもるをおもへは　248
ちりつもるいろなうつみそ　704
ちりてまつかけをやうつす　701
ちりならぬなにしたつとも　598
ちりねたたつきのためさへ　343, 460
ちりのまもうつろふはるを　415
ちりひちのやまよりいてて　738
ちりもせしはなよりさきに　396
ちることもいそかさらなむ　669
ちるはなのゆきをたためる　232, 561
ちるはなももろきこのはに　744
ちるままにえたにははなの　663
ちるもをしはなよりさきに　396
ちれはうくちらねはしつむ　468
つかふへきあとたにあらは　511
つかへきてとしもへにけり　736
つきかけの
　かすめるほとも　296, 404
　もりのしめなは　300, 409
つきかけは
　そことなきまて　230, 296, 404
　めくらぬかたの　235, 307, 418
つきかけも
　さえゆくままに　548
　のこるはおなし　415
つきかけやもことすくなき　466

つきくさの
　うつしこころも　604
　つゆもなかけそ　244, 641
　はなすりころも　698
　はなのさくのの　683
　はなのささのの　683
つきこよひ
　いかにすむらむ　536, 558
　おとはのやまの　689
つきこよひすまさらめやは　330, 447
つきさへもさなからはなの　930
つきすめる
　こよひとなれは　323, 440
　こよひのためと　272, 328, 443
つきせしなあまつひつきも　382, 488
つきそすむ
　さとはあれまく　692
　ちとせのあきも　237, 274, 330, 448
　ふねさしくたす　274, 564
　ふはのせきやの　271, 330, 447
つきそなほそらにやすらふ　449
つきならてわかともふねも　695
つきなれやゆふかはわたり　705
つきのこるかかさへさむき　705
つきのほるこよひとなれは　440
つきはたた
　なかれもあへす　714
　ひかりをもとの　706
つきはなほ
　あしたのくもに　613
　くものみをにて　273, 330, 448
　こなたのみねや　326, 445
　さかりすきたる　241, 327, 444
つきもしれ
　こよひくもらぬ　446
　こよひくもらは　329
つきやこよひこよひもこよひ　274
つきやしる
　こよひもこよひ　330, 447
　まくらのしつく　682
つきやとるあさちかつゆに　322, 441
つきよひよとほくしのふの　597
つきをこそなみたのこさね　687
つきをともといはむもやさし　334, 450
つきをのみとはかりひとに　727
つくからにちとせのさかも　87, 486
つくすへきならひなりとも　722
つくつくと
　おもひつつけて　689
　おもひのこさぬ　696
　つきにむかひて　326, 444
　はなをしみれは　658
　ひとまつまとの　732
　ふみにむかへは　531
　まもるともしひ　728
　ものにまきれぬ　360, 502
つくはねやみねのあらしに　415
つくよみの
　かみのめくみの　245, 379, 557
　ひかりあまねく　281, 628
つくりおくつみのこのよに　555
つくりゑをかすみやのこす　256, 366, 521

つけはやななきたるあさの　254, 357, 498
つつましやみをかへりみる　636
つつまれぬものにそありける　582
つつみこし
　おもひのきりに　715
　おもひのきりの　254, 356, 492, 501
つてをさへしらぬおきなの　608
つねはみぬ
　やまのみとりに　311, 424
　やまのみとりも　424
つひにいかにまことのいろを　252, 568
つひにうきなこそはたつの　615
つひにそのさとのしるへも　359, 500
つひにみのちきりなれとや　276, 631
つひのひはおもひしるらめ　540
つまこひを
　なくさみかねて　624
　なくさめかねて　281, 687
つみなくてみるもなみたに　465
つみふかきみをもわすれて　592
つもらはとひともちきらぬ　712
つもりけりよのまのゆきの　711
つもりしもつひにあらしの　371, 529
つもるかとおきいててみれは　710
つもるとてはらひつくせは　711
つゆけさのことはりすきて　364, 506
つゆけさはかへてやまさる　668
つゆけしなたかわかれをか　231, 309, 423
つゆしくれ
　いかにもりてか　700
　そめつくしての　704
つゆしけきあさちかやとは　323, 442
つゆしもにいととふかくさ　461
つゆしもの
　いととふかくさ　342, 461
　よさむかうへに　702
つゆしもはきえかへりても　687
つゆならはむすふとそみむ　708
つゆにすむのさはのゆふひ　649
つゆにまたこころをわけて　319, 436
つゆのほるをかへのわさた　680
つゆのまにととせあまりの　244, 641
つゆはかりみそめしよりも　609
つゆはそてにいつかはかかる　680
つゆふかみあしのまろやを　466
つゆもなほみにしむころの　342, 460
つゆわくるはなすりころも　466
つらきかなたたはひわたる　277, 358, 499
つらきにもすすりのうみの　609
つらくても
　さらにはてしと　569
　さらははてしと　253, 357
つらさこそいろもかはらね　357, 493
つりたるるさをのすかたも　462
つりふねは
　みえすなりゆく　530
　みえすなるより　261, 375
つるかめもしらしなきみか　137, 382, 484
つれなきにわれやまくすの　363, 505

つれなきもつひにさはらぬ　362
つれなきをみはててやまむ　105
つれなくてつゆはさなから　683
つれなさのこころみはてて　355, 494
つれなさもつひにさはらぬ　504
つれなさやまさきのかつら　686
つれなさを
いまはみはてて　354
たかこころより　406
みはててやまむ　275, 493
つれなしとあまたにみはや　663
つれなしなやよしくれてよ　604
つれもなきひとはとはしな　732
つゑしてもはなれぬいぬの　597
てならひのたたひとふても　353, 492
てにとりてみるにそゆきは　709
てにならすあふきによはき　680
てらしみよはるひにきえぬ　416
てらせなほうきよにのみと　586
てりそはむもみちはしらす　233, 563
てりまさるかけやかつらの　329, 446
てりもせす
くもらぬよりも　690
くもりもはてぬ　414
てるひにもなほたえさりし　247, 566
てをりてついたちころの　600
ときありて
きくもうれしき　123
はるしりそむる　103, 136, 521
ときしありてきくもうれしき　119
ときしありと
きくもうれしき　68, 70, 74, 77, 79, 80, 83, 87, 93, 95, 99, 101, 102, 110, 112, 114, 117, 286, 389,
ときしるやみやこのふしの　637
ときすくるやまたのおくて　386, 513
ときつかせはるのいろかの　84, 224, 288, 397
ときのまに
くれぬとみつる　676
とまるもかけそ　694
めくるしくれの　703
ときはきにいろをわかはの　236, 306, 417
ときはきのしたはもいまは　669
ときはなるたねもあらなむ　264, 298, 406
ときはやま
つひにもみちぬ　338, 454
みねのみとりの　597
とけそむるいはほのつらら　23
とけてねぬゆめをもたれか　692
とことはにたつともたれか　595
とこなつのはかなきつゆに　499, 638
とこよいててかりもきぬらし　336, 438
とこよさはあけてもせきに　598
としくるるかとのまつさへ　714
としさむきまつよりおくに　614
としつきは
おもひしるらむ　634
ききいれもせて　500
としつきをへたてしうさも　358, 498
としとしにちきりかはらて　15

としへても
なにをかひとに　725
ひとよはたひね　681
としもへぬさはならはしの　747
としをへて
うやまひませる　386, 513
わすれぬやまの　742
とちそむるこほりもほそき　480
ととめてはゆかすやいかに　356, 496
となせかは
つねならぬよに　594
みつのおもには　270, 565, 701
となりたにまれなるやとに　414
とにかくに
なけくこころそ　751
ねさめのまくら　686
とはかりもとめしひとかの　602
とはぬとてひとなうらみそ　709
とははこそつゆとこたへめ　542
とははやとおもふやしるへ　236, 314, 428
とははやな
きぬかさをかの　279, 388, 458
またよにしらぬ　314, 429
とひみはや
なにはのことも　313, 426
ふけゆくからに　386, 513
とふひとの
ありともいまは　656
ありともたれか　746
とふひとをふもとにそれと　743
とふほたる
たつかはきりの　675
つけていぬへく　312, 426
みつのしたにも　235, 422
とへかしなしのふとするも　727
とほからぬみねにやへたつ　573
とほつひとかへらむころも　239, 337, 454
ともかくもなさはなりなむ　637
ともこそはいろかのほかの　265, 299, 407
ともしひの
はなもさなから　653
またたくかけは　549
とやまにはゆきもけなくに　287, 391
とりかなく
あつまのやまの　69, 71, 74, 78-80, 84, 87, 94, 99, 101, 102, 109, 112, 113, 117, 119, 121, 122, 124, 262, 286, 389
ひかしのやまの　93, 132
とりかねにおきいつるより　263, 366, 531
とりのねにおとろかされて　657
とりのねのきこえぬさとに　743
とりのねもほころひそむる　656
とりもしれやよやあさくは　386, 513
とりもみぬものとはしれと　723
とをといひてよものやまへの　380, 552

【な行】

なかきひもあかてそたとる　585

なかきよにかけてもしのふ　1562
なかきよのねさめなくさむ　687
なかしともおもはてたれか　360, 502
なかそらに
　くまなきかけを　691
　すめるものから　705
　つきやなるらむ　326, 445
　のほりはててそ　240, 326
　のほりはてても　445
なかそらはゆくもゆくかは　270, 329, 445, 465
なかつきの
　すゑののくすは　701
　つきをこよひと　463
なかつきもいまいくほとか　327, 444
なかつきや
　ありあけのつきの　702
　このゆふしほの　327, 443
なかぬなりかすみのをちの　572
なかはゆくそらにしられて　326, 445
なかめこし
　いくよのあきの　269, 564
　とほやまとりの　660
なかめてそみにしみかへる　267, 297, 404
なかめてもみにしみかへる　404
なかめやるそらはなみたの　509
なからへてまたあふあきと　467
なからへはさりともとおもふ　540
なかるるもうへにはみえぬ　346, 474
なかれきてここそかすみの　19
なきかはすとももなきさの　475
なきくらすうくひすのねに　92, 226, 560, 664
なきこふるなみたのかはに　243, 643
なきすさむせみのはやまの　575
なきなのみきこえあけつつ　200
なくさめてくるとやひとは　720
なくしかのこゑにそこもる　439
なくせみのはやまのこすゑ　677
なくとりのそらねもあれや　739
なくねをもそへさらめやは　707
なくむしの
　こゑのいろをも　688
　つゆのたまのを　688
なくむしもなにかうらむる　322, 441
なけくそよいはとのせきの　753
なこりあれや
　さよもふけゐの　1332
　つはさはきえて　637
　とりかなくねに　372, 528
　まちいてしかたに　296, 405
なこりおもふひとのふなてに　489
なこりけさおもひみたるる　497
なこりなほ
　あふとみえつる　360, 502
　むかしおほえて　235, 308, 421
なさけおほきひとつてよりは　734
なさけこそおもふにうけれ　276, 278, 359, 499
なさけなくはなにもてをふれ　724
なすことのなきにそおもふ　350, 479
なそへみむまれなるはなも　603
なつきてのひとつみとりも　235, 305

なつきては
　ころもほすてふ　416
　ひとつみとりも　416
なつきてもあをはかなかの　669
なつころもひとへにあきと　678
なつとやはわかはのききの　668
なつのひのけしきをかえて　235, 311, 424
なつのひをなかめくらして　309, 425
なつはたたさらてなかむる　677
なつふかみしけるのもせの　423
なつむしもおもひやられて　678
なつをさへしらむおきなに　575
なとかわれつらきこころの　358, 498
なにかうきくさのまくらそ　259, 375, 489
なにかおもふひとにもかなし　752
なにかせむいまたにすゑの　752
なにかよにはてはうからぬ　341, 459
なにことのうきをもいはぬ　691
なにことも
　みなよくなりぬ　284, 520
　ゆめのほかなる　512
なにことを
　おもひいりえの　448
　おもひつつけて　532
　なけきのもりの　76, 636
なにしあふこよひひとよに　281, 624
なにしおははうきみきえなて　731
なにしおふこよひひとよに　690
なにたかくすみのほりてや　342
なにはえにすまぬものから　427
なにはえのすまぬものから　427
なにはえやゆふへすすしく　310, 422
なにはかた
　あしのふしのま　677
　うらなみとほき　262, 374, 530
　しほみちくれは　694
なにはつのよしあしをしも　693
なにはつをけさこそみつの　547
なにはめかさよにをりたく　547
なにゆゑとなかめそめけむ　325, 442
なにをかもくれゆくはるに　574
なはしろによせていさよふ　707
なひきなすかたもさためぬ　684
なひくかとみむふしもかな　362, 503
なひくなりなきたるそらの　573
なへておくくさきかほかも　321, 434
なへてよの
　おいのすさひも　542
　ちからをもいれす　646
　ちりよりなれる　737
　はなのはるたつ　93, 110, 390
なほさりに
　まつやはきかむ　236, 419
　やとりやきつる　695
　よをいとひこし　621
　よをはすてしと　752
　をりつるものを　546
なほしはしせかましそての　715
なほそうきひとはいそかぬ　722
なほそみむかたえはおそき　338
なみかかるそてのみなとの　566
なみかくる

そてのみなとの　247
まさこちとほく　238, 332, 449
なみかけてかすみわたれる　20
なみかせの
さはきしよりも　256, 273, 334, 452
よさむもしるく　612
なみかせもけさのふなてに　694
なみかせをしまのそとまて　104, 107, 287, 390
なみこさむうらみはあらし　681
なみこゆるそてもうきねの　686
なみさはくうきねのまくら　375, 489
なみたかくいるさのつきの　537
なみたこそそてにもせかめ　728
なみたにそやかてかりねの　367, 522
なみたほすそてにあまりの　721
なみたゆゑひとめつつみも　591
なみたよりそてにもせかめ　728
なみにきえけふりにたちて　707
なみのうへのこるくまなき　689
なみのうへののこるくまなき　689
なみのおとにききつたへても　377, 522
なみふかくいりぬるいその　606
なみまくらなれぬるままに　741
なもたかくすみのほりてや　460
なよたけのなひきふしては　260, 570
ならのはの
なにはふみやに　454
よのふることに　273, 338, 454, 698
ならひすむひともありけり　524
ならひてははなもはつかし　402
ならやまのゆきのしをりの　589
なるみかたよせくるなみも　592
なれしこそいまはいとはめ　608
なれたにも
おもふこまつか　587
こころにしのへ　606
なれてこしかけもこよひを　516
なれてみむあきをおもふも　456
なれてよのちりよりなれる　737
なれなれしはるをのこして　668
なれなれて
ゆふへをしらぬ　702
ゆめみるまてに　741
なれねともそてをそぬらす　587
なれゆくをまたもみまくの　253, 354, 494
なれよみにかけはなれたる　539
なれよわかおもふあたりの　606
なれをしそつらしとはおもふ　729
にくからぬおもかけそひて　497
にこりなきこころのみちを　378, 557
にこりにもそまぬはちすの　516
にしこそとあきみしむめの　266, 401
にしにこそあきみしむめは　654
にはかなる
かりはのをのの　614
くもかせはやき　611
にはかにもなみをたたへし　234, 563
にはくさの
つゆももゆるに　461
つゆももろきに　461
にはのおもにはらふもおなし　675

にはのおもの
　ちくさとともに　345, 472
　ひかりもそへそ　694
にはのおもはふりもたまらて　247, 629
にひさけにさかなもとめて　587
にほひある
　ふてによしさは　593
　ふてもよしさは　593
にほふよりむかしわするる　672
にほへなほ
　さしいるつきの　653
　やなきのいとの　403
ぬきかふるかとりのうらに　668
ぬきとめぬやなきかえたに　655
ぬしやたれとははこたへよ　379, 552
ぬるかうちにみるのみちかき　750
ぬるるをもたれかいとはむ　684
ぬれそはは
　うつりやすると　409
　うつりやゆくと　300, 409
ぬれてもしとひこはさても　620
ねかはくはゆるせいきとし　544
ねきことの
　しるくもみえぬ　252
　しるしもみえぬ　105, 568
ねさめしてうきよをひとり　753
ねせりおふるゆきけのさはに　650
ねたしやなかからましかは　728
ねになきておもひをいてよ　670
のかれいてむ
　かきりもしらす　555
　かきりもしらぬ　555
のかれきてよのはけしさに　524
のかれこしこころにもにす　368, 525
のきちかきひときのこすゑ　700
のきふりて
　たちはなならぬ　628
　むめならぬむめか　225
のこしおくこころやかたみ　726
のこりけりまつはみとりの　248, 351, 473
のこりゐてふるきよこふる　386
のこるひのかけにむかひの　691
のちのよのつとめのほかは　260, 571, 751
のとかなる
　かけをちきりて　666
　はるのひかりに　656
　ひかけにうつる　81, 88, 90, 616
　ひかりをさそふ　290, 394
　ひとのこころの　399
　ゆふへのあめを　265, 298, 409
のとけしな
　かせもうこかぬ　406
　よにはにこれる　366, 488
のへになくをしかのこゑを　324, 439
のへのつゆいくよしくらむ　741
のほりえていまこそいそち　556
のもやまもけふあらたまの　647
のりにいるみちとほからし　262, 369, 523
のりのこゑにそれもやかよふ　258, 368, 525

【は行】

はえあれやくろきあかきの　321, 434
はかなしや
　おきてわかれし　497
　かりほならぬも　369, 526
　くさはにやとる　697
　とりへのやまの　131
　ひとよのゆめの　726
　ひとよふせやの　723
　みこそかりなる　745
はかりなきそこのみるめの　719
はきかうへそかせもふきあへぬ　319, 436
はきかえは
　えたやつされて　437
　をりやつされて　320, 437
はきのともあやなくいそく　599
はけしくもえたふきしをる　345, 472
はけしさのやまかせたえて　19
はしたかにこころいれてや　478, 478
はしたかの
　すすのしのはら　478
　のもりのかかみ　26
はしのうへはいかにすすしき　678
はつあきのよはなかからて　317, 430
はつかせのせきふきこゆる　271, 314, 428
はつかりもこゑをほにあけて　280, 627
はつせやまたによりのほる　696
はつはなもさこそほかには　378, 550
はつゆきのはなのみやこの　709
はなかつみかつみえそめつ　593
はなかつら
　たくへてものそ　731
　たたへてものそ　731
はなさかりすきゆくものは　135, 137, 285, 300
はなさそふかせよりさきに　642
はなすすきのなかのみつに　685
はなちりてあめおもけなる　672
はなといへと
　かかるそかたき　338, 454
　ちらぬためしの　339, 456
はなとりに
　あかてそつひに　228, 561
　またあひみむも　136, 622
はなとりの
　あやおりかへて　267
　あやおりはへて　129, 290, 392
　いろかもさそな　542
　いろかもなにか　532
　いろねもさそな　542
　いろねもなにか　553
はなとりもいまそまつらむ　109
はなならぬやなきかえたに　295, 402
はなならはうつろふころの　325, 442, 546
はななれや
　とほやまかつら　223, 299, 408
　はるひうつろふ　229, 299, 408
はなにおくつゆのひかりは　676
はなにさきつゆにそめなし　701

はなにすきもみちにくれし　709
はなになくそれにはあらて　600
はなにみえしこすゑおほして　470
はなにみしはるのにしきの　699
はなのいろのももにはあらて　664
はなのうへのつゆはひとつを　435
はなのかをしのふもちすり　574
はなのころはのやまをやとの　301
はなのときに
　あはすはなにを　298, 403
　あらすはなにを　225
はなのなもしらぬにおもふ　717
はなもつきつきもはななる　659
はなもみち
　ちりてふものを　738
　ちるてふものを　738
はなゆゑやかせのつらさも　661
はなよいかに
　ことのはそなき　658
　みをまかすらむ　267, 299, 409
はなよりはしはしおくるる　232, 321, 437
はなをのみなかめくらして　701
はねのことはやくはゆかて　534
ははそはらつゆよりさきの　314, 428
はひかかる
　くさきもわかす　302, 410
　つたそいろこき　340, 458
はやくよりかけてそつらき　605
はやせかはいはまにあそふ　544
はらひわひゆきをやかりの　712
はらふへきむかしのそてを　735
はらふよりつもりもやらて　371, 529
はらへとも
　あとよりあをむ　423
　あとよりおふる　423
はるあきの
　いくゆふくれを　257, 373, 525
　それたにあるを　350, 479
　やまのにしきの　246, 349, 478
はるあきもまかきのてふの　269
はるかけてたのめしものを　605
はるかすみかくすみやこの　264, 297, 405
はるかせにみきはのこほり　416
はるかせの
　かすみふきとく　21
　さえかへるそらに　294, 400
はるかせは
　いろかのなきを　653
　ふくともなしに　229, 293, 401
はるかせも
　さそはぬえたと　415
　すゑにそかよふ　601
　そむるはかりに　587
はるかなるなかめするかな　490
はるかにも
　さとをしらせて　481
　みほのうらまつ　640
　みほのかみまつ　640
はるきてはあらしをさむみ　650
はるきてもあらしをさむみ　650
はるきぬとふりさけみれは　647
はるけてよいつれのとしか　606

はることに
　おもへはよしや　657
　ねのひにあかぬ　649
　むめよりつきて　644
はることのはなやいかなる　301, 408
はるさめにかくはまさらし　667
はるさめはそのいろとしも　655
はるたてはむすふこほりも　15
はるといへは
　かすみもやへの　648
　かみのみよより　288, 390
はるなからこほりはむすふ　651
はるなからしつかころもも　584
はるなくはたのめてまたし　600
はるならはたのめてまたむ　600
はるにみむ
　かすむあさけそ　303
　かすむあさけの　398
はるによせしこころのはなの　281, 625, 694
はるのあめもさたかにそきく　264, 297, 405
はるのいろの
　これやそめしを　397
　とやまはいはし　666
はるのいろはまたあさちふの　648
はるのいろもはなににほはす　267
はるのくる
　あまのいはとの　288, 394
　ころなりけりな　20
はるのはな
　あきのもみちに　725
　あきのもみちの　476
はるのひに
　とけゆくすゑも　223, 292, 396
　ふるはつもらて　650
　ふれはつもりて　650
はるのやまもわすれにけりな　617
はるのよの
　つきやあらねと　650
　まさこちしめる　616
　みしかきのきは　653
はるはけさいたらぬかたも　648
はるはたた
　たかさとわかす　572
　はなをあるしに　662
はるはなほやなきにしるし　294, 402
はるはまたあささはみつの　396
はるはまつなひくやなきも　278, 633
はるふかく
　かすみやさこそ　393
　かすむやさこそ　129, 222, 289, 393
はるもなほなくさめかぬる　665
はるやまのそらはこのめも　655
はるるよはむかふやまのは　691
はるをあさみまつさくゆきの　652
はるをへて
　ちらすもあらなむ　301
　なるるにいとと　224, 301, 408
はれかたきくもをそおもふ　271, 328, 452
はれてみよおなしたくひの　448
はれてよきおなしたくひの　274, 331, 448

はれまなき
こさめをつゆと　509
ならひはいかに　277
ならひよいかに　361, 503
はれやらぬ
けさのまをさへ　481
けさのまをとへ　250, 349, 477
ひかけさす
こすゑはみえて　292, 401
つゆのひるまを　308, 417
みきりのいけの　22
ひかけよりまつさくむめに　394
ひかすこそつひにつらけれ　135, 137, 229, 301
ひかりあるこよひのつきの　274, 327, 443
ひかりとはこれやまかきの　640
ひかりもてあけほのいそく　345, 471
ひかるとはほしやまかきの　243
ひきうゑしまつもたかさこ　127, 129, 131, 132, 221, 305, 398
ひきかへしいてみまくほし　535
ひきかへてみえむもかなし　306, 417
ひきそむるふたはのまつの　412
ひくらしのなくゆふくれの　241, 327, 444
ひさかたの
あめにかくれむ　303
そらにつもれる　742
つきのかつらの　604
つきはかすみの　656
つきはかすめる　656
ひかりをしらす　669
ひたすらにちきりたのまむ　719
ひちかさのあめにかくれむ　411
ひとえたのきくにけたれて　388, 457
ひとえたをささけてしめす　551
ひとかたにすまはすむへき　748
ひときたにいまもさかなむ　52
ひときはの
かすさへそひて　308, 417
ひとこころ
うかへるふねの　275, 362, 504
はなにうつろふ　275, 363, 504
みちてはわれも　251
みはてはわれも　362, 504
ひとこゑとねかひしことの　418
ひとこゑにあくるもしらて　670
ひとこゑの
そらそあけゆく　307, 419
そらにあけゆく　234, 419
ひとこゑも
きくやいかなる　638
ゆききのをかの　231, 308, 420
われにはいそけ　640
ひとこゑよよそにしてやは　589
ひとしほとやしほのをかの　585
ひとしほの
いろこそまされ　88, 90, 616
いろもこそそへ　273, 323, 440
ひとしれぬそてのなかにも　580
ひとすちに
おもひむすひし　508
こころをあらへ　738

　よしやむすはぬ　609
ひとすちのつつみのやなき　549
ひとそうきかかるふしさへ　495
ひとつてはうしろめたしや　278, 633
ひとゝせの
　とりのはつねに　650
　なかにへたてて　680
ひとゝせもおもふにやすく　617
ひとゝせを
　すくるほとたに　481
　なかにへたてて　268, 563, 680
ひとゝほり
　くもふきおくる　703
　ゆふひにはれて　749
ひとならは
　うらみもはてむ　420
　とふもうらみむ　420
ひとにかくそふみともかな　353, 492
ひとにやはつけのまくらと　733
ひとのうへになしてみせはや　674
ひとのためはけふりをたちし　361, 503
ひとのみはともしによるの　673
ひとのよにねかふことなる　752
ひとのよのちとせをまたぬ　755
ひとはたた
　こころのくまに　689
　みたにをこせぬ　569
ひとははやかれにしなかの　510
ひとへなるゆきにもしるし　613
ひとむらの
　くもはさなから　750
　けふりのをちに　462
ひとむらはうゑてたにみむ　685
ひとめさへまれなるにはに　660
ひとめをはつつむとおもふ　721
ひともかくをくらましかは　282, 625, 722
ひともさそわかなかかきに　724
ひともしれかさもとりあへす　734
ひとやたたみたにをこさぬ　277
ひとよしれいへはさらなり　534
ひとよまつ
　ちよのはしめの　287, 390
　とかへりのはなも　379, 558
ひとよりもつらしやゆふへ　606
ひとりぬる
　おののおもひや　245
　ねやにひかけは　599
　よるはひおけに　481
　をしのおもひや　347, 476
ひとりねのねやのともしひ　538
ひとりのみ
　なかむるはなの　661
　みやまにむすふ　466
　よとこにしつの　454
　よとこにみつの　238, 337
　われもふすゐの　607
ひとをまつこころのみちの　248, 567
ひにおくるふみもつもりの　595
ひのひかりみねにもをにも　667
ひまみゆるさはへのこほり　92, 226, 559, 649
ひめこもるむろのやしまの　593

ひらけなほふみのみちこそ　89, 376, 532
ひろふともしはしはきえし　579
ひをさふるやまのふもとの　372, 527
ひをむしのまたぬゆふへを　505
ふかからぬ
　つゆにたをらむ　684
　はるにさきたつ　657
ふかからむつゆにたをらむ　684
ふかきよのものにまきれぬ　236, 318, 435
ふかくいるのあさしとをしれ　262
ふかくいるもあさしとをしれ　379, 551
ふかくなる
　あをはのやまの　256, 375
　おとはのやまの　531
ふかみとりゆきけにぬるる　304, 483
ふきおくる
　かせのにほひは　657
　やまかせなから　676
ふきおろすひらやまかせに　1220
ふきかくすよそのこすゑの　472
ふきかくる
　くもさへうれし　272, 328
　よそのこすゑの　345
ふきかへるくもさへうれし　451
ふきかよふそらにみちてや　92, 559
ふききゆるくもさへうれし　451
ふきこほすあきのあさけの　240, 314, 428
ふきしほるくさきのうへの　339
ふきしをる
　くさきかうへの　456
　なへてくさきの　682
ふきつくすこのはかうへは　472
ふきとほすしつかまつかき　744
ふきにけりあきなきなみの　577
ふきのこせかかるそひかり　564
ふきのほるたにかせみえて　738
ふきはらふなみのうききり　331, 449
ふきまよふそらにみちてや　226, 559
ふくかせもよそにさそはて　400
ふくからにのへのちくさの　683
ふくたひに
　ききもすくさす　576
　そらにしられぬ　470
ふくもまたあたたかならぬ　293, 399
ふくるよのひとをしつめて　692
ふけにけりおきそふつゆも　577
ふけぬともなほそまちみむ　620
ふけゆけは
　うつやころもの　236, 337, 454
　やとかるつゆも　618
ふけわたる
　うらかせきよく　351, 474
　つきやさそひて　331, 447
ふしのねの
　いやとほやまの　510
　たくひにはみし　650
ふしのねは
　たたくもかせを　742
　なへてのみねの　244, 329, 446
　ゆきのひかりに　742

　ゆきをちしろに　543
ふしのねをみしおもかけの　548
ふたたひは
　うまれあはむも　512
　さしもにほはし　250, 350, 471
　さしもにほはは　85
ふたつなきみねもひかりに　463
ふたもとのすきのたちとも　549, 584, 596
ふちとなるつみもはつかし　596
ふちはかま
　ふくかせふれて　320
　みたるるいろも　320, 437
ふてきえてかすみのうちに　642
ふところにまきおさめたる　165
ふなてするおひてもあれな　749
ふなひとにまかせてゆくも　741
ふなひとのいつからとまり　258, 375, 488
ふなをかの
　すそののはるの　549
　まつならぬみは　588
ふねつれていりえのきしの　655
ふねとなすひともみえこぬ　324, 440
ふねにうきゆふくれよりも　1217
ふみしたくしはふかしたも　655
ふみわくる
　あとたにみえぬ　612
　くつもかくれぬ　248, 567
　やまちにそきく　242, 344, 469
ふみわけてけさのまをとふ　614
ふむあとをいとふはかりに　709
ふゆかれの
　あさちにしろき　84, 346, 473
　くさはにもみよ　247, 566
ふゆかれは
　いつれのくさに　351, 474
　をはなかうへも　346, 473
ふゆきては
　このはふりそふ　103, 343, 469
　なかなかしをる　345, 473
ふゆさむみ
　さらにをりたく　369
　しももふるえの　579
ふゆされはのへのくさはも　480
ふゆふかくなりにけらしな　704
ふゆふかみさらにをりたく　263, 524
ふゆをあさみいりえにかるる　705
ふゆをのみおのかときはの　678
ふりくるも
　みをしるあめは　325, 434
　やすくそすくる　386, 514
ふりせすよやなきいのかみも　370, 486
ふりそめてつもるをおもへ　567
ふりつみし
　こすゑのゆきを　481
　まかきのたけは　712
ふりにけりいくよのしもを　583
ふりぬれとゆかりのいろは　587
ふるあめに
　くれぬさきにと　746
　ましらぬゆきの　301, 411
ふるえにももとのこころの　684

ふるきよの
かせやいつくと　748
ためしはしるや　323, 442
ふるさととならしのをかの　231, 307, 420
ふるさとに
いそくこころや　610
かへれはかはる　280, 385, 519
かへれははるの　519
すむみならすは　682
みしひとことの　621
ふるさとの
あきにたへすや　240, 335, 438
さかひはひとに　490
たよりときけは　634
のきはににほふ　421
わかれにそへて　740
ふるさとはやへのしらくも　386, 514
ふるさとを
あきしもよそに　268, 564
おもふやおなし　258, 367, 490
ふるてらのきくももみちも　282, 625, 694
ふるとしのゆきけのくもを　647
ふるとなくにはにかすめる　616
ふるとふるあられやおとに　708
ふるほとはにはにかすみし　90
ふるほともあさちにまちり　579
ふるままになひきふさすと　712
ふるゆきに
かけやはかくす　540
まつしたをれし　712
ふゑのおともかくらのにはの　619
ふゑのねもかくらのにはの　619
へたつらむ
うきねのとこの　476
うきねのみつの　347, 476
へたてなく
いひむつふとも　376, 532
すさきのともと　615
ほしあいのそらにくらへむ　643
ほしあひの
そらにうくらし　316, 432
そらにかさはや　316, 430
そらにくらへむ　243
そらになにをか　317, 431
そらにもさこそ　433
ほしまつるおほみやひとの　414
ほしわひぬさらてもあきの　511
ほたるさへせきいるはかり　617
ほたるとふみきりのあしの　675
ほとちかきわかむかしさへ　751
ほとときす
あかすとやきく　671
おのかさつきは　232, 307, 419
ききしとやいはむ　670
ききのこすゑに　639
くもになきつる　557
こころのまつの　232, 561, 670
しまかくれゆく　234, 420
それとはかりも　419
たれとひすてし　419, 635
なきかくれゆく　308
なきていまきの　307, 420

なくはむかしの　285, 384, 512
なれたにかよふ　640
はつねならては　541
ほのかなりけり　611
まつこそしるし　234, 307
まつにそしるし　418
まつよはきかむ　419
まつよをあまた　617
やとにかよふも　284, 387, 514
ゆふととろきの　307, 419
ゆめになきつる　557
よそのはつねに　640
をのかつはさも　592
ほとなしやすすきおしなみ　709
ほにいててひとやむすはむ　602
ほにいてぬすすきかうれに　575
ほのかにもいはてをやまむ　594
ほのみえしはるのかすみを　602

【ま行】

まかきにもやしなひたてつ　675
まかるきにやなきのいとを　534
まきあくる
こすのまちかく　269, 328, 446, 691
すたれにはるの　20
まきいたもこけむしはてて　39
まきなかすかはなみたかき　308, 421
まきのいたもこけむすままに　89, 100, 365, 522
まきのとをたたけとひとに　254, 363, 505
まきもくの
ひはらのすゑも　549
ひはらもいまた　584
まくらかもつれなきねやに　608
まくらかる
けふりもなみも　334, 452
しるへにややる　237, 337, 454
まくらとてたのみもいはき　743
まくらにもとりあへぬまの　673
まさきちるあらしやそてに　746
まさこさへしもとみるまて　695
ましらなくありあけのつきの　747
ましるともみさりしいけの　667
ますかかみ
くもるにつけて　733
われとわするる　750
またいつとちきらさりしを　614
またきくもあふせはなしや　716
またさえむあらしもしらす　650
またさむきこそのあらしの　13
またしたたおもふにたかふ　657
またしともおもひさためぬ　728
またしらぬみのゆくすゑも　751
またそみむかたえはおそき　455
またたくひあらいそなみの　595
またてこそ
きくへかりける　670
きくへかりけれ　670
またてみむおもふにたかふ　227, 560
またもあはむ
あきをもしらぬ　683
たのみなけれは　620
またもこむはるをそちきる　658

またもみむたのみなけれは　495
またやみむゆきならぬつゆに　634
まちいてしつきもこよひは　600
まちいてて
　いるやままては　689
　おもふなこりも　691
　かへるこよひそ　251, 356, 496
まちえたる
　たかうれしさの　228, 287, 392
　ならひなきみの　726
まちえてそいそきたつらむ　252, 355, 582
まちえてもおほろにみゆる　664
まちかきにかけしかかみの　690
まちしよりねぬよのそらの　670
まちすくすひとよふたよは　720
まちつくるたたひとこゑは　617
まちへてもおほろにみゆる　664
まちわひて
　あるやとゆひせ　463
　あるやとゆひを　463
　いくよあさゐの　601
まちわひぬ
　あはてこよひも　601
　くるすのをのに　588
　みをうちはしの　605
まつかえもちとせのほかの　95, 304, 483
まつかせに
　さそはれやすき　635
　みきはのこほり　416
まつかせも
　あきにすすしく　371, 529
　さえこしそらの　650
　はるのうくひす　609
　むくらにかよふ　230
　りちにやかよふ　309
　りつにやかよふ　424
まつさくやおくるるたねを　400
まつしまや
　をしまかいそに　466
　をしまかいその　642
まつとなきあまのいそやも　420
まつならぬねにあらはれて　249, 347, 475
まつにすむつるのけころも　255, 382, 484
まつにふくもやはらくくにの　372, 486
まつのこゑたきついはなみ　367, 523
まつのはにあきはわかれて　446
まつのはの
　ちりうせすして　621
　ちりうせぬよの　545
まつのはもあきはわかれて　443
まつひともうきたのもりの　589
まつひとよいまはわかれを　720
まつほとのこころつくしは　334, 452
まつほとはくらきたかねを　691
まつむしのまつやたれなる　322, 441
まつもいまいくたひしもに　735
まつをのみつれなくみしは　731
まとのつきもりくるたけの　328
まとふかくそむけてあをき　747

まとゐして
　かたらふひとの　408
　みるひとからや　299, 407
まなふさへおろかなるみを　659
まなへたたあしたにききし　534
まねきては
　いりひをかへす　685
　ゆふひをかへす　685
まねくともたれかはわけむ　320, 437
まもるてふいつつのつねの　255, 382, 485
まもるよりよよにたたしき　379, 485
まもれなほよにすみよしの　485
まれにけふみゆきはにはに　109, 412
みおくらむゆくゑならねと　270, 342, 461
みおくるをみるやいかなる　376, 530
みかくへきちちのことはの　755
みさほはかりひものほりけり　336, 453
みしあきの
　しくれもけさは　618
　にしきたえたる　247, 566
　もなかよりけに　443
みしかよはをささのかりに　427
みしことをわたしもはてす　620
みしたかにこころいれたる　708
みしはるのつつしをうつす　387
みしはるもまかきのてふの　565
みしままのこころにとまる　85, 227, 560, 665
みしやたれみさらむたれか　553
みしやゆめくさはのこらす　704
みすしらぬむかしひとさへ　377, 532
みすやいかに
　かきねにはらふ　723
　こたへせすとも　724
みせはやとひとをまつまに　712
みせはやなふすゐのかるも　255, 363, 505
みそきかはなかるるみつに　679
みそきするかはせもふりぬ　576
みそむるそおもひはふかき　228, 320, 407, 412
みそめてはおもひそふかき　412
みたるるをすかたなりけり　437
みたれあふをはなかなみに　320, 437
みたれそふほたるやすかる　674
みたれふす
　あしまやきえま　348
　あしまやきゆる　476
　あしまやこほる　476
みちしはのつゆのたまのを　497
みちたゆる
　あさちかにはの　504
　あさちかにはは　363
みちとせになるてふももの　585
みちとほくきてやおほゆる　224, 297, 405
みちぬへきつきにおもふも　282, 625, 756
みちのくのしのふもちすり　603
みちのへのもとはひときの　652
みちひなきならひもうしや　362, 504

みちみちの
そのひとつたに　376, 532
もものたくみの　260, 571, 751
みつくきのつららふきとく　110, 412
みつとりのおのかはおとに　416
みつのおもにふくあとみえて　336, 453
みつのふねうかへてみはや　340, 455
みつむすふいはねのをくさ　427
みつもなきそらとはいはし　706
みてのみやみさらむひとに　610
みてもおもへすなほなるしも　378, 558
みてもたたつきそこころに　689
みとりこのむかしにかへる　542
みとりなるふもとののへを　372, 527
みなかみに
ちりやはとまる　704
ちるやはとまる　704
みなかみは
こすゑのつゆや　39, 263, 367, 522
やまかせおちて　367, 522
みなからもいかにこひしき　316, 431
みなせかはとほきむかしの　288, 391
みなつきはときもあつしと　317, 432
みなとかはなかれいりえの　705
みなひとの
あやうさしらぬ　757
うへにめかつく　117, 542
みなひとはたてにめかつく　542
みなみをやさしてきぬらん　618
みにおはぬおもひならすは　619
みにしれはわれもここひの　515
みにそへて
またこそはねめ　356, 496
またやねなまし　496
みぬよまておもひのこさす　512
みねこしにまためくりみむ　607
みねこゆるつはさもきえて　618
みねたかきはるのひかりを　636
みねたかみ
うつるゆふひの　699
こそのふるゆき　658
みねつつき
ふくかたみえて　336, 453
まつのけふりの　289, 393
まつもひはらも　289, 393
みやこにちかき　96, 559
みやこにとほき　85, 92, 126, 226, 559
みねとほく
ひかけはたかし　537
ひもいりあひの　537
みねにおふる
たねもしらしな　529
まつそひさしき　329, 446
まつときかねと　736
みねのいほもとはましものを　741
みねのゆき
とけゆくはるに　292, 397
わけこしみちの　275, 357, 499
みのうさはしはしまきれぬ　682
みのうさをおもひしるてふ　540
みのうへにかけてもかなし　360, 501

みのかさのとりあえすゆく　522
みのかさもとりあへすゆく　89
みのはてよいかかなるとに　737
みのもかさもとりあえす　591
みはおいぬこれをかきりと　463
みはかくて
　またのこぬよに　521
　またもこぬよに　103, 136, 521, 532
みはたとひそこのみくつと　509
みはてぬをおもへはおなし　729
みはふりぬゆくすゑとほく　752
みひとつに
　けふみるつきを　464
　しみこそわたれ　604
みまくさにこれもやかりし　737
みみにききめにみることの　260, 571
みもしみはかたふくかけや　467
みやこおもふ
　なみたもつゆも　740
　よはのまくらの　737
みやことておもふにゆきの　250, 348, 476
みやこにてききしにもにす　322, 441
みやこにときけはしつさへ　374, 489
みやこにも
　ききしにもにす　239
　たちまさるらむ　104, 107, 287, 391
みやこひと
　あかすわかるる　259, 375, 490, 537
　ゆめちたとるな　740
みやのうちをちさととたにも　725, 252, 358, 498
みやひとの
　くろかみなかき　669
　そてもくれゆく　544
みゆきせしむかしのあきの　754
みよしののはなもにほはぬ　648
みよやみよみやこのふしの　280, 465, 627
みるかうちに
　かたらふひとの　267, 301, 546
　くもまをもるる　466
みるたひに
　そのよのことそ　623
　みしいろかとも　301, 408
　みしをわするる　616
みるひとにふかさあささは　710
みるひとの
　こころのあきに　284, 520
　そてさへとほる　247, 346, 567, 706
みるひともかなたこなたの　662
みるひとやおのかさまさま　444
みるひとをもしあひおもふ　300, 407
みるままに
　けふのひくれぬ　414
　こころのくまも　690
みるめかるそてしのうらの　594
みるめなきうらみよりけに　364, 506
みるやみよみやこのふしの　465
みわのやまこよひもはれぬ　673
みわやまにまつあらはれし　755
みをあきのかりなるいほと　583
みをあはせかたらふひとの　1370
みをしほる

　ならひといかに　242
　ならひよいかに　325, 433
むかしおもふたかののやまの　546
むかしきく
　あらぬすちなる　604
　をののえくたす　312
　をののすくたす　425
むかしたにむかしをしのふ　287, 391
むかしたれ
　おもひをかけし　546
　かそへていれし　544
　よよへてすみし　615
むかしふる
　のきのあめきく　515
　よるのあめきく　515
むかしみし
　ともやしのふの　323, 442
　のはらもさとに　527
むかしよりこころつくしの　270, 313, 428
むかしをはとへとしらたま　672
むかひみる
　いろかはあやし　658
　こころをはるの　713
　はなのかかみも　516
むかひゐてたたさなからの　512
むかふうちになみたそくもる　690
むさしのもはてはあるなれ　729
むさしのや
　かやかすゑはの　692
　くさのはわけに　272, 329, 447, 692
　このののすゑに　234, 311, 424
むしのこゑおほみやひとの　688
むしのねもにはのあさちも　480
むしのねをたつねもやらす　320
むしはうらみをきはこゑして　682
むすひすてしちきりは　730
むすひてもよしなににせむ　608
むそちあまりへにけるおいか　463
むなしきかいろなきいろは　256, 381, 551
むなしくやあれにしとこに　672
むねはひたきそてはしととに　510
むはたまの
　くらくまよはむ　386, 513
　つゆそこほるる　467
むめかかにまたゆくこまを　653
むめかかの
　しるへもまたし　267
　しるへもまたす　394
　しるへもまたて　288
　にほひもまちす　394
　ゆめさそひきて　136
むめかかも
　うつつやふかき　652
　こゑのにほひに　138
　こゑのにほひも　278, 632
むめかかやゆめさそひきて　136, 621
むめかかをふれしころもに　244, 641
むめかかをまたゆくこまを　653
むめつかはせきちまかせて　590
むめのはな
　たかゆきすりの　653
　むかしのかには　516

をるへきそても　224, 292, 397
むめやしるきえあへぬゆきの　224, 292, 401
むらさきの
ねすりならねと　682
ひともときくそ　344, 471
むらさめのあめうちはふき　671
むらさめははなにあかなむ　471
むらしくれふるさとさむく　578
むらもみちよのまにそめて　245, 341, 459
むれきてそみつなきそらの　750
むれきてはみつなきそらの　750
めくりあひてみしよにかへる　726
めくりゆくほしのひかりに　747
めつらしきこゑのいろそへ　225, 304, 483
めつらしとみるをこころの　227, 560
めてきつるはなももみちも　665, 713
めてきぬるはなももみちも　665
めにちかきやまたにあるを　335, 451
めにちかくやまもいりくる　246, 349, 478
めにみえぬやまはかすある　647
めのまへにうみをなしつつ　696
めもはるに
かすむくもちの　290
かすむなにはの　393
もえいててかすむみとりの　649
もえそむるいまたにかかる　81, 105, 252, 352, 490
もえわたるおもひはあはれ　231, 310, 422
もしほくさかきやるなみの　725
もしほたれたつるけふりは　749
もしほやくあまのいへたに　365, 529
もとみしもけふのこよひに　326, 443
もとゆひのしもはかたみも　702
ものおもふ
いろはなかなか　81, 352, 491
みなかみよりそ　360, 499
ものおもへは
たまちるとても　131
やつるるかけの　733
ものことに
ききてもおもへ　553
さためなきよを　634
ものとしてなしとはいはし　534
もみちこそよそにもおもへ　371, 528
もみちするつきのかつらも　467
もみちつつしくるるけさも　700
もみちはの
いろもこかるる　635
ちりかひかくる　470
もみちはは
いかなるつゆか　618
しくるるけさも　700
しくれのあめに　700
もみちはやさそひのこせし　468
もみちはをさそひつくして　470
ももくさの
はなといふはなの　618
はなののつゆに　692
はなはあとなき　338, 456

もゝくさもあきのかたみに　613
もゝしきの
　ふるきにかへる　110, 390
　ふることかたれ　371, 528
　みきりのまつの　371, 528
もゝしきや
　ありしにまさる　303, 410
　いくよのしもを　338, 456
　うゑしわかよの　256, 257
　うゑしわかよも　528
　うゑしわかよを　371
　けさまちえたる　122
　けふまちえたる　93, 110, 117, 119, 389
　ことのはのつゆの　430
　ことはのつゆの　316
　たれをしるひと　257, 372, 528
　ふるきにかへる　77, 102, 110
　ふるきにかへれ　119
　まつのおもはむ　371, 528
　よゝのむかしに　244, 641
もゝとせのちかつくさかに　486
もゝはかくしきりにつゆも　686
もらさしなそれにつけても　620
もらさしのこころはおなし　715
もらしてもいろなかるへき　731
もらすなといひしをいまは　718
もりこゑもみつのひひきも　261
もりすてしのちもやかよふ　746
もるおともみつのひひきも　526
もるこゑもみつのひひきも　526
もるひともさてやなみまの　548
もれいつるいまひときはの　326, 442
もれいてていまひときはの　622
もれいてぬくもまたれて　274
もれいてむくもまたれて　325, 442
もろかみを
　かけてちきりし　718
　かけてちきれは　252, 568
もろこしの
　からろおしたし　664
　とりもすむへく　370, 487
もろこしもよしやよしのの　634
もろこゑもみつのひひきも　369
もろともに
　てをたつさへて　600
　みしよのつきの　282, 625
　みしよわすれぬ　502
　やまよりいてし　280, 627
　ゆくたひなから　668
　ゆふつけとりも　735
もろひとのちとせのよはひ　757

【や行】

やかてこそゆきもさそはめ　618
やかてそのならひもそつく　352, 491
やかてはやこほりはとけて　647
やかてよをそむきやはてむ　541
やきそへてさすかみふゆの　246
やすかれとよろつのたみを　383, 488
やすらははつきやとさしに　692
やそくまちくまなきつきを　465
やちとせをはるのいろなる　304, 483
やとからのさひしさのみや　685

やとかりてはるのいくよを 573
やとことに
　さくむめかかも 119, 266
　さくむめかかや 304, 399
やとしめてすむひとかたし 583
やとのつきもりくるたけの 469
やとりけりつきもはなのの 269, 564
やとりつる
　こてふのふしも 295
　こてふのゆめも 224, 403
やとりとるたれをまつむし 240, 322, 564, 687
やとりみむあとなつかしみ 748
やはたやまやそちにあまる 485
やはらくるひかりやおなし 332, 445
やへむくらそれたにあるを 711
やまかけによものかすみを 412
やまかけのくもにこたへて 676
やまかせに
　かよふふもとの 679
　たたくゆふへは 443
やまかせのこゑすみのほる 693
やまかせやくるるまにまに 249, 347, 476
やまかつらかすみをかけて 648
やまかはになかれもやらぬ 704
やまかはの
　いはきるみつと 708
　いはきるみつに 708
　はなのしからみ 667
やまかはや
　ひかすうつろふ 703
　もみちはなから 619
やまさくら
　あくるひかりを 659
　こころのいろに 660
　このしたかけに 414
　まつみにゆかむ 656
やまさとにふみちふみわけ 578
やまさとのいらかのまつに 642
やまさとは
　そとものたけに 651
　ねさめのまとの 697
　わかあとはかり 746
やまさとも
　ときにつけたる 635
　はるやへたてぬ 280, 385, 519
やましろのいつみのこすけ 678
やますみの
　こころのちりも 332, 449
　こころもゆきに 480
　ともとはいはし 449
やまつとにたをるをみれは 618
やまといふなをかるいしの 545
やまとちをたえすかよひし 550
やまとほきみやこのしくれ 703
やまとりのおろのためしを 510
やまになくとりのねにさへ 224, 301, 409
やまのなの
　あさひはとほく 679
　かかみをかけて 378, 533
やまのはに
　かくろひはてむ 328, 452

ふりつむゆきも　246, 349, 477
やまのはの
かきりはそれと　392
くもよりくもに　444
ほしのひかりも　709
まつをはなれて　612
やまはいしかははおひとそ　366, 488
やまはなほあをはかのちに　426
やまはみなひとつなかめに　27
やまひとのまよふもさそな　605
やまひめのきぬかさをかに　588
やまひめもたきのしらいと　317, 431
やまふかきけさのゆきにも　348, 477
やまふかく
いまはきくへき　753
すめるこころを　745
のかれすむみも　332, 449
やまふかみ
かすみにむせふ　666
くもよりいつる　738
しかのいろのみ　461
しかのこゑのみ　343, 461
しはのとたたく　744
つひにもみちぬ　744
やまふきの
いはてもおもふ　415
うつろふかけや　302, 410
やまふきやいはてもおもふ　223, 302, 410
やまふきを
うゆるみきはは　303
こふるみきはは　410
やままつのなにこそたつれ　524
やまみつの
すめるやいかに　332, 449
たきつなかれを　233, 308, 420
やまめくるしくれもみえて　103, 343, 469
やまもさらにうこくとそみる　336, 453
やまもとの
かとたのくろの　673
のきはのこすゑ　710
やまもまたけさはかすみの　609
やまやまの
へたてわかるる　347
へたてわかれて　476
やよひやまさきおくれむも　386, 513
ゆうひさすこすゑのつゆに　234
ゆかてはたえたえしはるの　285, 550, 387
ゆきかよふこころはかりそ　357, 499
ゆききえてうすみとりなる　297, 405
ゆききゆるのはらのわかな　291, 396
ゆきくれてこよひささやの　741
ゆきけにもくもりなれにし　263, 630
ゆきとくる
けさからことに　279, 633
はるにしつけし　266, 292, 397, 538
やまのたきつせ　367, 523
ゆきとのみ
みてもすきなて　663
みへもすきなて　663
ゆきなから

うつろふつきは　302, 411
つまきもとむる　481
ゆきならぬ
あさちかにはの　273, 449
あさちのにはの　332
ゆきになるやまかとはかり　328, 469
ゆきのうちにおもひしよりも　656
ゆきのうちのむめにもうつせ　468
ゆきのこるひらのねおろし　664
ゆきのなかのむめにもうつせ　613
ゆきはなほ
あさしもさそふ　81
けさしもさそふ　88, 90, 616
ゆきみむとひきうゑしまつも　280, 627
ゆきもいまのこらぬやまの　406
ゆきもをしはなにまたれて　481
ゆきゆきて
おもへはかなし　261, 374, 489
さよのなかやま　598
ゆきわかれ
やまたもるをそ　644
やまたもるをは　644
ゆきをさへよはにかさねて　346
ゆくかりのあとにみすてむ　394
ゆくかりはあとにみすてむ　290, 265
ゆくかりもこころやよらむ　664
ゆくすゑのいくゆふくれに　722
ゆくすゑを
せきもるかみに　743
とかくとひとの　717
なほこそちきれ　720
ゆくてにやむすひよすらむ　446, 269, 330, 446
ゆくとしはひとよをのこす　714
ゆくとしもくれなはなけの　580
ゆくとりもさやかにみえて　349, 479
ゆくはるは
けふをかきりの　667
すきかてにみよ　43, 667
とをはたとせを　516
ゆくひとにそふるこころも　740
ゆくひとの
あとたえはてて　39, 88, 100, 365, 522
とほしともせし　257, 381, 484
みないてぬへき　383, 484
ゆくひともかさとるはかり　89, 100, 365, 522
ゆくみつにうつろふかけの　413
ゆたかなる
みつのまにまに　574
よのはるはきぬ　104, 107, 288, 391
ゆふあらしたかねのもみち　470
ゆふかすみそこともわかぬ　610
ゆふかほの
さけるかきねを　676
はなをたねとや　601
ゆふきりのたちそふなみの　337, 453
ゆふくれの
あきふくかせに　576
あめにさきてや　298
ゆふくれは
いととさひしき　470

くものはたてそ　541
くものはたてに　541
ゆふけふり
つきにこころして　242, 331, 448
ひとすちにして　642
ゆふこりのいはかねさむし　740
ゆふされはをはなかなみも　683
ゆふすすみ
うすきたもとに　313, 426
わたりもはてす　230, 309, 425
ゆふたちのくれぬとおもひし　676
ゆふつくよ
とくいるころそ　315, 430
ふりいてしより　617
ゆふつゆのひかりたにある　333, 451
ゆふつゆもこころしておけ　700
ゆふつゆをまちえかほにも　423
ゆふなみにたちゆくすまの　619
ゆふひかけ
うつるもよはき　687
うつろふやまの　470
ゆふひさすこすゑのつゆに　563
ゆふひはりわかゐるやまの　265, 298, 409, 666
ゆふへとはみしをいくよの　286, 390
ゆふへはとみしをいくよの　69, 71
ゆふへゆふへたちてみゐて見　414
ゆふまくれ
ききまかへつる　247, 566
しきたつさはの　270, 325, 434
ゆふやみのにはのかかりひ　677
ゆめうつつわかてすきにし　313, 426
ゆめさますよはのしくれは　480
ゆめそなきまつのあらしも　337, 454
ゆめちにも
あふくまかはの　595
うつつにもいさ　593
ゆめちよりほのかにききて　673
ゆめとこそあふこすくなく　599
ゆめとのみ
さめてもおもふ　639
またこそすきめ　680
ゆめならてみしよのことそ　241, 334, 451
ゆめにさへあはれあふよも　360, 602
ゆめにたたあひみぬつまや　576
ゆめにみしふるさとひとの　747
ゆめもすからしほのうらなみ　1094
ゆるさねはそてにはおちす　491
よこくもにかすみもかかる　665
よこくものたなひくみねは　697
よしいとふゆくゑとたにも　595
よしくもれつきをかことに　603
よしさらは
うらみもはてし　724
はなにはうとき　415
よしされはわれたにうつれ　620
よしのかは
うくひすきなく　291, 395
かけもなかれて　377, 533
さくらはなみに　223, 302, 410
はなはいはにも　693
はやくのとしを　244, 641
よしのやま

おちたきつせは　663
はなさくころの　23, 134
よしやその
ちちのやしろは　354, 493
ひとをへたてぬ　717
よしやたた
ありしなからも　521
うきないとはし　716
しけりもそへな　725
よしやとへおもひしよりも　369, 523
よしやひと
あひおもはすは　358, 498
それにつけても　253, 570
よしやふけ
ちるもいろかの　228, 561
やまにてもうき　621
よしやみむつきのかつらを　272, 327, 443
よしやみよ
このあまくもの　327, 443
なにおふあきの　332, 450
はかなきふしそ　500
はかなきふしに　359
よしやよはけふのうきせも　754
よそにこそ
あふのまつはら　275, 355, 494
へたてもあらめ　695
よそにしてはなにうらみし　657
よそにみてまつややみなむ　238, 341, 459
よそにみるひとのこころも　734
よそによをみやまかくれの　462
よそへみるたくひもはかな　511
よそめにはいかにみゆらむ　619
よつのうみのなみもおさまり　16
よとかはやなみよりしらむ　377, 533
よとともにせきふきこゆる　577
よなかさのほともしられて　241, 329, 446
よなよなの
きぬたのおとよ　337, 454
きぬたのおとを　237
さむさかさねて　474
しもをしのひて　241, 322, 441
しもをひかりに　346, 473
みのなくさめそ　733
よにかよふこころやそれと　537
よにしらぬあきをやつくる　315, 429
よにたえしみちふみわけて　325, 442, 270
よにひひくなさへそたかき　367, 523
よにふるはさてもおもふに　280, 385, 519
よにふるもいまもかきりと　540
よにふるもいまをかきりと　540
よのあめをうきものとしも　489
よのうきをまたやあひみむ　661
よのうさをまたやあひみむ　661
よのつねのいろかともみす　267, 298, 407, 418
よのなかにさらぬわかれを　516
よのなかの
なみのさはきも　259, 377, 514, 751
わかこころから　751

よのなかはあしまのかにの　117, 542
よのなかよ
あきにあきそふ　702
ゆめちはすきて　754
よのまにやひもとくつゆの　321, 435
よのめくみおほうちやまや　267
よはかくそはなをおしみて　610
よはさらにおさまるはるそ　305, 399
よはなにのみちもかへらぬ　433
よはなへてむめややなきの　222, 305, 391
よははるに
さけるさかさる　636
もれぬめくみの　303, 398
よははるの
あめにまさりて　305, 398
たみのあさけの　69, 85, 92, 96, 114-116, 126, 130, 226, 559
よはひをものふるはかりの　542
よひかはす
こゑさたまらぬ　347, 475
とももなきさの　475
よひのまにききしにもにす　322, 441
よひのまのさはりをかこつ　599
よひよひにたれゆゑならぬ　581
よふかしとひとのこころの　732
よふけぬとおもひはすてし　719
よみあへぬはまのまさこも　539
よもすから
さえしうらみは　578
みせはやつゆも　730
よもにみなひとはこゑせて　618
よよかけてたのむきたのの　379, 558
よよとなくやねをうくひすも　516
よりゐてもつきをこそまて　271, 327, 444
よるとてもゆるさぬそてを　727
よるなみの
いりえやこほる　704
おとはあれとも　19
よるなみもおときくそてに　611
よるなみやまたさそふらむ　736
よるのあめをうきものとしも　375
よるのつゆもひかりをそへて　659
よるひかりためしもあらは　732
よろつきにやとしてふくも　293, 401
よろつよのはるにちきりて　413
よろつよを
ここにうつして　487
ここにかそへて　373, 487
みつのしまなる　372, 487
よをいとふこころにかなふ　540
よをいはふこころかはらて　109
よをうらみあるはわかみを　752
よをかけて
いくへかかこむ　664
いくへかこえむ　664
よをこめて
いそきやいてし　489
たれおきいてし　685
とりもやなかむ　330, 447
よをなけくなみたかちなる　282, 532, 625, 753
よをのこすきりもこそあれ　315, 430

よをはいまたれおろかにも　383, 484
よをはなにもよほしたつる　224, 304, 399
よをめくむみちにもうつせ　293, 400
よをわたるみちもここより　263, 366, 521

【ら行】

らくとみるも
　やかてうけくの　386, 514
ろのそこにいくよこかれし　481

【わ行】

わかいのちひとのをしむを　718
わかうへにしはしとそそく　509
わかうらみよのそらことに　255, 359, 500
わかかたにのこるこころの　740
わかきみのありへむちよの　584
わかくにのひかりもしるし　596
わかこころたれにいはれの　593
わかこひのなみたかいかに　715
わかそての
　つきもとかむな　81, 105, 352, 490
　なみたくらへは　623
わかたのむ
　こころのいしも　636
　こころのみつも　76
わかためは
　かすへてもうき　732
　かそへてもうき　732
わかなつむ
　そてのよそめも　256, 267, 291, 396
　そてやともつる　649
わかなみたつらしやたひを　536
わかのうらやみちくるやへの　371, 529
わかのちはすすりのはこの　284, 384, 513
わかみとてそれもこころの　751
わかやとのにはにそおふる　536
わかれしのこころほそさを　402
わかれちのこころほそさを　295, 402
わかれちはさてもいそかぬ　600
わかれてそもろきなみたも　590
わかれてはよもなからへし　354, 494
わかれてふうきひとふしの　599
わかれゆく
　このみちしはに　363, 505
　わかたもとには　250, 361, 496
わきかへりいはもるみつよ　739
わきてたかはるのうみへと　693
わきてとふほとしなけれは　681
わくらはに
　うけえしみとも　556
　とひくるひとも　524
　とふひともなし　461
わけいれは
　なつををくらす　427
　ふもとにもにす　270, 631
わけきつつけふこそみわの　657
わけてきしみねのあさきり　664
わけてこしみねのあさきり　664
わけてとふほとしなけれは　681

わけのほるなみもいくへの　648
わけみれは
おのかさまさま　229, 296, 403
くさきもさらに　387, 520
わしのやま
たをりしのりの　556
つねにみのりの　555
わすられぬおもひはさしも　353, 492
わするなよよをもとほさぬ　721
わすれくさたねとらましを　316, 430
わすれくさをしのふとやいふ　352, 491
わすれすはおもひおこせよ　357, 498
わすれすやはなにつゆちる　662
わすれなむとはかりおもふ　718
わすれゆくすゑもさこそと　745
わたしふねよはふこゑのみ　336, 453
わたしもりかかるたくひの　537
わたつうみとなれるたもとの　735
わたつみの
かさしにはあらて　376, 530
そこはかとなく　581
わたつみもこよひのつきに　464
わたのはら
くもゐにつつく　237, 331, 448
はるはけふりの　290, 394
ゆくゑもはても　134, 571
わたるてふ
ことはなからの　581
もみちやいつこ　318, 433
わひしとはいかてなかめむ　414
わひしらぬつきそうつろふ　271
わりなしや
あはぬかきりの　497
はなさくころの　256, 637
はなさくころは　227
われききしひとのこころを　380, 552
われこそはさそひてかへる　277, 568
われそまつききおひかほに　322, 441
われなからこころのおくも　714
われにかく
ひとはこころも　353
ひとはこころを　492
われにのみたゆるとみせて　729
われのみとおもふのきはの　743
われのみのなみたそつらき　358, 498
われのみははなのにしきも　136, 621
われもまたかれやはてなむ　364, 505
ゑみのまゆ
ひらけしはなは　381, 551
ひらけてはなは　130
をかにもやつひにのほらむ　309, 421
をかのへのしもよりふゆに　480
をきのこゑひとりさやけし　622
をしほやまちよのみとりの　494, 614
をしみつるはるのなこりを　668
をしむらむひとにおもへは　420
をちこちのたかねそしるき　289, 393
をとこやまなのみとひはの　591
をのかうへのちとせのいろや　43
をはすてのやまをもしらす　694
をはつせや
あけほのちかき　466
もみちふきおくる　368, 525

をみなへし
　なひくをみても　618
　なまめくはなの　236, 319, 436
をやまたやさなへとるひを　677
をりかさすそてのしきみは　480
をりしきてこよひもあけぬ　574
をりしもあれ
　あきにわかれて　335, 438
　みにしむつきの　722
　よさむのころも　237, 322, 441
をりそへてたむくるけふの　423
をりとらはいとひやすると　319, 436
をりにあふ
　けふのかさしよ　640
　けふのかさしを　243
をりにあへははるのたちける　648
をりにさすそてのしきみは　480
をりのこせあすみむひとに　229, 299, 407
をりはへすにしきとけふや　585, 585
をりふしのいろにそみえむ　352, 491
をりをえてそてのにほひも　539
をりをりをおもひいつれは　514
をれかへるえたよりおちて　619

後水尾院の研究

——研究編・資料編・年譜稿——

下冊　年譜稿

日下幸男　著

勉誠出版

目次

緒言（上冊）……(1)

研究編（上冊）……1

凡例……2

第一章　継承と発展――後陽成院の文事――……3

第二章　後水尾院の文事……35

第三章　後水尾院御集について……65

第四章　円浄法皇御自撰和歌について……141

第五章　集外三十六歌仙について……158

第六章　後水尾院歌壇の源語注釈……169

第七章　寛永改元について……208

資料編（上冊）

資料編（上冊）……219
凡　例……220
一、『後水尾院御製』一帖（個人蔵）……221
二、『〔後水尾院御集〕』（京都大学附属図書館中院文庫蔵（中院Ⅵ―八二）一冊　中院通茂筆）……286
三、『円浄法皇御集』（宮書本（二一〇―六六八）三冊　水田長隣筆）……389
四、『円浄法皇御自撰和歌　全』（宮書本（二一〇―七〇二）一冊　水田長隣筆）……646
後水尾院年譜稿（下冊）……763
凡　例……764
後　記（下冊）……1577
索　引（下冊）
人名索引……左1
書名索引……左47
和歌初二句索引……左65

後水尾院年譜稿

凡例

一、後水尾院の文事を中心とするも、朝廷の行事や社会的記事、院周辺の個人的記事も多少は採用する。公卿の叙位除目は元服・危急・追贈等の場合を除き原則として省くが、地下や僧侶等は採る。院の御幸は多く採用する。また文事の根源には古今伝授の道統があるので、細川幽斎、中院通勝・通村・通茂、智仁親王、三条西実条・実教、道晃・道寛親王等の文事や古今伝授との連関については、可能な限り採り上げる。文化的な事業としての印刷・出版や、和歌連歌連句和漢漢和狂句狂詩（月例の御会は省く）・茶・花・香・舞楽・能狂言・傀儡操り・舞々、それに古筆・掛物・希書等の日本文化万般についても採り上げる。なお原稿を圧縮する際に相当無理な削減をしているので、あるべきはずの記事が間々省かれている。特に編纂物からの引用記事は単なる目安に過ぎない。なお引用を除いて敬称は省く。

二、後水尾院とその周辺人物の一次史料として『後水尾院日次記』[1]、『承応日次記』[2]、中院通茂自筆『〔明暦二年〕芥記』同『古今伝受日記』[3]・『愚草』、『聖護院御門跡日々記（寛永十六年）』等を用いる。また『後水尾院御集』（本書所収）や『後十輪院内府集』（『新編国歌大観』所収）等も史料として扱う。

三、一次史料を以て根幹となすも、足らざる部分は二次史料の『続史愚抄』、『史料綜覧』（以下『綜覧』）、『大日本史料』（以下『史料』）、『隔蓂記』[4]（以下『鳳林承章記』）、『徳川実紀』（以下『実紀』）・『天皇皇族実録』（以下『実録』）等の活字文献も引く。典拠は各条末に示す。各引用文の文体には大きな差違が存するが、記主の意思を尊重し、あえて文体や待遇表現等を統一することはしない。

四、中に同一事象に複数の史料が引用されているが、史料の正誤等を確認するためである。

五、便宜により通行の字体を用い、踊り字は原則として漢字仮名にもどす。引用文に句読点を付す。私意による注は（ ）内に示す。漢文脈は和文脈にかえ、必要により摘記・省筆、もしくは加筆等を行う。但し短い定型句の「如例年」等は例外的にそのままとする。なお片仮名文は平かな文に統一する。

六、『続史愚抄』『綜覧』『史料』『実録』等は、行為の主体が天皇を前提として記述され、自明のこととして、主語や補語が省かれているが、原則として補うことはしない。『後水尾院日次記』『承応日次記』も上皇・天皇が行為の

主体であるから、主語が多く省かれている（私的に多少補った部分がある）が、同様の扱いとする。

七、引用文中には、現在使用されていない表現や歴史的用語が見られるが、これを歴史的史料として扱い、あえて改変・削除等の措置はとらない。その点、あらかじめ了承されたい。

八、地の文と引用文との間や、引用文間に、文体の不統一が存在するが、あえて統一することはしない。

九、不読の箇所は□印、虫損・欠損の箇所は■印を以て示す。小文字・割注部分は（　）印ないし小字で示す。

十、頭部丸印の○●は便宜的なものであるが、本人及び家族に関わる事項は○印で、それ以外は●印で表記する。

十一、既存の日下幸男『近世初期聖護院門跡の文事――付旧蔵書目録』（私家版、一九九二年）や『中院通勝の研究』（勉誠出版、二〇一三年）等と記述が重なる部分があることを予めお断りしておきたい。

十二、出典に『略年譜』とあるのは、『近世初期聖護院門跡の文事』所収の「道晃親王略年譜」「道寛親王略年譜」をさす。そこにはもとの出典も明記してあるので、不審の箇所は原拠に戻って確認されたい。なお歌会の記事については、内閣文庫本『照高院道晃法親王御詠集』二冊、歴民博高松宮本『遍照寺宮詠』四冊（る二六二）・『遍照寺宮御詠写』三冊（ム一四一）、旧高松宮本大阪市大森文庫本『〔詠草〕』一冊、聖護院蔵道寛親王自筆『愚詠之覚』一冊等に依っている。

十三、史料からの引用に際しては、可能な限り多くの人名・多くの事象を紹介するために、同類の記事の引用に固まらないよう、また階層についても拡がるよう留意したが、例外は存在する。中でも後水尾院とその周辺の記事については本章の核心なので特に例外とする。

十四、前述のように漢文脈を和文脈に変え、摘記や補記をしているので、一次史料でも原文通りではない。原文であるかのように引用されるのは本意ではない。引用の際は必ず原文から引用されたい。

注

（1）『後水尾院日次記』の引用底本には東山御文庫本の影写九冊本と十三冊本（東大史料編纂所蔵）を用いる。内容は贈答と人事記事が主である。法皇の動向（御幸等）は詳しい。

九冊本（東大史料三三七三—一）は東山御文庫記録目録二「丁大臣封」に載る御日記（記名なし）第一巻（寛文六年九月）より第二三巻（延宝八年九月）までと、第二四巻（無年号九月至十二月）の十五年間の記録である。原本は一巻一冊のものと、二冊（上下）、或いは三冊（上中下）のものとあり、全四十冊か。影写本はその僅かな部分に過ぎない。抜萃の基準等は不明である。影写本（昭和二年成立）の年紀及び墨付丁数と、原本の巻冊は左の通りである。

一　寛文八　（八～十二月）　四四丁　三巻下
二　寛文十一（正～四月）　四五丁　六巻上
三　延宝二　（正～二月）　二八丁　十巻
四　延宝三　（正～三月）　四七丁　十二巻
五　延宝三　（四～五月）　三三丁　十三巻
六　延宝四　（九～十月）　三二丁　十六巻下
七　延宝五　（十一～十二月）　五七丁　十八巻下
八　延宝六　（正～三月）　三一丁　十九巻上
九　延宝六　（三～四月）　二八丁　十九巻中

以上は影写本一巻扉に貼付の備忘紙による。なお欠年月の部分（寛文六年九月～延宝八年八月）は京都御所東山御文庫記録（丁）一～十三（東大史料、二三〇一—一）にある。

ちなみに影写九冊本の巻頭には、

寛文八年
日次之記
自八月朔日

到十二月　　　」一オ

八月

朔日

一　美濃紙　拾束　　小高檀紙　五拾帖／御匂袋カハ　二拾／右為八朔御祝儀、従新院御所被進、

院使頭中将、御礼衆於北／面所、記之

二日　晴　以心庵□参、無御対面、／呂宋之壷被上也　　　」二オ

とある。字粒は大きく、一面四〜六行程度。

つぎに影写十三冊本は次のようである。

一　寛文六年九月〜　二八丁

二　寛文七年正月〜八月　六三丁

三　寛文八年正月〜四月　八五丁

四　寛文九年六月〜九月　五一丁

五　寛文十年正月〜、九月〜十二月　八三丁

六　寛文十三年正月〜三月　八九丁

七　延宝元年十月、十二月　四六丁

八　延宝二年正月二月　二八丁

九　延宝三年四月五月　三三丁

十　延宝四年正月二月　六三丁

十一　延宝四年六月〜八月　六〇丁

十二　延宝八年八月〜　二七丁

十三　無年号（寛文十二年歟）　三四丁

一の巻頭には、

寛文六丙午歳
日記
九月廿一日 」一オ
廿一日天晴
一華 一筒 一雲雀 卅羽 一堅魚敲 一壷／右飛鳥井前大納言殿献上之
一饅頭 折 一堅魚敲 一壷／右一条禅閤為御見舞被進之
一松茸 壱折卅 一鱸魚 二尾／右西園寺前右大臣殿被遣之
一松茸 壱折廿 一学堅魚 三尾 」二オ

とある。影写九冊本と十三冊本を併せて用い、原漢文を和文脈にして部分的に引用・適記する。以下『日次記』と称す。

（2）高松宮本『承応三年（日次記）』仮綴一冊（書陵部マイクロ高二〇三）は、『〔後光明天皇日次記〕』の一部か。右によれば巻頭に、

正月大
一日壬辰、晴時々雪、寅刻四方拝、出御南庭、御剣（中御門）宗良朝臣、御裾（清閑寺）熙房朝臣、御笏（万里小路）雅房、御草鞋（中御門）資熙、脂燭（花園）実満朝臣・（平松）時量朝臣・為継・（千種）有維・（飛鳥井）雅直、奉行熙房朝臣、午刻関白・内大臣・右大将・九条中納言・式部卿宮・中務卿宮・太閤・前摂政、於常御所両度ニ御対面、有二献、朝餉如例、戌刻御祝如例、

云々とある（以下『承応日次記』）。原漢文を和文脈にして部分的に引用・適記する。

（3）後水尾院の子飼いの弟子には飛鳥井雅章・日野弘資・中院通茂等がいる。この中で日記が現存するのは、通茂だけのようである。『通茂日記』の現存状況について、『日本歴史『古記録』総覧』（新人物往来社）の「中院通茂記」によれば、寛文二年、同十一年～延宝六年、貞享元年～同三年、元禄五年～同七年、同十年、同十一年、同十三年、同十六年分が伝存。及び延宝六年の東福門院崩御記、延宝八年の後

水尾院崩御記、貞享二年の後西天皇崩御記がある。すべて自筆原本。なお『国書総目録』には京都大学付属図書館に明暦四年～万治四年、寛文三年～同五年分自筆六冊架蔵とあるが、現存しない。また川瀬一馬編『田中敬忠蔵書目録』に中院通茂自筆記一冊とあるが、未見のため年次不明、とある。なお日下の調査に依れば、『愚草』一冊（承応四年・明暦・万治）・『芥記』一冊（明暦二年）が京大に、寛文九年分は内閣文庫に、寛文十一年分・延宝四年・五年分四冊は無窮会に、延宝六年分は東大図書館にある。『古今伝受日記』一冊（寛文四年・五年・寛文八年・延宝八年抜萃）が京大にある。和分脈にして部分的に引用・適記する。『古今伝受日記』は破損が酷く、■印が多くなり、不体裁ではあるが、重要なので引用する。

（4）『隔蓂記』は北山鹿苑寺（通称金閣）の住持鳳林承章の寛永十二年から寛文八年の三十三年間に亘る日記である。後水尾院の動向を知るに至便なため、多くを引いている。ちなみに当時の公卿の継嗣ではない者の多くは僧侶となっているが（例えば下冷泉為豊弟の寿信は相国寺、為純弟の紹仲は大徳寺、寿泉・宗韶・瑞汀は相国寺に）、承章も其の例に漏れない。承章は勧修寺晴豊の息男で、晴豊長男光豊は勧修寺家を、経遠は甘露寺家を、俊昌は小川坊城家を継いでいる。俊昌息俊直は勧修寺を相続し、勧修寺経広と改名している。俊直弟坊城俊完は一旦葉室を嗣ぎ頼豊と改名し、後に坊城に帰っている。坊城俊昌弟致康息宣豊は芝山家を興している。『隔蓂記』に勧修寺や坊城・芝山の名が頻出するのは其の為である。ちなみに武家の北条氏宗・氏治等が頻出するのも縁戚関係によるのかもしれない。氏政養女は中御門宣綱女、氏直妹は庭田重定室である。

　また日記に北山・万年・出京という用語が頻出するが、それは承章がふだんは北山の鹿苑寺にいるが、時に本山の万年山相国寺の晴雲軒にも居住するからである。「出京」は北山からお土居を超えて洛中に出るからである。詳しくは岡佳子「鳳林承章と『隔蓂記』」（『寛永文化のネットワーク』思文閣出版）等を参照されたい。なお『隔蓂記』は既に公刊（初版は鹿苑寺、再版は思文閣出版）されているので、原本（鹿苑寺所蔵）からの引用ではない。存疑の箇所も見られるが、不審の点は原本に依られたい。

慶長元年（文禄五）〔一五九六〕丙申　一歳　三宮時代

●文禄五年正月一日、四方拝あり、奉行烏丸光広、小朝拝《こちようばい》あり（再興と云う、天正六年後歟）、公卿鷹司信房以下、殿上人葉室頼宣以下参列、奉行葉室頼宣、節会《せちえ》あり、御忌月に依り出御《しゆつぎよ》なし、国栖《くず》（奏）・立楽等を停めらる、内弁鷹司信房、外弁大炊御門経頼、以下九人参仕、奉行中御門資胤（『続史愚抄』）。御忌月というのは、先帝正親町院が文禄二年正月五日崩御されたためである。

●正月七日、白馬《あおうま》節会あり、御忌月に依り出御なし、国栖・坊家奏・舞妓・立楽等を停めらる、内弁西園寺実益、外弁勧修寺晴豊、以下九人参仕、奉行甘露寺経遠、北陣恒のごとし（『続史愚抄』）。

●正月八日、太元護摩始、阿闍梨尭助（『続史愚抄』）。十四日結願。尭助は醍醐寺理性院尭助か。

●正月十五日、神宮奏事始あり、奉行葉室頼宣（『続史愚抄』）。

●正月十六日、踏歌節会《とうかのせちえ》を停む（『綜覧』）。御忌月に依る（『続史愚抄』）。

●正月十八日、三毬打《さぎちよう》あり（『綜覧』）。

●正月十九日、和歌御会始、題は霞添山色、出題飛鳥井雅庸、読師某、講師某、講頌（発声）持明院基孝、奉行中山親綱（『続史愚抄』）。三条西実条《さねえだ》も出詠、懐紙（『私家集大成』実条Ⅱ）。

●二月二十三日、春日祭を行わる、上卿日野輝資参向、弁不参、奉行烏丸光広（『続史愚抄』）。

●二月二十八日、鷹司信房男信尚元服、即ち正五位下禁色《きんじき》・雑袍《ざつぽう》等宣下あり（『続史愚抄』）。

●三月十五日、稲荷御輿迎、甘露寺経遠は稲荷祭を社家に付さる綸旨を白川雅朝に書き下す（『続史愚抄』）。

●三月二十一日、幽斎は『伊勢物語』を講釈する、智仁親王ら聴聞（『史料』）。

●四月六日、稲荷祭歟（『続史愚抄』）。

●五月十一日、任大臣宣下あり、上卿西園寺実益、弁柳原淳光、奉行烏丸光広、内大臣徳川家康（『続史愚抄』）。

●五月十三日、太政大臣豊臣秀吉は幼子（四歳、秀頼なり）を携え参内、此の日、内大臣家康は乗車参内、拝賀と云う（『続史愚抄』）。秀吉は拾丸（秀頼）と共に参内す、徳川家康、前田利家等、之に従う（『綜覧』）。

○六月四日、後陽成天皇第三皇子誕生（『史料』）。のちの政仁《ことひと》親王（後水尾天皇・後水尾上皇・円浄法皇）である。因みに皇子皇女については、『本朝皇胤紹運録』（以下『紹運録』）・『天皇皇族実録』等を参照されたい。

●六月二十七日、天下大霾《ばい》（塵の如く灰の如き物降ると云う）（『続史愚抄』）。

●七月二十二日、今日より七箇日、仁王経大法を宮中に行わる（清涼殿歟）、阿闍梨三宝院義演、是れ去る五月彗星、去る月霾等の御祈と云う（『続史愚抄』）。二十八日結願。

●閏七月十二日、大地震、土裂け水湧き、京師・伏見の大厦巨宅及び民屋等倒破、東山新造大仏殿壊る、因て供養の沙汰罷む、仏像また破る、人多く死す、伏見城中圧死者尤も多し、この後、日夜度々震う（『続史愚抄』）。

●閏七月十二日か、主上（後陽成）は仮御所に渡御せらる（『続史愚抄』）。

●閏七月十三日、畿内大に震す、余震、数ヶ月に渉る（『綜覧』）。

●閏七月十五日、畿内・関東に白毛降る（『綜覧』）。

●閏七月十七日、青蓮院尊朝法親王の、『源氏物語』夢浮橋巻を進めしを謝せらる（『綜覧』）。

●閏七月二十日、祭主慶忠を神宮に立てらる、是れ地震の御祈に奉仕の為なり、今日また地大動、昨の如し（『続史愚抄』）。

●閏七月二十二日、地動、戌刻、地大震、主上頃日よりなお仮屋に御せらる（『続史愚抄』）。

●八月一日、日蝕と云う、地震（『続史愚抄』）。

●八月二日、大雨、地震数度（『続史愚抄』）。

●八月五日、近畿大風雨、洪水（『綜覧』）。
●八月八日、主上なお仮屋に御せらる、地震未だ休まざるに依る、改元あるべき旨を仰せらる（『続史愚抄』）。
●八月十八日、御霊神輿迎あり（『続史愚抄』）。
●八月二十五日、此の日、御霊祭あり、地震（『続史愚抄』）。
●八月二十八日、地震、夜に向い二度鳴動、閏七月十二日より毎夜かくのごとし（『続史愚抄』）。
●九月五日、中山親綱は春日社に参る、翌日帰洛（『続史愚抄』）。
●九月十五日、秀吉の奏請により近衛信輔（信尹）は勅勘を赦され、薩摩より帰京（『史料』）。
●十月十五日、神宮奏事始あり、奉行葉室頼宣（『続史愚抄』）。
●慶長元年十月二十七日、条事定あり、上卿鷹司信房、公卿日野輝資以下八人参仕、次に改元定を行わる、上卿同前、文禄を改め慶長となす、天変地妖（彗星・霾・地震らの事歟）に依るなり、勘者二人、文禄の字は五条為経撰び申す、赦令・吉書等恒の如し、奉行葉室頼宣、伝奏中山親綱（『続史愚抄』）。
●十一月二十二日、内侍所御神楽あり（恒例）、次に臨時御神楽を行わる、以上奉行中御門資胤（『続史愚抄』）。
●十二月十日、此の日、春日祭を行わる、上卿正親町季秀参向、弁不参（『続史愚抄』）。
●十二月十七日、秀吉の子拾丸《ひろいまる》、元服して秀頼と称す、是日、勅使を大坂に遣し、秀吉・秀頼父子に物を賜う、摂家・親王等も之に物を贈る（『綜覧』）。
●是歳、幽斎は智仁《としひと》親王に連歌を講釈し、『未来記』を講談する（『史料』）。
●是歳、今出川晴季は越後の配所より帰京（『続史愚抄』）。

慶長二年〔一五九七〕丁酉　二歳　三宮時代

●正月一日、四方拝あり、奉行広橋総光、小朝拝、公卿西園寺実益以下、殿上人葉室頼宣以下参列、奉行葉室頼宣、節会、御忌月に依り、出御なし、国栖・立楽等を停めらる、御忌月に依るなり、内弁西園寺実益、外弁大炊御門経頼、以下八人参仕、奉行中御門資胤（『続史愚抄』）。

●正月五日、叙位なし、七日白馬節会なし（『続史愚抄』）。以下将軍を除き、叙位・除目の記事を省略。

●正月八日、太元護摩始、阿闍梨尭助、奉行広橋総光（『続史愚抄』）。十四日結願。

●正月十一日、神宮奏事始、奉行葉室頼宣（『続史愚抄』）。

●正月十六日、踏歌節会なし、御忌月に依るなり（『続史愚抄』）。

●正月十九日、和歌御会始、題は初春待花、読師中山親綱、講師日野資勝、講頌持明院基孝（『続史愚抄』）。

●正月二十二日、和漢聯句御会（『綜覧』）。

●正月二十四日、准后晴子（国母）は、密かに東寺・清水寺等に詣ずることあり（『続史愚抄』）。

●二月十三日、天台座主青蓮院尊朝法親王薨ず、四十六歳、故邦輔親王男（『続史愚抄』）。

●三月三日、闘鶏あり（『続史愚抄』）。以下、闘鶏の記事を省略。

●三月五日、春日祭を行わる、上卿持明院基孝参向、奉行広橋総光（『続史愚抄』）。

●三月十一日、誓願寺堂供養曼荼羅供（庭儀）、導師大覚寺道門（空性）法親王、僧徒百人と云う、舞楽あり、公卿勧修寺晴豊以下三人着座、抑も今度の供養の事は秀吉の北政所の所願に依り、沙汰ありと云う（『続史愚抄』）。

●三月二十一日、高野大塔供養あり、導師三宝院義演（『続史愚抄』）。

●四月二十二日、妙法院常胤法親王に天台座主宣下あり、上卿勧修寺晴豊、奉行烏丸光広（『続史愚抄』）。

●五月七日、徳川家康は吉田兼見亭を、翌日幽斎亭を訪ねる（『史料』）。
●六月一日、前左大臣近衞信輔は信尹と改名す（『続史愚抄』）。
●六月十五日、智仁親王発句、幽斎、佐方之昌三吟会（『史料』）。青何百韻（『細川玄旨集』古典文庫）。
●七月二十四日、陽光院御忌、御経供養を般舟三昧院に行わる、導師上乗院道順、公卿大炊御門経頼以下二人参仕、奉行広橋総光（『続史愚抄』）。
●八月十五日、信濃善光寺阿弥陀仏入洛、秀吉は之を大仏殿に安す（『続史愚抄』）。
●八月二十日、『錦繡段』及び『勧学文』を印行せしめらる、是日、『錦繡段』を近臣等に賜う、尋で『勧学文』を賜う（『綜覧』）。
●八月二十八日、足利義昭（征夷大将軍、法名道慶）、大坂に薨ず、六十一歳、後に等持院に葬る（『続史愚抄』）。
●九月六日、内侍所臨時御神楽を行わる、次に恒例を付行さる、以上奉行日野資勝（『続史愚抄』）。
●九月二十一日、徳川家康は、冷泉為満《れいぜいためみつ》に扶持米《ふちまい》を贈る（『綜覧』）。
●十月十一日、内侍所臨時御神楽を行わる、奉行広橋総光（『続史愚抄』）。
●十二月三日、春日祭を行わる、上卿広橋兼勝参向、弁不参（『続史愚抄』）。

慶長三年〔一五九八〕戊戌　三歳　三宮時代

●正月一日、四方拝あり、奉行日野資勝、小朝拝、公卿鷹司信房以下、殿上人日野資勝以下参列、奉行日野資勝、節会、御忌月に依り、出御なし、国栖・立楽等を停めらる、内弁鷹司信房、外弁大炊御門経頼、以下七人参仕、奉行烏丸光広、今夜節分と云う（『続史愚抄』）。

●正月五日、正親町院聖忌、御経供養を般舟三昧院に行わる、導師上乗院道順、公卿烏丸光宣以下二人参仕（『続史愚抄』）。

●正月七日、白馬節会あり、御忌月に依り出御なし、国栖・坊家奏・舞妓・立楽等を停めらる、内弁西園寺実益、外弁中山親綱、以下七人参仕、奉行広橋総光、北陣恒のごとし（『続史愚抄』）。

●正月八日、太元護摩始、阿闍梨尭助、奉行広橋総光（『続史愚抄』）。十四日結願。

●正月十五日、三毬打あり（『綜覧』）。

●正月十六日、踏歌節会を停む（『綜覧』）。御忌月に依る（『続史愚抄』）。

●正月十九日、和歌御会始、読師中山親綱、講師勧修寺光豊、講頌持明院基孝（『続史愚抄』）。三条西実条も出詠。題は梅花久盛（『私家集大成』実条Ⅳ）。懐紙に三行三字に書す。

●正月十九日、内大臣家康は夢想に依り石清水宮に詣ず（『続史愚抄』）。

●正月二十五日、北野社法楽和歌御会（『綜覧』）。以下二十五日の定例の同法楽和歌御会の記載を省略。

●正月三十日、今日より護摩七座を黒戸にて修さる、阿闍梨妙法院常胤法親王（『続史愚抄』）。

●二月三日、壬生孝亮等をして、『栄華物語』を禁中に校合せしめらる（『綜覧』）。

●二月十二日、廷臣をして、『名所和歌』を撰進せしめらる（『綜覧』）。

●二月二十二日、神宮奏事始、伝奏中山親綱、奉行日野資勝（『続史愚抄』）。

●二月二十二日、水無瀬宮法楽和歌御会（『綜覧』）。以下二十二日の定例の同法楽御会の記載を省略する。

●三月十一日、春日祭を行わる、上卿水無瀬兼成参向、弁不参、奉行烏丸光広（『続史愚抄』）。

●三月十五日、秀吉は醍醐に遊び、花を観る（『続史愚抄』）。醍醐の花見の和歌短冊は、醍醐寺三宝院所蔵。

●三月二十一日、妙音天御法楽の為に千反楽あり、五常楽例のごとし、楽所のみ所作（『続史愚抄』）。

●四月五日、松尾祭を社家に付せらる（『続史愚抄』）。
●四月七日、和漢聯句御会（『綜覧』）。
●四月九日、女御前子《さきこ》は新殿に移徙《いし》（『続史愚抄』）。前子は近衛前久女、秀吉猶子。のち院号中和門院。
●四月十八日、太政大臣秀吉は秀頼（六歳、童形歟）を伴い参内すと云う（『続史愚抄』）。
●四月二十日、任官（叙位また宣下歟、是れ太政大臣秀吉息左中将秀頼を権中納言に任じ、即ち従二位に叙す歟）宣下を行わる、上卿西園寺実益、奉行日野資勝（『続史愚抄』）。
●四月二十四日、内侍所にて千反楽あり（五常楽歟）、是れ女御前子の御産御祈と云う（『続史愚抄』）。
●五月四日、長岡玄旨（細川幽斎）は『八雲口伝』を書写す（『綜覧』）。
●五月二十一日、准后晴子（国母）は岩倉に参籠（観音堂歟）、二十五日帰洛（『続史愚抄』）。
●六月三日、秀吉病あり（伏見城に在り）、三井寺を再造す、破却以後、四年に及ぶと云う（『続史愚抄』）。
●六月八日、是より先、秀吉は陸奥より一切経二部を徴す、是日、山城伏見城に著す、尋で秀吉は之を醍醐寺三宝院及び紀伊金剛峯寺に寄進せんとす（『綜覧』）。
●六月十六日、伏見城下に騒動あり、その故を知らずという（『続史愚抄』）。
●六月十七日、秀吉は某の病を問い、併せて自身の病状の革れること等を告ぐ（『綜覧』）。
●六月十九日、中院通勝は『岷江入楚《みんごうにっそ》』序を著す（京都大学中院本通勝自筆一巻）。
●六月二十三日、清涼殿に猿楽を御覧あり（『続史愚抄』）。
●六月二十七日、臨時御神楽を内侍所に奏し、秀吉の平癒を祈らせらる（『綜覧』）。
●七月一日、内侍所臨時御神楽を行わる（秀吉病、因りて北政所祈謝の為申し行うと云う）、出御なし、陽光院御忌月に依るなり、次に今夜恒例を付行（星勅使甘露寺経遠奉仕）、以上奉行勧修寺光豊（『続史愚抄』）。

●七月六日、黒戸にて千反楽あり、秀吉の病を祈謝せらる由なり、御所作琵琶、邦房親王所作同、公卿殿上人等参仕、この日、秀吉は病の祈禱のため、伊勢・石清水・春日以下諸社等に、立願の願書を奏聞あり、癒るにては伊勢二千石、春日千石、その余は五百石・三百石等寄付せしむべしと（『続史愚抄』）。同様に八日も秀頼の申請により内侍所臨時御神楽が行われ、十一日には秀吉病気平癒のために諸社へ勅使が参向している。

●七月七日、七夕和歌御会（『綜覧』）。

●七月七日、幽斎は『岷江入楚』夢浮橋巻に奥書を加える（中院本『岷江入楚』四七冊（中院Ｖ三二）夢浮橋巻元奥書）。

●七月九日、陽光院十三回御忌（御忌日二十四日）の奉為に、准后晴子（国母）第にて昨今御仏事有り、導師大覚寺空性法親王、公卿勧修寺晴豊以下三人着座（『続史愚抄』）。

●七月十一日、秀吉の病に依り、公卿西園寺実益以下十六人を諸社に立てらる、勅使と為す（密儀）、是れ秀頼申請の故なり（『続史愚抄』）。

●七月十五日、秀吉は、諸大名をして、子秀頼に忠節を誓わしむ、諸大名は、前田利家の山城伏見の亭に於て、誓書を徳川家康及び利家に致す（『綜覧』）。

●七月十六日、一条院尊勢に准三宮宣下（口宣）あり（『続史愚抄』）。

●七月十七日、御八講の僧名を朝餉《あさがれい》の間（簀子にてなり）にて定めらる、執筆勧修寺光豊、是日、日時を蔵人所にて定めらる（『続史愚抄』）。

●七月二十日、陽光院十三回御忌（御忌日二十四日）の奉為に、今日より五箇日、法華八講を清涼殿にて行わる（宸筆法華経に准ぜらる歟）、証義一乗院尊勢准后以下ゝ人、行事上﨟司信房、公卿二条昭実以下八人参仕、奉行日野資勝、伝奏勧修寺晴豊（『続史愚抄』）。

●七月二十四日、陽光院十三回御忌、法華八講第五日、結願、公卿近衛信尹以下八人参仕（『続史愚抄』）。

●七月二十七日、聖護院道勝（興意）親王は大峯入に依り、参内す（『続史愚抄』）。

●七月二十九日、黒戸前にて舞楽あり（『続史愚抄』）。

●八月五日、秀吉は、子秀頼を徳川家康・前田利家等五人の年寄衆に托す、家康・利家、石田三成等の五奉行と誓書を交換す（『綜覧』）。

●八月六日、秀吉は、徳川家康・前田利家・毛利輝元・宇喜多秀家を枕頭に招き、日本の将来、中国の置目等を托す（『綜覧』）。

●八月九日、内侍所臨時御神楽を行わる、出御なし（『続史愚抄』）。

●八月十五日、大仏殿を再修（去る文禄五年、地震に依り壊れ、仏像また破る、因りて去年信濃善光寺の仏像を迎え之を写す、今年再造に依り、阿弥陀仏を信濃に返送すと云う）（『続史愚抄』）。

●八月十八日、太政大臣豊臣秀吉は伏見城に薨ず、六十三歳、次いで阿弥陀峯に葬る（『続史愚抄』）。

●八月十九日、石田三成は、私に徳川家康を討んとす（『綜覧』）。

●八月二十二日、東山大仏殿の供養あり、導師照高院道澄准后、公卿勧修寺晴豊以下五人参会、頃日、耳塚を同辺に築き、兼て異国の馘《かく》を埋《うずむ》る所なり（『続史愚抄』）。

●九月一日、主上（後陽成）御悩あり、十六日より七箇日、道澄准后、黒戸にて聖天供を行わる、空性法親王、小御所にて大般若法を行わる（『続史愚抄』）。二十二日結願。これ以降、引き続き行われる。

●九月十三日、今日より七箇日、宮中蝕穢（『続史愚抄』）。

●九月十六日、御悩御祈の為、今日より七箇日聖天供を黒戸にて行わる、阿闍梨道澄准后、また小御所にて大般若法を行わる、阿闍梨大覚寺空性法親王（『続史愚抄』）。

●九月十九日、通勝の『岷江入楚』五五帖成る（中院本、通勝自筆『岷江入楚序』）。

●九月二十日、御悩御祈の為、護摩を紫宸殿に行わる、阿闍梨堯助、是日、近臣等七所薬師詣あり（『続史愚抄』）。
●九月二十三日、今日より七箇日、護摩を黒戸にて行わる、また御悩御祈を諸社寺に仰せらる、奉行広橋総光（『続史愚抄』）。
●九月二十六日、南殿《なでん》（紫宸殿）の護摩結願《けちがん》（『続史愚抄』）。
●九月二十七日、内侍所にて清祓《きよはらい》あり（按ずるに武家の穢後歟）、吉田兼見奉仕、奉行勧修寺光豊（『続史愚抄』）。
●九月二十八日、今日より来月五日に至り（七日間）、吉田兼見は神道護摩を清涼殿にて奉仕、御悩御祈の為なり（『続史愚抄』）。
●十月八日、今日より七箇日、仁王般若大法を宮中にて行わる、阿闍梨梶井最胤親王、奉行広橋総光（『続史愚抄』）。十四日結願。
●十月十日、聖護院道勝親王は大峰より駈出し参内す（『続史愚抄』）。
●十月十八日、吉田兼見は神道護摩を内侍所にて奉仕、是れまた御悩御祈と云う（『続史愚抄』）。
●十一月一日、今日より七箇日、尊星王大法を清涼殿にて行わる、阿闍梨道澄准后、公卿西園寺実益以下五人参仕、初結のみ着座の公卿あり、奉行広橋総光、御悩御祈の為なり（『続史愚抄』）。七日結願、公卿西園寺実益以下五人参仕、今夜、武士兵庫頭某に仰せて、常御所にて蟇目あり。
●十一月三日、今日より護摩を黒戸にて行わる、阿闍梨聖護院道勝親王（『続史愚抄』）。十日結願。
●十一月十一日、徳川家康の奏請に依り、山科言経《ときつね》を勅免あらせらる（『綜覧』）。
●十一月十四日、春日祭を行わる、上卿花山院家雅参向、弁不参（『続史愚抄』）。
●十一月十八日、子祭《ねまつり》、四辻《よつつじ》季継・山科言緒《ときお》等林歌《りんが》を弾ず（『続史愚抄』）。
●十二月一日、医師今大路道三は曲直瀬《まなせ》玄朔に替わり、天脈を診る、御薬を進む（『続史愚抄』）。道三は玄朔男。

●十二月七日、山科言経は参内して勅免を謝し奉る（『綜覧』）。
○十二月十一日、若宮（御年三、後水尾院なり）御色直あり（『続史愚抄』）。
●十二月二十三日、後陽成天皇は御諱和仁《かずひと》を改め、周仁《かたひと》となす、陣にて宣下せらる、上卿今出川晴季、奉行日野資勝（『続史愚抄』）。
●十二月二十九日、第二皇子（八歳、新宮と号す、母典侍親子、未だ親王ならず）、七条家祖と為すべく兼て治定さる、而て之を罷《や》め仁和寺に入る、得度は異日と為すべし（『続史愚抄』）。第二皇子は承快親王。
●是歳、智仁親王（二十歳）は禁裏月次和歌について幽斎の点取を受く（『史料』）。

慶長四年〔一五九九〕己亥　四歳　三宮時代

●正月一日、四方拝・小朝拝なし、御悩の後に依るなり、元日節会あり、御忌月に依り出御なし、国栖立楽等を停めらる、内弁西園寺実益、外弁大炊御門経頼、以下八人参仕、奉行日野資勝（『続史愚抄』）。
●正月一日、豊臣秀頼は山城伏見に在り、諸大名は歳首を賀す（『綜覧』）。
●正月七日、白馬節会あり、出御なし、国栖坊家奏舞妓立楽等を停めらる、御忌月に依りてなり、内弁広橋兼勝、奉行勧修寺光豊、北陣恒のごとし（『続史愚抄』）。
●正月八日、太元護摩始、阿闍梨堯助、奉行広橋総光（『続史愚抄』）。十四日結願。
●正月十日、豊臣秀頼は、父秀吉の遺命に依り、山城伏見城より大坂城に移る（『綜覧』）。
●正月十六日、三毬打あり、踏歌節会を停む（『綜覧』）。十八日の三毬打なし、御忌月に依るなり。
●正月二十五日、徳川家康・前田利家等豊臣氏の年寄衆は、丹後田辺の長岡玄旨（幽斎）に、薩摩に於ける知行

の替地を越前府中に給す（『綜覧』）。

●二月二十二日、春日祭を社家に付さる（『続史愚抄』）。

●三月七日、智仁親王は通勝自筆和歌七十六首を書写する（書陵部『中院也足軒詠七十六首』）。

●三月十四日、稲荷御輿迎、広橋総光は稲荷祭を社家に付さる綸旨を白川雅朝に書き下す（『続史愚抄』）。

●三月十七日、今日より七箇日、普賢延命大法を宮中にて行わる、阿闍梨妙法院常胤法親王、奉行広橋総光（『続史愚抄』）。二十三日吉願。

●閏三月三日、勅版本『日本書紀神代巻』成るに依り、廷臣に賜う、尋で、之を大神宮及び奈良春日社に奉納あらせらる（『綜覧』）。同月八日勅版『大学』、十七日勅版『中庸』、春に勅版『職原抄』成る（『史料』）。

●閏三月三日、前田利家薨ず、尋で従一位を追贈す（『綜覧』）。

●閏三月二十八日、神龍院梵舜は、『日本書紀神代』二巻を書写し、之を上る（『綜覧』）。

●四月一日、豊臣氏の年寄衆は、筑後柳河の立花親成（宗茂）等に海外渡航を禁ず（『綜覧』）。

●四月七日、松尾祭を社家に付さる（当社祭式日、初て申すなり、応仁の乱後の酉日と為す）、広橋総光は綸旨を雅朝に書き下す（『続史愚抄』）。

●四月八日、内侍所にて千反楽あり（『続史愚抄』）。

●四月十七日、勅使を山城阿弥陀峯の仮殿に遣し、社号を豊国大明神と賜う（『綜覧』）。

●四月十八日、山城豊国社正遷宮（『綜覧』）。

●四月十八日、豊国大明神号を故豊臣秀吉に賜う、去年薨後に武士ら叢祠を阿弥陀峯の麓に立つると云う、即ち豊国社正遷宮日時を定めらる、以上の上卿西園寺実益、奉行日野資勝、今夜亥刻、豊国社正遷宮あり、異日、宸筆の額（豊国大明神）を賜う、今日より二十四日に至る七箇日、千口僧を豊国社に度し、供養の事を行う、結

願の日に猿楽ありと云う（『続史愚抄』）。

●四月十九日、豊国大明神に正一位を授く（『綜覧』）。

●四月二十九日、豊臣秀頼は、白銀千枚を献じ、亡父秀吉の贈号を謝し奉る（『綜覧』）。

●五月二日、女御前子は皇子を降誕（『続史愚抄』）。後の近衛信尋である。以下皇族の記事は『本朝皇胤紹運録』に依り、煩を避け出典表記を略す。

●五月六日、幽斎は紹巴奥書本『源氏物語』に奥書を加える（『藤孝事記』）。

●五月二十三日、通勝は幽斎、三斎、幸隆、龍山、通勝、光悦、紹巴、昌叱、仁木了仁など堂上地下寄合書『源氏物語』に奥書を付す（『藤孝事記』）。

●五月二十五日、勅版の四書・五経成るに依り、廷臣に賜う（『綜覧』）。

●五月、是月、徳川家康は、下野足利学校庠主元佶（三要）をして、『孔子家語』『六韜』『三略』を印行せしむ（『綜覧』）。

●六月二日、徳川家康は、『毛詩』の講義を聴く（『綜覧』）。

●六月八日、久我《こが》敦通、勾当内侍《こうとうのないし》某と醜行あるに依り、某を流罪に処す（『綜覧』）。

●六月二十七日、烏丸光広は、丹後宮津に遊ぶ、是日、長岡玄旨（幽斎）は和歌会を張行す（『綜覧』）。

●六月、島津義弘・忠恒父子は、慶尚道南原及び泗川の彼我の戦死者の供養碑を、紀伊高野山に建つ（『綜覧』）。

●七月十二日、所司代前田玄以は、山城豊国社に和歌会を張る（『綜覧』）。

●八月十七日、神楽を豊国社にて行わる、明十八日は故太政大臣秀吉の一回忌に依りてなり、勅使烏丸光宣参向、奉行甘露寺経遠（『続史愚抄』）。

●八月二十日、豊臣氏の年寄衆は、肥前浦戸の松浦宗静（鎮信）等をして、八幡船《ばはんせん》を禁ぜしむ（『綜覧』）。

●八月二十日、豊臣氏の五奉行は、陸奥岩手山の伊達政宗に、金山の公用を督促す（『綜覧』）。

●九月八日、八条宮歌会、講師広橋総光（『智仁記』）。

●九月八日、頃日、園城《おんじょう》寺《じ》講堂再造、此の日、立柱と云う（『続史愚抄』）。

●九月十二日、飛鳥井雅庸・勧修寺光豊を大坂に遣し、豊臣秀頼及び徳川家康を問わしめらる（『綜覧』）。

●九月二十日、八条宮連歌会、五吟（『智仁記』）。

●九月二十八日、徳川家康は、大坂城西丸に移る（『綜覧』）。

●十月四日、内侍所臨時御神楽を行わる（『続史愚抄』）。

●十二月二日、通勝は後陽成天皇より七絶を賜り、これに奉和す（中院文書『後陽成院御製詩写』折紙一通）。

●十二月、幽斎は通勝の勅免を喜び、通勝と歌の贈答をなす（東洋文庫蔵『衆妙集』）。

●十二月七日、通勝勅免出頭（『当家伝』）。天正八年に正親町天皇の勅勘をうけ、出奔して以来十九年目である。時に通勝四十四歳。一家は晴れて京に戻る。

●十二月九日、春日祭を行わる、上卿万里小路《までのこうじ》充房参向、弁不参（『続史愚抄』）。

●十二月十日、通勝は八条宮に参る。書陵部『智仁親王御記』四冊（四五七―一七三）は、慶長四年〜七年の日記（以下『智仁記』と称す）。具注暦慶長四年十二月十日条に、「也足有御出、阿野（実顕）同道」云々とある。八条宮は聖護院と共に、幽斎文化圏の中心なので、通勝は勅免帰京後すぐに挨拶に参上したのであろう。

●十二月十三日、贈官位宣下（口宣）あり、上卿烏丸光宣、奉行広橋総光、左大臣（贈内大臣勧修寺晴右《はれすけ》）、右大臣（故前内大臣勧修寺尹豊《ただとよ》）、従三位（故藤原元子）（『続史愚抄』）。国母新上東門院（勧修寺晴子）は勧修寺晴右女である。

●十二月二十一日、伏見宮貞清親王を猶子と為し給う（『綜覧』）。

●是歳、智仁親王（二十一歳）は十首和歌を詠じて幽斎の点を受く（『史料』）。

慶長五年〔一六〇〇〕庚子　五歳　親王時代

●正月一日、四方拝・小朝拝等なし、元日節会あり、出御なし、国栖奏・立楽等を停めらる、御忌月に依りてなり、内弁西園寺実益、外弁大炊御門経頼以下八人参仕、奉行園基継（『続史愚抄』）。

●正月一日、豊臣秀頼は、諸大名の参賀を大坂城に受く、また諸大名は同城西丸に至り、徳川家康に歳首を賀す（『綜覧』）。

●正月七日、白馬節会あり、出御なし、国栖・坊家奏・舞妓・立楽等を停めらる、御忌月に依りてなり、北陣恒のごとし、内弁今出川晴季、三献後に早出、日野輝資これに続く、外弁花山院家雅以下五人参仕、奉行烏丸光広（『続史愚抄』）。

●正月八日、太元護摩始、本坊にて行わると云う、阿闍梨尭助（『続史愚抄』）。十四日結願。

●正月九日、通勝は八条宮に参る（『智仁記』）。「中院入道・伯（雅朝）・中御門（資胤）伺公」とあり、また「禁裏御会始之御題、幸逢泰平代、勅筆也」とある。この後、八条宮との交流は頻繁になる。

●正月十日、公家衆・僧侶等、参内して、歳首を賀し奉る（『綜覧』）。

●正月十五日、三毬打あり（『綜覧』）。

●正月十六日、今夜、和歌御会始、題は幸逢太平代、読師烏丸光宣、講師園基継、講頌持明院基孝、御製読師今出川晴季、同講師冷泉為満歟（為満の勅免は五月六日であり不審）、奉行勧修寺光豊、この日、柳原資俊詠進（『続史愚抄』）。通勝も出詠（『也足軒素然集』）。智仁親王なども参会。「禁裏御会始ニテ昼時分伺公ス、近衛殿（信尹）・菊亭（晴季）も伺公、道風御懐紙まいる、満座以後常御所ニテ三献参」（『智仁記』）。実条も出詠（『私家集大成』実条V）。

●正月二十四日、通勝は公宴当座和歌御会に参る。智仁親王なども参会。「四時より禁中へ参、御当座アリ、御

人数、聖護院・仏門・山科前中納言・中院入道」（『智仁記』）。実条も出詠（『私家集大成』実条Ｖ）。
●正月二十五日、公宴夢想和歌御会（『綜覧』）。「禁裏ニ御夢想ノ和歌御会、伺公、講師広橋弁也」（『智仁記』）。
●正月二十五日、所司代前田玄以は、山城豊国社に百韻連歌を興行す（『綜覧』）。
●正月二十五日、丹後宮津の長岡忠興は、其の子光千代を江戸に質と為す（『綜覧』）。忠興三男光千代は後の細川忠利である。
●二月十二日、近臣をして、名所和歌を撰定せしむ（『綜覧』）。
●二月十六日、家康は、幽斎から智仁親王への古今伝受に関して、前田玄以に書を遣す（『伝受資料』「桂光院殿従幽斎古今集伝授之時／家康公文　一つう／智仁返札之下書　一つう／徳善院文　三つう」）。
●二月二十二日、春日祭を行わる、上卿中山慶親参向、弁不参、奉行広橋総光（『続史愚抄』）。
●二月二十四日、通勝は烏丸光広と同道し、吉田の幽斎亭へ行く（『耳底記』）。
●二月二十五日、神宮奏事始あり、伝奏西園寺実益、奉行園基継（『続史愚抄』）。
●二月二十五日、徳川家康は、下野足利学校庠主三要（元佶）をして、『貞観政要』を校せしめ、之を刊行す（『綜覧』）。
●三月二日、通勝・三級の兄弟と幽斎等は八条宮に参る（『智仁記』）。
●三月四日、通勝は八条宮の幽斎興行連歌会に参る（『智仁記』）。
●三月五日、通勝・幽斎は八条宮に参る（『智仁記』）。
●三月九日、智仁親王（二十二歳）は五十首和歌を詠じて幽斎の点取を受く（『史料』）。
●三月十四日、稲荷御輿迎、烏丸光広は稲荷祭を社家に付さる綸旨を白川雅朝に書き下す（『続史愚抄』）。
●三月十九日、八条宮智仁親王は幽斎に古今伝授誓状を提出（『伝受資料』包紙上書「古今集御相伝之時御誓状下書」）。幽斎の古今集講釈はこの日より四月二十七日に至る。詳細な日程は『伝受資料』「幽斎古今相伝之日数次第／

二枚」にある。

●三月二十七日、豊臣秀頼は、摂津四天王寺を再興し、是日、供養を行う、勅使勧修寺晴豊・大炊御門経頼・烏丸光宣は、之に臨む(『綜覧』)。曼荼羅供あり、導師曼殊院覚恕准后(『続史愚抄』)。

●四月十九日、徳川家康の奏請に依り、六条有広を勅免あらせらる(『綜覧』)。

●四月、是月、徳川家康は、下野足利学校庠主三要(元佶)をして、『六韜』『三略』を刊行せしむ(『綜覧』)。

●五月六日、豊臣秀頼の奏請に依り、豊国大明神の号を宸書して之を賜う(『綜覧』)。

●五月六日、是より先、徳川家康の奏請に依り、冷泉為満を勅免あらせらる、是日、為満は参内して、藤原定家自筆の『拾遺愚草』を献ず(『綜覧』)。

●六月二十六日、故三条公仲に贈准大臣の宣下あり、七回忌により本家申請歟、贈准大臣は茲に始めてと云う(『続史愚抄』)。

●七月七日、七夕和歌御会、題は憶牛女言志、奉行勧修寺光豊、柳原資俊詠進(『続史愚抄』)。

●七月十七日、是より先、石田三成は、東下せる諸大名の妻子を大坂城中に収め、人質とせんとす、長岡忠興の室明智氏、之を拒むに依り、是日、之を圍む、明智氏自殺す(『綜覧』)。明智氏は細川ガラシャ。

●七月十八日、丹後田辺の長岡玄旨(幽斎)は大坂の変報を聞き、同国嶺・宮津の諸城を焼却し、田辺城を死守せんとす、尋で石田三成の兵、之を圍む(『綜覧』)。

●七月二十七日、智仁親王は幽斎の危急を聞き、家老大石甚介を遣し、退城を諭すも、幽斎これを容れず。幽斎は万一のために智仁親王に古今伝授箱と古今伝授証明状(七月廿九日付)及び和歌を、禁裏に源氏抄箱・二十一代集を献ず(『史論』)。

●七月三十日、是より先、肥後隈本の加藤清正は、豊臣秀頼の、諸将をして長岡玄旨(幽斎)を丹後田辺城に攻

めしむるを聞き、玄旨の老臣豊後杵築の松井康之に、丹後に赴援せんことを勧め、かつ杵築に守兵を送らんことを告ぐ、是日、康之は之に答う（『綜覧』）。

●八月五日、是より先、西軍は大坂・伊勢・美濃・近江・北国の守備を定む、是日、石田三成は近江佐和山城に帰る（『綜覧』）。

●八月十六日、広橋兼勝・勧修寺光豊を大坂に遣し、豊臣秀頼をして、和を講ぜしめらる（『綜覧』）。

●八月十六日、神楽を豊国社にて行わる（『続史愚抄』）。

●八月二十一日、水無瀬兼成は薙髪す（『綜覧』）。

●八月二十一日、徳川秀忠は、丹後宮津の長岡忠興の子光千代に偏諱を与え、忠辰と称せしむ、尋で、徳川家康は忠辰をして江戸に居らしむ（『綜覧』）。

●九月三日、烏丸光宣をして、中院通勝・富小路秀直と丹後田辺に赴き、長岡玄旨（幽斎）に諭して、城を致さしむ、尋で、玄旨は勅を奉じ、丹波亀山城に退く（『綜覧』）。

●九月九日、重陽和歌御会、題は露光宿菊、奉行勧修寺光豊、柳原資俊詠進（『続史愚抄』）。通勝も出詠（『也足軒素然集』秋部）。

●九月十五日、徳川家康は、石田三成等の美濃関ヶ原に出陣するを聞き、諸将の部署を定め、同国桃配野に陣す、東軍の先鋒福島正則は宇喜多秀家と戦を開き、両軍遂に関ヶ原に戦う、小早川秀秋は東軍に応じ、大谷吉継の背後を攻むるに依り、西軍は大敗す（『綜覧』）。

●九月十七日、是より先、徳川家康は石田三成の近江佐和山城を攻む、是日、三成の父正継・兄正澄等、自殺し、城陥る（『綜覧』）。

●九月二十日、徳川家康は近江大津城に入る、勧修寺尹豊を遣し、家康を慰労せしめらる（『綜覧』）。

●九月二十日、徳川秀忠は信濃より近江草津に著陣す、父家康は其の軍期に遅れしを怒り、見るを許さず（『綜覧』）。
●九月二十一日、田中吉政は石田三成を近江伊吹山中に捕えて、徳川家康に、同国大津に致す（『綜覧』）。
●十月一日、徳川家康は、石田三成・小西行長・安国寺恵瓊を京都六条河原に斬り、長束正家の首級を併せて三条橋に梟す（『綜覧』）。
●十月二日、山科言経・冷泉為満・四条隆昌等は大坂に赴き、徳川家康に謁す（『綜覧』）。
●十月十一日、丹後宮津の長岡忠興老臣豊後杵築の守将松井康之は、大坂に至り、徳川家康に謁し、九州の状況を報ず（『綜覧』）。
●十月十九日、長岡玄旨（幽斎）は丹波亀山より大坂にいたり、徳川家康に謁す（『綜覧』）。
●十月二十日、百首当座和歌御会（『綜覧』）。
●十月二十日、徳川家康は、勧修寺晴豊をして、公家衆、社寺の指出を録上せしむ（『綜覧』）。
●十一月七日、徳川家康は、武家伝奏勧修寺晴豊・同烏丸光宣・同広橋兼勝を大坂に招致す（『綜覧』）。
●十一月九日、長岡忠興は弟興元・老臣松井康之をして、豊前に入国せしめ、尋で、執封す（『綜覧』）。
●十一月十五日、後陽成天皇は朝儀復興への一環として、明年叙位除目《じもく》を再興せんと、廷臣にこれを議せしめ、尋で習礼せしむ（『史料』）。
●十一月二十日、春日祭を行わる、上卿葉室頼宣参向、弁不参、奉行柳原資俊（『続史愚抄』）。
●十二月十四日、今日より七箇日、護摩を清涼殿にて行わる、阿闍梨妙法院常胤法親王、奉行坊城俊昌（『続史愚抄』）。
○十二月二十一日、第三皇子（御年五、母女御前子）御名字政仁（後年に訓を古止比止と為す）に、立親王及び二品等宣下あり、上卿九条兼孝、勅別当勧修寺晴豊、柳原資俊、奉行烏丸光広、この日、先に九条兼孝着陣（『続史愚抄』）。
●十二月二十三日、大徳寺春屋宗園和尚は特に大賓円鑑国師号を賜うと云う（『続史愚抄』）。

●十二月二十七日、中院通村、任侍従。職事光広朝臣。同廿八日、元服先之、禁色昇殿。上卿日野大納言輝資卿、職事蔵人左少弁総光(『当家伝』)。光広は烏丸、総光は広橋。

●十二月二十九日、母儀准后勧修寺晴子に、新上東門院の号を上る(『綜覧』)。次第は勅製と云う、珍事歟、上卿九条忠栄、奉行烏丸光広(『続史愚抄』)。

慶長六年〔一六〇一〕辛丑　六歳　親王時代

●正月一日、四方拝なし、小朝拝あり、公卿殿上人等参列、柳原資俊を人数と為す、奉行烏丸光広、節会あり、出御なし、国栖・立楽等を停めらる、御忌月に依りてなり、内弁鷹司信房、外弁大炊御門経頼、以下九人参仕、奉行柳原資俊(『続史愚抄』)。智仁親王は試筆の歌を幽斎へ遣す(『智仁記』)。

●正月六日、叙位あり、当代初度、天正六年以来なり、先に九条兼孝第に召し仰せあり、叙位執筆鷹司信房、公卿烏丸光宣、以下四人参仕、入眼、上卿日野輝資、奉行園基継、関白九条兼孝参仕(『続史愚抄』)。

●正月七日、白馬節会あり、出御なし、国栖・坊家奏・舞妓・立楽等を停めらる、御忌月に依りてなり、内弁広橋兼勝、外弁花山院家雅、以下七人参仕、奉行坊城俊昌(『続史愚抄』)。

●正月八日、太元護摩始、小御所にて行わる、阿闍梨尭助(『続史愚抄』)。十四日結願。

●正月十日、智仁親王は『古今聞書』を校合す(『智仁記』)。翌日、翌々日も同じ。

●正月十三日、幽斎は智仁親王に草子箱二つを届ける(『智仁記』)。草子はこの場合、物語・日記・歌集などの総称である。

●正月十九日、和歌御会始、題は柳靡風、柳原資俊詠進(『続史愚抄』)。

●正月十九日、通勝女出仕（『お湯殿の上の日記』）。
●正月二十日、近衛家和歌会始、近衛前久、烏丸光宣、日野輝資、広橋兼勝、山科言経、持明院基孝、中院通勝、飛鳥井雅庸、冷泉為満、四辻季継、広橋総光、昌叱、昌琢等、読師日野輝資、講師広橋総光、発声持明院基孝（『言緒卿記』）。
●正月二十二日、一条家（内基）和歌会始（『言緒卿記』）。
●正月二十八日、智仁親王は草子を校合す（『智仁記』）。翌日も同じ。
●二月三日、智仁親王は『源氏物語』を見る（『智仁記』）。翌日も同じ。
○二月七日、広橋兼勝を、二品政仁親王（儲皇）の勅別当と為す（『綜覧』）。広橋兼勝を、二品政仁親王（儲皇）家別当と為す（儀同三司勧修寺晴豊の替え）、上卿万里小路充房（『続史愚抄』）。
●二月七日、智仁親王は禁裏御連歌に伺公す（『智仁記』）。
●二月十日、禁中御能あり、紫宸殿階《きざはし》之間に出御（『言緒卿記』）。
●二月十六日、冷泉為満は『詠歌大概』を講釈す（『言緒卿記』）。十九日、二十四日、二十五日、二十六日これに同じ。
●三月五日、無品良仁親王（今上第一皇子、御年十四、母典侍親子）は仁和寺に入る、是れ第二皇子去る慶長三年入寺と雖も得度を果たさず、因て改めらると云う（第二皇子は梶井に移転）（『続史愚抄』）。
●三月五日、是より先、鳥飼道晣は、車屋本謡本を刊行し、之を献ず、是日、之を褒せらる（『綜覧』）。
●三月六日、禁中御能あり、紫宸殿階之間に出御（『言緒卿記』）。
●三月十一日、智仁親王は『古今聞書』を校合す（『智仁記』）。翌日、翌々日も同じ。
●三月十三日、今日より不動法を南殿にて行わる、阿闍梨尭助（『続史愚抄』）。十四日結願。

●三月十四日、通勝は八条宮に参る。「入夜中院入道、勅別当之儀有之也」（『智仁記』）とある。

●三月十五日、八条宮智仁親王（陽光院第三皇子、母新上東門院）に一品宣下あり、即ち花山院家雅を以て勅別当と為す、上卿広橋兼勝、奉行広橋総光、また万里小路充房を以て伏見宮邦房親王家別当（口宣）と為す、上卿中御門資胤、奉行坊城俊昌、また邦房親王は今年より宜く別巡給に預かるべき由、宣下（口宣）、奉行広橋総光（『続史愚抄』）。

●三月十九日、県召除目を始めて行わる（天正二十年の後、再興さる、当代初度）、先に召し仰せあり、上卿近衛信尹、執筆信尹、公卿広橋兼勝、以下六人参仕、奉行烏丸光広、この日、先に近衛信尹奏慶（『続史愚抄』）。

●三月二十日、幽斎は家臣佐方吉右衛門之昌（宗佐）を八条宮に遣す。

●三月二十二日、今夜、除目竟夜の儀あり、公卿烏丸光宣以下五人参仕、入眼、上卿某（『続史愚抄』）。

●三月二十八日、良仁親王、仁和寺真光院にて得度す、法名覚深、本堂にて剃髪を肯ぜず、因て便所《びんしょ》に退き、これを剃ると云う、戒師権僧正亮淳（『続史愚抄』）。

●四月十二日、連歌御会（『綜覧』）。

●四月十四日、幽斎は家臣佐方之昌（宗佐）を八条宮に遣す。「幽斎より吉右衛門来」（『智仁記』）とある。

●四月十八日、豊国祭（『綜覧』）。

●四月二十三日、智仁親王は家康に古今伝受の御礼を贈る（『智仁記』）。

●五月十一日、徳川家康、参内す、家康の奏請に依り、四辻季満・四条隆昌・水無瀬親具の子康胤等を勅免あらせらる、また季満をして鷲尾隆康の遺跡を嗣ぎ、隆尚と改むるを勅許あらせらる（『綜覧』）。智仁親王も参内する。「晴、内府参内ニ付而参内ス」（『智仁記』）とある。

●五月十二日、沖長老（梅印元冲）は禁中にて『錦繡段』を講釈す（『言緒卿記』）。沖長老は幽斎弟。

●五月十五日、徳川家康は、御料の地及び親王・廷臣・門跡等の封を定む（『綜覧』）。
●五月二十九日、徳川家康は銀座を山城伏見に置き、大黒屋常是をして、白銀の品位を定めしめ、また金銀貨幣を改鋳せしむ（『綜覧』）。二分銀・一分銀等の銀貨には「銀座常是」の名を刻す。
●七月三日、御蹴鞠あり（『綜覧』）。
●七月七日、七夕詩歌御会あり、両方の題は星夕曝書、飛鳥井雅庸出題（『続史愚抄』）。
●七月二十三日、明日二十四日の陽光院御忌に奉る為、御経供養を般舟三昧院にて行わる、導師上乗院道順、公卿花山院家雅以下三人参仕、奉行広橋総光（『続史愚抄』）。
●七月二十八日、是より先、徳川家康は、甲斐の金座を廃す、是日、松木五郎兵衛をして、金貨を鋳造せしむ（『綜覧』）。
●八月、是月、徳川家康は、板倉勝重を所司代と為す（『綜覧』）。
●九月九日、重陽和歌御会、題は菊蘂独満枝、柳原資俊詠進（『続史愚抄』）。
●九月二十九日、神宮奏事始あり、伝奏西園寺実益、奉行烏丸光広（『続史愚抄』）。
●九月、是月、徳川家康は、山城伏見に学校を建て、円光寺と号し、下野足利学校庠主元佶（閑室）を請ず（『綜覧』）。
●是秋、諸国凶す（『綜覧』）。
●十月九日、徳川家康は、京都市中の屋敷を丈量せしむ（『綜覧』）。
●十一月五日、徳川家康は江戸城に入る（『綜覧』）。
●十一月九日、今上第三皇女（御年十、母女御前子）御名字清子に内親王の宣下あり、上卿広橋兼勝、勅別当花山院家雅、奉行某（『続史愚抄』）。後の鷹司信尚室、称女三宮、准三宮三后。
●十一月十日、新上東門院は仙洞御所に移らせらる（『綜覧』）。

●十一月十日、通勝は『新上東門院始入内幷移徙次第』を執筆する。中院本『立太子之事』一冊の内に「新上東門院始入内幷移徙次第」が含まれる。
●閏十一月八日、春日祭を行わる、上卿西園寺実益参向、弁不参、奉行烏丸光広（『続史愚抄』）。
●閏十一月二十六日、豊前中津の長岡忠興の父玄旨（幽斎）は、始めて入国せんとし、京都を発す（『綜覧』）。
○十二月十八日、政仁親王は、新上東門院の旧御所に移らせらる（『綜覧』）。
●十二月二十九日、徳川家康は、長岡忠興の父玄旨（幽斎）の越前の采地を収め、山城・丹波の地三千石を与う（『綜覧』）。
●十二月、是月、豊前中津の長岡忠興は、日野輝資の第三子忠有を養子と為し、同国英彦山霊仙寺座主職を継がしむ（『綜覧』）。
●是歳、第二皇子（十一歳、未だ親王ならざる歟）は仁和寺より移転して梶井室に入り、即ち得度、法名承快、戒師最胤法親王（『続史愚抄』）。

慶長七年〔一六〇二〕壬寅　七歳　親王時代

●正月一日、四方拝・小朝拝あり、公卿殿上人等参列、元日節会あり、出御なし、国栖・立楽等を停めらる、御忌月に依りてなり、内弁烏丸光宣、外弁広橋兼勝、以下八人参仕、奉行広橋総光（『続史愚抄』）。
●正月二日、殿上淵酔《てんじょうえんずい》（大永二年後、再興さる）、御忌月と雖も憚られず、例有り（『続史愚抄』）。
●正月七日、白馬節会あり、出御なし、国栖・坊家奏・舞妓・立楽等を停めらる、御忌月に依りてなり、内弁鷹司信房、外弁花山院家雅、以下八人参仕、北陣恒のごとし（『続史愚抄』）。

●正月七日、日野輝資・資勝父子の出仕を停めらる、輝資父子は出奔す（『綜覧』）。
●正月八日、太元護摩始、無量寿院堯円勤仕歟（『続史愚抄』）。十四日結願。
●正月十三日、智仁親王は『古今抄』の書写を始める。「古今抄写始」（『智仁記』）とある。周知のように、古今伝受に付帯して、『古今聞書』『古今抄』『伝心抄』など膨大な量の伝授書の書写が行われる。
●正月十六日、踏歌節会延引、尋で之を追行す（『綜覧』）。
●正月十九日、和歌御会始、題は松上霞、読師広橋兼勝、講師烏丸光広、講頌持明院基孝（『続史愚抄』）。
●二月三日、通勝は智仁親王に『源氏物語』を講釈する。「也足殿伺公、はゝきゝの巻、少講談アリ」（『智仁記』）。
●二月六日、廷臣をして、百首和歌を詠進せしめらる（『綜覧』）。
●二月十日、中院亭初卯法楽短冊一読興行。会衆、白川雅朝、中御門資胤、烏丸光広、阿野実顕、広橋総光、飛鳥井雅賢、四条隆致、難波宗勝、通勝、通村、三級、舟橋秀賢（秀賢『慶長日件録』、以下『日件録』と称す）。
●二月十四日、家康は上京し、山城伏見城に入る（『綜覧』）。
●二月十五日、智仁親王は里村昌叱《しょうしつ》より天神七百年忌万句の発句を依頼される（『智仁記』）。「昌叱、天神七百年忌万句之発句所望之由申来、対面了」とある。発句は三月一日に昌叱に送られている。
●二月十六日、踏歌節会を行わる、正月は御忌月により、当代に未だ行われず、因て今年一度他月に延引して行わる歟、内弁今出川晴季、外弁大炊御門経頼以下九人参仕（『続史愚抄』）。
●二月十九日、公家衆・門跡、徳川家康を山城伏見城に訪う（『綜覧』）。
●二月二十日、山科言経を山城伏見に遣し、源氏長者に補するの内旨を内大臣徳川家康に伝えしめ給う、家康は辞して拝せず（『綜覧』）。
●二月二十日、智仁親王は水無瀬法楽の歌を進上する。「晩ニ山科中納言伺公、水無瀬法楽ノ歌進上ス、竹門よ

り来廿五日天神法楽之題アリ」（『智仁記』）とある。

●二月二十五日、北野社七百年祭（『綜覧』）。

●三月三日、通勝は御着到百首を詠み始める（『也足軒素然集』）。六月十四日詠了。

●三月九日、智仁親王は御着到十首詠草を進上する。「朝御着到十首之詠草進上ス」（『智仁記』）とある。その前の二月十五日・十六日・三月十五日などには「御着到思案ス」とあり、三月六日には、「御着到之十首照門様へ御談合に進也」とある。十八日には御着到第二の十首詠草を進上している。

●三月十日、春日祭を行わる、上卿持明院基孝参向、弁不参、奉行烏丸光広（『続史愚抄』）。

●三月十五日、関白九条兼孝は、有職故実に就きて考証す（『綜覧』）。

●三月二十日、稲荷御輿迎、広橋総光は稲荷祭を社家に付さる綸旨を白川雅朝に書き下す（『続史愚抄』）。

●三月二十一日、公家衆、大坂に行き、豊臣秀頼に歳首を賀す（『綜覧』）。

●三月二十一日、智仁親王は豊臣秀頼と対面する（『智仁記』）。

●三月二十二日、智仁親王は四天王寺・住吉大社に参詣する（『智仁記』）。翌日帰洛。

●三月二十六日、佐方之昌（宗佐）は八条宮に参る。幽斎室は折・樽を贈る。「御月次思案ス、吉右衛門来、幽斎女房元ヨリ折二・樽二来」（『智仁記』）とある。

●三月二十七日、神龍院梵舜は、徳川家康に『源氏系図』二冊を進む（『綜覧』）。

●三月二十八日、幽斎・之昌（宗佐）は八条宮に参る。「歌思案ス、幽斎来、民部少輔・吉右衛門来」（『智仁記』）とある。

●四月一日、幽斎・之昌（宗佐）は八条宮に参る。「幽斎来、民部少輔・吉右衛門来、阿野伺公、小川坊城伺公、女院御所へ伺公ス、着到十首詠草進上ス」（『智仁記』）とある。

●四月九日、智仁親王は『古今内巻物』を書写する。「古今内巻物令書写也」(『智仁記』)とある。翌十日「古今巻物、幽斎返事ニ遣」。十一日「古今内巻物書ス、御着到第四、十首詠草進上ス」。
●四月十日、日野輝資・資勝父子を勅免あらせらる(『綜覧』)。
●四月十一日、智仁親王(二十四歳)は『神道大意』に奥書を加える(『伝受資料』「神道大意」巻末付紙)。
●四月十二日、連歌師里村紹巴没す(『綜覧』)。
●四月十七日、松尾祭あり、広橋総光は社家に付さる綸旨を白川雅朝に書き下す(『続史愚抄』)。
●四月十九日、智仁親王は『古今古聞』を書写し始める。「歌思案ス、古今古聞写始、五枚書也」(『智仁記』)。
●四月二十一日、智仁親王は『古今肖聞之内』に奥書を加える(『伝受資料』「古今肖聞之内」)。
●四月二十一日、幽斎は八条宮に参る。「古今抄書、五枚書、幽斎来、御着到十首進上ス」(『智仁記』)とある。
●四月二十九日、智仁親王は家康を八条宮に招く、幽斎らも来る。「内府召亭地ニ也」(『智仁記』)とある。明日の参内に向けてのことであろう。
●五月一日、徳川家康は参内す、家康は諸大名をして二条城を経営せしむ(『綜覧』)。幽斎は八条宮に泊まる。「内府公参内也、……晩ニ幽斎来、とまる也」(『智仁記』)とある。
●五月一日、幽斎は佐方之昌(宗佐)に古今和歌集一部の清濁・口決を伝授する(『伝受資料』「古今集聞書付秘抄伝授」)。
●五月二十二日、智仁親王は秀頼に薫衣香を贈る。「秀頼公へ薫衣香遣、使甚介」(『智仁記』)とある。
●五月、是月、安芸広島の福島正則は同国厳島神社所蔵の『平家納経』を修復す(『綜覧』)
●六月四日、智仁親王は御着到和歌十首詠草を進上する。「御着到十首進上ス」(『智仁記』)とある。
●六月八日、徳川家康は蘭麝待を所望する。「内府公より蘭麝タイ切ルニ、勅使ハ広橋弁光総、伝奏広橋兼勝、勧修寺宰相弁光豊、二人も下向之由也」(『智仁記』)とある。「広橋弁光総」は広橋総光のこと。

●六月十一日、東大寺の三倉開封あり（修覆により、重器の点検を為す）、勅使広橋総光参向（『続史愚抄』）。
●六月十一日、徳川家康は、奉行本多正純・大久保長安を大和奈良に遣し、東大寺の宝庫を開き、蘭奢待を視せしむ、勅使勧修寺光豊・広橋総光、之に臨む（『綜覧』）。
●六月十七日、午刻に第五皇子降誕（母典侍藤原輝子歟、日野輝資女）（『続史愚抄』）。後の大覚寺尊性法親王である。ただし『本朝皇胤紹運録』では十月八日誕生とある。
●六月二十二日、今日より三箇間、陽光院十七回御忌（来月二十四日御忌を引上らる）の奉為に、懺法講を新上東門院御所にて行わる、奉行広橋総光（院司歟）（『続史愚抄』）。二十四日結願。
●六月二十四日、玄上琵琶の寸法を宸書あらせらる（『綜覧』）。
●六月二十四日、徳川家康は、江戸城中に文庫を建てて、武蔵金沢文庫の書籍を移し、下野足利学校の禅珠（龍派）をして、其の目録を作らしむ（『綜覧』）。
●六月、是月、豊臣秀頼は、祈願成就を祈り、一万句連歌を摂津住吉社に興行す（『綜覧』）。
●七月十六日、智仁親王は禁裏御楽稽古に伺公（『智仁記』）。
●八月十日、徳川家康は、豊臣秀頼に象を遣る（『綜覧』）。
●八月十四日、智仁親王は古今相伝箱の巻物を書写する（『智仁記』）。「古今相伝之箱之内、巻物共写也」とある。また智仁親王は「古今伝授座敷模様」一通を書写する（『伝受資料』「古今伝授座敷模様」）。
●八月十五日、智仁親王は古今集切紙を書写する（『智仁記』）。「古今集切紙共写也」とある。十六日もこれに同じ。「古今集切紙共写也、夜吉右衛門来」とある。十八日もこれに同じ。「古今集切紙写也」とある。十九日もこれに同じ。「古今集切紙共写也」とある。二十日もこれに同じ。「朝二枚切紙写也」とある。
●八月十六日、智仁親王は幽斎筆古今集切紙を書写校合する（『伝受資料』「五通／切紙ノ料紙已下数之中五六合寸法者也」）。

●八月二十一日、智仁親王は古今相伝箱の書物の書写を終える。「晴、古今集切紙写也、古今相伝之箱之内、書物ノ功今日終者也、珍重満足也」（『智仁記』）とある。

●八月二十三日、舟橋秀賢は、『古文孝経』を刊行す（『綜覧』）。

●八月二十八日、徳川家康の生母水野氏、山城伏見城に卒す、尋で、家康、之を江戸小石川の伝通院に葬る（『綜覧』）。

●八月二十九日、智仁親王は古今集抄・切紙などの校合を終える。「古今集抄・切紙等校合迄一箱皆今日成就也」（『智仁記』）とある。

●八月二十九日、是より先、西班牙船エスピリツ・サント号は、新西班牙に向う途次、土佐清水に漂着す、徳川家康は其の船長等を山城伏見に引見す、是日、サント号は日本船と戦い、逃れて、マニラに帰る、尋で、家康は捕えし船員等を送還す（『綜覧』）。新西班牙は、スペイン領であった北米の西南部をさす。

●九月九日、幽斎は公庭の鞠を見物する。「晴、広橋弁伺公、幽斎・広橋大納言・烏丸弁・阿野・西洞院・民部少輔ハ公庭ニテ鞠アリ、振舞アリ」（『智仁記』）とある。

●九月十一日、智仁親王は幽斎に古今集鈔の不審を尋ねる。「幽斎来、古今集鈔不審相尋也」（『智仁記』）とある。

●九月十五日、徳川家康は、安南に渡航する船に朱印状を与う（『綜覧』）。

●九月十八日、水無瀬兼成薨ず（『綜覧』）。兼成（永正十一年〜慶長七年、八十九歳）は三条西公条男、母は甘露寺元長女（『諸家伝』）。

●九月十九日、幽斎は古今集抄の写本を女房衆所に届ける。「古今集抄写を幽斎、女房衆所へ乳人を持たせ遣、一段きけ也、女房衆所持之拾遺愚草入箱タル也」（『智仁記』）とある。想像であるが、禁裏の女房衆所が智仁親王への古今伝授を知って、幽斎に古今集抄を所望したのであろうか。確かに「一段きけ」のことであろう。

●九月二十五日、智仁親王は『源氏物語』を見る（『智仁記』）。「源氏をみる」とある。二十六日、二十七日、十月三日、六日、二十日、二十二日、二十三日、二十六日等も同じ。
●九月二十八日、智仁親王は家康に江戸下向の餞別を贈る（『智仁記』）。「朝内府へ御下向之尺信ニ杉原十束、大弼・甚介ヲ遣、無対面トテ逗留也」とある。翌日「伏見ヨリ大弼・甚介帰る也、内府対面候也」とある。
●十月二日、徳川家康は、山城伏見を発し、江戸に帰る（『綜覧』）。
●十月二日、智仁親王は『古今抄正当流』の表紙を誂える（『智仁記』）。「古今抄正当流五冊、表紙を長三郎ニサスル也」とある。翌日「表紙とも出来也」とある。
●十月三日、第六皇子降誕（母掌侍藤原孝子、持明院基孝女）（『続史愚抄』）。後の妙法院堯然法親王である。
●十月三日、智仁親王は「古今集相伝之箱入目録」を作成する（『伝受資料』「古今集抄目録」）。
●十月四日、佐方之昌（宗佐）は八条宮に参る。「鳥大路・吉右衛門来」（『智仁記』）とある。明日の打ち合わせか。
●十月五日、智仁親王は古今集相伝之箱の書写校合を終え、幽斎に返却する。「古今集相伝之箱を幽斎へかへす役ハ乳人女房元方へ也、返候目録は有別紙」（『智仁記』）とある。「別紙」は三日の「古今集相伝之箱入目録」を指すものと思われる。
●十月八日、智仁親王は『和漢朗詠集』の点を写す。「朗詠ノ点ヲ写也」（『智仁記』）とある。
●十一月二日、幽斎は八条宮に参る（『智仁記』）。幽斎は『古今和歌集聞書』に奥書を加える（『古今伝受資料』「古今和歌集聞書」）。
●十一月三日、智仁親王は邸内に新造の書院に移る。「夜書院へ移徙スル也」（『智仁記』）とある。十二月三日に「晩ニ書院道具入ル也」とある。
●十一月四日、幽斎室と友松は八条宮に参る（『智仁記』）。ちなみに海北友松（天文二年～慶長十年、八十三歳）は浅

井家臣海北綱親の息で、十二月十五日「友松所へ銀子五枚、財物遣ス、道初ニ焼物二貝遣ス、使甚介」とあるのは、画料の支払か。十二月十八日にも「友松所へ押絵と料紙遣候」とある。

●十一月八日、幽斎は八条宮に参る。「幽斎来、阿野・積僧《尊雅》御出也、友松来宜也」（『智仁記』）とある。

●十一月十四日、春日祭を行わる、上卿大炊御門経頼参向、弁不参、奉行広橋総光（『続史愚抄』）。

●十一月二十一日、是より先、徳川家康は、山城伏見に学校を創建し、下野足利学校庠主元佶（閑室）を招請す、仍りて元佶は退院し、書院を建立す、是日、家康は之に木材を寄進す（『綜覧』）。

●十一月二十三日、嵯峨清涼寺は供養の為、曼荼羅供を行わる、阿闍梨大覚寺空性親王（『続史愚抄』）。

●十二月一日、幽斎は八条宮に参る（『智仁記』）。「幽斎・民部少輔対面了、阿野・小川坊城御出也」云々とある。

●十二月四日、山城方広寺大仏殿に火あり、本堂も新造大仏も焼失。「昼より大仏本堂本尊より火出、堂皆焼、照高院殿御寺皆やくる也」（『智仁記』）とある。同月六日「朝照高院へ御見廻ニ参、小袖二かさね進上ス」、十一日「照高院殿門迄御出也」とある。

●十二月七日、智仁親王は新書院にて当座会を催す。「新書院へ幽斎・沖長老・烏弁・民部少輔・烏大路当座……講師烏弁也」（『智仁記』）とある。

●十二月八日、勧修寺晴豊薨ず、五十九歳、号清雲院（『続史愚抄』）。

●十二月十九日、第五皇子をして、大覚寺に入室せしめらる（『綜覧』）。「大門様へ五宮の御方御入出、一歳、御母日野大納言輝資卿女輝子典侍也……大門様へ三荷三種進上ス」（『智仁記』）とある。後の尊性親王。

●是歳、佐渡・石見の鉱山、金銀を多く産出す（『綜覧』）。

慶長八年〔一六〇三〕癸卯　八歳　親王時代

●正月一日、四方拝を行い、小朝拝・元日節会を停む（『綜覧』）。

●正月三日、幽斎は八条宮に参る。海北友松らも参る。「幽斎来、馬・太刀持参也、……友松扇二本、道初茶巾持参ス」（『智仁記』）とある。

●正月三日、中院通村は庚申待に参内（『日件録』）。

●正月五日、叙位なし（通常の叙位任官は省くので、以下叙位の項目自体も省く）。正親町院聖忌、御経供養を般舟三昧院にて行わる、公卿持明院基孝以下二人参仕、奉行広橋総光（『続史愚抄』）。

●正月五日、中院通勝は秀賢より清原宣賢自筆『惟清抄』を借用（『日件録』）。宣賢は秀賢の高祖父、幽斎の外祖父に当る。

●正月七日、中院通勝・通村は甲子待につき参内（『日件録』）。

●正月八日、太元護摩始、堯円勤仕歟（『続史愚抄』）。十四日結願。

●正月八日、里村昌叱・昌琢父子は八条宮に参る。「昌叱筆持参、昌琢同道」（『智仁記』）云々とある。

●正月九日、中院通勝は八条宮に参る。「四条・上下冷泉父子・山科内蔵頭・中院侍従御出也、阿野両度御出也、入夜西三条御出、不能対面」（『智仁記』）とある。

●正月十日、通勝は八条宮に参る。「中院入道、源蔵人、沖長老一束一花持参也、民部少輔来、幽斎へ来十四日当座興行可催由、申遣也」（『智仁記』）とある。

●正月十一日、智仁親王は通勝と歌題につき談合する。「来十四日歌会題、也足へ談合ス、兼題松添栄色」（『智仁記』）とある。

●正月十五日、三毬打あり（『綜覧』）。

●正月二十二日、中院通勝は積善院星供歌会に出詠（『智仁記』）。積善院は聖護院の子院。尊雅（後号四王院）は万里小路惟房の次男（高松宮本『万里小路家系図』）。尊雅は『智仁記』に「積僧」として頻出する。

●正月二十三日、幽斎は女房衆所へ物を贈る。「幽斎、女房衆所へ乳人使ニテ樽遣也、入夜、鳥大路、吉右衛門来也、対面了」（『智仁記』）とある。

●二月一日、智仁親王は幽斎に歌を見せに遣す。「発句・歌思案ス、則幽斎所へみせに遣也、吉右衛門来」（『智仁記』）とある。

●二月三日、当座和歌御会（『綜覧』）。「御当座五十首也、照高院・妙法院・聖護院・曼殊院・公家衆十五六人也」（『智仁記』）。題は未詳、飛鳥井雅庸出題、披講なし（『続史愚抄』）。

●二月六日、連歌御会（『綜覧』）。「御発句御製也、人数妙法院、聖門、仏門、智仁、中院入道、西洞院、鷲尾、五辻、水無瀬、左馬頭、阿野、藪、猪熊、執筆飛鳥井中将也」（『智仁記』）。

●二月九日、禁中御連歌。「禁中御連歌アリテ伺公ス、御発句御製也」（『智仁記』）。

●二月十二日、内大臣徳川家康を右大臣に任じ、征夷大将軍、源氏長者、淳和・奨学両院別当と為し、牛車・兵杖を聴す、広橋兼勝・勧修寺光豊を山城伏見に遣して、宣旨を賜う、広橋兼勝・勧修寺光豊を武家伝奏と為す（『綜覧』）。上卿広橋兼勝、奉行烏丸光広（『続史愚抄』）。

●二月十三日、二百韻連歌御会（『綜覧』）。

●二月二十一日、春日祭を行わる、上卿烏丸光宣参向、弁不参、奉行烏丸光広（『続史愚抄』）。

●二月二十二日、神宮奏事始、伝奏西園寺実益、奉行烏丸光広（『続史愚抄』）。

●二月二十五日、東大寺三倉開封の為に勅使参向、是れ宝蔵修理畢る故と云う（『続史愚抄』）。

●二月二十六日、主上御厄年（御年三十二）に依り、近臣等、因幡薬師詣であり、密儀、毎月の事なり、如例（『続史愚抄』）。
●三月一日、近臣に御苑の花を拝観せしめらる（『綜覧』）。
●三月三日、山科言緒に、連歌執筆指南の為め、宸翰連歌一巡を賜う（『綜覧』）。
●三月十三日、稲荷御輿迎、広橋総光は祭を社家に付さる綸旨を白川雅朝に書き下す（『続史愚抄』）。
●三月十七日、今日より（七箇日歟）、修法を清涼殿にて行わる、阿闍梨聖護院道勝親王、奉行坊城俊昌（『続史愚抄』）。
●三月十八日、女御前子、皇子を降誕（第七、去る夜亥刻と雖も今日の分に為すと云う）（『続史愚抄』）。後の済祐、高松宮好仁親王である。
●四月一日、是より先、『白氏文集』中より「五妃曲」を選出し、一字板を以て印行せしめらる、是日、之を山科言経・西洞院時慶等に分ち賜う（『綜覧』）。
●四月十一日、松尾祭を社家に付さる、広橋総光は綸旨を白川雅朝に書き下す（『続史愚抄』）。
●四月十七日、政仁親王、書を西洞院時慶に習わせらる（『綜覧』）。
●四月十九日、家康の奏請に依り、本因坊算砂等を、黒戸御所に召し、囲碁を御覧ぜらる（『綜覧』）。
●四月二十二日、勅使広橋兼勝・勧修寺光豊を大坂に遣し、豊臣秀頼を内大臣に任ず（『綜覧』）。
●四月、是月、出雲の巫女国は、京都に至り、歌舞妓躍を演ず、尋で、諸国に行はる（『綜覧』）。
●五月二日、智仁親王は聖護院連歌会に参る（『智仁記』）。
●五月六日、女御近衛氏、歌舞妓躍を催し、女院を饗せらる（『綜覧』）。
●五月十一日、冷泉為満亭月次和歌会始（『綜覧』）。
●六月十九日、御虫払、西洞院時慶・舟橋秀賢等に、御書籍の分類を命ぜられる、また御当座和歌あり（『綜覧』）。

●六月十九日、中院通勝・通村は禁中御虫払につき参内。今日より三日間（『史料』）。
●七月二十四日、連歌師里村昌叱没す（『綜覧』）。
●七月二十八日、徳川秀忠の女千姫は山城伏見より、大坂城に入輿す（『綜覧』）。
●八月十一日、豊臣秀頼の婚儀に依り、太刀・馬を賜う、明日、公家衆は大坂城に至り、之を賀す、諸門跡もまた賀す（『綜覧』）。
●八月十七日、家康は、狩野光信をして、京都及び大内裏の図を、秀忠の殿舎の障屏に描かしむ（『綜覧』）。
●九月二日、禁裏外様番の壁書五条を定む（『綜覧』）。
●九月十三日、舟橋秀賢は、五山の僧の為に、『論語』を講ず（『綜覧』）。
●十月、幽斎は烏丸光広に古今伝授証明状を授与（横井金男『古今伝授沿革史論』）。
●十一月三日、豊臣秀吉の後室杉原氏に、高台院の号を賜う（『綜覧』）。
●十一月二十日、春日祭を行わる、上卿日野輝資参向、弁不参、奉行広橋総光（『続史愚抄』）。
●十一月十四日、女院御所新造の御文庫竣り、御宴あり、之に臨ませらる（『綜覧』）。
●十一月十六日、禁裏建保名所百首当座和歌御会（『史料』）。天皇、智仁親王、道澄准后、道勝親王、最胤親王、良恕親王、近衛信尹、素然、烏丸光広、水無瀬氏成、西洞院時慶、山科言経、三条西実条、阿野実顕ら人数二十五人、出題近衛左府。
●十二月六日、家康は右大臣を辞す、征夷大将軍は元のごとし（『続史愚抄』）。
○十二月十七日、政仁親王御所煤払、中院通村は伺候（『日件録』）。
●十二月、是月、幕府は、京都盗賊多きに依り、十人組の制を定む（『綜覧』）。
●是歳、通勝は本年秋頃から九年にかけて水無瀬亭・海北友松亭等で、『岷江入楚』をもとに源氏物語を講釈す

るか。中院本『岷江入楚』四冊（中院Ⅴ三三）は通勝自筆本と思われ、空蟬・夕顔、末摘花・紅葉賀巻のみの残欠四冊本である。空蟬巻に「慶長八十一九於水無瀬読之時……」、夕顔巻に「慶長九十十一」、紅葉賀巻に「慶長九十廿一於友松」とある。

●是歳、林信勝（羅山）は『論語集註』を京都に講じ、其の勅許を得ざるに依り、明経博士舟橋秀賢の為に難ぜらる（『綜覧』）。

慶長九年〔一六〇四〕甲辰　九歳　親王時代

●正月一日、四方拝・吉書始あり、小朝拝・元日節会を停む（『綜覧』）。

●正月二日、智仁親王は幽斎に試筆の歌発句を遣す（『智仁記』）。

●正月五日、中院通勝・通村、細川幽斎、友松らは八条宮に参る（『智仁記』）。

●正月七日、七種粥を供ず、白馬節会停む（『綜覧』）。

●正月八日、太元護摩始、小御所にて行わる、阿闍梨尭円（『続史愚抄』）。十四日結願。

●正月十日、下野足利学校庠主禅珠（龍派）は、『貞観政要』点本を幕府に進む（『綜覧』）。

●正月十三日、幕府、大坂の人某に、安南渡航の朱印を与う、尋で、末次平蔵等にも亦、之を与う（『綜覧』）。

●正月十五日、小豆粥を供ず、三毬打あり（『綜覧』）。「朝晴従昼時々雪アラレフル、サキツチャウ三門アリ」（『智仁記』）とある。

●正月十六日、踏歌節会を停む（『綜覧』）。御忌月に依りてなり（『続史愚抄』）。

●正月十六日、飛鳥井雅庸は八条宮に歌会の題を届ける（『智仁記』）。

●正月二十日、連歌御会始（『綜覧』）。「禁裏ニ御連歌アリテ伺公、御人数、御製、智仁、道澄、信尹、常胤、道勝（興意）、良恕、兼勝、素然、雅庸、光豊、執筆実顕也、六時ニ満座」（『智仁記』）とある。
●正月二十一日、冷泉為満亭月次和歌会始（『綜覧』）。
●正月二十三日、通勝・通村父子は曼殊院月次歌会に参る（『智仁記』）。
●正月二十五日、通勝・通村父子は禁裏御連歌会に参る（『智仁記』）。
●正月二十七日、智仁親王は大坂に下向する（『智仁記』）。
●正月二十八日、智仁親王は登城して秀頼に礼物を贈る（『智仁記』）。
●二月八日、蹴鞠・囲碁・将棋・楊弓・謡等の御遊あり、親王・公家衆・門跡等に宴を賜う（『綜覧』）。
●二月八日、幽斎は『闕疑抄』の書写を三刀谷三省に許し、奥書を加える（『藤孝事記』）。
●二月十日、山科言緒は連歌会を催す（『綜覧』）。
●二月十二日、神宮奏事始、伝奏西園寺実益（『続史愚抄』）。
●二月十二日、三百韻連歌御会（『綜覧』）。
●二月十五日、春日祭を行わる、上卿広橋兼勝参向、奉行坊城俊昌、今日広橋総光社参と雖も弁役に従わず、不参分なり、是れ去る天正六年より弁不参故と云う（『続史愚抄』）。
●二月二十一日、通勝、通村は持明院基孝亭長橋御局勾当内侍基子夢想法楽続歌三十首歌会に出詠（『日件録』）。
●二月二十二日、通勝、通村は禁中水無瀬宮御法楽当座五十首御会に出詠（『日件録』）。
●二月二十九日、皇子（第八歟）降誕（母典侍源具子、庭田重通女）（『続史愚抄』）。のちの知恩院良純親王か。八宮と称す。ただし『紹運録』では三月二十九日誕生とある。
●二月、是月、薩摩鹿児島城主島津忠恒の伯父龍伯（義久）は、書を琉球王尚寧に遣りて、其の怠慢の罪を責め、

来聘を促す（『綜覧』）。

●三月一日、三条西実条の発起により、後陽成天皇より『源氏物語』御講釈の勅定ある。聴聞衆、通村、烏丸光広、阿野実顕、舟橋秀賢ら。講釈は四月六日から十月十八日まで十六回ある（『史料』）。

●三月十五日、冷泉為満・山科言緒・舟橋秀賢等、尾張に行き、是日、熱田宮に法楽和歌会を興行す（『綜覧』）。

●三月十九日、千句連歌御会（『綜覧』）。

●三月十九日、稲荷御輿迎、広橋総光は稲荷祭を社家に付さる綸旨を白川雅朝に書き下す（『続史愚抄』）。

●三月、是月、薩摩鹿児島城主島津忠恒の父惟新（義弘）は、帰化朝鮮人朴平意等をして、同国苗代川村に窯を築かしめ、製陶のことを奨励す（『綜覧』）。

●四月八日、幽斎弟南禅寺元冲は、『錦繍段』を進講す。通村ら聴聞（『史料』）。

●四月十一日、稲荷祭（『続史愚抄』）。

●四月十六日、舟橋秀賢は大坂に行き、豊臣秀頼に謁して『三略』を贈り、また肥後熊本城主加藤清正の新造の巨船を見る（『綜覧』）。

●四月二十八日、飛鳥井雅庸は古今伝授を照高院道澄に受け、是日、竟宴和歌会を催す（『綜覧』）。

●五月三日、幕府は、始めて京都・和泉堺・肥前長崎に糸割符《いとわっぷ》年寄を置き、糸貿易の制規を定む（『綜覧』）。

●五月五日、端午の儀、如例。通村参内（『日件録』）。

●五月十四日、中院通村は甲子待につき参内（『日件録』）。

●五月十八日、中院通勝・通村は曼殊院宮にて正覚院の法談を聴聞（『日件録』）。

●五月二十八日、主上御悩あり（癰を御臍上に発すと云う）、因て御灸あり、此の事兼て議あり、而して中院通勝例有る由申す故と云う（『続史愚抄』）。

●五月、御霊社別当祐能が古今伝授日時として「一、十日かのとさる、一、時ひつし」を勘申する。右は中院文書『御霊社法印祐能御伝授日次』一通（七一―二三一）による。
●六月十日、家康は、山城伏見より二条城に入る、公家衆、之を訪う（『綜覧』）。
●六月十一日、通勝は細川幽斎より古今伝授証明状を授与される（京都大学中院文書「幽斎古今伝授書」）。
●六月二十七日、家康は、京都相国寺の学校に臨む（『綜覧』）。
●七月七日、通勝は舟橋秀賢より『礼書』勅物全本十冊箱入を借用（『日件録』）。
●七月十一日、通勝は自作の謡『武王殷紂征伐』につき秀賢と談合。秀賢に批評を求む（『日件録』）。
●七月十一日、照高院道澄は、連歌を張行す（『綜覧』）。
●七月十七日、秀忠の次子、江戸城に生る、家康は之に竹千代（家光）と名けしむ、幕府は、稲葉重通の養女斎藤氏（春日局）を召して、竹千代の乳母と為す（『綜覧』）。
●七月二十四日、陽光院御忌、御経供養を般舟三昧院にて行わる、公卿花山院定熙以下三人参仕、奉行広橋総光（『続史愚抄』）。
●八月六日、禁中蹴鞠あり（『日件録』）。
●八月十五日、京都の民、豊国神社臨時祭に躍りを催し、天皇、女院は紫宸殿にてこれを御覧になる（『史料』）。
●八月十六日、神楽を豊国社にて行わる、所作人堂上地下等参向、恒の如しと云う、奉行烏丸光広（『続史愚抄』）。
●八月十八日、豊国社祭を始む（十八日歟）（『続史愚抄』）。
●八月十八日、舟橋秀賢の発起により、冷泉為満亭にて『詠歌大概』講談始まる。今夜、序の分（『日件録』）。
●八月二十六日、幕府は、薩摩鹿児島城主島津忠恒・角倉了意・今屋宗忠等に、東京・大泥・暹邏・順化・柬埔寨・西洋・迦知安等渡航の朱印を与う（『綜覧』）。

●閏八月三日、秀賢は冷泉為満、山科言緒と共に家康を二条城に訪ね、家康の問いに対し、新注の義理は精緻であるが却て浅く、古注の義は精しくないが却て道心深き処を得と答問（『日件録』）。

●閏八月十一日、三条西実条は幽斎に古今伝授誓紙を提出（『古今伝授誓紙等』一綴「三条宰相中将殿誓詞」）。

●閏八月十二日、是より先、呂宋国王郎敝洛黎勝君迎、書を幕府に呈し、耶蘇教を弘通せんことを請う、是日、家康は其の使者を引見す（『綜覧』）。

●閏八月二十日、中院家月次歌会。会衆、白川雅朝・顕成、中御門資胤・宣衡、鷲尾隆尚、飛鳥井雅賢、甘露寺豊長、清閑寺共房、高倉嗣良、竹内三十郎（三条正親町実有舎兄）、要法寺僧本地院大蓮坊、秀賢ら。不出三条正親町実有（『日件録』）。

●閏八月二十七日、三百韻和漢聯句御会（『綜覧』）。

●九月三日、和漢千句御会（『綜覧』）。

●九月八日、禁中当座和歌御会、蹴鞠あり（『史料』）。

●九月二十七日、琉球王尚寧は中村親雲上をして、薩摩に聘問せしむ、是日、薩摩鹿児島城主島津忠恒の父惟新（義弘）は答書を与えて、之を帰す（『綜覧』）。

●九月、是より先、肥前長崎の地は、耶蘇教盛に行われ、仏寺尽く廃絶するに依り、一向宗の僧道知、奉行小笠原一庵等と共に、正覚寺を創建す（『綜覧』）。

●十一月八日、春日祭、上卿花山院定熙参向、弁不参、奉行烏丸光広（『続史愚抄』）。

●十一月十二日、子祭を為す、鷲尾隆尚、園基継等林歌を弾ず（倶に筝）（『続史愚抄』）。

●十一月十八日、准后前関白九条兼孝落飾、法名玖山円性（五十二歳）（『続史愚抄』）。

●十一月十九日、当座百首和歌御会（『史料』）。天皇、道澄、道勝、信尹、素然（通勝）、実条、飛鳥井雅庸ら。

●十一月二十三日、通村は竹内孝治亭の月待に古筆『和漢朗詠集』一巻を持参する。秀賢は驚目し、行成筆と推断する（『日件録』）。

●十二月二日、来年正月正親町院十三回聖忌の奉為に（御忌日正月五日、而して引上らる）、今日より五箇日、法華八講を清涼殿にて行わる（宸筆御経に准ぜらる歟）、行事上卿九条忠栄、弁坊城俊昌、奉行広橋総光、伝奏烏丸光宣（『続史愚抄』）。六日結願。

○十二月十三日、儲皇親王（御年九、政仁）は小御所にて御読書始あり（御書孝経歟）、舟橋国賢は之を授け奉る、その後、御剣・馬等を給う（『続史愚抄』）。舟橋国賢は政仁親王読書始に『孝経』を授読（『日件録』）。国賢の講義は初回のみ。なお後水尾院御撰とされる『逆耳集』は、実は国賢著らしい（辻善之助「後水尾天皇宸翰逆耳集について」）。

●十二月十六日、東海・東山・南海・西海諸国の地震い海溢る、人畜・家屋、損傷するもの多し（『綜覧』）。年来天変地異多く、この年だけでも二月十二日京都地震、三月四日京都大雷雨、三月二十九日太陽の周辺に飛雲、四月二十三日関東大風雨・洪水、五月六日京都地震、六月十三日京都地震、六月炎旱、七月五日近江大雷雨、七月六日山城大雷雨、七月十三日土佐大風雨・洪水、七月十七日京都地震、八月四日京都地震、畿内・南海・東海・東山の諸国大風、九月二十一日陸奥津軽大風、十一月十一日京都地震と打続いた挙句の東海南海西海連動大地震である。

○十二月十七日、秀賢は政仁親王に『孝経』を授読（『日件録』）。秀賢の講義は翌年二月より連綿と続く。紹介を省く。就いて見られたい。

●是冬、京都相国寺の円光寺元佶（閑室）は、家康より与えられたる印字を以て、『六韜』を印行す（『綜覧』）。なお円光寺活字については、『円光寺所蔵伏見版木活字関係歴史資料調査報告書』（京都府教育委員会、平成四年）な

どを参照されたい。

●是歳、幕府は、東海・東山・北陸等の諸街道を修理し、始めて一里塚を築く（『綜覧』）。

慶長十年〔一六〇五〕乙巳　十歳　親王時代

●正月一日、四方拝・小朝拝・元日節会等なし、御悩に依ると云う（『続史愚抄』）。

●正月七日、白馬節会なし、御悩に依ると云う（『続史愚抄』）。

●正月八日、太元護摩始、阿闍梨堯円（『続史愚抄』）。十四日結願。

●正月十六日、踏歌節会なし、御忌月に依るなり（『続史愚抄』）。

●正月十九日、第七皇子済祐（後の好仁親王）は三歳にして興意法親王の付弟となり、聖護院に入寺。中院通勝、白川雅朝、舟橋秀賢ら供奉（『日件録』）。

●正月二十一日、冷泉為満亭和歌会（『日件録』）。

●正月二十二日、女御近衛氏は、聖護院に臨まる（『綜覧』）。

●正月二十三日、『宇津保物語』の完本を訪求せらる（『綜覧』）。

●正月二十三日、通村は秀賢亭を訪れ、『松浦宮物語』の書写を依頼（『日件録』）。

●正月二十四日、通村は秀賢亭を訪れ、公卿寄合書『松浦宮物語』の完成を報告する。初巻一帖は秀賢筆（『日件録』）。

●二月三日、春日祭、上卿万里小路充房、弁不参、奉行広橋総光（『続史愚抄』）。

●二月七日、京都地震（『綜覧』）。ちなみに今年も三月十五日京都地震、七月十二日京都地震、九月十五日八丈島の西山噴火、十月十八日山城地震、十一月二十七日京都地震、十一月浅間山噴火と続く。

●二月八日、和歌御会始（『綜覧』）。
●二月十日、豊臣秀頼よりの短冊五十枚執筆依頼を受け、船橋秀賢は中院通村、冷泉為満らに各十枚づつ配る（『日件録』）。
●二月十一日、秀賢は冷泉為満亭で定家奥書・為家筆『新勅撰集』を一覧（『日件録』）。
●二月十三日、連歌御会始、尋で、また連歌御会あり（『綜覧』）。
●二月十八日、秀賢は通村に、手本一巻が多分行成筆であろうと申し遣す（『日件録』）。
●二月十九日、甲子待、当座和歌御会、及び御遊あり（『綜覧』）。
●三月十三日、連歌御会（『綜覧』）。
●三月二十一日、徳川秀忠上洛し、伏見城に入る。秀賢は路次の行粧に目を驚かす。前後の騎馬三千騎余か（『日件録』）。
●三月二十九日、秀忠参内。参会衆、通勝、通村、雅朝、光広、秀賢ら（『日件録』）。
●三月、是月、家康は、活字版を以て『東鑑』を印行す（『綜覧』）。
●是春、我商船の呂宋・東京等に航する者あり、一隻の帰り来るなし（『綜覧』）。
●四月五日、家康は、京都相国寺の円光寺元佶（閑室）をして、活字版を以て『周易注』を印行せしむ（『綜覧』）。
●四月七日、家康は、征夷大将軍職を辞し、子秀忠を之に代えられんことを奏請す（『綜覧』）。
●四月十三日、神龍院梵舜は『源氏系図』を考定し、家康に贈る（『史料』）。
●四月十六日、征夷大将軍徳川家康を罷め、秀忠を征夷大将軍と為し、内大臣を兼ねしめ、正二位に叙し、淳和院別当に補し、牛車・兵仗を聴す、家康の源氏長者・奨学院別当、故の如し（『綜覧』）。上卿勧修寺光豊、職事広橋総光（『史料』）。

●四月二十六日、秀忠参内し、宣下の恩を謝す。参会衆、通勝、通村、雅朝、光広、秀賢ら（『史料』）。
●四月二十六日、今暁寅刻、女御前子第八皇子を降誕（第九と為すべき歟、而て第八と云う、考うべし）（『続史愚抄』）。後の一条兼遐（昭良）である。『紹運録』では、九宮と称すとある。
●五月一日、諸大名は山城伏見城に至り、秀忠に将軍宣下を賀す（『綜覧』）。
●五月十一日、幕府は、浦井宗普・肥前日野江城主有馬晴信に、呂宋・柬埔寨渡航の朱印を与う、尋で、平野孫左衛門等にも亦、之を与う（『綜覧』）。
●五月十五日、秀忠は江戸に帰らんとし、山城伏見城を発す（『綜覧』）。
●五月十六日、秀賢は通村より藤原行成真筆の『和漢朗詠集』を借り寄せ臨写。二十一日、『和漢朗詠集』下一巻を返進（『日件録』）。
●五月二十三日、秀賢は通村に『大学』を授読（『日件録』）。
●六月十日、禁中曝涼につき通勝、通村参仕（『日件録』）。
●六月十一日、神龍院梵舜は『謡抄』を家康に贈る、尋で、『神祇道服忌令』を録進す（『綜覧』）。
●六月十五日、所司代板倉勝重は、京都の辻斬を捕えんとし、堂上の諸家をして、召抱うる相撲取を検索せしむ、尋で、勝重は市中を巡視す（『綜覧』）。
●六月二十八日、豊臣秀吉の後室高台院（杉原氏）は、先に建立せる京都寺町康徳寺を、山城東山に移し、規模を拡張し、改めて高台寺と号す、工竣るに依り、是日、之に移る（『綜覧』）。
●七月一日、幕府は、薩摩鹿児島城主島津忠恒に安南渡航の朱印を与う、尋で、舟木弥四郎にも亦、之を与う（『綜覧』）。
●七月四日、舟橋秀賢は豊臣秀頼を大坂城に候す、秀頼は請いて、『憲法』『呉子』等の講義を聞く（『綜覧』）。

●七月六日、禁中御目出度事につき、通村ら内々衆三十人参内（『日件録』）。
●七月八日、通村は秀賢に朗詠古筆と行成卿真筆一軸の一覧を勧める（『日件録』）。
●七月二十一日、家康は、山城伏見より上京し、二条城に入る、尋で家康は、林信勝（羅山）を二条城に召見す（『綜覧』）。
●八月六日、幕府は、禁中の規模を拡張し、新殿を造営せんとす、是日、家康は、公家衆と左右京図を閲し、また其の境地を巡視し、尋で、所司代板倉勝重をして、之を区画せしむ（『綜覧』）。
○八月九日、後陽成天皇は譲位を決意し、それに先立つ立太子の儀につき諮問のため、通勝に宸翰消息を送る。中院文書『後陽成院宸翰』一通（中院文書七一―四〇七）がそれにあたるか。
●八月十一日、第四皇子（御年七）石山寺に参詣、六百人を召し具すと云う（『続史愚抄』）。第四皇子は、近衛信尋。八月二十七日・二十八日条参照。
●八月十六日、冷泉為満の次子為賢に、藤谷の家号を賜う（『綜覧』）。
●八月十七日、二条城に乱舞あり、公家衆及び神龍院梵舜等、参会す、家康は梵舜に諸社のことを諮問す（『綜覧』）。
○八月二十一日、政仁親王は、『大学』を舟橋秀賢に受けらる（『綜覧』）。
●八月二十一日、幕府は、禁裏を増築せんとし、公家衆・門跡の亭舎を収め、之に代地及び営築の料を与う（『綜覧』）。
●八月二十七日、今上第四皇子（御年七、母女御前子）を関白近衛信尹の養子と為し、名字信尋元服す、即ち正五位下禁色・雑袍等宣下（口宣歟）あり、この日、信尹に准三宮宣下あり、上卿花山院定熙、奉行広橋総光（『続史愚抄』）。別史料では二十八日の事とする。
●八月二十八日、是より先、第四皇子は関白近衛信尹の嗣となり、是日、元服して信尋と名けらる、仍りて正五

位に叙し、禁色・雑袍・昇殿を聴し、また信尹を准三宮と為す（『綜覧』）。

●九月二日、神龍院梵舜に、二十二社の神号、勧請由来等を勅問あらせらる（『綜覧』）。

●九月三日、幕府は、角倉了以・波屋助右衛門に、東京渡航の朱印を与う（『綜覧』）。

●九月九日、重陽和歌御会、題は菊有傲霜枝（『続史愚抄』）。

●九月十一日、武家伝奏を山城伏見城に遣し、宸筆『薫香方』を家康に賜う（『綜覧』）。

●九月十三日、幕府は、呂宋人に答書を与え、其の請を容れて、毎歳商船四艘の通航を許す（『綜覧』）。

●九月十六日、内裏千首当座和歌御会。参会衆、後陽成天皇、政仁、智仁、信尹、道勝、尊政、最胤、良恕、素然、雅朝、時慶、実顕、光広、通村、為満、雅庸、実条ら全三十六名。書陵部本（五〇一―九二四）の巻末の入集歌数一覧によれば、通勝は、天皇、信尹と共に、五十五首採られている。通村は十八首入集。題は千首の基本である為家千首題である。なお『慶長千首』については、島原泰雄・鈴木健一・湯浅佳子編『近世堂上千首和歌集』上下（平成九年～十年、古典文庫）などを参照されたい。

●九月十九日、是より先、柬埔寨国王浮勝王嘉、書翰・方物を幕府に呈す、是日、家康は之に答う（『綜覧』）。

●九月二十四日、京都相国寺の円光寺元佶（閑室）は、先に家康の命に依りて印行せる『周易注』を献ず（『綜覧』）。

●九月下旬、通村は『源氏物語』の内、花宴巻を書写校合する。柿衛文庫本は五十冊（四冊欠）、その内、花宴、須磨、絵、竹河の四冊は伝通村筆である。臨写本であるから、通村の筆勢は表面に現れておらず、通村筆かどうか断定はしにくい。花宴の元奥書に、享禄三年実隆奥書と慶長十年通村奥書がある。

●九月、是より先、安南国大都統阮潢、書及び方物を、幕府及び家康の老臣下野小山城主本多正純に贈る、是に至り、家康は復書して、長刀・太刀を贈る（『綜覧』）。

●十月一日、神宮奏事始あり、伝奏西園寺実益（『続史愚抄』）。

●十月十八日、山城地震（『綜覧』）。
●十月二十一日、百首当座御会。十人各十首（『日件録』『史料』）。天皇、龍山、道澄、良恕、信尹、素然、雅庸、実条、光広、為満。
●十月二十八日、政仁親王及び女御近衛氏は、山城聖護院に臨まる（『綜覧』）。
●十一月一日、舟橋秀賢は、謡本を書して、政仁親王に上る（『綜覧』）。
●十一月四日、春日祭を行わる、上卿持明院基孝（八十六歳）参向、弁不参、奉行坊城俊昌（『続史愚抄』）。
●十一月七日、舟橋秀賢は、『孝経』を進講す（『綜覧』）。
●十一月十一日、政仁親王及び女御近衛氏は、近衛龍山（前久）亭に臨まる（『綜覧』）。
●十一月十七日、神祇伯雅朝王を罷め、子顕成を之に任ず（『綜覧』）。
●十一月十八日、天皇の源氏物語講釈。通村ら聴聞（『史料』）。
●十一月十九日、通勝は「親王宣下条々」を作成し、源少将に送る（書陵部蔵通勝書状）。
●十一月二十日、通村は秀賢に定家筆跡の懸物を見せる（『日件録』）。
●十一月二十九日、伏見宮邦房《くにのぶ》親王の若宮を親王と為し、御名を貞清と称せらる、尋で、御元服あり（『綜覧』）。
翌月、伏見無品貞清親王（十一歳、邦輔親王男）元服（里内にてなり）、即ち兵部卿に任ず（『続史愚抄』）。
●十二月二日、曼殊院覚恕三十三回忌法会の為め、品経の勅題を公家衆に賜い、和歌を詠進せしめらる（『綜覧』）。
●十二月十五日、大山、南海に湧出す、八丈島辺と云う（『続史愚抄』）。
●十二月十九日、当座和歌御会。通勝、雅朝は点を受く（『史料』）。
●十二月二十二日、吉田兼見をして、『古事記』『旧事記』を上らしめらる（『綜覧』）。
●是歳、是より先、煙草渡来し、是に至りて、頗る行はる（『綜覧』）。

慶長十一年〔一六〇六〕丙午　十一歳　親王時代

●正月一日、四方拝あり、奉行中御門宣衡、小朝拝・元日節会等なし（『続史愚抄』）。

●正月一日、通勝は秋田実季蔵藤原佐理筆巻物に加証奥書（『史料』）。

●正月六日、天皇は御製に対する道澄や信尹の批評が正しいのかどうか、通勝に諮問のため宸翰消息を送る。中院文書『後陽成院宸翰』一通（七一―四〇六）がそれにあたる。

●正月七日、白馬節会を停む（『綜覧』）。御忌月に依りてなり（『続史愚抄』）。十六日、踏歌節会を停む（『綜覧』）。

●正月八日、太元護摩始（小御所にてなり）、阿闍梨堯円、奉行中御門宣衡（『続史愚抄』）。十四日結願。

●正月十三日、冷泉為満・山科言緒らは、江戸に行く（『綜覧』）。

●正月二十二日、舟橋秀賢は政仁親王に『論語』を授読す（『日件録』）。

●正月、是より先、呂宋の商船、薩摩に来航し、風浪の為め破損す、鹿児島城主島津忠恒の父惟新（義弘）、新に船を給し、且つ其の国王に報ずる返翰を付して帰らしむ（『綜覧』）。

●二月四日、是より先、禁裏増築の為め、舟橋秀賢の亭地を収めしに依り、是日、銀及び竹木を賜う（『綜覧』）。

●二月二十二日、神宮奏事始、伝奏西園寺実益、奉行坊城俊昌（『続史愚抄』）。

●三月一日、幕府は、江戸城増築の工を起す、伊予宇和島城主藤堂高虎をして、之を規画せしむ（『綜覧』）。

●三月十五日、春日祭を行わる、上卿勧修寺光豊参向、弁不参、奉行中御門宣衡（『続史愚抄』）。

●三月二十三日、石清水仮殿遷宮日時を定めらる、上卿広橋兼勝、奉行万里小路孝房（『続史愚抄』）。

●三月二十五日、亥刻、石清水仮殿遷宮、行事坊城俊昌参向（『続史愚抄』）。

●三月二十七日、幕府は、鹿児島城主島津忠恒をして、外舶の領内に来るものは、肥前長崎奉行長谷川藤広の指

揮を待ちて処置せしむ（『綜覧』）。
●四月二十八日、家康は参内し、歳首を賀し奉る、また武家官位は、悉く幕府の吹挙に依らんことを奏請す（『綜覧』）。
●四月、是月、肥前長崎奉行長谷川藤広、赴任す（『綜覧』）。
●五月十三日、和歌御会始、題は寄道祝世、奉行勧修寺光豊（『続史愚抄』）。
●五月十八日、冷泉中将（為満）は越前中納言（結城秀康）に定家卿真筆三代集之抜書を見せしむ（『日件録』）。
●五月十九日、百首和歌御会。十人各十首。通勝ら（『史料』）。天皇、智仁、龍山、道澄、道勝、素然、雅庸、実条、光広。
●六月六日、家康は、前に京都相国寺の円光寺元佶（閑室）に命じて作らしめたる銅印字大小九万千二百六十一顆を献ず（『綜覧』）。
●六月十七日、家康は、薩摩鹿児島城主島津忠恒に偏諱を与え、家久と改めしむ、尋で、家久は琉球国の久しく入貢の礼を闕くに依り、之を征せんことを請う、幕府、之を許す（『綜覧』）。
●六月十九日、禁中御書籍虫払。通勝、通村、雅朝ら（『日件録』）。
●六月二十四日、幕府は、禁裏増築に依り、山科言経・冷泉為満の亭地を収め、尋で、代地及び移転の資を与う（『綜覧』）。
●六月二十五日、天皇は、源氏物語絵合の一場面に関連する指図が適当かどうか諮問のため、通勝に宸翰消息を送る。中院文書『後陽成院宸翰』一通（七一―四〇五）がそれにあたり、『宸翰英華』に文面と解説が載る。
●七月二日、幕府は、禁裏の増築及び仙洞御所造営の工を起し、越前北荘城主結城秀康をして、其の工事を督せしむ、尋で、秀康病むに依り罷む（『綜覧』）。後陽成天皇の譲位と政仁親王即位の伏線であろう。

●七月二十七日、家康は山城伏見より二条城に入る、明日、神龍院梵舜、之に候す、家康は梵舜に山稜のことを問う（『綜覧』）。
●七月、是月、家康は、『武経七書』を印行せしむ（『綜覧』）。
●八月二日、『百人一首』を講ぜらる（『綜覧』）。
●八月六日、幕府は、角倉了以に東京渡航の朱印を与う（『綜覧』）。
●八月十五日、幕府は、占城・柬埔寨二国の渡航朱印を出す、家康は書を占城国王に遣りて、奇楠香を求め、また大泥国王及び柬埔寨国宰臣握雅老元輔等に復書す（『綜覧』）。占城は南ベトナムのチャンパ王国。
●八月、藤原粛（惺窩）は、紀伊和歌山城主浅野幸長の招きに応じて、紀伊に赴く（『綜覧』）。
●八月、是より先、京都の人角倉了以は、幕府の請いて、山城大井川を疏し、丹波の舟路を通ず、是に至りて、其の工竣る（『綜覧』）。
●八月、三十首和歌を詠進するよう、智仁、龍山、信尹、道勝、素然、光広、氏成に勅命あり、十一月中に各々詠進する（今治河野本『三十首和歌［慶長十一年］』一冊、北畠親顕筆）。
●九月八日、天皇の源氏物語講釈。十三日、十八日にも有り（『史料』）。
●九月十四日、神龍院梵舜は、『論語抄』及び『玉篇』を家康に贈る（『綜覧』）。
●九月十五日、幕府は、呂宋・西洋・安南・柬埔寨及び暹邏諸国渡航の朱印を出す、家康は呂宋・安南二国に復書し、また書を柬埔寨・暹邏二国に遣りて、奇楠香・鉄砲を求む、尋で秀忠も亦、呂宋国に復書す（『綜覧』）。
●九月、内大臣秀忠は職を辞す、征夷大将軍は元の如し（『続史愚抄』）。
●九月二十三日、幽斎は岡平兵衛尉に『書札認様』一冊の書写を許し、奥書を加える（『藤孝事記』）。
●九月、天皇は先日の源氏物語講釈に対する感想を通勝に求め、かつ蛍巻校合の打合せのため宸翰消息を送る。

中院文書『後陽成院宸翰掛軸』（七一―三八七）がこれにあたり、『宸翰英華』に文面及び解説が載る。

●九月二十三日、通勝、通村らは東寺観智院にて御祖相承の袈裟などを拝見（『史料』）。中院家と当院との関係で言えば、観智院第十代院主亮盛（天正二年〜寛永六年、五十六歳）は高倉永相男、通村猶子である。

●十月十日、幕府は和蘭人フェルディナンド・ミヒェルスゾーン及びビヤコブ・クァケルナックに朱印を与え、通航を許す（『綜覧』）。

●十月十三日、神龍院梵舜は大坂城に候す、豊臣秀頼は之に大神宮及び二十二社の由来を問う（『綜覧』）。

●十月二十二日、第七皇子済祐（好仁）親王読書始。秀賢は聖護院宮へ参り、『毛詩』を授読（『日件録』）。二十六日、十一月二十七日も同じ。

●十一月十九日、春日祭を行わる、上卿正親町季秀参向、弁不参、奉行広橋総光（『続史愚抄』）。

●十一月二十五日、通勝、通村らは聖廟へ参る（『日件録』）。

●十二月六日、政仁親王は近衛信尹の亭に臨まる（『綜覧』）。

●十二月七日、石清水宮正遷宮日時を定めらる、上卿烏丸光宣、奉行広橋総光（『続史愚抄』）。

●十二月十日、秀賢は聖護院宮へ参り、済祐（好仁）親王に『毛詩』巻十一より十四迄を授読（『日件録』）。

●十二月十三日、今夜、石清水宮正遷宮あり、行事広橋兼勝、弁以下参向、奉行広橋総光（『続史愚抄』）。

●是歳、耶蘇会司教ルイ・ド・セルケイラ、京都に至り、家康に謁す（『綜覧』）。

●是歳、呂宋在留の邦人、西班牙人と不和を生ず（『綜覧』）。

慶長十二年〔一六〇七〕丁未　十二歳　親王時代

●正月一日、御不予に依り、四方拝・小朝拝及び元日節会を停む（『綜覧』）。
●正月八日、太元護摩始、阿闍梨堯円、奉行中御門宣衡（『続史愚抄』）。十四日結願。
●正月十五日、御祝、三毬打あり（『綜覧』）。
●正月十六日、踏歌節会を停む（『綜覧』）。この日、右大臣忠栄、左大将還宣旨あり（『続史愚抄』）。
●二月七日、幕府は、肥前佐賀城主鍋島直茂等に、西洋渡航の朱印を与う、尋で、肥後熊本城主加藤清正にも亦、之を与う（『綜覧』）。
●二月九日、通村は『万葉集』巻九を書写了。この公卿寄合書『万葉集』は、良恕親王加証奥書によれば巻一が冷泉為満、巻二十は通村の筆という（京大本、『校本万葉集』）。
●二月十二日、猪熊教利は勅勘を蒙りて出奔す（『綜覧』）。教利については、日下幸男「羽前米沢藩上杉定勝の文事」（『国文学論叢』六〇）等を参照。
●二月十五日、家康は永井直勝を通じ、幽斎に室町幕府の典故を問う。この日幽斎その旧記を提出する（『史料』）。ちなみに直勝については、鈴木成元『永井直勝』（昭和三十九年、一行院）などを参照。
●二月二十日、出雲の巫女国は、江戸に至り、歌舞妓躍を演ず（『綜覧』）。
●二月二十二日、第十皇子（一条院尊覚親王）降誕、母は中和門院藤原前子（『実録』）。
●三月二日、巳刻、皇子降誕（母中臣胤子歟、播磨守胤長女）（『続史愚抄』）。この項目は誤記と思われる。のちの道晃親王は慶長十七年三月八日誕生である（『紹運録』）。
●三月三日、秀賢は『孝経』を進講（『日件録』）。

●三月八日、林信勝は、駿府に至り、家康に謁す、尋で、家康の命に依り、薙髪《ちはつ》して道春と号す（『綜覧』）。
●三月八日、出羽米沢城主上杉景勝の老臣直江兼続は、活字を以て、『文選』を印行す（『綜覧』）。
●三月九日、神宮奏事始、伝奏西園寺実益、奉行広橋総光、この日、春日祭を行わる、上卿高倉永孝参向、弁不参、奉行万里小路孝房、今夜、内侍所臨時御神楽を行わる、出御なし、次に恒例を付行さる、以上奉行万里小路孝房（『続史愚抄』）。
●四月八日、山城嵯峨清涼寺の宝物を叡覧あらせらる（『綜覧』）。
●四月八日、秀賢は『大学』を進講。通勝、通村ら聴聞（『日件録』）。十一日終講。
●四月十七日、林道春は、江戸に至り、秀忠に謁し、『黄石公兵書』及び『漢書』を講ず（『綜覧』）。
●四月二十三日、連歌師里村玄仍没す（『綜覧』）。
●四月二十五日、夏日同詠五十首和歌。天皇、近衛信尹、素然、通村、烏丸光広、三条西実条、西洞院時慶、阿野実顕ら。この詠五十首和歌については、日下幸男『中院通勝の研究』（勉誠出版、平成二十五年）参照。
●四月、通勝らは西本願寺本『三十六人集』を書写する。右本は公卿寄合書にて、内十一集は通勝筆。
●閏四月二日、巳刻、声あり、大砲の如きもの二つ、畿内同じ、此の夜、三四星あり、西南に行く、倶に方形、闊さ一尺（『続史愚抄』）。
●閏四月九日、秀賢は『論語』を進講。通勝、通村ら聴聞、八月十八日に講了（『日件録』）。
●閏四月十一日、高倉永孝没、四十八歳、法名常尊（『諸家伝』）。
●閏四月、是月、耶蘇会宣教師プロバンシャル・フランソア・バエス等、駿府及び江戸に至り、家康及び秀忠に謁す（『綜覧』）。
○五月一日、秀賢は政仁親王に『論語』を授読（『日件録』）。

●五月六日、朝鮮来聘使は、江戸に至り、是日、国書及び方物を幕府に呈す（『綜覧』）。
●五月七日、幕府は、暹邏・摩利加渡航の朱印を出す、尋で、また暹邏渡航の朱印を出す（『綜覧』）。
●五月十一日、秀忠は朝鮮来聘使に復書を授け、物を与えて帰国せしむ（『綜覧』）。
●五月二十七日、飛鳥井雅庸は細川忠興に蹴鞠の秘訣を伝授し、ついで和歌会あり（『史料』）。
●六月十六日、通村は秀賢に弘法大師の弥陀之名号を見せる（『日件録』）。
●六月二十六日、幕府は肥前平戸城主松浦宗静（鎮信）らに、呂宋渡航の朱印を与う（『綜覧』）。
●六月晦日、中院亭月次会。会衆、花山院定好、三条公広、三条西実条、烏丸光広、庭田重定、四条隆昌、三条正親町実有、高倉永慶、白川顕成、坊城俊昌、大中臣種昌、四王院尊雅、広橋総光、秀賢ら（『日件録』）。
●七月三日、駿府城修築の工竣り、家康は之に移る、尋で、太刀・馬を家康に賜い、政仁親王も亦、太刀・馬を賜う、秀忠・豊臣秀頼及び諸大名等、各物を進めて賀す（『綜覧』）。
●七月十六日、山城神護寺平等心王院の明忍、明に赴かんとし、是日、出発す（『綜覧』）。
●七月十七日、炎旱の御祈の為（内侍所にて歟）、青海波百反及び太平楽有り（『続史愚抄』）。
●七月二十一日、是より先、大和多武峰大織冠像破裂す、是日、三綱等、之を藤氏長者鷹司信房に注進す（『綜覧』）。
●八月九日、照高院道澄は、山城大仏殿の管領を聖護院興意法親王に譲りて隠退す（『綜覧』）。
●八月十三日、禁中和歌御会当座五十首。通勝四首、通村二首（『日件録』）。
●八月十九日、秀賢は『孟子』を進講。聴聞衆、通村、白川顕成（『日件録』）。十一月二十一日終功。
●八月二十日、舟橋秀賢の次子鶴光丸（賢忠）の別家取立を勅約あらせらる（『綜覧』）。
●九月十三日、通村、冷泉為親、高倉永慶、秀賢らは東鴨川辺に月見に行く（『日件録』）。
●九月十九日、今日より七箇日、吉田兼治は神道護摩を南殿にて奉仕（『続史愚抄』）。

●九月晦日、庚申待参内、通勝、通村、雅朝、顕成など（『日件録』）。
●十月一日、戌刻、北野宮仮殿遷宮あり、前内大臣秀忠再造興隆と云う（『続史愚抄』）。
●十月四日、秀賢は政仁親王に『孟子』を授読（『日件録』）。
●十月十六日、家康は京都相国寺の豊光寺承兌（西笑）に命じて、書を占城国に遣り、再び奇楠香を求めしむ（『綜覧』）。
●十一月七日、幕府は、明人五官に田弾渡航の朱印を与う（『綜覧』）。
●十一月七日、春日祭、上卿三条公広、弁不参、奉行中御門宣衡（『続史愚抄』）。
●十一月十二日、天皇は通勝と共に『源氏物語』を校合。十四日迄。十五日に天皇の源氏物語講釈。聴聞衆、八条宮智仁親王ら十四五人（『史料』）。
●十一月二十七日、八宮は山城知恩院に入室せらる（『綜覧』）。後の良純親王。
●十一月二十七日、舟橋秀賢に『新板史記』を賜う、秀賢は『唐文粋』『太平御覧』等数書を献ず（『綜覧』）。
●十二月七日、今日より七箇日、下御所にて（按ずるに近年御譲位有るべし、仙洞御料歟、未詳）にて安鎮法を行わる、奉行広橋総光（『続史愚抄』）。二十三日仙洞安鎮法結願。
●十二月十四日、幕府の医師秦宗巴没す（『綜覧』）。
●十二月十六日、仙洞御所の造営なる。尋で幕府は更に禁裏の敷地を拡張す（『史料』）。
●十二月二十三日、酉刻、北野社正遷宮あり、行事上卿東坊城盛長参向、弁不参（『続史愚抄』）。
●是歳、家康は、京都の人角倉了以をして、富士川を疏通して、駿河・甲斐の舟路を通じ、また天竜川の舟路を視察せしむ（『綜覧』）。

慶長十三年〔一六〇八〕戊申　十三歳　親王時代

●正月一日、日食（辰巳刻、但し見えず）、四方拝恒のごとし、奉行広橋総光、小朝拝なし、今夜、なお節会を行わる（日蝕日に行わる、尤も違例、去る慶長七年行わると云う）、出御なし、国栖・立楽等を停む、御忌月に依りてなり、内弁九条忠栄、外弁西園寺実益以下六人参仕、奉行万里小路孝房（『続史愚抄』）。孝房は万里小路充房男、母は信長女（『諸家伝』）。

●正月七日、白馬節会あり、出御なし、国栖坊家奏舞妓立楽等を停む、御忌月に依りてなり、内弁鷹司信尚、外弁三条公広、以下五人参仕、北陣恒のごとし、奉行中御門宣衡、この日、九条忠栄は左大将を辞す（『続史愚抄』）。

●正月八日、太元護摩始、阿闍梨堯円、奉行中御門宣衡（『続史愚抄』）。十四日結願。

●正月十一日、幕府は、西洋・安南渡航の朱印を出す、京都相国寺の豊光寺承兌（西笑）の入寂に依り、同円光寺元佶（閑室）をして、之を作らしむ（『綜覧』）。

●正月十五日、御祝、三毬打あり（『綜覧』）。

●正月、是月、秀忠は下野足利学校庠主禅珠（龍派）をして、新刊の『吾妻鏡』に訓点を施さしむ（『綜覧』）。

●二月四日、和漢聯句御会始（『綜覧』）。

●二月十一日、典侍中山親子卒す（『綜覧』）。

●二月十四日、春日祭を行わる、上卿三条西実条参向、弁不参、奉行広橋総光（『続史愚抄』）。

●二月二十五日、神宮奏事始、伝奏西園寺実益、奉行清閑寺共房、今夜、内侍所臨時御神楽を行わる（羽柴秀頼の病あるに依り申し行うと云う）（『続史愚抄』）。

●四月五日、松尾祭を社家に付さる、広橋総光は綸旨を白川雅朝に書き下す（『続史愚抄』）。

●四月八日、天皇の『源氏物語』講釈。二十八日同（『史料』）。
●四月十一日、稲荷祭（『続史愚抄』）。
○四月二十二日、政仁親王は八条宮智仁親王の亭に臨み、能楽を観覧せらる（『綜覧』）。
●五月、是月、家康は駿府の女歌舞妓及び遊女を放逐す（『綜覧』）。
●六月一日、万里小路充房は春日社に参り奉幣、即ち千反楽を社頭にて行わしむ（五常楽歟）、祈雨報賽と云う（『続史愚抄』）。
●六月三日、京畿大雨洪水、尋で、関東も亦、大雨洪水、西国大風、海潮溢れ、船舶破損す（『綜覧』）。
●六月二十四日、頃日十余日、大風休まず、古来未曾有と云う（『続史愚抄』）。
●六月二十八日、照高院道澄准后寂す（『綜覧』）。「今日未刻大仏照高院門跡准三后御入滅也。三ヶ年以来御病事云々。近衛殿息也」（『孝亮記』）。道澄（天文十三年～慶長十三年、六十五歳）は近衛稙家男。聖護院門跡、照高院門跡。号浄満寺宮（『史料』）。
●七月十七日、侍従高倉嗣良の、大覚寺空性法親王の従士と喧嘩せるを罪し、流に処す（『綜覧』）。
●七月二十一日、家康は、飛鳥井雅庸の訴に依り、山城賀茂社社人松下某（述久か）の、私に蹴鞠の弟子を取ること等を禁ず（『綜覧』）。
●七月、是月、幕府は、相模浦賀に高札を掲げ、呂宋商船に対して狼藉を為すを禁ず（『綜覧』）。
●八月一日、畿内及び東海道大水（『綜覧』）。八月十四日は駿河洪水。
●八月六日、是より先、西班牙《スペイン》の呂宋守護及び柬埔寨国王は、書簡・方物を幕府に呈す、是日、家康は、呂宋・柬埔寨に復書し、並に物を贈り、且つ制札を二国に付す、尋で、秀忠及び老臣相模甘縄城主本多正信も亦、呂宋に復書す（『綜覧』）。

●八月十九日、薩摩鹿児島城主島津家久は、幕府の命に依り、龍雲等を琉球に遣し、重ねて其の来聘を督促す（『綜覧』）。
●八月二十日、天皇の『伊勢物語』講釈。二十四日同（『史料』）。
●九月二十四日、是より先、多武峰神像破裂あり、因て勅使清閑寺共房参向す、この日、重ねて吉田兼治を以て勅使と為し、多武峰に立つ、天下安全の御祈を修さる、即ち平癒あり、因て異日（十月十二日）賞の為、一級を兼治に賜う、今日長者（鷹司信房）宣を以て、南円堂修理の事を大覚寺尊性准后に仰す（『続史愚抄』）。
●十月十日、下野小山城主本多正純は家康の命により、書及び武具を暹邏に遣り、鉄砲及び塩硝を需む（『綜覧』）。
●十一月五日、来年正月五日正親町院十七回聖忌の奉為に、御経供養を清涼殿にて行わる、導師正覚院某（延暦寺僧徒なり、今度他院各障りある故と云う）、公卿西園寺実益以下三人参仕（各束帯）、布施を引く（『続史愚抄』）。
●十一月十五日、浄土宗山城本覚寺玄忠（沢道）は、法華宗江戸常楽院日経の他宗を誹謗するを、幕府に訴う、是日、幕府は日経を召し、浄土宗山城英長寺廓山（正誉）と法論せしむ、尋で、日蓮宗の諸本寺をして、念仏堕獄に非ざるの証状を呈せしめ、日経の耳鼻を截ち、其の徒弟を鼻削り、之を追放す（『綜覧』）。
●十一月二十四日、春日祭を行わる、上卿中御門資胤参向、弁不参、奉行万里小路孝房（『続史愚抄』）。
●十二月六日、聖護院道勝親王は興意と改名す（款状を以て申請、恒の如し）、上卿中御門資胤、奉行広橋総光（『続史愚抄』）。廷臣の中院通勝と同訓のためか。
●十二月十七日、造皇太神宮山口祭日時を定めらる、上卿正親町季秀、奉行広橋総光、次に造豊受太神宮も同じく日時を定めらる、上卿中御門資胤、奉行万里小路孝房（『続史愚抄』）。
●十二月十九日、造太神宮木作始日時を定めらる、上卿花山院定熙、奉行万里小路孝房、次に造豊受太神宮も同じ日時定めあり、上卿葉室頼宣、奉行中御門宣衡（『続史愚抄』）。

●十二月十九日、幕府は、京都の諸寺をして、一切経の目録を出《いだ》さしむ（『綜覧』）。
●十二月二十七日、京都堀川本願寺光昭（准如）を大僧正に任ず、尋で、光昭は参内して、其の恩を謝し奉る（『綜覧』）。
●十二月、是月、家康は、バンチャア国人を見る（『綜覧』）。
●是歳、明商許麗寰は、薩摩より帰国す、鹿児島城主島津家久の伯父龍伯（義久）は、明年の互市を約す（『綜覧』）。
●是歳、所司代板倉勝重は、『聖徳太子十七条憲法』を鏤板す（『綜覧』）。

慶長十四年〔一六〇九〕己酉　十四歳　親王時代

●正月一日、四方拝あり、奉行万里小路孝房、小朝拝・元日節会等なし（『続史愚抄』）。
●正月八日、太元護摩始、阿闍梨堯円、奉行万里小路孝房（『続史愚抄』）。十四日結願。
●正月十一日、幕府は、安南・呂宋《ルソン》・暹邏《シャム》・柬埔寨《カンボジア》・交趾《コウチ》諸国渡航の朱印を出す、尋で、暹邏渡航の朱印を出す（『綜覧』）。
●正月十二日、掌侍持明院基子を退く（『綜覧』）。
●正月十五日、御祝、三毬打あり（『綜覧』）。
●正月二十日、女院、隠遁の御志あり、八条宮智仁親王、照高院興意親王、之を止めらる（『綜覧』）。
●正月二十五日、第九皇子を一条内基の嗣と為し、尋で、元服して、兼遐《かねとお》と名けらる（『綜覧』）。
●正月、是月、家康は肥前長崎奉行長谷川藤広をして、書を占城国に遣り、銀を輸して香材を求めしむ（『綜覧』）。
●二月二十六日、薩摩鹿児島城主島津家久は、家臣樺山久高をして、琉球を討たしめんとし、軍令十三箇条を下

す、尋で、久高等、同国山川港を発す（『綜覧』）。
●三月二日、春日祭を社家に付さる（『続史愚抄』）。
〇三月十二日、政仁親王は、四書御受読を了えらる（『綜覧』）。
〇三月十三日、政仁親王御所連歌御会（『綜覧』）。
●三月十四日、女院御所、観花御会あり（『綜覧』）。
●三月二十四日、家康は、大和円成寺に高麗版『大蔵経』を出さしめて、之を江戸増上寺に納め、円成寺に寺田を寄進す、尋で、伊豆修善寺に元板を、近江菅山寺に宋板を出さしめて、之を増上寺に納め、各、寺田を寄進す（『綜覧』）。
●三月二十四日、稲荷御輿迎、清閑寺共房は稲荷祭を社家に付さる綸旨を白川雅朝に書き下す（『続史愚抄』）。
●三月、是月、対馬府中城主宗義智は、玄蘇（景轍）及び柳川智永を朝鮮に遣し、入京及び開市を求む、朝鮮は其の開市を許し、歳遣船条款を締結す（『綜覧』）。
●四月一日、是より先、家康は薩摩鹿児島城主島津家久を駿府に召す、是日、更に命じて、琉球平定を待ちて出発せしむ（『綜覧』）。
●四月五日、薩摩鹿児島城主島津家久の家臣樺山久高等、大島・徳島等を略し、琉球運天港に上陸し、進みて首里城を攻む、琉球王尚寧、質を出し、降を請い、是日、城を致して去る（『綜覧』）。
●四月十六日、稲荷祭あり（『続史愚抄』）。
●五月一日、幕府は、照高院興意法親王に近江園城寺寺務の条規及び修験道の法度を出す（『綜覧』）。
●五月二日、神宮奏事始あり、伝奏大炊御門経頼、奉行万里小路孝房、この日造皇太神宮地曳礎等日時を定めらる、上卿烏丸光宣、奉行同前（『続史愚抄』）。

●五月二日、皇女降誕、母掌侍平時子（西洞院時慶女）（『続史愚抄』）。後の大聖寺永崇、陽徳院宮と号す。
●五月二十五日、薩摩鹿児島城主島津家久の家臣樺山久高、本田親政及び蒲地休右衛門尉を留めて琉球を守らしめ、琉球王尚寧以下を率いて凱旋し、是日、帰国す、明日、家久は琉球の平定を家康及び秀忠に報ず（『綜覧』）。
●六月二十三日、造豊受太神宮地曳礎等日時を定めらる、上卿三条西実条、奉行万里小路孝房（『続史愚抄』）。
●七月四日、勅勘、烏丸光広・大炊御門頼国・徳大寺実久・花山院忠長・飛鳥井雅賢・中御門宗信・難波宗勝・猪熊某（按ずるに六位の蔵人歟）及び女房典侍二人、掌侍二人、命婦一人等各解官、是れ淫蕩に坐す事なり、兼ねて前右大臣家康に仰せ合せらる（『続史愚抄』）。猪熊某は教利のこと（十月十七日条参照）。
●七月四日、是より先、典侍広橋氏・権典侍中院氏・掌侍水無瀬氏・同唐橋氏・命婦讃岐等と、烏丸光広・大炊御門頼国・花山院忠長・飛鳥井雅賢・難波宗勝・徳大寺実久・中御門宗信等との姦淫のこと露る、是日勅して広橋氏以下を其の家に禁錮し、光広以下の官位を停む（『綜覧』）。中院氏は通勝女、水無瀬氏は氏成女。
●七月七日、七夕和歌御会（『綜覧』）。
●七月七日、家康は、薩摩鹿児島城主島津家久の琉球平定の功を賞し、琉球国を与う、秀忠、また書を与えて、之を褒す、尋で島津惟新（義弘）・家久父子、家臣を駿府・江戸に遣し、恩を謝す（『綜覧』）。
●七月七日、家康は、呂宋国王に復書す（『綜覧』）。
●七月十二日、造皇太神宮立柱上棟等日時を定めらる、上卿西園寺実益、奉行万里小路孝房、次に造豊受太神宮同日時定あり、上卿三条公広、奉行万里小路孝房（『続史愚抄』）。
●七月十四日、家康は板倉重昌を京都に遣して、宮女処分のことを奏す（『綜覧』）。
●七月二十五日、是より先、和蘭《オランダ》国王、書を家康に贈りて通商を求む、是日、家康、之を許し、渡航の朱印を与う（『綜覧』）。

●七月二十五日、是より先、葡萄牙船《ポルトガル》、肥前長崎に入港す、家康、其の請に依り、邦人の媽港に繋泊するを禁ず（『綜覧』）。

●八月四日、家康は重ねて大沢基宿・板倉重昌を京都に遣し、宮女処分のことを奏請す、尋で所司代板倉勝重、駿府に赴く、女院・女御近衛氏、並に使を駿府に遣し、之を議せしめらる、幕府は諸大名等をして、猪隈教利を捕えしむ（『綜覧』）。

●八月二十一日、女院女房（帥局）・女御女房（右衛門督）及び柳原淳光後室（楊林院）等、家康の駿河府に下向（九月十日各上洛）、是れ今度勅勘公卿殿上人女房等、誅あるべきの叡慮を遠流以下に宥奏を為すと云う（『続史愚抄』）。

●八月二十七日、皇太神宮心柱正遷宮日時を定めらる、上卿葉室頼宣、次に豊受太神宮同日時を定めらる、上卿花山院定熙、以上奉行中御門宣衡（『続史愚抄』）。

●八月、南蛮の阿蘭陀《オランダ》は方物を家康に貢ぐ（『続史愚抄』）。

●九月六日、来る十六日、伊勢一社奉幣あるべし、当時齋部氏なきに依り、紀康綱を以て、更に齋部親当と為し、従六位下に叙し、使に充つと為すなり（『続史愚抄』）。

●九月十三日、是より先、大神宮の神官、皇大神宮と豊受大神宮と遷宮の先後を争いて相訴う、是日勅して、皇大神宮を以て先と為す（『綜覧』）。

●九月十六日、伊勢一社奉幣使を発遣さる（吉田斎場所を以て神祇官代と為す）、先に日時を定めらる、内宮上卿中御門資胤、外宮権大納言実宣（西園寺実益か）等参向、違例（頃日、両宮禰宜相論あり）、宣命五条為経草す、因て着陣と云う、以上奉行中御門宣衡（『続史愚抄』）。

●九月十六日、通勝は娘の流刑を悲しみ詠歌。十月二十日に至る一連の悲愁の歌は、国立公文書館内閣文庫蔵（以下内閣文庫本と称す）『冬夜詠百首和歌外十種』一冊、東洋文庫蔵『也足軒素然集』一冊等に載る。

●九月二十一日、皇大神宮正遷宮（『綜覧』）。

●九月二十七日、豊受大神宮正遷宮（『綜覧』）。

●十月一日、家康は重ねて板倉重昌を京都に遣し、奏して、前典侍広橋氏・前権典侍中院氏・前掌侍水無瀬氏・同唐橋氏・前命婦讃岐等を駿府に護送せしめ、尋で之を伊豆新島に流す（『綜覧』）。

●十月十七日、是より先、日向県延岡城主高橋元種は、猪隈《（マヽ）》教利を捕えて京都に護送す、是日、幕府は教利及び典薬兼康備後守を死に処す（『綜覧』）。

●十一月一日、前典侍某（新大典侍と号す、広橋兼勝女）・同某（権典侍と号す、中院通勝女）・前掌侍某（勾当内侍、水無瀬氏成女）・同某（菅内侍、菅原在通女）・前命婦女（讃岐と号す、兼保妹）等を三蔵島に流す、先に女嬬八人を副え駿河に送る、内六人は帰り、残り二人は島に従うと云う（『続史愚抄』）。

●十一月七日、家康は叡旨を奉じ、花山院忠長を蝦夷に、飛鳥井雅賢を隠岐に、大炊御門頼国・中御門宗信を薩摩に、難波宗勝を伊豆に流し、烏丸光広と徳大寺実久を宥す（『綜覧』）。別資料では十一月八日・九日とする。

●十一月八日、大炊御門頼国・松木宗信等を硫黄島に流す（薩摩国に在る歟）（『続史愚抄』）。

●十一月九日、花山院忠長を蝦夷島に、飛鳥井雅賢・難波宗勝等を隠岐に流す、今度、烏丸光広・徳大寺実久等は家康の故宥言に依り、流罪を免ずと云う、今夜、猪熊某（勅勘の間に出奔し、高麗に逃れんと欲す、而て去月十七日搦捕）及び兼保等を上善寺（上京に在り）にて誅す、但し猪熊某は切腹と云う（『続史愚抄』）。

●十一月十八日、春日祭を行わる、上卿勧修寺光豊参向、弁不参、奉行万里小路孝房（『続史愚抄』）。

●十二月九日、下野宗光寺法印天海を権僧正に任ず（『綜覧』）。

●十二月九日、是より先、葡萄牙人、我商人を媽港《アマコウ》に殺す、是日、肥前日野江城主有馬晴信、家康の命を奉じ、長崎奉行長谷川藤広・同藤継兄弟と共に、葡萄牙商船を長崎に捕え、尋で之を撃沈す、尋で家康は之を賞し、

舶載の貨物を分与す（『綜覧』）。
●十二月十七日、仙洞御所の障屏の絵成るに依り、旧御所より還らせらる（『綜覧』）。
●十二月十七日、第九皇子（御年五、母女御前子）を一条内基の養子と為す、名字兼遐、加冠九条忠栄、理髪五条為経、公卿広橋兼勝以下三人着座、この日、即ち正五位下禁色雑袍等宣下あり（『続史愚抄』）。
●十二月二十日、梶井宮承快親王（今上皇子、母典侍親子）薨ず、十九歳、後日、大原浄蓮華院に葬す、今度儲皇親王御軽服の儀なし、これ白川雅朝計り申す故という（『続史愚抄』）。
●十二月二十七日、五条為経の女を掌侍と為す（『綜覧』）。

慶長十五年（一六一〇）庚戌　十五歳　親王時代

●正月一日、四方拝あり、奉行中御門宣衡、小朝拝なし、元日節会あり（去年一年欠）、出御なし、国栖・立楽等を停む、御忌月に依りてなり、内弁鷹司信尚、外弁三条西実条以下七人参仕、奉行万里小路孝房（『続史愚抄』）。
●正月七日、白馬節会あり（去年一年欠）、国栖・坊家奏・舞妓・立楽等を停めらる、御忌月に依りてなり、内弁西園寺実益、外弁大炊御門経頼以下六人参仕、奉行清閑寺共房、北陣恒のごとし（『続史愚抄』）。
●正月八日、太元護摩始、阿闍梨尭円（『続史愚抄』）。十四日結願。
●正月十一日、幕府は、安南・呂宋・暹邏・交趾渡航の朱印を出す、尋で、また柬埔寨渡航の朱印を出す（『綜覧』）。
●正月十五日、御祝、三毬打あり（『綜覧』）。
●正月二十八日、家康は、源空（法然）の七箇条起請文を見る（『綜覧』）。
○正月二十九日、政仁親王御所連歌御会（『綜覧』）。

○二月一日、京都、痘瘡流行す、是日、政仁親王も亦、之を煩わせらる（『綜覧』）。
○二月九日、今日より七箇日、政仁親王疱瘡の御禱を春日社にて行わる（『続史愚抄』）。
○二月十二日、是より先、御譲位の叡旨を家康に下し給う、是日、家康は所司代板倉勝重をして、叡旨に従うべきこと、並に政仁親王に御加冠あらせらるべきことを奏す（『綜覧』）。
○二月十七日、政仁親王御平癒に依り、親王・公家衆・門跡等に宴を賜う（『綜覧』）。
●二月二十四日、長谷川等伯没（『綜覧』）。等伯（天文八年〜慶長十五年、七十二歳）は能登畠山氏家臣奥村文之丞宗道息。『日本の美術八七　長谷川等伯』等参照。
●二月二十五日、この日、春日祭を社家に付さる、頃日以来、主上逆鱗の事あり、群臣龍顔を拝し得ざる故歟と云う（『続史愚抄』）。
●閏二月十七日、家康は其の女（松姫）死せるに依り、御譲位の延期を奏請す（『綜覧』）。
●閏二月二十七日、醍醐山寺の花を見物に行く、秀賢、通村、冷泉為満、山科言緒、土御門泰重（『日件録』）。
●三月二十四日、中院通勝は死の床で通村に和歌一流伝授の秘説を授け、証明状一通を付与す（中院文書、『史料』）。
●三月二十五日、通勝没、五十五歳（『当家伝』）。「午時、也足軒卒去、当時之歌仙也、歌道零落、悲涙不浅者歟」（『日件録』）。娘の流刑が死期を早めたものか。
●四月十六日、稲荷祭あり（『続史愚抄』）。
●六月二十三日、来月に陽光院二十五回御忌を智仁親王第にて法会を行うとかや（『続史愚抄』）。
●七月十九日、源誉存応和尚（増上寺第十二代なり）に普光観智国師号を賜う（浄土宗国師権輿と云う）（『続史愚抄』）。
●七月二十一日、大風、春日社辺及び山林等の木を倒し、廬舎を壊す（社頭にては無為、凡そ五十六年以降、斯くの如き風なしと云う）（『続史愚抄』）。

●七月二十四日、陽光院二十五回御忌、御経供養を宮中(清涼殿か)にて行わる。導師日光院某(園城寺僧徒)、奉行清閑寺共房(『続史愚抄』)。
●七月二十六日、此の日より興福寺維摩会を行わる、行事清閑寺共房参向(『続史愚抄』)。八月三日維摩会竟(『続史愚抄』)。
●八月上旬、幽斎は智仁親王に源氏三ヶ秘訣を伝授する(『伝受資料』「源氏物語三ヶ大事相伝切紙」)。包紙上書は智仁親王筆、本紙は幽斎自筆か。
●八月十五日、皇女降誕(母掌侍平時子)(『続史愚抄』)。慶長十七年八月七日薨ず、高雲院宮と号す。
●八月二十日、細川幽斎没、七十七歳(『史料』十二編七、没年記事)。『綿考輯録』(汲古書院)等参照。
●九月二十五日、覚深親王(仁和寺)は灌頂を真光院にて遂ぐ、大阿闍梨晋海(法身院)(『続史愚抄』)。
●十月四日、内宮別宮荒祭宮月読宮風日祈宮及び外宮別宮高宮土宮月読宮風宮等造替杣入仮殿遷宮木作始地曳等日時を定めらる、上卿西園寺実益、奉行万里小路孝房(『続史愚抄』)。
●十月十日、内宮別宮荒祭宮月読宮風日祈宮及び外宮別宮高宮土宮月読宮風宮等仮殿遷宮あり(『続史愚抄』)。
●十一月二十六日、第十皇子(御年三、母女御前子)、一乗院京師坊に入る(南都程遠きに依ると云う)、扈従上達部勧修寺光豊以下三人、前駈殿上人二人と云う(『続史愚抄』)。後の一乗院尊覚親王。
●十二月十三日、春日祭を社家に付さる、上卿各障りを申す故と云う(『続史愚抄』)。
○十二月二十四日、儲皇二品政仁親王(御年十五、第三皇子、母女御前子)、小御所にて元服を加えらる(簾中、密儀)、加冠九条忠栄、公卿西園寺実益以下三人着座、理髪三条正親町実有、勧修寺光豊扶持を申す、次に御前物を供す(便所《びんしょ》にてなり)、陪膳三条西実条と云う、奉行万里小路孝房(『続史愚抄』)。

慶長十六年（一六一一）辛亥　十六歳　即位当年

●正月一日、四方拝、小朝拝等なし、元日節会、出御なし、国栖・立楽等を停む、御忌月に依りてなり、内弁西園寺実益、外弁大炊御門経頼以下七人参仕、奉行清閑寺共房（『続史愚抄』）。

●正月七日、白馬節会、出御なし、国栖・立楽等を停む、御忌月に依りてなり、内弁花山院定熙、外弁三条西実条以下四人参仕、奉行万里小路孝房、北陣恒の如し（『続史愚抄』）。

●正月八日、太元護摩始、阿闍梨尭円（『続史愚抄』）。十四日結願。

●正月十五日、三毬打あり（『綜覧』）。十六日、踏歌節会なし、御忌月に依りてなり（『続史愚抄』）。

●正月十七日、家康は大沢基宿を遣し、歳首を賀し奉り、併せて御譲位の期等を奏請す（『綜覧』）。

●二月一日、春日祭を社家に付さる（『続史愚抄』）。

○二月十一日、俄に立太子節会を停めらる（『綜覧』）。

●二月二十七日、山科言経《ときつね》薨ず、六十九歳、法名白言（『公卿補任』）。

●三月十七日、家康は上京し、二条城に入る（『綜覧』）。

●三月二十二日、家康の祖新田義重に贈鎮守府将軍の宣下あり、上卿広橋兼勝、奉行三条正親町実有、また家康父広忠に贈権大納言の宣下あり、上卿勧修寺光豊、奉行某（『続史愚抄』）。

●三月二十三日、家康は子の徳川義利（義直）、頼将（頼宣）、及び松平忠直を従えて参内す（『綜覧』）。

●三月二十五日、警固々関を行る（譲位有るべきに依りてなり）、上卿内大臣鷹司信尚、奉行三条正親町実有（『続史愚抄』）。

○三月二十七日、天皇（御年四十五）、土御門里内にて、儲皇二品政仁親王（第三皇子、母女御前子）に譲位、午刻に

節会を行わる、内弁鷹司信尚、外弁西園寺実益以下十六人参仕、中御門資胤を宣命使と為す、其の儀終り、仙洞に行幸す（下御所と号すなり、後代に至り桜町殿と為す）、公卿大炊御門経頼以下十八人、左右大将（信尚・実益）本陣に候す、近衛将・職事司々供奉す、関白九条忠栄は後塵に在り、次に剣璽を新帝の御所（土御門殿）に渡さる。公卿昇殿勅授帯剣牛車元の如し、殿上人禁色雑袍元の如し等宣下、宜陽殿饗等例の如し、奉行三条正親町実有。此の日、旧主御所にて院司を補すか、未詳（『続史愚抄』）。

○三月二十七日、土御門里内にて受禅（御年十六、元より御所と為す）、旧主御所より（下御所なり、後代に至り桜町殿と号す地）、剣璽を渡さる、此の日、右大臣忠栄を以て元の如く関白と為す、公卿昇殿勅授帯剣牛車元の如し、殿上人禁色雑袍元の如く宣下、宜楊殿饗等例の如く歟、奉行三条正親町実有、此の日、旧主御所にて院司を補す歟、未詳（『続史愚抄』）。

●三月二十八日、家康と秀頼は京師二条城に盟す歟（『続史愚抄』）。家康は秀頼を迎えて二条城に見る、秀吉後室高台院（杉原氏）もまた来たり見ゆ、秀頼は山城豊国社に詣で、方広寺大仏の工事を見て大坂に帰る（『綜覧』）。

●三月二十九日、家康は仙洞御料二千石を献ず（『綜覧』）。

●是月、幕府、禁裏修造の役を諸大名に課す（『綜覧』）。

●四月一日、公家衆・門跡参内して、御受禅を賀し奉る（『綜覧』）。

●四月一日、烏丸光広、徳大寺実久の罪を赦して、其の官を復す（『綜覧』）。烏丸光広、三十三歳、四月一日勅免、同日参議左大弁還任（『公卿補任』）。

○四月二日、天皇（後水尾）は勅使を二条城に遣し、家康に太刀・馬代を賜う、上皇及び女院も亦、使を遣さる、親王・公家衆・門跡、二条城に至り、家康に見ゆ、伏見宮邦彦親王、准三后二条昭実と、礼の先後を争う、家康、裁して親王を先と為す、尋で、日を替え礼を執るに議定す（『綜覧』）。

●四月五日、即位由奉幣を発遣せらる、先ず日時を定めらる、上卿西園寺実益、奉行園基任、御拝なし、神祇伯白川顕成御代官奉仕と云う（『続史愚抄』）。

●四月七日、太上天皇の尊号を旧主（後陽成）に奉る、上卿西園寺実益、奉行万里小路孝房。此の日、光照院禅尼宮（院皇女、母女御前子）薨ず（『続史愚抄』）。

○四月十二日、天皇（春秋十六）紫宸殿に即位の礼を行わる、内弁内大臣信尚、外弁烏丸光宣、以下六人参仕、宣命使三条西実条、官方行事万里小路孝房、右中弁中御門宣衡、蔵人方奉行三条正親町実有、伝奏広橋兼勝、勧修寺光豊、二人と云う（『続史愚抄』）。家康、参内して賀し奉る（『綜覧』）。

●四月二十日、幕府、米五百石を献じて、禁裏御殿移転の料に供し奉る（『綜覧』）。

○五月五日、天曹地符祭を南殿に行わる、土御門久脩奉仕（即位已前に為すべしと雖も、日次無きに依り延引と云う）（『続史愚抄』）。

●五月八日、神宮奏事始、伝奏西園寺実益、奉行園基任。今夜より三箇夜、内侍所御神楽（代始に依る）を行わる、拍子本五辻之仲、拍子末持明院基久、奉行万里小路孝房（『続史愚抄』）。九日神楽第二夜、十日神楽第三夜、秘曲画目あり、本拍子五辻之仲これに奉仕、和琴園基継（『続史愚抄』）。

●五月十三日、和歌御会始、勅題寄道祝世（或は祝言）、柳原業光詠進（『続史愚抄』）。

●五月十九日、畿内洪水（『綜覧』）。

●五月二十八日、持明院基孝薨ず、九十二歳、法名如空（『公卿補任』）。

●六月八日、院皇女（母女三位中臣胤子、春日社司胤栄女）薨ず、後日、清浄華院に葬る（『続史愚抄』）。

●七月二日、一条内基薨ず、六十四歳、自浄心院と号す（『公卿補任』）。

●七月七日、七夕和歌御会、題織女契久、出題飛鳥井雅庸、柳原業光詠進（『続史愚抄』）。

●七月十五日、是より先、葡萄牙人、駿府に至り、臥亜《ゴア》総兵官の書及び媽港知府の書を呈し、往年商船の撃沈せられし故を問い、修好貿易を復せんことを請う、是日、家康は之を許し、老臣本多正純等をして、答書・朱印を付せしむ（『綜覧』）。

○七月二十一日、主上（御年十六歳）は昼御座にて御読書始あり、舟橋秀賢は『尚書』を授け奉る、奉行三条正親町実有、此の日、侍読を賞すため、紫組冠懸を賜うと云う（『続史愚抄』）。

●七月二十五日、是より先、和蘭船、肥前平戸に入港し、商館長ジャックス・スペッキス等、駿府及び江戸に至り、家康・秀忠に謁す、是日、幕府、渡海の朱印を授く（『綜覧』）。

●七月二十七日、今暁寅刻、内侍所を仮殿に遷し奉らる、奉行三条正親町実有、主上仮殿に渡御あり、剣璽同じく渡御（密儀）、是れ内裏造営有るべきに依る（『続史愚抄』）。

●八月一日、家康、新に史官を駿府に置き、毎日のことを記録せしむ（『綜覧』）。

●八月十三日、是日、陸奥大地震、会津城の石壁、悉く崩壊、また洪浪は陸に上ると云う（『続史愚抄』）。

●八月二十四日、是より先、豊前小倉城主細川忠興の暹羅に派遣せる商船、安南に漂著す、安南都督、之を救還す、是日、忠興はその土宜を家康に進む、尋で書を安南に遣りて、之を謝す（『綜覧』）。

○九月九日、重陽和歌御会、題籬菊新綻、飛鳥井雅庸出題、柳原業光詠進（『続史愚抄』）。

○九月十二日、山科言緒をして、『兼輔集』を書写せしめらる、是日、山科言緒は之を進献す（『綜覧』）。

●九月十三日、仙洞御所百首当座和歌御会（『綜覧』）。

●九月十五日、家康、呂宋人を引見す、尋で、書を呂宋に遣り、また長崎奉行長谷川藤広をして、書を呂宋及び占城に遣らしむ（『綜覧』）。

●九月十五日、是より先、新イスパニアの船、相模浦賀に至り、司令官セバスチャン・ビスカイノは家康・秀忠

に謁す、是日、幕府はその沿岸港湾の巡検に関し、諸大名に令を出す（『綜覧』）。

●九月十六日、神龍院梵舜は『藤氏系図』を家康に進む（『綜覧』）。

●九月十六日、仙洞百首続歌《つぎうた》当座御会、通村出詠（『内府集』）。

●九月十九日、家康は林道春をして、『建武式目』を読ましめ、その得失を論ぜしむ（『綜覧』）。

●九月二十日、家康は南蛮世界図の屛風を見る（『綜覧』）。

●十月一日、駿府に月次の礼あり、山科言緒・舟橋秀賢・冷泉為頼は家康に謁す、秀賢は諸家系図屛風を家康に贈る（『綜覧』）。

●十月六日、家康は絵師狩野甚之丞（真説）をして、内裏及び諸国大社の図を画かしむ（『綜覧』）。

●十月十八日、山科言緒・舟橋秀賢・冷泉為頼は、秀忠に江戸城に謁す（『綜覧』）。

●十月、家康は存応国師をして新田荘に赴き、贈鎮守府将軍義重旧跡を尋求して、寺を建立し、大光院と号すと云う（『続史愚抄』）。

●十一月十六日、鷹司信房の第三子信尊、興福寺大乗院に入室得度す（『綜覧』）。

●十一月十七日、烏丸光宣を病に依り准大臣と為し、従一位に叙す（『諸家伝』『続史愚抄』）。

●十一月二十一日、烏丸光宣薨ず、六十三歳、顕性院と号す、異日、法雲院に葬る（『続史愚抄』）。

●十一月二十五日、春日祭を行わる、上卿大炊御門経頼参向、弁不参、奉行清閑寺共房（『続史愚抄』）。

●十一月二十八日、明の商人、駿府に至り、家康に謁し、長崎に於て貿易せんことを請う、家康は之を許し、長崎奉行長谷川藤広をして朱印状を付与せしむ（『綜覧』）。

●十二月十五日、鹿児島城主島津家久は使を駿府に遣し、故伯父龍伯（義久）の遺物を進む、是より先、家久は琉球に検地を行い、諸法規を定め、国王尚寧をして帰国せしむ、是に至り、尚寧の使も共に駿府に至り、物を

進む（『綜覧』）。
●十二月二十六日、二条昭実は九条忠栄の男松鶴（康道）を養子と為す（『綜覧』）。
●是歳、武蔵仙波喜多院の南光坊天海を僧正に任ず、上皇は宸翰を染めて、天海に毘沙門堂の室号を賜う（『綜覧』）。
●是歳、家康は奏して、武家官位を員外と為さんことを請う、之を許す、仍《よ》りて補任・歴名等に武家の姓名を記することを停む（『綜覧』）。
●是歳、安南国大都統、書を長崎奉行長谷川藤広に遣る（『綜覧』）。

慶長十七年〔一六一二〕壬子　十七歳　即位二年

●正月一日、四方拝（仮殿庭上に於いてなり）、奉行清閑寺共房、小朝拝・節会等なし、仮皇居たるに依るなり、院は御政務と雖も、四方拝を略さる（『続史愚抄』）。
●正月七日、白馬節会なし（『続史愚抄』）。
●正月八日、太元護摩始（理性院観助の本坊にてなり）、阿闍梨堯円、奉行柳原業光（『続史愚抄』）。十四日結願。
●正月十一日、神宮奏事始、伝奏西園寺実益、奉行園基任（『続史愚抄』）。
●正月十一日、幕府、毘那宇・東京・広南・交趾等渡航の朱印を出す、尋でまた暹邏渡航の朱印を出《いだ》す（『綜覧』）。
●正月十六日、踏歌節会《とうかのせちえ》を停む（『綜覧』）。
●正月十八日、三毬打あり（『綜覧』）。
●正月十九日、和歌御会始、題松契多春、出題飛鳥井雅庸、奉行勧修寺光豊（『続史愚抄』）。
●正月二十日、家康は大沢基宿を遣して、歳首を賀し奉る（『綜覧』）。

●正月二十八日、公家衆、大坂に至り、歳首を豊臣秀頼に賀す（『綜覧』）。

●正月三十日、秀忠、吉良義弥を遣して、歳首を賀し奉り、太刀・馬代を献ず（『綜覧』）。

●二月九日、仙洞御所当座和歌御会（『綜覧』）。

●二月十九日、春日祭を行わる、上卿大炊御門経頼、弁不参、奉行広橋兼賢（『続史愚抄』）。

●三月八日、上皇の第十一皇子御生誕、吉宮と称せらる（『綜覧』）。後の聖護院（照高院）道晃親王。

●三月十日、伊豆般若院快運、『続日本紀』を家康に進む、相国寺文嶺（承民）もまた、『春秋左氏伝』・『斉民要術』を進む（『綜覧』）。

●三月二十一日、幕府、耶蘇教を禁じ、所司代板倉勝重をして、京都の教会を毀たしめ、また旗下の士等の耶蘇教を奉ずるものを罰す、尋で肥前日野江城主有馬直純・長崎奉行長谷川藤広をして、耶蘇教徒を禁圧せしめ、また僧幡随意（智誉）を有馬に遣して、教徒を誨諭せしむ（『綜覧』）。

●三月二十四日、稲荷御輿迎、広橋兼賢は稲荷祭を社家に付さる綸旨を書き下す（『続史愚抄』）。

●四月十日、舟橋秀賢、『大学』を進講す（『綜覧』）。

●四月十三日、女院御所に歌舞伎躍あり（『綜覧』）。

●四月十八日、本願寺光昭（准如）参内して、御即位並に歳首を賀し奉る、尋で金地院崇伝（以心）も亦、参内す（『綜覧』）。

●是月、是より先、修験本山・当山両派、ことを争い、駿府に訴う、是に至り、家康、之を調停し、旧に依りて、各、其の徒を統轄せしむ（『綜覧』）。

●五月五日、飛鳥井雅庸・冷泉為満・舟橋秀賢・土御門久脩・本願寺光昭（准如）、駿府に至り、家康に謁す（『綜覧』）。

●五月八日、近衛前久（法名龍山）薨ず、七十七歳、号東求院（『続史愚抄』）。
●五月二十日、上皇の御不予に依り、青蓮院尊純法親王・三宝院義演及び石清水八幡宮祠官田中秀清・春日若宮神主中臣祐紀をして、祈禱せしむ、尋で大神宮に奉幣して、之を祈らしめらる（『綜覧』）。
●六月十六日、前侍従藪嗣良の罪を赦さる（『綜覧』）。
●六月十七日、上皇、御不予に依り、冷泉為満・舟橋秀賢ら、駿府を発して京都に帰る、家康も亦、赤井忠泰を遣して、候問し奉る、尋で御平癒あらせらる（『綜覧』）。
●是月、江戸の悪少年、党を結び、異装を為して横行し、人を害す、幕府は其の首魁を磔し、余党を誅す（『綜覧』）。
●七月一日、正親町季秀薨ず（『公卿補任』）。六十五歳、法名守源（『諸家伝』）。六月二十八日の従一位は危急に依るものか。
●七月一日、家康は新イスパニア総督に与うる答書を裁し、其の使者に付す、尋で秀忠も答書を出す（『綜覧』）。
●七月八日、是より先、上皇と御不和のことあり、家康は所司代板倉勝重をして、調停を図らしめ、歴代の宝器を禁裏に返進せられんことを、上皇に奏せしむ、是日、宝器を授受あらせらる（『綜覧』）。
●七月十五日、盂蘭盆会、灯籠献上あり（『綜覧』）。
●七月二十八日、庚申待、御遊あり（『綜覧』）。
●七月三十日、暹邏の商人、駿府に至り、方物を呈す、家康は之に南方諸国のことを問う（『綜覧』）。
●七月三十日、江戸伝通院廓山（正誉）、駿府に至り、家康に謁す、尋で家康は之に『科註法華経』を与う（『綜覧』）。
●八月二日、甲子待、御遊あり（『綜覧』）。
●八月四日、是より先、明の商船及び呂宋より帰朝の商船、長崎に著す、是日、呂宋通商の船主西類子、駿府に至り、家康に謁す、尋で家康は之に呂宋渡航の朱印を与う（『綜覧』）。

●八月七日、上皇の第八皇女薨ぜらる（『綜覧』）。院皇女（母平内侍時子、西洞院時慶女）薨ず（三歳）、後日、十念寺に葬る（『続史愚抄』）。
●八月十日、東福寺勝林庵聖澄（月渓）、『古文真宝』を進講す（『綜覧』）。
●八月十五日、明人鄭芝龍及び祖官、駿府に至り、家康に謁し、薬物等を呈す（『綜覧』）。
●八月十八日、京都の商人角倉与一、安南貿易の貨物を家康に進む（『綜覧』）。
●是月、是より先、鹿児島城主島津家久の安南に遣せる商船、広東に漂著す、媽港酋長、之を賑救し、且つ書を贈る、是に至りて、家久、答書して、之を謝す（『綜覧』）。
●九月十三日、是より先、故近衛龍山（前久）、相国寺末寺慈照寺を借る、相国寺光源院玄室（周圭）等、其の返還を近衛信尹に求め、家康に訴う、是日、家康は旧に依りて、相国寺に還付せしむ（『綜覧』）。
●九月二十五日、是より先、臥亜及び呂宋の使者、駿府に至り、家康に謁し、各其の国書を呈し、方物を進めて、旧好を修む、是日、家康・秀忠、臥亜に復書し、且つ船主に渡航の朱印を与う、尋で呂宋に復書す（『綜覧』）。
●十月十二日、院皇子降誕（母中臣胤子、号女三位）（『続史愚抄』）。『紹運録』に該当記事なく不審。
●十月二十日、山科言緒をして、『日本書紀』の古本及び新本に加点せしめらる（『言緒卿記』）。
●十月二十二日、内侍所臨時御神楽を行わる（武家池田宰相某申し行うと云う）、拍子本五辻之仲、末持明院基久、奉行広橋兼賢（『続史愚抄』）。
●十月二十七日、勧修寺光豊薨ず、三十八歳。危急により二十五日に任権大納言。法名真徹（『諸家伝』）。
●十月二十九日、是より先、和蘭国王、使を遣し、書を家康に贈り、商船保護の好意を謝し、且つ葡萄牙の密謀を告ぐ、是日、家康は之に復書し、又、大泥・バンタンより日本へ渡航の朱印を、蘭使に付与す（『綜覧』）。
●閏十月二十一日、是より先、呂宋国王、書を佐賀城主鍋島勝茂に贈り、好を通ず、是日、勝茂は復書す（『綜覧』）。

●閏十月二十四日、賊、東大寺宝蔵に入る、物を取るは寺家と言う（『続史愚抄』）。十一月十三日条参照。

●十一月一日、春日祭、上卿広橋兼勝参向、弁不参（『続史愚抄』）。

●十一月十一日、造春日社木作始仮殿遷宮等日時を定めらる、上卿広橋兼勝、奉行柳原業光（『続史愚抄』）。

●十一月十三日、是より先、東大寺福蔵院・中証院及び北林院の住僧、正倉院の御物を盗み、捕えらる、是日、勅使柳原業光、奈良に至り、幕府目付永井白元と共に、御物を検して之を封ず、尋で幕府は犯人を磔刑に処す（『綜覧』）。

●十一月十四日、十宮は興福寺一乗院尊政の附弟と為り、入室せらる（『綜覧』）。尊覚親王。

●十一月十六日、東大寺三蔵宝物実検勅使と為し、柳原業光参向（勅封を持ち向かう）（『続史愚抄』）。

●十一月十八日、今夜、春日社仮殿遷宮あり、行事柳原業光以下参向（『続史愚抄』）。

●十一月三十日、御香合を行はれんとし、香の銘を廷臣に徴せらる（『言緒卿記』）。

●十二月九日、林道春、家康の命に依り、駿府に移居す、和歌山城主浅野幸長の儒臣堀正意も亦、駿府に赴く（『綜覧』）。

●十二月十一日、禁裏造替木作始（『綜覧』）。造内裏木作始あり（『続史愚抄』）。

●十二月十三日、土御門久脩の請を許し、其の次子泰吉の別家取立を命ぜらる（『綜覧』）。

●十二月二十六日、七宮に親王宣下あり、名を済祐と命ぜらる（『孝亮記』）。院皇子（十歳、母女御前子、聖護院治定、而して得度を遂げず、後に好仁親王と改名）、御名字済祐《なりすけ》に親王宣下あり、次に梶井入道二品最胤親王に天台座主宣下あり（二品常胤法親王、辞替）、以上上卿広橋兼勝、奉行万里小路孝房（『続史愚抄』）。

●是歳、難波宗勝を勅免あらせらる（『公卿補任』）。

●是歳、家康は林道春をして、『東鑑綱要』を撰ばしむ、また其の弟永喜（信澄）を、幕府の儒臣と為す（『綜覧』）。

慶長十八年〔一六一三〕癸丑　十八歳　即位三年

●正月一日、四方拝あり、奉行中御門宣衡、小朝拝・元日節会等なし、仮皇居に依るなり（『続史愚抄』）。

●正月一日、上皇（後陽成）は歳首に依り、使を大坂に遣さる、秀忠及び前田利光（利常）・佐竹義宣等も亦、使を遣す、日野資勝・持明院基久等、大坂に至り、歳首を賀す（『綜覧』）。

●正月四日、仙洞御所、千秋万歳あり（『綜覧』）。

●正月四日、秀頼は老臣片桐且元を遣して、歳首を賀し奉る（『綜覧』）。

●正月八日、太元護摩始（法眼観助本坊にてなり、去年の如し）、阿闍梨堯円（『続史愚抄』）。十四日結願。

●正月九日、公家衆、歳首を所司代板倉勝重に賀す（『綜覧』）。

●正月十日、公家衆・門跡以下、参内して、歳首を賀し奉る（『綜覧』）。

●正月十一日、幕府は東京・呂宋・暹邏・柬埔寨・交趾諸国渡航の朱印を出す（『綜覧』）。

●正月十四日、園基任薨ず、参議従三位、四十一歳（『公卿補任』）。

●正月十五日、仙洞御所、三毬打あり（『綜覧』）。

●正月十六日、上皇の第十二皇子御生誕、足宮と称せらる（『綜覧』）。院皇子降誕（母土佐局、後春日局と号す、春日社神主三位時広女）、或記に足宮と号すと云う（『続史愚抄』）。後の照高院道周親王。

●正月十九日、三毬打あり（『綜覧』）。

●正月十九日、和歌御会始、題鶯是万春友、出題飛鳥井雅庸、読師三条西実条（奉行を兼ぬ）、講師中御門宣衡、講頌飛鳥井雅庸（発声）（『続史愚抄』）。

●正月二十日、家康は大沢基宿を遣して、歳首を賀し奉る（『綜覧』）。

●正月二十六日、歳首に依り、勅使を大坂に遣さる、親王・公家衆・門跡も亦、大坂に赴き、歳首を秀頼に賀す（『綜覧』）。

●是月、聖乗坊宗存、大神宮内院常明寺に奉納のため、諸方に募縁して、一切経開版の願を発す（『綜覧』）。

●二月二日、代始に依り（此の日、初卯に当たる）、勅使広橋兼勝を石清水社に立てらる（『続史愚抄』）。

●二月三日、勅使と為し、広橋総光は羽柴秀頼の大坂城に向かう、是れ昨城辺に火有る故と云う（『続史愚抄』）。

●二月七日、神宮奏事始、伝奏西園寺実益、奉行広橋兼賢。春日祭、上卿花山院定熙参向、弁不参、奉行中御門宣衡（『続史愚抄』）。

●二月十三日、歌舞伎躍を御覧ぜらる（『綜覧』）。

●三月一日、上皇は本因坊算砂を召して、囲碁を御覧ぜらる（『綜覧』）。

●三月二日、庚申待、御遊あり（『綜覧』）。

●三月十五日、神龍院梵舜、駿府に赴き、家康に謁し、書写せる『続日本紀』を贈る、家康、これに神道伝授を受けんとして止む、尋で梵舜、江戸に行き、秀忠に謁し、『紹運系図』を贈りて、京都に帰る（『綜覧』）。

●三月二十二日、院両皇子御名字毎敦《としあつ》（御年十二、大覚寺治定、母従三位典侍輝子、日野輝資女）、常嘉《つねよし》（御年十二、妙法院治定、母掌侍基子、故持明院基孝女）等、親王宣下あり、上卿広橋兼勝、弁柳原業光、奉行中御門宣衡、此の日、旧紫宸殿を泉涌寺に寄付さる、柳原業光は綸旨を寺家に書き下す（『続史愚抄』）。

●是春、是より先、琉球王尚寧、使を明に遣して聘を修め、之を島津氏に報ず、是に至り、鹿児島城主島津家久、家康の旨を受け、書案を尚寧に付して、互市を明国に請はしむ（『綜覧』）。

●四月十七日、能楽御覧あり（『綜覧』）。

●五月五日、修験の本山・当山両派、役銭のことに依り相論す、家康は照高院興意法親王・三宝院義演を召して、

之を裁決す、尋で修験道法度及び関東新義真言宗法度を定む、尋で両門主、江戸に行く、秀忠、また修験道法度を出し、三宝院をして、山城醍醐寺の寺領を安堵せしむ（『綜覧』）。

●五月五日、土佐光吉没す（『綜覧』）。五十五歳（『日本の美術五四三 土佐光吉と近世やまと絵の系譜』）。

●五月九日、東福寺勝林庵聖澄（月渓）、『古文真宝』を進講す（『綜覧』）。

●五月十二日、四条隆昌没、五十八歳、法名隆昌（『諸家伝』）。

●五月十三日、内御会代始、通村出詠（『内府集』）。

●六月一日、鹿児島城主島津家久、琉球の法度を定め、且つ明国通商の資を給す、尋でまた法度数箇条を定む（『綜覧』）。

●六月三日、家康は林道春をして、『論語』を講ぜしむ（『綜覧』）。

●六月十六日、家康は公家衆法度及び勅許紫衣並に山城大徳寺・妙心寺等諸寺入院の法度を定め、武家伝奏広橋兼勝・所司代板倉勝重に付す（『綜覧』）。

●六月二十一日、上皇の第十一皇女（尊厳）御生誕あり（『綜覧』）。母は目目典侍、葉室頼宣女。

●六月二十二日、西洞院時慶は大坂に至り、秀頼に謁し、『樵談治要』を贈る（『綜覧』）。

●七月三日、造内裏、内侍所立柱（『綜覧』）。

●七月七日、七夕和歌御会（『綜覧』）。

●七月十一日、三条西実条を武家伝奏と為す（『綜覧』）。

●七月十一日、上皇の第十皇女空花院薨ぜらる（『綜覧』）。

●七月十五日、女院、禁中に御幸あり、上皇と御和解のことを議せらる（『綜覧』）。

●八月一日、八朔の御贈遺あり（『綜覧』）。

●八月二日、阿野実顕の子公景、姉小路家を再興す（『綜覧』）。

●八月十日、東福寺天得院清韓（文英）、『東坡集』を進講す（『綜覧』）。

●八月十一日、故日野一位（淳光卿、前権大納言）に贈准大臣宣下あり（口宣、此の日十七回忌に依り、業光は之を申請す）、瑞光院と号す、墳墓は浄福寺中に在り（『続史愚抄』）。

●八月二十二日、三宮（好仁）及び上皇の女御近衛氏、大神宮に詣でらる（『綜覧』）。

●九月一日、是より先、英吉利《イギリス》船、肥前平戸に入港す、司令官ジョン・セーリス等、駿府に至り、家康に謁し、国書・方物を呈す、是日、家康は之に復書し、また七箇条の覚書を与え、通商を許す（『綜覧』）。

●九月五日、是より先、呂宋の使者、駿府に至り、家康に謁し、国書・方物を呈し、亡命の民を還されんことを請う、是日、家康は之に復書し、其の請を許す（『綜覧』）。

●九月十五日、陸奥仙台城主伊達政宗、家臣支倉六右衛門、サン・フランシスコ派の宣教師ソテロ等を使者として、信書・音物を羅馬法王及び西班牙国王に贈る、是日、六右衛門等、陸奥月浦を発す、越えて元和六年八月二十六日に至り、帰朝す（『綜覧』）。

●十月三日、家康・秀忠は仙波喜多院の南光坊天海等の論義を聴く（『綜覧』）。

●十月六日、是より先、呂宋国王、書を肥前佐賀城主鍋島勝茂に贈り、好を修む、是日、勝茂、之に復書す（『綜覧』）。

●十月十日、家康は江戸伝通院廓山（正誉）をして、奈良に行き、興福寺一乗院尊勢・喜多院空慶に就きて学ばしむ（『綜覧』）。

●十月十五日、御日待、仙洞御所も御日待あり（『綜覧』）。

●十一月五日、新造内裏に地鎮祭を修し、尋で安鎮法を修す（『綜覧』）。今日より七箇日、新内裏にて土御門久脩

（或は泰重に作る、父子参仕か）地鎮祭に奉仕す（『続史愚抄』）。十一日地鎮祭竟る。

●十一月十一日、照高院興意法親王を二品に叙す、尋で曼殊院良恕法親王を四品に叙す（『綜覧』）。入道四品興意親王（元道勝、照高院）を二品に叙す（口宣）、奉行日野光慶（『続史愚抄』）。

●十一月十二日、今日より七箇日、新内裏にて安鎮法を行わる、阿闍梨梶井最胤親王、奉行清閑寺共房（『続史愚抄』）。十八日安鎮法結願。

●十一月十九日、新造内裏上棟（『綜覧』）。新内裏上棟日時、兼て風記を以て定めらると云う、此の日、曼殊院良恕親王を四品に叙す（口宣）、奉行日野光慶（『続史愚抄』）。

●十一月二十三日、春日社若宮等正遷宮日時を定めらる、上卿三条公広、奉行柳原業光（陣儀）また春日若宮等上棟日時及び榎本社水屋社等始仮殿立柱正遷宮日時定あり、上卿職事等同前（『続史愚抄』）。

●十二月七日、二条昭実、養子松鶴に首服を加え、家康の偏諱を請いて、康道と称せしむ（『綜覧』）。

●十二月八日、内侍所新殿渡御日時を定めらる、上卿広橋総光、奉行柳原業光、次に新内裏遷幸日時を定めらる、上卿職事同前、今日より三箇日、新内裏にて吉田兼治、神道護摩を奉仕す（『続史愚抄』）。

●十二月十二日、上皇は吉田兼治・神龍院梵舜を召して、神道を問い、宗源行法、神道大護摩法等の伝授を受けらる（『綜覧』）。

●十二月十二日、内侍所臨時御神楽を行わる（仮殿にてなり）、拍子本持明院基久、拍子末五辻之仲（『続史愚抄』）。

●十二月十三日、今暁寅刻、内侍所新殿に渡御あり、奉行清閑寺共房（『続史愚抄』）。

●十二月十五日、鷹司信尚男教平元服、更に正五位下禁色等宣下あり（『続史愚抄』）。

●十二月十九日、新造内裏に移らせらる（『綜覧』）。卯刻、仮皇居（院女御（母儀）受禅已前の曹司）より新内裏（土御門殿）に遷幸、其の儀、仮廊を構えて渡御（密儀）、関白鷹司信尚、職事等供奉、奉行日野光慶（『続史愚抄』）。

●十二月二十一日、九条忠栄男道房元服、即ち正五位下禁色等宣下（『続史愚抄』）。
●十二月二十五日、新内侍所に御神楽を奏す、出御あらせらる（『綜覧』）。今夜より三箇夜、内侍所御神楽を行わる（新殿遷幸に依るなり）、出御あり、拍子本持明院基久、拍子末五辻之仲、人長舞曲（他夜歟。未詳）、奉行光長、此の夜、春日社若宮等正遷宮、行事柳原業光以下参向、次に春日祭を行わる、上卿三条公広、弁柳原業光等参向（『続史愚抄』）。
●十二月二十八日、内侍所御搦あり、吉田兼治奉仕と云う（『続史愚抄』）。
●十二月、土民、崇道天皇社山（当国高野川北に在り）を穿ち、石棺を得る、内に金牌一枚有り、其の表裏の銘に曰く、飛鳥浄御原に天下治す天皇の御朝、任太政官兼刑部大卿位大錦上小野毛人朝臣墓（営造歳次丁丑年十二月上旬即葬）と（『続史愚抄』）。
○是歳、主上（御年十八）御黛を拭はせらる、後花園院の例と云う（『続史愚抄』）。

慶長十九年〔一六一四〕甲寅　十九歳　即位四年

●正月一日、四方拝あり、奉行烏丸光賢、先に女院拝礼有りと云う（新上東門院歟、祖母なり、母儀は院女御前子にて、院号已前の為、不審）、次に院拝礼、次に小朝拝、関白鷹司信尚以下公卿殿上人、蔵人清閑寺共房以下等参列、奉行清閑寺共房（申次同歟）、次に元日節会、出御あり、内弁鷹司信尚、外弁西園寺実益以下八人参仕、奉行清閑寺共房（小朝拝、節会等、当代初度、抑も小朝拝は慶長六年の後歟、節会は同十六年の後なり）（『続史愚抄』）。
●正月七日、白馬節会あり（当代初度、慶長十六年の後なり）、出御有り、内弁九条忠栄、外弁広橋兼勝以下八人参仕、奉行日野光慶（『続史愚抄』）。

●正月八日、太元護摩始（法眼観助坊にて歟）、阿闍梨堯円（『続史愚抄』）。十四日結願。

●正月十一日、幕府は東京・呂宋・暹邏・柬埔寨・交趾渡航の朱印を出す、尋で又、呂宋・暹邏渡航の朱印を出す（『綜覧』）。

●正月十二日、内侍所臨時御神楽を行わる（羽柴秀頼申し行う）、出御あり、所作歌方等公卿五辻之仲、殿上人滋野井季吉以下三人参仕（拍子は本末倶に未詳）、奉行日野光慶（『続史愚抄』）。

●正月十五日、御祝、三毬打あり、仙洞御所も亦、三毬打あり（『綜覧』）。

●正月十六日、踏歌節会あり（当代初度、院御宇天正十六年の後、御忌月に依り停めらる、但し慶長七年に二月に延引されての後なり）、出御あり、内弁近衛信尋、外弁大炊御門経頼、以下八人参仕、奉行竹屋光長、此の日、先に右大臣着陣（『続史愚抄』）。

●正月十七日、相模小田原城主大久保忠隣、京都に着し、耶蘇教の寺院を毀ち、伴天連を追放す、諸大名も亦、幕府の命に依りて、教徒を禁圧す、尋で幕府は所司代板倉勝重をして、教徒の命に従わざるものを、陸奥津軽に放つ（『綜覧』）。

●正月十九日、和歌御会始、題幸逢太平代、飛鳥井雅庸出題（『続史愚抄』）。

●正月十九日、院第十皇子（御年七、兼て一乗院に入る、母女御前子）、御名庶愛、上卿花山院定熙、勅別当大炊御門経頼、奉行竹屋光長。無品貞清親王（兵部卿、伏見）を二品に叙す（口宣）、奉行日野光慶（『続史愚抄』）。

●二月十三日、此の日、春日祭行わる、上卿冷泉為満参向、弁不参、奉行日野光慶（『続史愚抄』）。

●二月十九日、東福寺勝林庵聖澄（月渓）、『古文真宝』を進講す、八月に至りて終る（『綜覧』）。

●二月二十日、畿内・東海道大雨、駿府城壁壊る（『綜覧』）。

●三月八日、勅使広橋兼勝・三条西実条及び広橋兼賢・日野光慶等、駿府に至り、家康に孫女入内の命を伝え、

また太政大臣若くは准三后宣下の内旨を告ぐ、家康は之を辞す（『綜覧』）。
●三月九日、家康は山城南禅寺等五山の僧侶を駿府に召し、題を与えて、文を作らしむ（『綜覧』）。
●三月十九日、山城実相院慈運寂す、義尊嗣ぐ（『綜覧』）。
●三月二十五日、家康は『古今集』の伝授を受けんとして、冷泉為満を招く、是日、為満は駿府に至る（『綜覧』）。
●三月二十六日、家康は四辻季継を召し、管弦を聞く、明日、季継、江戸に行く（『綜覧』）。
●三月二十九日、家康は山城南禅寺等五山諸塔頭の知行を増減し、学僧に学文料を給すべきことを所司代板倉勝重に命ず（『綜覧』）。
●四月五日、家康は山城南禅寺等五山の僧徒をして、『群書治要』・『貞観政要』・『続日本紀』・『延喜式』の中より、公家・武家の法度の資料となるべきものを抄出せしむ（『綜覧』）。
●四月五日、西福寺某は『撰択集』を家康に進む、奈良興福寺総持院某も亦、『法華二十八品和歌』を進む（『綜覧』）。
●四月七日、家康は林道春を召し、『論語』を読ましむ（『綜覧』）。
●四月九日、上皇は『伊勢物語』を講ぜらる、尋で西洞院時直に伊勢物語口訣を授けられ、同時慶にも亦、古今集口伝を授けらる（『綜覧』）。
●四月十二日、勅使広橋兼勝・三条西実条、江戸に至り、秀忠に、右大臣に任じ、従一位に叙せる旨を伝う（『綜覧』）。
●四月十六日、是より先、家康は公家法度を制定せんとし、記録を索む、是日、家康の老臣本多正純・金地院崇伝（以心）は舟橋秀賢をして、仙洞御所及び公家衆・門跡等所蔵の書目を注進せしむ（『綜覧』）。
●四月十六日、東山大仏殿の鐘成る、高さ一丈八寸、厚さ九寸（鐘口九尺一寸五分、重さ一万七千貫目余）、羽柴秀頼、鋳せしむ（『続史愚抄』）。

●四月十八日、南光坊天海、仙洞御所の古書を書写せんことを請う、是日、上皇は西洞院時慶をして之を校合せしめらる（『綜覧』）。

●四月二十八日、鹿児島城主島津家久、琉球の法度を定む（『綜覧』）。

●四月三十日、勅使広橋兼勝・三条西実条、京都に帰り、家康の勅答を奏上す（『綜覧』）。

●五月二十八日、仙洞御所連歌御会（『綜覧』）。

●五月二十九日、是より先、諸国霖雨、洪水、是日、大神宮をして止雨を祈らしめらる（『綜覧』）。

●六月十七日、冷泉為満は家康の為に『弄花抄』を校合す、尋で為満、江戸に行く（『綜覧』）。

●六月二十八日、舟橋秀賢没（『諸家伝』）。四十歳。息秀相は無位無官十五歳。

●七月一日、飛鳥井雅庸、駿府に至り、家康に謁す、尋で家康は源氏物語の秘訣を雅庸に受く（『綜覧』）。

●七月七日、七夕御祝（『綜覧』）。

●七月十二日、仁和寺無品覚深親王を一品に叙す（『綜覧』）。入道無品覚深親王に一品宣下（口宣）あり、上卿広橋総光、奉行広橋兼賢（『続史愚抄』）。

●七月十二日、角倉了以（光好）没す、子与一（玄之）嗣ぐ（『綜覧』）。林屋辰三郎『角倉了以とその子』等参照。

●七月十四日、家康は宋版一切経を南光坊天海の武蔵仙波喜多院に寄進す（『綜覧』）。

●七月十四日、秀忠は藤原定家自筆の『伊勢物語』を家康に進む（『綜覧』）。

●七月二十一日、家康は山城方広寺大仏の鐘銘に不吉の語あり、上棟の期日も亦吉日ならざるを怒る（『綜覧』）。

●七月二十六日、豊臣秀頼の老臣片桐且元、再び書を駿府に呈して、前請を申《かさ》ね、山城方広寺大仏の開眼供養・堂供養を同日に行はんとす、家康は其の旧例に違えるのみならず、鐘銘・棟札の文辞、また意に適せざるに依りて、その草案を送らしめ、上棟及び両供養の延期を命ず（『綜覧』）。

●七月二十七日、家康は『晋書』・『玉海』等三十部を、秀忠に贈る（『綜覧』）。
●七月二十九日、日野唯心（輝資）、『侍中群要抄』を家康に贈る（『綜覧』）。
●是月、是より先、家康は角倉了以をして、再び富士川を浚渫せしむ、了以の死後、子与一代り治む、是に至りて、功竣る（『綜覧』）。与一は吉田素庵のこと。
●八月三日、神龍院梵舜、仙洞御所に参り、『稽古録』を献ず、上皇は神道のことを問はせらる（『綜覧』）。
●八月三日、家康は五山・十刹諸山出世の猥なるに依り、公帖の留書を江戸より徴して、之を検す（『綜覧』）。
●八月七日、多武峰社仮殿遷宮日時定あり、上卿中御門資胤、奉行某（柳原業光歟）（『続史愚抄』）。
●八月七日、家康は山崎宗鑑筆『二十一代集』を、日野唯心（輝資）等駿府在留の公家衆に示す、尋でまた藤原定家筆『古今和歌集』・空海筆『般若心経』等を示す（『綜覧』）。
●八月十三日、是より先、葡萄牙人、肥前長崎に入港す、是日、駿府に至り、家康に謁し、方物を呈す（『綜覧』）。
●八月十四日、上皇の女御近衛氏、山城豊国社に参詣せらる（『綜覧』）。
●八月十六日、内侍所臨時御神楽（尾張宰相某申して行うと云う）あり、出御なし、所作公卿四辻季継以下二人、殿上人滋野井季吉以下四人参仕、奉行柳原業光（『続史愚抄』）。
●八月十九日、今出川晴季は『律令』を家康に贈る（『綜覧』）。
●八月二十七日、家康は東福寺天得院清韓（文英）の紫衣勅許を得たるを怪み、所司代板倉勝重をして、旧記を検せしむ（『綜覧』）。
●八月二十八日、畿内・東海道・関東等諸国大風雨、洪水、被害甚だ多し（『綜覧』）。
●九月一日、和蘭人、駿府に至り、家康に謁して、方物を呈す（『綜覧』）。
●九月四日、前関白信尹公当座三十首続歌、通村出詠（『内府集』）。

●九月六日、安南国大都統黎維新、肥前長崎の商船に託し、書及び方物を家康に贈る（『綜覧』）。

●九月九日、重陽節句御祝（『綜覧』）。

●九月十九日、今日より修法を宮中にて行わる（不動法、七箇日歟）、阿闍梨妙法院常胤法親王（『続史愚抄』）。

●九月二十一日、是より先、操《あやつり》及び浄瑠璃・三味線頗る行わる、是日、仙洞御所に操御覧あり（『綜覧』）。

●九月二十四日、是より先、畿内及び諸国、伊勢踊流行す、是日、禁中に伊勢踊あり（『綜覧』）。

●九月二十四日、是より先、家康は山口直友を肥前長崎及び有馬等に遣し、耶蘇教徒を禁圧し、九州の諸大名をして、兵を出して之を助けしめ、其の寺院を毀つ、是日、加賀金沢城主前田利光（利常）の旧臣高山等伯（長房）及び内藤徳庵等の教徒百余人を、海外に放つ、尋で等伯・徳庵等、謫地に没す（『綜覧』）。

●九月二十八日、越前気比社正遷宮日時定あり、上卿広橋総光、奉行竹屋光長（『続史愚抄』）。

●十月一日、所司代板倉勝重の大坂の騒擾を報ずる書、駿府に達す、家康は大坂討伐を決し、之を秀忠に告げ、また近江・伊勢・美濃・尾張等の諸大名に出陣を令す（『綜覧』）。

●十月五日、京都烏丸本願寺光寿（教如）寂す（『綜覧』）。

●十月六日、豊臣秀頼は大坂城を修理し、浪士を招募して、籠城の備を為す、是日、真田信繁（幸村）・長宗我部盛親・後藤基次等、大坂城に入る（『綜覧』）。

●十月十日、家康は金地院崇伝（以心）をして、京都に赴き、古記録の書写を司らしむ、是日、崇伝は駿府を発す（『綜覧』）。

●十月二十四日、勅使武家伝奏広橋兼勝・三条西実条は二条城に臨み、家康を慰労す、是日、公家衆及び諸大名も亦、二条城に至り、家康に謁す（『綜覧』）。

●十月二十四日、家康は金地院崇伝（以心）・林道春に命じ、五山より能書のもの各十人を撰び、山城南禅寺金地

院に於て、古記録を謄写せしむ（『綜覧』）。
●十月二十五日、畿内・南海及び越後、地震あり（『綜覧』）。
●十一月一日、智仁親王・鷹司信尚・二条昭実・鷹司信房・九条忠栄及び公家衆・門跡・僧徒等、二条城に至り、家康を候す、家康は鷹司信尚の告げずして大仏供養に臨まんとせしに依り、之を見ず（『綜覧』）。
●十一月四日、近衛信尋・一条兼遐以下公家衆百余人、二条城に至り、家康を候す（『綜覧』）。
●十一月十日、是より先、上皇は家康の処置に就き、逆鱗あり、御心漸く解け給う、是日、西洞院時慶、之を慶し奉る（『綜覧』）。
●十一月二十四日、春日祭を行わる、上卿中御門資胤参向、弁不参（『続史愚抄』）。
●十一月二十五日、近衛信尹薨ず、五十歳、三藐院と号す（『続史愚抄』）。
●十一月二十七日、是より先、家康は大砲を和蘭人に徴す、是日、長崎奉行長谷川藤広・藤継、長崎より帰り、家康に謁し、大砲の到着近きにあるべきこと、幷に耶蘇教徒追放のこと等を復命す（『綜覧』）。
●十一月二十九日、勅使武家伝奏広橋兼勝・三条西実条、摂津住吉に至り、家康を見る、日野資勝・飛鳥井雅庸・烏丸光広らも亦、家康に謁す（『綜覧』）。
●十一月三十日、勅使武家伝奏広橋兼勝・三条西実条、摂津平野に至り、秀忠を見る、飛鳥井雅庸・烏丸光広等も亦、秀忠に謁す（『綜覧』）。
●十二月五日、六条有広・冷泉為満・山科言緒ら、家康に謁す、明日また摂津岡山に至りて、秀忠に謁す（『綜覧』）。
●十二月六日、家康は営を摂津茶臼山に移す、秀忠も来り会す（『綜覧』）。
●十二月八日、故勧修寺晴豊に贈内大臣の宣下あり（『続史愚抄』）。晴豊は坊城俊昌（晴豊三男）、俊直（勧修寺経広）、坊城俊完、承章らの父祖。

●十二月十二日、御煤払（『綜覧』）。
●十二月十六日、院第八皇子（御年十一、後に知恩院に入る、母典侍源具子）に親王宣下あり、上卿大炊御門経頼、勅別当日野資勝、奉行柳原業光（『続史愚抄』）。後の知恩院良純親王。
●十二月十七日、勅使武家伝奏広橋兼勝・三条西実条を茶臼山に遣し、家康に上京を勧め、和議を諭さしめらる、家康は之を辞し奉る（『綜覧』）。
●十二月十八日、舟橋国賢薨ず、七十一歳（『諸家伝』）。
●十二月十九日、豊臣秀頼は家康の提案に同意し、大坂城本丸のみを存し、二丸・三丸を壊し、織田有楽・大坂方の大野治長より人質を出し、家康より、城中の新旧将士に対して異議なき旨の誓紙を出し、以て和を修せんことを約す（『綜覧』）。
●十二月二十二日、無品毎敦親王（十三歳、院皇子）は大覚寺に入り、即ち得度あり、法名尊性（『続史愚抄』）。
●十二月二十三日、是より先、家康は公家衆をして、古今礼義式法の異同を録上せしむ、未だ答申せる者なきにより、是日、之を日野唯心・金地院崇伝に問う（『綜覧』）。
●十二月二十五日、勅使武家伝奏広橋兼勝・三条西実条、大坂より帰り、家康の上申せる親王座席并に官位昇進のこと等を奏上す、仍りて関白鷹司信尚以下公家衆を召し、之を議せしめらる（『綜覧』）。
●十二月二十五日、家康は老臣等を茶臼山に留め、二条城に凱旋す、秀忠は摂津岡山に留まり、大坂城の取壊を監す（『綜覧』）。
●十二月二十六日、金地院崇伝（以心）・林道春は古記録の謄写終了せるものを家康に進む（『綜覧』）。
●十二月二十七日、神龍院梵舜は『三光雙覧抄』を家康に進む（『綜覧』）。
●十二月二十八日、家康、参内して物を献じ、和議成るを奏す、上皇・女院・女御御所にも物を献ず、また公家

衆と禁中の礼法儀式のことを議す（『綜覧』）。

●十二月二十九日、勅使武家伝奏広橋兼勝・三条西実条、二条城に至り、禁中儀式等七箇条を家康に示す、家康は其の古今の異同を研究して奉答せんことを答う、是日、山城知恩院良純親王等、家康を見る（『綜覧』）。

元和元年（慶長二十）（一六一五）乙卯　二十歳　即位五年

●正月一日、四方拝あり、奉行竹屋光長、小朝拝なし、節会あり、内弁西園寺実益、外弁大炊御門経頼以下七人参仕、奉行広橋兼賢（『続史愚抄』）。

●正月二日、歳首に依り、勅使広橋兼勝・三条西実条、院使秋篠大弼を家康に遣さる、公家衆等、また歳首を家康に賀す（『綜覧』）。

●正月五日、千秋万歳あり（『中院通村日記』、以下『通村記』）。

●正月六日、中院通村を召し、歌道のことを御談合あらせらる（『通村記』）。

●正月七日、白馬節会、出御あり、内弁花山院定熙、外弁日野資勝以下七人参仕、奉行烏丸光賢（『続史愚抄』）。

●正月八日、太元法始（宮中にてなり、大法に依り、南殿を用いらる歟、代始）、阿闍梨尭円（無量寿院）（『続史愚抄』）。十四日結願。

●正月十日、親王・公家衆・門跡以下、参内して歳首を賀し奉る、また立春の御祝（『通村記』）。

●正月十一日、神宮奏事始、伝奏花山院定熙、奉行柳原業光（『続史愚抄』）。

●正月十三日、仙洞御所庚申待、御遊あり（『綜覧』）。

●正月十五日、仙洞御所に三毬打あり（『通村記』）。

●正月十六日、踏歌節会、出御あり、内弁中御門資胤、外弁五条為経以下六人参仕、奉行柳原業光（『続史愚抄』）。
●正月十六日、仙洞御所に囲碁の御遊あり（『綜覧』）。
●正月十六日、幕府は呂宋・交趾渡航の朱印を出す、尋で又、呂宋・交趾・暹邏・柬埔寨・高砂渡航の朱印を出す（『綜覧』）。
●正月十七日、舞御覧、甲子待、御遊あり（『通村記』）。
●正月十八日、三毬打、御楽あり（『通村記』）。
●正月十九日、月次和歌御会始（『通村記』）。
●正月二十六日、秀忠、参内す、弟徳川義利（義直）・同頼将（頼宣）従う（『通村記』）。
●正月二十七日、親王・公家衆・門跡以下、二条城に至り、秀忠に謁し、和議成るを賀す（『通村記』）。
●正月三十日、地震、大動（『続史愚抄』）。
●二月三日、諸芸御稽古を始めらる、是日、御手習始（『通村記』）。
●二月七日、春日祭、上卿飛鳥井雅庸参向、弁不参（『続史愚抄』）。
●二月七日、八条宮智仁親王、能楽を催さる（『綜覧』）。
●二月九日、当座和歌御会始（『通村記』）。
●二月十二日、月次御楽始、また月次御読書始（『通村記』）。
●二月十四日、家康は駿府に帰り、秀忠は江戸に帰る（『綜覧』）。
●三月二日、上皇、御微恙あり（『綜覧』）。
●三月六日、金地院崇伝（以心）、参内し、また参院す（『綜覧』）。
●三月十九日、金地院崇伝（以心）・林道春は駿府に至り、家康に謁し、古記録謄写完成を報告す（『綜覧』）。

●三月二十日、古式礼義式法に関する御返書幷に摂家・親王・門跡等の答書、駿府に至る、家康は所司代板倉勝重・金地院崇伝（以心）をして、伝奏広橋兼勝等に、上京して親しく議定せんことを告げしむ（『綜覧』）。
●三月二十一日、家康は林道春に命じて、銅製活字版を以て、『大蔵一覧集』を印刷せしむ（『綜覧』）。
●三月二十二日、家康は大砲を駿河籠鼻に鋳造せしむ（『綜覧』）。
●是月、是より先、上皇と御不和のことあり、是に至り、御和諧あらせらる（『綜覧』）。
●四月三日、御不予（『綜覧』）。
●四月五日、仙洞御所に伊勢物語御会読あり（『綜覧』）。
●四月五日、是より先、家康は大坂方の戦備を為すを聞き、豊臣秀頼に大和若くは伊勢に移るか、然らずば尽く浪士を放逐せんことを求む、是日、秀頼の使者、家康の許に来り、移封を免ぜられんことを請う（『綜覧』）。
●四月七日、家康は西国の諸大名に命じ、出陣の準備を為さしむ（『綜覧』）。
●四月十日、秀忠は軍を率いて江戸城を発す（『綜覧』）。
●四月十八日、家康は京都に著し、二条城に入る（『綜覧』）。
●四月二十日、家康は大和の大峰五鬼の由来を、照高院興意法親王及び三宝院義演に問う（『綜覧』）。
●四月二十二日、秀忠は二条城に至り、家康と密議す（『綜覧』）。
●四月二十三日、公家衆は二条城幷に伏見城に至り、家康及び秀忠に謁す（『綜覧』）。
●四月二十三日、秀頼は軍勢を大和に遣り、法隆寺を焚く、金堂・鐘楼・経蔵・回廊（八十六間）焼失と云う（『続史愚抄』）。
●五月五日、端午節供御祝、また公家衆、仙洞御所に候す（『綜覧』）。
●五月五日、家康は二条城を発し、河内星田に次す、秀忠も亦、山城伏見を発し、河内砂に陣す（『綜覧』）。

●五月六日、東軍は大坂方と河内片山・道明寺付近に戦う、大坂方の軍敗れ、後藤基次等戦死す（『綜覧』）。
●五月七日、家康・秀忠は大坂に進む、両軍大いに戦い、大坂方終に敗れ、多く戦死す、大坂城亦焼く（『綜覧』）。大坂にて戦さあり、大坂勢敗れ、持明院基久及び諸将等多く死す、此の日、神社仏寺以下所々、兵火に係ると云う（『続史愚抄』）。持明院基久（左中将）、大坂にて横死、三十二歳（『諸家伝』）。
●五月八日、豊臣秀頼及び生母浅井氏（淀殿）、大坂城中に自殺す（『綜覧』）。
●五月十四日、庚申待、御遊あり。仙洞御所より書跡を借用せらる（『綜覧』）。
●五月十六日、秀忠は公家法度を更定せんとし、公家衆をして、各其の意見を開陳せしむ（『綜覧』）。
●五月十八日、秀忠幷に公家衆・門跡・大名等、二条城に至り、家康に謁す、二条城に因明の論義あり（『綜覧』）。
●五月二十三日、是より先、幕府は故豊臣秀頼の子女を捕う、是日、一子国松を京都六条河原に斬り、一女を尼となして、鎌倉の東慶寺に入らしむ（『綜覧』）。
●是月、幕府は淀川過書船支配木村勝正・河村与三右衛門の功を賞す、また角倉玄之をして、勝正と共に淀川過書船を支配せしむ（『綜覧』）。
●六月一日、江戸大地震（『綜覧』）。
●六月二日、海北友松没す（『綜覧』）。八十三歳（『日本の美術三三四 海北友松』）。内閣文庫蔵『中院家古文書類』下所収「海北友松正筆」裏の備忘に、「友松、海北氏、名昭益、江州堅田ノ産、画ヲ狩野古法眼元信ニ学ヒ、友徳ト云、朝鮮国ニ渡、宋ノ梁楷之筆意ヲ徴シ、帰朝し、京師ニ住、古永徳ノ聟トナル、茶事織部正ニ学フ、四哲ノ一人也、慶長廿年没ス、八十三」とある。
●六月二十三日、京都大雨洪水（『綜覧』）。
●六月二十八日、無品直輔親王（院第八皇子）を家康の猶子と為し、知恩院門跡と為すべき旨、治定（『続史愚抄』）。

●六月二十八日、幕府は諸国に令して、喫煙、煙草の売買幷に栽培を禁ず（『綜覧』）。
●六月三十日、家康は片山宗哲等に命じて、僧雲叔所進の書籍を点検せしむ（『綜覧』）。法印宗哲は家康の侍医。
●閏六月八日、秀忠は飛鳥井雅庸等を伏見に召し、蹴鞠を見る（『綜覧』）。
●閏六月九日、是より先、家康は五山の僧侶に命じて、『本朝文粋』を謄写せしむ、是日、金地院崇伝（以心）、其の功成るに依り、之を家康に進む（『綜覧』）。
●閏六月十五日、幕府は公家衆の知行高を録上せしむ（『綜覧』）。
●閏六月二十三日、陸奥仙台城主伊達政宗、藤原定家自筆の『古今和歌集』を家康に進めんとす、家康は之を辞す（『綜覧』）。
●閏六月二十五日、家康は二条城に天台宗の論議を聴く、また武蔵仙波喜多院の南光坊天海より天台法門の伝授を受く（『綜覧』）。
●閏六月二十九日、名越祓あり、去月三十日、土御門泰重に尋ねらるれば、言いて曰く、閏ある時は閏月晦日を用る例なりと（『続史愚抄』）。
●七月七日、和歌御会、題星夕涼如水、奉行三条西実条（『続史愚抄』）。
●七月七日、是より先、家康は金地院崇伝（以心）等に命じ、諸法度の案を制定せしむ、是日、秀忠は諸大名を伏見城に会し、武家法度を分つ、能楽あり（『綜覧』）。
●七月十日、家康は山城豊国社の社殿を方広寺の寺域に移さしめ、照高院興意法親王の方広寺住持を罷め、妙法院常胤法親王をして之に替らしむ、尋で照高院の寺領を妙法院に与う（『綜覧』）。
●七月十二日、右大臣近衛信尋里第にて年号勘者宣下あり、奉行広橋兼賢（『続史愚抄』）。
●元和元年七月十三日、条事定あり、上卿近衛信尋、已次公卿花山院定熙以下十人参仕、次に改元定を行わる、

上卿以下同前、慶長を改め元和と為す、代始に依ると云う、勘者五条為経撰び申す、吉書奏す、恒の如し、奉行広橋兼賢（『続史愚抄』）。

●七月十六日、秀忠、江戸に帰らんとするに依り、勅使を伏見城に遣し、物を賜う、上皇も亦、物を賜う、親王・公家衆・門跡・諸大名・僧侶、伏見城に至りて、之に餞す（『綜覧』）。

●七月十七日、秀忠、二条城に至る、能楽あり、禁中公家諸法度を定め、二条昭実・秀忠・家康連署す（『綜覧』）。前右大臣家康は十七条法を二条城にて定む、執筆烏丸光広（『続史愚抄』）。

●七月十八日、上皇の女御近衛氏、中院通村を召して、『源氏物語』を読ましめらる（『通村記』）。

●七月二十日、家康は中院通村等の『源氏物語』講義を聴く、後、度々これを聴く（『通村記』）。

●七月二十一日、家康は能楽を二条城に張り、豊臣秀吉の後室高台院（杉原氏）及び公家衆の上﨟女房をして、之を見物せしむ（『綜覧』）。

●七月二十三日、五条為経薨ず、六十四歳（『公卿補任』）。

●七月二十四日、幕府は大沢基宿の第二子基定をして、横死した故持明院基久の遺跡を嗣がしむ（『綜覧』）。

●七月二十四日、家康は諸宗本山・本寺の諸法度を定め、五山に碩学料を与う（『綜覧』）。

●七月二十八日、神龍院梵舜は『増鏡』を家康に進む（『綜覧』）。

●七月三十日、公家衆・門跡を禁中に召し、先に定むるところの禁中公家諸法度を分たる（『綜覧』）。前将軍家康、十七条法を公家に献ず、此の日、関白昭実以下公卿殿上人親王諸門跡等参内、広橋兼勝之を読むと云う（『続史愚抄』）。

●八月一日、日食。八朔の御贈遺あり、家康は馬を献ず、親王・公家衆・門跡等、二条城に至り、八朔を賀し、家康の東帰に餞す、南蛮人、二条城に家康に謁す（『綜覧』）。

●八月四日、家康は駿府に帰らんとし、京都を発す、秀忠は江戸に帰る（『綜覧』）。

●八月十六日、上皇は『源氏物語』を講ぜらる（『綜覧』）。

●八月十八日、御霊祭（『続史愚抄』）。

●八月二十日、仙洞御所甲子待、御遊あり（『綜覧』）。

●八月二十一日、小御所にて天台論義あり、証義は南光坊天海、二十三日亦此の事あり（『続史愚抄』）。

●八月二十二日、南光坊天海は『摩訶止観』円頓章を進講す（『綜覧』）。

●八月二十八日、青蓮院尊純（梶井応胤親王の子なり）、大僧正に転ず（口宣）、上卿日野資勝、奉行広橋兼賢（『続史愚抄』）。

●八月三十日、一条兼遐は大神宮に参詣し帰京す、是日、上皇の女御近衛氏、酒迎の饗あり、尋で兼遐、近衛氏を山城岡崎に饗し奉る（『綜覧』）。

●是月、七宮済祐親王、御元服あり、名を好仁親王と改めらる（『綜覧』）。

●九月九日、重陽和歌御会、題翫宮廷菊、奉行三条西実条（『続史愚抄』）。

●九月二十日、是より先、琉球国王尚寧、明国の十年一貢の例を以て、互市を許さざる旨を、鹿児島城主島津家久に報ず、是日、家久は之に答え、尋で、幕府の命を伝えて、大坂方残党の其の地に在るものを捕えしむ（『綜覧』）。

●九月二十三日、幕府は中院通村に采地を加増す（『通村記』）。『当家家領之事』（中院本）参照。

●是月、英吉利船長ラーフ・コピンドール、ウィリヤム・アダムス等、駿府に至り、家康に謁す（『綜覧』）。

●十月九日、歌舞伎躍御覧あり（『綜覧』）。

●十月十二日、是より先、勧修寺教豊没し、嗣無くして家絶ゆ、是日、坊城俊直、入りて、其の跡を嗣ぎ、名を

経広と改む（『綜覧』）。

●十月十五日、能楽御覧あり（『綜覧』）。

●十一月十一日、春日祭、上卿徳大寺実久参向、弁不参、奉行広橋兼賢（『続史愚抄』）。

●十一月十九日、豊前小倉城主細川忠興は其の女をして、烏丸光広の子光賢に嫁せしむ（『綜覧』）。

●是月、朝鮮は書を対馬に致し、其の旧図書を還し、新図書に換えんことを請う（『綜覧』）。

●十二月十九日、家康は明年を以て参朝せんとす、仍りて勅使の下向を停む、嫡孫竹千代（家光）も亦、明年を以て参朝せんとす（『綜覧』）。

●十二月十六日、飛鳥井雅庸を危急により権大納言に任ず（『公卿補任』）。

●十二月二十二日、飛鳥井雅庸薨ず、四十七歳（『公卿補任』）。法名尊雅。道澄准后から古今伝授を、藤木成定から入木道伝授を受く。後水尾上皇・徳川秀忠等の蹴鞠師範。

●十二月二十七日、上皇は『八雲神詠秘訣』を、萩原兼従に受けらる（『綜覧』）。

●是歳、陸奥津軽饑饉、明年また稔らず（『綜覧』）。

元和二年（一六一六）丙辰　二十一歳　即位六年

●正月一日、四方拝あり、奉行広橋兼賢、小朝拝なし、節会、出御あり、立楽中に入御、内弁近衞信尋、外弁大炊御門経頼以下七人参仕、奉行柳原業光（『続史愚抄』）。

●正月三日、女御御所に臨ませらる、千秋万歳あり（『通村記』）。

●正月七日、白馬節会、出御あり、事終わりて入御、内弁西園寺実益、外弁花山院定熙以下七人参仕、奉行烏丸

光賢（『続史愚抄』）。

●正月八日、太元護摩始（法眼観助坊にて之を行わる）、阿闍梨尭円（『続史愚抄』）。十四日結願。

●正月十一日、神宮奏事始、伝奏花山院定熙、奉行広橋兼賢（『続史愚抄』）。

●正月十一日、幕府は東京（安南）・交趾渡航の朱印を出す、尋でまた交趾・摩陸渡航の朱印を出す（『綜覧』）。

●正月十五日、御日待あり（『通村記』）。

●正月十五日、仙洞御所、三毬打あり（『綜覧』）。

●正月十六日、踏歌節会、月蝕に依り出御なし（『綜覧』）。月蝕（戌亥子、十二分、或いは十四分半に作る）、蝕後今夜節会行わる（延びて翌日に及ぶ）、内弁日野資勝、外弁三条正親町実有、以下五人参仕、奉行竹屋光長（『続史愚抄』）。

●正月十七日、舞御覧あり（『綜覧』）。

●正月十八日、三毬打あり（『綜覧』）。

●正月十九日、和歌御会始、題霞添山色（『続史愚抄』）。内裏御会始、通村出詠（『内府集』）。

●正月十九日、家康は金地院崇伝（以心）・林道春に命じて、『群書治要』を印行せしむ（『綜覧』）。

●正月二十一日、家康は駿河田中に放鷹し、病に罹る、明日、秀忠は下総小見川城主安藤重信を遣して、病を問う（『綜覧』）。

●二月二日、秀忠は駿府に至り、家康の病に候す、尋で上皇の女御近衛氏・女院・親王・公家衆・門跡・諸大名・諸社寺等、亦或いは駿府に至り、或いは使を遣して、家康の病を問う（『綜覧』）。

●二月七日、春日祭、上卿烏丸光広参向、弁不参、奉行広橋兼賢（『続史愚抄』）。

●二月九日、家康の疾祈禳の為め、内侍所に御神楽を奏せられんとし、土御門泰重をして、日時を勘進せしむ（『通村記』）。

●二月十一日、諸社寺に命じて、家康の疾を祈禳せしめらる（『通村記』）。
●二月十一日、上皇は萩原兼従・神龍院梵舜をして、『神道行法印』を書写せしめ、之を彫刻せしめらる、是日、梵舜等、之を上る（『綜覧』）。
●二月二十一日、三宝院義演をして、家康の為に、普賢延命法を清涼殿に修せしめらる（『綜覧』）。二十七日結願。
●二月二十三日、勅使武家伝奏広橋兼勝・三条西実条、駿府に至る、家康・秀忠、之を見る（『綜覧』）。
●二月二十三日、広橋兼勝は書を金地院崇伝（以心）に遣りて、家康に前典侍広橋氏等五人の罪を赦さんことを請う（『綜覧』）。
●三月一日、上皇の女御近衛氏、中院通村の亭に臨ませらる（『通村記』）。
●三月三日、是より先、加賀金沢城主前田利光（利常）は五山の僧侶をして、『東鑑』を書写せしむ、上皇は宸翰の外題を賜う、是日、東福寺守藤（集雲）、其の跋を作る（『綜覧』）。
●三月十日、幕府は銭貨通用の法を定む（『綜覧』）。
●三月十八日、上皇は『詠歌大概』を講ぜらる（『通村記』）。
●三月二十一日、家康に太政大臣の宣下あり、上卿日野資勝、奉行広橋兼賢（『続史愚抄』）。
●三月二十一日、長門萩城主毛利宗瑞（輝元）の子秀就、禁裏造営に就き、納金の為に、其の領内に出銀を命ず（『綜覧』）。
●三月二十四日、稲荷神輿迎、広橋兼賢は稲荷祭を社家に付す綸旨を神祇伯白川顕業王に書き下す（『続史愚抄』）。
●三月二十七日、徳川家康を太政大臣に任ず、是日、勅使武家伝奏広橋兼勝・三条西実条、駿府城に臨みて口宣を伝う、尋で家康は秀忠と共に饗す（『綜覧』）。
●是月、近衛家に内紛あり、家康は奈良興福寺一乗院尊勢をして、之を和解せしむ（『綜覧』）。

●四月一日、家康の病漸く革る、是日、老臣本多正純及び南光坊天海・金地院崇伝（以心）等を召して、後事を託す（『綜覧』）。
●四月九日、松尾祭を社家に付さる、広橋兼賢綸旨を書き下す（『続史愚抄』）。
●四月十一日、家康は林道春を召して、遺命す、後、道春は秀忠の命を受けて、駿河文庫の書籍を処分す（『綜覧』）。
●四月十五日、秀忠は神龍院梵舜を召して、神道・仏法のことを問う（『綜覧』）。
●四月十六日、幕府は家康の薨後、之を駿河久能山に祀らんとし、神龍院梵舜に旨を伝う（『綜覧』）。
●四月十七日、徳川家康、駿府城に薨ず、是夜、柩を久能山に移す（『綜覧』）。家康は駿河の居城に薨ず、七十五歳、安国院と号す、後日、同国久能山に葬る（翌年日光山に改葬す）（『続史愚抄』）。
●四月十八日、山城建仁寺の慈稽（古澗）参内す、御学問所に召して、『三体詩』を読ましめらる（『通村記』）。
●四月十九日、幕府は久能山に仮殿を営み、神龍院梵舜をして、故家康を之に斎き祀らしむ（『綜覧』）。
●四月二十一日、御不予により、上皇の女御近衞氏、中院通村をして、京都相国寺東の大神宮に代参せしめらる（『通村記』）。
●四月二十二日、中院通村、大坂陣の図の屛風を叡覧に供す（『通村記』）。
●四月二十二日、鷹司信尚室清子内親王、参内す（『通村記』）。
●四月二十二日、秀忠は久能山の家康の廟に詣づ（『綜覧』）。
●四月二十四日、甲子待（『通村記』）。
●四月二十九日、中院通村、『源氏物語』を進講す（『通村記』）。
●是月、対馬府中城主宗義成、家康の薨去を朝鮮に報ず（『綜覧』）。
●五月三日、南都興福寺一乗院尊勢、京都に寂す（『綜覧』）。

●五月三日、幕府は星野閑斎・林永喜を遣して、神龍院梵舜と、家康の神号を議せしむ、尋で梵舜は秀忠に謁す（『綜覧』）。

●五月十九日、六条有広薨ず、五十三歳（『公卿補任』）。

●五月二十一日、幕府は駿府居住の士を江戸に移し、神田川を開鑿して、其の亭地を拓く（『綜覧』）。

●五月二十九日、幕府は酒井忠利・青山忠俊・内藤清次を、世子竹千代（家光）の傅と為す（『綜覧』）。

●六月五日、吉田兼治卒す（『綜覧』）。五十二歳。室は細川幽斎女（『諸家伝』）。

●六月十一日、舞楽の道具を叡覧あらせらる（『綜覧』）。

●六月十四日、幕府は金地院崇伝（以心）に濃毘数般渡航朱印の文例を問う（『綜覧』）。

●六月十五日、琉球王尚寧は書を鹿児島城主島津家久に致して、子孫なき時は、佐敷王子朝昌をして、其の王位を継がしむること、幷に明との貿易に力を尽すべきこと等を誓う（『綜覧』）。

●六月二十二日、御虫払（『綜覧』）。

●是月、故家康の神号の事、秀忠より申請、因りて東照権現号の宣下あり（口宣歟、翌年更に宣下あり）、また遺言に依り、天海僧正（今月二十七日、大僧正に転ず）、日光山に勧請すべしと（『続史愚抄』）。

●是月、鹿児島城主島津家久、令して、明船の領内に繋留することを禁じ、長崎に赴きて貿易せしむ（『綜覧』）。

●七月三日、伏見宮邦房親王妃薨ぜらる、是日、葬儀を相国寺の慈照院に修す（『綜覧』）。

●七月六日、公家衆を召して、家康の神号を議せしめらる（『綜覧』）。

●七月七日、七夕和歌御会（『綜覧』）。七夕公宴、通村出詠（『内府集』）。

●七月二十二日、公家衆の躍あり、仙洞御所もまた躍あり（『綜覧』）。

●七月二十六日、青蓮院尊純、大僧正を辞す、南光坊天海を之に任ず（『綜覧』）。

●七月二十八日、興正寺佐超（顕尊）を僧正に任ず、是日、佐超は参内して恩を謝し奉る、大覚寺空性・新善法寺常清も亦、参内す（『綜覧』）。
●八月一日、暦に日食を書せども蝕せず（『綜覧』）。
●八月五日、正親町天皇二十五回御正忌明年に当るを以て、是日、仙洞御所に法会を預修せらる（『綜覧』）。正親町院の御月忌を為し奉り（臨時なり、御忌正月五日）、御経供養を仙洞にて行わる、導師南光坊天海、公卿西園寺実益以下三人参仕（『続史愚抄』）。
●八月六日、幕府は東山方広寺大仏殿境内に、豊臣秀吉の墳墓を建立し、妙法院をして方広寺寺領幷に境内を安堵せしむ（『綜覧』）。
●八月八日、幕府は耶蘇教を禁じ、明の商船を除き、外国商船の長崎・平戸の他寄港することを禁ず（『綜覧』）。
●八月十四日、仙洞御所、傀儡の御遊戯あり（『綜覧』）。
●八月十四日、是より先、照高院興意法親王、関東を呪詛せりとの故を以て、家康の譴を蒙る、是日、書を幕府に致して、秀忠の疑を解かんことを請う（『綜覧』）。
●八月十八日、御霊祭（『続史愚抄』）。
●八月十九日、仙洞御所、囲碁御会あり（『綜覧』）。
●八月二十日、幕府は伊祇利須・交趾商船の貿易に関する令を出す（『綜覧』）。
●八月二十四日、上皇は『未来記雨中吟抄』を講ぜらる（『綜覧』）。
●九月九日、重陽和歌御会、題九月九日（『続史愚抄』）。重陽公宴、通村出詠（『内府集』）。
●九月十三日、金地院崇伝（以心）は、家康の遺旨を奉じ、書を冷泉為満に遣りて、『二十一代集』の寄贈を促す（『綜覧』）。

●九月十六日、家康の神号勅許の勅使武家伝奏広橋兼勝・三条西実条、江戸に行かんとして京都を発す、日野資勝・中院通村・柳原業光・山科言緒・土御門久脩等も亦、東下す（『綜覧』）。
●九月十九日、土御門泰重の請に依り、造暦のことを停め、幸徳井《かでい》友景をして之を掌らしむ（『綜覧』）。
○九月二十七日、上皇の女御近衛氏の御所に臨ませらる（『綜覧』）。主上、密に国母（院女御前子）御所に渡御（仙洞郭内に在る歟）（『続史愚抄』）。
●是月、秀忠は秀頼の後室千姫をして、伊勢桑名城主本多忠政の嫡子忠刻に再嫁せしむ、石見津和野城主坂崎直盛、之を奪はんと謀り、こと露る、幕府は直盛をして自殺せしめ、其の封地を没収す（『綜覧』）。
●十月三日、勅使武家伝奏広橋兼勝・三条西実条及び公家衆・門跡等、秀忠に江戸城に謁す（『綜覧』）。
●十月四日、上皇御不予（『綜覧』）。
●十月六日、幕府は明年四月、祖廟を下野日光山に移さんとし、山科言緒に嘱して、秀忠等の束帯の冠服及び伶人舞楽の具等を調進せしむ（『綜覧』）。
●十月七日、秀忠は公家衆・門跡等を江戸城に饗す（『綜覧』）。
●十月十日、御日待あり、院また同じ（『続史愚抄』）。
●十月十一日、是より先、京都相国寺の鹿苑院瑞保（有節）等、五山十刹の公帖を領せずして出世したる衆の交名を呈す、是日、金地院崇伝（以心）、秀忠の閲に供えんとし、之を下総佐倉城主土井利勝・所司代板倉勝重に諮る（『綜覧』）。
●十月十四日、幕府は金地院崇伝（以心）に命じて、武家法度を改書せしむ（『綜覧』）。
●十月二十日、能楽あり（『綜覧』）。
●十一月三日、御手習講あり（『綜覧』）。

●十一月九日、上皇御不予（『綜覧』）。
●十一月十三日、故唐橋在通の女を召出さる（『綜覧』）。
●十一月十七日、此の日、春日祭行わる、上卿日野資勝参向、弁不参、奉行柳原業光（『続史愚抄』）。
●十一月十九日、能楽御覧あり（『綜覧』）。
●十一月二十一日、中御門資胤・庭田重定・柳原業光等九人を、清涼殿の奉行と為す（『綜覧』）。
●十一月二十一日、八条宮智仁親王は丹後宮津城主京極高知の女を納れて妃とせらる（『綜覧』）。
●十一月二十六日、徳大寺実久薨ず、三十四歳（『公卿補任』）。
●十二月三日、下野東照権現社の行事所始仮殿地曳等日時を定めらる、上卿中御門資胤、奉行広橋兼賢（『続史愚抄』）。
●十二月九日、無品常嘉親王（院皇子、十四歳、母掌侍藤原孝子、或いは基子に作る、此の日、入室の儀ある歟、未詳）、妙法院室にて得度、法名堯然、戒師常胤親王、公卿中御門資胤以下三人着座（『続史愚抄』）。
●十二月十九日、御煤払（『綜覧』）。
●十二月二十九日、節分（『続史愚抄』）。
●是月、是より先、故対馬府中城主宗義智、家康の命を奉じて、朝鮮の来聘を促す、是に至りて、朝鮮は書を義智の子義成に遣り、明年三月を以て、信使を通ぜんことを報ず（『綜覧』）。
●是歳、家康は肥前長崎代官村田等安をして、台湾を討たしむ（『綜覧』）。

元和三年（一六一七）丁巳　二十二歳　即位七年

●正月一日、四方拝あり、奉行柳原業光、小朝拝なし、節会、出御あり、立楽以前入御（此の日、卯日と雖も卯杖奏

なしと云う）、内弁近衛信尋、外弁三条公広、以下七人参仕、奉行烏丸光賢、此の日、立春（『続史愚抄』）。
●正月五日、千秋万歳あり（『綜覧』）。
●正月七日、白馬節会（『公卿補任』）。節会、出御なし、内弁近衛信尋、外弁大炊御門経頼、以下六人参仕、奉行竹屋光長（『続史愚抄』）。
●正月八日、太元護摩始（法眼観助坊にて之を行わる、以下同）、阿闍梨堯円（『続史愚抄』）。十四日結願。
●正月十日、親王・公家衆・門跡以下、参内して歳首を賀す（『綜覧』）。
●正月十五日、仙洞御所、三毬打あり（『綜覧』）。
●正月十六日、踏歌節会（『公卿補任』）。節会、出御あり、立楽後入御、内弁一条兼遐、外弁烏丸光広、以下六人参仕、奉行広橋兼賢、此の日、先に関白二条昭実奏慶（扈従の公卿中御門資胤、前駈殿上人白川顕成以下五人）（『続史愚抄』）。
●正月十七日、舞楽御覧あり（『続史愚抄』）。
●正月十八日、三毬打あり（『綜覧』）。
●正月十九日、和歌御会始、題初春祝（『続史愚抄』）。
●正月二十二日、下野東照権現仮殿遷宮礎居等日時を定めらる、上卿広橋総光、奉行柳原業光（『続史愚抄』）。
●正月二十八日、清涼殿に猿楽あり（大夫女と云う）、叡覧（『続史愚抄』）。
●正月三十日、八条宮智仁親王は江戸に下向せらる（『綜覧』）。
●二月二日、秀忠は御礼服を献上す（『綜覧』）。
●二月三日、御手習始（『綜覧』）。
●二月三日、下野東照権現立柱上棟日時を定めらる、上卿大炊御門経頼、奉行広橋兼賢（『続史愚抄』）。

●二月七日、初卯家法楽、通村出詠（『内府集』）。当年のものかは不明であるが、内閣文庫蔵『中院家古文書類』上所収の通村自筆「初卯家法楽二月四日付触状」に依れば、宛名は転法輪・三条西・中御門・正親町三条・清閑寺・白川・西洞院・高倉・冷泉・園・久我・小倉・花園・岩倉等である。八月の放生会家法楽も同様か。

●二月九日、山科言緒は『源氏物語』竹河巻を書写し、中院通村に依りて之を献ず（『綜覧』）。

●二月十二日、春日祭、上卿三条西実条参向、弁不参（『続史愚抄』）。

●二月十四日、土御門泰重は大神宮に参詣せんとし、京都を発す（『綜覧』）。

●二月十七日、奈良興福寺一乗院尊勢の資十宮（尊覚法親王）参内せらる、論義あり（『綜覧』）。

●二月二十三日、東照権現神号（去年七月宣下と雖も、略儀に依り、宣下を改めらる歟）及び葺甍日時定あり、上卿三条公広、宣命使中御門宣衡、奉行柳原業光（『続史愚抄』）。

●三月三日、東照権現正遷宮日時を定めらる、上卿西園寺実益、奉行広橋兼賢（『続史愚抄』）。

●三月六日、東照宮奉幣使を発遣せらる、先に日時を定めらる、上卿烏丸光広、使阿野実顕、奉行柳原業光（『続史愚抄』）。

●三月九日、東照権現正一位神階宣下を行わる（位記請印儀あり）、上卿花山院定熙、奉行広橋兼賢（『続史愚抄』）。

●三月十二日、東照権現一社奉幣使を発遣せらる（神祇官代門にて発遣と云う）、先に日時を定めらる、上卿中御門資胤、幣使清閑寺共房、奉行柳原業光（『続史愚抄』）。

●三月十四日、能楽御覧あり（『綜覧』）。

●三月十七日、秀忠、江戸増上寺に詣づ、途に大橋重保、書を呈す、後、召して右筆と為す（『綜覧』）。

●三月十七日、日光山薬師堂及び開眼供養等日時を定めらる、上卿大炊御門経頼、奉行広橋兼賢。稲荷神輿迎、兼賢は稲荷祭を社家に付さる綸旨を書き下す（『続史愚抄』）。

●三月二十日、幕府の請を許して、下野東照社に勅額を賜わらんとし、是日、宸翰を染めらる（『綜覧』）。
●三月二十四日、上皇の皇子御生誕、清宮と称し奉る（『綜覧』）。母土佐局、後の梶井宮慈胤法親王。
●三月二十五日、武家伝奏広橋兼勝・三条西実条等を東下せしめ、下野東照社の祭儀に臨ましむ、是日、兼勝等、京都を発す、日野資勝等も亦、東下す（『綜覧』）。
●三月二十八日、今出川（菊亭）晴季薨ず、七十九歳、法名常空、号景光院（『諸家伝』）。
●是月、下野東照社造営竣る（『綜覧』）。
●是月、長崎代官村山等安・明石道友を明に遣して、通商を求めしむ、明は其の請を卻く（『綜覧』）。
●四月一日、万里小路孝房、相模国佐川宿に薨ず、二十六歳（『公卿補任』）。
●四月八日、下野小山城主本多正純・南光坊天海等、故家康の柩を下野日光山に斂む（『綜覧』）。
●四月九日、冷泉為満は『二十一代集』を故家康の側室神尾氏（阿茶局）に贈る（『綜覧』）。
●四月十七日、日光山東照権現正遷宮あり、宣命使阿野実顕、奉幣使清閑寺共房参向、公卿広橋兼勝以下五人着座、東坊城長維、神位記を持参す、奉行広橋兼賢（『続史愚抄』）。
●四月十八日、下野東照社法会（『綜覧』）。秀忠は初めて東照権現社に参り奉幣す、公卿広橋兼勝以下、殿上人柳原業光等数人扈従（各親族なり、後に昵近と号すなり）、次に薬師堂にて四箇の法事あり、導師南光坊天海、公卿広橋兼勝以下三人（皆大納言なり）着座、奉行広橋兼賢（『続史愚抄』）。
●四月十九日、薬師堂にてまた法会あり、導師南光坊天海、此の日、天台座主最胤親王出仕（『続史愚抄』）。
●四月二十九日、秀忠は江戸城中に能楽を張り、公家衆・門跡等を饗す（『綜覧』）。
●五月二日、勅使武家伝奏広橋兼勝・三条西実条等江戸を発して、京都に帰る、尋で日野資勝等も亦、帰京す（『綜覧』）。

●五月七日、土御門泰重は一条兼遐の亭に於て、上皇の女御近衛氏に宴を献ず（『綜覧』）。
●五月九日、禁裏御番の公家衆に物を賜いて、其の労を慰めらる（『綜覧』）。
○五月十一日、御当座、天皇御製、初冬時雨（『御集』）。内当座御会、通村出詠（『内府集』）。
●五月十二日、仙洞御所に女舞あり（『綜覧』）。
●五月二十六日、幕府は諸大名に領地の判物及び朱印を授く（『綜覧』）。
●六月二日、公家衆に勅して、学問・技芸等を励ましめらる（『綜覧』）。
●六月四日、幕府の使大沢基宿、参内して、勅使の下向及び勅題下賜の恩を謝し奉る（『綜覧』）。
●六月十一日、曼殊院良恕法親王をして、普賢延命法を禁中に修せしめらる（『綜覧』）。十七日結願。
●六月十四日、秀忠は上洛せんとし、江戸を発す、扈従の諸大名亦、前後して上京す（『綜覧』）。
●六月二十七日、上皇の女御近衛氏、土御門泰重を伊達政宗の旅館に遣して、物を賜う（『綜覧』）。
●六月二十九日、秀忠は山城伏見城に著す、公家衆・諸大名等、之を追分に迎う（『綜覧』）。
●六月三十日、武家伝奏広橋兼勝・三条西実条等を山城伏見城に遣して、秀忠を労せしめらる、上皇も亦、御使を遣され、昵近の公家衆亦、其の起居を候す（『綜覧』）。
●七月四日、上皇の女御近衛氏、近衛信尋の亭に臨ませらる（『綜覧』）。
●七月七日、和歌御会、題七夕糸（『通村記』）。七夕公宴、通村出詠（『内府集』）。
●七月十七日、上皇は蘇合香御許状を桜田秀正に授けらる（『綜覧』）。
●七月十八日、大炊御門経頼薨ず、六十三歳（『諸家伝』）。
●七月二十一日、秀忠は山城伏見より参内して、物を献ず、上皇・女院及び摂家・門跡にも進献贈遺す、諸大名亦、扈従参内す、是日、秀忠、伏見に帰る（『綜覧』）。

●是月、上皇御悩あり（御腫物）（『続史愚抄』）。

●八月五日、是より先、上皇、癰疽を患わせらる、是日、秀忠は吉良義弥をして仙洞御所に参り、御気色を候せしむ、尋で大沢基宿・島津家久も亦、仙洞御所に候す（『通村記』）。

●八月七日、於本禅寺石川主殿頭寄宿詠之、通村（『内府集』）。石川忠総は実は大久保忠隣次男。因みに忠総は蔵書家で『源氏物語手鑑』（土佐光吉筆、通村ら公家寄合書）、『続撰吟抄』（徳大寺実通自筆）、『金玉集』（為家自筆）等を所蔵していた（日下幸男「続撰吟抄紙背文書について」『国語国文』六二―二等参照）。

●八月十二日、上皇の御不予に依り、内侍所の御祈禱あり、尋で勅使を山城松尾・近江日吉・山城石清水等の諸社に遣して、御平癒を祈らしめらる（『綜覧』）。

●八月十三日、葡萄牙人、山城伏見城に、秀忠に謁す（『綜覧』）。

●八月十六日、秀忠は所司代板倉勝重をして、上皇との御和解のことを図らしむ（『綜覧』）。

●八月十六日、幕府は重ねて和蘭人に渡航の朱印を与う、尋で肥前平戸城主松浦鎮信をして、通商及び耶蘇教のことを監せしむ（『綜覧』）。

○八月二十日、院御悩増気、主上は仮廊を経て国母（院女御前子）御所に渡御し、次に院御所に入御、即ち還御（『続史愚抄』）。

●八月二十二日、上皇は土御門泰重をして泰山府君を祭り、御病平癒を祈らしめらる（『綜覧』）。

●八月二十四日、英吉利甲比丹リチャード・コックス、山城伏見に至りて、国王の書翰を秀忠に呈し、英国商館の商圏を拡張せんこと請う、秀忠は之を郤く（『綜覧』）。

○八月二十六日、今暁、院仙洞に崩ず（御年四十七、下御所なり）、之より先に主上密に渡御あり、崩御後に還宮、天下亮陰、此の日、故院御北首の事あり、三条正親町実有は之に奉仕す（『続史愚抄』）。

●八月二十六日、秀忠は朝鮮来聘使呉允謙等を、山城伏見城に引見す（『綜覧』）。
●九月五日、秀忠は返翰を朝鮮来聘使呉允謙等に授く、尋で呉允謙等は本国に帰る、其の途次、対馬に於て同国府中城主宗義成の家臣島川内匠等と議し、私に返翰を改竄す（『綜覧』）。
●九月九日、幕府は伊勢大湊の角屋七郎次郎に、諸国渡航の朱印状を授く（『綜覧』）。
●九月十三日、秀忠は山城伏見城を発して、江戸に帰る、扈従の諸大名も亦、之に従い、或いは前後して国に帰る（『綜覧』）。
●九月二十日、戌刻、故院を泉涌寺に葬り奉る、公卿西園寺実益以下上達部十四人、殿上人西洞院時直以下十六人供奉、同寺にて荼毘し奉る、葬場使兼俊、山頭使清原賢忠、奉行柳原業光、伝奏三条西実条、此の日、故院御追号治定し、後陽成院と為す（二条昭実撰び申すと云う）（『続史愚抄』）。
●九月二十一日、御遺詔奏。後陽成天皇御中陰の御法会を京都般舟三昧院に修せらる、尋で御読経等の御供養あり、新上東門院及び後陽成天皇の女御近衛氏も亦、之を修せらる（『綜覧』）。故院遺詔奏、上卿花山院定熙、使阿野某、次に警固々関を行わる、上卿同前、以上奉行竹屋光長、此の日、故院御拾骨の儀あり、勅使三条正親町実有、泉涌寺に向かい、仙骨を頸に懸け、深草法華堂に納む、今日より中陰の御仏事を般舟三昧院に始める歟（『続史愚抄』）。
●九月二十四日、故院の奉為に、今日三箇日、御経供養を新上東門院御所（故院母儀）に行わる、導師最胤親王（『続史愚抄』）。
●九月二十五日、女院御所御経供養第二日（『続史愚抄』）。
●九月二十六日、故院の奉為に、御経供養を般舟三昧院に行わる、導師南光坊天海、伝奏中御門資胤、今夜、主上は倚廬に下御し、錫紵を着御し、素服を公卿殿上人等十人に賜う、次に御膳（精進六本立）を供す、奉行広橋

兼賢、此の日、新上東門院御所御経供養結願（『続史愚抄』）。
●是月、幕府は公家衆・諸大名に領地の判物及び朱印状を与う（『泰重卿記』）。
●十月三日、御経供養を般舟三昧院に行わる（故院三四七日間、未詳）、公卿西園寺公益、以下二人参仕（『続史愚抄』）。
●十月六日、故院女御（前子、国母なり）沙汰し、故院の奉為に、曼荼羅供を般舟三昧院に行わる、導師南光坊天海（『続史愚抄』）。
○十月八日、亥刻、主上錫紵を脱し、諒闇御服を着御、倚廬より本殿に還御、素服公卿殿上人等、除服宣下あり、次に吉書奏及び開関解陣、殿上卿侍臣に橡袍を着すを聴すべし等宣下あり、上卿日野資勝、以上奉行広橋兼賢、今夜御膳（魚味六本立）を供す（『続史愚抄』）。
●十月十三日、後陽成天皇の女御近衛氏、一条兼遐の亭に臨ませらる、尋でまた臨ませらる（『綜覧』）。
●十月十六日、今日より魚味を供す（故院中陰たりと雖も、関白二条昭実、近例により計りもうすと云う）（『続史愚抄』）。
●十月二十六日、後陽成天皇の御遺物を禁中に移さしめらる（『綜覧』）。
●十月二十八日、庚申待（『綜覧』）。
●十一月五日、新上東門院、山城長谷に赴かせらる（『綜覧』）。
●十一月五日、幕府は京都浄華院某を山城粟田口に刑す、是夜、宮女某、亦自尽す（『綜覧』）。
●十一月十一日、春日祭を社家に付さる、故院御事に依るなり（『続史愚抄』）。
●十一月十二日、広橋国光に内大臣を追贈す（『綜覧』）。
●十一月二十一日、是より先、呂宋の船、土佐の海岸に漂着す、是日、同国大守、書を土佐高知城主山内忠義に寄せて、其の扶助を受けたる好意を謝す（『綜覧』）。
●十一月二十二日、今日より修法を宮中にて行わる（不動法、七箇日歟）、阿闍梨梶井最胤親王（『続史愚抄』）。

●十二月三日、後陽成天皇の御遺物を清涼殿の御庫に蔵めしめらる（『綜覧』）。
●十二月十七日、東照権現を駿河久能山に勧請し、正遷宮の儀あり、勅使三条正親町実有、中院通村等参向（『続史愚抄』）。
●十二月二十日、京都堀川本願寺火く（『綜覧』）。
●十二月二十九日、庚申待（『綜覧』）。
●是月、駿河久能山東照社正遷宮、勅使正親町三条実有等、之に臨む（『綜覧』）。
●是冬、秀忠は江戸城内紅葉山に東照社を造営す（『綜覧』）。
●是歳、幕府は狩野守信（探幽）を召して、絵師と為す（『綜覧』）。

元和四年〔一六一八〕戊午　二十三歳　即位八年

●正月一日、四方拝なし、諒闇に依るなり、節会を停め、平座にて行わる、上卿花山院定熙、宰相以下参仕、奉行広橋兼賢（『続史愚抄』）。
●正月五日、御生母近衛氏、一条兼遐の亭に臨ませらる、尋で又山城長谷に赴かせらる（『綜覧』）。
●正月八日、太元護摩始（観助僧都坊にて歟）、阿闍梨観助（『続史愚抄』）。十四日結願。
●正月九日、親王・公家衆・門跡以下、参内して歳首を賀し奉る（『綜覧』）。
●正月十三日、和歌御会始、題池水久澄、諒闇に依り披講に及ばず、読上らる計りと云う、読師広橋兼勝、講師柳原業光（『続史愚抄』）。
●正月十四日、月食（『綜覧』）。

●正月十八日、金地院崇伝（以心）を召して、『錦繍段』を進講せしめらる（『綜覧』）。
●二月四日、蹴鞠御会ありと云う、主上立御、鞠足公卿近衛信尋、以下五人、殿上人飛鳥井雅胤及び妙法院堯然、三宮等人数たり（『続史愚抄』）。
●二月六日、春日祭を社家に付さる、諒闇に依りてなり（『続史愚抄』）。
●二月六日、神龍院梵舜は公家衆の為に、『中臣祓』を講ず（『綜覧』）。
●二月晦日、庚申当座、通村出詠（『内府集』）。
●三月七日、祐甫草庵当座、通村出詠（『内府集』）。祐甫は「関東之者歟、牢人以後十七八年許、流浪七八年、在京都云々」（中院通村日記慶長二十年一月二十五日条）。印盛、伴紀全らと共に、通村文化圏の一人。
●三月十九日、広橋兼賢は松尾祭を社家に付さる綸旨を書き下す（式月にあらず、如何）（『続史愚抄』）。
●三月二十二日、稲荷神輿迎、広橋兼賢稲荷祭を社家に付さる綸旨を書き下す（『続史愚抄』）。
●三月二十二日、一条兼遐、新亭に移る、御生母近衞氏、同亭に臨ませらる（『綜覧』）。
●三月二十六日、後陽成天皇の御忌日により、法華懺法を修せらる（『綜覧』）。
●閏三月二日、正親町三条実有等を清涼殿に召して、御反古を選択せしめらる（『綜覧』）。
●閏三月二日、東照権現を武蔵江戸紅葉山に勧請す、因て仮殿遷宮日時を定めらる、上卿広橋総光、奉行広橋兼賢（『続史愚抄』）。
●閏三月五日、紅葉山東照権現上棟日時を定めらる、上卿日野資勝、奉行柳原業光（『続史愚抄』）。
●閏三月六日、紅葉山東照権現正遷宮及び一社奉幣発遣日時を定めらる、即ち此の日奉幣発遣あり、以上上卿花山院定煕、幣使西洞院時慶、奉行広橋兼賢（『続史愚抄』）。
●閏三月九日、斎宮（貞子内親王）の御殿に臨ませらる（『綜覧』）。

●閏三月十一日、興福寺維摩会（『綜覧』）。
●閏三月二十五日、武家伝奏広橋兼勝・三条西実条及び西洞院時慶等をして、江戸城紅葉山東照社の祭儀に臨ましむ、是日、時慶等京都を発す、尋で兼勝等も亦東下す（『綜覧』）。
●四月四日、新上東門院還幸（院より歟）、公卿中御門資胤以下殿上人等十人供奉（『続史愚抄』）。
●四月八日、近衛信尋、京都を発して、江戸に行く（『綜覧』）。
●四月十日、中山慶親薨ず、五十三歳、中風、法名向空（『公卿補任』）。
●四月十四日、江戸城紅葉山東照社竣る、是日、仮殿遷宮（『綜覧』）。
●四月十四日、勅使武家伝奏広橋兼勝・三条西実条等、秀忠と江戸城に相見る、尋で亦、世子竹千代（家光）と相見る（『綜覧』）。
●四月十七日、今夜、紅葉山東照権現正遷宮あり、奉幣使西洞院時慶、宣命使日野光慶（『続史愚抄』）。
●四月十九日、新上東門院入内、公卿三条公広以下十人、殿上人西洞院時直以下十一人供奉、奉行院司歟、蔵人竹屋光長（『続史愚抄』）。
●四月二十六日、近衛信尋等、秀忠と江戸城に相見る、尋で亦、世子竹千代（家光）と相見る（『綜覧』）。
●四月三十日、秀忠は能楽を江戸城に張り、公家衆・門跡等を饗す（『綜覧』）。
●五月五日、賀茂祭、明日、清涼殿前にて競馬を御覧ぜらる（『綜覧』）。
●五月十六日、幕府は伯耆米子の町人村川市兵衛・大谷甚吉に、竹島渡航を許す（『綜覧』）。
●六月三日、庚申待（『綜覧』）。
●六月七日、甲子待（『綜覧』）。
●六月七日、祇園神輿迎（『続史愚抄』）。

●六月八日、御虫払、西園寺公益等をして、御書籍の目録を作らしめらる（『綜覧』）。
●六月十七日、所司代板倉勝重は煙草密売者を捕う（『綜覧』）。
●六月二十一日、所司代板倉勝重は武家伝奏広橋兼勝を訪い、秀忠の女和子の入内のことを議す（『綜覧』）。
●七月一日、『左伝分類』『詩経大全』等を土御門泰重に賜う（『綜覧』）。
●七月七日、七夕和歌御会（『綜覧』）。
●七月十五日、盂蘭盆会、灯籠献上あり（『綜覧』）。
●七月十五日、所司代板倉勝重、花火を献ず（『綜覧』）。
●七月十九日、土御門泰重をして、御講書に侍せしめらる（『綜覧』）。
●七月二十四日、陽光院三十三回御忌の奉為に、曼荼羅供（庭儀歟）を新上東門院御所にて行わる、導師青蓮院尊純、公卿花山院定煕以下三人着座（『続史愚抄』）。
●七月三十日、鷹司信房の第三子某（覚定）、山城醍醐寺三宝院義演の附弟と為る、是日、入寺す（『綜覧』）。
●八月六日、京都六角堂（頂法寺と号す）火く（『続史愚抄』）。
●八月八日、後陽成天皇の御法会を京都般舟三昧院に修せらる（『綜覧』）。
○八月十日、山科言緒をして、諒闇後の御服を調進せしめらる（『綜覧』）。
●八月十一日、京都地震、清涼殿に出御あらせらる（『綜覧』）。
●八月十八日、御霊祭（『続史愚抄』）。
●八月二十五日、明日後陽成院一回聖忌の奉為に、御仏事を般舟三昧院に行わる、公卿今出川宣季以下二人参仕（『続史愚抄』）。
●八月二十六日、後陽成天皇一周忌の御法会を京都般舟三昧院に修せらる、新上東門院も亦、山城泉涌寺に御法

会を修せらる（『綜覧』）。
●八月二十九日、諒闇終り、大祓の日時を定めらる、上卿花山院定熙、次に大祓あり、また御禊及び吉書奏あり、以上奉行広橋兼賢（『続史愚抄』）。
●八月三十日、絵所預狩野孝信没す（『綜覧』）。四十八歳、永徳次男。
●是月、幕府は肥前平戸城主松浦鎮信等に命じ、外国船の、通商に託して、耶蘇教を弘むることを禁止せしむ（『綜覧』）。
●九月七日、女舞御覧（『続史愚抄』）。
●九月八日、山科言緒は菊綿を献ず（『綜覧』）。
●九月九日、重陽和歌御会（『綜覧』）。
●九月十四日、御囃あり、尋で能楽あり（『綜覧』）。
●九月十九日、和蘭人ジョン・ヨーセン、秀忠に江戸城に謁す、二十一日、秀忠は手銃及び大砲の射撃を見る（『綜覧』）。
●九月二十七日、金地院崇伝（以心）は江戸城内新造の亭に移る（『綜覧』）。
●是月、幕府は秀忠の女和子の入内に依り、小堀政一・五味豊直を女御御所造営の奉行と為す（『綜覧』）。
●是月、英吉利甲比丹リチャード・コックス、幕府に、和蘭人が英船を略奪し、其の他不法の行為あることを訴う（『綜覧』）。
●十月七日、歌舞伎躍御覧あり（『綜覧』）。
●十月八日、玄猪御祝（『綜覧』）。
●十月十一日、彗星を東に見る、日出時、長さ丈余（『続史愚抄』）。

●十月十二日、安南都統䔥維新、書を幕府に致し、日本商人の放肆を訴え、船本顕定を渡来せしめて、之を鎮撫せんことを請う、尋で、幕府は顕定を安南に派遣す（『綜覧』）。
●十月十五日、御日待（『綜覧』）。
●十月十七日、是より先、旗雲及び客星・彗星現る、土御門久脩、勘文を上りて、其の凶兆を奏す、是日、久脩をして、紫宸殿に祈禱せしめ、尋でまた大神宮・山城石清水八幡宮及び同国醍醐寺三宝院をして、之を祈禱せしむ（『綜覧』）。
●十月二十一日、今日より七箇日、石清水八幡宮に彗星の御祈あり（『続史愚抄』）。
●十月二十二日、能楽御覧あり（『綜覧』）。
●十月二十七日、故勧修寺光豊に贈内大臣宣下あり（口宣、七回により本家申請歟）、上卿西園寺公益、奉行広橋兼賢（『続史愚抄』）。光豊は坊城俊昌・承章らの兄（『坊城系図』）。
●十月二十七日、幕府は東京渡航の朱印を出す（『綜覧』）。
●十月二十八日、神宮奏事始あり、上卿中御門資胤、奉行柳原業光（『続史愚抄』）。
●十月二十九日、内月次五十首御続歌、通村出詠（『内府集』）。
●十一月二日、今日より五箇日（按ずるに彗星の御祈歟）土御門久脩天曹地府祭に奉仕す（『続史愚抄』）。
●十一月三日、是より先、伊勢安濃津城主藤堂高虎は京都に行く、是日、近衛信尋を訪う（『綜覧』）。
●十一月七日、白川顕成卒す、三十五歳。雅陳（高倉永孝次男、母三条西実枝女）嗣ぐ（『諸家伝』）。
●十一月八日、今日より七箇日神道護摩、卜部兼英、宗源、行事吉田兼従歟、両壇を南殿に設け、奉仕すと云う、彗星の御祈歟（『続史愚抄』）。
●十一月九日、萩原兼従をして、紫宸殿に彗星を祈禱せしめらる（『綜覧』）。

●十一月十四日、内大臣西園寺実益辞職、任大臣宣下（口宣）、内大臣広橋兼勝（『続史愚抄』）。
●十一月十八日、内侍所臨時御神楽を行わる、出御あり、拍子本五辻之仲、拍子末綾小路高有、奉行広橋兼賢（『続史愚抄』）。
●十一月二十三日、青蓮院尊純をして、禁中に仏眼法を修し、彗星を祈禱せしめらる（『綜覧』）。
●十二月十六日、十宮無品庶愛親王（十一歳、後陽成院皇子、母女御前子、去る慶長十九年京師室に入る）、南都興福寺一乗院室にて得度、法名尊覚、公卿烏丸光広、以下三人着座（『続史愚抄』）。
●十二月十七日、此の日、春日祭を行わる、上卿広橋総光参向、弁不参（『続史愚抄』）。
●十二月二十日、御煤払（『綜覧』）。
●十二月二十七日、新上東門院は土御門泰重をして、好仁親王の侍読たらしめらる（『綜覧』）。
●是歳、幕府は山城石清水八幡宮を造営す（『綜覧』）。
●是歳、幕府は摂津住吉社を造営す（『綜覧』）。
●是歳、京都堀川本願寺本堂の再建竣る（『綜覧』）。
●是歳、所司代板倉勝重・肥前長崎奉行長谷川藤広等、耶蘇教宣教師及び教徒を処刑す（『綜覧』）。
●是歳、対馬府中城主宗義成、書を朝鮮国礼曹に寄せて、貿易額の復旧を請う、また其の朝鮮釜山に置くところの和館の造営竣る（『綜覧』）。

元和五年〔一六一九〕己未　二十四歳　即位九年

●正月一日、四方拝、奉行広橋兼賢、小朝拝なし、節会、出御あり、餛飩後に入御、内弁花山院定熙、外弁三条

公広、以下七人参仕、奉行柳原業光（『続史愚抄』）。
●正月五日、千秋万歳あり（『続史愚抄』）。
●正月七日、白馬節会、出御なし、内弁一条兼遐、外弁広橋総光、以下七人参仕、奉行広橋兼賢（『続史愚抄』）。
●正月八日、太元護摩始（観助僧都坊にてなり、以下同）、阿闍梨観助（『続史愚抄』）。十四日結願。
●正月十一日、神宮奏事始、伝奏日野資勝、奉行柳原業光（『続史愚抄』）。
●正月十六日、踏歌節会、出御なし、内弁近衛信尋、外弁中御門資胤、以下五人参仕、奉行竹屋光長（『続史愚抄』）。
●正月十七日、舞楽御覧あり（『続史愚抄』）。十八日、三毬打あり（『綜覧』）。
●正月十九日、和歌御会始、題花有喜色、読師広橋兼勝、講師烏丸光賢、講頌三条西実条、四辻季継（発声）以下七人、殿上人飛鳥井雅胤、以下四人参仕（『続史愚抄』）。
●正月二十八日、公家衆諸芸稽古の式目及び課目を定め、禁中に於て、之を学ばしめらる（『綜覧』）。
●二月六日、庚申待、春日祭延引（『続史愚抄』）。
●二月十日、甲子待（『綜覧』）。
●二月十四日、冷泉為満薨ず、六十一歳（『公卿補任』）。
●二月十八日、此の日、春日祭を行わる、上卿三条正親町実有参向、弁不参、奉行竹屋光長（『続史愚抄』）。
●二月十九日、女院御所に観花御宴あり（『綜覧』）。
●三月七日、御生母近衛氏の御所に臨まらせらる（『綜覧』）。
●三月十日、御生母近衛氏、近衛信尋の亭に移らる（『綜覧』）。
●三月十七日、肥後大地震（『綜覧』）。
●四月二日、能楽あり（『綜覧』）。

●四月二十七日、公家衆・門跡等、禁中に能楽を張る（『綜覧』）。

●五月八日、秀忠は上京せんとし、江戸を発す、扈従の諸大名も亦、前後して上京す（『綜覧』）。

●五月十七日、阿野実顕を山城石清水八幡宮に遣し、御生母近衛氏の御病平癒を祈らしめらる（『綜覧』）。

●五月二十七日、秀忠は山城伏見城に入る、公家衆・諸大名等、山科に迎う（『綜覧』）。

●五月二十八日、勅使武家伝奏広橋兼勝・三条西実条、伏見城に至り、秀忠を労う（『綜覧』）。

●六月一日、昵近の公家衆、伏見城に秀忠を訪う、諸大名も亦、登城して、其の起居を候す（『綜覧』）。

●六月十五日、御虫払（『綜覧』）。

●六月十八日、公家衆・門跡等、伏見城に至り、秀忠の入京を賀す、伏見宮邦房親王、鷹司信房と座位を争はる（『綜覧』）。

○六月二十日、皇女（第二）降誕、梅宮と号す、母藤原与津子（四辻公遠女）（『続史愚抄』）。

●七月六日、七夕和歌御会の勅題を公家衆に賜いて、詠進せしめらる（『綜覧』）。

●七月七日、公家衆・門跡等、伏見城に至りて、秀忠に謁す、諸大名も亦、登城す（『綜覧』）。

●七月十日、楽御会始（『続史愚抄』）。

●七月十四日、二条昭実関白を辞す、同日薨ず（中風、未刻）、号後中院、六十四歳（『公卿補任』）。

●七月十五日、盂蘭盆会、二条昭実の薨去に依り、灯籠見物を停めらる（『綜覧』）。

●七月二十五日、秀忠は伏見より参内して、物を献ず、新上東門院・御生母近衛氏にも亦、物を献ず、諸大名亦、扈従参内す、即日、秀忠は伏見に帰る（『綜覧』）。

●八月一日、八朔の御贈遺あり、秀忠は馬を献ず（『綜覧』）。

●八月四日、秀忠は能楽を伏見城に張り、昵近の公家衆及び諸大名を饗す（『綜覧』）。

●八月二十日、後陽成天皇三回聖忌（御忌二十六日）に奉る為、今日より七箇日、懺法を宮中（清涼殿を以て道場と為す、初中結に楽あり）行わる、出御あり、御所作箏、御行道等、導師梶井最胤親王、経衆公卿近衛信尋以下三人、伶倫公卿西園寺公益以下五人、殿上人高倉永慶以下八人及び楽所、また伏見宮貞清親王、一条兼遐等簾中にて所作、奉行正親町季俊、伝奏中御門資胤（『続史愚抄』）。二十六日結願。

●八月二十二日、幕府は大坂町奉行を置き、目付久貝《くがい》正俊・鉄砲頭島田直時を奉行と為す（『綜覧』）。

●八月二十九日、幕府は耶蘇教徒を京都に刑す（『綜覧』）。

●九月五日、右大臣近衛信尋に勅し、伊勢安濃津城主藤堂高虎と謀り、秀忠の女和子入内のことを幕府に議せしめらる（『綜覧』）。

●九月七日、秀忠は大坂に行く、八日、摂津尼崎城に臨み、城主戸田氏鉄の新築の状を見る、九日、大和郡山に行く、十日、奈良に至り、春日社及び東大寺に参詣す、十一日、伏見に帰る（『綜覧』）。

●九月八日、内侍所臨時御神楽を行わる、出御あり、所作歌方等公卿四辻季継、殿上人藪嗣良以下四人参仕（『続史愚抄』）。

●九月九日、重陽和歌御会、題菊花久芳（『続史愚抄』）。重陽公宴、通村出詠（『内府集』）。

●九月十二日、藤原粛（惺窩）没す（『綜覧』）。冷泉為経編『惺窩先生文集』、『藤原惺窩集』等参照。

●九月十四日、九条忠栄を関白に還任す（『綜覧』）。前関白九条忠栄に関白氏長者内覧兵仗牛車等宣下あり、上卿中御門資胤、奉行正親町季俊、此の日、関白九条忠栄奏慶（扈従公卿中御門資胤以下三人）（『続史愚抄』）。

●九月十五日、幕府は畿内近国の諸社寺に社寺領を寄進し、また安堵せしむ（『綜覧』）。

●九月十五日、幕府は曼殊院入道良恕親王に、山城北野社寺務職を安堵し奉る（『綜覧』）。

●九月十七日、直輔親王は山城知恩院に得度し、名を良純と改め、二品に叙せらる（『綜覧』）。

●九月十八日、秀忠の奏請に依り、万里小路桂哲（充房）・中御門宣衡・四辻季継・藪嗣良・堀河康胤・土御門久脩の不行跡を責め、桂哲を丹波篠山に、季継・嗣良を豊後に流し、宣衡・康胤・久脩等の出仕を停む（『綜覧』）。

●九月十八日、秀忠は入京して、二条城修理のことを沙汰し、京都を発して、江戸に帰る、公家衆は山城日岡峠に送る、扈従の諸大名は亦之に従い、或いは前後して国に帰る（『綜覧』）。

●九月十九日、仁和寺入道覚深親王をして、大北斗法を禁中に修せしめらる（『公卿補任』）。

●九月二十日、伊勢高田専修寺尭真寂す、尋で法嗣尭秀、住持職と為り、権僧正に任ぜらる（『綜覧』）。

●九月二十五日、石清水社正遷宮日時定あり、上卿中院通村、奉行勧修寺経広（『続史愚抄』）。

●九月二十七日、戌刻、石清水宮正遷宮あり、勧修寺経広参向（『続史愚抄』）。

●是月、幕府は書院番頭板倉重宗を所司代と為す、尋で所司代板倉勝重を罷む、勝重は家を重宗に譲りて隠居す（『綜覧』）。

●十月十日、興福寺維摩会始、講師大乗院信尊、十六日迄（『続史愚抄』）。

●十月十二日、幕府は河鰭基秀・西大路隆郷に新に知行を給し、姉小路公景・飛鳥井雅胤・綾小路高有・日野西総盛の知行を加増す、尋で倉橋泰吉にも亦、知行を給し、壬生忠利に極﨟料を給す（『綜覧』）。

●十月十八日、公家衆処罰のことに依り、宸翰を近衛信尋に賜い、譲位の叡慮を伝えらる（『綜覧』）。

●十一月十三日、金地院崇伝（以心）参内す（『綜覧』）。

●十一月十七日、春日祭行わる、上卿西園寺公益参向、弁不参（『続史愚抄』）。

●十一月十九日、金地院崇伝（以心）江戸に行く（『綜覧』）。

●十二月二日、奈良大火（『綜覧』）。

●十二月二日、江戸金地院造営竣り、崇伝（以心）之に移る（『綜覧』）。

●十二月五日、御生母近衛氏、近衛信尋の亭より、新殿に移らせらる（『綜覧』）。
●十二月六日、禁中、火を失す（『綜覧』）。
●十二月十七日、角倉玄之、書を安南に遣りて、貿易の中絶を謝し、再び商船を発遣することを告ぐ（『綜覧』）。
●十二月二十二日、御煤払（『綜覧』）。
●是歳、幕府は大坂城代を置き、同城在番の制を設け、山城伏見城代を廃し、同城の在番を罷む、仍りて伏見城代内藤信正を大坂城代と為し、大番頭松平勝政・松平康安をして、大坂城に在番せしむ（『綜覧』）。
●是歳、英吉利甲比丹リチャード・コックス、京都に至りて、秀忠に謁す、葡萄牙・西班牙・和蘭の商人、また前後して秀忠に謁す（『綜覧』）。

元和六年（一六二〇）庚申　二十五歳　即位十年

●正月一日、四方拝、奉行勧修寺経広、小朝拝なし、元日節会、出御あり、内弁一条兼遐、外弁広橋総光、以下六人参仕、奉行正親町季俊、此の日、先に内大臣（兼遐）着陣（『続史愚抄』）。
●正月五日、千秋万歳あり（『綜覧』）。叙位なし（『続史愚抄』）。
●正月七日、白馬節会、出御あり、内弁中御門資胤、外弁日野資勝、以下五人参仕、右大弁柳原業光を人数と為す、奉行甘露寺時長（『続史愚抄』）。
●正月八日、太元護摩始、阿闍梨観助、十四日、結願（『続史愚抄』）。
●正月十一日、神宮奏事始、伝奏日野資勝、奉行正親町季俊（『続史愚抄』）。
●正月十五日、御日待（『綜覧』）。

●正月十六日、踏歌節会、出御あり、内弁近衛信尋、外弁三条公広、以下六人参仕、奉行竹屋光長、此の日、先に左大臣（近衛信尋）拝賀着陣（『続史愚抄』）。
●正月十七日、東庭にて舞御覧あり（『公卿補任』）。
●正月十八日、盤所南にて三毬打あり（『公卿補任』）。
●正月十九日、和歌御会始、題鶯告春、柳原業光詠進（『続史愚抄』）。
●正月二十日、幕府、具足始及び連歌始（『綜覧』）。
●正月二十三日、秀忠は大坂城修築に関する条目を普請奉行に分つ、助役諸大名の人数、また前後して大坂にいたり、其の工に従う（『綜覧』）。
●是月、耶蘇教の改宗者某（教名）ハビアン、『破提宇子』を著して耶蘇教を排す（『綜覧』）。小林千草『『天草版平家物語』を読む——不干ハビアンの文学手腕と能』（東海大学出版部）等を参照されたい。
●二月十一日、新上東門院御病あり、是日、大神宮及び諸社寺をして、其の御平癒を祈らしめらる（『綜覧』）。
●二月十一日、幕府は江戸城の石垣及び升形等を修築せんとし、諸大名をして助役せしむ、尋で其の工を起こす（『綜覧』）。
●二月十二日、庚申待（『綜覧』）。
●二月十五日、是より先、安南都統蓁維新、書を幕府に致し、方物を呈す、是日、幕府は金地院崇伝（以心）をして、年寄衆の復書を草せしむ（『綜覧』）。
●二月十六日、甲子待（『綜覧』）。
●二月十八日、新上東門院（晴子、勧修寺晴右女、後陽成院養母）崩ず（『続史愚抄』）。
●二月十九日、神龍院梵舜は寺を梵瑛に譲りて隠居す（『綜覧』）。

●二月二十一日、伊勢安濃津城主藤堂高虎は上京し、秀忠の女和子入内のことを斡旋す（『綜覧』）。
●二月二十四日、春日祭を社家に付さる、女院崩ずによるなり（『続史愚抄』）。
●二月二十五日、山科言緒薨ず、四十四歳（『公卿補任』）。
●二月二十六日、後陽成天皇御正周忌、法華懺法を禁中に修せらる（『綜覧』）。
●二月三十日、京都大火、相国寺は災に罹る、尋で放火頻々、延して三月下旬に及ぶ（『綜覧』）。
●三月五日、書籍奉行をして、禁中御倉の書籍を巽御倉に移さしむ（『綜覧』）。
●三月八日、京都放火多きに依り、駕輿丁をして、禁中に宿衛せしむ（『綜覧』）。
●三月十二日、新上東門院の御遺骨を山城泉涌寺に葬り奉る（『綜覧』）。
●三月十四日、京都度々火災あるに依り、改元の議あり、旨を幕府に伝えらる（『綜覧』）。
●三月十五日、三宝院義演をして、清涼殿に仁王経を修し、火災を祈禱せしめらる（『綜覧』）。奉行竹屋光長、二十一日結願（『続史愚抄』）。
●三月十九日、幕府は秀忠の女和子入内の日時を定め、是日、之を諸大名に告げ、且つ祝儀進上等のことを停む（『綜覧』）。
●是月、幕府は米蔵を江戸浅草に造る（『綜覧』）。
●是春、幕府は山口直友を伏見奉行と為す（『綜覧』）。
●四月十八日、照高院入道興意親王、山城白川の新坊に移らる（『綜覧』）。
●四月二十二日、所司代板倉重宗、関白九条忠栄を訪い、秀忠の女和子入内のことを議す（『綜覧』）。
●四月二十四日、英吉利人ウィリアム・アダムス（三浦按針）、肥前平戸に没す、幕府は其の遺領を嗣子ジョセフに与う（『綜覧』）。

●五月八日、秀忠の女和子、上京せんとし、江戸を発す、酒井忠世・土井利勝等、扈従す（『綜覧』）。
●五月二十日、秀忠の女和子、入内せんとするに依り、壬生孝亮に命じて、女御牛車の宣旨に関する旧記を調査せしめらる、尋で九条忠栄・鷹司信房等、女御の宣旨に就きて内議す（『綜覧』）。
●五月二十二日、守藤（集雲）を召して、黄山谷の詩を講ぜしめらる（『綜覧』）。
●五月二十七日、天台座主梶井入道最胤親王をして、安鎮法を女御の新殿に修せしめらる（『綜覧』）。
●五月二十八日、秀忠の女和子、京都に著し、二条城に入る（『綜覧』）。
●是月、近畿・中国等、大雨洪水あり、賀茂川・大和川溢れ、また安芸広島城の櫓・石垣等破損す、幕府は大和川の水利を通じ、堤防を修む（『綜覧』）。
●六月二日、母儀従三位藤原前子（後陽成院女御、四十二歳、故前久女）に准三宮の宣旨あり、次に院号を定めらる、以上上卿近衛信尋、公卿烏丸光広以下六人参仕、中和門院と号す、以上奉行正親町季俊（『続史愚抄』）。
●六月二日、徳川和子を従三位に叙す（『綜覧』）。
●六月五日、中和門院院号後、初入内、此の日、先に日時を定めらる、上卿広橋総光、奉行勧修寺経広、又女御入内の日時を定めらる、上卿中御門資胤、奉行甘露寺時長（女御入内日時、来八日に治定）、今日女院還御（『続史愚抄』）。
●六月六日、青蓮院尊純をして、新仏三体を開眼供養せしめらる（『綜覧』）。
●六月八日、徳川和子の疾に依り、其の入内を延期す（『綜覧』）。
●六月十一日、常御所御倉御掃除、尋で清涼殿御掃除あり（『綜覧』）。
●六月十二日、九条忠栄等、二条城に至り、酒井忠世・土井利勝等と、徳川和子入内のことを議す（『綜覧』）。
○六月十八日、女御徳川和子（十五歳、露顕日未詳、右大臣秀忠女）入内す（『続史愚抄』）。禁裏及び女院御所に進献あ

り、また公家衆に物を贈る（『綜覧』）。
●六月十九日、壬生孝亮は、武家伝奏広橋兼勝・三条西実条に亭に至り、女御徳川和子の入内を賀す、尋でまた諸司を率いて、女院御所及び九条忠栄・近衛信尋の亭に至り、之を賀す（『綜覧』）。
●六月二十日、阿野実顕・高倉永慶・土御門泰重をして、『古文真宝前集』を校合せしめらる（『綜覧』）。
●六月二十三日、女御入内、御逗留の儀を為す（『続史愚抄』）。
●六月二十四日、公家衆は参内して物を献じ、女御徳川和子の入内を賀し奉る、尋で門跡等も亦、物を献じて之を賀し奉る（『綜覧』）。
●六月二十五日、幕府老臣酒井忠世・土井利勝、参内して、女御徳川和子の入内を賀し奉る、尋で忠世・利勝に御剣を賜う、中和門院及び女御も亦、物を賜う、諸大名も亦、相前後して、入内を賀し奉る（『綜覧』）。
●六月二十七日、今日より三箇日、安鎮法を女御新殿に行わる、阿闍梨梶井最胤親王（『続史愚抄』）。
●六月二十七日、秀忠の奏請に依り、万里小路桂哲（充房）・中御門宣衡・四辻季継・藪嗣良・堀河康胤・土御門久脩の罪を赦す（『綜覧』）。
●六月三十日、大祓（『綜覧』）。
●是月、幕府は弓気多昌吉・三宅正勝をして、女御徳川和子に附属せしむ（『綜覧』）。
●七月六日、英吉利人、台湾近海に於て、葡萄牙の商船を捕え、是日、肥前長崎に入港す、尋で和蘭人と共に、其の船中に西班牙宣教師フライ・ペドロ・ド・ツニガ等を隠匿せることを幕府に訴う、幕府は長崎奉行長谷川藤正等をして、之を審問せしむ（『綜覧』）。
●七月七日、七夕御祝（『綜覧』）。七夕和歌御会（『綜覧』）。
●七月十五日、盂蘭盆会、灯籠献上あり（『綜覧』）。

●七月十七日、近衛信尋は若衆躍を献ず、八条宮智仁親王も亦、之を献ぜらる（『綜覧』）。
●七月二十四日、女御徳川和子献上の白銀を、堂上・地下に分ち賜う（『綜覧』）。
●七月二十八日、秀忠は吉良義弥を遣して、物を献ず、中和門院にも亦、物を献ず（『綜覧』）。
●七月二十八日、女御徳川和子、能楽を張行せらる（『綜覧』）。
●七月二十九日、庭田重定薨ず、四十四歳、法名良珍（『公卿補任』）。
●是月、幕府は大坂城外曲輪の櫓を修築せんとし、小堀政一・山岡景以をして、作事を奉行せしむ（『綜覧』）。
●八月十五日、観月御会（『綜覧』）。
●八月十六日、中院通村・土御門泰重等をして、立后次第等を撰ばしめらる（『綜覧』）。
●八月十八日、中和門院の御使岩倉具堯、江戸に行く（『綜覧』）。
●八月十九日、秀忠は中和門院に、御料二千石を献ず（『綜覧』）。
●八月二十一日、勅使武家伝奏広橋兼勝・三条西実条、京都を発して、江戸に行く（『綜覧』）。
●八月二十六日、後陽成天皇御正忌の御法会を、京都般舟三昧院に修し、また法華懺法を清涼殿に修せらる（『綜覧』）。
●九月一日、三宝院義演に命じて、不動法を修せしめらる、延いて明年十二月に至る（『綜覧』）。
●九月六日、御楽始（『綜覧』）。
●九月六日、秀忠は世子竹千代・次子国松に首服を加え、竹千代を家光、国松を忠長と名く、是日、勅使武家伝奏広橋兼勝・三条西実条、江戸城に臨み、家光に正三位権大納言、忠長に従四位下参議兼右近衛権中将の位記・宣旨を授く（『綜覧』）。
●九月九日、重陽和歌御会（『綜覧』）。

●九月十三日、後観月御会（『綜覧』）。
●九月十三日、山城東福寺の清韓（文英）を召して、『東坡詩集』を講ぜしめらる（『綜覧』）。
●九月十四日、土御門泰重をして『策彦詩集』を書写せしめらる（『綜覧』）。
●九月十四日、照高院入道興意親王、江戸に下向し、江戸城に秀忠と対面せらる（『綜覧』）。
●九月十九日、琉球王尚寧卒す、一族尚豊嗣ぐ（『綜覧』）。
●九月二十日、能楽御覧あり（『綜覧』）。
●九月二十五日、土御門泰重、大神宮に参詣せんとし、京都を発す（『綜覧』）。
●九月二十九日、中院通村を山城石清水八幡宮に遣し、御願成就を祈らしめらる（『綜覧』）。
●十月七日、聖護院入道興意親王（元道勝、陽光院皇子、時に照高院に隠居すと云う）、武蔵江戸に薨ず（四十五歳）（『続史愚抄』）。
●十月二十三日、女御徳川和子、民部卿局を江戸に遣さる（『綜覧』）。
●十月二十四日、鹿苑院顕晫（昕叔）をして、『異名集』を撰ばしめらる、是日、顕晫は参内して、之を献ず（『綜覧』）。
●十月二十四日、中和門院は奈良興福寺一乗院尊覚親王を教誡せらる（『綜覧』）。
●十月二十六日、中和門院は青蓮院尊純をして、御持仏堂の釈迦三尊・弁才天等を開眼せしめらる（『綜覧』）。
●十一月二日、御茶壺口切、尋で中和門院の御振舞あり（『綜覧』）。
●十一月十五日、鹿苑院顕晫（昕叔）をして、瑞仙（桃源）書写の『周易抄』に、外題を書せしめらる（『綜覧』）。
●十一月十六日、月食（『綜覧』）。
●十一月十六日、中院通村等に、薫物を賜う（『綜覧』）。
●十一月二十日、内侍所臨時御神楽を行わる、出御なし、所作歌方等公卿四辻季継、殿上人藪嗣良以下三人参仕、

奉行正親町季俊（『続史愚抄』）。

●十一月二十一日、大坂城石垣の修築成る、是日、秀忠は書を助役の諸大名に与えて、其の功を褒す（『綜覧』）。

●十一月二十三日、春日祭を行わる、上卿今出川宣季参向、弁不参、奉行甘露寺時長（『続史愚抄』）。

●十一月二十五日、一条兼遐をして、学問を励み、行儀を慎ましめらる（『綜覧』）。

●十一月二十六日、中和門院は青蓮院尊純をして、法華懺法を修せしめらる（『綜覧』）。

●十一月十八日、中和門院は阿野実顕・中院通村・土御門泰重に、御茶壺口切の茶を賜う（『綜覧』）。

●是月、長講堂御影堂（後白河院）再造供養儀あり、楽所等参向（『続史愚抄』）。

●十二月二日、土御門泰重をして、『革命記』を書写せしめらる（『綜覧』）。

●十二月五日、鷹司信房の第三子某、山城醍醐寺三宝院に得度し、名を覚定と云う、尋で大僧都に任ぜらる（『綜覧』）。

●十二月二十三日、八条宮智仁親王及び曼殊院良恕親王等を召して、御茶壺口切の茶を賜う（『綜覧』）。

●閏十二月六日、土御門泰重と共に、山城天龍寺の松厳寺玄光（舜岳）より、易筮の伝授を受けられんとす、是日、之を中止せらる（『綜覧』）。

●閏十二月十四日、中和門院、青蓮院尊純をして、星供養を行はしめらる（『綜覧』）。

●閏十二月十六日、中和門院と共に、女院御所に臨ませらる（『綜覧』）。

●是歳、肥前長崎奉行長谷川藤正、同地の耶蘇教の教会堂及び救済院・らい病院等を毀つ、尋で日慧をして、其の址に本蓮寺を開かしめ、また在留明人の請に依り、明僧真円をして、興福寺を開かしむ（『綜覧』）。

●是歳、肥前・山城・和泉・摂津の耶蘇教徒は羅馬法王パウロ五世の大赦の布告に対し、奉答書を呈出す、尋で陸奥・出羽・播磨・備前・備中・安芸・伊予等の耶蘇教徒も、之を呈出す（『綜覧』）。

元和七年〔一六二一〕辛酉　二十六歳　即位十一年

●正月一日、四方拝、奉行甘露寺時長、小朝拝は地湿に依り延引、明日に為すべし、節会、出御あり、餛飩後に入御、内弁西園寺実益、外弁三条公広、以下七人参仕、奉行烏丸光賢（『続史愚抄』）。

●正月二日、雪に依り、小朝拝は停めらる（『続史愚抄』）。

●正月五日、千秋万歳あり（『綜覧』）。

●正月七日、白馬節会、出御あり、餛飩後に入御、内弁花山院定熙、飯汁後早出、中御門資胤之を続く、外弁広橋総光、以下五人参仕、奉行竹屋光長（『続史愚抄』）。

●正月八日、太元護摩始、宮中にてなり（南殿にて歟）、阿闍梨観助、奉行勧修寺経広（『続史愚抄』）。十四日結願。

●正月十一日、神宮奏事始、伝奏中御門資胤、奉行正親町季俊（『続史愚抄』）。

●正月十六日、踏歌節会、出御あり、内弁二条康道、外弁烏丸光広以下六人参仕、右大弁宰相（柳原業光、御酒勅使、禄所）を人数と為す、奉行正親町季俊（『続史愚抄』）。

●正月十七日、舞御覧あり（『綜覧』）。庚申待（『綜覧』）。

●正月十八日、三毬打あり（『綜覧』）。

●正月十九日、和歌御会始、題対亀争齢、冷泉為頼出題、読師三条西実条、講師烏丸光賢、講頌五辻之仲（発声）、柳原業光詠進（『続史愚抄』）。内御会始、通村出詠（『内府集』）。

●正月十九日、富小路秀直薨ず、五十八歳（『諸家伝』）。

●正月二十一日、甲子待（『綜覧』）。

●正月二十六日、後陽成天皇御忌日に依り、青蓮院尊純をして、法華懺法を修せしめらる、後、毎月之を行はし

めらる（『綜覧』）。

●正月二十八日、京都、火災あり（『綜覧』）。二十九日、幕府は罹災の諸大名に銀子を与う（『綜覧』）。

●二月一日、中和門院と共に、女御御所に臨ませらる（『綜覧』）。

●二月六日、御楽始（『綜覧』）。

●二月八日、中院通村は『源氏物語』を進講す（『綜覧』）。

●二月十二日、春日祭、上卿四辻季継参向、弁不参、奉行勧修寺経広（『続史愚抄』）。

●二月十四日、公家の従僕に、身元不詳の者を抱え、及び長脇差を佩ぶるを禁じ、また夜中禁門の出入に関する令を分つ（『綜覧』）。

●二月十六日、中和門院は、新上東門院一周忌御法会を、京都般舟三昧院に修せらる（『綜覧』）。公卿日野光慶以下着座（『続史愚抄』）。

●二月十八日、新上東門院一周御忌、御仏事を般舟三昧院に行わる、公卿中御門資胤参仕（『続史愚抄』）。

●二月十八日、寂照院日乾、中和門院に法華経を進講す（『綜覧』）。

●二月二十四日、秀忠営進の禁中御池釣殿文庫竣るに依り、書籍・楽器等を移し、蔵せしめらる（『綜覧』）。

●是月、京都、痘瘡流行す（『綜覧』）。

●三月六日、大御乳人某、皇大神宮に詣でんとし、京都を発す（『綜覧』）。

●三月十二日、随心院増孝をして、仁王経を清涼殿に修せしめらる（『綜覧』）。奉行勧修寺経広、十八日結願（『続史愚抄』）。

●三月二十一日、家光は兵法を柳生宗矩に学ぶ、是日、家光は誓詞を宗矩に与う（『綜覧』）。

●三月二十八日、対馬府中城主宗義成、江戸に参観せんとし、大坂に著す（『綜覧』）。

●四月二日、禁中小番の法度を定む（『綜覧』）。
●四月三日、日野資勝・西洞院時慶等をして『源氏物語』の詞を書かしめらる（『綜覧』）。
●四月六日、御囃あり（『綜覧』）。
●四月十七日、三宝院義演、禁中及び女院御所幷に女御御所に、苺を献ず（『綜覧』）。
●四月十七日、林道春は摂津・紀伊に遊び、摂津有馬に入湯せんとし、山城伏見を発す（『綜覧』）。
●四月二十六日、一条兼遐を教誡し、学問を励ましめらる（『綜覧』）。
●是月、京都盗多し、また度々火災あるに依り、煙草の禁を厳にす（『綜覧』）。
●五月一日、幕府は近江の鉄砲鍛冶国友寿斎等をして、鉄砲を鋳造せしむ（『綜覧』）。
●五月十五日、御日待（『綜覧』）。
●五月十八日、京都烏丸本願寺光従（宣如）、江戸に行く、尋で京都に帰る（『綜覧』）。
●五月二十一日、法輪寺（嵯峨、智福山）破壊に依り、早く再造すべき旨、寺家より仰せらる、烏丸光賢は綸言を書き下す（『続史愚抄』）。
●是月、山城霖雨、落雷・洪水等あり（『綜覧』）。
●六月三日、御虫払（『綜覧』）。
●六月五日、金地院崇伝（以心）をして、『碧巌録』の外題を書かしめらる（『綜覧』）。
●六月十一日、妙法院常胤法親王薨ず（『綜覧』）。伏見宮邦輔親王第五王子。正親町天皇猶子。
●六月十二日、明総鎮浙直地方官王某、単鳳翔を遣し、書を幕府に致し、沿海の奸徒、劫掠を行い、殺傷を致すを告げ、商船を査理し、盗賊を懲治せんことを請う、書辞無礼、且つ例に違うに依り、是日、幕府は之を斥く（『綜覧』）。

●六月十四日、曼殊院良恕親王より、能書七箇条の口決を受けらる（『綜覧』）。
●六月二十一日、青蓮院尊純をして、新仏像四体を開眼せしめらる（『綜覧』）。
●六月三十日、大祓（『綜覧』）。
●七月七日、七夕御祝、七夕和歌御会（『綜覧』）。御会題織女惜暁（『続史愚抄』）。七夕公宴、通村出詠（『内府集』）。
●七月十五日、盂蘭盆会、灯籠献上あり（『綜覧』）。
●七月二十日、山城浄土寺村、念仏躍を献ず、尋で同国松崎村、題目躍を献ず（『綜覧』）。
●七月二十三日、故五条為経に贈権大納言の宣下あり（口宣、七回忌に依り本家申請歟）（『続史愚抄』）。
●七月二十三日、近衛信尋は花火を献ず、尋で所司代板倉重宗も亦、之を献ず（『綜覧』）。
●七月二十七日、幕府は豊前小倉城主細川忠利・肥前平戸城主松浦隆信・同国大村城主大村松千代（純信）等に令して、外国人の、邦人を買取渡航せしめ、また武器を購入搬出し、更に洋中に於て賊を為すを制止せしむ（『綜覧』）。
●八月十二日、暹羅国王来舜烈は、坤屹実・参密末等を遣して、来聘す、幕府は肥前長崎奉行長谷川藤正に命じて、之を江戸に致さしめ、且つ金地院崇伝（以心）を江戸に召す、是日、崇伝は京都を発す、尋で坤屹実・参密末等、江戸に至る（『綜覧』）。
●八月十五日、観月御会（『綜覧』）。
●八月二十三日、是より先、勅して『皇朝類苑』を翻刻せしめらる、是日、一本を土御門泰重に賜う、尋で公家衆其の他にも亦、之を賜う（『綜覧』）。右の画像は国会デジタルコレクションにある。
●八月二十四日、九条忠栄、公家衆を会して、改元のことを議す（『綜覧』）。
●八月二十六日、後陽成天皇御忌日に依り、御法会を京都般舟三昧院に修せらる（『綜覧』）。

●是月、幕府は西国諸大名に、船舶漂着の際、濫に穀粟を奪取消散することを禁じ、また商船の風濤の難に遭うものあらば、必ず之を救援すべきこと等を令す（『綜覧』）。
●九月一日、土御門泰重に、御撫物を出さる（『綜覧』）。
●九月一日、暹邏国使坤屹実・参密末等、秀忠に謁し、国書を呈し、方物を献ず、尋で幕府は復書及び物を与えて帰国せしむ、駿河の人山田長政は国使に附して、幕府の老臣土井利勝・本多正純に書を寄す、利勝・正純、之に答う（『綜覧』）。
●九月七日、中和門院は土御門泰重をして、大神宮に代参せしめらる、大聖寺恵仙も亦、参詣せらる（『綜覧』）。
●九月九日、重陽和歌御会、題菊花満庭、柳原業光詠進（『続史愚抄』）。
●九月十三日、後観月御会（『綜覧』）。
●九月十六日、足宮（照高院入道道周親王）幷清宮（三千院入道慈胤親王）奈良に赴かれ、明日、大和長谷寺に詣でらる（『綜覧』）。
●九月十八日、信濃善光寺大本願比丘尼某、参内す（『綜覧』）。
●九月二十日、女院御所に観菊御会あり（『綜覧』）。
●九月二十二日、小堀政一、江戸を発して、京都に行く（『綜覧』）。『辛酉紀行』（『続群書類従』）。
●九月二十四日、阿媽港知府事、使を遣して、書を幕府老臣土井利勝に寄せ、和蘭船海上に在りて、其の通航を害すること等を告ぐ、利勝は復書して、其の事なきを諭す（『綜覧』）。
●十月三日、曼殊院入道良恕親王を二品に叙す（『綜覧』）。
●十月七日、玄猪御祝（『綜覧』）。
●十月十一日、御学問講あり（『綜覧』）。

●十月二十一日、女御徳川和子、能楽を禁中に張行し、公家衆・門跡等を饗す（『綜覧』）。
●十月二十七日、日野資勝をして、後柏原天皇の御製を書写せしめらる（『綜覧』）。
●十一月三日、幕府は下野東照社の石鳥居に勅額を賜わらんことを請う、仍りて宸翰を染められんとし、是日之を曼殊院入道良恕親王に諮らる（『綜覧』）。
●十一月三日、公家衆の素行に関し、雑説あり（『綜覧』）。
●十一月八日、比叡山恵心院良範、『法華科註』を進講す（『綜覧』）。
●十一月十一日、春日祭、上卿中御門宣衡参向、弁不参、奉行烏丸光賢（『続史愚抄』）。
●十一月十二日、内侍所に臨時御神楽を行わる、出御なし、所作歌方等公卿四辻季継、殿上人藪嗣良以下三人参仕、奉行烏丸光賢（『続史愚抄』）。
●十一月十三日、南光坊天海は京都に行く、是日、壬生孝亮は之を訪う（『綜覧』）。
●十一月十九日、後陽成院皇子（吉宮、十歳、母中臣胤子）聖護院室に入る（『続史愚抄』）。後の道晃親王。
●十一月十九日、鷹司信尚薨ず、三十二歳、頓病、景皓院と号す（『続史愚抄』）。
●十一月二十日、来月、東照権現を紀伊に勧請すべく、正遷宮あり、因て勅使中御門資胤、広橋兼賢等参向（『続史愚抄』）。
●十一月二十四日、中和門院は青蓮院尊純をして、近衛信尋の病平癒を祈らしめらる（『綜覧』）。
●十一月二十四日、秀忠室浅井氏は江戸山王社に歌仙の額を納む、是日、青蓮院尊純は之を清書す（『綜覧』）。
●十一月二十五日、伏見宮邦房親王（故貞康親王養子）薨ず（『続史愚抄』）。別資料では十二月二十五日とする。
●十二月十五日、興福寺維摩会を為す、行事竹屋光長参向（『続史愚抄』）。
●十二月十五日、女御徳川和子御脇塞（『綜覧』）。

●十二月二十三日、御煤払（『綜覧』）。
●十二月二十五日、伏見宮邦房親王薨ず（『綜覧』）。別資料では十二月二十五日とする。
●是歳、肥前長崎奉行長谷川藤正は関徹（伝誉）をして、耶蘇教寺院址に大音寺を創建せしむ（『綜覧』）。
●是歳、諸国、伊勢躍流行す（『綜覧』）。

元和八年〔一六二二〕壬戌　二十七歳　即位十二年

●正月一日、四方拝、奉行勧修寺経広、小朝拝なし、節会、出御あり、内弁中御門資胤、外弁日野資勝以下六人参仕、奉行正親町季俊（『続史愚抄』）。
●正月七日、白馬節会、出御なし、内弁二条康道、外弁三条公広、以下五人参仕、奉行竹屋光長（『続史愚抄』）。
●正月八日、太元法始、南殿にてなり、阿闍梨観助、奉行勧修寺経広（『続史愚抄』）。十四日結願。
●正月十一日、神宮奏事始、伝奏中御門資胤、奉行烏丸光賢（『続史愚抄』）。
●正月十五日、三毬打あり（『綜覧』）。
●正月十六日、踏歌節会、内弁近衛信尋、外弁広橋総光、以下五人参仕、柳原業光（雑事、禄所）を人数と為す、奉行烏丸光賢（『続史愚抄』）。
●正月十七日、舞楽御覧あり（『綜覧』）。十八日、小三毬打あり（『綜覧』）。
●正月十九日、和歌御会始、題毎山有春、読師中御門資胤、講師正親町季俊、講頌四辻季継（発声）、奉行三条西実条（『続史愚抄』）。
●正月二十八日、女院入内始（年始なり）、即ち還御歟（『続史愚抄』）。

●二月十四日、日野資勝をして後陽成天皇宸筆『源氏物語』を書写せしめらる（『綜覧』）。

●二月十八日、新上東門院三回忌御法会を、京都般舟三昧院に修す（『綜覧』）。

●二月十八日、春日祭を行わる、上卿阿野実顕参向、弁不参（『続史愚抄』）。

●三月六日、中和門院と共に、禁苑に花を賞せらる（『綜覧』）。

●三月十六日、奉幣を下野日光山東照権現に発遣さる（来月十七日七回忌に当たる故なり）、先に日時を定めらる、上卿日野資勝、幣使西洞院時慶、宣命使柳原業光、奉行甘露寺時長（『続史愚抄』）。

●三月十六日、京都の商人灰屋紹由没す（『綜覧』）。養子に灰屋紹益（佐野重孝）がいる。

●三月二十一日、京都相国寺の鹿苑院顕晫を召して、『錦繍段』を進講せしめらる（『綜覧』）。

○三月二十五日、女御徳川和子の御所に臨ませらる（『綜覧』）。

●四月八日、下野日光山東照社の徳川家康七回忌祭儀に参向の為め、公家衆・門跡等、江戸にいたり、秀忠に謁す、是日、日光に之く（『綜覧』）。

●四月十三日、曼殊院良恕親王をして、七仏薬師法を禁中に修せしめらる（『綜覧』）。

●四月十七日、東照権現七回神忌、日光山にて祭儀あり、弊使西洞院時慶、宣命使柳原業光、及び公卿広橋兼勝以下殿上人等参向、法会等有る歟、未詳（『続史愚抄』）。

●四月十八日、下野日光山東照社の徳川家康七回忌祭儀授戒、明日、曼荼羅供、尋で法華万部経を行う、勅使武家伝奏広橋兼勝・同三条西実条及び三条正親町実有・梶井最胤親王・妙法院堯然親王・青蓮院尊純・武蔵仙波喜多院の南光坊天海等、之に臨む、秀忠は之を聴聞す（『綜覧』）。

●四月二十二日、女院にて『源氏物語』の講釈おわりしに、通村詠（『内府集』）。

●五月三日、勅使武家伝奏広橋兼勝・同三条西実条及び公家衆・門跡等、江戸を発して京都に帰る、幕府は之に

物を贈ること、各、差あり（『綜覧』）。

●是月、是より先、対馬府中城主宗義成、家臣同智順等を朝鮮に遣し、聘礼に答う、是に至り、智順等、復書・方物を得て帰る（『綜覧』）。

●六月十六日、女御徳川和子、御深曾木の儀あり（『綜覧』）。

●六月二十一日、御虫払（『綜覧』）。

●七月一日、陸奥仙台城主伊達政宗の家臣支倉常長没す（『綜覧』）。

●七月三日、加賀金沢城主前田利光（利常）の室徳川氏没す（『綜覧』）。

●七月七日、七夕和歌御会、題名所七夕、柳原業光詠進（『続史愚抄』）。

●七月十三日、幕府は肥前長崎奉行長谷川藤正をして、先に密航渡来せる西班牙宣教師フライ・ペドロ・ド・ツニガ及びルイス・フロレス並に長崎の商人平山常陳等の罪を裁し、之を火刑に処せしむ（『綜覧』）。

●七月十七日、荻原兼従に新彫『皇朝類苑』を下賜あらせらる（『綜覧』）。

●七月二十九日、内侍所臨時御神楽行わる、出御なし、所作歌方等公卿四辻季継、殿上人藪嗣良以下三人参仕、奉行竹屋光長（『続史愚抄』）。

●八月二日、加賀相公（源利当）室（将軍家息女）逝去（七月三日）をくられける法華経の嚢紙に、通村詠（『内府集』）。前田利常室は徳川秀忠女珠姫であり、院とは義理の兄弟に当たる。

●八月七日、女御徳川和子、御脇塞の儀あり、幕府、大沢基宿を遣して、之を賀し奉る（『綜覧』）。

●八月二十三日、花山院定熙の孫定逸をして別家を興し、野宮と称せしめ、従五位上に叙し、兵部大輔と為し、禁色昇殿を聴す（『綜覧』）。

●八月二十三日、尾張名古屋城主徳川義直、神龍院梵舜の書写せし『藤氏大系図』を借用す（『綜覧』）。

●八月二十六日、山城高山寺開帳（『綜覧』）。
●九月九日、重陽和歌御会、題菊送多秋、柳原業光詠進（『続史愚抄』）。
●九月二十六日、禁裏御倉職立入《たてり》宗継卒す（『綜覧』）。『立入宗継文書・川端道喜文書』あり。
●九月二十七日、幕府は木屋弥三右衛門に暹羅国渡航の朱印状を与う（『綜覧』）。
●十月五日、内侍所臨時御神楽を行わる（秀忠室家の病を祈るため、女御申して行うと云う）、出御なし、所作歌方等公卿五辻之仲、殿上人藪嗣良以下三人参仕、奉行甘露寺時長（『続史愚抄』）。
●十月十六日、地震、大動、興福寺維摩会延引（『続史愚抄』）。
●十月二十一日、今日より七日間、維摩会を行わる、講師一乗院尊覚親王（『続史愚抄』）。
●十一月四日、幕府は長崎の商人荒木宗太郎に、交趾国渡航の朱印状を与う（『綜覧』）。
●十一月十六日、春日祭を行わる、上卿清閑寺共房参向、弁不参、奉行竹屋光長（『続史愚抄』）。
●十一月十七日、中院通村を江戸に遣し、秀忠の江戸城本丸移転を賀せしめらる（『綜覧』）。
●十一月二十三日、女御徳川和子は能楽を別殿に張行し、公家衆。門跡等に宴を賜う（『綜覧』）。
●十二月六日、内侍所臨時御神楽（『綜覧』）。
●十二月八日、後七日法再興の為め、三条公広をして、勅旨を山城醍醐寺三宝院義演に伝え、準備を為さしめらる（『綜覧』）。
●十二月十三日、勅使中院通村は、江戸城に秀忠に見ゆ（『綜覧』）。
●十二月十六日、今夜より三日夜、内侍所御神楽を行わる（紀伊中納言某申して行うと云う）、出御なし、所作歌方等殿上人藪嗣良以下三人参仕、奉行勧修寺経広（『続史愚抄』）。
●十二月十六日、紀伊和歌山城主徳川頼宣病むに依り、吉田兼英に嘱して神道護摩を修し、其の平癒を祈らしむ

（『綜覧』）。

●十二月十八日、御煤払（『綜覧』）。

●十二月十八日、広橋兼勝薨ず、六十五歳、是称院と号す、二十三日、知恩寺に葬る（『続史愚抄』）。

●是歳、直輔親王（後陽成院第八皇子、二十歳）、知恩院室に入り得度、法名良純（『続史愚抄』）。

●是歳、幕府は小堀政一を近江奉行と為す（『綜覧』）。

●是歳、尾張名古屋城主徳川義直は安芸広島城主浅野長晟に請いて、堀正意を儒医と為す（『綜覧』）。

●是歳、甫庵『信長記』等、刊行せらる（『綜覧』）。

元和九年（一六二三）癸亥　二十八歳　即位十三年

●正月一日、四方拝、奉行正親町季俊、小朝拝なし、元日節会、出御なし、内弁二条康道、外弁三条公広以下五人参仕、奉行甘露寺時長（『続史愚抄』）。

●正月五日、千秋万歳あり（『綜覧』）。

●正月七日、白馬節会、出御なし、内弁中御門資胤、外弁日野光慶以下三人参仕、柳原業光を人数と為す、奉行勧修寺経広（『続史愚抄』）。

●正月八日、太元法始、小御所にて之を行わる、阿闍梨無量寿院堯円（今年は観助障り有る歟）、後七日法あり（南殿にてなり、寛正二年より中絶し、今年再興）、阿闍梨三宝院義演、以上奉行勧修寺経広（『続史愚抄』）。十四日両法結願。

●正月十一日、神宮奏事始、伝奏中御門資胤、奉行正親町季俊（『続史愚抄』）。

●正月十五日、三毬打あり（『綜覧』）。

●正月十六日、踏歌節会、出御あり、内弁鷹司教平、外弁中御門宣胤、奉行正親町季俊（『続史愚抄』）。
●正月十九日、和歌御会始、題梅交松芳、読師日野資勝、講師正親町季俊、講頌高倉嗣良（発声）、柳原業光詠進（『続史愚抄』）。
●二月四日、甲子待（『綜覧』）。
●二月五日、御学問講あり（『綜覧』）。
●二月九日、和蘭人、アンボイナ島に於いて、英吉利商館長ガブリエル・タワーソン等と共に、日本人を刑す（『綜覧』）。
●二月十五日、中和門院は中院通村をして『源氏物語』を進講せしめらる（『綜覧』）。
●二月十五日、朝鮮釜山の倭館、火災あり、八十間を焼失す（『綜覧』）。
●二月二十四日、此の日、春日祭行わる、上卿三条公広参向、弁不参、奉行甘露寺時長（『続史愚抄』）。
●四月一日、萩原兼従をして『日本書紀』を侍読せしめらる（『綜覧』）。
●四月四日、甲子待（『綜覧』）。
●四月四日、地蔵堂を内山永久寺に建つ、此の日、上棟と云う（『続史愚抄』）。
●四月十日、御本『甲子秘記』を土御門泰重に貸与し、革命・革令のことを勘申せしめらる（『綜覧』）。
●四月二十二日、中和門院は中院通村をして『源氏物語』を進講せしめらる、是日、竟宴あり（『綜覧』）。
●四月二十四日、日吉祭（『綜覧』）。
●四月二十八日、大覚寺尊性親王、灌頂を行わる（『綜覧』）。
●五月十二日、秀忠、上洛せんとし、江戸城を発す（『綜覧』）。
●五月十六日、本因坊算砂没す（『綜覧』）。

○五月二十三日、女御徳川和子の御所に行幸あらせらる（『綜覧』）。
●五月二十九日、金地院崇伝（以心）をして『中庸』を進講せしめらる（『綜覧』）。
●六月一日、庚申待（『綜覧』）。
●六月八日、秀忠は京都に入り、二条城に館す（『綜覧』）。別資料は十五日とする。
●六月十五日、将軍秀忠上洛し、二条城に入る（『続史愚抄』）。
●六月十九日、陸奥仙台城主伊達政宗、上洛するに依り、土御門泰重を遣し、新彫『皇朝類苑』を賜う（『綜覧』）。
●六月二十五日、秀忠、参内す（『続史愚抄』）。
●六月二十七日、御虫払（『綜覧』）。
●是夏、是より先、和蘭人ヤン・ヨーステン・ファン・ローデンスタイン、バタビアに航し、再び日本に帰航の途、パラセル暗礁にて難船、溺死す（『綜覧』）。
●七月二日、陸奥仙台城主伊達政宗は土御門泰重に就きて、禁中及び中和門院御所に物を献ず（『綜覧』）。
●七月四日、楊弓御会、公卿中御門資胤以下殿上人等参仕（『続史愚抄』）。
●七月七日、和歌御会、題は七夕霧（『続史愚抄』）。七夕内御会、通村出詠（『内府集』）。
●七月十日、中和門院は山城宇治郡五箇荘に別殿を造営せんとし、土御門泰重をして其の地を相せしめらる（『綜覧』）。
●七月十一日、内侍所臨時御神楽（近衛信尋申して行うと云う）、出御なし、所作歌方等公卿四辻季継、殿上人高倉嗣良以下三人参仕、奉行正親町季俊（『続史愚抄』）。
●七月十一日、陸奥仙台城主伊達政宗に重ねて、炷香及び屏風を賜う、中和門院もまた物を賜う（『綜覧』）。
●七月十三日、徳川家光（将軍秀忠男）、上洛し、二条城に入る（『続史愚抄』）。

●七月十五日、勅使をして、山城伏見城に、秀忠の世子家光を労せしめらる（『綜覧』）。
●七月二十三日、徳川家光、参内す（『続史愚抄』）。
●七月二十七日、徳川家光（右大臣正三位）に征夷大将軍淳和奨学両院別当源氏長者（以上父秀忠譲与）及び内大臣正二位兵仗等宣下あり、上卿三条西実条、奉行正親町季俊（『続史愚抄』）。
●八月六日、将軍家光参内す、親族公卿殿上人及び尾張中納言某（義直）、紀伊中納言某（頼宣）、水戸宰相某（頼房）、以下武士数人共にあり（『続史愚抄』）。
●八月十日、呂宋使節ドンフェルナンド・デ・アヤラ一行の船、薩摩山川に著す（『綜覧』）。
●八月十四日、内大臣家光、将軍宣下後始めて猿楽を二条城に催す（『続史愚抄』）。
●八月十五日、石清水八幡宮放生会、観月和歌御会（『綜覧』）。
●八月十六日、御八講の僧名を定めらる、但し僧中に争論あり、因て治定せずと云う、日時においては蔵人所にて定めらる歟（『続史愚抄』）。
●八月十七日、後陽成院七回聖忌の奉為に、今日より三箇日、懺法を中和門院御所にて行わる、導師青蓮院尊純、経衆公卿花山院定煕、以下三人参仕（『続史愚抄』）。十九日結願。
●八月十八日、御霊祭（『続史愚抄』）。
●八月十九日、中和門院、落飾あらせらる（『綜覧』）。
●八月二十二日、後陽成院七回聖忌の奉為に、今日より五箇日、法華八講を宮中に行わる（清涼殿、宸筆御経に准ぜらる歟、東大寺・興福寺・円城寺等僧参覲）、証義は一条院尊覚親王及び僧正三人、公卿関白九条忠栄、左大臣近衞信尋（行事・上卿）以下八人参仕、奉行正親町季俊、伝奏中御門資胤（『続史愚抄』）。
●八月二十六日、後陽成院七回聖忌御八講第五日、結願、公卿内大臣二条康道以下八人参仕、此の日、曼荼羅供

を般舟三昧院に行わる、公卿日野資勝、以下三人参仕（『続史愚抄』）。
●八月二十七日、禁裏に延年有りと云う（『続史愚抄』）。
●閏八月一日、秀忠は暹羅国使を京都二条城に引見す、使節は国書・方物を進むるに依り、返書を与う（『綜覧』）。
●閏八月二日、日野輝資薨ず、六十九歳、法名唯心（『諸家伝』）。
●閏八月四日、尾張名古屋城主徳川義直は神龍院梵舜に、神書及び『三代実録』を返却す（『綜覧』）。
●閏八月十一日、幕府は一万石の御料所を献ず（『綜覧』）。
●閏八月十四日、猿楽御覧あり（女御和子、身有る間、視らると云う）、将軍家光、女御曹司に参る、次に参内すと云う（『続史愚抄』）。
●九月一日、山城吉田社をして、女御徳川和子の御平産を祈らしめらる（『綜覧』）。
●九月三日、京都四条河原に女勧進能あり（『綜覧』）。
●九月九日、重陽和歌御会、題菊香随風、柳原業光詠進（『続史愚抄』）。
●九月二十日、絵師狩野貞信没す（『綜覧』）。
●九月二十三日、秀忠室浅井氏、家光の為に、鷹司信房女孝子を迎う、是日、孝子は江戸城西丸に入る（『綜覧』）。
●九月二十五日、今暁、曇華院禅尼宮（按ずるに後奈良院皇女、七十二歳歟、考訂すべし）薨ず（『続史愚抄』）。
●九月二十七日、先年流罪の女房等、帰京す（『続史愚抄』）。是より先、伊豆新島に配流せし前典侍広橋氏、前権典侍中院氏等を赦す、是日、広橋氏等は京都に帰る（『綜覧』）。
●十月二日、山城随心院増孝をして、女御徳川和子の御平産を祈らしめ給う（『綜覧』）。
●十月三日、彗星、西方に見る（『孝亮記』）。
●十月六日、繰を叡覧あらせらる（『綜覧』）。

●十月九日、宴を中和門院に進め給う、また若衆躍あり（『綜覧』）。

●十月十三日、幕府は切支丹宗徒シモン・遠甫及び原胤信等五十名を江戸芝に火刑に処す（『綜覧』）。

●十月二十三日、金地院崇伝（以心）を召して、『中庸』を進講せしめらる、是日、竟宴あり（『綜覧』）。

●十月二十八日、今日より、不動法（大法に准ず）を清涼殿に行わる（女御平産のお祈り歟）、阿闍梨東寺長者義演、奉行甘露寺時長（『続史愚抄』）。

●十月二十八日、中院通村を武家伝奏と為す（『綜覧』）。

●十一月一日、土御門久脩をして、女御徳川和子の御平産を祈らしめらる（『綜覧』）。

●十一月四日、春日祭、上卿三条西実条参向、弁不参（『続史愚抄』）。

●十一月八日、中和門院は土御門泰重をして、『太平記』を読進せしめらる（『綜覧』）。

●十一月十三日、英吉利商館、肥前平戸より撤退す（『綜覧』）。

●十一月十六日、妙法院堯然親王、灌頂あり（庭儀、勅令歟）大阿闍梨南光坊天海、上卿中御門資胤以下三人着座（『続史愚抄』）。

○十一月十九日、女御徳川和子皇女降誕（第二卯刻）、而て女一宮と号す（『続史愚抄』）。

●十一月二十一日、神泉苑塔供養あり、公卿三条西実条以下着座（『続史愚抄』）。

●十一月二十四日、皇妹逸宮を二条康道に嫁せしめ給う（『綜覧』）。

●十二月八日、秀忠は織田信良を、家光は吉良義弥を遣し、皇女興子の降誕を賀し奉る（『綜覧』）。

●十二月十七日、御煤払（『綜覧』）。

●十二月二十一日、皇女興子は中和門院御所に観せらる（『綜覧』）。

●十二月二十六日、家光は前関白鷹司信房女孝子を娶り、婚儀を行う（『綜覧』）。

●十二月二十七日、右大臣一条兼遐里第にて、明年甲子革令の当否を、宜く紀伝明経算陰陽暦道等博士に仰せて勘申せしむべき由、宣下あり、奉行竹屋光長（『続史愚抄』）。
●是歳、幕府は近江の奉行小堀政一を伏見奉行と為し、十三箇国の郡代官を兼ねしむ（『綜覧』）。
●是歳、幕府は葡萄牙人の居住を制限し、また日本商人の呂宋渡航を禁ず（『綜覧』）。
●是歳、多数の朱印船、南洋各地に往来す（『綜覧』）。
●是歳、葡萄牙船七隻・明の商船四十隻、来航貿易す（『綜覧』）。
●是歳、所司代板倉重宗は、京都誓願時策伝をして、著作せしむる滑稽文学書成り、『醒酔笑』と題す（『綜覧』）。
●是歳、『貞観政要』等、刊行せらる（『綜覧』）。

寛永元年（元和十）（一六二四）甲子　二十九歳　即位十四年

●正月一日、四方拝、奉行正親町季俊、中和門院拝礼あり、公卿関白近衛信尋以下二十三人、柳原業光を人数と為す、殿上人正親町季俊以下等参列、次に小朝拝（慶長十九年後、再興歟）、公卿殿上人等参列、同前奉行正親町季俊、元日節会、出御なし、内弁一条兼遐、陣後早出、中御門資胤之に続く（之より先に三条公広早出）、外弁西園寺公益以下四人参仕、奉行勧修寺経広（『続史愚抄』）。
●正月五日、千秋万歳あり（『綜覧』）。
●正月七日、白馬節会、出御あり、内弁鷹司教平、外弁中御門宣衡、以下六人参仕、奉行竹屋光長（『続史愚抄』）。
●正月八日、後七日法始（南殿にてなり、以下同）、阿闍梨義演、太元護摩始、阿闍梨観助（本坊にて勤仕、以下同）、以上奉行勧修寺経広（『続史愚抄』）。十四日、両法結願。

●正月十一日、神宮奏事始、伝奏中御門資胤、奉行正親町季俊（『続史愚抄』）。

●正月十六日、踏歌節会、出御なし、内弁日野資勝、外弁烏丸光広以下四人参仕、柳原業光を人数と為す、奉行甘露寺時長（『続史愚抄』）。

●正月十九日、和歌御会始、題柳臨池水、飛鳥井雅胤出題、読師烏丸光広、講師甘露寺時長、講頌飛鳥井雅胤（発声）、柳原業光詠進（『続史愚抄』）。上皇御製、柳臨池水（『御集』）。内御会始、通村出詠（『内府集』）。

●二月一日、甲子改元に就き、諸道の博士をして、勘文を上らしむ、是日、文章博士五条為適・東坊城長維等と、中院通村と議す（『綜覧』）。

●二月四日、前所司代板倉勝重は能を禁中に興行し、官位昇進を謝し奉る（『綜覧』）。

●二月九日、中和門院と共に女御徳川和子の御所に行幸あらせらる（『綜覧』）。

●二月十日、右大臣一条兼遐里第にて年号勘者宣下あり、奉行竹屋光長（『続史愚抄』）。

●二月十二日、春日祭、上卿中御門資胤参向、弁不参、奉行正親町季俊（『続史愚抄』）。

●二月二十五日、条事定国解奏聞あり（『続史愚抄』）。

●寛永元年二月三十日、条事定あり（出羽国司言雑事三箇条）、上卿一条兼遐、已次公卿烏丸光広以下九人参仕、柳原業光（改元の時、寛永・享明を挙げ、文化・康徳等を難ず）を人数と為す、次に杖儀を行わる（今年革令、当否の事）、上卿以下同前、次に改元定を行わる、上卿以下同前、元和を改め寛永と為す、革令に依るなり、勘者二人、寛永号は東坊城長維撰び申す、赦令吉書奏等は恒の如し、以上奉行竹屋光長、伝奏中院通村、此の日、先に関白左大臣近衛信尋は、一上を右大臣一条兼遐に譲る（『続史愚抄』）。「寛永改元について」（本書所収）を参照。

●是月、諸国に伊勢躍行わる、幕府は令して之を禁ず（『綜覧』）。

●三月七日、内侍所臨時御神楽を行わる（伏見宮貞清親王申して行う）、所作歌方等公卿四辻季継、殿上人高倉嗣良

以下二人参仕、奉行甘露寺時長（『続史愚抄』）。
●三月十六日、稲荷神輿迎、正親町季俊、稲荷祭を社家に付す綸旨を書き下す（『続史愚抄』）。
●三月十七日、薩摩鹿児島城主島津家久は琉球王尚豊に命じ、上布・下布・舟綱・椶櫚皮・牛皮・菜種子油・久米綿・黒木等の輸出を禁じ、違背者には科料を課せしむ（『綜覧』）。
●三月十九日、女一宮（母女御和子、去年十一月降誕）行始の為、御霊社に詣でしめ給う、公卿烏丸光広、以下四人、柳原業光を人数と為す、殿上人土御門泰重以下十五人等これに従う（『続史愚抄』）。
●三月二十三日、内大臣二条康道の里第にて、朝覲行幸召し仰せあり、奉行正親町季俊（『続史愚抄』）。
●三月二十四日、是より先、呂宋使節は薩摩に来航し、幕府に入謁せんことを請う、幕府は長崎奉行長谷川藤正に命じて、之を斥けしむ、是日、金地院崇伝（以心）、其の書状を草す（『綜覧』）。
●三月二十五日、朝覲の為、中和門院御所に行幸、公卿一条兼遐以下、左右の大将（二条康道・鷹司教平）、本陣に候す、及び近衛の将司々等供奉、関白近衛信尋（路次は供奉せず）は閑路を経て、儲御所に参会す、御逗留の儀のため、奉行正親町季俊、之に先じ、女御和子は女院御所に渡御す、公卿三条西実条以下七人、柳原業光を人数と為す、殿上人飛鳥井雅胤以下九人等、之に従う、今度の行幸、一に風流を尽さる（幸路の左右に美麗なる仮屋を設け、市廓物を飾ると云う）（『続史愚抄』）。
○三月二十六日、女院御所にて舞楽御覧あり、次に和歌御会、題、松色春久、読師一条兼遐、講師正親町季俊、講頌四辻季継（発声）、御製読師近衛信尋、同講師烏丸光広、柳原業光詠進（『続史愚抄』）。
○三月二十七日、同御所にて楽会あり、御所作箏、所作伏見宮貞清親王琵琶、公卿一条兼遐以下殿上人等参仕、次に行幸還御、供奉の公卿以下凡そ行幸時の如しと云う、之より先、女御和子、本殿に還り給う、供奉上達部・殿上人等去る二十五日の如し、即ち車を四脚門辺に立て、還宮の儀を観らると云う（『続史愚抄』）。

●是春、林信勝（羅山）は『吾妻鏡』を板行す（『綜覧』）。
●四月二日、松尾祭延引。今日より三十箇日、因幡堂薬師開帳（『続史愚抄』）。
●四月八日、内侍所臨時御神楽を行わる（女御和子申し行わると云う）、出御なし、所作歌方等公卿四辻季継、殿上人高倉嗣良以下四人参仕、奉行竹屋光長（『続史愚抄』）。
●四月十一日、秀忠は林信勝（羅山）をして、家光に仕えしむ（『綜覧』）。
●四月十四日、此の日、松尾祭あり、去る十一日、正親町季俊、祭を社家に付さるの綸旨を書き下す（『続史愚抄』）。
●四月十六日、女御徳川和子を中宮に冊立せんとし、勅書を幕府に下し給う、是日、秀忠は之に奉答す（『綜覧』）。
●四月十九日、武家伝奏三条西実条・中院通村を江戸に遣し、幕府の賀正に答えしめらる（『綜覧』）。
●四月二十一日、後陽成院皇女（十六歳、母掌侍平時子）、大聖寺室に入り、即ち得度す、法名永崇、戒師相国寺有節（『続史愚抄』）。
●四月二十二日、尾張名古屋城主徳川義直は壬生家の『類聚国史』を借用す（『綜覧』）。
●四月二十七日、幕府は江戸に於いて切支丹宗徒を処刑す（『綜覧』）。
●四月二十九日、前所司代板倉勝重卒す（『綜覧』）。板倉勝重京堀川の隠居にて終りをとる。寿八十歳（『実紀』）。
●五月一日、家光は大沢基重を遣して、勅書を賜うの恩を謝し奉る（『綜覧』）。
●五月八日、中和門院は先考近衛前久の忌辰により、曼荼羅供を御所に修せらる（『綜覧』）。
●五月二十日、中和門院は禁中に御幸あらせらる、拍子及び躍あり（『綜覧』）。
●是月、畿内炎旱（『綜覧』）。
●六月五日、是より先、角倉の商船、東京に渡航す、安南国清都王鄭梉は書を角倉船の財副島田政之に付す（『綜覧』）。

●六月十四日、蹴鞠を御覧あり、鞠足上達部四辻季継以下四人、柳原業光を人数と為す、殿上人園基音以下四人、賀茂党等参仕（『続史愚抄』）。
●六月十八日、幕府は金地院崇伝（以心）に異国渡航の朱印のことを諮問す（『綜覧』）。
●六月十九日、御虫払（『綜覧』）。
●六月二十一日、近臣の相撲あり（『綜覧』）。
●六月二十三日、今日より七箇日、北斗法を清涼殿に行わる、阿闍梨青蓮院尊純（『続史愚抄』）。
●是月、彗星、南方に出づ、また山城伏見社辺に白蝶群飛す（『綜覧』）。
●七月十二日、女御徳川和子は醍醐寺三宝院義演をして、六字法を修せしめらる（『綜覧』）。
●七月十九日、公家衆の躍あり（『綜覧』）。
●七月二十三日、青蓮院尊純をして、北斗法を清涼殿に修せしめらる（『綜覧』）。
●八月十一日、延暦寺恵心院僧正某をして、禁中に法華経を講ぜしめらる（『綜覧』）。
●八月十五日、観月詩歌御会（『綜覧』）。天皇御製、河月（『御集』）。歌会表記なし。
●八月二十日、薩摩鹿児島城主島津家久、琉球三司官並に諸役職の扶持等に関する法度を頒ち、重ねて上布・焼酎等の輸出を禁ず（『綜覧』）。
●八月二十六日、後陽成天皇聖忌、御経供養を京都般舟三昧院に修す（『綜覧』）。
●九月六日、豊臣秀吉後室高台院（杉原氏）薨ず（『綜覧』）。
●九月十三日、観月御宴（『綜覧』）。
●九月二十七日、山城将軍塚鳴動す（『綜覧』）。
●九月二十九日、地震、大動（『続史愚抄』）。

●是秋、家光の乳母斎藤氏（春日局）は江戸湯島に寺院を創建し、天沢寺と号す、後に之を麟祥院と改む、家光は寺領を寄進す（『綜覧』）。
●十月十二日、能楽御覧あり（『綜覧』）。
●十月十四日、西坊城遂長は橋本実村と禁裏番衆所にて争い、実村を傷く（『綜覧』）。
●十月十六日、中御門宣衡・阿野実顕を江戸に遣し、家光の江戸城本丸に移らんとするを賀せしめらる（『綜覧』）。
●十月二十日、山田長正の商船、暹羅国より来航し、帰帆許可の朱印状を請う、幕府は之を許さず（『綜覧』）。
●十一月三日、女一宮（御年二、母女御和子）、御髪置（『続史愚抄』）。後の明正天皇。
●十一月五日、家光は勅使中御門宣衡・阿野実顕を江戸城に引見す（『綜覧』）。
●十一月九日、春日祭、上卿日野資勝参向、弁不参、奉行竹屋光長（『続史愚抄』）。
●十一月二十八日、女御徳川和子（十九歳、右大臣秀忠女）を中宮に冊立す、節会、内弁一条兼遐、外弁中御門資胤、以下八人参仕、柳原業光を人数と為す、宣命使四辻季継、宮司除目あり、執筆一条兼遐、以上奉行正親町季俊、大殿祭あり（中宮御所にて歟、祭主友忠奉仕と云う）（『続史愚抄』）。女御徳川和子を立てて、中宮と為し、中宮職を置く、三条西実条をして中宮大夫を、中院通村をして同権大夫を兼ねしむ（『綜覧』）。
●十一月二十九日、秀忠・家光は、吉良義弥・大沢基宿を遣して、立后を賀し奉る、是日、使者は参内す（『綜覧』）。
●十二月三日、中宮は宴を公家衆に賜う、尋で門跡等にもまた之を賜う（『綜覧』）。
●十二月十四日、御煤払（『綜覧』）。
●十二月十九日、是より先、朝鮮王李倧は回答使鄭岦・副使姜弘重・従事官辛啓等を遣して、家光の嗣立を賀せしむ、是日、家光は之を江戸城に引見す（『綜覧』）。
●十二月二十日、幕府は金地院崇伝（以心）をして、安南国王に対する答書を草せしむ（『綜覧』）。

●十二月二十二日、幕府は朝鮮国使に返書を与えて帰国せしむ（『綜覧』）。
●是歳、陸奥饑饉（『綜覧』）。
●是歳、是より先、日本商船、占城沖にて和蘭船に掠奪されしに依り、其の乗組商人等、長崎奉行長谷川藤正に之を訴え、賠償を求む（『綜覧』）。
●是歳、朝鮮王李倧は水旱の為、棉花実らざるに依り、公貿易の変更を対馬府中城主宗義成に求む（『綜覧』）。
●是歳、『城西聯句』等刊行せらる（『綜覧』）。

寛永二年〔一六二五〕乙丑　三十歳　即位十五年

●正月一日、四方拝、奉行勧修寺経広、小朝拝なし、元日節会、出御あり、餛飩後入御、内弁鷹司教平、外弁三条正親町実有、以下六人参仕、奉行竹屋光長（『続史愚抄』）。
●正月六日、猿舞・蜘蛛舞あり（『綜覧』）。
●正月七日、白馬節会、出御あり、粉熟《ふずく》後入御、内弁三条西実条、外弁日野資勝、以下五人参仕、奉行甘露寺時長（『続史愚抄』）。十四日、両法結願。粉熟は御菓子。
●正月八日、後七日法始（南殿）、阿闍梨大僧正義演、太元法始、阿闍梨大僧都観助、以上奉行勧修寺経広（『続史愚抄』）。
●正月十一日、神宮奏事始、伝奏中御門資胤、奉行正親町季俊（『続史愚抄』）。
●正月十五日、三毬打あり（『綜覧』）。
●正月十六日、踏歌節会、出御なし、内弁広橋総光、外弁西園寺公益、以下四人参仕、柳原業光を人数と為す、

奉行正親町季俊（『続史愚抄』）。

●正月十八日、土御門久脩薨ず、六十六歳（『公卿補任』）。

○正月十九日、和歌御会始、題は水石契久、冷泉為頼出題、読師中御門資胤、講師勧修寺経広、講頌四辻季継（発声）、奉行三条西実条、柳原業光詠進（『続史愚抄』）。御会始、天皇御製、水石契久（『御集』）。

●正月二十二日、中和門院御所観梅御宴あり（『綜覧』）。

●正月二十九日、吉宮得度、戒師実相院義尊大僧正。興意（もと道勝）親王資（『略年譜』）。後の道寛親王。

●二月五日、中宮御所に行幸あらせらる（『綜覧』）。

●二月七日、中宮の御懐妊に依り、権大納言局橋本氏、山城醍醐寺三宝院義演に、皇子降誕の祈禱を依頼す（『綜覧』）。

●二月十五日、中院通村を召して、『伊勢物語』を進講せしめらる（『綜覧』）。

●二月十七日、後陽成院第十四皇子（足宮、十三歳、未だ親王ならず、元和七年照高院入室）得度、戒師円満院某、法名道周、公卿日野資勝以下五人着座（『続史愚抄』）。

●二月十九日、山城醍醐寺、勅旨に依り、所蔵の空海筆狸毛筆献状案の二行を献ず、是日、同寺三宝院義演、之を其の巻末に誌す（『綜覧』）。

●二月二十日、小三毬打あり（『綜覧』）。

●是月、絵師狩野山楽、近江海津社の絵馬を画く（『綜覧』）。

●三月二日、幕府は安南国王に答書を贈らんとし、金地院崇伝（以心）をして草案を作らしむ（『綜覧』）。

●三月六日、中宮は能楽を紫宸殿に張行せらる（『綜覧』）。

●三月七日、関白近衛信尋は家光の襲職を賀せんとし、江戸に下向す、尋で公家衆・僧侶等もまた、江戸に下向

す（『綜覧』）。
●三月十二日、武家伝奏三条西実条・中院通村等を江戸に遣して、幕府の賀正に答えしめらる（『綜覧』）。
●三月十二日、春日祭あり、上卿烏丸光広参向、弁不参、奉行甘露寺時長（『続史愚抄』）。
●三月十六日、竹田不動院不動尊、今日より五十日間開帳（『続史愚抄』）。
●三月二十二日、稲荷神輿迎、正親町季俊、稲荷祭を社家に付さる綸旨を書き下す（『続史愚抄』）。
●三月二十三日、是より先、朝鮮王李倧は回答使鄭岦・副使姜弘重・従事官辛啓等を遣して、家光の嗣立を賀せしむ、是日、鄭岦等帰国して、復命す（『綜覧』）。
●三月三十日、山城東福寺住持令柔（剛外）をして、『野馬台詩』を進講せしめらる（『綜覧』）。
●四月十日、勅使武家伝奏三条西実条・中院通村、江戸に著す、是日、秀忠・家光は之を引見す、また八条宮智仁親王等の代替の祝詞を受く（『綜覧』）。
●四月十六日、所司代板倉重宗は馬を叡覧に供す（『綜覧』）。
●四月十九日、家光は『群書治要』を献ず（『綜覧』）。
●五月十二日、清涼殿の庭に能楽を張行あらせらる（『綜覧』）。
○五月十九日、壬生忠利所蔵の古筆百二十一枚等を叡覧あらせらる、尋で忠利は勅命に依り、其の一部を献ず（『綜覧』）。
●六月六日、中和門院は御病に依りて、山城宇治郡五箇荘より帰京せらる（『綜覧』）。
●六月十九日、御虫払（『綜覧』）。
●七月二日、内侍所臨時御神楽を行わる、出御あり、所作歌方等公卿四辻季継、殿上人高倉嗣良以下四人参仕、奉行正親町季俊（『続史愚抄』）。中和門院の御病に依り、内侍所臨時御神楽あり（『綜覧』）。

●七月二日、醍醐寺三宝院義演をして、中和門院の御平癒を祈らしむ、また御霊社にも之を祈らしめらる（『綜覧』）。
○七月七日、七夕和歌御会、題は天河雲為橋、柳原業光詠進（『続史愚抄』）。
●七月十日、日本在住明人甲比丹李旦、肥前平戸に没す（『綜覧』）。
●七月十一日、また内侍所臨時御神楽を行わる、出御なし、所作歌方等公卿四辻季継、殿上人高倉嗣良以下四人参仕、奉行烏丸光賢（『続史愚抄』）。内侍所に臨時御神楽を奏して、女三宮の御平癒を祈らしむ（『綜覧』）。
●七月十五日、盂蘭盆会、公家衆は灯籠を献ず（『綜覧』）。
●七月二十四日、金銀改役の後藤光次没す（『綜覧』）。
●八月三日、烏丸光広をして、『伊勢物語』を進講せしめらる（『綜覧』）。
●八月九日、家光室鷹司氏、御台号の賀儀あり、秀忠は其の室浅井氏と共に、江戸城本丸に臨む（『綜覧』）。
●八月十五日、月蝕、観月御宴、別殿に行幸あらせらる、中和門院は土御門泰重をして中宮の御平産を祈らしむ（『綜覧』）。
●八月二十日、騎乗を叡覧あらせらる（『綜覧』）。
●八月二十六日、後陽成天皇聖忌、御法会を京都般舟三昧院に修す（『綜覧』）。
●是月、幕府大番頭牧野信成は書及び物を暹羅国握雅西潭麻喇大庫に贈り、往年の親誼に答う（『綜覧』）。
●九月二日、京都地震（『綜覧』）。
○九月九日、重陽和歌御会、題は菊花半開、柳原業光詠進（『続史愚抄』）。重陽、天皇御製、菊花半開（『御集』）。重陽公宴、通村出詠（『内府集』）。
○九月十三日、中宮皇女降誕、女二宮と号す（『続史愚抄』）。後の近衛尚嗣室。
●十月十一日、幕府は吉良義弥を遣して、皇女降誕を賀し奉る、是日、義弥は京都に著す（『綜覧』）。

●十月二十七日、好仁親王に高松宮の称号を賜う、是日、親王は参内せらる（『綜覧』）。『近世有栖川宮歴代行実集成』全七巻（ゆまに書房）等を参照。
○十月二十九日、中宮御所に行幸あらせらる、中和門院もまた御幸あらせらる（『綜覧』）。
●十一月九日、古今和歌集の伝授を八条宮智仁親王に受けさせらる（『綜覧』）。書陵部『古今伝受資料』（五〇二―四二〇）等参照。
●十一月十五日、此の日、春日祭行わる、上卿広橋総光参向、弁不参、奉行烏丸光賢（『続史愚抄』）。
●十一月二十日、曼殊院良恕親王は持仏堂を建立す、仍りて遷宮の儀を行わんとし、是日、着座の公卿のことを請い給う（『綜覧』）。
●十一月二十七日、内侍所臨時御神楽を行わる（右大臣秀忠女申し行うと云う）、出御なし、所作歌方等公卿四辻季継、殿上人高倉嗣良以下四人参仕、奉行竹屋光長（『続史愚抄』）。
●十一月二十九日、中和門院は眼を患わる、仍りて同御所に行幸あらせらる（『綜覧』）。
●十一月二十九日、正親町季俊薨ず、四十歳（『公卿補任』）。
●十二月十五日、幕府は伊勢慶光院守清をして、旧に依り、大神宮正遷宮のことを司らしむ（『綜覧』）。
●十二月十九日、御煤払（『綜覧』）。
●十二月二十三日、鷹司信尚女は花山院定好に嫁す（『綜覧』）。
●是月、幕府は明年将軍の上洛あるに依り、奉公人を解雇することを禁ず（『綜覧』）。
●是歳、肥前長崎代官末次政直（平蔵）は幕府の命に依り、明の福建総督某に復書し、其の沿岸を侵冦する者は邦人にあらざるを弁じ、親誼を修む（『綜覧』）。
●是歳、越前大野城主松平直政は『古今和歌集』及び『伊勢物語』の口訣を烏丸光広に受く（『綜覧』）。

●是歳、葡萄牙船四隻並に明の商船六十隻来航す（『綜覧』）。
●是歳、『増補六臣注文選』等刊行せらる（『綜覧』）。

寛永三年〔一六二六〕丙寅　三十一歳　即位十六年

●正月一日、四方拝、奉行烏丸光賢、小朝拝なし、節会、出御なし、内弁一条兼遐、外弁日野資勝、以下六人参仕、柳原業光を人数と為す、奉行甘露寺時長（『続史愚抄』）。
●正月七日、白馬節会、出御なし、内弁二条康道、外弁西園寺公益、以下四人参仕、奉行竹屋光長（『続史愚抄』）。
●正月八日、地小動、後七日法始（南殿、以下同）、阿闍梨三宝院義演、太元護摩始（観助僧都本坊、以下同）、阿闍梨観助、以上奉行勧修寺経広（『続史愚抄』）。十四日両法結願。
●正月十一日、神宮奏事始、伝奏日野資勝、奉行烏丸光賢（『続史愚抄』）。
●正月十三日、女二宮（御年二、母女宮和子）行始を為す、御霊社に詣でしめ給う、公卿日野資勝以下七人、柳原業光を人数と為す、殿上人烏丸光賢以下十三人これに従う（『続史愚抄』）。
●正月十五日、月蝕、三毬打あり（『綜覧』）。
●正月十六日、踏歌節会、出御なし、内弁九条忠栄、外弁中御門宣衡、以下四人参仕、柳原業光を人数と為す、奉行勧修寺経広（『続史愚抄』）。
●正月十七日、中御門資胤薨ず、五十八歳、法名乗蓮（『公卿補任』）。
●正月十八日、小三毬打あり（『綜覧』）。
●正月十九日、和歌御会始、題、毎年愛梅、飛鳥井雅胤出題、読師日野資勝、講師甘露寺時長、講頌四辻季継

（発声）、奉行飛鳥井雅胤、柳原業光詠進（『続史愚抄』）。御会始、天皇御製、毎年愛梅（『御集』）。
●正月二十五日、中和門院は禁中に御幸あらせらる、尋で能楽御覧あり（『綜覧』）。
●二月一日、土御門泰重は古本『源氏物語』を叡覧に供す（『綜覧』）。
●二月二日、中和門院は好仁親王御所（高松宮）に御幸あらせらる（『綜覧』）。
●二月七日、山田長正は暹邏国より、軍船絵馬を駿府浅間社に奉納す（『綜覧』）。
●二月八日、好仁親王は新上東門院七回聖忌御法会を、其の御所に修せらる、中和門院は之に臨ませらる（『綜覧』）。
●二月十八日、新上東門院七回御忌、曼荼羅供を般舟三昧院にて行わる、公卿西園寺公益以下参仕（『続史愚抄』）。
●二月二十二日、此の日、春日祭を行わる、上卿西園寺公益参向、弁不参、奉行竹屋光長（『続史愚抄』）。
●三月一日、能楽御覧（『綜覧』）。
●三月十日、中宮は能楽を張行せらる、明日また同じ（『綜覧』）。
○三月十四日、『蒙求』を講ぜらる、また観花御宴あり（『綜覧』）。
●三月十五日、稲荷祭神輿迎、此の日、正親町季俊、稲荷祭を社家に付さる綸旨を書き下す（『続史愚抄』）。
●三月十九日、中和門院は山城宇治郡五箇荘の別殿に御幸あらせらる（『綜覧』）。六月五日還幸せらる。
●三月二十五日、故入道中納言殿（通勝）十七回遠忌追善水無瀬相公氏成公勧進、通村出詠（『内府集』）。
●三月二十八日、幕府は京都二条城を修理す、是日、武家伝奏三条西実条・中院通村ら、同城を見物す（『綜覧』）。
●四月八日、武蔵大風（『綜覧』）。
●四月十四日、秀吉の侍女孝蔵主（川副氏）没す、幕府は其の養子右筆川副重次に遺領二百石を与う（『綜覧』）。
●閏四月七日、山城大風、家屋倒壊、死者を出す（『綜覧』）。
○閏四月九日、相撲を叡覧あらせらる（『綜覧』）。

○閏四月十五日、近臣の学問を奨励し、毎月勅問のことを定めらる（『綜覧』）。
●閏四月十八日、造皇太神宮山口祭日時を定めらる、上卿中院通村、奉行竹屋光長（『続史愚抄』）。
●閏四月二十一日、東寺長者三宝院義演薨ず、六十九歳（『続史愚抄』）。
●閏四月二十六日、是より先、幕府は水野守信を長崎奉行と為す、是日、守信は耶蘇会宣教師・切支丹宗徒等を処刑す（『綜覧』）。
●閏四月二十九日、大神宮山口祭（『綜覧』）。
●五月二日、金地院崇伝（以心）は阿野実顕を通じて、詩文を献ず（『綜覧』）。
●五月十六日、幕府は二条城に行幸を仰がんとし、扈従の堂上及び地下人に装束料を給す（『綜覧』）。
●五月十七日、山城東西に旗雲見る（『綜覧』）。
●五月二十一日、炎旱甚し、因て祈雨を諸社寺に仰せらる、奉行甘露寺時長（『続史愚抄』）。
●五月二十二日、皇大神宮及び諸社寺をして、雨を祈らしめらる（『綜覧』）。
●五月二十五日、甘露寺時長は勅使として御霊社に向かう、祈雨の御祈を社司に仰す、別儀歟（『続史愚抄』）。
●五月二十七日、幕府は秀忠の上洛供奉に関する法度を下し、また扶持方給与の額を定む（『綜覧』）。
●五月二十八日、秀忠は上京せんとし、諸大名を従え、江戸を発す（『綜覧』）。
●是月、家光は林信勝（羅山）に命じて、『孫子諺解』・『三略諺解』等を選進せしむ（『綜覧』）。
●是月、家光は陸奥岩城平城主内藤政長の江戸溜池の亭に臨む、帰化の明人陳元贇、入謁す（『綜覧』）。
●六月十五日、内侍所臨時御神楽を行わる、出御なし、歌方所作等公卿四辻季継、殿上人高倉嗣良以下四人参仕、奉行烏丸光賢（『続史愚抄』）。
●六月十七日、月蝕、有職御稽古御会（『綜覧』）。

●六月二十日、秀忠上洛（『続史愚抄』）。秀忠は上洛し、二条城に入る（『綜覧』）。

●六月二十三日、武家伝奏三条西実条・中院通村を遣して、秀忠を犒わしめらる、また秀忠は公家衆を二条城に引見す（『綜覧』）。

●六月三十日、土御門泰重は茅輪を秀忠に進む（『綜覧』）。

●是月、朝鮮東莱府使柳大華は受職倭藤永正等の書を礼曹に致し、約条歳賜の例に従い、供給せられんことを請う（『綜覧』）。

●七月一日、日蝕（『綜覧』）。

●七月三日、親王・公家衆は二条城に、秀忠の入京を賀す（『綜覧』）。

●七月六日、陸奥仙台城主伊達政宗は京都に滞在す、是日、土御門泰重に頼りて物を献ず（『綜覧』）。

○七月七日、七夕和歌御会、題は七夕硯、冷泉為頼出題、柳原業光詠進（『続史愚抄』）。

●七月十二日、秀忠参内、二条城より施薬院に至り、更に行粧を整うと云う、頃日、炎旱甚し（去月十九日後、雨ふらず）、京師の井水、殆ど涸る、因て井を東河原に鑿ち、之を汲む、また世間は水を買うと云う（『続史愚抄』）。

●七月十三日、秀忠は、武家伝奏三条西実条・中院通村、幕府年寄衆土井利勝・井上正就・永井尚政、所司代板倉重宗及び金地院崇伝（以心）をして、二条城行幸の諸礼を議せしむ（『綜覧』）。

●七月二十日、勅使三条公広を遣し、陸奥仙台城主伊達政宗に掛香を賜う（『綜覧』）。

●七月二十日、尾張名古屋城主徳川義直は、儒医堀正意を遣し、神龍院梵舜に『神名帳』の神号のことを問う（『綜覧』）。

●七月二十四日、御月次御会に聖護院道晃親王出詠、梅風「月さへもさなから花の色かとも軒はに通ふ風の梅かゝ」（『略年譜』、以下は題のみ示し、歌を略す）。内月次御会、通村出詠（『内府集』）。

●七月二十四日、陸奥仙台城主伊達政宗は京都の旅亭に近衛信尋等を饗す、十炷香あり（『綜覧』）。
●是月、対馬府中城主宗義成の臣柳川調興の送使等、朝鮮東莱府に、累年未収の公貿の価木を決済せられんことを請う（『綜覧』）。
●八月二日、将軍家光、上洛（『続史愚抄』）。家光は二条城に入る、尋で松平定綱の淀城に館す（『綜覧』）。
●八月五日、家光は武家昵懇の公家衆及び諸大名を、淀城に引見す（『綜覧』）。
●八月七日、武家伝奏三条西実条・中院通村を淀城に遣し、家光を犒わしめ給う、親王・公家衆等は淀城に至り、家光の入京を賀す（『綜覧』）。
●八月十日、智仁親王は陸奥仙台城主伊達政宗の京都の旅館に臨ませらる（『綜覧』）。
●八月十一日、家光、参内（『続史愚抄』）。秀忠参内す（『綜覧』）。
●八月十四日、家光は淀城より二条城に館す（『綜覧』）。
●八月十五日、観月御宴（『綜覧』）。
●八月十八日、御霊祭、家光は参内す、之を右大臣に任じ、従一位に叙し、秀忠を太政大臣に任ず、秀忠固辞するに依り、明日、左大臣に任ず（『綜覧』）。
●八月二十六日、後陽成院聖忌、御経供養を般舟三昧院にて行わる、導師尊勝院慈性、公卿西園寺公益以下二人参仕（『続史愚抄』）。
●八月二十七日、陸奥仙台城主伊達政宗は土御門泰重に頼りて、『古今和歌集』及び『和漢朗詠集』を叡覧に供す、是日、土御門泰重を遣し、之に御物古筆手鑑・伏見天皇宸翰『琵琶引』等を拝見せしめらる（『綜覧』）。
●九月五日、二条城にて大殿祭あり、明日行幸あるべく御所を儲く、祭主友忠奉仕（『続史愚抄』）。
●九月五日、幕府は納戸頭天野長信を中宮附と為す（『綜覧』）。

○九月六日、主上は中和門院及び中宮と共に、二条城に行幸あらせらる、家光は参内して之を奉迎す（『綜覧』）。天皇は将軍家光の二条堀河第に行幸す、先に日時を陣にて定む、次に召し仰せあり、以上、上卿一条兼遐、次に出御、公卿一条兼遐以下十六人、柳原業光を人数と為す、左右の大将（鷹司教平・九条忠家）本陣に候す、近衛の将及び司々等供奉、関白近衛信尋（乗車）後塵に在り、将軍家光は之より先に参内し、行幸申請を為す、また前将軍秀忠、将軍家光等は二条第中門の内に立ち、磬折と云う、以上奉行園基音（今日供奉の公卿殿上人は唐織物繍物摺薄等を著し、また御膳器皿は悉く金銀製と云う）、二条殿にて御膳を供す、御逗留の儀の為、儲御所奉行元親、此の日、先ず中宮同所に行啓す、公卿内大臣二条康道以下八人、柳原業光を人数と為す、殿上人高倉永慶以下十六人及び宮司啓将等供奉、次に中和門院同じく之に幸す、公卿一条兼遐以下八人、殿上人徳大寺公信以下十八人等供奉、次に女一宮、女二宮等、同じく渡御、公卿鷹司教平以下三人、殿上人堀河康胤以下十四人、之に従う（『続史愚抄』）。

●九月七日、主上は二条城に駐り給い、舞楽御覧あり（『綜覧』）。二条第に舞楽あり、青海波輪台等、殿上人これを舞う、此の時、御所作あり、箏、所作伏見宮貞清親王は琵琶、高松宮済祐親王は箏、伏見若宮（後邦尚と号す）は琵琶、公卿関白近衛信尋以下九人、殿上人山科言総以下七人参仕、此の日、将軍家光は物を献ず（銀三万両、沈香、襴絹等）（『続史愚抄』）。

○九月八日、主上は殿主御歴覧あり、此の日、和歌御会あり、題は竹契遐年、飛鳥井雅胤出題、読師二条康道、講師冷泉為頼、講頌四辻季継（発声）、御製読師近衛信尋、同講師烏丸光広、柳原業光参仕し詠進、次に御遊あり（平調楽、郢曲等）、また催馬楽あり（百余年中絶、今度四辻季継に仰せて、再興さると云う）、御所作は箏（催馬楽）、所作貞清親王、済祐親王、伏見若宮、及び公卿近衛信尋以下九人、殿上人飛鳥井雅胤以下十六人、楽所等参仕（『続史愚抄』）。二条亭行幸、天皇御製、竹契遐年（『御集』）。行幸二条亭八日和歌御会、通村出詠（『内府集』）。

○九月九日、同第にて猿楽御覧あり、此の日、前将軍秀忠は風流物を献ず（『続史愚抄』）。
○九月十日、未刻、二条第より行幸還御、公卿以下供奉の人、凡そ行幸時の如し、前将軍秀忠、将軍家光等、龍蹄手本以下の物を献ず、此の日、女院・中宮・姫宮方等各還御、供奉上達部殿上人、去る六日の如しと云う（『続史愚抄』）。
●九月十二日、左大臣秀忠を太政大臣に、右大臣家光を左大臣に任ず、明日、秀忠父子は参内して物を献ず（『綜覧』）。
●九月十二日、万里小路充房薨ず、六十五歳（『諸家伝』）。充房は勧修寺晴秀男、万里小路輔房養子。
●九月十二日、秀忠室浅井氏の危篤の報に依り、次子徳川忠長及び稲葉正勝・今大路親清（玄鑑）等をして、江戸に帰城せしむ（『綜覧』）。
●九月十三日、任大臣宣下（武家の官、近代は員外なり）を行わる、上卿中院通村、奉行中山元親、太政大臣秀忠、左大臣家光（『続史愚抄』）。
●九月十五日、将軍家光母藤原達子逝く（『続史愚抄』）。秀忠室浅井氏（達子）薨ず、尋で江戸増上寺に殯す（『綜覧』）。『続史愚抄』の「家光室」は単純な誤記であろう。
●九月十八日、秀忠室浅井氏の訃報に依り、家光は江戸帰城の期を延引し、書院番組頭三浦正次をして、江戸に帰らしむ（『綜覧』）。
●九月十九日、幕府侍医今大路親清（玄鑑）は家光の命に依り、秀忠室浅井氏の疾を診せんとし、京都よりの帰途、箱根山にて急死す、子親昌嗣ぐ（『綜覧』）。
●九月二十二日、幕府は秀忠室浅井氏の喪に依りて、赦を行う（『綜覧』）。
●九月二十三日、是より先、暹羅国握雅西潭麻喇大庫は国書を幕府年寄酒井忠世・土井利勝に致し、山田長正船

の帰航許可の斡旋等両国の親誼を修めんことを請い、且つ良馬を求む、是日、忠世は金地院崇伝（以心）をして答書を草せしむ、尋で忠世・利勝は答書を遺る（『綜覧』）。

●是月、飛鳥井雅胤は安芸広島城主浅野長晟に、紫組冠懸の免許状並に蹴鞠の伝授状を与う（『綜覧』）。

●十月四日、幕府は中宮御所出入の条規を定む（『綜覧』）。

●十月七日、三条公広薨ず、五十歳（『公卿補任』）。

●十月八日、円照本光国師号を南禅寺以心に賜う、御師範の故を以て賜う由、勅書に見ゆ（『続史愚抄』）。金地院崇伝（以心）に円照本光国師の号を賜う（『綜覧』）。

●十月十日、陸奥仙台城主伊達政宗は京都の旅館に、関白近衛信尋を饗す（『綜覧』）。

●十月十二日、聖護院道晃（十五歳、後陽成院皇子、母中臣胤子）、照高院道周（十四歳、同帝皇子、母土佐局）等に法親王の宣下あり、此の次に伏見若宮（名字邦尚）に親王宣下ある歟、上卿烏丸光広、勅別当三条正親町実有（道晃法親王）、西園寺実晴（道周法親王）、奉行中山元親（『続史愚抄』）。

●十月十二日、紀伊和歌山城主徳川頼宣は金地院崇伝（以心）をして、『服忌令』を書写せしむ、是日、崇伝は之を進む（『綜覧』）。

●十月十六日、今日より七箇日（但し結願は八日に及ぶ）、不動法を宮中に行わる、阿闍梨曼殊院良恕親王（『続史愚抄』）。曼殊院良恕親王及び仁和寺覚深親王を召して、中宮御産の平安を祈らしめらる（『綜覧』）。

●十月十八日、幕府は秀忠室浅井氏の葬儀を江戸増上寺に行う（『綜覧』）。

●是月、諸司は二条城行幸に際し、装束料の未下行を幕府に訴う（『綜覧』）。

●十一月四日、秀忠・家光は、並に内書を金地院崇伝（以心）に与え、其の病を問う（『綜覧』）。

●十一月八日、尾張名古屋城主徳川義直は儒医堀正意をして、中院通村の『令集解』『令義解』を借受けしむ

（『綜覧』）。

●十一月九日、家光は諸国の社寺に判物を与う（『綜覧』）。

○十一月十三日、中宮、皇子降誕（若宮と号す）、中宮権亮久我通前を以て奏聞、則ち同人を以て御剣を進めらる（禄を賜う）、此の日、中宮御産初夜の儀、公卿関白近衛信尋、以下七人参仕、柳原業光を人数と為す（『続史愚抄』）。皇子（高仁）降誕あらせらる（『綜覧』）。

●十一月十九日、御産七夜、公卿近衛信尋以下九人参仕、柳原業光を人数と為す、御遊あり、催馬楽、所作公卿一条兼遐以下六人参仕、公家より児御衣を進めらる、使園基音、また中和門院も同じく御衣を進めらる、使冷泉為頼（『続史愚抄』）。

●十一月二十一日、御産九夜儀、公卿二条康道以下七人参仕、柳原業光を人数と為す（『続史愚抄』）。

●十一月二十二日、若宮御胞衣を吉田に収めらる（『続史愚抄』）。

●十一月二十五日、若宮（御当歳、今上第一皇子、母中宮）、御名字高仁、立親王及び二品宣下あり、上卿一条兼遐、已次公卿烏丸光広、以下三人参仕、柳原業光を人数と為す、勅別当今出川宣季、親族拝等恒の如し、奉行園基音、此の日、親王本所（中宮御所）にて家司職事等を補さる（『続史愚抄』）。

●十一月二十五日、五辻之仲薨ず、六十九歳（『公卿補任』）。

●十一月二十八日、故藤原達子（将軍家光母、崇源院と号すと云う）に贈従一位の宣下あり、上卿広橋総光、奉行中山元親、五条為適は宣命を関東に賷向す（『続史愚抄』）。

●十二月四日、八条宮智仁親王男（八歳、今上御猶子）、名字智忠に親王宣下あり、上卿日野資勝、勅別当四辻季継、奉行中山元親、此の日、太政大臣秀忠は御剣（号鬼切）を儲皇親王に進むと云う（『続史愚抄』）。

●十二月九日、此の日、春日祭を行わる、上卿三条正親町実有参向、弁不参（『続史愚抄』）。

●十二月十六日、御煤払（『綜覧』）。
●十二月十八日、儲皇親王御行始の為、中和門院御所に渡御す、公卿日野資勝以下九人、柳原業光を人数と為す、殿上人堀河康胤以下十三人供奉、即ち還御（『続史愚抄』）。
●是月、対馬府中城主宗義成は朝鮮東莱府に使を遣し、焔硝二百斤・鳥銃一百挺を遺りて、良馬を貿はんことを請う（『綜覧』）。
●是歳、琉球王尚豊は薩摩鹿児島城主島津家久に進貢船を出す（『綜覧』）。
●是歳、狩野探幽は二条城の襖絵を画く（『綜覧』）。
●是歳、『寛永行幸記』等刊行せらる（『綜覧』）。蓬左文庫本二冊は金地院崇伝自筆とされる。版本は古活字版三巻三軸の他に、元禄六版・正徳二版等がある。

寛永四年（一六二七）丁卯　三十二歳　即位十七年

●正月一日、四方拝、奉行坊城俊完、小朝拝なし、元日節会、出御なし、内弁鷹司教平、外弁清閑寺共房、以下五人参仕、奉行中山元親（『続史愚抄』）。
●正月七日、白馬節会、内弁九条忠象、外弁日野光慶、以下四人参仕、柳原業光を人数と為す、奉行園基音（『続史愚抄』）。
●正月八日、後七日法始、阿闍梨尭円、太元護摩始、阿闍梨観助、以上奉行坊城俊完（『続史愚抄』）。十四日両法結願。
●正月十一日、神宮奏事始、伝奏日野資勝、奉行中山元親（『続史愚抄』）。

●正月十六日、踏歌節会、内弁二条康道、外弁日野資勝、以下四人参仕、奉行甘露寺時長（『続史愚抄』）。

●正月十八日、小三毬打あり（『綜覧』）。

●正月十九日、和歌御会始、題は初春松、冷泉為頼出題、読師烏丸光広、講師甘露寺時長、講頌四辻季継（発声）（『続史愚抄』）。

○正月二十二日、中和門院と共に中宮御所の宴に行幸あらせらる（『綜覧』）。

●二月十日、春日祭、上卿四辻季継参向、弁不参、奉行勧修寺経広（『続史愚抄』）。

●是月、朝鮮東莱府使鄭基広は、対馬府中城主宗義成に、韃靼兵の西境を侵すを告げ、援を請う、義成の臣柳川調興の代官某は、鳥銃八十柄・火薬百斤・鉛鉄十斤を許売す、尋で義成は家臣古川智次を朝鮮に遣し、其の状を視しむ（『綜覧』）。

●三月四日、中院通村をして、陸奥仙台城主伊達政宗所蔵の藤原定家自筆『古今和歌集』を臨写せしめらる（『綜覧』）。

●三月十三日、儲皇親王（高仁）、御霊社に詣でしめ給う、公卿三条西実条、以下殿上人三十五人供奉、柳原業光を人数と為す（『続史愚抄』）。

●三月十五日、稲荷神輿迎、此の日、甘露寺時長は稲荷祭を社家に付さる綸旨を書き下す（『続史愚抄』）。

●三月二十三日、神龍院梵舜は、後陽成天皇より下賜の薬秤子を盛方院浄元に与う（『綜覧』）。

●三月二十五日、武家伝奏三条西実条・中院通村を江戸に遣し、其の賀正に答え、及び去年春宮に親王宣下の慶を宣べしむ（『綜覧』）。下向の時逢坂の関をこゆとて、通村詠（『内府集』）。

●三月二十七日、高松宮好仁親王は、江戸に下向せらる、所司代板倉重宗もまた下向す（『綜覧』）。

●是春、江戸にたびたび火災あり（『綜覧』）。

●四月十一日、茶人今井宗薫没す（『綜覧』）。
●四月十四日、家光は、勅使武家伝奏三条西実条・中院通村等を、江戸城に請ず、また高松宮好仁親王を引見す（『綜覧』）。
●四月十六日、家光は、勅使武家伝奏三条西実条・中院通村等を、江戸城本丸に饗す（『綜覧』）。
●四月二十四日、日吉祭（『綜覧』）。
●四月二十六日、冷泉為頼薨ず、三十六歳（『公卿補任』）。
○四月二十八日、是より先、若宮に譲位あらせられんとし、内旨を幕府に下し給う、是日、秀忠は勅使武家伝奏三条西実条・中院通村を請じて奉答す（『綜覧』）。若宮は興子内親王。
●五月五日、山城大雨、端午節供御祝（『綜覧』）。
●五月五日、幟（七本と云う）を儲皇親王御所に立てらる（『続史愚抄』）。
●五月七日、茶人藪内紹智没す（『綜覧』）。
●五月十七日、家光病む（『綜覧』）。
●五月二十二日、安南国洪郡公、在日本国養子鳥羽に書して、銀子一千両を托し、商品の買付を依頼す（『綜覧』）。
●五月二十八日、所司代板倉重宗は江戸に著し、秀忠に江戸城西丸に謁し、明日また家光に謁す（『綜覧』）。時期から推して、譲位のことに関連するか。
●六月一日、禁庭に蜘舞ありと云う（『続史愚抄』）。獅子舞あり（『綜覧』）。
●六月三日、武蔵大風雨（『綜覧』）。
●六月七日、祇園御霊会（『綜覧』）。
●六月十四日、秀忠は江戸城西丸に能楽を張り、在府諸大名及び南光坊天海・金地院崇伝（以心）を召して饗し、

特に藤堂高虎・天海・崇伝をして、親しく陪侍せしむ（『綜覧』）。

●六月十七日、御虫払（『綜覧』）。

●六月二十七日、山城に旗雲見る（『綜覧』）。

●七月一日、日蝕（『綜覧』）。

●七月二日、高知城主山内忠義は仙洞御所の作事用材木を献ず（『綜覧』）。四月二十八日の内旨によるか。

●七月四日、生御魂御祝、除目（『綜覧』）。

●七月十二日、山城大風（『綜覧』）。

●七月十七日、光照院禅尼宮《尊蓮女王》（後陽成院皇女、母中和門院）薨ず、早世と云う（『続史愚抄』）。

●七月二十四日、内侍所臨時御神楽を行わる、出御なし、所作歌方等公卿四辻季継、殿上人高倉嗣良以下二人参仕、奉行園基音（『続史愚抄』）。内侍所に臨時御神楽を奏して、高仁親王の御平癒を祈らせらる（『綜覧』）。

●七月二十五日、内侍所臨時御神楽を行わる、出御なし、拍子本四辻季継、拍子末綾小路高有、付歌持明院基定、奉行甘露寺時長（『続史愚抄』）。内侍所に臨時御神楽を奏して、女一宮の御平癒を祈らせらる（『綜覧』）。

●八月五日、今出川宣季第に火あり、文書等焼亡、家人三人死す、寮馬二匹斃る（『続史愚抄』）。

●八月八日、今宮祭（『綜覧』）。

●八月二十三日、知恩院良純親王、関東に下向（『続史愚抄』）。

●八月二十四日、公家衆法度を増定し、武家伝奏三条西実条・西園寺公益をして、之を監せしむ（『綜覧』）。

●八月二十九日、前関白九条忠栄は江戸に下向す（『綜覧』）。

●是月、東海・南海諸国洪水（『綜覧』）。

●是月、柬埔寨国の理諸般務事は、書を前長崎奉行長谷川藤正に寄せ、通信を請う、幕府は藤正をして書及び物

を贈りて、之に答えしめ、また大和屋善左衛門・分部又四郎等を遣して、通商せしむ（『綜覧』）。
●九月一日、幕府は中宮御所女房食膳の制等を定む（『綜覧』）。
●九月九日、重陽和歌御会、題、菊粧如錦、柳原業光詠進（『続史愚抄』）。
○九月十三日、天皇御製、九月十三夜、山家月（『御集』）。内詩歌五十首、通村出詠（『内府集』）。
●九月十五日、幕府は、秀忠室浅井氏一周忌法会を江戸増上寺に修す（『綜覧』）。
●九月十六日、知恩院良純親王及び前関白九条忠栄・堀川本願寺光円（良如）等、江戸に著す、是日、家光は之を引見す（『綜覧』）。
●九月十七日、是より先、和蘭国は高砂国を占領す、和蘭バタビア総督ピーテル・カルペンチールは高砂国に於ける日本商人に輸出入税を課す、仍りて末次政直（平蔵）の船長浜田弥兵衛、其の不法を訴う、カルペンチールは高砂総督ピーテル・ノイツ等を日本に遣し、書を致して高砂への渡航朱印状の下付を二・三年間中止せられんことを幕府に請う、是日、幕府は年寄及び伊勢安濃津城主藤堂高虎・儒官林信勝（羅山）・同信澄・金地院崇伝（以心）等をして、之を議せしめ、書辞無礼なるに依り、ピーテル・ノイツ等を逐う（『綜覧』）。
●九月二十二日、今日より七箇日、護摩を南殿にて行わる、阿闍梨梶井最胤親王、奉行清閑寺共綱（『続史愚抄』）。二十八日結願。
●九月二十二日、家光は、知恩院良純親王及び九条忠栄・堀川本願寺光円（良如）等を江戸城本丸に饗す（『綜覧』）。
●九月二十七日、秀忠は、知恩院良純親王及び九条忠栄・堀川本願寺光円（良如）等を江戸城西丸に饗す（『綜覧』）。
●九月二十九日、烏丸光広を賀茂伝奏と為す（『綜覧』）。
●九月三十日、江戸横山町に火災あり、延焼三日に及び、死傷甚だ多し（『綜覧』）。
●十月二十八日、九条忠栄は江戸より帰京す（『綜覧』）。

●十月二十九日、肥前佐賀高伝寺不鉄は、元弘以降の例に依りて、永平・総持両寺以外十余寺に、紫衣を許されんことを幕府に請う、幕府は之を許さず（『綜覧』）。
●十一月一日、儲皇親王（御年二）御髪置あり（『続史愚抄』）。
●十一月五日、仙洞御所を造営せんとするに依り、陰陽頭幸徳井友景をして、地曳・釿始の日時を勘申せしむ（『綜覧』）。
●十一月八日、安南国王は国書・礼物を贈る、幕府は其の書辞無礼なるに依り、年寄土井利勝・同酒井忠世・儒官林信勝（羅山）・同信澄・金地院崇伝（以心）等をして、其の納否を議せしむ（『綜覧』）。
●十一月九日、春日祭、上卿阿野実顕参向、弁不参、奉行坊城俊完（『続史愚抄』）。
●十一月十日、造皇太神宮木作始日時を定めらる、上卿日野光慶、次に造豊受太神宮同日時定あり、上卿柳原業光、以上奉行園基音（『続史愚抄』）。
●十一月十七日、女一宮（御年五、明正院）御鬢剪あり（『続史愚抄』）。
●十一月三十日、朝鮮東萊府使鄭基広は、青布・糸紬・民氈の禁を定め、京商を東萊に来集せしめて、貨を倭館に通ずるに便ならしめ、加留の幣を除かんことを、同国王李倧に請う（『綜覧』）。
●是月、幕府は伏見奉行小堀政一を仙洞御所造営の奉行と為す（『綜覧』）。
○十二月十九日、中宮は歳末の宴を献じ給う（『綜覧』）。
●十二月二十三日、丹波山家邑主谷衛友卒す、明年、子衛政嗣ぐ（『綜覧』）。北村季吟の知友。日下幸男『近世古今伝授史の研究　地下篇』等を参照されたい。
●是歳、小浜民部光隆は商船を暹羅国に派す（『綜覧』）。
●是歳、琉球の金武王子朝貢は、初めて茶種を薩摩より齎して、国中に播種栽培す（『綜覧』）。

●是歳、数学者吉田光由は『塵劫記』を著す、洛西の僧玄光は跋を記し板行す（『綜覧』）。

寛永五年〔一六二八〕戊辰　三十三歳　即位十八年

●正月一日、四方拝、奉行甘露寺時長、中和門院拝礼、公卿関白近衛信尋以下十六人、柳原業光を人数と為す、殿上人園基音以下参列、次に小朝拝、公卿殿上人等参列同前、奉行園基音、節会、出御なし、内弁九条忠象、外弁三条実秀、以下四人参仕、奉行清閑寺共綱（『続史愚抄』）。

●正月三日、殿上淵酔（慶長七年後、再興さる、当代初度）、園基音、甘露寺時長以下殿上人十四人参仕、乱舞あり、次に中宮御所に推参し舞ありと云う（『続史愚抄』）。

●正月六日、叙位儀あり（慶長六年後、再興さる、当代初度）、執筆一条兼遐、已次公卿日野資勝、以下五人参仕、入眼、上卿日野資勝、奉行甘露寺時長、関白近衛信尋参入（『続史愚抄』）。

●正月七日、白馬節会、出御あり、立楽中入御、内弁鷹司教平、外弁日野光慶、以下五人参仕、奉行坊城俊完（『続史愚抄』）。

●正月八日、後七日法始、阿闍梨堯円、太元護摩始、観助、以上奉行中御門宣順（『続史愚抄』）。十四日両法結願。

●正月十一日、神宮奏事始、伝奏日野資勝、奉行甘露寺時長（『続史愚抄』）。

●正月十五日、所司代板倉重宗は近衛信尋を訪い、其の関白を辞退せんとするを停む（『綜覧』）。

●正月十六日、踏歌節会、出御あり、立楽中入御、内弁三条西実条、外弁日野資勝、以下六人参仕、奉行中御門宣順（『続史愚抄』）。

●正月十七日、南殿前庭にて舞楽あり（今度の舞台以下、二条第行幸時の舞楽調度を借用さる）、先に鶴包丁あり、次に

振舞、次に舞楽（以上楽所）、次に殿上人（左は中院通純以下四人、右は清閑寺共綱以下童形等四人）之を舞う（挿頭及び下重表袴等風流ありと云う）（『続史愚抄』）。

○正月十九日、和歌御会始、題は鴬入新年語、飛鳥井雅胤出題、読師日野資勝、講師甘露寺時長、講頌四辻季継（発声）、奉行三条西実条、柳原業光詠進（『続史愚抄』）。禁中御会始、天皇御製、寄道慶賀（『御集』）。内御会始、通村出詠（『内府集』）。

●正月二十八日、県召除目を行わる（慶長六年後、再興、当代初度）、先に内大臣二条康道里第にて召し仰せあり、執筆二条康道、已次公卿烏丸光広、以下四人参仕、以上奉行園基音（『続史愚抄』）。

●正月二十九日、除目中、已次公卿四辻季継、以下四人参仕（『続史愚抄』）。

●正月三十日、除目竟、已次公卿三条西実条、以下五人参仕、柳原業光を人数と為す、入眼、上卿三条西実条（『続史愚抄』）。

●二月二日、幕府は大坂城を修造せんとし、其の法度五条を定む（『綜覧』）。

●二月六日、幕府は使番駒井親直及び徳山直政を上方目付と為し、之に仙洞御所造営及び大坂番衆・上方代官の諸勘定等の制令九条を与う（『綜覧』）。

●二月十六日、此の日、春日祭を行わる、上卿日野光慶参向、弁不参、奉行清閑寺共綱、日野資勝、日野弘資等社参（『続史愚抄』）。

●二月二十八日、能を興行あらせらる（『綜覧』）。

●二月二十八日、幕府は所司代板倉重宗の請に依り、仙洞御所造営に就きて命ず（『綜覧』）。

●二月三十日、山城将軍塚鳴動（『綜覧』）。

●三月四日、八条宮智仁親王は織田常真（信雄）の亭に臨ませらる（『綜覧』）。

●三月六日、造賀茂別雷社仮殿立柱上棟遷宮等日時を定めらる、上卿日野資勝、奉行甘露寺時長（『続史愚抄』）。

●三月十日、是より先、幕府は大徳寺・妙心寺僧侶の出世の、諸法度に違反するを譴めて、悉く之を停む、大徳寺宗彭（沢庵）等、之に服せず、是日、秀忠は金地院崇伝（以心）に命じて、年寄を会し、其の訴を議せしむ（『綜覧』）。

●三月十二日、中和門院は山城宇治郡五箇荘大和田の別殿より還幸あらせらる（『綜覧』）。

●三月十六日、奉幣を日光山東照権現に発遣さる（来月十七日、十三回忌に依るなり）、先に日時を定めらる、上卿四辻季継、幣使高倉永慶、宣命使北畠親顕、奉行坊城俊完（『続史愚抄』）。

●三月十六日、八条宮智仁親王御所能楽あり（『綜覧』）。

●三月二十日、金春《こんぱる》重勝は江戸浅草に勧進能を張る、尋で、陸奥仙台城主伊達政宗・出羽米沢城主上杉定勝等、之を覧る（『綜覧』）。

●三月二十二日、武家伝奏三条西実条・中院通村を江戸に遣し、幕府の賀正に答え、また徳川家康十三回忌法会に臨ましむ（『綜覧』）。

●三月二十四日、曼殊院良恕親王は安芸厳島社に参詣す、尋で帰洛せらる（『綜覧』）。

●是春、畿内に痘瘡流行す（『綜覧』）。

○四月八日、中宮御所に行幸し、伏見奉行小堀政一の子大膳の筆技を叡覧あらせらる（『綜覧』）。

●四月九日、山伏の如き者、清涼殿に居す、因て搦め、武家に渡さると云う（『続史愚抄』）。

●四月十二日、稲荷祭、西洞院時直・時興父子を召して、古懐紙・短冊等を整理せしめらる（『綜覧』）。

●四月十六日、日光山に東照権現祭礼あり（神忌十七日）、弊使高倉永慶、宣命使北畠親顕等参社、明日より法会ある歟（『続史愚抄』）。徳川家康十三回忌辰、幕府は法会を日光山東照社に修す、勅使武家伝奏三条西実条・中

院通村、之に臨み、宸筆の御経及び御製を供す（『綜覧』）。東照権現の十三回忌につかわさるる心経のつつみ紙に、御製（『御集』）。因みに輪王寺蔵『法華二十八品法楽和歌帖』一帖は巻頭の後水尾院の「照于東方」の一葉以下、近衛信尋の「作礼而去」まで全て各自筆で、この時に法華経と共に贈られたものと思われる（『日光の至宝』所収）。架蔵本（江戸後期写）の巻末には「寛永五年卯月日」とある。

●四月十九日、後陽成院皇女（御年十六、母典侍藤原宣子、号目目典侍、葉室頼宣女）、光照院室に入る、即ち得度、法名尊厳（『続史愚抄』）。

●四月二十五日、曼殊院良恕親王は禁中に護摩法を修せらる（『綜覧』）。

●四月二十五日、是より先、茶屋の商船交趾に渡航す、是日、安南国都統官は書を茶屋四郎次郎に寄す（『綜覧』）。

●四月二十六日、家光は下野日光山東照社に参詣し、法会に臨む（『綜覧』）。

●四月二十七日、幕府は徳川家康十三回忌法会を修するに依り、赦を行う、幕府は法華懺法を下野輪王寺に修す、勅使武家伝奏三条西実条・中院通村等参会す、家光また之に臨む（『綜覧』）。

●是月、西班牙の艦船、暹羅国メナム河口に於いて、肥前長崎の高木作右衛門の商船を焼沈し、其の乗組日本人を捕う（『綜覧』）。

●五月一日、虹、太陽を遶る、また山城地震（『綜覧』）。

●五月三日、神龍院梵舜をして山城吉田社に若宮の平癒を祈らしめらる、尋で西洞院時慶をして同国平野社にまた之を祈らしむ（『綜覧』）。

●五月三日、中和門院は山城宇治郡五箇荘大和田の別殿に御幸あらせらる（『綜覧』）。

●五月七日、公家衆・諸門跡は日光より江戸に著す、是日、家光は之を引見す（『綜覧』）。

●五月九日、秀忠は中宮御使に報書を付して、帰京せしむ、家光は日光山東照社の法会に列せし公家衆・諸門跡

を江戸城に引見す（『綜覧』）。

●五月十日、中宮は、板倉重昌の江戸に帰らんとするに依り、之に物を賜う（『綜覧』）。

●五月十四日、紀伊和歌山城主徳川頼宣は、金地院崇伝（以心）に『大系図』を借る（『綜覧』）。

●五月十六日、武蔵地震（『綜覧』）。

●五月十九日、幕府は、秀忠生母西郷氏（宝台院）三十三回忌に依り、法会を駿河龍泉寺に修す、勅使五条為適は之に臨み、従一位を追贈す（『綜覧』）。

●五月二十一日、内侍所臨時御神楽を行わる、出御なし、所作歌方等公卿四辻季継、殿上人高倉嗣良以下二人参仕、奉行清閑寺共綱（『続史愚抄』）。

●五月二十九日、鴨川洪水、真如堂（于時京極通）裏より于蕪寺に至り、河と成ると云う（『続史愚抄』）。

●是月、幕府は板倉重昌を大坂に遣し、大坂城修築助役の大名等を褒す（『綜覧』）。

●六月一日、日蝕、中和門院は山城宇治郡五箇荘大和田の別殿に御幸あらせらる（『綜覧』）。

●六月三日、儲皇親王違例御祈の為、今夜より三箇夜、内侍所御神楽を行わる、出御なし、拍子本四辻季継、拍子末高倉嗣良、奉行園基音（『続史愚抄』）。内侍所に御神楽を奏し、高仁親王の御平癒を祈らせらる（『綜覧』）。

●六月七日、祇園御霊会（『綜覧』）。

○六月十一日、儲皇二品高仁親王（今上第一皇子、母中宮）薨ず（三歳、真照院と号すと云う）、十二日に高仁親王を般舟三昧院に葬る（『続史愚抄』）。

●六月十二日、家光病む（『綜覧』）。

●六月十五日、月蝕（『綜覧』）。

●六月十六日、幕府は所司代板倉重宗に、故高仁親王の御葬儀のことを命ず、尋で、武家伝奏三条西実条・中院

通村にもまた之を令す（『綜覧』）。

●六月二十三日、秀忠は大沢基宿を、家光は吉良義弥を遣し、参内して、故高仁親王の喪を弔し奉る（『綜覧』）。

●六月二十三日、幕府は、書院番頭青山幸成・同安藤重長を京都及び大坂に遣し、仙洞御所及び大坂城の工事を監せしむ（『綜覧』）。

○六月二十七日、中和門院と共に、中宮御所に行幸あらせらる（『綜覧』）。

●六月二十七日、前相模小田原城主大久保忠隣、配所近江に卒す（『綜覧』）。七十六歳。

●七月四日、中和門院は山城宇治郡五箇荘大和田の別殿に御幸あらせらる（『綜覧』）。九月十三日還幸。

●七月七日、七夕節供御祝、中宮御所七夕節供御祝（『綜覧』）。

●七月七日、書院番頭青山幸成・同安藤重長は、禁中及び中宮御所に参じて、秀忠・家光の旨を言上す（『綜覧』）。

これも譲位のことに関連するか。

●七月九日、中宮御所に行幸あらせらる（『綜覧』）。

●七月十一日、幕府は諸社寺に朱印状を与う（『綜覧』）。

●七月十四日、彗星、東南に見る（『綜覧』）。

●七月十七日、是より先、末次政直（平蔵）の船長浜田弥兵衛等、再び高砂に航して、和蘭人の不法を譴め、人質を交換して帰国し、幕府に訴う、是日、幕府は政直に命じ、人質蘭人を投獄し、其の船を抑留す（『綜覧』）。

●七月十九日、駿河宝台院境誉に紫衣を聴す（『綜覧』）。

●七月二十六日、中宮御所に、書院番頭青山幸成・同安藤重長を召して、秀忠・家光の候問に答えらる（『綜覧』）。

これも譲位のことに関連するか。

○八月二日、女一宮（興子内親王）に御譲位のことを勅命あらせらる、秀忠は之を辞し奉る、明日、家光もまた之

を辞し奉る（『綜覧』）。
●八月五日、中宮御着帯、勅定に依り、九条忠栄、帯を献ず、使は家司平松時庸と云う（『続史愚抄』）。
●八月六日、中宮、著帯の御儀あり（『綜覧』）。
●八月十六日、今日より不動護摩を宮中にて行わる（七箇日歟）、阿闍梨仁和寺覚深親王、是れ中宮御産平安の御祈の為なり（『続史愚抄』）。覚深親王をして、禁中に不動護摩法を修し、中宮御産の平安を祈らしめ、また随心院増孝・土御門泰重をして、之を祈らしめらる（『綜覧』）。
●八月二十日、造賀茂御祖社木作始及び造賀茂別雷社立柱上棟等日時を定めらる、上卿中御門宣衡、奉行園基音（『続史愚抄』）。
○八月二十日、中宮御所に行幸あらせらる（『綜覧』）。
●八月二十二日、中宮御産御祈を七社に仰せらる、此の日、宮中護摩結願（『続史愚抄』）。二十二社をして、中宮御産の平安を祈らしめらる（『綜覧』）。
●八月二十四日、内侍所に、中宮御産の平安を祈らせらる（『綜覧』）。
●九月一日、曲直瀬道三に新彫『皇朝類苑』を下賜あらせらる（『綜覧』）。
●九月一日、中宮は御産の為め別殿に移らせらる（『綜覧』）。
●九月二日、別雷社上棟（『続史愚抄』）。山城賀茂別雷社上棟・同鴨御祖社釿始あり（『綜覧』）。
●九月十六日、堀川本願寺光円（良如）は江戸に著す、是日、家光は之を引見す（『綜覧』）。
○九月二十七日、皇子、御生誕あらせらる（『綜覧』）。別資料では九月二十八日とある。
○九月二十八日、今暁亥刻、中宮、皇子御産（第二、里殿にて降誕なり）（『続史愚抄』）。若宮と称す。光融院宮と号す。
●十月六日、第二皇子（母中宮、去月降誕）薨ず、後日廬山寺に葬る（『続史愚抄』）。

●十月六日、秀忠は茶宴を設け、堀川本願寺光円（良如）を饗し、織田常真（信雄）・朽木元綱等をして、接伴せしむ（『綜覧』）。
●十月十六日、京都は雹降る（『綜覧』）。
○十月二十八日、中宮は別殿より還幸あらせらる（『綜覧』）。
●十月二十九日、越後新発田城主溝口宣勝卒す、子宣直嗣ぐ（『綜覧』）。宣勝は通村の義兄、宣直は義理の甥。
●是月、朝鮮王李倧は旱魃・凶作に依り、姑く使船の往来を停めんことを、対馬府中城主宗義成に請う（『綜覧』）。
●十一月七日、公家衆をして、『平家物語絵』の詞書を清書せしめらる（『綜覧』）。
●十一月九日、中和門院は山城宇治郡五箇荘大和田の別殿に御幸あらせらる（『綜覧』）。
●十一月十三日、京都因幡堂薬師開帳（『綜覧』）。
●十一月二十六日、是より先、幕府は大徳・妙心両寺の寺規の違乱を責めて、其の出世を停む、妙心寺慧稜（伯蒲）の請に依り、同寺の出世を宥さんとす、是日、同寺は幕府に詫状を出し、其の命に従う（『綜覧』）。
●十一月二十七日、春日祭を社家に付さる、宮中穢に依るなり（『続史愚抄』）。
●十二月十五日、月蝕（『綜覧』）。
●十二月二十一日、造賀茂御祖社仮殿立柱上棟遷宮及び造賀茂別雷社正遷宮等の日時を定む、上卿三条正親町実有、奉行坊城俊完（『続史愚抄』）。
●十二月二十四日、賀茂別雷社一社奉幣使定及び宣命奏あり、上卿烏丸光広（伝奏）、奉行園基音、今夜賀茂別雷社正遷宮あり、弊使烏丸光広、次官堀河康胤、行事清閑寺共綱等参向（『続史愚抄』）。
●是歳、御譲位後の仙居を造らる、後年桜町殿と号す地なり、時に下御所と号す（『続史愚抄』）。
●是歳、幕府は対馬府中城主宗義成に帰国の暇を与え、対馬に帰りて、使を朝鮮国に遣し、韃靼入冦の状を視察

せしむ（『綜覧』）。
●是歳、安南国は国書及び方物を幕府に贈る（『綜覧』）。
●是歳、和蘭国高砂総督ピーテル・ノイツは、長崎商人末次政直（平蔵）の船長浜田弥兵衛の商船の武装を解き、貿易を妨げ、帰国を許さずして報復を計る、弥兵衛は死を決して、ノイツと交渉し、人質及び賠償を得て帰国す、幕府は和蘭人の人質を監禁す（『綜覧』）。
●是歳、葡萄牙船五隻来航、抑留さるるものあり（『綜覧』）。
●是歳、明僧覚海は渡来し、肥前長崎に福済寺を創立す（『綜覧』）。

寛永六年（一六二九）己巳　三十四歳　即位十九年（退位当年）

●正月一日、四方拝・小朝拝等なし、御悩に依る歟、元日節会あり、内弁一条兼遐、外弁三条正親町実有、以下五人参仕、柳原業光を人数と為す（『続史愚抄』）。
●正月七日、白馬節会、内弁二条康道、陣にて内弁奉ず、而て早出、烏丸光広これに続く、外弁三条正親町実有以下四人参仕、奉行清閑寺共綱（『続史愚抄』）。
●正月七日、中宮御所、御歯固の儀あり（『綜覧』）。
●正月八日、後七日法始、阿闍梨堯円、太元護摩始、阿闍梨観助、以上奉行中御門宣順（『続史愚抄』）。十四日両法結願。
○正月十日、立花御会あり、尋で池坊某（二代専好）を召して、立花御会あり（『綜覧』）。
●正月十一日、神宮奏事始、伝奏西園寺公益、奉行園基音（『続史愚抄』）。

●正月十二日、節分に依り、中宮御所追儺あり（『綜覧』）。
●正月十五日、三毬打あり（『綜覧』）。
●正月十六日、踏歌節会、内弁九条忠象、外弁日野光慶、以下五人参仕（『続史愚抄』）。
●正月二十四日、秀忠・家光は、大沢基宿・吉良義冬を遣して、歳首を賀し奉る（『綜覧』）。
●正月二十七日、造皇太神宮地曳礎等日時を定めらる、上卿阿野実顕、奉行坊城俊完、次に造豊受太神宮同日時定あり、上卿花山院定好、職事同前（『続史愚抄』）。
●是月、対馬府中城主宗義成は、幕府の命に依り、使を朝鮮に遣し、近状を視察せしめ、また其の国の漂民を送還す（『綜覧』）。
●二月二日、立花御会あり、近臣に宴を賜う（『綜覧』）。
●二月二日、智忠親王（八条、一品智仁親王男、今上御猶子、十一歳）元服（里第にてなり）、加冠好仁親王（元済祐、高松宮）、此の日、智忠親王を中務卿に任ず（『続史愚抄』）。
●二月六日、幕府は、肥前長崎奉行水野守信を大坂町奉行と為し、堺奉行を兼ねしめ、豊後府内城主竹中重義を長崎奉行と為す（『綜覧』）。
●二月十三日、造賀茂御祖社立柱上棟等日時を定めらる、上卿西園寺実晴、奉行園基音（『続史愚抄』）。
○二月十九日、和歌御会始（清涼殿にてこれ有りと云う、四面敷）、題、多年翫梅、披講なし（読上ぐるばかりなり）、読師日野資勝、講師園基音、柳原業光詠進（『続史愚抄』）。天皇御製、多年翫梅（『御集』）。
●二月二十二日、此の日、春日祭を行わる、上卿三条実秀参向、弁不参（『続史愚抄』）。
●二月二十六日、甲斐久遠寺日暹は、武蔵池上本門寺日樹と、受布施・不受布施を争論し、日暹は之を幕府に訴う（『綜覧』）。

●閏二月二日、家光、痘を病むに依り、金地院崇伝（以心）は京都五山の諸寺をして、其の平癒を祈らしむ（『綜覧』）。
●閏二月四日、観世重成は家光の平癒を祈り、武蔵浅草観音堂に法楽能を勧進す（『綜覧』）。
●閏二月五日、立花御会あり（『綜覧』）。三月四日もこれに同じ。
●閏二月八日、二十二社をして、家光の平癒を祈らしめらる（『綜覧』）。
●閏二月十日、勅使持明院基定・中和門院使速見長門守を江戸に遣し、家光の病を問わしめらる（『綜覧』）。
●閏二月十五日、山城地震（『綜覧』）。
●閏二月二十日、山城、旗雲見る（『綜覧』）。
●閏二月二十四日、中宮は、家光の本復を慶し、宴を設け給う、御拍子・御謡あり、之に行幸あらせらる（『綜覧』）。
●閏二月二十四日、家光は、勅使持明院基定・中和門院使速見長門守を江戸城本丸に饗して、之に驤す（『綜覧』）。
●三月九日、中和門院は、山城宇治郡五箇荘大和田の別殿より還啓あらせらる（『綜覧』）。
●三月九日、中宮は、大橋親勝を江戸に遣し、家光の本復を賀せらる（『綜覧』）。
●三月十日、御学問所御煤払（『綜覧』）。
○三月十四日、中宮と共に、中和門院御所の宴に行幸あらせらる（『綜覧』）。
●三月十五日、池坊某（二代専好）を召して、立花御会あり、中和門院は禁中に幸し、酒饌を進めらる（『綜覧』）。
●三月二十二日、家光は中宮使大橋親勝を引見す（『綜覧』）。
●三月二十五日、鴨御祖社正遷宮、及び造貴布祢社立柱上棟、造河合社木作始等日時を定めらる、上卿西園寺公益、奉行坊城俊完（『続史愚抄』）。
●三月二十九日、造皇太神宮立柱上棟等日時を定めらる、上卿三条西実条、次に造豊受太神宮同日時を定めらる、上卿徳大寺公信、以上奉行園基音（『続史愚抄』）。

●四月一日、立花御会あり（『綜覧』）。五月十二日・六月十七日もこれに同じ。

●四月五日、鴨御祖一社奉幣使定、及び宣命奏あり、上卿烏丸光広（伝奏）、奉行園基音、今夜、御祖社正遷宮あり、幣使烏丸光広、次官藤谷為賢、行事中御門宣順等参向（『続史愚抄』）。山城鴨御祖社正遷宮（『綜覧』）。

●四月七日、八条一品式部卿智仁親王（陽光院王、母新上東門院、正親町院御養子）薨ず、五十一歳（『続史愚抄』）。

●四月十五日、午刻、智仁親王を相国寺中に葬る（『続史愚抄』）。

●四月二十日、家光は、吉良義冬を遣して、病気勅問を謝し奉り、物を献ず、是日、義冬は参内す（『綜覧』）。

●四月二十二日、中和門院は山城宇治郡五箇荘大和田の別殿に御幸あらせらる（『綜覧』）。七月十九日還幸。

●四月二十二日、朝鮮王李倧は、対馬府中城主宗義成の遣せる玄方及び平智広をして京城に入らしむ、尋で、歳貢船に就きて、公貿木を許し、義成に答書を与う（『綜覧』）。

○四月二十六日、蹴鞠御会あり、主上立御、鞠足鷹司教平、以下殿上人及び賀茂党（松下）等参仕（『続史愚抄』）。御蹴鞠あり、立花御会あり（『綜覧』）。

●五月一日、皆既日蝕（『続史愚抄』）。

○五月七日、主上御悩あり（麻疹）、医師言う、御灸治あるべしと、而て在位中憚らるべきなれば、皇子降誕の時まで、女一宮に譲位せしむ叡意御ありと云う、此の脱履の事、議ありと雖も、主上は御壮年の上、平安城に女皇の例なき間、関東より所存を言すと云う（『続史愚抄』）。御不予に依り、女一宮（興子内親王）に譲位あらせられんとす、久しく女帝の例無きに依り、中和門院は之を公家衆に諮詢あらせらる（『綜覧』）。

●五月十一日、勅使武家伝奏三条西実条・中院通村、中和門院御使藤江定時は、江戸に下向す（『綜覧』）。

●五月十六日、山城・美濃・肥後等洪水（『綜覧』）。

●五月二十一日、山城貴布祢社立柱、尋で上棟（『綜覧』）。

●五月二十二日、勅使武家伝奏三条西実条・中院通村、中和門院御使藤江定時は江戸城に臨み、幕府の賀正に答え、並に譲位の内旨を伝う（『綜覧』）。
●六月五日、家光は、江戸城本丸に勅使武家伝奏三条西実条・中院通村を饗し、また宴を諸大名に与う、尋で秀忠も同城西丸に勅使を饗す（『綜覧』）。
●六月六日、御虫払、庚申待（『綜覧』）。
●六月十三日、聖護院道晃親王は『酒百首』仮綴一冊を書写（『略年譜』）。
●六月十四日、中和門院御所御嘉定（『綜覧』）。
○六月十七日、京都堀川本願寺の進むる躍を叡覧あらせらる（『綜覧』）。
●六月十九日、幕府儒官林信勝（羅山）の嗣子叔勝没す（『綜覧』）。
●六月二十日、幕府は、江戸に辻子切流行するに依り、令して江戸の街頭に番卒を置き、また乱人逮捕の条規を定む（『綜覧』）。
●六月二十二日、肥前平戸城主松浦隆信は、和蘭商館長コルネリス・ファン・ナイエンローデに書を致し、其の贈物を謝し、且つ造船のこと、幕府年寄への斡旋不首尾に終れるを報ず（『綜覧』）。
●六月二十六日、幕府は、前大徳寺住持宗珀（玉室）・同宗彭（沢庵）・前妙心寺住持単伝（士印）・同東源（慧等）の諸宗法度を犯すを譴め、宗珀を陸奥棚倉に、宗彭を出羽上山に、単伝を出羽由利に、東源を陸奥津軽に配流す、是日、幕府は出羽久保田城主佐竹義宣をして、伝馬二疋を出さしむ（『綜覧』）。
●七月七日、七夕和歌御会、題未詳（『続史愚抄』）。七夕節供御祝、和歌御会（『綜覧』）。
○七月七日、紫宸殿に立花あり（『綜覧』）。
●七月十五日、盂蘭盆会、公家衆は灯籠を献ず（『綜覧』）。

●七月十八日、京都地震（『綜覧』）。
●七月二十日、中宮御着帯あり（『続史愚抄』）。
●七月二十三日、詩御会あり（『綜覧』）。
●七月二十五日、来月後陽成院十三回聖忌（御忌二十六日）の奉為に、今明両日、御仏事を宮中（清涼殿、永享の例と云う）に行わる、此の日、御経供養の為、導師曼殊院良恕親王、公卿九条忠栄以下五人参仕、奉行園基音、伝奏中御門宣衡（『続史愚抄』）。
●七月二十八日、中宮御産祈の為、今日より（七箇日）五壇護摩を行わる、阿闍梨青蓮院尊純（『続史愚抄』）。
●七月二十八日、繰を叡覧あらせらる、中和門院もまた之を御覧あり（『綜覧』）。
●是月、肥前長崎奉行竹中重義は、切支丹宗徒数十人を温泉岳の熱湯に投じ、また百数十人を捕え、諭して改宗せしめ、宣教師四人を禁獄す、尋で、同国大村城主大村純信もまた領内の切支丹宗徒数十人を刑す（『綜覧』）。
●八月一日、御祝、八朔の御遺贈あり、中宮御所・中和門院御所も八朔の御遺贈あり（『綜覧』）。
●八月五日、京都大風雨（『綜覧』）。
○八月十五日、詩歌当座御会ありと云う（『続史愚抄』）。御当座、天皇御製、都月（『御集』）。
●八月二十六日、後陽成院十三回聖忌、御経供養を般舟三昧院にて行わる、導師尊勝院慈性、公卿徳大寺公信、以下二人参仕（『続史愚抄』）。後陽成院十三回聖忌の御法会を京都般舟三昧院及び泉涌寺に修す（『綜覧』）。
○八月二十七日、今暁丑刻、中宮皇女降誕、女三宮と号す（『続史愚抄』）。
●是月、是より先、和蘭バタビヤ総督ヤン・ピーテルスゾーン・クーンは、高砂のこと解決の為め、特使ウィルレム・ヤンスゾーンを派遣す、幕府は其の責任を問い、江戸参府を許さず（『綜覧』）。
○九月二日、公家衆を清涼殿に召し、中絶せる廷臣の家号及び新家の官位昇進の例を勅問あらせらる（『綜覧』）。

●九月六日、幕府は、武家諸法度を改定す（『綜覧』）。
○九月九日、重陽和歌御会、題は露光宿菊（『続史愚抄』）。重陽、天皇御製、露光宿菊（『御集』）。
●九月十日、巳刻、清水寺火く、奥院以下地を払って焼失（仁王門鐘楼は存す）、本尊観世音は取退く、或いは仏頭の耳は存すと云う（『続史愚抄』）。山城清水寺火く、紀伊熊野社及び信濃善光寺炎上す（『綜覧』）。
●九月十三日、中宮御所観月御祝（『綜覧』）。
●九月十六日、皇太神宮心柱正遷宮日時を定めらる、上卿西園寺公益（伝奏）、次に豊受太神宮同日時定あり、上卿三条実秀、以上奉行園基音、次に伊勢一社奉幣使を発遣さる、先に日時を定めらる（造替に依るなり）、上卿西園寺公益、職事同歟（『続史愚抄』）。
●九月十九日、暹羅国使、来朝して幕府に入謁し、先王登遐し、新王の立つるを告げ、国書・方物を呈す、山田長正もまた国使に付し、書及び聘物を上る、尋で幕府は答書・鎧・刀・金屏等を贈る（『綜覧』）。
●九月二十日、立花御会あり（『綜覧』）。
●九月二十一日、今夜、内宮正遷宮（『続史愚抄』）、二十三日、外宮正遷宮（『続史愚抄』）。
●九月二十八日、秀忠・家光は、大沢基宿・吉良義冬を遣し、参内して皇女御生誕を賀し奉る（『綜覧』）。
●九月二十九日、女三宮（今度中宮降誕姫君）御行始の為、中和門院御所に渡り給う（密儀）、殿上人許り之に従うと云う（『続史愚抄』）。中宮は、本殿に還啓あらせらる、また女三宮は初めて中和門院御所に参ぜらる（『綜覧』）。
●九月二十九日、皇大神宮に幣を奉る（『綜覧』）、十月二日、豊受大神宮に幣を奉る（『綜覧』）。
●十月二日、土御門泰重に鯨を賜う、女三宮は土御門泰重をして、花山院定好の子誕生の雑事日時を勘申せしめらる（『綜覧』）。
●十月七日、中和門院と共に、中宮御所に行幸あらせらる、御口切の茶会あり（『綜覧』）。

●十月九日、舞楽あり（『綜覧』）。
●十月十日、家光乳母斎藤氏上洛す、是日、特に之を召して、天盃を賜い、且つ名を春日と賜う（『綜覧』）。
●十月十三日、中和門院は、山城宇治郡五箇荘大和田の別殿に御幸あらせらる（『綜覧』）。
●十月十六日、月蝕（『綜覧』）。
●十月二十二日、京都地震（『綜覧』）。
●十月二十四日、内侍所臨時御神楽を行わる、出御なし、拍子本四辻季継、拍子末綾小路高有、奉行勧修寺経広（『続史愚抄』）。春日局の請を聴して、臨時御神楽を内侍所に奏せしめらる（『綜覧』）。
●十月二十四日、香御会あり（『綜覧』）。
●十月二十七日、土御門泰重を召して、『三代実録』を貸与し、内親王叙品に就きての先例を勘申せしめらる（『綜覧』）。
○十月二十九日、女一宮（御年七、実は第二皇女、母中宮）御名字興子に内親王宣下あり、上卿二条康道、勅別当三条西実条、此の次に清子内親王（無品歟、鷹司信尚北政所、後陽成院皇女、母中和門院）に准三宮宣下あり、上卿同、以上奉行勧修寺経広（『続史愚抄』）。女一宮興子を内親王と為し、三条西実条を内親王家別当に補す、また皇弟幸勝を親王と為し、鷹司信尚室清子内親王を三宮に准ず（『綜覧』）。
○十一月二日、中宮の別殿に行幸あらせられ、宴を近臣に賜う（『綜覧』）。
●十一月七日、幕府は所司代板倉重宗をして、曼殊院良恕親王・日野資勝に請い、共に冷泉為治・藤谷為賢の蔵書を検せしむ（『綜覧』）。
○十一月八日、此の日、俄に天皇（御年三十四）は第一皇女興子内親王（御年七、実は第二皇女、而て女一宮と称す）に譲位。節会を行わる、日時定召し仰せ警固々関等の事なし（此の日、公卿殿上人等参入すべき由仰され、期に臨み脱履

の儀あり、古来未曾有の事なり）、内弁二条康道、外弁日野資勝、以下十三人参る、宣命使清閑寺共房、御同座の儀により、剣璽内侍所渡御の儀なし、奉行園基音、節会後、旧主密に中宮御所に渡御と云う（『続史愚抄』）。

○十一月八日、土御門里内にて受禅（御年七）旧主御同座を為すに依り、剣璽渡御なし（節会後、旧主は廊を経て北殿（中宮御所）に渡御）、左大臣（一条兼遐）を以て摂政（氏長者内覧等元の如く宣下と云う）と為す、次に公卿昇殿勅授帯剣牛車及び殿上人禁色雑袍等元の如く宣下あり、上卿二条康道、以上奉行園基音、宜陽殿饗なき歟（今度毎事省略さる、警固々関等の事なし）旧主御所（中宮御所を以て仮に仙居と為す）にて、院司を補さる、内大臣三条西実条を執事と為す（此の外、執権、御厩別当、四位別当二人ばかりと云う）、此の日、即ち太上天皇の尊号を旧主に奉ると云う、中宮（和子、国母、二十四歳、太政大臣秀忠女）に院号定あり（按ずるに宣下歟）、東福門院と為す、上卿西園寺公益、奉行坊城俊完（『続史愚抄』）。俄に興子内親王に譲位あらせられ、太上天皇と称し給い、一条兼遐を摂政と為し、三条西実条を院執事別当に、中御門宣衡を院執権に、西園寺公益を院御厩別当に補す、明日、中宮は使を江戸に遣し、之を幕府に急報し給う（『綜覧』）。

○十一月九日、中宮を東福門院と号し奉る、仍りて中宮職を罷む（『綜覧』）。

●十一月九日、仙洞御所袍衣始、中和門院は山城宇治郡五箇荘大和田の別殿より還啓あらせらる（『綜覧』）。

●十一月十五日、此の日、春日祭を行わる、上卿柳原業光参向、弁不参（『続史愚抄』）。

●十一月二十日、後陽成院皇子（十三歳、母土佐局、梶井治定）御名字幸勝に親王宣下あり、上卿阿野実顕、奉行清閑寺共綱（『続史愚抄』）。

●十一月二十五日、無品幸勝親王、梶井室に入る、扈従の公卿柳原業光以下二人、前駈難波宗種以下二人、此の日、得度あるべしと兼ねて治定、而て延引（『続史愚抄』）。

●十一月二十六日、西洞院時慶は、昌琢所蔵の『勅撰名所和歌抄出』を借用し、校合す（『綜覧』）。

●十一月二十七日、中和門院は禁中に御幸あらせらる（『綜覧』）。
●是月、山本西武は、京都妙満寺に其の師松永貞徳を会して、百韻俳諧を興行す（『綜覧』）。
●十二月一日、所司代板倉重宗は、武家伝奏中院通村・土御門泰重に、俄の譲位に就きて、秀忠・家光の詰問あらば、返答すべき旨を命ず（『綜覧』）。
○十二月九日、上皇御悩（『綜覧』）。
●十二月二十二日、中和門院は、山城宇治郡五箇荘大和田の別殿に御幸あらせらる（『綜覧』）。
○十二月二十七日、上皇は、権に東福門院の別殿に徙らせらる（『綜覧』）。
●十二月三十日、幕府儒官林信勝（羅山）・同信澄を、並に法印に叙す（『綜覧』）。
●是月、彗星、西北の間に見る（『綜覧』）。
●是歳、幕府は、茶屋四郎次郎に交趾国渡航の朱印状を与う（『綜覧』）。
●是歳、『簠簋内伝金烏玉兎集』『修習止観坐禅法要』『錦繍段抄』『本朝文粋』『新編江湖風月集略註』『韡韡全書』『決疑鈔直諜』等、開板さる（『綜覧』）。
●是歳、狩野・土佐等諸家合作の『当麻寺縁起絵巻』成る（『綜覧』）。

寛永七年〔一六三〇〕庚午　三十五歳　退位翌年（院政初年）

●正月一日、四方拝・小朝拝等なし（当代始終、四方拝なし）、元日節会あり、出御なし（当代始終、出御なし）、内弁二条康道、外弁西園寺公益、以下五人参仕、奉行園基音、院御政務と雖も四方拝を略さる（『続史愚抄』）。幼帝なる故、上皇の院政初年とみなす。

●正月二日、日野光慶薨ず、四十歳（『公卿補任』）。
●正月七日、白馬節会、出御なし、内弁鷹司教平、外弁高倉永慶、以下二人参仕、奉行勧修寺経広（『続史愚抄』）。
●正月八日、後七日法始（南殿にてなり、以下同）、阿闍梨尭円、太元護摩始（観助僧都坊にてなり、以下同）、阿闍梨観助、十四日両法結願（『続史愚抄』）。後七日法を禁中に、太元帥法を山城醍醐寺理性院に修す（『綜覧』）。
●正月九日、御身固、摂家衆・門跡衆は参内して、歳首を賀し奉る（『綜覧』）。
●正月十日、江戸、火災あり（『綜覧』）。
●正月十五日、旗雲見る、三毬打あり（『綜覧』）。
●正月十六日、踏歌節会、出御なし、内弁九条忠象、外弁花山院定好、以下二人参仕、奉行坊城俊完（『続史愚抄』）。
○正月二十四日、仙洞御所立花御会（『綜覧』）。
●二月六日、近衛信尋は、『源氏抄』を校合す（『綜覧』）。
○二月八日、院（東福門院御所なり）にて和歌御会始あり、題、鶴伴仙齢、読師烏丸光広、講師園基音、講頌四辻季継（発声）（『続史愚抄』）。仙洞御所和歌御会始（『綜覧』）。仙洞御会始、通村出詠（『内府集』）。
●二月十日、春日祭、上卿花山院定好参向、弁不参、奉行坊城俊完（『続史愚抄』）。
●二月二十一日、公家衆をして、諸家及び法中官位昇進に係る意見を上らしむ（『綜覧』）。
●二月二十一日、幕府は、年寄酒井忠世の江戸の亭に、甲斐身延久遠寺日暹・武蔵池上本門寺日樹等を召し、受布施・不受布施の訴訟を聴く（『綜覧』）。
●二月二十六日、幕府は、初めて江戸に辻番を置く、出羽米沢城主上杉定勝は本手明組をして、之を勤めしむ（『綜覧』）。
●三月十六日、山城石清水八幡宮をして、中和門院の御平癒を祈らしめらる（『綜覧』）。

●四月二日、土御門泰重をして、山城宇治郡五箇荘大和田の別殿に、泰山府君祭を修し、中和門院の御平癒を祈らしめらる（『綜覧』）。

●四月二日、幕府は、甲斐身延久遠寺日暹等の訴訟を裁し、山城妙覚寺日奥を対馬に、武蔵池上本門寺日樹を信濃飯田に流し、其の徒日賢・日弘等を追放す（『綜覧』）。

●四月六日、聖護院道晃親王に二品宣下あり（口宣）（『続史愚抄』）。

●四月七日、秀忠・家光は、武家伝奏三条西実条・中院通村に、中和門院の御悩を候す（『綜覧』）。

●四月十八日、山城吉田社をして、中和門院の御平癒を祈らしめらる（『綜覧』）。

●四月二十日、中和門院は、山城宇治郡五箇荘大和田の別殿より還幸あらせらる（『綜覧』）。

●四月二十三日、秀忠は、阪幽玄を遣し、中和門院の御悩を鍼治せしめらる（『綜覧』）。

●四月三十日、織田常真（信雄）薨ず、幕府は其の遺領を分ち、二万石を子信昌に、三万千二百石を信昌の叔父高長に与う（『綜覧』）。

●是月、肥前島原城主松倉重政は領内の切支丹宗徒を捕え、改宗せしめ、肯ぜざる者は、之を酷刑に処す（『綜覧』）。

●五月六日、幕府侍医半井成近を召して、中和門院の御悩を診せしめらる（『綜覧』）。

●五月二十一日、秀忠、病あり（『綜覧』）。

●是月、江戸浅草に金剛勝吉の勧進能あり（『綜覧』）。

●六月十日、家光は琉球人思徳増・金恵頃等を引見す（『綜覧』）。

●六月十三日、今夜より三箇夜、内侍所御神楽（代始）を行わる、出御なし、所作歌方等公卿四辻季継以下二人、殿上人綾小路高有、以下四人参仕、奉行清閑寺共綱（『続史愚抄』）。

●六月二十日、賀茂川洪水、三条橋石柱抜け出すと云う（『続史愚抄』）。畿内及び諸国大雨、洪水（『綜覧』）。

○六月二十三日、上皇は、中和門院の御悩を候し給う（『綜覧』）。
●是月、和蘭バタビヤ総督ヤックス・スペックス、故肥前長崎代官末次政直（平蔵）に書を送る（『綜覧』）。
●七月二日、安房誕生寺日税は、武蔵池上本門寺日樹等の流罪を聞きて自殺す（『綜覧』）。
●七月三日、戌刻、中和門院（前子、院母儀、後陽成院妃、近衛前久女）崩ず、五十三歳、天下蝕穢（『続史愚抄』）。
●七月四日、今夜、窃かに女院遺体を泉涌寺に渡御し、荼毘せしむと云う（『続史愚抄』）。
●七月七日、幕府は、日遠を武蔵池上本門寺住持と為す（『綜覧』）。
●七月十三日、幕府は、即位の調度・上皇の供御・公家衆の修学・武家の任官及び京都二条城の法度は大坂城のそれに准ずべきこと等、また京都町人の糸の売買・新寺の建立・切支丹の禁制・牢人の山城国からの追放・六条中道寺の傾城町の町外移転等を、所司代板倉重宗に命じ、帰京せしむ（『綜覧』）。
●七月十三日、秀忠は、江戸城本丸に臨み、猿楽を覧る、南光坊天海・金地院崇伝（以心）は之に陪す（『綜覧』）。
●七月十六日、秀忠・家光は、大沢基宿・吉良義冬を遣し、参内して中和門院の崩御を弔し奉る（『綜覧』）。
●七月十八日、御霊神輿迎え延引、天下穢に依るなり（『続史愚抄』）。
●七月二十八日、泉涌寺にて前中和門院御葬送あり、公卿殿上人等供奉、此の中、上達部四辻季継以下殿上人等四人素服を着すと云う、今夜より、女院中陰の御仏事を般舟三昧院にて始めらる（『続史愚抄』）。
●是月、山城将軍塚鳴動し、客星東方に見る（『綜覧』）。
●是月、葡萄牙特使ドン・ゴンサロ・シルベイラ、来朝す（『綜覧』）。
●八月三日、北畠親顕薨ず、二十八歳（『公卿補任』）。通村実弟。日下幸男「通村日記人名索引の試み」（『柴のいほり』三〇）等を参照。
●八月六日、摂津・豊前等、大風、海潮溢る（『綜覧』）。

●八月二十九日、故女院五十日（按ずるに七七日歟）、御経供養を般舟三昧院にて行わる、導師尊勝院慈性、公卿四辻季継以下二人参仕、此の日、蝕穢限りと云う（『続史愚抄』）。

●九月五日、即位由奉幣発遣さる、先に日時を定めらる、上卿西園寺公益、奉行中御門宣順、御拝なし（『続史愚抄』）。由奉幣使西園寺公益を、神祇官代に発遣す（『綜覧』）。

●九月七日、即位近きに依り、幕府は年寄酒井忠世・土井利勝を上京せしむ、是日、忠世等は東福門院御所に候し、秀忠・家光の献物を上る（『綜覧』）。

●九月十一日、即位の威儀物を南殿に飾らる（『続史愚抄』）。

○九月十二日、未刻、天皇（御年八）紫宸殿にて即位礼を行わる、内弁二条康道、外弁日野資勝、以下六人参仕、広橋兼賢を宣命使と為す、官方行事左中弁坊城俊完、右中弁清閑寺共綱、蔵人方奉行勧修寺経広、伝奏清閑寺共房、此の日、先主上御灌頂の儀あり、二条康道之を授け奉る（『続史愚抄』）。家光の使年寄忠世、秀忠の使同利勝は参内して、即位を賀し奉る、尾張名古屋城主徳川義直以下の諸大名等もまた使を遣して、之を賀し奉る（『綜覧』）。

●九月十五日、幕府の請に依り、武家伝奏中院通村を罷め、日野資勝を以て之に代う（『綜覧』）。

●九月十六日、幕府は、年寄酒井忠世・土井利勝をして、摂家衆及び武家伝奏を摂政一条兼遐の亭に会し、幼帝を補佐すべき旨を述べしむ（『綜覧』）。

○九月二十一日、幕府の仙洞御料を上らざるに依り、同御所の経済のこと等、武家伝奏に勅問あらせらる（『綜覧』）。

●九月二十七日、武家伝奏三条西実条を、年寄酒井忠世・土井利勝の京都の旅亭に遣し、薫香を賜う、上皇もまた使を遣し、之に物を賜う（『綜覧』）。

●九月二十七日、金地院崇伝（以心）は、『行幸記』二巻を撰し、幕府に進む（『綜覧』）。

●是月、幕府儒官林信勝（羅山）は即位の儀に陪し、其の記録・絵図を作りて幕府に進む（『綜覧』）。
●是月、絵師俵屋宗達は、禁裏御本『西行法師行状絵詞』を模写す（『綜覧』）。
○十月三日、幕府は仙洞御料三千石を上る（『綜覧』）。
●十月四日、紀伊金剛峯寺、雷火に災す（『綜覧』）。
●十月十日、勅使武家伝奏三条西実条・同日野資勝、院使中御門宣衡等、東下す（『綜覧』）。
●十月十六日、月蝕（『綜覧』）。
●十月十八日、紫宸殿に御代始の能楽を叡覧あらせらる（『綜覧』）。
●十月二十四日、勅使武家伝奏三条西実条・日野資勝、院使中御門宣衡は、江戸城に秀忠・家光に見ゆ（『綜覧』）。
●是月、備前岡山城主池田忠雄の家臣河合又五郎は、同僚渡辺数馬の弟源太夫を殺して、江戸に奔り、旗下安藤正珍に頼る、正珍は忠雄の請に応ぜざるに依り、忠雄は之を幕府に訴う（『綜覧』）。
●十一月一日、日蝕（『綜覧』）。
●十一月一日、此の日より三七日、東山長楽寺観世音開帳（『続史愚抄』）。
●十一月三日、秀忠・家光は、年寄酒井忠世・土井利勝及び板倉重昌等を、勅使武家伝奏三条西実条・日野資勝の江戸の旅亭に遣し、禁中のことに就きて意見を問わしむ（『綜覧』）。
●十一月七日、幸勝親王（十四歳、去年入室）梶井室にて得度、法名慈胤（『続史愚抄』）。後陽成天皇皇子幸勝親王は近江延暦寺円融坊に入室得度し、慈胤と称せらる（『綜覧』）。
●十一月七日、秀忠・家光は、重ねて勅使・院使を引見し、秀忠は禁中のことに就きて命ず（『綜覧』）。
●十一月十一日、肥前島原城主松倉重政は、船二隻を呂宋島に派し、家臣木村権之丞・吉岡九左衛門等をして、軍情を偵察せしむ、尋で重政卒す、子勝家嗣ぐ（『綜覧』）。

●十一月十四日、仙洞御所の造営竣るに依り、土御門泰重をして地鎮祭を行わしめらる（『綜覧』）。

●十一月二十一日、此の日、春日祭を行わる、上卿西園寺実晴参向、弁不参、奉行坊城俊完（『続史愚抄』）。

●十一月二十二日、梶井最胤親王をして、安鎮法を仙洞の新御所に修せしめらる（『綜覧』）。

●十一月二十七日、新造仙洞（下御所、後代には桜町殿と号す地なり）にて安鎮護摩を始行さる、阿闍梨梶井最胤親王（『続史愚抄』）。十二月四日結願。

●十一月二十八日、幕府は、所司代板倉重宗及び板倉重昌・金地院崇伝（以心）を摂政一条兼遐の許に遣し、公家衆・門跡衆待遇の礼節を議せしむ（『綜覧』）。

●十一月三十日、堀川本願寺光昭（准如）寂す（『綜覧』）。五十四歳。因みに道澄・光昭当座和歌一軸は『龍谷大学大宮図書館二〇一一年度秋期展観　和歌と物語』所収。

●十二月一日、幕府は東福門院御所の法度を定む（『綜覧』）。

○十二月十日、巳刻、上皇は女院御所（禁裏北殿、仮仙居）より御移徙の為、新仙洞（下御所）に幸す、公卿摂政一条兼遐以下六人、殿上人中院通純以下九人、後騎西園寺公益等供奉、奉行院司清閑寺共綱、次に東福門院、同所より下御所に幸す、公卿日野資勝、以下五人、殿上人山科言総以下五人供奉、奉行院司勧修寺経広（『続史愚抄』）。

●十二月十日、烏丸本願寺光従（宣如）を大僧正に任ず（『綜覧』）。

●十二月十三日、江戸地震（『綜覧』）。

●十二月十四日、天曹地府祭（『綜覧』）。

●十二月十五日、御代始に依り、広橋兼賢をして、山城石清水八幡宮に奉幣せしめらる（『綜覧』）。

●十二月十七日、御煤払、御所及び書籍・楽器等の奉行を定む（『綜覧』）。

●十二月十九日、今日より七箇日、仁王経法を宮中に行わる、阿闍梨随心院増孝、奉行中御門宣順（『続史愚抄』）。

二十五日結願。
●十二月二十二日、高松宮好仁親王は、秀忠の養女寧子を娶らる（『綜覧』）。
●十二月二十四日、前大僧正增孝を東寺長者に補し、法務を知行す（『続史愚抄』）。
●十二月二十五日、江戸地震、また光怪あり（『綜覧』）。
●十二月二十八日、秀忠・家光は、吉良義弥・織田高長を遣し、参内して、上皇・東福門院の新御所遷御を賀し奉る（『綜覧』）。
●是冬、幕府は、儒官林信勝（羅山）に、土地及び金を与え、江戸上野忍岡に学寮を築造せしむ（『綜覧』）。
●是歳、幕府は、出雲大社を造営す、松江城主堀尾忠晴をして、之を監せしむ（『綜覧』）。
●是歳、幕府は、切支丹宗徒数十人を捕えて、之を呂宋に放つ、また令を肥前長崎に下して、同宗の書籍の売買を禁ず（『綜覧』）。
●是歳、幕府は、狩野尚信を御用絵師と為す（『綜覧』）。
●是歳、狩野三楽は、『西湖図屏風』を画く（『綜覧』）。
●是歳、旧聚楽亭書院等を、京都堀川本願寺に移建す（『綜覧』）。

寛永八年〔一六三一〕辛未　三十六歳　院政二年

●正月一日、四方拝・小朝拝等なし、元日節会あり、出御なし、内弁二条康道、外弁烏丸光広、以下七人参仕、奉行清閑寺共綱（『続史愚抄』）。
○正月二日、院皇女降誕（母御匣局隆子、四条隆致女）、八重宮と号す（『続史愚抄』）。

○正月四日、上皇（後水尾）・東福門院は、秀忠・家光の使吉良義冬・織田高長を召して、酒饌及び物を賜う（『綜覧』）。
●正月四日、幕府は、金地院崇伝（以心）をして、禁裏・上皇・秀忠・家光の本年の徳日を勘申せしむ（『綜覧』）。
○正月六日、女院（東福門院）入内始（密儀）、即ち還御歟（『続史愚抄』）。
○正月六日、上皇・東福門院は、禁中に御方違御幸あらせらる（『綜覧』）。
●正月七日、白馬節会、出御なし、内弁鷹司教平、外弁柳原業光以下四人参仕、奉行坊城俊完（『続史愚抄』）。
●正月八日、太元法始、代始に依り、南殿にて行わる、阿闍梨観助、奉行坊城俊完、後七日法は今年沙汰無しと云う（『続史愚抄』）。十四日結願。
●正月十一日、神宮奏事始、伝奏西園寺公益、奉行園基音（『続史愚抄』）。
●正月十四日、陸奥弘前城主津軽信枚卒す、子信義嗣ぐ（『綜覧』）。子信義・信英は中院家歌門（『武家尋問条々』近世歌学集成上所収）。
●正月十六日、踏歌節会、出御なし、内弁九条忠象、外弁清閑寺共房以下二人参仕、奉行勧修寺経広（『続史愚抄』）。
○正月十九日、院和歌御会始、題は松契春、読師日野資勝、講師某、講頌四辻季継（発声）、奉行中御門宣衡（『続史愚抄』）。御会始、上皇御製、松契春（『御集』）。
●正月二十日、近衛（信尋）家和歌御会始、題は柳先花緑（『続史愚抄』）。
●正月二十日、幕府、具足祝及び連歌あり（『綜覧』）。
●正月二十三日、白川雅朝薨ず、七十七歳（『公卿補任』）。
○正月二十八日、上皇は、月次和歌御会の詠進に、公家衆を励まし給う（『綜覧』）。上皇御製、柳枝臨水（『御集』）。歌会表記なし。
●二月八日、両太神宮別宮造替条々日時を定めらる、上卿某、奉行中御門宣順、此の日、代始に依り勅使広橋兼

賢を石清水宮に立てらる（天正・慶長等例あり）、また院使岩倉具起同じく参向（『続史愚抄』）。

●二月十四日、駿府城主徳川忠長は、狂疾に罹り、たびたび近臣を手刃するに依り、秀忠はその謁見を停む、是日、家光は年寄酒井忠世・土井利勝を遣して、訓戒せしむ（『綜覧』）。

○二月十六日、仙洞御所詩歌御会（『綜覧』）。仙洞御月次詩歌御会、聖護院道晃親王出詠、待恋・恨恋・祈恋（『略年譜』）。

●二月十六日、此の日、春日祭を行わる、上卿徳大寺公信参向、弁不参、奉行清閑寺共綱、院にて詩歌御会あり（『続史愚抄』）。

○二月十六日、上皇は、池坊某（二代専好）を召して、立花せしめらる（『綜覧』）。

●二月十七日、幕府は、京都清水寺を再建す、是日、作事始（『綜覧』）。

●二月二十二日、隠岐国御奉納二十首御法楽、通村出詠（『内府集』）。

●二月二十二日、清水寺再造の事始あり、十年十一月に至り成ると云う、将軍家光の沙汰と云う（『続史愚抄』）。

○是月、上皇は、隠岐国に和歌二十首を奉納あらせらる（『綜覧』）。隠岐国御奉納二十首之巻頭、上皇御製、早春（『御集』）。『水無瀬神宮文書』参照。

●三月四日、頃日、甘露降る、諸国同じと云う、此の日、興福寺喜多院某、参院し般若心経を講ず（『続史愚抄』）。上皇は奈良興福寺喜多院空慶を召して、『般若心経』を講信せしめらる（『綜覧』）。

●三月十三日、信濃浅間山噴火し、其の灰は江戸に達す、また江戸に光怪あり（『綜覧』）。

●三月二十四日、公家衆の不行儀を戒飭せしめらる（『綜覧』）。

●四月二日、江戸浅草寺、火災あり（『綜覧』）。

○四月六日、仙洞御所月次和歌御会（『綜覧』）。仙洞御当座、聖護院道晃親王出詠、早苗多、蚊遣火（『略年譜』）。

●四月十九日、尾張名古屋城主徳川義直は、儒医堀正意弟子正室所製の『世界図』を、家光に進む、是日、家光は正室を引見して之を賞し、金を与う（『綜覧』）。
●四月二十一日、去る十六日より今日に至り、日赤し（『続史愚抄』）。
●四月、甲斐国は連日雹ふり、禽獣を殺す、国民は荷担し、関東に献ずと云う（『続史愚抄』）。
●五月八日、関東諸国に降雹し、また相模に海嘯あり（『綜覧』）。
●五月十四日、勅使武家伝奏三条西実条・日野資勝、院使阿野実顕・清閑寺共房等は、家光に江戸城に見ゆ（『綜覧』）。
○五月十七日、上皇は、青蓮院尊純をして、仙洞御所に護摩法を修せしめらる（『綜覧』）。
●五月十九日、家光は、勅使武家伝奏三条西実条・日野資勝、院使阿野実顕・清閑寺共房等を饗す、尋で秀忠もまた之を江戸城西丸に饗す（『綜覧』）。
●五月二十一日、梶井最胤親王を召して、不動護摩法を修し、雨を祈らしむ（『綜覧』）。
●五月二十五日、幕府は、異国渡海船は奉書を指添うべき旨定む（『綜覧』）。
●五月二十七日、今日より七箇日、不動護摩を宮中に行わる、阿闍梨梶井最胤親王、奉行中御門宣順（『続史愚抄』）。六月四日結願。
●五月二十八日、幕府は駿府城主徳川忠長の狂疾治癒せざるに依り、其の封甲斐に就きて療養せしめ、目付を遣して、之を監せしむ（『綜覧』）。
●是月、肥前長崎奉行竹中重義の商船、暹羅に航せんとして、爪哇に連行さる、尋で帰航す（『綜覧』）。
●六月二十日、是より先、幕府は、外国渡航の貿易船には、朱印状の外に、奉書を下すことに定む、是日、末次茂房（平蔵）に之を下す（『綜覧』）。

●六月二十日、是より先、故肥前島原城主松倉重政の呂宋島に遣せし木村権之丞・吉岡九左衛門等、帰朝す（『綜覧』）。
●六月二十四日、江戸浅草に宝生重房の勧進能あり、幕府は徳川頼房の之を見物するを許す（『綜覧』）。
●七月十七日、秀忠は、江戸城内紅葉山東照社に参詣す、病再発す（『綜覧』）。
●七月十七日、仙洞御所の門前南北に下馬札を立つ（『綜覧』）。
●七月二十一日、幕府は、諸社寺をして、秀忠の平癒を祈らしむ（『綜覧』）。
●七月二十二日、内侍所臨時御神楽を行わる（太政大臣秀忠の病に依り、女院より申し行わると云う）、所作歌方等公卿四辻季継以下二人、殿上人綾小路高有以下四人参仕、奉行坊城俊完（『続史愚抄』）。東福門院は内侍所に臨時御神楽を奏し、秀忠の平癒を祈らせらる（『綜覧』）。
○七月二十二日、上皇皇女（梅宮）は鷹司教平に嫁し給う（『綜覧』）。
●七月二十四日、内侍所臨時御神楽を行わる（秀忠の病に依り、摂政一条兼遐申し行わると云う）、所作歌方等公卿四辻季継以下二人、殿上人綾小路高有以下四人参仕、奉行中御門宣順（『続史愚抄』）。
●七月二十五日、聖護院道晃親王、本山に入る（峯入と号すなり）（『続史愚抄』）。二十歳。帰京参内は十月十日。
●七月二十七日、内侍所臨時御神楽を行わる（秀忠の病に依り、行わるなり）、歌方所作等公卿四辻季継以下二人、殿上人綾小路高有以下三人参仕、奉行園基音（『続史愚抄』）。
●八月一日、出雲大社をして秀忠の平癒を祈らしめらる、幕府は山城神龍院梵舜をして秀忠の平癒を祈らしむ（『綜覧』）。
●八月十一日、親王・公家衆及び諸門跡は使を江戸に遣し、秀忠の病を問う（『綜覧』）。
●八月十三日、連歌師昌琢は連歌を興行し、秀忠の平癒を祈る（『綜覧』）。

●八月十四日、両皇太神宮別宮正遷宮日時を定めらる、上卿西園寺公益、奉行園基音（『続史愚抄』）。
●八月十四日、安芸・肥後・筑前・筑後大風（『綜覧』）。
●八月二十六日、後陽成天皇聖忌、御法会を京都般舟三昧院に修す（『綜覧』）。
●八月二十七日、勅使持明院基定・院使土御門泰重を江戸に遣し、秀忠の病を問わせ給う（『綜覧』）。
●九月十一日、勅使持明院基定・院使土御門泰重は、江戸城に家光に見ゆ、尋で家光は之を饗す（『綜覧』）。
●九月十六日、江戸大雨洪水（『綜覧』）。
●九月十八日、大風、木を抜き、廬舎を壊す、平野小社倒壊（三十年来、斯くの如き風無きと云う）（『続史愚抄』）。
●九月十九日、下総・上野・下野洪水、人畜多く死す（『綜覧』）。
●九月二十五日、女院入内、即ち還御か（『続史愚抄』）。東福門院、禁中に御幸あらせらる（『綜覧』）。
●九月二十八日、信濃善光寺大本願知伝尼参内す（『綜覧』）。
●十月一日、日蝕（『綜覧』）。
●十月二日、二条康道は、『職原鈔』の講釈を始む（『綜覧』）。
●十月十日、聖護院道晃親王は、大和葛城大峰より帰京し、参内す（『綜覧』）。
●十月十八日、山城実相院義尊を、大僧正に任ず（『綜覧』）。
○十月二十六日、上皇は、知恩院霊厳（雄誉）等をして、仙洞御所に阿弥陀超世別願を法問せしめらる（『綜覧』）。
●閏十月九日、幕府麾下士竹中重門卒す、遺言して、葬祭に儒礼を用いしむ（『綜覧』）。
●閏十月十一日、肥前長崎奉行竹中重義は、切支丹宗徒を温泉嶽に拷問し、改宗せしめんとす（『綜覧』）。
●閏十月二十日、幕府は、牢人・切支丹宗徒を隠匿せしむること、また私に寺院を建つることの禁令を京都に下す（『綜覧』）。

●閏十月二十一日、九条忠栄は幸家と改名す（『続史愚抄』）。
●閏十月二十三日、内侍所臨時御神楽を行わる（秀忠の病に依り、女院また申し行わる）、所作歌方等公卿四辻季継以下二人、殿上人四辻公理以下三人参仕、奉行勧修寺経広（『続史愚抄』）。
○閏十月二十七日、仙洞御所、御能あり（『綜覧』）。
●是月、幕府は、切支丹宗徒を詮索し、また掏摸の渠魁を江戸に捕う（『綜覧』）。
●十一月一日、朔旦冬至、旬を停め、平座を行わる、先に賀表奏あり、表は東坊城長維草す（清書勧修寺経広）、上卿二条康道、表奏訖、早出、平座、上卿烏丸光広、已次公卿西園寺公益以下五人参仕、奉行勧修寺経広（『続史愚抄』）。
●十一月五日、家光は、聖護院道晃親王を江戸城に引見す（『綜覧』）。七日饗せらる。
●十一月九日、春日祭、上卿日野資勝参向、弁不参、奉行中御門宣順、柳原業光・万里小路綱房等社参（『続史愚抄』）。
●十一月十日、内侍所臨時御神楽を行わる（太政大臣秀忠の病に依り、院御沙汰の為申し行わる）、所作歌方等公卿四辻季継以下二人、殿上人綾小路高有以下四人参仕、奉行清閑寺共綱（『続史愚抄』）。
○十一月十七日、上皇は、若年の公家衆の品行を匡正せんとし、其の条規を定め、武家伝奏三条西実条を禁中に召して、之を命じ給う（『綜覧』）。
●十一月二十一日、貴布祢社正遷宮日時を定めらる（使定なしと云う）、上卿西園寺公益、奉行中御門宣順（『続史愚抄』）。山城賀茂・貴布祢社正遷宮日時定（『綜覧』）。
●十一月二十五日、造春日社木作始仮殿遷宮等日時を定めらる、上卿日野資勝、奉行勧修寺経広（『続史愚抄』）。
●是月、阿蘇山鳴動す（『綜覧』）。
●十二月一日、貴布祢社一社奉幣宣命奏あり、上卿柳原業光、奉行中御門宣順、今夜、貴布祢社正遷宮、幣使柳

原業光（伝奏にあらざるなり、今度使定に及ばず）、及び行事勧修寺経広等参向（『続史愚抄』）。
●十二月一日、幕府は、秀忠の病に依り、西国諸大名の帰国を許されし者に令し、江戸に留らしめ、また尾張名古屋城主徳川義直・紀伊和歌山城主同頼宣をして、参勤せしむ（『綜覧』）。
●十二月二日、河合社正遷宮、行事坊城俊完参向（『続史愚抄』）。
●十二月三日、片岡社正遷宮、行事清閑寺共綱参向（『続史愚抄』）。
●十二月三日、九条道房は松平忠直女（長子）を娶る（『綜覧』）。
●十二月十日、加賀金沢城主前田利常、反を謀るとの流言あるに依り、急ぎ江戸に参勤す、家光は謁見を許さず、利常は老臣横山康玄をして、之を弁ぜしむ（『綜覧』）。
●十二月十四日、摂関家を召して、公家衆の官位昇進の次第を議せしむ（『綜覧』）。
●十二月十五日、造石清水社仮殿遷宮日時を定めらる、上卿広橋兼賢、奉行中御門宣順、此の日、任大臣宣下あり（口宣）、内大臣西園寺公益（『続史愚抄』）。
●十二月十九日、春日社若宮等仮殿遷宮あり、行事勧修寺経広参向（『続史愚抄』）。
●十二月二十一日、山城石清水八幡宮仮殿遷宮（『綜覧』）。
●十二月二十一日、秀忠の病、小康を得たるに依り、外藩諸大名を引見す、明日また譜代大名を引見す（『綜覧』）。
●十二月二十八日、是より先、暹羅国の内紛に依り、同国の老臣山田長正殺さる、同国王は幕府年寄酒井忠世に、長正病死して、其の子反を謀ることを告ぐ、是日、忠世は金地院崇伝（以心）等をして、其の国書を一覧せしむ（『綜覧』）。
●是月、対馬府中城主宗義成の臣玄方は、藤智縄を朝鮮に遣し、公木復旧の許約を責む（『綜覧』）。
●是歳、諸国は、甘露降り、林竹自ら裂く（『綜覧』）。

●是歳、疥癬及び痘瘡流行す（『綜覧』）。
●是歳、薩摩の人隈本盛治は琉球に移住し、運天と改め、造筆を業とし、また之を琉球人に教う（『綜覧』）。

寛永九年（一六三二）壬申　三十七歳　院政三年

●正月一日、四方拝・小朝拝等なし、元日節会あり、出御なし、内弁西園寺公益、外弁三条実秀、以下五人参仕、奉行姉小路公景、此の日、先に内大臣西園寺公益、拝賀着陣（『続史愚抄』）。
●正月二日、江戸地震、仙洞御所謡始（『綜覧』）。
●正月五日、京都雷鳴、山城将軍塚及び八幡山鳴動す（『綜覧』）。
●正月七日、白馬節会、出御なし、内弁二条康道、外弁烏丸光広、以下四人参仕、奉行清閑寺共綱（『続史愚抄』）。
●正月八日、後七日法始（南殿にて行わる、以下同）、長者随心院増孝、太元護摩始（観助本坊にてなり、以下同）、阿闍梨観助、以上奉行万里小路綱房（『続史愚抄』）。十四日両法結願。
●正月十一日、神宮奏事始、伝奏花山院定好、奉行姉小路公景（『続史愚抄』）。
●正月十一日、高松宮好仁親王の家僕等は堀河康胤の亭に押寄せ、暴行す（『綜覧』）。
●正月十三日、京都地震（『綜覧』）。二月七日もこれに同じ。
●正月十五日、三毬打あり（『綜覧』）。
●正月十六日、踏歌節会、出御なし、内弁鷹司教平、陣後早出、四辻季継之に続く、外弁飛鳥井雅宣以下四人参仕、奉行中御門宣順、此の日、先に内大臣拝賀着陣（扈従の公卿柳原業光参ると云う）、今日、院詩歌御会始、題、梅柳争春（『続史愚抄』）。

○正月十七日、和歌御会始、御製なし、院御製あり、題は梅万春友、読師烏丸光広、講師姉小路公景、講頌四辻季継（発声）（『続史愚抄』）。

●正月十八日、三毬打あり、仕丁一人火中に倒れ死す、因て宮中蝕穢、但し今月二十八日に至り、此の事を奏すと云う（『続史愚抄』）。

○正月十九日、院和歌御会始、題は水樹多佳趣、飛鳥井雅宣出題、読師烏丸光広、講師坊城俊完、講頌四辻季継（発声）、奉行中御門宣衡（『続史愚抄』）。御会始、上皇御製、水樹佳趣多（『御集』）。

○正月二十日、仙洞御所詩御会始（『綜覧』）。

●正月二十日、肥後の牢人森本一房は、柬埔寨アンコール・ワットに詣で、仏像を奉納す（『綜覧』）。

○正月二十三日、仙洞御所立花御会（『綜覧』）。

●正月二十三日、幕府は、秀忠の病革るに依り、諸大名等の江戸城西丸に賀するを停め、諸門を警戒して、出入を絶つ（『綜覧』）。

●正月二十四日、秀忠の病革るに依り、形見の品を家光以下親族及び諸大名等に与う（『綜覧』）。

●正月二十四日、今夜戌刻、太政大臣秀忠は武蔵江戸城にて薨ず、五十四歳、三十日に至り薨を奏す、台徳院と号す（公家より院号を定賜す、右大臣二条康道勘進と云う）（『続史愚抄』）。

●正月二十四日、下総生実邑主森川重俊は、徳川秀忠に殉死し、同国古川城主永井尚政父子は薙髪す（『綜覧』）。

○正月二十五日、上皇は、曼殊院良尚親王を猶子と為させらる（『綜覧』）。

●正月二十七日、御香合あり（『綜覧』）。

●正月二十七日、幕府は、故秀忠を江戸増上寺に葬り、諸大名をして、交々、寺域を守備せしむ（『綜覧』）。

○正月二十八日、上皇・東福門院は、禁中に御幸あらせらる（『綜覧』）。

●正月三十日、幕府は、使番川勝広綱・同徳山直政を京都に遣し、武家伝奏三条西実条・同日野資勝をして、徳川秀忠の薨去を奏せしむ（『綜覧』）。
●是月、平野藤次郎・末次茂房（平蔵）の商船は、高砂に渡航す（『綜覧』）。
●二月三日、家光は、江戸増上寺の父秀忠の墓に参詣す（『綜覧』）。
●二月九日、是より先、幕府は林信勝（羅山）を京都に遣して、秀忠の諡号及び其の廟に上皇宸筆の扁額を給わらんことを請う、是日、台徳院の諡号を賜い、正一位を追贈す（『綜覧』）。
●二月十日、故太政大臣従一位秀忠に、贈正一位宣下あり（口宣歟）（『続史愚抄』）。
○二月十一日、西園寺公益を勅使と為し、江戸に下す、上皇・東福門院もまた三条正親町実有・広橋兼賢を御使として遣さる（『綜覧』）。
●二月十一日、幕府は、金地院崇伝（以心）をして、禁中並に公家諸法度及び武家諸法度を国字に訓解せしむ（『綜覧』）。
●二月十五日、宮中涅槃、捧げ物ありと云う（『続史愚抄』）。
●二月十五日、幕府は、台徳院の中陰法会を、江戸増上寺に修す、家光は之に臨む（『綜覧』）。
●二月二十二日、勅使西園寺公益は、江戸増上寺に臨み、贈位を宣命す、院使三条正親町実有・女院使広橋兼賢もまた、之に臨み、経巻・賻銀を賜う（『綜覧』）。
○二月二十四日、上皇は、一条兼遐をして、禁中蝕穢の日数を、神祇伯白川雅陳等に諮問せしめ給う（『綜覧』）。
●二月二十五日、家光は、勅使西園寺公益等を引見し、公益に銀五百枚、院使三条正親町実有・女院使広橋兼賢に、各三百枚を贈る（『綜覧』）。
●二月二十七日、宮中の穢限りなり、奏聞後三十日と云う（『続史愚抄』）。

○二月二十九日、仙洞御所漢和御会始（『綜覧』）。
●三月十日、此の日、春日祭を行わる、上卿烏丸光広参向、弁不参、奉行万里小路綱房（『続史愚抄』）。
●三月十一日、幕府は、吉良義弥を遣し、秀忠の謚号及び贈位の恩を謝し、また其の遺金を東福門院に献ず（『綜覧』）。
●三月十二日、西園寺実益薨ず、七十三歳（『公卿補任』）。
●三月十三日、奉幣を東照大権現に発遣さる、先に日時を定めらる（来月十七日東照大権現十七回神忌に依る）、上卿烏丸光広、幣使高倉永慶、宣命使滋野井季吉、奉行清閑寺共綱（『続史愚抄』）。
●三月二十二日、勅使武家伝奏三条西実条・同日野資勝並に院使中御門宣衡を江戸に遣し、家光の歳首を賀せしに答え、また下野日光山東照社の徳川家康十七回忌祭儀に臨ましむ（『綜覧』）。
○是月、水無瀬氏成、後鳥羽院隠岐御墳墓に参る、此の序に院御製和歌（二十首）を納めらる、また公家より御剣馬等を献ぜらる（『続史愚抄』）。
●四月七日、土御門泰重をして、東福門院の御平産を祈らしめらる（『綜覧』）。
○四月九日、上皇は、台徳院の廟に宸筆の扁額を賜う（『綜覧』）。
●四月十日、神龍院梵舜は、東福門院の御産平安の御札等を献ず（『綜覧』）。
●四月十一日、勅使武家伝奏三条西実条・同日野資勝並に院使中御門宣衡・奉幣使高倉永慶、江戸城本丸に家光に見ゆ、尋で下野日光に赴く（『綜覧』）。
●四月十二日、東福門院は御著帯、仍りて山城随心院長静をして、不動法を修せしめらる（『綜覧』）。
●四月十六日、東照権現奉幣使高倉永慶、宣命使滋野井季吉等社参（日光山）、奉行清閑寺共綱亦参向（『続史愚抄』）。
●四月十七日、日光山東照権現祭礼、仁和寺覚深親王以下親王五人出仕、公卿二条康道以下三人着座（『続史愚

抄』）。幕府は、徳川家康の十七回忌に依り、法華曼荼羅供を下野日光山薬師堂に修す、公家衆・門跡等は之に会す、家光は喪に依り、井伊直孝をして代拝せしむ（『綜覧』）。

●四月十八日、日光山薬師堂（或いは本地堂と号す）にて経供養あり、公卿二条康道以下三人着座（『続史愚抄』）。

●四月二十五日、是より先、角倉の商船、東京に渡航す、安南国清都王鄭梉は書を角倉船の船長に与う（『綜覧』）。

●四月二十九日、勅使武家伝奏三条西実条・同日野資勝及び公家衆・門跡等は下野日光より江戸に至る、是日、家光は之を江戸城本丸に引見す（『綜覧』）。

●五月十二日、家光は吉良義冬を遣し、上皇に銀及び御服を献じ、宸筆の扁額下賜の恩を謝す（『綜覧』）。

●五月十四日、仁和寺覚深親王をして、孔雀経法を清涼殿に修し、東福門院の御平産を祈らしめらる（『綜覧』）。

●五月二十七日、比良木社三所社等正遷宮日時定あり、上卿烏丸光広、奉行清閑寺共綱（『続史愚抄』）。

○是月、上皇は和歌を詠じ、後鳥羽天皇御廟所に納め給う（『綜覧』）。

●六月五日、辰刻、東福門院皇女御産、女五宮と号す（『続史愚抄』）。後の賀子内親王、二条光平室。

●六月六日、御虫払（『綜覧』）。

●六月七日、祇園御霊会（『綜覧』）。

●六月十七日、江戸地震（『綜覧』）。

○六月十九日、上皇は禁中に御幸あらせらる（『綜覧』）。

●六月二十二日、京都の人角倉玄之没す（『綜覧』）。林屋辰三郎『角倉素庵』（朝日新聞社）等を参照。

●六月二十四日、陸奥大雨洪水（『綜覧』）。

●六月二十七日、幕府は吉良義弥を遣し、物を献じ、東福門院の御平産を賀し奉る（『綜覧』）。

●七月二日、中和門院三回御忌の奉為に（御忌日三日）今明両日、懺法講仙洞にて行わる、垂簾出御、御所作あり

（御行道無し）、導師天台座主梶井最胤親王、経衆公卿九条幸家以下二人、伶倫一条兼遐以下大臣三人、簾中にて所作、自余の公卿堀河康胤、殿上人竹内孝治以下六人参仕、奉行院司坊城俊完、伝奏清閑寺共房（『続史愚抄』）。
●七月三日、中和門院三回御忌、御経供養を般舟三昧院にて行わる（公家の御沙汰なり）、院懺法講第二日、結願、事々昨の如し、但し御所作なし（『続史愚抄』）。
●七月四日、山城賀茂新宮社及び太田社正遷宮日時定（『綜覧』）。
●〇七月七日、東福門院は、御産穢明に依り、宴を親王・公家衆に賜う、上皇は之に臨ませらる（『綜覧』）。
●七月十七日、幕府は、南光坊天海の請に依り、麾下士松平忠利等の罪を赦し、また大徳寺宗珀（玉室）・宗彭（沢庵）、妙心寺単伝（士印）・東源（慧等）を召還す（『綜覧』）。
●七月十八日、三条西実条の家臣等闘争し、殺傷あり（『綜覧』）。
〇七月十九日、上皇は、禁中に御幸あらせらる（『綜覧』）。
●七月二十二日、日本交易船は朝鮮釜山に入港す（『綜覧』）。
●七月二十四日、家光は、江戸増上寺の台徳院廟竣るに依り、万部経供養を修し、之に臨む、尋で造営総奉行下総佐倉城主土井利勝の功を賞す（『綜覧』）。
●七月二十五日、江戸洪水（『綜覧』）。
●是月、対馬府中城主宗義成は、使を朝鮮に遣して、前将軍徳川秀忠の訃を報ず（『綜覧』）。
●八月二日、公家衆・門跡等は江戸に至り、将軍の代替を賀す、是日、家光は之を江戸城本丸に引見す（『綜覧』）。
●八月四日、公家衆・門跡等、江戸増上寺の台徳院廟に参詣す（『綜覧』）。
●八月六日、土佐大風（『綜覧』）。
●八月八日、家光は、公家衆・門跡等を江戸城本丸に引見し、物を贈りて之に贐す、明日また門跡等に物を贈る、

尋で公家衆・門跡等は下野日光山東照社に参詣す（『綜覧』）。
●八月十三日、武家伝奏三条西実条は、公家衆・門跡等をして、其の領地高を録上せしむ（『綜覧』）。
●八月十八日、山城・摂津・尾張、大雨に依り、淀の大橋は破壊す（『綜覧』）。
●八月十九日、家光は乳人春日局をして、入京し東福門院に候せしむ、是日、之を禁中に召して、舞楽を陪観せしめ給う（『綜覧』）。
●八月二十九日、江戸地震（『綜覧』）。九月二日・十月二日もこれに同じ。
○八月二十九日、仙洞御所に繰あり（『綜覧』）。
●是月、明国漳州の商船、因幡沿海に漂著す、幕府は鳥取城主池田勝五郎（光仲）に命じ、其の船を修理し、肥前長崎に送らしむ（『綜覧』）。
○九月四日、仙洞御所和漢聯句御会（『綜覧』）。
●九月五日、幕府は、金地院崇伝（以心）をして、五山・十刹の本末及び寺領高を録上せしむ（『綜覧』）。
●九月十三日、内侍所臨時御神楽を行わる、所作歌方等公卿高倉嗣良、殿上人綾小路高有以下三人参仕、奉行姉小路公景（『続史愚抄』）。
●九月十三日、仙洞御所観月御宴（『綜覧』）。
●九月十五日、故浅井長政に贈権中納言の宣下あり（口宣、台徳院秀忠室は長政女、将軍家光母なり）、上卿日野資勝、奉行姉小路公景（『続史愚抄』）。
○九月二十五日、仙洞御所北野社法楽詩歌御会（『綜覧』）。聖廟御法楽、上皇御製、停午月（『御集』）。
●十月二日、幕府は、肥前長崎代官末次茂房（平蔵）をして、前高砂総督ピーテル・ノイツの拘禁を解き、之を帰国せしむ（『綜覧』）。

●十月五日、女五宮行始の為、御霊社に参らしめ給う(『続史愚抄』)。上皇皇女五宮、上御霊社へ御宮参あり(『綜覧』)。
●十月九日、水無瀬兼俊第火く(父水無瀬氏成第は無為)(『続史愚抄』)。
●十月九日、朝鮮王李倧は、訳官崔義吉を対馬府中城主宗義成に遣し、徳川秀忠の薨去を弔す、是日、義吉は帰国す(『綜覧』)。
●十月十一日、玄猪御祝、武家伝奏三条西実条・同日野資勝は、禁中諸所の修理を所司代板倉重宗に命ず(『綜覧』)。
○十月十六日、上皇は、西洞院時慶をして、文屋康秀の和歌を清書せしめらる(『綜覧』)。
●十月十八日、内侍所臨時御神楽を行わる、所作歌方等公卿高倉嗣良、殿上人綾小路高有以下三人参仕、奉行坊城俊完(『続史愚抄』)。
●十月二十四日、江戸城内紅葉山の台徳院廟竣るに依り、家光は初めて参詣す、また造営奉行下総古河城主永井尚政等に物を与う(『綜覧』)。
○十月二十九日、上皇・女院禁裏に幸す、即ち還御歟(『続史愚抄』)。
○十一月三日、上皇は、山城智積院長存等を召し、真言宗の論議を聴き給う(『綜覧』)。
●十一月三日、家光は、越後高田城主松平光長の妹鶴姫を養女と為し、九条道房に嫁せしむ、是日、鶴姫は江戸を発す(『綜覧』)。
○十一月四日、上皇は、仙洞御所の書籍を禁中御文庫に納めしめらる(『綜覧』)。
●十一月十日、内侍所御神楽(『綜覧』)。
●十一月十四日、此の日、春日祭行わる、上卿三条実秀参向、弁不参、奉行清閑寺共綱(『続史愚抄』)。
●十一月十八日、神龍院梵舜寂す(『綜覧』)。
●十一月二十日、西園寺公益の亭に盗入る(『綜覧』)。

○十一月二十五日、仙洞御所北野社法楽詩歌御会（『綜覧』）。仙洞聖廟御法楽月次、通村出詠（『内府集』）。
○十二月五日、立花御会（『綜覧』）。
●十二月十二日、近衞信尋男尚嗣元服、即ち正五位下禁色雑袍等宣下あり（『続史愚抄』）。
●十二月十三日、家光は、養女徳川頼房女をして、前田利常嫡子光利（光高）との婚を約せしむ（『綜覧』）。
●十二月十六日、御煤払（『綜覧』）。
○十二月二十五日、仙洞御所御茶会（『綜覧』）。
●十二月二十九日、江戸、火災あり、尋で家光は類焼の大小名に銀を与う（『綜覧』）。
●十二月三十日、江戸地震（『綜覧』）。
●是歳、秋冬の間、日月倶に赤気あり、院御願の為、一寺を丹波千畑に建立さる、法常寺と号す、一糸和尚を以て開山と為すと云う（『続史愚抄』）。
●是歳、後柏原天皇宸筆阿弥陀経を、知恩院に寄進あらせらる（『綜覧』）。
●是歳、尾張名古屋城主徳川義直は、林信勝（羅山）の江戸忍岡別墅に先聖殿を建つ（『綜覧』）。
●是歳、朝鮮国礼曹参議金光鉉は、対馬府中城主宗義成に、綿布追納の期を緩うせんことを請う（『綜覧』）。

寛永十年（一六三三）癸酉　三十八歳　院政四年

●正月一日、四方拝・小朝拝等なし、節会、出御なし、内弁九条道房、外弁徳大寺公信以下三人参仕、奉行坊城俊完（『続史愚抄』）。
●正月七日、白馬節会、出御なし、内弁四辻季継、外弁広橋兼賢以下二人参仕、奉行清閑寺共綱（『続史愚抄』）。

●正月八日、後七日法始（南殿なり、以下同）、阿闍梨随心院増孝、太元護摩始（観助僧正坊にてなり、以下同）、阿闍梨観助、以上奉行万里小路孝房（『続史愚抄』）。十四日両法結願。

●正月九日、勅使烏丸光広・院使清閑寺共房並に女院御使飛鳥井雅宣を江戸に遣し、徳川秀忠の一回忌法会に臨ましむ（『綜覧』）。

●正月九日、知恩院堂塔以下火（方丈より火起こると云う、山門・経蔵・鐘楼等譭に残る）（『続史愚抄』）。

●正月十二日、神宮奏事始、伝奏中山元親、奉行姉小路公景（『続史愚抄』）。

○正月十二日、仙洞御所和歌御会始（『綜覧』）。院和歌御会始、題、若菜祝言、読師日野資勝、講師姉小路公景、講頌四辻季継（発声）、奉行中御門宣衡（『続史愚抄』）。御会始、上皇御製、寄若菜祝言（『御集』）。

●正月十六日、踏歌節会、出御なし、内弁九条道房、外弁三条実秀以下四人参仕、奉行姉小路公景（『続史愚抄』）。

●正月十七日、和歌御会始、題は初春祝君、俄に披講なし、親王大臣等不参故と云う（『続史愚抄』）。

●正月二十日、金地院崇伝（以心）寂す（『綜覧』）。

●正月二十一日、此の日、相模小田原大地震、人家倒れ、箱根山の巨石崩墜（『続史愚抄』）。

●正月二十二日、昨今、地動十六度と云う（『続史愚抄』）。

●正月二十四日、東福門院は、徳川秀忠の為に山城養源院に法会を修せらる、是日、結願（『綜覧』）。

●正月二十四日、家光は、江戸増上寺に、徳川秀忠の一回忌法会を修す、勅使烏丸光広・院使清閑寺共房等、之に臨む（『綜覧』）。

●正月二十五日、家光は、勅使烏丸光広・院使清閑寺共房並に女院御使飛鳥井雅宣等を江戸城に引見し、尋で之を饗餞す（『綜覧』）。

○正月二十五日、聖廟御法楽、上皇御製、誓恋（『御集』）。

●是月、京都大雪（『綜覧』）。
●二月四日、対馬府中城主宗義成は、家光に朝鮮鶴を進む（『綜覧』）。
●二月十日、春日祭（『綜覧』）。別資料では十三日となっている。
●二月十一日、幕府は、肥前長崎奉行竹中重義を罷免す（『綜覧』）。
●二月十三日、春日祭、上卿烏丸光広参向、弁不参、奉行清閑寺共綱（『続史愚抄』）。
●二月十四日、幕府は、肥前長崎奉行二人を置き、伊豆下田奉行今村正長・目付曽我古祐を之に任じ、尋で航海・通商等の条目十七条を授く（『綜覧』）。
●二月二十日、家光は、武蔵葛西に放鷹す、尋で狩獲の鶴を禁裏・仙洞に献ず（『綜覧』）。
●二月二十八日、幕府は、奉書船の外、渡海を禁ず（『綜覧』）。
○二月三十日、上皇は、禁園に花を覧給う（『綜覧』）。
●是月、京都大雪（『綜覧』）。
●是月、幕府は諸寺に命じ、其の本寺・末寺等を録上せしむ（『綜覧』）。
○三月十日、御能あり、上皇は之に臨み給う（『綜覧』）。
●三月十一日、幕府は、家光の将に上洛せんとするに依り、東海道諸駅の継飛脚及び人馬米銭の支給法を規定す（『綜覧』）。
○三月十三日、院皇子降誕（母京極局継子、後に光子と改む、園基任女）、素鵞宮と号す（後光明院）（『続史愚抄』）。
●三月十四日、稲荷神輿迎、此の日、万里小路綱房は稲荷祭を社家に付さる綸旨を書き下さす（『続史愚抄』）。
●三月二十五日、幕府は、年寄永井尚政を罷めて、山城淀に移し、封一万石を加増して十万石と為し、弟直清を山城長岡等二万石に封ず（『綜覧』）。尚政については寛文八年の八月九月等の条を参照されたい。

●四月一日、江戸は雹降り、驟雨・雷電甚し（『綜覧』）。
●四月五日、幕府は、山城知恩院を再建せんとし、大和小泉邑主片桐貞昌・近江甲賀郡邑主堀田一通を造営奉行と為す（『綜覧』）。
●四月七日、東福門院は、中宮少進天野長信をして、山城石清水八幡宮に代参せしめらる（『綜覧』）。
●四月十日、江戸、地震あり、雷雨甚し（『綜覧』）。
●四月十三日、大雹ふる、地を埋める大雹と云う（『続史愚抄』）。
●四月十七日、東福門院は、家康の画像を知恩院に寄進せらる（『綜覧』）。
○四月十八日、上皇・東福門院は、禁中に御幸あらせらる（『綜覧』）。
●四月二十一日、東福門院は、中宮少進天野長信をして、近江多賀社に代参せしめらる（『綜覧』）。
●五月三日、家光は、明年上洛せんとする旨を大小名に布告し、留守の諸番を定む（『綜覧』）。
●五月八日、今日より七箇日、仁王経法を宮中に行わる（去月の大雹の事、祈謝さると云う）、阿闍梨大覚寺尊性親王、奉行万里小路綱房（『続史愚抄』）。十四日結願。
●五月十八日、公家衆の鷹・馬を畜養し、遊里に入るを禁ぜらる（『綜覧』）。
●五月十九日、幕府は、武蔵深川八幡社造営の為め、喜多七大夫の勧進能を興行することを許す（『綜覧』）。
●五月二十日、内侍所臨時御神楽を行わる（女院御産平安の御祈）、拍子本四辻季継、拍子末綾小路高有、奉行中御門宣順（『続史愚抄』）。
●五月二十八日、雨水、江湖の水増すこと一丈二尺余、去今月洪水と云う（『続史愚抄』）。
●六月十二日、江戸、洪水あり（『綜覧』）。
●六月十四日、祇園御霊会（去る七日神輿迎、恒の如し）、鉾以下、宮門外を経さしめ、叡覧あり（『続史愚抄』）。

○六月十五日、仙洞御所歌合御会（『綜覧』）。
●六月十九日、江戸雷雨（『綜覧』）。
●是月、諸国洪水（『綜覧』）。
●七月五日、幕府は、切支丹禁制に関する条規を出す（『綜覧』）。
○七月七日、院にて七遊御会あり、先に花（上皇、近衛信尋以下公卿殿上人、入道親王及び地下等二十四人）、次に香（七炷、上皇、一条兼遐以下公卿殿上人、入道親王等三十人）、次に和漢聯句（上皇、一条兼遐以下公卿殿上人、入道親王等二十三人）、次に詩、題は七夕喜晴、上皇御製、及び文人公卿二条康道以下殿上人、入道親王、僧徒等十九人、読師烏丸光広、講師平松時庸、次に和歌、題は憶牛女言志、上皇御製、及び歌仙公卿二条康道以下殿上人、親王、入道親王、僧徒等三十九人、読師日野資勝、講師姉小路公景、講頌四辻季継（発声）、次に楽、平調（楽七曲、郢曲等）、御所作箏、所作公卿一条兼遐以下公卿殿上人十六人、楽所等なり、次に囲碁将棋（上皇、近衛信尋以下公卿殿上人、入道親王、地下等十九人）（『続史愚抄』）。七夕、上皇御製、憶牛女言志（『御集』）。
●七月十三日、三条正親町実有薨ず、四十六歳（『公卿補任』）。
○七月十四日、上皇・東福門院は、禁中に御幸あらせらる（『綜覧』）。
●七月十六日、東福門院は使を遣して、御伯母浅井氏（常光院）の病を問わしめ給う（『綜覧』）。
●七月十七日、家光は江戸寛永寺に参詣し、帰途に侍読林信勝（羅山）の忍岡学寮に臨む（『綜覧』）。
●七月十七日、肥前平戸城主松浦隆信は、和蘭商館長ニコラス・クーケバッケルに返書を送り、家光に進上せし馬のことを欣び、他の進上品等は肥前長崎奉行の指図に依るべき旨を通ず（『綜覧』）。
○七月三十日、上皇は、無量寿院堯円をして、仙洞御所に愛染護摩を修し、東福門院の御平産を祈らしめらる（『綜覧』）。

●八月七日、東福門院は、随心院増孝を召し、祈禱せしめらる（『綜覧』）。
●八月十日、暴風雨、舎屋を損じ、淀大橋流れ、近江・摂津大水と云う（『続史愚抄』）。
●八月十一日、家光は、碁士本因坊算悦・同安井算哲等を召し、常陸水戸城主徳川頼房等と共に、碁・将棊を見る（『綜覧』）。
●八月十二日、今日より七箇日、仏眼法を清涼殿に行わる（女院御産御祈）、阿闍梨仁和寺覚深親王（『続史愚抄』）。十八日結願。
●八月十四日、月蝕（『綜覧』）。
●八月十九日、近江多賀社に、東福門院の御平産を祈らしむ（『綜覧』）。
●八月二十五日、内侍所御神楽（『綜覧』）。
●八月二十六日、後陽成院十七回聖忌、曼荼羅供を般舟三昧院に行わる、導師二尊院某長老、公卿広橋兼賢以下二人参仕（『続史愚抄』）。
●八月二十七日、若狭小浜城主京極高次の後室浅井氏（常光院）卒す、家光は銀千枚を賻す（『綜覧』）。
●八月二十八日、女五宮（御年二、母女院）、御髪置（『続史愚抄』）。上皇皇女五宮、御髪置の儀あり（『綜覧』）。
●九月一日、今暁寅刻、女院皇女降誕、菊宮と号す（『続史愚抄』）。
●九月三日、岩倉具堯卒す（『綜覧』）。岩倉家始祖、岩倉具起・一糸文守・千種有能らの父（『久我家系図』）。
●九月六日、東福門院御七夜、此の日、女院御所にて和歌御会あり、題は庭上鶴、而て御製なしと云う（『続史愚抄』）。上皇皇女（菊宮）御七夜の儀あり、和歌御会（『綜覧』）。
●九月十五日、東福門院は、御生母浅井氏（崇源院）の忌日に依り、使を山城養源院に遣して、焼香せしめらる（『綜覧』）。

○九月二十日、上皇は、東福門院御所に当座和歌御会を行わせらる（『綜覧』）。内閣文庫本（二〇一―三二一）によれば、中院通村を除き、三条西実条・烏丸光広など主要な歌人は出詠しているようである。

●是月、曼殊院良恕親王は、当麻寺念仏院究諦（慶誉）の請に依り、狩野・土佐等諸家合作の『当麻寺縁起絵巻』の目次を書せらる（『綜覧』）。

○十月一日、東福門院の産穢除するに依り、公家衆に宴を賜う、上皇は之に臨ませらる（『綜覧』）。

●十月五日、造榎本社水屋三所社（以上春日社の摂社）等木作始日時定、上卿日野資勝、奉行清閑寺共綱（『続史愚抄』）。

●十月六日、和蘭商館長ニコラス・クーケバッケルは江戸に上り、幕府に物を進め、蘭領東印度総督の書翰を呈し、生糸の売渡に就き愁訴す（『綜覧』）。

●十月十一日、榎本社水屋三所社等仮殿遷宮日時定、上卿花山院定好、奉行清閑寺共綱（『続史愚抄』）。

○十月二十三日、上皇・東福門院は、禁中に御幸あらせらる（『綜覧』）。

●十月二十九日、東福門院は、中宮少進天野長信を江戸に遣し、家光の病を問わせ給う（『綜覧』）。

●十一月六日、内侍所臨時御神楽を行わる（左大臣家光病禱の為、女院より申し行わる）、拍子本四辻季継、拍子末綾小路高有、奉行清閑寺共綱（『続史愚抄』）。

●十一月十一日、造春日社上棟日時定あり、上卿四辻季継、奉行清閑寺共綱、今日より七箇日、不動護摩を宮中にて行わる（左大臣家光病禱なり）、阿闍梨梶井最胤親王（『続史愚抄』）。十七日宮中護摩結願。

○十一月十二日、上皇は、仁和寺覚深親王をして、薬師法を修し、家光の平癒を祈らしむ（『綜覧』）。

●十一月十八日、土御門泰重をして、泰山府君祭を修し、家光の平癒を祈らしむ（『綜覧』）。

○十一月二十二日、上皇・東福門院は禁中に御幸あらせらる（『綜覧』）。

●十一月二十三日、春日社若宮等正遷宮日時を定めらる、上卿烏丸光広、奉行清閑寺共綱（『続史愚抄』）。奈良春

日社正遷宮日時定あり（『綜覧』）。

○十二月一日、花山院定好等を江戸に遣し、家光の平癒を賀せしむ、上皇及び東福門院もまた使を遣し給う（『綜覧』）。

●十二月二日、此の日、春日祭を行わる、上卿広橋兼賢参向、弁不参、奉行中御門宣順（『続史愚抄』）。

●十二月四日、家光は、六人衆太田資宗及び侍医半井成近を遣し、東福門院の御病を候せしむ（『綜覧』）。

●十二月五日、家光は、曩に許嫁せし養女亀姫（常陸水戸城主徳川頼房女）を、加賀金沢城主前田利常の嫡男光利（光高）に嫁せしむ（『綜覧』）。

●十二月十四日、内侍所臨時御神楽あり、拍子本四辻季継、拍子末綾小路高有、奉行鷲尾隆量、今夜、春日社若宮等正遷宮あり、行事清閑寺共綱参向（『続史愚抄』）。

●十二月十七日、東照権現を武蔵江戸城（本丸）に勧請す、即ち正遷宮あり、勅使花山院定好、奉幣使園基音、院使梅園実清等参向（『続史愚抄』）。

●十二月二十日、幕府は、書物奉行を置く（『綜覧』）。

●十二月二十七日、家光は、吉良義冬を遣して、東福門院の痘瘡御平癒を賀し奉る（『綜覧』）。

●是月、幕府は、角倉・末吉・橋本・末次・平野・三浦氏等の東京・柬埔寨・交趾渡航船に朱印状を下付す（『綜覧』）。

●是歳、和蘭人は、大坂城の絵図を作成し、本国に送る（『綜覧』）。

●是歳、葡萄牙船四隻、肥前長崎に来航し、貿易す（『綜覧』）。

●是歳、明船は肥前長崎・薩摩・琉球に来航し、貿易す（『綜覧』）。

●是歳、琉球王尚豊は、明の封冊を受く（『綜覧』）。

●是歳、琉球人天顔は、同国に神道を伝う（『綜覧』）。

寛永十一年（一六三四）甲戌　三十九歳　院政五年

●正月一日、四方拝なし、女院拝礼、摂政二条康道以下公卿七人、殿上人鷲尾隆量以下参列、申次院司柳原業光、院拝礼なし、御悩に依ると云う、次に小朝拝、公卿殿上人等参列同前、申次奉行鷲尾隆量、元日節会あり、出御なし、内弁二条康道、外弁広橋兼賢以下五人参仕、奉行清閑寺共綱、此の日、先に左大臣二条康道拝賀着陣（『続史愚抄』）。

●正月三日、尾張名古屋城主徳川義直・紀伊和歌山城主徳川頼宣・常陸水戸城主徳川頼房は、各、使を遣して、東福門院の痘瘡御平癒を賀し奉る（『綜覧』）。

○正月四日、院御悩御祈の為、天台座主梶井最胤親王、不動法を本坊にて奉仕す（七箇日歟）、奉行万里小路綱房（『続史愚抄』）。

●正月七日、白馬節会、出御なし、内弁鷹司教平、外弁烏丸光賢以下四人参仕、奉行万里小路綱房（『続史愚抄』）。

●正月八日、後七日法始、阿闍梨随心院増孝、太元護摩始、阿闍梨観助、以上奉行日野弘資（『続史愚抄』）。十四日両法結願。

●正月十一日、神宮奏事始、伝奏中山元親、奉行鷲尾隆量（『続史愚抄』）。

●正月十六日、踏歌節会、出御なし、内弁（九条道房、未拝賀に依り、其の作法ありと云う）、坊家奏後、早出、四辻季継に続く、外弁阿野実顕以下三人参仕、奉行広橋綏光（『続史愚抄』）。

●正月十七日、舞楽御覧あり、和歌御会始、題は水石歴幾年、読師広橋兼賢、講師清閑寺共綱、講頌四辻季継

（発声）（『続史愚抄』）。

●正月二十一日、内侍所臨時御神楽を行わる（院御悩御祈）、拍子本四辻季継、拍子末綾小路高有、奉行広橋綏光（『続史愚抄』）。

○正月二十四日、院にて論義あり、延暦寺僧徒参ると云う（『続史愚抄』）。仙洞御所に比叡山僧衆の談義あり（『綜覧』）。

●正月二十四日、家光は、江戸増上寺に、徳川秀忠三回忌法会を修す、勅使三条実秀・院使勧修寺経広等、之に臨む（『綜覧』）。

●正月二十五日、高松殿（好仁親王）御会、聖護院道晃親王出詠、柳弁春（『略年譜』）。

●正月二十六日、勅使三条実秀・院使勧修寺経広等、家光に見え、物を贈る（『綜覧』）。

●二月二日、幕府は、江戸城中に猿楽を張り、親王・公家衆・諸大名を饗し、また町人に縦覧を許し、銭二万貫を頒与す（『綜覧』）。

●二月三日、近衛信尋小亭（茶室）焼亡（『続史愚抄』）。

●二月八日、一条兼遐、烏丸光広等、摂津有馬温泉に下向す（『続史愚抄』）。

○二月十二日、院和歌御会始、題は逐年花珍、読師日野資勝、講師清閑寺共綱、講頌四辻季継（発声）、奉行中御門宣衡（『続史愚抄』）。

●二月十五日、今夜、月蝕（寅刻）（『続史愚抄』）。

●二月十五日、九条道房の侍某は、伶人豊原秀秋と争い、之を殺す、秀秋の父は怒りて、某を誅せられんことを請う、所司代板倉重宗は之を裁し、尋で某を死刑に処す（『綜覧』）。

●二月十五日、阿媽港人ドン・ゴンサロ・ダ・シルベイラ及び和蘭商館長ニコラス・クーケバッケル等は江戸に上り、幕府に物を進め、生糸の売り渡しに就きて愁訴す（『綜覧』）。

●二月二十四日、東福門院は、徳川秀忠の為に、山城養源院に法会を修せらる（『綜覧』）。
●二月二十七日、此の日、春日祭を行わる、上卿飛鳥井雅宣参向、弁不参、奉行鷲尾隆量（『続史愚抄』）。
●是月、相模小田原・同箱根・伊豆三島、地震あり（『綜覧』）。
●三月一日、日蝕（『綜覧』）。
●三月五日、東福門院は、女五宮・菊宮と共に、禁中に御幸あらせらる（『綜覧』）。
●三月七日、是より先、家光は目付宮城和甫に命じて、上洛の諸駅旅宿等を視察せしむ、是日、和甫は復命し、絵図を進む（『綜覧』）。
●三月十三日、幕府は、諸大名の、将軍上洛を賀して、物を進むるを停む（『綜覧』）。
●三月十四日、春日社一鳥居立柱上棟日時定あり、上卿広橋兼賢、奉行清閑寺共綱（『続史愚抄』）。
●三月十八日、東福門院は、家光の病癒ゆるを賀し、宴を開き給う、上皇は之に臨ませらる（『綜覧』）。
●三月十九日、春日社一の鳥居建立（『綜覧』）。
●三月二十日、稲荷神輿迎、此の日、清閑寺共綱は稲荷祭を社家に付さる綸旨を書き下す（『続史愚抄』）。
●三月二十日、弘法大師八百五十年回に依り（忌日二十一日）、曼荼羅供を東寺西院にて行わる（御斎会に准ず）、導師随心院増孝、公卿広橋兼賢、以下三人着座、御誦経使山科言総、奉行万里小路綱房、今日、梶井最胤親王、灌頂を遂ぐ、公卿四辻季継以下二人着座（『続史愚抄』）。
●三月二十一日、空海八百年忌に依り、御斎会に准じ、法会を京都東寺に修せらる（『綜覧』）。
●三月二十一日、梶井最胤親王附弟慈胤親王は、灌頂を受けらる（『綜覧』）。
●三月二十四日、結縁灌頂を東寺灌頂院新道場にて行う、是れ弘法大師八百五十年回及び新造供養の為と云う、導師随心院増孝（『続史愚抄』）。

●三月二十八日、東福門院及び家光の平癒に依り、加藤理右衛門等を伊勢大神宮・摂津住吉社に遣して、報賽せしむ（『綜覧』）。
●是月、上皇は、鷹司教平に命じ、那波方（活所）をして、『戦国策』を訓点せしめらる（『綜覧』）。
●是月、幕府は、侍読林信勝（羅山）に、故徳川忠長の亭中に大厦一宇を与え、江戸忍岡先聖殿の傍に移し、講堂と為さしむ（『綜覧』）。
●四月五日、京都雷雨、雹降る（『綜覧』）。
○四月五日、仙洞御所、猿楽あり（『綜覧』）。
●四月九日、京都地震（『綜覧』）。
●四月二十八日、家光は、咄衆毛利秀元等に、上洛供奉を命じ、また沿道の諸役人に令し、道路修築等に虚飾なからしむ（『綜覧』）。
●五月二日、幕府は、蝦夷松前城主松前公広をして、蝦夷通商のことを管せしむ（『綜覧』）。
○五月六日、猿楽御覧あり、上皇・女院、禁裏へ幸あり（即日還御か）（『続史愚抄』）。
●五月十一日、幕府は、葡萄牙の耶蘇会宣教師セバスチアン・ウィエイラ等を捕らえ、江戸に於いて刑に処す（『綜覧』）。
○五月十四日、上皇・東福門院は、禁中に御幸あらせらる（『綜覧』）。
●五月二十日、今夜より三箇夜、内侍所御神楽を行わる（女院御願と云う）、拍子本四辻季継、拍子末綾小路高有、奉行日野弘資（『続史愚抄』）。
●五月二十八日、幕府は、邦人の私に外国に往来するを禁じ、以て切支丹宗徒を絶たんとし、并せて通商の制限を定む、また切支丹宗徒を我国内に輸送し、兵器を外国に運び、或いは定額外の船舶の外国に航すること等を

厳禁す（『綜覧』）。

●五月二十九日、幕府は、南光坊天海の請を允し、相模甘縄邑主大河内正綱・甲斐徳美邑主伊丹康勝の、罪による閉門を赦し、また前大徳寺住持宗珀（玉室）・同宗彭（沢庵）等を京都に復帰せしむ（『綜覧』）。

●五月二十九日、幕府は、薩摩鹿児島城主島津家久・肥前大村城主大村純信・同国福江邑主五島盛利等をして、耶蘇宣教師の上陸・邦人の渡航及び外人への武器販売を禁ぜしむ（『綜覧』）。

●六月五日、今夜より雨夜、内侍所御神楽を行わる、拍子本四辻季継、拍子末綾小路高有、奉行万里小路綱房（『続史愚抄』）。

○六月十二日、猿楽あり、上皇・東福門院は之に臨ませらる（『綜覧』）。

●六月十七日、四辻季継・持明院基定・綾小路高有等の、内侍所御神楽に秘曲を奏せしに依り、米百石を賜い、之を賞せらる（『綜覧』）。

●六月二十日、家光は、江戸城を発し、上洛の途に就く、諸大名以下凡そ三十万七千余人、之に従う（『綜覧』）。

●六月二十二日、東福門院は使を遣して、家光に物を贈らる、使者は帰途に喪心して、小性組組頭加々爪直澄の従者に殺さる、家光は使を以て、之を謝し奉る（『綜覧』）。

●六月二十六日、家光は駿河久能山東照社に参詣し、駿府城に著す（『綜覧』）。

○七月一日、院皇女降誕（母御匣局隆子）、緋宮と号す（『続史愚抄』）。別資料では七日のこととする。

○七月七日、上皇皇女御生誕、朱宮と称し給う（『綜覧』）。後の林丘寺光子内親王。

●七月十一日、将軍家光上洛し、二条城に入る、勅使・院使は之を山城日野岡に迎え、公家衆・諸大名等、また之を日野岡・山科辺に迎う（『続史愚抄』）。

●七月十二日、勅使三条西実条・日野資勝、院使阿野実顕・中御門宣衡は、二条城に臨みて、家光を慰問し、明

日また歳首を賀す、是日より始めて、親王・公家衆・僧侶及び在京の諸大名等、皆、家光に見ゆ（『綜覧』）。
●七月十五日、院皇女菊宮（二歳、母女院）薨ず（『続史愚抄』）。上皇第七皇女菊宮、薨去あらせらる、秘して喪を発せず（『綜覧』）。
○七月十六日、上皇は、家光に太政大臣推任の内旨を伝えらる、家光は固辞し奉る（『綜覧』）。
●七月十八日、下御霊神輿迎（『綜覧』）。
○七月十八、家光は内及び院・女院等に参る（『続史愚抄』）。
○七月二十日、家光は、上皇に『万葉集』註本を献ず（『綜覧』）。
○七月二十一日、天皇は上皇と共に、家光に物を賜う（『綜覧』）。
●七月二十一日、家光は、猿楽を二条城に張り、親王・公家衆・門跡及び諸大名を饗す（『綜覧』）。
●七月二十三日、家光は、京中の民に銀五千貫目を頒ち与う（『綜覧』）。
●七月二十六日、家光は、日野資勝に禁中猿楽の故事を問う（『綜覧』）。
●七月二十七日、家光は、二条康道の子光平を猶子と為す（『綜覧』）。
●七月二十九日、九条幸家の請を允し、松殿家を再興し、其の三子道基をして、之を嗣がしむ（『綜覧』）。
●七月二十九日、幕府は、大坂町奉行を二人と為し、前長崎奉行曾我古祐を転じて、之に加う（『綜覧』）。
●是月、家光は、侍読林信勝（羅山）をして、『参内記』『入洛記』を撰ばしむ（『綜覧』）。
●是月、尾張名古屋城主徳川義直は、出雲日御崎社に『出雲風土記』を納む（『綜覧』）。
●是月、薩摩鹿児島城主島津家久は、明人数名を肥前長崎に送致し、尋で、領内の港に明船の入るを禁ず（『綜覧』）。
●是月、琉球王尚豊は、佐敷王子・金武王子等を薩摩に遣し、鹿児島城主島津家久に冊封の恩を謝し、かつ歳首を賀せしむ（『綜覧』）。

○閏七月一日、上皇は、勧修寺経広を二条城に遣し、家光に白蘭を賜い、尋でまた双六盤を賜う（『綜覧』）。

○閏七月三日、院御領三千石の上に七千石（合一万石）増進の事、将軍家光申入る（『続史愚抄』）。

○閏七月四日、上皇は家光を召して、宴を賜う、蹴鞠御覧あり、家光は帰途、九条道房の亭に臨む（『綜覧』）。

●閏七月九日、二条康道男光平元服、即ち正五位下禁色等宣下あり（摂関家の子にあらずして正五位下に叙す）（『続史愚抄』）。

●閏七月十日、内侍所臨時御神楽を行わる（院御願と云う）、拍子本四辻季継、拍子末綾小路高有、奉行広橋綏光（『続史愚抄』）。

○閏七月十一日、院皇子降誕（母京極局継子）、今宮と号す（『続史愚抄』）。後の輪王寺守澄（尊敬）親王。

●閏七月十四日、是より先、聖護院道晃親王・照高院道周親王は、近江園城寺長吏たらんことを争う、是日、幕府は奏して、之を停む（『綜覧』）。

●閏七月十八日、御霊神輿迎あり（下社にては去月これあり）（『続史愚抄』）。

●閏七月二十二日、二条城にて蹴鞠会あり、将軍家光は之に立たず、鞠足上達部飛鳥井雅宣以下二人、殿上人飛鳥井雅章以下四人、及び地下等参会と云う（『続史愚抄』）。家光は、諸大名と二条城に蹴鞠を覧る（『綜覧』）。

●閏七月二十三日、家光は、一条兼遐を二条城に招きて、朝政及び公家諸法度に就きて諮る（『綜覧』）。

●閏七月二十五日、東照権現を近江志賀に勧請す、因て奉幣使を発遣さる、先に日時を定めらる、上卿花山院定好、幣使坊城俊完、奉行万里小路綱房、此の日、将軍家光暫く摂津に下向す（『続史愚抄』）。

●閏七月二十七日、近江坂本の東照社正遷宮あり、坊城俊完をして奉幣せしめらる（『綜覧』）。

●閏七月二十八日、将軍家光入洛（『続史愚抄』）。家光は、大坂より京都に帰る（『綜覧』）。

●閏七月、是月、家光は沙汰を為し、銀五千貫目を京師の住民に宛行う（『続史愚抄』）。

●八月一日、家光参内す（『続史愚抄』）。家光は、暇乞の為め参内す（『綜覧』）。
○八月二日、上皇は、中御門宣衡・阿野実顕を二条城に遣し、家光に土佐絵の屛風を賜う（『綜覧』）。
●八月四日、幕府は令して、譜代諸大名の妻子の、未だ其の封地に在る者は、本年を期し、悉く江戸に移住せしむ（『綜覧』）。
●八月五日、幕府は京都町奉行を再置し、丹波の郡代五味豊直を之に任じて、京都代官を兼ねしめ、山城伏見奉行小堀政一と共に畿内の公事を管理せしむ（『綜覧』）。
●八月七日、智仁親王男（十三歳、院御猶子、曼殊院治定）、名字勝行に親王宣下あり、上卿中山元親、勅別当滋野井季吉、奉行清閑寺共綱（『続史愚抄』）。
●八月十五日歟、石清水社正遷宮、行事広橋綏光参向（『続史愚抄』）。
●八月十八日、御霊祭（『続史愚抄』）。
●八月十九日、東福門院は禁中に御幸あらせらる（『綜覧』）。
○九月一日、仙洞御所に能楽あり、諸親王・公家衆等に縦覧せしめらる、明日また同じ（『綜覧』）。
●九月十一日、勝行親王（十三歳、故智仁親王男）、曼殊院室に入る、即ち得度、法名良尚（『続史愚抄』）。
○九月十二日、四辻季継を江戸に遣し、家光の朝観の礼畢りて帰城せしを祝せしめらる、上皇・東福門院もまた、各使を遣し給ふ（『綜覧』）。
○九月十四日、能楽あり、上皇・東福門院は之に臨ませらる（『綜覧』）。
○九月十六日、上皇、御悩あり（『綜覧』）。
●九月十六日、壬生孝亮を解官し、洛中より追却す（『続史愚抄』）。
○九月二十六日、上皇は東福門院の別殿に御幸あらせらる（『綜覧』）。

●十月十二日、花山院定煕薨ず、七十七歳、淳貞院と号す、後日、小塩山に葬る（『続史愚抄』）。
●十月十四日、造延暦寺根本中堂木作始、地曳礎地鎮等日時定あり、上卿高倉永慶、奉行清閑寺共綱（『続史愚抄』）。
●十月二十二日、東福門院は九条幸家の四子随心院増孝附弟栄厳の得度するに依り、物を賜う（『綜覧』）。なお幸家の子には、二条康通、九条道房、松殿道基、成等院（宣如室）、貞深院（良如室）等がいる。
●十一月十日、幕府は曩に江戸の地図を製せしめ、是日、大坂の地図を製せしむ（『綜覧』）。
●十一月十九日、所司代板倉重宗は、智忠親王の臣本郷織部及びその子意伯の、切支丹宗を奉ずるに依り、之を逮捕す（『綜覧』）。
●十一月二十日、内侍所臨時御神楽を行わる（女院御願と云う）、拍子本四辻季継、拍子末綾小路高有、奉行清閑寺共綱（『続史愚抄』）。
●十一月二十八日、照高院道周親王（後陽成院皇子）薨ず、二十二歳（『続史愚抄』）。
●十二月二日、此の日、春日祭を行わる、上卿高倉永慶参向、弁不参（『続史愚抄』）。
●是歳、京都の人木下貞幹は十四歳にして太平の頌を作る、烏丸光広は之を上皇の叡覧に供し奉る（『綜覧』）。
●是歳、幕府は南蛮人の肥前長崎市内に雑居するに依り、切支丹宗の絶えざるを憂え、新たに出島を築き、之を移住せしむ（『綜覧』）。
●是歳、和蘭船、葡萄牙船、明船、肥前長崎に来航し、貿易す（『綜覧』）。
●是歳、琉球の蒋世徳（津波古親雲上元重）は薩摩に在りて、翰書の法を学ぶ（『綜覧』）。

寛永十二年〔一六三五〕乙亥　四十歳　院政六年

●正月一日、四方拝・小朝拝等なし、元日節会あり、出御なし、内弁二条康道、外弁三条実秀以下七人参仕、奉行鷲尾隆量（『続史愚抄』）。
●正月七日、白馬節会、出御なし、内弁二条康道、白馬奏後、早出、四辻季継之に続く、外弁広橋兼賢以下六人参仕、奉行万里小路綱房（『続史愚抄』）。
●正月八日、後七日法始、阿闍梨随心院増孝、太元護摩始、阿闍梨観助、以上奉行日野弘資（『続史愚抄』）。十四日両法結願。
●正月九日、幕府は角倉・平野・茶屋氏等の東京・交趾渡航船に、朱印状を下付す（『綜覧』）。
●正月十一日、神宮奏事始、伝奏中山元親、奉行清閑寺共綱（『続史愚抄』）。
●正月十一日、九条幸家は其の子道房に源氏物語三秘事・即位秘事等を伝授す（『綜覧』）。
●正月十六日、踏歌節会、出御なし、内弁鷹司教平、外弁花山院定好以下六人参仕、奉行清閑寺共綱、此の日、先に右大臣鷹司教平拝賀着陣（『続史愚抄』）。
○正月十七日、舞楽は雨のため延引、和歌御会始、題は鶴宿松樹、読師烏丸光広、講師鷲尾隆量、講頌四辻季継（発声）、奉行広橋兼賢、此の日、院は禁裏に幸す、御会の間、簾中に御すと云う、即ち還幸（『続史愚抄』）。
●正月十八日、此の日、舞楽御覧及び三毬打あり（『続史愚抄』）。
○正月十九日、院和歌御会始、題は陽春布徳、読師烏丸光広、講師清閑寺共綱、講頌四辻季継（発声）（『続史愚抄』）。御会始、上皇御製、陽春布徳（『御集』）。
●正月二十三日、此の日、武蔵江戸大地震（『続史愚抄』）。

●正月二十四日、右大臣鷹司教平左大将を辞す、内大臣九条道房左大将に転ず（『続史愚抄』）。

●是月、幕府は林信勝（羅山）をして、倭漢の法制を抄出せしむ（『綜覧』）。

●二月一日、東福門院は侍女権大納言局を江戸に遣さる（『綜覧』）。

●二月二日、九条道房は藤原師長遺愛の琵琶を、上皇の叡覧に供す（『綜覧』）。

●二月三日、春日祭、上卿滋野井季吉参向、弁不参、奉行清閑寺共綱（『続史愚抄』）。

●二月八日、九条幸家等は家光に見え、松殿家再興の恩を謝す（『綜覧』）。

●二月九日、家光姉徳川氏（天樹院）、疱瘡を病む、家光は之を親問す（『綜覧』）。

●二月十日、勅使武家伝奏三条西実条・日野資勝を江戸に遣して歳首を賀せしめらる、上皇・東福門院もまた使を遣さる、尋で勅使等は家光に江戸城に見ゆ（『綜覧』）。

○二月二十日、上皇・東福門院は、禁中に花を賞せらる（『綜覧』）。

●是月、幕府は難破船救助の法を定め、之を諸浦に掲出す（『綜覧』）。

●三月一日、和蘭商館長ニコラス・クーケバッケルは、家光に江戸城白書院に見え、物を進む（『綜覧』）。

○三月十三日、上皇は東福門院及び女二宮（昭子）・女三宮（顕子）を伴い、禁中に猿楽を叡覧あらせらる（『綜覧』）。

●三月十三日、陸奥仙台城主伊達政宗は公家衆を江戸の亭に饗し、探題和歌を詠ず（『綜覧』）。

●三月二十二日、勅使武家伝奏三条西実条・日野資勝、将に帰京せんとするに依り、家光は江戸城白書院に引見し、且つ物を贈る（『綜覧』）。

●是月、幕府は中院通村・通純親子を江戸に召し、寛永寺に幽す（『綜覧』）。

●四月三日、造東照権現（日光山）仮殿地曳礎立柱上棟等日時を定めらる、上卿西園寺実晴、奉行万里小路綱房（『続史愚抄』）。

●四月八日、東照権現仮殿遷宮日時を定めらる、上卿中山元親、奉行万里小路綱房（『続史愚抄』）。

●四月九日、大覚寺尊性親王を東寺長者に補す（『綜覧』）。別資料では二十日の事とする。

●四月十四日、幕府は対馬府中城主宗義成をして、旧に依り朝鮮国来往を管掌せしむ、且つまた柳川調興等処刑のこと及び国書の式を改むべきを告げ、なお歳船の数を減じて十五艘と為さしむ（『綜覧』）。

●四月二十日、大覚寺尊性親王を東寺長者に補す、法務を知行す（増孝僧正辞替）（『続史愚抄』）。

●四月二十日、家光は朝鮮人の馬術を善くする者あるを聞き、対馬府中城主宗義成をして之を召さしめ、是日、尾張・紀伊・水戸の三家及び譜代諸大名と共に之を覧る（『綜覧』）。

●四月二十五日、東福門院の使者権大納言局、江戸より帰る、尋で家光の命に依り、禁裏及び上皇・東福門院に物を伝献す（『綜覧』）。

●五月二日、此の日、東照権現（日光山）仮殿遷宮あり、勅使として滋野井季吉、奉行万里小路綱房ら参向（『続史愚抄』）。

●五月十九日、京都大風雨、尋で洪水、家屋・橋梁を流し、溺死する者あり（『綜覧』）。

●五月二十日、鴨川洪水、人家三条橋に流れ掛かり、中央十五間ばかり流る、また小川の辺も家流ると云う（『続史愚抄』）。

●五月二十日、幕府は明人欧陽雲台等六人を年行事と為し、明人の肥前長崎に居留するものを監護せしむ（『綜覧』）。

●五月二十八日、幕府は五山碩学の僧をして、輪番に対馬に滞在して、朝鮮往復文書を監修せしむ（『綜覧』）。

●六月二日、是より先、幕府は向井忠勝をして大艦を建造せしめ、之を安宅丸と号す、是日、家光は諸大名と之に乗る（『綜覧』）。

●六月三日、今日より七箇日、修法を宮中にて行わる、阿闍梨妙法院堯然親王、奉行日野弘資、また修法を女院

御所にて行わる、阿闍梨随心院増孝、奉行広橋綏光（『続史愚抄』）。九日両修法結願。
●六月十三日、遠江・伊豆方面、大風あり、船八百艘を破壊し、死するもの五千余人あり（『綜覧』）。
●六月二十一日、家光は武家諸法度を改定し、初めて毎歳四月を以て、諸大名参覲交代の期と為す（『綜覧』）。
●六月二十七日、院皇女降誕（母小兵衛局、水無瀬氏成女）、新宮と号す（『続史愚抄』）。
●六月三十日、幕府は諸大名の在府・帰国の人員を定め、東国諸大名加賀金沢城主前田利常以下三十三人を帰し、西国諸大名薩摩鹿児島城主島津家久以下五十五人を留む、尋で其の封に就くものに暇を給し、物を与う（『綜覧』）。
●七月七日、七夕節供御祝、米十石を東福門院に進めらる（『綜覧』）。
○七月十一日、上皇第七皇女菊宮の一回忌に依り、上皇・東福門院は使を京都般舟三昧院に遣して、焼香せしめらる（『綜覧』）。
○七月十四日、上皇・東福門院は禁中に御幸し、灯籠を御覧あらせらる（『綜覧』）。
○七月十八日、上皇は東福門院御所に舞踏を叡覧あらせらる（『綜覧』）。
●七月二十四日、陽光院五十回御忌、御軽供養を般舟三昧院にて行わる、公卿等着座、奉行広橋綏光（『続史愚抄』）。
●七月二十六日、幕府は伊勢大神宮の条規を定めて、両宮に下付す（『綜覧』）。
●八月四日、絵師狩野山楽没す（『綜覧』）。
●八月十三日、大風雨、木は折れ或いは倒る、鴨川洪水、堤切れ、土御門里内辺の平地水深三四尺、三条の橋柱三本倒れ、橋傾く、建仁寺門前の水深、往還を絶ゆ、淀橋流れ高槻に留む、近江多賀社倒る（今度新造と云う）（『続史愚抄』）。
○八月十八日、上皇は禁中に御幸あらせらる（『綜覧』）。
●八月二十七日、幕府は切支丹宗徒の逮捕を令す（『綜覧』）。

○是月、上皇は中院通村に御製の和歌を賜いて、其の幽閉の苦悩を慰問し給う（『綜覧』）。寛永十二年武家勘事の後関東にくたりてひさしく逗留ありける比院より、通村詠（『内府集』）。

●九月八日、摂政一条兼遐は昭良と改名す（『続史愚抄』）。

○九月十一日、仙洞にて御会あり、漢和、和漢二百韻、半鐘以後満つ、御連衆和漢共十四人（『鳳林承章記』、原漢文を取要し和文にて引く）。鹿苑寺承章（鳳林）は勧修寺晴豊六男、母土御門有脩女、伯叔母新上東門院、師西笑承兌和尚。

○九月十六日、主上は朝覲の為、院御所（下御所）に行幸、先に召し仰せあり（杖座にてなり）、上卿二条康道、次に出御（左衛門陣より）、公卿二条康道以下、左右の大将（鷹司教平・九条道房）は本陣に在り、近衛次将以下使々等供奉、院四脚門外にて鳳輦を停む、祭主友忠は麻を献ずること恒の如し、奉行鷲尾隆量、御逗留の儀の為、洛中の商賈事業器物等幸路に移すと云う（『続史愚抄』）。

○九月十七日、院御所にて舞楽叡覧あり。十八日、院御所にて猿楽叡覧あり（『続史愚抄』）。

○九月二十日、行幸還御の日なり、先に院殿上にて還幸召し仰せあり、上卿九条道房、戌刻に及び還幸、供奉公卿以下行幸の時の如し、御贈り物あり、手本（行能書、朗詠、黄金の打枝を付す）、箏（鞆絵）等、院司清閑寺共房これを取る、女院の御贈り物、枇杷（『続史愚抄』）。

●九月二十六日、摂政一条昭良は職を辞す（『続史愚抄』）。

○九月二十七日、仙洞にて御聯会あり、建仁九岩（中達）また参院、九岩第章句、独句なり、即席百韻に満つ、半鐘に及びて退出（『鳳林承章記』）。

●十月二日、家光は南光坊天海の請に依り、中院通村・通純親子を宥して、帰京せしむ（『綜覧』）。三月以来、約半年の幽閉ですむ。

●十月六日、幕府は小倉実起等の請に依り、各二百石を加増す、また小槻孝亮の旧采地を更に其の子忠利に与う（『綜覧』）。
●十月十日、左大臣二条康道に摂政氏長者内覧牛車兵仗等宣下あり、上卿西園寺実晴、奉行鷲尾隆量（『続史愚抄』）。
●十月十日、所司代板倉重宗は逃亡者を隠匿し、恣に用水を切り、或いは境界争論に刀槍を携帯するを禁じ、また切支丹宗を厳禁し、転宗誓書を徴す（『綜覧』）。
●十月二十四日、久我通前薨ず、四十五歳（『公卿補任』）。
●是月、幕府は対馬府中城主宗義成の請に依り、山城東福寺玉峰を対馬に遣し、以酊庵に住して、朝鮮通交の文書を監修せしむ（『綜覧』）。
●十一月九日、幕府は初めて寺社奉行を置き、書院番頭安藤重長・大番頭松平勝隆・同堀利重を之に補す（『綜覧』）。
●十一月十三日、此の日、春日祭を行わる、上卿中山元親参向、弁不参、奉行万里小路綱房（『続史愚抄』）。
○十一月十八日、仙洞にて和漢狂句百韻あり、御聯衆、僧と堂上とも十人、半鐘に及び帰寺（『鳳林承章記』）。
○十一月二十日、仙洞にて明日漢和和漢三百韻の一巡・再巡、御前にて相巡る、和漢二百韻、漢和百韻、和衆・漢衆とも七人、漢は御製・土御門泰重・九岩・棠陰・勝西堂・崟西堂・鳳林承章、和は阿野実顕・滋野井季吉・勧修寺経広・園基音・高倉嗣良・岩倉具起、執筆三人なり（『鳳林承章記』）。
○十一月二十一日、仙洞御所和漢・漢和聯句御会（『綜覧』）。鶏鳴より少し後に初め、亥下刻に及びて終わる、初和漢、中漢和、終和漢、御会了ぬ、一盞を挙ぐ、則ち深更に及ぶ、今宵も宮中に一宿す（『鳳林承章記』）。
○十一月二十四日、仙洞にて御口切りの鳳團を下さる、御拍子四番御能あり（『鳳林承章記』）。
○十二月二日、上皇は東福門院及び諸皇女・皇子に米を賜い、明年正月の御服の料に充てしめらる（『綜覧』）。
○十二月七日、南光坊天海は『東照大権現縁起』を作る、上皇は宸筆を染めて巻首と為し給うことを勅許あらせ

らる、是日、家光は吉良義弥を遣して、之を謝し奉り、尋で吉良義冬を遣して、縁起案及び料紙を上る（『綜覧』）。
○十二月九日、仙洞、明日漢和和漢四百韻の御興行、今日一順の定めこれ有り、丑刻に仙洞に赴き、禁門を叩きて入る、寅刻御前に到りて四百韻の一順を始む、再順は亥刻に及びて相済む、和漢三百韻・漢和百韻なり、発句阿野実顕・滋野井季吉・高倉嗣良なり、漢の章句土御門泰重なり（『鳳林承章記』）。
○十二月十日、仙洞御所和漢・漢和聯句御会（『綜覧』）。丑刻に御会を始め、丑刻に四百韻満つ、両夜の困労・睡魔、吟心を妨ぐるのみ、今宵また宮中に宿る（『鳳林承章記』）。
○十二月十二日、東福門院は上皇に、年忘宴を献ぜらる（『綜覧』）。
○十二月二十四日、承章は未明より仙洞に伺候、聯句御会あり、百韻満つ、鶏鳴に到り、帰寺（『鳳林承章記』）。
●十二月二十九日、東福門院に米二十石・絵様帯一筋を進めらる（『綜覧』）。
●是歳、幕府は邦人の外国に渡航するを禁じ、また更に肥前長崎を互市場と為し、外国船の他港に碇泊するを禁ず（『綜覧』）。
●是歳、和蘭船七隻、葡萄牙船三隻、明船四十隻、肥前長崎に来航し、貿易す（『綜覧』）。
●是歳、中院通茂五才深曾木一族参会盃之次盃台有松鶴、通村出詠（『内府集』）。

寛永十三年〔一六三六〕丙子　四十一歳　院政七年

●正月一日、日蝕（卯辰刻、十分と云う）、四方拝なし（蝕故にあらず）、拝礼・小朝拝・元日節会等延引、蝕に依るなり（『続史愚抄』）。
●正月二日、小朝拝・元日節会を追行す（『綜覧』）。

●正月二日、此の日、摂政（二条康道）家拝礼あり（按ずるに此の事数年沙汰なし、今度再興歟）、次に女院拝礼、摂政以下公卿殿上人参列、次に院拝礼（当代初度）、公卿殿上人等同前、次に小朝拝（摂政以下練り歩きなし、院中にては恒の如し）、摂政以下参列同前、申次奉行等清閑寺共綱、節会、出御なし、内弁二条康道、陣後早出、清閑寺共房之に続く、外弁花山院定好以下五人参仕、奉行鷲尾隆量（『続史愚抄』）。

○正月五日、仙洞御所謡始（『綜覧』）。

●正月五日、承章は院参、初礼なり、御謡初め、渋谷大夫父子（『鳳林承章記』）。

●正月七日、白馬節会、出御なし、内弁鷹司教平、早出、四辻季継之に続く、外弁広橋兼賢以下七人参仕、奉行清閑寺共綱、此の日、先に摂政二条康道着陣（『続史愚抄』）。

●正月八日、後七日法始（南殿にてなり、以下同）、阿闍梨大覚寺尊性親王、太元護摩始、阿闍梨観助、本坊にて奉仕（以下同）、奉行日野弘資（『続史愚抄』）。十四日両法結願。

○正月九日、院和歌御会始、題は霞添山気色、読師日野資勝、講師清閑寺共綱、講頌四辻季継（発声）、奉行阿野実顕（『続史愚抄』）。別資料では十日とある。

○正月十日、御会始、上皇御製、霞添山気色（『御集』）。仙洞御会始、通村出詠（『内府集』）。

●正月十一日、神宮奏事始、伝奏西園寺実晴、奉行清閑寺共綱（『続史愚抄』）。

○正月十三日、上皇・東福門院は禁中に御幸あらせらる（『綜覧』）。

●正月十六日、踏歌節会、出御なし、内弁近衛尚嗣、外弁徳大寺公信以下四人参仕、奉行広橋綏光（『続史愚抄』）。

●正月十七日、舞楽御覧は雨に依り延引、和歌御会始、題は寄世祝、披講なし、奉行日野資勝（『続史愚抄』）。

●正月十七日、巳刻、九条兼孝薨ず、八十四歳、後月輪と号す（『続史愚抄』）。

○正月十七日、仙洞にて御聯会あり、即席百韻満つ（『鳳林承章記』）。

●正月十九日、和歌御会始（『綜覧』）。
●正月二十日、薩摩鹿児島城主島津家久は琉球に令して、日本国に倣い、切支丹宗改を厳しくすべき旨を諭す（『綜覧』）。
●正月二十二日、皇太神宮・豊受大神宮の神官等、年頭拝賀の先後を争いて決せず、是日、幕府は所司代板倉重宗をして、上皇の裁定を仰がしむ（『綜覧』）。
●正月二十五日、承章は狩野興以を招く、則ち針立の中興宗寿を同道と為す、宗寿と初対談、神辺庄兵衛来たり、古絵数多を興以に見せしむ、則ち三幅一対中観音両脇梅木の絵、興以曰く、疑無く超殿司筆なりと、喜悦勝計し難し、能阿弥筆の布袋、或いは雪村筆の四睡これあり、興以は一見して皆これを定む（『鳳林承章記』）。
○正月二十九日、上皇は摂政以下公家衆を召し、幕府の上る所の皇太神宮・豊受大神宮神官の、年頭拝賀先後の勘文を議定し、之を所司代板倉重宗に付し給う（『綜覧』）。
●二月五日、連歌師里村昌琢没す（『綜覧』）。幕府連歌師。寛永二年十一月二十日に寛佐に『源氏三箇大事・伊勢物語三箇大事』一冊（早稲田大学蔵）を相伝する。
●二月九日、幕府は所司代板倉重宗をして、更に皇太神宮・豊受大神宮神官の、年頭拝賀先後の再議を上皇に請わしむ（『綜覧』）。
○二月十三日、仙洞にて漢和御会、曼殊院良恕・妙法院堯然・近衛信尋御成り、公家衆四人（『鳳林承章記』）。
●二月二十日、此の日、春日祭を行わる、上卿大炊御門経敦参向、弁不参、奉行日野弘資（『続史愚抄』）。
●二月二十四日、二条康道より承章に、漢和一順到来、拙句を綴り、二条殿に赴く（『鳳林承章記』）。
●是月、家光は林信勝（羅山）をして、倭漢荒政恤民の法制を撰著せしむ（『綜覧』）。
●三月二日、東照権現（日光山）正遷宮日時を定めらる、上卿三条実秀、奉行鷲尾隆量、此の日、また奉幣を同

社に発遣さる（今年二十一回神忌と云う）、上卿徳大寺公信、幣使姉小路公景、宣命使堀河康胤、奉行鷲尾隆量（『続史愚抄』）。

●三月十三日、稲荷神輿迎、此の日、広橋綏光は稲荷祭を社家に付さる綸旨を書き下す（『続史愚抄』）。

●三月十三日、青蓮院尊純は日光山東照社造替正遷宮の為め下向す（『綜覧』）。

●三月十四日、勅使三条西実条・日野資勝を江戸に遣して、家光の賀正に答え、且つ日光山東照社造替正遷宮の式に臨ましむ（『綜覧』）。

●三月二十三日、摂政関白殿下（二条康道）にて漢和御会あり（『鳳林承章記』）。

●三月二十八日、和蘭商館員フランソワ・カロン等は燭台等を幕府に進め、前高砂長官ピーテル・ノイツの釈放を請う（『綜覧』）。

●四月二日、家光は勅使三条西実条・日野資勝及び院使姉小路公景等を江戸城に引見す（『綜覧』）。「『日光山縁起』（宸筆）をも両伝奏持参して奉る。御みづからうけさせたまふ」（『実紀』）。なお東照宮への奉納は十八日。

●四月五日、幕府は、上皇の青蓮院尊純を親王と為さんとし給うを止め奉る（『綜覧』）。

○四月六日、仙洞にて即席の漢和百韻これ有り（『鳳林承章記』）。

●四月十日、此の日、日光山東照権現正遷宮あり、奉幣使姉小路公景、宣命使堀河康胤参社、奉行鷲尾隆量参向（『続史愚抄』）。

●四月十二日、此の日、勅使日野資勝を以て車鞘御剣を東照権現社に納めらる、院使烏丸光広（御剣を持参）、女院使広橋兼賢（御鏡を持参）等、同じく参向（『続史愚抄』）。

●四月十六日、朝鮮国信使の来朝せんとするに依り、幕府は西国諸大名をして、之に備えしむ（『綜覧』）。

●四月十七日、家光は日光山東照社に参詣し、法会に臨む、明日、曼荼羅供を修す。和蘭人は燭台一基を日光山

東照社に進む（『綜覧』）。

●四月十七日、東照権現祭礼（此の日、二十一回神忌なり）、今度、『日光山縁起』に上皇は宸翰を染められ、御奉納ありと云う（『続史愚抄』）。

●四月十八日、日光山（薬師堂にて歟）にて法会あり、導師南光坊天海、此の外、曼殊院良恕親王以下親王及び僧正等十人出仕、公卿三条西実条以下七人着座、奉行広橋綏光参向、法会後に将軍家光の奉幣あり（『続史愚抄』）。「大僧正天海内陣へいらせたまひ、宸翰の御縁起をすゝめ給ひて還御なる」（『実紀』）。なお『日光山縁起（東照社縁起）』については、『続々日本絵巻大成　伝記・縁起篇』八を参照されたい。

●四月二十九日、承章は万年へ赴くの次に、近衛殿（信尋）に到る、則ち仙洞御千句の一順の次第を御談合、愚意を伸ぶ（『鳳林承章記』）。

●五月六日、仙洞御千句の御用あるに依り、承章は仙洞に赴く、帰途に芝山宣豊に赴く（『鳳林承章記』）。

●五月八日、家光は江戸城本丸に、勅使三条西実条・日野資勝・院使姉小路公景等の公家衆及び諸門跡を饗す（『綜覧』）。

●五月十三日、仙洞御所千句御会（『綜覧』）。仙洞御千句を始む、丑刻より始め、未刻に到りて三百韻済む（『鳳林承章記』）。十四日、四百韻、十五日、三百韻、千句満座（『鳳林承章記』）。六月六日、御千句の再勘これ有り。

●五月十五日、飛鳥井雅宣は蹴鞠装束を家光に進む（『綜覧』）。

●五月十九日、幕府は目付馬場利重及び肥前長崎奉行境原職直に条令を下して、日本人の異国渡海を一切禁じ、南蛮人の子孫の追放を命ず（『綜覧』）。

●五月二十日、仙洞は午時戸田藤左衛門を招かれ、茶を点てらる、掛物定家卿、大原野の詩、名物なり（『鳳林承章記』）。

●五月二十四日、陸奥仙台城主伊達政宗薨ず、子忠宗嗣ぐ、家臣十五人、殉死す（『綜覧』）。
●五月二十四日、三浦按針の朱印船、柬埔寨より帰航す（『綜覧』）。
●六月一日、幕府は新に銅銭を鋳造し、「寛永通宝」と銘し、銭貨用条規を布告す（『綜覧』）。
●六月三日、勅使三条西実条・日野資勝・院使姉小路公景、帰洛し、禁中及び仙洞御所に、幕府の奉答を奏す（『綜覧』）。
●六月八日、家光の使者吉良義弥は、禁裏・仙洞・女院に物を献ず（『綜覧』）。
●六月二十日、今日より七箇日、修法を南殿にて行わる、阿闍梨青蓮院尊純、奉行日野弘資（『続史愚抄』）。二十六日結願。
●七月二日、中和門院七回御忌（御忌三日）の奉為に、今明両日、法会を仙洞にて行わる、此の日、御経供養を為す、導師青蓮院尊純、公卿青蓮院尊純、公卿広橋兼賢以下二人参仕、奉行院司清閑寺共綱、伝奏勧修寺経広（『続史愚抄』）。
○七月五日、今夜仙洞にて御跳あり（『鳳林承章記』）。
●七月六日、家光は常陸水戸城主徳川頼房の長子千代松に首服を加え、偏諱を与え、光圀と称せしむ（『綜覧』）。
●七月十八日、百首点取当座会、中院通村点、百首中三十三首に点あり、聖護院道晃親王は十六首中六首、若王寺澄存は十首中一首（『略年譜』）。
●七月二十六日、家光は上皇の命に依り、花山院忠長の罪を免し、配所陸奥津軽より之を召還す（『綜覧』）。
●七月三十日、院皇女（母京極局継子）薨ず、後日清浄花院に葬る（『続史愚抄』）。
●是月、是より先、幕府は前高砂長官ピーテル・ノイツの拘禁を解く、仍りて和蘭商館員コルネリス・ファン・サーネン及びダニール・レイニールセンは幕府に之を謝す、幕府は銀を与う（『綜覧』）。

●八月五日、仙洞にて漢和の御会あり（『鳳林承章記』）。六日、承章に、漢和の一巡今日来たる、題章句は御製なり。

●八月十日、九条幸家及び子松殿道基は家光に見ゆ（『綜覧』）。

○八月十五日、今日仙洞にて漢和の御会あり、入夜、誹諧・和漢あり（『鳳林承章記』）。

●八月十六日、造延暦寺大講堂木作始地曳礎地鎮及び文殊楼地曳礎立柱等日時定あり、上卿中院通村、奉行清閑寺共綱（『続史愚抄』）。

●八月、流人花山院忠長（故花山院定熙男）赦免、武蔵に住すと云う（『続史愚抄』）。

○九月十三日、仙洞御所詩歌御会（『綜覧』）。仙洞詩歌御会、通村出詠（『内府集』）。

●九月十五日、知恩院鐘供養あり（『続史愚抄』）。

●九月十六日、幕府は上皇皇女二宮に御領三千石を献ず（『綜覧』）。女二宮（昭子）は後に近衛尚嗣室。

○九月十八日、午時、仙洞御口切り、官焙を賜う、御客衆近衛殿・妙法院殿・四辻季継・中院通村・飛鳥井雅宣・滋野井季吉・姉小路公景・坊城俊完・承章のみ（『鳳林承章記』）。

●九月二十四日、幕府は肥前長崎奉行榊原職直・神尾元勝をして、南蛮人並に其の妻子二百七十八人を悉捕して、之を明国阿媽港に追送せしむ（『綜覧』）。

●九月二十八日、承璉侍者は承章を小師と為し今日入寺なり、侍者の族姓は三条西実条息なり、幼少より妙心寺に入り出家、今日二十歳なり。供の侍は山形右衛門大夫と木村越前守（『鳳林承章記』）。

○九月三十日、仙洞御所当座和歌御会（『綜覧』）。仙洞当座御会、通村出詠（『内府集』）。

●十月四日、承章は三条西前内府（実条）に赴く、璉侍者もまた同伴（『鳳林承章記』）。

○十月七日、上皇は禁中に御幸あり、傀儡を御覧あらせらる（『綜覧』）。

●十月七日、午時北山に三条西前内府（実条）来駕、音信あり、少将殿（実教）また音信あり（『鳳林承章記』）。

●十月八日、幕府は朝鮮国信使の江戸にての接待を上野高崎城主安藤重長・信濃飯田城主脇坂安元に命ず（『綜覧』）。
○十月九日、仙洞御所、御能あり（『綜覧』）。
●十月九日、西洞院時直薨ず、五十三歳（『諸家伝』）。
●十月十四日、家光は上皇の為め、年寄松平信綱に命じ、書物奉行等をして、律令の写本を作製せしむ（『綜覧』）。
○十月二十日、仙洞御所和歌御会（『綜覧』）。百首御当座、上皇御製、梅風、河上花、原虫、夕鷹狩、炭竈、見恋、祈恋、不逢恋、山家、田家（『御集』）。仙洞百首当座御会人数十人、通村出詠（『内府集』）。
●十月二十日、家光は九条幸家に白銀・越前綿を、子松殿道基に白銀・小袖を贈餞し、且つ道基に知行千石を与う（『綜覧』）。
○十月二十四日、琉球の伶人、仙洞御所に音楽を奏す（『綜覧』）。
●是月、幕府は諸国の寺社に、寺社領安堵の朱印状を与う（『綜覧』）。
●十一月二日、承章は東山常光院（紹益）へ赴く、江戸下向の内談、松永昌三来らる（『鳳林承章記』）。
●十一月三日、東武飛脚の路料、支配の出銀書付、常光院より承章に来る（『鳳林承章記』）。
○十一月十一日、上皇は有卦に入り給うに依り、仙洞御所に猿楽を張り、近臣に宴を賜う（『綜覧』）。
○十一月十五日、仙洞御当座、上皇御製、澗花然暮雨（『御集』）。聖護院道晃親王出詠、雲霞出海曙（『略年譜』）。
●十一月十五日、朝鮮国王李倧は正使任絖・副使金世濂等を遣して、好を修す、是日信使等は京都に著し、本国寺に館す（『綜覧』）。
○十一月十六日、二百首御当座、上皇御製、春曙、初花、苗代、新樹、沼螢、寝覚月、河霧、秋旅、枯野、望雪、寄雲恋、山家煙（『御集』）。
●十一月十九日、此の日、春日祭を行わる、上卿花山院定好参向、弁不参、奉行鷲尾隆量（『続史愚抄』）。

●十一月二十日、朝鮮国信使等、京都を発して、江戸に赴く（『綜覧』）。
○十一月二十日、御当座、上皇御製、月照瀧水、月前草露、連日雪、暮村雪、遠恋、近恋、窓竹、門杉（『御集』）。
●十一月二十一日、承章は十擯（戸塚）より江府に着く（『鳳林承章記』）。
●十一月二十三日、近衞尚嗣は院女二宮（十二歳、母女院）の方の翠簾に入る（翠簾入りと称す）（『続史愚抄』）。
●十一月二十五日、近衞尚嗣は禁中・仙洞御所・女院御所に、成婚を謝し奉る、尋で東福門院は尚嗣を召して、之を饗し給う（『綜覧』）。
●十一月二十五日、聖護院道晃親王は『雅親集』一冊を校合了（『略年譜』）。
●十二月六日、朝鮮国信使は江戸に著す、幕府は之を本誓寺に館せしむ（『綜覧』）。
●十二月十一日、院女二宮（十二歳、母女院）露顕、近衞尚嗣第に移徙す（女院御所を出給う）、扈従の上達部広橋兼賢以下八人、前駈殿上人鷲尾隆量以下十二人（『続史愚抄』）。
●十二月十三日、朝鮮国信使任絖・金世濂以下は江戸城に家光に見え、国書及び方物を進む（『綜覧』）。
●十二月十九日、午時、承章は狩野采女（守信）に赴く、振舞あり、深更に及び帰宅、先に午時前に烏丸亜相（光広）に到り、則ち対談、誹諧二折あり（『鳳林承章記』）。
●十二月二十七日、家光は年寄土井利勝・酒井忠勝を朝鮮国信使の宿所本誓寺に遣して、復書及び贈答品を致し、信使以下に白銀・綿子を与う（『綜覧』）。
●十二月二十九日、朝鮮国信使は江戸を発し、帰途に就く（『綜覧』）。
●是月、幕府は侍読林信勝（羅山）をして、朝鮮国の復書を草せしむ（『綜覧』）。
●是歳、幕府の、江戸及び京都に、薬園を開設するに依り、対馬府中城主宗義成は朝鮮国産の薬種を之に進む（『綜覧』）。

●是歳、薩摩鹿児島城主島津家久は琉球王尚豊に国内の切支丹宗徒取調のことを命ず（『綜覧』）。
●是歳、薩摩鹿児島城主島津家久は琉球王の称を国司と改む（『綜覧』）。

寛永十四年（一六三七）丁丑　四十二歳　院政八年

●正月一日、日蝕（午未申刻、見えずと云う）、四方拝なし、蝕に依る、拝礼・小朝拝・元日節会等延引（『続史愚抄』）。
○正月二日、院拝礼、摂政二条康道以下公卿殿上人等参列、次に女院拝礼、同前、次に小朝拝、公卿以下同参列、申次奉行鷲尾隆量、節会、出御なし、内弁九条道房、早出、四辻季継これに続く、外弁清閑寺共房以下三人参仕、奉行万里小路綱房、此の日、摂政左大臣二条康道、一上を内大臣九条道房に譲る、使清閑寺共綱と云う（『続史愚抄』）。
●正月五日、仙洞御所謡始（『綜覧』）。
●正月七日、白馬節会、出御なし、内弁近衛尚嗣、外弁徳大寺公信以下四人参仕、奉行広橋綏光（『続史愚抄』）。
●正月八日、後七日法始（南殿にてなり、例の如し）、阿闍梨大覚寺尊性親王、太元護摩始（本坊にて例の如し）、阿闍梨観助、以上奉行日野弘資（『続史愚抄』）。十四日両法結願。
●正月十一日、神宮奏事始、伝奏西園寺実晴、奉行鷲尾隆量（『続史愚抄』）。
○正月十二日、仙洞御所和歌御会始（『綜覧』）。院和歌御会始、題は南枝暖待鶯、読師日野資勝、講師鷲尾隆量、講頌四辻季継（発声）（『続史愚抄』）。御会始、上皇御製、南枝暖待鶯（『御集』）。道晃親王出詠（『略年譜』）。
●正月十二日、女二宮（近衛尚嗣室）は成婚後始めて東福門院御所に参ず（『綜覧』）。
●正月十五日、林道春は押絵一枚に承章の讃を請う（『鳳林承章記』）。

●正月十六日、踏歌節会、出御なし、内弁広橋兼賢、外弁高倉永慶以下四人参仕、奉行清閑寺共綱、此の日、朝鮮人入京（『続史愚抄』）。
●正月十七日、和歌御会始、題未詳、読師日野資勝、講師鷲尾隆量、講頌滋野井季吉（発声）（『続史愚抄』）。
○正月十八日、院にて立花御会あり、公卿広橋兼賢以下殿上人及び妙法院堯然親王以下等参仕、池坊（名シウサク）を召さると云う、此の日、院皇子降誕（母右兵衛局、後に帥局と号す、水無瀬氏成女）、豊宮と号す（『続史愚抄』）。
●正月二十日、承章は民部卿法印（道春）に赴き、仙人の絵賛の中書を投ず（『鳳林承章記』）。
○正月二十二日、東福門院は宴を上皇に献ぜらる（『綜覧』）。
●正月二十三日、台徳院秀忠祥月命日の逮夜歌会、三条西実条・日野資勝・広橋兼賢・柳原業光・高倉永慶・飛鳥井雅宣・烏丸光賢・勧修寺経広・土御門泰重・山科言緒ら出詠。詠者は多く幕府昵懇衆なるにより、場所は東福門院御所か。宮書本『寛永十四年正月同詠並当座和歌』一巻参照。
●正月二十五日、家光は吉良義冬を遣して、歳首を賀し、且つ上皇に律令の書を献ず（『綜覧』）。
○正月二十八日、上皇は二条康道の亭に御幸あらせらる、和漢聯句御会あり（『綜覧』）。
●二月三日、本阿弥光悦没す（『綜覧』）。
●二月十八日、今日より七箇日、不動法を宮中にて行わる、阿闍梨曼殊院良恕親王（『続史愚抄』）。二十四日結願。
○二月二十六日、仙洞御所和歌御会（『綜覧』）。
○二月晦日、上皇御製、雲雀、花漸散、梨花、閑居（『御集』）。仙洞当座御会、通村出詠（『内府集』）。
○三月三日、仙洞御著到百首和歌御会、春二十首、三日から二十二日に至る、夏十五首は二十三日から閏三月八日に至る、秋二十首は九日から二十八日に至る、冬十五首は二十九日から四月十四日に至る、恋二十首は十五日から五月四日に至る、雑十首は五日から十四日に至り、満座（『綜覧』『略年譜』）。

●三月三日、女三宮は疸を病ませらる、尋で本復せらる（『綜覧』）。
●三月八日、此の日、春日祭を行わる、上卿勧修寺経広参向、弁不参、奉行清閑寺共綱（『続史愚抄』）。
●三月十五日、今日より九十日、竹田安楽寿院阿弥陀仏開帳（『続史愚抄』）。
○三月二十二日、仙洞御所、十八種の御遊あり（『綜覧』）。御当座花見、上皇御製、待花（『御集』）。仙洞三日三夜之御遊之御当座、「遊事有拾八色、尤有和漢、詩歌、蹴鞠、楊弓、碁、上懸物、香、其外種々御遊興有」、聖護院道晃親王出詠（『略年譜』）。仙洞花見三日三夜御遊、通村出詠（『内府集』）。
○三月二十五日、二十二日より今日巳刻に到り、仙洞にて三日三夜の御遊興、遊事十八色あり、尤も和漢・詩歌・蹴鞠・楊弓・碁・上懸物・香、其の外様々御遊興あり（『鳳林承章記』）。
●三月二十八日、女二宮は成婚後始めて参内す（『綜覧』）。
●閏三月五日、家光の女千代姫生る（『綜覧』）。
○閏三月六日、仙洞御所聯句御会（『綜覧』）。
○閏三月七日、仙洞御聯句あり、今日百韻満つ、御会了、牡丹御覧、御咄あり（『鳳林承章記』）。
○閏三月九日、上皇は禁中に方違御幸あらせらる（『綜覧』）。
●閏三月九日、舟橋の飛鳥井黄門（雅宣）亭にて詩歌会あり、公家衆柳原業光・亭主・滋野井季吉・西洞院時慶・鷲尾隆量・高辻遂長・難波宗種・柳原資行・梅渓季通（『鳳林承章記』）。
○閏三月十八日、上皇・東福門院は禁中に御幸あらせらる（『綜覧』）。
○閏三月二十八日、上皇は宴を准三宮清子内親王及び近衛信尋に賜う（『綜覧』）。
●四月一日、堀河康胤は伊勢に参る（『続史愚抄』）。
●四月一日、幕府は肥前平戸城主松浦隆信に、銅の輸出禁止を令す（『綜覧』）。

○四月四日、上皇は昵近の廷臣を召して、宴を賜う（『綜覧』）。
●四月十四日、上皇は近衛尚嗣第に御幸、今晩入夜、還幸、国母（東福門院）・女中のみ御供なり（『鳳林承章記』）。
○四月二十五日、仙洞にて御聯句佳韻あり、御聯衆九人、今日七十句（『鳳林承章記』）。
○四月二十六日、仙洞にて昨日の残聯三十句、而して満つ（『鳳林承章記』）。
●五月三日、今日より七箇日、護摩を宮中にて行わる、阿闍梨随心院増孝、奉行日野弘資（『続史愚抄』）。九日結願。
○五月十六日、上皇は家光の病を問はせらる（『綜覧』）。
●五月二十八日、造延暦寺大講堂立柱日時定あり、上卿西園寺実晴、奉行清閑寺共綱（『続史愚抄』）。
○五月二十八日、仙洞にて即席百韻の御聯句、青韻なり（『鳳林承章記』）。
○六月八日、東福門院は宴を上皇に献ぜらる、近衛信尋父子、之に陪す（『綜覧』）。
○六月十四日、今日より七箇日、修法を宮中にて行わる（将軍家光病の御祈と云う）、阿闍梨実相院義尊、奉行日野弘資、また修法を仙洞にて行わる（子細同じ）、阿闍梨曼殊院良恕親王、奉行院司万里小路綱房（『続史愚抄』）。二十日結願。
○六月十九日、上皇は近江の延暦寺・園城寺の僧侶を召し、其の論議を聴聞あらせらる（『綜覧』）。
●是月、家光の女千代姫、病む、幕府は医太田宗勝を招きて治療せしめ、病癒ゆ、尋で宗勝を侍医と為す（『綜覧』）。
○六月二十五日、仙洞にて御即席の御聯句（『鳳林承章記』）。二十六日、午刻過ぎに三十句満つ（『鳳林承章記』）。
●七月一日、常陸水戸城主徳川頼房は禁裏並に仙洞御所に、初鮭を献ず（『綜覧』）。
●七月十二日、勅使清閑寺共綱・院使野宮定逸・女院使樋口信孝を江戸に遣して、家光の病を問はせ給う（『綜覧』）。
○七月十四日、上皇・東福門院は禁中に御幸あらせらる（『綜覧』）。
●七月十四日、家光の病むこと多きに依り、侍読林信勝（羅山）・信澄及び侍医清水瑞室・久志本常尹・曲直瀬玄

理・渋江氏胤をして、博く医書に就き、其の医方を抄録せしむ（『綜覧』）。

●七月二十三日、家光は時服・白銀を贈りて、烏丸光広の帰京に贐す（『綜覧』）。

○七月二十七日、仙洞にて、毎月の如く即席の御聯句、江韻なり、御聯衆十人七十句（『鳳林承章記』）。

○七月二十八日、仙洞にて昨日の御聯句を相続けられ、未刻満つ（『鳳林承章記』）。

●七月二十八日、家光は絵師狩野守信・安信・尚信の席画を覧る（『綜覧』）。

●七月二十九日、勅使清閑寺共綱・院使野宮定逸・女院使樋口信孝は江戸城に臨み、家光の病を問い、祈禱の巻数並に物を賜う（『綜覧』）。

●八月五日、家光は勅使清閑寺共綱・院使野宮定逸・女院使樋口信孝を江戸城中に饗し、時服・白銀を贈りて、帰京に贐す（『綜覧』）。

●八月十四日、院皇女（母右兵衛局、後に帥局と号す）薨ず、三歳、後日、清浄花院に葬る（『続史愚抄』）。

●八月十四日、切支丹宗を弘めんとする南蛮人、琉球に漂著す、薩摩鹿児島城主島津家久は之を捕えて、幕府に具状す、幕府は九州の諸大名に警め、益、切支丹宗徒の捜捕を厳にせしむ（『綜覧』）。

○八月十五日、仙洞にて和漢御会あり、兼日より御一順巡る、発句滋野井季吉、飯後に各宮中に伺公、上堂衆阿野実顕・滋野井季吉・園基音・岩倉具起なり、仙洞、近衛信尋、五山衆友林（紹益）・九岩（中達）・勝西堂（光勝）・崟西堂（梵崟）・璘西堂（光璘）・承章なり、執筆梅渓季通、今日は三歳の姫君崩御の故を以て御遊なし（『鳳林承章記』）。

○八月二十一日、東福門院は上皇・女二宮・東御所・清子内親王・近衛信尋・近衛尚嗣を、女院御所の茶屋に饗し給う（『綜覧』）。

●八月二十七日、江戸城修築の工成る、よりて家光は延暦寺執行南光坊天海に鎮祭を修せしめ、是日、移徙の儀を行う（『綜覧』）。

○八月二十七日、仙洞にて即席御聯句（『鳳林承章記』）。二十八日、仙洞にて昨日の御聯句相続けらる（『鳳林承章記』）。

●九月十日、操を叡覧あらせらる（『綜覧』）。

●九月十一日、承章は北山に能円を招く、源氏の講釈を始めらる、小坊（俊完）相公また聴聞のために来話（『鳳林承章記』）。

○九月十三日、仙洞御所詩歌御会、また船中御遊あり（『綜覧』）。

●九月十四日、上皇皇女新宮、薨ぜらる（『綜覧』）。三歳。月桂院宮と号す。

●九月十五日、近衛殿下（信尋）は北山に御光儀、御相伴は小川坊城俊完・金森宗和・道伴の三人のみ（『鳳林承章記』）。

○九月二十五日、上皇皇女御生誕、滋宮と称せらる（『綜覧』）。院皇女降誕（母京極局、継子）、滋宮と号す（『続史愚抄』）。

○九月二十五日、所司代板倉重宗は、仙洞御所の茶屋にて、上皇・東福門院に酒饌を献ず、清子内親王・近衛信尋、之に陪す（『綜覧』）。

●九月二十六日、酉戌亥の方に当たり、奇雲あり、重山の如しと云う（『続史愚抄』）。

○九月二十七日、仙洞にて御聯句、御聯句衆は毎月のごとし（『鳳林承章記』）。昨日の残り三十句、未刻に満つ。

●九月二十七日、此の日、武蔵江戸城（二丸）東照権現正遷宮あり、勅使勧修寺経広、奉幣宣命使を兼ね参向（今度奉幣発遣日時定等陣儀なし）（『続史愚抄』）。

●九月二十八日、此の日、武蔵江戸城（二丸）東照権現神前にて法会あり、公卿勧修寺経広着座（一人なり）（『続史愚抄』）。

○九月三十日、御当座、上皇御製、夏月易明、湖月（『御集』）。仙洞当座御会、通村出詠（『内府集』）。

●夏秋、日の出以前、東に赤気あり、兵革の兆しと云う（『続史愚抄』）。

○十月十一日、仙洞にて御会あり、毎月のごとき御聯衆（『鳳林承章記』）。昨日の御聯句の次三十句、未刻満つ。

●十月十四日、北山に能円来らる、『源氏物語』講釈、小坊相公（俊完）また聴聞のため来らる（『鳳林承章記』）。
○十月十五日、仙洞御所和歌御会（『綜覧』）。上皇御製、春暁月、沼菖蒲、寒草（『御集』）。歌会表記なし。
○十月十六日、上皇御製、寄世祝（『御集』）。歌会表記なし。十七日も和歌御会あり、三日連続となる。
○十月二十五日、東福門院は家光の平癒を祝し、宴を設け、舞踊を催さる、上皇は之に臨み給う（『綜覧』）。
●十月二十五日、肥前島原城主松倉勝家の封内に、切支丹宗徒蜂起し、代官を殺し、社寺を焼く（『綜覧』）。この後、天草の切支丹宗徒も蜂起し、在地領主の手に負えなくなり、幕府は板倉重昌や年寄松平信綱等を派遣したが、重昌は戦死し、翌年二月二十八日に至って漸く一揆の首領益田四郎（時貞）を討取ったことは周知の事であり、その間の経緯は原則として省筆する。
●十月二十六日、江戸に盗多し、是日、幕府は行旅宿泊・悪党逮捕等の制規九箇条を頒つ（『綜覧』）。
●十一月七日、春日祭、上卿烏丸光広参向、弁不参、奉行万里小路綱房（『続史愚抄』）。
○十一月九日、上皇皇子素鵞宮、御深曾木の儀あり（『綜覧』）。後の後光明天皇。
●十一月十日、今日より七箇日、孔雀法を宮中にて行わる（日色赤御祈なり）、阿闍梨覚深親王、奉行日野弘資（『続史愚抄』）。十六日結願。
●十一月十日、女二宮（近衛尚嗣室）は東福門院御所にて、御涅歯の儀あり（『綜覧』）。
●十一月十二日、承章は聖護院御門室に赴く、香の道具持参し、返上せしむ、則ち公家衆に振舞、幸に御対面、終日打談、晩炊を御振舞あり、御相伴は中院通村・勧修寺経広・園基音・高倉嗣良・承章なり（『鳳林承章記』）。
●十一月十四日、夜前、松倉長州（勝家）は江戸より伏見に到り、直ちに大坂に赴き、島原の吉利支丹の民賊を平げんと欲し、肥前の松倉長州在所の島原に赴くとかや（『鳳林承章記』）。
●十一月十五日、西三条前内府（実条）は承章を招かれ、鳳団を点てらる（『鳳林承章記』）。

○十一月十六日、院皇子降誕（母御匣局、隆子）、秀宮と号す（『続史愚抄』）。後の花町殿、後西天皇。
●十一月十七日、和歌御会（『綜覧』）。
○十一月二十五日、上皇は家光献上の鶴を料理し、近臣及び所司代板倉重宗に、饗宴を賜う（『綜覧』）。
○十一月二十九日、仙洞御所聯句御会（『綜覧』）。
●十一月、肥前土民一揆（外国吉利支丹宗徒と云う）、城を島原に築く、因て筑紫の軍勢を以て、先に征伐せしむと云う（『続史愚抄』）。
●十二月一日、日蝕（『綜覧』）。
○十二月七日、東福門院は、有卦の御祝宴を設けらる、上皇は之に臨ませらる、小女の踊あり（『綜覧』）。
●十二月八日、近衛尚嗣室（十三歳、院皇女、母女院）、名字昭子に内親王宣下あり、上卿烏丸光広、勅別当今出川経季、奉行鷲尾隆量（『続史愚抄』）。
○十二月十日、仙洞御所和歌御会（『綜覧』）。上皇御製、契待恋、夕鐘（『御集』）。歌会表記なし。
●十二月十二日、二条康道の摂政を罷め、関白と為さんとす、所司代板倉重宗は幕府の諮詢を経ざるに依り、之を阻む（『綜覧』）。
●十二月二十三日、摂政二条康道及び前関白鷹司信房・同近衛信尋・内大臣九条道房・武家伝奏前内大臣三条西実条・同権大納言日野資勝をして、廷臣官位昇進の次第を議せしむ（『綜覧』）。
●十二月二十三日、阿媽港人ドン・フランシスコ・デ・カステロ・ブランコ来航し、是日、物を幕府に進む（『綜覧』）。
●是歳、幕府は山城淀橋を補修し、過書船支配角倉玄紀に、其の工を掌らしむ（『綜覧』）。
●是歳、幕府は呂宋遠征を計画し、和蘭東印度総督に軍船の提供を交渉す（『綜覧』）。

寛永十五年〔一六三八〕戊寅　四十三歳　院政九年

●正月一日、四方拝・小朝拝等なし、節会、出御なし、内弁九条道房、陣後早出、西園寺実晴これに続く、外弁柳原業光以下四人参仕、奉行清閑寺共綱（『続史愚抄』）。

○正月五日、仙洞御所謡始（『綜覧』）。仙洞御謡始なり、承章を召さる（『鳳林承章記』）。

●正月七日、白馬節会、出御なし、内弁九条道房、外弁中山元親、以下四人参仕、奉行万里小路綱房（『続史愚抄』）。

●正月八日、後七日法始、阿闍梨大覚寺尊性親王、太元護摩始、阿闍梨観助、以上奉行日野弘資（『続史愚抄』）。十四日両法結願。

●正月八日、肥州有馬郡の城にて板倉内膳（重昌）殿、一揆軍の為に討死にの訃音、今日これ有り、万人驚嘆なり（『鳳林承章記』）。

○正月九日、幕府の、徳川秀忠七回忌法会を修せんとするに依り、勅使花山院定好を江戸に遣さる、上皇・東福門院も亦、御使を遣さる、是日、三使は京都を発す（『綜覧』）。

●正月九日、年寄松平信綱は肥前平戸港来泊の和蘭船艦を徴して、同国原城址を砲撃せしむ、尋で之を止む（『綜覧』）。

●正月十日、承章は摂家衆・門跡衆へ例年の如く礼に行く、烏丸亜相公（光広）亭にて、見樹院・瀧本坊（昭乗）の両人と対談、誹諧一連あり、誹諧の発句またこれを語る（『鳳林承章記』）。

●正月十一日、神宮奏事始、伝奏西園寺実晴、奉行清閑寺共綱（『続史愚抄』）。

○正月十四日、院和歌御会始、題は鶯声和琴、読師烏丸光広、講師清閑寺共綱、講頌四辻季継（発声）（『続史愚抄』）。御会始、上皇御製、鶯声和琴（『御集』）。仙洞御会始、通村出詠（『内府集』）。

●正月十六日、踏歌節会、出御なし、内弁二条光平、外弁高倉永慶、以下五人参仕、奉行広橋綏光（『続史愚抄』）。

●正月十六日、絵所預土佐光則没す（『綜覧』）。

○正月十七日、舞御覧あり、上皇・東福門院は禁中に御幸あらせらる（『綜覧』）。

●正月十九日、和歌御会始、題は寄道慶賀、読師中院通村、講師清閑寺共綱、講頌四辻季継（発声）、御製（院御製なり、当代は未だ御製を出されずと云う）読師近衛信尋、同講師日野資勝（奉行を兼ぬ）（『続史愚抄』）。内御会始、通村出詠（『内府集』）。

●正月二十四日、家光は徳川秀忠七回忌法会を江戸増上寺に修す、知恩院良純親王等は之に会す、勅使花山院定好・院使園基音・女院使鷲尾隆量等は之に臨む（『綜覧』）。

○正月二十五日、上皇は東福門院御所に御幸あらせらる（『綜覧』）。

●正月二十七日、家光は、勅使花山院定好・院使園基音・女院使鷲尾隆量等を江戸城本丸に饗し、猿楽を張る（『綜覧』）。

●二月一日、、勅使花山院定好・院使園基音・女院使鷲尾隆量等は家光に辞見す、家光は物を贈りて、帰京に贐す（『綜覧』）。

●二月三日、連歌師里村玄仲没す（『綜覧』）。

●二月六日、家光は知恩院良純親王等に物を贈りて、帰京に贐す（『綜覧』）。

○二月七日、院にて梅御覧和歌御会あり、題は梅浮水（『続史愚抄』）。殿上梅見御会梅三十首御当座、上皇御製、巻頭、初梅、雨中梅（『御集』）。仙洞殿上梅見御会、通村出詠（『内府集』）。

●二月十三日、東福門院は、近衛信尋父子の江戸に下向せんとするに依り、宴を設けて之を餞し給う、上皇また之に臨ませらる（『綜覧』）。

●二月十四日、此の日、春日祭を行わる、上卿四辻季継参向、弁不参、奉行広橋綏光（『続史愚抄』）。
○二月十六日、勅使武家伝奏三条西実条・日野資勝を江戸に遣して、家光の賀正に答え、また西園寺公益を遣して、家光の江戸城本丸移徙を賀せしむ、上皇・東福門院もまた、各、御使を遣せらる（『綜覧』）。
●二月十七日、月次和歌御会（『綜覧』）。聖護院道晃親王出詠、浦帰鴈（『略年譜』）。
●二月二十日、家光は長女千代姫を、尾張名古屋城主徳川義直の嗣子光友に許嫁す（『綜覧』）。
○二月二十二日、後鳥羽天皇四百回聖忌、御法会を修し給う、法楽和歌御会あり（『綜覧』）。水無瀬宮法楽四百年忌水無瀬中納言所望、上皇御製、初春、寄国祝（『御集』）、聖護院道晃親王出詠、雪（『略年譜』）。百枚短冊は隠岐の廟所に奉納され、後に水無瀬神宮に寄進される（『水無瀬神宮文書』）。
○二月二十六日、仙洞にて御聯句会あり（『鳳林承章記』）。
●二月二十六日、年寄松平信綱は連日の降雨に依り、城攻めの期日を二十八日に延引す（『綜覧』）。
●二月二十七日、長崎奉行榊原職直父子は期日を待たずして、肥前原城址に逼り、佐賀城主鍋島勝茂の兵と共に、火を放ちて攻撃す、諸軍は望み見て競い進み、遂に三の丸・二の丸を抜き、日暮に及びて交戦を止む（『綜覧』）。
●二月二十八日、肥前原城址陥落し、肥後熊本城主細川忠利の臣陣佐左衛門は一揆の首領益田四郎（時貞）を討取る、年寄松平信綱は戦捷を江戸に報ず（『綜覧』）。此の日、肥前島原一揆の徒、悉く滅亡、戮さる者、三万七千人と云う（『続史愚抄』）。
●三月一日、年寄松平信綱は諸軍に令して、原城址を毀ち、余党を捜捕し、捕虜を悉く誅して、之を梟す、尋で従軍の諸将に帰国を命ず（『綜覧』）。この一揆については、『天草物語』（寛永二十年刊）『島原合戦記』（貞享二年自跋）等に詳しい。
○三月三日、仙洞御所著到百首和歌御会（『綜覧』）。

●三月六日、勅使武家伝奏三条西実条・日野資勝、院使阿野実顕、女院使徳大寺公信等、家光に見ゆ（『綜覧』）。
●三月十六日、勅使武家伝奏三条西実条・日野資勝以下の公家衆等、江戸寛永寺に参詣す、明日、増上寺に参詣す（『綜覧』）。
●三月十八日、家光は勅使武家伝奏三条西実条・日野資勝以下の公家衆に、物を贈りて帰京に贐す（『綜覧』）。
●三月十九日、家光は勅使武家伝奏三条西実条・日野資勝と、廷臣増禄の事を議し、河鰭基秀以下十一人に、禄各五十石を加う、尋で勅使以下公家衆等は帰京す（『綜覧』）。
●三月二十七日、年寄松平信綱は肥前平戸に在留する和蘭国商人の住居の、我国制に悖るを譴め、之を毀たしむ（『綜覧』）。
●四月五日、和蘭商館長ニコラス・クーケバッケルは江戸城に上り、波斯馬等の方物を進む（『綜覧』）。
○四月十三日、仙洞にて達磨像を懸け、禅徒の法儀問答あり（『続史愚抄』）。上皇は院中に妙心寺東寔（愚堂）をして、其の入室の儀を行わしめらる（『綜覧』）。仙洞にて入室あり、秉燭の時節、師家・学者列班、師家愚堂和尚なり、学者十四人なり（『鳳林承章記』）。
●四月十五日、薩摩鹿児島城主島津光久は、琉球国金武按司・三司官に、切支丹宗改・琉球国中人数改・旅人改等を厳にすべきを令す（『綜覧』）。
○四月十六日、上皇・東福門院は禁中に御幸あらせらる（『綜覧』）。
○四月二十一日、上皇は宴を近衛信尋父子に賜う（『綜覧』）。
●五月二日、幕府は加賀金沢城主前田利常以下十六人に、帰国の暇を与え、諸大名に令して、曩に隣国に事あるも、其の封境を守り、私に相援くるを禁ぜしを改め、国法に背き乱を作す者あらば、隣国相援け、速に之を誅せしめ、また五百石以上の商船の建造を許可す（『綜覧』）。これは勿論、切支丹一揆（島原の乱）鎮圧の際の反省

に立つものであろう。
○五月十一日、仙洞御所聯句御会（『綜覧』）。仙洞にて即席の御聯会あり、承章は章句（『鳳林承章記』）。
○五月十二日、仙洞にて昨日の御聯句相続けらる、三十句満つ、申刻承章退出（『鳳林承章記』）。
●五月十三日、武家伝奏三条西実条・日野資勝及び清閑寺共房等をして、月次和歌御会及び楽御会侍読等の人員を定めしむ（『綜覧』）。
○五月十八日、猿楽あり、上皇・東福門院は、之に臨ませらる（『綜覧』）。
○五月二十五日、楽御会、上皇・東福門院は、之に臨ませらる（『綜覧』）。
●五月二十五日、明経博士船橋秀相をして、大学を進講せしめらる（『綜覧』）。
●六月三日、高松宮好仁親王（後陽成院皇子、母中和門院）薨ず、三十六歳、即ち今夜大徳寺中に葬る（『続史愚抄』）。
●六月十六日、主上（明正、御年十六）御鬢剪あり、之より先に御脇塞ありと云う（密儀）、摂政二条康道は御鬢を剪ぎ奉る、烏丸光賢申し沙汰すと云う（『続史愚抄』）。
○六月二十八日、仙洞にて御聯会あり、即席百韻満つるなり（『鳳林承章記』）。
●六月二十九日、幕府は肥前佐賀城主鍋島勝茂及び長崎奉行榊原職直の、島原の乱における罪を譴めて、勝茂・職直等の出仕を停め、並に屏居せしむ（『綜覧』）。
●七月七日、和歌御会、題は代牛女述懐（『続史愚抄』）。七夕節供御祝、和歌御会あり（『綜覧』）。
●七月十三日、烏丸光広薨ず、六十歳、法名宗山（『諸家伝』）。『烏丸光広集』（古典文庫）等あり。
●七月十九日、幕府は前肥前島原城主松倉勝家の非違を弾じ、勝家を斬に処し、其の弟重頼を出羽山形城主保科正之の許に、同三弥を陸奥岩城平城主内藤忠興の許に錮し、其の家臣数人を刑す（『綜覧』）。
●七月二十六日、早晨、承章は万年（相国寺）より帰山、北岳（鹿苑寺）にて能円の『源氏物語』講釈を聴聞す、

小川坊城相公（俊完）また来らる、然ると雖も仙洞より召しに依り、相公は早速帰路（『鳳林承章記』）。

●八月四日、承章は黄昏に及び帰山、般舟院にて後陽成院宸翰の鶴屏風を拝見、画図奇妙奇妙、凡眼を驚かすものなり（『鳳林承章記』）。

●八月六日、承章は午後に能円を招き、源氏の講釈を聞く、明王院（円盛）もまた聴聞に来らる（『鳳林承章記』）。

●八月七日、傀儡あり（『綜覧』）。

○八月十五日、仙洞御所観月和歌御会（『綜覧』）。上皇御製、瀧月、海月（『御集』）。

●八月十九日、幕府儒官林信澄（永喜）卒す（『綜覧』）。

●八月二十日、仙洞にて御聯会あり、御聯衆十四人（『鳳林承章記』）。

●八月三十日、阿媽港船、来航す、幕府は船長ドン・ジョアン・ペレイラ等の帰国を差止む（『綜覧』）。

○九月一日、上皇・東福門院は禁中に御幸あらせらる、宴を廷臣に賜う（『綜覧』）。

●九月九日、烏丸光賢薨ず、三十九歳、法名崇観（『諸家伝』）。烏丸光広・光賢父子が続けて逝去し、遺された孫資慶は十七歳である。

○九月十一日、上皇は前大徳寺住持宗彭（沢庵）を召して、禅法を聴き給う（『綜覧』）。

○九月十三日、仙洞御所観月詩歌御会（『綜覧』）。仙洞御当座三十首、聖護院道晃親王出詠、月前鴈、寄月忍恋（『略年譜』）。上皇御製、月下浅茅、寄月懐旧（『御集』）。仙洞にて御月見の詩歌、三十首詩歌なり、院参の衆のみ、近衛信尋・妙法院宮（尭然）・聖護院宮（道晃）のみ、詩二首宛、一糸道人御聯衆なり（『鳳林承章記』）。

●九月十五日、承章は一昨日の仙洞詩歌の短尺の清書、今日芝山大膳（宣豊）を以て呈上仕るなり、二枚は今日清書致すなり（『鳳林承章記』）。

●九月十五日、幕府は家光の生母浅井氏（崇源院）十三回忌法会を、江戸増上寺に修す、仍りて赦を行い、軽囚

を赦す（『綜覧』）。

●九月十九日、此の日、武蔵江戸に雷鳴・大雨雹、城辺（本丸）の雨雪、平地に五六寸（四五日消えずと云う）（『続史愚抄』）。

●九月二十日、幕府は、重ねて切支丹宗を禁じ、信奉者を訴うる者には、其の徒と雖も、賞銀を与うる旨を令す（『綜覧』）。

●九月二十二日、近江多賀社正遷宮及び供養法会あり、導師青蓮院尊純、公卿日野資勝以下二人着座、楽所等参向と云う（『続史愚抄』）。

●九月二十三日、早晨、承章は板倉周防殿（重宗）へ赴く、璉蔵主（実条男）を始て召し連れ板防州に赴く、西三条前内府（実条）より使者として、山形隼人正を相添えらるなり（『鳳林承章記』）。

●九月二十四日、承章は巻物の表具を誂う、逍遙院自筆連歌の懐紙一巻、尊朝歌書物一巻（『鳳林承章記』）。

●九月二十八日、家光は京都烏丸本願寺門跡光従（宣如）等を引見す（『綜覧』）。

○是秋、上皇は山城西賀茂霊源寺を創立し給う（『綜覧』）。

●十月二日、所司代板倉重宗は山城鹿苑寺・妙心寺に、切支丹宗を禁じ、之を訴うる者には、賞銀を与える旨を令す（『綜覧』）。

●十月三日、早朝より勧修寺黄門（経広）にて口切りの振舞あり、浄瑠璃操あり（『鳳林承章記』）。

○十月十四日、仙洞御所、御謡あり（『綜覧』）。朝、仙洞にて御口切りの御振舞あり、摂家・門跡・公家衆合せて四十七八人なり（『鳳林承章記』）。

○十月十八日、上皇・東福門院は禁中に御幸あらせらる（『綜覧』）。

○十月二十日、仙洞御所聯句御会（『綜覧』）。仙洞聯句の御会に承章召さる、然ると雖も仏国忌の故、所労の由申

し上げ、御理を以て仙洞には伺公を遂げざるなり（『鳳林承章記』）。

●十月二十九日、幕府は、武蔵品川及び江戸牛込に薬園を墾し、侍医池田重次・山下宗琢をして、之を管せしむ（『綜覧』）。

○十一月二日、上皇は禁中に御幸あらせられ、侍臣をして国典の講究に勉めしめらる（『綜覧』）。

○十一月四日、上皇は禁中に御幸あらせらる、三条西実条は百人一首を進講す（『綜覧』）。

●十一月七日、土御門泰重亭にて聯句会あり、聯衆姉小路公景・平松時庸・梅渓季通・高辻遂長・亭主・承章なり（『鳳林承章記』）。

●十一月十三日、此の日、春日祭を行わる、上卿三条実秀参向、弁不参、奉行鷲尾隆量、三条公富社参（『続史愚抄』）。

●十一月十五日、大徳寺徹翁義亨和尚（寂後数年を経ると云う）に天応大現国師号を諡さると云う（『続史愚抄』）。上皇は前大徳寺住持宗彭（沢庵）の請を允し、義亨（徹翁）に天応大現国師の諡号を賜う（『綜覧』）。

●十一月十八日、月次和歌御会、東福門院は宴を近臣に賜う（『綜覧』）。

●十一月十九日、傀儡あり（『綜覧』）。

●十一月二十一日、京都堀川本願寺門跡光円（良如）を、大僧正と為す（『綜覧』）。

●十二月二日、午時、小川坊城俊完は承章を招かれ、茶の湯あり、誹諧あり、掛け物は後深草院の宸翰御文なり（『鳳林承章記』）。

○十二月五日、仙洞御所に御遊あり、宴を近臣及び所司代板倉重宗に賜う（『綜覧』）。

○十二月五日、院にて楽御会あり、御所作無き歟、所作公卿西園寺実晴以下五人、童形（藪嗣良男）殿上人三人等参仕（『続史愚抄』）。

○十二月九日、仙洞御所詩歌御会（『綜覧』）。

●十二月十日、承章は表具師久左衛門を喚びて、表具二幅を誂う（『鳳林承章記』）。
●十二月十一日、承章はまた今晩より因幡堂に赴くなり、『因幡堂縁起』三巻を拝覧（『鳳林承章記』）。
●十二月二十六日、是より先、家光は皇弟今宮を、延暦寺執行南光坊天海の法嗣と為さんことを奏請し、勅許あり、是日、家光は吉良義弥を遣し、其の恩を謝し、物を献ず、上皇・東福門院にも亦、物を献ず（『綜覧』）。
○十二月二十七日、院は女院御所に幸す（按ずるに院御所郭内に在り、而て晴の御幸歟）、即ち還御歟（『続史愚抄』）。
●是歳、夏以来、遠近諸国の男女、伊勢に参り、翌年三月に至る（『続史愚抄』）。

寛永十六年（一六三九）己卯　四十四歳　院政十年

●正月一日、四方拝・小朝拝等なし、元日節会、出御なし、内弁二条光平、外弁柳原業光以下五人参仕、奉行広橋綏光（『続史愚抄』）。
●正月七日、白馬節会、出御なし、内弁今出川経季、外弁花山院定好以下六人参仕、奉行鷲尾隆量（『続史愚抄』）。
●正月八日、後七日法始、阿闍梨大覚寺尊性親王、太元護摩始、阿闍梨観助、以上奉行日野弘資（『続史愚抄』）。十四日両法結願。
○正月九日、院和歌御会始、題は春風春水一時来、読師今出川経季、講師清閑寺共綱、講頌飛鳥井雅宣（発声）（『続史愚抄』）。御会始、上皇御製、春風春水一時来（『御集』）。仙洞御会始、通村出詠（『内府集』）。
●正月十三日、神宮奏事始、伝奏西園寺実晴、奉行鷲尾隆量（『続史愚抄』）。
●正月十三日、梶井最胤親王（故邦輔親王男、正親町院御猶子）薨ず、七十七歳（『公卿補任』）。
●正月十五日、三毬打あり（『綜覧』）。

●正月十六日、踏歌節会、出御なし、内弁近衛尚嗣、外弁滋野井季吉、以下五人参仕、奉行万里小路綱房（『続史愚抄』）。
○正月十九日、和歌御会始、題は毎家有春、読師日野資勝、講師万里小路綱房、講頌飛鳥井雅宣（発声）（『続史愚抄』）。禁中御会始、上皇御製、毎家有春（『御集』）。内御会始、通村出詠（『内府集』）。
●正月二十一日、山城法林寺住持良定（袋中）寂す（『綜覧』）。
○正月二十二日、上皇は東福門院御所に御幸あらせらる（『綜覧』）。
○二月五日、上皇は山城鹿苑寺承章（鳳林）をして、団扇の讃を作らしめ給う（『綜覧』）。仙洞より仰付らる団扇の拙讃、今日中書を院覧に備うべきに故、勧黄門（経広）に遣すなり（『鳳林承章記』）。
○二月八日、院皇女降誕（母京極局継子）、谷宮と号す（『続史愚抄』）。上皇皇女御生誕、谷宮と称し給う（『綜覧』）。
○二月十七日、上皇は東福門院御所に御方違御幸あらせらる（『綜覧』）。
●二月二十日、此の日、春日祭を行わる、上卿広橋兼賢参向、弁不参、奉行清閑寺共綱（『続史愚抄』）。
●二月二十一日、幕府は肥前長崎奉行馬場利重・大河内正勝に、阿媽港船々長ドアルテ・コレアの火刑を命じ、また在住和蘭人の妻子の追放及び阿媽港船に海上銀並に言伝銀停止等のことを令す（『綜覧』）。
○二月二十二日、後鳥羽院四百回聖忌、水無瀬氏成は隠岐の御墳墓に参る（去る寛永九年亦参る、倶に私儀）、此の次に公家は御剣馬を献ぜらる、院より御法楽和歌を献ぜらる（『続史愚抄』）。水無瀬宮御法楽、上皇御製、早春（『御集』）。水無瀬宮御法楽、通村出詠（『内府集』）。
●二月二十二日、今日、聖徳太子御忌（千十九回に当たり、而て千年分を為す歟）の為、法隆寺にて法会・舞楽等あり（『続史愚抄』）。
●二月二十二日、東福門院は侍女権大納言局橋本氏を江戸に遣さる（『綜覧』）。

●二月二十八日、承章は木綿踏皮十足を三条西前内府公（実条）に進む、来る晦日東武に赴かる餞別なり（『鳳林承章記』）。
○二月三十日、傀儡あり、上皇・東福門院は之に臨ませらる（『綜覧』）。
●二月三十日、勅使武家伝奏三条西実条・日野資勝、院使中御門尚良を江戸に遣し、幕府の賀正に答えしめらる、一条昭良また江戸に下向す（『綜覧』）。四月二十八日、江戸より帰洛す。
●二月、法隆寺の聖徳太子御像及び霊器等を宮中に召され、叡覧ありと云う（『続史愚抄』）。
○二月、仙洞梅宴和歌御会、聖護院道晃親王出詠、隣梅、折梅（『略年譜』）。
●三月一日、女三宮・女五宮・素鵞宮は禁中に覲せらる（『綜覧』）。
●三月二日、東福門院は御病あり、家光は侍医半井成近を京都に遣して、之を候す（『綜覧』）。
○三月七日、仙洞より珍しき椿花のあるにて、進上致すべきの旨、仰出さるなり、椿花を画図さるの故なり（『鳳林承章記』）。当時の椿愛好は一つの流行であり、伝狩野山楽筆百椿図二巻が根津美術館に蔵される。
●三月八日、幕府は侍医今大路親昌・半井成近等をして、家法の薬を差出さしむ（『綜覧』）。
○三月十四日、仙洞御所当座和歌御会（『綜覧』）。弘御所御花見御当座、上皇御製、翫花（『御集』）。
●三月十八日、曼殊院良恕親王に天台座主宣下あり（梶井最胤親王薨ずるの替わり）、上卿広橋兼賢、奉行清閑寺共綱（『続史愚抄』）。
●三月二十日、今日より七箇日、普賢延命法を宮中にて行わる（女院御悩御禱なり）、阿闍梨覚深親王、奉行葉室頼業（『続史愚抄』）。二十六日結願。
●三月二十日、北山に能円来られ、『源氏』を講ぜらる、明王院（円盛）を招き、共に聴聞なり（『鳳林承章記』）。
○三月二十七日、仙洞御所、観花御宴あり（『綜覧』）。牡丹見、上皇御製、牡丹（『御集』）。仙洞御当座、聖護院道

晃親王出詠、牡丹（『略年譜』）。仙洞牡丹見御会、通村出詠（『内府集』）。

●三月、かしわの葉のかたしたる石を将軍（家光公）につかわさるとて、御製（『御集』）。

●是月、幕府は所司代板倉重宗をして、京都の医人見賢知を江戸に召し、家光の女千代姫の病を看せしむ（『綜覧』）。

●四月一日、家光は勅使武家伝奏三条西実条・日野資勝、院使中御門尚良及び公家衆等を江戸城本丸に引見す、尋で猿楽を張行して之を饗し、物を贈りて帰京に聴す（『綜覧』）。

●四月二日、造延暦寺根本中堂立柱日時定あり、上卿中院通村、奉行清閑寺共綱（『続史愚抄』）。

●四月十三日、山城嵯峨法輪寺虚空蔵開帳、東福門院は橋本実村を遣し、其の法会に臨ましめらる（『綜覧』）。

●四月十八日、楽御会（『綜覧』）。

●四月二十五日、上皇皇女二宮は東福門院御所に覲せらる（『綜覧』）。

○四月二十八日、院皇子降誕（母御匣局、隆子）寛《ゆた》宮と号す（『続史愚抄』）。

●四月二十九日、東福門院は御平癒に依り、宴を設けらる、上皇は之に臨み給う（『綜覧』）。

○五月一日、仙洞御所、猿楽あり（『綜覧』）。

●五月五日、家光は飛鳥井雅章をして、鞠道のことを安堵せしむ（『綜覧』）。

○五月六日、上皇・東福門院は禁中に御幸あらせらる（『綜覧』）。

○五月九日、上皇・東福門院は水無瀬氏亭に御幸あらせらる（『綜覧』）。

●五月十二日、北山に能円来らる、『源氏物語』を講ずるなり、承章一人これを聴聞するなり（『鳳林承章記』）。

●五月十八日、月次楽御会（『綜覧』）。

●五月二十日、四辻季継薨ず、五十九歳（『諸家伝』）。

●五月二十日、幕府は和蘭人をして、其の進む所の石火矢を試みしむ、年寄堀田正盛・阿部重次等、之を監視

す（『綜覧』）。

●五月二十五日、上皇皇女二宮は東福門院御所に観せらる（『綜覧』）。

○六月三日、聖護院道晃親王は仙洞に申し出、後陽成院宸筆『歌仙』を書写す（『略年譜』）。

○六月四日、舞楽あり、上皇・東福門院は之に御幸あらせらる（『綜覧』）。

●六月八日、上皇皇女二宮は東福門院御所に観せらる（『綜覧』）。

○六月九日、上皇皇女二宮は仙洞御所に観せらる（『綜覧』）。

●六月十一日、皇弟素鵞宮、御病あり（『綜覧』）。

●六月十五日、日野資勝薨ず、六十三歳（『公卿補任』）。

●六月十五日、北山に大経師左京は見舞の為に来たる、飴二折持参、晩炊を出だし、茶を点つるなり、『天神縁起之絵』一巻を左京に渡し、表紙を頼むなり、日野大納言殿（資勝）は今朝遠行の由、理兵衛を惣照院に遣し、弔礼を伸ぶるなり（『鳳林承章記』）。なお息光慶は先に寛永七年に四十二歳で没し、孫の弘資は本年二十三歳である。

●六月二十日、東福門院侍女権大納言局橋本氏、江戸より帰り、女院に復命す（『綜覧』）。

●六月二十四日、午後、日野亜相公（資勝）、智恩寺にて葬礼あり（『鳳林承章記』）。

○七月六日、東福門院侍女権大納言局橋本氏、宴を上皇及び女院に献ず（『綜覧』）。

●七月七日、七夕節供御祝、和歌御会あり（『綜覧』）。和歌御会、七首題（七夕月、七夕河、七夕草、七夕鳥、七夕衣、七夕別、七夕祝）（『続史愚抄』）。七夕七首内御会、通村出詠（『内府集』）。

●七月八日、幕府は江戸城内紅葉山に書物庫を建つ（『綜覧』）。

○七月十四日、北野社法楽和歌御会、上皇・東福門院は禁中に御幸あらせらる（『綜覧』）。

●七月十八日、聖護院にて中院通村の源氏物語講釈始まる（『略年譜』）。通村の講釈は、聖護院や六角堂などを会場にして正保二年まで継続されたようである。京都大学中院本『源氏物語抄草稿』七冊の内『桐壺』表紙に、「寛永十六七十八夜始十九夜終／於聖護院宮　黄門郎通純」とあり、聖護院本『帚木』一冊表紙見返しに「寛永十六年／七月廿六日」とある（通純は通村息）。聴聞衆については『聖護院御門跡日々記』（以下『門跡日記』）八月二日の条を参照のこと。

●七月二十四日、山城嵯峨法輪寺虚空蔵開帳、東福門院は侍女権大納言局橋本氏を遣して、其の法会に臨ましめらる（『綜覧』）。

●七月二十五日、幕府は対馬府中城主宗義成・肥前平戸城主松浦鎮信をして、平戸に著する和蘭船を優待せしめ、通商を許す（『綜覧』）。

●七月二十八日、幕府は諸大名の老臣を召し、切支丹宗禁制及び蛮船追放の法令を厳守すべきことを命ず（『綜覧』）。

●是月、幕府は侍読林信勝（羅山）をして、『無極大極倭字抄』を撰せしむ（『綜覧』）。

●八月一日、山城大覚寺空性親王は使を幕府に遣して、京都東寺の塔建立の恩を謝す（『綜覧』）。

●八月一日、聖護院道晃親王は禁中へ御提銚蒔絵一組を進上、禁中より加賀大杉原二十帖等のお返し、中院通村は御礼に参る（『門跡日記』）。

●八月二日、中院通村は聖護院にて『源氏物語』御講釈、帚木巻今日畢、聴聞衆、中院通純・高倉永慶・白川雅陳・清閑寺共綱・白川雅喬、御講釈済み、楊弓これ有り（『門跡日記』）。

●八月四日、聖護院道晃親王は三室戸寺開帳にて観音へ御参詣、御同道は中院父子・清閑寺共綱・五条為庸なり、風雨故三室戸寺に御逗留（『門跡日記』）。三室戸寺は本山修験宗別格本山で道晃親王が再興した寺である。龍谷ミュージアム『聖護院門跡の名宝』、大谷俊太『三室戸寺蔵文学関係資料目録』（和泉書院）等を参照。

●八月五日、聖護院道晃親王は宇治平等院を悉く御見物、中院父子御供（『門跡日記』）。
●八月六日、聖護院道晃親王に了順・春順伺公に参る、了順は御前にて連歌の御雑談遊ばさる、三井寺上光院御灌頂の御悦に伺公仕る（『門跡日記』）。
●八月八日、三井寺日光院より聖護院道晃親王に御灌頂の祝儀、昼八条宮（智忠）・妙法院堯然宮御成、飛鳥井雅章ら参り、蹴鞠、暮に及び中院通純伺公（『門跡日記』）。
●八月十一日、江戸城本丸に火あり、書物奉行星合具枚・西尾正保等は富士見の宝庫に入り、秘蔵の典籍を搬出し、悉く災を免る、家光は難を西丸に避く、また西丸も火を発す、仍りて諸大名・諸司をして各門を警備せしむ、明日、家光は二ノ丸に徙る（『綜覧』）。
○八月十二日、聖護院道晃親王は卯の下刻に仙洞御連歌に御参り、丑の刻に還御（『門跡日記』）。
●八月十四日、中院通純は聖護院御本擔子沢山に成られ返納なり（『門跡日記』）。
●八月十四日、北山に能円来らる、『源氏物語』を講ぜらるなり（『鳳林承章記』）。
○八月十五日、上皇御製、寄月尋恋、寄月神祇（『御集』）。歌会表記なし。
●八月十五日、中院通村より聖護院に御書の使、茶入れ返進、道晃親王は『万葉』一巻一冊を書写し、八条宮（智忠）に返進、『新撰六帖』を中院通純に返進、申上刻に中院通純に御成、亥下刻に還御（『門跡日記』）。
●八月十七日、幕府は奏請して今出川経季を武家伝奏と為す、尋で経季は江戸に至り、其の恩を謝す（『綜覧』）。
○八月十九日、聖護院道晃親王は馬道具を院御所より拝領、昼夜とも大洪水（『門跡日記』）。
●八月二十一日、聖護院道晃親王参内、供奉は烏帽子上下十人、小性六人、三井の衆徒ら、禁中・仙洞・国母の三御所へは岩坊法印証孝案内者とて伺公（『門跡日記』）。
●八月二十三日、除目、中山元親を権大納言に任ず（『綜覧』）。危急による昇任で、二十六日没。

●八月二十六日、中山元親薨ず、四十七歳（『公卿補任』）。
●九月八日、大和柳生邑主柳生宗矩は兵法の書を、家光に進む、家光は正宗の脇差を与う（『綜覧』）。
●九月九日、重陽和歌御会、九首題（菊映月、菊似霜、菊帯露、山路菊、河辺菊、寄菊契、寄菊恨、寄菊旅、寄菊祝）、柳原業光・資行等詠進（『続史愚抄』）。重陽公宴九首、通村出詠（『内府集』）。
●九月十二日、近衛信尋は奈良春日社に参詣す（『綜覧』）。
○九月十三日、当座和歌御会（『綜覧』）。上皇御製、十三夜月、池上月、社頭月、山家月、月前鴫（『御集』）。
●九月十六日、今日より七箇日、修法を宮中にて行わる、阿闍梨随心院増孝、奉行葉室頼業（『続史愚抄』）。二十二日結願。
●九月十六日、勅使樋口信孝・院使山本勝忠は江戸に著す、是日、家光は之を江戸城に引見す、尋で之を饗し、物を贈りて帰京に贐す（『綜覧』）。
●九月十八日、松花堂昭乗寂す、五十八歳。寛永の三筆の一人。『松花堂昭乗上人行状』、佐藤虎雄『松花堂昭乗――附記　長闇堂』（河原書店）等を参照されたい。
●九月二十一日、家光は其の女千代姫をして、尾張名古屋城主徳川義直の嗣子光義（光友）に嫁せしむ（『綜覧』）。
●九月二十六日、東福門院は、渡辺友綱を江戸に遣し、家光の女千代姫の婚儀を賀せしめ給う（『綜覧』）。
○九月二十八日、北野社法楽和歌御会（『綜覧』）。聖廟御法楽御夢想、上皇御製、早春鶯（『御集』）。
●九月二十八日、尾張名古屋城主徳川義直・嗣子光義（光友）及び其の室千代、登営して成婚の恩を謝す、家光は之を饗す（『綜覧』）。
○九月二十九日、上皇・東福門院は禁中に御幸あらせらる、猿楽あり（『綜覧』）。
○十月五日、院にて歌合御会あり、三首題（冬天象、冬地儀、冬植物）、左方御製及び親王公卿殿上人等八人、右方

親王公卿殿上人等十二人、講師飛鳥井雅章、執筆下冷泉為景、竹内俊治、清書持明院基定、富小路頼直、判者三条西実条（『続史愚抄』）。歌合、上皇御製、冬天象、冬地儀、冬植物（『御集』）。今宵、仙洞にて御歌合十二番あり、二十四人の由なり、題は冬天象、冬地儀、冬植物なり（『鳳林承章記』）。写本・板本・板本写も多い。板本は寛永十八年十月、風月宗智刊。因みに風月宗智はこの前後に、『古今和歌集両度聞書』『三部抄之抄』『未来記雨中吟』『伊勢物語闕疑抄』『土佐日記』等を刊行している。

●十月十二日、北山に能円来訊、木下検校は見舞の為に来たる、承章は即席に発句を詠み、面八句の連歌を打つ（『鳳林承章記』）。

○十月十八日、上皇・東福門院は禁中に御幸あらせらる（『綜覧』）。

●十月二十五日、今朝伏見殿（貞清）の十歳の姫宮逝去し、法名を承章に頼むの由なり、俄に院名・法名を書付け遣す（『鳳林承章記』）。

●是月、幕府は和蘭人に嫁したる日本人並に其の子女を追放す（『綜覧』）。

●十一月七日、春日祭、上卿柳原業光参向、弁不参、奉行日野弘資（『続史愚抄』）。

○十一月十一日、蹴鞠あり、上皇・東福門院は之に臨ませらる（『綜覧』）。

●十一月十三日、午時、承章は宗旦を呼び、振舞の茶を点る、魚梁田検校来たる、宗旦は同座し相伴、茶後、検校と宗旦は平家を唱う（『鳳林承章記』）。

●十一月二十日、西洞院時慶薨ず、八十八歳（『諸家伝』）。飛鳥井雅綱孫、安居院覚澄男（『飛鳥井家譜』）。

●十一月二十五日、南光坊天海は幕府の命に依り、『東照社縁起』を撰す、是日成り、之を幕府に進む（『綜覧』）。

●十一月二十九日、聖護院道晃親王は澄存より灌頂を受けらる（『綜覧』）。園城寺にて灌頂、大阿闍梨大僧正澄存（『略年譜』）。澄存は今川氏真四男、聖護院末寺若王子住持、澄存妹は吉良義定室。後に吉良義央が道晃親王に

古典の書写や加証奥書等を依頼するようになる。

●閏十一月十三日、曼殊院良尚親王は灌頂を遂ぐ（勅会）、大阿闍梨青蓮院尊純、公卿中院通村以下三人着座、奉行鷲尾隆量（『続史愚抄』）。

●閏十一月十三日、是より先、幕府は出羽米沢城主上杉定勝をして、耶蘇会宣教師フランシスコ・同ヘルナアルトウを捜捕せしむ、是日、幕府はヘルナアルトウを同国最上に捕うるを報じ、フランシスコを捜索せしむ（『綜覧』）。

○閏十一月二十五日、尾張名古屋城主徳川義直の嗣子光義（光友）の室千代は、禁裏・仙洞・東福門院に物を献じ、成婚の恩を謝し奉る（『綜覧』）。

●閏十一月二十六日、家光は茶会を設け、青蓮院尊純及び南光坊天海を饗し、『東照社縁起』成るに依り、尊純に寺領五百石を加増す、明日、物を贈りて帰京に贐す（『綜覧』）。

○閏十一月二十七日、上皇・東福門院は禁中に御幸あらせらる（『綜覧』）。

●十二月五日、摂政二条康道以下を会し、官位のことを議せしめらる（『綜覧』）。

○十二月十九日、東福門院は年忘宴を上皇に献ぜらる（『綜覧』）。

●十二月十九日、陸奥仙台城主伊達忠宗は耶蘇会宣教師フランシスコ等を捕縛す（『綜覧』）。

●十二月二十八日、山城八幡に火あり、石清水八幡宮は其の災に罹る（『綜覧』）。

●是歳、幕府は蛮船の来泊を禁ずるに依り、対馬府中城主宗義成に命じ、薬種・絹類を朝鮮国に求めんとし、山城天龍寺寿仙（洞叔）をして、其の書を作らしむ（『綜覧』）。

●是歳冬、山門護持の本尊（如意輪観音図）、古画為るに依り太損の間、天台座主曼殊院良恕親王、沙汰し修復せしむ（『続史愚抄』）。

寛永十七年〔一六四〇〕庚辰　四十五歳　院政十一年

●正月一日、四方拝・小朝拝等なし、元日節会、出御なし、内弁近衛尚嗣、早出、徳大寺公信これに続く、外弁勧修寺経広以下六人参仕、奉行中御門宣順（『続史愚抄』）。

●正月七日、白馬節会、出御なし、内弁二条光平、外弁高倉永慶以下七人参仕、奉行万里小路綱房（『続史愚抄』）。

●正月八日、後七日法始、阿闍梨大覚寺尊性親王、太元護摩始、阿闍梨観助、以上奉行柳原資行（『続史愚抄』）。十四日両法結願。

●正月十一日、神宮奏事始、伝奏西園寺実晴、奉行中御門宣順（『続史愚抄』）。

●正月十六日、踏歌節会、出御なし、内弁九条道房、外弁柳原業光以下三人参仕、奉行日野弘資（『続史愚抄』）。

○正月十七日、院和歌御会始、題は風光日々新（『続史愚抄』）。御会始、上皇御製、風光日々新（『御集』）。

●正月十九日、和歌御会始、題は松竹春増色（『続史愚抄』）。内御会始、通村出詠（『内府集』）。

●二月八日、春日祭、上卿徳大寺公信参向、弁不参、奉行葉室頼業（『続史愚抄』）。

●二月十七日、西園寺公益薨ず、五十九歳（『公卿補任』）。

●二月二十九日、奉幣を東照権現（日光山、今年二十五回神忌に当たる）に発遣さる、先に日時を定めらる、上卿中院通村、弁柳原資行、幣使清閑寺共綱、宣命使五条為適、奉行中御門宣順（『続史愚抄』）。

●三月六日、北山に能円・能化来らる、能円は『源氏物語』を講釈し、承章聴聞なり（『鳳林承章記』）。

○三月十二日、朝観の為、仙洞（下御所）に行幸、先に召し仰せあり（陣にてなり）、上卿柳原業光、次に出御、公卿柳原業光以下五人、近衛将職事司々等供奉（祭主友忠、麻を献ず、例の如し）、御逗留たり、奉行日野弘資（『続史愚抄』）。

●三月十三日、稲荷神輿迎、此の日、中御門宣順は稲荷祭を社家に付さる綸旨を書き下す（『続史愚抄』）。

●三月十七日、青蓮院尊純（五十歳、梶井応胤親王子、今上御猶子）に法親王宣下あり、上卿花山院定好、勅別当中院通純、奉行万里小路綱房、時に仙洞に行幸中なり（土御門里内にて宣下さる歟）（『続史愚抄』）。

○三月十八日、院より行幸還御、供奉人等行幸時の如き歟（『続史愚抄』）。

●三月二十八日、辰刻、菅宮は北山に渡御、御供の衆は園基音・土御門泰重・野宮定逸・芝山宣豊・梅渓季通なり、この外御侍衆これ有り、宮様の御乳人幷御指乳人の両人御伴なり（『鳳林承章記』）。

●三月、赤山明神（叡山麓に在り）に石鳥居（竪三間二尺、横四間五尺）を建つ、是れ院の御沙汰と云う（『続史愚抄』）。

●四月十七日、東照権現祭礼、今度（今日より以前歟）の奉幣使清閑寺共綱、宣命使五条為適等参社（『続史愚抄』）。

●四月十七日、此の日、呂宋（南蛮の属国）の黒船一艘、肥前長崎津に漂着すと云う（『続史愚抄』）。

●四月十八日、日光山にて法会あり、公卿近衛信尋以下七人参向着座（『続史愚抄』）。

●五月二十四日、三条前内府（実条）、一昨日上洛に依り、璉《(承璉)》也は今日内府公に赴くなり（『鳳林承章記』）。

●六月五日、承章は高雄の霊宝を拝する為に高雄に向かう、今日霊宝を仙洞御覧故、霊宝を仙洞に上ぐる由、道中にてこれを聞き、承章は道中より帰るなり、小坊黄門（俊完）子息賀州黄門（光高）奉公の芝山内記上洛の由、今朝使者を給い、太刀折紙これを恵む、馬代銀子一枚なり（『鳳林承章記』）。

●六月七日、承章は祇園会見物に向う、また内々西忠味所に赴くと雖も、今日、中院亜相（通村）の内儀見物の為、忠味に赴かるに依り、承章は不見物なり（『鳳林承章記』）。

●六月十三日、此の日、陸奥松前忽ち晦冥、昼夜を別たず、都て三日、蝦夷島も之に同じ、爰に字知浦（松前より行程八日ばかりの地）の洪浪、陸に上がること十里、また同所の山焼け、裂け崩れ、海に入る、溺死者千余人、更に高山、海中に湧出す、件の近辺に灰ふり、平地の深さ七尺ばかり（八月下旬より焼け、未だ止まずと云う）（『続

史愚抄』)。
●六月十六日、昭子内親王(十六歳、院皇女、近衛尚嗣室)鬢剪と云う(『続史愚抄』)。
●六月二十日、承章は『源氏物語』末摘花の巻一冊、能円に借用(『鳳林承章記』)。
●六月二十四日、任大臣宣下(口宣)あり、右大臣三条西実条(『続史愚抄』)。十月四日に辞し、九日薨ず。
●六月二十八日、舞御覧あり、是日、春日局に御膳を賜う(『実録』)。
●七月一日、承章は近日、春日御局に礼を伸る為、今日、璧翁に到るなり(『鳳林承章記』)。
●七月七日、七夕和歌御会、題は星河秋久(『続史愚抄』)。七夕内御会、通村出詠(『内府集』)。
●七月十一日、智忠親王亭御月次会、聖護院道晃親王出詠、新秋露(『略年譜』)。
●七月十七日、妙法院堯然親王に天台座主宣下あり(曼殊院良恕親王辞替)、上卿柳原業光、奉行万里小路綱房(『続史愚抄』)。
●七月二十三日、北山に能円来訊、能化同道、源氏本持ち来たる、然ると雖も源氏の講あり、聴聞、今日若紫巻読了、講初め、則ち南歌来らる、扇子の箱持参、即ち源氏の講を聴聞なり、講了ぬ、冷飯を喫す(『鳳林承章記』)。
●八月三日、春日御局より返礼の為、璉也に銀子三枚・帷子一重を給う(『鳳林承章記』)。
○八月十二日、院皇女降誕(母御匣局、隆子)、磨佐宮と号す(『続史愚抄』)。
●九月九日、重陽和歌御会、題は籬菊露芳(『続史愚抄』)。重陽公宴、通村出詠(『内府集』)。
○九月十三日、仙洞当座御会、通村出詠(『内府集』)。
●十月三日、承章は三条西右府公(実条)所労以外なり、見舞いの為に行く、山形・木村と相対す(『鳳林承章記』)。
●十月九日、三条西実条薨ず、六十六歳(『公卿補任』)。香雲院と号す。息公勝は寛永三年に没し(三十歳)、孫実教はまだ二十二歳である。

○十月十六日、院皇子降誕（母新中納言局国子、園基音女）、照宮と号す（『続史愚抄』）。

○十一月四日、仙洞より申し出での、池坊専好立花の写し絵の手鏡折《（ママ）》本一冊、勧修寺黄門公（経広）より持ちなされ、而て承章に恩借せしむなり（『鳳林承章記』）。

●十一月七日、春日祭、上卿滋野井季吉参向、弁不参、奉行柳原資行（『続史愚抄』）。

●十一月十六日、承章は三条西宰相中将（実教）に赴く、則ち相対し打談、而て帰るなり（『鳳林承章記』）。

○十一月二十日、御当座、上皇御製、庭上松（『御集』）。

●十二月七日、三条西宰相公（実教）初めて北山に来訊、白綿十把を給うなり、吸い物、一盞を挙げ、袋茶を点つるなり（『鳳林承章記』）。

●十二月十日、小川坊城黄門（俊完）より、預け置きの道具三色、花入れ・御深草院宸翰掛物・為家卿小色紙掛け物を、今日持たれ、小坊に返すなり（『鳳林承章記』）。

●十二月十三日、山門根本中堂本尊遷座日時を定めらる、上卿柳原業光、奉行中御門宣順（『続史愚抄』）。

●十二月十四日、北山に伊藤長兵衛来たる、立花の写し絵出来、これを持参なり（『鳳林承章記』）。

●十二月二十三日、立花の写し絵の手鏡一冊、今日、承章は仙洞に返進仕るなり（『鳳林承章記』）。

●十二月二十六日、故智仁親王女、本願寺教興院良如の許に嫁す（『続史愚抄』）。良如内室は九条幸家女、継室は智仁親王女殊光院。

●十二月二十七日、北山に能円来訊、墨跡を持参、これを開く、則ち一休翁の真跡なり、「諸悪莫作衆善奉行」の竪軸なり（『鳳林承章記』）。

●是歳、四月より八月に至り、天下の牛馬多く疫死し、街に満つと云う（『続史愚抄』）。

寛永十八年〔一六四一〕辛巳　四十六歳　院政十二年

●正月一日、四方拝・小朝拝等なし、元日節会あり、出御なし、内弁二条光平、外弁滋野井季吉以下四人参仕、奉行万里小路綱房（『続史愚抄』）。

●正月七日、白馬節会、出御なし、内弁近衛尚嗣、外弁花山院定好以下五人参仕、奉行中御門宣順、此の日、先に内大臣近衛尚嗣着陣（『続史愚抄』）。

●正月八日、後七日法始、阿闍梨大覚寺尊性親王、太元護摩始、阿闍梨観助、以上奉行烏丸資慶（『続史愚抄』）。十四日両法結願。

●正月九日、北山に能円内々に礼に来たる時、『源氏物語』を講ずべきの由、然るに依り、今朝相招き、此方にて朝食相伴し、鳳団を喫し、初音巻を講ぜらる、読み口は末摘花巻たりと雖も、初春の講に依り、巻を越え、初音巻を講ぜらるなり（『鳳林承章記』）。

●正月十日、小坊黄門（俊完）、今度御方領百石、旧冬拝領なり、承章は今日三条宰相（実教）に赴くなり、年玉を故右府（実条）の時のごとく仕るなり（『鳳林承章記』）。

●正月十一日、神宮奏事始、伝奏徳大寺公信、奉行中御門宣順（『続史愚抄』）。

○正月十一日、院和歌御会始、題は雪消山色静（『続史愚抄』）。御会始、上皇御製、雪消山色静（『御集』）。

●正月十六日、踏歌節会、出御なし、内弁九条道房、外弁三条実秀以下三人参仕、奉行葉室頼業、此の日、先に右大臣拝賀着陣（『続史愚抄』）。

●正月十九日、和歌御会始、題は禁苑春来早、飛鳥井雅宣出題、読師花山院定好、講師葉室頼業、講頌四辻公理（発声）（『続史愚抄』）。聖護院道晃親王出詠（『略年譜』）。内御会始、通村出詠（『内府集』）。

●正月二十三日、造内裏（火事にあらず、ただ新造さると云う）日時を定めらる、上卿三条公富、弁柳原資行、奉行中御門宣順（『続史愚抄』）。
●正月二十六日、造内裏木作始、此の日、江戸の芝は大火と云う（『続史愚抄』）。
●二月十一日、御楽始あり（『実録』）。
●二月十三日、聖護院門跡歌会、懐紙、道晃親王出詠、庭花春久（『略年譜』）。
●二月十四日、春日祭を行わる、上卿坊城俊完参向、弁不参、奉行烏丸資慶（『続史愚抄』）。
●二月十四日、吉権・西瀬、今日池坊立花の会を見物のため、池坊に赴くなり、能円来られ、安三位（土御門泰重か）と始めて知人と成らる、能円は源氏を持参故、少し計り源氏を講ぜらるなり、黄昏に及びて止む（『鳳林承章記』）。
●二月十八日、内裏の古材（御輿宿及び日花門両腋）を大和氷室社に賜う（『続史愚抄』）。
●二月二十三日、北山に能円ふと来儀、源氏を講ずるなり、聴聞に能化来られ、末摘花巻今日講了なり、昨日北野の徳勝院にて、竹内門跡（曼殊院良恕）御成の故、池坊の立花あり（『鳳林承章記』）。
●三月三日、今日より七箇日、五大尊合行准大法を宮中にて行わる、阿闍梨妙法院堯然親王、是れ法眼武蔵江戸大火に依り祈謝せらると云う（『続史愚抄』）。九日宮中修法結願。
●三月八日、璉蔵主の親類村井立甫は璉子に逢う為、相尋ねらる、先年、承章は江戸にて佐久間日向守の所で相逢うの由、然るに依り、今日相対、打談なり、立甫に同道あり、蒔絵師の半兵衛なり、宿は新町通四条下る町西方の由なり（『鳳林承章記』）。
●三月十日、例年のごとく十二本骨の扇子一柄幷書状を林道春法印に遣す、板倉周防守殿の内牧善兵衛は江城に赴かるなり、それに依り、民部卿法印への言伝物を牧善兵衛に頼むなり（『鳳林承章記』）。

●三月十三日、三十三間堂（蓮花王院）にて後白河院四百五十年御忌法会を執行す（『続史愚抄』）。

●三月十九日、稲荷御輿迎、此の日、中御門宣順は稲荷祭を社家に付さる綸旨を書き下す（『続史愚抄』）。

●三月二十二日、巳刻、仮殿行幸（禁裏北殿、廊を経て密に渡御）、酉刻、内侍所同渡御、以上奉行万里小路綱房（『続史愚抄』）。

●三月二十四日、此の日より興福寺維摩会を行わる（先に闕請定あり）、行事日野弘資参向（『続史愚抄』）。三十日維摩会竟。

○三月二十六日、仙洞より御殿拝領す、相国寺の方丈造営の訴訟、相調うなり、禁中台屋を拝領なり（『鳳林承章記』）。

●三月二十九日、内裏御殿を尊純親王に賜う（『実録』）。

●四月七日、今日、八条宮桂光院十三年忌、八条宮にて懺摩あり、万年一山八条殿に赴かるなり、璉子もまた行くなり（『鳳林承章記』）。

●四月二十一日、午時、狩野探幽法眼北山に来らる、同道は狩野外記・久甫・宗貞（唐物屋）・長二・宗左衛門なり、平兵衛・佐五左衛門・十二郎・竹田庄左衛門は供なり、茶屋にて酉水を酌む時、法眼の舎弟狩野右京、昨晩江戸より上着の由、俄に法眼より呼び遣す、則ち右京来らる、承章始めて相逢う（『鳳林承章記』）。

●四月二十四日、午時、北山に能円来らる、源氏を講ぜらるなり、紅葉賀の巻聞き了ぬ、能喜もまた来らる、共に夕食を喫するなり（『鳳林承章記』）。

●六月十日、内裏立柱、上棟あり（『実録』）。今日禁中新造営の柱立てなり（『鳳林承章記』）。

●六月二十五日、承章は高雄上人を招く、立花を立てらる、吉権・西瀬もまた立花を致すなり、されば則ち久世新五郎来られ、立花了ぬ、夕食を喫す（『鳳林承章記』）。

○六月二十八日、院皇女降誕（母京極局継子）、桂宮と号す（『続史愚抄』）。四歳で早世。

●七月六日、承章は狩野探幽に赴きて書画を見る、法眼は仙洞よりの召しにより出らる（『鳳林承章記』）。
○七月七日、後水尾上皇の御悩御祈の為、内侍所臨時御神楽を行わる、尋いで恒例御神楽を附行せらる（『実録』）。
●七月七日、巳刻雨天、今日池坊にて立花数瓶あるに依り、吉権・西瀬は見物のため池坊に赴く（『鳳林承章記』）。
●七月十四日、小川坊城俊完・勧修寺経広来話なり、子細は仙洞内々御山荘の地を相尋ねらる、さるに依り、当山の内、風景の地、其の外、様子を見立て、申さるべきの旨、仰せにより、両人参らるるなり（『鳳林承章記』）。
●七月十八日、早晨、承章は勧修寺経広に赴く、仙洞御山居の御屋敷の絵図の義、談合の為なり（『鳳林承章記』）。
●七月十九日、承章は伊藤長兵衛を呼び、西瀬と衣笠山の麓に遣し、風景を図せしむなり、仙洞に呈上の絵図なり（『鳳林承章記』）。
●八月二日、勧修寺経広室、今晩逝去故、櫻井玄蕃は承章を呼びに来たる、鶏鳴の時節に勧修寺に赴く、黄昏に及び帰山せしむなり（『鳳林承章記』）。
●八月三日、小川坊城俊完より、八宮尊公（良純）宸翰を染めらるる一巻出来（『鳳林承章記』）。
●八月十二日、今朝、承章は小齋執行なり、故坊城俊昌卿三十三回の遠忌辰なり（『鳳林承章記』）。
○八月二十二日、院皇女降誕（母御匣局、隆子）、栢宮と号す（『続史愚抄』）。
●九月九日、重陽和歌御会、題は菊送多年秋（『続史愚抄』）。重陽公宴、当年仮殿歟、通村出詠（『内府集』）。
●九月十五日、午過、北山に能円・能化来訊、源氏の講あり、花宴巻聞き了ぬ、葵巻少し許り聞くなり、植松長右衛門来らる、これまた講釈を聴く（『鳳林承章記』）。
●十月十一日、永井日向守（直清）より押絵一枚来たる、承章の賛を請うなり（『鳳林承章記』）。
●十一月六日、高辻大蔵卿（遂長）より狂句・聯句一巻来たる、承章の点を請うなり（『鳳林承章記』）。
●十一月二十四日、此の日、春日祭を行わる、上卿姉小路公景参向、弁不参、奉行柳原資行（『続史愚抄』）。

●十一月、大覚寺月次御会、通村出詠（『内府集』）。

●是歳、長講堂本堂を再造す（按ずるに造始歟、正保元年に至り供養あり）、内裏の古材を賜うと云う、将軍家光は知恩院堂舎を再造す（『続史愚抄』）。

寛永十九年（一六四二）壬午　四十七歳　院政十三年

●正月一日、大雪と云う、四方拝なし、仮皇居に依り小朝拝・節会等なし（『続史愚抄』）。

●正月五日、千秋万歳あり（『実録』）。

●正月八日、後七日法延引、太元護摩始（阿闍梨本坊にてなり、近例の如し）、阿闍梨観助、奉行烏丸資慶（『続史愚抄』）。十四日太元護摩結願。

●正月十日、今朝早々承章は能円より朝食相伴、飯後に源氏講釈を聴聞なり、葵巻を半分ほどこれを聴く（『鳳林承章記』）。

●正月十一日、神宮奏事始、伝奏徳大寺公信、奉行柳原資行（『続史愚抄』）。

●正月十六日、今夜より仮皇居にて後七日法を行わる、阿闍梨大覚寺尊性親王、奉行烏丸資慶（『続史愚抄』）。二十三日後七日法結願。

●正月十九日、和歌御会始、題は柳糸緑新、飛鳥井雅章出題、懐紙を取り重ねらる、他日に披講あるべし（『続史愚抄』）。内御会始、通村出詠（『内府集』）。

○正月二十三日、院和歌御会始、題は為君祝世（『続史愚抄』）。御会始、上皇御製、為君祈世（『御集』）。

●正月二十五日、去十九日御会始の懐紙を披講さる、読師徳大寺公信、講師中御門宣順、講頌持明院基定（発声）、

奉行三条実秀（『続史愚抄』）。和歌御会始を行わる（『実録』）。題柳糸緑新、飛鳥井雅章出題。
●二月八日、春日祭、上卿三条公富参向、弁不参、奉行柳原資行（『続史愚抄』）。
●二月十二日、勅願に依り、今日より百箇日、広隆寺金堂薬師開帳（『続史愚抄』）。
●二月十四日、午時伊藤長兵衛、今度禁中御殿の御絵出来、承章に見せしむべきの由、妙蓮寺の寺中唯心坊にて振舞あり（『鳳林承章記』）。
●二月二十四日、七条本願寺の新屋敷の町見物なり（『鳳林承章記』）。
●二月二十九日、北山に能円来訊、源氏葵巻講釈聴き了ぬ（『鳳林承章記』）。
●二月晦日、承章は芝山宣豊へ赴く、承章所持の古瀬戸の茶碗を、小堀遠州に見せしむの事相頼む、然るに依り今日持参し宣豊に渡す、幷に妙法院堯然御筆を相染めらるる事、富小路頼直にてこれを依頼、押絵一枚これまた宣豊に相頼む（『鳳林承章記』）。
●三月二日、北山に仙洞の非蔵人吉田美作守来らる、狂聯句一巻持参、承章の点を乞うなり（『鳳林承章記』）。
●三月八日、大徳寺新命安室和尚入院、勅使烏丸資慶参向（『続史愚抄』）。
○三月九日、院皇女降誕（母新中納言局国子）、級宮と号す（『続史愚抄』）。後の常子内親王、近衛基熙室。
●三月十九日、承章は十二本骨の持扇一柄、金森宗和老に投ずるなり、小色紙の押絵の本相頼むものなり、伊藤九左衛門所有の小椿の飛入三好、仙洞に進覧せしむるなり（『鳳林承章記』）。
●三月二十二日、東照権現石塔建つるに依り、奉幣を発遣さる、先に日時を定めらる、上卿中院通村、弁柳原資行、幣使花山院定好、奉行油小路隆基（『続史愚抄』）。
●三月二十三日、今日伊藤長兵衛、花坊にて座敷の床の絵を書く、承章は見物の為に到る（『鳳林承章記』）。
●三月二十四日、稲荷御輿迎、此の日、広橋綏光は稲荷祭を社家に付さる綸旨を書き下す（『続史愚抄』）。

●三月二十六日、承章は表具師の久左衛門を呼び、表具を誂うなり、夢想国師大文字の掛物・亀山院宸翰の小色紙（『鳳林承章記』）。
●四月一日、伊藤長兵衛、今度蓮台寺の内花坊の座敷絵を書く、其の礼の為、承章より白銀一枚を長兵衛に遣す（『鳳林承章記』）。
●四月五日、午時、北山に能円・能化来らる、源氏榊巻持参故、講釈を聞く（『鳳林承章記』）。
●四月十三日、承章は禁中新御殿見物、この中、諸人群集、然ると雖も手筋なく、則ち見物成り難きなり、今日、森甚五右衛門殿見物ある為、小川坊城俊完に頼み、見物を遂げられしなり、承章は案内のため旁々吉権を相添、小川坊城に遣すなり（『鳳林承章記』）。
●四月十五日、今度五山衆、江城よりの召しにより下府なり、『武家諸系図』出来、その校考の御用なり（『鳳林承章記』）。
●四月晦日、承章は狩野探幽の所に赴く、則ち出迎え、打談、後陽成院宸翰の御文を今日持参せしめ、狩野探幽に授与せしむるなり、探幽喜悦なり（『鳳林承章記』）。
●五月四日、午時北山に武田信勝法眼来訊、打談の刻、法眼曰く、武田家の系図の勘考、内談を遂ぐべし、今日法眼に赴くべきの由、承章は了承し、武田法眼に赴く、則ち細野為景もまた来臨、共に系図を考うるなり、松永昌三儒来訊、相対し、共に夕食を喫す、昌三老は沈酔の故、早く帰る、承章と為景は鳳団を喫す、為景は杜鵑花詩を賦し、承章に与う、多年不遇の事、詩に見ゆ、渉筆を卒し、次韻（『鳳林承章記』）。
●五月八日、承章は勧修寺経広に赴く、武田氏の系図を相校の為、記録その外『公卿補任』を終日点検、これを見るなり、今日、出京中に長谷川頓也より書状来る（『鳳林承章記』）。
●六月七日、西川忠味の所にて祇園祭を見物の為、勧修寺（経広）の息女・小川坊城（俊完）の内儀・芝山大膳

（宣豊）の子達両人、忠味の所に来らる（『鳳林承章記』）。

●六月十日、新内裏遷幸日時を定めらる、上卿三条実秀、奉行油小路隆基、次に内侍所本殿渡御日時を定めらる、上卿同、弁柳原資行、奉行広橋綏光、今夜より新内裏（南殿）にて安鎮法（大法なり）を行わる、阿闍梨妙法院堯然親王、奉行烏丸資慶（『続史愚抄』）。十六日安鎮法結願。

●六月十八日、巳刻、仮皇居（土御門里内北郭内に在り）より廊を経て土御門新内裏に還幸（密儀）、威儀なし、次に御殿（清涼殿）にて晴の御膳（大床子）を供す、戌刻、内侍所は仮殿より本殿に渡御、近衛府職事等供奉、以上奉行広橋綏光（『続史愚抄』）。

●六月二十二日、内侍所辛櫃御搦（辰刻動座、巳刻鎮座）、卜部兼里之に奉仕、次に宗源行事清祓等を行う、以上奉行広橋綏光（『続史愚抄』）。

●六月二十四日、承章は今日狩野探幽兄弟を招くと雖も、雨天故、延引なり、北山に能円来らる、源氏榊巻の講釈を聴聞仕るなり、能喜・能遷・能化・能叶、また来らるなり、黄昏に及び、連歌少しあり（『鳳林承章記』）。

●春夏間、饑饉、人多く死す、三月より七月に至り米価貴踊すと云う（『続史愚抄』）。

●七月一日、御移徙御祝儀として将軍使吉良義弥、参内す（『実録』）。

●七月二日、今明両日、中和門院十三回御忌（御忌三日）の奉為に、御仏事を仙洞にて行わる、今日尊勝茶羅尼讃なり、導師東寺長者大覚寺尊性親王、公卿三条公富以下二人参仕、奉行院司葉室頼業、伝奏清閑寺共房（『続史愚抄』）。

●七月三日、中和門院十三回御忌、御仏事（法華懺法）を般舟三昧院にて行わる、公卿西園寺公満以下二人参仕、奉行柳原資行、院御法会第二日、結願、結縁灌頂三昧耶戒（庭儀）あり、導師昨に同じ、公卿二条光平以下三人参仕、度者使正親町実豊（『続史愚抄』）。

●七月十二日、承章に芝山宣豊より申し来たれる由、菅宮様は相国寺山門を御見物に御成りの由、然るに依り、急ぎ相国に赴く、宮様は山門に御座、承章罷り出て、御礼を伸べ、西水を酌す、月晴、則ち石橋上にて御遊興なり、御供致し、方々徒歩、方丈にて常住より御供衆に糒を出す、その節は、承章未だ出京致さざるなり、俄の御成り故、遅承なり、御供の公家衆は両伝奏飛鳥井雅宣・今出川経季・藪嗣良・園基音・岩倉具起・梅渓季通・芝山宣豊・小倉公根なり、崟長老・承章は惣門外にて公家と礼を伸ぶ（『鳳林承章記』）。

●七月十六日、承章は真瓜一籠、半井寿庵に遣す、昨日素鵞宮様より拝領の鬢籠なり、真瓜一籠を狩野法眼に投ずるなり（『鳳林承章記』）。

●七月十八日、承章は素鵞宮様に伺公、一昨日の瓜籠拝領の御礼旁々なり、神辺十左衛門より買い香合一ヶを取寄せ持参せしめ、宮様に呈するなり、御読書中の故を以て、御対面無きなり、芝山宣豊は案内のため同道せしむ（『鳳林承章記』）。

●七月二十一日、闇首座より書状来たり、承章これを披く、則ち伏見宮貞清親王息女禅智院住持尼逝去なり、道号を付くべきの旨、申し来る（『鳳林承章記』）。

●七月二十三日、和歌御会始（遷幸後御会と云う）、題は寄松祝君、飛鳥井雅章出題、読師広橋兼賢、講師日野弘資、講頌持明院基定（発声）、奉行滋野井季吉以下二人と云う（『続史愚抄』）。

●八月二日、北野の能円にて月次の連歌あり、吉権・西瀬、今日より連衆に加え、出座なり（『鳳林承章記』）。

●八月九日、承章は俊頼卿筆の掛物、今日西川瀬兵衛に遣す（『鳳林承章記』）。

●八月十六日、久栄は勧修寺経広に頼まれ、盆山石の松を栽ゆるなり、石を付くるなり（『鳳林承章記』）。盆山石の流行もこの時代の風潮である。

●八月二十三日、承章は能円を招き、『源氏物語』榊巻の講釈を聴聞、南可またこれを聴く（『鳳林承章記』）。

●九月二日、北野の能円にて月次の連歌あり、吉権・西瀬は出席致すなり（『鳳林承章記』）。
●九月九日、重陽和歌御会、題は黄菊泛觴、飛鳥井雅章出題（『続史愚抄』）。
●九月十日、能円来話、依頼の歌の選を承章に持ち来れるなり（『鳳林承章記』）。
●九月十五日、妙法院堯然親王、天台座主を辞す（『続史愚抄』）。
●九月二十日、御能あり（『実録』）。今日明日、御移徙の御能あり、太夫は渋谷対馬なり（『鳳林承章記』）。
●九月二十二日、昨晩より北山に南可来られ一宿、今日は能円を招く、南可の所望に依りて、源氏桐壺巻の素読、能円講ぜらるなり、南可聴聞の為なり（『鳳林承章記』）。
●閏九月五日、承章は能円・能化・能喜を招き、茶を振る舞うなり、能円は近日出雲国に赴かれ、暇乞いの為、相招くなり、承章は発句を製して、連歌十句余りこれ有り（『鳳林承章記』）。
○閏九月十四日、仙洞にて御能十八番あり、太夫は本阿弥光林息又八なり、脇は島津仁兵衛幷弟子久世新五郎等、太鼓はヤヤコ九郎兵衛出るなり、承章召さるに依り、見物致すなり（『鳳林承章記』）。
●閏九月十七日、妙心寺新命大梁和尚入院、勅使甘露寺嗣長参向（『続史愚抄』）。
●閏九月十八日、勧修寺家の系図の義、談合有るに依り、今日、承章は勧修寺経広に赴き、内談を遂ぐ、然る時、細野為景・武田寿仙同道、勧修寺にて相逢う、幸に今日、細野為景と談合せしめ、武田道安法眼の系図、大方相究むなり（『鳳林承章記』）。
●十月五日、承章の祖父勧修寺晴秀公の御影、数年真如堂の内の東養坊に有る由、常々老婦二位殿物語これ有り、然るに依り、宥蔵主を以て真如堂の蓮光院に頼み、御影を所望仕るなり、今朝宥公は古い御影一軸持ち来たられ、これを開きて見るに、則ち承章の亡父晴豊公の面体と少しも差わず相似る、即ち御影は此方に相留むなり、晴秀公薨じて六十六年なり、六十六年にして承章は祖父の遺像に対し、感嘆余り有り（『鳳林承章記』）。

●十月七日、聖護院道晃親王は『和歌式〔詠草懐紙短冊等之事〕』一冊校合了、本文別筆、元奥書「寛永元年九月中旬」云々、校合奥書「寛永十九年年十月七日一校了」（『略年譜』）。

●十月十九日、碁打ちの少年権四郎、北山に始めて来たる（『鳳林承章記』）。

●十一月二日、北山の冬至の行事、毎年のごときなり、本屋仁左衛門より『名所和歌』四冊全を持ち為し、越すなり（『鳳林承章記』）。本屋仁左衛門は二条鶴屋町の田原仁左衛門のことか。

●十一月六日、今日、板倉重宗・永井尚政・久世広之は、金閣見物に来臨（『鳳林承章記』）。

●十一月十二日、春日祭、上卿藪嗣良参向、弁不参、奉行烏丸資慶（『続史愚抄』）。

●十一月二十二日、水無瀬氏成出家、七十二歳、法名是空（『諸家伝』）。

●十一月二十三日、今日、北野能円は雲陽より上洛なり、夜前、能円屋敷の藪に、夜盗、付け火の由、旁々見舞いの為に、使者を遣す（『鳳林承章記』）。翌二十四日、能円、北山に今日来られて承章対顔なり（『鳳林承章記』）。

●十一月二十九日、仙洞より承章に押絵の賛を仰せ出され、今日絵一枚来たり、俵屋宗雲法橋筆なり（『鳳林承章記』）。

●十二月九日、『善悪物語』上下二冊、川勝喜にて許借せしむるなり（『鳳林承章記』）。

○十二月十五日、院皇子（御年十、素鵞宮と号す、儲皇と為す、母京極局継子、後光子と改む、養母東福門院）御名字紹《つく》仁（東坊城長維撰び申す）に立親王宣下あり、上卿九条道房、已次公卿なし、弁柳原資行、勅別当花山院定好、親族拝、上卿別当二人立つと云う、奉行広橋綏光、此の後、綏光は殿上にて親王家家司職事の折紙を左大臣道房に下す、次に道房（上卿）、花山院定好（別当）等親王御本所（按ずるに院御所）に参る、此の日、先に道房は拝賀着陣（『続史愚抄』）。今日、素鵞宮に親王宣下あり（『鳳林承章記』）。

○十二月十九日、承章は院参仕る、先日仰せ出さる赤黍絵の讃の下書き持参し、叡覧に備う（『鳳林承章記』）。

●十二月二十八日、梶井慈胤親王に天台座主宣下あり、上卿柳原業光、奉行甘露寺嗣長（『続史愚抄』）。

●十二月二十九日、承章は伊藤長兵衛書の押絵小色紙八枚、田島覚左に遣すなり（『鳳林承章記』）。

寛永二十年（一六四三）癸未　四十八歳　院政十四年

●正月一日、四方拝・小朝拝等なし、元日節会あり、出御なし、内弁近衛尚嗣、外弁三条実秀、以下七人参仕、弁柳原資行、奉行広橋綏光、此の日、先に尚嗣拝賀着陣（柳原資行参陣と云う）（『続史愚抄』）。

○正月四日、承章は晴雲軒に赴き、道具・衣を着して、参院せしむるなり、杉原十帖・金扇子一本を進上、例年の如し、初参の御礼相済み、九条を脱ぎ、掛羅を着す、御囃を聴聞、御囃の中、召出さるに依り、御前に出づ、則ち近衛信尋・一条昭良御伺公、御眼に掛かるなり、上様仰さるの趣きは、承章の妙薬を覚え申し、其の薬方を書付け、御相伝の旨、書付けを進上仕るべきの仰せなり、畏り承り了ぬ（『鳳林承章記』）。

●正月五日、千秋万歳あり（『実録』）。

●正月七日、白馬節会あり、出御なし、内弁二条光平、舞妓拝後早出、徳大寺公信これに続く、外弁坊城俊完、以下五人参仕、奉行日野弘資、此の日、内大臣二条光平拝賀着陣（扈従の公卿清閑寺共綱以下二人、前駈殿上人池尻共孝以下五人）（『続史愚抄』）。

●正月八日、後七日法始（南殿にてなり、恒の如し）、阿闍梨大覚寺尊性親王、太元護摩始（理性院坊にてなり、恒の如し）、阿闍梨観助、以上奉行甘露寺嗣長（『続史愚抄』）。十四日両法結願。

●正月十六日、踏歌節会あり、出御なし、内弁松殿道基、外弁中院通純、以下七人参仕、奉行柳原資行（『続史愚抄』）。

●正月十九日、和歌御会始、題は緑竹年久、飛鳥井雅章出題、読師柳原業光、講師烏丸資慶、講頌四辻公理（発声）、奉行滋野井季吉以下二人（『続史愚抄』）。聖護院道晃親王出詠、巻軸詠（『略年譜』）。

●正月二十一日、神宮奏事始、伝奏徳大寺公信、奉行広橋綏光、此の日、三毬打あり（『続史愚抄』）。

○正月二十三日、院和歌御会始、題は梅花告春、読師勧修寺経広、講師広橋綏光、講頌藪嗣良（発声）（『続史愚抄』）。御会始、上皇御製、梅花告春（『御集』）。仙洞御会始、通村出詠（『内府集』）。

●二月八日、春日祭、上卿藤谷為賢参向、弁不参、奉行烏丸資慶（『続史愚抄』）。

●二月九日、北山に武田寿仙来らる、武田家系図を見合わすなり（『鳳林承章記』）。

●二月十二日、承章は草花共を北条氏重に遣す、俄に自ら茶の湯なり、茶後に宗利は謡声を発す、宗旦は平家声を発す（『鳳林承章記』）。

●二月二十七日、今夜より三箇夜、内侍所御神楽を行わる、拍子本綾小路高有、拍子末持明院基定、次に恒例を付行さる（今年分歟、凡そ三箇夜御神楽、次に恒例を付さる、希有歟）、拍子本忠秀、拍子末忠清（以上近衛の召人）、以上奉行広橋綏光（『続史愚抄』）。

●三月二日、儲皇親王醍醐寺に於て桜花御覧あり、御帰路、随心院に渡御あらせらる（『実録』）。

○三月四日、仙洞より椿花一輪、承章は管見を赦さる、永井尚政より進上の椿の由、仰せ出さるなり（『鳳林承章記』）。

○三月六日、仙洞より承章に仰せ付けらるる絵の讃、今日持参致し、院参致すに依り、先に坊城俊完に赴く、今日紹仁親王に参り、御礼申し上ぐべきの内意、其の為、小坊公を同道せしむ、先に伺公し、仙洞に絵讃を呈上奉る、則ち御対面なり、今日今出川経季は御茶を進上致さるなり、然るに依り、幸に承章もまた御供仕り御茶屋に伺公致すべき由、仰せに依り、御供仕り、御茶屋に到る、御相伴仕るなり、御相伴衆は一条昭良・飛鳥井雅章・阿野公業・藪嗣良・承章、此の衆なり（『鳳林承章記』）。

○三月九日、親王御方御稽古之御会初度、後十輪院内府（通村）出座、上皇御製、庭竹（『御集』）。承章は親王御方に御礼を奉る為、先刻坊城俊完を同道せしめ、先ず仙洞に到るなり、先日仙洞仰せ出さる傘の柄の軽竹を呈

上の為なり、今日九本これを捧ぐ、則ち此の中の竹、子細は好み次第に申し上ぐべく、傘を仰せ付けられ、拝領致すべきの由なり、親王御方は今日和歌の御会に仙洞に成らる、故を以て院御所にて御礼を申し上ぐるなり、引合十帖・金扇子一本を進上致すなり、坊城俊完の取次なり、披露なり（『鳳林承章記』）。十歳の紹仁親王（後光明天皇）は和歌稽古会に始めて出席し、中院通村の指導を受けることになったのであろう。

●三月十九日、承章は土御門泰重・中院通村・藪嗣良・阿野実顕・勧修寺経広・園池宗朝に赴く、来る二十六日仙洞にて御茶を進上仕るに、承章に御取持ちを頼み入るの由、其の為に各に赴くなり、中院・土御門・藪は御相伴を頼むなり、園池は勝手を頼むなり（『鳳林承章記』）。

●三月二十三日、五味金右衛門殿の内、川辺小右衛門は北山に来らる、二十六日の仙洞御茶進上仕るの見廻りなり、相対し、夕食を相伴（『鳳林承章記』）。

●三月二十五日、明日仙洞の御茶屋にて立花の事、高雄上人立花致さるべきの旨、承章所望に依り、今日上人来訊、当山にて藤花の真を見合い、これを切るなり（『鳳林承章記』）。

○三月二十六日、承章は御膳・御茶を仙洞に献じ、仙洞の御茶屋にて御膳を上るなり、御茶屋の床の内の掛物は、承章所持の亀山院の宸翰を懸くるなり、高雄の上人は立花一瓶を御床にて仕る、御膳の御道具・御菓子は、芝山宣豊の私宅にて、此方の者、拵うるなり、清所より諸事御道具を借り寄するなり、其の外の御膳の拵えは御台所にて仕立つるなり、御相伴は聖護院道晃親王・青蓮院尊純親王・藪嗣良・中院通村・阿野実顕・土御門泰重、此の衆なり、御勝手の肝煎りは勿論、勧修寺経広・坊城俊完・芝山宣豊なり、園池宗朝は尤も頼みにする者なり、御膳を召し上がられ、御泉水の御舟を拵え、乗られ、御舟の御遊、御舟より御茶屋に成られ、則ち御茶を相催さる、御茶堂は勧修寺に頼むと雖も、勅命に依り、承章御茶を立つるなり、御膳の御茶・御相伴の御茶は濃茶を立て、薄茶を御膳に捧ぐるなり、御茶具は残らず新しく拵うるなり、御茶以後、御菓子を出だす、

御咄色々なり、秉燭の後、漸く後段を出だす、御盃を出だし、お酒を奉る、則ち各謡声を発し、乱酒、承章は天盃を頂戴すること四度に及ぶなり、仙洞は御機嫌能く、龍顔に笑みを含まれ、承章も万悦浅からざるものなり、仙洞は数遍御盃を挙げられ、御沈酔なり、今宵は幸に庚申なり、然るに依り、御遊有るべきの旨、仰せにより深更に及ぶ、漸く丑刻に及び、御茶屋より還御なり、各大慶、また一盞を挙げて退出す（『鳳林承章記』）。

○三月二十七日、昨日の御礼に承章は仙洞に伺公、則ち御対面、昨日の御礼を仰せらる、今日、公家夜話の故事を申し上げらる、承章もまた聞くべきの由、仰せ入りに依り、御同座にてこれを聞く、大覚寺尊性親王・妙法院堯然親王・聖護院道晃親王・青蓮院尊純親王御成なり、親王御方（紹仁）また成り為さるなり、妙法院殿・聖護院殿また夜話を仰せなり、夜話相済み、退出せしむ、園池宗朝・芝山宣豊・坊城俊完・勧修寺経広に到り、昨日肝いりの一礼を伸るなり、昨日承章の工夫を以て拵る御前の御茶具を、芝山宣豊を以て仙洞に捧ぐるなり、御茶碗幷台・袋・茶筅・茶巾なり、御茶入れは新壺両ヶ有りと雖も、袋入一ヶを捧ぐるなり、粟田口の作兵衛の焼く飴薬の唐の似せ物の丸壺なり、西瀬を芝山公に遣し、昨日の道具の見分をし、方々に返進、其の外は北山に遣し、黒木の余りは芝山公に置く（『鳳林承章記』）。書陵部蔵『仙洞夜話集』一冊等あり。

●四月七日、内侍所臨時御神楽を行わる、拍子本綾小路高有、末持明院基定、奉行日野弘資（『続史愚抄』）。

●四月十日、儲皇親王密に石山寺に詣で給う（翌日還御）、此の事に依り、観世音九箇日開帳ありと云う（『続史愚抄』）。

●四月十六日、内侍所臨時御神楽を行わる、拍子本綾小路高有、末持明院基定、付歌殿上人小倉季雅（後に実起と改む）一人、奉行柳原資行（『続史愚抄』）。

●四月十七日、また内侍所臨時御神楽を行わる（二箇夜にあらず、別の御願なり）、所作歌方等公卿四辻公理以下三人、殿上人小倉季雅以下二人参仕、奉行烏丸資慶（『続史愚抄』）。

○四月十七日、承章は早々仙洞に伺公、今日狩野探幽、仙洞にて絵を仕るの故、見物仕るべきの旨、仰出の故な

り、先に坊城俊完に到り、同道せしめ、承章は芝山宣豊に到るなり、芝山は今日仙洞の御代参にて、石山に赴かる、去る十日、紹仁親王は石山に御参詣、其の故に石山観音開帳なり、今日までの開帳なり、承章は仙洞に赴き、則ち御対面なり、御前にて外山殿と相逢うなり、探幽は御簾の前にて、二枚屏風一双、其の外三幅一対を図す、承章もまた三幅一対の脇二枚を相頼み、探幽書す、即ち御簾の前にて、これを図すなり、絵を仕舞い、仙洞御手鑑の古筆を探幽は拝見仕りたきと相望み、則ち管窺を許さるなり、承章もまた披見す、御屏風の絵は、片方は定家卿の歌の絵の心なり、「駒留而袖打掃方モ無、佐野渡之雪之曙」の図なり、片方は四睡図なり（『鳳林承章記』）。佐野の渡図は世に広まり、架蔵本にも二幅ある。『国華』九四三など参照。

●四月二十五日、承章は『可笑記』二冊を金光寺に返納のついでに、岩茸一包みを贈る（『鳳林承章記』）。

○四月二十八日、上皇御製、契恋（『御集』）。歌会表記なし。仙洞当座御会、通村出詠（『内府集』）。

○四月二十九日、院皇子降誕（母御匣局、隆子）、幸宮と号す（『続史愚抄』）。不審。寛宮は四月二十八日誕生。

●五月一日、賀茂祭の競馬の足揃えを見る、承章の桟敷の隣は近衛尚嗣御成なり（『鳳林承章記』）。

●五月三日、仙洞より紅葉傘一本、今日承章拝領し、頂戴せしむなり（『鳳林承章記』）。

●五月十一日、淳和・奨学両院別当の任官御礼として将軍使吉良義弥、参内して物を献ず（『実録』）。

○五月十三日、上皇御製、霞春衣（『御集』）。仙洞当座、通村出詠（『内府集』）。

●六月五日、承章は宗旦にて、宗旦作の茶杓一本恵まれるなり（『鳳林承章記』）。

●六月八日、去々年、三条西実教より、璉蔵主の秉払料合力の為、銀子一貫五百目渡さる、今度璉蔵主は北山を出退、然るに依り右の銀子一貫五百目を、今日三条西実教に返進、即ち承章は書状を遣し、使者として吉権右衛門を遣すなり、三条西殿の内、木村越前、銀子の請取に来たるなり（『鳳林承章記』）。

●七月三日、承章は『古文真宝鈔』『鶴林玉露』四冊全、今日厚蔵主に返納せしむるなり、闇主座より借用の本

なり（『鳳林承章記』）。

●七月四日、承章は帰山の刻、宗旦老に寄り、則ち宗因居られ、相逢うなり、厚公所持の利休居士筆書状の掛物、今日取り来たり、即ち宗旦に見せしむ、則ち正筆の由なり（『鳳林承章記』）。

●七月七日、七夕和歌御会、題は織女夕心（『続史愚抄』）。七夕公宴、通村出詠（『内府集』）。

●七月十五日、曼殊院良恕親王（陽光院王、正親町院御養子）薨ず、六十九歳（『続史愚抄』）。

●七月十八日、闇公三十五日、玉龍庵にて齋あり、承章は早朝万年に赴く、齋了りて墓参、而て帰山、則ち竹内御門主に赴き、弔礼を伸ぶるなり、一昨日曼殊院良恕親王御他界なり（『鳳林承章記』）。

●七月二十日、北山に武田恭安来らる、武田道安の状を持参、其の外武田の系図持参して、談合せしむなり、道安弟子道竹また恭安同道、相逢うごとし（『鳳林承章記』）。

●七月二十一日、承章は勧修寺経広に赴く、是れまた内談あり、武田道安の系図の義に付き、『公卿補任』を校し、書き付くの用なり（『鳳林承章記』）。

○七月二十三日、午時、仙洞にて御振舞あり、妙法院尭然親王・聖護院道晃親王・梶井慈胤親王・青蓮院尊純親王・承章の五人なり、御振舞、承章もまた各御相伴仕るなり、御茶済み、仙洞幷御門主達は御船に乗り、池上を数回り、船中にて種々の御咄、船より御上り有り、林中にて椎茸を御覧、承章に仰せ付けられ、椎茸を取るなり、其れより紹仁親王御所に赴かる、御供を致し、伺公致す、親王御方にて御盃を浮かべ、御吸い物、西水を侑められ、還御、御供致し、御書院にて御吸物出づ、御酒宴数遍、世尊寺伊経正筆の『後拾遺』を拝覧せしむるなり、世尊寺行能の父なり、南蛮の草種コエンドロと云う薬を一包み拝領仕るなり、傷食・木葉の祟り・小児の驚風・疳虫・疱瘡等の妙薬なり、種を植ゆべしとの仰せなり（『鳳林承章記』）。

●七月二十七日、午時、曾谷宗喝にて御振舞あり、承章も参る、諸道具ども驚目なり、墨跡は恵融と、亭主申さ

るなり、唐僧なり、茶の後、書院に出づ、種々の飾り物に驚目なり、蘇東坡の自絵自讃の竹の図なり、三幅一対尾張宰相（光友）の筆なり、飛鳥井雅親女筆『古今集』なり（『鳳林承章記』）。

●八月一日、若州の住、河野豊後の作筆三双幷御本の筆一管、今日仙洞に上る為、承章は坊城俊完に到り、相渡すなり、仙洞より仰せ付けらる、豊後の結筆なり（『鳳林承章記』）。

●八月十二日、去年より、押絵の歌、妙法院堯然親王に尊毫を染めらるべき事、申し上ぐるなり、富小路頼直相頼むなり、今日出来、富小路より芝山に到り、芝山より持ち為し、届けられしなり、菊の押絵なり、歌は此方より古歌を撰び、書き付けを進入せしむなり（『鳳林承章記』）。

○八月十三日、承章は仙洞に参観、今日の御門主衆は、仁和寺覚深親王・大覚寺尊性親王・妙法院堯然親王・聖護院道晃親王・梶井慈胤親王・青蓮院尊純親王、承章もまた同じく御座の間に入り、御相伴仕るなり、辱くも鳳団を賜るなり、御茶堂は坊城俊完なり、小御所にて御茶の湯、御風炉釜なり、書院床の上の御花入れは釣舟なり、菊花一輪・草梅二茎なり、草梅は草花なり、珍しき花なり、始めて拝見仕る草花なり、棚上の御飾物は悉く拝見せしむるなり、道風筆『白氏文集』巻物・定家筆『更級日記』一冊・飛鳥井雅頼筆『古今集』・為世筆『歌合』一巻判者為世なり、即ち判詞為世自筆なり・定家筆三冊有る『万葉集』全部余は其の時代の名筆なり・名筆各筆の『源氏物語』全部・枝珊瑚樹載盆・蒔絵御文箱三百年余の物の由・御硯箱・御香炉青磁環入りなり、右の御飾物を拝見せしむなり（『鳳林承章記』）。

●八月二十二日、寅首座、今日、本圀寺に赴かる故、朝鮮三使の讃を相頼まれしに依り、狩野興以筆の山水図、今日寅首座に遣すなり（『鳳林承章記』）。

●八月二十六日、寅首座今日持参せしむ、今度朝鮮副使、日光にて製作の自筆の詩龍洲自筆なり幷朝鮮絵師の筆寒山・布袋二枚の書図を、恵まれしなり、高麗墨今度渡海の学士所持の墨摺り掛け是れまた恵まれしなり（『鳳林承章記』）。

●八月二十七日、内侍所臨時御神楽を行わる、拍子本綾小路高有、末持明院基定、奉行甘露寺嗣長（『続史愚抄』）。
●八月二十八日、北野松梅院にて振舞あり、承章は初めて松梅院に赴く（『鳳林承章記』）。
●九月九日、重陽和歌御会、題は禁庭菊、飛鳥井雅章出題（『続史愚抄』）。
●九月十二日、林光院にて齋あり、惺窩先生二十五年忌なり、僧衆十員計りなり（『鳳林承章記』）。
●九月十三日、野間三竹医、ふと承章を尋ねられ、延齢丹を二貝恵まれる（『鳳林承章記』）。
●九月十八日、新仙洞（主上脱履後の御座料なり、前中和門院旧地を以て経営さる）にて今日より七箇日、安鎮法を行わる、阿闍梨梶井慈胤親王、奉行甘露寺嗣長（『続史愚抄』）。二十四日結願。
●九月二十六日、五兵衛の所にて城作座頭、琵琶を以て、平家物語を語るなり（『鳳林承章記』）。
○九月二十七日、儲皇紹仁親王（御年十一、院皇子、母京極局光子、養母東福門院）、元服を院御所にて加えらる、加冠二条康道、公卿三条実秀以下二人着座、理髪広橋綏光、扶持上達部三条実秀、奉行日野弘資、伝奏清閑寺共房、次第は二条康道作進、仮名次第は上皇御製と云う（『続史愚抄』）。
●九月二十九日、儲皇親王参内（密儀の為、板輿を用いらる）、公卿阿野実顕以下五人、殿上人山本勝忠以下十四人供奉、即ち院御所に還御（『続史愚抄』）。今度御譲位・即位の故、江戸の御年寄衆酒井忠勝・松平信綱上洛、今日京に着すの由なり（『鳳林承章記』）。
●十月二日、前大僧正南光坊天海（東叡山開祖、輪王寺開基、毘沙門堂中興の祖）薨ず（『続史愚抄』）。百八歳歟。諡号は慈眼大師。『慈眼大師全集』二冊（国書刊行会）等を参照。
●十月三日、天皇（御年二十二）は御弟儲皇紹仁親王（院皇子、母京極局光子、養母東福門院）に譲位、卯刻、親王は下御所（院仙洞）より内裏に渡御（車を用いらる）、公卿高倉永慶以下九人、殿上人千種有能以下九人供奉、奉行家司柳原資行、次に主上は新殿に行幸（前中和門院旧地、経営さる）、先に陣にて召し仰せあり、上卿九条道房、次

に出御、公卿道房以下二十一人、左右の大将（二条光平・松殿道基）本陣に在り、職事及び司々等供奉、摂政二条康道（乗車歟）後塵（祭主友忠麻を献ず、例の如し）に在り、以上奉行広橋綏光、内侍所渡御なし、本殿に寘き奉つらる、次に新御所にて警固々関を行わる、上卿近衛尚嗣、奉行日野弘資歟、次に譲位の節会を行わる、内弁近衛尚嗣、外弁三条実秀、以下九人参仕、宣命使清閑寺共綱、弁柳原資行、奉行日野弘資、次に剣璽新主御所（土御門殿）に渡さる、摂政二条康道以下公卿九人供奉、奉行烏丸資慶（『続史愚抄』）。女天子（明正）新院行幸、春宮行啓、譲位、剣璽の渡御、今日相済むなり、行幸を見物の為、勧修寺経広に赴くなり、桟敷は勧修寺の門外なり、行啓の行列松明なり、東宮御車の前、殿上人松明を持つなり、行幸は午刻前なり、堂上地下の供奉、式法のごとくなり、武家は酒井忠勝・松平信綱・板倉重宗・吉良義安・天野長信・大岡忠吉供奉すなり、左大将二条光平・右大将松殿道基なり、鳳輦の跡に女中の車二両なり、摂政関白二条康道・左大臣九条道房なり、行幸の後、新院（明正）にて御譲位、節会あり、節会過ぎ、黄昏に及ぶ、剣璽渡御あり、是れまた見物せしむなり、剣璽渡御の行列松明なり、宝剣は藤谷為条これを持ち、神璽は神祇伯白川雅喬王これを持つなり（『鳳林承章記』）。

●十月三日、土御門里内にて受禅（御年十一）、旧主御所より剣璽を渡さる、内侍所にては元より本殿（土御門里内）に座す間、渡御の儀なし、此の日、二条康道を以て元の如く摂政と為す、次に公卿昇殿勅授帯剣牛車、元の如し、殿上人禁色雑袍、元の如し等の事宣下あり、上卿近衛尚嗣、次に吉書奏あり、上卿同、次に大床子御膳を供す、出御なし、陪膳広橋綏光、次に朝餉御膳を供す、今度、殿上及び宜陽殿等饗を略さると云う、以上奉行日野弘資、今日旧主御所にて院司を補さる歟（『続史愚抄』）。大床子御膳は五日まで供す。

●十月四日、承章は先に林道春老に赴く、今度江戸御年寄衆上洛、道春老もまた上洛故、見舞うなり、青銅百匹を持参せしむなり、法印に相対し、打談、法印子息春齋もまた相逢うなり、正意子息柳庵来られ、相対すなり、

法印曰く、昨日行幸幷節会・剣璽渡御の行列・作法書付の拝見を望むなり、勧修寺経広に申し伝え、相調えられ、投ずべきの由、申さる、覚書書き付け相渡さるなり（『鳳林承章記』）。

●十月八日、卯刻、五山衆・其の外五山末寺衆・去年江城にて系図書写の衆は、御年寄衆（松平信綱・酒井忠勝）に赴く、先に各堀川の松永昌三宿所にて待ち合せなり、平賀清兵衛指引き、肝煎りなり（『鳳林承章記』）。

●十月十二日、太上天皇（明正）の尊号を旧主に奉るらる、即ち御随身及び御封頓給衛士仕丁等宣下あり、上卿広橋兼賢、奉行広橋綏光（土御門泰広は詔書を新院御所に持参）、次第は摂政康道作進と云う、此の日、摂政康道直廬にて御礼服を覧る、公卿徳大寺公信以下五人参会、奉行柳原資行（『続史愚抄』）。

●十月十八日、即位由奉幣を発遣さる、先に日時を定めらる、上卿三条実秀、奉行甘露寺嗣長、発遣の間、石灰壇にて御拝あり（次第の如く南殿に作る）（『続史愚抄』）。

●十月十九日、左大臣九条道房は葉室頼業を以て、即位新式及び次第を奏す（『続史愚抄』）。

●十月二十日、即位の習礼あり、今明両日、即位に風雨の難無く無為の御祈あり、七社（石清水、賀茂下上、松尾、稲荷、日吉、春日、吉田）九寺（仁和寺、大覚寺、聖護院、妙法院、梶井慈胤親王、三宝院、随心院、青蓮院、東寺等なり）、次第の如く十箇寺御誦経を作す、奉行甘露寺嗣長（『続史愚抄』）。

●十月二十一日、天皇（御年十一）は紫宸殿にて即位礼を行わる、内弁九条道房、外弁広橋兼賢、以下七人参仕、四辻公理を宣命使と為す、官方行事柳原資行（一人なり）、蔵人方奉行葉室頼業、此の日、先に摂政二条康道は即位灌頂を授け奉ると云う（『続史愚抄』）。今日、御即位の天子十一歳、御諱紹仁、仙洞皇子なり、御母は園基任女京極局なり、国母御方（東福門院）の御養子と成る、午刻に即位なり、見物の為、飯後、勧修寺経広に赴くなり、明王院・高雄上人を同道せしむ、然ると雖も禁中の御門堅く鎖す、即位の見物は成らず、前代未聞の義なり、関東より相副えらる武士、御門の警固に新法を行う、禁闕の作法にあらざるなり、法度以下、王法に

絶するものか（『鳳林承章記』）。

●十月二十六日、吉良義安、一昨日逝去の由、南可の物語るなり、承章は驚くなり（『鳳林承章記』）。

●十一月四日、知恩院門跡八宮（良純）は流罪、甲陽の天目山に遣すの沙汰、今日相聞くものなり（『鳳林承章記』）。

●十一月五日、承章は賀茂に赴くなり、内々より南可の所にて、漢和聯句の稽古の為、相催すべしとの堅約故なり、能円また同道せしむの兼約故、能円もまた賀茂に赴かるなり、賀茂氏人北面の岡本丹州・同玄蕃、興行すべきの内存なり、南可の茅屋にて、終日句を打ち、一順一折巡るなり、連衆五人なり、北面の岡本丹波とは、承章は年来仙洞にて相逢うなり、岡本玄蕃は今日初めて相逢うなり、此の仁は宝鏡寺の家老なり、玄蕃の所にての掛物は中院通村の筆なり、後陽成院と中院通勝の詩歌なり、通勝は也足の事なり（『鳳林承章記』）。この「詩歌」とは、もちろん慶長四年十二月に後陽成院よりの七絶に通勝が奉和したという例の有名なものを指すのであろう（日下幸男『中院通勝の研究』）。

●十一月六日、春日祭、上卿四辻公理参向、弁不参、奉行甘露寺嗣長（『続史愚抄』）。

●十一月九日、和歌御会始（代始）、題は松添栄色、飛鳥井雅宣出題、読師広橋兼賢、講師正親町実豊、講頌飛鳥井雅宣（発声）、御製読師九条道房、同講師藤谷為賢、奉行中院通純（『続史愚抄』）。

●十一月十一日、知恩院良純親王（後陽成院皇子、東照権現猶子）を甲斐天目山に流す（『続史愚抄』）。

●十一月十一日、般舟院より、言伝幷に『源氏物語』の書写を相頼まる、鳥の子紙六冊を相届けらるなり（『鳳林承章記』）。

●十一月十五日、主上（後光明）は昼御座にて御読始あり、東坊城長維は『史記』五帝本紀を、五条為適は『後漢書』明帝紀を、東坊城知長は『漢書』高帝紀を、五条為庸は『文選』第一を、高辻長純は『貞観政要』第一等を授け奉る、奉行正親町実豊（『続史愚抄』）。

●十一月十九日、今夜より三箇夜、内侍所御神楽（代始）を行わる、拍子本綾小路高有、末持明院基定、此の次に、恒例を付行さる、拍子本俊良（十二歳）、末季雅、付歌殿上人俊仲、以上奉行正親町実豊（『続史愚抄』）。

●十一月二十五日、午時に川勝喜内は北山に来らる、喜内の姪川勝杢介・良庵の両人を同道なり、始めて知人と成るなり、良庵もまた喜内の姪なり、遊乗坊草庵の子息なり、杢介は加州の前田光高小姓なり、一両年牢人なり（『鳳林承章記』）。

○十一月二十六日、仙洞にて御口切りの御振舞、御門跡衆残らず御成りなり、仁和寺覚深親王・妙法院尭然親王・一乗院尊覚親王・聖護院道晃親王・大覚寺尊性親王・梶井慈胤親王・青蓮院尊純親王の御七人なり、承章もまた召し加えられ御相伴し、御茶を下さるなり（『鳳林承章記』）。

●十一月二十七日、今晩禁中にて御香始、競物香これあり（『鳳林承章記』）。

●十一月二十七日、一条昭良息伊実元服、即ち正五位下禁色等宣下あり（『続史愚抄』）。

●十一月二十八日、妙心寺新命沢雲和尚入院、勅使甘露寺嗣長向かう（『続史愚抄』）。

●十一月、聖護院道晃親王は『三十六人集』十冊の書写開始か（聖護院本奥書）。

●十二月一日、今日より三七日、東山長楽寺観世音開帳（『続史愚抄』）。

●十二月四日、午時、賀茂の岡本丹波・同玄蕃弁南可を北山に招きて、漢和興行なり、北野能円また相招くなり、南可にて先日興行の漢和を相続くるなり、今日二折り満つるなり（『鳳林承章記』）。

●十二月六日、遊行廻国上人近頃在京故、日中法事・躍り念仏を見聞の為、金光寺に赴く（『鳳林承章記』）。

●十二月十日、代始に依り、勅使広橋兼賢を石清水社に立てらる、また新院使滋野井教広参向（『続史愚抄』）。

●十二月二十二日、鷹司教平息房輔元服、即ち正五位下禁色等宣下（『続史愚抄』）。

正保元年（寛永二十一）〔一六四四〕甲申　四十九歳　院政十五年

●正月一日、四方拝なし、小朝拝あり（出御なしと云う、不審）、摂政二条康道以下公卿二十四人、殿上人正親町実豊以下三十人参列、申次奉行等正親町実豊、元日節会あり、出御なし、内弁九条道房、立楽後早出、広橋兼賢これに続く、外弁高倉永慶以下六人参仕、奉行葉室頼業（『続史愚抄』）。
○正月四日、仙洞御謡初、新院（明正）また御幸なり、御能の中、仙洞（後水尾）は承章を召し、御簾中にて御対談、則ち女院の御内、権大納言殿・右衛門佐殿・新院の御乳人按察殿・道晃親王御北堂の三位殿、御前にて御酒あり、権大納言殿・右衛門佐殿・按察殿とは、今日初めて相逢うなり、仙洞は御引合せに成らるなり、准后様（清子内親王）また御出に成られ、尊顔に対すなり、万里小路充房息女錦小路殿・中川殿息女梅小路殿は、承章の親類なり、対顔仕るべきの由、仙洞の仰せ、其れに依り、按察殿は新院に右の趣を仰せ上げられ、両人出され、相逢うなり、梅小路殿は先年より新上東門院に御奉公の時、切々相逢うなり、錦小路殿は今日初めて逢うなり、権大納言殿・三位殿・按察殿・右衛門佐殿は、度々一盞を侑められ、承章沈酔、正体無く、御能まだ済まざる前に、早々退出、晴雲軒に到る、朔旦試筆の詩、今日仙洞に献ずるなり、近衛信尋・尚嗣父子・一条昭良・大覚寺尊性親王・聖護院道晃親王と仙洞にて御目に掛かるなり（『鳳林承章記』）。
○正月五日、千秋万歳・猿楽等、恒の如し、此の日、本院（後水尾）・新院（明正）禁裏に幸す（年始御幸始）、即ち還御（『続史愚抄』）。
●正月七日、白馬節会、出御なし、内弁松殿道昭、外弁藤谷為賢、以下七人参仕、奉行烏丸資慶（『続史愚抄』）。
●正月八日、太元法始（代始に依り南殿にて之を行わる）、阿闍梨観助、奉行坊城俊広、後七日法延引（『続史愚抄』）。十四日結願。御代始に依り、紫宸殿に於て太元帥法を修せらる、是日、後水尾上皇並に東福門院之に御幸、聴

聞あらせらる（『実録』）。
●正月十一日、神宮奏事始、伝奏徳大寺公信、奉行正親町実豊（『続史愚抄』）。
●正月十六日、踏歌節会、出御なし、内弁近衛尚嗣、陣以後早出、徳大寺公信之に続く、外弁四辻公理、以下五人参仕、奉行甘露寺嗣長（『続史愚抄』）。
●正月十九日、和歌御会始（清涼殿にてなり、西面歟）、題は若菜知時、飛鳥井雅章出題、読師三条実秀、講師正親町実豊、講頌滋野井季吉（発声）、奉行中院通純（『続史愚抄』）。出御あらせらる（『実録』）。
●正月十九日、午時に能円・能花は北山に来らる、能円は『源氏物語』の講釈なり、花散里巻の初めなり、聴聞するなり、花散里を済み、須磨巻を少し聴聞するなり（『鳳林承章記』）。
○正月二十三日、本院和歌御会始、題は春到管弦中、読師中院通村、講師某、講頌滋野井季吉（発声）（『続史愚抄』）。御会始、上皇御製、春到管弦中（『御集』）。仙洞御会始、通村出詠（『内府集』）。
●正月二十三日、承章は先に坊城俊完に到り、則ち対談、承章は女院伺公の御礼の内談幷に遊行廻国の上人号の儀、談合せしむ、而て直に晴雲軒に到るなり、坊城にて俊広は試筆和歌共の冊を借用せしむなり（『鳳林承章記』）。
●正月二十四日、此の日、故前将軍秀忠十三回忌なり、因て兼日勅使勧修寺経広を関東に立てらる（『続史愚抄』）。
●正月三十日、心華の振舞相済み、承章は急ぎ仙洞に伺公仕るなり、今日東福寺の公用墨跡・図画御覧の故なり、無準禅師の手蹟十五幅・即之の筆数多・兆殿主筆の二十八祖・五百羅漢・同筆三幅一対を見る、仙洞にて御振舞あり（『鳳林承章記』）。
●二月一日、春日祭、上卿清水谷実任参向、弁不参、奉行甘露寺嗣長（『続史愚抄』）。
●二月五日、表具師久左衛門弟惣左衛門を呼び、表具を誂うるなり、狩野探幽筆の三幅一対一通・闇公遺像の影一幅誂うるなり（『鳳林承章記』）。

●二月十一日、今日より後七日法を行わる（南殿にてなり）、阿闍梨大覚寺尊性親王、奉行坊城俊広（『続史愚抄』）。十八日結願（日次の事に依り、八箇日に及ぶ歟）。

●二月十一日、本院皇女桂《けいの》宮（母京極局光子）薨ず、四歳、後日清浄華院に葬る（『続史愚抄』）。

●二月十五日、承章は伊藤長兵衛を呼ぶ、江戸金地院より来たる、押絵図不分明に依り、談合せしむなり、黄昏に及び細野為景・武田恭安・恭安弟次郎幷に宗甫同道にて、晴雲軒に来訊、相談せしむなり、武田道安は今度江戸にて法印に成られ、其れに就き、院号の内談なり（『鳳林承章記』）。

●二月十七日、南可は今宵北野の神前に参籠して、法楽の和歌即席十五首を詠むべきの由なり（『鳳林承章記』）。

●二月十八日、今日より石山寺観世音開帳（三十三年に当たる故と云う）（『続史愚抄』）。

●二月二十一日、法隆寺にて法会舞楽等ありと云う（『続史愚抄』）。

●二月二十五日、承章は松永昌三より御蔵紙二包み恵まる、伊藤長兵衛は屏風の儀にて来たる、是れまた呼び出し昌三と知人と成る（『鳳林承章記』）。

●三月一日、北山に本屋の仁左衛門来る、『林間録』『仏鑑録』『首楞厳』右三部留置き、買却せしむなり（『鳳林承章記』）。仁左衛門は二条鶴屋町の田原仁左衛門か。

●三月二日、今晩承章に江戸より書状来たる、承章の姉光寿院殿の訃音、肝胆を驚かすなり、新庄新三郎より飛脚来たる（『鳳林承章記』）。

●三月十三日、長講堂本堂供養あり、楽所等参向と云う（『続史愚抄』）。

●三月十四日、大平五兵衛は双林寺にて振舞なり、五兵衛姪城作座頭は琵琶を弾じ、平家を語る（『鳳林承章記』）。

●三月十八日、稲荷御輿迎、此の日、甘露寺嗣長は稲荷祭を社家に付さる綸言を書き下す（『続史愚抄』）。

●三月十八日、大徳寺新命全海和尚入院、勅使坊城俊広参向（『続史愚抄』）。

●三月十八日、近衛尚嗣は多武峯御墓山に参る（『続史愚抄』）。
●三月二十一日、本院皇女八重宮（十四歳、母御匣局隆子）は宝鏡寺に入り、喝食と為る（『続史愚抄』）。
●三月二十九日、承章は昨日花坊より一軸借用、朝鮮人雪峯筆の明月軒の三大字なり（『鳳林承章記』）。
○三月三十日、仙洞にて遊行上人の法事念仏を仰付けられ、御聴聞なり、承章また聴聞の為に召さるなり、広御殿の階前に続舞台あり、其の上にて、念仏なり（『鳳林承章記』）。
●四月一日、今夜、星変ありと云う（按ずるに流星歟）（『続史愚抄』）。
●四月二十日、承章は午時、宗旦・智存を招き、鳳団を点つるなり、然れば則ち古筆了佐・半井古庵もまた来べきの由、幸にこれを招くなり（『鳳林承章記』）。
●四月二十四日、今日より七箇日、修法を清涼殿に行わる（去る一日の星変の御祈歟）、阿闍梨聖護院道晃親王、奉行甘露寺嗣長（『続史愚抄』）。五月一日結願。
●五月十八日、本康徳齋は見舞のために来らる、承章は幸に歯の療治を頼むなり、承章の歯一枚破痛、其の破歯を抜くなり（『鳳林承章記』）。
●五月十九日、承章は秀宮様（良仁）にて御屏風一双申し出で、拝借仕るなり、譲位・即位の図の御屏風なり、江戸より申し来たるに依り、画工に命じ、相写し為すなり、坊城俊完に赴き、相対す、行幸の行列の一巻を借用せしめ、晴雲軒に帰るなり（『鳳林承章記』）。
●五月二十九日、造皇大神宮山口木本祭日時を定めらる、上卿三条実秀、奉行葉室頼業、次に造豊受大神宮同日時を定めらる、上卿徳大寺公信、奉行烏丸資慶（『続史愚抄』）。
○六月六日、後水尾上皇、御書籍を返進あらせらる（『実録』）。
●六月十日、北条久太郎（氏重）は昨日江戸より伏見に上着、北条より承章に書状来たるなり、森市三郎御母に

頼まれ、即位行幸の屏風の代銀十枚、北条より言伝来たるなり、紹以今日持参致さるなり（『鳳林承章記』）。

○六月十二日、承章は仙洞に到るなり、新院（明正）・女院（東福門院）御幸、立舞あるなり、大坂兵大夫は御舞台にて舞うなり、狂言また有り、景清上巻・堀川夜討ち・八島の三番これ有り、承章は楽屋に行き、兵大夫に逢うなり、御振舞あり、近衛殿下桜御所（信尋）・二条康道・一条昭良・二条光平・聖護院道晃親王・青蓮院尊純親王御成りなり、承章は御前に召し出され、簾中にて御咄、西水を賜うなり（『鳳林承章記』）。

●六月十三日、明智日向守秀岳居士諷経、例年のごとし（『鳳林承章記』）。

●六月十八日、是日より御書籍の虫払あり（『実録』）。

●六月十九日、承章参内、巳刻先に坊城俊完に到り、道具九条を着す、車寄せより宮中に入り、内の番所にて休息、然るに則ち出御、御対面なり、道具衣を脱ぎ、色衣・掛け羅を着し、仙洞の御前に出づ、則ち天子（後光明）また御座なり、今日御虫払い、古筆歌書幷巻物名筆等を拝見いたす、伏見院庚申の御手本等を拝見なり、天子・仙洞は御案内に成られ、宮中残らず召し連れられ、御供致し、これを見る、聖護院道晃親王・青蓮院尊純親王御成り、共に御見物なり、黒戸の御所にて、御菓子・御酒、其の後、水繊御吸い物、漸く退出せんと欲す、則ち仙洞仰せ出され、青蓮院と承章は退出仕るまじきの由、御振舞あり、黒戸にて仙洞の御相伴は青蓮院・承章・坊城俊完・園基音なり、御菓子以後に秉燭、紫宸殿・清涼殿を御見物なり、今日院に盃を頂戴し、土器を以て両盃を飲む、承章沈酔なり、聖護院殿は午刻に御退出なり、青蓮院殿は伏見院宸翰を少し許り御写しあり、則ち其の次に伏見院宸翰御写の歌二首、青蓮院御門主遊ばされ、承章拝領仕るなり、持仏堂にて、御本尊は地蔵菩薩なり、仙洞の仰せの趣きは此の地蔵は勧修寺尹豊より進上仕るなり、後柏原院の時なり、承章知るか否か、勅答せしむ、先年承り及ぶ、然ると雖も子細は存ぜず、仙洞曰く、先年尹豊霊夢あり、地蔵来るべし、買却すべきの夢なり、翌日ある人有り、地蔵を肩ぎ、尹豊に売却し、これを買却す、売人は価を取らず

して帰り、再び来たらず、故を以て地蔵を禁中に進上すなり、霊仏なりと、承章は低頭し、承り了ぬ、其の外、名作の霊仏を拝見すなり、御持仏堂の障子絵は、祖師の図なり、絵の祖師を御尋ねの事あり、申し上ぐるなり(『鳳林承章記』)。

●七月七日、七夕和歌御会あり、題は二星適逢、飛鳥井雅章出題、奉行三条西実教(『続史愚抄』)。七夕公宴、通村出詠(『内府集』)。

○七月八日、承章は仙洞より御召し故、巳刻に院参仕る、今日術仕る者を召され、種々秘術を致すなり、見物せしむなり、御振舞あり、天野長信・大岡忠吉相談じ、濃茶を喫す、則ち承章を御前に召し出され、今日の術の御雑談これ有るなり、今日若王子もまた見物のため伺公、終日打談、二条康道・智忠親王・近衛信尋・一条昭良・一条教輔・聖護院道晃親王・梶井慈胤親王・青蓮院尊純・曼殊院良恕親王・実相院義尊御成りなり(『鳳林承章記』)。文中の若王子は今川澄存のことと思われる。『今川氏と観泉寺』(吉川弘文館)等を参照。

●七月十三日、梶井慈胤親王、天台座主を辞す(『続史愚抄』)。

●七月二十一日、承章は先に芝山宣豊に到りて休息せしめ、申の上刻に院参せしむなり、大梅糟漬け一曲物五十顆を仙洞に進上仕るなり、仙洞の御客は、近衛信尋・一条昭良・聖護院道晃親王・青蓮院尊純親王・勧修寺経広・中院通村・阿野実顕・藪嗣良・土御門泰重・岩倉具起・承章、以上十一人なり、常御所にて御振舞なり、近頃常御所にて、水舟で海石の内を刳り、龍口を以て水を湧出すること一尺三寸、水を御竹縁にて巻き上ぐるなり、此の水を各見せ為されて御振舞なり、御酒色々数酒・糯数種・色々の御菓子共なり、濃官焙を点てられしなり、上林竹庵の鱗形なり、御門主御両人と承章は、袈裟を脱ぐべしの仰せなり、即ち承章もまた掛け絡を脱ぐなり、初更に及び、女院の御殿にて女中の躍りあり、見物仕るべきの旨、仙洞は各召し連れられ、女院御殿に赴く、簾中にて見物せしむ、庭上にて女八十六人躍り、相了ぬ、また御縁にて盲婦三人三味線を弾き、躍

り女二十五人なり、躍り了ぬ、仙洞にて謡・小鼓各一声を発す（『鳳林承章記』）。

●七月二十九日、伊勢大風、両宮正殿萱葺高欄等破損、風宮は大木の為に圧倒さる、即ち神体を御倉に遷し奉る、また神路山の木多く倒ると後日禰宜ら言す、因て七箇日、祈謝すべき由を両宮の禰宜等に仰す（『続史愚抄』）。

●八月一日、日蝕（未申刻）、地震（『続史愚抄』）。

●八月二日、承章は早朝所司代板倉重宗に赴く、相国寺の年頭の礼なり、清閑寺共房・中院通村に、所司代屋敷にて相逢うなり（『鳳林承章記』）。

●八月三日、承章は近衛信尋桜御所に伺公仕るなり、漢和御興行の、破題の章句を仰せ付けられしに依り、持参せしむ、則ち御対談なり（『鳳林承章記』）。

●八月十九日、大聖寺禅尼宮恵仙（後陽成院皇女、母中和門院）薨ず、五十歳（『続史愚抄』）。

●八月二十三日、去る七月二十九日伊勢国大風あり、伊勢外宮の正殿の萱葺・高欄等破損し、風宮社また圧倒す、仍て是日、伊勢両宮に七箇日の御祈を行うべき旨、仰せ出さる（『実録』）。

●八月二十四日、承章は仙洞に赴くなり、坊城俊完より、明後日の仙洞懺法の義、内談ありて呼び来たる、其の故、仙洞に赴き、坊城俊完と相談（『鳳林承章記』）。

●八月二十六日、左大臣九条道房第にて年号勘者宣下あり、奉行正親町実豊（『続史愚抄』）。

○八月二十六日、後陽成院聖忌に依り、本院御所にて法華懺法あり、相国寺僧徒参勤（『続史愚抄』）。仙洞にて万年の懺法これ有り、今日後陽成院の御正当の月なり、懺法の清衆十三人以上なり、巳刻相国の鐘鳴る、則ち各院御所に赴くなり、御門の内、部屋にて侍し、大衆は道具衣を着す、承章は斎了りて仙洞に赴き、道場の体を見る、則ち昨雲興の指図を以て、行者共これを飾る、然ると雖も悪しきことあり、然るに依り園基音・坊城俊完と談合を以て、大衆は机の立ち処以下を改むるなり、仙洞は広御殿の東間なり、観音像を東方に掛けり、

立花は今朝池坊を召され、池坊これを立つるなり、後陽成院の御位牌これ無きに依り、焼香は一度のみなり（『鳳林承章記』）。

●八月二十七日、雨天、承章は昨日の御礼に両長老を同伴せしめ、院参せしむなり、園基音・坊城俊完の両公を以て御礼申し上ぐるなり、両殿は仰せとして、相国寺の懺具を仙洞より御寄進の旨、申さるなり、辱き旨この三長老申し上げ、退出せしむなり（『鳳林承章記』）。

●八月二十八日、東御所の御中陰、大聖寺殿にてこれ有り、相国寺より贈経八軸あるなり（『鳳林承章記』）。

●九月二日、承章は坊城俊完に赴く、武田道安法印の院号の談合の為なり、相対し、直に武田道安に赴く（『鳳林承章記』）。

●九月三日、今日より七箇日、卜部兼里は神道護摩を吉田館にて修す、奉行坊城俊広（『続史愚抄』）。

●九月六日、今日より七箇日、修法を清涼殿にて行わる（伊勢大風の御祈歟）、阿闍梨青蓮院尊純親王、奉行坊城俊広（『続史愚抄』）。十二日結願。

●九月九日、重陽和歌御会あり、題は菊久馥、飛鳥井雅章出題、奉行三条西実教（『続史愚抄』）。

●九月十日、承章は近衛桜御所に赴く、漢和御連衆の義なり、此処にて滋野井季吉と対談、近衛信尋は季吉と中象戯あり、これを見物せしむ、承章は直に帰山せしむなり、近衛殿下の御会の連衆の義は、鹿王院倫西堂にて、今日申し遣すなり（『鳳林承章記』）。

●九月十三日、清涼殿に出御、十三夜の月を賞せらる（『実録』）。

●九月十七日、水無瀬氏成薨ず、七十四歳（『諸家伝』）。

●九月十七日、承章所持の貫之筆の大色紙の掛物、北条氏重借用仕りたきの由、懇望に依り、許借せしむなり、即ち江馬紹以の所に持ちなし、これを遣すなり、掛物の箱は不遣なり（『鳳林承章記』）。

○九月二十日、御代始御能あり、後水尾・明正両上皇並に東福門院等、之に御幸あらせらる（『実録』）。

●九月二十三日、大明は改元し、弘光の由なり、大明国は乱邦の由なり（『鳳林承章記』）。

●九月三十日、承章は武田道安法印入省の義に付き、伝奏飛鳥井雅宣に赴く、則ち相対し、内談せしむ（『鳳林承章記』）。

●十月二日、本院（後水尾）皇子御名字幸教（十一歳、今宮と号す、母京極局光子）、同皇女御名字賀子（十三歳、女五宮と号す、母東福門院）等に親王宣下あり、上卿高倉永慶、幸教親王家別当西園寺実晴、賀子内親王家別当中院通純、奉行正親町実豊（『続史愚抄』）。

●十月三日、承章は巳刻に北山より直に院参せしむ、然れば則ち一条昭良・青蓮院尊純親王御成り、御振舞あり、承章また御相伴仕る、御濃茶下さるなり、青蓮院殿は還御、即ち御用の義、仰せ付けなり、細野為景に申し伝えの事なり、一条昭良は仙洞の御菊籬を御遊覧、承章また御供仕る（『鳳林承章記』）。

●十月六日、幸教親王（十一歳、院皇子）は青蓮院に入り、即ち得度す、法名尊敬、戒師妙法院堯然親王、後年、尊敬親王は輪王寺に移転す（『続史愚抄』）。別資料では十六日とする。

●十月八日、今日武田道安は、法印の御礼に院参致さるなり、承章また少し用あり、旁々出京せしめ、坊城俊完に到る、則ち早く武田道安の院参は相済むなり、承章は仙洞の御用あるに依り、仙洞に赴く、則ち奥の御座間にて御対面なり、移刻、御雑談、今日亥子、丹波野瀬の御調物を召し上がらるなり（『鳳林承章記』）。

●十月十六日、午時承章帰山せしむ、天山（義満）御自筆の御文の表具、出来なり、日光の御門跡、天子の御舎弟・天子御一腹の二宮は今宮と号し、十一歳、今日御得度（尊敬）なり、青蓮院にてなり、戒師また青蓮院尊純親王なり（『鳳林承章記』）。

○十月二十六日、本院（後水尾）御受戒あり、雲龍院如周正専西堂参院し、之を授け奉る、また女房両三人、簾

中にて受戒す（『続史愚抄』）。

○十月二十七日、御能あり、後水尾・明正両上皇並に東福門院等、之に御幸あらせらる（『実録』）。

●十月二十七日、天寿院殿贈内相府路岩（勧修寺光豊）真徹尊儀の三十三回の遠辰なり、承章の家兄なり（『鳳林承章記』）。

●十月二十八日、承章は今日妙法院御門主に赴くなり、其の子細は、内々に御門主は承章を招かるべきの御内意、然るに依り御礼の為、伺公致すなり、杉原十帖・両金の末広一本持参、進上致すなり、初めて伺公致すに依り、七条道場の金光寺上人を案内者と為し、同道せしむなり（『鳳林承章記』）。

●十一月三日、子祭、四辻季賢（箏）、林歌及び太平楽を弾く、中園季定は篳篥を吹く（『続史愚抄』）。

●十一月五日、青蓮院尊純親王に天台座主宣下あり、上卿徳大寺公信、奉行裏松資清（『続史愚抄』）。

●十一月七日、承章は坊城俊完にて、幸阿弥与兵衛と初めて相逢うなり、蒔絵師の幸阿弥なり（『鳳林承章記』）。

●十一月十一日、春日祭、上卿西園寺公満参向、弁不参、奉行坊城俊広（『続史愚抄』）。

●十一月十三日、小御所にて楽御会始あり（今年初度）、平調楽（郢曲等）、御所作箏、所作伏見宮貞清親王及び公卿二条康道以下七人、殿上人高倉嗣孝以下九人参仕（『続史愚抄』）。

●十一月十六日、承章は当年改元の字、今日始めて伝聞なり、改元は正保の由なり（『鳳林承章記』）。

●十一月二十二日、未明より大雪降る、承章は午時に坊城俊完・園池宗朝・芝山宣豊・祥源院・姉小路宗理を招きて、振舞なり、各中象戯あり、三種茶を点つる（『鳳林承章記』）。

●十一月二十五日、承章は金光寺に赴くなり、今午、妙法院堯然親王にて御茶を下さるべきの由、内々より仰せなり、金光寺上人（覚持）・般舟院西堂を同道なり、午時三人同道せしめ、妙法院に参る、則ち種々の御振舞なり、御掛物は定家卿切歌二首、前書きの有るものなり（『鳳林承章記』）。

●十一月二十六日、九条道房は里第にて、条事定国解及び年号勘文等を奏す、奉行正親町実豊（『続史愚抄』）。

●十二月一日、河内の北条氏重の家老舟越外記の所より承章に書状くる（『鳳林承章記』）。

●十二月三日、月次楽御会あり（『実録』）。

●十二月六日、琉球人の唐物屋寿庵来る、道具を見る（『鳳林承章記』）。

●十二月十五日、園池宗朝を以て豊宮（周敦）の屛風一双、此の夏に拝借仕るなり、絵師伊藤長兵衛にて屛風を誂える行幸御譲位の図なり、江戸より頼み来たる故なり、絵の本に為すに依り、御屛風を拝借仕るなり、其の御屛風を今日返上致すなり、使者として西川瀬兵衛を以て、書状を遣し、園池宗朝殿に返上仕るなり、細野為景殿は内談あるにより、晴雲軒に来訊なり（『鳳林承章記』）。

●正保元年十二月十六日、条事定あり（摂津国司言条事八箇条）、上卿九条道房、已次公卿徳大寺公信以下七人参仕、次に改元定を行わる、上卿以下同前、寛永を改め正保と為す、代始に依るなり、勘者四人、正保の字を東坊城知長撰び申す、吉書を奏す、上卿徳大寺公信、以上奉行正親町実豊、伝奏広橋兼賢（『続史愚抄』）。

●十二月十八日、九条道房は里第にて正親町実豊を以て、国解定文を奏す（『続史愚抄』）。

●十二月二十日、今度禁中に御庭出来、将軍（家光）よりの御馳走なり、鹿苑寺領内衣笠山の麓に、大石十一ヶこれ有り、此の石を挽き取らんと欲す、然ると雖も当山にては何方よりもまた案内なし、然るに依り今日使者を遣し、石の奉行を呼び、御朱印また見せしめ、無理なことを如何の由、申し渡す、然ると雖も此の石は大石なり、当寺の用に立つこと無し、進上仕ると雖も、一往無理の段、申し聞かすなり、吸い物・盃を出すなり、奉行は将軍の御代官衆久島八左衛門と云う仁なり、一人は小堀遠州殿の内、鈴木次太夫と云う仁なり、承章相対し、具さに演説せしむなり（『鳳林承章記』）。

●十二月二十五日、承章は方丈にて大般若経を転読、来年大樹公四十二歳の御厄年なり、其の御祈禱なり（『鳳林承章記』）。

●是歳、本院（後水尾）は仙洞にて諸臣に仰せて『類題和歌集』を類聚させられしなり（尊経閣本奥書）。奥書全文は延宝七年一月中旬の条に載す。なお後水尾院歌壇撰『類題和歌集』については、日下幸男『類題和歌集――付録本文読み全句索引エクセルCD』（和泉書院）を参照。

正保二年（一六四五）乙酉　五十歳　院政十六年

●正月一日、四方拝・小朝拝等なし、元日節会あり、出御なし、内弁松殿道昭、外弁藤谷為賢以下六人参仕、奉行葉室頼業（『続史愚抄』）。

○正月六日、本院（後水尾）・新院（明正）・女院（東福門院）は禁裏（後光明）に幸す（『続史愚抄』）。

●正月七日、白馬節会あり、出御なし、内弁近衛尚嗣、公卿堂上後早出、広橋兼賢これに続く、外弁中院通純、以下四人参仕、奉行柳原資行（『続史愚抄』）。

●正月八日、後七日法始（南殿にてなり、以下同）、阿闍梨大覚寺尊性親王、太元護摩始（理性院本坊にてなり、以下同）、阿闍梨観助、以上奉行裏松資清（『続史愚抄』）。

○正月十二日、御会始、上皇御製、残雪半蔵梅（『御集』）。

●正月十二日、今夜より三箇夜、別御願修法を鬼間にて行わる、阿闍梨大覚寺尊性親王、後七日修法中兼行と云う（『続史愚抄』）。

●正月十三日、故園基任に贈左大臣宣下あり（口宣、今上の外祖父為るに依るなり、此の日、三十三回忌に当たる）（『続史愚抄』）。

●正月十六日、踏歌節会あり、出御なし、内弁徳大寺公信、外弁山科言総、以下六人参仕、奉行甘露寺嗣長

(『続史愚抄』)。
●正月二十四日、神宮奏事始、伝奏徳大寺公信、奉行葉室頼業、此の日、御拝ありと云う(『続史愚抄』)。
●正月二十五日、承章は正礼の為、細野為景に赴き、短尺五枚これを投ず(『鳳林承章記』)。
●正月二十八日、和歌御会始、題は梅近聞鶯、飛鳥井雅章出題、読師広橋兼賢、講師葉室頼業、講頌持明院基定(『続史愚抄』)。聖護院道晃親王出詠(『略年譜』)。内裏御会始、通村出詠(『内府集』)。
●二月三日、北山に山本友我来話、承章は小谷宗春を呼び、桜三本を接ぐ、ロウマ桜の接穂一本、仙洞より拝領仕るなり、世間に珍しく希有の桜なり(『鳳林承章記』)。
●二月七日、春日祭、上卿山科言総参向、弁不参、奉行坊城俊広(『続史愚抄』)。
○二月十一日、仙洞にて叡山の衆の論議あり、承章は聴聞の為に召さる、当年初参故、進上あり、例年のごとく、杉原十帖・金扇一本なり、道具九条なり、晫長老もまた今日、御礼を申し上ぐるなり、坊城俊完披露なり、御礼済み、道具を脱ぎ、色衣を着して、御前に出づ、御咄あるなり、近衛の桜御所(信尋)・仁和寺覚深親王・妙法院堯然親王・大覚寺尊性親王・聖護院道晃親王・曼殊院良恕親王御成なり、公家衆は伝奏衆両人・中院通村・藪嗣良・姉小路公景・岩倉具起、此の衆なり、山門の論義の衆は、正覚院僧正・恵心院法印・華蔵院・玉泉院・寿昌院・三教院・光聚坊・桜光坊、以上八人なり、講師恵心院なり、今日の論義の題は、「於仏果位、断尽性悪歟」、答、「不可断尽云々」、御振舞あり(『鳳林承章記』)。
●二月十四日、近衛桜御所(信尋)御息女、一昨日御逝去の由、然るに依り、承章は今晩近衛殿下桜御所に赴き、弔礼を伸ぶるなり(『鳳林承章記』)。
●二月十七日、午時、蓮台野の山居にて、寿昌院野間玄琢法印の振舞あるなり、客は承章・雲興・梵充・喜運なり、喜運は伊達忠宗の医者で、玄琢法印の弟子なり、承章は今日始めて相逢うなり、法印の息安節もまた今日

始めて相対すなり、玄琢は女院に伺公致され、留守の中、会席に出づるなり、歌題を以て、即席探題の詩これ有るなり、承章・雲興・安節・梵充・喜運の五人なり、玄琢帰宅、濃茶を点つるなり、掛物は、正親町院宸翰の小色紙五枚なり（『鳳林承章記』）。

○三月三日、本院（後水尾）御幸、御書籍を御文庫に入れらる、奉行衆参る（『実録』）。

○三月十日、仙洞より、承章は椿花十輪の管窺を許さるるなり、永井尚政より進上仕らる椿共なり、凡眼を驚かすなり、獅子椿・宗園腰簔・腰簔・大白玉・一重星・八重獅子・栗盛椿・実盛・大村・一重獅子、此の十種なり（『鳳林承章記』）。永井尚政は山城淀藩の初代藩主、淀城の花畑からは多くの花木が献上されている（『日次記』）。

●三月十一日、近衛信尋落飾、四十七歳、法名応山（『続史愚抄』）。

●三月十五日、日色紫赤、光なし（或いは赦の如しとなす）、月また同じ（翌夜また少し赤気ありと云う）（『続史愚抄』）。

●三月十九日、江城に遣す屏風即位行幸図を、承章は今日坊城俊広に遣し、而て即位の所に堂上の名札を付すなり、吉権・西瀬を相添え遣すなり、直ちに芝山宣豊に遣し、各屏風を見せしむなり（『鳳林承章記』）。

●三月二十日、細野為景にて詩歌の会あり、承章は午時に細野亭に赴く、兼題あり、懐紙を持参せしむなり、久世広通・六条有和と今日始めて相対すなり、高橋内膳・塩津是齋・元三、此の衆と始めて相逢うなり、武田法眼父子三人（信勝・信徳・信経）同じく武田道安息二人（信良・恭円）、此の衆は聯衆なり、読上げあり、武田信経これを読むなり、今日の即席探題、承章は巻頭幷一首、即席二首なり（『鳳林承章記』）。

●三月二十二日、楽御会始（小御所にてなり）、平調楽（郢曲等）、御所作箏、所作伏見宮貞清親王、公卿二条康道以下五人、殿上人四辻季賢以下五人参仕（『続史愚抄』）。後水尾上皇御幸（『実録』）。

●三月二十三日、稲荷御輿迎、此の日、甘露寺嗣長は稲荷祭を社家に付さる綸旨を書き下す（『続史愚抄』）。

○三月二十七日、蹴鞠御覧あり（当代初度）、鞠足公卿鷲尾隆量以下二人、力丸（飛鳥井雅章二男）、殿上人山本勝忠

以下十一人及び地下歟参仕（『続史愚抄』）。後水尾上皇御幸（『実録』）。
○三月二十八日、和歌当座御会あり（小御所にて読上らる）、講師柳原資行（『続史愚抄』）。十五首、出題飛鳥井雅章（『実録』）。禁中御当座、上皇御製、寄煙恋（『御集』）。内当座御会、通村出詠（『内府集』）。
●四月一日、承章は伊藤長兵衛を晴雲軒に呼び、即位行幸の屏風の画具を少し許り直すなり（『鳳林承章記』）。
●四月三日、不予に渉らせらる（『実録』）。五日、上皇、御見舞に御幸あらせらる。
●四月三日、金春権兵衛今日より二条河原にて勧進能これ有るなり、役者は悉く京衆の由なり（『鳳林承章記』）。
○四月四日、頃日、変異あり（去月、日月赤き故歟）、因て本院（後水尾）より御祈を所々に仰さる（密儀）（『続史愚抄』）。
●四月五日、加賀の前田光高没、三十一歳（『寛政重修諸家譜』）。
●四月七日、八条宮（智忠）にて懺法あり、先考（智仁）桂光院一品式部卿宮十七年忌なり、懺衆二十一人なり、各布衣七条、帽子なり、前住衆・西堂衆は留められ、御書院にて八条宮と御対面、御盃を給うなり（『鳳林承章記』）。
●四月九日、松尾祭を社家に付さる、柳原資行は綸旨を書き下す（『続史愚抄』）。
●四月十四日、是日より七箇日間、仁和寺に於て御修法を行わる（『実録』）。奉行裏松資清、二十一日結願。不予御平癒の御祈禱なるべし。
●四月十七日、武田恭安にて詩会あり、兼日の題あり、五言八句なり、題は遊魚呑花影、即席の詩あり、絶句なり、截韻なり、題は初夏なり、聯衆は細野為景・松永昌三・寅首座・武田信勝・信徳・信経・平蔵・恭円・恭安兄弟、其の外、武田道安法印の医の弟子二三輩なり（『鳳林承章記』）。
●四月二十六日、北山に山本友我来訊、打談の刻、細野為景来臨なり、為景と友我を引き合わせ、初めて知人と成る、盃を浮かべ、則ち承章と友我は詠草を以て為景に示す、為景もまた一二首を詠まれしなり、承章は唐律一篇を製し、為景に投ず、為景よりまた絶句一章を承章に示さるなり（『鳳林承章記』）。

●五月九日、三条より戒光寺を泉涌寺に移す（『続史愚抄』）。
●五月十八日、午時、承章は芝山宣豊に赴く、昨日近辺火事の見舞いなり、帰路の砌、昨日炎上の町を見物せしむなり、六町ばかり、家数三百間ばかり炎上の由なり（『鳳林承章記』）。
●五月二十二日、承章は伏見に赴くなり、小堀遠州と終に知人に成らざる故、平賀清兵衛に頼み媒と為し、小堀遠州に赴くなり、吉権を召し連るるなり、供は市郎右衛門・弥兵衛・助兵衛を召し連れしなり（『鳳林承章記』）。
●閏五月九日、将軍家光は大臣・門跡・その外公卿引見、聖護・実相・円満の三門跡は三井寺長吏職をかわるがわる奉るべきむね仰下されしを謝せられ、曼門は寺職つがれしを謝せらる（『徳川実紀』）。
●閏五月二十三日、鹿苑寺門前百姓等、小堀遠州に出訴につき、承章は伏見に赴き、遠州の家臣と会す（『鳳林承章記』）。
●閏五月二十四日、承章は伊藤長兵衛を呼び、原の壇の絵画を頼むなり、小堀遠州に遣す故なり（『鳳林承章記』）。
●閏五月二十七日、将軍家光・男家綱等は吉良義冬・大沢基重を遣し、家綱の叙任を謝し奉り、物を献ず（『実録』）。
●六月十九日、月次楽御会あり、箏の御所作あらせらる（『実録』）。
●七月七日、七夕和歌御会、題は七夕惜別（『続史愚抄』）。
●七月十日、偽銭を鋳せし者、近江にて刑すと云う（『続史愚抄』）。
●八月十五日、雨天、禁中御当座、聖護院道晃親王出詠、二星適逢（『略年譜』）。禁中御当座、上皇御製、十五夜月（『御集』）。内当座、通村出詠（『内府集』）。
●八月十六日、終日大雨、仙洞より御寄付の打敷の書付、今日承章書き焉ゆるなり、打敷九枚弁箱の書付なり、吉権を呼び寄せ、手伝いと成すなり、慈照院と承章の両人これを書くなり（『鳳林承章記』）。
○八月十九日、仙洞にて相国寺の懺法を御聴聞なり、辰上刻、相国寺の大衆、院御所に赴くなり、修懺の衆十七

人、御連枝御成の御衆は近衛信尋・一条昭良・妙法院堯然親王・一乗院尊覚親王・聖護院道晃親王、公家衆は中院通村・四辻季継・姉小路公景なり、承章は御簾の際に座すなり、仙洞は簾中より種々仰せ掛けられ、御雑談あり、即ち勅答申し上ぐるなり（『鳳林承章記』）。

●八月二十三日、北山に能円・能喜来訊、能円は『源氏物語』を講ずるなり、須磨巻なり、承章一人聴聞なり（『鳳林承章記』）。

●八月二十五日、近衛信尋より伺公致すべきの旨仰され、承章は午時前参上を遂ぐるなり、内々御約束せし『三世相』の点付本二冊、借進せしめ捧ぐなり（『鳳林承章記』）。

○九月二日、禁中御当座、上皇御製、女郎花（『御集』）。内当座、通村出詠（『内府集』）。

●九月九日、重陽和歌御会、題は翫菊花、題者奉行等藤谷為条（『続史愚抄』）。重陽公宴、通村出詠（『内府集』）。

○九月十三日、十三夜の御会あり（『実録』）。禁中御会、上皇御製、河月（『御集』）。内当座、通村出詠（『内府集』）。

●九月十六日、承章は伊藤長兵衛を呼び、当寺領内の山の画図を頼むなり、今度公儀より諸国指図・方境の図出来、其の故、当山の指図の用意なり、南可来らる、今宵一宿、誹諧一折あり（『鳳林承章記』）。

○九月二十九日、本院皇子降誕（母権中納言局、四辻季継女）、栄宮と号す（『続史愚抄』）。

●十月十一日、承章は半井驢庵と打談、狩野兄弟三人（守信・尚信・安信）の三幅一対を見る、大樹公（家光）御筆の鶺鴒の絵を拝見仕るなり（『鳳林承章記』）。

●十月十四日、承章は短尺十三枚、公家衆の筆を頼む、坊城俊広に遣すなり（『鳳林承章記』）。

●十月二十九日、聖護院私会月次当座、道晃親王出詠、名立恋（『略年譜』）。

●十一月三日、此の日、日光山東照社の権現号を改め、宮と為すべき宣下（叡慮ある故と云う、陣儀口宣等に及ばざる歟）、因て奉幣使持明院基定参向（『続史愚抄』）。

●十一月八日、阿野実顕薨ず、六十五歳、法名道雄（『公卿補任』）。

●十一月十日、明後十二日は南可の亡父伊藤宗貞七回忌の辰なり、承章は追善の詩一首幷詠歌一首を南可に遣すなり（『鳳林承章記』）。

●十一月十二日、春日祭、上卿鷲尾隆量参向、弁不参、奉行坊城俊広（『続史愚抄』）。

●十一月十五日、寿昌院野間玄琢法印は中風にて卒す、昨日発す、以外の由、然るに依り見舞に行くなり（『鳳林承章記』）。

●十一月十六日、阿野実顕は去る八日死去の由、承章は今日吊礼に姉小路公景に赴き、吊礼を伸ぶるなり、寿昌院玄琢もまた一昨夜に相果てし故、吊礼の為、門外まで相赴くなり（『鳳林承章記』）。

●十一月二十五日、大通院に就き、施食あるなり、伏見殿の桂昌院（邦房）の二十五年忌なり（『鳳林承章記』）。

○十二月八日、仙洞は承章を召され、御口切りの御茶を給わるなり、大覚寺尊性親王・妙法院堯然親王・聖護院道晃親王・拙老の四人なり、今度御普請の座敷なり、承章初めて拝見せしむなり、坊城俊広は御茶を立てられしなり、奥の御殿に召し連れられ、千躰の釈迦を拝見仕るなり、新仏なり、近衛信尋御成りなり、今度仙洞の御鎮守の宮新造落成し、これを見るなり（『鳳林承章記』）。

●十二月十八日、承章は嵯峨の大覚寺尊性親王に赴く、初めて伺公致すなり（『鳳林承章記』）。

●十二月二十二日、江戸の僧録金地（元良）より申し来たるの由、承章は瀟湘八景図の讃を相頼まれけるの由なり、狩野安信筆の絵なり、絹一枚に八景あり、五山の前住衆八人、賛を書くべきの旨なり、承章は洞庭秋月の絵の所を申し来たるなり（『鳳林承章記』）。

●十二月二十四日、妙法院堯然親王に天台座主宣下あり（青蓮院尊純法親王辞替、辞日欠）、上卿西園寺公満、奉行坊城俊広（『続史愚抄』）。

●十二月二十七日、内侍所臨時御神楽あり、拍子本某、末持明院基定、次に恒例、拍子本小倉季雅、末綾小路俊良、以上奉行柳原資行（『続史愚抄』）。
●十二月二十八日、院皇子（母御匣局隆子）薨ず、当歳、後日廬山寺に葬る（『続史愚抄』）。
●十二月二十九日、聖護院私会月次当座、道晃親王出詠、暁水鳥（『略年譜』）。

正保三年〔一六四六〕丙戌　五十一歳　院政十七年

●正月一日、四方拝・小朝拝等なし、元日節会あり、出御なし、内弁二条光平、外弁徳大寺公信以下七人参仕、奉行柳原資行（『続史愚抄』）。
●正月四日、本院（後水尾）新院（明正）女院（東福門院）等禁裏に幸す（今年初度）、即ち還御（『続史愚抄』）。
●正月五日、千秋万歳、猿舞等あり（『実録』）。
●正月七日、白馬節会、出御なし、内弁松殿道昭、外弁勧修寺経広、以下六人参仕、奉行烏丸資慶（『続史愚抄』）。
●正月八日、後七日法始、阿闍梨大覚寺尊性親王、太元護摩始、阿闍梨観助、以上奉行裏松資清（『続史愚抄』）。十四日両法結願。
●正月十一日、神宮奏事始、伝奏徳大寺公信、奉行柳原資行（『続史愚抄』）。
○正月十三日、仙洞御謡初なり、金春権兵衛御能仕るなり、仙洞にて承章は若王子澄存と対談（『鳳林承章記』）。
●正月十六日、踏歌節会、出御なし、内弁近衛尚嗣、外弁広橋兼賢、以下六人参仕、奉行坊城俊広、此の日、先に右大臣近衛尚嗣着陣（『続史愚抄』）。
●正月十六日、承章は細野為景に到り、則ち相対し、詩歌共これを見るなり（『鳳林承章記』）。

●正月十九日、和歌御会始、題は毎山有春、読師三条実秀、講師柳原資行、講頌四辻公理（発声）（『続史愚抄』）。聖護院道晃親王出詠、毎山有春（『略年譜』）。内御会始、通村出詠（『内府集』）。

●正月二十三日、鄭芝龍は日本に救援を求む（『鳳林承章記』）。鄭芝龍の子に鄭成功（国姓爺）がいる。

●正月二十八日、入院御礼として妙心寺の俊嶺は参内す、仍て清涼殿に於て謁を賜う（『実録』）。

●二月二日、中院黄門（通純）初卯法楽、聖護院道晃親王出詠、山路聞鶯（『略年譜』）。

●二月七日、春日祭、上卿清閑寺共綱参向、弁不参、奉行坊城俊広（『続史愚抄』）。

●二月十二日、久世中将（通俊）所望当座、聖護院道晃親王出詠、悪恋（『略年譜』）。

●二月二十日、承章は山本友我に到り、絵絹を渡し、瀟湘八景の絵を頼むなり（『鳳林承章記』）。

○三月四日、本院（後水尾）和歌御会始、題は池水似鏡、奉行園基音（『続史愚抄』）。御会始、上皇御製、池水似鏡（『御集』）。仙洞御会始、通村出詠（『内府集』）。

●三月十日、奉幣を東照宮に発遣さる、先に日時を定めらる（今年より毎年奉幣有るべき旨、宣命に載す）、上卿三条実秀、幣使持明院基定、奉行柳原資行（『続史愚抄』）。

○三月十日、和歌当座御会あり、柳原資行之を講ず（『続史愚抄』）。小御所、十五首、出題藤谷為条、本院（後水尾）御幸、竹内俊治披講、講師柳原資行、奉行阿野公業（『実録』）。禁中御当座、上皇御製、紅葉霜（『御集』）。

●三月十九日、別殿行幸あらせらる（『実録』）。五月五日、六月二十一日、八月六日これに同じ。

●三月二十二日、曼殊院良尚親王に天台座主宣下あり（妙法院堯然親王辞替、辞日欠）、上卿西園寺公満、奉行烏丸資慶（『続史愚抄』）。

●三月二十三日、稲荷御輿迎、此の日、柳原資行は稲荷祭を社家に付さる綸旨を書き下す（『続史愚抄』）。

●三月二十八日、楽御会始あり（小御所にてなり）、平調楽（郢曲等）、御所作箏、所作公卿二条康道以下三人、殿上

人高倉嗣孝以下四人参仕（『続史愚抄』）。

●四月九日、松尾祭を社家に付さる、柳原資行は綸言を書き下す（『続史愚抄』）。

○四月十五日、午時承章は仙洞に伺公し、御見舞申し上ぐるなり、仙洞は近頃御腫物気の故、御見舞致すなり、八幡の一人、去る朔日死去の由、今日訃音を聞くに依り、直に狩野探幽宿所に到り、門外より吊礼を伸ぶるなり（『鳳林承章記』）。

●四月二十日、日吉祭、船沈み、人多く死すと云う（『続史愚抄』）。

○四月二十二日、承章は院参仕る、御腫物の御見舞なり（『鳳林承章記』）。

○四月二十五日、後水尾上皇の御悩御見舞として上洛せし将軍使大沢基重は参内す、仍て清涼殿に於て謁を賜い、天盃を給う（『実録』）。

●四月二十六日、此の日、関東大地震（『続史愚抄』）。

●四月二十七日、裏辻実景、八条殿町第火く（『続史愚抄』）。

○五月三日、承章は御腫物の御見廻の為、仙洞に伺公致すなり（『鳳林承章記』）。

●五月十二日、大通院にて小齋あり、伏見宮（貞清）の御息天祥院殿の七年忌なり（『鳳林承章記』）。

●五月十九日、是月より九月に至る玉体御祈の事を、青蓮院尊純親王に仰せ出さる（『実録』）。

●五月二十三日、小御所に於て御楽あり、箏の御所作あらせらる（『実録』）。

●五月二十六日、妙心寺雪窓は入院御礼として参内す、仍て清涼殿に於て謁を賜う（『実録』）。

●六月二十七日、是日より御書籍の虫払あり（『実録』）。

○七月三日、仙洞にて相国寺の懺法あるなり、中和門院十七年の御忌御正の月なり、園基音・坊城俊完・土御門泰重・芝山宣豊・二条康道・近衛信尋、二条光平・智忠親王、其の外の御門跡衆は大覚寺尊性親王・妙法院堯

然親王・聖護院道晃親王・実相院義尊、此の御衆なり、公家衆は中院通村・清閑寺共房・姉小路公景・土御門泰重・岩倉具起・平松時庸、此の衆なり、今日二条康道は承章に対し仰されしは、今日御法事の記録・絵図を詳しく書き付け、進上致すべく、御頼み有り（『鳳林承章記』）。

●七月七日、七夕和歌御会、題は牛女悦秋来、飛鳥井雅章出題（『続史愚抄』）。

●七月十二日、法印道作、御脈を拝し奉る（『実録』）。十三日、十四日、十五日、十六日これに同じ。

●七月十三日、承章は、先日仙洞にて二条康道よりの御頼み、御約束申しける、然るに依り去去年・去年・今歳の三度の儀法の様子を画図に具に書き付け、持参せしむ、二条殿にて、今日初めて烏丸光賢息資慶と知人と成るなり、二条殿は御殿御普請の故、富小路頼直の家に寄宿なり（『鳳林承章記』）。

●七月十七日、承章は六角堂の内、若王子に赴く、初めて行くなり（『鳳林承章記』）。

●七月二十五日、将軍家光は今出川直房を遣して、日光東照宮の宮号宣下並に同奉幣発遣を謝し奉り、物を献ず、仍て清涼殿に於て謁を賜い、天盃を給う（『実録』）。

●八月十二日、承章は北野能円に赴きて、吊礼を伸ぶるなり、能円内室は一昨日逝去の故なり、近衛信尋御所に到る、御祖父殿三十三回忌なり、十月二十五日御仏事あるべきの御内談なり（『鳳林承章記』）。

○八月二十三日、午時、仙洞御振舞、承章は院参せしむなり、御茶済み、終日御雑談なり、遠眼鏡・五色見眼鏡・数見の眼鏡・色々南蛮の名物幷世界の絵図などこれを見るなり（『鳳林承章記』）。

○八月二十五日、小御所に於て月次御楽あり、本院（後水尾）・新院（明正）・女院（東福門院）御幸（『実録』）。

●九月九日、重陽和歌御会、題は籬菊新綻、飛鳥井雅章出題（『続史愚抄』）。奉行阿野公業。

●九月十二日、細野為景は山本友我同道にて、北山に相尋ねらる、詩あり、題の歌あり、狂歌あり、誹諧あり（『鳳林承章記』）。

○九月十三日、禁中御当座、上皇御製、寄月旅（『御集』）。内当座、通村出詠（『内府集』）。

●九月十七日、昨日芝山宣豊持ち来たりて申さるなり、野宮定逸より頼まれし由、狂句聯句百韻に承章の点を請われるなり（『鳳林承章記』）。

○九月二十三日、承章は仙洞の御庭見物を為す、黄菊盛りなり、御対面あり、移刻、御雑談なり（『鳳林承章記』）。

●九月二十六日、仙洞の照宮（完敏、後の妙法院堯恕親王）北山に御成りなり、御供は園基音・園基福・野宮定逸・竹内御供なり、医の作庵御供なり、宮様の乳母は少し所労の由、御供なし、女房衆両人御供なり、丹後・御四という女房なり、園基音の息少年牛介、其の外御小姓二人御供なり、宮様より拝領として白銀五枚給うなり、伊藤長兵衛見舞に依り、宮の御前で図画を書き、御覧になられるなり（『鳳林承章記』）。

●九月三十日、勧修寺にて夕食振舞、承章は濃茶両種これを喫す、打談なり、去年大樹（家光）より仰せ出さる『諸家系図』の東武に進上の留め、『勧修寺家系図』一巻を借用せしむ、相写すべき為なり（『鳳林承章記』）。

●十月六日、伊藤長兵衛来たるなり、『古今和歌集』持ち来たるなり（『鳳林承章記』）。

●十月七日、本院皇女滋宮（十歳、母京極局）、大聖寺に入り、喝食と為る（『続史愚抄』）。

●十月七日、若王子の内、式部は近日江戸に赴くに依り、承章は書状を言伝て、『善悪物語』二冊差し下すなり（『鳳林承章記』）。

●十月十一日、覚深親王は旧地を開き、再び仁和寺伽藍以下を造す（将軍家光沙汰せしむ）、此の日、双岡麓より覚深親王は新室に移徙す（『続史愚抄』）。仁和寺御室の御門主、今日御移徙の由なり（『鳳林承章記』）。

●十月十一日、妙心寺香林、入院御礼として参内す、仍て清涼殿に於て謁を賜う（『実録』）。

●十月十七日、仙洞より、二十四孝の内、孟宗絵の讃を承章に仰せ出さるなり（『鳳林承章記』）。

●十月二十五日、北山に神辺十左衛門来らる、伊藤九左衛門より頼みの『古今集』幷に大徳寺悦渓の墨跡、相渡

すを頼み、神辺宗利を以て、古筆了佐に見せしむるなり（『鳳林承章記』）。
●十一月三日、西賀茂にて、一条昭良、御茶を下され、承章を召し寄せらるなり、寒山絵の掛物を掛けられしなり、当今（後光明）勅筆の御絵なり（『鳳林承章記』）。
●十一月六日、春日祭、上卿中御門宣順参向、弁不参、奉行坊城俊広（『続史愚抄』）。
●十一月十五日、白川の松平式部少輔殿（榊原忠次）より、短尺二枚申し来たり、承章これを書きて遣すなり、宮源悦老取次なり、神辺十左衛門方まで遣すなり（『鳳林承章記』）。
●十一月二十三日、午時、吉田権右衛門にて口切りの振舞あり、承章参る、座敷の掛物は、利休居士・古田織部両筆の文なり（『鳳林承章記』）。
○十一月二十五日、近衛家にて信尹三十三回忌行わる、東福寺僧参勤す、今日仙洞また御幸なり、御連枝の摂家・門跡衆は大方御成りなり、二条康道・智忠親王・一条昭良・二条光平・大覚寺尊性親王・妙法院尭然親王・聖護院道晃親王、其の外公家衆十人計り有り、町衆の出入りの衆は僧俗大勢にて勝計し難き事なり、御能座敷なり、日未だ入る前に御能済むなり（『鳳林承章記』）。
●十一月二十七日、宝鏡寺喝食宮（十六歳、院皇女、母御匣局）は得度、法名久嶽理昌（『続史愚抄』）。
●十二月五日、承章は袖岡清芳より新暦二巻恵まれしなり（『鳳林承章記』）。
○十二月十日、仙洞にて御能あり、門跡衆は大門・妙門、摂家・御連枝大方御参なり、公家衆は老若大方伺公、医者衆もまた伺公仕るなり、若王子僧正・崟長老・旦長老伺公なり（『鳳林承章記』）。
●十二月十九日、賀子内親王（十五歳、院女五宮、母東福門院）露顕（翠簾入日欠）、内大臣二条光平第に移徙す（『続史愚抄』）。
●十二月二十一日、承章は早々狩野采女（益信）に赴く、采女は坊城俊完・芝山宣豊・承章に請い、振舞を致さ

れるなり、大床の掛物は古法眼（元信）筆彩色の人丸、歌は近衛稙家御筆なり、書院の床の掛物は尾張の徳川光友の御絵山水、歌も光友の書き付けなり（『鳳林承章記』）。

●是歳、本院御願の為、赤山明神拝殿を造献さる（横三間、竪二間と云う）（『続史愚抄』）。

正保四年（一六四七）丁亥　五十二歳　院政十八年

●正月一日、四方拝・小朝拝等なし、元日節会あり、出御なし、内弁広橋兼賢、外弁三条公富以下五人参仕、奉行柳原資行、此の日、本院（後水尾）新院（明正）女院（東福門院）等内裏に幸す（御幸始なり）（『続史愚抄』）。

○正月四日、仙洞御謡初、毎年の如し、また承章は御前に召し出され、御打談、承章の試春詩を御尋ねなり、懐中せしむに依り、即ち直に呈上奉るなり（『鳳林承章記』）。

●正月五日、左大臣九条道房に摂政氏長者内覧牛車兵仗等宣下あり、上卿清閑寺共綱、奉行柳原資行（『続史愚抄』）。危急による処置で、道房は十日に薨ず。是日、千秋万歳あり（『実録』）。

●正月七日、白馬節会、出御なし、内弁徳大寺公信、外弁姉小路公景、以下五人参仕、奉行烏丸資慶（『続史愚抄』）。

●正月八日、後七日法始、阿闍梨大覚寺尊性親王、太元護摩始、阿闍梨観助、以上奉行清閑寺保房（熙房）（『続史愚抄』）。

●正月十日、摂政九条道房（未拝賀）は両職を辞す、奉行坊城俊広、即ち薨ず、三十九歳、後浄土寺と号す（『続史愚抄』）。

●正月十一日、神宮奏事始、伝奏藪嗣良、奉行柳原資行、此の後、九条道房の薨を奏す、今日より三箇日廃朝（『続史愚抄』）。

●正月十四日、今度九条道房薨ぜられ、来たる十六日葬礼の由（『鳳林承章記』）。

●正月十五日、後七日法・太元護摩等結願（昨御衰日に依り、今日に延引）、右大臣近衛尚嗣一上宣下あり（『続史愚抄』）。三毬打あり（『実録』）。

●正月十六日、踏歌節会、出御なし、故前摂政九条道房の事に依り、国栖・立楽等を停めらる、内弁徳大寺公信、外弁四辻公理、以下四人参仕、奉行坊城俊広、少納言不参、代官申す、今夜右大臣近衛尚嗣は未だ内覧宣旨を蒙らずと雖も、外任奏内覧ありと云う（『続史愚抄』）。

●正月十六日、午時前、客頭寿恩来たり、住持交替の由、承章に申し来る、勤旧帳新策二折本・古勤旧帳折本一冊・新勤旧帳閉本一冊幷壁書幷真如寺の壁書持ち来たり、請取なり（『鳳林承章記』）。

●正月十九日、和歌御会始、題は春風解氷、飛鳥井雅章出題、読師広橋兼賢、講師烏丸資慶、講頌飛鳥井雅宣（発声）（『続史愚抄』）。戌刻近衛尚嗣、貞清親王、智忠親王等参内、少時清涼殿に出御（『実録』）。

○正月二十一日、舞楽御覧あり（『続史愚抄』）。鶴包丁並に舞御覧あり、後水尾・明正両上皇並に東福門院、之に御幸あらせらる（『実録』）。

○正月二十三日、本院和歌御会始、題は遠山如画図（『続史愚抄』）。仙洞御会始、通村出詠（『内府集』）。

●二月一日、今日より伏原賢忠は『大学』を記録所にて講ず（『続史愚抄』）。

○二月七日、当座和歌御会あり、小御所、二十首、出題飛鳥井雅章、本院（後水尾）御幸、智忠親王等参内、奉行藤谷為条（『実録』）。内当座御会、通村出詠（『内府集』）。

●二月七日、小堀遠州（政一）は昨朝逝去なり、然るに依り、俄に承章は吊礼の為、唯今伏見に赴くなり、小堀権左衛門・村瀬佐介・勝田八兵衛の所に到り、吊礼を伸るなり（『鳳林承章記』）。

○二月八日、午刻仙洞にて御振舞あり、御門主衆なり、承章また召し加えられしなり、大覚寺・妙法院・一乗院・梶井御門主なり、御学問所の奥御座敷にて御茶の湯あり、御掛物は定家卿の筆書状なり、近比表具を仰せ

付けらるなり、名誉成る物なり、凡眼を驚かすものなり、終日御雑談申し上ぐるなり、山本友我の絵の事を御尋ねの故、友我の由来を具に申し上ぐるなり（『鳳林承章記』）。

●二月十二日、春日祭、上卿三条実秀参向、弁不参、奉行坊城俊広（『続史愚抄』）。

●二月十二日、是日、別殿行幸あらせらる（『実録』）。五月十一日、六月二十一日、八月六日、九月二十日、十二月十七日これに同じ。

●二月十四日、建仁寺久昌院に就き、作善あり、承章を請ぜらる、此の仏事、松平鶴千代（忠弘）公より執行の由なり、祖父久昌院（奥平信昌）殿三十三回の忌辰なり（『鳳林承章記』）。

●二月二十六日、勧修寺家の系図を大将軍に捧ぐるの写、承章は勧修寺経広より借用、相写す故なり、南可に頼み、写すに依り、持ちなし、南可に遣すなり（『鳳林承章記』）。

●二月二十七日、楽御会始、平調楽（郢曲等）、御所作箏、所作伏見宮貞清親王、及び公卿一条昭良以下四人、殿上人高倉嗣孝以下七人参仕（『続史愚抄』）。

●三月二日、田島源太より古筆弁猿の絵来たるなり（『鳳林承章記』）。

●三月四日、晴雲軒に田島源太を招き、振舞なり、掛物は貫之、茶入れは玉津島なり、源太より頼まれ、古筆『古今集』を古筆了佐に遣し、見せしむなり（『鳳林承章記』）。

●三月七日、田島源太より頼まれ、七猿の絵の上に、承章は古歌を書くなり（『鳳林承章記』）。

●三月七日、田島源太は今日播州姫路に帰らる、承章は逍遙院筆の短尺一枚を投ずるなり、画師の印集一冊を許借せしむなり（『鳳林承章記』）。

●三月十日、先日南可に頼み、書写せしむ『勧修寺系図』一巻出来し、承章は請取るなり、南可を同道せしめ、関平介の宿に到り、伊藤長兵衛に書かしめ、座敷の絵を書く（『鳳林承章記』）。

●三月十三日、東照宮に奉幣を発遣せらる、先に日時を定めらる、上卿広橋兼賢、幣使正親町実豊、奉行坊城俊広（『続史愚抄』）。大仏の妙法院に赴く、近日東武へ御下向の暇乞なり（『鳳林承章記』）。
●三月十三日、近衛信尋は女二宮（昭子）を同道し、今日北山に成りなされ、金閣幷に茶屋を御見物の由なり（『鳳林承章記』）。
●三月十六日、小御所に於て御楽あり、箏の御所作あり（『実録』）。
●三月十七日、稲荷御輿迎、此の日、坊城俊広は稲荷祭を社家に付さるの綸旨を書き下す（『続史愚抄』）。
●三月十七日、東福寺にて無準和尚四百年忌あるなり（『鳳林承章記』）。
●三月二十日、烏丸資慶の内方達は、金閣を見物の為、来らる（『鳳林承章記』）。
●三月二十三日、午時、梶井御門主にて御茶の湯、御掛物は、後鳥羽院宸翰御懐紙なり、関路暁月の題、夢もすからしほの浦波をとつれて月は清見か関の有明、此の御歌なり（『鳳林承章記』）。
●三月二十八日、造皇太神宮木作始日時を定めらる、上卿姉小路公景、奉行柳原資行、次に造豊受大神宮同日時を定めらる、上卿山科言総、奉行柳原資行（『続史愚抄』）。
○三月二十九日、今午、仙洞にて牡丹の花見仕るべき旨、一昨日に仰せ出され、承章も召さるに依り、今午に院参せしむなり、慈照翁・雲興翁・艮岳翁なり、公家衆は藪嗣良・清閑寺共房・中院通村・姉小路公景・平松時庸・飛鳥井雅章・岩倉具起・土御門泰重、此の衆なり（『鳳林承章記』）。
●四月二日、松尾祭を社家に付さる、柳原資行は綸言を書き下す（『続史愚抄』）。
●四月二日、僧達源の入院に依り、妙心寺に勅使を遣さる（『実録』）。
○四月十三日、仙洞にて左内大夫の操りこれ有り、故を以て、承章を召され、見物せしむなり、公家衆は両伝奏・藪嗣良・広橋兼賢・承章ばかりなり、近衛信尋御成、終日御打談なり、御門主衆は一人もまた召されざる

なり、操りの始まる前に、仙洞御対面なり（『鳳林承章記』）。

●四月十六日、小御所に於て御楽あり、箏の御所作あり（『実録』）。

○四月二十五日、仙洞にて衡の狂言尽有るなり、狂言三十一番の番付なり、近衛信尋・近衛尚嗣・一条昭良・一条伊実・聖護院道晃親王、其の外、公家衆・院衆なり（『鳳林承章記』）。

●四月二十六日、今昼、狩野探幽内方弁に芝山宣豊妹（御屋知）は見物の為、北山に来らる（『鳳林承章記』）。

○四月二十八日、本院（後水尾）皇子降誕（母御匣局隆子）、聡宮と号す（『続史愚抄』）。後水尾院第十一皇子、母逢春門院櫛笥贈左大臣隆致卿女、浄願寺二品（『略年譜』）。後の聖護院道寛親王。

●四月二十八日、承章は勧修寺経広に赴く、対談なり、去年借用の『勧修寺家系図』を返進せしむなり（『鳳林承章記』）。

●五月三日、山本友我翁は晴雲軒に芳訊、打談なり、本屋の田原仁左衛門の開版仕る『大慧普説』全五冊を承章に恵むなり、寅首座取次なり（『鳳林承章記』）。『大慧覚禅師普説』刊記には正保三年九月吉辰とある（国文研DB）。

●五月八日、当年は大坂陣三十三年なり、然るに依り内大臣秀頼公三十三回忌なり（『鳳林承章記』）。

●五月十日、北山に山本友我来話、南可来訪、共に打談、探題の和歌を共に詠ずるなり、承章は友我・南可・西瀬の三人に詠歌せしむなり（『鳳林承章記』）。

●五月十一日、法印道作、法眼歴庵、法眼慶庵は、御脈を拝す（『実録』）。

○五月十四日、山本友我宅にて茶の湯あり、今度新営の座敷なり、掛物は古法眼（元信）の鵯の絵なり（『鳳林承章記』）。

●五月二十六日、細野為景、今日仙洞より召され、称号を賜うの由、為景より使者として是斎来訊なり（『鳳林承章記』）。細野為景（三十六歳）は下冷泉家を相続し、下冷泉為景となる（『諸家伝』）。

●六月四日、延暦寺六月会延引（『続史愚抄』）。
●六月二十六日、此の日、南蛮の黒船肥前長崎に漂着す、将軍家光の許しに依り、八月に至り帰国と云う（『続史愚抄』）。
●七月五日、承章は梅隣・吉権を同道し、能円に赴く、海石を見せらるの由なり、半井寿庵より万国の絵図・人形の絵二枚来たり、これを見るなり（『鳳林承章記』）。
●七月七日、和歌御会、題は星河欲曙天、出題飛鳥井雅宣、奉行藤谷為条（『続史愚抄』）。七夕内御会、通村出詠（『内府集』）。
●七月七日、承章は万国の絵図幷人形絵押絵二枚、半井寿庵に返進せしむなり、歌書一冊、三宅久左に返進せしむなり、筆者知らざるなり、旅宿に持ち為し、遣すなり（『鳳林承章記』）。
●七月十三日、寅・宥・厚翁は、今度飛鳥井雅章より申し来たれる、追善の短尺の詩、北山に持ち来れるなり（『鳳林承章記』）。
●七月十五日、承章は飛鳥井雅章に至り、申し来れる五十首詩歌の短尺を清書せしめ、雲興翁に遣すなり（『鳳林承章記』）。
●七月二十二日、飛鳥井勧進雅知朝臣第三回忌追善、聖護院道晃親王出詠、初春（『略年譜』）。雅知は飛鳥井雅章長男、正保二年七月二十二日卒、十六歳、法名照雅（『諸家伝』）。
●七月二十六日、承章は芝山宣豊にて内儀（御世根）の舎弟南都興福寺の内浄心院覚音坊と、初めて相逢うなり（『鳳林承章記』）。
●八月二日、承章は慈照院に赴くなり、昕叔翁の父日野輝資卿唯心院殿二十五年忌なり（『鳳林承章記』）。
○八月四日、承章は今日仙洞より御召しに依り、巳刻に院参せしむ、参院し土御門泰重と共に勅旨を受け、勧修

寺経広に伝う、仙洞は禁中に御幸（『鳳林承章記』）。

○八月五日、承章は仙洞より御召しに依り、未刻に仙洞に赴く、今日は大樹公（家光）より仙洞に初めて肴魚を御進上の御振舞なり、御客は一条昭良・二条康道・近衛尚嗣・近衛信尋・智忠親王・一条伊実・二条光平・中院通村なり、通村は所労により不参なり、摂政殿（一条昭良）また御参なきなり、大覚寺御門主（尊性）はからずも御参、然るに依り御留め成られるなり、御門主と承章の両人は鳴門の間の御座敷にて御振舞なり、清閑寺共房・土御門泰重、御振舞の衆なり、今日の仙洞にて御床棚の御飾り物は、種々様々奇珍の名物（妙絶の物なり）を逐一拝見せしむるものなり、山本友我の図画の事、度々仰せ出さるなり（『鳳林承章記』）。

●八月十日、午時に本阿弥光甫、北山に来られるなり、一井の芝原、光悦町の者、仕事の横領これ有り、其れに依り、光甫相談これ有り、相尋ぬべきの由、然るに依り内々今日相招くなり（『鳳林承章記』）。

●八月十一日、今日より伏原賢忠は『論語』を宮中にて講ず（『続史愚抄』）。

●八月十三日、山本友我筆河鵲の絵を仙洞の勅覧に備える為、承章は坊城俊完に持ち遣すなり（『鳳林承章記』）。

●八月十四日、昨日、南可は芝山宣豊に到り、開板屋吉田四郎右衛門を同道仕り、行かれる由、今度開板の『二十一代集』の内十三冊の歌書を、芝山公を以て仙洞に捧ぐるなり、芝山公は披露を為され、差し上げられるなり（『鳳林承章記』）。吉田四郎右衛門については、加藤弓枝「初代吉田四郎右衛門自当について」（『金城学院大学論集』人文科学編一二―一）等を参照されたい。

●八月十五日、千束光悦町と本阿弥光甫家との係争地の堺を、吉権は立会調査す、光甫の横領地（屋形屋敷）を返却し、改めて貸与を受く、なお二十日には光甫と一之井の芝原との係争落着につき、五味豊直の内の者に報告す（『鳳林承章記』）。

●八月二十三日、承章は人足十人を一之井の芝原に遣し、境目に溝を掘るなり（『鳳林承章記』）。

●八月二十九日、承章は小出吉親の屋敷に赴くなり、小出殿出迎えられ、対顔、打談（『鳳林承章記』）。
●八月、去る五月より炎旱、所々の井水涸れる（『続史愚抄』）。
○九月八日、後水尾上皇の御幸を迎えさせられ、菊被綿の事あり（『実録』）。
●九月九日、重陽和歌御会、題は菊叢競芳、飛鳥井雅章出題、奉行阿野公業（『続史愚抄』）。
●九月十一日、今年より例幣を発遣さる（文正元年後、再興さる）、因て公卿勅使を立てらる、勅使広橋綏光を御前に召し、宸筆の宣命を賜う、草も亦御製なり（兼ねて菅儒に仰せらる、而て宸筆の宣命草の口伝絶ゆ、因て固辞する故と云う）、上卿徳大寺公信、奉行柳原資行、伝奏鷲尾隆量、御幣発遣の間、南殿にて御拝あり（『続史愚抄』）。安藤右京殿（重長）は、今度日光御門跡（守澄）江城御下向の御迎えの為、上洛、一昨日上着、寺社奉行故、今朝五山当住一統は右京殿に赴くなり（『鳳林承章記』）。
●九月十二日、青蓮院尊純親王に二品宣下あり（口宣）、上卿三条実秀、奉行坊城俊広（『続史愚抄』）。
●九月十五日、本院（後水尾）皇子（十一歳、母帥局、故水無瀬氏成女、仁和寺治定）、御名字周敦《なりあつ》に親王宣下あり、上卿中御門宣順、勅別当三条公富、奉行裏松資清（『続史愚抄』）。
●九月十八日、公卿勅使広橋綏光、伊勢より帰京（『続史愚抄』）。
●九月二十五日、北山に下冷泉為景来訊、子息島丸幷高橋豊前を同道なり、豊前は詩を賦す、承章は和韻せしむるなり（『鳳林承章記』）。
●九月、尊敬親王（十四歳、院皇子、母京極局光子、去る正保元十六青蓮院にて得度）は武蔵に下向し、日光宮の祖と為る（明暦元年に至り輪王寺号を賜う）（『続史愚抄』）。
●九月二十一日、延暦寺法華会あり、此の日、五巻日と為す歟（去る十八日前奏あり、抑も此の法会永禄以後再興歟）、行事坊城俊広参向（『続史愚抄』）。

●九月二十七日、周敦親王（十一歳、院皇子、豊宮と号す）は仁和寺に入り、即ち得度す、法名性承、戒師は覚深親王（『続史愚抄』）。

○十月二日、仙洞御口切りの御振舞あり、承章は御客に非ず、仙洞御所望に依り、承章は狂句の章句を仕るなり、各和漢を綴り、狂句漢和一折満つるなり（『鳳林承章記』）。

●十月五日、摂政殿下（一条昭良）より、御目薬を御所望故、玉泉坊調合の目薬を進上せしむるなり（『鳳林承章記』）。

○十月六日、本院（後水尾）は長谷御所に幸す（北山岩倉辺に在り、女院御領なり、近く女院離宮を造らる歟）、公卿園基音以下三人、殿上人中御門宣豊以下七人供奉（『続史愚抄』）。仙洞・女院、聖護院道晃親王は長谷に御幸なり、松茸苅りなり、未明に御幸、仙洞常の御輿なり、院参衆・若き衆は道服を着す、袴を着さず、供奉なり、御内証の御忍びの御幸の故なり、管領板倉重宗は先駆けなり（『鳳林承章記』）。

●十月八日、承章は坊城俊完に赴く、北野の宮仕方の書物を持参せしむ、相対し、相談せしむるなり（『鳳林承章記』）。

○十月十一日、仙洞にて御囃・御能あるなり、今日は鷹司太閤（教平）の請待の御能なり、承章また見物の為、召されしに依り、院参せしめ、見物仕るなり、鷹司御方御所（房輔）に初めて御目に掛かるなり（『鳳林承章記』）。

●十月十五日、九条道房男兼清（実は鷹司教平男）元服（重服歟）、即ち正五位下左少将禁色等宣下あり（口宣）

○十月二十三日、仙洞にて御口切りの御茶御振舞、承章また召されしなり、晫長老・崟長老・また御召しなり、御室覚深親王・聖護院道晃親王・梶井慈胤親王・曼殊院良尚親王、此の四人の御門跡・晫・承章・崟、御客なり、藪嗣良・土御門泰重の両人は御挨拶に伺公なり、星野宗仲伊白なり、御茶後、御囃あり、狂言師の惣兵衛（『鳳林承章記』）。

●十一月三日、朝、彦蔵主にて振舞あり、承章は応山公（近衛信尋）に赴く、茶後に御能あり、承章また見物、左府公（近衛尚嗣）また御成、広橋綏光・平松時庸来臨（『鳳林承章記』）。

●十一月十一日、春日祭、上卿広橋兼賢参向、弁不参、奉行清閑寺保房（『続史愚抄』）。

●十一月十一日、家隆卿筆『伊勢物語』一冊、彦蔵主より来たる、承章に披見せしむなり、藤井市郎兵衛所持の由なり、即ち彦蔵主まで返進せしむなり（『鳳林承章記』）。

●十一月十三日、島津光久は犬追物を江戸に興す（将軍家光の許しに依るなり）、将軍家光は桟敷に往き、之を観る（『続史愚抄』）。

●十一月十五日、今日もまた彦蔵主の主唱なり、円照寺殿（文智）より、当寺観音へ金子一歩三ヶ給うなり、非蔵人吉田美作介（兼則）の所望に依り、承章は布袋像を図し、拙讃を書し、持ちなし、遣すなり（『鳳林承章記』）。

●十一月十六日、承章は正円と共に藤谷為賢黄門に赴く、黄門公息少年児（万菊丸）と承章と対すべきの故なり、近衛信尋亭にて東本願寺門主光従と会す（『鳳林承章記』）。

●十一月二十一日、藤谷為賢息万菊丸の鹿苑寺入室内定（『鳳林承章記』）。

●十一月二十七日、本院皇子秀宮（十一歳、母御匣局隆子、准母東福門院）は故高松宮好仁親王の遺跡を相続に為り、此の日、彼第に移徙し、桃園宮と号す（後に花町と改めらる）（『続史愚抄』）。高松宮御跡目秀宮（良仁）、今日高松宮の御殿に渡御なり（『鳳林承章記』）。

●十一月二十九日、承章は中院内府公（通村）に赴く、先ず以て任官の祝儀、幷に以錐公より頼まれし家隆筆『伊勢物語』一冊を見せしむるなり、偽真を正すべきの故なり、閑覧あるべきの為、『伊勢物語』一冊を内府公に預け置きて帰るなり、持参せし木綿踏皮三足を内府公に献ずるなり（『鳳林承章記』）。

●十二月二日、今日、大徳寺延寿堂にて切腹の者あり、長岡三齋（細川忠興）の者、三齋公の追腹なり、三齋公大祥忌なり、浮津弥五左衛門と云う仁なり、見物群聚の由なり（『鳳林承章記』）。

●十二月三日、本院皇子寛宮（九歳、母御匣局隆子）は大覚寺に入る（『続史愚抄』）。

●十二月十五日、承章は中院前内府公（通村）に赴く、歌書奥書の事頼み申す故なり、対談せしむなり（『鳳林承章記』）。
●十二月十六日、内侍所臨時御神楽あり、出御御拝あり、拍子本綾小路俊良、末小倉季雅、次に恒例を付行さる、拍子同前、以上奉行烏丸資慶（『続史愚抄』）。
●十二月十六日、本院皇子照宮（八歳、母新中納言局国子）は妙法院に入る（『続史愚抄』）。今日妙法院御門主御弟子御入室なり、照宮八歳御入室なり、御奉供の公卿二人藤大納言・清閑寺共綱、殿上人三人千種有能・六条有和・河鰭少将なり、勅使平松時庸・院使中院通純・新院御使清水谷実任。仙洞より照宮に御樽十荷十合なり、承章は御書院にて聖護院道晃親王・梶井慈胤親王・中院通村・清閑寺共房と御相伴なり（『鳳林承章記』）。
●十二月十七日、彦蔵主より承章に、尊氏公自筆の文来たるなり、買却せしむなり（『鳳林承章記』）。
●十二月二十五日、承章小師喝食入寺なり、藤谷為賢息万菊丸なり（『鳳林承章記』）。
●十二月二十九日、中院通村より、瑞春の宣首座を以て承章に伝言あり、歌書奥書の事なり（『鳳林承章記』）。
●冬、中院通村は任槐ののち関東下向ありし時、林道春詩をおくりし和韵（『内府集』）。

慶安元年（正保五）（一六四八）戊子　五十三歳　院政十九年

●正月一日、四方拝あり（当代初度）奉行裏松資清、小朝拝なし、元日節会、出御なし、内弁近衛尚嗣（宣命拝に立たず退出）、外弁東坊城長維以下六人参仕、奉行園基福（『続史愚抄』）。
●正月五日、千秋万歳、猿楽あり（『実録』）。
○正月六日、仙洞御謡初、御礼嘉例のごとし、仙洞は承章を召し出され、御簾中にて御打談、承章の試筆愚作を

叡覧あるべきの旨、直に呈上し奉り、勅覧奉るなり、一条昭良・近衛応山・一条伊実・大覚寺尊性親王・梶井慈胤親王・中院通村、此の御衆もまた承章の詩を御覧に成るなり（『鳳林承章記』）。
●正月七日、白馬節会、出御なし、内弁二条光平、外弁中院通純、以下七人参仕、奉行坊城俊広（『続史愚抄』）。
●正月八日、後七日法始、阿闍梨大覚寺尊性親王、太元護摩始、阿闍梨観助、以上奉行清閑寺保房（『続史愚抄』）。十四日両法結願。
●正月八日、後宇多院の宸翰につき相頼む事あり、承章は今日彦公にて相渡すなり（『鳳林承章記』）。
○正月十日、後水尾・明正両上皇並に東福門院等の御幸を迎えさせらる。是日、法印道作、御脈を拝す（『実録』）。
●正月十一日、神宮奏事始、伝奏鷲尾隆量、奉行園基福（『続史愚抄』）。
●正月十一日、半鐘時分、坊城・芝山より承章に使いあり、勧修寺経広吐血、以外の所労、早々出京の由、申し来たる、夜中勧修寺に赴く、則ち武田道安・歴庵・針立駿河守、尤も坊城俊完・芝山宣豊も居られしなり（『鳳林承章記』）。
○正月十二日、本院和歌御会始、題は残雪半蔵梅、読師中院通純、講師園基福、講頌持明院基定（発声）、奉行園基音（『続史愚抄』）。仙洞御会始、通村出詠（『内府集』）。
●正月十三日、別殿行幸あらせらる（『実録』）。閏正月二十五日、三月八日、四月二十四日、七月二十五日、九月十二日、十月二十七日、十二月八日これに同じ。
●正月十三日、妙法院御門主（堯然）に到り、承章御対面、歌書御書き続きの儀、頼み申し上ぐるなり（『鳳林承章記』）。
●正月十六日、踏歌節会あり、出御なし、内弁徳大寺公信、外弁山科言総、以下四人参仕、奉行裏松資清（『続史愚抄』）。

●正月十六日、承章は中院前内府公（通村）に赴く、対面、歌書の義、相談せしむるなり（『鳳林承章記』）。
○正月十七日、舞楽御覧あり（『続史愚抄』）。是日、後水尾上皇の御幸を迎えさせらる（『実録』）。
●正月十九日、左大臣近衛尚嗣の里第にて、年号勘者宣下あり、奉行園基福（『続史愚抄』）。
●正月十九日、禁中御会始、聖護院道晃親王出詠、鶴馴砌。聖護院本『禁裏御会始和歌正保五正十九』一冊にある。因みに懐紙の端作りは、周知の通り地位により違い、御製は「鶴馴砌」、左大臣近衛尚嗣以下は「春日詠ーー」、正二位通村以下は「春日同詠ーー」、法親王は「詠鶴馴砌和歌」とある。
●正月二十二日、摂政一条昭良は復辟の表を上り、関白に任ぜらる（『実録』）。
●正月二十二日、例年の如く、北山に老婆達来らる、亡母雲松院へ焼香なり、書院の六畳敷西方にて、御影を掛け、御位牌を居くなり（『鳳林承章記』）。
●正月二十七日、北山に金光寺上人（覚持）来訊、承章は書院に座頭城秀を呼び出す、平家を唱えしなり、金光寺は平家を聞き了ぬ（『鳳林承章記』）。金光寺については、村井康彦・大山喬平編『長楽寺蔵 七条道場金光寺文書の研究』等を参照。
●正月二十八日、承章は早々妙法院御門主（堯然）に赴く、『伊勢物語』御書き続きを頼み奉る事、申し上ぐる故なり、御対面、段々申し上ぐるなり（『鳳林承章記』）。
●閏正月四日、承章は反古紙四枚を妙法院御門主に進上せしむるなり（『鳳林承章記』）。
●閏正月八日、承章祖父高寿院（晴右）殿の御影破損故、藤井市郎兵衛に細工修補し給うべき由、其れに依り、今日御影を市郎兵衛に渡し、持ちて帰るなり（『鳳林承章記』）。
●閏正月十四日、承章は藤谷為賢に赴き、相談、為世卿・為相卿の古筆を見せしむ（『鳳林承章記』）。
●閏正月二十日、承章は午時に院参致すなり、今日の御客は一条昭良・近衛応山・今出川経季・清閑寺共房・広

橋兼賢・藤大納言・水無瀬兼俊・中院通村、此の衆なり、先日大樹（家光）より鷹の鶴を御進上、其の御振舞なり、順徳院の御製の御歌の御物語、仙洞仰せ、各歌の義理を論ずるなり、今日の御床に、慈鎮和尚の御文御歌これ有り、大きい御掛物なり、坊城俊完は大納言任官なり、承章の姪故、喜悦せしむなり（『鳳林承章記』）。

●閏正月二十一日、仁和寺覚深親王（後陽成院皇子、母典侍親子）薨ず、六十一歳、後日、法金剛院に葬る（『続史愚抄』）。仁和寺御門跡、今日午刻に御他界なり、六十一歳なり（『鳳林承章記』）。

○閏正月二十二日、仙洞・女院は八条宮（智忠）に御幸なり、御能あり、猿楽の能なり、御室御所（覚深）は昨日御他界為ると雖も、今日の御幸故、院聞に達せず、御幸になるなり（『鳳林承章記』）。

●閏正月二十三日、承章は金光寺上人（覚持）を同道せしめ、妙法院御門主（尭然）に赴く、御相談の事あり、尊意を得奉り、退出、内々申し上げし歌書の事なり（『鳳林承章記』）。

●閏正月二十九日、承章は妙法院御門主（尭然）に赴く、御対面、歌書の紙の儀申し上げ、早速退出仕るなり、金光寺に到り、御門主にての首尾を演説せしむ（『鳳林承章記』）。

●二月一日、春日祭、上卿清水谷実任参向、弁不参、奉行清閑寺保房（『続史愚抄』）。

●二月十二日、左大臣近衛尚嗣の里第にて、園基福を以て年号勘文国解等を奏す（『続史愚抄』）。是日、改元定習礼あり（『実録』）。

●慶安元年二月十五日、条事定あり（越前国司三箇条を言う）、上卿近衛尚嗣、已次公卿徳大寺公信以下九人参仕、左大弁柳原資行（国解書定文を読む、改元時に明暦・永安を挙ぐ）を人数と為す、次に改元定を行わる、上卿以下同前、正保を改め慶安と為す、勘者三人、慶安号を五条為適択び申す、赦令例の如し、吉書を奏す、上卿徳大寺公信、条奉行園基福、伝奏広橋兼賢、此の日、左大臣近衛尚嗣着陣（『続史愚抄』）。

●二月十六日、左大臣近衛尚嗣の里第にて、園基福を以て国解定文等を奏す（『続史愚抄』）。

●二月二十一日、地震（音あり）、二十四日地動（また音ありと云う）、三月三日地震、四日地震、二十五日地動（『続史愚抄』）。

○二月二十二日、仙洞岩倉へ御幸、夜中鶏鳴、承章は芝山宣豊に赴く、内に入る、土御門泰重もまた来らる、御番所に参るべきの旨、則ち御所に到る、即ち早速仙洞出御、今日岩倉へ御幸なり、御台所御門より出御、女院・女三宮・其の外女中衆御乗物三十丁なり、所司代板倉重宗は八条殿の前まで徒歩にて御供、其れより騎馬、先駆けなり、野々山丹後守（共綱）は女中衆の跡を騎馬にて御供、承章もまた供奉仕るなり、丹後守の次に、承章・園基音・道作法印・針立駿河守（藤木成祥）は肩輿を以て供奉致すなり、土御門泰重は徒歩、紀州まで御供なり、紀州にて御輿立、女院・女三宮の御輿相双ぶ、仙洞は紀州にて、承章・土御門・園を召し出され、御前の御輿近傍にて御雑談なり、紀州にて板倉と相対なり、俄に上賀茂に御成、また上賀茂にて御輿立、御茶・弁当を開き、御茶を召し上がられ、御前にて移刻、伺公致し、御咄あるなり、上賀茂にて野々山と初めて知人と成るなり、岩倉に御成、岩倉の所々に番所あり、板倉・野々山より、番所に番侍を申し付くるなり、今朝の朝饗は三位御局御膳を上らるなり、今日供奉の事、園・土御門・藪・承章・園池宗朝・池尻共孝・佐々木資敦・竹内主計・三宅図書なり、非蔵人五人、吉田美作（兼則）・対馬守・備後守・伯耆守、北面二人、松波丹後（光友）・速見采女（栄益）なり、御侍衆五人なり、此の外岡本志摩守（則直）・筑後両人御供なり、公家衆の宿これあり、各其所に到り、朝食を喫するなり、三位御局より御振舞なり、朝食済み、御前に到り、山上に各御供仕り、高山に登るなり、所々の御茶屋、種々御催なり、山上十町余これ有り、承章の杖御免、山上に上るなり、山上の御茶屋、種々御飾道具、驚目のものなり、御前にて方々処々の風景・山々谷々の御穿鑿なり、漸く女院御方山上に上るの由、然るに依り各山上の別路を以て退く、実相院御門主（義尊）また御案内の為に御登山、共に御下山なり、下山の山路峻難、中々言語に絶す、各千辛万苦して、下山せしむなり、また客所に到

り、各休息、則ち出膳なり、今晩の御振舞は、女院の御弁当、公儀よりの振舞なり、各酉水を酌む、則ち各御暇出るなり、仙洞・女院は二十五日に到りて長谷に御逗留、御一宿また長谷なり、然れば則ち、長谷の方境狭く、公家衆は各滞留の宿なきに依りて、今晩各退出せしむなり、園池・池尻・医の道作・針立、此の衆は御逗留中、滞留致されるなり、其の外の供奉衆・非蔵人までまた退出仕るなり、今日承章の召し連れしは、(若林)吉左衛門・(藤木)平兵衛・(若林)半兵衛なり、夾み箱持ちは喜八なり、輿丁は弥介・与吉郎・門前の者二人与五郎・彦作なり、河内の白炭焼き六右衛門は今日白炭を焼くなり、松葉・竹・柿等の白炭を作るなり、今日御幸の道中を見物せし群集、驚目のものなり(『鳳林承章記』)。

●二月二十五日、河内より北山に来たれる滝の本畑村の六右衛門は、炭を焼き今日戻るなり、舟越外記にて、色々の炭を少し許り小箱に入れ、指し遣すなり、孔方一緡弁扇子三本梧箱入り弁莨宕《ろうとう》一包を炭焼六右衛門に遣して帰すなり、色々の炭を少し許り江馬紹以に贈るなり、今日北野天神の番は能有なり、然るに依り祝儀の為、双瓶雲門一重を恵むなり、仙洞・女院は長谷より還幸なり(『鳳林承章記』)。

●二月二十九日、坊城俊完より呼び来たれるに依り、承章は坊城に赴く、則ち山本友我の法橋の事、勅許相済み、届け申すべき由なり(『鳳林承章記』)。

○三月一日、仙洞より承章に御使あり、坊城俊完より申し来たる、拝領の為、大和国宇多の独活一籠を拝領なり、弁に永井尚政進上致す由、椿三色管見を許さるなり、椿は八重獅子・唐星・天下なり(『鳳林承章記』)。

●三月二日、承章は狩野探幽の宿に赴く、座帳押絵の絹地を持参せしめ、相頼むなり、狩野探幽室は近日東武へ下向の由なり(『鳳林承章記』)。

●三月三日、大徳屋八兵衛は北山に礼の為来たれり、古筆を持参し、これを見せしむるなり、『新古今集』の切れなり(『鳳林承章記』)。

●三月四日、日光宮尊敬親王に二品宣下あり、上卿徳大寺公信、奉行園基福（『続史愚抄』）。

●三月五日、東照宮に臨時奉幣を発遣さる（今年三十三回神忌に依るなり）、先に日時を定めらる、上卿姉小路公景、幣使竹屋光長、奉行坊城俊広（『続史愚抄』）。

●三月八日、東照宮に奉幣を発遣さる、先に日時を定めらる、上卿四辻公理、幣使平松時庸、奉行甘露寺嗣長（『続史愚抄』）。

●三月八日、『伊勢物語』の歌書（家隆卿の真筆）、妙法院御門主（堯然）不足の所を御書き続き成られし本を、承章持ち為し、彦蔵主に遣す、使者として（若林）吉左衛門を遣すものなり（『鳳林承章記』）。

○三月九日、午時、仙洞にて藪嗣良・土御門泰重、此の両人へ御振舞、御茶を下さる、然るに依り御挨拶の為、承章また院参致すべきの由、昨晩仰せ出され、参勤せしむなり、然るに則ち近衛信尋公不図御成、多幸を以て御留め成られ、御打談なり、千年紙幷水晶紙を拝見せしむなり、仙洞は承章に仰せて、千年紙の内に墨痕を点つべきの由、仰せなり、畏り承りて、禿筆を点つる、則ち承章、行尽江南数十程と書き焉ぬ、則ち仙洞の仰せ、内々此の一句を書くべきの由、仰せ出さるべきの処、幸に承章これを書く、勅慮相応の由、仰せ、承章欣然少なからざるものなり（『鳳林承章記』）。

●三月十日、承章は中院前内府（通村）公に赴く、『伊勢物語』の奥書の本、先日御書き続き、妙法院堯然親王より出来の本を持参せしめ、奥書の儀、頼み申し入るなり、対顔、打談せしめ、濃茶を喫するなり、伊万里の青磁の四方香炉・円香炉の両ヶを前内府公に呈するなり（『鳳林承章記』）。

●三月十一日、内々細工を頼みし高寿院（勧修寺晴右）殿贈左府の御影の修補、今日出来（『鳳林承章記』）。

●三月十六日、承章は芝山宣豊に赴く、則ち北堂（母）去る十三日逝去の旨、驚嘆するなり、承章知らずに赴く、即ち吊礼を伸ぶるなり（『鳳林承章記』）。宣豊は勧修寺光豊男、母は家女房（『諸家伝』）。

●三月十七日、稲荷御輿迎、此の日、園基福は稲荷祭を社家に付する綸旨を書き下す（『続史愚抄』）。

●三月十八日、相国寺にて無準師範の四百年忌諷経これ有り（『鳳林承章記』）。

○三月二十一日、当座和歌御会、本院（後水尾）御幸、二十首、出題飛鳥井雅章、奉行藤谷為条（『実録』）。

○三月二十七日、仙洞にて浄瑠璃操り有るなり、若狭操りなり、浄瑠璃二番、狂言十三番これ有り（『鳳林承章記』）。二十八日も操りあり。

●三月二十九日、僧琢玄の入院に依り、大徳寺に勅使を遣さる（『実録』）。

●四月五日、承章は随庵公（空性）御筆の色紙一枚を水谷庄十郎に遣すなり、池田新太郎（光政）殿金閣見物の為、当山に来過ぐの由、案内の為に宗閑出づるなり。

●四月九日、承章は藤谷黄門公（為賢）に赴く、藤谷為条へ歌仙色紙一枚頼み、持参せしむるなり、柏原道喜より色紙を頼まれしなり、両公に相対し、帰るなり、歌仙紙一枚を飛鳥井雅章に遣す、染筆されん事を頼み遣すなり、書状を遣すなり、藤谷にて定家卿真筆の書状を拝見せしむるものなり（『鳳林承章記』）。

●四月十日、飛鳥井雅章より歌仙色紙一枚染筆され、承章に持ち為し給うなり（『鳳林承章記』）。

●四月十一日、故前大僧正天海（東叡山開祖、輪王寺開基、毘沙門堂中興祖、去寛永二十年十月二日薨ずと云う、法住院贈太政大臣義澄男）に慈眼大師号を諡さる（『続史愚抄』）。

●四月十三日、今日より五箇日（初日十三日、第二日十四日、第三日十八日、五巻日、第四日二十二日、第五日結願、二十三日連日にあらず、違例）、東照宮三十三回神忌に依り、法華八講を下野日光山にて行わる（勅会に准ず）、証義者妙法院堯然親王、以下親王五人、僧正三人、公卿二条康道以下八人着座、奉行甘露寺嗣長、蔵人坊城俊広・裏松資清等（日々相替奉行と云う）（『続史愚抄』）。

○四月十五日、当座和歌御会、十五首、出題飛鳥井雅章、奉行藤谷為条、仙洞（後水尾）御幸（『実録』）。

○四月十六日、東照宮幣使平松時庸（恒例）、同臨時幣使竹屋光長、次官中御門宗良等参社（日光山）、また本院（後水尾）・新院（明正）・女院（東福門院）等贈経使等同じく参向、此の日、将軍家光登山（『続史愚抄』）。後水尾院宸翰御製を神前に供える（『実紀』）。

●四月十七日、東照宮（三十三回神忌）祭礼、将軍家光奉幣、此の日、廟塔にて戒灌を修行す、将軍家光及び前摂政二条康道、以下公卿八人着座（『続史愚抄』）。東照宮大権現の三十三白の辰なり、今日下野国日光山にて、八講を執行、去る十三日より行事を始めし由、門主衆悉く下向なり、公家五十一人歟（『鳳林承章記』）。

●四月十九日、日光山本地堂（或は薬師堂）にて曼荼羅供あり、導師毘沙門堂公海、将軍家光及び前摂政二条康道以下公卿十人着座（『続史愚抄』）。

○四月二十二日、仙洞・女院は長谷に御幸なり、田植えを叡覧の故なり（『鳳林承章記』）。

●四月二十二日、地震、関東甚し、箱根坂崩る（『続史愚抄』）。五月一日、地動（両度）、十二日地震（『続史愚抄』）。

●四月二十五日、昨今日、日光山にて法華万部読誦ありと云う（『続史愚抄』）。

○五月十五日、今夜仙洞にて御日待あり、承章召されしに依り、申刻より参勤せしむ、一条昭良・近衛応山・大覚寺尊性親王・一乗院尊覚親王・高松宮良仁親王・中院通村・滋野井季吉・藪嗣良・岩倉具起・土御門泰重・承章・梵崟・吉田兼則・萩原、以上御客の分十一人なり（『鳳林承章記』）。

●五月二十日、中院通村より承章に尊翰到来、承章の内々頼み申す『伊勢物語』の奥書の案文下書を給うものなり、晩に及び奥書出来し、持ち為し給うなり、壬生二位家隆卿真筆の『伊勢物語』の一冊の奥書なり、破損の所は妙法院堯然親王の御書き続きなり、中院通村公の使者は山本左兵衛丞という仁なり、歌書請取の手形を承章書して、遣すなり（『鳳林承章記』）。

●五月二十八日、今朝宗旦にて茶の湯あるなり、承章は彦蔵主同道なり、宗旦の隠居の家を初めて見るなり、座

敷一畳半なり、掛物は利休居士の影（大徳寺春屋の讃）（『鳳林承章記』）。

●六月一日、山本友我より承章に屏風一双絵出来、持ち為し、越されるなり、承章は晴雲軒にて之を見るなり、去年彦首座より頼まれし絵の屏風なり、彦首座の屏風なり、法華経八軸一部送経、藤谷中将（為条）に投ずるなり、中将の内方は去る月二十八日産後に逝去なり、彼殿にて中陰ある故、之を遣すなり（『鳳林承章記』）。

●六月四日、承章は彦首座を招きて打談、山本友我筆の絵（彦首座の屏風）を首座に看せしむるなり、山本友我より内々内談せしむる人丸像の絵出来し、来たれるなり（『鳳林承章記』）。

●六月六日、『儒医精要』一冊（医書なり）、先日上村一庵より一篇来たり、承章これを見るなり、則ち返進せしむるなり（『鳳林承章記』）。

●六月九日、承章は今度、山本友我に法橋の御礼に進上の屏風絵、禁中・仙洞に進上の二双を見る、関白一条昭良に進上の二枚屏風の片絵を見るなり（『鳳林承章記』）。

●六月十日、造皇大神宮地曳立柱等日時を定めらる（此の日、両度陣儀あり）、上卿鷲尾隆量、奉行園基福（『続史愚抄』）。

●六月十一日、造豊受大神宮地曳立柱等日時を定めらる（内宮の如し）、上卿清閑寺共綱、奉行園基福（『続史愚抄』）。

●六月十三日、宮源悦は晴雲軒に来られ、承章と打談、謡の本尊人丸像の絵（山本友我筆）出来、今日源悦に渡すなり（『鳳林承章記』）。

○六月十九日、後水尾上皇、一切経二部を進ぜらる（『実録』）。

●七月七日、七夕和歌御会、題は織女恨曙、出題飛鳥井雅章、奉行三条西実教（『続史愚抄』）。今夜御祝、戌刻天酌、参衆清閑寺共綱（『実録』）。七夕公宴、通村出詠（『内府集』）。

○七月七日、禁中より仙洞に仰され仕る、『杜詩分類集』を相国寺の内に有るにては、借進仕るべきの旨、昨日仙洞より仰せ出さる故、即ち養源軒雲峯需首座所持なり、右の趣き申談、借用せしめ、承章は需首座に借り状

分類杜詩』二六冊のことか。

を遣すなり、冊数二十四冊なり、二十二巻目一冊不足なり、杉箪笥に入れ、箪笥蓋の裏に冊数不足の所、承章の名を書付るなり、明日院参せしめ、之を捧ぐべきものなり（『鳳林承章記』）。文中の『杜詩分類集』は『纂註分類杜詩』二六冊のことか。

●七月八日、承章は仙洞に赴くなり、雲峯需首座より借用せしむる『杜詩分類』を持参せしめ、院参せしむ、芝山宣豊を以て呈上せしめ、退出せしむ、則ち坊城俊完に赴き、書籍持参の趣きを演説せしむるなり（『鳳林承章記』）。

●七月十九日、本院（後水尾）皇子（十五歳、桃園と号す、後に花町と改めらる、母御匣局隆子、准母東福門院）、御名字良仁に親王宣下あり、上卿中御門宣順、勅別当徳大寺公信、奉行坊城俊広（『続史愚抄』）。正保四年十一月秀宮の時、一旦高松宮好仁親王の継嗣となりしが、皇位継承のために親王宣下があったものと思われる。

●七月二十四日、北山に北野預能円法橋来られ、『源氏物語』須磨巻持参、源氏の講を聞くなり、承章一人なり、また源氏講を催す、則ち全受また来られ、梅隣・全共も聴聞なり（『鳳林承章記』）。

○八月十五日、当座和歌御会、十五首、出題飛鳥井雅章、奉行阿野公業、本院（後水尾）御幸、参衆聖護院道晃親王、中院通村、高倉永慶、滋野井季吉、阿野公業、烏丸資慶、高倉嗣孝、平松時庸、飛鳥井雅章、白川雅喬、庭田雅純、富小路頼直、東園基賢、今夜如例、清涼殿に御座を構えらる、小槻重房、源義純参る（『実録』）。

●八月十七日、一切経二部を大覚寺・泉涌寺等（各一部宛）に預け置かる（『続史愚抄』）。

●八月十八日、将軍徳川家光、物を献ず（『実録』）。菱喰進上、飛鳥井雅章披露。

●八月二十日、下冷泉為景朝臣は俊成・定家像を新写し、今日勧進、通村出詠（『内府集』）。

●九月六日、江戸の狩野探幽より、内々頼み申し遣す絹の押絵四枚到来、承章は相国寺に、座帳の押絵を寄進せしむるなり（『鳳林承章記』）。四枚は竹鶏・柳尾長鳥・梅鳩・荷葉鶺鴒である。

●九月九日、重陽和歌御会、題は菊契多秋、飛鳥井雅章出題（『続史愚抄』）。重陽公宴、通村出詠（『内府集』）。

●九月十一日、伊勢例幣、上卿中院通純、奉行園基福、御拝あり（『続史愚抄』）。是日、後水尾上皇の御幸を迎えさせらる（『実録』）。
●九月十三日、清涼殿に於て十三夜の月を賞覧あらせらる（『実録』）。
●九月二十一日、曼殊院良尚親王に二品宣下あり（口宣）、上卿徳大寺公信、奉行坊城俊広（『続史愚抄』）。
○十月一日、仙洞にて御能あり（『鳳林承章記』）。
●十月三日、承章は、柏原道喜より頼まれし歌仙の色紙を、持明院基定・富小路頼直に投じ、則ち即今、筆を染められ給うなり（『鳳林承章記』）。
●十月四日、聖護院道晃親王より、歌仙の色紙を申し上げ、尊筆を染められ、早々下されしものなり（『鳳林承章記』）。
○十月六日、後水尾・明正両上皇並に東福門院等の御幸を迎えさせられ、御囃、御能あり（『実録』）。
●十月八日、伏原賢忠をして『論語』を進講せしめらる（『実録』）。
○十月九日、仙洞にて、大頭流舞兵太夫の舞を御聴聞、則ち舞始め以前に、御対面、御用を段々仰せ付けらるなり、勧修寺経広息（経慶）叙爵の義なり、御振舞は御前にて、一条関白・前内府・飛鳥井大納言・承章また召し出され、共に御相伴仕るなり（『鳳林承章記』）。
●十月十日、承章は午時に勧修寺経広に赴く、昨日仙洞仰せ出されし趣を、具に演説せしむるなり、息経慶の叙爵の事なり（『鳳林承章記』）。
●十月十二日、午時に半井瑞雪にて口切りの振舞なり、掛物は一休なり（『鳳林承章記』）。
●十月二十九日、宮源悦は晴雲軒に来られ、承章対談、謡の秘密の書物持ち来たる、借用し、写すべきの約束なり（『鳳林承章記』）。
●十一月十一日、春日祭、上卿姉小路公景参向、弁不参、奉行清閑寺保房（『続史愚抄』）。

●十一月十一日、承章は近衛信尹御筆大色紙一枚を山本友我息内蔵助に投ずるなり、明日山本友我の口切りの振舞に赴く故なり（『鳳林承章記』）。
●十一月十六日、午時、東坊城長維に承章は招かれ、振舞あり、今日の掛物は逍遙院の大文字なり、菅家の先祖秀長卿の記録、『迎陽記』と号するの由、其の事を書かれし大文字なり、「宏哉才智、奇也文章、管窺展巻、披露迎陽」、此くの如き四言の詩なり、印有るなり（『鳳林承章記』）。
●十一月十八日、午時、石不動上人（正円）にて口切りの振舞なり、床に三幅一対、三畳敷の床に貫之なり（『鳳林承章記』）。
●十二月十三日、承章は定家卿墨跡・宗祇法師の筆二軸を持ち為し、平三郎の所に遣すなり（『鳳林承章記』）。
○十二月十五日、承章は今午院参せしむ、仙洞の御客は聖護院道晃門主・青蓮院尊純門主・曼殊院良尚門主・実相院義尊門主・円満院常尊門主・若王子僧正・承章なり、近衛信尋公また御成なり、藪嗣良をまた日暮にお召しなり、御床の上の両所に池坊父子立花仕るなり、三幅一対の御掛物両所、中は後鳥羽院御懐紙、両脇は長房・家長懐紙なり、また中は西園寺公経、両脇に皆同時の懐紙有るなり、花有歓色、此の題なり、御茶以後は御咄、後段は大御酒、承章また沈酔なり、謡・小歌あるなり、仙洞は寒気の仰せなり、承章に頭巾を着すべきの旨、仰せに依り、今日初めて御前にて頭巾を着す、勅命を辱うし、計り難き事なり（『鳳林承章記』）。
●十二月十七日、午時、藤谷為条にて振舞あり、掛物は後宇多院の宸翰なり、高山寺にての五首の御製なり（『鳳林承章記』）。
●十二月二十一日、内侍所臨時御神楽あり、出御あり、拍子本持明院基定、末綾小路俊良、次に恒例、拍子本小倉季雅、末綾小路俊良、以上奉行園基福（恒例星使、清閑寺熙房と与奪）（『続史愚抄』）。
●十二月二十六日、承章所持の定家卿筆二首和歌幷に宗祇法師自筆の状、去る方より、達ての所望故、これを遣

すなり、井口平三郎取次、今日金子を持ち為し、越し、請取なり（『鳳林承章記』）。

慶安二年〔一六四九〕己丑　五十四歳　院政二十年

●正月一日、四方拝あり、奉行清閑寺熙房、小朝拝なし、元日節会あり、出御なし、内弁二条光平、陣後早出、園基音これに続く、外弁中院通純以下六人参仕、奉行甘露寺嗣長（『続史愚抄』）。
●正月七日、白馬節会、出御なし、内弁徳大寺公信、外弁山科言総、以下六人参仕、奉行坊城俊広（『続史愚抄』）。
●正月八日、後七日法始、阿闍梨大覚寺尊性親王、太元護摩始、阿闍梨観助、以上奉行清閑寺熙房（『続史愚抄』）。十四日両法結願。
○正月九日、仙洞にて御謡初あり、例年の如し、晩に御振舞有るなり、二条光平・近衛尚嗣・近衛信尋・中院通村、御門主達三人、妙法院堯然門主・聖護院道晃門主・梶井慈胤門主、八条宮智忠親王、此の御衆御参なり、公家老若二十人余これあり、御能の中、御前に承章を召し出され、試筆の詩を勅覧なり（『鳳林承章記』）。
●正月十一日、神宮奏事始、伝奏鷲尾隆量、奉行園基福（『続史愚抄』）。
●正月十一日、今日近衛応山にて松囃子御能あり、その故、承章も伺公致すべきの旨なり、御能八番あり、（喜多）七太夫来たり、万事肝煎りなり、御能済み、酒宴の時、長袴にて、座敷舞仕るなり（『鳳林承章記』）。
●正月十二日、承章は勧修寺経広に到り、金子善兵衛内儀（経広の妹なり）に、初めて相逢うなり（『鳳林承章記』）。
●正月十六日、踏歌節会、出御あり（当代初度）、内弁近衛尚嗣、外弁坊城俊完、以下九人参仕、奉行園基福（『続史愚抄』）。
○正月十七日、舞楽御覧あり、本院（後水尾）和歌御会始、題は江山春興多（『続史愚抄』）。御会始、上皇御製、江

山春興多（『御集』）。仙洞御会始、通村出詠（『内府集』）。

●正月十九日、和歌御会始、題は逐年梅盛、飛鳥井雅章出題、読師中院通純、講師四辻季賢、講頌藪嗣孝（発声）、講頌三条西実教（『続史愚抄』）。今夜禁裡御会始、戌刻許出御事始、余（近衛尚嗣）、兵部卿親王貞清は南方（御左方）に着座、右府（二条光平）北方に着座、出御以前に文台を置かる、次に読師三条大納言公富卿着座（右方）、読師気色に依り、講師右中弁俊広着座、次に発声飛鳥井宰相雅章着座（左方）、次に講頌八人着座（『実録』）。

●正月二十七日、承章は西瀬の所にて、屏風絵を見る、珍しき絵なり、諸大名の立物・馬印・旗・甲の絵なり（『鳳林承章記』）。

●二月一日、造皇太神宮別宮月読宮風日祈宮等、山口祭木造始地鎮立柱上棟等の日時を定めらる、上卿三条公富、次に造豊受大神宮別宮高宮土宮月読宮風宮等、同日時定あり、上卿五条為適、以上奉行園基福、また造皇大神宮別宮伊弉諾宮山口祭以下同日時定あり、上卿三条公富、職事同前（『続史愚抄』）。

●二月五日、玉舟宗播は大徳寺に入寺す、勅使坊城俊広、片桐貞昌は檀徒として参列、所司代板倉重宗も参列す（『鳳林承章記』）。

●二月七日、春日祭、上卿油小路隆基参向、弁不参、奉行清閑寺煕房（『続史愚抄』）。

●二月七日、高林庵に到り、則ち片桐貞昌と初めて知人と成るなり、大徳寺より仙洞の置床返進、持ち来たれるなり（『鳳林承章記』）。

●二月十日、芝山宣豊は、仙洞・女院の長谷御幸の供奉につき、乗物の舁夫を鹿苑寺より借る（『鳳林承章記』）。

○二月十一日、朝大雨なり、仙洞・女院は長谷に御幸なり（『鳳林承章記』）。十六日に還幸。

●二月十五日、拝診の事あり（『実録』）。歴庵、二月十六日・十八日・十九日これに同じ。

●二月十八日、承章は表具師庄兵衛を呼び、屏風張り直しの事を申し付くるなり、其の次に後宇多院の宸翰の続

き物を詠ゆるなり、小色紙なり、折一座頭来たり、庄兵衛と対す、織綾なり、仙洞より篠竹・黄連草の両種一折拝領、坊城俊完より承りの書状到来、此の二色は小松中納言（前田利常）より進上致さるの由（『鳳林承章記』）。

●二月二十日、承章に近衛応山公（信尋）より御自筆を以て尊翰下されしなり、光瀧白焼炭の御礼なり、仙洞より、椿花二十四輪色々、愚覧を遂ぐべきの旨、拝領なり、永井尚政より進上致せし花の由なり（『鳳林承章記』）。

●二月二十五日、本院（後水尾）皇子（十一歳、寛宮と号す、母御匣局隆子、兼て大覚寺に入る）、御名字眞敦に親王宣下あり、上卿徳大寺公信、勅別当三条西実教、奉行坊城俊広（『続史愚抄』）。

●二月二十五日、承章は午時に応山公（近衛信尋）に伺公致し、御対談、移刻、饂飩御振舞なり、応山公より直に仙洞に伺公致し、先日の拝領の御礼なり、申し上げ、則ち御対面なり、中院通村も御前に伺候、幸に御雑談、召連れられ、寺町の方の新御殿を見物仕り、御花壇の椿を見物、御舟を催され、仙洞・通村・坊城俊完・承章・若き院参衆両人御舟に乗り、御遊興、御舟より御上り、新御持仏堂拝見、飛び石の御穿鑿等あり、葡萄の棚の辺に御供仕る方々、鳴門の間にて夕食御振舞、通村・承章の両人は御前にて御振舞下さる（『鳳林承章記』）。

●二月二十六日、伏原賢忠をして『論語』を進講せしめらる（『実録』）。三月十六日、二十七日、四月十五日、二十一日、二十六日これに同じ。

○二月二十九日、飛鳥井亜相公（雅宣）は仙洞へ御盃を上げられ、それに就き、御相伴に承章を御召し故、院参致す、則ち青蓮院尊純門主もまた今日の御相伴なり、仙洞御対面、御供にて寺町の御殿に伺公致し、寺町の御殿にて、飛鳥井雅宣公、御盃を上げらるなり、一条関白（昭良）・近衛応山（信尋）御成なり、藪崇音（嗣良）・承章今日の御相伴なり、掛物は一休墨の掛物、虚堂の普説を書かれしなり、御茶済み、広御殿の桜を叡覧、御供仕るなり、今日仙洞にて誹諧和漢あるなり、宗音発句、承章入韻なり（『鳳林承章記』）。

●二月三十日、慈照院に旧冬借用の『疎藁』二十冊を返進せしむるなり（『鳳林承章記』）。

●三月一日、宮源悦に借用の『世阿弥風曲集』一巻を相写すに依り、即ち返進せしむるなり（『鳳林承章記』）。

●三月二日、飛鳥井雅宣調合の虫薬二千粒持ち為し、給う、書状来たるなり、疝気また相応の薬なり（『鳳林承章記』）。

●三月九日、承章は藪崇音に赴く、狂句和漢両吟の内々の望み、先日発句来たり、其の入韻弁四句目を吟案せしめ、持参なり、初めて崇音公の隠れ家に赴くなり（『鳳林承章記』）。

●三月十日、東照宮に奉幣を発遣さる、先に日時を定めらる、上卿中院通純、幣使阿野公業、奉行清閑寺熙房（『続史愚抄』）。

○三月十八日、今日より中院通村は『百人一首』を小御所にて講談す（『続史愚抄』）。是日、後水尾上皇は之に御幸、聴聞あらせらる、五月二十四日竟る（『実録』）。三月十八日十首、四月九日十五首、十四日十五首、五月四日十五首、十六日十五首、二十日十五首、二十四日十五首、満座、清涼殿にて講ず。

○三月十九日、当座和歌御会あり本院（後水尾）御幸、主上出御、二十首、出題飛鳥井雅章、奉行藤谷為条、短冊読上園基福（『実録』）。

●三月二十三日、稲荷御輿迎、此の日、清閑寺熙房は稲荷祭を社家に付さる綸旨を書き下す（『続史愚抄』）。

●三月二十五日、青蓮院尊純親王は仙洞に御茶を挙げらる、寺町の仙洞御殿にてなり、承章また御相伴に召し加えられしなり、一条関白・近衛応山なり、公家衆は藪崇音（嗣良）・野宮定逸・岩倉具起御相伴なり、園基音また御相伴なり、今日の御掛物は伝教大師の書簡にて、弘法大師に投ぜられし書簡なり（『鳳林承章記』）。

●三月二十六日、承章は藤谷為賢・同為条弁為賢室・其の外御子達を招きて、振舞なり、書院にて女院御筆の掛物を掛けしめて在るなり（『鳳林承章記』）。

●四月五日、貞敦親王（十一歳、本院皇子）は大覚寺（去々年冬入室）にて得度す、法名性真（『続史愚抄』）。

●四月六日、承章は午時に藪崇音・竹屋光長・上村一庵を招きて、振舞を致す、誹諧の会なり、先日竹屋殿にて

有りし誹諧の続きなり（『鳳林承章記』）。

●四月七日、妙法院御門主（堯然）に到り、則ち御対面、『伊勢物語』の外題の事、また申し上げ、外題紙を持参せしめ、進上致すなり、藤井市郎兵衛相頼みける外題なり（『鳳林承章記』）。

●四月十日、宇都宮住横手茅也帰国之時興行家会、通村出詠（『内府集』）。横手茅也は通村の百人一首講釈を聴聞せし人物である（日下幸男「中院通村の古典注釈」『みをつくし』創刊号、昭和五十八年）。

●四月十三日、妙法院御門主（堯然）より、承章に御使者下され、諸白・西水両榼拝領仕るなり、幷に申し上げし短尺三枚幷に『伊勢物語』の外題、尊筆を染められ、持ち為し、下されしなり、能円来られ、承章と能円は囲碁に預る（『鳳林承章記』）。

○四月十六日、後水尾・明正両上皇並に東福門院の御幸を迎えさせらる（『実録』）。

○四月二十四日、院皇子降誕（母新中納言局国子）、登美宮と号す（『続史愚抄』）。

●四月二十六日、良玄は布袋の絵軸を持ち来たり、承章の賛を請うなり、雪山筆の絵なり（『鳳林承章記』）。なお良玄は南可良玄のことか。良玄については、中西健治・日下幸男「良玄家集初稿本と弄璞集について」（『相愛大学研究論集』（一二（1）、平成七年）等を参照されたい。

●五月一日、承章は賀茂に赴くなり、良玄道人の草庵にいたるなり、吉左衛門・宗閑同道、賀茂競馬見物の桟敷は当年より停止、桟敷を打たず、承章は終日良玄の草庵にて、平臥独座なり、吉一座頭来たり、庵中にて終日打談なり（『鳳林承章記』）。

○五月十日、仙洞にて御能あり、今日・明日両日なり、女院御所よりの御申し沙汰なり（『鳳林承章記』）。

○五月十一日、今日また仙洞にて御能なり、承章は院参せしむなり、則ち摂家衆・諸門跡衆、簾中御能の処に承章召し出され、種々御雑談なり、公家衆・法中数人為りと雖も、承章一人御前に召し出されるなり、御能十二

番・囃一番なり（『鳳林承章記』）。

●五月十二日、栂尾にて春日・住吉両神御影開帳（仁和寺性承親王申請と云う）（『続史愚抄』）。

●五月三十日、午時、八条宮の桂の御殿に、金地院を招かれ、承章もまた相伴の故、桂殿に赴くなり、桂にて御茶の湯なり、炭は生島玄蕃これを置くなり、御茶堂は八条宮点てられしなり、御茶後、方々の御茶屋五ヶ所これ有り、処々にて酉水を酌み、御遊興、本阿弥喜太郎来たりて、舞袖を翻し、本阿弥三郎左衛門は一声を発するなり、承章と円徳翁は楼船に乗るなり、生島玄蕃同船、御舟にて濃茶を喫し、酉水を酌むなり、万年に帰れば、則ち初更なり、桂にて御床に巻物あり、行成卿の『朗詠』下巻なり（『鳳林承章記』）。

●六月一日、山本友我の内、吉左衛門を呼びて、金閣に呉粉を塗るの処を談合せしむるなり、藤谷為賢は当山金閣の修補を相催され、金銀の費え、十を以て九を修するものなり、慶安二年正月十八日に匠は工を始め、六月一日に至り、匠の工成るなり、寔に天山（義満）の再誕と謂うべきものなり、金閣漸く傾側の処、承章住居の時に再興、歓喜踊躍、勝計し難きものなり（『鳳林承章記』）。

●六月六日、午時、北山に松永昌三・昌三息永三、武田信勝・信勝息（信徳）の兄弟、寿仙・守敬来られるなり、昌三は内々是非尋ぬべきの由、申されしに依り、今午相招くべきの事、申し遣すなり（『鳳林承章記』）。

●六月七日、承章は勧修寺経広に到り、息女御藤逝去の吊いを伸るなり（『鳳林承章記』）。

○六月二十八日、午時、仙洞にて御振舞あり、今度小御所の御庭出来、承章に愚覧を遂ぐべきの仰せ出なり、一条関白（昭良）・近衛応山・青蓮院尊純門主・中院前内府（通村）・清閑寺共房・岩倉具起・承章・崟長老なり、今朝江戸よりの御使吉良義冬・品川高知、仙洞にて御振舞なり、今日の御掛物は、飛鳥井雅経御手蹟歌一首の下書きなり、仙洞にて応山公（信尋）誹諧の御発句遊ばされ、承章入韻なり（『鳳林承章記』）。

●七月七日、七夕和歌御会、題は七夕管弦（『続史愚抄』）。七夕公宴、通村出詠（『内府集』）。

●七月十九日、承章は仙洞に伺公し、後陽成天皇三十三回御忌観音懺法の御沙汰を受く（『鳳林承章記』）。
○七月二十日、当座和歌御会あり、十五首、智忠親王、近衛尚嗣、中院通村等（『実録』）。
●七月二十六日、宮御沙汰のため、後陽成院御仏事を泉涌寺に行わる（来月三十三回聖忌）（『続史愚抄』）。
●七月、尊敬親王は日光より入洛（『続史愚抄』）。二十九日、日光の尊敬門跡幷に上野の毘沙門堂公海門跡、参内・院参故、築地の中を見物数人あり（『鳳林承章記』）。
○八月三日、仙洞にて天台宗論議これ有り、日光の尊敬門跡御聴聞、御供僧衆・武家衆数人有るに依り、余人の聴聞所これ無し、然るに依り、公家衆また承章の類もまた召されざるなり（『鳳林承章記』）。
●八月七日、後陽成院三十三回聖忌（御忌二十六日）の奉為に観音懺法を本院御所にて行われ、相国寺僧徒参勤と云う（『続史愚抄』）。
●八月十五日、承章は仙洞観音懺法に所用の道具、布衣・狩衣・白丁を坊城家より借用（『鳳林承章記』）。
●八月十六日、承章は藤谷家より烏帽子・布衣・朱傘幷袋を借用（『鳳林承章記』）。
○八月十八日、仙洞にて、相国寺の懺法これ有り、懺法以後、陞座・拈香これ有り、先皇後陽成院尊儀三十三回の御忌なり、懺法の旧例は、後円融院三十三回御忌の時、仙洞にて、相国寺観音懺法これ有り、御記（後小松院）に有る故なり（『鳳林承章記』）。
●八月二十日、承章は藤谷黄門（為賢）に赴く、冷泉相続の竹鶴丸、今日中将公（為条）にて、承章は初めて知人と成るなり、今日近衛尚嗣公より仰せ越され、仙洞にての、今度の拈香の法語を書写し、進上致すべきの旨なり（『鳳林承章記』）。
●八月二十三日、日光宮尊敬親王（十六歳）に一品宣下あり、上卿中院通純、奉行油小路隆貞（『続史愚抄』）。
○八月二十三日、今日より五箇日、後陽成院三十三回聖忌（御忌二十六日）の奉為に懺法講を本院御所にて行われ

（初中結に楽あり）、出御あり、御行道御所作等、導師日光宮尊敬親王、同梶井慈胤親王、毘沙門堂公海（三人相替、日々奉仕と云う）、経衆公卿左大臣近衛尚嗣、右大臣二条光平以下三人、前摂政二条康道、伏見宮貞清親王、同若宮（童形、後に邦道と称す）、等、簾中にて所作、此の外、伶倫公卿四辻公理以下三人、殿上人四辻季賢以下五人参仕、奉行坊城俊広、伝奏勧修寺経広、二十七日結願（『続史愚抄』）。仙洞にて御法事あり、後陽成院尊儀三十三回の御忌なり、法華懺法なり、導師は日光尊敬門主、御連枝なり、一品法親王なり、十六歳なり、聴聞の為、承章また召されしなり、五山より、聴聞衆四人、金地最岳・円徳友林・承章・十如釣天の四人なり、御法事の衆、日光門主・梶井門主・毘沙門堂門主、此の外、台山の西教院、其の外大原衆六人（以上十人なり）、着座近衛尚嗣・二条光平・花山院定好の三人なり、辰下刻に始まり申刻に済む、庭儀なし、殿上より道場に入るなり、地下楽人二十人か、御法事の中、御振舞あるなり、武家衆院参、板倉重宗・大沢基重・松平忠晴・其の外御所辺在京の武家衆四人なり、簾中にてまた勅琴の声あり、伏見宮貞清親王琵琶を弾かれしなり（『鳳林承章記』）。松平忠晴は、「丹波亀山之松平山城守弟松平伊賀守」（『武家尋問条々』）で、通村歌門の一人。

●八月二十四日、鳴滝の別墅にて、打它十右衛門（公軌）の振舞あり、初めて承章は十右衛門と逢うなり、茶屋の方々を見るなり、蛇足軒の絵讃（五岳古尊宿十四五人の讃）を掛けられしなり、午時、木下利当にて振舞あり、床内にて、信長公御自筆の仮名文を掛けられしなり、高台院へ下されし御文なり（『鳳林承章記』）。木下利当は備中足守藩主。

●八月二十八日、後陽成院三十三回御忌之忌仏虚空蔵菩薩像を相国寺に下賜の内議あり、今度仙洞にて後陽成院三十三回御忌御法事の陞座・拈香の拙語を書写せしめ、日光御門主へ進上致すべきの旨、内々仰せ出さるなり、今日一巻を進上致すなり、瑞春軒宣首座まで持ち為し、これを遣すなり（『鳳林承章記』）。

○九月三日、承章は仙洞に赴く、内々仰出の今度承章執行の『拈香拙語』を呈上し奉るなり、彦首座清書されし

なり、朱の点を仕るなり、承章は先に勧修寺経広に到り、同道せしめ、院参いたし、法語を呈し奉るなり、則ち寝殿にて御対面、種々御雑談、今度の承章拈香の事を仰せ出され、長篇を奇特に唱する事、御感の旨勅命、辱く低頭仕るなり、懺法の役者以下の事、段々御尋ねなり、香華の彦首座の事、声明を殊の外御褒美なり、仙洞より相国寺に、虚空蔵菩薩像を拝領す（『鳳林承章記』）。

●九月三日、皇太神宮心柱正遷宮日時を定めらる、上卿姉小路公景、次に豊受大神宮同じく日時定あり、上卿五条為適、以上奉行油小路隆貞（『続史愚抄』）。

●九月八日、伊勢一社奉幣を発遣さる（遷宮に依るなり）、先に日時を定めらる、此の日、例幣を付行さる（式日以前に行わる、違例）、以上上卿三条公富、明年当三合革運謹慎事を例幣宣命辞別に載せらると云う、奉行油小路隆貞、御拝あり（『続史愚抄』）。

●九月十日、承章は昨日坊城俊完まで和歌の詠草を奉る、則ち昨昼、仙洞の叡覧に備えらる、即ち勅の御添削を辱くも頂戴仕るものなり、坊城より申し来たる趣き、承章は和歌の事は無案内たるべきの処、斯くの如き吟詠仕る事、奇特に思し召し、殊の外の御感の旨、書状来たり、承章一生の栄花、千欣万然、勝計し難きものなり、勅御添削の事、希有の大慶、何ぞ加えんや（『鳳林承章記』）。

○九月十一日、仙洞（後水尾）・新院（明正）・女院（東福門院）・女三宮（顕子）は岩倉長谷に御幸なり、来る十六日迄の御滞留なり、御見物故、今日賀茂にて端午の如く、競馬を催すなり、七番の競馬これ有るの由なり、御見物ありて、岩倉に御幸の由なり、板倉重宗競馬を催されしの由なり（『鳳林承章記』）。

●九月十二日、午時前に桑山一玄、俄に北山に来られ、金閣修造の様子を見るべきの由、板倉重宗また金閣を見るべきの由、相談に依りて、俄に来らるるの由なり、煮麵・吸い物、一盞を浮かぶ、則ち塩瀬紹二（正音）は跡より饅頭の提げ物を持参して来られしなり、茶屋にて振舞を出し、茶屋にて共に振舞を喫す、不動上人（正円）・全受もまた

呼び、共に相伴、濃茶を点て、而て帰られしなり（『鳳林承章記』）。桑山一玄は大和新庄藩主。

○九月十三日、院にて和歌当座御会あり、題は月契多秋と云う（『続史愚抄』）。晴天、暖気は春三月の如きなり、仙洞は長谷より幡枝の御殿に成りなされ、今夜名月の御会これ有るなり、承章また御人数に相加えられ、召されしなり、和歌の御当座なり、然るに依り齋了、早々幡枝に赴くなり、若林吉左衛門・西池伊右衛門を召し連れり、御会の人数一条兼遐・近衛応山（信尋）・聖護院道晃親王（然ると雖も御所労の気故、御成なきなり）・勧修寺経広・園基音・坊城俊完・藪崇音・岩倉具起・芝山宣豊・承章の十員なり、題は月契多秋なり、和歌の御会に承章召し加えられし事、辱くも万悦浅からざるものなり、応山公は少し御腫物故、早く還御なり、御振舞以後、仙洞は御山に登られ、御供仕り登山せしむ、御茶屋の所にて各仰せ聞かされ、御談合なり、各懐紙に清書せしむるなり、秉燭の時分、板倉周防守（重宗）御前に召し出され、天盃頂戴なり、今宵の御懐紙十枚は周防守拝領なり、周防守の機嫌、勝計なきなり、園・坊城・崇音・承章・防州は相対し、大御酒の園遊、防州は謡を歌われ、舞を唱えられしなり、防州は承章に、殊の外懇意の申され様なり、半鐘を過ぎ、仙洞は長谷に還御、防州は御供、余衆は各帰らしむるばかりなり（『鳳林承章記』）。

●九月十八日、金地院にて、承章は初めて角倉与市と医大膳亮三悦と逢うなり、知人と成るなり（『鳳林承章記』）。

●九月二十四日、承章の亡母雲松院二十五年忌執行なり、正当は八月たり（『鳳林承章記』）。

●九月二十五日、内宮正遷宮（『続史愚抄』）。二十七日、外宮正遷宮。

○九月二十六日、仙洞にて御持仏堂の供養を仰せ付けられ、慈照晫長老・承章・崟長老、此の三人にて供養致すなり、本尊は釈迦、其の脇は新仏の観音なり、先ず晫長老、点眼致され、筆を持ち、点眼されるなり、釈尊と観音の二仏共に点眼なり、今日の御聴聞衆、大覚寺尊性門主・青蓮院尊純門主・中院通村・藪崇音（嗣良）なり（『鳳林承章記』）。

○九月二十八日、仙洞にて御勝負振舞あるなり、亭主方、大覚寺尊性門主・藪崇音なり、御相伴、聖護院道晃門主・青蓮院尊純門主・中院通村・清閑寺共房・飛鳥井雅宣・承章なり、寺町の御殿にてなり、振舞済み、御勝負の絵双六あり、御人数九人、玉舟翁和韻の詩を持たしめ、叡覧に備えしなり、細川玄旨老詠歌（昨波軒の追善）もまた御目に掛けしなり（『鳳林承章記』）。

●十月二日、西瀬は今出川に赴き、来る五日冷泉殿（竹鶴丸）元服の祝儀、紅柿一折百、西瀬に持参せしむるなり（『鳳林承章記』）。

○十月五日、午時、松永昌三にて振舞あり、承章は急ぎ先に坊城俊完に到り、昌三よりの案内を相待つなり、振舞客の衆、坊城俊完・土御門泰重・武田信勝・狩野益信、此の衆なり、膳の半に、仙洞に召され、承章に御用の儀あり、早く院参致すべきの旨、然るに依り、急ぎ仙洞に赴くなり、高台寺の内、生葡萄の儀、相尋ぬべきの由、仰せに依り、急ぎ書状を認め、円徳院に遣すなり（『鳳林承章記』）。

●十月六日、円徳院より早天に返書来たる、生葡萄はなく漬葡萄を尋ね出せし旨、曲物に入れ来たる、即ち仙洞に捧げしなり（『鳳林承章記』）。

●十月八日、免者宣下あり（今年後陽成院三十三回聖忌に当る故なり）、上卿徳大寺公信、奉行坊城俊広（『続史愚抄』）。

●十月八日、承章は応山（信尋）に赴く、御腫物の御見舞を申す、大門（尊性）主・聖門（道晃）主・左府（近衛尚嗣）、其の外公家衆六七人、夕食御振舞（『鳳林承章記』）。

●十月十一日、近衛信尋薨ず、五十一歳、法名応山、本源自性院と号す（『続史愚抄』）。承章は比叡山に赴く、高野に到り、藤谷黄門（為賢）の山荘を見る（『鳳林承章記』）。

●十月十二日、吉権よりの飛脚、叡山を越ゆるなり、近衛応山の訃音なり（『鳳林承章記』）。

●十月十四日、桜御所に赴く、近衛応山御他界の吊礼を伸ぶ（『鳳林承章記』）。

●十月二十五日、午時、藤谷中将（為条）振舞を持ち為し、不動にて茶の振舞なり、山科言総また来臨なり、以錐公より定家卿筆の由、藤谷黄門（為賢）へ見せ為さしむべき由、来たるなり（『鳳林承章記』）。

●十一月五日、春日祭、上卿園基音参向、弁不参、奉行清閑寺熙房（『続史愚抄』）。

●十一月十三日、午時、藤谷黄門（為賢）・同中将（為条）・山科黄門（言総）を招きて、承章は口切の振舞なり、藤谷黄門は古筆を持参、大燈国師の筆蹟の由、玉舟翁に見せしむるなり（『鳳林承章記』）。

●十一月十五日、午時、山本友我法橋にて振舞なり、小座敷にて、為家卿筆『伊勢物語』の切れか、掛けられしなり（『鳳林承章記』）。

●十一月十六日、伏見宮貞清親王次男邦道に親王宣下あり、上卿四辻公理、勅別当大炊御門経季、奉行油小路隆貞（『続史愚抄』）。

●十一月二十三日、午時、金地院にて、仙洞宸翰の広目の振舞あり、新築の寿光院、此所にての茶の湯なり、坊城俊完・園基音・勧修寺経広・芝山宣豊・承章の五人なり、仙洞御製の宸翰を掛けしなり（『鳳林承章記』）。

○十一月二十五日、仙洞振舞なり、午刻前に出京せしめ、直に仙洞に伺公致すなり、青蓮院尊純門主・金地院元良・円徳友林・承章、御客四人なり、崟長老御馳走人の為、御勝手まで招かれしなり、勧修寺経広・野宮定逸・岩倉具起・園基福・東園基賢・勘解由小路資忠、此の衆肝煎り衆なり、御小書院にて御振舞、御菓子済み、各御庭見物、御茶屋もまた飾られしなり、癡絶の墨跡を掛けられ、御書院の棚に、古筆を数多置かれしなり、残らず拝見せしむるなり、定家卿・慈鎮和尚・伏見院・後光厳院、其の外色々の古筆なり、御茶は奥の間八畳敷にて、点てらるなり、後掛物は家隆卿の筆なり、御花入は古銅、白玉椿・水仙を入れるなり、御茶済み、金地院に召されて、仙洞仰せて曰く、章長老に紫衣を下し成られ度き思し召しなり、江戸にて大樹の前にて相調えらるべく、仰せらるなり、承章は辱くも勅命を承り、感荷に堪えざるものなり、点燭、後段の御台物数多、大

御酒、歌声・謡声を発し、各沈酔、崟長老は狂言を仕られしなり、野宮は狂言を舞い、園は舞袖を翻し、御児の少年達は舞袖を翻し、小歌を歌われしなり、承章以外に爛酔、半鐘に及び帰山せしむるなり（『鳳林承章記』）。

●十一月三十日、午時、承章は坊城俊完により、金地院に招かれ、振舞なり、当主上（後光明）の勅筆御色紙の掛物なり、承章初めて奥に到り、俊完室に初めて対顔せしむるなり（『鳳林承章記』）。

●十二月三日、西瀬より頼み申し来たる、定家卿筆の由の古筆掛物を、承章は今出川に遣し、これを見せしむるに、正筆にあらざるの由なり（『鳳林承章記』）。

●十二月九日、本院皇女（十三歳、元滋宮と号す、母京極局光子、去正保三十七入室、喝食と為す）大聖寺にて得度す、法名久山元昌、戒師相国寺仏性本源禅師（『続史愚抄』）。

●十二月二十一日、今宵一条殿下（教良）婚姻を結ばれしの由なり、池田新太郎備前国守（光政）息女なり（『鳳林承章記』）。

●是歳、竹屋宰相（光長）祖母九十賀、通村詠（『内府集』）。

慶安三年（一六五〇）庚寅　五十五歳　院政二十一年

●正月一日、四方拝、奉行万里小路雅房、小朝拝なし、元日節会、出御あり、内弁西園寺実晴、外弁中院通純以下七人参仕、奉行油小路隆貞（『続史愚抄』）。

●正月七日、白馬節会、出御あり、内弁二条光平、外弁中院通純以下六人参仕、奉行清閑寺熙房（『続史愚抄』）。

●正月八日、後七日法始（南殿にてなり）、阿闍梨大覚寺尊性親王、太元護摩始（阿闍梨の坊にてなり）、阿闍梨観助（時に母の重服歟）、以上奉行中御門資熙（『続史愚抄』）。十四日両法結願。

○正月九日、仙洞御謡初、承章は院参なり、御能の中、円徳益長老・慈照晫長老・承章三人、御前にて御咄、試筆の詩を請いなされし故、晫長老・承章は詩を叡覧に備えしなり、円徳翁は試筆の詩これ無きなり、御摂家・御門主の御衆十人ばかり、公家衆老若三十人余これ有るなり（『鳳林承章記』）。

●正月十一日、神宮奏事始、伝奏姉小路公景、奉行油小路隆貞（『続史愚抄』）。卯刻議定所に出御（『実録』）。

●正月十六日、踏歌節会、出御あり、内弁一条伊実、外弁四辻公理、以下六人参仕、奉行坊城俊広（『続史愚抄』）。

●正月十八日、不予の御祈を行わる、東福門院の仰せに依りてなり（『実録』）。

●正月十九日、和歌御会始、題は柳臨池水、飛鳥井雅章出題、読師三条公冨、講師万里小路雅房、講頌飛鳥井雅章（発声）、奉行三条西実教（『続史愚抄』）。戌刻、清涼殿に出御（『実録』）。

●正月二十七日、将軍使吉良義冬は参内して歳首を賀し奉り、物を献ず（『実録』）。

●正月二十九日、梶井慈胤親王に天台座主宣下あり（良尚親王今月辞退）、上卿三条西実教、奉行中御門資熙（『続史愚抄』）。

●正月二十九日、芝山宣豊よりの使者梶加左衛門は北山に赴き、また晴雲軒にも来たり、相対し、浮盃なり、宣豊室御世根より三本入り紫緒杉箱扇子を年玉として恵まれる、宣豊姉御屋知より塗り縁三重の重箱を年玉として恵まれる（『鳳林承章記』）。

●二月三日、法印道作、御脈を拝す（『実録』）。十六日、十七日、五月十四日、十六日、十八日、十一月二十三日、十二月二十六日これに同じ。

●二月十二日、春日祭、上卿飛鳥井雅章参向、弁不参、奉行清閑寺熙房（『続史愚抄』）。

●二月十四日、林光院に就き、今朝施食、下冷泉為景の亡母十三回忌の仏事なり（『鳳林承章記』）。

●二月十五日、本院（後水尾）皇子（十一歳、照宮、母新中納言国子、去る正保四年十二月十六日、妙法院室に入る）御名字

完敏に親王宣下あり、上卿坊城俊完、勅別当久我広通、奉行清閑寺熙房（『続史愚抄』）。後の堯恕親王。
●二月十五日、此の日、楽御会始、平調楽（郢曲等）、御所作箏、所作貞清親王、同若宮（邦道親王、童形）、公卿一条昭良以下三人、殿上人四辻季賢以下三人参仕（『続史愚抄』）。
●二月十九日、別殿行幸あらせらる（『実録』）。戌刻御別殿、御学問所、参衆三条西実教、広橋綏光、梅渓季通、清閑寺熙房、愛宕通福。
●二月十九日、承章は吉権にて数奇を催す、座敷を構え、会席にて吉権三郎茶を立つるなり、掛物は為家卿の筆なり（『鳳林承章記』）。
●三月三日、三条西実教へ頼みし短尺三枚、筆を染められ、山形隼人正より持ちなし越され、相違されしなり（『鳳林承章記』）。
●三月八日、春日社一社奉幣使を発遣さる、先に日時を定めらる（恠異あるに依ると云う、子細未詳）、上卿徳大寺公信、幣使正親町実豊、奉行清閑寺熙房（『続史愚抄』）。
●三月八日、今日より（七箇日歟）、北斗法を東寺にて行わる（恠異事に依る歟）、阿闍梨大覚寺尊性親王、奉行中御門資熙（『続史愚抄』）。
●三月十日、仙洞にて御花見あり、承章院参せしむ、今日の御客は、青蓮院尊純門主・中院通村・清閑寺共房・飛鳥井雅宣・藪崇音（嗣良）・土御門泰重・承章、以上七人なり、大椿幷に小練早の両花を持参せしめ、進上致すなり、永井尚政も椿花を進上致し、是れまた拝覧せしむるなり（『鳳林承章記』）。
○三月十二日、禁中にて御花見あり、今日の御花見の御客は、伏見宮貞清親王・二条康道・飛鳥井雅宣・藪崇音・承章なり、御勝手御肝煎りの衆、勧修寺経広・清閑寺共房・平松時庸・土御門泰重なり、小御所にて、仙洞御相伴、御振舞あり（『鳳林承章記』）。

●三月十五日、近衛尚嗣は、去年近衛応山公（信尋）追悼の御詠歌の拙和を、切々と御所望あるに依り、承章は拙和を綴り、清書せしめ、齋藤主水正（昌盛）に状を遣して、持ち為し、呈上せしむなり（『鳳林承章記』）。

●三月十六日、今夜、御神楽を春日社にて行わる（一夜なり）、奉行清閑寺熙房、此の日、奉幣使正親町実豊参社（『続史愚抄』）。

●三月二十日、因幡堂にて曼荼羅供舞楽等あり、今日より三十箇日、本尊薬師開帳（『続史愚抄』）。

●三月二十日、聖護院道晃親王、宮庭儀の曼荼羅供あり、着座鷲尾隆量・飛鳥井雅章・山本勝忠なり、其の外、殿上人数人これ有る由なり（『鳳林承章記』）。

●三月二十四日、東照宮に奉幣を発遣さる、先に日時を定めらる、上卿三条公富、幣使柳原資行、奉行中御門資熙（『続史愚抄』）。

○三月二十五日、承章は仙洞に赴く、青蓮院尊純門主御修法の御見舞を申し上ぐるなり、先に坊城俊完に到り、対談、逍遙院筆短尺六枚を藤谷為賢に投ずるなり、頼みの子細これ有るに依りてなり（『鳳林承章記』）。

○三月二十五日、承章は早々院参せしむ、仙洞にて、天台の論議これ有り、聴聞仕るべき由、仰せ出らるに依り、参勤せしむるなり、論議の題は、「離境開悟」と云う題なり、論議の衆は六人、恵心院上首なり、御聴聞の衆は、大覚寺尊性門主・妙法院堯然門主・聖護院道晃門主・青蓮院尊純門主・中院通村・飛鳥井雅宣・晫長老・承章・崟長老なり（『鳳林承章記』）。

○三月二十八日、仙洞にて操りあり、承章は召されしに依り、辰刻院参せしむ、一条昭良・二条康道・二条光平・近衛尚嗣・鷹司教平・大覚寺尊性門主・聖護院道晃門主・青蓮院尊純門主・飛鳥井雅宣・広橋兼賢・藪崇音・承章見物仕るなり、浄瑠璃の操りは左内大夫なり、操り二番・狂言十二番なり、操りの前に、御対面なり、操りの中、仙洞は承章を召され、簾中にて大御酒、承章爛酔、前後を忘れ、帰山せしむ（『鳳林承章記』）。

○三月二十九日、承章は早々院参せしむ、今日また仙洞にて操り有るなり、左内大夫なり、坊城俊完に対し、相談あるに依り、旁々院参せしむ、操り少しばかり見物せしめ、早々退出し、晴雲軒に到る(『鳳林承章記』)。

●四月三日、別殿行幸あらせらる(『実録』)。五月十六日、九月二十九日、閏十月十四日、十一月二十四日、十二月十六日これに同じ。

●四月十一日、伏原賢忠をして『論語』を進講せしめらる(『実録』)。五月一日、三日、六月七日これに同じ。

○四月十三日、午時、仙洞にて藤見の御振舞あり、今日の御客は、一条昭良・青蓮院尊純門主・中院通村・藪崇音・承章の以上五人なり、幸宮(穏仁)御八歳、御児達小歌・御躍これ有るなり(『鳳林承章記』)。

○四月十九日、本院(後水尾)和歌御会始、題は夏祝言(『続史愚抄』)。御会始、上皇御製、夏祝言(『御集』)。

●四月二十六日、今午、高台寺にて坊城俊完を招かれ、承章もまた相招く故、坊城に赴き、同道せしめ、高台寺に赴く、青蓮院尊純門主また御成なり、茶前に茶屋に登り、風景を見るなり、茶後に囃五番あり(『鳳林承章記』)。

●四月二十八日、宣首座を中院通村の使と為し、晴雲軒に来すぎ、米元章筆の掛物・同巻物を持ち来られしなり、掛物は点付け参らすべき由、通村公より御頼みなり(『鳳林承章記』)。

●四月二十九日、承章は坊城俊完に赴き、則ち院参、芝山宣豊に到り、今小路殿(御屋知)に逢う、則ち御所より坊城は承章を呼び来たる故、仙洞に赴き、坊城と対す、内談有るに依り、中院通村に赴き、対談せしむ、濃茶を喫し、また仙洞に到り、坊城に対し、相談せしむるなり、今度各仙洞へ御茶を上らるの一件なり、一昨日中院より来たりし、米元章筆の一軸を持参せしめ、中院へ返納せしむるなり(『鳳林承章記』)。

●五月二日、承章は中院通村に到り、短尺三枚に貴毫を染めらるべき事を申し入れ、米元章筆墨痕の点持参、対面す、中院を御同道、聖護院門主に到り、坊城俊完・藪崇音、尤も青蓮院門主、各御寄合、相談し、来る九日五人の御衆にて、仙洞へ御茶を御進上の作法、万事面々持参の事、相究むるなり(『鳳林承章記』)。

●五月六日、広橋兼賢より、承章の内々頼みし短尺、筆を染められ、これを給うなり（『鳳林承章記』）。
○五月七日、当座和歌御会あり、本院（後水尾）御幸、十五首、出題飛鳥井雅章、奉行三条西実教、参衆秀宮、近衛尚嗣、伏見宮貞清親王、中院通村、飛鳥井雅章等（『実録』）。禁中御当座、上皇御製、春朝（『御集』）。
●五月七日、徳川義直没、五十一歳（『寛政重修諸家譜』）。尾張名古屋城主徳川義直は儒医堀正意を通じて中院通村と交流がある（『通村日記』寛永三年十一月八日条等）。
○五月九日、承章院参せしむ、則ち御文庫の内、御対面なり（『鳳林承章記』）。
○五月十一日、仙洞にて、躍り狂言仰せ付けられ、承章また院参せしむ、友林和尚もまた院参なり、御門跡衆・公家衆六七人、一条昭良・二条康道・二条光平父子・近衛尚嗣、各御参なり、承章御対面なり、御振舞済み、ふと北面所にて、青蓮院尊純門主・坊城俊完・園池宗朝・其の外武家衆野々山丹後守・榊原伊勢守・淡路守、各相対し、大御酒（『鳳林承章記』）。
●五月二十三日、造春日社木作始仮殿遷宮等日時を定めらる、上卿徳大寺公信、奉行清閑寺熙房（『続史愚抄』）。弁広橋兼茂（『実録』）。
●五月二十三日、長崎の興成院兵部卿は三十年相対せず、承章と今日相逢うなり、年寄りと見違うなり、六十五歳の由、申さるなり、長崎にて書籍の事・呂宋茶壺の事、頼むなり（『鳳林承章記』）。
●六月六日、田島源太夫より去年頼まれし、慈恵大師七猿の絵の上に和歌を付け遊ばされる事、妙法院堯然門主に申し上げ、昨日出来、持ち下されしにより、承章は今日田島源太夫の所に遣すなり、幸いに田源は此の比東国より上洛し、在京故なり、和歌七首は慈恵大師の作なり（『鳳林承章記』）。
○六月九日、仙洞にて、枕返し、其の外の術を仰さるなり、今日の太夫は長島玉之介・武田四郎兵衛、此の両人なり、此の外種々の芸者これ有るなり、枕返しは四郎兵衛、緒小器の術・手鞠は玉之介なり、種々奇妙、近古

希有、公私肝胆に徹する事なり、一条昭良・近衛尚嗣・二条光平・鷹司教平・妙法院尭然門主・聖護院道晃門主・中院通村、其の外公家の老若数多なり、承章は仙洞に召し出され、移刻、御咄申し上ぐるなり、祇園の目代八左衛門□楽屋に相逢うて、今日の様子を申し渡すなり、仙洞にて御振舞有るなり、円徳益長老・勝定崟長老もまた召され、見物なり（『鳳林承章記』）。

●六月十一日、承章は短尺三枚、明哲喝食を以て言伝、冷泉為清へ遣す、染筆されん事を頼み申し遣すなり、午時、妙法院に赴く、先日猿絵に七首の和歌を付け遊ばされし、御礼なり、御対面、冷泉為清に今朝申し遣す短尺、即今書付られ、これを給うなり（『鳳林承章記』）。

●六月十二日、相国寺方丈にて、毎年の如く、稽古懺法あり、承章また出頭せしむ、懺衆三十一人なり、懺法聴聞の由、円照寺宮（文智）御成、方丈の西方北の間に釣簾を掛け、御聴聞なり（『鳳林承章記』）。

●六月二十日、坊城俊完より相談有るべき事これ有り、承章出京せしむべきの由、申し来たる故、承章は坊城に赴くなり、愚詠の和歌の詠草、仙洞の叡覧に備え、勅の御添削を希い奉る、即ち今日、勅の御添削、承章の歌もまた宸翰を染められ、勅の御添削を加えられけるなり、謹みて頂戴せしむるなり、勅筆は明晩返上奉るべきの由、坊城まで申し入れ、先に持参して帰山せしむ、吉権に立ち寄り、宸翰を拝せしむるなり（『鳳林承章記』）。

●六月二十五日、承章は午時に宗旦を招き、茶の湯を出すなり、承章所持の無節の茶杓、宗旦にこれを見す、曰く、無疑、（村田）珠光作の茶杓なりと、承章の喜悦浅からざるなり、茶後、宗旦は歌声を発し、舞袖を翻すなり（『鳳林承章記』）。

●六月二十七日、午時、承章は大徳寺芳春院（宗璠）に招かれ、白蓮を見るなり、参衆は彦首座・不動上人・西瀬・賀茂の南可ら、杜鵑亭にて、詩あり、歌あり、狂歌・誹諧・発句・狂句あるなり、今日仙洞より肥前雲仙躑躅を拝領せしむ（『鳳林承章記』）。

●七月四日、毛雨《ふ》る、色は白黒及び赤、長さ四五寸（長短雑）（『続史愚抄』）。洛中洛外に五色の毛ふる、長さ七八寸なり（『鳳林承章記』）。

●七月七日、七夕和歌御会、題は星夕涼如水、飛鳥井雅章出題（『続史愚抄』）。奉行藤谷為条（『実録』）。

●七月七日、承章は仙洞より、御池の白蓮五輪・荷葉七片幷真桑瓜二籠を拝領仕る（『鳳林承章記』）。

○七月十二日、承章は仙洞の御供仕り、御花壇の徒歩、珍敷き百合花を拝見せしむるなり（『鳳林承章記』）。

●七月十八日、承章は藤谷為賢へ赴くに、則ち御霊祭の御輿に御出、藤谷為条にて振舞故、留守、田源より頼まれし古筆『百人一首』巻物を預け置く（『鳳林承章記』）。

●七月二十日、申刻、俄に闇夜の如し、毛雨《ふ》るなり、白毛或いは赤毛、七八寸なり（『鳳林承章記』）。

●八月三日、承章は未明に心華翁に赴くなり、伏見宮貞清親王御室松齢院殿の大祥忌なり（『鳳林承章記』）。

●八月八日、承章は午時、大徳寺芳春院玉舟翁（宗璠）を招き、詩歌合を催すなり、十五首の詩歌なり、藤谷為条より出題短尺来たるなり（『鳳林承章記』）。十三日は芳春院にて詩歌会あり。

○八月十五日、仙洞にて御月見、御客は大覚寺尊性親王・聖護院道晃親王・青蓮院尊純親王、幷に岩倉具起・土御門泰重・承章、此の御衆なり、日暮れに大雨、乾坤ともに昏昏たり、晴れ難きと雖も、漸く山上を欲し、則ち天晴れて、月光万里無雲、近年晴光の月なり、仙洞は承章に狂句の章句を御所望故、破題に曰く、月桂男円座、岩倉具起入韻、第三御製、狂句漢和一折余り、これ有り（『鳳林承章記』）。

○八月十九日、仙洞にて、大徳寺への入室を仰せ付けられしなり、聴聞の為、承章内々召されしに依り、夕食過ぎに出京せしむ、先に芝山宣豊に到り、使者を心華翁に遣す、心華翁は今晩聴聞の為に、院参仕る事、内々坊城俊完談合せしむ、勅命を窺い、召されしなり、然るに依り、同道の為、心華に人を遣す、則ち心華翁来られ、承章は芝山宣豊の所にて、浮盃、殿上に到るなり、矢龍寺真乗翁玄英供和尚・妙智翁補中修和尚、此の両人ま

た聴聞の為、院参致されるなり、勝定翁・宣首座尤も参られしなり、入室の師家は大徳寺見性庵天祐翁なり（『鳳林承章記』）。

●八月二十一日、完敏親王（十一歳、院皇子）は妙法院にて得度す、法名尭恕（『続史愚抄』）。

●八月二十五日、大覚寺空性親王（陽光院王、正親町院御養子）薨ず、七十八歳（『続史愚抄』）。

●八月二十六日、後陽成院尊儀の諷経これ有り（『鳳林承章記』）。

●八月二十七日、皇太神宮別宮荒祭宮月読宮風日祈宮等正遷宮日時を定めらる、上卿鷲尾隆量、次に豊受大神宮別宮高宮土宮月読宮風宮等同日時定あり、上卿同前、以上奉行坊城俊広（『続史愚抄』）。

●九月十一日、例幣、上卿四辻公理、奉行油小路隆貞、御拝あり（『続史愚抄』）。

○九月十三日、幡枝小山庄、上皇御製、月契多秋（『御集』）。

○九月十三日、仙洞にて御月見の御遊興これ有り、承章は午刻院参せしむ、近衛尚嗣・二条康道・妙法院尭然親王・聖護院道晃親王・青蓮院尊純親王、此の御衆の外、公家衆五人なり、清閑寺共房・広橋兼賢・滋野井季吉・姉小路公景・土御門泰重・承章・崟長老なり、御振舞の前、眼鏡の御穿鑿これ有るなり（『鳳林承章記』）。

●九月十八日、内侍所臨時御神楽を行わる、出御あり、拍子本小倉季雅、末綾小路俊良、奉行坊城俊広（『続史愚抄』）。

○十月七日、承章は仙洞に赴き、真堅海苔一折を進上致すなり、疝気・寸白虫の妙薬の海苔なり、然るに依り呈上せしむるなり、奥の常御殿にて御対面なり、南都一乗院尊覚門主・聖護院道晃門主・三位御局・坊城俊完御相伴、今日亥の子なり、丹波の野瀬餅・種々御肴・御酒を給うなり、干方貝五ヶを承章懐中せしめ、呈上せしむ、御少年の宮様方に呈上すべき由、申し上げけり、則ち聡宮（道寛）様御出、即ち干方貝を聡宮様に進められしなり、妙法院新宮様（尭恕）また御成、承章初めて御得度以後、御目に掛かるなり（『鳳林承章記』）。

●十月十一日、皇女（第二）降誕（母源大納言局、庭田重秀女）、女一宮と号す（『続史愚抄』）。

○十月十一日、本源自性院殿（信尋公）一周忌左大臣尚嗣公勧進、通村出詠（『内府集』）。仙洞にて相国寺の懺法仰せ付けられ、懺法執行なり、今日は近衛応山公一周忌なり、仙洞の御下心は、応山の御弔、然ると雖も懺法は観音諷経なり、先日より申し上げ、応山の御名を回向に入れるべきか如何、相窺う、則ち回向に御名を入れるべき由、仰せ出なり、翌日また御名を入れ申す間敷の由、仰せ、然るに依り御名を回向に入れざるなり、仙洞に御参の御門主は、妙門・聖門・青門・実門・円門なり、公家衆は姉小路公景・平松時庸・土御門泰重、此の衆のみなり（『鳳林承章記』）。

●十月二十八日、後水尾・明正両上皇並に東福門院の御幸を迎えさせらる（『実録』）。

○閏十月四日、仙洞にて、御口切りの御能これ有り、天龍寺真乗翁・相国寺の吉西堂は、訴訟を以て院参仕らるなり、承章を御前に召し、閣の御字等御内談遊ばされしなり、両度まで召し出されしなり、御廊下の簾内を見物の為、彦首座・藤首座・厚蔵主、此の三人を承章は馳走を以て、見物せしむるなり（『鳳林承章記』）。

●閏十月十四日、伏原賢忠をして『孟子』を進講せしめらる（『実録』）。

●閏十月二十五日、是より先、将軍家綱の移徙に依り、勅使を遣されしが、是日、御礼として将軍使吉良義冬参内して物を献ず、仍て清涼殿に於て謁を賜い、天盃を給う（『実録』）。

●十一月一日、朔旦冬至、平座を行わる、先に賀表奏あり（表草未詳、清書坊城俊広）、上卿近衛尚嗣、表を奏し訖り退出、平座上卿中院通純、已次公卿三条公冨、以下五人参仕、奉行坊城俊広（『続史愚抄』）。

○是日、後水尾上皇の御幸を迎えさせらる（『実録』）。

●十一月二日、東叡山造東照宮地曳木作始等日時を定めらる、上卿姉小路公景、奉行坊城俊広、次に同社仮殿遷宮立柱等日時定あり、上卿四辻公理、奉行油小路隆貞（『続史愚抄』）。

●十一月五日、春日祭、上卿阿野公業参向、弁不参、奉行油小路隆貞（『続史愚抄』）。

●十一月九日、大黒祭、四辻季賢は林歌及び太平楽を宮中にて弾く（『続史愚抄』）。

○十一月十一日、本源自性院（近衛信尋）関白一周忌追善、左府勧進、上皇御製、未顕真実（『御集』）。近衛信尋は上皇の弟、左府は近衛尚嗣。

●十一月十六日、承章は玉舟翁の墨跡一巻を、吉田美作守（兼則）に遣すなり、仙洞より大徳寺玉舟に御尋ねの事あり、其れに依り、御使と為し、大徳寺に赴く、玉舟翁に対し、相談せしむるなり（『鳳林承章記』）。

○十一月二十一日、仙洞より疝気の丸薬御所望故、承章は進上致すなり（『鳳林承章記』）。

●十一月二十九日、寺町御殿にて、御振舞を上ぐるなり、内々は大門主・妙門主・聖門主・承章のみ、今日梶井慈胤もまた御人数御望み故、御入り成られしなり、終日御打談、御遊興は十炷香あり、或いは御双六、或いは絵双六これ有り、承章また仙洞と御双六を数番仕るなり、十炷香は承章六炷当てしなり、御茶は大覚寺門主御持参なり、今日また御勝負あり、承章は勝方なり、草木の目付字の本、承章持参せしめ、尊覧に呈す、即ち其の本を呈上せしむるなり（『鳳林承章記』）。

○十二月六日、当座和歌御会あり（『実録』）。本院（後水尾）御幸、十五首、出題飛鳥井雅章、奉行三条西実教、参衆秀宮、近衛尚嗣、聖護院道晃、中院通村、中院通純、姉小路公景等。

●十二月八日、午時、仙洞にて御振舞あり、御亭主方は妙法院堯然・聖護院道晃・梶井慈胤なり、御客方は仙洞・大覚寺尊性・承章なり、御茶は妙門主・梨門主御両方御持参なり、御茶済み、御双六あり、承章また妙門主と双六を打つなり、十炷香あり、御振舞の御勝負なり、絵双六あり、歌留多あり、種々御遊興なり、また園基音伺公なり、今日の御振舞は寺町御殿にてなり、承章誹諧の発句仕るなり、則ち仙洞御脇遊ばされ、第三近衛尚嗣なり、今日の御振舞に初めて近衛公御伺公なり、才掃地ニ雪ヲハコヤノ山路哉（承章）、花ニササント手折寒菊（御製）、初メテノ今日口切ノ茶ノ湯シテ（左大臣）、十句これ有るなり（『鳳林承章記』）。

●十二月十日、今夜、春日社仮殿遷宮、行事中御門資熙参向（『続史愚抄』）。
●十二月十一日、仙洞にて御振舞有る故、承章は早々出京せしむなり、先に中院通村に到りて、見舞なり、伏見院の宸翰雑芸遊ばさるの二枚持参せしめ、これを見せしむ、則ち伏見院御正筆の由、中院通村公御申すなり、今日の御客、八条宮（智忠）・青蓮院尊純・曼殊院良尚・中院通村・清閑寺共房・藪崇音・勧修寺経広・飛鳥井雅章・岩倉具起・承章、此の御衆なり、御振舞は御書院、御茶は小御所なり（『鳳林承章記』）。
●十二月十八日、則ち若王子僧正（澄存）また来尋故、承章は打談、三宝院門主と若王子山伏の出入り、公事これ有り、其の段々を僧正演説せし故、移刻（『鳳林承章記』）。
○十二月二十日、御能あり、是日、後水尾・明正両上皇並に東福門院等、之に御幸あらせらる（『実録』）。

慶安四年〔一六五一〕辛卯　五十六歳　院政二十二年

●正月一日、四方拝、奉行坊城俊広、小朝拝なし、元日節会、出御あり、公卿堂上後入御、内弁近衛尚嗣、陣後早出、四辻公理これに続く、外弁清閑寺共綱以下四人参仕、奉行万里小路雅房（『続史愚抄』）。
○正月四日、新院（明正）は本院（後水尾）御所に幸す（今年初度）、即ち還御（『続史愚抄』）。
○正月四日、今日仙洞にて御謡初の御能仰付けらる、御能初めの前、承章を御前に召し、承章試筆の愚作を勅覧に呈し奉る、二条康道・近衛尚嗣・八条宮（智忠）・高松宮（良仁）・大覚寺尊性・妙法院堯然・聖護院道晃・梶井慈胤・曼殊院良尚・青蓮院尊純・中院通村、此の衆御参なり、公家衆老若二十人余なり（『鳳林承章記』）。
●正月七日、白馬節会、出御あり、坊家奏後、入御、内弁一条伊実、外弁三条公富、以下七人参仕、奉行清閑寺熙房（『続史愚抄』）。

●正月八日、後七日法始、阿闍梨大覚寺尊性、太元護摩始、阿闍梨観助、以上奉行中御門資煕（『続史愚抄』）。十五日両法結願（昨御衰日に当る間、今日に延引）。
○正月十日、本院・新院は内裏に幸す（今年初度）、即ち還御（『続史愚抄』）。
●正月十一日、神宮奏事始、伝奏姉小路公景、奉行油小路隆貞（『続史愚抄』）。
○正月十一日、本院和歌御会始、題は竹弁春、読師中院通純、講師坊城俊広、講頌飛鳥井雅章（発声）、奉行園基音（『続史愚抄』）。御会始、上皇御製、緑竹弁春（『御集』）。仙洞御会始、通村出詠（『内府集』）。
●正月十六日、踏歌節会、出御あり、坊家奏後、入御、内弁二条光平、外弁中院通純、以下六人参仕、奉行油小路隆貞（『続史愚抄』）。
●正月十八日、坊城俊完より、今晩坊城に来たるべきの由、承章に申し来たる、其の子細は、去々年九月より、承章と勧修寺経広は義絶なり、其の事、仙洞の御耳に達し、坊城俊完と芝山宣豊に仰せられ、和睦仕るべき事肝煎るべき旨、仰せ付けに依り、今晩承章と勧修寺経広を呼び合せらるなり、坊城俊完にて種々丁寧の振舞なり、構え座敷にて、茶を点てらるなり、掛物は後醍醐天皇宸翰なり、構えを出て、打談の刻、岩倉具起来らる（『鳳林承章記』）。
●正月十九日、和歌御会始、題は初春祝道、飛鳥井雅章出題、読師三条公冨、講師油小路隆貞、講頌滋野井季吉（発声）、奉行阿野公業（『続史愚抄』）。清涼殿に出御、参衆近衛尚嗣、二条光平、貞清親王、智忠親王、三条公冨、今出川経季、勧修寺経広、清閑寺共綱、中御門宣順、広橋綏光、水無瀬兼俊等（『実録』）。
●正月十九日、承章は初めより所持の水晶の眼鏡を坊城俊完に投ずるなり（『鳳林承章記』）。
●正月二十七日、将軍使今川直房は参内して歳首を賀し奉り、物を献ず、仍て清涼殿に於て謁を賜い、天盃を給う（『実録』）。

○正月二十八日、方違の為、本院は白川照高院に幸す（『続史愚抄』）。
●正月三十日、別殿行幸あらせらる（『実録』）。七月三十日、十二月五日。二十七日これに同じ。
●二月三日、承章は勧修寺経広に招かれ、饗応を受く（『鳳林承章記』）。
○二月九日、当座和歌御会あり、本院（後水尾）御幸、十五首、出題飛鳥井雅章、奉行藤谷為条、参衆秀宮、貞清親王、智忠親王、道晃親王、中院通村、広橋綏光等（『実録』）。内当座御会、通村出詠（『内府集』）。
●二月十日、一条伊実は教良と改名す（『続史愚抄』）。
○二月十日、本院皇子降誕（母新中納言局国子）、玲瓏宮と号す（『続史愚抄』）。後の青蓮院尊証親王。
●二月十一日、承章は妙法院堯然の御隠居に到り、則ち御対面なり、内々御所望の呪詛、今日相伝せしむなり、中院通村と妙門主にて、対面せしむなり（『鳳林承章記』）。
●二月十二日、春日祭、上卿三条西実教参向、弁不参、奉行中御門資熙（『続史愚抄』）。
●二月十二日、午時、承章と内々御約束、聖護院道晃より御招き、今夜庚申、十炷香あるべきの旨なり、午後また御使あり、承章は御門主に到る、則ち中院通村・白川雅陳・若王子澄存伺公なり、御楊弓一百手これ有り、十炷香を始む、三辺これ有り、御門主・中院通村・承章・伊織の四人なり（『鳳林承章記』）。
●二月十四日、坊城俊広は旧冬婚姻す（『鳳林承章記』）。俊広母は岩倉具起妹、室は家女房か（『諸家伝』）。
○二月十七日、行幸習礼あり、上皇（御烏帽子）は内裏に幸す（『続史愚抄』）。仙洞御所に行幸の御習礼あり（『実録』）。
●二月二十三日、法印道作、御脈を拝す（『実録』）。四月二日、六月十七日、九月十四日、十月七日、十四日、十七日、二十日、二十一日、二十二日これに同じ。
○二月二十三日、明後日、天子は仙洞に行幸、見物の桟敷、坊城俊広門外にて桟敷を拵える故、伊右兵衛奉行、大工二人・伝三郎・重兵衛・人足六人・此方の下人二人遣し、桟敷を建つるなり、材木屋九兵衛の所を借用せ

しむ、桟敷は西東二間間中、奥へ一間間中なり（『鳳林承章記』）。

●二月二十四日、明日見物所桟敷の幕、山本友我法橋に借用せしむ（『鳳林承章記』）。

○二月二十五日、本院御所に行幸（朝覲と称すべからざる由、兼日之を仰さる）、先に召し仰せあり（陣にてなり）、上卿近衛尚嗣、次に出御（左衛門陣代より）、公卿尚嗣以下十七人、左右の大将（教良・良輔）は本陣に候す、其の外司々等供奉す、関白一条昭良は後塵に在り（祭主友忠は麻を献ず、例の如し）、以上奉行坊城俊広、御逗留儀の為、此の後、仙洞（下御所）にて舞楽叡覧あり、次に南御所（同郭に在り）にて楽御会あり、平調楽（郢曲等）、主上御所作箏、所作貞清親王、同若宮（邦道親王）、公卿二条康道以下四人、殿上人四辻季賢以下四人参仕、次に和歌御会（晴儀）あり、題は花契多春、飛鳥井雅章出題、読師西園寺実晴、下読師烏丸資慶、講師油小路隆貞、講頌飛鳥井雅章（発声）、御製読師西園寺実晴、同講師飛鳥井雅章、奉行油小路隆貞（『続史愚抄』）。

○二月二十七日、仙洞御所にて花叡覧あり（『続史愚抄』）。

○二月二十七日、仙洞にて、今日御能有るの由、鶴屋七郎左衛門・島屋吉兵衛両人立合の由なり（『鳳林承章記』）。

○三月六日、承章は院参致し、行幸の御祝儀を申し上げ、果李の花を三朶呈上仕るなり、仙洞より仰せ出され、山本友我法橋押絵一枚書き、進上仕るべきの旨、承章に申し付くべきの旨、仰せに依り、直に友我の私宅に赴く、速見良益・下冷泉為景は友我を招き、観花の宴を催す、為景に相対し、詩歌あり、承章また両首を綴るなり、狂歌・誹諧これ有るなり、山本友我・同内蔵助・山形右衛門尉、此の衆なり（『鳳林承章記』）。

○三月八日、本院（後水尾）女院（東福門院）長谷殿に幸す（岩倉に在り、女院御領、顕子内親王御所為りと云う）、即ち還御歟、頃日、東叡山拝殿三十六歌仙和歌を諸門跡に仰せて書かさる、本院より関東に賜うと云う（『続史愚抄』）。

○三月十日、仙洞・新院・女院は今晩長谷より還幸の由なり（『鳳林承章記』）。

○三月十二日、仙洞は東下の青蓮院尊純親王を饗応せらる、清閑寺共房・土御門泰重・承章も陪食す、御飯後、

御花壇の牡丹御覧の御供仕り、拝見せしむなり、寺町御殿の額、勅筆を拝見せしむなり（『鳳林承章記』）。

●三月十二日、造榎本社水屋社等（以上春日社摂社）木造始仮殿遷宮立柱上棟正遷宮等日時定あり、上卿三条西実教、奉行中御門資熙（『続史愚抄』）。

●三月十六日、東叡山東照宮正遷宮及び臨時奉幣等日時を定めらる、即ち発遣あり、上卿久我広通、幣使持明院基定、奉行清閑寺熙房、此の日、東照宮（日光山）に奉幣（恒例なり）を発遣さる、先に日時を定めらる、上卿広橋綏光、幣使烏丸資慶、奉行清閑寺熙房（『続史愚抄』）。

●三月十七日、稲荷御輿迎、此の日、中御門資熙は稲荷祭を社家に付さる綸旨を書き下す（『続史愚抄』）。

●三月二十一日、飛鳥井雅宣薨ず、六十六歳（『諸家伝』）。危急により十六日叙従一位。

●三月二十二日、大覚寺尊性親王（後陽成院皇子）は東寺長者法務等を辞す、即ち薨ず、五十七歳（『続史愚抄』）。

●三月二十三日、石清水一社に奉幣使を発遣さる（将軍家光の病の禱りに立てらると云う）、先に日時使等を定めらる、上卿中院通純、執筆柳原資行、幣使久我広通、次官梅渓季通、奉行坊城俊広（『続史愚抄』）。

●三月二十六日、内侍所臨時御神楽を行わる（将軍家光の病の禱りの為に女院より申し行わると云う）、出御なし、拍子本持明院基定、末綾小路俊良、奉行油小路隆貞（『続史愚抄』）。

●三月二十六日、将軍家光の病祈禱として内侍所臨時御神楽を行わる、出御あらせられず（『実録』）。

●三月二十七日、五山は将軍家光不例の祈禱を執行す、所司代板倉重宗に赴き、祈禱札を捧ぐ、仙洞に伺公致して、大覚寺尊性門主御他界の御吊を、園池宗朝を以て申し上ぐ（『鳳林承章記』）。

●三月二十八日、内侍所臨時御神楽を行わる（子細は二十六日に同じ、但し本院の御願と云う）、出御なし、拍子本小倉実起、拍子末綾小路俊良、奉行清閑寺熙房（『続史愚抄』）。

●四月十一日、近衛前関白前左大臣従一位信尋公一回忌三十首和歌、聖護院道晃親王出詠、除熱得清涼（『略年譜』）。

●四月十五日、承章は中院通村に到り、相対すなり、承章所持の香匙・火筋、内々一覧あり度きの由、本と為し誂うべきの由、御申しに依り、持参せしめ、許借せしむるなり、中院にて初めて進藤以三に逢い、知人と成るなり（『鳳林承章記』）。以三は進藤流脇方。日下幸男「近世能楽史に関する新資料――臼井定賢「愚草」、「中院通村日記」」（『大阪市立都島第二工業高等学校研修余滴』三九）等を参照。

●四月十六日、此の日、東叡山東照宮正遷宮なり、幣使持明院基定、行事万里小路雅房等参向、今度、本院より宸筆般若心経を当宮に納めらると云う（『続史愚抄』）。

●四月二十日、未刻に将軍（左大臣）家光薨ず、四十八歳、大猷院と号す（後日、公家より勘下さる歟）、殉死五人ありと云う（『続史愚抄』）。

●四月二十二日、心蓮院より、慈照院義政将軍の御筆詩歌を一枚遊ばされ、承章に恵まれしなり（『鳳林承章記』）。

●四月二十六日、将軍（左大臣）家光の薨奏あり、今日より廃朝五箇日、また天下触穢（『続史愚抄』）。

●四月二十八日、承章は弔問の為、所司代板倉重宗に赴く（『鳳林承章記』）。

○四月か、将軍（家光公）薨去の時、女院御方へつかはさる上皇御製（『御集』）。女院（東福門院）は家光妹。

●五月一日、承章は五月十二日より七月二日に至り、東武下向（『鳳林承章記』）。

●五月三日、故左大臣家光（征夷大将軍）に贈太政大臣正一位等宣下あり、上卿中院通純、奉行坊城俊広（『続史愚抄』）。

○五月五日、端午の節なり、後水尾上皇の御幸を迎えさせらる（『実録』）。

○五月六日、後水尾上皇（御年五十六）御落飾、法諱円浄、戒師相国寺中悼《マヽ》長老（慈照院）、奉行坊城俊広、此の日、贈太政大臣家光を東叡山に葬る、今日、贈経勅使西園寺実晴、法皇使四辻公理、新院使姉小路公景、女院使五条為適等参向（『続史愚抄』）。以下、法皇、あるいは円浄法皇と称す。

●五月十五日、昭子内親王（左大臣近衛尚嗣室、法皇皇女）薨ず（二十七歳、妊身中と云う）、後日（十八日）東福寺中に

葬る（『続史愚抄』）。

●五月十九日、慈受院禅尼（青蓮院尊純親王姉）逝く（『続史愚抄』）。

●五月二十四日、伏原賢忠をして『孟子』を進講せしめらる（『実録』）。七月二十九日、八月十四日これに同じ。

●五月二十四日、承章は戸塚より江戸に入る、北条氏重亭にて宿泊す（『鳳林承章記』）。

●五月二十七日、今夜、盗人、宮中に入り、当御所辺に至り、法華経（弘法大師書）を掠める（『続史愚抄』）。

●六月五日、卜部兼景（兼起軽服に依る代官と云う）は清祓を内侍所前庭に奉仕す（関東の穢気引き及ぶ故なり）、奉行中御門資熙（『続史愚抄』）。

●六月十四日、聖護院道晃親王は板本『八代集』を官本を以て校合。聖護院には『拾遺』『後拾遺』『詞花』『千載』の六部のみ残存、校合奥書に「右之奥書有之以官本令校合者也。慶安四年六月十四日」。

●六月十八日、承章は江戸を発す、今朝随光院（北条氏重母）にて振舞、北条氏治は承章を送り、品川にて酒を酌む（『鳳林承章記』）。

●六月二十七日、権大納言徳川家綱は使を遣して、父家光の贈位贈経を謝し奉り、物を献ず、仍て清涼殿に於て関東使吉良義冬に謁を賜い、天盃を給う（『実録』）。

●七月七日、七夕和歌御会、題は月前望二星、飛鳥井雅章出題、奉行藤谷為条（『続史愚抄』）。

○七月十日、承章は江城より上着せしめ、初めて院参せしむ、御対面、移刻、御雑談申し上げけり、先に勧修寺経広・坊城俊完・芝山宣豊に赴くなり、色鳥の子千枚・熊の胃を法皇に呈上せしむ（『鳳林承章記』）。

●七月十三日、今度江城にて大猷院（徳川家光）御諷経の御布施、相国寺に三百貫文、内承章は小判二十五両を請取（『鳳林承章記』）。

●七月二十六日、権大納言家綱（十一歳、贈太政大臣家光男）に征夷大将軍右大将右馬寮御監弉学淳和両院別当源氏

長者等、去十三日分宣下あり、上卿三条公富、奉行油小路隆貞、今日、右大将（家綱、権大納言将軍）に内大臣兵仗等宣下あり（以上皆陣儀）、上卿鷲尾隆量、奉行坊城俊広（『続史愚抄』）。

●七月、関東にて叛逆の賊（主たる者由比正雪、丸橋忠弥等と云う）発覚、之を捕え後日に之を梟すと云う（『続史愚抄』）。事件の事は、実録物『慶安太平記』（『近世実録全書』）や黙阿弥の時代物『丸橋忠弥』等でよく知られる。

●八月二日、勧修寺前大僧正寛海を東寺長者に補す（法務また此の日知行歟）（『続史愚抄』）。

●八月三日、将軍宣下に依り、関東に勅使今出川経季を遣さる（『実録』）。

○八月七日、法皇並に明正上皇・東福門院等の御幸を迎えさせらる（『実録』）。

○八月十四日、午刻、承章は院参せしむ、今夜御月見なり、聖護院道晃親王・青蓮院尊純親王・藪檀誉（嗣良）・承章の四人のみ、種々御打談、御振舞、御鳳団の後、御菓子十種出され、乗月、御舟に乗られしなり、承章は船中にて誹諧の発句を綴る、御製御入韻、第三檀誉なり、鶏鳴に及び、退出せしむ（『鳳林承章記』）。

○八月二十二日、法皇皇子降誕（母権中納言局）、房宮《（英宮）》と号す（『続史愚抄』）。後の梶井盛胤親王。

●九月二日、承章は、宿忌前に中院通村に到り、則ち対面、古筆を見せしむるなり（『鳳林承章記』）。

●九月九日、重陽和歌御会、題は菊延齢、飛鳥井雅章出題、奉行阿野公業（『続史愚抄』）。公宴重陽御会、聖護院道晃親王出詠、菊延齢（『略年譜』）。

●九月十一日、例幣、上卿鷲尾隆量、奉行油小路隆貞、御拝あり（『続史愚抄』）。

●九月十二日、承章は林光院に赴くなり、妙寿院滕斂夫（惺窩）先生三十三回忌なり、僧衆十一人なり（『鳳林承章記』）。

○九月十三日、仙洞にて御月見あり、誹諧和漢の御沙汰なり、発句は岩倉具起なり、入韻は御製なり、発句曰、名ヲアケヨ月ノ景時二度ノカケ、五十韻これ有り、御連衆、藪檀誉（嗣良）・勧修寺経広・園基音・坊城俊完・

姉小路公景・正親町実豊・岩倉具起・承章・崟長老・宣首座なり、種々御振舞、御茶・御菓子なり、承章帰山せしむ、則ち鶏鳴なり、今日准后宮（清子）・其の外鷹司教平御内儀の衆、若君達残らず、当山に来臨にて御遊興なり、藤谷為賢の御振舞なり、藤向殿（為賢室）もまた来儀なり、承章は藤向殿に逢うなり、不動にて、御振舞を侑めるなり、金閣弁方丈・書院・茶屋もまた御覧の由なり（『鳳林承章記』）。なお発句の「景時二度ノカケ」は、世に言う「梶原（景時）の二度駆け」（『平家物語』）を洒落た言葉遊びであろう。

○九月十七日、承章は午時に院参せしむ、寺町の御殿にて御勝負の振舞あるなり、承章は衆にあらずと雖も召さる、法皇と承章は盤上にて御勝負あり、承章勝つに依り、伽羅を拝領仕るべきの仰せなり、法皇仰せて曰く、承章は誹諧の上句を仕るべし、漢和三吟遊ばさるべきの旨、仰せに依り、承章は狂句の上句を即吟仕り、呈上仕るなり、脇は岩倉具起、第三は法皇なり、幾度も百韻に満つるべきの仰せなり（『鳳林承章記』）。

●九月二十五日、将軍使酒井忠世・吉良義冬等参内して宣下の恩を謝し奉り、物を献ず、仍て清涼殿に於て謁を賜い、天盃を給う（『実録』）。

●九月二十八日、承章は下冷泉為景に赴く、惺齋公（藤原惺窩）三十三回の追善に拙詩を持参せしむるなり、四条隆音に初めて相逢うなり、伏見宮家老三木主膳にもまた初めて相逢うなり、竹内義純に呼ばれ、誹諧四句五句あり（『鳳林承章記』）。

○十月九日、仙洞にて御勝負の御振舞これ有るなり、皆々院参衆、其の外は藪檀誉（嗣良）・勧修寺経広・岩倉具起・承章なり、今日また百一の御勝負これ有るなり、山本勝忠は御用有るに依り召され、秉燭の時分に伺公、謡あり、山本は舞われしなり、今日の御振舞は寺町にてなり、内々御写有るべきの仰せ、八卦の本を持参せしむ、即ち八卦の本を進上奉るなり、宥喜法印より、承章八卦相伝の時、法印より八卦の本を伝え受くるなり、今日寺町の御殿にて伽羅両種拝領仕るは、野守・浮身此の両名なり、天恩栄達、何ぞこれに加えんや（『鳳林承

章記』）。

○十月十五日、午時、仙洞にて御勝負の御振舞これ有るなり、寺町の御殿にてなり、今日また十炷香の御勝負なり、御勝ち方は仙洞・聖門・青蓮院尊純・承章、御負け方は妙門・梨門・近衞・園・坊城、此の衆なり、青門は此の御会今日初めて御参なり、青門達ての御所望に依り、今日初めて召し加えられしなり、承章今日白梅三枝持参せしめ、進上致すなり、彦首座所持の雪澗筆の文殊また持参せしめ、勅覧に備えしなり、御感なり（『鳳林承章記』）。

○十月二十日、詩歌御当座、上皇御製、初春朝霞、草花早（『御集』）、仙洞にて、詩歌の御会あり、御人数は十八人なり、仙洞・聖護院道晃親王・中院通村・中院通純・飛鳥井雅章・岩倉具起・園基福・梅渓季通・白川雅喬・中院通茂・下冷泉為景・高辻良長・晫長老・章長老・崟長老・達長老・顕吉西堂・集宣首座なり、詩十五首、歌十五首、以上三十首なり、承章また詩二首なり、読み上げは梅渓季通なり、御短尺を探り、吟詠の中、御菓子出づるなり、各清書せしめ、御振舞なり（『鳳林承章記』）。

●十月二十九日、承章は先に坊城俊完に赴く、則ち松永昌三居られ、俄に急々酉水を勧めらるるなり、鍋島勝茂の医者宗雲に初めて相逢うなり、仙洞御誂え仰せ付けらるる御帽子弁に箱を持参せしめ、坊城俊完に見せしむ、承章は院参せしめ、御帽子弁に水仙花・寒菊・紅葉を指し上ぐるなり、御対面、岩倉具起また召し寄せられ、狂句漢和一順の事、仰せ談ぜられしなり、仙洞は承章に八卦の御伝受成らるべきの旨、粗々申し上ぐるなり（『鳳林承章記』）。

○十一月一日、午刻、仙洞にて御拍子三番・御能二番これ有るなり、大樹（家綱）の御祝儀の御能故、沙門は召されずと雖も、承章一人は法皇より召されしに依り、午時前に院参せしむ、誠に忝なき恩光なり、所司代板倉重宗は召され、院参致されしなり（『鳳林承章記』）。

○十一月三日、仙洞にて狂句漢和の御会あり、四吟なり、承章は寺町の御殿に赴くなり、御連衆は聖護院道晃親王・岩倉具起・承章の四吟なり、執筆は風早実種・常盤直房・赤塚正賢、此の三人替にて、仕らるなり、三折二句あり、未だ満たざるなり（『鳳林承章記』）。

○十一月九日、法皇御所にて猿楽あり（堂上所作と云う）（『続史愚抄』）。今日仙洞にて御勝負の振舞あり、御手廻りの院参衆に能を仰せ付けられ、五番これ有るなり、田村（太夫常盤直房・脇備前）・狂言（兼庵・左兵衛）・百万（太夫安養院彦山の座主なり・脇非蔵人丹波守）・源氏供養（太夫風早実種・脇兼庵）・熊坂（山本勝忠）、御能相済み、瓢界の御殿にて御振舞なり、聖護院道晃親王・承章・藪檀誉・岩倉具起・勧修寺経広、此の衆は瓢界へ赴くなり、女中衆残らず御供なり、御振舞済み、御勝負これ有り、小蠟燭三百挺出され、御双六これ有り、勝者にこれを拝領せしむるなり、其の中、狂句漢和の御一順また相巡るなり（『鳳林承章記』）。

●十一月十日、春日祭、上卿広橋綏光参向、弁不参、奉行万里小路雅房（『続史愚抄』）。

●十一月十日、若王子（澄存）僧正より相談あるべきの事、承章に内々申し来るに依り、六角堂に赴くなり、若王子にて、御室の菩提院僧正居られ、初めて知人と成るなり、下冷泉為景舎弟なり（『鳳林承章記』）。

●十一月十三日、邦道親王（伏見宮貞清親王次男、舎兄邦尚親王は長病に依り元服する事あたわず）は里第にて元服す、加冠八条宮智忠親王、公卿四辻公理以下二人着座、理髪油小路隆貞、此の日、太宰帥に任ずる歟（『続史愚抄』）。

○十一月十三日、午時、高松宮（良仁）にて御振舞あり、法皇御幸、御供・御相伴に承章また召されしに依り、高松宮に伺公致す、承章初めて伺公仕る故、杉原十帖・金扇一本を進上致すなり、今日の御客衆は仙洞・聖護院道晃親王・青蓮院尊純門主・中院通村・清閑寺共房・藪檀誉・勧修寺経広・園基音・坊城俊完・岩倉具起・承章、此の衆なり、御茶済み、御双六あり、仙洞御供仕り、各御二階に登りて、風景を見るなり、後段の御振舞は種々の御肴・大御酒、承章また天盃を頂戴、各爛酔なり（『鳳林承章記』）。

●十一月二十一日、歴庵、御脈を拝す（『実録』）。二十二日、二十三日、二十六日これに同じ。
○十一月二十五日、良仁親王（十五歳、法皇皇子、桃園宮と号す、後に花町）は法皇御所（弘御所）にて元服を加えらる、加冠近衞尚嗣、公卿三条西実教、柳原資行、扶持公卿徳大寺公信、理髪坊城俊広、奉行院司清閑寺熙房、此の日、良仁親王を三品に叙し式部卿に任ず（『続史愚抄』）。
●十一月二十五日、今日より七箇日、東寺長者寛海は普賢延命法を本坊（勧修寺）にて行う（『続史愚抄』）。
●十一月二十八日、鷹司教平息童（十三歳）は三宝院に入る（扈従の公卿前駈殿上人等参会）（『続史愚抄』）。
○十一月二十九日、承章は午時、院参せしむるなり、先日の狂句漢和の残り御会なり、今日満るなり、聖護院道晃親王・岩倉具起・承章、御連衆なり、御焼火の間の御会なり、漢和満ちて、後に舞を御催、聴聞致すなり、幸若太夫息女の盲女の舞なり、新玉・八島二番これ有るなり（『鳳林承章記』）。
○十二月一日、法皇は禁裏に幸し、車寄南辺にて、伊勢の禰宜四人（烏帽子浄衣を着す）は文書を榊に取り具し、直奏せんと欲す、是れ鷲尾隆量（伝奏）の訴事を執らざる故と云う（『続史愚抄』）。
●十二月一日、五山の評議に依り、承章の対馬派遣を定む（『鳳林承章記』）。
○十二月二日、承章の対馬派遣を、法皇は拒否せらる、仙洞の勅命辱く骨体に徹するものなり（『鳳林承章記』）。
●十二月五日、良玄は北山に来らる、打談、然ると雖も、火を落とされず、別火なり、夕食を喫せず、帰るばかりなり、承章・良玄・吉権三郎三吟、探題、詩歌あるなり（『鳳林承章記』）。
●十二月八日、晴雲院（勧修寺晴豊）五十回忌正当なり、承章亡父なり、晴雲軒にて小斎を行う（『鳳林承章記』）。
○十二月十二日、午刻、仙洞御勝負の御振舞これ有る故、午時前に二階町の御殿に伺公致すなり、承章は三色粽十把・煎榧・アルヘイタウ（有平糖）、此の御菓子、仙人味噌一曲物、是れまた持参せしむるなり、仙洞の御供仕り、大聖寺（永崇）様の御寺を見物せしむるなり、二階町の御殿は承章初めてこれを見るなり、藪檀誉・勧

修寺経広・岩倉具起・承章、此の外、院参衆なり、園基音・園池宗朝は不参なり（『鳳林承章記』）。なお二階町の御殿については、後藤久太郎・松井みき子「後水尾院御所の公家町別邸について――その2．二階町御殿と白賁軒御殿」（『日本建築学会計画系論文集』四八六）等を参照されたい。

●十二月二十五日、金地院より返簡あり、今度対州書役の儀、承章の事、仙洞より仰せを遣さるの返礼なり、園基音・坊城俊完にもまた返簡来るなり（『鳳林承章記』）。

●十二月二十七日、北野預法橋能円翁は北山に来訊、承章は発句を内談せしむるなり、能円発句またこれを聞くものなり、承章と能円は囲碁一番これを囲むなり（『鳳林承章記』）。

●十二月二十九日、藤谷為条より承章に、山屋敷の地料丁々三石来たるなり、内々仙洞より仰せ下され、今日院参致すべき旨、仰せなり、御歳暮の御礼旁々院参せしむ、白藻一箱・毬抜きの小栗一箱進上仕るなり、御対面、種々の御用等仰せ付けられ、御掛絡の環の事、其の外御掛絡の様子共、仰せ聞かされしなり（『鳳林承章記』）。

承応元年（慶安五）〔一六五二〕壬辰　五十七歳　院政二十三年

●正月一日、四方拝、奉行坊城俊広、小朝拝拝礼等は雨に依り延引、元日節会、出御あり、内弁近衛尚嗣、陣後早出、三条公冨は之に続く、外弁清閑寺共綱以下四人参仕、奉行万里小路雅房（『続史愚抄』）。

○正月一日、承章は院参致し、試春詩を法皇の叡覧に供す、御前に召し出され、詩を誦せしむるなり、御前を退き、各退出なり、北野宮仕衆の発句、能有は例年の如く持参、披見せしむるなり（『鳳林承章記』）。

●正月五日、千秋万歳あり（『実録』）。

●正月七日、白馬節会、出御あり、内弁一条教良、外弁四辻公理、以下六人参仕、奉行清閑寺熙房、此の日、先

に一条教良着陣（『続史愚抄』）。

●正月八日、後七日法始、阿闍梨東寺長者寛海、奉行清閑寺熙房（軽服）、太元護摩始（理性坊にてなり、恒の如し）、阿闍梨観助、奉行万里小路雅房（太元にては軽服の人の奉行は憚りある由、観助言う、因て別人に仰さると云う）（『続史愚抄』）。十四日両法結願。

○正月九日、法皇（後水尾）・新院（明正）・女院（東福門院）等禁裏に幸す（今年初度）、即ち還御（『続史愚抄』）。

●正月十一日、神宮奏事始、伝奏鷲尾隆量、奉行油小路隆貞（『続史愚抄』）。

●正月十三日、良玄道人来られ、承章は相対し、夕食を侑《すす》む、黄昏に及び、帰らる、賀茂の氏人山本内蔵助試春詩を持ち来たられ、承章添削の事を、内蔵助申さるの由、打談なり（『鳳林承章記』）。

●正月十六日、踏歌節会、出御なし、内弁鷹司房輔、外弁三条西実教、以下五人参仕、奉行中御門資熙（『続史愚抄』）。御風気に依り、出御あらせられず（『実録』）。

●正月十九日、和歌御会始、題は霞添春色、出題飛鳥井雅章、読師三条公富、講師坊城俊広、講頌飛鳥井雅章（発声）、奉行藤谷為賢（『続史愚抄』）。近衛尚嗣は入夜参内（衣冠）、二条康道、智忠親王等参らる、戌刻許りに事始む、先に出御、清涼殿下壇に兼て懐紙を文台に置く、近衛尚嗣、智忠親王、二条康道等着座、次に読師三条公富（直衣）着座、次に講師坊城俊広着座、次に発声飛鳥井雅章着座、次に講頌四五人着座、作法等如例、先に法中（妙法院尭然、聖護院道晃、梶井宮慈胤、青蓮院尊性）の懐紙を披講（二度）、次に諸卿の懐紙を披講、納言以下一度、大臣以上三度（『実録』）。

●正月二十日、藤谷為賢・同為条は年頭の礼の為、北山に来臨なり、各年玉有るなり、下冷泉為景より申し来る故、詩歌の題、今日一首詩を贈るなり（『鳳林承章記』）。為景は始め細野を号し、正保四年五月二十六日に下冷泉家を相続。藤原惺窩還俗後の子である。市古夏生「冷泉為景とその周辺」（『近世文藝』三〇）等を参照。

○正月二十一日、法皇和歌御会始、題は梅柳渡江春、読師四辻公理、講師坊城俊広、講頌滋野井季吉（発声）（『続史愚抄』）。御会始、上皇御製、梅柳渡江春（『御集』）。

●正月二十三日、近衛尚嗣家和歌会始と云う（『続史愚抄』）。

●正月二十六日、楽御会始、平調楽（郢曲等）、御所作箏、所作伏見宮貞清親王、邦道親王、公卿二条康道以下四人、殿上人坊城俊広以下四人参仕（『続史愚抄』）。

●正月二十七日、北山に北野能円翁来らる、承章は打談の次、『源氏物語』講を催す、明石巻少し許り、能円これを講ぜられしなり（『鳳林承章記』）。

○二月四日、仙洞御月次、点者中院前内大臣、勅題梅花盛久（『略年譜』）。この折の記録は聖護院本『霞花盛久』一冊等にある。右によれば毎回通村が批点を加えている。一丁裏に「右慶安五年二月四日於仙洞御点取之和歌、最初御月次、点中院前内大臣通村公」とある。

○二月四日、承章は仙洞より椿花・黄梅・紅梅幷に砂金一折（聖天供なり）拝領仕るなり、椿花また珍花、黄梅また白色なり、飛び入り有るなり、名誉の花なり（『鳳林承章記』）。

●二月五日、承章は昨暮仙洞より拝領の椿花これ有るに依り、立花を催すなり、神辺十左衛門を招き、用の事申談なり（『鳳林承章記』）。

●二月六日、春日祭、上卿山科言総参向、弁不参、奉行清閑寺熙房（『続史愚抄』）。

●二月九日、右大臣二条光平は職を辞す、任大臣宣下あり（口宣）、上卿中御門宣順、奉行清閑寺熙房、右大臣今出川経季（直任、元前大納言、病危急に依り、俄に宣下さる、勅約故と云う）、此の日、右大臣今出川経季は（辞職に及ばず）薨ず、五十九歳、照一院と号す、今日より七箇日、廃朝（『続史愚抄』）。

●二月九日、二条光平室女五宮（賀子）北野御参詣、万燈御見物、当山にて御弁当御用に成られ、御遊山有るべ

きの由、昨日内証に坊城俊完より申し来たる、掃除・座敷の様子申し付くなり、飯後早々御成なり、二条康道また御同道にて、御成なり、二条康道は御対面有るべきの由、方丈にて御目に掛かるなり（『鳳林承章記』）。

○二月十三日、午時、承章は院参せしむ、御見廻の為なり、美濃柿一箱百五十入り持参仕り、進上致すなり、芝山宣豊に赴き、今大路（御屋知）殿と相対すなり、当年の初なり、江戸より、今年初の状来たる、随光院（北条氏重母）・清光院（毛利高直母）より、毎年の如く、年玉を給うなり（『鳳林承章記』）。

●二月十四日、日光山贈太政大臣（家光）仏殿（霊屋なり）地曳礎木作始立柱上棟等日時を定めらる、上卿徳大寺公信、奉行坊城俊広（『続史愚抄』）。

●二月十五日、下冷泉為景芳訊、承章は晴雲軒にて相対すなり、彦首座は晴雲軒に来られ、菅神に奉る二十五首詩を持来たり、承章に示され、披閲せしめ焉ぬ、三体詩注本三冊を、明哲喝食に投じるなり（『鳳林承章記』）。

○二月十七日、仙洞にて御振舞あり、二階町にて御振舞あるなり、妙法院堯然親王・聖護院道晃親王・梨門（梶井）慈胤親王・青蓮院尊純親王、承章また召し加えられしなり、御花入に珍敷き花これ有るなり、黄花なり、名は連翹花なり、半鐘を過ぎ、帰山せしむなり、明日は新上東門院三十三回忌の御忌なり、法皇より泉涌寺に御法事を仰せ付けらる故、明日は承章もまた御焼香故、泉涌寺に赴くべき故、今日八軸の法華経を御牌前に備え奉る故、喜首座を使僧と為し、泉涌寺に遣すなり、染め付け茶碗十ヶ・塗間鍋二ヶを即成院西堂に投ずるなり、法安寺の隠居なり（『鳳林承章記』）。

○二月十八日、新上東門院三十三回御忌の為、法皇御沙汰に為り、御仏事（楽儀舎利講）を泉涌寺にて行わる、公卿三条公冨、以下二人参仕（『続史愚抄』）。今朝泉涌寺の御法事は舎利講なり、鉢を行われ、見物せしむるなり、坊城俊完は、仙洞の御名代として焼香の故、舎利講と半齋の間に、御名代の焼香を致されしなり、半齋了、承章・勧修寺経広・芝山宣豊、此の三人焼香致すなり、初め承章は、本尊前に御位牌あるに依り、一度の焼香の

み、二番勧修寺・三番芝山なり、承章と勧修寺は御廟所に到りて、焼香致すなり、新上東門院・中和門院・後陽成院・陽光院、此の御前に焼香致すなり、方丈にて齋を出されるなり、承章は道具衣・九条を着し、帽子は着さざるなり、袖香合なり、承章・勧修寺・坊城・芝山は相伴なり、三膳種々出されるなり、泉涌寺住持法音院長老・其の外西堂衆皆々馳走なり、戒光寺・寿妙院・楽音院、此の衆初めて相対すなり、長谷川頓也また来たれり、相対すなり（『鳳林承章記』）。

○二月二十八日、二階町に仙洞御幸、御勝負の御振舞、先日の如く、内々なり、聖護院道晃親王御参なり、承章は小練早椿幷に緋木瓜を持たしむなり、幷に土筆を持参せしめ、御料理致すなり（『鳳林承章記』）。

○三月四日、仙洞、新院にて御花見あり、故を以て新院に御幸なり、承章また御供に召し連れらる、藪崇音・勧修寺経広・園基音・坊城俊完・飛鳥井雅章・岩倉具起、此の衆御供、其の外院参の衆大勢御供なり、先に各花町宮にて寄合、法皇もまた花町宮に御成為されるなり、午時過ぎ、各先駆け、新院に赴き、御玄関にて御幸を相待つなり、法皇御幸、御供致し、新院御殿中を見物、方々御庭見物せしむなり、然るに依り、承章は誹諧の発句を綴る、則ち岩倉は脇、各誹諧を致され、御製これ有るなり（『鳳林承章記』）。

○三月八日、午時、仙洞にて御花見あり、承章また召されしなり、今日御花見客の御衆、近衛尚嗣・二条康道・妙法院尭然親王・聖護院道晃親王・青蓮院尊純親王・中院通村・花山院定好・西園寺実晴・徳大寺公信・清閑寺共房・藪崇音・勧修寺経広・飛鳥井雅章・水無瀬兼俊・三条西実教・平松時庸・岩倉具起・野宮定逸・広橋兼賢なり、晫長老・承章なり、崟長老もまた末座に座せるなり、御振舞、各官煤を給すなり、後段以後、大御酒、各舞袖を翻すなり、半鐘時分、承章帰山（『鳳林承章記』）。

●三月十日、東照宮に奉幣を発遣さる、先に日時を定めらる、上卿徳大寺公信、幣使藪嗣孝、奉行油小路隆貞（『続史愚抄』）。

○三月十日、仙洞御月次、聖護院道晃親王出詠、春木（『略年譜』）。
●三月十五日、下冷泉為景卒す、四十一歳（『諸家伝』）。法名宗誠。自害。
○三月十六日、仙洞は瓢界の御殿にて、御振舞なり、内々仙洞の仰せに依り、今晩、寿恩の尺八を聞こし召さるなり、寿恩・寿真・元秀の三人召し寄せ、尺八を吹くなり、院参衆、勧修寺・坊城・園・藪、各聴聞、聖護院門主もまた成りなされるなり、双六勝負の賞、扇子三百本、仙洞出し給う（『鳳林承章記』）。
○三月十八日、午時、承章参内せしむなり、当年の初めなり、清涼殿にて御対面なり、頭中将披露なり、油小路隆貞なり、尤も承章は道具・九条（倶に威儀なり）、着履、禁門を入るなり、武田信勝法橋に赴き、相対し、下冷泉為景自害の段々これを聞くなり（『鳳林承章記』）。
●三月十九日、来月贈太政大臣家光一回に依り、贈経使広橋兼賢、法皇（猶本院と称すなり）使園基音、新院使山科言総、女院使久我広通等関東に下向す（『続史愚抄』）。
○三月二十日、承章は山本友我を呼びて、下冷泉為景自害の様子を相尋ぬなり、建仁寺大統院の顕令憲首座来訊、厚首座同道なり、仙洞より仰せ出されし、狂句破題の章句出来、大統院九岩翁より書付来たる、小師顕令座元持ち来るなり、相対す、山本友我同席、冷麺・冷や飯を出し、一盞を浮ぶるなり、承章院参せしめ、九岩達長老の狂句の章句を呈上せしむ、則ち御対面、段々御雑談なり、先日狂句和漢の次、上様・承章両吟十句これ有り（『鳳林承章記』）。
●三月二十一日、右大臣二条光平里第にて、年号勘者宣下あり、奉行油小路隆貞（『続史愚抄』）。
●三月二十二日、法印道作、御脈を拝す（『実録』）。四月五日、六日、七日、八日、九日、十日、十一日、十四日、十五日、十七日、五月八日、九日、十一日、六月二日、八月九日、十一日、十二日、十八日、二十四日、二十六日、九月十四日、十七日、二十一日、二十二日、承応元年十月二十日、二十一日、十二月四日これに同じ。

○三月二十二日、勧修寺経広より、板行の手鏡一冊来る、大蔵少輔の出納の由なり、仙洞より、狂句漢和の御一巡下されしなり（『鳳林承章記』）。なお「板行の手鏡」は『慶安御手鑑』（慶安四年）のことか。

○三月二十三日、承章は早く院参せしめ、狂句漢和の一巡を持参せしむ、御対面、御針遊ばされし中、拙句を勅覧成られしなり、次に聖門主に進むべきの仰せなり（『鳳林承章記』）。

●三月二十八日、雲渓の入院に依り、妙心寺に勅使を遣さる（『実録』）。

○三月二十八日、承章は狂句漢和の御一巡の箱を持参せしめ、院参致す、則ち御対面、再巡の勅命を得奉る、仙洞今日一乗院尊覚親王に御幸、然れば則ち今日拙老また供奉仕るべき旨、仰せに依り、俄に御供致すべきなり、其れに就き早く退出せしめ、一乗院に赴きて、今日御供の儀申し上げ、晴雲軒に帰り、用意致し、急ぎ御門主の御里坊に到るなり、藤江雅良・長谷忠康両人は内証の肝煎なり、今日仙洞の御供衆は、聖護院道晃親王・准后（清子内親王）・京極御局（園基任女）・新中納言御局（園基音女国子）・長橋御局・三位御局（古市胤栄女）なり、富宮（常賢）また成り為されしなり、御給仕の為、園基福と東園基賢の両人伺公なり、御相伴は聖門主と一門主・承章のみなり（『鳳林承章記』）。

○四月三日、承章は狂句漢和御一巡を持参し、院参せしむなり、御対面、御製遊ばされしなり、然れば則ち、聖護院道晃親王また成り為され、御句遊ばされしなり、御菓子種々、冷麵出づ、御前にて色々賞翫致す、御供仕り、牡丹拝見、御屋敷中御歩行、温泉躑躅を御覧に成られ、安右衛門部屋の庭へ御供仕るなり（『鳳林承章記』）。

●四月四日、承章は今朝、以錐公を北山に招き、陽韻の聯句今日満るなり、以錐と承章の両吟なり、聖護院道晃親王より、白牡丹一輪を給うなり、無類の牡丹なり（『鳳林承章記』）。

○四月八日、承章は仙洞に赴くなり、狂句漢和の御一巡を持参せしめ、承章手作りの味醂酒一壺持参せしめ、進上致すなり（『鳳林承章記』）。

●四月十日、今日より十九日に至り、贈太政大臣家光一回の為（忌日二十日）、武家は万部経を東叡山（武蔵）にて行う、是れ日光山仏殿の未だ造り畢らざる故と云う（『続史愚抄』）。
○四月十五日、今午、仙洞にて狂句漢和の御会なり、承章また御連衆なり、然るに依り、楞厳会の五段の時、法堂を退き、急ぎ仙洞に伺公致すなり、今日の御連衆は、聖護院道晃親王・藪檀誉・竹屋光長・岩倉具起・富小路頼直・建仁寺九岩達長老なり、御一巡は二折廻るなり、鳴門の間の御座にて御会あるなり、初更少し過ぎ、百韻満るなり（『鳳林承章記』）。
○四月十六日、仙洞御振舞これ有り、御請客は中院通村なり、承章また召されるなり、二階町御殿にて御振舞なり、御客衆、妙法院堯然親王・聖護院道晃親王・中院通村・清閑寺共綱・持明院基定・白川雅喬なり、御振舞済み、大聖寺尼宮（永崇）成り為され、各御供、囲碁・双六・象戯あるなり、十炷香御人数八人なり、風車躑躅（花四輪これ有り、根木あり）を持参せしめ、叡覧に備え、即ち進上致すなり（『鳳林承章記』）。
●四月二十日、贈太政大臣（家光）忌日、而て大雨に依り、征夷大将軍家綱（内大臣）参詣（東叡山）すること能わず、因て公卿以下贈経は明日持参すべしと云う（『続史愚抄』）。
●四月二十四日、藪檀誉（嗣良）と雛屋立圃は同道し、北山に来臨なり、立圃は初めて来られ、承章初めて相逢うなり、立圃は誹諧師なり、然るに依り誹諧発句を仕り、承章脇、彦首座・吉権、此の衆誹諧一折余これ有り、承章狂句の章句を綴り、立圃入韻、是れまた一折これ有り、立圃より文箱一丁持参、これを恵まれしなり（『鳳林承章記』）。
●四月二十五日、中御門宣順、中御門資熙等は春日社及び多武峰御墓山等に参る、二十八日帰洛（『続史愚抄』）。
○四月二十五日、仙洞にて、反韻の漢和これ有り、承章早々院参致すなり、御一巡巡らず、今日座上にて御一巡仰せ付けなり、章句は宣首座、章句は内々より仰せ出だされるなり、御連衆、聖護院道晃親王・滋野井季吉・正

親町実豊・岩倉具起・章長老・達長老なり、韻は虞韻の上声の韻なり、五十韻満るなり、紅七重花一茎（根有り）を持参せしむ、今日仙洞に進上致すなり、初めて叡覧あり、御感少なからざるなり（『鳳林承章記』）。

●五月二日、春日社若宮等正遷宮日時を定めらる、上卿三条公冨、奉行万里小路雅房、此の日、また同社立柱上棟等日時定めあり、上卿職事等同前（『続史愚抄』）。

○五月二日、法皇・新院・女院等は九条幸家第に幸す（女院の此の第への幸は初度と云う）、即ち還御（『続史愚抄』）。九条幸家に、仙洞・新院・女院御幸なり、九条に東本願寺（光従）の息児、能を仕らる（『鳳林承章記』）。

●五月三日、良玄は晴雲軒に来られ、今日飛鳥井雅章・難波宗種へ伺公致すの由、申し来られしなり（『鳳林承章記』）。

○五月七日、仙洞より御連歌の御一巡下され、御連衆に加えらるべき旨、仰せ出さるなり、院宣を承り、一巡を綴り、院参せしむ、則ち御方違の故、大聖寺の御隠居陽徳院（永崇）に御幸、即ち陽徳院に伺公致し、呈上奉る、則ち御対面、御留め成られ、深更に及び、御雑談申し上ぐるなり、陽徳院に初めて御目に掛かるなり、准后（清子）また成り為され、外山殿また伺公なり、夜更けに及び、帰山（『鳳林承章記』）。

●五月八日、午時、北山に上村一庵同道して、大文字屋次右衛門（松江重頼）・林藤兵衛初めて相尋ぬなり、次右衛門は承章と初めて相対すなり、次右衛門は誹諧師なり、発句仕り、承章脇を綴り、誹諧一折これ有るなり、振舞を侑め、濃茶を点つるなり、初更に及び、帰られしなり（『鳳林承章記』）。

●五月十日、仙洞御月次御点取六人六首、聖護院道晃親王出詠、薄暮述懐（『略年譜』）。

●五月十四日、藪崇音（嗣良）にて狂句連歌これ有り、誹諧なり、此の中、一巡相廻るなり、連衆、亭主竹屋光長・岩倉具起・承章・上御霊別当・立圃・賢諦なり、執筆は岩超なり、賢諦・岩超は浄善寺の寺僧なり、此の両人と初めて相逢うなり、仙洞より承章に御用仰せ付けらるる事ありて、芝山宣豊は藪崇音私宅に来訊、承章に対し、御用の趣き、承り届くるなり、誹諧百韻満るなり、初更時分相済むなり（『鳳林承章記』）。

○五月十五日、仙洞御受戒の儀に付き相談の事あり、承章は慈照院に赴く、則ち対顔、冷麵を出されしなり、承章は院参せしむ、則ち御対面、御受戒の首尾、段々尊意を得奉るものなり、退出の次に岩倉具起に立ち寄り、誹諧一巡を投じ、相対し、緩々打談せしむなり（『鳳林承章記』）。

○五月十六日、仙洞瓢界の御殿にて御勝負の振舞あるなり、承章また院参せしむ、今日の御人数、藪崇音（古市胤栄女）・岩倉具起・園基音・園池宗朝・芝山宣豊なり、聖門主・勧修寺経広・坊城俊完は不参なり、女中方は三位殿・菅式部殿・御櫛笥殿（隆子）・京極殿（園基任女）・新中納言殿（園基音女国子）・権中納言殿（四辻季継女）・帥　殿（水無瀬氏成女）・右京殿（富小路頼直女）・中将殿、此の御衆九人なり、長橋御局また御人数なり、辱くも御局方は承章等にまた御陪膳なり、岩倉具起は発句を吟味され、誹諧一折御沙汰なり、仙洞は度々御着成り為され、勅衣の御弁に度々御掛け成られ、御掛羅を承章拝領すること在り、寔に辱き恩恵、聖情を荷うものなり、承章即ち自衣を脱ぎ、御衣・御掛羅を着し、御礼を伸るものなり、天盃を頂戴す（『鳳林承章記』）。

○五月二十三日、仙洞今日御受戒遊ばされるべき旨、此の中相催され、相国寺晫長老は戒師に伺公仕られしなり、承章また伺公致すべき旨、仰せられ、急ぎ院参せしむなり、万事承章に仰せ付けられ、各承章に問われる故、申談なり、酉刻御受戒なり、本尊は釈尊像、折卓・三具足・茶両丁、松一本これを立つ、万年より午時に御所へ運ぶ、行者両人寿恩・徳玄なり、広御所にて、道場を飾る、板敷なり、御座は東方、御茵を敷くなり、御前の御卓に香炉、左方に卓一脚立つるなり、戒師薫御袈裟・御坐具・御鉢時の机を置くなり、戒師先に入囲、低頭して着座なり、戒師の座畳、西方に布くなり、吉西堂は道具を着し、七条袈裟を持ちて、折卓の上に置き、次に御坐具、次に御鉢、三色を折卓の上に置かれ、則ち戒師座を起ちて、本尊の前に向かい、焼香、三拝、坐具の上に坐し、心経を唱えて、畳坐具、御袈裟を持ちて、御前に到り、袖香合を出し、これを薫じ、御袈裟を捧ぐるなり、次に坐具これを奉り、則ち御簾の中に入御なり、正親町三条実昭は道場に入りて、御袈裟を御簾

の中に入れるなり、御坐具これを敷かるなり、承章御勝手に入り、御簾の中に入り、仙洞は御七条を着られ、則ち承章御後見せしむなり、また出御、戒師は御鉢を奉るなり、戒師また焼香・三拝、座具上にて、戒経を少しばかり口中に唱え、畳坐具、御前に到り、五戒の事、少しばかり戒文を唱え、能く持し給うや否や、勅答に曰く、能く持す、右の如く三返して了ぬ、戒師直に道場を出るなり、仙洞は御座に赴きて、本尊の前に向かい、御焼香・御問訊なり、御簾上げの役は万里小路雅房なり、狩衣なり（『鳳林承章記』）。

●五月二十四日、法皇皇子聡宮（六歳、母御匣局隆子）は聖護院室に入る、扈従の公卿滋野井季吉、以下二人、前駈殿上人花園実満以下三人（『続史愚抄』）。花園実満の母は素然（中院通勝）女、実は三級女（日下幸男『中院通勝の研究』）。

●五月二十六日、大文字屋次右衛門（松江重頼）振舞うべきの旨、上村一庵媒介、石不動明王院を借用して持て為し、振舞、誹諧一連興行仕る、藪檀誉・竹屋光長・岩倉具起、此の三殿また来訊なり、連衆九人、上村一庵・亭主松江重頼、其の外町の者、作右衛門長好・藤兵衛政次・藤兵衛重供、此の者共なり、長好と重供は、承章今日始めて相逢う、鶏鳴に及びて百韻満つる、今日の発句は所望に依り、承章これを製す（『鳳林承章記』）。

●五月二十七日、雛屋立圃を招き、内々承章と立圃両吟の誹諧漢和、今日満つるなり、今日は十七句これ有るなり、漢和百韻早速相済む故、承章誹諧の発句を製し、両吟一折これ有るなり（『鳳林承章記』）。

●五月二十九日、聖護院道晃親王に到り、去る二十四日御弟子聡宮（嘉遐）御入室の御祝儀を申し上げ、富田酒両樽持参せしむなり、喜首座召し連れしなり、今日聖門御弟子宮様御入室の御祝儀に参内・院参、御留守故、申し置くなり、承章院参せしめ、松藤の御養歯木丸木三本進上呈するなり、御対面、勅して曰く、今日聖門院参、御振舞あり、幸い御相伴仕るべき旨、仰せなり、畏り承るなり、聖門御成、小御所にて献相済み、奥の常の御殿にて御振舞なり、聖門・園基音・承章御相伴なり、女中残らず御陪膳なり、三位・菅式部皆々相対すな

り、御内証の御振舞に召し加えられ、誠に忝なき次第、申し上げ難きものなり（『鳳林承章記』）。

●六月四日、北山に客頭寿恩と恵閑同道して来たり、恵閑は御暇申し上げ度きの旨、段々申すなり、仙洞御掃除坊主なり、先日当座の短尺を清書せしめ、良玄に遣し、消息筆諾せしめ、四管を良玄に贈るなり、其の次に句集一冊遣し、筆耕の様子問い遣すなり（『鳳林承章記』）。

●六月十一日、今夜、春日社若宮等正遷宮、行事万里小路雅房参向（『続史愚抄』）。

●六月十二日、御室の心蓮院より吉権に書状来たり、古筆来たる、藤谷為賢に見せしめ度きの由なり、吉権より申し来たるなり（『鳳林承章記』）。

○六月十四日、承章院参せしむ、和漢の御一巡を昨日下さる故、持参せしむ、藤谷為賢に赴き、心蓮院より頼み申し来る古筆を見せしむ、則ち定家卿の御子息覚源の正筆なり（『鳳林承章記』）。

○六月十八日、仙洞にて、相国寺の懺法を仰せ付けらるるなり、当月は観音成道の月故、御祈禱懺法なり、殊更今日は午日なり、仙洞御修理これ有り、近頃、広御殿に成り為さる故、今日の懺法は、南の御所東の間にて、これ有るなり、三間に五間の間なり、懺法済み、御能見物所の間にて、御振舞あるなり、園池宗朝・芝山宣豊両人出でられ、挨拶致されしなり、御振舞の内、和漢の御一巡下され、然るに依り承章は留滞仕り、御一巡に拙句を綴り、呈上せしめ、退出仕るなり、承章は直に滋野井季吉に赴く、則ち藪崇音・竹屋光長・御霊社別当旦掍（春原元辰）・医師道察居られしなり、道察は承章初めて知人と成る、誹諧有り、五十韻満るなり、三折四五句目は承章これを製す、初更前に百韻満るなり（『鳳林承章記』）。

○六月十九日、昨日の御懐紙仰せ出され、承章句の次、御製の所故、御談合あるなり、御所より直に慈照翁・雲興翁を同道せしめ、天龍寺に赴くなり、真乗院玄英洪長老去る十三日遷化故、弔礼なり、而てまた仙洞に赴く、仙洞、昨日御一巡の承章句、指合の事これ有る儀、存じ出す故なり、然れば則ち御対面、移刻、御前にて御雑

談あり、昨日懺法の事、仰せ出され、香華彦首座の声・其の上声明殊の外の御褒美なり、退出せしめ、坊城俊完に到りて打談、坊城にて夕食を喫するなり、藤谷為賢に到りて、仙洞仰せの趣き、子細申し渡す故、藤谷に到り、藤谷為条に相対し、打談せしむ、茶を喫し、帰山せしむ（『鳳林承章記』）。

●六月二十二日、青天、酷暑なり、北山にて誹諧連歌一会興行なり、藪崇音・竹屋光長・岩倉具起・御霊宮別当旦挹・雛屋立圃・浄善寺賢諦・承章、連衆七人なり、執筆は北野の能拝これを傭《やと》う、内々より能貨肝煎なり、承章また初めて能拝に逢うなり、誹諧は申下刻に満るなり、早く相済むなり（『鳳林承章記』）。

○六月二十六日、承章は夕食過ぎに院参せしむ、仙洞にて幸若流の舞を召され、舞を御聴聞なり、幸沢次太夫と云う者なり、越前幸若一類の者なり、両人にて舞うなり、敦盛・新曲・伏見常盤の三番これ有り、近衛尚嗣御取次なり、尤も近衛尚嗣・妙法院堯然親王・花町宮良仁親王御聴聞成り為されるなり、次の衆、藪崇音・勧修寺経広・岩倉具起・承章のみ、新板の『三重韻』両部出来、以錐より来るなり（『鳳林承章記』）。

●七月一日、仙洞より和漢一巡下されし故、承章は拙句を綴り、院参せしむ（『鳳林承章記』）。

●七月二日、今日青蓮院尊純親王は仙洞に御茶を献ぜらる、承章また御相伴の為、召されるなり、二階町にての御振舞なり、妙法院堯然門主・聖護院道晃門主・中院通村・藪崇音・勧修寺経広・園基音・坊城俊完・岩倉具起・承章、此の御衆御相伴なり（『鳳林承章記』）。

●七月四日、土御門泰広卒、四十二歳、法名宗秀（『諸家伝』）。十四日逝去か。

●七月四日、坊城俊広室逝去（『鳳林承章記』）。

○七月五日、藤谷為賢は御茶を仙洞に進上、御振舞仕らるなり、然るに依り承章は仙洞に赴くなり、広御殿にて御振舞なり、御相伴衆、青蓮院尊純親王・徳大寺公信・清閑寺共房・藪檀誉・勧修寺経広・野宮定逸・園基音・坊城俊完、此の衆なり、坊城俊完は息俊広室逝去の故、遠慮せしめ、今日不参なり、承章は肝煎の為、急

ぎ院参せしむ、御振舞以後、近頃御涼処の高廊出来故、各其処に到り、夕涼みに乗る、尤も上様もまた成り為されるなり、黄昏に及び、南御所にて御涼み、真瓜丼に茶後の御菓子を奉るなり、また広御殿にて後段、其の後大御酒、各謡声を発せらるなり、承章勅命に依り、御振舞の時御相伴なり、後段の時は遠慮せしめ、御酒の刻、御挨拶に罷り出るなり、藤谷為条・冷泉為清伺公仕らるなり（『鳳林承章記』）。

●七月十四日、仙洞の御奉公人河路又兵衛は晴雲軒に来る、又兵衛誹諧を相好む、先日藪崇音発句、又兵衛脇仕り、承章第三、此の儀仙洞の御耳に達せし事、又兵衛有り難く存ずるなり、其の故、今日礼の為に来るなり、扇子二本（唐扇なり）これを恵むなり、相対し、盞を浮ぶるなり、就いては唐扇に発句を製し、又兵衛に投ずるなり（『鳳林承章記』）。

●七月十五日、土御門右衛門佐（泰広）家に赴き、承章は吊礼を伸るなり、昨日右衛門佐逝去なり、土御門殿の門にて、河端右近（直益）と逢うなり（『鳳林承章記』）。なお前述のように『諸家伝』では泰広は七月四日没とある。齟齬の理由は未詳である。

●七月十七日、半井驢庵始めて参内して、御薬等を献ず、仍て小御所に於て謁を賜う、また御脈を拝す（『実録』）。

●七月十八日、承章は明日院参仕る故、今宵は滞留せしむ、雛屋立圃は北山に来られ、菓子三袋恵まれしなり、玄省と立圃両吟の漢和一巻持参なり、承章は相国寺に居るに依り、不対なり（『鳳林承章記』）。

●七月十九日、聖護院道晃親王御勝負の振舞、二階町にてこれ有り、承章は二階町に伺公致すなり、仙洞遅く御成なり、今日の御人数、御・妙法院宮・聖護院宮・梶井宮・青蓮院宮・園基音・坊城俊完・承章なり、晩に及び大御酒これ有るなり、院参若衆は、御座敷にて躍られるなり、帰山せしむ、則ち鶏鳴なり、今宵仙洞御狂句の章句、仰せ掛けられ、承章拙対仕るなり、天水涼天水（御）、日雲昏日雲（承章）（『鳳林承章記』）。

●七月二十三日、雛屋立圃は北山に来られるなり、十八番発句合の判の事、演説せしむ、終日打談せしむなり、

承章は誹諧発句を製し、十句これ有り、山本友我また尋ねられ、立圃と友我知人と成るなり、西瀬また誹諧致すなり、立圃を留むと雖も、夕食前に帰られしなり（『鳳林承章記』）。

○七月二十四日、午時、仙洞にて御勝負の御振舞あり、白賁の御殿にて御振舞あるなり、承章は御客方なり、また今日御勝負あり、今宵大御酒、衡跳あり、四人の衆は舞袖を翻すなり、園池宗朝・西郊実信・常盤直房・風早実種、此の衆なり、鼓は正親町実豊・葛岡宣慶・吉田兼則三人なり、芝山定豊・葛岡宣慶は狂言舞を仕らるなり、夜更け、月高く登り、承章帰山せしむ、惣の跳またこれ有るなり、今日御勝負は御双六なり、上様より見事の御団扇二百一本出され、石数を以て勝ちの仁は団扇拝領仕るなり、承章また御団扇十五本拝領仕るなり、御所にて御侍衆五人へ一本分与せしむなり（『鳳林承章記』）。

●七月二十八日、午時過ぎ院参せしむ、白芋茎五把進上致すものなり、御対面、冷麵・御菓子御相伴致し、天盃頂戴仕るなり、承章一人御咄仕るなり、御眼鏡（遠眼鏡なり）共出され、高楼へ御登り御供、方方遠眼鏡を以て御遠見なり、承章作の世の中雑談の狂句聯句を、叡覧に備え奉るなり、味醂酒の様子相伝せしむの旨、仰せに依り、御蔵左兵衛に演説せしむなり、退出仕る刻、藤谷為賢に赴き、江戸に遣す文箱を持参せしめ、頼むなり、良玄は北山に来られ、承章の帰りを待ち居られ、則ち相対す、深更に及び、清談せしむなり、『諸天伝』の朱点出来、持ち来たられしなり、良玄投宿なり（『鳳林承章記』）。

●八月二日、雛屋立圃は晴雲軒に来られ、承章と打談、十八番発句これを合わせ、承章は狂文詩を見せしむなり、誹諧一折これ有るなり、前関白一条昭良、明後日御落髪成らるべきの内意故、俄に御衣御頼み故、喜首座遣し、これを誂えなり（『鳳林承章記』）。

●八月三日、一条昭良御頼み成られし御衣出来、取り寄せ、堀川式部（弘忠）迄これを遣すものなり（『鳳林承章記』）。

●八月四日、前関白一条昭良落飾、法名恵観、四十七歳（『続史愚抄』）。今朝大徳寺芳春院にて、一条昭良御落髪

なり、号恵観なり、玉舟翁は戒師の沙汰を致されるなり（『鳳林承章記』）。
○八月十三日、晫長老と承章同伴せしめ、参内せしむなり、仙洞また御幸なり、晫長老は初参故、進物、御礼申されしなり、晩に御振舞あり、仙洞・園基音・晫長老・承章御相伴なり、御菓子御前にて、官煤これを喫す、黄昏に及び退出せしむなり、禁中にて仙洞仰せて曰く、明日十四日白賁の御殿にて御月見有るべき、伺公致すべきの旨、仰せなり、今宵以錐来話なり（『鳳林承章記』）。
○八月十四日、承章は早々白賁御殿に伺公致すなり、仙洞御月見の御遊なり、今宵の御人数は、妙法院堯然親王・聖護院道晃親王・滋野井季吉・藪嗣音・正親町実豊・岩倉具起・竹屋光長・承章なり、滋野井は内々発句を仰せ付けられ、誹諧の発句仕り、持参なり、則ち御当座一巡、今宵百韻満るなり、月光また晴れなり（『鳳林承章記』）。
○八月十九日、承章は仙洞に赴く、其の故は、対馬国に五岳より書役各年一人充て下国の事、去年承章また其の員に加え、則ち仙洞より関東に、承章赦免の事仰せ遣され、其の儀大形相調い、承章は書役を逃れし故、其の御礼の為、伺公致し、申し上ぐるなり、初成りの木練柿一籠進上奉るものなり（『鳳林承章記』）。
○八月二十一日、禁中御振舞、承章また勅命に依り召されし故、早々院参せしむなり、仙洞また尤も御幸なり、今日の衆、青蓮院尊純親王成り為されるなり、花町宮（良仁）・二条康道・藪崇音・園基音・清閑寺共房・勧修寺経広・野宮定逸・岩倉具起・承章なり、仙洞の仰せに依り、竹内源蔵人義純は誹諧の発句仕り、野宮は漢の入韻、和漢の狂句十七八句程これ有るなり、様々御雑談、後段の御時、大御酒宴なり、各謡声を発せられしなり（『鳳林承章記』）。
○八月二十四日、承章早々院参せしむ、今日御勝負振舞、梶井慈胤親王御一人にて、御膳御進上の御振舞なり、妙門・聖門・青門・承章・園基音なり、岩倉具起は今日俄に御召し加えしなり、御振舞済み、各高楼に登り、

遠眼鏡を以て東山吉田祭礼の儀式を見物せしむなり、また御勝負あり、承章は誹諧発句仕り、脇は園、第三は御製なり、御誹諧一折これ有るなり、入御の後、梶井宮の坊官兵部卿・少二の両人、園・岩倉・承章・岡崎宣持、此の衆と西水を酌む（『鳳林承章記』）。

●八月二十六日、承章は中院通村に赴く、所労見舞なり、客あり、不対顔、直に帰山せしむ、中院の玄関にて西瀬に逢うなり、溝口宣直よりの使者を案内し、来たるの由なり（『鳳林承章記』）。溝口宣直は越後新発田藩主、通村室（溝口秀勝女）の係累。

○八月二十七日、仙洞瓢界にて御勝負の御振舞あり、承章は午時院参せしむ、御人数は毎度の御衆なり、先日の御誹諧一折の次、相続け、今夜一折半これ有るなり、御次でに、また誹諧あり、狂句あるなり、今日妙法院門主・右馬頭（小沢通直）、此の両人初めて御人数に相加わるなり（『鳳林承章記』）。

●八月二十八日、右大臣二条光平里第にて油小路隆貞を以て国解年号勘文等を奏す（『続史愚抄』）。

○九月五日、仙洞瓢界の御殿にて、御振舞あり、昼の中、御勝負あり、勝ち方九人なり、藪崇音・承章・園池・難波・右京（藤江雅良）・大膳（交野時貞）・内匠（岡崎宣持）・木工（佐々木野資敦）・聖護院門主なり、秉燭、舞袖見物仕るなり、仙洞より伊万里焼の壺二百十ヶ出され、承章また拝領せしむ（『鳳林承章記』）。

●九月九日、重陽和歌御会、題は風送菊香、出題飛鳥井雅章、奉行藤谷為条（『続史愚抄』）。

●九月十一日、伊勢例幣、上卿清閑寺共綱、奉行油小路隆貞、御拝あり、此の日、皇太神宮別宮伊弉諾宮正遷宮日時を定めらる、上卿職事同前（『続史愚抄』）。

○九月十三日、仙洞にて漢和の御会あり、承章は日の出以前に院参せしむ、御一巡は巡らず、当座百韻なり、初更過ぎ、満るなり、破題章句吉西堂内々仰せ出さるなり、御連衆、滋野井季吉・藪崇音・勧修寺経広・岩倉具起・承章・九岩達長老・雪岑崟長老・吉西堂なり、東山茂源栢西堂を徴されしと雖も辞退、不出なり、然るに

依り俄に宣首座を呼び遣さるなり、韻は東韻なり、執筆は葛岡宣慶・風早実種の両人なり（『鳳林承章記』）。

●承応元年九月十八日、条事定あり（筑後国司雑事言三箇条）、上卿二条光平、已次公卿三条公冨以下五人参仕、柳原資行は改元時、年号勘文を読み、承禄・文嘉を挙げ、享応を難ず、次に改元定を行わる、上卿以下同前、慶安を改め承応と為す（子細未詳）、勘者三人、承応字は東坊城知長、択び申す、詔書赦令吉書奏等、上卿三条公冨、以上奉行油小路隆貞、伝奏広橋兼賢、此の日、先に左大臣二条光平拝賀着陣、改元後、光平は殿上に参る、隆貞を以て殿上別当事を仰せらる、即ち二条光平奏慶と云う、今日、法皇新院女院等は禁裏に幸し、条事定・改元定等の事を密に御見聞あり、即ち還御（『続史愚抄』）。午刻改元なり、号承《ぜう》応なり、承の字、菅家の例は濁音にして読むなり、改元の上卿二条光平なり、難陳六人、三条公冨・山科言総・日野弘資・柳原資行・正親町実豊、以上六人なり、改元伝奏広橋兼賢、奉行油小路隆貞なり（『鳳林承章記』）。

●九月十九日、左大臣二条光平は里第にて油小路隆貞を以て国解定文を奏す（『続史愚抄』）。

○九月十九日、承章は院参せしむ、則ち先日借下されし五山古尊宿の詩（日本の名所と人名を題と為し、詩を作れるなり、油紙五枚）を持参せしめ、返上奉るものなり、鼠茸一折是また進上仕るなり、然れば則ち聖護院道晃親王成りなされ、岩倉具起発句持参、今日仙洞御精進故、御振舞有るべきの仰せ、御相伴仕るなり、狂句弁誹諧これ有り、夜に入るなり（『鳳林承章記』）。

●九月二十二日、嶺岩院殿三十三白の忌辰なり、芝山宣豊親父、承章兄、阿部右京太夫（致康）なり（『鳳林承章記』）。

●九月二十三日、『虫歌合』一冊を岩倉具起に返進せしむ次でに、承章は狂詩と狂歌を贈投せしむ（『鳳林承章記』）。

○九月二十五日、仙洞にて操り有るにより、承章は院参せしむ、江戸の操り師七郎左衛門太夫なり、二番これ有るなり、牲・歌枕、此の二番なり、見物の御客衆は、妙法院宮・聖護院宮・青蓮院宮・藪崇音・勧修寺経広・岩倉具起なり、晩に及び、難波宗種来られるなり（『鳳林承章記』）。

○九月二十七日、仙洞は二条康道に御幸なり、青蓮院尊純親王・清閑寺共房・藪崇音・承章、此の衆のみなり、御能八番あるなり、太夫五人なり、龍田（賀茂の藤木平介）・八島（二条康道遊ばされるなり）・源氏供養（同）・善知鳥（風早実種）・自然居士（二条康道）・田村（常盤直房）・班女（二村八郎左衛門）・橋弁慶（同人）、御能六番済み、御膳を上げらる、則ち御書院にて御相伴は、二条康道・青蓮院宮・清閑寺共房・藪崇音・承章なり、御茶済み、また御能二番あるなり、仙洞御供は風早実種・常盤直房、此の両人なり、非蔵人両人、大学と今一人なり（『鳳林承章記』）。

●十月一日、承章は大仏の妙法院堯然親王に赴く、内々申し上げし歌仙の小色紙十八枚幷に御短尺二枚尊毫を染めらる事、申し上ぐるなり、岩茸一箱持参せしめ、進献せしむなり、御所御留守故、申し置き、帰るばかりなり、山本友我に赴き、亡父（久与）の吊礼を伸るなり、黒谷に赴かる由、逢わざるなり（『鳳林承章記』）。

○十月四日、和歌御会あり、題は冬祝言（飛鳥井雅章之を出す、是れ将軍家綱より鷹鶴進上の故と云う）、法皇・新女院等は禁裏に幸すと云う（『続史愚抄』）。奉行阿野公業、参衆良仁親王、二条康道、中院通村等（『実録』）。

○十月八日、午時、仙洞口切りの御振舞なり、妙法院堯然親王・聖護院道晃親王・梶井最胤親王・青蓮院尊純親王・曼殊院良尚親王の五人、承章また召し加えられ、御相伴なり、御焼火の間の御座敷、御茶を点てられ御振舞なり、御菊花壇に各御供成られ、御覧あるなり、赤狂菊花二三茎拝領仕るなり（『鳳林承章記』）。

●十月十二日、早朝藪崇音・岩倉具起を招き、承章と三吟誹諧興行なり、内々一折廻り、今日一折半これ有り、執筆のために北野の能拝を呼び、執筆を頼むなり（『鳳林承章記』）。

●十月十六日、江戸の雛屋立圃より承章に書状来たる、今度下向の紀行の誹諧発句一巻なり、藪崇音より相届けられしなり（『鳳林承章記』）。

○十月十八日、法皇御所にて和歌御会あり、題は松有歓声（子細去四日に同じ）（『続史愚抄』）。承章早々院参せしむ、

今日板倉重宗を召され、御鶴の御振舞、御歌の御会これ有る故、不動上人立花を仰せ付けらるなり、上人伺公致さる故、承章また院参せしめ、肝煎りなり、立花済み、承章早々帰山せしめ、金森宗和に赴き、先日花入の筒を給う礼を伸るなり（『鳳林承章記』）。

○十月二十四日、今日仙洞瓢界の御殿にて、九月五日の御勝ち方の御振舞あり、承章勝ち方なり、青蓮院尊純門主今日初めて御人数に加えられしなり、妙門主・聖門主御成なり、藪崇音・岩倉具起両人は所労故、不参なり、今日の御勝負、黒御勝ち方、仙洞・青蓮院門主・坊城俊完・右京（藤江雅良）・木工（佐々木資敦）・内匠（岡崎宣持）・宮内（池尻共孝）・左兵衛佐（梅小路定矩）・兼庵（吉田）なり、九人、負け方、妙門主・聖門主・勧修寺経広・園基音・難波宗種・園池宗朝・芝山宣豊・承章・民部（長谷忠康）・大膳（交野時貞）、十人なり、御茶すみ、少年舞袖を翻すなり、承章は狂句仕り、則ち仙洞御製の御対有るなり、無親跳子子（承章）、那仏掘僧僧（御製）（『鳳林承章記』）。

●十月二十八日、女院にて和歌御会あり、題は慶賀（子細十八日に同じ）、柳原方光参仕詠進（『続史愚抄』）。

●十一月一日、承章は滋野井季吉に赴くなり、回文誹諧の一順の事なり、滋野井に相対すなり、楽人宣秋と針立の伝節、相対すなり、伝節は承章と初めて相逢うなり、滋野井は新院に参られ、承章・両人はともに酉水を酌み、帰山せしむなり（『鳳林承章記』）。

●十一月四日、春日祭、上卿三条公冨参向、弁不参、奉行万里小路雅房（『続史愚抄』）。

○十一月四日、仙洞瓢界の御殿にて、御勝負の御振舞あり、去る月二十四日の御勝負のなり、今日の亭主方、妙門主・聖門主・藪崇音・勧修寺経広・園基音・岩倉具起・承章・園池宗朝・芝山宣豊・長谷忠康・交野時貞・難波宗種、此の衆なり、置順香二百粒を出され、勝ち取るなり、今日御勝負あり、黒の御勝ち方、妙門主・青門主・勧修寺・坊城・難波・岩倉・承章・藤江雅良・長谷・佐々木野資敦、此の十人なり、御負け方、上様・藪・飛鳥井雅章・聖門主・治部卿（園池宗朝）・大蔵卿（芝山宣豊）・梅小路定矩・岡崎宣持・大膳（交野時貞）・右馬頭（小沢通直）・兼庵、十一人なり、飛鳥

井雅章は初めて御人数に召し加えられしなり（『鳳林承章記』）。

●十一月五日、北山（鹿苑寺）にて詩歌会あるなり、能円翁頭人なり、大徳衆常の如く来られるなり、良玄は来られざるなり、近日北野能有逝去故なり、山本友我・同内蔵助もまた忌中故、来られざるなり（『鳳林承章記』）。

●十一月七日、連歌御会あり（当代初度と云う）（『続史愚抄』）。

●十一月八日、藪崇音にて、誹諧の会あり、承章また藪崇音に赴く、連衆六人なり、亭主・岩倉具起・承章・上村一庵・松江重頼・藤兵衛政次なり、半鐘前、帰山せしむ、重頼発句の会なり（『鳳林承章記』）。

●十一月十一日、仙洞より借り下されし詩歌の一冊、謄写すべき為、承章は良玄に持ち為し、これを遣すなり、日本・大唐の名所と人名を題と為す、詩と歌の本、故人の作なり（『鳳林承章記』）。

○十一月十二日、仙洞瓢界にて、御勝負の御振舞あり、去る五月十六日の御勝負のなり、承章今日は勝ち方の客なり、午時に瓢界の御殿に赴くなり、御内証の御衆なり、藪崇音・勧修寺経広・岩倉具起・承章・園基音・坊城俊完・園池宗朝・芝山宣豊、此の衆なり、女中衆九人なり、聖門主は今日は御成これ無きなり、今日は御振舞勝負は無く、此の御会衆は今日までにて、重ねて御止め有るべきの仰せなり、鬮取りの事これ有り、京極（園基任女）御局より承章に、蒔絵入り子の香合を拝受せしむなり、東武日光山の大猷院の勅額遊ばされ、今日伺公の衆に見せ為され、額の字の大小を御穿鑿、字を直し為され、勅筆を拝見せしむなり（『鳳林承章記』）。

●十一月十二日、鷹司教平息は三宝院にて得度、法名高賢（『続史愚抄』）。

○十一月十六日、仙洞にて左内若狭浄瑠璃操りこれ有り、承章また召され、院参せしめ、見物なり、二番これ有り、夜討曾我と胎内探しなり、申刻相済むなり（『鳳林承章記』）。

●十一月十八日、岩倉具起にて誹諧の一会あり、承章早々岩倉に赴くなり、藪崇音・承章・竹内源蔵人義純・亭主の四吟なり、義純発句なり、執筆は北野能拝、内々岩倉より承章に頼まれし故、誘引せしむなり、秉燭前に

百韻満るなり、近衛尚嗣の御一順、岩倉にて承章またこれを詠み、書付くなり（『鳳林承章記』）。
○十一月二十四日、仙洞にて御会なり、狂句和漢なり、御一巡廻らず、当座一巡なり、発句竹内源蔵人義純へ仰され、内々思案、持参仕らるなり、御連衆、和方は藪崇音・岩倉具起・源蔵人義純なり、漢方は承章・九岩達長老・崟長老、以上六人なり、執筆梅小路定矩・竹内季有の両人なり、初更前に百韻満るなり（『鳳林承章記』）。
●十一月二十九日、承章院参せしめ、唐の人字名所の歌の歌書を返上致すものなり、御対面なし、晴雲軒に退出せしむ、誹諧の三吟・四吟の二巻、長頭丸（松永貞徳）点仕るの由、今朝藪より到来なり（『鳳林承章記』）。
○十二月二日、仙洞瓢界にて、御勝負振舞あり、承章は急ぎ伺公致し、冬至梅一朶持参致し、呈上奉り、則ち先に御対面なり、医の道作法印は天脈を窺い、則ち承章は御前に伺候仕るなり、御供仕り、瓢界の御殿に到るなり、御勝負あり、御勝ち方、上様・勧修寺経広・承章・岩倉具起・園池宗朝・芝山宣豊・池尻共孝・難波宗種・佐々木野資敦・梅小路定矩・岡崎宣持、御負け方、聖護院道晃親王・妙法院堯然親王・青蓮院尊純親王・坊城俊完・藤江雅良・長谷忠康・交野時貞・小沢通直・飛鳥井雅章・藪崇音・吉田兼庵なり、後段の前に五人の躍りこれ有るなり、風早実種・常盤直房・沢兵部・竹内孝治・久丸なり、御乱酒、承章また天盃頂戴仕るなり、酔裡に狂句を綴り申し上げ、則ち御製の尊対遊ばされしなり、章句に曰く、舞勝如五節（承章）、祭匹似三枝（御製）（『鳳林承章記』）。
●十二月四日、承章は午時勧修寺経広に赴くなり、今日経慶元服の加冠清閑寺共房、理髪常盤直房・清閑寺共綱の子息（熙房）なり、着座清閑寺共綱・池尻共孝兄弟両人なり、勧修寺一門の公家衆皆々来らる、大御酒、各乱酔なり、初更時分に帰山せしむ（『鳳林承章記』）。
●十二月五日、承章に良玄より歌書写し来たる、津一座頭持ち来たるなり（『鳳林承章記』）。
●十二月六日、近衛尚嗣にて誹諧の御会あり、承章また御連衆なり、発句竹屋光長なり、内々御一順相廻るなり、

承章初めて殿下に伺公するに依りて、蒔絵手炉両丁持参し、進上致すなり、内々の御連衆、殿下・滋野井季吉・藪崇音・岩倉具起・竹屋光長・承章、六人なり、今日飛入り、円満院門主（常尊）・広橋兼賢来臨なり、初更前百韻満るなり、堀川弘忠より、強飯一重恵まれる、息弘孝元服の祝儀なり（『鳳林承章記』）。

○十二月七日、今日花町様（良仁）へ御口切の御幸なり、承章また御供仕るべきの仰せなり、小袖と衣に改め、花町様へ伺公せしむ、藪崇音またふと伺公致され、幸にして御供なり、藪崇音と承章両人のみ、三位局（古市胤栄女）・御櫛笥局（四条隆致女）両人御出なり、御双六あるなり、承章に誹諧発句御所望にて、誹諧発句仕るなり、則ち別して御褒美なり、一折半遊ばされるなり、先日承章仕り、申し上げし狂句聯句今日また遊ばされて、十二句なり、常盤直房御用あり、伺公致され、執筆なり（『鳳林承章記』）。

●十二月八日、今日以錐は終日晴雲軒にて両吟聯句を打つなり、内々一順あり、之を続く、斎了より半鐘に至り、両吟五十句これ有るなり、今朝芝山宣豊息数丸（定豊）元服なり、下人六人早天より、働く為に之を遣すなり、承章は見舞ざるなり、六人の者は今宵芝山に投宿仕り、明日また働く筈なり（『鳳林承章記』）。

●十二月九日、承章は昨日の下人の外両人、芝山宣豊に遣すなり、龍宝山芳春院にて詩会あり、斎了、承章は大徳寺に赴くなり、頭人山本友我なり、彦首座また大徳寺に赴かれしなり、能円・良玄・吉権・能貨、此の衆なり、吉権は大徳に赴かれざるなり、西瀬は大坂に赴くに依り、今日は不出座（『鳳林承章記』）。

●十二月十五日、園池宗朝の聖護院村の下屋敷にて振舞なり、承章初めてこれを見るなり、畦木綿踏皮三足持参せしむなり、藤江雅良・佐々木野資敦・吉田兼則、此の衆なり、終日打談、囲碁なり、暮に及び芝山宣豊来話なり、鶏鳴の時分帰山せしむ、聖護院村に赴く前に、藤谷為賢に到りて、打談、西瀬は定家卿筆の事、内談せしむなり、明日西瀬来たりて定家卿の筆見せしめ、相渡し、大坂に遣すべき旨、藤谷内談なり（『鳳林承章記』）。

●十二月十六日、西瀬来る、藤谷為賢に赴き、定家卿の仮名文の掛物を請取なり、溝口宣直、定家卿の墨跡相尋

ぬ故、近日大坂へ持参仕る筈なり（『鳳林承章記』）。
●十二月十八日、承章は坊城俊完に赴くなり、中御門宣順・山科言総と出会、大御酒なり、芝山宣豊に赴き相談なり、中院通村に赴く、線香二包持参せしむ、相対、移刻、打談なり、大徳寺の什首座より頼まれし古筆の歌書、中院に見せしむ、筆者不知なり、短尺二枚を中院に頼み申し入るなり（『鳳林承章記』）。
○十二月二十二日、承章は院参致す、則ち御対面、御菓子・濃茶を御前にて下さるなり、御狂句四五句これ有るなり、仙洞仰せて曰く、坊城俊広今晩三木の拝賀なり、承章に急ぎ見舞べきの由、仰せなり、然るに依り坊城に赴き、見舞う、則ち堂上一門中寄合、夕食を喫す、承章また夕食を喫す、而て大御酒なり（『鳳林承章記』）。
●十二月二十九日、西瀬は前夜より登山仕り、今朝朝食相伴喫し、藤谷為賢に赴き、定家卿掛物を返納致し、宿に赴くなり（『鳳林承章記』）。
●是歳冬、梶井慈胤親王は天台座主を辞す（『続史愚抄』）。

承応二年（一六五三）癸巳　五十八歳　院政二十四年

●正月一日、四方拝、奉行中御門資熙、小朝拝なし、元日節会、内弁一条教良、外弁中院通純以下九人参仕、奉行清閑寺熙房（『続史愚抄』）。天皇御年二十一歳、出御あらせらる（『実録』）。七日、十六日これに同じ。
○正月五日、新院（明正）は法皇御所に幸す、囃子ありと云う（『続史愚抄』）。
○正月五日、仙洞御謡初め、承章は院参せしむなり、旧冬より仰せの故、道具衣を脱ぎ、布衣を着し、伺公致すなり、試春の作意共を呈上奉るなり、承章の発句・誹諧発句書付持参仕り、直に呈上奉るなり、御門主衆今日御礼なり、大覚寺尊性親王・妙法院堯然親王・聖護院道晃親王・青蓮院尊純親王・中院通村御礼なり、御謡初

めの太夫は鶴屋七郎左衛門なり、御拍子二番、高砂・井筒なり、七郎左衛門に御末広御扇下され、坊城俊完末広を渡さるなり、三番目は七郎左衛門装束を具し、切より舞うなり、班女・杜若・鍾馗（是は少年仕るなり）・熊坂（七郎左衛門息七十郎仕るなり）・猩々、七郎左衛門此の五番装束にて舞うなり、脇弁に狂言は無きなり、御拍子済み、御門主方献盞なり、承章また其の御座に召し出され、葩御酒を御前にて給うなり、仙洞仰せて曰く、承章の誹諧発句、別して出来に思し召すなり、則ち入韻御製の旨仰せ、即ち御製これ有るなり、発句に曰く、春うたへ老せぬ門の松はやし（承章）、御製、面暖気猩々（御製）（『鳳林承章記』）。

●正月七日、白馬節会、内弁鷹司房輔、外弁清閑寺共綱以下七人参仕、奉行中御門宗良（『続史愚抄』）。

●正月八日、後七日法始、阿闍梨寛海、太元護摩始、阿闍梨観助、以上奉行広橋兼茂（『続史愚抄』）。十四日両法結願。

●正月八日、江戸の雛屋立圃より承章に書状来たり、旧冬遣す点取誹諧二巻も来たりしなり（『鳳林承章記』）。

○正月十日、今日仙洞は、新院（明正）に御幸（『鳳林承章記』）。

●正月十一日、神宮奏事始、伝奏鷲尾隆量、奉行中御門宗良（『続史愚抄』）。

○正月十一日、法皇・新院・女院等は禁裏に幸す（今年初度）、即ち還御（『続史愚抄』）。

●正月十一日、黄昏に及びて彦首座・良玄は帰らる、『錦繍段』三部取り寄せ、買却せしむ（『鳳林承章記』）。

●正月十二日、西賀茂に赴き、一条恵観（昭良）に到り、正礼を伸べ奉る（『鳳林承章記』）。

●正月十三日、藤谷為賢・為条は礼の為に北山に来臨なり、冷泉為清は来儀なきなり（『鳳林承章記』）。

●正月十六日、踏歌節会、内弁二条光平、外弁徳大寺公信、以下七人参仕、奉行万里小路雅房（『続史愚抄』）。

●正月十七日、舞御覧あり（『実録』）。清涼殿東庭に舞台を敷設、如例年、近衛尚嗣、智忠親王。

●正月十九日、和歌御会始、題は鶯知万春、読師三条公富、講師中御門宗良、講頌飛鳥井雅章（発声）、奉行藤谷

為賢（『続史愚抄』）。公宴御会始、聖護院道晃親王出詠、鷲知万春、仙洞得叡慮、端御定にて則清書候（『略年譜』）。

●正月二十日、青蓮院尊純親王に天台座主宣下あり（梶井慈胤親王去冬辞替）、上卿徳大寺公信、奉行清閑寺熙房（『続史愚抄』）。

●正月二十一日、良仁親王（花町、元桃園）に一品宣下（口宣）あり（『続史愚抄』）。

●正月二十一日、神宮奏事始を追行せらる（『実録』）。伝奏鷲尾隆量、奉行中御門宗良。

○正月二十三日、法皇和歌御会始、題は雪消春水来、読師滋野井季吉、講師清閑寺熙房、講頌飛鳥井雅章（発声『続史愚抄』）。

○正月二十六日、午時、仙洞（法皇）は大聖寺宮（元昌）に御幸なり、内々承章また御供奉仕るべき旨、仰せなり、禁中に御幸し、暫時にして大聖寺宮に御幸なり、岩倉具起を同道せしめ、大聖寺宮に赴くなり、聖護院道晃親王また御成なり、藪崇音もまた伺公、京極局（元昌尼母）・三位局（古市胤栄女）・菅式部局、此の衆御出なり、御誹諧の和漢狂句御聯句これ有り、鶏鳴に及び、帰山せしむ（『鳳林承章記』）。

●二月二日、朝山素心（意林庵）参内して、『中庸』を進講し奉る（『実録』）。意林庵は道服（無袴）を着用し、小御所、次に休息所にて講釈す。三月二日、五日、十三日、十六日、二十八日、三月四日、七日、十二日、十三日これに同じ。ちなみに朝山素心は『周易』も講じている。詳しくは三浦周行「後光明天皇と朝山意林庵」（『歴史と人物』東亜堂書房）等を参照。

○二月二日、仙洞白賁軒御殿にて、御勝負の振舞あり、伺公の御衆、妙門主（堯然）・聖門主（道晃）・青門主（尊純）・飛鳥井雅章・坊城俊完・難波宗種・承章、其の外、院参衆は残らずなり、今日また御勝負あり（『鳳林承章記』）。

○二月六日、贈太政大臣家光仏殿の勅額、法皇宸筆を染め、之を賜う（去月歟）、因て将軍家綱より物を進む（白銀五千両、蠟燭等）と云う（『続史愚抄』）。

●二月七日、僧利命の入院に依り、妙心寺に勅使を遣さる（『実録』）。

●二月八日、来四月二十日、家光の三回忌に依り、関東に遣すべき御贈経使を仰せ出さる（『実録』）。

●二月八日、承章は板倉重宗内、渡部十右衛門にて、茶の湯の振舞に赴くなり、掛物は俊成卿の筆蹟、歌書の切れなり（『鳳林承章記』）。

●二月十一日、春日祭、上卿日野弘資参向、弁不参、奉行万里小路雅房（『続史愚抄』）。

●二月十一日、承章は午時に、園池宗朝・芝山宣豊、藤江雅良・岡崎宣持・芝山定豊を招き、振舞なり（『鳳林承章記』）。

●二月十七日、御室の心蓮院僧正北山に来訊、不動院正円相伴なり、仙洞と仁和寺性承親王御不和、其の義に就き、内談の為、僧正来話なり、北野の目代友世、此の中、花の誹諧発句、承章に所望故、両句之を製し、遣すなり（『鳳林承章記』）。

○二月十九日、承章院参せしむなり、今日仙洞にて青蓮院尊純親王、観音経講ぜられ、聴聞致すなり、南御所にて観音像を掛けられ、前卓に打敷・花瓶・香炉これ有るなり、御花は今日仙洞の遊ばさるなり、梅花二色、黄梅なり、妙法院堯然門主・聖護院道晃門主・梶井慈胤門主・実相院義尊門主・円満院常尊門主、御参なり、御振舞は瓢界にて有るなり、今日仙洞より御衣を拝領奉るなり、黒緞子の御衣なり（『鳳林承章記』）。

●二月二十日、楽御会始あり（『実録』）。

○二月二十五日、承章は院参せしむなり、白椿三輪呈上奉るなり、全寿庵庭の椿花なり、幷に新賢酒一壺また呈上奉るなり、則ち御対面、御前にて壺を開かれて、西水を即ち召し上がられしなり、普広院殿（義教）将軍の記録の事、先日仰せに依り、書付持参致し、呈上奉るものなり、花町宮（良仁）また成りなされ、即ち承章持参の西水を召し上がられしなり（『鳳林承章記』）。

●二月二十八日、是日以前、妙法院堯然親王、聖護院道晃親王、大覚寺空性親王、中院通村、高倉永慶、中院通純六名の寄合書にて『新三十六人歌合』一軸を書写する。天理本の持明院基定加証奥書に「端六首妙法院堯然親王、次六首聖護院道晃親王、次六首大覚寺空性親王、次六首中院内府通村卿、次六首高倉大納言永慶卿、次六首中院大納言通純卿、右各尊翰也。尤可謂至宝者也。承応二年二月廿八日、権中納言基定」とある。

●二月二十九日、前内大臣中院通村薨ず、六十六歳、後十輪院と号す、今日より三箇日、廃朝（『続史愚抄』）。今朝俄に中院通村薨ぜられ、御所にて承り、肝胆を驚かすものなり、御所にて文を書き、西瀬の所に遣し、通村公の事を申し遣すなり、中院第に赴き、吊礼を伸べて帰るなり（『鳳林承章記』）。通村は後水尾院の文事に最も深く関与した公卿である（本書第三章参照）。

●三月二日、梅もどきの木十三本を掘り、仙洞に進上仕るなり、内々の仰せに依るなり、承章は直ちに白賁軒の御殿へ持ち為し、進上奉るなり（『鳳林承章記』）。

●三月六日、承章は芝山宣豊に赴くなり、今日仙洞の藤江雅良、入道を為すべき事、内々より承章は戒師を頼まれし故、急ぎ先に芝山に赴き、案内を待ちて藤江に到るなり、承章は道具衣・九条、式法の如く威儀を具すなり、藤江もまた狩衣・烏帽子なり、戒師を致すなり、剃髪の仁は仙洞に御奉公仕る宗珍なり、非蔵人衆・坊主衆見舞うなり（『鳳林承章記』）。

●三月八日、東照宮奉幣発遣さる、先に日時を定めらる、上卿飛鳥井雅章、幣使油小路隆貞、奉行中御門宗良（『続史愚抄』）。

○三月十二日、午時、仙洞にて糸桜の御花見あるなり、天台の御門主達、近日関東御下向、御暇乞の御振舞なり、承章また御相伴の為、午時前に院参せしむなり、今日の御客、近衛尚嗣・智忠親王・二条康道・妙法院堯然親王・青蓮院尊純親王・曼殊院良尚親王・広橋兼賢・滋野井季吉・土御門泰重・承章なり、今日は御新舟の御乗

初め、また遊ばさるなり、御振舞は御書院、秉燭、糸桜の花下にて御酒宴なり、後段は広御殿にてなり（『鳳林承章記』）。

●三月二十四日、贈太政大臣家光の影の開眼法要、同影遷座等日時、上卿中御門宣順、奉行清閑寺熙房、また同堂及び廟塔供養遷座等日時を定めらる、上卿清閑寺共綱、奉行万里小路雅房、次にまた同三回忌仏眼供養日時を定めらる、上卿広橋綏光、奉行清閑寺熙房、此の日、赦令殺生禁断等宣下に准じ、官符を賜う、是れ元和の例と云う（『続史愚抄』）。

●三月二十七日、午時、院参の御衆を相招き振舞なり、池尻共孝・佐々木野資敦・藤江春圃（雅良）・長谷忠康・西郊実信・風早実種・交野時貞・園池宗朝・松崎俊章、此の衆なり、饅頭・赤飯を出すなり、狂言師四人、小泉惣兵衛・（中西）伊兵衛・勘四郎・三郎兵衛来たり、振舞前に狂言四番これ有るなり（『鳳林承章記』）。

●三月、聖護院道晃親王は、前内府通村公頓死につき、中院へ追善和歌を送らる、冠即身成仏九首（『略年譜』）。

○四月一日、承章は院参せしむなり、今日仙洞にて新院（明正）・女院（東福門院）御振舞なり、放下師小太夫を呼び為さる故、承章また見物仕るべき旨、仰せなり（『鳳林承章記』）。

●四月二日、是日より『周易』の御伝授あり、伏原賢忠これを授け奉る、四日竟る（『実録』）。

●四月四日、主上（御年二十一）『周易』御伝受あり（去二日より始めらる、此の日竟）、伏原賢忠これを授け奉る（『続史愚抄』）。

●四月七日、八条宮にて、相国寺僧の法華懺法これ有るなり、桂光院宮（智仁）の二十五年忌なり、慈照院の取持ちなり、卯上刻に鐘を撞き、則ち各八条殿に赴く、大衆懺法の清衆二十一人なり（『鳳林承章記』）。

●四月八日、中院通純頓死、四十二歳（『公卿補任』）。

●四月十日、中院大納言通純逝去の訃音、此れを聞くなり（『鳳林承章記』）。中院家は、通村・通純父子をほぼ同

時に失い、通村孫の通茂はまだ二十三歳である。

●四月十七日、藪嗣良薨ず、六十一歳、正保四年六月五日出家、法名崇音、四辻公遠八男（『諸家伝』）。

●四月二十日、藪崇音（嗣良）去る十七日逝去、昨夕訃音を聞く故、承章は先ず藪嗣孝に到り、弔礼を伸べ、藪崇音第に到り、弔礼を伸るなり（『鳳林承章記』）。

○四月二十一日、今日、承章に院参仕るべきの旨、内々仰せ出さるなり、上様（後光明）へ唐韻繰り様、御相伝成らるべきの旨なり、午時、先に勧修寺経広に赴く、則ち相対、去冬勧修寺経慶元服の事申出でられ、元服の道具を新造し委くこれを見られるなり、元服記録書かれし由、是れまた一巻開かしめ、見了ぬ、雲門酉水を酌むなり、禁中より、御案内あり、同道せしめ、参内せしむなり、御対面、御雑談なり、丹波親康・喜安法橋伺公致し、御歯の御療治遊ばされ、また出御、唐韻の趣を御相伝あり、申し上ぐるなり、御振舞あるべきの旨、内々の仰せ、則ち承章一人御振舞、種々御丁寧の事なり、園基福・山本勝忠両公御肝煎りなり、尤も勧修寺経広もまた肝煎りなり（『鳳林承章記』）。

●四月二十二日、朝山素心（意林庵）をして『周易』を進講せしめらる（『実録』）。五月七日、十二日、三年二月十三日、十八日、四月十八日、七月三日これに同じ。

○四月二十五日、承章は午時に院参致すなり、南蛮の妙薬コキンヤウの皮と実を拝領し奉るなり（『鳳林承章記』）。

●四月二十七日、承章は午時に河路又兵衛（正量）を招く、則ち風早実種を同道し光臨、終日打談、山上に登り、風景を詠むなり、誹諧一折これ有り、狂歌、承章は唐律一絶を製す、則ち風早の和韻あり（『鳳林承章記』）。

○五月五日、承章は院参せしむ、鳴門の御座にて移刻、御打談なり、今日承章は誹諧の発句を仕り、風早実種・河路又兵衛また発句これ有る故、三発句を書付、叡覧に呈し奉るものなり、文豆花を初めて叡覧に入れ、別して御機嫌、種蒔きの時分など、段々御穿鑿有るなり（『鳳林承章記』）。

●五月十一日、承章は午時に広橋兼賢を招き、振舞なり、相伴衆、広橋より誘引有るべき旨、内々申す故、清和院・速見長門守（将益）・岡本重左衛門（謡を歌うなり）・望月藤兵衛（重供）、此の四人来らるなり（『鳳林承章記』）。

●五月十三日、太秦広隆寺薬師、今日より開帳（『続史愚抄』）。

●五月十六日、雛屋立圃より承章に状来たり、浅草海苔十枚恵まれる、東武より来たるなり、狂歌また一首到来なり（『鳳林承章記』）。

○五月十八日、坊城俊完江戸より上洛、相対すべき為、承章は坊城に赴く、則ち院参の由、即ち承章また院参せしむなり、則ち仙洞御対面、緩々御前に伺公致し、御供致し新築の御茶屋に成りなされるなり、曼殊院良尚親王御成、即ち切麦を侑められ、承章また御相伴、酉水を浮かべられしなり（『鳳林承章記』）。

●五月二十日、今日より嵯峨清涼寺釈迦開帳（焼亡後、仏殿未だ修造に及ばず）（『続史愚抄』）。

●五月二十六日、青蓮院尊純親王（伏見宮邦高親王孫、後陽成院御猶子）薨ず、六十三歳（『続史愚抄』）。

●五月二十八日、粟田口に赴き、青蓮院御門主遠行の吊礼を伸ぶるなり、式部卿（鳥居小路経音）に逢いて帰るなり（『鳳林承章記』）。

●六月二日、花町様（良仁）より胡蝶の躑躅を拝領いたすなり（『鳳林承章記』）。

○六月十日、仙洞瓢界の御殿にて御振舞あり、承章は院参せしむ、野路海苔一箱・相良百合・姫百合二茎持参し、呈上奉るなり、相良百合は庭前のなり、姫百合は全受庵のなり、今日の御客、聖護院道晃親王・飛鳥井雅章・勧修寺経広・園基福・難波宗種・坊城俊広・承章、此の衆なり、今日は御勝負なきなり、近日御勝負振舞の鬮取りこれ有るなり、仙洞・承章両吟の狂句、一両句御製なり、仙洞御狂歌の御製これ有るなり、仙洞御涼所・御遠見の御殿の屋禰高廊、当年は所替えなり、今日御供致し、高き階に上り、これを見る、承章は新廊今日初めて見る（『鳳林承章記』）。

●六月十四日、妙法院堯然親王に天台座主宣下あり、上卿持明院基定、奉行清閑寺熙房（『続史愚抄』）。

●六月十五日、今日より三箇日、臨時修法を清涼殿にて行わる、阿闍梨梶井慈胤親王、奉行広橋兼茂（『続史愚抄』）。十七日修法結願。

○六月二十三日、未の上刻、禁中悉く炎上なり、承章は書籍を検し、机に対し、独居、則ち京の回録の由、これを聞く、然れば則ち彦首座より人来たり、禁中火事の由申し来たる、驚嘆し、山上に登り、これを見る、則ち大火言語に絶する故、急々仙洞に赴くなり、仙洞へ公家衆の往還は勝計し難し、承章は下立売より、南に廻り、仙洞に到るなり、御門跡衆また各御参なり、禁中回録は近年これ無き事、肝胆を消すものなり、御台所の棟上に煤あり、一火煤に付きて、一刻の内に一宇の御殿また残らず炎上し、四方の築地・御門一時に焼滅なり、類火の衆、日野弘資・烏丸資慶・裏松資清・中山英親・今出川経季・施薬院・半井驢庵、此の衆なり、勧修寺亭は焼けざるなり、奇妙なり、承章は仙洞にて移刻、伺公致す、仙洞また御対面、今日の天災如何と仰せ、怪異の儀申し上ぐるなり、承章は勧修寺経広に赴き見舞う、出入りの者共数多なり、禁中（後光明）は仙洞（法皇）に行幸、火急故、鳳輦に及ばず、常の御輿にて仙洞に行幸なり、女中衆また赤脚にて供奉なり、内侍所・剣璽の三種の至宝は、渡御すなり、禁中の御文庫は焼けず、禁中・仙洞・諸家大慶万悦、筆頭に尽くし難きものなり、文庫開口、則ち武家の永井尚政・直清・五味豊直申し上げ、御公家の慥か成る仁に下されて、御蔵を開くべきの由を申し上げ、徳大寺公信・梅渓季通を奉行と為し、遣され、文庫を開く、則ち火入らず、君臣喜悦少なからざるものなり、当所の門前の人共、大勢相国寺幷に勧修寺、方々に遣すものなり、禁中炎上の最中、大夕立降るなり（『鳳林承章記』）。

●六月二十四日、承章は早々晴雲軒に赴くなり、喜首座と仙洞へ進上仕る菓子を見合せ、杉折三重を仙洞に進上し、持参せしむるなり、今日また公家大勢各伺公なり、御菓三重呈上奉る、則ち御満足、御上様御機嫌能きの

間、愚意安く存じ奉るの旨、仰せ出されしなり、岩倉具起また出仕、久しく相対すなり、勧修寺経広に到り、昨日無事の祝いを申し、玄関より帰るなり、金森宗和も見舞われ、相逢うなり（『鳳林承章記』）。

○六月二十九日、承章は御見舞の為、院参せしむ、則ち御対面、御菓子・濃茗を御前にて下さる、移刻、御前に伺公仕るなり、禁中また出御、御対面なり（『鳳林承章記』）。

○六月、法皇は後水尾院歌壇の重鎮であった中院通村の亡き後、若手の和歌指導のために仙洞褒貶歌会を開催。その記録は書陵部本『仙洞褒貶歌合』などの諸本にある。右によれば褒貶歌会は六月、閏六月、七月、八月、十二月朔日に開かれている。例えば、六月「水石契久」題（智忠親王出題）の道晃親王詠「岩におふるまつのちとせの後も猶ちきりはかれし代々の池水」に対し「雅直申云、よろしく候歟」とあり、実維詠「たえすなを巌にかゝる滝のいとのなかき契りにいく代へぬらむ」に対し「道晃申云、結句如何」等とある（『略年譜』）。

●閏六月七日、内裏炎上の御見舞として、将軍使吉良義冬は参内して物を献ず（『実録』）。

○閏六月九日、承章は早々院参せしむなり、真瓜一籠（三十入）・蓴菜一曲物（台に乗す）を持参せしめ、禁中に越前女房を以て、進上奉るものなり、仙洞御対面、種々御雑談、御前にて麦切・略酒を下されるなり、仙洞は御両吟の懐紙の事仰せ出され、則ち御懐紙に書付申す儀、申し付けの様、仰せに依り、風早実種の御部屋に赴き、申し渡し、打談、御部屋より直ちに退出せしむ（『鳳林承章記』）。

○閏六月十五日、仮皇居を法皇御所（下御所）中に造る、此の日、地曳礎立柱上棟あり（『続史愚抄』）。

○閏六月十八日、法皇御所にて懺法講あり（一日歟、詳細未詳）（『続史愚抄』）。炎蒸耐え難きなり、承章は仙洞に赴くなり、相国寺懺法、今日仰せ付けらるなり、六月十八日午日、観音成道日なり、然るに依り今年また仰せ付けなり、日の出前に相国寺の鐘を撞き、各仙洞に赴くなり、北面所にて道具を着せしむなり、懺法前は仙洞にて盃を浮かべざるなり、辰上刻、懺法始めるなり、御道場は小御所の御殿なり、御床内に観音像一幅を掛けて

在り、折卓また床内になり、三具足の花瓶に真松一本これを立つるなり、大衆十六人なり（『鳳林承章記』）。
●閏六月二十一日、北山に能円翁来られ、『伊勢物語』を講ぜられしなり、彦首座またこれを聴かれしなり（『鳳林承章記』）。
●閏六月二十七日、主上は仮皇居に渡御（法皇御所中なり）（『続史愚抄』）。
●閏六月二十七日、北山に良玄来らる、先月より田舎に赴かれ、去る二十一日上洛の由なり、一昨日より今日に至り、雨天なり、一昨日の雷落にて、袋屋宗雪は雷の為、即死の由なり（『鳳林承章記』）。
●閏六月二十八日、伊勢の祭主（藤波友忠）関東道より直ちに流罪たるの由、風聞なり（『鳳林承章記』）。
●七月一日、内侍所仮殿渡御日時を定めらる（陣座代、仙洞中門内、北上と云う）、上卿四辻公理、奉行清閑寺煕房（『続史愚抄』）。
●七月二日、祭主友忠を佐渡に流さるべき由、将軍家綱より奏聞（伝を考うるに、勅勘に官を停め、位記を返上する事あり、配流の事欠）（『続史愚抄』）。
●七月三日、戌刻、内侍所は池殿より仮殿に渡御（仙洞殿上の西方、今度之を造らる）、近衛将・弁・少納言以下供奉、此の間、主上は庭上に下御（弘御所の階間）、此の後、吉田兼里は清祓を内侍所仮殿に奉仕す（案ずるに庭上）（『続史愚抄』）。
○七月四日、承章は院参せしむ、御見舞申し上ぐるなり、今度禁中広御所に御移徙ある後、承章終に伺公致さざる故、院参の道筋如何たるに依り、先に坊城俊完に赴き、同道為すべき故なり、則ち今日白賁軒の御殿にて御振舞あり、堂上五人なり、清閑寺共房・広橋兼賢・高倉永慶・平松時庸・土御門泰重なり（『鳳林承章記』）。
●七月七日、七夕和歌御会、題は織女期秋（『続史愚抄』）。
○七月九日、仙洞白賁軒の御殿にて、御振舞あり、此の春より惣々鬮を取り、面々請取て御振舞を上げ、今日

の御振舞なり、承章は御菓子なり、然るに依り御菓子持参なり、杉の大三重なり、三重の内五種入りなり、幷に青梨一籠是れまた持参せしむなり、御菓子の衆は池尻共孝・長谷忠康・承章の三人なり、御酒・御汁・御菜、面々請取これ有るなり、妙法院尭然門主・聖護院道晃門主・飛鳥井雅章・勧修寺経広・園基音・坊城俊完・岩倉具起・正親町実豊・難波宗種・坊城俊広、此の衆其の外、院参衆なり（『鳳林承章記』）。

●七月十日、内大臣家綱（将軍）を右大臣に転ずる宣下あり、上卿山科言総、奉行中御門宗良（『続史愚抄』）。

●七月十三日、承章は藤谷為賢に赴く、冷泉為清の婚姻の喜び・盆の礼旁々なり、三位殿（道晃母）に赴き、所労を見舞う、則ち聖護院道晃門主・実相院義尊門主・円満院常尊門主御座成られ、久しく打談（『鳳林承章記』）。

●七月十七日、関白近衛尚嗣は職を辞す（去四月より病の故と云う）（『続史愚抄』）。

●七月十九日、近衛尚嗣薨ず、三十二歳、妙有真空院と号す（『続史愚抄』）。

●七月二十日、近衛尚嗣、昨晩薨ぜらる、三十二歳の由なり、承章は御吊礼の為、急ぎ近衛殿に赴く、則ち御門外にて滋野井季吉・竹屋光長・難波宗種と相対、共に玄関に到り、吊礼を申し入れしなり、承章院参せしめ、則ち御廊下にて仙洞なり為され、即ち御礼申し上げ、赤縁にて暫く御咄、御書院に召され、則ち禁中また成り為され、御対面、種々御雑談、仙洞御両吟の狂句聯句遊ばされ、十句余今日出来、赤飯・御菓子出され、御盃を浮かべられ、承章に天子（後光明）御盃を下され、頂戴せしむ、近衛尚嗣の儀は、今日は叡聞に達せざるの由なり（『鳳林承章記』）。

●七月二十日、良仁親王（花町）は関東に下向し将軍家綱に面会と云う（『続史愚抄』）。

●七月二十一日、将軍使品川高如は参内して仮殿遷幸を賀し奉る、仍て天盃を給う、是日、将軍家綱の任官祝儀として勅使を関東に遣さる（『実録』）。

●七月二十一日、藤谷黄門（為賢）所労故、承章は今出川に赴き見舞うなり、南都の奥坊（専良）また相対す、黄

門の所労以外の様子なり（『鳳林承章記』）。

●七月二十一日、藤谷為賢薨ず、六十一歳（『諸家伝』）。『公卿補任』に十一日とあるのは誤記。

●七月二十二日、今朝早々見舞の為、承章は奥坊（専良）まで書状を遣す、則ち藤谷為賢前宵逝去の由、申し来たり、驚き、早々今出川に赴くなり、今度の病証は傷寒たるべし、然る所、東（宗）庵は薬違いなり、晩来、真如堂にて葬礼あり、掩土の仏事は真如堂住持の上乗院なり、仏事唱え了ぬ、藤谷為条焼香、次に冷泉為清、次に明哲喝食の時に、彦首座後見を為し、列に出で、供に台前に赴くなり（『鳳林承章記』）。

●七月二十三日、近衛尚嗣の薨奏あり、今日より三箇日廃朝（『続史愚抄』）。

○七月二十七日、仙洞瓢界の御殿にて、御勝負御振舞あり、承章伺公致す、今日初めて東園基賢伺公致さるなり、御誹諧少しこれ有るなり、御両吟の狂句、御製御難句故、承章の拙対綴じ難きに依り、今日は御両吟二句のみなり、今宵庚申故、弥よ深更に及ぶ（『鳳林承章記』）。

●七月、諸国大水（『続史愚抄』）。

●八月三日、承章は今日俄に禁中より召され、参内致すべきの旨、急ぎ先ず勧修寺経広に赴きて、禁中に赴くなり、清閑寺共綱・承章は御前にて移刻、御雑談、御菓子・栗雲門・御酒を下され、天盃頂戴仕るなり、御前にて翠竹庵一渓（曲直瀬道三）作の医書『啓迪集』を拝見せしむなり（『鳳林承章記』）。

○八月十二日、昨日より仙洞・新院（明正）・女院は長谷に御幸、今日還幸なり、午時より雨天なり、俄に芝山定豊は迎えの乗物舁きを頼むの由、俄に申されしに依り、承章は早々四人長谷に遣すなり（『鳳林承章記』）。

○八月十五日、仙洞白賁の御殿にて、御月見あり、昨日仰せ出さるなり、承章は午時前白賁軒に伺公仕るなり、聖護院道晃親王・広橋兼賢・岩倉具起・正親町実豊・平松時庸・富小路頼直、此の衆なり、広橋は内々仰せ出され、狂句の発句仕られ、誹諧の和漢二折一面これ有るなり、執筆は風早実種・竹中季有・西郊実信の三人替

なり、仙洞・承章御両吟の狂句、今日百韻満るなり、彦首座より、舟越外記方に『古今集』の歌書返進仕らるなり、月影清光、近年希有なり（『鳳林承章記』）。舟越は北条の家臣。

○八月二十二日、承章は院参せしむ、先に坊城に赴く、所労見廻なり、御対面、御両吟の狂句聯句の句御吟味、御製御改めの所これ有るなり、退出の刻、芝山宣豊に赴くなり（『鳳林承章記』）。

●八月二十二日、岡崎宣持出家、法名琢翁、三十七歳、前日に危急により叙従三位、中御門尚良次男（『公卿補任』）。

○八月二十七日、瓢界の御殿にて御勝負振舞あるなり、妙門主《（尭然）》・聖門主《（道晃）》また御伺公、坊城俊完は腫れ物故、不参なり、勧修寺《（経広）》・飛鳥井《（雅章）》・難波《（宗種）》・正親町《（実豊）》・園《（基福）》・坊城《（俊広）》・東園《（基賢）》、此の衆伺公、岩倉具起は息女死去故、不参なり、今日は内々御両吟の狂句御聯句の点の御穿鑿これ有り、風早実種清書致さるなり、先日岩倉発句の御誹諧一折半の次、今日続き遊ばされ、二折満るなり（『鳳林承章記』）。

●八月二十九日、承章は三位御局（道晃母）に赴き、腫れ物を見舞うなり（『鳳林承章記』）。

●九月一日、良仁親王《（花町宮）》は関東より帰洛（『続史愚抄』）。

○九月八日、仙洞にて御日待これ有るなり、内々より召されし衆、広橋兼賢・滋野井季吉・勧修寺経広・正親町実豊・竹屋光長・竹内源蔵人義純・妙法院宮《（尭然）》・聖護院宮《（道晃）》・承章なり、未刻に御誹諧を始め、黄昏に五十韻計りなり、仙洞御鎮守へ今晩御霊神三社御勧請故、吉田兼起遷宮仕らるる、其の儀式各御見物、仙洞御拝相済み、また御誹諧、夜半過ぎ百韻満るなり、奥にて仙洞御相伴は、妙門・聖門・花町宮《（良仁）》・承章また召され、両度とも承章は奥にて御相伴なり、公家衆は常の如し、御能始めなり、太夫鶴屋七郎左衛門・脇進藤権右衛門・市兵衛なり、鼓門野九郎兵衛仕るなり、石井仁兵衛父子・塩瀬又左衛門、笛清兵衛、太鼓八兵衛なり、狂言五郎左衛門・藤左衛門・伊兵衛・権左衛門なり、御能組、海士・忠度・野々宮・柏崎・鉢木なり、御乞能二番、自然居士・猩々乱なり、柏崎の時分曙天、各退出の時分辰下刻なり（『鳳林承章記』）。

●九月九日、重陽和歌御会、題は菊有微霜枝、奉行阿野公業（『続史愚抄』）。

○九月九日、仙洞にて昨宵菊の衣綿拝見仕るべき旨、名を知り綿を見ざる故、拝見せしむなり、常御所にてこれ有る故、妙門・聖門・大門（性真）・妙法院新宮（堯恕）・承章、召されしなり、公家衆は召されざるなり、即ち衣綿黄赤白三丁拝領せしむなり、禁中より御日待の御見舞、種々の御菓子、入れ物の御工、言語に絶す、種々の事、筆頭に伸べ難きものなり（『鳳林承章記』）。

○九月十一日、仙洞・女院は長谷に御幸なり、芝山定豊は御供故、輿丁を請われ、然るに依り四人昨晩より、これを遣すなり、花町宮（良仁）より、東武御土産の為、近江守作の越前奉書二束・次左衛門紙子一端を拝領せしむなり（『鳳林承章記』）。

●九月十一日、伊勢例幣、上卿山科言総、奉行中御門宗良、御拝あり（『続史愚抄』）。

●九月十四日、承章は冷泉為清に赴く、移徙以後終に赴かず、今日初めてなり、冷泉にて夕食を喫し、直ちに仙洞に赴くなり、梅花弁に梅の青実・同枝これ有り、呈上せしむ、弁に鹿子茸一丸これまた進上奉るなり、鹿子茸は北山の樫の木の上にて出生仕るなり、仙洞は御灸治御沙汰なられし故、御対面なし、坊城俊完・芝山宣豊を同道せしめ退出なり（『鳳林承章記』）。

○九月二十二日、仙洞瓢界にて御勝負の振舞あり、承章先に院参せしめ、柿を献上せしむ、供奉仕り、瓢界の御殿に到るなり、今日初めて白川右兵衛を召し加えられしなり、その外毎度の衆なり、勧修寺経広は不参なり、今日また御勝負あり、岩倉具起当座発句、御誹諧四五句これ有るなり（『鳳林承章記』）。

○九月二十三日、法皇御所に和歌御会あり、題は菊花盛久、飛鳥井雅章出題歟、読師なしと云う、講師飛鳥井雅直（御製講師を兼ぬ）、御製読師飛鳥井雅章（『続史愚抄』）。仙洞御会一首懐紙、十七人、聖護院道晃親王出詠、本院叡慮一字添削、菊花盛久（『略年譜』）。上皇御製、菊花盛久（『御集』）。歌会表記なし。

○九月二十五日、承章は院参せしむなり、今日円照寺宮（文智）の御寺随処庵にて、仙洞御振舞なり、承章また御相伴に召し連れられしなり、妙法院宮・聖護院宮・岩倉具起・承章、御相伴なり、承章初めて円照寺宮へ御礼申し上ぐるなり、准后（清子）また成りなされるなり、女中衆大勢なり、仙洞は先に瓢界にて御雑談、御双六あり、御案内あり、御供仕り、随処庵に到るなり、御振舞済み、以外の暖気、汗流るるごときなり、岩倉と承章を同道せしめ、風早実種の部屋に赴き、小袖を脱ぐなり、仙洞御庭・御座敷方々御供仕り、また円照寺にて御双六・御菓子・御茶なり、初更過ぎに還御なり（『鳳林承章記』）。

○十月二日、仙洞瓢界御殿にて、御勝負振舞これ有り、承章御客衆なり、昨日は亥子なり、故を以て丹波野瀬の御調物御菓子出づるなり、承章は野瀬に就き誹諧発句仕り、御製御脇これ有り、誹諧七八句これ有るなり、躍りを催され、各拝見せしむなり、躍り子は三人なり、一人は新院（明正）御所の者、二人は女院御所の者なり、盲婦三人三味線を弾くなり、舞袖を翻すこと数返なり、躍り子の事を承章誹諧発句にせしめ、勅聞に達し、是れまた四五句これ有るなり、後段出され、御盃を浮かべられ、各謡声を発するなり（『鳳林承章記』）。

●十月二日、造祇園社事始（『続史愚抄』）。

○十月七日、仙洞御壺の御口切り御振舞、承章は早々院参せしむなり、妙法院尭然親王・聖護院道晃親王・承章の三人なり、御明屋敷の内、今度新出来の御小座敷、此所にて御振舞なり、御掛物は定家卿筆文なり、御室先駆術計尽の文体の文なり、御花入は古銅なり、花椿・山茶花（紅飛入）二色なり、御茶は上林三入初昔なり、小座敷へ御成の前、御書院にて仙洞御双六、承章御相手なり、三番これ有るなり、御膳御相伴、両御門主また承章また塗足打、御給仕は常盤権佐直房一人、承章へ給仕また同前なり、御膳以後、御泉水の辺を方々成りなされ、御供なり、御茶後、常御殿へ成りなされ、両御門主・坊城俊完また伺公致し、種々御菓子・名酒、御咄これ有るなり、水款冬の種を拝領せしむ、三位御局病後、初めて御目に掛かるなり（『鳳林承章記』）。

●十月十日、将軍使保科正之・今川直房は参内して任官の恩を謝し奉り、物を献ず、仍て天盃を賜う（『実録』）。
●十月二十三日、妙心院の入寺に依り、勅使万里小路雅房を遣さる（『実録』）。
●十一月二日、聖護院道晃親王、承章を召し寄せられ、長谷にて御振舞故、急ぎ長谷に赴くなり、奉書一束・色紙地十枚入一箱・冨田両樽持参、進上致すなり、妙法院堯然親王・飛鳥井雅章・難波宗種・藤江雅良・飛鳥井雅直・難波宗量、此の衆なり、飛鳥井父子・難波宗量は蹴鞠あり、仙洞御両吟狂句の御清書の事、内々聖御門主へ申し上げしに依り、今日一巻幷に白紙一軸持参せしめ、申し上ぐるなり（『鳳林承章記』）。
●十一月四日、春日祭、上卿持明院基定参向、弁不参、奉行万里小路雅房（『続史愚抄』）。
●十一月十二日、春日祭、上卿持明院基定参向、弁不参、奉行万里小路雅房（『続史愚抄』）。
●十一月十二日、将軍家綱の先母（去年十二月二日逝く、宝樹院と号す）に贈正二位の宣下あり（口宣）、来月二日宣下の分為るべしと云う（『続史愚抄』）。
○十一月十三日、仙洞より召さるるにより、承章院参せしむなり、今日は晩舞御聴聞故、聴聞仕るべきの故、召さるるなり、今日の御振舞は御焼火の間にて、二条康道・清閑寺共房・広橋兼賢・野宮定逸・土御門泰重、此の衆なり、勧修寺経広と承章は衆に非ずして召さるるなり、今宵の舞は、敦盛・伏見常盤、此の二番なり（『鳳林承章記』）。
●十一月十五日、寂如は九条兼晴の猶子となる（『本願寺年表』）。年次は他説あり。
○十一月十七日、仙洞瓢界にて御勝負振舞有るなり、妙門主・聖門主、其の外毎度の御衆、承章また伺公致す、今日の御振舞、承章は亭主方なり、黒鳥芋一折を持参せしむなり、今日仙洞より老いの助けに杖を拝領せしむなり、辱く頂戴せしむなり（『鳳林承章記』）。
○十一月二十一日、法皇・新院・女院等は良仁親王（花町）第に幸す（初度と云う）、即ち還御（『続史愚抄』）。

○十一月二十二日、承章は仙洞御用これ有り、召さるに依り、院参せしむ、則ち御対面、御会の儀御内証、仰せの趣きこれ有るなり、御前にて御過去帳を書付申すべきの仰せ、細字書なり、退出（『鳳林承章記』）。
○十一月二十五日、仙洞にて和漢の御会なり、承章辰刻に伺公致すなり、御連衆、聖護院宮・実相院門主・滋野井季吉・岩倉具起、漢の衆、承章・嵩長老・達長老・栢西堂・吉西堂の五人なり、発句滋野井季吉なり、大ひえや富士に等しき今朝の雪、入韻、寒岩松独清（中達なり）、初更時分二折半済む、是れ迄なり（『鳳林承章記』）。
●十一月二十六日、今夜より三箇夜、御神楽を内侍所仮殿にて行わる、出御なし、拍子本持明院基定、末綾小路俊良、奉行万里小路雅房、二十七日第二夜、秘曲あり、拍子同前、また人長舞曲ありと云う、二十八日第三夜（『続史愚抄』）。
○十一月二十七日、仙洞瓢界の御殿にて、勧修寺経広御茶呈上仕らる故、承章また見舞、御相伴伺公仕るなり、御相伴は、妙法院門主・聖護院門主・園基音・岩倉具起・承章なり（『鳳林承章記』）。
○十一月二十九日、仙洞にて先日の和漢の連続の御会なり、去る二十五日の御連衆各伺公、残一折余の故、午時に満るなり、執筆高辻良長なり、誹諧の発句、内々岩倉具起へ仰せ付けられ、誹諧和漢一折半これ有るなり、執筆風早実種なり、発句に曰く、山眉に塗るおしろいか今朝の雪、入韻、先春致祝言（良柏）、日暮に及び御舞台にて躍りこれ有り、数返なり、各見物なり（『鳳林承章記』）。
●十一月二十九日、邦尚親王（童形、邦道親王の兄と雖も、病に依り、未だ元服に及ばず、伏見宮貞清親王男）薨ず、歳未詳（『続史愚抄』）。
●十二月一日、午時に飛鳥井雅章は妙法院門主・聖護院門主を請われし故、承章また御相伴に相招かれ、飛鳥井に赴くなり、蹴鞠見物あり、枝鞠なり、御振舞仕られし以後、囃子三番これ有り、天鼓・野宮・呉服なり、乱酒各爛酔なり、四つ時分還御なり（『鳳林承章記』）。

○十二月七日、承章は院参せしむなり、御対面、種々御菓子、御前にて濃茶を下され、御盃を浮かべらる、承章また沈酔せしむなり、花町宮（良仁）成りなされるなり、坊城俊完伺公なり、烏丸資慶また伺公申さるなり、円光寺の事、晫長老申し上げられたきの事、御内証を相窺う為、承章伺公仕るなり（『鳳林承章記』）。

●十二月九日、九条兼晴以下一族は本願寺に来山（『本願寺年表』）。

●十二月十三日、岩倉具起にて誹諧連歌一座興行、承章発句、此の中一順廻るなり、連衆は、承章・風早実種・竹内源蔵人義純・雛屋立圃・河路正量なり、然ると雖も竹屋光長飛び入り来臨なり、執筆は北野能拝なり（『鳳林承章記』）。

●十二月十六日、将軍使大沢基将は参内して宝樹院（家光側室）の贈位を謝し奉る、天盃を給う（『実録』）。

○十二月十七日、瓢界にて勝負の御振舞あるなり、去る月十七日の御勝負のなり、承章亭主方なり、今日は御勝負なきなり、明年より御勝負の御人数減ぜらるべきの筈なり（『鳳林承章記』）。

●十二月二十八日、萬年函丈にて寄合、仙洞より今度御建立の塔婆へ舎利幷に仙洞御剃髪を相籠めらること、相談せしむ（『鳳林承章記』）。

●十二月二十九日、雛屋立圃より当年江戸にてこれ有る誹諧の万句、板行の本十冊投ぜられ、承章はこれを見るなり（『鳳林承章記』）。

承応三年（一六五四）甲午　五十九歳　院政二十五年

●正月一日、四方拝、奉行清閑寺熙房、仮皇居に依り小朝拝・元日節会等なし（『続史愚抄』）。壬辰、晴時々雪、寅刻四方拝、南庭に出御、御剣中御門宗良、御裾清閑寺熙房、御笏万里小路雅房、御草鞋中御門資熙、脂燭

花園実満・平松時量・冷泉為継・千種有維・飛鳥井雅直、奉行清閑寺熙房、午刻関白二条光平・内大臣一条教良・右大将鷹司房輔・九条兼晴・式部卿宮・中務卿・太閤九条幸家・前摂政二条康道、常御所にて両度に御対面、二献あり、朝餉如例、戌刻御祝如例（『承応日次記』）。

○正月二日、主上（後光明）は密に法皇・女院等御方に渡御す（女房沙汰と云う）（『続史愚抄』）。巳刻本院に行幸す、申刻本院・女院に御幸、朝餉如例、御祝如例（『承応日次記』）。

●正月三日、朝餉如例、西園寺実晴参内、天盃を賜う、戌刻御祝、天酌、参衆鷲尾隆量・清閑寺共房・勧修寺経広・滋野井季吉・清水谷実任・藪嗣孝・千種有能・中御門宗良・白川雅喬・富小路頼直・姉小路実道・持明院基時・冷泉為継・千種有維・飛鳥井雅直・愛宕通福・広橋兼茂・勧修寺経慶（『承応日次記』）。

●正月三日、八条宮智忠親王・曼殊院良尚親王等は本願寺に来山（『本願寺年表』）。

●正月五日、千秋万歳、猿舞あり（『実録』）。丙申、晴、午刻許千秋万歳幷に猿舞あり、参衆鷲尾隆量・中御門宣順・清閑寺共房・勧修寺経広・野宮定逸・清閑寺共綱・中御門宗良・富小路頼直・中園季定・清閑寺熙房・万里小路雅房・中御門資熙・冷泉為継・広橋兼茂・中原以永・小槻重房・源義純・丹波頼顕（『承応日次記』）。

○正月七日、午刻本院に行幸、同刻に本院行幸、朝餉如例、戌刻御祝如例（『承応日次記』）。

●正月七日、白馬節会なし、仮皇居の故なり（『続史愚抄』）。

●正月八日、後七日法始（勧修寺坊にてなり、是れ仮皇居なるに依ると云う）、阿闍梨寛海、太元護摩始（理性院坊にてなり、恒の如し）、阿闍梨観助、以上奉行広橋兼茂、来二十四日、贈太政大臣秀忠三十三回に依り、贈経勅使徳大寺公信、及び法皇・新院・女院等使、関東に下向す（『続史愚抄』）。

○正月九日、新院（明正）は法皇御所に幸す、則ち還御（『続史愚抄』）。

○正月九日、仙洞御謡初、承章院参せしむ、則ち小御所にて御対面なり、御咄これ有るなり、御暇の舞台にて五

番なり、高砂・芭蕉、御囃子なり、鶴屋七郎左衛門父子なり、采女・黒塚・猩々、此の三番は中入より御能なり、七郎左衛門舞うなり、無脇、無狂言なり、黒塚の脇は松屋五兵衛父子衣裳を着け、仕るなり、五番相済み、各御酒ありて、退出せしむ（『鳳林承章記』）。

●正月十一日、神宮奏事始、伝奏鷲尾隆量、奉行中御門宗良、此の日、紅葉山（武蔵江戸）東照宮仮殿遷宮日時を定めらる、上卿飛鳥井雅章、奉行清閑寺熙房（『続史愚抄』）。

●正月十二日、承章は長谷に赴き、聖護院道晃親王へ正礼なり、御対面、御雑煮、御盃を浮かべらるなり（『鳳林承章記』）。

●正月十四日、両法結願（『続史愚抄』）。後七日太元法結願、御撫物返献、香水巻数等献上、勧修寺門跡・理性院参内、御対面あり、御加持、申次（広橋）兼茂（『承応日次記』）。

●正月十五日、月蝕（申酉刻）、今夜、三毬打の火、殿上屋上に燃え付きて、遂に撲滅と云う（『続史愚抄』）。

●正月十七日、舞楽御覧あり（仮皇居常御所の南庭と云う）（『続史愚抄』）。戊申、陰晴、巳刻許、本院御幸、舞御覧、振鉾、左、安摩二舞、抜頭、太平楽、賀□、陵王、右、曽利古、還城楽、林歌、古鳥蘇、納蘇利、退出、長□子（『承応日次記』）。

●正月十九日、和歌御会始、砌松契齢、出題（冷泉）為清、奉行（藤谷）為条朝臣、参衆関白、飛鳥井大納言《発声》（雅章）、岩倉中納言《読師》（具起）、阿野前中納言《講頌》（公業）、（中御門）宗良《講師》（『承応日次記』）。

○正月二十一日、仙洞白賁軒にて御振舞これ有るなり、御勝負始なり、今年より院参衆は相除けられ、今日の衆のみなり、河路正量・紙屋彦左衛門（安原貞室）試筆の発句共、叡覧に達すなり（『鳳林承章記』）。

●正月二十一日、法印道作は（主上の）御脈を診る（『承応日次記』）。二十二日・二十三日・二十四日も同じ。

○正月二十三日、法皇和歌御会始、題は春風不分処、読師清閑寺共綱、講師清閑寺熙房、講頌飛鳥井雅章（発声）、

奉行実照（『続史愚抄』）。御会始、上皇御製、春風不分処（『御集』）。

●正月二十五日、承章は午時に藤谷為条にて御茶を給うなり、茶後に定家卿の筆蹟掛物数幅を拝見せしむなり、その外切れの手鑑を見る、名物ども眼界を驚かし、勝計し難きものなり、大文字屋次右衛門（松江重頼）・望月藤兵衛（重供）相尋ぬの由、承章他出故、不対なり（『鳳林承章記』）。

○正月二十六日、午時大覚寺御門主（性真）に仙洞御幸、承章また御供奉仰せ出され、午時前に大覚寺宮里坊に伺公致すなり、蓬粽一箱（五十巻なり）持参せしめ、御門主に呈上奉るなり、今日誹諧の発句思案仕るべきの旨、内々仰せ出されしに依り、発句仕るなり、発句に曰く、鶯のなまれる声や筑紫琴（承章）、奴もうたふ梅の木のもと（岩倉具起）、第三院御製、喧嘩すなと相撲取草分け過て、八句ばかりこれ有り、勧修寺経広・坊城俊完・妙法院堯然親王・聖護院道晃親王、此の御衆御相伴なり、園池宗朝は内証の肝煎りなり（『鳳林承章記』）。

●正月二十六日、法印道作は御脈を診る、法橋喜庵は御口中を窺う（『承応日次記』）。喜庵は二十九日も同じ。

●正月二十九日、墨師藤原吉次を山城掾に任ず、上卿四辻公理、職事清閑寺熙房（『承応日次記』）。

●二月一日、朝餉如例、式部卿宮（良仁親王）、右大将（鷹司房輔）御礼（『承応日次記』）。

●二月四日、式部卿宮御参（『承応日次記』）。七日も同じ。

●二月五日、大徳寺の入院に依り、勅使を遣さる（『実録』）。

●二月六日、伏原三位（賢忠）、『春秋』を講ず（『承応日次記』）。

●二月六日、花町殿（良仁）法楽十五首、聖護院道晃親王出詠（『略年譜』）。

●二月八日、（朝山素心）意林庵は『周易』を講ず、前摂政（二条康道）、曼殊院宮、西園寺前内大臣（実晴）御参（『承応日次記』）。

●二月九日、故大僧都道昌（嵯峨法輪寺開山）に贈大僧正の宣下あり（口宣）、上卿中御門宣順、奉行清閑寺熙房（『続史愚抄』）。

●二月十一日、春日祭、上卿飛鳥井雅章参向、弁不参、奉行万里小路雅房（『続史愚抄』）。

○二月十二日、仙洞瓢界の御殿にて、御勝負の振舞あり、今日の亭主方は、聖護院宮・飛鳥井雅章・岩倉具起・承章・勧修寺経広・白川雅喬、御客方、法皇・妙法院宮・難波宗種・坊城俊広・園基福、今日御勝負あり（『鳳林承章記』）。

●二月十三日、『周易』の御講釈あり、吉田社家中臣治政を正六位上に叙す、上卿三条公富、職事清閑寺熙房（『承応日次記』）。

●二月十四日、岳星院に従五位を贈る、上卿広橋綏光、職事清閑寺熙房（『承応日次記』）。

●二月十五日、大仏師法橋康知・同康看等を法眼に叙す、同康春を法橋に叙す、右上卿山科言総、職事清閑寺熙房（『承応日次記』）。

●二月十六日、本院御幸、式部卿宮（良仁親王）・聖護院宮（道晃親王）御参（『承応日次記』）。

●二月十七日、荒木田武辰・度会弘仲等を従五位下に叙す、上卿鷲尾隆量、職事中御門宗良朝臣（『承応日次記』）。

●二月十八日、『周易』の御講釈あり（『承応日次記』）。

●二月十八日、聖護院道晃親王より承章に内々仰せ聞かされし、八景絵一巻下され、五山衆讃を書くべきの事御頼みなり、金地・慈照・承章・大統、此の四人、今四人は御歌の衆なり、巻頭は八条宮智忠親王なり、詩歌とも古作なり（『鳳林承章記』）。

●二月十九日、晫長老・章長老参内、十帖・扇子一本進上、御対面あり（『承応日次記』）。

●二月二十日、戌刻、御楽始、万歳楽、五常楽、林歌（残楽）、三台□急、越殿楽、太平楽急（残楽）、鶏徳、御所作（箏）、前摂政《（二条康道）》（笙）、四辻大納言《（公理）》（箏）、左宰相中将《（藪嗣孝）》（箏）、樋口二位《（信孝）》（笛）、（中園）季定朝臣（篳篥）、朗詠、嘉辰、四辻大納言、左宰相中将、俊良朝臣（『承応日次記』）。楽御会始（『続史愚抄』）。堂上地下の伶人参る（『実録』）。

○二月二十一日、承章は院参せしむなり、先日仰せに曰く、十炷香の具を持参仕るべし、来る二十七・八日花遊びの時御用の由、然るに依り以錐に香具を持参せしめ、尊覧に呈す、則ち悉く御覧を遂げらる、借り置きさるべきの仰せ、梅小路定矩請取られ、預かられるなり、御対面移刻、御前に伺公仕る(『鳳林承章記』)。

●二月二十五日、中務卿(智忠親王)夢想、聖護院道晃親王出詠、磯松(『略年譜』)。

●二月二十五日、本院・新院・女院御幸、花御覧、御鞠あり、式部卿宮(良仁親王)・右大将(鷹司房輔)御参(『承応日次記』)。蹴鞠叡覧あり、鞠足良仁親王、公卿飛鳥井雅章、鷹司房輔、殿上人梅小路定矩、以下十人参仕(各烏帽水干を着すと云う)(『続史愚抄』)。是日、蹴鞠、桜花御覧あり、後水尾法皇、明正上皇並に東福門院の御幸を迎えさせらる(『実録』)。

○二月二十七日、仙洞にて二日一夜の御遊これ有り、瓢界の御殿にて御座敷四ヶ所相構えらるなり、処々に御菓子盤を相飾らるなり、巳上刻に各参勤せしむ、承章また伺公仕る、此の御催、去年よりの御有増なり、御人数は、花町(良仁)、妙法院尭然親王・聖護院道晃親王・大覚寺性真親王・妙法院新宮尭恕親王・実相院門主(義尊)・西園寺実晴・飛鳥井雅章・広橋兼賢・勧修寺経広・野宮定逸・岩倉具起・竹屋光長・難波宗種・山本勝忠・園基福・坊城俊広・白川雅喬・東園基賢、御客の衆、此の衆なり、院参衆は大方残らず伺公仕る、御書院衆風早実種所労なり、竹中季有所労なり、交野時貞所労なり、非蔵人大方相詰るなり、先ず十炷香三組なり、御前の香衆、妙門宮・聖門宮・実門宮・前内府(実晴)・広橋・勧修寺・岩倉・承章九人なり、花町宮・大覚寺宮、・妙門新宮・野宮・飛鳥井・竹屋・難波・山本・園・坊城・白川なり、次の一組、坊城俊完・其の外の院参衆なり、妙法院宮八種当るなり、香数第一の者拝領有るべきの旨、八条島五端出される、則ち妙門御拝領遊ばさる、御振舞済み、舟遊びなり、御三艘飾られしなり、舟中にて種々御菓子御酒宴なり、御誹諧また二折半これ有り、発句は山本、脇は広橋、第三は竹屋なり、丑刻時分に躍りこれ有り、三十五番歟、曙天時分躍り了

ぬ、今日八条宮智忠親王の御内方幷に北堂は金閣御見物の由なり、生島玄蕃御供仕り、参るの由なり、八条宮もまた成りなさるの沙汰なり（『鳳林承章記』）。

●二月二十七日、鍛冶藤原信貞を伊勢大掾に任ず、上卿清閑寺共綱、職事中御門宗良朝臣（『承応日次記』）。

○二月二十八日、朝御膳済み、各処々にて盤上なり、御誹諧あるなり、御連衆九人なり、妙門・聖門・実門・広橋・勧修寺・岩倉・竹屋・山本・承章なり、秉燭、御二階にて各連座仕り、鬮取りなり、次に御酒宴謡なり、各舞袖を翻さるなり、半鐘過ぎに入御なり（『鳳林承章記』）。

●三月一日、此の日、巳刻、春日第三社鳴る、後日社司言う、即ち祈謝すべき由、社司に仰せ、また関白二条光平より同じく禱事仰せ（十三日歟、未詳）、弘安八八十九、春日第四社鳴る、文正元十二二十、春日山鳴ると云う（『続史愚抄』）。

○三月三日、承章は仙洞にて御対面、御供仕り、御花壇の椿花・牡丹花拝覧せしむなり、曼殊院良尚親王は御盃を浮かべられ、承章また天盃を頂戴仕るなり（『鳳林承章記』）。

●三月四日、（朝山素心）意林庵は『周易』を講ず、西園寺前内大臣（実晴）御参（『承応日次記』）。

○三月五日、法皇・女院等、賀子内親王（関白二条光平室、法皇皇女）家に幸す、即ち還御（『続史愚抄』）。

●三月五日、医師法橋良竹を法眼に叙す、上卿鷲尾大納言（隆量）、職事（清閑寺）熙房（『承応日次記』）。

●三月八日、『周易』の御講釈あり（『承応日次記』）。朝山素心（意林庵）の講釈か。三月十九日、二十三日、三十日、これに同じ。

●三月十日、興正寺の権僧正昭超を僧正に転ず、上卿中御門大納言（宣順）、絵師藤原《土佐》光起を左近将監に任ず、上卿久我中納言（広通）、職事（清閑寺）熙房（『承応日次記』）。

●三月十一日、伏原三位（賢忠）は『左伝』を講ず（『承応日次記』）。

●三月十二日、造内裏（土御門殿）木作始日時を定めらる、上卿三条公富、奉行中御門宗良、即ち今日辰刻、木作始あり（『続史愚抄』）。是日、春日社に御祈禱の事を仰せ付けらる、社殿鳴動に依りてなり（『実録』）。

●三月十五日、巳刻東照宮発遣例幣日時定、宣下、上卿中御門大納言（宣順）、弁（万里小路）雅房、宣命使（坊城）俊広朝臣、少内記生職、宣命作進、奉行職事（清閑寺）熙房（『承応日次記』）。

●三月十六日、伏原三位は『左伝』を講ず（『承応日次記』）。

○三月十七日、今夜、両院・女院等は長谷殿より還幸（『続史愚抄』）。仙洞・女院昨日長谷御幸、御一宿、今晩還御なり、芝山定豊供奉故、輿丁を請わる、四人今日巳刻芝山定豊に遣すなり（『鳳林承章記』）。

●三月二十日、越前紙師藤原重吉を河内大掾に任ず、上卿飛鳥井大納言（雅章）、職事（清閑寺）熙房、武蔵国仙波中院法印広海に権僧正を贈る、上卿持明院基定、職事清閑寺熙房（『承応日次記』）。

●三月二十二日、源能治を正六位上に叙し式部大丞に任ず、上卿三条公富、職事清閑寺熙房（『承応日次記』）。

●三月二十六日、紙師藤原景軌を土佐掾に任ず、上卿中御門大納言（宣順）、職事（清閑寺）熙房（『承応日次記』）。

●三月二十七日、道作法印は御脈を窺う（『承応日次記』）。

●三月二十七日、午時に平松時庸・平松時量・長谷忠康は見物に同道し、北山に来訊、閣上にて遊興なり、寺内に入られ相対し、浮盃、数返酉水を酌むなり（『鳳林承章記』）。

●三月二十八日、本院御幸（『承応日次記』）。

●今春、男山崩ると云う（『続史愚抄』）。

●四月一日、松尾祭（『続史愚抄』）。

○四月一日、承章は院参せしむ、十六島海苔一箱進上致すものなり、登美宮様御不例故、御隙入り、御対面なきなり、番所にて今出川公規と初めて知人になるなり（『鳳林承章記』）。

●四月二日、対馬掾源一法を山城大掾に任ず、上卿中御門宣順、職事清閑寺熙房(『承応日次記』)。

●四月三日、(朝山素心)意林庵は『周易』を講ず(『承応日次記』)。

○四月三日、内々聖護院道晃親王より承章を召されしに依り、早々長谷に赴くなり、仙洞御両吟の一巻御清書を内々申し上げ、其の奥書の事、御談合成らるべきの儀なり、妙法院宮また昨日より成り為される由なり、高倉永慶・竹中季有は昨日より伺公の由なり、今日御楊弓これ有り、拝見せしむなり(『鳳林承章記』)。

●四月四日、飛鳥井大納言雅章に賀茂伝奏を仰出さる、職事清閑寺熙房(『承応日次記』)。

●四月六日、東照宮臨時奉幣使を発遣さる(年忌にあらず、子細未詳)、先に日時を定めらる、上卿久我広通、幣使山本勝忠、奉行中御門資熙(『続史愚抄』)。

●四月六日、法皇皇子、名字良賢に親王宣下あり(十歳、栄宮と号す、母権中納言局、知恩院治定、去る慶安四年贈太政大臣家光猶子と為す)、上卿清閑寺共綱、勅別当日野弘資、奉行蔵人万里小路雅房(『続史愚抄』)。

●四月七日、稲荷祭(『続史愚抄』)。

○四月八日、承章は院参せしむ、則ち妙法院宮(堯然)・聖護院宮(道晃)御成、仙洞の『御手鑑』の内、書状の処・懐紙の処、両御門主御点検成られ、珍しき処御抜書、誦の分難き処数多これ有り、御談合致し、承章また誦分なり、夕御膳、仙洞・妙門・聖門、承章また御相伴、濃茶を点てらるなり、御舟に乗らるべきの旨、即ち御舟を飾るなり、仙洞・妙門・聖門・承章御舟遊び、御池三巡なり、常盤直房は棹を操るなり(『鳳林承章記』)。

●四月九日、(朝山素心)意林庵は『周易』を講ず(『承応日次記』)。四月十三日、五月八日、十八日、二十三日、二十九日、これに同じ。

○四月十二日、承章は院参せしむなり、八条宮(智忠)・花町宮(良仁)・曼殊院良尚親王御振舞、然るに依り御相伴に召されしなり、梶井慈胤親王は御所労の由、御辞退なり、飛鳥井雅章伺公なり、承章早参故、鳴門御座に

て歌の評、種々仰せ聞かされしなり、御客成りなされ、御咄、御振舞御茶の後、女院御所御庭・御亭・御茶屋各御供、また召し連れられ、初めて拝見仕るなり、凡眼を驚かすものなり（『鳳林承章記』）。

●四月二十日、長門国萩庄春日社々人藤原就豊を正六位上に叙し、宮内大丞に任ず、上卿清閑寺共綱、職事中御門資熙（『承応日次記』）。

●四月二十一日、伏原三位は『左伝』を講ず（『承応日次記』）。

●四月二十二日、東本願寺光清得度す、戒師梶井慈胤親王、公卿鷲尾隆量以下三人着座（『続史愚抄』）。

●四月二十三日、板倉周防守・大岡美濃守等は本願寺に来山（『本願寺年表』）。

●四月二十六日、伏原三位は『左伝』を講ず、外宮権禰宜従五位上度会神主延伊を正五位下に叙し、同大内人源弘正・同秦末清等を従五位下に叙す、上卿鷲尾大納言（隆量）、披露（中御門）宗良（『承応日次記』）。

●五月一日、法皇皇女谷宮（十五歳、母京極局）は霊鑑寺に入り、即ち得度す、法名宗澄（『続史愚抄』）。

●五月五日、晴、申刻より雨、雷鳴、朝餉如例、御礼のため参衆、関白・内大臣・右大将・中納言・妙法院新宮、御対面なし（『承応日次記』）。

●五月十日、梶井宮院家本実成院法眼胤海を法印に叙す、浄心院法橋珍海を法眼に叙す、右上卿久我中納言、連歌師昌陸を法橋に叙す、上卿飛鳥井大納言（雅章）、職事（清閑寺）熙房（『承応日次記』）。

●五月十日、聖護院道晃親王は仙洞御本の飛鳥井雅章筆『三条大納言聞書』一冊を書写し、十二日に校合する（書陵部本）。

●五月十五日、医師玄貞を法橋に叙す、上卿岩倉中納言（具起）、職事（清閑寺）熙房、医師宗恕を法橋に叙す、上卿清閑寺中納言（共綱）、職事（中御門）資熙（『承応日次記』）。

●五月十八日、聖護院道晃親王は『三体和歌注藤川百首注』一冊を校合了（『略年譜』）。

●五月二十一日、伏原三位は『左伝』を講ず（『承応日次記』）。

○五月二十二日、仙洞瓢界御殿にて御振舞あり、承章は早々院参せしむなり、妙門主（堯然）・聖門主（道晃）・勧修寺経広・飛鳥井雅章・岩倉具起・難波宗種・坊城俊広・白川雅喬・園基音・坊城俊完・承章なり、御振舞済み、御舟に乗られるなり（『鳳林承章記』）。

●五月二十三日、医師玄伯を法橋に叙す、上卿中御門大納言（宣順）、職事（清閑寺）熙房（『承応日次記』）。

●五月二十五日、法眼純海を法印に叙す、上卿山科大納言（言総）、職事（清閑寺）熙房（『承応日次記』）。

○五月二十五日、法皇皇子降誕（母新中納言局国子）、高貴《あて》宮と号す（霊元院なり）（『続史愚抄』）。

●五月二十八日、五条為庸朝臣を式部権大輔に任ず、上卿日野中納言（弘資）、職事（中御門）宗良（『承応日次記』）。

○六月二日、承章は早々院参せしむなり、瓢界にて御三吟御誹諧これ有るなり、承章は発句内々より仰せ付けられしなり、脇岩倉具起、第三御製なり、一折半済み、坊城俊完また誹諧十句ばかり仕らるなり、半鐘に及びて百韻満るなり、鶏鳴に退出（『鳳林承章記』）。

○六月三日、仙洞は大聖寺宮（元昌）に御幸なり、承章また供奉を仰せ出されし故、早々院参せしむなり、御書院にて伺公仕るべき旨申し上げ、承章は野宮定逸に到り、歌仙色紙幷に短尺二枚染筆の事頼まれ、持参せしむなり、他出、不相対、岩倉具起に赴き相対、打談せしむ、御幸御案内これ有り、則ち岩倉を同道せしめ、大聖寺宮に伺公、妙法院堯然親王・聖護院道晃親王・准后宮（清子）・長橋局・京極局・三位局・園光院、此の衆なり、陽徳院宮尤も大聖寺宮御働きなり、御書院衆は大方御供なり、御振舞過ぎ、御屋敷御歩行に御供仕るなり、仙洞狂句の御章句御製、承章は対仕るべき旨、仰せなり、即刻拙対を申し上ぐるなり、御章句、樹植楊桃核（御製）、茂蕃芍薬茎（承章）、御誹諧また一折半これ有り（『鳳林承章記』）。

●六月五日、医師玄的を法橋に叙す、上卿中御門大納言（宣順）、職事（中御門）宗良、同三接を法橋に叙す、上

卿山科大納言（言総）、職事（清閑寺）熙房（『承応日次記』）。
○六月六日、今晩仙洞にて幸若流舞仰せ出さる故、承章は夕食以後院参せしむ、則ち御用あるに依り、一両度また御尋の由なり、箱根百合花咲一茎持参せしめ、呈上奉るなり、御対面なり、秉燭時分舞始めなり、敦盛と景清の二番なり、舞々は諸鶴理右衛門と云うなり、妙門主・聖門主御成なり、西園寺実晴・岩倉具起・承章、此の衆ばかりなり、禁中また御聴聞故、当番公家衆の若官六七人御供なり（『鳳林承章記』）。
●六月七日、晴、未下刻雷鳴、小雨、姉小路判官大石弘充を左衛門少志に任じ正六位上に叙す、上卿山科大納言、職事（中御門）宗良（『承応日次記』）。
●六月九日、承章は院参せしむ、御対面、先日御狂句の次十四五句御両吟これ有るなり、相国寺塔供養の一件叡慮を得奉る事これ有り、申し上ぐるなり（『鳳林承章記』）。
●六月十三日、内大臣一条教良里第にて年号勘者宣下あり、奉行中御門宗良、改元は明春あるべし、伝奏中御門宣順（『続史愚抄』）。
●六月十六日、嘉定如例、参衆持明院中納言（基定）・岩倉中納言（具起）・右兵衛督（高倉永将）・（清閑寺）熙房・（白川）雅喬・（舟橋）相賢・時景・（小倉）実起・（持明院）基時・（大炊御門）経光・（飛鳥井）雅直・（愛宕）通福（『承応日次記』）。
●六月十六日、渡辺十右衛門方より、濃州の名物真桑瓜一籠（十五入り）を恵まれしなり、美濃真桑瓜一籠十五入を禁中に呈上奉るものなり、勧修寺経広まで披露申し入れ、頼み申し遣すなり（『鳳林承章記』）。
●六月二十六日、此の日、吉田兼起は清祓を内侍所（仮殿）南庭にて奉仕（按ずるに三十日分兼ねて行わる歟）、奉行中御門資熙（『続史愚抄』）。
●六月二十七日、法印道作は御脈を診る（『承応日次記』）。

●六月二十九日、暦庵は御脈を診る（『承応日次記』）。
●六月三十日、御祝如例、参衆清閑寺熙房・中御門宗良・中御門資熙・冷泉為継・小槻重房・源義純・丹波頼顕（『承応日次記』）。
●七月二日、仙洞の料理人庄右衛門来られ、麩の料理を相伝仕るべきの由なり、承章相対す（『鳳林承章記』）。
●七月三日、中和門院二十五回御忌の奉為、法皇御沙汰為り、曼荼羅供を般舟三昧院に行わる、公卿四辻公理以下二人参仕、奉行院司万里小路雅房（『続史愚抄』）。
●七月三日、朝山素心は『周易』を講ず（『承応日次記』）。七月八日、十九日、八月四日、十六日、二十六日、これに同じ。
●七月四日、伏見宮貞清親王薨ず、六十歳（『続史愚抄』）。貞清親王は通村歌門の一人である。書陵部本『貞清親王御詠草』一巻（伏六八五）に通村自筆の添削歌評が存する。
●七月七日、七夕和歌御会、題は星河秋興、奉行三条西実教（『続史愚抄』）。
●七月八日、申下刻伏見宮葬礼、大通院の南にてなり、引導は仁英復東堂なり（『鳳林承章記』）。
○七月九日、申刻、仙洞より急に承章を召されしなり、院参せしめ、瓢界に赴く、勧修寺経広・園基音・岩倉具起伺公なり、御狂句先日の次、御両吟相続けられ、十句余りこれ有り、御誹諧五六句これ有るなり（『鳳林承章記』）。
●七月九日、飛鳥井雅章は来山し『古今集』を見る（『本願寺年表』）。
●七月十二日、持明院基定は権中納言を辞す、危急により平松時庸を権中納言に任ず、同日中納言を辞す、同日時庸薨ず、上卿山科言総、職事中御門資熙（『承応日次記』）。平松時庸は五十六歳。
●七月十四日、関白二条光平・式部卿宮（良仁親王）・内府（一条教良）・右大将（鷹司房輔）等御参、本院・新院・女院御幸（『承応日次記』）。

●七月十四日、平松時庸一昨夜薨ぜし故、承章は平松時量に赴き吊礼を伸ぶ、交野時貞に赴き吊礼を伸ぶ、姉小路実道に赴き風早実種に逢い、閑談なり、長谷忠康に赴き吊礼を伸ぶ（『鳳林承章記』）。

○七月十七日、承章は盆の御礼の為、院参せしむ、御対面なり、飛鳥井雅章また伺公なり、飛鳥井・坊城俊完・承章は上段にて、赤飯・御酒を下されしなり、辱くも御上段の上、天座に列する事、前代未聞なり、御両吟御懐紙を持参せしめて申し上ぐ、則ち御製二句御沙汰なり、千種有能また召されて伺公せり、御前にて『箕面寺之縁起』・絵図・女房奉書等披見せしむるなり、「飛鳥井栄雅息女新曹筆歌書」を披見せしむるなり（『鳳林承章記』）。

●七月二十日、伏見宮邦道親王薨ず、十四歳（『続史愚抄』）。

●七月二十一日、昨夜伏見宮他界、十四歳なり、今晩葬礼なり、院号相撰すべきの由、頼み来たる、その上、掩土の頌一首製作を頼むの由、申し来たる、使者待つ為、院号幷に掩土の頌を製し、書付遣すなり、早作汗顔々々、去る四日伏見大御所（貞清）他界、昨夜若宮（邦道）他界、一月の内に両宮他界、大凶々々（『鳳林承章記』）。

○七月二十二日、法皇皇女降誕（母権中納言局）、睦宮と号す（『続史愚抄』）。後の光照院尊賀。

●七月二十四日、伏原三位（賢忠）は『春秋左氏伝』を講ず（『承応日次記』）。

●七月二十六日、午刻に真乗院光清参内、御対面、申次勧修寺前大納言（経広）、杉原五十帖・太刀馬代銀五十両を進上、此の次に宝護院僧正参る、申次清閑寺熙房、杉原十帖・扇子一本を進む、法印道作は御脈を診る（『承応日次記』）。

●七月二十九日、法橋喜庵は御口中を窺う（『承応日次記』）。

○七月二十九日、申刻承章は院参せしむなり、御所に伺公、御対面なり、御両吟の懐紙を指上ぐるなり、今晩東本願寺より少年の躍りを仕立て、仙洞にて躍り、敷舞台上にてなり、種々品々の躍りなり、禁中また御見物なり、公家衆数人・院参衆相詰めしなり、承章は奥にて妙法院宮（堯然）・聖護院宮（道晃）・西園寺実晴御相伴、

御酒進上致すなり、仙洞最前仰せ、来る四日瓢界の事・来る九日御日待の事・九日御会の御連衆御書き立て、承章に仰せ付けられ、発句仕る仁の事、岩倉具起と相談致し、申し渡すべきの仰せなり、岩倉内談せしめ、聖門宮へ申し上げしと雖も、堅く御辞退故、坊城俊完へ申し渡すなり（『鳳林承章記』）。

●八月一日、丁午、陰晴、時々小雨、入夜甚雨、朝餉あり、式部卿宮・関白・右大臣・内大臣・右大将・九条中納言御参、大樹より例年の如く太刀馬（鹿毛）進上、両伝奏披露、如例（『承応日次記』）。

●八月三日、紅葉山東照宮仮殿遷宮日時を定めらる、上卿飛鳥井雅章、奉行清閑寺熙房、次に同宮上棟葺甍等日時を定めらる、上卿徳大寺公信、奉行中御門宗良（以上去る六月十三日分宣下と云う）、此の日また同宮正遷宮日時及び同宮奉幣使発遣日時等を定めらる、上卿難波宗種、幣使梅渓季通、奉行清閑寺熙房（『続史愚抄』）。

●八月四日、八条宮智忠親王・曼殊院良尚親王等は来山し、松拍子を見物（『本願寺年表』）。

○八月九日、仙洞にて御日待なり、内々より仰せ出されし故、伺公の衆昨晩より、神事潔斎なり、瓢界の御殿に伺公致すなり、妙法院門主（堯然）・聖護院門主（道晃）・承章・飛鳥井雅章・勧修寺経広・園基音・坊城俊完・難波宗種・岩倉具起・坊城俊広・東園基賢・白川雅喬なり、院衆芝山宣豊、誹諧の御会なり、御連衆十四人、発句勧修寺なり、御一順昼なり、先ず明日太神宮御法楽の和歌勅覧を遂げられ、各御添削を加えらるなり、仙洞と承章御両吟の狂句聯句遊ばされるなり、秉燭前に御誹諧始め、半鐘過ぎ寅上刻に満るなり、御誹諧満ち、爾後御双六有るなり、夜中大雨大雷、電光浮ぶなり、終夜御振舞、種々御菓子、勝計し難きなり（『鳳林承章記』）。

●八月十日、伏原三位は『左伝』を講ず（『承応日次記』）。

●八月十五日、内々仙洞に、晫長老・崟長老・吉西堂・建仁の柏西堂召されし故、承章は院参せしむなり、先に御所に赴くなり、先に承章を召し御対面なり、右の衆伺公、則ち茂源柏西堂は初参故、小御所にて御礼申し上

げらるなり、道具衣を改めて、御前に召されしなり、晫・崟・吉伺公、御雑談、御振舞は小御所にてなり、御茶は御前なり、御菓子十種余り出さる、各御菓子を喫し、晫・崟は早く退出なり、承章・柏・吉は伺公仕る、御狂句これ有り、御舟を催さる、法皇の御舟中に承章またこれに乗る、御座近々跪くなり、柏・吉また御舟に乗り、舟中にて御狂句これ有り、常盤直房棹を廻すなり、高辻豊長執筆仕らるなり、今宵月色、四十年また希有の月影、一天無一天雲、晴光輝乾坤、名月の晴影終に見ざる事なり、御書院にて後段の御振舞度々、御狂句五十韻満るなり、退出せしむ、則ち鶏鳴なり（『鳳林承章記』）。

●八月十五日、太神宮御法楽、仙洞御日待之時、聖護院道晃親王出詠、忍松恋（『略年譜』）。

●八月十七日、伏原三位は『左伝』を講ず（『承応日次記』）。

○八月二十日、承章は院参せしむなり、白賁御殿にて御振舞なり、妙門主・聖門主・飛鳥井雅章・岩倉具起・難波宗種・坊城俊広・東園基賢・承章・園基音・坊城俊完、此の御衆なり、両吟御狂句十句ばかりこれ有り、承章年来申し上げし、衣笠山の御製の事、今日御詠仰され、各聴聞仕り、承章千欣万悦、勝計し難きものなり、今宵月東方に出づ、則ち仙洞仰せて曰く、二十日月を題と為し、各狂歌を詠むべし、即今飛鳥井と承章、狂歌を詠み、申し上げ、則ち承章詠歌の故、御製これ有り、其の外御製三首これ有るなり、岩倉・難波・東園は狂歌を詠まれしなり、半鐘過ぎ退出せしむ（『鳳林承章記』）。

●八月二十三日、土御門里内及び内侍所等立柱上棟あり（『続史愚抄』）。

●八月二十六日、後陽成院諷経なり、上方慈照顕晫長老翁なり、承章出頭せしむ（『鳳林承章記』）。

○八月二十八日、承章は院参せしむなり、金地院上着、台帖調の趣き申し上ぐる故なり、当山松茸十茎呈上奉るものなり、御対面、御前にて御菓子下され、御狂句御両吟二三句これ有るなり、今度相国寺御建立の塔供養これ有り、仙洞より臣承章に、法衣拝領有るべきの旨、今日仰せ出さる、寔に千欣万悦、勝計し難し、法衣は本、

呈上致すべきの勅命なり、聖恩勝量し難きものなり（『鳳林承章記』）。
●八月二十八日、紅葉山東照宮の遷宮に依り、勅使西園寺実晴等関東に下向す（『実録』）。
●八月二十九日、朝山素心は『周易』を講ず（『承応日次記』）。
●九月二日、山本友我は晴雲軒に来られ、相対なり、紫衣の道具衣を見せしむるなり、吉西堂来られ、上古方々対面、則ち右の書付を叡覧に備う、則ち此の記録これ有り、今度相国寺塔、勅使またこれ有るべきか、大半勅使有るべきの由、仙洞仰せなり、今日仙洞宸翰拝領なり、衣笠山の御製の和歌に御前書あり、御直に朝賜を蒙る事、辱く頂戴せしむ、特に御製の御趣向、御製和歌は臣承章に拝領の御製なり、唐紙に御散らし書きなり、比類なき事、千欣万悦、前後を忘れるものなり（『鳳林承章記』）。
○九月六日、法皇・女院等は長谷殿に幸す、御逗留為り（『続史愚抄』）。今暁長谷御幸なり、仙洞・女院御所成り為されるなり、御茸狩りなり（『鳳林承章記』）。翌日夜前、長谷殿より還幸（『続史愚抄』）。
●九月九日、重陽和歌御会、題は終日対菊、奉行藤谷為条（『続史愚抄』）。
○九月九日、承章は芝山宣豊に赴き、衣を替えて、院参せしむ、則ち御対面なり、塔供養の事を仰され、勅使幷に着座の事を申し上げ、則ち弥よ相調うべき事なり、御菓子を賜い、久しく伺公仕る、花町宮（良仁）また成り為されるなり（『鳳林承章記』）。
●九月十一日、辰刻、例幣陣儀、上卿飛鳥井雅章、宣命作進は五条為庸、弁中御門資熙、奉行・職事中御門宗良、常御所に出御、御拝、御裾は宗良、御剣は中院通茂、御笏・御草鞋は万里小路雅房（『承応日次記』）。
●九月十二日、法印道作は御脈を診る〔両度〕（『承応日次記』）。
○九月十二日、承章は院参せしむ、紫衣に衣を改むの御礼申し上ぐるなり、杉原十帖・金扇子一本を進上なり、

御書院にて御対面、御礼済み、布衣を着し、御前に伺公、則ち明日の漢和の御一順、野宮定逸伺公、持参、承章また一順仕るなり(『鳳林承章記』)。

○九月十三日、仙洞瓢界にて御月見の御会、狂句漢和百韻これ有るなり、御連衆、和は仙洞・聖護院道晃親王・野宮定逸、漢は実相院義尊・承章・梅小路定矩・宣首座、和漢は勧修寺経広、此の衆なり、題章句宣首座へ内々仰せ付けられしなり、入韻は実門主なり、午刻より始め曙天に及び、百韻満るなり(『鳳林承章記』)。

●九月十四日、主上、一両日御悩ありて御疱瘡為る由、医師等、此の日定め申す(『続史愚抄』)。

●九月十五日、南禅寺にて亀山法皇の三百五十年の御忌大法会これ有り(『鳳林承章記』)。

●九月十六日、此の日、紅葉山東照宮正遷宮あり、奉幣使梅渓季通、奉行清閑寺熙房等参向、また法会あり、天台座主妙法院堯然親王(導師歟)、着座公卿西園寺実晴(勅使を兼ぬ)、園基音(法皇使を兼ぬ)、岩倉具起(新院使を兼ぬ)、梅渓季通(幣使)、竹屋光長(女院使を兼ぬ)参向、奉行清閑寺熙房(『続史愚抄』)。

●九月十七日、御悩に依り、来十九日より伊勢神宮に大神楽を行うべき旨、仰せ出《いだ》さる(『実録』)。

○九月十八日、承章院参せしむなり、主上去る十三日より御疱瘡なり、其の御見舞故、仙洞に赴くなり、退出の刻、姉小路実道に赴き、風早実種へ山本勝忠薨ぜらるの吊礼を伸るなり(『鳳林承章記』)。

●九月十九日、法皇皇子幸宮(十二歳、母御匣局隆子、准母女院)、智忠親王養子と為り、八条第に渡り給う(法皇御所より出で給う)、扈従公卿飛鳥井雅章以下五人、前駈殿上人、人《(ママ)》参会(『続史愚抄』)。後の穏仁親王。

●九月十九日、今夜より主上御悩増気(『続史愚抄』)。御悩に依り、伊勢神宮・東大寺等の諸社諸寺に御祈禱を行うべき旨、仰せ出さる(『実録』)。

○九月二十日、卯刻、天皇(御年二十二)下御所仮殿にて崩ず(疱瘡に依るなり)、今年正・七月両度、主上は龍に乗御し、雲中に入らしめ給うの御夢ありと云う、夜に向い、御北首の事あり(近臣等沙汰せしむ)、今日より内

裏造営を罷めらると云う(『続史愚抄』)。主上今暁崩御、驚嘆無限、去る十三日より御疱瘡、以外に数多出来、御気色能しと雖も今暁俄に大熱気出で、急々崩御なり、気を呑み声を呑むなり、早々承章は院参せしむ、御所にて各相対するものなり(『鳳林承章記』)。十月十五日泉涌寺に葬り奉る。

●九月二十一日、今夜、仮に剣璽を法皇御方(小御所)に渡し奉る(『続史愚抄』)。

●九月二十六日、今夜、先帝の御沐浴あり(由計なり)、次に御入棺(去る二十一日内棺に入れ奉る)、次に御膳を供す、陪膳は中御門宗良(凶事奉行)、伝奏清閑寺共綱、今夜より龍僧あり(『続史愚抄』)。

●九月二十八日、二条康道は、良仁親王を御継体宮と為さるべき後水尾法皇の叡慮を、関東に伝う(『実録』)。

○九月二十九日、承章は早々院参せしめ、御見舞申し上ぐるなり、常盤直房を御使と為し、仰せ出でられ、承章に椿花一輪・梅花一朶小桶に入れ、拝領仕り、頂戴せしめ、退出せしむ、園基音は関東より上洛、仙洞にて相対なり(『鳳林承章記』)。

●十月一日、祝聖・開山諷経常の如し、天子崩御、御位の事不定に依り、祝聖の今上皇帝の事、如何為すべきの旨、顕晫翁内談為さるに依り、承章曰く、太上法皇然るべきかと云々(『鳳林承章記』)。

●十月五日、従三位藤原光子(元継子、先帝母、法皇妾、園基任女)、法皇院宣の為、准三宮及び院号(壬生院)等宣下あり、去る八月十八日分為るべしと云う(古来未曾有)、上卿三条西実教、奉行中御門資熙(『続史愚抄』)。

●十月十日、良仁親王を御継体宮と治定あらせらる(『実録』)。

●十月十日、今朝足利義尋五十年忌、実相院(義尊)・円満院(常尊)両門主の御亡父なり、足利義昭将軍の御息男なり、承章早々帰山せしむなり、雛屋立圃来らる、回文の七句目持参なり(『鳳林承章記』)。

●十月十二日、今度般舟院にて天子御中陰五山諷経の時、紫衣の衆は轅に乗る、内々用意の為、勧修寺経広に轅の借用申し、今日取り寄せなり、簾五枚・綱二結・白丁幷に烏帽子両人前・四目結六人前・朱傘・白袋、右の

分借り寄せなり、花町宮（良仁）を以て天子に備え、今日より登極なり（『鳳林承章記』）。

●十月十五日、今夜、先帝を泉涌寺に葬り奉る、西刻、御車を常御所に寄す（仮殿、泉涌寺僧一人御車後に参る、南築地を壊し、仮門と為し、之を出し奉ると云う）、公卿右大臣西園寺実晴（御車寄）以下三十人、殿上人中御門宗良以下三十二人、上北面（摂関家下家司を以て代官と為す）、御随身、庁官等（在位の崩御近代希れ、厳重に為すべきに依り、上皇の儀に准じ、供奉人を催さると云う）供奉す、奉行中御門宗良、伝奏清閑寺共綱、今日より天下触穢、また先帝の中陰御仏事を般舟三昧院にて始めらる、先帝の御追号を後光明院と為す、今度、遺詔奏を略さる、また素服を人々に賜わらずと云う（『続史愚抄』）。堂上の供奉六十人ばかり有るべきの由なり、貴賤の見物群聚の由なり、親王門跡また御葬場に出で為されるの由、前代未聞なり、諷経の諸寺万事、所司代板倉重宗警固の事、方々堅く申し付けの事、然るに依り、不自由言語に絶するなり（『鳳林承章記』）。

○十月十七日、良仁親王を以て御継体と為すべしと、法皇の叡慮を関東に仰せらる、即ち奏言、良仁親王は去年関東に下らしめ給う間、践祚の事然るべからざる歟（先帝は只皇女一所の外、皇子なし）、今年法皇皇子降誕ある間、御継体あるべき哉、而て法皇聞こし召されずと云う（『続史愚抄』）。

●十月十八日、先帝の初七日の奉為に、御経供養を般舟三昧院にて行わる、導師尊勝院某、公卿四辻公理以下三人（二七日以下、着座公卿五人なり、而て此の日三人、如何）参仕、奉行中御門宗良、伝奏清閑寺共綱（『続史愚抄』）。

雛屋立圃今日東武に赴くに依り、文箱言伝（『鳳林承章記』）。

●十月二十二日、先帝二七日御経供養、導師常住金剛院某、公卿関白二条光平、以下五人参仕（『続史愚抄』）。

●十月二十四日、先帝三七日御経供養、導師勧学院某、公卿右大臣西園寺実晴、以下五人参仕（『続史愚抄』）。

●十月二十五日、後光明院御中陰、去る十六日より般舟院にてこれ有り、今日五山一統御諷経なり、相国寺より七人なり、長老衆は般舟院まで乗物なり、西堂衆・平僧衆は徒歩なり、町中貴賤群聚中、言語に絶す、道中分

け行き難く、本多政勝の衆、先払い、漸々乗物行くなり（『鳳林承章記』）。

●十月二十六日、壬生院（光子、法皇妾、先帝母）落飾（『続史愚抄』）。

●十月二十七日、先帝四七日御経供養、導師大僧都（積善院）宥雅、公卿前関白九条幸家、以下五人参仕、今日より法皇・女院等に魚味を御膳に供す（『続史愚抄』）。

●十一月二日、伏見宮後桂昌院（邦道）百ヶ日なり、午時後板寮祈禱百座なり、大衆二十五人か（『鳳林承章記』）。

●十一月三日、先帝五七日御経供養、導師日厳院某、公卿前摂政二条康道、以下五人参仕、此の日、同帝に奉る為に大赦ありと云う（按ずるに宣下なき歟）（『続史愚抄』）。御殿仮屋の木造始あり（『実録』）。

○十一月四日、法皇は良仁親王家に幸す、即ち還御（『続史愚抄』）。

●十一月十日、先帝六七日御経供養、導師少僧都晃永、公卿前右大臣花山院定好、以下五人参仕（『続史愚抄』）。

●十一月十一日、先帝七七日御経供養（今日法皇御沙汰為りと云う）、導師真珠院某、公卿内大臣一条教良、以下五人参仕、此の日、同帝の奉為に鴨河原にて施米あり（『続史愚抄』）。

○十一月十三日、先帝後光明天皇の御書籍を後水尾法皇の御許に納めしめらる（『実録』）。

●十一月十四日、触穢限り（『続史愚抄』）。

●十一月十六日、吉田兼起は清祓を内侍所前庭にて奉仕、次に法皇御所鎮守社にて同事あり、此の日、良仁親王は法皇御所に参入（直に退出歟）（『続史愚抄』）。

●十一月十八日、今日より更に内裏の造営を始めらる（『続史愚抄』）。

●十一月二十一日、後光明院御石塔を泉涌寺に供養さる、先に御塔開眼事あり、以上導師報恩院某、公卿右大臣西園寺実晴、以下五人参仕、奉行中御門宗良（『続史愚抄』）。

●十一月二十二日、此の日、春日祭を社家に付さる（去る十日触穢に依り、沙汰に及ばず）（『続史愚抄』）。

●十一月二十三日、御遺物は宮々を始め、近臣等に賜う（『実録』）。
●十一月二十七日、先年禁中（後光明）御借り成られし『袁了凡綱鑑』炎上の残本十冊、今日返し下され、三十冊焼失仕るなり（『鳳林承章記』）。
○十一月二十八日、晴、夜に向い雨、花町殿（元よりの御座）にて践祚（御年十八）、左大臣二条光平を以て元の如く関白と為す、次に公卿昇殿勅授帯剣牛車元の如き事を宣下歟、次に警固固関を行わる（後日解陣ある歟、所見なし）、此の次に殿上人禁色雑袍元の如く宣下あり、以上上卿内大臣一条教良、未刻、法皇御所より剣璽を渡さる、内侍所にては猶法皇御所（仮殿なり）に座す、是れ花町殿は狭小故と云う、違例なり、吉書を奏す、次に大床子御膳を供す、陪膳清閑寺熙房、次に朝餉御膳を供す、出御あり、陪膳は女房と云う、以上奉行清閑寺熙房（『続史愚抄』）。
○十一月二十九日、主上（後西）に大床子御膳を供す、陪膳六条有和、此の日、法皇・女院等禁裏（花町殿）に幸す、即ち還御。三十日、大床子御膳を供す、陪膳中院通茂（『続史愚抄』）。
●十二月一日、将軍使今川直房は参内して践祚を賀し奉り、物を献ず（『実録』）。
●十二月六日、今度五山公帖の官銀、今日所司代板倉重宗にて請取らるべきの旨、承章は紫衣の官銀合九百四十六匁なり、米二十石分なり、一石に付き銀子四十七匁三分の相場なり、銀座常是の包みなり（『鳳林承章記』）。
●十二月七日、承章は早天に坊城俊完に赴く、明日関東へ発足の暇乞いなり、今度後光明院御弔の御礼、仙洞より仰され、院使を遣すなり（『鳳林承章記』）。
●十二月十日、内大臣一条教良は教輔と改名す（翌年正月十五日款状を以て今日申請と云う、違例、上卿中御門宣順、奉行広橋兼茂）（『続史愚抄』）。
●十二月十四日、先帝百箇日（来る三十日正当、而て明日に引き上げらる）逮夜の奉為に、法会を両寺（泉涌寺・般舟

三昧院）にて行わる、般舟三昧院（例時）、導師実光院某（大原）、公卿清閑寺共綱以下二人参仕、奉行広橋兼茂、泉涌寺（梵網講讃）、導師報恩院某（当寺長老）、公卿山科言総、以下三人参仕、次に先帝御影（侍従愛宕通福、之を図す）開眼供養あり、導師着座公卿等同前、以上奉行中御門資熙、以上伝奏清閑寺共綱、今明日、御仏事は泉涌寺を以て先と為さると云う、違例歟（『続史愚抄』）。

●十二月十五日、後光明院百箇日、法会を両寺にて行わる、般舟三昧院（法華懺法）、導師向坊某（大原）、公卿三条公富、以下三人参仕、泉涌寺（舎利講）、導師某（当寺長老）、公卿中御門宣順、以下三人参仕（『続史愚抄』）。

●十二月十七日、新帝（後西）へ御礼なり、承章は参内仕りたき旨、去る十二日仙洞へ申し上げ、次に金地院（元良）、その外五山衆御礼の儀、窺い奉るなり、勧修寺経広を以て禁中に相窺い、則ち今日御対面有るべきの由、仰せ故、各へ申し入るなり、金地院曰く、五山の進物また呈上すべき事、然るべきの由なり、然るに依り五山また一山々々杉原十帖・金扇一本進上、東福寺・万寿寺は長老を欠くに依り、湘雪西堂・天沢西堂出さるなり、五山の進物は御内証より長橋局まで上ぐるなり、辰刻各勧修寺にて相集まり、金地良・慈照晫・承章・妙智修・勝定崟・梅崟吉・鹿王倫・常光柏寄合、則ち饂飩吸い物、盃を浮かべられ、馳走なり、各道具を着し、参内せしむ、承章少しばかり先に御所に赴く、伝奏清閑寺共房と相談せしむ、五山の進物は御内証より呈上奉るなり、湘雪西堂・天沢西堂は御対面なきに依り、早く退出なり、五山衆直ちに帰るなり（『鳳林承章記』）。

●十二月二十三日、内侍所臨時御神楽（代始）あり、皇居を隔て之を行わる、違例（内侍所は下御所中に在り）、出御に及ばず、拍子本持明院基定、末綾小路俊良、奉行中御門資熙（『続史愚抄』）。

●十二月二十四日、近衛尚嗣男基熙元服（加冠鷹司房輔、着座公卿清閑寺共綱以下三人、扶持公卿難波宗種、理髪未詳）、即ち此の日、正五位下禁色雑袍等宣下（口宣）あり（『続史愚抄』）。

●十二月二十八日、仙洞御振舞の支配の銀子申し来たり、吉権よりこれを遣すなり（『鳳林承章記』）。

●是歳、今冬厳寒、近年比類無きと云う（『続史愚抄』）。

明暦元年（承応四）〔一六五五〕乙未　六十歳　院政二十六年

●正月一日、四方拝、奉行中山英親、小朝拝・元日節会等なし、仮皇居（花町殿）狭小に依るなり、此の日、立春（『続史愚抄』）。

●正月四日、法皇・新院（明正）・女院等内裏に幸す（今年初度）、即ち還御（『続史愚抄』）。

●正月五日、千秋万歳・猿舞等あり（『続史愚抄』）。

●正月八日、後七日法始（仮皇居に依り、阿闍梨坊勧修寺にて之を行わる）、阿闍梨寛海、太元護摩始（阿闍梨坊理性院にてなり、近例の如し）、阿闍梨観助、以上奉行桂照房（『続史愚抄』）。十四日両法結願。

●正月十日、神宮奏事始（代始に依り日次を択ばると云う）、伝奏鷲尾隆量、奉行清閑寺熙房（『続史愚抄』）。

●正月十五日、三毬打あり（『続史愚抄』）。

●正月十九日、和歌御会始、題は初春祝、飛鳥井雅章出題、読師清閑寺共房、講師中御門資熙、講頌飛鳥井雅章（発声）、御製読師一条光平、同講師正親町実豊、奉行三条西実教（『続史愚抄』）。清涼殿にて和歌御会始を行わる、出御あらせらる（『実録』）。御月次会始、聖護院道晃親王出詠、初春祝、同題一首懐紙（奇数月は懐紙。一首懐紙は当季題）、人数三十六人。この折の記録は書陵部本『承応御会和歌』三冊などにある（『略年譜』）。

○正月十九日、中院通茂は公宴御会始の詠歌に、院の叡慮を得る。中院本中院通茂自筆『愚草』一冊（VI―一一九）によれば、「君か代の春にやみまし」の「や」を「そ」と仰せなり、とある。通茂は後水尾院の子飼いの弟子、時に二十五歳。祖父通村・父通純は共に承応二年に頓死している。

●正月二十八日、北山に蘆浦観音寺（十代目朝賢か）・角倉与一（玄紀）来られ、承章また相対、角倉与一と初めて知人と成るなり（『鳳林承章記』）。
●正月二十九日、承章は増田市左衛門を呼び、表具を誂う、仙洞宸翰なり、衣笠山の御製、承章拝領せし御歌なり（『鳳林承章記』）。
●正月二十九日、主上（後西）御厄年（御年十九）に依り、近習公卿殿上人等、因幡薬師詣あり（毎月なり、密儀）（『続史愚抄』）。
●二月三日、午時承章は一条恵観（昭良）に召し寄せられ、御茶を給うなり、龍宝山の玉舟翁・什首座・嘉首座なり、御構の御座敷にて御振舞なり、御掛物は後鳥羽院宸翰御詠なり、詠三月和歌と御端書なり、御歌に「思ふなり春の名残りの惜しき哉弥生の空の夕暮れの比」、黄昏に及び帰山せしむ（『鳳林承章記』）。
●二月五日、春日祭、上卿葉室頼業参向、弁不参、奉行中御門資熙（『続史愚抄』）。
●二月十四日、戸田常閑（氏鉄）卒、八十歳（『諸家譜』）。美濃大垣藩主、氏鉄女は板倉重宗継室。中院家遠戚。『戸田左門覚え書き』（民友社）等を参照。
●二月十六日、方違別殿行幸あらせらる（『実録』）。四月一日、五月十三日、六月二十八日、九月二十七日これに同じ。
●二月十七日、園基音逝去、五十二歳、法名文明（『公卿補任』）。
●二月十九日、承章は戸田常閑（氏鉄）の弔礼の為、今日板倉重宗に赴く、関屋市郎右衛門を以て申すなり、園基音の弔礼の為、冷泉為清に赴く、門外にて中川弥五左衛門に相逢い、帰山せしむなり（『鳳林承章記』）。
●二月二十三日、夕日赤く火の如し（『続史愚抄』）。
●三月四日、北山に北野預能円来られ、『連歌手仁波』の一巻相伝・口伝とも、悉く承章に伝受せしむなり（『鳳

林承章記』）。

●三月五日、主上（御年十九）御箏始あり、四辻公理これを授け奉る（『続史愚抄』）。

●三月五日、北山に山本友我来られ、午刻北野衆友世・能覚・能貨・能通・能拝と連歌を打ち、誹諧これ有り、承章発句、連歌五十韻これ有るなり、誹諧一折友世発句なり、仏誹諧なり（『鳳林承章記』）。

●三月十二日、天変御禱（去る月二十三日の日赤き事）の為、今日より七箇日、不動法を清涼殿代にて行わる、阿闍梨妙法院堯然親王、奉行桂照房、また同事に依り、新院・女院より御禱あり、阿闍梨聖護院道晃親王、円満院常尊等、各本坊にて修法を始む、また将軍家綱の沙汰に依り、実相院義尊は本坊にて修法すと云う（『続史愚抄』）。

●三月十三日、今朝未明、仙洞・女院御所長谷御幸、先に朱閣寺（修学院）に成り為され、円照宮（文智）にて御粥御振舞の由なり、新所司代牧野親成また今日御供仕らるの由なり（『鳳林承章記』）。

●三月十八日、宮中修法及び新院女院等御祈等結願（『続史愚抄』）。

●三月二十一日、東照宮奉幣を発遣さる、先に日時を定めらる、上卿岩倉具起、幣使高倉永将、奉行万里小路雅房（『続史愚抄』）。

●三月二十三日、旧冬仙洞より法衣を拝領せしむ、厚首座持ち出し、則ち承章披露せしむ、各法衣を見せしむなり、次に今度承章は詩を綴り、宸翰に拙作出づるを謝し奉る、各見せしむなり（『鳳林承章記』）。

○三月二十四日、仙洞より金地院元良に、八景詩を書写仕るべきの仰せこれ有り、御色紙八枚承章持参せしめ、金地院に渡すなり、然れば則ち書き様を窺うべき事これ有り、然るに依りまた坊城俊完に赴く、則ち狩野探幽また居られ、相談なり、昨日北野松梅院に曼殊院良尚親王御成、立花数瓶これ有る由、不動上人・吉権・西瀬見物の為、松梅院に赴く、承章また出京の次、松梅院に赴き、立花を見るなり（『鳳林承章記』）。

●三月二十六日、承章は早々金地院に赴き、仙洞より仰せ出されし八景詩を書写さるの趣き申し渡す、金地院よ

り申し上げらる子細これ有る故、直に坊城俊完に赴き、相対し、申し入るなり、坊城俊完参院、承章は坊城の帰宅を待ち、御返事の趣きを承るなり（『鳳林承章記』）。

●三月二十九日、本圀寺の申請に依り、御祈願所の綸旨を賜う（『実録』）。

●四月一日、右大臣一条教輔里第にて年号勘者宣下あり、奉行中御門資熙（『続史愚抄』）。

●四月二日、今日より七月二日に至り、竹田安楽寿院本尊阿弥陀及び鳥羽法皇御影（来る七月二日五百回聖忌故なり）等開帳あり、また御仏事を修すと云う（『続史愚抄』）。

●四月三日、南禅寺の道、一昨夜辻斬り有り、死人これ有るなり（『鳳林承章記』）。

●四月五日、本圀寺塔供養あり、公卿着座なし（申請すと雖も勅許なしと云う）（『続史愚抄』）。

●明暦元年四月十三日、改元定なり、先に右大臣一条教輔里第にて中御門資熙を以て、国解年号勘等を奏す、此の後、條事定あり（出羽国司言雑事三箇条）、上卿一条教輔、已次公卿久我広通以下五人参仕、次に改元定を行わる、上卿以下同前、承応を改め明暦と為す、代始に依るなり、勘者三人、明暦字は五条為庸択び申す、吉書を奏すこと恒の如し、以上奉行中御門資熙、伝奏清閑寺共綱（『続史愚抄』）。

●四月十五日、右大臣一条教輔里第にて中御門資熙を以て、国解定文を奏す（『続史愚抄』）。

●四月二十三日、八条宮智忠親王・曼殊院良尚親王・九条兼晴等、来山（『本願寺年表』）。

●四月二十四日、禁中御月次百首短冊、出題飛鳥井雅章、奉行阿野公業、聖護院道晃親王出詠、谷鶯、躑躅紅、待時鳥、古寺（『略年譜』）。

●四月二十九日、昨日より今夜大雨、今朝に至り、大雨盆を傾け、また何ぞこれに及ばん哉、方々大水出るなり、鴨川の堤切れし由、相国寺の中、陸も川と成り、流水頻りなり（『鳳林承章記』）。

○五月十四日、今上第一皇子降誕（九条幸家第を以て御座所と為す）、若宮と号す、母明子女王（当今妃、故好仁親王女、

露顕儀なしと雖も、世以て女御と称す）（『続史愚抄』）。後の八条宮長仁親王。

●五月十四日、承章は早々一乗寺の内、石川丈山に赴く、還礼を伸ると雖も、他出、面謁不能、一乗寺より直に長谷に赴き、聖門主（道晃）御見廻申し上げ、海索麵一箱進上致すなり、御内に成り為され、御対面、移刻、御打談せしむ（『鳳林承章記』）。

○五月十八日、金地院今日院参御礼の故、承章また仙洞より召されしに依り、早々先に坊城俊完に赴く、則ち金地和尚また来訊、金地和尚を同途せしめ、院参せしむ、御対面なり、御書院にて切麦・吸物、承章と坊城俊完、相伴なり、濃茶を点てられ、退出なり、相国寺中に今度御絵所成る故、画師の宿札を打つなり、愚軒は狩野三之丞寄宿の札なり（『鳳林承章記』）。

●五月二十一日、承章は藤谷為条に赴きて、定家卿筆を見せしむ、則ち疑なく正筆の由なり、姫路屋三郎右衛門頼む故なり、前書きに「舟を出て女」とあり、歌は「舟に浮き夕暮れよりも立ちいでて片方も波の月を見るかな」と云う歌なり（『鳳林承章記』）。

●五月二十二日、承章は仙洞より拝領仕る芳茗、今日拝戴、服用仕る為、彦首座・哲也・全受を招き、振舞致し、御茶を点つる、禁中御殿の画師は、今日より相国寺にて画を書始む（『鳳林承章記』）。

●五月二十四日、承章は金地院に赴く、仙洞より拝領仕る抹茶を分けしめ、持参、去々年仙洞より拝領仕る御薬入れの小壺の焼き物に、御茶を少しばかり入れしなり、三重の食籠を茶請けと為し、持参せしむなり、干麩・砂糖豆・阿古屋餅入りなり（『鳳林承章記』）。

●五月二十五日、承章は坊城俊完・芝山宣豊を招き、仙洞より拝領仕る御茶を開くなり、法皇宸翰の表具また拝閲せしむなり、然れば則ち岡崎宣持・交野時貞来訊、吉田兼則・玄碩また来らる、藤谷為条各誘引の由、来訊なり（『鳳林承章記』）。

●六月十八日、明子女王は九条幸家（御座所）家より若宮を伴い奉り、内に帰入す（『続史愚抄』）。
●六月二十四日、承章は内々の約束に依り、狩野探幽に赴きて、藤谷為条の座敷絵の事を相談せしむ、古絵共を持参し、これを見せしむ、閑話して帰るなり、藤谷為条に立ち寄り、相対、探幽絵の事を申せしむなり（『鳳林承章記』）。
●六月二十六日、承章は龍宝山大徳寺の諸彦を招き、法皇宸翰と法衣を拝覧せしむなり（『鳳林承章記』）。
●六月二十八日、仙洞より梵天瓜一籠拝領仕る、後陽成院三十三回御忌の時、相国寺へ懺法仰せ付けらるる刻、旧御記（後小松天皇）の写しを仕る哉、然れば則ち、其の写しを進上仕るべきの旨、仰せ出だささる、然ると雖も御記の事拝見覚えず、尤も写し留むる事なきなり、（八条宮家司）生島玄蕃（秀成）より東寺瓜一折二十恵まれしなり（『鳳林承章記』）。
●六月二十九日、承章は鹿苑院に赴く、狩野安信の絵を見物せしむなり、先年後陽成院三十三回御忌の時、仙洞の御記出て、見下為されし時、少しばかり写し留む、其の写しを叡覧有るべきの旨、仰せ出されしに依り、持参仕り院参仕り、呈上奉る、則ち『薩戒記』の御記出され、見下し為され、字の悪しき所、且つまた年号等書き入れなり、極晩に及び退出せしむなり（『鳳林承章記』）。
●七月二日、鳥羽院五百回聖忌なり、今日より三七日、竹田不動尊開帳と云う（『続史愚抄』）。
●七月三日、北山に南可来らる、齋を相伴、巳上刻当門前の回録に、惣々炎上、上町十八九間残るなり、下町堯一座頭家一間残るなり、不謂の火炎気を呑む事、承章の老涙無量なり、方々より見舞衆・使者は幾千万人と知らざるなり、仙洞より御侍衆下さるなり（『鳳林承章記』）。
●七月七日、七夕和歌御会、題は七夕契久、出題飛鳥井雅章、奉行藤谷為条（『続史愚抄』）。
○七月十一日、仙洞勅点、聖護院道晃親王出詠、野草秋近（『略年譜』）。

●七月十三日、仮皇居狭小に依り、今年見任の大臣納言参議のみ灯籠を進むと云う（『続史愚抄』）。

●七月十六日、北野衆、北山に盆の礼のため来らる、能円・友世・能覚・能貨・能順・能拝なり（『鳳林承章記』）。

●七月二十五日、承章は藤谷為条書院の絵の下地の膠を引く、狩野探幽弟子一人来たる（『鳳林承章記』）。

●七月二十六日、中院通茂は当番、『古今』を少々披覧、三条亭（三条西実教）に向かう（『愚草』）。古今披覧は古今伝授を受けるための準備か。

●七月二十九日、中院通茂は古今の秋下に至り披見、入夜十首詠、後十輪院御命日なり（『愚草』）。

○七月、中院通茂は仙洞の点添削を得る。通茂自筆『愚草』（京大中院本）によれば、「仰、山鳥の尾上の月に松風そ吹なと、さはやか過てあしき也、是等は等類なくてもふるき由、仰也」とある。法皇の点添削は灌頂三十首の準備のためか。

●八月一日、中院通茂は所々参賀、古今の冬より恋五を一見、参番、退出後に灸治、後撰三巻見了ぬ、参宿（『愚草』）。

●八月二日、中院通茂は召しにより参内、御文庫掃除の御書籍幷御記奉行に依りてなり、酉刻退出、入夜神事、古今雑以下了（『愚草』）。

●八月二日、慈照院にて晫長老慈父唯心院日野輝資三十三回忌、齋の時座敷二十一人、行導の時三十三人、この外晩達三人、主唱者活首座なり（『鳳林承章記』）。相国寺は巨刹故、勧修寺・日野・三条西家だけではなく公家の子弟を多く抱えていたものと思われる。

●八月三日、雨降る、入夜暴風吹く、中院通茂は今日十首詠、吟未了と雖も、先づ書付け了ぬ（『愚草』）。

●八月五日、伯三位（白川雅喬）入来、一会了ぬ、帰宅の後、古今一部、後撰夏部・秋上同中の半分を見了ぬ（『愚草』）。雅喬は通茂の親戚、通村流の手書きである。

●八月六日、中院通茂は当番参内、所々に向かう、古今一見了ぬ、後撰秋中ヨリ冬部一覧（『愚草』）。
●八月七日、中院通茂は朝、古今一反、伯殿に向かい一会、古今一反、後撰恋一二を一見し了ぬ（『愚草』）。
●八月八日、中院通茂は朝、十首詠（未了）、後撰恋三より雑二マテ一見し了ぬ（『愚草』）。
●八月八日、承章は狩野探幽に赴き、相対、相国寺二十八祖一幅画図の事、演説せしむなり（『鳳林承章記』）。
●八月九日、陰晴、入夜暴風、中院通茂は今朝少々歌思案、秋田一首、暁霧一首、後撰少々、古今等少々披見、用事これ有る間、懈怠不可説（『愚草』）。
●八月十日、暴風止まず、中院通茂は後撰雑三ヨリ終了、伯殿（白川雅喬）の放生会和歌を案ずるの処、禁中よりの短冊の事、仍て沈吟能わず、古今恋三見了ぬ、後撰春夏一見了ぬ（『愚草』）。
○八月十一日、承章は院参せしむ、仙洞は『伊勢物語』講釈の前に御対面有るべきの旨、御前に出て、種々御雑談なり、院参前に坊城俊完に赴く、則ち小堀仁右衛門先に居られ、初めて知人と成るなり（『鳳林承章記』）。
●八月十一日、中院通茂は当番なり、宿番の代りに坊城俊広参られ了ぬ、古今恋四より、後撰秋上より恋二に至る、今夜放生会の詠を思案、湖月、社頭祝（『愚草』）。
●八月十二日、晴陰、今日薬師詣で、中院通茂は被催の間、参り了ぬ、未刻帰宅、次に三条亭（三条西実教）に向い、和歌相談の処、出来なく、みる影あかぬなど、無事過たるよし、去春より歌共悪しきの由なり、此の中、何とも詠ぜられずの由、これを談ず、彼卿云う、巧む事なき歟の由、予しからず、たくみたる事無きは却って有る事なり、用意すべきの由なり、今日仙洞より酒肴を拝領す、仍て留められ、餞し了ぬ（『愚草』）。
●八月十三日、中院通茂はまた少々歌思案、晩に及び三条西に向い言談、湖月の「吹おろすひら山かせに雲はれて波ちはるかにすめる月影」に対し、吹おろす如何、雲はれん事如何、但し蒼海雲□などあれば、海上の雲にてはきこゆべき歟と、「から崎や松の一木の陰ならでくまこそなけれ秋の夜の月」に対し、から崎は歌数など

詠み候時は此の様に歌宜きなり、さして難もなく思案したる事もなき歌なりと（『愚草』）。

●八月十五日、明月の当座和歌御会、十五首、出題飛鳥井雅章、奉行冷泉為清、参衆智忠親王、尭然親王、道晃親王、難波宗種等（『実録』）。御当座十五首短冊、聖護院道晃親王出詠、浦月（『略年譜』）。

●八月十五日、中院通茂は早朝行水、神拝如例、香花・洗米・御酒等供う、和歌を講ず、和歌少々思案、後撰・朗詠披見（『愚草』）。

●八月十六日、中院通茂は当番、参宿、召し有り、園基福等なり、『六家集類句』新作、第二句等字一字編せらるなり、源氏物語の詞を御尋ね、桐壺「月は入かたの」等、通茂は御本を以て書き上げ了ぬ、人々は無覚悟、通茂は不慮覚悟（『愚草』）。

●八月十七日、来る二十日、後光明院一周忌姫宮（孝子）の御殿にて御弔懺法を御執行有るべきの事、俄に山科言総より申し来る、承章に対し相談あるべく、即ちいま松意（藤谷為賢室）迄出づべきの由、申し来たる故、急ぎ松意に赴くなり、彦首座・哲侍者また松意に来らる、山科言総来臨、相談せしむ、同道せしめ、宮様御殿に赴く、道場の模様見合す、彦首座また同道なり、梅小路定矩また居られしなり（『鳳林承章記』）。

●八月十九日、後光明院姫宮（孝子）の御殿にて、明日後光明院御一周御忌の御法事懺法仰せ付けらる、承章執り行うなり、今晩宿忌は御局（庭田秀子）より仰さる故、明日の懺衆残らず御殿に赴くなり、荘厳を飾るなり、懺具・長卓・打敷・磬・鈴・御位牌・水引は常住方丈より拝借せしむなり、三具足一頭は北山より取り寄すなり、観音絵像・不動明王は院所持のなり、今晩宿忌、御膳二膳・御菓子茶湯両丁・花瓶一丁・燭の鶴両丁・本尊前仏餉三方なり、皆御殿にて調えしなり、今晩は盛り物なきなり（『鳳林承章記』）。

●八月二十日、姫宮（孝子）の御殿にて、御法事懺法これ有り、彦首座は未明に寿恩・徳玄・元秀を召し連れ、御殿に赴かれ、道場の荘厳仕られしなり、案内あり、則ち方々に人を遣し、承章同途せしめ、御殿に赴く、先

ず御粥これ有り、懺法済み、半齋済み、御齋、膳の様子昨晩の如し、種々丁寧の御齋なり、山科言総・清閑寺共綱・同熙房・桂昭房・山科言行・梅小路定矩、此の公家肝煎り（『鳳林承章記』）。

●八月二十一日、中院通茂は『詠歌大概抄』を披見（『愚草』）。

●八月二十四日、中院通茂は『六百番歌合』を披見（『愚草』）。

●八月二十九日、法皇皇子登美宮（七歳、母新中納言局国子）は南都一乗院に入る（『続史愚抄』）。

●九月七日、承章は妙法院堯然親王にて御法事の道具借用仕る故、吉権を遣し、請取なり（『鳳林承章記』）。

●九月九日、重陽和歌御会、題は菊香随風、出題冷泉為清、奉行三条西実教（『続史愚抄』）。

●九月十一日、伊勢例幣、上卿四辻公理、奉行万里小路雅房、御拝あり（『続史愚抄』）。

○九月十三日、十三夜の当座和歌御会あり、後水尾法皇、之に臨御あらせらる、十五首、出題冷泉為清、奉行三条西実教、参衆智忠親王、堯然親王、道晃親王、三条西実教等（『実録』）。

○九月十六日、来る二十日後光明院一回聖忌の奉為に、法皇御沙汰に為り、法会（法華懺法）を般舟三昧院にて行わる、導師当院某長老、公卿中御門宣順、以下三人参仕、奉行院司広橋兼茂、此の日、法皇御所にて天台宗の論議を聞こし食すと云う、今朝、朝鮮の客は京師を経て関東に向かうと云う（『続史愚抄』）。仙洞にて天台宗論議を仰せ付けらるなり、学者十二人、其の内講義これ有り、難者は妙法院堯恕親王御方なり、十八歳か、精義恵心院なり、仏果断性悪と不断の論議なり、承章聴聞を為す、召されしに依り院参せしむ、未刻に始む、堂上二十余参勤なり、御振舞有るなり、黄昏に及び豊光寺に赴きて習礼有るなり（『鳳林承章記』）。

○九月十九日、後光明院一回聖忌（明日聖忌に当たる）の奉為に、今明両日、御仏事を法皇御所にて行わる（今日は公卿の着座は無き歟）、奉行院司桂照房（『続史愚抄』）。申刻鐘を撞く、則ち仙洞に伺公の大衆は方丈に赴く、長老衆五人は轅に乗り、供奉の侍者袴・肩衣、承章供老若十人余なり、菊の御門より殿上に上る、道場は広御所南

向きなり、本尊観音像なり、観音絵前に御忌仏勢至菩薩居るなり、西方に御位牌・御茶湯二丁・三具足二頭・盛り物十六丁、東方に法華八軸印写、柳筥に乗るなり、先ず御忌仏の開眼供養あり（『鳳林承章記』）。

●九月二十日、後光明院一回聖忌（明日聖忌に当たる）の奉為に、御仏事を両寺にて行わる、般舟三昧院（曼荼羅供）、導師某、公卿難波宗種、以下二人参仕、奉行中御門資熙、泉涌寺（曼荼羅供）、導師報恩院某長老、公卿葉室頼業、以下二人参仕、奉行同前、此の日、法皇御所御仏事結願、導師承章、公卿西園寺実晴、以下三人参仕（『続史愚抄』）。夜陰寅刻鐘を撞く、則ち各方丈に集まる、陞座（顕啅）・拈香（承章）また平衣なり、陞座・拈香・其の外三人の長老衆は轅、西堂両人は塗輿、其の外の平僧は常乗物、惣々大衆二十二人なり、直に殿上に到り、則ち其のまま懺法を始む、卯下刻に懺法を始む、楽の懺法なり、十九日・二十日仙洞にて御法会、堂上の役者の事、法事伝奏清閑寺共綱、奉行職事桂昭房、着座西園寺実晴・久我広通・柳原資行、被物の殿上人、中園季定・愛宕通福・小槻重房・丹波頼顕（『鳳林承章記』）。

●九月二十三日、今度後光明院御一回忌の忌仏大勢至菩薩の尊像を、承章拝領致す旨、坊城俊完申し来たるなり（『鳳林承章記』）。

●九月二十四日、承章は御忌仏朝賜の御礼に院参せしむなり、今日勢至像到来、金閣二重目の岩窟の内に安座奉るなり、大仏師法眼左京作の尊像なり（『鳳林承章記』）。

●九月二十八日、今度仙洞にて御法事、入室・拈香の御布施配分の由、承章に白銀五百十八匁幷に白綿一貫二百九十五匁（十三把）なり（『鳳林承章記』）。

○九月二十九日、仙洞・女院一昨日早天、長谷に御幸、今夜還幸なり（『鳳林承章記』）。

●十月三日、妙法院堯然親王は天台座主を辞す（『続史愚抄』）。

●十月六日、今度仙洞にて御法会、後光明院御一周忌の拈香・陞座の法語幷に御法事の次第、二条康道より請い

為されしに依り、承章は今日呈上せしむ、大宮大蔵太輔までこれを遣す、陞座の法語は慈照院より来たるなり（『鳳林承章記』）。

●十月八日、日光宮尊敬親王に天台座主宣下あり、上卿久我広通、奉行四辻季賢（『続史愚抄』）。

●十月十日、尊敬親王を護持僧と為す（数年沙汰なし、今度再興）（『続史愚抄』）。

●十月十一日、今日より七箇日、安鎮法を新内裏（土御門殿）にて行わる、阿闍梨尊敬親王、奉行桂照房（『続史愚抄』）。十七日結願。

○十月十二日、承章は院参仕り、今度御法会拈香の拙語点付幷に入室の一巻を呈上奉るの次、何首鳥一折・花一筒、鉄線花・白蘭二茎、是れまた上献奉るなり、御対面、御前にて移刻、伺公仕り、御屏風絵拝見なり、狩野探幽筆なり、押絵土佐光起筆なり、坊城俊完また伺公、御前にて紅柿・御菓子下さるなり、入室一巻の点付も呈上致すべきの仰せなり、退出の刻、岩倉具起に赴く、則ち徳大寺公信・難波宗種・今出川公規参会、相対（『鳳林承章記』）。

●十月十四日、法皇皇子（十三歳、幸宮と号す、八条家相続治定、母御匣局隆子）、御名字穏仁《やすひと》に親王宣下あり、上卿高倉嗣孝、勅別当三条西実教、奉行中御門資熙（『続史愚抄』）。

●十月十八日、承章は長谷に赴き、聖護院道晃親王を御見舞申し上げ、吉野柏一箱持参致すなり、聖門より先日仰せ越さる尺八の銘四ヶ書付、持参せしむ（『鳳林承章記』）。

●十月二十一日、紫宸殿上棟（未刻と云う）、此の日、東寺弘法大師供飯破裂と云う（『続史愚抄』）。

●十月二十三日、今日より七箇日、修法を東寺にて行わる（二十一日供飯破の祈謝なり）、阿闍梨寛海、奉行桂照房（『続史愚抄』）。二十九日修法結願。

●十月二十三日、承章に狩野探幽より状来たる、息仙千代三歳の絵二枚来たる、仙洞へ叡覧に備え奉り度きの由

なり（『鳳林承章記』）。

●十月二十六日、承章に勧修寺経広より書状来たる、安養寺（龍空）参内の事、勅許の旨、承章に申し来たるなり、則ち安養寺へ申し遣すなり（『鳳林承章記』）。

●十月二十八日、承章は勧修寺経広に赴く、則ち出納華庵入道居られ、相対なり、安養寺長老（龍空）綸旨相調い、勧修寺より請取、女房奉書また相調えられ、相添え給うなり、香衣・官物御礼等の事相談合せしむなり、勧修寺に頼まれし狩野探幽三幅一対の画様、また相談せしむなり、坊城俊完に赴き、相談せしむ事あり、相対なり、入室一巻点付を仙洞に呈上奉る、只今坊城へ相渡すなり、坊城もまた所望故、一巻点付これを投ずるなり（『鳳林承章記』）。

○十月三十日、午時仙洞にて御壺の口切り御振舞なり、妙法院堯然親王・聖護院道晃親王両御門主、承章一人召し加えらる事、誠に辱き次第なり、様々御料理、御茶は御炉の間（坊城俊完これを建てられしなり）にて上林三入初昔白、後段の御茶は星野宗仲後昔白なり、御菓子十種出されるなり、御掛物は一休の蘭の絵（自画自賛）なり、種々御雑談、仙洞今日脇息の古歌を仰せ聞かさるなり、書き留るなり、仙洞にて栗鼠を初めて見るなり、鉄籠に入り、一四これ有るなり、仙洞仰せて曰く、明後日二日、禁中新造御見物、御幸なり、承章また供奉召し連れらるべきの仰せなり、妙門宮・聖門宮もまた御成の筈なり（『鳳林承章記』）。

○十一月二日、新内裏遷幸日時を定めらる、上卿三条公富、奉行四辻季賢、次に内侍所本殿渡御日時を定めらる、上卿鷲尾隆量、奉行万里小路雅房（『続史愚抄』）。早々坊城俊広に赴くなり、仙洞は禁中に御幸、新造の御殿・宮中御覧、承章また供奉仕るべきの由、仰せ故御供仕る、坊城俊完と同道せしめ、禁中に赴くなり、妙門宮・聖門宮また成りなされ、大覚寺宮（性真）・八条宮幸宮（穏仁）成り為され、院参衆残らず御供、宮中方々一所また残らずこれを見る、広大無辺なり、新院（明正）・女院また成り為されし故、公家衆みな御門外に出づ、承

章・坊城俊完・芝山宣豊三人は坊城俊広に赴き、色々夕食振舞なり（『鳳林承章記』）。

●十一月四日、春日祭、上卿難波宗種参向、弁不参、奉行広橋兼茂（『続史愚抄』）。

●十一月四日、隠元禅師（去る承応三年七月、異国より来朝）、黄檗山万寿寺（隠元曾て宇治辺の山を視て、異国の黄檗山に似るあり、之を名とすと云う）を建立（『続史愚抄』）。

●十一月五日、承章は豊田宗林を呼び、安養寺（龍空）香衣の綸旨幷に女房御文を相渡すなり、近日勧修寺経広より来る故、参内の儀、また勅許相済むの旨、申し渡すなり（『鳳林承章記』）。

●十一月六日、来る十日行幸供奉の行列の次第、勧修寺経広より借り寄せ、相写せしむなり（『鳳林承章記』）。

●十一月七日、天台座主尊敬親王に牛車宣下を行わる、上卿久我広通、奉行四辻季賢（『続史愚抄』）。

●十一月八日、今日より三箇日、両宗僧に仰せ、遷幸無為の御禱あり、天台阿闍梨尊勝院慈性、真言阿闍梨某（『続史愚抄』）。

●十一月十日、新内裏（土御門殿、火事後に造営さる）遷幸なり、先に陣にて日時を定めらる、上卿右大臣一条教輔、其の後（巳刻或は未刻となす）出御、土御門殿に遷幸、公卿一条教輔以下二十三人、左右の大将（鷹司房輔・三条公富）本陣に候す、其の外の司々等供奉、関白二条光平後塵に在り、次に剣璽渡御、次に吉書を奏す、上卿一条教輔、次に大床子御膳を供す、陪膳四辻季賢、今度五菓を略すと云う、以上奉行四辻季賢（『続史愚抄』）。

●十一月十一日、大床子御膳を供す、陪膳万里小路雅房（『続史愚抄』）。

●十一月十一日、明日伊藤宗貞十七回忌故、追善の詩一篇・詠歌一首・抹茶一棗を承章は南可に贈るなり（『鳳林承章記』）。

●十一月十二日、大床子御膳を供す、陪膳樋口信康（『続史愚抄』）。

●十一月十四日、内侍所は仮殿（法皇御所）より本殿（土御門新殿）に渡御、奉行万里小路雅房、此の間、主上は御

殿（清涼殿）東庭に下御（『続史愚抄』）。

●十一月十六日、朝鮮人江戸より上着なり、承章は三条大橋東町北端にて見物せしむなり（『鳳林承章記』）。ちなみに朝鮮使節一行八百人余は、津村別院に九月五日から十一日まで宿泊という（『本願寺年表』）。

●十一月十九日、内侍所唐櫃の御搦あり、卜部兼従（吉田兼起病に依り代官と為すと云う）之に奉仕す、此の日、伊勢大宮司某大殿祭を南殿にて奉仕（『続史愚抄』）。

●十一月二十日、日光宮尊敬親王は延暦寺にて拝堂を遂ぐ（今度再興）、また同所一乗戒壇院にて円頓戒を受く、公卿葉室頼業、以下二人着座、奉行桂照房、また此の日、同所にて妙法院尭然親王同じく受戒、公卿倉橋泰吉着座、奉行桂照房歟（『続史愚抄』）。

○十一月二十四日、穏仁親王（十三歳、八条、法皇皇子）は、法皇御所（小御所）にて元服あり、加冠一条教輔、公卿坊城俊広、以下二人着座、扶持公卿三条西実教、理髪桂照房、奉行院司中御門資熙（『続史愚抄』）。

●十一月二十五日、穏仁親王を三品に叙し式部卿に任ず（口宣）、奉行中御門資熙、此の日、尊敬親王は天台座主を辞す（『続史愚抄』）。

●十一月二十五日、承章は勧修寺経広に赴く、今日参内なり、遷幸の御礼なり、慈照顕晫・天龍妙智・勝定梵崟・承章なり、各勧修寺に赴きて、善哉餅・吸い物、濃茗を点てらる、種々馳走なり、今日八条新宮（穏仁）・諸門跡方・院家御礼なり（『鳳林承章記』）。

○十一月二十六日、法皇院宣を為し、輪王寺号を尊敬親王に賜う（『続史愚抄』）。

●十一月二十七日、今夜より三箇夜、内侍所御神楽を行わる（本殿渡御の後なり）、出御あり、拍子本持明院基定、末綾小路俊景、奉行中御門資熙（『続史愚抄』）。

●十二月五日、和歌御会あり（遷幸後、初度）、題は竹有佳色、読師清閑寺共綱、講師広橋兼茂、講頌飛鳥井雅章

（発声）（『続史愚抄』）。

●十二月十五日、聖護院道晃親王は『万葉集注釈』五冊校合了（『略年譜』）。

●十二月二十一日、聖護院道晃親王は『万葉集注抄』一冊校合了（『略年譜』）。

●十二月二十三日、聖護院道晃親王は為家自筆本為秀写奥書本『万葉集佳詞』一冊校合了（『略年譜』）。

●十二月二十五日、梶井慈胤親王に天台座主宣下あり、上卿日野弘資、奉行万里小路雅房（『続史愚抄』）。

●十二月二十六日、承章は芝山宣豊に赴く、相対なり、仙洞より仰せ付けらる、宝篋印陀羅尼経一巻出され、相国寺の塔中へ御籠め成られ度き勅命、各相談せしめ、箱の様子申し上ぐべきの仰せなり（『鳳林承章記』）。

●十二月二十七日、聖護院道晃親王は『万葉集目安』一冊校合了（『略年譜』）。

○是歳、法皇は修学院離宮を御経営畢り、臨幸等ありと云う（時に法皇御年六十一と云う、按ずるに今年御年六十なり、若くは明暦二年歟、重ねて考訂すべし）（『続史愚抄』）。

明暦二年〔一六五六〕丙申　六十一歳　院政二十七年

●正月一日、四方拝、奉行万里小路雅房、小朝拝なし、元日節会、出御あり、内弁は宣命を参議に賜う、後に入御、内弁一条教輔、陣後早出、三条公富之に続く、外弁清閑寺共綱、以下六人参仕、奉行広橋兼茂（『続史愚抄』）。

○正月四日、後水尾法皇・明正上皇並に東福門院等の御幸を迎えさせらる（『実録』）。

●正月七日、白馬節会、出御あり、坊家奏後入御、内弁徳大寺公信、外弁山科言総、以下七人参仕、奉行桂照房（『続史愚抄』）。

●正月八日、太元法始（代始に依り南殿にて之を行わる）、阿闍梨観助、奉行葉室頼孝、後七日法は延引（『続史愚抄』）。

十四日太元法結願。

●正月八日、今暁寅刻、宝鏡寺禅尼宮（法名久嶽理昌、法皇皇女、母御匣局隆子）薨ず、二十六歳、今上御姉、後日十日に真如寺に葬る（『続史愚抄』）。

●正月十一日、神宮奏事始、伝奏三条公富、奉行万里小路雅房（『続史愚抄』）。

●正月十三日、今午相国寺一山宝篋院殿諷経に赴くなり、承章また御時前に宝篋院に赴くなり、贈経致し、法華経八軸これを贈る、閑蔵主遣すなり（『鳳林承章記』）。

●正月十六日、踏歌節会、出御あり、坊家奏後入御、内弁四辻公理、外弁鷲尾隆量、以下八人参仕、奉行中御門資熙（『続史愚抄』）。

●正月十八日、将軍使大沢基将は参内して歳首を賀し奉る（『実録』）。

●正月十九日、即位の由、奉幣を発遣さる、先に日時を定めらる、上卿久我広通、奉行万里小路雅房、御拝あり、此の日、礼服御覧あり、公卿関白二条光平、右大臣一条教輔、内大臣徳大寺公信、以下五人参仕、奉行中御門資熙（『続史愚抄』）。

●正月二十三日、陰晴、辰刻、天皇（御年二十）は紫宸殿に即位の礼を行わる、内弁一条教輔、外弁三条西実教、以下六人参仕、日野弘資を宣命使と為す、官方行事の左は中御門資熙、右は桂照房、蔵人方奉行万里小路雅房、伝奏清閑寺共綱、此の日、主上（後西）は御灌頂あり、関白二条光平授け奉ると云う、今夜、赤雲あり、西に見ゆ、炬火の如しと云う（『続史愚抄』）。今日即位（良仁天子）なり、関東よりの御使松平頼重、上洛致さるなり、戌亥刻西方に天光物有り、数人これを見る（『鳳林承章記』）。

●正月二十五日、将軍使松平頼重・吉良義冬等は参内して即位を賀し奉り、物を献ず、仍て清涼殿に於て天盃を賜う（『実録』）。頼重は讃岐高松藩主、水戸の徳川光圀の兄。伝に『英公遺事』、家集に『麓塵集』等がある。

●二月六日、和歌御会始、題は池水長澄、読師中御門宣順、講師万里小路雅房、講頌持明院基定（発声）、奉行三条西実教（詠進せず）（『続史愚抄』）。亥刻許り清涼殿に出御（御引直衣、紅袴）（『実録』）。禁中御会始、聖護院道晃親王出詠、同題一首懐紙、池水長澄（『略年譜』）。

○二月初旬か、中院通茂は初卯法楽家会の「名所鶴」自詠に、法皇の御添削を得る（『愚草』）。

●二月九日、今夜より後七日法を行わる（南殿にてなり）、阿闍梨寛海、奉行葉室頼孝（『続史愚抄』）。十五日結願。

●二月十一日、春日祭、上卿正親町実豊参向、弁不参、奉行中御門資熙（『続史愚抄』）。

●二月十一日、今夜、壬生院（光子、元継子、准三宮、法皇妾、後光明院母、園基任女）崩ず（『続史愚抄』）。

●二月十四日、承章は早々坊城俊完に赴く、相対、同道せしめ、京極殿御殿に赴く、京極御局（園基任女光子）御逝去の御吊申し入るなり（『鳳林承章記』）。

●二月二十一日、承章は参内仕るなり、相国寺晫長老・崟長老・吉長老また参内なり、三人の衆また勧修寺にて道具衣を着さる、真如堂上乗院（純海）また初めて参内なり、上乗院弟子（尊忍）参内なり、遊行末寺美濃国垂井の金蓮寺上人また上人号相済み、参内仕るなり、承章初めて金蓮寺・文妙寺・極楽寺（長円）此の三人今日相対なり、参内済み、清閑寺共綱へ相談せしめ、御庭・紫宸殿・清涼殿・小御所・御学問御所・御亭各見物せしめ焉ぬ、参内の進物は毎年の如く杉原十帖・金扇一柄なり（『鳳林承章記』）。

●二月二十二日、法隆寺にて法会（聖徳太子御忌）舞楽等あり（公物を借り賜うと云う）（『続史愚抄』）。

●二月二十三日、京極御局（号壬生院）今晩泉涌寺にて葬送、諸寺より野諷経あり、五山よりまた野諷経なり、諷経の諸寺百ヶ寺に及ぶべきなり（『鳳林承章記』）。

●二月、曼殊院良尚親王・九条幸家・二条康道・鷹司教平等は来山（『本願寺年表』）。

●三月一日、画師狩野探幽は勾当内侍某の車寄にて、御屏風以下の絵を書すと云う（『続史愚抄』）。

●三月二日、法皇皇女栢宮（十六歳、母御匣局隆子）は宝鏡寺に入り、即ち得度す、法名義山理忠、戒師相国寺中悼長老（『続史愚抄』）。

●三月五日、仁和寺性承親王に二品宣下（口宣）あり（『続史愚抄』）。

●三月七日、承章は仙洞より椿花十輪拝領致すなり、永井尚政より進上致されし椿花なり（『鳳林承章記』）。

●三月九日、承章は勧修寺経広に到る、明日東武発足の暇乞い、相対、禁中より御内証御用の事、仰せ付けの事これ有り、勧修寺承る故、幸に承章相対すべきの旨、勧修寺申さる、御用の御内証承るものなり、院参せしむ、空掘の山薬を呈献奉るなり、御対面なり、当年の初なり、道具衣に及ばず、また進物に及ばずの仰せ故、布衣・掛羅にて御礼申し上げ、御前にて緩々御雑談なり、海北友雪筆の三幅一対式三番の絵を叡覧に備え奉る、其の次に承章叟の絵の賛狂詩、また勅沓に備え奉るものなり、今日仙洞にて狩野右京父子（安信・時信）を召し、絵を御簾前にて之を書く、見物仕るべきの仰せ故、見物せしむなり、右京御庭を見物仕り度きの旨、承章また案内者仕り、御庭を見るべきの仰せなり、其れに依り、承章・坊城俊完・芝山宣豊を案内者と為し、之れを見せしむなり、承章は坊城俊完に赴き、明後日東武下向の暇乞い申して帰山せしむなり（『鳳林承章記』）。

●三月十日、承章は早々狩野探幽に赴く、禁中より仰せの事これ有るにより、相対、内談せしむなり、承章は屏風絵三幅一対の事また、季諾せしむなり、内談の事有るに依り、坊城俊広に赴く、則ち坊城俊完居られるに依り、坊城俊完に赴きて、坊城俊広と相談せしむなり（『鳳林承章記』）。

○三月十五日、今上第二皇子降誕（母中納言典侍共子、清閑寺共綱女）、二宮と号す、今日より本院御所触穢三十日（下仕女、流産せしむ故と云う）（『続史愚抄』）。

●三月十五日、禁中の御屏風の書付、狩野探幽少し相違の事これ有るに依り、改むべきか、承章内証に探幽へ相談仕るべきの旨、仰せ付けられ、先日相談せしめ、今日御屏風一双持ち為し、探幽所へ遣すなり、御屏風坊城

俊広まで出さるものなり（『鳳林承章記』）。

●三月二十日、承章は一条恵観（昭良）に召し寄せられ、西賀茂にて御茶下されるなり、江雲・玉舟・承章なり、御構にて御茶の湯なり、御掛物は後鳥羽院御歌一首の宸翰なり、「思ふより春の名残のおしき哉弥生の空の月やみの比」、此の御歌なり、御茶後、山上の御茶屋にて、冷麺・後酒、遠眼鏡にて遠景を望む（『鳳林承章記』）。

●三月二十一日、東照宮奉幣を発遣さる、先に日時を定めらる、上卿鷲尾隆量、幣使千種有能、奉行中御門資熙（『続史愚抄』）。

○三月二十五日、仙洞・女院長谷に御幸なり、芝山宣豊また供奉を為すに依り、輿丁四人請われる故、昨晩より四人遣すなり（『鳳林承章記』）。

●四月三日、将軍家綱の病（疱瘡）に依り、勅使高倉永将、法皇・新院等使関東に下向（『続史愚抄』）。

●四月四日、承章は院参せしむ、濃州の枝柿一箱百入り呈献奉るなり、御対面、御前にて御菓子・麦切りを賞翫奉り、酉水を喫す、芝山宣豊相伴なり、移刻、御打談なり、大樹（家綱）御疱瘡軽き由、仰せを承るなり、漸く晩に及びて退出なり（『鳳林承章記』）。

●四月五日、萬年の方丈にて大樹御疱瘡の御祈禱、大般若を転読せしむなり、大衆三十一人（『鳳林承章記』）。

●四月十三日、冷泉為清は江武より昨日上洛、門外まで見舞う、藤谷為条留守、門外まで見舞うなり、仙洞より小芥子の花（紅白、珍敷芥子花なり）・杉折一箱恩賜、頂戴奉るなり、勧修寺経広は今晩江武より上洛なり（『鳳林承章記』）。

●四月二十七日、狩野探幽は来山し、屛風絵・『歌仙集』を見る（『本願寺年表』）。

●閏四月一日、猿楽御覧あり、五日六日、亦之に同じ（『続史愚抄』）。

●閏四月四日、禁中御能これ有り、太夫は鶴屋七郎左衛門たりと雖も、相煩う故、神松頼母太夫仕るなり（『鳳林

承章記』)。

●閏四月十四日、坊城俊広にて北野預能円を招かれ、『源氏物語』の講釈を聴聞さる、承章内々頼まれしに依り、承章また能円と同道せしめ、午時に坊城俊広に赴くなり、桐壺巻一冊皆済むなり、種々振舞(『鳳林承章記』)。

●閏四月十八日、壬生院(後光明院母)百箇日、法皇御沙汰の為歟、仏事を泉涌寺にて行わる、公卿鷲尾隆量、以下三人着座、奉行院司桂照房(『続史愚抄』)。

●閏四月二十日、承章は坊城俊完に赴くなり、相国寺の塔供養の事、仙洞御内意の趣き、申し渡さるの御用なり、早々帰山せしむなり、連歌玄陳《(里村)》尋ねられ、相対、一盞を浮かべ、濃茶を点つるなり、亡父玄仍《(里村)》当月二十三日五十年遠忌の辰なり(『鳳林承章記』)。

●閏四月二十五日、午時北山に能円来らる、『伊勢物語』を講ぜられ、承章聴聞せしむなり(『鳳林承章記』)。

●閏四月二十六日、午時に出納萃庵(平田職忠)承章を招かれ振舞なり、萃庵作の『官職便覧』五十五策の内、三十五冊披見せしむなり、諸国の巻迄なり、今日持参無く空手にて行くなり(『鳳林承章記』)。

●五月一日、大雨、鴨川洪水故、賀茂に赴かず(『鳳林承章記』)。

●五月八日、良賢親王(十六歳、法皇皇子)は知恩院に入り、即ち得度あり、法名尊光、戒師勝誉珂応上人(当院方丈、三十五世)、公卿四辻公理、以下三人着座、奉行葉室頼孝(『続史愚抄』)。

●五月十日、玄仍五十年忌の頌、玄陳より所望に依り、承章今日清書持ち為し、これを遣すなり、仙洞より仰せ出され、相国寺塔供養の日時勘文、坊城俊完より来たるなり、六月三日・同十六日の由、書付なり、早々萬年に遣すなり(『鳳林承章記』)。

○五月十六日、猿楽御覧あり(将軍家綱の病癒るに依り、祝わると云う)(『続史愚抄』)。禁中御能これあり、承章また禁中・仙洞召さるるに依り、勧修寺経広同道せしめ、参内せしむなり、然れば則ち式三番始むなり、太夫は小畠

左近右衛門と一学の両人、一学は今年十二歳なり、近年の奇妙の能なり、承章また初めて一学の能を見るなり、御能十二番の外、御請能二番、以上十四番なり、然ると雖も申下刻相済むなり、今日公家衆馳走なり、御菓子・御酒、濃鳳団を給わるなり、御振舞あり、禁中御対面、御礼申し上ぐるなり、仙洞は承章に御児を以て御使を下され、一学の能見物如何存ずるや否や、承章参内何時参勤仕る哉の仰せなり、勅答申し上ぐるなり、今日の御能は、大樹今度疱瘡御快気の御喜びの御能なり（『鳳林承章記』）。

●五月十八日、龍宝山見性庵天祐東堂は北山来訪、河内国『佐太天神之記』を永井信濃（尚政）より頼まるの由、製せられ、愚覧遂ぐべきの旨、然るに依り、天祐来訊、一巻を披閲せしむるものなり、仙洞御両吟狂句御聯句点付の一巻を見せしむ、則ち天祐は借用され、帰られしなり（『鳳林承章記』）。

○五月十九日、承章は院参せしむ、先日禁中御能見物忝なしの御礼なり、仙洞御剃髪の中、御対面、御雑談なり、今日白賁軒へ御幸故、坊城俊完同道し、退出せしむ、只今仙洞陽徳院（永崇）に御幸なり、御相伴急ぎ伺公致すべき旨、仰せ出さるの旨、申し来たる、急々陽徳院に伺公致すなり、准后（清子）・女三位（古市胤栄女）・新中納言御局（園基音女）・本光院なり、御振舞済み、白賁の御殿に成り為され、御供仕る、御茶済み、承章と准后宮・女三位御双六これ有る、然る所、女一宮（孝子）成り為されし故、早々退出せしむ（『鳳林承章記』）。

●五月二十一日、女院御所御用の旨、女三位一昨日陽徳院にて御物語、青苔御用の由、三位殿と御約束仕る故、承章今日二荷持ち為し、三位迄進上せしむるなり（『鳳林承章記』）。

●五月二十四日、承章は聖護院御門主（道晃）に赴く、御見舞申し上ぐる、京の御殿に成り為されし故、御見舞申し上ぐるなり、海苔一曲物・求肥三箱呈上奉るなり、御対面、緩々と尊意を得るなり、来月十六日相国寺塔供養庭儀供奉童子衣裳・其の外蓋・玉幡等恩借仕り度き事申し上ぐるなり、聖御門主明日より、禁中にて御修法遊ばさるなり、近代断絶の御修法、今度御執行なり（『鳳林承章記』）。

●五月二十五日、今日より七箇日、尊星王大法を宮中に行わる（初中結の外に着座公卿なし）、阿闍梨聖護院道晃親王、公卿久我広通以下三人参仕、奉行葉室頼孝（『続史愚抄』）。

●五月二十八日、尊星王法中日、公卿鷲尾隆量、以下三人参仕（『続史愚抄』）。

●五月二十八日、聖護院御門主（道晃）より去る二十五日開白、禁中にて御修法なり、聖御門主より承章に御使者下され、飴粽一折百巻拝領せしむなり（『鳳林承章記』）。

○六月二日、承章は坊城俊完に赴く、塔御供養の相談申すなり、坊城にて藪内紹順と云う仁と初めて知人と成る、蜂須賀阿波守（光隆）の茶堂なり、坊城を同道せしめ、院参せしむ、今度御供養の拈香拙語を叡覧に備え奉るなり（『鳳林承章記』）。蜂須賀光隆は阿波徳島藩主、家集『里蜑集』（『近世初期諸家集』下、古典文庫）がある。

●六月三日、宮中尊星王法結願、公卿四辻公理、以下三人参仕、事訖り馬を阿闍梨に引かる、此の日、聖護院道晃親王（阿闍梨）に牛車宣下あり、上卿四辻公理、奉行葉室頼孝（『続史愚抄』）。

●六月三日、法皇皇子玲瓏宮（六歳、母新中納言局国子）は青蓮院室に入る、扈従の公卿中御門宣順、前駈殿上人未詳、奉行院司広橋兼茂（『続史愚抄』）。後の青蓮院尊証親王。

●六月三日、聖護院宮道晃親王に牛車宣下あり（『実録』）。葉室頼孝、四辻公理。

○六月五日、法皇御所にて猿楽御覧あり（将軍家綱の病癒ゆる間、祝わると云う）（『続史愚抄』）。

●六月十五日、仙洞より仰せ出され、長谷忠康承り、承章に申し来たる、女中方剃髪の御髪共、塔中へ相籠めるべきの旨、五包来る、即ち吉東堂へ渡すなり、梅小路定矩は晴雲軒に来訊、相対なり、鷲尾隆量・葉室頼業・中院通茂、明日の着座故、道場見合いに来訊（『鳳林承章記』）。

○六月十六日、相国寺塔供養あり、公卿某以下三人着座、奉行桂照房（『続史愚抄』）。相国寺塔婆御供養、去々年仙洞太上法皇より供養料として白銀三百枚相国寺に拝領奉るものなり、日時勘文去月十日坊城俊完より相渡さ

るなり、奈良の幸徳井これを考うなり、着座鷲尾隆量・葉室頼業・中院通茂、被物の役人竹内源蔵人義純、五山の内一山二十人充、楽人五十人、陛座慈照暐東堂・拈香承章東堂・開眼崟東堂、法事・職事奉行桂昭房（不参）、童子の少年六人（『鳳林承章記』）。

●六月十八日、吉権は聖護院に赴き、法事の道具を返上仕る（『鳳林承章記』）。

●六月二十二日、承章は長谷の聖護院御門主（道晃）に赴き、先日御法事の御道具拝借の御礼申し上ぐるなり、錦手・染付の蓋茶碗両ヶ呈献仕るなり、御対面、高倉永慶伺公、楊弓有るなり、一百手見物仕るなり、水繊・御湯漬出され、濃茶を喫して、退出せしむるなり（『鳳林承章記』）。

○六月二十四日、中院通茂は「山花盛」の詠に法皇の添削を得るか（『愚草』）。引用略。

●六月二十四日、承章は二条康道に到り、今度塔供養の次第の書立これを献ず、内々仰せ越され、御所望なり、其の為、持参せしむなり、御対顔、真瓜を出され、暫く伺公申すなり、絵師縫殿助（狩野永納）は御前にて画を書きてこれ有り、承章初めて縫殿助と知人と成るなり（『鳳林承章記』）。

○六月二十五日、中院通茂は「霧深・別恋」の自詠に法皇の御添削を得るか（『愚草』）。引用略。

●七月七日、七夕和歌御会、題は七夕船、冷泉為清出題、奉行藤谷為条（『続史愚抄』）。七夕御会一首懐紙、聖護院道晃親王出詠、七夕船（『略年譜』）。

○七月七日、中院通茂は「七夕船」の自詠に法皇の御添削を得るか（『愚草』）。引用略。

○七月十一日、承章は院参仕り、因陽の桑紙百枚入一箱呈献奉る、幷に今度塔供養の拈香拙語点付を呈上奉るものなり、大徳寺徳舟より堺の初雪一箱・青梨一籠進上、披露せしむなり、御対面成らるべき旨、仰せ出されるなり、御対面の前、紅白餅・蓮飯・種々の御肴出され、先に賞翫仕るべきの仰せ故、坊城俊完・池尻共孝・岡崎宣持・交野可心（時貞）は各御酒を給い、数盃下されるなり、御対面、御前に久しく伺公仕る、則ち妙法院

堯然親王成り為されるなり、古筆出で、拝見奉るものなり（『鳳林承章記』）。
●七月十五日、西国大風（『続史愚抄』）。
○七月十六日、仙洞より承章に御使有り、今夕万灯籠を御見物有るべく、夕御膳御相伴仕るべき様心得、参勤すべき旨、畏り奉り了ぬ、承章は急ぎ院参致すなり、妙法院堯然親王・聖護院道晃親王成り為されるなり、勧修寺経広・岩倉具起・承章、今日召されるなり、各高屋に登られ、四方山上の万灯籠を見物せしむなり、然れば則ち、岩倉の御門主実相院義尊御伺公、共に御見物に成られるなり、名月昼のごとし（『鳳林承章記』）。
○七月二十三日、仙洞より今日伺公致すべきの旨、昨日仰せ出され、御用これ有る旨、仰せ故、承章は早々院参せしむなり、先に坊城俊完に赴き、相談せしむなり、院参せしむなり、則ち御対面、種々御菓子・薬酒ども種々下されしなり、勧修寺経広また御召し、伺公、則ち今度土御門隆俊の事出入り、仰せ聞かさるなり、其れに就き、明日勧修寺・坊城を同道せしめ、梅小路の土御門泰重に赴くの筈なり、今日聖護院道晃親王詠草御持参、成りなされしに依り、夕御膳御料理、御相伴仰せ付けられ、承章また御相伴なり、勧修寺・坊城・承章各仙洞御相伴、御膳相済み、濃茶を点てられ、黄昏に及び退出（『鳳林承章記』）。土御門隆俊は泰重男。
○七月二十四日、承章は梅小路の安二位（土御門泰重）に赴くなり、仙洞よりの内証仰せの趣き、これ有るに依り、勧修寺・坊城・承章三人は安二位に赴くなり、相対、相談せしむ、而して三人同途せしめ、院参せしむなり、尤も御対面、今日の趣きを具さに申し上ぐるなり（『鳳林承章記』）。
●七月二十八日、楽御会始（代始）あり（『続史愚抄』）。
○八月十日、承章は院参せしめ、無名の草花・一緋の花を呈献奉るなり、御用あるにより、御対面なきなり、仙洞の御歯御脱却、相国寺の塔婆に御籠め有るべきの旨、御歯箱今日呈上仕るべきの旨、仰せ、御所より書状遣し、吉長老に申し遣し、相国寺当奉行云首座持ち来たらる、則ち承章請取り、奥へ進上奉り、御歯を入れ、云

首座に持ち、帰らるなり、来月上旬観音懺法仰せ付けらるべきの儀、内々左様存ずべきの旨、今日仰せ聞かさるなり、移刻、伺公致し、退出せしむなり（『鳳林承章記』）。

●八月十二日、土御門安二位（泰重）は晴雲軒（承章）に来臨、南京焼き付けの茶碗十ヶ恵まれしなり、相対、葛吸い物・浮盃、濃茶を点つるなり、今度土御門宮内大輔隆俊儀相済み、先日承章また彼亭に赴くの還礼なり、極晩に及び、梅岑軒に赴く、来月上旬仙洞にて観音懺法仰せ付けらるべきの儀、内談の為なり、相対、相談せしむ（『鳳林承章記』）。

●八月十五日、中院通茂は早朝行水、八幡神号を掛け、香華御酒洗米等を供え、短尺（十五首を硯筥の蓋に盛り机上に置く）を同じく奉り、神拝了ぬ、次に（沢）兵部大輔これを拝し了ぬ、通茂参進、硯筥の蓋を取り下げ下に置く、聊か退き、更に参進、短尺を取り此を読み講じ了ぬ、元のごとく直し退く、洗米御酒等を頂戴し了ぬ、今朝和歌会、聖護院宮・三条大納言・飛鳥井前大納言・久我大納言・岩倉中納言・正親町中納言・清閑寺左大弁宰相・通茂・千種前相公・白川三位・具家朝臣・雅直朝臣・千種有維朝臣・愛宕通福朝臣・雅広等也、今日公宴御当座云々、通茂は当番と雖も神事に依り不参、昼間番代清閑寺熙房、宿は理り入れ申し了ぬ、長橋局・番奉行・三条大納言番頭也、勧修寺亜相当月奉行（中院本・通茂自筆『芥記』一冊《中院Ⅱ五三》による、以下『芥記』）。

●八月十五日、御当座短冊、聖護院道晃親王出詠、八月十五夜（『略年譜』）。

●八月十七日、飛鳥井亜相（雅章）亭に向い言談、一昨日の御礼なり、また石川主殿頭（憲之）より古筆本来たる、見るべきの由、不知なれば飛亜相と談ずべきの由なり、仍て随身しこれを見せしむ、不知の由なり（『芥記』）。なお石川主殿頭憲之は伊勢亀山藩主、石川家は中院家姻戚で、先々代忠総の時代には通村に徳大寺実通自筆『続撰吟抄』八冊等の鑑定を依頼している。

○八月十九日、来月に後光明院三回聖忌の奉為に、御法会を法皇御所にて行わる、此の日、法華懺法なり、公

卿前摂政二条康道、以下二人参仕、奉行院司葉室頼孝、伝奏中御門宣順（『続史愚抄』）。後光明院大祥忌の御吊、仙洞にて明日曼荼羅供、妙法院堯然親王導師、今晩御逮夜早懺法なり、供僧十二人の内、僧正三人なり、承章聴聞の為、院参せしむ、初更時分退出せしむ、御法事伝奏中御門宣順・奉行葉室頼孝なり（『鳳林承章記』）。

○八月二十日、仙洞御法会第二日（結願）、曼荼羅供を行わる（庭前）、導師妙法院堯然親王、公卿一条教輔、以下三人参仕（『続史愚抄』）。仙洞にて御法会曼荼羅供、妙法院堯然親王御導師なり、供僧十二人の内、僧正三人、聴聞の為、承章早天に院参せしむ、吉長老また聴聞の為、伺公仕らるなり、霊西堂・藤首座・厚首座・叢蔵主聴聞の為、来られるなり、着座は一条教輔・三条西実教・日野弘資の三人なり、縁にて着座なり（『鳳林承章記』）。

●八月二十日、三条西実教は着座に依り、昼間の番を理りなり、正親町中納言・中院通茂・富小路三位等なり、実教は申刻許りに参られ了ぬ、語りて云う、貫首正上已前に雲客は位次に任せ着座なり、近年大概は貫首経歴従四下、猶雲客第一なり、『定親卿記』ニアリ、又『宣胤記懺法講』に見当■の由物語なり、今日『御即位記』取出し了ぬ、書写の為なり、去春ヨリ少々御記の所を写されしなり（『芥記』）。

○八月二十二日、円浄法皇の伊勢物語講釈始まる。九月二十九日まで十二回。聴聞衆、堯然親王、道晃親王、飛鳥井雅章、岩倉具起、日野弘資、中院通茂、白川雅喬王など。古今伝授の一環であろう。この折の講釈聞書は種々あるが（和田英松『皇室御撰之研究』）、聖護院本道寛親王自筆『伊勢物語聞書之私上』仮綴横本断簡などもその一つである。

●八月二十二日、此の日、武蔵大風、木を折り、廬舎を倒し、破船すと云う（『続史愚抄』）。

●八月二十三日、去る廿一日より小番結改、今日中院通茂当番なり、相番は中御門宣順・岩倉具起等なり、宣順は正忌に依り理りなり、参番の次ぎに三条西実教に向い、和歌の相談し了ぬ（『芥記』）。

●八月二十四日、中院通茂は実教亭に向い、和歌相談（昨日の歌を詠み改む）、其後、仙洞に参る、今日大覚寺宮に

御幸の間、詠草を置き、先ず退出し了ぬ、入夜神事、『八雲御抄』第六披見（『芥記』）。

●八月二十五日、承章は院参せしむ、御対面、御前にて御菓子給うものなり、来月仙洞にて懺法仰せ付けらるべきの旨、天龍修《等修》長老・倫《昌倫》長老・建仁達《中達》長老この三人召し加えらるべきの内々の仰せなり、内証にて大統翁（中達）に申し遣すものなり（『鳳林承章記』）。

●八月二十六日、中院通茂は巳刻に参内、今日御学問所掃除、雲客の衆■なり、公卿官庫御懐紙の中、今度重陽の題（菊有長生秋）の歌を尋ぬべき由、仰せなり、正親町中納言（奉行）・園中納言（奉行）・坊城中納言・中御門宰相中将・通茂・東園宰相・白川三位等なり、十首許り見出し、進上了ぬ、其後、御掃除に加勢、御本等少々置き直すなり、日没の程、退出し了ぬ（『芥記』）。

●八月二十六日、承章は後陽成院諷経に出頭せしむ、海北友雪画師晴雲軒（承章）に来らる、厚首座《等厚》案内同道なり、細筆山水・人形の押絵十二枚これを恵まれしなり（『鳳林承章記』）。

●八月二十七日、中院通茂は大仏亭に向い、妙門（堯然）に参る、入夜帰宅、帰路の次に伊益亭に立ち寄る、病気散々の体なり、入夜灸治（『芥記』）。伶人伊益は通村の門人であるから、相当の老齢であろう。

●八月二十八日、中院通茂は請取当番、辰刻已前に参り了ぬ、午前に所々に参賀、申下刻に参宿、今日仙院・新院（明正）・女院御幸、戌刻許りに主上（後西）・仙院（後水尾）、番衆所に出御、即時入御（『芥記』）。

●八月二十九日、仙洞にて御用あり、承章は未明に参勤なり、妙法院堯然親王・聖護院道晃親王・承章の三人なり、朝御膳御相伴なり、朝餉相済み、御文庫にて勘例・記録・詩文・勅答・官例・法事・群書の委曲を考分、御見分なり、承章また御手伝仕るなり、夕御膳前に御舟に乗らる、初更に及び退出（『鳳林承章記』）。

○九月一日、今日昼、仙洞は鷹司房輔に御幸、承章は午時前に用意仕り、聖護院道晃親王に伺候いたすなり、今日聖門・妙門《堯然》また仙洞御供、鷹司に成り為され、両御門主御供仕り、鷹司に赴くなり、准后（清子）・長橋御

局・三位局なり、御幸前、聖門御頭痛指し発す、還御為されるなり、仙洞御相伴は、妙門・承章のみ、長橋局・三位は御膳以後、准后御相伴なり、日暮に還幸（『鳳林承章記』）。

●九月一日、中院通茂は巳刻に出京、所々に参賀、瑞亨院（通村室）・徳大寺（公信）・藤大納言（共綱）・三条西大（実教）・正親町中納言（実豊）等なり、三条西は来たる十一日例幣発遣の上卿、昨日より神事云々、門外に札を立てらる、幅三寸許り、高さ五尺許り、厚さ五分許りなり、形は此の如し、「神事也、僧尼重軽服不論、不可来入矣」、東面の門北方なり、門の左方に立つ云々、正親町語りて云う、立て様は説々あり、或は門の左、或は右、或は中央云々、三条物語云々（『芥記』）。

○九月四日、仙洞にて後光明院大祥御忌の御吊、相国寺僧に懺法を仰せ付けらるなり、天龍寺の妙智院補仲修長老・鹿王院の賢渓倫長老・建仁寺の大統院九岩達長老、此の三人を召し加えらるなり、北面所に到り、布衣・七条を掛け、菊の御門に到るなり、先に御粥・御茶有るなり、御粥済み、北面所に帰り、道具を着す、菊の御門に到り、懺法を始むなり、相国寺の僧十七人、以上二十員なり（『鳳林承章記』）。

●九月四日、中院通茂は便に依り溝口出雲守（宣直）に状を遣す、また便に依り吉川監物に状を遣す（『芥記』）。

●九月五日、中院通茂は白河亭（雅喬）に向う、次に正親町中納言亭に向い言談、三条（実教）の神事の事相談して云う、上卿前に三日神事なり、但し一日より□重軽服を論ぜざるものなり、然して彼卿は子細あり、一日より厳重に神事云々（文庫、神書、像、伝授之箱、雑記之間、文庫の記取り扱う故云々）（『芥記』）。

●九月七日、中院通茂は白川亭に向い言談、初夜の程、三条亭に向い和歌相談、晴の歌を詠み改むなり（『芥記』）。

●九月八日、中院通茂は午前に愚詠を仙洞に持参（白川を同道）、清閑寺熙房を以て進上了ぬ、此の次に去る廿四日御月次「橋雨」の歌の子細を御尋ねになる、古事候てもこれ無く、ただ常盤橋名所候てこれを詠み候う由、申し上げ候に、常盤橋名所の御覚悟なく、重ねて証歌を持参すべし、只今は御用あり、両三日の中、祗候すべきなりと、重陽は端を直し清書すべき由なり、帰路直ちに参番し了ぬ、『後柏原院御集』秋部十枚計り独校し

了ぬ、内々衆、入夜常御所に参り、菊綿を付す（『芥記』）。

●九月九日、和歌御会、題は菊有長生種、飛鳥井雅直出題、奉行阿野公業（『続史愚抄』）。重陽御会、一首懐紙、聖護院道晃親王出詠、菊有長生種（『略年譜』）。

●九月九日、中院通茂は所々参賀、帰宅し、懐紙に書し、進上し了ぬ、常御所西方欄外に菊あり、主上（後西）、女中方付けらるなり、後に各参り、上首次第、通茂、景色、下﨟参進、円座に着く、綿を御取り、菊上に置き、退き了ぬ、綿は当番の分（九歟）、上首より二つ置くなり、下﨟は一人一つ置き了ぬ（『芥記』）。

●九月十一日、伊勢例幣、上卿三条西実教、奉行中御門資熙、御拝あり（『続史愚抄』）。中院通茂は夜明けの後、三条西実教亭に向う、上卿なり、禁中にて束帯を着さる云々、仍て禁中に参り、暫くして上卿参らる、諸大夫間にて衣文を着さる（『芥記』）。

●九月十三日、中院通茂は当番、今日仙洞御幸、晩景、通茂・中御門資熙等は御池に臨み、小舟に乗り溝廻りの程、両御所出御、誰々手候哉と仰せなり、仍て面々名字を称し乗船あるべきの間、御舟を寄すべきの由、仰せなり、仍てこれを寄す所、主上（後西）・仙院（後水尾）召しに依り、源中納言・清閑寺大納言・持明院前中納言これに乗る、通茂は去る月御月次の歌の義、仙院仰せなり、暫時溝廻り入御、初夜の程、召しに依り常御所に参る、仰せ聞かされる事等あり、其後還幸なり（『芥記』）。

●九月十六日、中院通茂亭に玄春来る、入夜参内、桂昭房の番代なり、楽の御習礼あり（『芥記』）。

●九月十七日、中院通茂は去る月御月次の「見月」・放生会の「夕待恋」を詠み改め、仙洞に持参の所、貴宮《アテノ》に御幸云々、御不例なり、暫時還御、常盤直房を以て詠草を進上し了ぬ、召し有り、常御所東庇に参る、出御、仰せ聞かさるる事共、半時ばかりなり、退出し了ぬ、また尊勝陀羅尼を書き了ぬ、紺紙金泥なり、葩廿枚の包みを長橋局に進上す（明日より禁中にて懺法講行わる）、また今朝中御門大納言より触れあり、明日より懺法講

(三ヶ日)なり、参るべき云々、今日松平肥前守(鍋島光茂)より鴈一羽・菱喰一羽を贈られ了ぬ(『芥記』)。

●九月十八日、後光明院三回聖忌の奉為に、今日より三箇日、法華懺法講を宮中にて行わる(清涼殿を以て道場と為す)、出御あり、御所作箏、御行道なし、導師梶井慈胤親王、経衆公卿一条教輔以下三人、伶倫公卿四辻公理以下五人、殿上人花園実満以下四人参仕、奉行桂照房、伝奏勧修寺経広(『続史愚抄』)。

●九月十九日、今日の儀、楽なし、中院通茂は午刻退出、明日般舟院着座、また今日泉涌寺御廟に参るためなり、退出の後、暫く休息し、泉涌寺に参り了ぬ、香奠金一分折紙付を持参了ぬ、尊勝陀羅尼(紺紙金泥)を般舟院に進上し了ぬ(『芥記』)。

●九月二十三日、中院通茂は当番、参番の次に、三条亭(三条西実教)に向う、和歌相談なり、参番、今日『御手鑑目録』を終日書く、入夜『御記御即位』校合了ぬ、『多々良問答』を写し進むべきの由、仰せなり、御本を給い了ぬ、また『御記目録』を書くべきの由仰せに依り、同じくこれを給う(『芥記』)。

●九月二十四日、中院通茂は鹿谷の富小路頼直の草庵に向う、三条西・正親町・清閑寺大納言等なり(『芥記』)。

○九月二十五日、中院通茂は昨日の御月次詠草を仙洞に持参し、叡慮を得了ぬ、常御所にて仰せ聞かさる事、これ有り(『芥記』)。

●九月二十八日、中院通茂は当番、『御記目録』を持参(『芥記』)。

○十月八日、仙洞は大聖寺(元昌)に御幸、御供を昨日仰せ出さる故、展待《てんたい》を知らず、承章は急ぎ大聖寺に赴くなり、展待済み、各相留め、粽、浮盃、濃茶を点つる事、三服なり、未下刻大聖寺に赴きて、仙洞御幸なり、聖護院道晃親王、岩倉具起、承章御供なり、園基福は勝手の肝煎り、御茶堂仕らるなり、女三宮(顕子)・准后(清子)相伴なり、御茶済み、終日御雑談、仙洞仰せて曰く、誹諧の発句はこのごろ仕らざる哉、承章は勅答して曰く、一両日以前、拙吟の発句有るの旨、申し上ぐ、則ち仰せ召され、御製の御脇、第三岩倉具起、四句目

聖護院道晃親王遊ばされ、十四句の御誹諧これ有るなり、其の後、古歌の御穿鑿・御製の勅註これ有り、謹みて聴聞仕るなり（『鳳林承章記』）。

●十月十五日、承章は八条若宮（穏仁）の御殿に赴きて、明日の御幸に御供仕る御礼を申し上ぐるなり、園池宗朝また伺公故、対談、生島玄蕃（秀成）・岡本丹波（清生）出迎えらるなり、若宮御方御対面なり、池坊専順は砂物これを立つ、池坊と相逢うなり（『鳳林承章記』）。

○十月十六日、今午仙洞は八条若宮（穏仁）に御幸、承章また供奉、若宮に伺公致すなり、御相伴は聖護院道晃親王・飛鳥井雅章・坊城俊完・岩倉具起・承章なり、承章は聖護院宮の御次座、八条大御所（智忠）は亭主御脇なり、若宮の御殿に成りなされるなり、仙洞御供奉衆は園池宗朝・芝山宣豊・長谷忠康・風早実種・常盤直房・園池宗純・芝山定豊・非蔵人三人なり、御床は池坊立花、砂物二瓶池坊これを立つるなり、御振舞種々様々、三御膳先詰なり、御茶済み、御殿中方々御覧に成られ、御亭上に登られるなり、先日大聖寺（元昌）にて御振舞の時、御誹諧の次、今日も御誹諧十二句これ有り、後段また濃茶を点てられ、御酒少しばかり有り、御謡有るなり、亥刻過ぎ、還幸（『鳳林承章記』）。

●十月二十三日、去る十六日、江戸の町は回録、半井驢庵・狩野探幽・野間三竹長崎町、皆炎上の沙汰これ有り、町数十町ばかり炎焼の由なり（『鳳林承章記』）。

●十月二十四日、承章は芝山宣豊に赴く、則ち女院御所より御内証の仰せこれ有り、来月四日御持仏堂を叡覧の為に御幸、承章また御供仕るべきの御内証を仰せ聞かされ、其の外仙洞より仰せ付けられし御用の事これ有り、天龍寺へ近日相赴くべき事なり、早く帰るべきの処、芝山は相留められ、風早実種・河路正量また相招かれ、誹諧相催され、一折これ有り、振舞種々、打談せしむ（『鳳林承章記』）。

●十一月四日、春日祭、上卿柳原資行参向、弁不参、奉行中御門資熙（『続史愚抄』）。

○十一月四日、午時に内々より女院御所の仰せに依り、承章院参せしむなり、今日仙洞は女院御所に御幸、女院御所に此の頃御持仏堂出来、仙洞の聖眷を掛けられし故、承章また御内証に見なさるべきなり、午時院参致し、仙洞の御供仕り、女院御所の御持仏堂・御庭を拝見奉るなり、御持仏堂種々様々結構、金銀瑠璃珠玉の飾り、凡眼を驚かすものなり、御亭の下御座の棚七重、様々御棚の中に、御文箱共数多これ有り、仙洞の仰せに依り、御文箱一ヶ充懐中仕り、拝領仕るものなり、妙法院堯然親王・聖護院道晃親王・勧修寺経広・岩倉具起・承章、此の五人御文箱を懐中し、頂戴し奉るなり、院参衆は老若残らず御供、見物なり、仙洞還御、各御供仕るなり、御焼火の間にて御振舞御茶給うなり、先日の御誹諧の次、今日八句これ有り、先日の懐紙今日仰せ付けらる、常盤直房書かれしなり、御茶済み、また女院御所に仙洞成り為され、躍り御見物、各御供致し、見物奉るなり、躍り数三十番これ有り、躍り中御菓子・御銚子出て、大御酒、女三位・右衛門佐・按察御局・長門、此の衆御酒を勧めらる、承章また大酔致すなり、躍り済み、仙洞に還御、御焼火の間にて後段の御振舞、また濃茶を点てらる、御誹諧御咄なり(『鳳林承章記』)。

○十一月十一日、仙洞にて御振舞なり、御精進の御振舞、順の御振舞の初めなり、妙法院堯然親王・聖護院道晃親王・承章、三人の御客なり、御屋敷の御茶店なり、御掛物、日観筆の葡萄なり、讃有るなり、御茶済み、御鎮守の御火焚きなり、毎年霜月十六日なり、然ると雖も当月十六日は月蝕為るに依り、御火焚き今夜なり、御鎮守杜に成り為され、御見物なり、各御供なり、神楽度々、御湯立てこれ有るなり、御火焚き済み、御書院にて後段の御振舞なり(『鳳林承章記』)。

●十一月十六日、月蝕(酉戌等刻)(『続史愚抄』)。

○十一月十八日、仙洞に、晫長老・承章・達長老・崟長老・吉長老、この者共召され、御茶御振舞下さるなり、御茶は奥の御床間、癡絶の墨跡布袋の賛掛物なり、御茶堂は坊城俊完茶を立てられしなり、御茶済み、各御庭

歩行見物、御書院にて色々の御菓子を下され、種々巻物・古筆唐紙拝覧致し、各退出仕る、御前にて右の五人の長老へ塵綿の御頭巾一ヶ充拝領仕る、則ち頭巾仕る、坊城俊完持ち出し、各へ相渡さる、拝戴仕るものなり（『鳳林承章記』）。

○十一月二十五日、仙洞にて大狂言の吉郎兵衛狂言尽しこれ有り、承章また召さるに依り、院参致すなり、御門主方は、妙門（堯然）・聖門（道晃）・仁門（性承）・大門（性真）・妙門新宮（堯恕）・実門（義尊）・円門（常尊）、此の衆なり、公家衆は、勧修寺父子（経広・経慶）・岩倉具起の三人迄なり、狂言三十番これ有るなり、舞台に高燭出し、庭上の明かりは松明なり、四時過ぎに退出せしむ（『鳳林承章記』）。

○十一月二十八日、仙洞にて操り有り、承章また見物の為、院参せしむなり、御門主方は、妙門御師弟（堯然・堯恕）・聖門（道晃）・仁門（性承）・大門（性真）・実門（義尊）・円門（常尊）・二条光平御成なり、承章また仙洞御対面なり、公家衆また大勢召さるなり、御振舞は御内証方の沙汰なり、操り以上十四段、其の間に狂言十四番なり（『鳳林承章記』）。

●十一月、永井尚庸・野々山兼綱等は来山し、浄瑠璃・狂言を催す（『本願寺年表』）。

●十二月三日、午時聖護院道晃親王は禁中へ御茶御進上、承章また御相伴に参内致すべき旨、先に聖護院御門主に赴き、御供仕るべき旨申し入る、則ち聖門主御立寄りの所これ有り、先に御成、承章は禁殿に入り、番所に到り、園基福・油小路隆貞と相対す、禁中御対面、常の御殿、移刻、御咄、然れば則ち仙洞御幸なり、仙洞仰せ出され、承章また岩倉具起、此の内誹諧発句仕るべきの旨、岩倉古発句これ有る由申し上げられ、脇承章、第三院御製なり、妙法院宮（堯然）・聖護院宮（道晃）・承章・飛鳥井雅章、御相伴なり、誹諧は妙門・聖門・飛鳥井・勧修寺経広、此の衆一句充、一折これ有り（『鳳林承章記』）。

●十二月四日、真如寺の法堂、今度仙洞御建立故、供養今日これ有るなり（『鳳林承章記』）。万年山真如寺は、鹿

苑寺（金閣寺）・慈照寺（銀閣寺）と共に相国寺の山外塔頭の一つ。真如寺は宝鏡寺歴代の菩提所であるが、今年正月に第二十世理昌尼が亡くなった時、荒廃していたので、法皇が法堂を再興したのである。

●十二月八日、内侍所臨時御神楽を行わる（勅願子細ありと云う）、出御あり、拍子本持明院基定、末小倉実起、奉行中御門資煕（『続史愚抄』）。

○十二月十一日、内侍所臨時御神楽を行わる（法皇御願の為、行わると云う）、出御なし、拍子本持明院基定、末小倉実起、奉行広橋兼茂、今夜、法皇は禁裏に幸す、即ち還御（『続史愚抄』）。

●十二月十四日、承章は妙法院御門主宮（尭然）に赴く、高麗胡桃一曲物進上致す、御対面なり、内々申し入れ、埋忠九左衛門より歌仙一枚頼み、幷に江戸より頼まれし歌仙一枚、御筆を染めらる事、持参せしめ、申し入るなり、九左衛門頼みは、狩野探幽筆の絵躬恒なり、小色紙の絵の上に遊ばさる事なり（『鳳林承章記』）。

●十二月十五日、承章は長谷の聖門主（道晃）に赴くなり、筆法の書物一巻・弘法大師御筆の写点の事、先日御頼み成られ、点考、書写せしめ、持参申すなり、次いで乍ら歌仙の色紙一枚申し上ぐるなり、随光院（北条氏重母）の孫より、頼まれしなり（『鳳林承章記』）。

○十二月十七日、法皇皇子（十歳、聡宮と号す、先年聖護院に入る、母御匣局隆子）、御名字嘉遐に親王宣下あり、上卿清閑寺共綱、勅別当久我広通、奉行中御門資煕（『続史愚抄』）。聡宮は道寛親王。

●十二月十八日、金森宗和老、去る十五日逝去の由、昨晩これを聞くなり（『鳳林承章記』）。

●十二月二十一日、能円は北山に来らる、朝食相伴、『伊勢物語』を講ぜらる（『鳳林承章記』）。

○十二月二十四日、仙洞は明日幡枝に御幸、今日芝山宣豊より幡枝に赴かるの由、輿丁四人を請わる、今日遣すなり（『鳳林承章記』）。

●十二月二十六日、伯耆大山寺下山明神に神階宣下（正一位歟、未詳）、上卿高倉嗣孝、奉行桂照房（『続史愚抄』）。

○十二月二十八日、御歳暮の御礼の為、承章は院参せしむなり、蜜の大壺（家共）呈上奉るなり、禁中へ御幸の刻故、御対面なきなり、日暮れに及び、仙洞より葡萄一折十房拝領奉る、今時分の珍菓、凡眼を驚かす（『鳳林承章記』）。

●十二月二十九日、能円は朝食前に北山に来すぎ、齋を相伴、『伊勢物語』の切紙を承章に相伝申すなり、一両年の内『伊勢物語』の講釈を聞き了り、奥旨相伝なり、能円打談、囲碁五六番打たれるなり（『鳳林承章記』）。

明暦三年（一六五七）丁酉　六十二歳　院政二十八年

●正月一日、四方拝、奉行葉室頼孝、小朝拝なし、元日節会、出御あり、三献後に入御、内弁四辻公理、外弁三条西実教、以下八人参仕、奉行広橋兼茂（『続史愚抄』）。

●正月五日、承章は早々院参せしむ、先に芝山宣豊に赴く、則ち相対、岩橋友古居られるなり、小児医近藤道喜来る、初めて相対、知人となるなり、院参せしめ、御礼参勤の旨、申し上ぐるなり、御用有るに依り、今日は御対面なきなり、池尻共孝・梅小路定矩・岩倉具起・野宮定逸・風早実種、此の衆へ正礼伸ぶるなり、風早は三条公富の奏慶に赴かるの由、不対なり（『鳳林承章記』）。

●正月七日、白馬節会、出御あり、宣命見参奏後に入御、内弁三条公富、外弁清閑寺共綱以下八人参仕、奉行中御門資熙（『続史愚抄』）。

●正月八日、後七日法始（南殿にて行わる、以下同）、阿闍梨長者寛海、太元護摩始（理性院坊にてなり、以下同）、阿闍梨観助、以上奉行勧修寺経慶（『続史愚抄』）。十四日両法結願。

●正月十一日、神宮奏事始、伝奏四辻公理、奉行中御門資熙（『続史愚抄』）。

●正月十四日、八条宮智忠親王に二品宣下を行わる（近例に依り、軒廊にて位記請印の事なしと云う）、上卿三条西実教、奉行中御門資熙（『続史愚抄』）。

●正月十四日、承章は今日参内なり、内々相国寺の三長老衆また参内の儀、申さるに依り、勧修寺経広まで申し入るに依り、今日参内なり、例年の如く三和尚は勧修寺第にて道具衣を着らるべき旨、勧修寺より申されしに依り、晫長老・崟長老・吉東堂は勧修寺に来られるなり、進物は杉原十帖・末広扇一本、例の如くなり、御所より案内これ有り、則ち勧修寺より徒歩にて殿上に到り、御礼申し上ぐるなり（『鳳林承章記』）。

●正月十六日、踏歌節会、出御なし、内弁久我広通、外弁中御門宣順、以下八人参仕、奉行桂照房（『続史愚抄』）。

●正月十七日、今日禁中舞御覧、承章は急ぎ先に勧修寺に到り、父子（経広・経慶）同道せしめ、参内せしむなり、南殿にて先に鶴包丁あり、高橋これを截断すなり、次に舞御覧、左右七双なり、残らず見物せしむ（『鳳林承章記』）。

●正月十九日、和歌御会始、題は亀万年友、読師四辻公理、講師桂照房、講頌飛鳥井雅章（発声）（『続史愚抄』）。

●正月十九日、中院通茂は公宴御会始に出詠、『愚草』によれば、法皇の添削を得るか。禁中御会始、聖護院道晃親王出詠、一首懐紙、亀万年友（『略年譜』）。

●正月十九日、昨今両日、武蔵江戸大火（武家人家の過半亡ず、剰え城中に及ぶと云う）（『続史愚抄』）。本郷丸山本妙寺より火おこり、江戸本丸・二丸・大小名屋形、町中残らず炎上す、未曾有の天災なり（『実紀』）。

○正月二十日、承章は仙洞より仰せ出され、急ぎ院参致す、則ち御対面、御葩出でて、御相伴仕る、御酒御土器を御前に備え、天盃仕る、辱き次第なり、今日大聖寺宮（元昌）に御幸なり、承章また御供に召し連れらるべきの旨、仰せの処、女一宮（孝子）また成りなされるの旨、仰せ越されるに依り、承章は供奉仕らざるなり、御次に各打談せしめ、囲碁あり、承章また高辻豊長と北大路俊祇、囲碁三番打つなり（『鳳林承章記』）。

○正月二十三日、円浄法皇の古今集講釈始まる。中院本中院通躬筆『古今集講談座割』仮横一冊によれば、「明

暦三年法皇御講談。堯然法親王、道晃法親王、雅章卿、具起卿等へ御伝授之時。初座正月廿三日、春歌上。第二座廿四日、春歌下。第三座廿五日、夏歌より秋歌上かく許の歌まで。第四座廿六日、秋歌上白雲にの歌より。第五座廿七日、秋歌下。第六座廿八日、冬部賀歌。第七座廿九日、離別歌羇旅歌。第八座晦日、恋歌一。第九座二月朔日、恋歌二同三。第十座二日、恋歌四同五ひとりのみの歌まで。第十一座三日、恋歌五わかやとはの歌より哀傷。第十二座四日、雑歌上同下わか身からの歌まで。第十三座五日、雑歌下おもひきやの歌より雑体旋頭歌まで。第十四座六日、雑体俳諧歌より物名。第十五座七日、仮名序えたる所えぬ所たかひになんあるまて。第十六座八日、同かの御時よりこのかたとしはより。第十七座九日、大歌所御歌・墨滅歌・真名序。二月廿一日甲午、切紙。妙法院宮は紅鈍色指貫・不用袈裟。聖護院宮同上。飛鳥井前大納言、四十七才。岩倉前中納言、五十七才」とある。

●正月二十三日、儒臣林道春卒す、七十五歳（『実紀』）。鵞峰編『羅山先生集』（寛文二年）がある。

●二月一日、承章は西賀茂に赴き、恵観（一条昭良）へ年頭の御礼申し上ぐ、試筆の愚作御尋ねあり、即ち書き、尊覧に備えるなり、恵観の試春の御誹諧の御発句仰せ聞かされしなり（『鳳林承章記』）。

○二月六日、中院通茂は法皇御製を給い、初卯法楽私家の「江上霞」の自詠に法皇の御添削を得るか（『愚草』）。中院宰相勧進初卯法楽、聖護院道晃親王出詠、松残雪（『略年譜』）。

●二月七日、法皇の古今集講釈により中院通茂は貞応本系古今集序に書き込む（今治河野本『詁訓和歌集』）。元の貞応本の書誌は、「貞応本、横四寸七分（堺之内四寸三分）、竪七寸七分、（同七寸一分、但無堺歟、十行十一行、行数不定）」。巻末に貞応二年の元奥書と、文保二年の元奥書がある。題簽を含め全部中院通茂の一筆である。

●二月十一日、春日祭、上卿烏丸資慶参向、弁不参、奉行中御門資熙、此の日、中御門宣順参社、翌日（十二日）二月堂に参籠す、十三日帰洛（『続史愚抄』）。

●二月十二日、今日より七箇日、修法を清涼殿に行わる、阿闍梨曼殊院良尚親王、奉行勧修寺経慶（『続史愚抄』）。十八日修法結願。

●二月十九日、安養寺長老（龍空）は北山に来られ、東山禅林寺の公用『融通念仏之縁起』巻物二巻、同『勧進帳』一巻持ち来たるなり、内々仙洞御覧有るべき旨、然るに依り其の段安養寺へ対談せしむる故、今日持参され、慥かに承章に預け置くなり、明後日院参致す故、叡覧に備うべき旨、申談なり（『鳳林承章記』）。

●二月十九日、鍋島信濃守勝茂致仕し、丹後守光茂これを継ぐ（『実紀』）。光茂は寛文二年三月中院通茂に歌道伝受起請文を提出している。日下幸男「鍋島光茂の文事」（『国語と国文学』六五—一〇）等を参照。

○二月二十一日、法皇御所にて古今御伝授竟宴の会あり（『鳳林承章記』）。午時仙洞にて御振舞、承章はまた召されしに依り、院参せしむなり、永観堂（禅林寺）の什物『融通念仏之縁起』二巻幷に『勧進帳』一巻、内々叡覧に備うべき旨申し上ぐるに依り、一昨日安養寺和尚（龍空）右の縁起を当山に持ち来たられし故、幸に今日持参せしめ、尊覧に呈すなり、先年御覧に成られ、則ち絵を仰せ付けられ、写さるの由、然ると雖も事書の御写なし、此の度は事書も相写さる間、留め置かるべきの仰せ故、池尻共孝へ相渡し置くものなり、今日の御振舞は古今集の御伝授相済む故、妙法院堯然親王・聖護院道晃親王・飛鳥井雅章・岩倉具起、此の四人へ御伝授の御祝の振舞なり、御相伴の為、勧修寺経広と承章召されしものなり、右の縁起御覧成られ、事書の筆者大方仰せ聞かされ、相定むなり（『鳳林承章記』）。

●二月二十六日、仁和寺性承親王は灌頂（勅会）を遂ぐ、大阿闍梨菩提院信遍、公卿葉室頼業以下四人着座、奉行葉室頼孝（『続史愚抄』）。

●三月七日、承章は聖門（道晃）に赴く、昨日長谷へ還御の由、勧修寺（経広）に赴く、則ち相対、伏見御香宮三木右近（善利）位階相調う事、礼謝を伸るなり（『鳳林承章記』）。

○三月十一日、承章は今日院参せしむ、則ち御対面、瓢界御殿にて妙門主・聖門主・飛鳥井（雅章）・岩倉（具起）、今度御伝授の『古今集之抄』の御不審の御穿鑿、仙洞また毎日成り為さる故なり、承章また瓢界に召し連れられ、終日伺公致す、各御弁当、夕食の御膳を召し上がらるなり、承章は仙洞の御弁当を分賜下されしなり、御庭に梧谷《キリカヤツ》の桜これ有り、仙洞、梧谷を以て狂句仕るべきの旨、仰せなり、承章即吟に曰く、鳳闕桜梧谷、御製の尊対なり、龍団茶竹田、承章は当春誹諧の発句出来仕る間、岩倉（具起）脇句仕るべきの旨、仰せなり、承章発句は「大服の茶は年徳の湯立哉」、脇は「看経の後を祝う組付」（具起）、第三御製なり、「老髪も若水を付て撫であげて」、今日妙門主へ申し上げ歌仙二枚色紙、御筆を染められ、下さるなり（『鳳林承章記』）。

●三月十一日、長講堂の後白河院御影を公家により修復訖り、寺家に返し賜う（去年五月召さる処と云う）（『続史愚抄』）。

●三月十三日、長講堂にて後白河院御影開眼供養あり、楽所等参向、因て此の日より七箇日、開帳ありと云う（此の日、後白河院聖忌に当ると云う）（『続史愚抄』）。

●三月十四日、東照宮奉幣を発遣さる、先に日時を定めらる、上卿久我広通、幣使清閑寺熙房、奉行広橋兼茂（『続史愚抄』）。

●三月十五日、承章は藤谷為条に立ち寄り相対、新茗初めて服すなり、古筆持参し、これを見せしむ、則ち定家卿の筆たるべきの旨、藤谷申すなり（『鳳林承章記』）。

○三月十八日、承章は瓢界の御殿へ伺公致す、御歌御点検の御見廻申し上げ、杉折呈上奉る、仙洞は瓢界に成りなされ、御対面なり、政之丞自作の詩（即筆蹟）勅覧に呈するなり、妙門主（堯然）・聖門主（道晃）また御覧に成られるなり、飛鳥井（雅章）・岩倉（具起）是れまた見られるなり、幼少の者作意・筆法、叡慮驚かれるものなり、夕御膳の御弁当は御池辺に紅氈を布き、御弁当を開かれるなり、仙洞の御弁当の内、承章また頂戴奉り、御相伴仕るなり（『鳳林承章記』）。

○三月二十二日、仙洞・女院、長谷・岩倉に御幸なり、明朝は承章もまた幡枝に赴き、仙洞の御幸に供奉仰せ出さるなり（『鳳林承章記』）。

○三月二十三日、仙洞・女院は昨日より御幸、御逗留、今日仙洞は幡枝の御殿に御幸故、承章もまた供奉仰せ出さるに依り、今暁幡枝に赴く、上賀茂まで挑灯を用るなり、今朝殊外の寒気、冬日のごときなり、八条若宮（穏仁）・妙法院堯然親王・聖護院道晃親王・大覚寺性真親王・妙法院堯恕親王・勧修寺経広・飛鳥井雅章・岩倉具起・難波宗種・承章、御供なり、先に幡枝御殿にて御振舞有るなり、承章は湯揚げの堅餅（杉の箱）入り持参し、呈上奉る、則ち御膳過ぎ、召上がられ、一段の首尾なり、御茶は上の御茶屋にて下さるなり、山路御供仕る故、承章は帷子を着すなり、御茶済み、古御殿・御茶屋に成りなされるなり、処々に御掛物・花・御菓子、様々の御飾り物なり、山中より岩倉へ成りなされ、女三位（古市胤栄女胤子）の家にて御休息、御菓子を召し上がられ、実相院殿の御寺・茶屋御見物、岩倉の女三宮（顕子内親王）の御殿へ成りなされ、各見物を遂ぐるなり、菅式部出られ、様々御菓子・御吸い物・御酒を召し上がられ、御茶屋に成りなされるなり（『鳳林承章記』）。

○四月十六日、今上皇女降誕（母中納言典侍共子）、女二宮と号す（『続史愚抄』）。

○四月十六日、承章は院参せしむ、御見廻申し上げ、則ち御対面なり、先に聖護院門主（道晃）また成りなされるなり、仙洞御留成られ、御振舞有るべきの仰せなり、種々御咄、御蔵に両所の御供致し、御蔵内を拝見致すなり、御舟に成られ、仙洞・聖御門主・承章・坊城俊完とも御舟に乗るなり、御焼火の東間にて御振舞、御相伴申し上げ、御茶を点てらるなり、参頭寿恩は尺八を切り申す、内々然るべき竹これ有り、則ち念入りに截り申し、仙洞へ呈上奉るの由、申すに依り、寿恩は念入りに尺八を切り、承章に持ち来たる故、今日持参せしめ、呈上奉る、則ち一段御機嫌なり、仙洞は尺八を御吹きに成られ、御試しなり（『鳳林承章記』）。

●四月二十一日、嘉遐親王（十一歳、法皇皇子、先年入室）は聖護院室にて得度、法名道寛（『続史愚抄』）。

○五月二日、仙洞にて浄瑠璃操り有り、承章は辰刻に院参しむなり、仙洞御対面なり、親王方・家門方・御門主方・堂上大勢なり、佐々木問答と云う浄瑠璃六段なり、其の間狂言十一番これ有るなり、花山院浄屋（忠長）と今日初めて相逢う、御前にて仙洞御引き付け成られしなり、台山の実厳院また始めて相対すなり、園基音息なり、仙洞にて大覚寺性真親王御対談、高雄本願事段々申し上ぐるなり（『鳳林承章記』）。

●五月十二日、勧修寺経広は勅使として北山に来臨なり、子細は禁中御手鑑近頃相押さる故、五山の諸僧新古とも名不知これ有り、相考え、位次書付、呈上仕るべきの仰せなり（『鳳林承章記』）。

○五月十四日、大雨洪水なり、承章は午時前院参致すなり、御対面、種々御咄、夕御膳御相伴有るべきの仰せ、辱く承り了ぬ、承章一人御相伴仕るなり、入御の後、竹中季有と囲碁二番これ有り（『鳳林承章記』）。

●五月十五日、月蝕（今夜寅卯辰刻）（『続史愚抄』）。

●五月十六日、承章は勧修寺経広に赴く、禁中より仰せ付けられし五山古新の僧名の位次の次第書、考え、書き立て、呈上奉るものなり、勧修寺にて酉水を酌み、濃茶を喫し、帰るなり（『鳳林承章記』）。

○五月二十一日、仙洞（後水尾）・新院（明正）・女院（東福門院）は二条関白（光平）に御幸、承章はまた仙洞の供奉仕るなり、二条にて狂言尽の御見物なり、太夫は村山左近云々、辰刻より始まり、申下刻に至り済む、狂言四十八番これ有るなり、広橋兼賢・勧修寺経広・正親町実豊・岩倉具起・難波宗種・烏丸資慶・中院通茂・坊城俊完・花山院忠長、此の衆、其の外若き堂上達なり（『鳳林承章記』）。

○五月二十五日、仙洞にて、新院より仰せ付けられ、傀儡棚あり、左内太夫なり、承章また召され、院参せしむなり、南御所にて御対面、種々御雑談なり、操り初めの前に度々御対面なり、広橋兼賢・花山院忠長また伺公なり、浄瑠璃は原田と云う外題なり、原田左衛門尉種直と云う者の事なり、八段これ有り、申下刻相済むなり、御振舞済み、承章は高木伊勢守（守久）へ用事これ有る故、暫く相留るなり、武家衆は北面所にて御振舞有り、

御振舞の中、伊勢守を呼び立て、相国寺門前水道の事を演説すべきなり、承章各相対、酉水を酌むなり、深津越中守（正貞）・松平志摩守（信重）・中川飛騨守（忠幸）、此の両人は今日知人と成るなり（『鳳林承章記』）。

●六月四日、仙洞聖誕日今日なり、当年より初めて御誕生の御祈禱を仕るべきか否かの談合、慈照院より此の比申し越され、今日始めて塔婆前にて祝聖あり、承章は焼香せしむなり、回向は常の今上皇帝の処、太上法皇に成るなり（『鳳林承章記』）。

●六月三十日、藤江雅良は晴雲軒（承章）に来臨、仙洞仰せの旨、相国寺池の蓮を明朝二花御所望遊ばさるの旨なり、畏り御請け申し上ぐるなり（『鳳林承章記』）。

○七月一日、未明に仙洞より御所望の相国寺の池の蓮を五茎切る、承章は院参せしむなり、御対面なり、御前にて、雲門・粽・真瓜下され、真瓜五色出で、風味吟賞仕るものなり（『鳳林承章記』）。

●七月七日、和歌御会、題は水辺望天河、奉行藤谷為条（『続史愚抄』）。

●七月十六日、女二宮（去る四月降誕、母典侍共子）薨ず、後日般舟三昧院に葬る（『続史愚抄』）。

○八月三日、仙洞の宮様方御三人北山に成りなされるなり、品之宮（常子）御有卦入りの御遊興なり、富宮（常賢）・妙法院新宮（堯恕）、此の御三人なり、新宮様は叡山より直に今日御成なり、園基音息実厳院の院家御供なり、今朝交野時貞・岩橋友古は早天に来られ、書院にて朝食相伴なり、承章は今日初めて実厳院・其の外御乳母人両人・北村五左衛門、此の衆相逢うなり、五左衛門は富宮の家老なり、葡萄・羊羹・豆飴・御菓子呈上せしむなり、雨天前に山上茶屋・石不動御見物なり（『鳳林承章記』）。

●八月十日、法皇皇子房宮（母権中納言局）は梶井室に入る（『続史愚抄』）。

○八月二十日、法皇皇女降誕（母新中納言局国子）、珠宮と号す（『続史愚抄』）。

●八月二十日、承章は坊城に赴く、坊城俊完落飾、入道、戒師は承章、床に観音像を掛けしむ、案一脚、香炉・

燭、焼香し三拝、戒経を唱え、天子・仙洞・氏神・両親を拝す、剃髪せしむ、法名常空（『鳳林承章記』）。

○八月二十九日、昨今猿楽叡覧あり（『続史愚抄』）。承章参内せしむ、仙洞御幸、御能の内、禁中・仙洞御対面なり、御能見物仕るなり、太夫は島屋吉兵衛父子・泉庵息一学、三人の太夫なり、三輪・田村・熊野など七番なり、御能済み、御記録所にて仙洞御咄、妙法院堯然親王・聖護院道晃親王・花山院忠長伺公（『鳳林承章記』）。

●九月八日、広橋兼賢より内々佳招を蒙る故、承章は午時広橋第に赴く、承章一人なり、珍しき禽獣数多これ有り、被見すべきの故なり、唐土・南蛮・朝鮮の鳥、日本鳥の替物一四五色、栗鼠に似るもの驚目なり、禽獣一ヶまた終に見ざるものなり、終日打談、夕食振舞なり、濃茶を点てらる（『鳳林承章記』）。

●九月九日、和歌御会、題は露光宿菊、奉行阿野公業（『続史愚抄』）。重陽御会、一首懐紙、聖護院道晃親王出詠、露光宿菊（『略年譜』）。

●九月十一日、伊勢例幣、上卿久我広通、奉行中御門資熙、御拝あり（『続史愚抄』）。

●九月十二日、承章は藤谷為条に赴く、古筆を見せしむなり、仙洞より仰せ出されしは内々当秋長谷へ茸狩りに御幸、承章また供奉の儀を仰せ聞かさる、然ると雖も当秋は新院（明正）御幸故、供奉の儀御遠慮成らるべきの旨、仰せ出さるなり（『鳳林承章記』）。

●九月十三日、御当座短冊、巻頭聖護院道晃親王出詠、十三夜月（『略年譜』）。

○九月十六日、仙洞・新院・女院長谷に御幸、茸狩りなり、明晩還幸の筈なり（『鳳林承章記』）。

○九月二十三日、仙洞より俄に承章を召されしなり、妙法院門主（堯然）・聖護院門主（道晃）御用有るに依り、召され、御伺公なり、急ぎ小袖衣を北山に取り遣し、用意せしめ、急々院参せしむなり、寺内の木練柿百顆を用意せしむ故、即ち持参致し、呈献奉るなり、古木柿五十・若木柿五十、一籠なり、御膳以後、承章持参の柿御菓子出さるなり、俄に岩倉具起もまた召さるなり、御茶済み、当年仲秋の誹諧発句の承章作御尋、申し上

ぐ、則ち御製御脇遊ばされ、辱く頂戴奉るものなり、承章発句「名をみかく月の鏡や天下一」、仙洞御褒美なり、御製御脇「こは龍田姫そむるのう簾」（『鳳林承章記』）。

○十月五日、今日仙洞御茶壺御口切りなり、御客、妙法院堯然親王・聖護院道晃親王・飛鳥井雅章・勧修寺経広・岩倉具起・花山院忠長、承章また召し加えられしなり、仙洞より内々の御有増しの共甲御頭巾拝領奉るなり、妙門主・聖門主・承章、此の三人拝領なり、先日承章作の名月発句誹諧、御製の御脇、岩倉具起今日第三仕らるなり、此の発句を以て百韻三吟遊ばさるべきの仰せなり、面《（表）》七句今日これ有るなり、御振舞以後、中間の御座敷、御茶の湯これ有り、坊城常空御茶立てらるなり、御掛物、為相懐紙なり、御花は白玉椿・長春花・連翹なり、妙法院宮御花を入れらるなり（『鳳林承章記』）。

○十月十三日、禁中御口切りの御能これ有り、承章また勅召に依り、参内せしむ、則ち早々召し出され、仙洞・禁中（後西）御対面、御門主衆・承章御打談、御能初めまで御前にこれ有るなり、竹生島・朝長・野々宮・道成寺・柏崎・土蜘蛛・放下僧・清経、此の二番御請能なり、切りなり、御振舞また殊の外御念入り、御茶まで下されしなり、上林初昔の御茶なり、今日の御能の太夫、左近右衛門・平右衛門、此の両人なり（『鳳林承章記』）。

○十月十四日、承章は参内致すなり、昨日御口切に召されし御礼なり、今日また御能有るに依り、幸に見物仕るべきの旨仰せ故、終日見物仕る、十番これ有るなり、御囃子羽衣・白楽天・八島・江口・源氏供養・紅葉狩・籠太鼓・藤栄・野守・融・祝言なり（『鳳林承章記』）。

●十月二十七日、聖護院道晃親王は正和五年清輔自筆本写『問答奥義抄』一冊を校合了ぬ（『略年譜』）。

○十月二十九日、承章は参院せしむなり、仙洞にて小勝太夫に立舞を仰せ付けらるなり、女太夫なり、和田宴・志田・高館の三番なり、其の間に間々狂言充てこれ有るなり、友男三郎右衛門芸、初めてこれを見る、物真似奇妙、言語に絶するなり（『鳳林承章記』）。

●十一月十日、春日祭、上卿高倉嗣孝参向、弁不参、奉行中御門資熙（『続史愚抄』）。

●十一月十六日、月蝕（丑寅刻）（『続史愚抄』）。

○十一月十七日、今日藤谷為条禁中にて御茶進上致さる故、御相伴の為、承章もまた早々参内仕るなり、聖護院道晃親王また成りなされるなり、仙洞御幸、先に御学問所にて承章はまた召し出され、段々御噂さ、内々一順の御誹諧、仙洞遊ばされ、今日御一順七八九廻すなり、御亭にて御膳なり、御相伴、聖門・承章・正親町実豊なり、御茶済み、少しして仙洞還幸なり、御相伴、聖門・承章また退出仕らず、禁中（後西）出御、相待つべきの仰せ故、久しく伺公致す（『鳳林承章記』）。

○十一月十八日、仙洞御誹諧御一順の内、花句岩倉具起の句に指合あり、申し遣し、改め来る、承章の句また相改め、書付、仙洞に献じ奉るなり、竹屋光長興行の一順、承章句書付これを遣すなり（『鳳林承章記』）。

●十一月二十二日、儲皇高貴宮（御年四、法皇皇子、後光明院養子）御色直と云う（『続史愚抄』）。

○十一月二十七日、承章は急に院参せしむなり、昨日拝領の御礼段々申し上ぐるなり、昨日八景の古歌・古詩を勅撰され、拝領致す、御礼申し上ぐるなり、仰せに曰く、来月朔日禁中御連歌の御会なり、仙洞御幸、承章また参内仕るべきの仰せ出なり、畏り奉るなり（『鳳林承章記』）。

○十二月一日、禁中御連歌の御会なり、発句は聖護院道晃親王遊ばさるなり、仙洞また御幸、妙法院宮（堯然）御名代の為、仙洞御製遊ばさるなり、承章また召されしに依り、参内せしむなり、仙洞御座畳の近傍に、承章召し置かれるなり、内々の誹諧の御一順遊ばされ、一折廻し、五十韻に及ぶなり、承章作の狂句の上句これ有り、申し上ぐ、則ち法皇御製の尊対十一句有り、御製御章句、承章の対未出来、御懐紙懐中、尤韻なり、御連歌また五十韻、先に留めらるなり、御連衆、主上・式部卿宮（穏仁）・聖護院宮（道晃）・正親町実豊・岩倉具起・烏丸資慶・中院通茂・阿野公業・白川雅喬、此の衆なり、画師の海北友雪書、式三番の三幅一対狂詩の讃、

叡覧有るべきの旨、一昨日仰せ出され、画図を昨日厚首座を以て取り寄せ、今日持参、参内せしめ、捧げ奉る、則ち主上・法皇勅眷遊ばさるなり、三幅一対を禁中に留置為さるなり（『鳳林承章記』）。

〇十二月八日、今日聖護院道晃親王、禁中（後西）へ御茶進められ、承章また御相伴の為、お召しに依り、巳刻参内なり、仙洞また御幸、御床内に雪舟筆の出山釈迦像御掛有るなり、砂物万年青の一色、聖門主立てなされるなり、御相伴、勧修寺経広・岩倉具起・承章の三人なり、聖門主御弟子（道寛）共両宮は御相伴せず、御配膳なり、御茶済み、内々御囃子御催なり、能太夫、小畠左近右衛門・徳永平左衛門父子なり、脇横田善太夫・徳右衛門なり、先に御囃子三番御舞台にてなり、遊行柳（徳永）・井筒（小畠）・葵上・舟橋・呉服なり、狂言また四番なり、狂言は伊兵衛・甚三郎・其の外四五人なり、能済み、後段の御振舞は御学問所にてなり（『鳳林承章記』）。

〇十二月十日、承章は参内、禁中連歌の御会なり、去る朔日の御連歌五十韻の残り、今日御会これ有り、仙洞御幸故、承章また内々お召しに依り、参勤奉るなり、御連歌の御連衆、先日の衆・其の外勧修寺経広伺公なり、仙洞と承章御両吟の狂句御聯句また今日二十句余遊ばされるなり、御四吟の誹諧また今日数句相廻るなり、半鐘時分御連歌満るなり、承章退出（『鳳林承章記』）。

〇十二月十五日、今日仙洞は大聖寺宮（元昌）に御幸、御相伴の為、承章供奉仕るべきの旨、夜前仰せらる故、午後に御案内有る故、則ち大聖寺に伺公致すなり、岩倉具起・承章両人のみ御供仕り御相伴なり、野宮定縁・風早実種・主税介（伊丹重純）御供なり、此の中の御三吟御誹諧遊ばされ、今日百韻満るなり、狂句御聯句また今日遊ばされ、六十七八句済むなり（『鳳林承章記』）。

●十二月十五日、前関白前左大臣鷹司信房薨ず、九十三歳、後法音院と号す（『続史愚抄』）。

●十二月十九日、内侍所臨時御神楽あり、出御あり、拍子本小倉実起、末綾小路俊景、奉行葉室頼孝（『続史愚抄』）。

○十二月二十八日、仙洞は禁中に御幸（『鳳林承章記』）。

万治元年（明暦四）（一六五八）戊戌　六十三歳　院政二十九年

●正月一日、四方拝、奉行広橋兼茂、関白二条光平家拝礼、次に東福門院拝礼、次に新院拝礼（法皇拝礼なし）、次に小朝拝、関白二条光平以下公卿、人（ママ）、殿上人中御門資熙以下参列（女院新院等拝礼、関白以下公卿殿上人中御門資熙以下、同じく参列歟）、中次奉行等中御門資熙、元日節会、内弁二条光平、陣後早出、清閑寺共綱之に続く、外弁葉室頼業以下五人参仕、奉行中御門資熙（『続史愚抄』）。

●正月七日、白馬節会、出御あり、飯汁後に入御、内弁久我広通、外弁中御門宣順以下七人参仕、奉行桂照房（『続史愚抄』）。

●正月八日、後七日法始（南殿にてなり、以下同）、阿闍梨長者寛海、太元護摩始（理性院坊にてなり、以下同）、阿闍梨観助、以上奉行桂照房（『続史愚抄』）。十四日両法結願。

●正月十二日、武蔵江戸大火（『続史愚抄』）。

●正月十六日、踏歌節会、出御なし、内弁三条公富、外弁四辻公理、以下六人参仕、奉行葉室頼孝（『続史愚抄』）。

●正月十七日、舞楽御覧あり（『続史愚抄』）。禁中毎年の如く舞御覧なり、仙洞御幸故、承章を召し連れらるべきの旨、仰されし故、早々参内せしむ、先に仙洞に伺公すべき旨、仰せ出さるに依り、急ぎ院参せしむなり、花山院浄屋（忠長）もまた召されしなり、仙洞御対面、浄屋と承章は天盃頂戴奉るものなり、仙洞御狂句聯句の御製の尊対御承句一順仰せ聞かされしなり、仙洞曰く、浄屋と承章囲碁を仕るべきの仰せ故、御前にて二番囲碁有り、仙洞御幸、浄屋と承章を同伴せしめ、参内せしむなり、雪中故、陣廊にて先に鶴包丁これ有り、次に

舞御覧、五双これ有り、左方第一東遊、右第一蘇利子、此の後四双、而て了ぬ、御振舞あるなり、今日は御礼なし、此の比主上は少し御不例故なり（『鳳林承章記』）。

●正月十八日、禁中爆竹なり、見物の為、参内致すべきの旨、昨日仰せ出さるに依りて、参内せしむなり、御幼の宮方御成遅き故、爆竹遅く、午時に始まり、見物せしむなり、相済み、内の所にて御祝いの葩并に酉水を酌む、退出せしむ、花山院浄屋（忠長）また召され、伺公なり、番所にて東坊城長維・葉室頼業とも酉水を酌むなり、番所にて非蔵人二人初めて知人と成るなり、松尾土佐（松室重朝）・稲荷肥前（大西親栄）なり（『鳳林承章記』）。

●正月十八日、三毬打あり（『続史愚抄』）。

●正月十九日、和歌御会始、題は柳先花緑、冷泉為清出題、読師日野弘資、講師飛鳥井雅直、講頌飛鳥井雅章（発声）、奉行三条西実教（『続史愚抄』）。禁中御会始、一首懐紙、聖護院道晃親王出詠、柳先花緑（『略年譜』）。

●正月二十一日、神宮奏事始あり、伝奏久我広通、奉行中御門資熙（当時祭主職欠と云う）、此の日、また武蔵江戸大火と云う（『続史愚抄』）。

●正月二十八日、儲皇（御年五、高貴宮と号す、法皇皇子、母新中納言局国子、養母女院、後光明院御養子）、御名字識《さと》仁に立親王及び二品宣下等あり（法皇御例と云う）、上卿二条光平、已次公卿中御門宣順、以下六人参仕、勅別当久我広通、親族拝等、例の如し、奉行中御門資熙、此の日、親王御所（女院御所なり）にて、家司職事等を補さる（『続史愚抄』）。儲皇親王は後の霊元天皇。

●二月五日、春日祭、上卿園基福参向、弁不参、奉行桂照房（『続史愚抄』）。

●二月十一日、壬生院藤原光子の三回忌に依り、般舟三昧院に於て御法事を行わる（『実録』）。着座坊城俊広、中山英親、奉行桂昭房。

●二月十五日、野宮定逸薨ず、四十九歳、法名覚了（『公卿補任』）。

○二月二十三日、大雨なり、今日は仙洞の姫宮達、其の外女中方、仁和寺御室に成り為されるなり、仙洞また御隠密にて御幸有るべきなり、此の中の御催の処、大雨なり、天何為哉（『鳳林承章記』）。

●三月二日、承章は長谷に赴くなり、当年聖護院道晃親王年頭の御礼なり、先に御吸い物、御盃を浮かべられ、退んと欲す、則ち達て相留められ、御振舞有るなり、供者下々まで御振舞下さるなり、積善院の院家（宥雅）相伴なり、信濃源古煙草二把持参せしめ、御門主に呈するなり（『鳳林承章記』）。

●三月五日、今日より七箇日、護摩を南殿にて修さる、阿闍梨円満院常尊、奉行勧修寺経慶（『続史愚抄』）。十一日護摩結願。

●三月十二日、富小路頼直卒、四十六歳、法名元清（『諸家伝』）。

●三月十四日、禁中御能これ有り、承章は暁天より参内せしむ、今日の御能十三番なり、太夫は小畠左近右衛門なり（『鳳林承章記』）。

●三月十五日、今日また禁中後朝の御能これ有り、今日また参内仕るべきの旨、然るに依り参内せしむなり、御能十五番の内、二番は御乞能なり、切りとも十五番なり、禁中にて御菓子・御酒度々御振舞、濃茶三度喫すなり（『鳳林承章記』）。

●三月十七日、此の日、興福寺維摩会を始行さる、行事桂照房参向、今度子細ありて、延年舞なしと云う（『続史愚抄』）。二十三日維摩会竟る（『続史愚抄』）。

○三月二十日、仙洞御忍びにて大覚寺宮御門主（性真）に御幸の由、今晩御一宿の内々風聞なり（『鳳林承章記』）。

●三月二十一日、東照宮奉幣を発遣さる、先に日時を定めらる、上卿正親町実豊、幣使六条有和、奉行葉室頼孝（『続史愚抄』）。

○四月二日、仙洞より白牡丹一輪・紫色の珍花一輪幷に天門冬一曲物、承章は拝賜奉るものなり（『鳳林承章記』）。

●四月六日、松尾祭（『続史愚抄』）。
●四月十二日、稲荷祭（『続史愚抄』）。
○四月十六日、承章は院参、則ち御対面、御前にて御咄これ有り、勅扇一柄拝賜仕る、品宮（常子）御自筆法華妙典八軸拝見奉り、肝胆に銘す、凡眼を驚かし、言語に絶するなり、奥書は御製の文なり、御下書き管窺を許さる、処々に御談合を為すと仰せなり、謹みて承るなり、女官の次第、尚侍・典侍・掌侍の事、具に仰せ聞かされけるものなり（『鳳林承章記』）。
○四月十七日、昨日仙洞仰せられし春月・秋月の故事見出だすに依りては、申し上ぐべきの仰せなり、帰山せしめ、『事文類聚』を考えて即ち書し、献上致すものなり（『鳳林承章記』）。
●四月二十三日、承章は勧修寺経広次男（経尚）元服故、招かれ勧修寺に赴く、則ち出入りの者・役者・公家・一門中、多く人聚るなり、辰刻の元服なり、称号は海住山なり、名は左兵衛権佐なり、加冠清閑寺共綱、理髪は極蔵人なり、着座は坊城俊広・万里小路雅房なり、元服済み、三献の祝儀これ有るなり、新官参内さるなり、一門の公家衆振舞なり、承章もまた広間にて公家と同座、振舞なり、振舞済み、囃子三番有るなり、太夫小畠左近右衛門来る、老松・芭蕉・養老なり、芭蕉と養老、太夫壺折、舞なり、鼓石井仁兵衛親子、小鼓伝兵衛親子、狂言二番次左衛門仕るなり（『鳳林承章記』）。
●四月二十七日、此の日、法皇は長谷殿に幸す（『続史愚抄』）。
●五月一日、日蝕（巳午未等刻）（『続史愚抄』）。
●五月一日、海北友雪筆の三番叟三幅一対の絵、禁中より、返し下さるなり、近日友雪に返し遣すべきなり（『鳳林承章記』）。
●五月二日、御楽始あり（『実録』）。

○五月二日、仙洞にて御振舞有り、承章は午時に院参せしむ、花山院浄屋（忠長）・花山院定好・土御門泰重・承章、召されて充宮の御殿にて御振舞なり、御膳の前、御前にて浄屋と承章は囲碁三番有り、御振舞済み、御舟に乗られしなり、仙洞は以外御歯の御痛み出で、入御なり、各御茶・御菓子を給う（『鳳林承章記』）。

●五月五日、聖護院道晃親王は仙洞御本を以て『梁塵愚按抄』一冊校合了ぬ（『略年譜』）。

○五月六日、法皇の詠歌大概講釈始まる。聴聞衆は伊勢物語講釈や古今集講釈と同様であろう。この折の講釈聞書は雅章聞書などが知られている（和田英松『皇室御撰之研究』）が、聖護院本『詠歌大概』道晃親王自筆仮一冊などもある。該書は墨付四五丁。初葉に「詠歌大概、明暦四年五月始六月満仙洞御講釈聞書。此抄は梶井の宮尊快親王より定家に歌のよみやうをかきて参せよと有し時にかきてまいらせたる抄也。此尊快親王は後鳥羽院第七ノ御子と云々。但禁中にある本朝紹運図ニハ第八ノ御子と有。猶此義ニ可着歟。詠歌之大概ト之文字ノ入タルカヨキ由ニテ書入タル逍遥院自筆ノ本アリ。イカナル子細ニテヨシトハ知カタシ。譬ハ古今ハ貫之奏覧ノ本正本也。乍去定家自筆ノ本ヲ用也。了見を加へて持来の家ノ証本とすと奥書分明ニアル故也。連々辟を改るの道理也。連歌ノ新式ナトも肖柏自筆よりも後々のを用る也。是も辟をあらたむるの理也ト。又称名院説ニハ之文字不入可然也。外題ナカニをき字ノ有例モ稀ナル間、不可然ト也。定家仮名自筆本ニハ詠和歌大概ト五字ニアリ、是もトナヘ不可然」とある。講談座割については、『詠歌大概私抄』道尊親王（後西院第九皇子）筆一冊に「明暦四年五月六日、先題号ヨリ新古今古人ノ歌同可用之、是マテ御文字読、次御講談。五月十七日、歌一首ツヽニテ御講談。桜花ーー。五月十九日、歌一首ツヽ御文字御文字（衍字か）読。秋の田のーー。六月九日、一首ツヽ御文字読、御講談。末の露ーー」とある。また第二丁表に「（略）此抄ノ題号、定家卿自筆之写為秀卿筆之写、中院中納言所持ニハ詠歌大概ト四字也。又以定家自筆似セカキニ書タル様ノ古筆ノ一巻アリ。ソレニハ詠歌之大概ト五字也。逍遥院内府筆之本烏丸中納言所持ニハ五字也。同筆之本飛鳥井大納言所持之字不入四字也。然レ

ハ難一決候。浄満寺准后説ニ云、之ノ字入タルハ逍遥院説也（略）」（ミセケチは省略）とある。因に、右文にある「定家卿自筆之写為秀卿筆之写」系統の本は聖護院本にある。該書は横一冊、墨付十三丁。奥書に「以相伝秘本曾祖父京極入道中納言定家卿筆具令書写校合訖。尤可為証本矣。左兵衛督藤原朝臣為秀。右以本不行違写置所也。天和元酉霜月中六日」とある。

●五月十二日、今日より東大寺法華会ありと云う（『続史愚抄』）。

●五月二十日、前大僧正報恩院寛済を東寺長者に補し、法務を知行す（去る十四日寛海辞替）（『続史愚抄』）。

●五月二十四日、承章は午時聖護院道晃親王に請い奉り、御茶を進上せしむなり、御相伴は岩倉具起・玄俊・五十嵐幸清なり、内々飛鳥井雅章も兼ねて約を為すと雖も来られず、幸清は招かずと雖も彼方より推参され、別して大慶少なからざるものなり、内々より小泉惣兵衛申し遣し、弟子四人同道仕り、来たる、狂言五番仕るなり、狂言衆は直に明王院座敷を借り、これを遣す、御振舞は当寺なり（『鳳林承章記』）。

●五月二十七日、明正上皇の御悩御平癒の御祝として御能あり（『実録』）。禁中御能これ有り、承章は召されしに依り、未明に参内せしむなり、御前に召し出され、仙洞また御幸、両上様御前にて、御能初めまで御咄これ有るなり、妙法院門主（堯然）・聖護院門主（道晃）・承章、御前に伺公致すなり、御能太夫小畠左近衛門なり、或いは三番叟、風流これ有り、毘沙門なり、堤左太衛門二番、自然居士・龍田なり、喜太郎少年二番、田村・柏崎なり、紫宸殿にて京尹牧野佐渡守（親成）相対、打談せしむなり（『鳳林承章記』）。

●五月二十八日、今日また禁中御能これ有り、十四番なり、承章は早朝参内せしむ、則ち主上・仙洞御対面、御能まえに緩々と御咄これ有るなり、覆盆子一台今日持参せしめ、禁中に献上奉るなり、今日堤左太衛門は兼平・項羽、此の二番仕るなり、喜太郎は錦木一番仕るなり（『鳳林承章記』）。

○六月一日、仙洞、新院（明正）御所今度御疱瘡の御祝事、御囃子三番、其の後に浄瑠璃操りこれ有り、承章は

早々院参せしむ、御連枝の御門主方・摂家衆・堂上は新院の衆の外、勧修寺経広・岩倉具起召さる、勧修寺は故障故、不参なり、武家衆召されし故、牧野佐渡守（親成）・其の外衆、承章相対なり、清閑寺共房伺公なり、赤縁にて役者共と相対なり、太夫左近衛門・横田善太夫・生田与右衛門・岡本重左衛門、其の外皆々相逢う、仙洞の御前に承章召され、御対面、御咄これ有るなり、御咄は高砂・東北・呉服なり、太夫壺折、呉服舞なり、追付操りなり、大坂市郎兵衛（今度大和大目に成るなり）二番、其の間狂言二番充、浄瑠璃は六段充これ有るなり、今日坊主俊定と云う者、誹諧発句仕り、承章脇、岩倉第三これ有るなり（『鳳林承章記』）。

○六月五日、禁中御能これ有り、女御（昭子）御方、申し沙汰なり、承章また召され未明に参内せしむなり、禁中・仙洞御対面、御能前に暫く御咄なり、御能十一番の内御乞い能一番なり、屋々子郎兵衛父子・小笛庄兵衛出座仕るなり、申刻相済み、退出せしむなり（『鳳林承章記』）。

●六月九日、法皇皇子（十歳、登美宮と号す、母新中納言局国子、先年入室）、御名字常淳に親王宣下あり、上卿園基福、勅別当徳大寺実維、奉行桂照房（『続史愚抄』）。登美宮は一乗院真敬親王。

●六月十九日、来る二十二日仙洞にて御能有りて、橋懸りの松は北山より進上いたすべき旨、見立ての為、喜多十太夫来たり、見立てなり（『鳳林承章記』）。

●六月二十日、明後日仙洞にて申楽芸の御能これ有るに依り、橋懸りの松五本切り、持ち為し、進上致すなり、園池宗朝まで書状を以て申し入れなり（『鳳林承章記』）。

○六月二十二日、終日大雨なり、仙洞にて御能有り、親王（識仁）御方の御能なり、喜多十太夫仕るなり、承章また召さるるに依り、未明に院参せしむなり、御対面、今日の御能組、御直に拝領奉るものなり、御能十番、此の外、御乞い能海士一番なり、役者は猿楽名人共なり、狂言鷺仁右衛門父子、脇は春藤六郎次郎なり、横田善太夫、此の者なり、今日の御能驚目なり、牧野佐渡守（親成）・其の外武家衆相対、打談せしむ（『鳳林承章記』）。

●六月二十七日、女三位局（古市胤栄女胤子）今晨逝去の訃音、松鷗軒より申し来たるなり（『鳳林承章記』）。

●六月二十八日、承章は女三位殿に赴く、弔礼を伸るなり、実相院（義尊）・円満院（常尊）に赴き、三位局の逝去の弔礼なり（『鳳林承章記』）。

●六月二十九日、女三位殿の弔礼の為、承章は先ず長谷に赴き、近藤伊織を呼び出し、弔礼を伸る、聖門主（道晃）はまた岩倉に成りなされる旨、直ちに岩倉に赴く、三位殿の殿にて中陰有り、縁に至り、則ち大蔵卿・西坊・大輔皆々出合い、相対、積善院（宥雅）また御門主より御使仰せ出さるなり、暫く打談（『鳳林承章記』）。

●七月二日、岩倉に赴き、三位殿に送経せしめ、焼香成り、蓮経八軸なり、承章は縁にて焼香せしむなり（『鳳林承章記』）。

●七月五日、内大臣三条公富里第にて年号勘者宣下あり、奉行中御門資熙（『続史愚抄』）。

●七月七日、和歌御会、題は二星待秋、冷泉為清出題、奉行阿野公業（『続史愚抄』）。

○七月十一日、承章院参、御見舞申し上ぐるなり、御内証の御客人御座の由、其れに就き、御対面無きなり、勧修寺経広今度武家伝奏、関東より申し来たり、一昨日禁中仰せ出さる旨、仙洞にて初めて聞くなり（『鳳林承章記』）。

●万治元年七月二十三日、改元定を行わる、上卿三条公富、已次公卿葉室頼業、以下八人参仕、明暦を改め万治と為す（関東は去今年大火故と云う）、勘者四人、万治の号は高辻豊長択び申す、赦令恒の如し、吉書を奏す、上卿葉室頼業、以上奉行葉室頼業、伝奏勧修寺経広（『続史愚抄』）。今日改元なり、上卿三条公富なり、改元伝奏勧修寺経広なり、奉行中御門資熙、年号を万治と改むなり（『鳳林承章記』）。

●八月三日、鴨川の洪水、堤を壊すと云う（『続史愚抄』）。

●八月四日、前宵終夜大風大雨故、今朝方々大洪水なり、高橋の橋柱三本流れるなり（『鳳林承章記』）。

●八月十二日、冷光院殿前参議良岳宗本大禅定門の五十年遠忌の正当なり、故坊城俊昌卿の年忌なり、承章の兄

なり（『鳳林承章記』）。

●八月十六日、午時坊城常空（俊完）、内々に承章を招かれ、振舞なり、常空下屋敷、修学寺の出在家の下屋敷なり、承章初めてこれを見るなり（『鳳林承章記』）。

○八月十七日、承章院参、則ち御対面あるべきの旨、常御殿に召され、准后（清子）また成り為されるなり、移刻、伺公致すなり、准后と囲碁仕るべきの旨仰せ、二番これ有り、予二番負けなり（『鳳林承章記』）。

●八月二十五日、中御門宣順を召して、『薗大暦』校合の事を仰せ付けらる（『実録』）。

●八月二十八日、道晃親王は仙洞御本定家真跡本『僻案抄』一冊を書写する（東山御文庫本）。

●九月九日、重陽和歌御会、題は菊有新花、出題飛鳥井雅直（『続史愚抄』）。

●九月十一日、伊勢例幣、上卿葉室頼業、奉行中御門資熙、御拝あり、此の日、任大臣宣下あり（口宣）、内大臣鷹司房輔（『続史愚抄』）。

○九月十二日、承章は院参、当山の松茸一籠呈上奉るなり、今日は御用有るに依り、御対面無きなり（『鳳林承章記』）。

○九月二十六日、黄精の御尋仰せらるべきの旨、仙洞より召されるに依り、午時前に承章は院参せしむ、先に芝山宣豊に赴き留守見舞、小袖に着換え、院参せしむなり、鹿子茸一ヶ持参、呈献奉るなり、妙法院尭然親王・聖護院道晃親王もまた御成なり、黄精《おうせい》の事段々御尋ねなり、御前にて囲碁あり、承章と高辻豊長なり（『鳳林承章記』）。因みに黄精は強壮・強精に用いるとされる。

●十月十六日、賀州太守肥前守（前田利常）去る十二日逝去の訃音、今晨これを聞くなり、六十六歳の由なり（『鳳林承章記』）。利常正室は珠姫（徳川秀忠女、天徳院）、四女は富姫（昌子、八条宮智忠親王妃）。

○十月十七日、今上皇女降誕（母中納言典侍共子）、撰宮と号す（『続史愚抄』）。後の霊鑑寺宗栄。

●十月二十日、内裏の御門六所の立替始日時を勘進すべき旨、仰せ出さる（『実録』）。

●十月二十二日、承章は表具屋庄兵衛を招く、定家筆切れの表具の誂えなり、長恨歌流の筆法の切れなり（『鳳林承章記』）。
●十月二十三日、承章は藤木小左衛門（字直）に書物を頼み遣す、閑蔵主遣すなり、林春齋より申し来たる故、『尊氏家代々官位』の記録写の事なり（『鳳林承章記』）。春齋は林羅山息、『鵞峰先生林學士文集』等がある。
●十月二十九日、金地院参内・院参故、勧修寺経広にて金地院に朝食振舞う、承章も招かれ勧修寺に赴く、岩橋友古見舞わるなり、飯後、青木遠江守（義継）もまた来られしなり、御所より御案内、承章もまた殿上まで金地院を案内、参内せしめ、承章は召され奥にて御対面なり、金地笠穏東堂は新院（明正）へ伺公、承章先に仙洞に伺公、然れば則ち仙洞御対面、勧修寺と承章は野瀬餅・栗餅を御前にて給い、桑酒下さるなり、金地院伺公、御対面なり、一束一巻進上なり、禁中にて内山上乗院（永久寺）僧正もまた今日参内仕らるなり、金地院は女院御所にも赴れしなり（『鳳林承章記』）。
●十一月一日、日蝕（寅卯辰等刻）（『続史愚抄』）。
●十一月十一日、方長老は雲州に赴かれ、在国、仙洞より仰せ出されし黄精薬御所望故、方長老に申し遣すなり、方長老は朝鮮国に穿鑿致され、勘出されし妙薬なり、松平出羽守（直政）より、櫻井小兵衛と云う侍を相添え差し登さるなり、能貨は黄精の一箱持参なり（『鳳林承章記』）。
○十一月十二日、承章は昨日雲州より到来の黄精薬一箱持参致し、仙洞に呈上奉るものなり（『鳳林承章記』）。
●十一月十五日、此の日、春日祭を行わる、上卿油小路隆貞参向、弁不参、奉行桂照房（『続史愚抄』）。
○十一月十七日、清閑寺共綱は禁中へ御盃献上、承章も御相伴の為参内仕るべき旨、昨日仰せ出されし故、午時前に参朝せしむなり、法皇また御幸なり、御相伴は聖護院新宮（道寛）・飛鳥井雅章・承章なり（『鳳林承章記』）。
●十一月二十一日、儲皇親王（御年五）女院御所にて御髪剪・御着袴等あり（『続史愚抄』）。

●十一月二十三日、御能あり（『実録』）。禁中御能先日より主上御直に、承章も見物伺公仕るべき旨、勅命に依り、参内仕るなり、御能・御乞い能とも十一番なり、太夫は小畠左近衛門なり、其の内喜太郎少年二番なり、御乞い能また喜太郎一番仕るなり、蘆刈の能これ有り、則ち承章は狂歌を綴り、飛鳥井雅章に向かい演説せしむるなり（『鳳林承章記』）。

●十一月二十四日、承章参内、今日また御能有るなり、地謡の者・笛・鼓・太鼓みな長袴なり、御囃子無き御能なり、九番、御乞い能二番、小鍛治・熊坂、以上十一番なり（『鳳林承章記』）。

○十二月三日、仙洞御壺の御口切り御振舞なり、妙法院堯然親王・聖護院道晃親王・円満院常尊門主・承章・建仁大統九岩達東堂・相国寺勝定院崟東堂・建仁清住院柏東堂、此の衆なり、仙洞御相伴これ無く、妙門主誹諧の御発句、内々仙洞よりの由、今日誹諧遊ばされ、和漢一折半これ有り、御発句は、白炭や炉中にも太平雪、御池の御茶屋にて御茶有るなり、後段は御書院にてなり（『鳳林承章記』）。

●十二月七日、昨日の御礼の為、承章は早々院参、操りの人馬を操り持ち来たり、木馬奔走、眼口開合の事、生き馬を見るが如し、此の操り見物仕るべきの仰せ故、見物せしむなり、御前にて、聖護院新宮（道寛）先日遊ばされし御発句申し上げ、則ち第三御製なり（『鳳林承章記』）。

○十二月十日、禁中にて御囃子御能これ有り、大樹（家綱）より鷹・鶴献上故、御振舞の御能なり、見物の為、承章また参内致すなり、尤も法皇御幸なり、妙法院堯然親王・聖護院道晃親王・聖護院新宮（道寛）成り為さるなり、仙洞御幸、承章は御前に召し出さるなり、勅に曰く、承章は御門主方の御簾中、御同座、見物仕るべきの旨、勅命故、今日終日簾中にて見物仕る、忝なき次第なり、簾中にて御吸物・御菓子・御鉢飯後門主方御受用、承章また御相伴、勾当御局・出羽局・今一人女中某、また御給仕なり、今日御能七番・御囃子二番なり、能太夫小畠左近衛門・喜太郎両人、脇は横田善太夫幷に三郎右衛門なり（『鳳林承章記』）。

●十二月十二日、妙心寺開山本有円成国師の三百回に依り、更に仏心覚照の号を賜う（『続史愚抄』）。

●十二月十二日、禁中より仰せ出さる詩仙の詩、五山前住・西堂は山林の衆詩を書付べきの旨、承章申し渡すべきの旨、仰せ出され、絵三十六枚今日下され、清閑寺共綱書状を承け給うなり（『鳳林承章記』）。

●十二月十四日、聖護院道晃親王の御筆、大峰八大金剛童子の大文字、今日杉本民部に相渡す、則ち喜悦申さる（『鳳林承章記』）。

○十二月十五日、承章は禁中より内々お召しを蒙る、御壺の御口切り、御茶下さるべきの仰せ出でなり、妙法院堯然親王・聖護院道晃親王・承章のみ、御亭にて御振舞有るなり、法皇また御幸なり、御床御掛物室八島、定家筆なり、御茶済み、勾当局の玄関にて放下あり、種々奇妙成る事なり、禁中承章を召し連れられ、また見物奉るなり、一丁鼓御囃子これ有り、敷き舞台にて、庄田与右衛門一丁鼓、左近衛門歌謡、江口と放下僧二番なり、大鼓白極善兵衛一丁鼓二番、三井寺・勧進帳なり、横田善太夫綱脇の仕形少し仕るなり、御囃子二番、松風・松虫なり、また御亭にて後段の御振舞なり、禁中の御空焼の伽羅の匂い、以外に鼻孔に徹し、法皇また御感なり、然れば則ち妙門主・聖門主・承章、伽羅を主上御懐中より拝領奉る、仙洞・主上・妙門・聖門・承章御簾中にて同座仕り、聴聞奉る、仙洞御両吟の狂句また二三句これ有るなり（『鳳林承章記』）。

●十二月十九日、承章は早々清閑寺共綱に赴く、今度詩仙の詩を五山諸老書付られる事、禁中へ叡慮を得る事これ有るにより、相赴き、清閑寺に相対なり、禁中然るべき香炉これ無き由、内々承り及ぶに依り、承章所持の青磁の朱会香炉を献上奉るべきの旨、清閑寺へ申し入れ、今日持参せしむ、清閑寺まで相渡すなり（『鳳林承章記』）。

●十二月二十二日、承章巳刻参内、禁中の去年出来申す『御手鑑』を見為さるべきの旨、仰せ出さる故、早々参勤致すなり、先に勧修寺に赴き、相対、則ち両伝奏京尹牧野佐渡守（親成）に赴くの由、早々対談せしむなり、今日手鑑御覧の御衆、八条中務宮智忠親王・式部卿宮穏仁親王・聖護院道晃親王・承章・飛鳥井雅章の五

人なり、午時より拝見せしむ、二冊相済み、御振舞出され、承章と飛鳥井は御相伴なり、御亭にて御茶を点てられしなり、御亭の掛物は後鳥羽院の御歌なり、御床の飾りは種々の古筆巻物なり、各御覧に成られ、承章また拝見し、朱会香炉進上致す、御棚上に、飾られしなり、御茶済み、また『御手鑑』一冊分御覧に成られるなり、三冊相済むなり、十六冊これ有るに依り、残り十三冊重ねて是を見為されるべき仰せなり、今日勧修寺にて、芝山内記の訃音を聞き、驚き入るなり、去る十九日頓死の由、賀陽より飛脚到来なり（『鳳林承章記』）。

●十二月二十八日、承章は午時に藤谷為条・冷泉為清・吉田兼景・久三を招き、壺の口切り、茶の湯を出すなり、明王院相伴なり（『鳳林承章記』）。

○十二月二十九日、一昨夜深津越中守（正貞）台所火事、然ると雖も早く消すなり、今日一昨日近所の火事の御見廻に承章は院参せしむ、則ち御対面、段々仰せ聞かされし事共これ有り、御前にて赤飯弁に餅を給う、御両吟の狂句また申し上ぐるなり（『鳳林承章記』）。

●十二月三十日、此の日辰刻、皇太神宮及び荒祭宮風日祈宮等火く（宇治橋辺より火起こり、橋また亡ず）、神体神宝等無為にて山中に遷し奉ると云う（『続史愚抄』）。

●十二月三十日、午時に飛鳥井雅章より、明王院と哲蔵主相招かれしなり、彦首座また同道せしむ、掛物は後小松院御文なり、奥の書院の書物は栄雅（雅親）なり、蹴鞠興行、雅章また蹴鞠なり、飛鳥井雅直・難波宗量、其の外地下の者なり、鞠済み、後段なり（『鳳林承章記』）。

●閏十二月二日、去る月三十日火事、内宮禰宜等言う、此の序でに言う、内宮新古御殿、倶に焼亡の間、俄に仮殿を設け、神体を奉安す、今日より廃朝五箇日（但し六日復日、七日重日の間、八日朝御簾を上げらるべしと云う）、奉行姉小路実道、伝奏日野弘資（『続史愚抄』）。

○閏十二月十日、太上法皇宸翰御短尺を平山六郎左衛門拝見奉るものなり、六郎左衛門親父金子八郎兵衛頂戴奉

る御短尺なり（『鳳林承章記』）。
●閏十二月十二日、北山にて能円『狭衣物語』講釈仕られ、承章は聴聞せしむなり（『鳳林承章記』）。
●閏十二月十四日、内侍所臨時御神楽あり、出御あり、採物後入御、拍子本持明院基定、末綾小路俊景、奉行桂照房（『続史愚抄』）。
●閏十二月十八日、承章は院参、手作りの梅漬一壺十ヶ入り献上奉るなり、御対面成らるべきの旨、仰せ出さるなり、御対面、去年冬よりの御両吟の狂句聯句遊ばされ、今日百韻満るなり、今日は御精進日、幸に御膳御相伴遊ばさるべきの旨、仰せられ、狭間御膳を召し上がりなされ、承章一人御相伴、内々仰せ付けられし法皇御影、今日衣紋模様仰せ付けらるべく、承章は九条道具着し申すべき旨仰せなり、然ると雖も承章は道具衣北山に御座有るの由、申し上ぐ、則ち相国寺へ申し遣し、借り寄せらるべきの旨、仰せに依り、俄に彦首座まで申し遣し、豊光寺仁東堂に道具衣九条・座具・数珠を借り寄せ、承章は道具を着し、御膳に出で、御座の次に座すべきの由仰せ、安座せしむなり、愛宕中将（通福）を召し遣し、画図を写すべき旨、仰せ付けらるなり、一人にては成らず、絵師両人を斗景間まで呼ぶ、承章また斗景間に到り、道具九条を着し、安座せしむ、則ち平兵衛・源兵衛・愛宕中将三人の画師に画図せしむ、其の間二時計なり、奥より以て似而非と、仰せ出さる、移刻、初更時分相済み、絵を奥へ差し上げ、退出せしむなり、今日西川源兵衛より『百丈清規抄』新板を持ち越され、之を見せしむなり（『鳳林承章記』）。
●閏十二月二十一日、聖護院道晃親王は照高院に隠居す（『続史愚抄』）。因みに照高院は聖護院の脇門跡で、聖護院門跡の隠居寺である。以下、照高院道晃親王と称す。
○閏十二月二十二日、承章は院参、先に芝山宣豊に赴く、同道せしめ御所に参る、黄精粉一箱もまた持参せしめ呈上奉る、則ち叡感斜めならざるなり、仙洞御歯御痛み故、御対無きなり、玉舟翁より『周礼素本』六冊借用

せしむなり（『鳳林承章記』）。

●閏十二月二十八日、南禅寺より直に白川の照高院宮道晃親王に赴くなり、去る二十三日御移徙の賀慶なり、染め付け茶碗三十ヶ進上致すなり、御対面（『鳳林承章記』）。

●閏十二月二十九日、伊勢宇治郷火く、馬斃るに依り、両宮七箇日蝕穢と云う（『続史愚抄』）。

万治二年〔一六五九〕己亥　六十四歳　院政三十年

●正月一日、四方拝、奉行桂照房、小朝拝なし、元日節会、出御あり、御酒勅使後入御、内弁鷹司房輔、外弁日野弘資、以下七人参仕、奉行勧修寺経慶（『続史愚抄』）。

●正月三日、承章は院参、仙洞より仰せ出だされ、院参せしむなり、承章一人御書院にて御対面、天盃拝戴奉り、辱き次第なり、試春の拙作御尋に依り、拙詩幷に発句・誹諧発句を叡眷に呈し奉る、則ち詩また発句また出来の旨仰せ、殊の外の御褒美なり、喜悦眉を開くるものなり、焼火の間にて、菱葩・雉焼きの御酒・種々の御祝いなり、常盤権佐（直房）に仰せ付けらる故、殊の外の馳走なり、大御酒なり、高辻豊長と藤江量雅（雅良）の囲碁二番見物せしむ（『鳳林承章記』）。

○正月五日、千秋万歳・猿楽等あり（『実録』）。法皇（時に猶本院と称す）新院（明正）・女院（東福門院）等、内裏に幸す、即ち還御（『続史愚抄』）。

●正月七日、白馬節会、出御あり、晴御膳後に入御、内弁久我広通、外弁葉室頼業、以下七人参仕、奉行姉小路実道（『続史愚抄』）。

●正月八日、後七日法始、阿闍梨長者寛済、太元護摩始、阿闍梨観助、以上奉行勧修寺経慶（『続史愚抄』）。十四

日両法結願。
●正月十一日、神宮奏事始、伝奏日野弘資、奉行姉小路実道（『続史愚抄』）。
●正月十二日、内々院御所の御衆年頭の為、北山に藤江量雅（雅良）・高辻豊長・吉田兼則来らる、量雅は遅れて来訊、玄陳法眼を誘引され、玄陳来らるなり（『鳳林承章記』）。
●正月十六日、踏歌節会、出御あり、立楽間に入御、内弁九条兼清、外弁烏丸資慶以下八人参仕、奉行葉室頼孝（『続史愚抄』）。
●正月十九日、和歌御会始、題は霞遠山衣、出題飛鳥井雅章、読師葉室頼業、講師桂照房、講頌飛鳥井雅章（発声）、奉行三条西実教（『続史愚抄』）。
○正月二十一日、法皇の道寛親王への源氏物語講釈始まる。聖護院本『桐壷』仮綴一冊は若書きにて、道寛親王筆と思われる。墨付三丁。初葉に「万治二年正月廿一日、源氏物語仙洞御講談、先御文字読分。いつれの御時にか女御更衣あまたさふらひ給けるなかに、いとやむことなきゝはにはあらぬか、すくれてときめき給ふありけり。これまて也。●題号之事。此物語ノ名ハ光源氏物語、作者ハ紫式部。題号之心ハ全篇光源氏ノ事ヲシルスニ依テ也。河海抄云、或説云、此物語をはかならす光源氏物語と号へし。いにしへ源氏といふ物語あまたある中に、光源氏物語は紫式部か製作也云々。是今案の義歟。作者紫式部寛弘六年日記に源氏物語の御前にあるをよませ給ふとあり。水鏡物語にも、紫式部か源氏物語とかけり。代々集の詞これらにおなし。是ヨリサキ源氏物語ト云物有リ、然ハ光ト云字可加。乍去比類ナケレハ源氏トハカリイハンニ更ニクルシカラスト云々。●作者伝記。紫式部、父越前守為時、母右馬頭為信女也。紫式部ハ御堂関白道長公ノ北方倫子左大臣雅信女ノ官女也。相続テノ」（一オ）とある。文字読みから始まり、「題号之事」以下非常に丁寧に説かれているので、或いは道寛親王に対する古典教育の始まりかとも思われる（『略年譜』）。

●正月二十三日、照高院道晃親王は冷泉為相筆牧野親成所持『なかにもつゆはかり』一冊に加証奥書する。聖護院本はその写し。未装、升形本、墨付三五丁。仮表紙に「ため相　四寸八分半」とある。日下幸男「聖護院蔵「しづくに濁る物語」――伝為相本の道晃親王の臨写本」（『王朝文学研究誌』四）等を参照。

○正月二十六日、承章は院参、今日妙法院宮（堯然）・聖護院宮（道晃）両門主仰せ合わされ、御茶御進上、承章相伴なり、去る二十日御勝負の御負け方の御振舞なり、明御屋敷の御茶屋にてなり、一乗院宮（尊覚）・坊城常空（俊完）御参合の故、俄に御相伴なり、御茶の前後、御庭御船の御遊興なり、暮に及び入御、奥より仰せ出され、三御門主・承章は常の御殿の御居間に召され、御菓・葩種々、名酒数多下さるなり、一乗院宮は南都より近日御上洛、今日御年頭故、御銚子・御盃を進められしなり、女中衆前後御給仕なり（『鳳林承章記』）。

●正月二十九日、承章は清閑寺共綱に赴く、参内の由、不能面談、直に白川に赴くなり、照高院宮道晃親王へ年頭の御礼、漸く今日伺公致すなり、御玄関にて近藤伊織相談、早々退くなり（『鳳林承章記』）。

●二月五日、春日祭、上卿高倉永敦参向、弁不参、奉行桂照房（『続史愚抄』）。

○二月九日、申下刻、勧修寺経広同道せしめ、承章は朝参仕るなり、御囃子前、承章召し出され、禁中御対面、今晩御囃子組見為されるなり、仙洞また御幸、妙法院門主（堯然）・照高院門主（道晃）・八条刑部卿宮（穏仁）・聖護院宮（道寛）・両伝奏・承章、此の御衆なり、御囃子は廊の舞台を借らるなり、太夫左近右衛門・喜太郎両人なり、難波・誓願寺・熊野・松虫・東北・三輪・養老七番なり、三輪・東北・養老此の三番は装束にて舞うなり、東北は喜太郎舞うなり、三輪の脇は善太夫なり（『鳳林承章記』）。

●二月十四日、修学院仙洞御殿に御用の樹木、内々仰せ聞かされしに依り、承章は茂葉の木を見立て、人足を以て十本持ち為し、修学院の御殿へ進上致すなり（『鳳林承章記』）。

●二月十四日、難波宗種薨ず、五十歳（『公卿補任』）。宗種は飛鳥井雅宣男。

○二月二十三日、仙洞にて狂言尽くし有り、村山又兵衛と云う者の一座なり、少年の者共の名、千丞・伊織・数馬・東・妻之介・半丞、其の外数人これ有り、狂言の太夫、奴作兵衛・又九郎・庄左衛門、此の者共なり、二条光平・妙法院宮（堯然）・仁和寺宮（性承）・大覚寺宮（性真）・聖護院宮（道寛）・両伝奏、此の御衆見物なり、承章一昨日より御召しを蒙る故、急ぎ院参致すなり（『鳳林承章記』）。

○二月三十日、内々仙洞より仰されし黄精草の出生の数茎を桶裡に培栽し来たる、雲陽の太守松平出羽守（直政）に差し上げらるの由なり、井筒屋平兵衛入道の道立、持ち為し来たる、然るに依り、承章院参せしめ、黄精草を仙洞に呈献奉るなり、鳴門の間にて御対面、刻移、御咄なり、承章懐中せしむ石筆を御覧に成られ、一段能きの由、仰せなり、即ち石筆を呈上奉るものなり（『鳳林承章記』）。

○二月、法皇の道寛親王への徒然草講釈始まるか。聖護院本『寂然集』仮綴横本二冊は若書きにて、道寛親王筆かと思われる。表紙に、「万治二天／寂然集／二月吉日」とある。内容は、いてや、竹のそのふ、はふれ、なまめかし、したり、いきほひまうに（初日）以下の語釈・注釈である（『略年譜』）。

●三月二日、承章は早々清閑寺共綱に赴く、去年冬、禁中より仰せ付けられし詩仙の詩、五山諸老・大徳寺の諸老書付べきの旨、仰せなり、出来仕る三十六枚持参せしめ、清閑寺に相対、相渡すなり（『鳳林承章記』）。

○三月三日、承章は早調筆、仙洞御用の旨、先日仰せ聞かされしに依り、閑蔵主五条富小路通助左衛門所に遣し、十双買却なり、早調筆十五管を仙洞に献上奉るものなり（『鳳林承章記』）。

●三月十六日、月蝕（今夜丑寅卯等刻）（『続史愚抄』）。

●三月二十一日、東照宮に奉幣を発遣さる、先に日時を定めらる、上卿葉室頼業、幣使藤谷為条、奉行姉小路実道（『続史愚抄』）。

○三月二十七日、禁中御能これ有り、承章参内せしむなり、仙洞御幸、承章を召され、御対面、天子また御対面

なり、京尹牧野佐渡守（親成）へまた相談せしむなり、主上御指御乳人出羽殿また相対なり、御能太夫小畑左近右衛門并喜太郎・太郎八なり、太郎八は十歳の少年なり、御能十二番、日未だ落ちざるに相済む（『鳳林承章記』）。

●三月二十八日、今日また禁中後朝の御能なり、承章参朝致すなり、先ず御囃子一番これ有り、西行桜なり、末広を太夫小畑左近右衛門に下されるなり、烏丸資慶は扇を出されるなり、御能十四番なり、切祝言とも御囃子入り、十五番なり、御菓子御振舞なり、承章は橋弁慶と祝言未だ済まざる中、退出せしむ（『鳳林承章記』）。

○四月一日、仙洞・新院（明正）・女院長谷に御幸なり、明日還幸有るべきなり（『鳳林承章記』）。

●四月四日、皇太神宮心柱仮殿遷宮の日時を定めらる（去る冬火く故なり）、上卿久我広通、奉行姉小路実道、次に造同宮山口祭の日時を定めらる、上卿葉室頼業、職事同前（山口祭日時は十九日と云う）（『続史愚抄』）。

●四月四日、承章は柴刈惣兵衛と小五郎を遣し、黄精草を取り寄するなり、杉坂辺まで行き、採り来たる、大茎大根の黄精なり、土気を洗い、能く乾干、大根を截破、朝より蒸すべきなり（『鳳林承章記』）。

○四月五日、承章は院参、規伯方東堂は黄精一箱献上され、持参仕り、献上奉るなり、并に黄精草の大根大茎一本進上奉り、叡覧に備う、照高院宮道晃親王最前より成り為され、常の御所の奥に成り為され、承章また召され、仙洞御対面なり、御菓子、終日御咄、夕御膳また御相伴遊ばさるべきの旨、承章また御相伴、女中衆給仕、照門主・承章両人御相伴なり、濃御茶また点てられ、下さる、仙洞御供仕り、御庭歩行、御芍薬花盛を拝見奉るなり、今日勅扇拝賜、頂戴奉るものなり、黄精薬一包これまた拝領奉るなり（『鳳林承章記』）。

●四月六日、常淳親王（十一歳、法皇皇子、先年入室）、南都一乗院にて得度、法名真敬、戒師金勝院某（東金堂と云う）（『続史愚抄』）。

●四月七日、松尾祭（『続史愚抄』）。

○四月七日、仙洞より黄精草一茎并別草の茎一本下され、黄精の偽実の見分け、申し上ぐべきの旨なり、一茎は

正真の黄精なり、一茎は非黄精なり、此の旨、承章は勅答申し上ぐるなり（『鳳林承章記』）。
○四月八日、承章院参せしむ、黄精草を御領所より取り来たり、見分申すべきの仰せ、蒸様申し付くべきの仰せなり、赤塚芸庵に申し付け、具に芸庵に伝授せしむの仰せ故、申し付くるなり（『鳳林承章記』）。
●四月十日、伊勢一社に奉幣を発遣さる（両宮なり）、先に日時を定めらる（内宮以下等火事に依る）、上卿烏丸資慶、奉行姉小路実道（『続史愚抄』）。
○四月十四日、修学院の内の御殿にて、仙洞御振舞内々仰せ出されるなり、御客は、妙法院堯然親王・照高院道晃親王・承章、三人計なり、先に出在家の坊城常空（俊完）亭に赴く、妙門・照門も常空に御成なり、内々照高院宮より御頼み成られし、讃岐国那賀郡金倉寺の鐘銘を清書仕り、今日常空亭にて、照高院宮へ進上致すなり、清書幷に点付幷に抄本、以上三巻進上仕るなり、妙門・照門また禁中より仰せ付けられし歌書遊ばされ、奥書の御内談遊ばさるに付き、少し充て改正申し上ぐるなり、常空にて御菓子進上、則ち早く御殿に伺公致すべきの御案内なり、急ぎ歩行、妙門・照門・承章・常空、松崎主計（俊章）御同道せしめ、修学院の内の御殿に赴くなり、御庭上の瀧の風景、凡眼を驚かし、肝胆に徹するものなり、二階の御亭隣月亭・寿月観所々の御飾り驚目のものなり、御掛物後京極良経懐紙・御亭日観筆葡萄絵、讃有るなり、雲母坂方の不動堂方の歩行、御供仕るなり、雲母坂にて卯の花爛漫故、承章誹諧発句仕る、則ち御製の御脇なり、発句に曰く「卯の花や白きはげにも雲母坂」、御脇「絵にもおよばぬ夏山の隈」、御製なり、第三は両門主の内遊ばされる様に仰せと雖も、終に第三は無出来なり（『鳳林承章記』）。
●四月十七日、今日より七箇日、新院御願に依り七観音院（時に京極に在り）如意輪観音開帳（『続史愚抄』）。
●四月十八日、内宮仮殿遷宮（『続史愚抄』）。
●四月二十日、承章は語心院に赴き、方東堂を相尋ね、黄精酒の方・黄精膏の製法を相伝せしむなり、語心院に、

木下順庵と云う仁来たり、初めて知人と成る（『鳳林承章記』）。順庵は金沢藩儒、『錦里文集』等がある。

○五月一日、法皇の詠歌大概講釈始まる。久世家旧蔵の和田英松蔵本は中院通茂筆という（和田英松『皇室御撰之研究』）。

○五月八日、承章は院参、河内より到来申す竹林麦二袋献上奉るなり、去々年の麦なり、御対面、修学院御殿の八景の詩、五山長老へ仰せ付けられし故、新八景と長老の書立、御前にて承章書付なり、入御の以後、奥より御菓子出され、賞翫致すべきの仰せ、辱く頂戴奉る（『鳳林承章記』）。

●五月十日、午時杉本院民部（存昌）は承章を招き、振舞なり、聖護院道晃親王へ内々申し上げ、大峰八大金剛童子、此の八字の掛物を杉本院所望、数年の大望なり、承章に頼まれしに依り、御門主へ申し入れ、去る冬出来、今日の振舞は其の掛物の表具出来、開くなり（『鳳林承章記』）。

○五月十一日、天龍妙智へ下人三員遣し、寒竹掘り遣す、仙洞の離宮修学院の御殿の御庭の御用故、寒竹の義探索仕るべきの旨、内々仰せ出され、方々相尋ぬなり、妙智翁へ演説せしめ、則ち相尋ね、献上致すべきの旨、申さる故、今日人を遣すなり（『鳳林承章記』）。

○五月十九日、方東堂より、唐扇一本・朝鮮筆三管・黄精一包を仙洞に呈上奉る故、持参仕り、披露せしむ、則ち御対面なり、御前にて御菓子御相伴なり、御機嫌能き節故、承章詠歌の詠草を叡覧に呈し奉る、則ち御添削辱く奉り了ぬ、其の次に南可の歌また御覧に呈し奉るなり、詠歌の段々具さに御物語仰せ聞かされし事、有り難く存じ奉るなり、『三部抄』の御講釈これ有る故、承章また聴聞奉るなり、御講釈遊ばされ済みて、また承章を召されて御講釈の段々を聞き、御雑談なり、夕御膳御相伴、御近前にて御相伴仕るなり、真瓜初めて賞翫仕るなり、御前にて囲碁を仰せ付けられ、量雅と赤塚芸庵一番、芸庵と玄碩法師一番これ有るなり（『鳳林承章記』）。

●五月二十七日、来月十九日より宇治三室戸山観音開帳事（先年新院御疱瘡の時、御願あり、報賽と云う）綸旨を桂照

房書き下す（照高院道晃親王申請と云う）（『続史愚抄』）。

○五月二十八日、承章は禁中より召されしに依り、巳刻参朝せしむ、仙洞は此の中度々『詠歌大概』を御講釈、今日御講釈満る、其の御祝儀の為、御囃子・御能仰せ付けらる、其の故、承章また召され、伺公致すなり、則ち召し出され、禁中・仙洞御雑談なり、妙門宮御弟子（尭恕）・聖門宮御弟子（道寛）・大覚寺宮親王（性真）御成、其の外公家衆なり、御囃子二番、放生川・芭蕉、御能五番、山姥・冨士太鼓・善知鳥・柏崎・猩々の五番なり、御能済み、晩に及び御振舞、禁中・仙洞・八条式部卿宮（穏仁）・妙門主尭然宮・照門主道晃宮・大覚寺宮・妙門新宮（尭恕）・聖護院道寛宮、御相伴は承章・日野弘資・烏丸資慶・正親町実豊四人なり、承章は御門主方の次に着座仕る、承章次に日野・烏丸・正親町なり、官茗を点てられ、種々御菓子・真瓜、御前にて賞翫致すなり、今日は別して禁中・仙洞は承章に御悃意の勅命共、辱く承り奉るものなり（『鳳林承章記』）。

○六月二日、仙洞初めて新院（明正）御所の御茶屋・御庭新築御覧故、今日御幸、承章また内々御供仕るべきの旨、仰せ出されしなり、午時勧修寺経広同道せしめ、持明院基定亭に赴く、則ち清閑寺共綱もまた居られるなり、四人相対、打談、糒弁に真瓜を出され、賞翫せしめ、御案内を待つなり、未中刻に御幸の旨、御左右有り、勧・清・持・承章の四人同輿せしめ、新院御所に赴くなり、東方の穴門開き、是れより、内に入る、穴門の内に村雲備前（信定）居るなり、新敷御茶屋に到るなり、然れば則ち仙洞早々出御なり、按察殿また電覧せしむなり、漸く妙法院尭然宮・照高院道晃宮成り為されるなり、正親町実豊遅参なり、新御茶屋・御庭驚目のものなり、今日の御供は妙門主・照門主・承章・清閑寺・勧修寺・正親町・持明院の七人なり、申下刻御茶屋にて御振舞なり、院参衆は芝山宣豊・風早実種・常盤直房・小沢通直・非蔵人両人なり、御振舞済み、御勝手にて、深洲正貞・中川忠幸両人相対なり（『鳳林承章記』）。

●六月三日、造皇太神宮木作始の日時を定めらる、上卿坊城俊広、奉行姉小路実道（『続史愚抄』）。

●六月十日、仙洞の御庭見物の為、内々申し上げ、今日北野衆見物仕るなり、吉権案内の為、相添え、出すなり、先に芝山宣豊に相赴き、芝山より案内者相添え、穴門に到る由なり（『鳳林承章記』）。
○六月十四日、仙洞より仰され、修学院の内の御殿新八景の詩、五山前住八人へ申し付くべき旨、仰せ出さるなり、承章また其の員に召し加えらるなり（『鳳林承章記』）。
●六月十五日、承章は午時院参、修学院の御殿新八景の詩、五岳長老八人に仰せ付けられし義、人数の事、弥相窺うなり、退出せしむ、勝定院に赴き、八景の詩の事、申し渡すなり（『鳳林承章記』）。
●六月二十七日、知恩院良純親王（流人、後陽成院皇子）は甲斐天目山より帰京、先ず泉涌寺に入ると云う（『続史愚抄』）。
○七月三日、未刻仙洞は大聖寺宮（元昌）に御幸、承章も供奉仕るべきの旨仰せ出され、午刻大聖寺宮に赴く、妙法院堯然宮・照高院道晃宮・承章の三人御相伴なり、女中両人・菅式部局御供なり、御膳済み、二階にて、往還の人を御見物、秉燭、御双六の御勝負これ有り（『鳳林承章記』）。
●七月七日、七夕和歌御会、題は二星適逢（『続史愚抄』）。七夕御会、一首懐紙、照高院道晃親王出詠、二星適逢（『略年譜』）。
●七月十一日、早々閑蔵主は風早実種まで書状遣す、天龍寺修東堂は今度仙洞より仰せ付けらる新八景の詩、献上致すべきの旨、北面所まで案内のため、閑蔵主を北面所まで遣し、風早まで書状申し入るなり、風早は馳走し、修長老対顔、詩披露申さるの由なり（『鳳林承章記』）。
○七月十四日、承章急ぎ院参、先に芝山宣豊に赴く、相対、承章先に御所に到るなり、仙洞は禁中・新院御幸なり、初更過ぎ還幸なり、御使を出され、早き参仕、一段思し召さるの旨、強飯・御菜出され、賞翫仕るべきの旨、常空（坊城俊完）・芝山相伴せしめ、或いは強飯を喫し、或いは湯漬けを喫し、酉水を酌むなり、漸く女院

御所へ御幸、御跡に付きて、御殿の中、女院御所へ赴く、御庭山大桃燈一百余、処々の灯籠水に映り、不夜城、また易地然るものなり、御庭の池・瀑・処々の大石・大石橋、凡眼を驚かす、御亭下に法皇成り為され、常空と承章を召され、御咄、各退出せしむ、仙洞に到るなり、常空と承章は暫時留るべきの旨、仰せ出され、両人に少し御内証仰せ聞かされ、芝山は隠密以て申し渡さるなり（『鳳林承章記』）。

○七月十八日、承章は院参、今日は『源氏物語』の御講釈故、承章急ぎ勧修寺経広に赴く、勧修寺申さるは、昨日牧野佐渡守（親成）・両伝奏参会し、冷泉の蔵を開き、古筆を風に晒し、虫払い、今日終日干さる、明日また各参会し蔵に入る、承章は冷泉に赴き一覧を遂ぐべきの由、申さるに依り、直に冷泉に赴き、勧修寺申さる由申し、家内に入り、名物ども残らずこれを見る、能き節にこれを見る、大慶なり、俊成・定家・為家・西行・後京極・定家の『明月記』、其の外種々様々数多、其の数を知らざるものなり（『鳳林承章記』）。

○七月二十六日、承章は院参、方長老八景詩幷に黄精膏少し呈上奉るなり、御対面なり、方東堂・倫東堂・柏東堂八景詩二首の内相窺い、仰せの旨奉り了ぬ、御機嫌能き時分故、承章製作の和歌三首の詠草を叡覧に奉る、則ち御添削歌の段々今日また仰せ聞かされ、謹みて承り奉り、辱き次第、勝計し難し（『鳳林承章記』）。

○八月十四日、承章は院参、吉長老より、蜜蜂を呈上致さるべきの事、申し上げ、則ち明後日風早実種、半右衛門父子連れられ、吉長老へ遣され、蜂の飼い様口伝申し渡す様の仰せなり、明午時過ぎ、御案内あるべき条、院参仕るべきと仰せ出なり、畏り承り了ぬ（『鳳林承章記』）。

○八月十五日、仙洞は陽徳院（永崇）に御幸なり、急ぎ伺公致すべきの仰せの旨、承章は畏り急ぎ参勤致すなり、昨日光源院より白梅一朶呈上奉るなり、准后宮（清子）・大聖寺宮（元昌）・大夫典侍・菅式部・本光院また御出なり、妙法院宮（堯然）俄にふと御成なり、女中衆・権中納言（四辻季継女）、其の外これ有り、御膳済み、濃茶・煎茶・種々御菓子なり、御勝負双六御沙汰あるべきの旨、御引合なり、承章は名月に就きて狂句の章句を

致し、申し上ぐ、則ち明門宮に入韻遊ばさるべきの旨仰せ、第三御製なり、面八句漢和これ有るなり、また陽徳院にて後段の饂飩・御菓子、半鐘に及び、還幸、妙門主また還御なり、陽徳院にて尼宮『仏語心論』新板十冊、承章は拝領致し、謹て頂戴奉るなり（『鳳林承章記』）。

○九月四日、承章院参、東武金地院笠隠五東堂より、今度仙洞仰せ付けらる、新八景の詩到来に依り、持参せしめ、仙洞に呈上奉る、則ち御対面、御前にて緩々と伺公致すなり、八景の清書の唐紙の事、仰せ付けられ、請取、退出せしむなり、書付は竹中季有に仰せ付けられ、書かれるなり、五色の唐紙なり（『鳳林承章記』）。

●九月七日、承章は早々南禅寺語心院に赴くなり、規伯方東堂、文法伝授大望申し、伝授為すべき故、今日規伯翁に赴く、文法の委曲伝授を請うなり、先年金地和尚・慈照晫和尚また伝授の時、両翁誓紙を致されるなり、其の例に依り、承章また今日誓紙を書き持参せしめ、規伯翁に呈し、伝授せしむなり、古文の内秋風辞の註三韻一叶・大韻一叶の説、古今不分明なり、此の儀、規伯翁先師景轍翁は朝鮮人弁に唐人に伝授され、今日是れまた伝授せしむなり、天授霊叟翁また以て承章に伝授の次、伝授すべき由、語心院に来らる、承章伝授済み、来らるなり、語心院に展待、種々馳走なり、輿丁にてまた振舞なり、文法の大事の書物許借さるなり、写すべきなり、年来の大望相達し喜悦（『鳳林承章記』）。

○九月八日、仙洞御日待、午時承章は院参、先に勧修寺経広に赴く、東武下向の暇乞いを申すなり、餞の為、畦踏皮十足を今朝勧修寺に贈投せしむなり、江戸への書状箱また言伝を頼むなり、大樹当月五日新築江戸の城移徙、其の御祝儀の為、勅使・伝奏下向なり、勧修寺経広また同行有るべきの由、一昨晩江戸より申し来たるの由、俄に勧修寺もまた下向なり、勧修寺相対、院参せしむなり、後園の梢の栗一袋を仙洞に献上奉るものなり、早々御対面なり、妙法院堯然親王・照高院道晃親王・大覚寺宮（性真）・妙門新宮（堯恕）・聖護院宮（道寛）・一乗院宮（真敬）・八条中務宮（智忠）、此の宮達成り為されるなり、承章・其の外院参衆なり、内々誹諧御沙汰有

るべきの旨、然るに依り、風早実種へ誹諧発句仰せ出さるなり、脇照高院宮、第三承章、四句目御製、院参衆一順仕らるなり、一折裏七八句目までこれ有るなり、小杉紙二百束御床に飾られ、各十束充拝領奉る、今晩御船に乗らるなり、承章・照高院宮・一乗院新宮（真敬）、御船に乗らるなり、今宵菊の衣綿見物奉るなり、新八景清書の軌範・五岳諸彦清書の趣き・字行幷に各書の事、段々勅命を得奉るものなり（『鳳林承章記』）。

●九月九日、重陽和歌御会、題は菊花臨水（『続史愚抄』）。

●九月十一日、伊勢例幣、上卿柳原資行、奉行姉小路実道、御拝あり（『続史愚抄』）。

○九月十八日、今上皇子降誕（母権典侍局、岩倉具起女）、三宮と号す（『続史愚抄』）。後の円満院永悟親王。

●九月二十一日、造皇太神宮地曳立柱等の日時を定めらる、上卿高倉嗣孝、奉行姉小路実道（『続史愚抄』）。

●十月二日、造皇太神宮上棟の日時を定めらる、上卿徳大寺実維、奉行姉小路実道（『続史愚抄』）。

○十月五日、今日仙洞御壺の御口切りなり、妙法院堯然親王・照高院道晃親王・花山院定好・飛鳥井雅章・花山院浄屋（忠長）・承章、御客六人なり、御振舞出されるなり、御茶は奥の御座敷にてなり、御掛物は中峯（明本）師の筆跡の由なり、御花は妙法院宮御指しなり、御茶後、愛宕通福と玄碩小象戯一番これ有り、愛宕勝なり、照高院宮と浄屋囲碁一番、照高院宮御勝なり、後段の振舞饂飩なり（『鳳林承章記』）。

●十月十四日、南禅寺規伯（玄方）に赴く、近日大坂に赴くの由、然るに依り見廻なり、求肥餅二箱持参せしむなり、先日借用せしむ文法書二冊書写せしむに依り、今日持参、返進申すなり、木下順庵は先に居られ、打談せしむ、承章直に院参、則ち御門外にて芝山宣豊に逢う、今日御幸の由、然るに依り、宮中に入らず（『鳳林承章記』）。

○十月十六日、承章は院参、御用の儀有るの条、一両日中院参致すべき旨、昨日仰せ出さるなり、承章また申し上ぐる義これ有り、旁々今日参勤致すなり、中院通茂・白川雅陳また伺公、共に御対面なり、御前にて葩餅・

御菓子、土器を浮かべられしなり、両人退出、承章は留むべき旨、仰せなり、来る二十一日、禁闕御能これ有り、承章相招くべきの仰せ、其の外東山達長老・柏長老・相国寺崟長老・吉長老二十一日の御能見物に参内致すべきの旨、触れ申すべきの旨、仰せなり（『鳳林承章記』）。

●十月二十一日、禁中御壺口切りの御能これ有り、太夫左近右衛門なり、承章また召されるに依り、参内せしむなり、未明に勧修寺経慶・海住山経尚を同道せしめ、参朝致す、則ち禁中は承章を召され、仙洞御同座、御対面、仙洞御前近所の御簾中に伺公致し、御咄なり、御能漸く初むなり、十一番、此の内一番御請能なり、張良なり、御能の内一番通小町は喜太郎仕るなり、紫宸殿にての御能なり（『鳳林承章記』）。

●十月二十五日、丹波国の野瀬の御調物、重々仙洞より拝領奉るものなり、袖岡宇右衛門来たる、相対、宇右衛門所持仕るの由、後陽成院宸翰扇の地に御歌遊ばさる掛物・近衛応山（信尋）の御文の内、仙洞御返事遊ばさる宸翰掛物持ち来たり、これを見せらる、拝覧奉るものなり、二幅とも御正筆なり（『鳳林承章記』）。

○十月二十八日、承章は院参、則ち八条宮（智忠）・妙門主（尭然）・照門主（道晃）・竹門主（良尚）・鷹司教平・実門主（義尊）、其の外公家二十人余伺公、広庭祐宣と玄碩は御前にて囲碁を少し、各女院御所に成り為され、御庭・御亭御見物、承章また御供仕るなり、院参衆残らず伺公仕るなり、時雨頻りに降る故、御茶屋にて暫く御咄なり、雨少し晴れ、則ち還御、各院御所へ罷り帰るなり、初更前にまた各女院御所に伺公仕る、女躍り見物なり、二十二三番躍りこれ有り、右衛門佐・菅式部両人出され、御菓子種々、西水を勧めらる、仙洞仰せて、仙洞御座の間に召され、御門主一列、見物仕るべきの旨仰せ、而て寛々見物仕るなり、躍り見物中、承章は誹諧の発句仕る、則ち照門主へ申し上げ、則ち御門主は仙洞へ仰せ上げらるなり、発句に曰く「躍りやらば風来ふらい雪女」、躍り相済み、還御の刻、大方寅の上刻なり（『鳳林承章記』）。

●十一月三日、春日祭、上卿坊城俊広参向、弁不参、奉行桂照房（『続史愚抄』）。

●十一月四日、造皇太神宮心柱正遷宮の日時を定めらる、上卿園基福、奉行姉小路実道（『続史愚抄』）。
○十一月十六日、仙洞より拝賜の為、蠟燭二箱二百挺・吉野柏一箱・平茸一折拝領奉るものなり（『鳳林承章記』）。
○十一月十九日、先日仙洞より拝領仕る御礼、承章は今日院参致す、則ち御対面、御前にて餅・御酒、承章一人賞翫奉るなり、明後二十一日、禁闕御口切り御幸、承章また召さるべきの旨、内々禁中仰せの旨、法皇仰せ聞かされるなり、今日法皇御前にて、親王（識仁）に初めて御礼申し上ぐるなり（『鳳林承章記』）。
●十一月十九日、伊勢一社奉幣を発遣さる（両宮なり、内宮正遷宮に依るなり）、先に日時を定めらる、上卿清閑寺熙房、奉行姉小路実道、御拝あり、此の日、内宮別宮造荒祭宮風日祈宮等（去年火故なり）、山口祭木作始地曳立柱上棟等日時を定めらる、上卿中院通茂、職事同前（『続史愚抄』）。
○十一月二十四日、承章早々朝参、仙洞御幸なり、小壺の御口切りなり、妙法院宮（堯然）・照高院宮（道晃）・承章・勧修寺経広・烏丸資慶御相伴なり、御池の御亭にての御座なり、御掛物は伏見院宸翰『伊勢物語』の語なり、鶴の羽帚一柄、禁中より拝領奉るなり、妙門主・照門主・勧修寺・承章拝領なり、先日の発句の事、仙洞仰せ出され、勧修寺脇句仕られ、仙洞第三、御製なり（『鳳林承章記』）。
●十一月二十五日、内宮正遷宮（『続史愚抄』）。
○十一月二十九日、妙法院堯然親王・照高院道晃親王・承章三人をして、振舞を仙洞に献上せしむなり、今日御精進日故なり、三人鬮取り、持参物仕分けなり、妙門主より御汁・御田楽・黄柑・後段吸い物、照門主より御菜煮物・香物・地黄煎御菓子・御肴一種、後段、後段の時の御肴、承章持参御茶菓子・勝栗粉の餅・梨・烏芋・紅柿・三重の杉重（上求肥・中南蛮菓子二色・下油餅）・御肴二種（紫蘇味噌）・冬醬・御膳御吸い物鶩茸、大方此の如し、御相伴正親町実豊・中院通茂両人、御膳の時、両御門主・承章また御相伴なり、御掛物は妙門主御持参の狩野探幽筆観音像、御花入の釣舟は照門主御持参、御茶は両御門主御持参なり、御焼火の間の御座敷

にて、御振舞、炉の炭承章これに居るなり、御茶堂初めは照門主、後段の後、妙門主なり、聖護院新宮（道寛）また御参なり、仙洞仰せ、承章誹諧発句仕るべきの旨、仰せ故、承章発句を致し、脇正親町、第三御製、執筆風早実種、一折これ有り（『鳳林承章記』）。

●十二月十一日、儲皇親王は新所（法皇御所池南方）に御移徙（『続史愚抄』）。

●十二月十五日、内宮別宮荒祭宮・風日祈宮等正遷宮日時を定めらる、上卿油小路隆貞、奉行姉小路実道（『続史愚抄』）。

●十二月十六日、内侍所臨時御神楽あり、出御あり、中立間に入御、拍子本持明院基定、末綾小路俊景、奉行勧修寺経慶（『続史愚抄』）。

○十二月十六日、承章は参院、今度仰せ付けられし新八景の色紙、五岳八老の清書を献上奉るなり、承章・南禅寺金地竺隠五東堂・同語心規伯方東堂・天龍妙智補仲修東堂・同鹿王賢渓倫東堂・建仁大統九岩達東堂・同清住茂源柏東堂、此の衆なり、清書、御感の旨、仰せ出さるなり（『鳳林承章記』）。

○十二月十八日、仙洞は聖護院御門主新宮（道寛）に御幸、承章また御門主へ伺公致すなり、御坊子御所・照高院宮道晃親王成り為されるなり、今日は太上法皇の御伽は承章一人のみ、未刻御幸、種々御咄、今度新八景詠歌、妙法院宮（堯然）・烏丸資慶・中院通茂呈上さる詠草御所持、御添削の御物語なり、其の次、承章また和歌相好の由、照門主、御物語仰せらるの次、承章和歌の詠草懐中仕るに依り、呈上奉り、勅眷に備え、則ち殊の外に御褒美、歌出来の旨仰せ、即ち御添削なり、承章辱く頂戴奉るなり、御膳の前、誹諧遊ばさるべきの仰せ、発句は承章仕るべきの旨、仰せ、承章発句に云う、「軒口に白鬚はゆる氷柱哉」と仕り、則ち出来仕るの旨、仰せなり、脇は聖護院新宮遊ばさるなり、照門主・藤江量雅・梅小路定矩・風早実種、此の衆御連衆、一折余御誹諧なり、御書院の御掛物は顔輝達磨像、池坊帥二真の立花なり、書院床万年青の砂物なり、奥の御書

院御掛物は純一休師自絵自賛の蘭画なり（『鳳林承章記』）。
●十二月十九日、荒祭宮正遷宮（『続史愚抄』）。
●十二月二十一日、風日祈宮正遷宮（『続史愚抄』）。
○十二月二十六日、承章は院参、去年の如く、伊万里染め付け御茶碗五十呈献奉るなり、御対面なり、天龍寺の令首座天龍を退くの首尾相尋ぬの趣き、申し上ぐるなり（『鳳林承章記』）。
●十二月二十七日、此の日、対馬大火（人家千五百戸焼亡と云う）（『続史愚抄』）。

万治三年〔一六六〇〕庚子　六十五歳　院政三十一年

●正月一日、四方拝、奉行勧修寺経慶、小朝拝なし、元日節会、出御あり、内弁久我広通、国栖後早出、葉室頼業之に続く、外弁柳原資行以下七人参仕、奉行桂照房（『続史愚抄』）。
●正月四日、承章は仙洞に赴く、則ち御書院に出御なり、御対面なり、坊城常空（俊完）・正親町実豊伺公致さる、承章は御前にて菱葩・雉焼き・御九献給うなり、天盃頂戴奉り、辱き次第なり、修学院御殿の御茶屋出来の模様仰せ聞かされ、常空と承章御返答申し上ぐるなり、然るに依り、試春の拙作申し上げ、手透き無きなり、退出の刻、院参の御衆へ年頭の礼を伸るなり、池尻共孝・梅小路定矩・交野時貞・園池宗朝・同息宗純・長谷忠康・風早実種、此の衆門外まで行き、皆不対なり、藤江雅良に到る、他出、不対なり（『鳳林承章記』）。
●正月五日、常盤直房卒す、享年不明、清閑寺共綱次男（『諸家伝』）。
●正月七日、白馬節会、出御あり、饂飩後に入御、内弁鷹司房輔、陣後早出、阿野公業・油小路隆貞これに続く、外弁坊城俊広、以下五人参仕、奉行葉室頼孝（『続史愚抄』）。

●正月八日、後七日法始、阿闍梨長者寛済、太元護摩始、理性院厳燿は未だ灌頂せざるに依り、伝法僧某を以て代官と為し、奉仕せしむと云う（理性院坊にてなり）、以上奉行勧修寺経慶（『続史愚抄』）。十四日両法結願。

●正月十一日、神宮奏事始、御悩に依り延引と云う（『続史愚抄』）。

○正月十四日、仙洞は大聖寺宮の尼君（元昌）へ御幸、承章また供奉仕るべきの旨、一昨日より仰されし故、御案内有り、承章は大聖寺宮へ伺公致すなり（『鳳林承章記』）。

●正月十四日、此の日、武蔵江戸大火、尾張名古屋また火くと云う（『続史愚抄』）。

●正月十六日、踏歌節会、内弁徳大寺公信、外弁葉室頼業以下六人参仕、奉行姉小路実道（『続史愚抄』）。

●正月十九日、和歌御会始、題は梅度年香、出題飛鳥井雅章、読師阿野公業（奉行）、講師桂照房、講頌飛鳥井雅章（発声）（『続史愚抄』）。禁中御会始、一首懐紙、照高院道晃親王出詠、梅度年香（『略年譜』）。

●正月二十一日、神宮奏事始あり、伝奏柳原資行、奉行桂照房（奉行姉小路実道は病に依り不参の故と云う）（『続史愚抄』）。

●二月六日、岩倉具起薨ず、六十歳、法名文昇（『公卿補任』）。久我晴通男。兄弟に彦山座主有清・一糸和尚・千種有能・坊城俊完室がいる（『久我家系図』）。

●二月七日、午時院参の衆、年頭の為、来臨なり、藤江雅良・長谷忠康・高辻豊長・吉田兼則・玄悦、此の衆なり（『鳳林承章記』）。

●二月十日、春日祭、上卿清閑寺熙房参向、弁不参、奉行桂照房（『続史愚抄』）。

●二月十四日、去る十日より朝夕日赤し、今暁、月また赤しと云う、此の日、犬穢物を法皇御所に喰い入る、因て三十日蝕穢（『続史愚抄』）。

●二月十五日、承章は帰山せしむの次、岩倉具起去る八日薨ぜられし故、此の中聞かず、今朝訃音を聞き、相赴き、吊礼を伸べ、直に帰山せしむ（『鳳林承章記』）。

○二月二十一日、仙洞より承章に仰せあり、明日或いは二十四日の内、御用有り、伺公致すべき、今日は地黄煎、浄瑠璃操り仕り、見物の為、伺公致すべき哉、如何の仰せ出なり、畏り忝なく承り奉り、今日早々参院致すべきの事、勅答を呈し、急ぎ院参せしむ、御対面、和漢の御一巡仰せ出られ、第三の句は承章仕るべきの旨、仰せなり、即今綴り出し、申し上ぐるなり、地黄・操り見物せしむ、驚目のものなり、親王（識仁）御方の御振舞の由なり、仙洞仰せの為、長谷忠康承り、承章一人御振舞の旨なり、三位殿申し付けられ、御台所□俄に用意せしめ、承章一人御振舞下され、御書院にて夕食下さるなり、藤江雅良・長谷忠康馳走なり（『鳳林承章記』）。

●二月二十三日、右大臣一条教輔男兼照元服、昨正五位下に叙す、二十七日禁色を聴す（『続史愚抄』）。

○二月二十六日、仙洞は白川の照高院宮（道晃）に御忍の御幸、今日は土筆を取らるべきの御遊なり、妙法院堯然親王・坊城常空（俊完）・承章ばかりなり、山上を方々御歩行御供仕るなり、風早実種・東久世通廉の両人、御供非蔵人三人なり（『鳳林承章記』）。

●二月二十八日、承章は院参、晴天暖気、小袖一片着す、仙洞にて若衆狂言尽し、太夫吉郎兵衛召され、終日様々仕るなり、その前、承章御前に召し出され、御咄なり、昨日雛屋立圃持参せし丸石を、今日承章持参せしめ、叡覧に備うなり、幷に昨日立圃来たりて誹諧一折謄写せしむ、是れまた勅眷に呈するなり、新院（明正）・女院御幸なり、御門主方も成り為されるなり、妙門主（堯然）・照門主（道晃）・一門主（尊覚）・同新宮（真敬）・大門主（性真）・仁門主（性承）・竹門主（良尚）・聖門主（道寛）なり、院御所触穢故、禁中公家衆は一人もまたこれ無きなり、仙洞にて今日周令首座に初めて相逢うなり、吉郎兵衛座今日番数二十一番これ有るなり（『鳳林承章記』）。

○三月八日、承章は和漢の一巡持参し院参、則ち御対面なり、御前にて、妙門主（堯然）へ御一巡遣され、来る十一日御室御所へ御幸の儀、妙門様へ申し進むべきの仰せ、承章書状を書き申すべきの旨、仰せに依り、御前

にて書状を書き、尊眷に呈し、妙門主に進むなり、十一日御幸、承章また供奉仕るべきの儀、仰せ付けらるるなり、御前を退き、御次にて各打談せしむ（『鳳林承章記』）。

○三月十一日、仙洞は御室仁和寺に御幸、承章また供奉し、御室に赴くと雖も少し早き故、心蓮院に赴き、一音坊と相対、打談せしめ、小袖を脱ぐなり、然れば則ち妙法院尭然御門外に成り為されるなり、御供致し、御殿に入るなり、漸く御幸なり、照高院道晃親王御成、移刻、遅く御使遣さるるなり、帥御房（水無瀬氏成女）また御出なり、仁和寺門主（性承）御母儀故なり、妙門主・照門主・承章ばかりなり、風早実種・野宮定縁・竹中季有此の三人御供なり、伽藍辺りの桜盛り故、方々叡覧を遂げられ、御供申す、観音堂にて御休息、御菓子・切り麦・麦切り・御九献御進上なり、糸屋如雲山庄・妙光寺へ山越成り為され、御見物なり、六七町これ有るなり、各杖を携え、御供申す、妙光寺の山上にて、風景を尊覧遂げられ、御室へ還御なり、承章誹諧発句仕り、御製御脇、第三妙門、面八句これ有り、御膳済み、御茶済み、還御の御催なり、両門主・承章は御先に退出せしむ、御室にて院家の真乗院と初めて知人と成るなり、水無瀬氏信息なり（『鳳林承章記』）。

○三月十四日、仙洞和漢の御会なり、御連衆は御製とも八人なり、妙法院尭然親王・照高院道晃親王・正親町実豊・御製、御四人、和なり、漢の衆は、承章・風早実種・高辻豊長・周令の四人なり、二折済み御舟に乗られ、御舟中にてまた和漢有り、内々両三度、満韻すべき由仰せ、然れば則ち漸く相済むべき歟、成り次第仕るべきの旨、仰せに依り、各畏るなり、今日百韻満るなり、今日の執筆は野宮定縁なり（『鳳林承章記』）。

●三月十五日、東武江戸また去る二十七日大回録の風聞、今日聞くなり、正月十四日・十八日・二月二十四日・二十七日江戸の大火事の由、其の外毎日々々火事の由、一日また火事にならざる日はこれ無き由、奇恠々々（『鳳林承章記』）。

○三月十九日、仙洞にて村山五兵衛座の者の狂言尽これ有り、承章院参せしむ、御庭上の見物の為、札七枚申請、

彦・哲・明王・吉権・友世・小泉吉左衛門・山三郎、此の七人見物仕るなり、芝山宣豊にて各待ち合せ、芝山より案内を添え、御台所御門より入るなり、今日仙洞見物の御衆、御門主達大方御成なり、妙門(堯然)・一門御師弟(尊覚・真敬)・照門御師弟(道晃・道寛)・大門(性真)・仁門(性承)・竹門(良尚)・円門(常尊)なり、勧修寺経広・花山院忠長、此の衆なり(『鳳林承章記』)。

●三月二十一日、東照宮奉幣を発遣さる、先に日時を定めらる、上卿柳原資行、幣使東園基賢、奉行桂照房(『続史愚抄』)。

○三月二十三日、午時白賁の御殿にて仙洞御幸なり、一乗院真敬親王の御振舞なり、御相伴の為、承章は仙洞より召さるるに依り、白賁軒の御殿に赴く、妙門宮(堯然)・照門宮(道晃)・承章ばかりなり、尤も一門宮の大御所(尊覚)・新中納言局(園基音女国子)、其の外御中臈・長谷忠康・岩橋友古は勝手見廻なり、御書院衆は両人長谷時充・羽川織部なり、半鐘に及びて還幸なり、奈良東北院今日初めて相逢い知人と成る、正親町実豊の子息なり、園基福・東園基賢は御勝手に相詰め居られるなり(『鳳林承章記』)。

●三月二十八日、風早実種より状来る、仙洞御狂句の一順、対談合の事、風早に赴き、相対、相談せしむなり、照高院道晃親王より和漢一順、玄俊法橋発句、承章は入韻致すべき旨、仰せ下さるなり(『鳳林承章記』)。

○四月三日、承章は白川の照高院宮(道晃)に赴く、和漢御興行有るべき故、玄俊発句仕り、承章入韻、其の入韻持参せしむなり、御対面、朝食未参故、御相伴仕るなり、狂句二三句遊ばされるなり、朝鮮大人所持鳳尾扇一柄持参せしめ、進上致すなり、歯医親康喜齋御見舞の為来たるなり、帰る計りの刻、飛鳥井雅章に到り、則ち相対なり、高辻豊長も先に居られるなり、飛鳥井にて大御酒、濃茶を点てらるなり(『鳳林承章記』)。

●四月五日、今日より七箇日、護摩を清涼殿にて修さる、阿闍梨実相院義尊、奉行勧修寺経慶(『続史愚抄』)。十一日結願。

○四月八日、承章急ぎ院参、規伯方東堂より進上致さる黄精膏を献上奉るなり、今日仙洞にて奈良の大乗院御門主（信尊）御振舞なり、清閑寺共綱一人御相伴、承章また幸の由仰せ、御相伴仕るべきの旨、仰せ付けられ、御相伴仕り、御挨拶申し上ぐるなり、御茶済み、女院御所の御庭見物の故、鷹司教平・九条幸家・花山院定好・同定誠・同忠長招かれしなり、承章は度々見物致すに依り、女院御所に赴かざるなり、御狂句遊ばさるべき旨、風早実種対句の次、第三は承章仕るべきの旨仰せ故、第三仕るなり（『鳳林承章記』）。

○四月十一日、仙洞仰せ出され、和漢の御一巡、承章に五句目を仰せ出ださるに依り、拙句持参、呈上奉る、則ち御対面、寛々御前に伺公、御菓子下され、賞翫致すなり、御一巡を達長老に遣すべきの仰せ、承章書状を遣すべきの仰せ故、書状を調え、御侍衆に申し付け、建仁寺に遣すなり（『鳳林承章記』）。

○四月十六日、午時仙洞にて御振舞なり、芍薬盛んに開くを見せらるべきの御興行なり、妙法院堯然親王成りなされるなり、照高院道晃親王は遅く、晩に及び御成なり、承章・達長老・崟長老・吉長老、此の衆召されしなり、御振舞の前、漢和少し遊ばさるべく、誰人にまた章句仕るべきの旨、仰せなり、崟長老曰く、私仕るべき由にて、章仕らるなり、妙門宮御入韻、第三承章、初更前までに一折これ有るなり、今日芙蓉香の方匂袋弁に便面一柄を妙門主より各に至り、拝領奉るなり、正親町実豊また伺公なり、況や当番か、御振舞前、各芍薬見物なり、内々の先韻和漢の御一巡、また今日再順相巡るなり（『鳳林承章記』）。

●四月十九日、承章は早々白川の照高院宮（道晃親王）に赴く、明後日江戸御下向の御暇乞いなり、御持ち扇子十本御餞の為、持参せしむ、金屋中林道意折の扇子なり、御対面、袋屋三郎左衛門また先に居り、相逢うなり（『鳳林承章記』）。

○四月二十七日、承章卯刻参内、御能なり、能太夫は小畠左近右衛門なり、其の少年亀介・小三郎・長次郎、此の三人また一番充仕るなり、叟と切合十四番なり、申下刻御能済むなり、御能前、禁中・仙洞両皇御前に召し

出され、御前にて久しく御咄これ有るなり、今日・明日の御能組を拝領奉るなり（『鳳林承章記』）。

●四月二十八日、申刻より雨天、禁中後朝の御能なり、承章は暁天に参内奉る、太上法皇は御幸無きなり、御門主方、妙門宮（堯然）・大門宮（性真）・実門（義尊）の御三人なり、能太夫は小畠左近右衛門、喜太郎・亀介・長四郎・小三郎、少年四人仕るなり、御囃子一番小塩なり、切共十四番なり（『鳳林承章記』）。

●五月一日、雛屋立圃より和歌点取りを頼まれし一巻、承章持参せしめ、消蘊に投ずるなり（『鳳林承章記』）。消蘊は賀茂の南可（良玄）の別号。

●五月二日、法皇皇子（十歳、母新中納言局国子、先年青蓮院に入る）、御名字周賢に親王宣下あり、上卿烏丸資慶、勅別当中院通茂、奉行桂照房（『続史愚抄』）。後の青蓮院尊証親王。

○五月三日、承章は院参、御狂句の聯句一巡、風早実種の手前、承章と談合せしめ、相定むべきの仰せ、院参致す事御待ち故、今日談合せしめ、其の次、承章の句前故、章句仕り、呈上奉り候なり（『鳳林承章記』）。

○五月十一日、承章は仙洞に参る、和漢御一巡達長老の句の事申し上ぐべき儀これ有るに依り、院参せしむなり、一昨日修学院に御幸の筈、然ると雖も、大雨大水故、御延引、明日御幸故、早々退出せしむ（『鳳林承章記』）。

○五月十二日、仙洞・女院は修学院離宮に御幸なり、終日仙洞の御振舞なり（『鳳林承章記』）。

●五月十二日、将軍家より照高院門跡道晃法親王に山王社歌仙の扁額染筆の事仰せ遣されしに、速に浄書ありしをもて、高家品川内膳正高如して御感の御旨仰まいらせらるる（『実紀』）。

○五月二十四日、承章は院参、和漢御一巡の拙句を持参せしむ、則ち御対面、御前にて種々珍菓の餅拝賜奉るなり、坊城常空（俊完）また共に喫せしむなり、一巡は然るべきの旨、仰せなり、書付次に達長老にこれを遣すなり、狂句御聯句の御製の対また仰せ聞かされ、書くなり、今日禁中にて御幸故、御前を早退なり、雛屋立圃先日在京の中これ有る『千句』板行の一冊風早実種に投ぜしむなり（『鳳林承章記』）。

●五月二十八日、一条恵観(昭良)より漢和の一巡四句目下され、昌程翁に拙句これを遣すなり(『鳳林承章記』)。

●五月二十九日、承章は院参、今日山本勘太郎太夫、仙洞にて若衆狂言尽しこれ有り、親王(識仁)御所より御振舞なり、妙門宮(堯然)・一乗院宮(尊覚)・大門宮(性真)・妙門新宮(堯恕)なり、照門宮(道晃)・聖門宮(道寛)は江戸より未だ上洛せざるなり、勧修寺経広召さるなり、柳原父子(資行・資廉)・冷泉為清召さるなり、此の衆は園基音一類の故なり、狂言二十二番これ有り、日未だ入らざる中に相済むなり(『鳳林承章記』)。

○五月、法皇より中院通茂、烏丸資慶に伊勢物語・源氏物語切紙伝授がある(寛文四年一月条参照)。

○六月四日、晴天、萬年塔前にて祝聖、太上法皇の御祈禱なり、承章出頭せしむなり、上方は慈照吉東堂なり、二度焼香、三拝、常の如きの祝聖なり(『鳳林承章記』)。

○六月六日、仙洞より漢和の御一巡到来、一条恵観(昭良)より漢和一巡昌程より来るなり(『鳳林承章記』)。

●六月十八日、摂津大坂霹靂、城中焔硝倉震い、磐石飛ぶ、殿守三層及び城郭高厦築地以下等壊る、人多く死す(百余と云う)(『続史愚抄』)。

○六月二十日、承章は院参、慈照院吉長老は先に北面所に居られ、相対なり、夢窓師の国師号の写し持参、芝山宣豊を以て申し上げらるなり、承章は御対面、国師号宸翰の趣き共仰せ聞かされ、申し上ぐるなり、御前にて色々の餅・御菓子御相伴仕り、芝山また喫さるなり、御所出て承章は天盃頂戴奉り、忝なく存じ奉るなり、御狂句の一巡、御製の御章句仰せ聞かされ、承章対の所なり、柴田良宣医、歯の薬の奇妙の段、御物語申し上げ、則ち進上致すべきの旨なり、今日良宣へ申し遣すなり(『鳳林承章記』)。

○六月二十一日、仙洞仰せ出され、柴田良宣調合仕る御歯の御薬、昨晩取り寄せ、今日芝山宣豊持ち為し、献上奉るなり、仙洞より干し瓜一折拝領奉るなり、毎年の如くなり(『鳳林承章記』)。

○七月一日、承章は院参、狂句の御一巡、先日より下し置かれ、拙対持参仕らしむなり、勧修寺経広また院参、

共に申し上げ、則ち御対面あるべきの旨、御書院にて御対面、拙句申し上ぐるなり、別して出来の旨仰せなり、御前にて餅・御肴を勧修寺と共に給うなり、御朔日故、式法の天盃出で、勧修寺と承章、天盃頂戴奉るなり、御銚子にて御酒出るなり、次に退く（『鳳林承章記』）。

○七月一日、今上皇女降誕（母中納言典侍共子）、楽《さ》宮と号す（『続史愚抄』）。後の中宮寺尊秀。

●七月二日、昨日江戸より伏見殿（貞清親王）御年忌の仏事、大樹御台（貞清女浅宮顕子）御方大通院に仰せ付けらる、当日明後四日なり、今晩施食、明朝懺法、明後日半斎の由なり、伏見殿後妙荘厳院尊儀七回忌の作善なり、御台御方よりの仏事料、白銀百枚の由なり（『鳳林承章記』）。

●七月四日、大通院に就き齋有り、伏見殿後妙荘厳院七回忌なり、齋の衆十六七人なり、前住衆・西堂衆残らず、其の外は叢首座・恕首座ばかり、其の外は門中ばかりなり、恕蔵主半齋を始めらるなり、疎忽の齋なり、各退散の節、慈照院覚雲東堂晴雲軒に立ち寄られ、晫叔（顕晫）和尚の贈国師号の宸翰の下書きの事、幷に国師号の号密々を以て、内談せらるなり（『鳳林承章記』）。

●七月七日、和歌御会、題は庚申七夕（『続史愚抄』）。七夕和歌御会、一首懐紙、照高院道晃親王出詠、庚申七夕（『略年譜』）。

○七月十三日、承章は院参、久しく伺公致さざる故、また盆の御礼の内意なり、御対面有るべきの旨なり、先ず蓮飯・御菜出され、長谷忠康・梅小路定矩・常盤直房・園池宗純、此の衆寄合、数返御酒を給うなり、羽倉信成・玄碩また給仕なり、御対面、種々御咄共、今度天授入寺疏の儀御尋、段々申し上ぐるなり、晫叔翁の国師号勅書下書之・出処書、覚雲吉東堂より内々頼まれしに依り、懐中せしめ、今日呈上奉るなり、水戸黄門（光圀）より進上致されし八枚屏風を立てられ、絵を拝見仕るべきの仰せ、各拝見せしむ、黄門領内水戸の図なり、八枚屏風一双なり、細筆の画図なり、幷に世界国々の図の六枚屏風、是れまた拝見せしむなり、此の屏風は牧

野佐渡守（親成）屏風の由なり、親王（識仁）御方の御燈炉御覧有るべく、承章また召し連れられ、御燈炉を見せなされるべきの旨、召し連れられ、親王御殿へ御供仕るなり（『鳳林承章記』）。

●七月十七日、伏見宮邦尚親王（童形）男（三十歳、法皇御猶子、或る記に曰く、曽て落胤に依り、身を鍛冶に寄す、継嗣なきに依り庭田雅純等議し、之を迎え取ると云う）、名字貞致《ゆき》に親王宣下あり、上卿日野弘資、勅別当柳原資行、奉行葉室頼孝（『続史愚抄』）。

●七月十九日、大通院に就き、伏見宮後桂昌院（邦道）尊儀七回忌の仏事、大樹御台（浅宮顕子）御方より銀子五十枚の仏事なり、闔山人品の儭法なり（『鳳林承章記』）。二十日も仏事なり。

●七月二十一日、法皇皇子（十歳、房宮と号す、母権中納言局、先年梶井室に入る）、御名字常尹に親王宣下あり、上卿柳原資行、勅別当徳大寺実維、奉行桂照房、此の日、周賢親王（十歳、法皇皇子、先年入室）は青蓮院室にて得度す、法名尊証、戒師曼殊院良尚親王（『続史愚抄』）。常尹は後の梶井盛胤親王。

●七月二十二日、西賀茂にて一条恵観（昭良）和漢の御会、漢衆、承章・崟長老・雲首座・高辻豊長なり、高辻家室一昨日逝去故、不出座、幸順首座出座、和衆、恵観・昌程・昌陸・在宣、申下刻百韻満るなり（『鳳林承章記』）。

●七月二十七日、貞致親王（十三歳、邦尚親王男、法皇御猶子、伏見）は里第にて元服（『続史愚抄』）。

●七月二十九日、京師洪水、此の日、伊勢大風、洪水、宮川辺の小社両三及び禰宜の館、風宮の橋、宇治橋等流る、また舎屋壊る（『続史愚抄』）。

●八月三日、仙洞より仰せ出の事有るに依り、坊城俊広承り、書状来り承章は、返書致すなり、和漢の御会の事なり、明朝は大通院にて作善頓写これ有るなり、伏見殿（貞清）御家室松齢院殿十三回忌なり、江戸大樹御台（浅宮顕子）御方の仏事なり、御台の御母儀なり、白銀五十枚の仏事なり（『鳳林承章記』）。

●八月十日、仙洞御歯の御薬の事仰せ出され、承章は柴田良宣医に申し遣し、献上奉るものなり（『鳳林承章記』）。

○八月十四日、承章は院参、久しく伺公致さざる故、参勤奉るなり、先ず芝山宣豊に到り対顔、海石の盆山を内々親王（識仁）に奉献すべき旨、芝山まで申し、今日持参せしめ、芝山に渡すなり、承章は参院せしめ、紀陽宮崎麦粉五袋持参せしめ、呈上奉るなり、御対面、御前にて御菓子種々賞翫奉るなり、明夜御月見遊ばさるべく、誹諧の和漢遊ばさるべき仰せなり、承章は発句仕らざるや否やの御尋ね、今朝発句明日の用仕ると申し上ぐ、則ち御製の御入韻なり、承章発句に曰く、十五夜は月の桂のをも木哉、御製、驚秋早咲椿（『鳳林承章記』）。

●八月十七日、賀陽の本多安房守（政長）所持の定家卿の色紙、小倉の色紙の内なり、歌は、誰をかも知人にせん高砂の松は昔の友ならなくに、の歌なり、焼け残りの色紙なり、上句はこれ無し、承章に頼み、子細の事これ有るに依り、表具屋庄次郎取次、持ち越し、これを見るなり（『鳳林承章記』）。

○八月十九日、来月後光明院七回聖忌の奉為に、今明両日御法事を法皇御所にて行わる、今日、法華懺法と云う、導師照高院道晃親王、公卿前摂政二条康道以下二人参仕、奉行院司桂照房（神宮奉行）、伝奏坊城俊広（『続史愚抄』）。後光明院七年の御忌、仙洞にて明日御法事の曼荼羅供、導師は照高院道晃親王なり、今晩御待夜これ有り、承章聴聞に伺公致すべきの旨、去る十四日仙洞より直に仰せ出され、今晩院参せしむ、御対面、段々御雑談共なり、先日西賀茂の恵観（一条昭良）公にて御興行の漢和の御懐紙の写、点付、呈上致すべきの旨仰せなり、則ち御本下されるなり、御待夜の御法事法華懺法の早懺法なり、導師聖護院新宮道寛親王なり、大衆十二人、此の内僧正両人、秉燭時分始む、初更前済む、導師紙燭の衆、愛宕通福・滋野井実光・梅園季保なり、伝奏坊城俊広なり、御法事済み（『鳳林承章記』）。

○八月二十日、夜、大風雨、木倒る、洪水、淀大橋流る、また水は宇治橋を越ゆ、諸国之に同じと云う（『続史愚抄』）。夜中より今朝に至り、大風大雨言語に絶するなり、北山の松木倒れ、金閣の戌亥角、以外の破損なり、林中・山上の松木吹倒れし事、数千本なり、門前の民屋吹倒れし事数間なり、仙洞にて御法事、後光明院七回

忌の御忌曼荼羅供これ有り、導師は照高院道晃親王なり、大衆十二人の内、僧正両人三井寺衆なり、庭儀にあらず、殿上より行列なり、着座三官なり、二条光平・鷹司房輔・九条兼晴なり、被き物あり、導師御前三重、関白両度・右大臣一度、僧正二重・平僧一重なり、音楽あり、三ヶなり、御門跡衆・摂家衆・大臣衆御参、聴聞なり、今朝大風故、少し遅れて始むなり、御法事前、承章召し出され、御簾中にて御咄なり、花山院定好・西園寺実晴・大乗院門主信尊・承章暫く御前にて伺候致すなり（『鳳林承章記』）。

○八月二十四日、承章は早々院参、仙洞にて三井寺衆論議これ有り、聖護院新宮道寛親王また論議の御衆なり、御十四歳なり、御門主共十人なり、証義歓喜院僧正なり、題は夢中実因実果なり、論議の中、御菓子・御酒これ有り、論議済み、御非時有るなり、論議の衆また殿上にて御非時下さるなり、清閑寺共房・勧修寺経広、御客は此の衆ばかりなり（『鳳林承章記』）。

○八月二十五日、承章は院参、今日は叡山衆の論議これ有るなり、論議前、承章は御前に召し出され、御門主方各寛々御雑談これ有るなり、昨日・今日御前に召し出され、忝なくも錦座の傍に侍するものなり、論議は叡山衆九人、以上十人、妙法院新宮堯恕親王御人数なり、精儀恵心院、講師南勝院なり、題目は色心初観なり、問は色塵初観と云い、講師は心法初観と云う論議なり（『鳳林承章記』）。

○八月二十七日、承章は御歯の御薬の事、柴田良宣へ申し遣し、直ちに献上奉るなり（『鳳林承章記』）。

●八月二十七日、常尹親王（十歳、先年入室、法皇皇子）は梶井室にて得度、法名盛胤（『続史愚抄』）。

○八月二十九日、仙洞・女院は岩倉・長谷に茸狩の御幸なり（『鳳林承章記』）。

●九月三日、内侍所臨時御神楽を行わる（女院御願の為、申し行わる）、出御あり、拍子本小倉実起、末綾小路俊景、奉行葉室頼孝（『続史愚抄』）。

○九月八日、承章は院参、内々仰せ付けらる、西賀茂にての漢和の懐紙点付、進上致すべきの旨、仰せに依り、

点付け、持参致し、呈献奉る、御対面、寛々御前にて御咄なり、雛屋（野々口）立圃述作十八番の『発句合』二巻、叡眷に献じ奉るなり、今日は御精進なり、夕御膳御相伴仕るべきの旨、仰せなり、鳴門の間にて御膳召し上がられ、承章一人御相伴仕るなり、御菓子受用せしむなり、御前を退き、則ち御勝手にて長谷忠康・池尻共孝御酒用いられ、承章また酉水を勧めらる、殊の外沈酔せしめ、即ち晴雲に帰る（『鳳林承章記』）。

●九月九日、照門主（道晃）和漢の御一巡・景臨順首座一巡の句書付、近藤伊織に持ち為し、白川（照門主）に進上致すなり（『鳳林承章記』）。

●九月十一日、伊勢例幣、上卿油小路隆貞、奉行桂照房、御拝あり（『続史愚抄』）。

●九月十七日、後光明院七回聖忌（御忌二十日、御八講第四日）の奉為に、今日より五箇日、法華八講を清涼殿にて行わる（四箇大寺参勤、宸筆御経に准ずる歟）、証義者堯恕親王以下親王三人、僧正四人、公卿右大臣徳大寺公信（行事上卿）、以下六人参仕、奉行桂照房（神宮奉行）、伝奏日野弘資（『続史愚抄』）。承章は参内せしむ、禁門に到ると雖も、未だ夜明けざるなり、後光明院先帝の七回の御忌なり、四ヶ大寺衆御八講に会すなり、妙法院新宮（堯恕）・聖護院新宮（道寛）・一乗院新宮（真敬）、此の三門主御出仕なり、興福寺・叡山・三井・東大寺の内、僧正五人なり、以上二十五人なり、此の外三門主なり、着座八人、関白（二条光平）・右大臣（徳大寺公信）・大将（久我広通）・大納言一人（葉室頼業）・中納言（園基福・坊城俊広）・参議二人（藤谷為条・六条有和）、次将殿上人三人・花籠五人、此の内極﨟、鐘撞奉行（勧修寺経広）・楽奉行（殿上人二人）、八講伝奏（日野弘資）・奉行（桂昭房）、論議精儀（妙法院新宮）・講師叡山の正覚院（正豪）なり、威儀師は御室の鳴滝なり（『鳳林承章記』）。

○九月十八日、八講第二日、公卿徳大寺公信、以下四人参仕、此の日、同帝に奉る為、法皇御沙汰に為り、御法事を般舟三昧院にて行わる、公卿葉室頼業以下二人参仕（『続史愚抄』）。

●九月十九日、八講第三日、五巻日、公卿烏丸資慶、以下四人参仕（『続史愚抄』）。

●九月二十日、後光明院七回聖忌、法華八講第四日、公卿久我広通以下四人（歟）参仕（『続史愚抄』）。
●九月二十一日、宮中八講第五日、結願、公卿徳大寺公信、以下三人参仕（『続史愚抄』）。
○九月二十四日、仙洞より御歯の御薬の事仰せ出されし故、承章は柴田良宣医へ申し遣すなり（『鳳林承章記』）。
○九月二十五日、承章院参せしむ、昨日梅小路定矩承り、相国寺参頭寿恩の切り申す尺八一管御用なり、才覚仕り、進上致すべきの旨、昨日寿恩へ一管申し遣す、然るに依り、今日尺八持参致し、献上奉る（『鳳林承章記』）。
○十月二日、承章は院参、御灸あそばさる故、御対面はこれ無し、幸若五兵衛舞の事申し上げ、則ち叡聞有るべく、帰国仕る事相留むべきの旨、仰せ出さるなり、御歯の御薬の事、また仰せ出され、急ぎ取り寄すべきの仰せなり、御歯薬の事、今晩極晩に依り、柴田良宣へ明朝申し遣すべきの事なり（『鳳林承章記』）。
○十月三日、承章は早天半兵衛を柴田良宣に遣し、御歯御薬取り遣すなり（『鳳林承章記』）。
○十月七日、承章は早々院参、然ると雖も承章御用遅参の由、相国寺まで御所より御使なり、早速御前に罷出、参頭寿恩の細工切尺八、内々御用の旨仰せ、先日差し上げし、樺の事仰せ付けられし故、申し付け誂え出来、今日持参致し、呈上奉るなり、別して天気に入るものなり、御庭続き御供仕り、品の宮（常子）御殿へ成り為されるなり、妙法院宮（堯然）・照高院宮（道晃）・一乗院宮（尊覚）・仁和寺宮（性承）・青蓮院新宮（尊証）・一乗院新宮（真敬）・八条式部卿宮（穏仁）、此の衆成り為されるなり、坊城常空（俊完）伺公なり、品の宮にて御振舞なり、円照寺宮（文智）また御座成らるなり、長谷大膳（時充）・羽川此の両人御供なり、秉燭時分、柳川検校応一・秀一座頭両人来る、三美線仕るなり、金と云う女盲また御勝手より出て、三美線を引くなり、移刻、種々手三美線を弾く、御玄関の間にて御振舞下され、検校退出仕るなり、柳川と秀一に、承章初めて相逢い、知人と成るなり（『鳳林承章記』）。
○十月八日、承章は午時過ぎ院参、今日幸若五兵衛の舞音曲聞こし召さるべきの故、先ず芝山宣豊に赴き、幸若

五兵衛来る手筈に申し渡すなり、御所に伺候致し、尺八袋幷に中透きの本差し上げ奉るなり、緞子・金襴の切れ共出し、御尺八の袋の切れ、承章見分すべきの旨、仰せ出され、芝山談合せしめ、切れ見分け申し上ぐるなり、則ち夕御膳御相伴有るべきの旨、仰せ上げられ、承章一人鳴門の間にて御相伴仕るなり、内々少し申し上げ度き事これ有るに依り、只今御機嫌の節、具に申し上げ、一段首尾能きなり、幸若五兵衛を呼び遣し、角倉与右衛門の所まで使を遣す、則ち五兵衛芝山第に来たる、三宅図書弟瀬兵衛また与右衛門より、案内の為、相添え、越すなり、承章は芝山に赴き、五兵衛に行き逢うなり、妙門宮（堯然）・照門宮（道晃）成り為され、則ち秉燭に舞初むなり、敦盛・伏見二番これ有り、則ち承章は簾中に召され、舞一段天気に入り、今一番御所望、新曲申し付くべき旨仰せ故、五兵衛に申し付け、新曲これ有るなり、五兵衛父子なり、舞三番済み、五兵衛父子に御振舞下され、其の上拝領有り、五兵衛退出仕るなり、両門主・承章は御書院にて御菓子出、仙洞出御、舞一段然るべきの旨、御褒美なり、各退出、承章は富士の夢想の連歌百韻一巻持参せしめ、仙洞の叡覧に呈し奉るなり、清書は能通これを書くなり（『鳳林承章記』）。

○十月十二日、禁中御壺御口切り、仙洞御幸、承章御相伴に召されしに依り、午時前参内せしむなり、八条宮（穏仁）・妙法院堯然親王・照高院道晃親王・章・勧修寺経広・日野弘資・飛鳥井雅章、座牌また此の如き座なり、此の衆御相伴、御亭にてなり、上壇に主上（後西）・仙洞（後水尾）成りなされるなり、申中刻御膳なり、御勝手にて青木義継に逢うなり、御茶済み、御廻花これ有るなり、勧・日・飛・章・照・妙、此の衆なり、仙洞は遊ばされざるなり、四つ過ぎ後段なり、今日禁裡御床の御掛物は寂蓮法師自筆の文なり（『鳳林承章記』）。

●十月十八日、免者宣下を行わる（今年後光明院七回聖忌故なり）、上卿葉室頼業、奉行桂照房（『続史愚抄』）。

●十一月八日、春日祭、上卿徳大寺実維参向、弁不参、奉行桂照房（『続史愚抄』）。

○十一月十二日、内々朝鮮酒の事、規伯東堂へ申し渡し、対馬島へ申し越され、到来に依り、大坂より中村吉左

衛門に到り、吉左衛門より井筒屋道立に到り、来たる、道立より今日持ち為し、相届くなり、仙洞より御歯の御薬の事、仰せ出され、御使と半兵衛を柴田良宣に遣し、御薬献上致されるなり（『鳳林承章記』）。
○十一月十四日、今日漢和の御会なり、急ぎ伺公致すべきの仰せの由、畏り奉り、承章急ぎ院参せしむ、則ち先日朔日御内々の御会の漢和一折半残り、其の御会なり、御連衆、妙門主宮（堯然）・照門主宮（道晃）・正親町実豊・風早実種・高辻豊長・赤塚芸庵・岩橋友古・周令なり、承章また四五句仕るなり、虞韻なり、章句は高辻なり、日暮れに満るなり（『鳳林承章記』）。
●十一月二十一日、午時藤谷為条より、口切りの茶に招かれしなり、般舟院・不動の明王院三人なり、掛物は定家の消息文なり、書院の掛物は為相の懐紙なり（『鳳林承章記』）。
●十一月二十三日、能碩媒介を為し、紀伊国扶持仁の小川五郎左衛門、同息勝右衛門幷に石井弥兵衛、此の三人初めて北山に来たり、相対すなり、五郎左衛門は先年、仙洞御在位の時の御扶持人なり、謡歌いなり、息庄右衛門は脇仕るの由、弥兵衛もまた脇仕るの由なり、石井半右衛門子の由なり、黄柑一籠を庄右衛門持参、扇子二本入り箱を弥兵衛持参なり、入麵・浮盃、濃茶を点つるなり、酒中謡を歌うなり（『鳳林承章記』）。
○十一月二十四日、承章は辰中刻参内致す、今日は御囃子・御能これ有り、仙洞また御幸なり、主上は承章を御前に召され、御対面なり、御囃子二番、高砂・江口なり、御能七番なり、蟻通・敦盛・三輪・鞍馬天狗・当麻・玉葛、祝言狂言尤もこれ有り、源介・猪兵衛・甚三郎（八百屋）なり、太夫小畠左近衛門、脇横田善太夫なり、禁中にて役者上下とも御振舞下さるなり、今日の御能は禁中また、役者また、公家衆また曾て以て番結不承、禁中もまた何能仕るか、また曾て聞こし召されざるなり、然ると雖も、定めて役者中は隠密に内談仕るべきなり、日暮れに御能済み、役者共残らず、舞台に出て小謡・曲舞これを歌う、台物出でて、烏丸資慶、清閑寺熙房両人舞台に出でられ、役者一人一人罷り出でて、御痛の御酒給うなり、役者共面々一芸充仕るなり、

或いは狂言舞、或いは小唄、鼓打ちは曲鼓なり、笛両人は連吹仕り、勘左衛門は一柄太鼓を打つなり、御能済み、仙洞は御前に承章を召し出だきるなり、内々明後二十六日仙洞にて和漢御会の義仰せ出さるなり、然る所、実相院門主（義尊）御所労以外の大事の由、今日照高院宮（道晃）へ申し来たり、照門宮は午時に俄に御退出、明後日の御会は御延べ有るべきの由仰せなり、実門・照門は一腹の御兄弟の故なり（『鳳林承章記』）。

○十一月二十六日、仙洞和漢の御会、承章辰刻に院参、照高院道晃親王御発句なり、漢の衆、承章・達長老・崟長老・吉長老・柏長老の五人なり、和は、仙洞・妙法院堯然親王・勧修寺経広・正親町実豊なり、照門は出座なし、其の故は実相院門主以外の所労、逝去せんと欲すの由なり、俄に御延引また如何の仰せにて、今日御会なり、妙法院宮また今日の御会明日の由聞こし召され、御参無きに依り、追々御使有り、漸々午時過ぎ御参なり、四十八句御一巡廻り、今日五十二句、秉燭の時分、百韻満るなり、度々御菓子・濃茶下さるなり、和漢満ち、御振舞、濃茗、上林竹庵初昔の御茶なり、御会前に法中五人に御頭巾一片充拝領奉るなり（『鳳林承章記』）。

●十二月三日、照高院御門主（道晃）の御所望に依り、頭痛の薬を柴田良宣へ申し遣し、今日御里坊まで進上せしむなり（『鳳林承章記』）。

○十二月五日、承章早々院参、今日中院中納言（通茂）禁中へ御盃進上なり、仙洞御幸、承章を召し出され、御前にて御咄なり、妙門主（堯然）・照門主（道晃）・正親町実豊御相伴なり、和漢の一順今日相廻るなり（『鳳林承章記』）。

○十二月七日、仙洞にて御内会の漢和の御会なり、承章に章句を内々仰せ付けらるなり、章句に曰く、松雪越山浪、脇は妙法院宮（堯然）なり、一折御一順巡る、俄に御焼火の間にて御会なり、御会の御衆、妙法院堯然宮・照高院道晃宮・正親町実豊・風早実種・高辻豊長、此の外赤塚芸庵・岩橋友古・周令召し加えらるなり（『鳳林承章記』）。

○十二月十四日、承章は山本友我に立ち寄るなり、定家の筆跡の内談有るの旨、今朝申し来たる故、立ち寄り、相対、定家の一軸これを見るなり、冬歌七首なり、点掛けこれ有るなり、其の外古筆二色これを見るなり、承章は参院せしめ、鶖茸の干一包持参し、献上奉る、先日柴田良宣へ二巻拝領、承章まで忝なく存じ奉るの旨、申し上ぐるなり、御対面あるべきと雖も、即ち今禁中御幸遊ばされるの旨なり、狂句の一順、承章は対仕るべきの仰せなり、変易所持『八代集』は、堀川宰相具世の一筆なり、『古今集』の下巻不足、中院通村は下巻を書かれ、闕を補われしなり、右の下巻は仙洞にこれ有る由、変易承り及び、承章に頼まれ、相窺い度きの旨、申されしに依り、去年相窺う、則ち御穿鑿遊ばされ、もしこれ有るにては、下さるべきの仰せ、此の比、下巻御尋ね出だす故、今日仰せ出され、下さる間、変易に遣すべきの旨仰せ、而て下巻を承章請取、退出せしむ、近日変易に渡すべきなり（『鳳林承章記』）。古今集の下巻欠本を通村補写の事は、宮書一五冊本『八代集』新古今下の通村加証奥書にも、「以古今半中闕、染禿毫」とある（日下幸男「中院通村と古筆」『研究集録』一三）。

○十二月十五日、今日漢和御会遊ばされるべく、伺公致すべきの旨仰せなり、仙洞にて御会、先日承章章句の東韻の漢和一折半残り、今日満るなり、燭前、相済むなり、晩御振舞、妙門・照門・承章・正親町実豊御相伴なり、御前にて濃茗下されしなり、御焼火の間にて、御会なり、御会御膳済み、狂句の一順六七句遊ばされるなり、山本友我は定家筆を見せ為されるの由、冬歌七首の一軸并に古今集の切れ幷に定家と家隆百首歌合の古筆、叡覧に備えしなり、友世は定家筆を見せなされるの由、小書の歌一首、是れまた叡覧に備え、則ち皆偽筆の旨仰せなり、仙洞此の比御発句遊ばさるの旨、仰せ聞かされ、即ち照門主付け遊ばさるなり、然れば則ち此の御発句にて御会御興行有るべきの旨、妙門・照門・承章申し上ぐ、然れば御発句五、五人にて一発句充鬮取り仕る、或いは連歌、或いは和漢相催さるべきにて、妙門・照門・承章・正親町実豊・風早実種、此の五人鬮取りなり、御会の次第また鬮取り、一番承章・二番照門・三番風早・四番妙門・五番正親町なり、承章請取申す、

御製の発句は、鶯の声や初入春の色、此の御発句なり（『鳳林承章記』）。
○十二月十七日、去る十四日承章に仰せ下され、下巻を下され候間、変易へ遣すべきの旨仰せなり、然るに依り、今日持参せしめ、古今下巻堀川具世の筆一冊を変易に渡すなり、変易は忝なく頂戴致さるなり、変易にて『蒲室抄』五策今日借用せしむ、熙春翁の抄なり、変易にて借り状を書き、渡すなり、抄を写す為なり、吉権兵衛より山本友我に遣す、定家筆の由申さる、冬七首和歌の掛物幷に古今集の切れ一枚幷に定家・家隆百首歌合の古筆三色を返進せしむなり、友我より返礼これ有るなり（『鳳林承章記』）。
●十二月二十日、伊勢祭主職の事、配流の仁（友忠）の息（景忠）は勅命・院宣の為、仰せ付けらるの旨、勧修寺経広より申し来たるなり（『鳳林承章記』）。
○十二月二十二日、仙洞御発句の承章入韻、御急の旨、昨日仰せ出さるに依り、承章は今日持参致し、献上奉る、則ち御対面なり、一段両句とも出来の由仰せなり、端書上げ申す句然るべき旨仰せなり、御発句、鶯の声や初入春の色、脇、清香梅一枝、御前にて御一順の色々、正親町実豊・承章伺公致し、移刻なり（『鳳林承章記』）。
○十二月二十六日、仙洞より、和漢の御一順仰せ下され、承章明日院参用意致すべきなり（『鳳林承章記』）。
○十二月二十七日、倉橋泰吉来訊、黄柑一籠これを恵まる、数年不対故、今日相対、互いに老衰、打談せしむなり、土御門の跡目元服の事、内談の為、来訊なり、急ぎ承章院参せしむ、内々は来る二十九日御歳暮に伺公致すべきの内意、然ると雖も昨晩和漢一順仰せ出さる故、幸に今日拙句持参の次、御歳暮御礼申し上げ、例年の如く、伊万里の染付茶碗五十ヶ呈上奉る、芝山宣豊を以て献上奉るなり、今日は禁中へ御幸遊ばさるべきの御用意、然るに依り、常の御殿御居間へ召され、御対面、一順一段出来の旨仰せなり、御連歌の御一順、法皇御発句、脇照高院道晃親王、第三二条康道なり、四句承章仕るべきの旨、仰せ付けらるなり、連歌の事は如何為すべきの旨申し上げ、則ち如何様のもまた仕るべきの旨仰せ故、御一順持ち、退出仕るなり、御歯薬御払底、

柴田良宣へ申し遣すべきの旨、仰せ付けらるに依り、芝山第にて書状を調え、市郎兵衛を遣し、御薬取り遣すなり（『鳳林承章記』）。

寛文元年（万治四）〔一六六一〕辛丑　六十六歳　院政三十二年

●正月一日、四方拝、奉行広橋貞光、小朝拝なし、元日節会、出御あり、宣命見参を奏す後、入御、内弁左大臣三条実秀、陣後早出、柳原資行これに続く、外弁烏丸資慶、以下五人参仕、奉行葉室頼孝（『続史愚抄』）。

○正月五日、法皇・新院（明正）・女院（東福門院）等、内裏に幸す（『続史愚抄』）。

●正月五日、常盤直房一昨日逝去なり、惜哉々々、承章院参致す、則ち御対面、天盃頂戴奉るなり、試春の詩を叡覧有るべきの旨、呈上奉る、此の外の試筆有るべきかの仰せ故、発句・誹諧発句・狂歌を勅眷に備う、則ち殊の外御褒美、詩また発句・狂歌また出来の旨仰せ、辱く大悦奉るものなり、北野の発句共六七人書き抜き、持参せしめ、勅覧に呈すなり、承章の愚作また北野発句を留め置かる、只今禁中へ御幸なり、天子へ勅眷成らるべきの旨仰せ、御持ち成られ、御幸なり、仙洞仰せ、例年の如く、葩餅祝い申すべきの旨、長谷忠康へ仰せ付けらる故、葩を賞翫致し、雉焼き御酒数返給うなり（『鳳林承章記』）。

●正月七日、白馬節会、出御あり、内弁徳大寺公信、外弁葉室頼業以下六人参仕、奉行桂照房（『続史愚抄』）。

●正月八日、後七日法始、阿闍梨長者寛済、太元護摩始、理性院厳燿坊にて之ありと云う（代官僧、去年の如く勤仕歟）、以上奉行烏丸光雄（『続史愚抄』）。十四日両法結願。

○正月十日、仙洞より御一順下さる故、拙句綴り出し、承章早々院参せしめ、拙句差し上げ、則ち御対面なり、正親町実豊また召され、和漢・御連歌御一順四ヶ相廻し、餅・御菓子出で、天盃頂戴奉るなり、御前にてまた

新しき連歌の御一順有り、御発句は御製なり、脇は妙法院堯然親王、第三は照高院道晃親王、四句目は承章仕るべきの旨仰せ、即ち御前にて四句め綴り出し、五句目は中園季定へ仰せ付けらるなり（『鳳林承章記』）。

●正月十五日、実相院門主（義尊）一昨日御遠行の由、然るに依り承章は、照門主宮（道晃）御里坊に赴き、吊礼を伸るなり、未刻大方強風吹く、二条光平より火事出来、大風故以外の大火事、禁中・仙洞・新院・女院・花町宮・八条宮・九条幸家・鷹司教平・大聖寺宮・梶井宮・大覚寺宮里坊・仁和寺宮里坊・八条新宮、其の外堂上悉く回録なり、公家・門跡・摂家の分九十間余回録なり、寺数・町家・武家は其の数を知らざるなり（『鳳林承章記』）。

●正月十五日、巳の終刻、賀子内親王（関白二条光平室）家より火起こり、禁裏（土御門里内）、法皇御所（下御所）、女院（同郭に在り）、儲皇親王御所（同前、池の南方と云う）、新院御所（中和門院旧地、未だ地名を知らず）等火く、主上（後西）は道晃親王の白川室に行幸す（早速の為、密に板輿に乗御し、剣璽を具され、御輿に入ると云う）、内侍所同じく渡御（御灯、吉田社より之を供さると云う）、先に仮皇居と為し、法皇は修学院離宮に幸す、新院・女院等は岩倉離宮（長谷なり、女院御領、顕子内親王坐すと云う）に幸す、儲皇親王は堯然親王の妙法院室に渡御す、各暫く御所と為すべしと云う、公家代々の御記文書、御剣（但し壺切は灰中に在りて焼損せず、鎊等悉く壊る、後日磨かるべき議あり、而て本阿弥は其の儀に及ばざる由言うと云う、希代の御剣なり、また昼御座の御剣、出し置かる間、僅かに存す）以下悉く焼亡（新写の御記を納め、御府一所僅かに存すと云う）、また法皇御府火く、累代の重宝等皆亡じ、此の日、災に係る諸家、関白（二条光平、父二条康道同座歟）、左大臣三条実秀、前関白九条幸家（孫同居）、前左大臣鷹司教平（息同居）、前右大臣花山院定好（孫同居）、前内大臣勧修寺経広（息同居）、前内大臣三条公富（息同居）、広橋兼賢（孫同居歟）、葉室頼業（息同居）、柳原資行（息同居、相伝文書凡そ亡じ、調度剣等悉く灰燼と為る）、園基福、中院通茂、清水谷実任、四辻公理（息同居）、鷲尾隆量（息同居）、清閑寺共綱（父共房別居、災を免がる歟）、飛鳥井

雅章（息同居）、三条西実教、中御門宣順（息同居）、阿野公業（息同居）、正親町実豊、松木宗条、清閑寺熙房、六条有和、今城為尚（息同居）、持明院基定（息同居）、橋本実村（息同居）、高倉永敦（父永慶別居）、高倉嗣孝、東坊城知長（息同居）、万里小路雅房、千種有能（息同居）、正親町三条実昭（息同居）、中山英親、白川雅陳、川鰭基秀（息同居）、倉橋泰吉（息同居）、梅園実晴（息同居）、白川雅喬、花園実満、滋野井教広（息同居）、樋口信康、竹屋光久、岩倉具家、岡崎宣持（息同居）、桂照房（若は他人と同居歟）、庭田雅純（息同居）、七条隆豊、裏辻実景、愛宕通福、四条隆音、難波宗量、富小路永貞、竹中季有、野宮定輔、西洞院時成、広橋貞光、甘露寺方長、下冷泉為元、櫛笥隆胤、姉小路公量、日野西国豊、久世通音、竹内当治、此の外、花町殿（主上の元御所）、陽徳院宮（大聖寺先住、法名説外）、大聖寺宮（法名久山）、准后清子内親王（故鷹司信尚室）、慈受院禅尼法華寺里坊、本光寺尼、安禅寺、遣迎院、七観音（考うべし）、以下人家・寺院等（『続史愚抄』）。右の「主上は道晃親王の白川室に行幸」につき、『道晃法親王御詠集』二冊（内閣本）に、その時の御製が載る。

●正月十六日、承章急ぎ出京せしむ、先ず藤谷為条・冷泉為清・永寿院（藤谷為賢室）へ無事の祝儀伸ぶ、承章は勧修寺経広・坊城俊広・芝山宣豊へ相赴き、無事の賀詞を伸べ、白川（仮御所、照高院宮御寺）に赴く、白川の馬場にて院参の衆に皆相対なり、御玄関に入り、下冷泉為元を以て御見舞に伺公の由申し上げ、退出、岩倉に到り、則ち御玄関にて土岐立庵相対、座に入るなり、則ち武家居られ、相対、野々山丹後・榊原志摩・小田切美作、此の衆相対なり、仙洞・女院・新院へ御見舞の事申し上ぐるなり、飛鳥井雅章・若王子（晃海）また参らるなり、奥より仙洞仰せ出され、章長老は御対面有るべく、野々山に仰せ付け、御門開き、則ち承章奥に赴く、則ち伊勢御局・菅式部出迎えられ、御前に到り、御対面、尤も女中衆は奥にて、新院・女院また御座の体なり、御前にて御菓子等を下され、御礼申し上げ、退くなり（『鳳林承章記』）。

○正月二十日、法皇は修学寺殿より岩倉御所（新院・女院等御同座）に幸す（『続史愚抄』）。今日仙洞は白川へ成り為

さるに依り、白川へ案内は下の者一人、林光院まで遣すなり（『鳳林承章記』）。
●正月二十日、武蔵江戸大火（『続史愚抄』）。
●正月二十一日、承章は早々白川の皇居へ赴く、持明院基定相対、御菓子を献ず、御満足の旨仰せ出され、御座所狭き故、御対面有り難く、其の儀無きの仰せなり、直に岩倉に赴き、仙洞へ御見舞申し上げ、折二重等献上奉る、則ち御対面なり、柴田良宣献上奉る一折・一壺を披露せしめ申し上げ、則ち御手を以て開かれ、召し上がらるなり、承章また御前に同座、御座下に伺公致し、此の中の回録の首尾仰せ聞かれ、申し上ぐるなり、御櫛笥御局（櫛笥隆致女隆子）殊の外御肝煎りなり、暫くして退出せしむ（『鳳林承章記』）。
●正月二十六日、去る二十日東武江戸大回祿の書き立て、玉舟院より来たる、これを見て写す、武家の分・医者の分百十五人これ有り（『鳳林承章記』）。
●二月二日、内侍所仮殿立柱あり（『実録』）。
〇二月二日、承章は岩倉に赴く、仙洞へ御見舞申し上げ、人麻呂杉折献上奉るなり、先ず院参衆の宿坊是心庵半首座所へ行く、園池宗純居られ、相対、御案内申し上げ、則ち早々伺公致すべきの旨仰せ故、伊賀組衆土戸を開き、御殿に入るなり、長谷忠康・池尻共孝相対なり、承章召されしに依り、奥に入りて御対面、人麻呂を御開、御賞味なり、移刻御咄申し上げ、御前にて御振舞、濃茶まで仰せ付けられ、下さるなり、一時承章また伺公致し、退出せしむ、岩倉へ赴く次、門外を通る故、消蘊山人（南可）山居に到り、相対、暫く打談、岩倉へ赴くなり（『鳳林承章記』）。

〇二月五日、法皇は岩倉御所より先に伏見貞致親王家に幸す（一条教輔第を以て今度仮仙居に用いらるべし、而て経営未だ畢らず、故に先に此の第に幸すと云う）（『続史愚抄』）。

〇二月五日、法皇は貞致親王家（今出川歟）より一条教輔烏丸第に幸す（『続史愚抄』）。

●二月九日、新院は岩倉御所より烏丸資慶の烏丸第に幸す（仮仙居と為す）（『続史愚抄』）。

○二月九日、仙洞去る五日伏見宮（貞致）の第に遷幸成りなされし故、承章今日伺公致し、其の次、偏易の献上致す、二王氏の石摺五巻持参せしめ、献上奉るなり、別して御感なり、新院（明正）御所は今日岩倉より烏丸資慶第へ遷幸有りて、御前にて見物せしむなり、八条新宮（穏仁）・妙法院新宮（堯恕）また成り為されるなり、各打談せしむ（『鳳林承章記』）。

○二月十四日、承章は白川に赴く、上皇の御機嫌を窺い、御見舞申し上げ、手作りの人麻呂御菓子一箱を献上奉る、則ち持明院基定御披露なり、御対面有るべきの仰せ、然ると雖も近日行幸、御道具御取込の旨故、達て固辞せしむ、照門主（道晃）出で為され、御目に掛かるなり、日野弘資対談せしむ、人麻呂の銘、別して御感の旨、仰せ出さるなり（『鳳林承章記』）。

●二月十八日、巳刻、主上は白川殿（照高院）より近衛基熙の今出川第に遷幸す（仮皇居と為す）、奉行勧修寺経慶、次に内侍所も同第に渡御、奉行桂照房、此の日、儲皇親王は妙法院より貞致親王第に渡御（仮殿と為す）（『続史愚抄』）。

○二月十八日、今日白川より近衛基熙の第に巳刻天子遷幸、申刻内侍所渡御の由なり、式法の供奉の行幸なり、仙洞は今朝伏見殿（貞致）の第より、一条殿下（教輔）の第に遷幸なり、親王御方（識仁）は大仏の妙法院（堯然）より伏見殿の第に御移りなり、女御（明子）御方は宝篋院《宝鏡寺》（理忠）尼御所より菊亭（今出川公規）第に御移り、仙洞の姫宮方また菊亭第に御移りなり（『鳳林承章記』）。

●二月二十一日、後光明院の姫宮（孝子）様、御使者下され、杉原十帖・白綿二把拝領奉るなり、小一条（庭田重秀女）殿より饅頭百入の一箱これを給うなり（『鳳林承章記』）。

○二月二十二日、承章は院参せしむ、一条教輔の第へ伺公致す、先日仙洞仰せの、新板の『古今集』上下・『伊

勢物語』上下を献上奉るなり、大徳寺玉舟より御菓子両種等を献上致し、則ち披露せしむなり、坊城常空（俊完）また院参故、承章同道せしめ、親王（識仁）様に伺候致し、則ち御対面なり、園基福・東園基賢両人馳走、御菓子色々出し、盃を浮かべられ、様々御振舞、大御酒なり、女一宮（孝子）様に赴く、昨日拝領の御礼申し上げ、常空また同途、然れば則ち女一宮様御対面、小一条殿また出でられ、御盃を浮かべられ、御盃を頂戴奉る、越前殿また居られるなり、岡崎宣持また伺公なり（『鳳林承章記』）。

●二月二十二日、内侍所清祓あり（『実録』）。吉田某奉仕。

●二月二十三日、東福門院（女三宮を伴わしめ給うと云う）は岩倉御所より一条教輔第に幸す（仮御所と為す）（『続史愚抄』）。

●二月二十五日、将軍使今川直房は参内して仮殿行幸を賀し奉り、物を献ず（『実録』）。

○二月二十九日、仙洞より芙蓉香の方の事を承章に仰せ出ださる故、吉左衛門（小泉）を北山に遣し、医書を取り遣すなり、仙洞より仰せ出でられ、風早実種承り、『類字和歌集』一冊下され、誰か相写すべきの旨、仰せ出さるなり（『鳳林承章記』）。

○二月三十日、仙洞より仰せ出でられ、芙蓉香の方を書付、進上致すべきの旨、風早実種承る故、承章は風早まで進献致すなり（『鳳林承章記』）。

○三月二日、上皇近衛基熙第に遷幸以後、承章は終に伺公致さざる故、今日朝参せしめ、鶴一声の写の花入献上奉るなり、清閑寺共綱御取次なり、御対面、暫く御前にて去る十五日回祿の御雑談これ有るなり（『鳳林承章記』）。

●三月九日、神宮奏事始あり（正月より延引）、伝奏坊城俊広、奉行桂昭房（『続史愚抄』）。

●三月十日、春日祭を行わる、上卿今出川公規参向、弁不参、奉行桂昭房（『続史愚抄』）。

●三月十二日、承章は院参、正月より銀杏を醸し、黒龍酒を漉かしめ、二徳利に入れ、仙洞に献上奉るなり、椿花また実生の花・大椿・宇佐三色を呈上奉るなり、御対面あるべきの旨なり、仙洞仰せ、今日御灸治遊ばさる

の間、御伽仕るべきの由、畏り奉り了ぬ、常の御居間に承章を召されしなり、御櫛笥（櫛笥隆致女隆子）殿・新中納言（園基音女国子）殿、其の外女中衆、先ず切麦を召し上がられ、御相伴仕るなり、夕御膳の以後、また御灸遊ばさるべきの仰せ故、承章は番所まで退くなり、今日天龍寺補仲修東堂より、使僧御玄関まで来たり、承章を呼び出し、状来たり、『昌黎文集』全十八冊を仙洞に献上奉りたきの旨なり、表紙・箱念入りなり、即ち披露せしむ、則ち御感なり、承章に能く相心得、申し遣すべきの仰せなり、芝山宣豊より、また修長老に、書状を越さるべきの由申し、書状を遣すなり（『鳳林承章記』）。

●三月十五日、月蝕（子刻）（『続史愚抄』）。

○三月十七日、承章未明に院参、和漢の御会なり、御発句は法皇なり、入韻は妙法院新宮堯恕親王なり、第三は園基福息妙法院院家日厳院堯憲なり、妙法院堯然親王・照高院道晃親王・正親町実豊・承章・風早実種・赤塚芸庵・岩橋友古・周令なり、執筆は中園季定なり、一順五十韻、句渋り半鐘に及び百韻満つ（『鳳林承章記』）。

●三月十八日、東照宮に奉幣を発遣さる、先に日時を定めらる、上卿園基福、幣使東園基賢、奉行葉室頼孝（『続史愚抄』）。

●三月二十日、仗蔵主は北山に来訊、清閑寺共綱よりの使として来訪なり、去年禁中は古筆を叡覧なられ、今度の火事に焼失せざる故、返し下さるなり、仗蔵主古筆を持ち来たれるなり（『鳳林承章記』）。

●三月二十三日、承章は半井驢庵に赴き、相対、今度江戸より上洛、聚楽に居られるなり、石川宗運の家なり、半井驢庵屋敷は新院（明正）御所に御借用なり（『鳳林承章記』）。

○四月五日、仙洞仰せ付けらる『類字和歌集』の御本、能通・能愛写し申し、出来仕り、風早実種に持ち為し、進献致すなり、写本二冊加字安字なり、余りの白紙・書損じ幷に卦を相添え、返上致すなり、仙洞より仰せ出さるの旨、風早実種より承り申し来たり、『類字和歌集』の御本二冊幷に白紙来たり、書写せしむの事、申し

付くべきの旨なり、能通・能瑞へ御本を遣し、申し付くるなり（『鳳林承章記』）。
●四月六日、八条宮桂光院（智仁）明日三十三回忌なり、慈照院にての仏事、然ると雖も、智忠親王より内証の由、小寺為るに依り、方丈を借りられ、今晩施食なり、明朝は懺法・半斎なり（『鳳林承章記』）。
○四月八日、承章急ぎ院参、早々御前にて承章一人切麦を喫し、種々御菓子を下されるなり、誹諧発句これ無きかの御尋ね、承章は此の比仕るの旨申し上げ、行く春の跡そなへなり遅桜、此の発句申し上げ、御製の御脇、藤つるかけよ弓はりの月、第三は風早実種なり、然れば則ち照高院道晃親王成り為されるなり、囲碁叡覧あるべきの旨仰せ、松尾相基（非蔵人）を禁中へ呼び遣さる、則ち松尾来る、玄碩と囲碁二番、松尾六石置き、二番松尾負けなり、安井算知の碁、山口意仙の中象戯、近日勅覧有るべきの旨仰せなり、夕御膳御相伴仕り、照御門主と三人なり（『鳳林承章記』）。
●四月十日、内大臣鷹司房輔里第にて年号勘者宣下あり、奉行桂昭房（『続史愚抄』）。
○四月十三日、仙洞に安井算知を召され、囲碁を御覧成られるなり、玄碩と算知一番、玄碩先、算知九目の勝ちなり、安井算哲・知哲一番、知哲先、算哲勝ちなり、算知作碁二番これ有るなり、算知に御振舞下さるなり、照門主（道晃）・大門主（性真）・御伺公、浄屋（花山院忠長）また召し、碁見物なり、後の碁の時、勧修寺経広また見物、照門主・浄屋・承章は御膳相伴申し上げ、初更前に退出（『鳳林承章記』）。
●四月十四日、山口意仙中象戯の相手の事、松屋宗甫然るべきの由、承章今朝意仙へ申し遣す、則ち意仙と宗甫同道し、晴雲軒（承章）に来らる、辱く存ずるの由、宗甫罷り出づの旨申さるなり、承章初めて宗甫に逢うなり、宥西堂・彦西堂来らる、幸に意仙・宗甫へ相談なり、昨日の礼の為に、安井算知・算哲・知哲も晴雲軒に来られ、相対、昨日の碁を作らるなり、昨日仙洞仰せ、『元亨釈書』を御覧に成らる事これ有り、本を献上すべきの旨仰せなり、玉龍庵所持の『元亨釈書』を借り寄せ、今朝仙洞に呈し奉るなり、野々口立圃晴雲軒に来

られ、相対、打談せしむなり、仙洞より『元亨釈書』を返しくださる、則ち玉龍に返さしむ（『鳳林承章記』）。

●四月十五日、今夜より三箇夜、内侍所御神楽を行わる（仮皇居近衞第内侍所仮殿）、出御あり、拍子本持明院基定、末綾小路俊景、奉行勧修寺経慶（『続史愚抄』）。

○四月十六日、承章は院参、中象戯仰せ付けられ、山口意仙と松屋宗甫を召され、両人の象戯なり、内々より承章に仰せ付けられし故、時分を相窺い、両人へ案内申し遣し、則ち両人伺公仕るなり、衣は直綴《じきとつ》これを着るなり、照門主（道晃）成り為されるなり、中象戯三番仰せ付けらるなり、意仙龍王落とし、意仙勝ち、二番目奔王落として宗甫、三番目龍王落とし、持ち象戯なり（『鳳林承章記』）。

●四月二十一日、内大臣鷹司房輔里第にて、桂昭房を以て国解及び年号勘文を奏す（『続史愚抄』）。

●寛文元年四月二十五日、条事定あり（淡路国司、雑事三箇条を言す）、上卿鷹司房輔、已次公卿烏丸資慶、以下七人参仕、次に改元定を行わる、上卿以下同前、万治を改め寛文と為す、火事に依るなり、勘者三人、寛文の字は五条為庸択び申す、赦令吉書奏等、上卿中院通茂、以上奉行桂照房、伝奏清閑寺共綱（『続史愚抄』）。仙洞より連歌の御一順下され、再巡なり、承章は晩に及び、能円に赴く、一順談合すべき為なり、然ると雖も能円他出故、次いでながら菅神に詣づるなり（『鳳林承章記』）。

○四月二十九日、仙洞より御用あり、承章召されしなり、修東堂院参致され、則ち御製御発句の入韻仰せ付けられ、同じくは只今仕るべきの仰せ故、北面所にて入韻仕られ、献上されしなり、御対面有るべきの旨、仰せ出され、御対面なり、御次にて浮盃なり、長谷忠康承り、肝煎りなり、承章と中院通茂、御前にて御菓子下され、酉水を酌むなり（『鳳林承章記』）。

○五月三日、承章は早々連歌の御一順持参せしむ、則ち御対面、拙句然るべきの旨仰せなり、拙句の次に、妙法院尭然親王御句前、幸に親王（識仁）御所へ妙法院宮成り為される故、御召し、院参成られ、正親町実豊当番、

連歌御懐紙、両片相巡らるなり、仙洞内々御所望、天龍寺三会院の仏舎利・鹿王院の舎利御所望故、今日献上致されるなり、妙智修長老・三会院役者・鹿王院の使僧来らる、三会院の仏舎利十粒献上されるなり、鹿王院の仏舎利二粒献上致さるなり（『鳳林承章記』）。

○五月六日、法皇の百人一首講釈始まる。聴聞衆は、道晃親王、飛鳥井雅章、日野弘資、中院通茂、白川雅喬王など。書陵部蔵『百人一首註照高院宮聞書』一冊は道晃親王聞書、霊元天皇宸筆。巻頭に「百人一首聞書、寛文元年五月六日。此百首ハ定家小倉山庄障子色紙形（キヤウ、ガタ）ノ歌也。正治百首第一、露霜の小倉の山に家居してほさても袖のくちぬへき哉」云々とある。中院通躬筆『〔古今集講談座割〕』一冊（中院Ⅵ三七）によれば、「後水尾院御講釈之時／寛文元五月六日／初座　端三首／同　八日／第二座　十五首／赤人ヨリ敏行マテ」云々とある。

○五月九日、仙洞にて連歌の御会これ有るなり、承章また内々御連衆仰せ付けらるなり、御製の御発句なり、漸く半鐘に及び、百韻満るなり、御連衆御製とも十二人なり、妙法院堯然親王・照高院道晃親王・中院通茂・正親町実豊・中園季定・風早実種・愛宕通福・冷泉為清・野宮定輔、執筆者竹中季有なり、半鐘過ぎに満つ（『鳳林承章記』）。

○五月十二日、承章は先に勧修寺経広に赴く、則ち相対、禁中よりの御案内を相待つ、則ち持明院基定より伺公致すべきの旨申され、参内せしむ、今日また仙洞は禁中にて『百人一首』の御講釈なり、晩来御香拵えらるの次、御伽羅の余、承章拝領奉るなり、一の香追風、二の香牧原、三の香水郷、此の銘なり、御人数十四人か、左右引き分けの御勝負、御振舞の勝負なり、左は仙洞・八条大御所（智忠）・同式部卿宮（穏仁）・近衛基熙・飛鳥井雅章・日野弘資・妙法院堯然・中院通茂・白川雅喬、右方は禁中・照高院道晃・烏丸資慶・平松時量・鷹司房輔・九条兼清・承章、右方御勝ちなり、承章散々香当たらず、聞無なり、仙洞・禁中また二炷の当りなり、

御香済み、御粥を召し上がらる（『鳳林承章記』）。

●五月十七日、内侍所臨時御神楽を行わる（仮殿前庭にてなり）、出御あり、拍子本持明院基定、末綾小路俊景、奉行広橋貞光（『続史愚抄』）。

○五月十七日、昨晩仙洞より、連歌の御一巡下され、拙句綴り、承章は今朝院参致し、御一順これを捧ぐ、則ち端句書付くべきの旨仰せなり、御対面無し、仰せ出さる事、新茶下さるべきか否か、仰せ出ださる、畏り申し上げ、下さるべきの旨申し上ぐ、則ち御聞茶八島徳庵の挽き茶一壺拝領奉るなり、持ち帰るなり、柴田良宣来話、仙洞より拝領の新茶を点て、共に服用せしむるなり、良宣持参さる、為家の小色紙を見せられしなり、勅覧に備える為、留置くなり、承章書き損じの物、良宣に細工を頼むなり（『鳳林承章記』）。

●五月十九日、『題林愚抄』一部八冊を、承章は正親町実豊に投ぜしむ（『鳳林承章記』）。

●五月二十日、承章は大仏の妙法院宮大御所（堯然）御隠居に赴き、能貨より頼まれし、兼好像の上に『徒然草』の一段の尊毫を染めらる事、頼み申し上ぐるなり、蜜漬け五斤入り一壺持参せしめ、妙法院宮に進入せしむるなり、御対面、暫時御雑談して帰るなり（『鳳林承章記』）。

●五月二十一日、和歌御会始あり（春より延引）、題は穉竹可久、読師中院通茂、講師勧修寺経慶、講頌持明院基定（発声）（『続史愚抄』）。仮殿御会始、一首懐紙、読師中院通茂、照高院道晃親王出詠、穉竹可久（『略年譜』）。

○五月二十一日、仙洞にて御連歌の御会、承章院参致す、御連衆は八人なり、二条康道・妙法院宮堯然親王・照高院宮道晃親王・正親町実豊・風早実種・承章・玄陳なり、玄陳は今日初めて院参仕り、召し出さるなり、玄陳法眼は東方縁畳の所、向座に伺公致すなり、御一順は二折巡るなり、執筆は野宮定縁なり、御座の左方は二条・正親町・風早、右方は妙門宮・照門宮・承章なり、終日様々の御菓子なり、度々濃茶を出さるなり、玄陳息玄俊法橋は終日北面所にて伺公仕るなり、御製十四句、承章十二句なり、夜の四時分、百韻満るなり、御連

歌済み、切麦出で、仙洞御前にまた出でて、承章・正親町また御相伴なり、八時分退出（『鳳林承章記』）。

○六月八日、仙洞にて和漢の御会なり、承章は北山より未明に院参せしむ、御連衆の漢の衆、承章・雪岑崟・補仲修・茂源柏・覚雲吉・高辻豊長、和の御連衆、御製・妙門堯然親王・照門道晃親王・正親町実豊・玄陳・玄俊、覚雲吉は少し所労故、不参なり、今日の御会の御発句は、御製なり、入韻は修長老なり、元韻なり、御一巡五十韻済む、執筆は風早実種なり、未下刻百韻満るなり、午時種々御菓子・善哉餅出さるなり、御振舞各下され、則ち妙・照両御門主は常の御殿にて御相伴、承章御振舞下され、則ち奥へ召され、御懐紙の御吟味なり、吉長老の句両句指合有り、承章改むべきの旨仰され、改め申し上ぐる（『鳳林承章記』）。

●六月十六日、今日より七箇日、修法を清涼殿にて行わる、阿闍梨照高院道晃親王、奉行烏丸光雄（『続史愚抄』）。二十二日修法結願。

○六月二十三日、承章は院参、宮崎の粉二袋献上なり、御対面なり、御針遊ばさるの間、また御咄仕るべきの旨仰せ、御蚊帳の前にて伺公致すなり、和漢の御一順また承章手前故、拙句を綴り、申し上ぐるなり、照門主（道晃）また御修法今朝御結願の旨仰せ、法服を着され、御参なり、小出尹貞初めて院参致す故、北面所にて切麦・御酒を出すなり、牧野佐渡守（親成）・其の外の公家衆六人また来らる、勧修寺経広また伺公なり、承章は奥に召され、切麦と赤豆の飯下され、伊勢御局（北小路忠快女）御肝煎り、賞翫仕る（『鳳林承章記』）。

○七月四日、承章は院参、一昨日仰せ出だされし、漢和の第上句拙作両句書付、献上奉るなり、即今御対面、両句の内、然るべきの旨仰せの句書付られ、入韻、即ち照門主（道晃）に遣さるなり、承章上句に曰く、野景装秋草、今一句仕る上句、今日の御慰に漢和遊ばさるべきの旨仰せ、入韻、御製なり、上句に曰く、葉一顕秋状（承章）、浅茅か露をこぼす朝風（御製）、風早実種に仰せ付けられ、岩橋友古また召し出され、句を仰せ付けらるなり、大方一折ばかりこれ有り、承章は奥へ召され、准后（清子内親王）様成り為され、御双六これ有り、両

度まで濃茶を下さるなり、星野後昔・上林竹庵初昔なり、御嘉例の如く、扇子一柄拝賜奉るものなり、当年は別して見事なり、番所に退く、則ちまた仰せ出され、真桑瓜下さるべきか否か、賞味奉るべきの旨申し上げ、則ち瓜を出され、芝山宣豊・梅小路定矩・風早実種・岩橋友古各相伴せしめ、賞翫奉るなり、今日仙洞御前にて、飛鳥井と冷泉、鞠の出入りの事、段々申し上ぐるなり、隼士長兵衛より『慕槃集』板行仕るの由、全八冊これを恵むなり（『鳳林承章記』）。

●七月七日、七夕和歌御会、題は七夕草花（『続史愚抄』）。七夕和歌御会、一首懐紙、照高院道晃親王出詠、七夕草花（『略年譜』）。

○七月十日、仙洞は女院御所へ御幸、古澗『略韻』の「虞換韻」一冊、仙洞へ献上致すなり、先日仰せ、漢和の発句照門主（道晃）遊ばされし、其の入韻の『略韻』一冊献上致すべきの旨、仰せに依り、今日呈上致すなり、風早実種当番故、承章は書状を投ずるなり（『鳳林承章記』）。

○七月十三日、承章早々院参、白榴花一輪献上せしむ、漢和の御一順拙句持たしめ、呈上奉る、則ち御対面、拙句両つ共然るべきの旨仰せ、端の句仰せ付けらる、風早実種書付らるなり、御前にて蓮飯下され、芝山宣豊相伴、酉水を酌む、牧野佐渡守（親成）より献上の御濃茶を下され、服用せしむなり（『鳳林承章記』）。

○七月十七日、奈良一乗院新宮（真敬）、相国寺の内円光寺の事、仙洞より承章に仰せ出され、御宿坊借り為され度きの旨仰せ、諸老へ申せしめ、今朝新宮御上洛、円光寺に御宿坊なり、承章院参せしめ、新宮は円光寺へ御成の趣き申し上ぐるなり（『鳳林承章記』）。

○七月十八日、承章は院参、仙洞、早々御対面、照門主（道晃）また御成なられしなり、照門主・承章は奥に召されるなり、准后（清子）成り為され、御双六の勝負相始むなり、仙洞・准后・照門主・承章の四人なり、准后より仁清焼きの薬鍋拝領奉るなり、宮崎切麦、午刻御相伴仕るなり、一乗院新宮（真敬）また御成なり、新

中納言（園基音女国子）仰され、新宮御宿坊相国寺の内肝煎り申し、御満足の由なり、正親町実豊は当番なり、玄俊を北面所に召し、和漢・漢和の御一順の指合を考え申すなり、表の御殿にて夕御膳を召し上がられ、准后・照門主・承章は御相伴仕り、女中御給仕なり、秉燭の時分、女中は奥に入られ、正親町・其の外の院参衆は御前に出られ、御一巡三ヶ互いに廻るなり（『鳳林承章記』）。

○七月二十一日、仙洞和漢の御会、第上句を承章製するなり、脇は照高院道晃親王なり、御一巡一折半廻るなり、承章未明に院参致すなり、照門主・正親町実豊・平松時量・承章・風早実種、平松は今日初めて御連衆なり、赤塚正隅・岩橋友古・玄俊・周令、此の四人また召し加えられしなり、御会の半ば、崟長老醬一壺持参、進上致される故、召し出され、句を仕らるなり、老耄故、以外の風情、言語に絶するなり、御振舞まで給わるなり、御会の中、扇子一握充各拝領仕るなり、中刻御会満るなり（『鳳林承章記』）。

●七月二十六日、一条院尊覚親王（後陽成院皇子）薨ず、五十四歳、腫れ物（『続史愚抄』）。

●七月二十七日、一乗院大御所明了院宮（尊覚）昨晩御他界故、承章は早々院参せしめ、御吊申し上げ、円光寺に赴き、新宮（真敬）へ御吊申し上げ、則ち喜多村監物と出逢うなり（『鳳林承章記』）。

●七月二十八日、清閑寺共房薨ず、七十三歳、清徳院と号す（『続史愚抄』）。

●七月二十九日、清閑寺共房昨日薨ぜらる故、吊礼の為、承章は清閑寺共綱・池尻共孝・梅小路定矩に赴くなり、直に慈雲庵に赴き、仗蔵主へ清閑寺共房の吊礼を伸ぶ、里に赴かるの由なり（『鳳林承章記』）。

○八月六日、仙洞より御使、急の御用これ有り、伺公致すべきの旨、仰せ出されし故、承章俄に院参せしむ、大覚寺性真門跡は初めより成り為される故、仙洞仰せ、大覚寺宮と御相談致すべきの旨、何事為るか否か、曾て合点なし、殿上にて両吟御物語せしむ、御門主仰されしは、今度飛鳥井雅章と冷泉為清と鞠の出入りの事、御門主に飛鳥井頼まれしに依り、禁中・仙洞へ御内証に申し上げられ度き由なり、仰せ入れらるなり、仙洞仰せ、

章長老と正親町実豊相談せしめ、托すべきの旨、仰せ出さるの由なり、然るに依り、正親町に急ぎ書状を遣し、呼び遣し、即ち伺公なり、殿上にて大門宮・正大・承章の三人相談の処へ、仙洞成り為され、段々大門宮へ仰されしなり、今日の首尾、藤谷為条・冷泉為清へ物語有るべく、内談、正大と承章は藤谷に赴き、冷泉もまた来られるなり、今日の段々を演説せしむなり、初更過ぎに及び、帰山せしむ（『鳳林承章記』）。

○八月十五日、承章は急ぎ修学院の御殿に赴くなり、葉室頼業・正親町実豊は早く伺公なり、早々承章も御前に罷り出づるなり、照高院道晃親王・円満院門主（永悟）遅き故、御使遣すなり、内々妙門新宮（尭恕）・日厳院（尭憲）も召さると雖も、妙法院大御所（尭然）御気色然々これ無きに依り、新宮は今日御出で無きなり、照門・円門・承章・葉室・正親町なり、仙洞仰せ、今日の発句、或いは狂句誹諧これ無きや否や御尋ねなり、承章の誹諧発句また狂句また仕るの由申し上ぐる、則ち早く申し上ぐべきの仰せ、即ち誹諧発句を申し上げ、漢句を以て御製の御入韻、執筆は風早実種なり、一折これ有り、承章発句に曰く、名月を千世の秋まてみ池哉、宴肴初雁羹、第三は照門なり、今度新しき御池、御茶屋の御普請、承章今日初めて拝見致すなり、照門主・円門成り為され、各徒歩、仙洞の御供仕り、新御池・御茶屋へ成り為されるなり、所々の御茶屋にて種々様々御振舞、御池・御茶屋の体、存外の風景、凡眼を驚かす、胸臆の事、筆頭に伸べ難きなり、夕御膳は寿月観の御殿にてなり、御菓子、濃茶は上林春松の夏切、献上仕る御茶なり、月影また快晴なり、後段は赤豆御粥なり、隣雲亭にて召し上がられしなり、半鐘に及び退出、修学院の御殿の留守居、今日承章初めて見るなり、名は見順と云うなり、院参の衆老若とも非蔵人また残らず、今日修学院の御殿へ相詰められしなり、芝山宣豊ばかりは京の御殿の御留守居仕らるなり（『鳳林承章記』）。

●八月十九日、土御門泰重逝去、七十六歳、法名霊光（『公卿補任』）。院の近臣として一時は通村と共に活躍した人物である（本書第七章）。

●八月二十日、土御門泰重殿一昨日逝去の訃音聞く故、倉橋泰吉に使者を遣すなり（『鳳林承章記』）。

●八月二十四日、藤谷為条は晩に及び、不動院に来訊、承章を招かれる、則ち明王院に赴くなり、今度飛鳥井雅章と冷泉為清の蹴鞠の出入の事、談合の為なり（『鳳林承章記』）。

●八月二十五日、偏易に去年「冬草浦」と外題これ有る『蒲室之聞書抄』五策借用せしめ、賀茂の藤木主計の所にて謄写せしむなり、承章内々所持の『薄根』と同事なり、今日右の五策を偏易に返納せしむるなり、書状を遣し、吉田権兵衛を使者と為し、偏易に遣すなり（『鳳林承章記』）。

○閏八月八日、仙洞より和漢の御一巡下さるなり、六句目なり（『鳳林承章記』）。北村季吟は法皇に献上のため、周令首座に季吟自筆『土左日記之抄』二冊を預ける（日下幸男『季吟筆土佐日記之抄〈影印〉』）。

○閏八月九日、承章は院参、昨日の和漢の御一巡、拙句を綴り、持参奉り、献上致すなり、則ち章長老を召し連れられ、参内仕る様、仰せ越さるの間、急ぎ参内仕るべきの旨、仙洞仰せなり、俄に慈照院へ色衣覆輪弁に掛羅を借り遣し、其の衣を着し、参内致すなり、照高院道晃宮は先に伺公なり、御居間に召し出されるなり、禁中女中方・御櫛笥（四条隆致女隆子）殿・太輔典殿各対顔せしむなり、連歌の御一巡・和歌の御添削の事、種々御咄どもなり、夕御膳の時は、御勝手にて中院通茂・日野弘資相伴せしむなり、後段饂飩の時は、御前にて御相伴仕るなり、大御乳母人太輔殿給仕給うなり、連歌の御一巡今日御前にて愚句を綴るなり、仙洞は承章に仰せ付けらる、土御門泰重薨後、仰せ渡されし事これ有り、倉橋泰吉へ段々申し渡すべきの旨、仰せ付けられしなり（『鳳林承章記』）。

●閏八月十二日、仙洞の板元（料理人）早川庄右衛門より吉権に状来る、玉舟翁書付上げらる落雁の方、相調うと雖も、首尾仕らず、玉舟より一人来らるべく、仕様習うべきの旨、吉権より芳春に申し遣し、一人相国寺まで来る、承章は庄右衛門に書状を相添え、遣すなり（『鳳林承章記』）。

○閏八月十三日、禁中御連歌の御会、承章また御連衆に召し加えられし故、未明に参内せしむ、御連衆、仙洞御発句なり、去る五月よりの御催なり、御発句、五月や長き根合せ菖蒲草、斯くの如きなり、脇は照高院宮道晃、第三は御製なり、中院通茂・烏丸資慶・日野弘資・正親町実豊・白川雅喬・冷泉為清・承章なり、八条式部卿宮（穏仁）・照高院宮道晃親王・聖護院道寛親王、以上の十一人なり、執筆者は三人、少し充書き、相替られるなり、今城定淳・難波宗量・櫛笥隆慶、この三人なり、終日種々の御菓子、十二三種出るなり、辰刻より半鐘に及び、百韻満るなり、仙洞御精尽の由、名残裏六句の時分に還幸なり（『鳳林承章記』）。

○閏八月十八日、仙洞・女院今日長谷に御幸、松茸狩りの御幸なり、今晩還御なり（『鳳林承章記』）。

○閏八月二十二日、妙法院堯然親王（後陽成院皇子）薨ず、六十歳（『続史愚抄』）。

○閏八月二十六日、承章は早々院参せしむ、妙法院堯然親王御他界の御弔を申し上ぐるなり、発足仕る節、和漢の御一順到来故、幸に持参せしむ、再々返仕り、呈上奉るなり、尤も今日は御対面無きなり（『鳳林承章記』）。

●閏八月二十七日、承章は大仏の妙法院宮（堯恕）へ赴く、大御所堯然親王御他界の御弔なり、玄関にて申し置くなり、日厳院（堯憲）の私坊にて御中陰これ有る由なり、妙門御隠居の御殿にて、和久七左衛門・杉生庄左衛門の両人へ弔礼を伸るなり、両人日厳院に居られる由なり（『鳳林承章記』）。

○閏八月二十八日、仙洞より東園基賢承り、承章に書状来たる、今日奈良一乗院御門主（真敬）御上洛、先日の如く、相国寺の内円光寺を借り為され度きの旨、肝煎り申し上ぐべきの旨、仰せ出さるなり、重ねて仙洞より御使これ有り、弥御宿坊肝煎りの事、頼み為さるの旨仰せ出なり（『鳳林承章記』）。

○九月七日、承章は院参致す、昨日禁中より仰せ出さる御連歌の御一順仕り、仙洞に呈するの次、シメジ茸一折（当山のなり）仙洞に奉献なり、仙洞より禁中に勧めらるの仰せなり（『鳳林承章記』）。

●九月九日、和歌御会、題は池辺菊、冷泉為清出題（『続史愚抄』）。

●九月十一日、伊勢例幣、上卿中院通茂、奉行勧修寺経慶、御拝あり（『続史愚抄』）。

○九月十五日、承章は倉橋泰吉に赴く、仙洞より仰せ出されし『園太暦』献上の首尾、相談せしめ、明後十七日仙洞和漢の御会に、承章伺公致す条、其の節、着次蔵人泰純持参、院参有るべきの手筈を、示し合うなり（『鳳林承章記』）。

○九月十七日、仙洞和漢の御会、玄俊発句なり、承章暁天に院参せしむ、和は上様・照高院宮道晃親王・烏丸資慶・中院通茂・正親町実豊、漢の衆は承章・平松時量・高辻豊長・赤塚芸庵・岩橋友古・周令なり、五十韻御一巡廻り、申下刻相済むなり、満ちて夕御膳なり、照門主と承章は奥へ召され、御居間にて御相伴申し上げ、種々の御菓子、初更に及び、伺公致すなり、新中納言（園基音女国子）殿の御局の伊勢（北小路忠快女）殿を以て仰されしは、一乗院門主（真敬）御宿坊肝煎り御満足の旨なり、先日御門主より御菓子拝領の御礼また申し上ぐるなり、今日倉橋泰吉息安蔵人（泰純）院参致され、内々仙洞より仰せ出されし『園太暦』を持参、献上致され、安二位（土御門泰重）所持の一冊『略韻』を、倉橋泰吉より奉献されしなり、今朝具さに承章申し上ぐるなり、園池宗純御返事を仰せ付けられ、御満足の旨、仰せ出され、北面所にて安蔵人へ園池申し渡され、『園太暦』箪笥幷に『略韻』一箱を園池へ相渡す、仙洞仰せ出され、安二位所持の古潤の『略韻』は、今程安二位孫は幼少にして、入るべからざるの間、御借用有るべきの旨、仰せ出され、園池に申し渡され、承章また倉橋泰吉へ申すべきの旨、仰せ付けられしなり（『鳳林承章記』）。

●九月二十日、平松時量より「尤韻」の『略韻』返納、持ち為し、これを給う、「尤韻」は藤西堂のなり、借用せしめ、平松に許借せしむなり（『鳳林承章記』）。

●九月二十八日、禁中連歌の御一巡、昨夕承章再返の所、清閑寺共綱より仰さる故、今日仙洞へ拙句持参いたし、仙洞に捧げたり、則ち親王（識仁）御方御所は御祈禱日故、御幸、青橋一折二十顆献上奉るなり、吉権所の木

生の青橘なり、御祈禱人は照門宮（道晃）なり、承章召され、御内証の道より、伺候いたすべしと親王御方の仰せ出なり、然るに依り御内証より親王様へ伺候いたすなり、新中納言（園基音女国子）の御局・伊勢（北小路忠快女）殿・其の女中御挨拶なり、御前へ罷り出て、御菓子、種々御雑談なり、芝山宣豊を召し、明日はお忍びで御室へ御幸、然れば則ち北山鹿苑寺へ御立寄り、金閣を御覧有るべきの仰せなり、晩に及び、親王御所より御供仕り、院御所に帰る、連歌御一巡の指合を相改めらる事、誰にまた書き付くべき、仰せ付けなり、即ち正親町実豊に申し渡し、退出せしむ（『鳳林承章記』）。

●九月、照高院道晃親王は『六家類句和歌集』二十八冊を書写する（『略年譜』）。

●十月二日、禁中御連歌の御会、承章御連衆たるに依り、日の出前に参内せしむなり、御一巡は一折済み、主上（後西）・法皇・照高院宮道晃親王・聖護院宮道寛親王・烏丸資慶・中院通茂・日野弘資・正親町実豊・白川雅喬・冷泉為清・承章、此の御連衆、執筆は今城定淳・富小路永貞の両人なり、今日三折済み、先ず今日は止められ、来たる六日此の次を遊ばさるべきの仰せなり、秉燭の時分済むなり（『鳳林承章記』）。

●十月六日、禁中連歌の御会、先日二日の次なり、未明に参内せしむなり、則ち照高院宮（道晃）また御参なり、照門と承章は奥の常御殿へ召され、主上は朝御膳を召し上がられる中、御前にて御相談申し上ぐるなり、仙洞御幸、御連歌を初むなり、今日三折裏と名残の折相残り、秉燭の時節満るなり、執筆は今城定淳と阿野季信の両人なり、御連衆は先日の如くなり、御会夕食の振舞なり、禁中仰せ出され、承章に御用これ有り、退出仕るまじきの仰せ、畏り奉り了ぬ、奥の御膳済み、承章を召され、主上・法皇・照門・聖門なり、仙洞・聖門・承章にて御狂句十句ばかりこれ有り、先日承章狂句仕り、今日続きを遊ばされしなり、禁中御直に仰せ聞かされ、来る十日仙洞へ御口切り遊ばされ、囃子仰せ付けなり、必ず伺公致すべきの仰せなり（『鳳林承章記』）。

●十月十日、禁闕にて仙洞へ御口切りの御振舞これ有り、先日より承章また御直に召されるに依り、辰刻参内せ

しむなり、聖門主（道寛）御参、則ち仙洞御幸、承章は禁中・仙洞の御前に召し出されるなり、先日禁中仰せ付けらる発句、愚吟三句書付、仙洞に呈上奉るなり、則ち発句三ヶ出来の旨仰せ、殊の外御褒美、辱く大慶奉るなり、此の発句然るべきの旨仰せ、二字御添削なり、発句に曰く、嵐吹く木々や葉守の神無月、御参衆、広橋兼賢・勧修寺経広・飛鳥井雅章ばかりなり、高砂・松風・熊野・盛久・三輪・桜川・杜若・猩々の八番なり、屋々子・庄九郎兄弟出座なり、小畠左近衛門打掛て盛久を舞うなり、桜川・杜若・猩々は装束にて、中入りの御能なり、脇は長袴なり、猩々は乱なり、御振舞は聖門主と承章御相伴仕り、御茶また聖門宮と承章とこれを服すなり、主上出御、緩々と今日の御囃子の御咄なり、仙洞御会和漢の御一順下され、拙句仕り、献上奉るなり（『鳳林承章記』）。

●十月十八日、承章院参せしむ、禁中より仰せ出されし、連歌の御一順六句目愚案致し、持参せしめ、院宣を窺う、則ち御対面、拙句一段出来の旨仰せ、竹中季有仰せ出され、書付らるなり、仙洞より禁中に仰せ進めらるなり、御前にて洞貝餅・御肴種々下され、正親町実豊同席、賞翫せしむなり、御九献出さると雖も、辞退せしむなり、御一順の叡吟相済む、番所にて打談せしむ、則ち八丸を以て仰せ出され、只今賞翫致すなり、洞貝御食籠賞味致すべきの旨、拝領奉り、謹て頂戴せしむ、即ちこれを開き、芝山宣豊・長谷忠康は各賞翫せしめ、残りを持ち出すなり、舟越外記の所より彦首座まで、表具を頼み申し来たり、勅筆の懐紙持参せしめ、叡覧に呈すなり、正親町院の宸翰と為すべきの旨申し上げたり、則ち正親町院の御筆の旨仰せなり、題は「菊粧如錦」なり、御製の歌は、さく菊の花のひかりにをく露の夜々の錦の色を見すらむ、此の御歌なり（『鳳林承章記』）。

●十月二十五日、禁中御連歌の御会なり、承章発句なり、嵐吹く木々や葉守の神無月、脇は日野弘資、第三は照高院宮道晃親王なり、御連衆、太上法皇・中院通茂・正親町実豊・冷泉為清、執筆三人、今城定淳・難波宗

量・櫛笥隆慶、此の三人なり、今日面の裏二折済み、五十韻満るなり（『鳳林承章記』）。

●十月二十七日、天寿院殿贈内相府路岩真徹尊儀五十年忌なり、勧修寺光豊の事なり、承章の家兄なり（『鳳林承章記』）。

●十一月三日、承章午時前に院参せしむなり、照高院宮道晃親王と承章ばかりなり、早々奥へ召されるなり、照門宮少し御書物遊ばされる事これ有り、終日奥の常の御殿にて、種々御菓子なり、先日狂句四五句遊ばされ、和漢の御一巡、禁中の御連歌御一順、此の三懐紙に拙句仕るなり、禁中より照門に勅筆の御切紙来仕り、江州の村より霜月朔日御調物献上仕り、むべと申す御調物一顆、章長老に下さるべきの御切紙、辱く拝戴仕るなり、御返事は仙洞仰せなり、幸に章長老伺公仕り、これ有るに依り、遣され、則ち辱く存ずるの旨仰せなり、誠に有り難く辱き次第なり、菉豆皮の珍物なり、御吸い物出て、賞味奉り、珍羞の旨申し上げ、則ち一包み拝領奉るなり、仙洞仰せ付けられしは、富士山美保の松原の絵屛風一双に、新作の詩歌を仰せ付けらるなり、詩は五山社中の長老十員なり、書き立てを仰せ付けらるなり、冨士と三保、長老の位次懸盛、仰せ付けらるなり、十人へ申し付くべきの仰せなり、夕御膳の時また天盃頂戴仕るなり、照門宮と承章は御座敷の内、縁畳にて正親町実豊・冷泉為清を召し、後段の御振舞下さるなり、今日の御茶は上林竹庵の茶なり（『鳳林承章記』）。

●十一月四日、今上皇女降誕（母中内侍局、富小路頼直女）、常宮と号す（『続史愚抄』）。

●十一月八日、春日祭、上卿中御門宗条参向、弁不参、奉行桂照房（『続史愚抄』）。

●十一月十二日、承章は正親町実豊より、連歌差合伊路波字の集を書写すべき為、借用せしむなり（『鳳林承章記』）。

●十一月二十二日、禁中にて御連歌の御会、先日御会の次なり、承章発句なり、今日三折の裏より満るなり、仙洞御幸、御会始むるなり、執筆両人櫛笥隆慶・難波宗量なり、御会済み、御振舞済み、承章は奥の御殿に召され、照門主（道晃）と伺公、御狂句・謎掛けこれ有るなり、今日御会の時、仙洞勅して曰く、名残の折の面二

句仕り一句仕るは、一句仕る者は二句仕る方に振舞うべきの仰せ故、千句拍子なり、承章また二句、照門主二句、正親町実豊二句、仙洞四句、主上御製二句なり、烏丸資慶一句、日野弘資一句、中院通茂一句、然るに依り此の三人にて振舞献上申さる筈なり、来る二十八日三人御振舞仕るべきの由、日限を仰せ出さるなり（『鳳林承章記』）。

●十一月二十七日、山科亜相（言総）前宵薨ぜられ、令子言行は哲蔵主の兄弟故、亜相の院号・法名の事、頼み申さる故、急ぎ案ぜしめ、書付け、これを遣すなり、烏丸資慶・中院通茂・日野弘資の三亜相より同書来たり、明日弥仙洞御幸なり、承章参内致すべきの旨なり、右三亜相は御盃を献ぜらる故なり（『鳳林承章記』）。

●十一月二十八日、禁闕にて烏丸資慶・中院通茂・日野弘資の三人、御茶進上なり、此の御振舞は去る二十二日御連歌の句数御勝負の負け方三人の御振舞なり、承章早々院参せしむなり、然れば則ち御対面なり、漸く午時に成るべく、御幸有るべきの旨、承章御跡より参内致すなり、正親町実豊と承章・照高院宮道晃親王御客なり、御床の掛物、中和門院女院（近衛前久女前子）の御筆、歌二首遊ばされるなり、御花は仙洞遊ばされるなり、烏丸申し上げられ、御慰は無く、誹諧御沙汰有るべきか否か、相催し度きの旨、申し上げらる、則ち承章曰く、今朝の雪故、今朝の誹諧の発句仕るの由、申し上ぐ、則ち申し上ぐべしの仰せなり、発句に曰く、雪深し九の重の白呉服、此の如く仕るなり、出来の由仰せ、各また絶作の旨申され、大慶なり、脇は、三寸たべすぐ冬んしらぬ袖、正親町実豊、第三は、御火焼の名残とわめき夜ふかして、院御製なり、其の外各製吟一折これ有り、先日の御狂句聯句・内々の御連歌御一巡二通、仙洞の和漢の御一巡、終日五通の御一巡遊ばされるなり（『鳳林承章記』）。

●十二月二日、今朝慈照院に就き、懺法あり、日野黄門（光慶）三十三回の由、承章は日野弘資と慈照院にて相逢うなり（『鳳林承章記』）。

●十二月六日、園池宗朝薨ず、五十一歳（『公卿補任』）。

●十二月八日、承章院参せしむなり、金地院・天授庵の富士と三保の詩を呈上奉るなり、『四部抄』二冊仙洞より返し下さるなり、今日は宮様方御無気入り、御祝儀有るに依り、御対面無きなり、『古文真宝抄』これ有るに依りては、叡覧に備うべき旨仰せ出さるなり、贈経八軸山科言行に贈るなり（『鳳林承章記』）。

●十二月九日、仙洞より借下され、写し置く、「日域の名所幷に名人の人の名」を題と為し、五岳古尊宿へ仰せ付けられ、詩集幷に歌またこれを書す、後土御門院御宇なり、此の一冊金地竺隠和尚へ許借の季諾、今日持ち為し、遣すなり（『鳳林承章記』）。

●十二月十四日、早々院参せしむ、先日仰せ付けらる『古文真宝抄』承章所持十冊幷に半首座所持の『三東堂抄』十八冊（不足本なり）、此の両抄を呈献奉る、内々御一覧有るべきの旨仰せなり、承章今度仰せ付けられし、富士山の新作詩両篇呈献奉る、建仁寺韋天昶東堂三保詩またこれを呈す（『鳳林承章記』）。

●十二月二十七日、早々院参せしむ、例年の如く御祝儀の為、伊万里焼の染め付け御茶碗五十進上奉るなり、山本友我筆画図の押絵衣桁二枚御屛風、友我より献上奉らるなり、芝山宣豊へ相談せしむ、則ち伊勢御局（北小路忠快女）へ直に対談せしめ、段々申し入るべきの旨、申さるに依り、伊勢殿に対し、申し上げたり、則ち御対面有るべきの仰せ、奥へ召され、御対面なり、御屛風の事、御満足の旨仰せなり（『鳳林承章記』）。

●十二月二十七日、内侍所臨時御神楽あり（去る十八日立春後と云う）、出御あり、拍子本持明院基定、末綾小路俊景、奉行桂昭房（『続史愚抄』）。

寛文二年〔一六六二〕壬寅　六十七歳　院政三十三年

●正月一日、四方拝、奉行葉室頼孝、小朝拝節会等なし、仮皇居為るに依るなり（『続史愚抄』）。

●正月二日、坊城俊完《としさだ》薨ず、五十四歳。明暦三年八月出家、法名常空。坊城俊昌次男、兄俊直は元和元年勧修寺をつぎ勧修寺経広と改む。俊直は葉室家をつぎ頼豊と名乗り、元和二年父の遺跡をつぎ坊城俊完と改む（『諸家伝』）。

●正月二日、勧修寺経広より承章に使有り、坊城常空（俊完）前宵薨ぜらるの由、訃音驚き入るなり、坊城俊広に赴きて吊礼、然れば則ち油小路隆貞居られ、諸事相談せしむなり、常空の死骸に向いて誦経、焼香せしむなり（『鳳林承章記』）。兄経広のいう通り、俊完没日は元日であろう。

●正月七日、年頭の御礼に院参致す、則ち奥の常御殿御居間へ召され、御対面、辱くも御座の近辺に伺公仕る、女中式法の如く、紅袴を着され、御銚子出て、天盃頂戴、其の後、菱・葩・雉子酒を御前にて下さる、旧冬仰せ付けの、冨士詩の儀を御吟味なり、御前を退き、内々各打談せしむなり、親王（識仁）に伺公致し、年頭の御礼を伸ぶ、則ち今城定淳御取次、御対面なり、女一宮（孝子）に赴き、正賀を伸べ、小一条（庭田重秀女）殿にまた御礼を伸べ、御門外より退く（『鳳林承章記』）。

●正月八日、後七日法始（清涼殿に代り近衞殿を以て今年道場に用いらると云う）、阿闍梨長者寛済、太元護摩始、厳燿坊にて之れ有ると云う、以上奉行烏丸光雄（『続史愚抄』）。十四日両法結願。

●正月十一日、神宮奏事始、伝奏中院通茂、奉行葉室頼孝（『続史愚抄』）。

●正月十五日、仙洞より御使、内々仰せ付けらる冨士・三保の五岳諸老の新詩清書の御色紙下され、五山へ申し触れるべく仰せ出でなり、梅小路定矩承るなり、仙洞御一巡御連歌、承章は手前の一順談合すべき為、能賀を招く、則ち秉燭に及び来らるなり（『鳳林承章記』）。

●正月十六日、承章は急ぎ院参せしむ、連歌の御一順、承章は拙句申し上ぐる故なり、昨夕仰せ出され、冨士・三保の詩の清書の事、順々申し上げる事これ有るに依り、伺公致すなり、御対面、先ず拙句叡慮を得奉るなり、清書の儀、書き様幷に名書き何行、題書き様件々具に窺い、相定むなり（『鳳林承章記』）。

●正月十八日、仙洞は大聖寺宮（元昌）に御幸、承章また供奉仕るべき旨、一昨日仰せ付けらる故、早々晴雲軒まで出で、御左右相待つなり、未中刻、御幸の御使者下されし故、大聖寺宮尼御所に伺公致す、御玄関へ御乳母人迎えに出られ、奥に入り、御礼申し上ぐるなり、照高院宮道晃親王・承章御相伴なり、円光院また伺公なり、信濃宮（常子）また成り為されるなり、御膳済み、白賁軒の御屋敷・二階・御隔子方の御供仕るなり、御双六これあり、仙洞と承章三番、仙洞二番の御勝ちなり、御振舞の御勝負なり、円光院と承章二番、承章勝ちなり、承章試筆の誹諧の発句御尋ね、申し上ぐ、則ち誰脇を仕るか、承章勅答して曰く、脇は御座無きの旨、申し上ぐ、則ち仙洞脇句御製、第三は照門主なり、面八句これ有るなり、発句に曰く、門松の音やさゝんさ謡初、御製脇、酔て礼者の舞出る春、後段御羹、此の時信濃宮・御寺御所御相伴なり（『鳳林承章記』）。

●正月十九日、和歌御会始、題は鶴遐年友、読師烏丸資慶、講師桂昭房、講頌持明院基定（発声）（『続史愚抄』）。禁中和歌御会始、道晃親王・道寛親王出詠、一首懐紙、鶴遐年友（『略年譜』）。

●正月十九日、禁中より御連歌の御一順、拙句仰せ出らるなり、日野弘資より、承りの状来るなり（『鳳林承章記』）。

●正月二十四日、禁裏御当座に道寛親王始めて出座、十六歳。道寛親王自筆『愚詠之覚』仮横一冊によれば、「浦月　禁裏御当座、寛文二正廿四、始而出座、十六歳／名残あれやさよもふけゐの浦遠く／なみにまにまにやとる月かけ」とある。以下題のみ示す。

●二月四日、春日祭、上卿烏丸資慶参向、弁不参、奉行桂昭房（『続史愚抄』）。

●二月六日、飛鳥井雅章より承章へ書状来たる、来る九日五山参内の儀、夜前に窺う、則ち勅許なり、承章より

各へ申し伝うべきの旨、申し越されるなり、今日内々兼約せしむ（『鳳林承章記』）。

●二月七日、冨士・三保の詩書写を約束に依り、飛鳥井雅章に投ずるなり（『鳳林承章記』）。

●二月九日、御所より御案内有り、各道具・九条にて、参内せしむなり、帽子は各申談し、持参無きなり、御礼の次第、第一僧録、次に南禅、五山の次第なり、承章・吉長老なり、去年まで僧録は五山の後に御礼、当年は初めて然るべきの旨、天授承東堂承章に内証依り、右の如く、進上、双なり、禁中より晴雲軒に帰るなり、急ぎ院参せしむ、大徳新命（宗晃）院参仕られ、相待ち、来らる、則ち首尾馳走せしむなり、新命満足申さるなり（『鳳林承章記』）。大徳寺新命某入院、勅使烏丸光雄参向（『続史愚抄』）。

●二月十九日、南禅寺よりの帰り、藤谷為条に立ち寄る、今度冷泉為清と飛鳥井雅章との出入りに勧修寺経広挨拶故、相済み、祝儀申し伸ぶるなり、冷泉為清また来らる、相対なり（『鳳林承章記』）。

●二月二十五日、承章院参せしむ、富士山応制の詩御色紙清書致し、持参、献上仕るなり、茂源翁・韋天翁両人の清書また今日献上奉るなり、大諫早椿二輪を勅覧に呈するなり、御対面、緩々と御前に伺候致す（『鳳林承章記』）。

●三月二日、仙洞にて御連歌の御会なり、玄陳は梅の発句仕るなり、御連衆は二条康道・照高院宮道晃親王・聖護院道寛親王・中院通茂・日野弘資・正親町実豊・臣僧承章・風早実種・玄陳・玄俊なり、執筆は愛宕通福なり、御一順は五十韻廻るなり、御庭の桜今日盛りなり、仙洞仰せ、誹諧の発句これ無きか否やと、承章誹諧の発句に曰く、九重は今日ぞ一でう花盛、只今一条教輔の第御仮御殿故、一定の字これを用るなり、二条康道脇、何にも換じ遊ぶ春の宵、第三院御製、目露みても獅子見落さぬ象戯にて、次は各遅き故、各退出なり（『鳳林承章記』）。

●三月十五日、朝夕日赤く血の如し、月また赤しと云う（『続史愚抄』）。

●三月十五日、七観音院本尊観世音菩薩開帳（修復の事に依り申請と云う、按ずるに去年京極にて火に係る、因て今度本所

に再造する歟）（『続史愚抄』）。

●三月十九日、承章院参せしむなり、御対面なり、仰せて曰く、明後二十一日和漢御会、旧冬の御一巡遊ばされるべきの仰せなり、来る二十六日は修学院にて御振舞有るべきの仰せなり、然れば則ち女三宮（顕子）・准后（清子）御成の由、御内証より仰せ越され、則ち承章もまた召し連れられ、御供致し、奥へ赴くなり、陽徳院宮（永宗）成り為され、御持て為し有り、切り麦切り御相伴仕る、仁和寺宮（性承）また成り為されるなり、明宮（光子）・信濃宮（常子）また御相伴なり、日野弘資・正親町実豊また召され、御障子の陰にて麦切りを給うなり、両人退出、承章また退かんと欲す、則ち其の儘伺公仕るべきの旨仰せなり、御双六あり、仰せて曰く、五人廻り御双六、勝ち五番の御方へ四人伽羅を進むべきの御勝負なり、承章五番連勝、准后・明宮・信濃宮より、伽羅拝領奉るなり、仙洞また大樹（家綱）より献上の伽羅を拝領奉るなり、寔に辱き次第なり、夕御膳また承章御相伴、仙洞・准后・陽徳院・明宮・信濃宮・承章御相伴なり、御膳済み、濃茶を下さるなり、黄昏に及ぶに依り、退くなり（『鳳林承章記』）。

●三月二十一日、仙洞にて和漢の御会なり、承章参院せしむなり、旧冬より御一順なり、五十句廻り、今日申下刻満るなり、正親町実豊発句なり、御連衆、和は仙洞・照高院宮道晃親王・中院通茂・日野弘資・正親町実豊・玄俊、漢は平松時量・承章・正隅（赤塚正賢）・岩橋友古・周令、高辻豊長は母の喪に依り崟長老を召されしなり、執筆は風早実種なり（『鳳林承章記』）。

●三月二十二日、東照宮に奉幣を発遣さる、先に日時を定めらる、上卿油小路隆貞、幣使万里小路雅房、奉行広橋貞光（『続史愚抄』）。

●三月二十八日、仙洞は修学院の離宮に御幸なり、妙法院堯恕親王近日関東御下向の御暇乞の御振舞を遊ばされるなり、内々照門主（道晃）・承章は御相伴の筈、召されるなり、御客は妙門主と日厳院（堯憲）なり、承章

日の出に修学院に赴く、未御幸なり、照宮は御痔疾指発、御成の事成らざるなり、梶井宮（慈胤）俄に今日御伺公なり、照門御名代の為、聖護院道寛親王御伺公なり、仙洞仰せ、正親町実豊にて誹諧の発句仕るべきの旨、卒吟発句致されるなり、千代も見んいけ置竹のつつじ哉（実豊）、和漢なり、各御参、則ち御池の御殿に御供仕る、脱衣なり、承章は扶杖なり、方々御見物、楼船に乗らるなり、終日和漢仰せ付けらるなり、旅の畳御枕（硯組入れ御枕）出だされ、鬮取り仕るべきの旨、妙門・聖門・承章・日厳院・正親町・芝山、此の六人なり、然れば則ち聖門宮鬮取りに当り、拝領なり、其の外の衆は扇子一柄充て拝領奉るなり（『鳳林承章記』）。

●四月五日、造内裏（土御門殿）木作始の日時を定めらる、上卿葉室頼業、奉行桂昭房（五月二日治定）（『続史愚抄』）。

●四月十一日、仙洞内々仰せ出され、今日修学院の離宮にて、八条中務宮（智忠）・同式部卿宮（穏仁）・竹門良尚親王御振舞なり、誰も御挨拶人無し、承章は必ず伺公致し御挨拶仕るべき旨仰せなり、若し陰晴不定、見分け難ければ、則ち一往御所へ相窺うべきの旨仰せなり、暁天より雨天、然るに依り、今日御客御延引、晴天にては明日修学の御殿へ伺公致すべきと仰せ出さるなり、今日は禁中へ御幸、内々の連歌御一順また相廻らるべし、承章は相国寺に到り、御左右を待つべく、御使あり、則ち急ぎ参内仕るべきの旨仰せなり、御左右あり、朝参せしむ、則ち常御殿御居間にて両上様御対面なり、八条式部卿宮・照門主（道晃）・聖御門主（道寛）・明宮（光子）御座成られるなり、連歌御一順、二句承章仕るなり、御双六御勝負百一遊ばさるべき旨、御八人の鬮取りなり、禁中・仙洞・式部卿宮・明宮・照門・聖門・承章なり、引合なり、禁中勅して曰く、御勝負の賭、禁中と承章と御双六遊ばさるべきの旨、即ち御相手に成り、御双六仕る、則ち承章仕合能く勝つなり、白呉服一片拝領奉り、謹みて拝戴奉るなり、先年の長橋の御局、大夫典侍殿持ち出だされ、恩賜奉る、辱き次第、言語に伸べ難し、漸く半鐘に及びて、仙洞は還幸（『鳳林承章記』）。

●四月十二日、承章は修学院に赴く、仙洞は早く御幸なり、其の儘御前に出でて、御閑談を遂げらるなり、漸く

照門（道晃）御成、八条宮（智忠）・竹門（良尚）遅く御成なり、先ず上の茶屋に成り為され、中務宮（智忠）・竹門主御伺公、所々御茶屋にて、御菓子数多、御舟に乗られ、池上数廻なり、下の御殿にて御振舞、承章また御相伴申すなり、御茶済み、また上の御茶屋に成り為され、御舟に乗られ、舟中にて御酒・御菓子、各謡声を発す、数盃の御酒宴なり、開飛亭にて後段の御振舞、また御酒数返、各御退出なり（『鳳林承章記』）。

●四月十七日、承章院参せしむ、光源院の石摺屏風一双、内々叡覧有るべきの旨仰せ、然るに依り、持参せしむ、則ち御対面なり、由良外記所持仕る盆石を持参せしめ、御目に懸け、石の銘三ヶ書付、勅命を得奉る、則ち開雲石、此の三字然るべきの旨仰せなり、来る二十二日修学院の御庭見物の事、また申し上げたり、星野宗以へ当年御壺遣される事また申し上げたり、則ち遣さるべきの仰せなり（『鳳林承章記』）。

●四月二十二日、承章は内々仙洞へ申し上げ、修学院の離宮の御庭見物の衆、同途申すなり、各紀州にて待合せなり、相国寺衆大方残らず、行者衆また寿恩・寿真来たる、喝食両人・其の外皆々来らる、慈照翁持参有り、雲門粽・御酒・濃茶、先に紀州拝殿を開かれしなり、北野の矩・碩・在・覚・貨・祝・吉、峯本民部・柴田良宣父子三人・山本友我父子・婿吉田善右衛門・其の外方々の衆、伊藤由庵・尤彦西堂・哲也・吉権・同権兵衛・西寿・同源兵衛・小泉吉左衛門・関目伝十郎・鈴木太良吉、皆々召し連れるなり、修学院に赴く、右の外大勢八十人計りなり、御殿共、御茶屋・亭を拝見、御舟の事、先日直に申し上げし故、御舟を飾られこれ有り、三艘各御船に乗るなり、各面々弁当持たれしなり、承章は坊城常空（俊完）の下座敷の第にて休息すべきの旨、内々断り申し、常空の第にて赤飯を喫す（『鳳林承章記』）。

●四月二十三日、禁中御連歌の御会、承章参内致す、御連衆、主上・仙洞・二条康道・八条式部卿宮（穏仁）・照高院道晃親王（聖護院道寛親王は御不参）・烏丸資慶・中院通茂・日野弘資・正親町実豊・白川雅喬・冷泉為清・承章、執筆玉城中将・阿野中将両人なり、申刻満る、御一順は五十韻廻るなり、御連歌済み、照門主と承章は

召され、奥にて初更に及び御咄、仙洞仰せ、来たる二十六日修学院に伺公致すべし、内々竹内御門主（曼殊院良尚）仰せ上げられし御催、二十六日竹御門主に御幸なり、供奉仕るべきの旨なり、奥にて、明宮（光子）・太夫典侍・其の外女中衆出られしなり、昨日修学院の見物の割り符を、今日長谷忠康に返上致し、差上げ申すなり（『鳳林承章記』）。

○四月二十六日、今日仙洞は修学院の離宮に御幸、八条宮（智忠）・式部宮（穏仁）・照高院宮道晃親王成り為されるなり、承章少し遅参なり、先ず水繊御吸い物、御茶屋・御寺内方々御覧なり、御膳以後、山上の御茶屋にて、濃茶を立てられしなり、方々所々に御掛物・飾り物・御茶屋の様体、万般驚目のものなり、初更過ぎ、修学院に還幸、承章直に退出致すべきの仰せ故、竹内御門主より直に退出せしむなり、竹御門主（良尚親王）の坊官、千種刑部卿・下妻修理両人と初めて知人と成るなり、仙洞御供、長谷忠康・梅小路定矩・風早実種・東久世通廉・高辻豊長なり、非蔵人岩橋友古（友晴）・北小路主税介（大江俊福）なり（『鳳林承章記』）。

●四月二十八日、仙洞御両吟の狂聯三巻幷に承章作狂聯、楊弓狂聯・世中雑談狂聯の二巻を坊城俊広に許借せしむなり（『鳳林承章記』）。

●五月一日、午刻、大地震あり（艮より動き来たる、音あり、朝より天の色朦々と云う）、厦屋傾き、築地土蔵を破壊し、土裂け泥湧く、祇園の石鳥居倒れ、五条石橋二十余間陥る、伏見城山大いに崩る、諸国に及ぶと雖も京師尤も甚し、此の後、連々昼夜に揺動し、七月に至ると云う（此の日、昼間に五十六度、夜に四十七度震うと云う）（『続史愚抄』）。

承章は芝山宣豊第へ見舞う、則ち家内に入るべきの由、即ち入座、則ち俄に大地震、中々に天地動く、六十七年以来の大地震、芝山宣豊座前の壁崩れ、方々の噪動言語に絶す、承章は早々仙洞に赴き、御見舞申す、則ち仙洞は御庭へ出御、女中衆囲繞さる、承章御見舞の旨、聞こし召され、早々召され、御前庭上にて暫く伺公致す、仙洞は焼後の御屋敷へ御幸なり、承章は禁中に赴き、御見舞申し上ぐ、則ち叡聞に入り、召さる、承章

は黒衣の体如何と辞せしむ、然ると雖も今日の節は苦しからざるの旨、御前に出でて、先年の地震の様子ども、今日の様子を申し上ぐるなり、主上また御庭へ出で成り為さるなり、女中衆数人囲繞致されるなり、承章急ぎ帰山せしむ、大夕立、雷電天地を聳動し、驚き入るなり、地震また止まざるなり、町中所々家倒れ、今宵また終夜折々地震なり、今日の地震にて愛宕山の諸院残らず崩倒、丹波亀山城中は悉く崩るの由、膳所天柱は残り、其の外は一宇もまた残らず倒臥の由、江州大溝は屋形侍の家町残らず崩れ、八百家の由なり（『鳳林承章記』）。

●五月二日、造士御門里内木作始あり（『続史愚抄』）。

●五月三日、流星あり、大きさ一斗の器の如し、西より艮に向かい、徐ろに飛ぶ（音なき歟、未詳）、また流星あり て南行、大きさ一升の器の如し、色青く尾あり、迸光散り落つ（所謂地雁か）（『続史愚抄』）。

○五月四日、未刻、大地震（乾より動く、去る一日より聊か軽しと云う）（『続史愚抄』）。今朝度々地震動なり、承章院参せしめ、御機嫌相窺うなり、番所にて正親町実豊・長谷忠康と対談せしむ（『鳳林承章記』）。

○五月六日、承章は院参、対馬より顕令通憲長老、冨士詩の御色紙清書持参、献上致す、則ち伊勢殿（北小路忠快女）御使、仰され事共数多これ有るなり、粽を賞翫致すべきの由、仰せ出だされ、奥より正親町実豊と共に賞味せしめ、西水を酌む、池尻共孝・長谷忠康・梅小路定矩、此の衆共と西水を酌むなり（『鳳林承章記』）。

○五月七日、法皇・儲皇親王等は仮御所を頓宮辺に設けて渡御、新院は仮御所を日野弘資第空き地（日野弘資は他所に移る）に設けて渡御、東福門院は仮殿を本所焼け跡に設けて渡御、また明子女王（今上妃、宣旨なきと雖も世に以て女御と称す）は仮屋を花町殿焼け地に設けて渡り給う、以上みな地震の事に依るなり（『続史愚抄』）。

●五月八日、酉刻、奇雲あり、西に見る、長さ一丈、闊さ一尺、虹の如し、二条と云う（『続史愚抄』）。

●五月十一日、地動御禱を五社（伊勢、石清水、賀茂、春日、日吉）・三寺（延暦、園城、東寺）等に仰せらる（『続史愚抄』）。

○五月十二日、主上は頓宮より仮殿（近衛殿）に還御、法皇・新院・女院・儲皇親王・明子女王等、各本所（仮

殿）に還御、是れ地震の稍に緩む故と云う（『続史愚抄』）。

●五月二十三日、承章は早々照高院御門主（道晃）に赴き、一昨日仰せ越されし手鑑の外題を考え、申し入るべきの事御頼み成られし故、九考を書付、持参せしむ、次いでながら此の中の御見舞を申し入るなり、若王子勝仙院もまた伺公致され、共に冷麺、仙台糒を給う、上林三入新茗を点てられ、これを服するなり、坊城俊広より、狂句・仙洞御両吟の狂聯句、以上五巻を返し給うなり（『鳳林承章記』）。

●六月二日、内侍所立柱（土御門殿）あり（『続史愚抄』）。

○六月四日、今日また形の如き地震止まず、今朝は仙洞御誕生日の聖節御祈禱、万年塔の前にて祝聖あり、承章は院参致すに依り不出頭なり、仙洞にて今度の地震、御無事の御喜びの御振舞故、浄瑠璃の傀儡仰せ付けらるる故、承章は暁天に院参せしむ、親王御方（識仁）・女院御所（東福門院）成り為されるなり、前摂政二条康道・近衛基熙・一条教輔・照高院宮（道晃）・仁和寺宮（性承）・大覚寺宮（性真）・妙法院宮（堯恕）・聖護院宮（道寛）・一乗院宮（真敬）・青蓮院宮（尊証）、此の外公家衆は、若公家衆四五人なり、承章御対談、寛々御物語申し上ぐるなり、浄瑠璃の太夫は上総掾と云う者なり、浄瑠璃は今川と云う外題、六段なり、段々の間、狂言三番づつなり、承章は仰せに依り、御門跡・摂家衆と同座、御菓子の時、また御膳の時も濃茶また御相伴仕るなり、みな済み、また御所望あり、丹前躍りを見るなり、浄瑠璃は金平と云う外題の初段これを見る（『鳳林承章記』）。

○六月七日、今朝相国寺蓮池の白蓮を、仙洞の姫宮様達・女中方御覧有るべきの旨、然るに依り、芝山宣豊は早天に方丈に来られ、暫くして御輿四挺、蓮池辺にて勅覧なり、太上法皇御忍にて御幸故なり、朱宮（光子）、品宮（常子）・御櫛笥御局（櫛笥隆致女隆子）・伊勢殿（北小路忠快女）・玉垣殿・尼一人、此の御衆なり、長谷大膳（時充）御供、其の外は御供は一人もまたこれ無きなり、塔の前に御輿を立て、御歩行、法堂・方丈・祖塔御見物なり、承章と芝山は御供仕るなり、深き御隠密故、寺中曾て以て出でざるなり、彦西堂は当奉行故、方丈に

居られるなり、方々叡覧を遂げらるるなり、常の御輿なり、還幸なり、伊勢殿・玉垣殿・御比丘尼・稲野殿また方丈にて御茶進め入れ申すなり、芝山大膳また帰らるなり、池尻共孝より、仙洞仰せの為、書状来たり、大徳寺衆筆の筆跡然るべき僧六人の名を書付、進上致すべきの由なり、坊城俊広より江戸上野（寛永寺）役者に進めらる書状の下案文の事、申し来たるなり（『鳳林承章記』）。

●六月九日、大徳寺前住の衆六人の書付、池尻共孝まで献上申すなり（『鳳林承章記』）。

●六月十三日、下野日光稲荷川大洪水、人家三百余宇流れ、人多く死すと云う（『続史愚抄』）。

●六月二十日、承章は参院し、蓴菜一籠を呈献奉るなり、御内証に御用これ有り、御対面無きなり、由良外記所持の古筆『朗詠』一巻を伊勢（北小路忠快女）御局を以て叡覧に呈し奉るなり、退出の次、藤谷為条に赴きて、相対、『朗詠』一巻古筆を見せしめ、早々帰山せしむなり（『鳳林承章記』）。

●六月二十二日、八宮の御内、土山主殿へ書状を遣す、詩歌色紙の事なり（『鳳林承章記』）。

○六月二十三日、芝山宣豊より周徳を越され、申し来たる事、周徳に対し、これを聞くなり、仙洞より真如寺に本尊の三尊を御寄進有るべく、来月二日吉日なり、請取らるべきの旨、仰せ出だるなり、承章は院参せしむ、一昨夕、禁中より仰せ出だされ、漢和の入韻綴り出し、仙洞の勅命を窺う為なり、禁中に伺公致すべきと雖も、仙洞仰せに、暑天故、承章の参内を御留め成らるの旨、仰せ故、参内致さず、退出せしむ、慈照院の石摺押屏風を仙洞より返し下さる、然るに依り下人共を遣し、請取、直に慈照院に遣すなり、池尻共孝と手筈を約せしむ、禁中の和漢御発句は二条康道なり、発句、荻に先吹立ちけりな初嵐、承章入韻、夕楼無暑残、二句奉献すと雖も、此の句然るべきの旨仰せなり（『鳳林承章記』）。

○六月二十五日、芝山宣豊より書状来たる、御用の事有り、急ぎ院参致すべきの旨、然るに依り、承章は直に仙洞に赴き、芝山宣豊に対す、則ち伊勢（北小路忠快女）御局出られ、来月三日中和門院三十三白の御忌なり、相

国寺にて勅会の御法事を仰せ付けらるべきの段々なり、段々伊勢殿を以て天慮を窺うなり（『鳳林承章記』）。
○六月二十六日、勅会の御法事相国寺にて懺法これ有るに依り、役者以下の評議これ有るべきの旨、然るに依り、承章は早々萬年に赴く、鐘鳴、則ち方丈に赴く、慈照翁・西堂衆、役者の事、院宣を窺うべき事書立て、承章急ぎ院参せしむ、則ち芝山宣豊は勧修寺経広に赴かれ、帰らるを待つ中、梶井慈胤親王御成、御門主・承章、奥に召さる、御法事の着座・其の外の事段々院宣を窺い奉るなり、内々誓願寺に頼まれ、今度浄土・日蓮の事また卒度申し上げ、一段の首尾なり（『鳳林承章記』）。
○六月二十九日、来る三日中和門院三十三回御忌、相国寺にて懺法、承章拈香の事、先日二十六日の評議に各申され、俄の事に赤面為し、了簡無く、辞し難く、領掌せしむ、其の義に依り、昼夜愚案致す、二十七日は高辻豊長に赴き、昨日・今日愚案を遂げしに依り、漸く拈香拙語を綴り出すなり（『鳳林承章記』）。
○夏頃、法皇より後西天皇、烏丸資慶、中院通茂、日野弘資への古今伝受の儀、持ち上がる（寛文四年正月条参照）
（『古今伝受日記』）。
○七月二日、仙洞より真如寺に釈迦・迦葉・阿難の三尊の本尊、御寄進なり、今日良辰たるに依り、請取申すべきの筈、然るに依り、真如寺輪住は光岳伝西堂たるに依り、今晨早々光岳伺公致し、請取らるなり、明日の御布施は今日相渡さるべきの旨、芝山宣豊より申し越さるなり、今日仙洞にて、三井寺僧衆の論議有り、申刻施食、逮夜の御法事なり、仏壇は東方は観音絵像、西方は御位牌なり、逮夜は着座これ無きなり（『鳳林承章記』）。
○七月三日、中和門院三十三回御忌、仙洞より相国寺に仰付られ、執行なり、今朝懺法なり、大衆の面々は私坊にて用意、出頭なり、着座は藪嗣孝・東坊城知長両人、御法事伝奏日野弘資なり、則ち着座致され、則ち大衆は西方北頭、座に入り座すなり、着座は方丈西の間板敷の所、毛氈を敷き、北方に正紋畳二帖敷く、着座の畳なり、着座東頭なり、相国寺人品の僧、残らず懺法に出る衆なり、懺法役者、導師春葩全西堂、懺法済

む、回向了、御法事首尾能く相済む由、書状を以て芝山宣豊まで御左右申し上ぐるなり（『鳳林承章記』）。

●七月七日、今暁、八条宮智忠親王薨ず、四十四歳（『続史愚抄』）。七月七日、八条刑部卿宮（智忠）昨夜他界、慈照院にて今宵戌刻葬礼の由（『鳳林承章記』）。

●七月十一日、方丈にて施食なり、八条式部卿宮（穏仁）・竹内御門主（良尚）焼香の為、成り為されるなり、大衆布衣、晩に及び達して、満山残らず出頭、主唱者詮蔵主、焼香慈照吉東堂なり（『鳳林承章記』）。

●七月十二日、八条殿天香院（智忠）中陰、相国寺方丈にて慈照院より執行さる故、今日承章は蓮経八軸を贈経せしむ、哲蔵主方丈へ持ち為し、遣すなり、此の贈経は般舟院より買却せしむなり、八条の新宮（穏仁）方丈へ成り為され、諷経の鐘撞なり、各方丈に赴く、上方は勝定翁なり、回向了ぬ、生島玄蕃出でて、贈経の御礼の由、申し渡さるなり（『鳳林承章記』）。

●七月十三日、方丈にて齋有り、満山の人品達の衆なり、天香院（智忠）初七日なり、行導なり、八条式部卿宮（穏仁）・竹内御門主（良尚）御成なり、施食焼香また例の如し（『鳳林承章記』）。

●七月二十七日、天香院（智忠）御室（前田利常女）、白銀百枚の仏事を弔し、慈照院吉長老執行さる、今日懺法なり、懺衆・人品衆廿人ばかりか、導師彦西堂、懺後各焼香（『鳳林承章記』）。

●八月二日、『石門文字禅』の入銀十八銭目を田原仁左衛門所へ持ち為し、遣すなり（『鳳林承章記』）。

○八月六日、法皇講釈をもとに道寛親王は『和漢朗詠集』二冊（寛永十八年、田原仁左衛門板）に訓点清濁を加える。四天王寺国際仏教大学蔵恩頼堂文庫本の上巻奥書に「右和漢朗詠、全部訓点清濁等、辱蒙法皇御口授。何幸如之哉。誠聖恩無所于奉謝而已。寛文二年八月、桑門道寛」とあり、下巻奥書に「右和漢朗詠集、全部訓点清濁等、辱蒙法皇御口授畢。何幸如之哉。誠聖恩無所于奉謝而已。寛文二歳八月六日、桑門道寛春秋十六」（和泉書院影印叢刊）とある。書き込みと奥書は道寛親王筆である。右の写しと思われるのが、聖護院本『倭漢朗詠注』

二冊である。藍表紙。墨付上七十八丁、下一一〇丁。後水尾院訓点、道寛親王聞書。元禄二年常道奥書。

○八月十一日、院参苦しからずの旨、仰せ出さるに依り、承章は今日参院致し、則ち御対面なり、山脇道作また御脈を診る故、伺公致すなり、一昨日の御連歌の御一順の拙句書付、勅覧に献ず、則ち両句とも可、然るべきの旨、仰せ、端句を書かれるなり、やや久しく御前に伺公致し、番所に退くなり、則ち奥より、赤飯・御菜幷に柿・葡萄出され、坊城俊広・長谷忠康・梅小路定矩と共に賞翫せしむなり（『鳳林承章記』）。

○八月十五日、仙洞にて和漢の御会なり、御連衆は二条康道・照高院宮道晃親王・妙法院尭恕親王・正親町実豊・風早実種・高辻豊長・日厳院尭憲・赤塚正隅・岩橋友古・周令・玄俊法眼なり、聖護院道寛親王は少し咳気の由、御出座無きなり、承章三折面より仕るなり、名残の花句を承章仕るべきの旨、仰せ故仕るなり、御会の中、仰せ付けらる事、今宵名月を叡覧有るべく、誹諧の発句仕るべきの旨、仰せ付けらる、畏り奉り、御会の中、愚案を費し、少し発句出来次第申し上ぐべきの旨、然るに依り、書付、尊覧に呈す、則ち二句共出来の旨、御褒讃辱く存じ奉るなり、狂句和漢遊ばさるの旨、漢の御製の入韻なり、第三は二条康道なり、一巡廻るなり、御会遅く満ち、秉燭少しばかりにて済むなり、執筆は伏原宣幸なり、承章発句に曰く、雲の上へかける月毛の名馬哉、御製入韻、決勝雁陣場、第三、手を見んと秋の乱れ碁かこみ居て、此の次照高院宮遊ばさるなり、仙洞今日の御会は渋る故、御精を尽くされたる故、御月見また成り為さる間敷の旨、仰せ出さる（『鳳林承章記』）。

○八月二十一日、照高院宮道晃親王より今度、仙洞の御屏風の富士・三保の歌の写し下さるなり（『鳳林承章記』）。

●八月二十六日、早天未明に万年に赴くなり、後陽成院御忌なり、承章は焼香せしむなり（『鳳林承章記』）。

○九月一日、連歌の御一順、一昨日仙洞より仰せ出され、承章は再三返すなり、今日御一順持参せしめ、拙句院命を得奉るなり、江戸大樹（家綱）より禁中に、『明月記』其の外記録の写し献上の使吉良若狭守（義冬）上洛、

今日参内、院参故、承章は早々退出せしむなり（『鳳林承章記』）。将軍使吉良義冬は参内して内裏御造営を存問し奉り、『明月記』六十三巻、蠟燭二千挺を献ず（『実録』）。
●九月三日、承章は早々八宮（良純）御方に赴く、先日清光院（毛利高直母）より頼まれし詩歌の団扇色紙、貴毫を染められし御礼なり、御対面、緩々打談せしむ、入麵、盃を浮かべられ、濃茶を点てらるなり、八宮にて裏辻実景来られ、相対、八宮の御内土山主殿と初めて相対なり（『鳳林承章記』）。
●九月五日、大聖寺禅尼宮（法名久山元昌、法皇皇女）薨ず、二十六歳（『続史愚抄』）。
●九月九日、重陽和歌御会、題は白菊戴露、飛鳥井雅章出題、奉行冷泉為清（『続史愚抄』）。
○九月十日、承章院参、大聖寺比丘尼宮（元昌）去る五日御他界故、御弔の為、伺公致し、申し上ぐるなり、東山前に赴き、先ず大聖寺殿にて御弔申し上げ、伯耆守に相逢い、陽徳院（永崇）御乳母へ御弔申し入るなり、大聖寺宮二十六歳の由なり（『鳳林承章記』）。
●九月十一日、伊勢例幣、上卿徳大寺実維、奉行桂昭房（『続史愚抄』）。
○九月十七日、承章は院参、禁中和漢の御一順の拙句、院命を窺い奉る、則ち端の句書付くべきの仰せなり、次は院御製の所なり、然るに依り、御一順を差し上ぐるなり（『鳳林承章記』）。
●九月十八日、関東の使者若狭守某（吉良義冬）入洛、女院御所に参り、主上御譲位あるべしと言う（『続史愚抄』）。
●十月一日、大隅大地震、山崩れ海を埋む（『続史愚抄』）。
●十月十三日、内宮の別宮造瀧原宮並宮等山口祭木作始地曳立柱上棟等の日時を定めらる、上卿清閑寺熙房、奉行桂昭房（『続史愚抄』）。
○十月十八日、仙洞御口切の御振舞、修学院離宮にてこれ有るなり、照高院宮道晃親王・梶井宮（慈胤）親王・曼殊院（良尚）親王・承章、此の衆御客なり、御掛物は蘇東坡筆大文字なり、有印なり、御床の花は承章立つ

べきの旨、仰せ故、承章これを立て、紅牡丹・水仙・白椿を立つるなり、晩に及び、御舟に乗らる、開飛の御亭にて後段また濃茶なり、初の御茶は星野宗以初昔、後段の御茶は八島後昔なり（『鳳林承章記』）。
○十月二十一日、禁中御壺の御口切、仙洞・新院・女院御幸なり、承章召さるに依り、辰下刻に参内致すなり、御囃子二番・御能六番これ有り、太夫は小畠左近右衛門なり、脇は徳右衛門・三郎右衛門・七右衛門なり、横田善右衛門は病気故不出なり、御囃子は高砂・江口、御能は羽衣・忠利・柏崎・阿古幾・班女・猩々乱なり、狂言は五郎左衛門・伊兵衛・甚三郎、照高院宮（道晃）成り為され、猩々の前に御退出なり、御能済み、勧修寺経広・日野弘資・承章の三人相伴、御茶を給うなり、上林竹庵後昔なり（『鳳林承章記』）。
●十月二十三日、医者の橋悦・歌書の本屋林和泉は内々当山へ来らるべきの由、伊藤由庵媒介を為し申す故、今日来らるべき旨申す、午時に由庵案内を為し、両人初めて来らるなり、和泉は歌書『耳底記』三冊恵むなり（『鳳林承章記』）。なお本屋林和泉は、出雲寺和泉掾（林時元）のこと（宗政五十緒『近世京都出版文化の研究』など参照）。
●十月二十四日、今日より七箇日、安鎮法を新院新仙洞（中和門院旧地本所なり）にて行わる、阿闍梨梶井慈胤親王、奉行烏丸光雄（『続史愚抄』）。三十日新院仙洞安鎮法結願。
●十月二十九日、造内裏上棟日時を定めらる、上卿徳大寺実維、奉行葉室頼孝（『続史愚抄』）。
●十一月二日、春日祭、上卿東園基賢参向、弁不参、奉行桂昭房（『続史愚抄』）。
●十一月四日、新院御所、火後造営の新殿へ今日御移徙なり、供奉の堂上は狩衣の由なり（『鳳林承章記』）。
○十一月五日、禁中和漢の御会なり、承章は辰刻参勤仕るなり、二条康道の発句、承章入韻なり、発句、いつしかに吹立ちけりな初嵐、入韻、夕楼無暑残、第三は照高院宮道晃親王、第四は御製、第五は院御製なり、御連衆以上十二人、和は御製・院御製・二条康道・照高院宮・聖護院宮道寛親王・正親町実豊、漢は花山院定好・妙法院堯恕親王・東坊城知長・承章・梵崟・高辻豊長なり、今日妙法院堯恕親王は不参なり、執筆は伏原宣

幸・舟橋左兵衛佐両人なり、崟長老は老耳聾故、終日御座中、大笑いなり、初更に相済むなり（『鳳林承章記』）。
●十一月五日、新内裏上棟（『続史愚抄』）。
●十一月十三日、新内裏（土御門殿）にて陰陽頭友伝は地鎮祭を奉仕（『続史愚抄』）。
●十一月十四日、内宮の別宮造伊雑宮山口祭木作始地曳立柱上棟等の日時を定めらる、上卿中院通茂、奉行桂昭房（『続史愚抄』）。
●十一月十八日、法皇皇女珠宮（六歳、母新中納言局国子）は大聖寺に入る（喝食と為す歟）（『続史愚抄』）。
●十一月十九日、今日より七箇日、安鎮法を新内裏（土御門殿）にて行わる、阿闍梨梶井慈胤親王、奉行烏丸光雄（『続史愚抄』）。二十五日結願。
○十一月二十三日、仙洞御連歌の御会、承章は院参せしむ、二条康道発句なり、御座の左方、二条康道・中院通茂・日野弘資、右方、照高院宮道晃親王・承章・正親町実豊・烏丸資慶・風早実種、縁畳向座に玄俊法眼なり、五十六句御一順廻る、然ると雖も句渋り、初夜時分に済む、執筆は中園季定なり（『鳳林承章記』）。
●十二月二日、本院・女院等御所木作始（『続史愚抄』）。
●十二月六日、法皇皇女睦宮（九歳、喝食、先年入室、母権中納言局）は光照院室にて得度、法名瑞慶、戒師承章、公卿坊城俊広以下三人着座（『続史愚抄』）。
○十二月十一日、法皇御所（一条殿、仮仙居）にて儲皇識仁親王（御年九、法皇皇子、後光明院御養子）元服あり、加冠関白二条光平、公卿九条兼清以下三人着座、扶持公卿園基福、理髪桂昭房、奉行院司葉室頼孝（『続史愚抄』）。
●十二月十九日、内宮の別宮瀧原宮並宮等正遷宮の日時を定めらる、上卿今出川公規、奉行葉室頼孝（『続史愚抄』）。
●十二月、内宮の別宮瀧原宮並宮等正遷宮（『続史愚抄』）。
●十二月二十五日、御衣（黄櫨御袍、御下重表袴石帯等）を広隆寺聖徳太子像に進めらる（後奈良院御時の例と云う、按

ずるに不審の例なり)、勅使清閑寺共綱持参、平松時行を副と為し、同じく向かうと云う(『続史愚抄』)。
●是歳以前、談山神社蔵紙本着色『多武峯縁起』(新縁起)上巻成立か。該書は絹本着色『多武峯縁起』(古縁起)を江戸初期に転写したもので、絵は住吉具慶・如慶の合筆、詞書は四十三名の藤氏公卿寄合書。『談峯縁起便蒙』二冊(享保五年蓮光院光栄跋)巻末「新縁起筆者」によると、第一章から順に二條関白光平・花山院左大臣定好・鷹司右大臣房輔・二条前摂政康道・東園権中納言基賢・徳大寺前右大臣公信・大炊御門前内大臣経孝・転法輪前内大臣公富・葉室権大納言頼業・九条左大臣兼晴・烏丸権大納言資慶・西園寺前右大臣実晴・油小路権大納言隆貞・小川坊城権大納言俊広・近衛右大将基熙・中御門宰相資熙・梅園右兵衛督実清・四辻権中納言季賢・飛鳥井前権大納言雅章・三条西前権大納言実教・日野前権大納言弘資・正親町権大納言実豊・柳原前権大納言資行・松木権大納言宗条・今出川権中納言公規・持明院前権中納言基定・藪前権中納言嗣孝・園権大納言基福・山科左衛門督言行・藤谷前宰相為条・小倉前宰相実起・阿野左中将季信・中園左中将季定・堀川従三位則康・勘解由小路治部大輔資忠・今城右中将為継・清水谷左中将公栄・冷泉左中将為清・四条左中将隆音・清閑寺権中納言熙房・野宮左中将定輔・桂頭右中弁昭房・広橋左小弁貞光である。官職によれば寛文二年六月以前の成立と想像される。なお古縁起は元禄十三年に寺務の命に依り、粟田口で修復され、二巻を開いて四軸と為し、近衛基熙の執奏で叡覧に備え、外題は近衛家熙が染筆している。

寛文三年(一六六三)癸卯　六十八歳　院政三十四年

●正月一日、四方拝、奉行勧修寺経慶、小朝拝・元日節会等なし、仮皇居に依るなり(『続史愚抄』)。
●正月八日、太元護摩始(理性院坊にて行わる、例の如し)、阿闍梨厳燿、奉行資廉、後七日法延引、竟に沙汰無き

歟（『続史愚抄』）。十四日太元護摩結願。

●正月十二日、神宮奏事始、伝奏中院通茂、奉行葉室頼孝、内侍所本殿渡御日時を定めらる、上卿大炊御門経光、奉行柳原資廉（『続史愚抄』）。

●正月十七日、北山に山本友我来られ、仙洞より仰せ付けらる歌仙絵出来、昨日献上致すの由、申さるなり（『鳳林承章記』）。

●正月十九日、和歌御会始、題は梅花告春、読師中院通茂、講師葉室頼孝、講頌飛鳥井雅章（発声）（『続史愚抄』）。

●正月十九日、今日より三箇日、台密両僧に仰せて、行啓静謐御禱を各本坊にて修さる、天台養源院慶算、真言某（『続史愚抄』）。

●正月二十一日、巳刻、儲皇親王土御門殿（新内裏）に行啓、扈従公卿油小路隆貞、以下七人、前駈殿上人季定以下十人、奉行院司葉室頼孝（『続史愚抄』）。親王（識仁）御方、新造の禁中に行啓、渡御辰刻なり、供奉以下見物また群聚の由なり、天気能く、珍祝々々（『鳳林承章記』）。

●正月二十四日、譲位日時定及び警固固関を行わる（仮皇居にてなり）、上卿鷹司房輔、已次公卿葉室頼業以下三人参仕、奉行烏丸光雄（『続史愚抄』）。

○正月二十六日、天皇（御年二十七）は儲皇識仁親王（御弟なり、後光明院御養子）に譲位、仮皇居（近衛基熙の今出川第）にて節会を行わる、内弁鷹司房輔、外弁葉室頼業、以下六人参仕、清閑寺熙房を以て宣命使と為す、奉行烏丸光雄、前後に剣璽を新主御所（土御門里内）にて渡さる、公卿諸司等供奉、奉行甘露寺方長、内侍所にては明日（二十二日）為すべしと云う、違例（『続史愚抄』）。晴天なり、良仁天子は今日譲位なり、御年二十七歳なり、識仁親王（霊元天皇）御受禅なり、御年十歳なり、今日剣璽渡御なり、去年回禄以後、近衛殿下の第、禁中と為す、御譲位また只今の禁中にてなり、行列無きなり、剣璽渡御の供奉は、数人の御沙汰なり（『鳳林承章記』）。

○正月二十六日、土御門里内にて受禅（御年十）、旧主御所（仮殿）より剣璽を渡さる（内侍所にては明日為すべしと云う）、前左大臣二条光平を以て摂政と為す、次に公卿昇殿、勅授帯剣牛車元の如し、殿上人禁色雑袍元の如し等宣下、上卿鷹司房輔、次に吉書奏あり、上卿同、次に大床子御膳を供す、陪膳葉室頼孝、次に朝餉御膳を供す、次に大殿祭を南殿にて行わる（祭主景忠奉仕）、以上奉行烏丸光雄、今度殿上宣陽殿等饗を略さる、此の日、旧主御所にて院司を補さる歟、未詳（『続史愚抄』）。

●正月二十七日、大床子御膳を供す、陪膳持明院季定、亥刻、旧主御所より内侍所本殿に渡御（土御門里内）、近衛将職事以下等供奉、奉行資廉、此の間、主上は常御所南庭に下御、今日より三箇日、神饌を賢所に供す、例の如しと云う（『続史愚抄』）。

●正月二十八日、大床子御膳を供す、陪膳河鰭基共（『続史愚抄』）。

○正月二十九日、法皇・本院（明正）・女院（東福門院）等禁裏に幸す（受禅後初度と云う）、即ち還御（『続史愚抄』）。

●二月一日、今度開関解陣なし（兼て警護あり）（『続史愚抄』）。

●二月三日、太上天皇の尊号を旧主（後西）に奉らる、即ち御随身御封頓給衛士仕丁等宣下、上卿坊城俊広、弁柳原資廉、奉行勧修寺経慶（『続史愚抄』）。

○二月四日、清涼殿東庭にて舞楽あり（主上有卦の御祝と云う）、法皇禁裏に幸す、即ち還御（『続史愚抄』）。

●二月八日、内侍所御搦（刻限未）及び清祓等あり、侍従吉田兼連奉仕、奉行柳原資廉（『続史愚抄』）。

●二月九日、春日祭、上卿大炊御門経光参向、弁不参、奉行勧修寺経慶（『続史愚抄』）。

○二月十一日、主上（御年十）小御所にて御読書始あり、御書古文孝経、舟橋相賢之を授け奉る（御剣・馬等賜ると云う）、奉行柳原資廉、法皇は禁裏に幸す（『続史愚抄』）。

●二月十二日、和歌御会始（代始）あり、題は鶯有慶音、出題飛鳥井雅章、読師葉室頼業、講師烏丸光雄、講頌

飛鳥井雅章（発声）、御製読師摂政二条光平、同講師冷泉為清、奉行藤谷為条、此の日、法皇・新院（後西）等内裏に幸す（『続史愚抄』）。
●二月十六日、白川雅陳薨ず、七十二歳（『公卿補任』）。
○二月十八日、午時前に承章は院参致すなり、人麿の御菓子一箱・琹豆二袋持参、献上奉るなり、御対面、旧冬病気の趣き、段々申し上ぐるなり、古菅院栄久調合の香煎二壺、今日持参致す、栄久献上奉る旨、披露致す、則ち殊の外天気に入り、則ち召し上がられしなり、両伝奏近日御使と為り、関東に赴かれる御暇乞の院参なり、御銚子にて天盃頂戴致さるなり、承章また天盃頂戴奉る、照高院宮道晃親王もまた御咳気御所労故、此の春終に院参遊ばされず、今日御伺公なり、観俊坊書き申す『百人一首』の本、院眷に呈し奉り、則ち手跡御褒美なり、照御門主・承章を奥の常御殿へ召し、御振舞御相伴、女中御給仕なり、濃茶を禁中より御取寄せ成られ、下さるなり、種々の御菓子様々、辱き次第なり、今日献上奉る人麿御菓子、御感、数多御賞味、伝奏衆また御振舞なり（『鳳林承章記』）。
●二月二十一日、今夜より三箇夜、内侍所御神楽（代始）を行わる、出御なし、拍子本持明院基定、末小倉実起、奉行葉室頼孝（『続史愚抄』）。
●三月一日、白川の照高院に赴き、御門主（道晃）へ年頭の御礼に参る、御対面、緩々と伺公致し、御打談なり、退くの刻、八条宮式部卿（穏仁）に赴き、年甫の御礼なり、直に仙洞に伺公致すと雖も、新院（後西）に御幸なり、長谷忠康・高辻豊長出て、相対（『鳳林承章記』）。
●三月三日、北村季吟は法皇に献上のため、周令に季吟自筆『伊勢物語拾穂抄』を預け、九日に奏覧を得る（日下幸男『土佐日記之抄〈影印〉』）。
○三月六日、承章は桂に赴くなり、七条通にて聖護院宮（道寛）御乗物に相逢うなり、桂河大水なり、八条式部

卿宮（穏仁）御殿に到る、則ち法皇早々御幸なり、長谷忠康御供、玄関にて出迎えらる、承章の伺公御待ち成られ、急ぎ御前に出づべきの旨、御礼申し上げ、御書院を方々見物致すなり、然れば則ち照高院道晃宮御伺公なり、明宮（光子）・品宮（常子）・照高院宮・大覚寺宮（性真）・聖護院宮・御櫛笥御局（櫛笥隆致女隆子）・帥殿御局（水無瀬氏成女）・承章、此の御衆ばかり、長谷時充と八丸と御供なり、御庭・御茶屋・泉水、方々御供、歩行仕る、処々の佳景、桜木奇石、方地百里、言語に絶する佳境なり、御茶屋処々の飾り・御菓子は凡眼を驚かすものなり、御書院にて麦切り・切り麦、承章は病後の由、御櫛笥殿仰され、冷や飯を給うなり、桂河の御船に乗らる事、相催さるなり、承章歩行病後如何、御先へ乗物にて伺公すべきの旨、仰せを辱くし、肩輿を以て御船に到るなり、船中にて種々の御菓子・御提物出るなり、宮様達御船に乗らるなり、御泉水また三町余りなり、承章拙詩を綴り、叡覧に呈し奉るなり、御船を下りられ、御振舞御膳出づるなり、御相伴は照御門主と承章ばかりなり、宮様達は御櫛笥殿御給仕なり、御茶二度点てらるなり、仙洞は拙詩の御和の御製を遊ばさる、八条宮御執筆付け遊ばさるなり、辱く頂戴奉るなり、承章誹諧の発句仕る、則ち御製の御脇なり、第三は照門なり、御和もまた狂詩なり（『鳳林承章記』）。

○三月八日、承章は院参、今日仙洞にて新院御所御幸、御花見なり、二条前摂政（康道）・照高院宮道晃親王・聖護院宮道寛親王・中院通茂・承章なり、烏丸資慶は新院の供奉なり、二条は誹諧の発句遊ばされ、承章は脇を仕るべきの旨、法皇の仰せ、然るに依り、脇を仕る、第三は仙洞御製なり、発句、花盛り催す雨や日行事、脇、春の遊は町の年寄り、第三、煎茶の煙も霞む朝戸明けて、七八句これ有り、御引合の御双六の百一の御勝負これ有り、新院の天盃を承章頂戴奉るなり、新院御所と承章また御双六仕るなり、一昨日承章拙詩の勅和の御返歌の由、中院・烏丸今日詠歌致さるなり（『鳳林承章記』）。

●三月九日、日野弘資に赴く、相対なり、新院御所へ当年の御礼申し上ぐるの事、相談の為なり、大仏妙法院宮

堯然親王へ赴く、年頭なり、菅谷刑部に初めて相逢うなり、御門主御対面（『鳳林承章記』）。

●三月十日、此の日、新院（後西）和歌御会始あり（脱履後初度）、題は花添山気色、読師日野弘資、講師勧修寺経慶、講頌持明院基定（発声）、御製読師二条康道、同講師清閑寺熙房（『続史愚抄』）。

●三月十一日、承章は新院御所へ伺公致す、当年の初参故、道具衣・九条なり、杉原十帖・金扇一柄を進上なり、御対面、日野弘資御取次なり、御礼申し上げ退く、則ち御前に召され、御咄なり、退出せしむ（『鳳林承章記』）。

○三月十二日、太上法皇より仰せ出され、五岳社中十二人へ西湖詩七言絶句新作の事、天龍妙智補仲東堂と泉叔亭西庵と使僧を以て、書中申し遣すなり（『鳳林承章記』）。

●三月十六日、承章は新院御所へ伺公致すなり、先日仙洞にて御双六勝負の御振舞なり、御亭主方、新院・前摂政（二条康道）・照高院宮道晃親王・中院通茂・承章なり、聖護院門主は三井寺に成り為されるの由、御参無し、御菓子一折五重御進上なり、御念入りの御菓子折なり、法皇と承章御双六遊ばさるなり、其の後一人勝ちの御双六これ有り、法皇八番御勝なり、秉燭時分十炷香始むなり、引合なり、法皇・中院・烏丸・日野弘資御組、新院・前摂政・照御門主・承章一組なり、法皇四炷・新院五炷・前摂政二炷・照御門主無・中院一炷・烏丸五炷・日野四炷・承章四炷、新院の御一組三炷の負けなり、後段前摂政より切り麦なり（『鳳林承章記』）。

●三月二十一日、東照宮に奉幣を発遣さる、先に日時を定めらる、上卿坊城俊広、幣使中御門資熙、奉行烏丸光雄（『続史愚抄』）。

○三月二十三日、仙洞・女院・本院（明正）は修学院の離宮、岩倉へ御幸なり（『鳳林承章記』）。

●三月、新院は廷臣をして、住吉の絵の和歌を詠進せしめらる（『実録』）。園基福、中院通茂、日野弘資、正親町実豊、烏丸資慶、花山院定誠、平松時量等。

○四月五日、新院に法皇御幸なり、先日十炷香御勝負の御振舞なり、承章は負け方故、御菓子持参致す、扇地紙

様三重杉折の内、種々御菓子入れ、小川松屋大和にて誂えなり、四方の杉重四重、此方の御菓子入り、山芋おこし・小煎餅・朝鮮胡桃・西条柿なり、新院の御庭にて、大舟の花入の花、太鼓勘左衛門立つるなり、承章は耳付きの香炉・不動の卓を持参せしむ、御床の花入は金森（宗和）作の筒、承章花を入るなり、大舟の花を法皇晩に及び、御立て成られしなり、内々に半鐘限りの仰せと雖も、夜半過ぎに及ぶなり（『鳳林承章記』）。

○四月七日、仙洞より、承章内々申し上げし書物、『大和物語』を仰せ出でなり、一冊、白鳥の子一策仰せ下さるなり、観俊坊書写仕るの御本なり（『鳳林承章記』）。

●四月八日、観俊坊呼び寄せ、峯本（存昌）民部同道し来らる、太上法皇より仰せ付けらる書物、御本・白紙鳥の子一冊を観俊に渡すなり、『大和物語』の御本なり（『鳳林承章記』）。

●四月九日、梶井盛胤親王（十三歳）は灌頂を遂ぐ（勅会歟）（『続史愚抄』）。

●四月十三日、摂政二条光平は直廬にて即位の御礼服を覧る、公卿九条兼晴以下六人参仕、奉行勧修寺経慶（『続史愚抄』）。

●四月十六日、承章は院参、内々申し上げし筒人形を持参せしめ、芝山宣豊を以て献上せしむなり、御対面、則ち芝山は筒人形を持ち出し、披露致さる、殊の外細工を御褒美なり、清右衛門の細工仕る筒人形なり、仙洞に献上奉り度きの望み故、即ち差し上ぐの旨申し上ぐるなり、勧修寺経広仙洞に居られるに依り、誓願寺紫衣の出入りの事、具さに申談なり、承章御前にて麦切り御相伴仕り、天盃頂戴奉るなり、止々齋の額・洗詩台の勅額愚覧に容れられ、拝覧奉るなり、御次に退き、則ち仰せ出られしは、糒の珍敷これ有り、賞翫致すべきか否か、辱く賞味奉るべき旨、勅答申し上ぐ、則ち奥より色々の御肴・糒出でて、芝山・長谷忠康・梅小路定矩・池尻共孝相伴せしめ、賞翫奉る、筆結庄兵衛受領の事、勧修寺・芝山へ内談せしむ、法皇に受領の事、卒度申し上げしなり（『鳳林承章記』）。

●四月二十日、今日大猷院（家光）殿十三回の辰なり、日光にて法会の由、大樹（家綱）また日光へ御成の由なり、梨門主（慈胤）・妙門主（堯恕）日光に赴かるなり、公家衆また御使衆日光に赴かる、徳大寺公信・坊城俊広・阿野公業・持明院基定なり、先日新院御所より仰せ出だされし、絵讃仕る僧の名幷に寺号書付、献上致すべき旨、仰せなり、五山・大徳・妙心穿鑿致し、書付け清閑寺共綱まで献上致すなり、小河五郎左衛門息小河庄右衛門、晴雲軒に来たる、相対、今度禁中御能これ有り、脇の役出座仕りたき旨、頼み申すなり（『鳳林承章記』）。

●四月二十一日、来たる二十七日即位なり、大樹（家綱）の上使松平出羽守（直政）今日大津より入京さるなり、河原町の毛利安芸守（季光）屋敷を借りらるの由なり、諸人見物、三条に赴くの由なり、彦西堂頼み、吉左衛門・円立また遣し、後陽成院・中和門院の御位牌買却せしむなり、以上四本買うなり、北山と晴雲軒の用なり、小三具足一頭・釣灯台一ヶ買うなり、錦手茶碗十ヶ・染付伊万里の鉢一ヶを芝山宣豊息女新内典侍に贈るなり、今度御局に成るの祝儀なり（『鳳林承章記』）。

●四月二十二日、即位の由奉幣を発遣さる、先に日時を定めらる、上卿中院通茂、奉行葉室頼孝、御拝なし、今日より七箇日、即位日に風雨の難なき等御祈を七社（神宮は別に仰さると云う、また石清水は去る十三日に仰さると云う、但し同事歟）七寺等に行わる（『続史愚抄』）。

●四月二十三日、即位の習礼あり、法皇・新院（後西）等、内裏に幸す（『続史愚抄』）。

●四月二十四日、大聖寺前住宮（陽徳院と号す）、紫野本光院に隠居すと云う（『続史愚抄』）。

●四月二十五日、左大臣鷹司房輔（里第にてなり）は勧修寺経慶を以て即位新式を奏す（『続史愚抄』）。

○四月二十六日、当月二日、仙洞より仰せ出され、長谷忠康・梅小路定矩両人承り、承章に書状来たる、後陽成院・中和門院の御忌日看経仕るべきの儀、仰せ付けらるの旨なり（『鳳林承章記』）。

●四月二十七日、霊元天皇（御年十）紫宸殿にて即位礼を行わる、内弁鷹司房輔、外弁葉室頼業、以下六人参仕、

小倉実起を以て宣命使と為す、官方行事貞光、烏丸光雄、蔵人方奉行勧修寺経慶、伝奏中御門宣順、今度三箇日大床子御膳を略さる歟、此の日、関白二条光平は即位灌頂を授け奉る（『続史愚抄』）。

○四月二十九日、内々太上法皇より仰せ付けらる書物『大和物語』の写本書き立て、出来の由、観俊坊持参仕らるなり、『大和物語』二通書写致され、初めて書写の本一部は承章に恵まれしなり、筆結庄兵衛また仙洞御本の御筆の様結い立て、是れまた持参仕り、これを見るなり（『鳳林承章記』）。

●五月三日、晴雲軒にて齋執行なり、中和門院尊儀の御忌なり、齋了ぬ、酒出でず、濃茶点てられず、承章院参せしむ、先日観俊坊に仰せ付けられ、書写仕る『大和物語』の御本出来、持参せしめ、献上奉るなり、『大和物語』見事の旨、御褒美なり（『鳳林承章記』）。

○五月十三日、巳刻より雨天なり、禁中御能、承章は禁中に赴く、則ち勧修寺経広・同経慶参内仕られ、御門の前にて行き合う、幸いに輿を出して、同道せしむ、禁中に赴く人・見物の多くの人数、中々の群聚は恐眼のものなり、今日初参故、御礼申し上ぐの故、先づ道具衣なり、非蔵人の部屋にて九条を掛け、紫宸殿に到る、法皇・新院御対面、寛々御前に伺公致すなり、久しく相待ち、禁中出御、御礼申し上ぐるなり、進上の十帖・一本は昨日勧修寺経広まで持参し、長橋御局へ捧ぐなり（『鳳林承章記』）。

○五月十六日、禁中御能に承章招かれ、忝なく御礼、今日院参致し、申し上げ、則ち御対面なり、勅して曰く、今日新院御所、法皇御幸なり、承章幸に伺公致し、御伽の為に罷り有るべき旨、仰せなり、畏り奉るなり、供の者共戻すなり、御幸、其の外奈良一乗院御門主（真敬）論議今日御聴聞なり、承章また聴聞仕るべきの旨なり、新院御幸、論議始むなり、一乗院御門主成身院と大蔵卿（訓雅）二人ばかりなり、大蔵卿は芝山宣豊の息なり、論議済み、奥の常の御殿にて承章また召され、終日伺公致す、八条式部卿宮（穏仁）また御参なり、太輔局また参らる、明宮（光子）成られ、御座なり、昼は菉豆の御膳、承章また御相伴なり（『鳳林承章記』）。

●五月二十四日、前大僧正寛済は東寺長者法務等を辞す（宣下案）（『続史愚抄』）。
○六月四日、法堂にて太上法皇の御誕生日聖節の御祈禱の祝聖これ有り（『鳳林承章記』）。
○六月二十八日、仙洞より仰せ出され、当寺の池の蓮御所望、則ち奉行彦西堂へ申し渡し、承章は献上奉るなり、太上法皇より大和梵天の白真瓜二籠拝領奉り、辱く頂戴仕るなり（『鳳林承章記』）。
●七月三日、晴雲軒にて中和門院の齋を執行なり、正当の月忌為るに依り、慈照翁を招くなり、齋少し念入りなり、慈照翁曰く、昨晩八条宮（穏仁）より仰せ出され、天香院（智忠）尊儀の一周忌の御仏事仰せ付けられ、常住方丈にて執行したき由なり、前三日の法会の由なり、常照院殿（智忠親王室）よりまた仏事仰せ付けらるの由、然るに依り、四日の法会なり、明晩施食、五日頓写、六日朝施食、七日懺法・半齋の由、今朝申さるなり、入室また八条殿より所望の由、其の段は達て御断り申すの由なり、定めて入室は慈照翁内々相望まるの由、定めて入室またこれ有るべきか（『鳳林承章記』）。
○七月五日、承章急ぎ院参せしむ、西湖詩の清書仰せ出され、江戸金地院浄書の事・御色紙江戸に遣すべき事、来る廿日前に出来仕るべきの義、仰せ出さる、然ると雖も日迫り、成り難く、参院せしめ、段々申し上ぐべき故、院参致す、則ち今日は御目出度事、諸の宮様・尤御門主方・御連枝御成なり、承章拙作の西湖詩また持参、全西堂・竹西堂両人の詩持参、八丸を以て献上奉る、則ち暫く相待つべし、御対面成らるべき旨、仰さるなり、則ち召し出され、諸の宮様方、准后（清子）御方・斎宮御方・八条宮・御門主の連枝・女中残らず、晴れがましき事、言語に絶するなり、其所へ召され、仙洞御座近辺に召され、伺公致し、西湖詩の段々、書き様窺うなり、承章拙作また両篇の内此の一篇、別して出来一入面白く思し召さる旨、御褒美なり、辱く存じ奉るなり、江戸金地院へ色紙の事、京尹牧野佐渡守（親成）へ仰せ付けられ、継ぎ飛脚を遣さるべきなり、然るにて承章の状を金地に遣すべきの仰せなり、寛々と御前にて段々申し上げしなり、強飯振る舞うべき旨仰せ故、伊

勢（北小路忠快女）殿・玉垣殿馳走、強飯を備えらる、然ると雖も晴れがましく、番所にて喫せしむ、則ち八条宮・妙門主（堯恕）・聖門主宮（道寛）・青門主宮（尊証）成り為され、御咄なり、竹中季有より西湖清書の色紙十二枚請取るなり、青・黄・赤・白・黒の色紙なり（『鳳林承章記』）。

●七月六日、内宮外宮伊雑宮正遷宮日時を定めらる、上卿葉室頼業、弁資廉、奉行勧修寺経慶（十八日治定）（『続史愚抄』）。

○七月十一日、承章は院参仕り、承東堂・修東堂の西湖詩清書、并に昶東堂・憲東堂の詠草を献上奉る、則ち御対面なり、然る所、建仁寺の清住茂源柏東堂、西湖詩詠草持参なり、承章幸に北面所にて相対、詠草を献上致す、則ち柏長老へまた御対面有るべきの仰せ故、柏長老御礼申し上げらるなり、今日新院御所の御目出度事故、新院へ御幸故、柏長老早々退出なり、承章留まり、また御前に出づ（『鳳林承章記』）。

●七月十六日、月蝕（丑寅刻、十五分）（『続史愚抄』）。

●七月十八日、伊雑宮正遷宮（『続史愚抄』）。

●七月二十九日、今日より七箇日、女院（東福門院）新殿にて安鎮法を行はる、阿闍梨二品道晃法親王（照高院）、奉行蔵人権右少弁資廉（『続史愚抄』）。

●八月三日、主上（御年十）御箏始あり（御三間にてなり）、四辻公理これを授け奉る（五常楽歟）、法皇内裏に幸す（『続史愚抄』）。

●八月七日、今日より七箇日、安鎮法を法皇新仙洞にて行はる、阿闍梨二品道晃法親王、奉行院司歟、蔵人権右少弁資廉（『続史愚抄』）。此の日、前大僧正信遍を東寺長者に補し法務を知行す、奉行柳原資廉（『続史愚抄』）。

●八月十三日、代始に依り勅使今出川公規を石清水社に立てらる、また新院使定淳同じく参向（脱履に依りてなり）、此の日、法皇仙洞安鎮法結願（『続史愚抄』）。

○八月十四日、承章は院参、紀州宮崎粉五袋持参、献上奉るなり、竺隠五東堂・全西堂・亨西堂・惺西堂四人の西湖詩浄書の御色紙奉献なり、金地院より返来余計の御色紙一枚、竹中季有に渡すなり、御対面、御前にて御菓子下され、寛々御咄なり、道作法印来たり、天脈を窺うなり（『鳳林承章記』）。

●八月十五日、八月十五夜御会、短冊十五首、巻頭後西院御製、参衆飛鳥井雅章、平松時量、清閑寺熙房、照高院道晃親王、勧修寺経慶、中院通茂等（書陵部本『片玉集』）。新院御所より俄に仰せ出だされ、今日法皇御幸、御伽の為、承章伺公致すべき旨、海住山経尚より書状来たり、承章急ぎ新院に伺公致すなり、新院御所は今夜名月の御会・御歌会の由なり、月十五首の御会なり、照高院宮道晃親王・聖護院道寛親王成り為さるなり、御会衆の詠草、法皇逐一御添削なり、法皇仰せ、承章は誹諧の発句仕らざるや否や、承章申し上ぐ、今朝思案仕り、発句一ヶ御座の旨、申し上ぐ、則ち聞こし召され、一段出来の旨仰せて、脇御製なり、承章発句に曰く、珊瑚樹は月の桂の替え名哉、御脇、印籠の絵に似たる雁金、御膳は御書院にて、御相伴は照門・聖門・承章・飛鳥井雅章・中院通茂・白川雅喬なり（『鳳林承章記』）。

●八月二十二日、新院御所に承章院参、今度法皇仰せ付けらる西湖詩献上致すべき旨、先日仰せ、然るに依り、今日持参し、献上致す、則ち照高院（道晃）成り為され、御考え合せの由、然ると雖も御対面有るべき旨、奥へ召され、御対面、西湖詩十二首の点御尋ね、申し上ぐ、照門主点付けらるなり（『鳳林承章記』）。

○八月二十五日、承章は院参致すなり、法皇御移徙以後、今日初めて参院致す故、進上の物、御文匣大小五ヶ献上奉るなり、先日仰せ出されし和漢の入韻二句書付け、是れまた献上仕るなり、発句は二条康道なり、発句に曰く、松や知る緑の洞の千々の秋、承章入韻二句の内、此の句相定むべき旨、仰せなり、凌霧鶴高翔、勧修寺経広また伺公、御前にて両人に栗餅・粽下され、御酒二返給うなり（『鳳林承章記』）。

●八月二十六日、後陽成院諷経、承章焼香せしむなり、先ず虚空蔵小諷経、二度焚香、三拝なり（『鳳林承章記』）。

○九月二日、新院（後西）皇女降誕（母東三条局共子）。三日、新院新誕皇女薨ず、即ち廬山寺中に葬る（『続史愚抄』）。

●九月十一日、例幣、上卿坊城俊広、奉行貞光、御拝なし（『続史愚抄』）。

○九月十五日、承章は修学院の離宮に赴く、今日法皇離宮に召され、御庭の瀑布御見物為さるべきの御振舞に召され、急ぎ伺公致すと雖も、法皇疾く御幸なり、早々御前に出るなり、照高院宮道晃親王・梶井宮慈胤親王・曼殊院良尚親王・妙法院堯恕親王・梨門新宮（盛胤）・日厳院（堯憲）・承章、此の衆なり、瀧前の舞台に御列座、温麺出るなり、法皇仰せ、承章誹諧の発句仕るべき旨、畏り奉り、即吟発句致す、発句に曰く、養老の瀧見てやへん千世の秋、御製の御入韻なり、月明日亦明、法皇御製なり、第三は梶井宮、雲消て雁かねや竿に続くらん、大方一折これ有り、月清光、後段の御振舞の時、御酒有り、承章御瀑見るに依り、狂句仕り、法皇尊対なり、狂句に曰く、山姫調布瀑、法皇御製、天帝直衣雲、法皇仰せ、明日も院参致すべき由仰せなり（『鳳林承章記』）。

●九月十六日、梶井慈胤親王は天台座主を辞す（宣下案）（『続史愚抄』）。

○十月二日、今日は相国寺満山より、紅柿二籠三百顆を法皇に献ぜられ、承章は当住たるに依り、持参し、献上致す筈なり、然れば則ち、仙洞より御用の旨、院参致すべき旨、仰せ出されし故、幸に午時過ぎに伺公致すなり、二籠献上仕る、三明より菊花を給い、持参致し、献上致すなり、照門主（道晃）また召され、御参、御玄関にて御目に懸かるなり、早々奥へ召されるなり、新院御所御幸なり、和漢の御一巡また御回し成らるべき故、正親町実豊・平松時量・玄俊また御召しなり、正親町・平松は番所に居られるなり、新院御所・照御門主・承章は常の御所・或いは御亭にて御咄なり、御塞ぎなり、一乗院御門主（真敬）ふと成り為されるなり、明宮（光子）・御櫛笥殿（隆子）御局と終日御目に懸かるなり、御振舞済み、御庭を方々御供仕るなり、和漢の御一巡、人々吟案さるなり、其の外、先日の狂句聯句終日遊ばさるなり（『鳳林承章記』）。

●十月三日、来る九日仙洞にて和漢の御会の儀、慈照院・妙智院・清住院、此の衆へ申し遣すなり（『鳳林承章記』）。

●十月八日、承章は先ず一乗院御門主（真敬）に到り御対面なり、早々退き、慈照院に赴き、妙智翁・清住翁に対す、午天に及び各同道せしめ、新院御所に伺公致す、承章は玉牡丹の菊花持参仕り、献上仕るなり、照御門主（道晃）また成り為されるなり、新院御対面なり、三人の長老衆御礼申し上げらるなり、進上は小鷹十帖・金扇一本なり、玄陳法眼・玄俊法眼また御礼申し上ぐるなり、承章また御前へ召されるなり、然して法皇御幸の由、照御門主御供致され、一乗院御門主の御里坊に赴く、則ち早々御対面なり、准后宮（清子）・明宮（光子）・品宮（常子）成り為され、新中納言（園基音女国子）御目に懸かるなり（『鳳林承章記』）。

○十月九日、法皇御所にて和漢の御会なり、承章は院参致す、二条康道発句、承章入韻なり、和の御連衆は、法皇・新院・二条康道・照高院宮道晃親王・正親町実豊なり、玄陳・玄俊また召し加えらるなり、漢衆は、平松時量・高辻豊長・承章・修長老・吉長老・柏長老なり、執筆は風早実種なり、御一巡は五十六句巡るなり、御会の間は御書院なり、三折済み、則ち入御、其の後は中御二階にて御会なり、申下刻満るなり、御振舞あり、三人の東堂衆は日暮れに退出致さるなり、承章は奥より召され、常御所に伺公仕る、新院・照門宮・明宮（光子）成り為され、御咄、漸く初更過ぎに及び、新院御所還幸、照御門主・承章また退出（『鳳林承章記』）。

●十月十日、妙法院堯恕親王に天台座主の宣下あり、上卿油小路隆貞、奉行甘露寺方長（『続史愚抄』）。

●十月十一日、大覚寺性真親王を二品に叙す（口宣）、奉行海住山経尚（『続史愚抄』）。

●十一月八日、春日祭、上卿四辻季賢参向、弁不参、奉行甘露寺方長（『続史愚抄』）。

○十一月十日、承章は院参致すも、法皇は桂に御幸なり（『鳳林承章記』）。

●十一月十四日、内侍所臨時御神楽あり、出御なし（御拝坐等を設けず）、拍子本綾小路俊景、末持明院基時、奉行烏丸光雄（『続史愚抄』）。

●十二月三日、新院御所より、御抹茶幷に御茶入・吉野榧一箱拝領奉る、清閑寺共綱より、御状給うなり、謹て

拝戴奉るなり（『鳳林承章記』）。

●十二月四日、昨日の礼の為、承章は新院御所に伺公致すなり、御対面なり、御前にて花入の筒の竹を見為され、則ち承章所持の豊後竹進献致すべき旨、申し上ぐるなり（『鳳林承章記』）。

●十二月六日、地震大動、所々の築地或いは損すと云う（『続史愚抄』）。

○十二月十三日、今日新院御所に法皇御幸なり、新院より承章召さるなり、次いで乍ら御茶下さるべく、仰せ出さるなり、午時前に新院に伺公致すなり、法皇御幸、二条前摂政（康道）・照高院宮道晃親王・近衛大将（基熙）・承章、此の御人数なり、奥の御書院の御咄（近衛殿の華第なり、八畳敷きの間）、法皇・新院・二条・照高院宮・近衛、其の次承章も御座に入るべき旨、仙洞・新院・二条の仰せに依り、近衛の次、輪座致し、寔に辱き次第なり、中上刻、御前にて跪坐、御咄の中、地震、六日以後これ無く、形の如き大淘なり、両御所御座を起きられざる故、各また其のまま御座成られるなり、御振舞済み、御廻花の御催、照門宮・二条・持明院基定・近衛、此の御衆、止めなり、法皇の仰せ、承章と御双六遊ばさる旨故、御双六これ有るなり、法皇少し御気色悪しき様、相見ゆるなり、法皇仰せ、承章に法皇の御脈を診るべき旨故、法皇の御脈を診るなり、後段の後、また御濃茶なり（『鳳林承章記』）。

○十二月十五日、今日法皇にて御壺の御口切、承章また召されるなり、新院御所・照高院宮道晃親王・八宮（良純）・承章、是れのみ、法皇御製『百人一首之抄』御下書き、承章に御談合なり、謹て拝閲奉るなり、字々の様子、有無善悪の事、仰せ談ぜらるなり、勅答申し上ぐるなり、御掛物は、後鳥羽院の宸翰御懐紙なり、御花入は讃島焼きなり、御花は白梅・千両なり、法皇の御立て成るなり、御振舞は御書院、御茶は中二階にてなり、御茶以後、御庭御歩行の御供仕るなり、御双六有るべき旨、八宮と承章仕るなり、法皇また照門宮と遊ばされるなり（『鳳林承章記』）。

○十二月二十七日、歳暮の御礼の為、承章は院参せしむ、例の如く祝いに、伊万里の染め付け御茶碗五十を献上奉るなり、常の御所にて御対面、新院御所また只今御幸なり、御咄申し上ぐべき旨、法皇仰せ、御前に伺公、則ち新院御所御幸、御菓子出て、承章また御相伴、賞味奉るなり、御庭の御茶屋御普請御覧、御供仕り、御庭方々歩行なり、法皇・新院御同道、禁中に御幸なり（『鳳林承章記』）。

●是歳、後七日法、竟に行われず（『続史愚抄』）。

○是歳、法皇・女院等仮仙居より下御所（本所）に還幸（『続史愚抄』）。

●是歳、将軍家綱は殉死を天下に禁ず（『続史愚抄』）。

寛文四年（一六六四）甲辰　六十九歳　院政三十五年

●正月一日、甲子、四方拝・小朝拝等なし、節会、出御なし、内弁大炊御門経孝、陣後早出、葉室頼業之に続く、外弁油小路隆貞、以下五人参仕、奉行広橋貞光（『続史愚抄』）。

●正月四日、承章は年頭の御礼の為、仙洞に赴くなり、先ず長谷忠康・風早実種・芝山宣豊・池尻共孝・梅小路定矩・交野時貞、此の衆へ門外まで正礼を伸ぶるなり、院参せしめ、御書院にて御対面、天盃頂戴奉るなり、御前にて菱・葩・雉子酒を下さるなり、歳旦の誹諧発句を申し上げ、野々口立圃は脇を申し上げ、立圃発句また申し上ぐるなり、承章詩は申し上げざるなり、仙洞仰せに曰く、詩仙の絵像三十六人・御色紙三十六枚・御草下され、五山東堂・西堂一枚充て書写致すべきの事、申し渡すべき旨、仰せ付けられ、詩仙像幷に御色紙渡し下され、謹て請取、畏り奉るものなり、また勅して曰く、小川玄齋の謡聞こし召され、三山・姨捨山等の謡、弟子共と稽古仕り、首尾仕るの節、聞こし召さるべく、此の旨申し付くべき旨、仰せ付けなり、退出の刻、広

橋兼賢・正親町実豊・清閑寺共綱・持明院基定・大聖寺宮尼御所、此方々へ年頭の礼を伸るなり（『鳳林承章記』）。

○正月六日、千秋万歳・猿舞等あり、此の日、法皇・本院（明正）・新院（後西）・女院（東福門院）等は禁裏に幸す（『続史愚抄』）。

●正月七日、白馬節会、出御なし、内弁九条兼晴、外弁坊城俊広以下七人参仕、弁資廉、奉行烏丸光雄（『続史愚抄』）。

●正月八日、太元法始（代始に依り大法を南殿にて行わる、近例の如し）、阿闍梨理性院厳燿、奉行穂浪経尚、後七日法延引（『続史愚抄』）。十四日結願。

○正月九日、仙洞仰せに依り、承章は詩仙の詩を持参せしめ、五岳の出世衆へ仰せ付けらるなり、字の誤りまた有りや否や、石川丈山老へ相談仕るの事、寿仙へ申談なり（『鳳林承章記』）。

●正月十日、承章は院参致し、小川玄齋何時でもまた御召し次第、御謡の儀、畏るの由申す旨、申し上げ、御対面、明日聞こし召されるべきなり、御謡の注文仰せ付けられ、書付られ、此の旨申し付くべきの仰せなり（『鳳林承章記』）。

○正月十一日、急ぎ院参致すべきの仰せの旨、御使これ有り、承章は急ぎ伺公致す、新院御所・照高院宮（道晃）・聖護院宮（道寛）成り為され、御前に承章召し出されるべきの旨、承章曰く、今年新院御所へ未だ院参致さず、罷り出る事如何の旨申し上ぐ、則ち少しもまた苦しからず、早々奥へ伺公致すべき旨、仰せ故、御前に罷り出づ、則ち仙洞・新院御所へまた御礼申し上ぐるなり、准后（清子）・逸宮（貞子）成り為され、御礼申し上ぐ、逸宮様はご幼少の時、中和門院北山へ御幸の時、また成り為され、御目に掛り、今日数年にて御礼申し上ぐるなり、御振舞、仙洞・新院・照門主・承章御相伴のみ、女中御給仕なり、明宮（光子）・品宮（常子）また成り為されるなり、御膳済み、御謡催すべき旨、仰せに依り、小川玄齋・庄右衛門に申し付くるなり、番仕り、捧ぐべきの仰せ故、申し付け、書付を指し上ぐるなり、弟子四人、以上六人なり、御謡は昨日仰せ出の

通り、三山・姨捨・仏原・摂政・大原御幸・泊瀬六代、皆一番謡なり、庄右衛門仕形、叡覧有るべきの旨、仰せ出され、綱の脇少し仕るなり、西王母の語また謡なり、祝言の歌相済むなり、仙洞・新院仰せ、庄右衛門の声・謡・仕形、殊の外の御褒美なり、御振舞下されるなり、承章奥へ召され、新院・聖御門主・照御門主・明宮・品宮成り為され、御菓子種々下さる、御歌留多またこれ有るなり（『鳳林承章記』）。

●正月十二日、中院通茂は道晃親王を訪ね、古今伝授の事を申し出る。中院通茂自筆『古今伝受日記』一冊（中院VI五九、以下『古今伝受日記』）に経緯は詳しい。なお現在『古今伝受日記』は京都大学電子図書館で公開されており、翻字は海野圭介・尾崎千佳「京都大学附属図書館中院文庫本『古今伝受日記』解題と翻刻（一）」（『上方文藝研究』二号～「同（三）」同四号）に備わる。

○正月十二日、法皇より承章は三種を拝領仕る、白饅頭食籠・浄福寺納豆一箱・鞍馬野老一籠を頂戴奉るものなり、池尻共孝承り、書状到来なり（『鳳林承章記』）。

○正月十四日、新院御所より連歌の御一巡仕るべき旨、仰せ出され、下さるなり、太上法皇御発句、新院御所御脇なり（『鳳林承章記』）。

○正月十五日、承章は昨日の御一巡に愚案を遂げ、法皇に伺公致し、天気を相窺う、先ず正親町実豊に赴き、相談せしむ、参内の節、玄関にて打談せしむ、仙洞に参り、拙句申し上ぐ、則ち端の句然るべきの旨、仰されしなり（『鳳林承章記』）。

●正月十六日、踏歌節会、出御なし、内弁鷹司房輔、外弁大炊御門経光、以下五人参仕、奉行甘露寺方長（『続史愚抄』）。

●正月十八日、新院（後西）和歌御会始、題は松迎春新、読師中院通茂、講師烏丸光雄、講頌飛鳥井雅章（発声）（『続史愚抄』）。一首懐紙、同題同詠。

●正月十九日、中院通茂は参番、まだ終らざるに新院より召しあり、法皇御幸、御用の事あるの間、急ぎ参るべき由、則ち馳せ参るの処、照門（道晃）を以て仰せ出さる、今度の御伝受、法皇には御老衰なり、三条西前右府（実条）、亜相実教卿に伝えらるの時は、関東下向の前に、略儀を以て先ず伝受し置くの由、園大納言（基音）を以て申し上げられ了ぬ、其の義如何、様々聞こし召されたく（前右府了簡歟、先例有る歟）、召し有るべき歟、問い召さると雖も申さざれば詮無し、先ず尋試すべき歟、また御使として尋ぬべき歟、これら如何の由、仰せなり、通茂申して云く、此の義何とも予に治め難く、自分無用の事、尋ね難し、また御使として尋ねらるの条、粗忽たるべき歟、如何の由、申し上げ了ぬ、此の後、新院出御、御礼申し、御伝受の義、珍重の由、申し入れ了ぬ（『古今伝受日記』、原漢文の部分は和文脈にかえて引用摘記する。以下同）。

●正月二十日、中院通茂は白川（道晃）へ参るべきの由、日野（弘資）・烏丸（資慶）申し合わせ了ぬ、法皇還幸已後、御前に召し、御伝受の事、法皇・照門の間、治定せず、先ず和歌を用意すべし、早速出来難かるべきの由なり、新院にて法皇御伝受の時、遊ばされし題なり、久々また然るべきの由なり、仍て題披見了ぬ、是れ去々年正月、烏丸・通茂等、石清水に参詣、神事の間、思案し、法楽せしむの題なり、感に堪えず言上了ぬ、此の度伝受の事、八幡冥助歟、悦ぶべし、懼るべし、今夜当番なり、今朝退出の時、三条西実教に参会し、伝受の事、催さるの由、物語了ぬ、珍重なり、道の事、流儀など殊の外沙汰ある事なり、必ず守るべし、是れかくはもはやかたまる事なり、彼卿歌道大切に思わるの由、珍重と示さるの事共これ有り、通茂は召し有り、新院に参る、照門・通茂・日野・烏丸等なり、仰せに云く、昨日の義、厳重・省略の義、外部に及ばざるの事なり、叡慮有るべきか、先例を尋ねらるる事、却て風聞如何、思し召さるべきは照門たるべきなり、是れ又、苦しからざる義なり、この旨、一同せしめ了ぬ、仍て照門を以て法皇に仰され了ぬ（『古今伝受日記』）。

●正月二十日、新院御所へ当春の初参御礼故、承章は院参致すなり、道具衣・九条なり、杉原十帖・金扇末広

進上、清閑寺共綱取次なり、御礼申し上ぐ、則ち御盃を下さるべき旨、天盃頂戴奉る、当年初て頂戴仕るなり（『鳳林承章記』）。

○正月二十五日、昨日、新院御所御会の連歌御一巡、承章に再返の所下さる故、急句を綴り、今日法皇に伺公致し、天気を窺う、則ち御対面、両句の内、端句然るべき旨、仰せ、即ち風早実種書付らるなり、次に二条康道へ遣さるなり、御前にて赤飯御相伴、御盃を浮かべられ、天盃頂戴奉るものなり、来る二十九日御見物の事これ有り、御庭の舞台の模様・御簾の様子、御覧合せらるべきの旨、広御所に成り為され、御供仕り、方々の御普請の御談合共なり、芝山宣豊・長谷忠康・梅小路定矩また御供なり、御内々の和漢これ有り、一順一句仕るべき旨、仰せ付けにより、御前にて一句申し上げ、書付らるなり（『鳳林承章記』）。

○正月二十九日、承章急ぎ院参致すなり、法皇御所に術師来たり、種々の人形の術仕り、其の外少年の者、羅漢跳び仕るなり、蜘蛛舞・狂言仕るなり、未下刻相済み、承章は常御所に召され、新院御所・准后（清子）・逸宮（貞子）・照御門主宮（道晃）、其の外の宮様達成り為されるなり（『鳳林承章記』）。

●正月三十日、中院通茂は召し有り、新院に参る、仰せに、昨日法皇御幸、御伝受の事、法皇遊ばさるの由、治定、御講釈等文字読の如きは略さる由、珍重の由申し了ぬ、また三十首の事、七日に持参すべきの由仰せなり（『古今伝受日記』）。

●正月三十日、昨日新院仰せ付けられ、古澗『略韻』御写成られたく思し召しなられ、古澗自筆の本御借り成られたく、此の義、憲長老へ申談すべきの旨、昨夕仰せなり、其の故、大統庵に赴き、顕令東堂に相対、段々演説せしむ、則ち献借すべきの旨、然るに依り、東冬江支微五韻五冊請取、即ち承章は借状を書き、相渡すなり（『鳳林承章記』）。

●二月■日、午刻御幸■■法皇■■■■なり、以■■■■、此の次に伝受の事畏れ入るの由申し入れ了ぬ、召し

有り、御前に参る、早速歌出■■■■、殊に宜しきの由なり、和歌にては早速出来難し、御老体何ともなりつべしとも思し召されず、先ずそれまでと思し召さるの由、畏れ入るの由申し了ぬ（『古今伝受日記』）。

●二月三日、春日祭、上卿今出川公規参向、弁不参、奉行甘露寺方長（『続史愚抄』）。

●二月四日、承章は院参致すなり、新院御所より仰せ出され、和漢の入韻両句愚吟致し、持参仕り、法皇の天気を窺うなり、先日仰せ付けられし、詩仙の人形絵三十六枚を今日返上奉るなり、朝鮮国の榛一箱献上奉るなり、御対面、御前にて茶屋餅御相伴、三度替えなり、新院仰せ、古澗自筆の『略韻』御借り成られたき旨、大統顕令翁へ申談、献上致される事、申し上げ、則ち『略韻』勅覧成らるべき旨、即ち勅覧に呈すなり、右の入韻また端書付句然るべき旨、仰せなり、承章は新院に伺公致し、平松時量を以て、入韻并に古澗『略韻』五冊献上奉るなり、御対面、即ち平松書付らるなり、『略韻』の請取を平松書付られ、承章に渡されしなり、重ねて平松へ相渡すべきの手筈なり（『鳳林承章記』）。

●二月十日、和歌御会始あり、題は竹不改色、読師園基福、講師貞光、講頌持明院基定（発声）、奉行藤谷為条（『続史愚抄』）。一首懐紙、同題同詠。

○二月十日、中院通茂は禁中御会始に参るの処、新院の召し有り、仍て常御所に参る、廊下に出御、仰せに云く、『古今御抄』は先年焼失の間、御覧合せられ度きの間、進上すべき歟、法皇は必ず御目に懸けよとも仰され難く、新院仍て内証に御尋の由なり、申して云く、下官は未伝授にて披見せず、筥進上は如何、但し御伝受等の上は、心底に残り、不進上も如何、是非に迷うの由言上、暫くして、仰せの上は是非に及ばず、進上すべきの由申し入れ了ぬ、重ねて出御、所存の旨を法皇に仰すの処、御満足なり、明日にても明後日にても進上すべきの由なり、畏れ入るの由言上了ぬ、定めて未開の筥・切紙共に進上するにてあるべきよし、新院仰せなり、御会了ぬ、退出の次に、傍に三条（三条西実教）を招き、仰せの旨、密々語り了ぬ、三条云く、仰せはその謂われ

なし、書を以て伝うる事、先例あり、然る上は却て予これを伝受すなり、尤も難儀歟、不進上は御機嫌如何、もし伝受の事相違すれば、迷惑たるべし、我等微才と雖も一日も道におきては先達なり、今夜古今伝受せしめ了ぬ、急ぎ行水了え、披見すべきなり、先祖の所存ある書、何事か入れ置くの義も知らざるなり、披見せずして進上の段、心元なき事なり、予軽服なり、故前右府（三条西実条）は子細ありて軽服の中、伝受なり、軽服かろき事なり、かくの如く急ぐ事、其の憚りなきなり、苦しからざるの間、急ぎ披見すべきなり、また神道などとは差別あり、尤も神道もあれども和歌が本なれば□なり、切紙の口決を載す抄の事もこれ有り、左様の処も点見すべし、法皇御存知の外の事は有るべからざる歟、幽斎伝受の外、三光（三条西実枝）幽斎へ伝受の抄物を、法皇へ進上了ぬ、此の書有るべき歟の由なり、予云く、故大納言語りて云く、箱中に封の本これ有り、此れは大事の物なり、伝受已後も率爾にみるべからざる由申し置き了ぬ由これを語る、是れ心法の事なるべし、これは残置すべきの由示さるなり、幽斎伝受の切紙、仙洞伝受の切紙の留め等これ有る間、明日見せしむべきの由なり、その内残置は首尾然るべからざるの由なり、過分身に余り、謝する所を知らざるの由一礼了ぬ、退出、行水了ぬ、箱を披き一々見了ぬ、丑下刻に至り、則ち見了ぬ（『古今伝受日記』）。

●二月十一日、中院通茂は箱中を一々見了ぬ、玄旨抄（伝心抄歟）、也足御聞書（清書一重廿六冊）、切紙（廿四通）等、其の外の物共取り出す、未刻許り、三条西■■随身切紙（幽斎の切紙なり、此の分法皇有り）、通茂披見了ぬ、■切紙は■■抄物（等少々）、■■■■、■(聖)碩抄（五冊）、和歌秘伝抄、■■■■■■箱中■■■■既に■■■■など披見すべき歟事、進上無用なり、聖碩抄は不覚の抄物なり、不進上然るべき歟、序釈■■■物にあらず■■進上、和歌秘伝抄は此れ東家流義の本なり、此れ法皇に有るべからず、進上すべからず、封の物は披見せざるなり、また以て進上すべからずの由なり、為家状の写あり（伝受の事は指事無し）、其の故を知らざるの間、披見すべからず、此の次に為家より東へは皆此歌は伝えられたるなり、それかと思われしなり、法皇には多く

集められたく思しめさるるなり、三条（三条西実教）などは此の分の切紙も多くてうるさきなり、後々多く加えたる物多ければ、其の方身上々々にて心得させんため加えたるなり、それが却ってまぎらわしきなり、我等へは抄物焼失の間、進上すべきの由仰せなり、新院仰せ、披見せざる箱をえらびかすは切紙共に進上するにてあるべきよし仰せなり、是れ切紙御らんあるべきためさうなり、三条云く、さやうなるべし、三条へは法皇仰せ、抄物等は具し了ぬ、切紙の上、御不審有るの間、御目に懸くべきの由、仰せ云々、予所持の筥は切紙有るべきため、御覧あるべきなるべし、昨日仰せの由物語なり、肝心の物なり、何とも迷惑なり、率爾には進むべからざるの由語られ了ぬ、今度伝受の衆わろし、さらばすぢよくあるべき歟、随分情を出すべし、力をも加うべきの由なり、也足聞書進上すべきの由問うなり、幽斎抄は三条家にこれ有る間、苦しからず、也足聞書は幽斎抄と相違あるべからず、然して近き抄は却てよき事あり、惜しき事なり、もし非常などあり、紛失その恐れあるの由なり、されども別義有るべからざる歟、進上すべき歟の由なり、返され了ぬ、此の後、箱の中を調べ置く、切紙十八通……（『古今伝受日記』）。

●二月十二日、中院通茂は古今箱を法皇に持参、東久世木工頭《通廉》を以て進上す、慥かに預け置かれ、重ねて仰せ有るべきの由仰せ出され、退出了ぬ（御留守歟の由存ずると雖も是非なし）、帰宅の処、新院より御使有る云々、勅書、法皇より、内々の筥、昨日持参すべき歟の由思し召しの処、其の義なく、今日御隙入りの間、明日昼以前に持参すべきの由仰せなり、勅書を以て仰せ下さるの間、新院に馳せ参じ、只今筥持参進上了ぬ、退出の後に勅書を披見、是非に及ばざるの由、言上了ぬ、召し有り御前に参る、仰せに、今日密々御■■学院（御山庄）なり、■進上は無■のよし、女中仰せ遣さるべきの由なり、畏れ入り了ぬ、■日古今切紙、若年の衆に仰せ聞かさる（法皇仰せ）の由、仰せ有り、相待ち聴聞すべきの由申し入れ了ぬ、暫時小御所に出御、中御門黄門《資熙》・勧修寺宰相《経慶》・千種宰相《有能》・愛宕中将《通福》・冷泉中将《為清》・野宮中将《定輔》等、御前に参る、本持参すべきの由仰せ、皆退出、此の後、

御前に参進し申して云く、冷泉中将の祇候は如何、其の事仰せなり、然して参来の上は是非なき歟、通茂申して云く、内々拙子承り及ぶ流義の事、子細有る歟。また一昨日法皇仰せに、行末和歌稽古をもすべき人に仰せ聞かさるべきの由云々、是れ一流の伝受をも遂ぐべき物と思し召さる歟、文字読みまた一通り伝受の由、承り及ぶ、冷泉は箱を開くの後、御流をば反古とすべき物なり、両流は尤も古より確執の子細有り如何、仰せ尤もなり、子細を尋ぬべきの由なり、仍て傍に招き、一向の子細なし、誰にても有れ仰せ聞かさるべきの由、畏れ入り、望み申し了ぬ、また家筥は未だ開かず、また主上聞こし召すためなれば御使いなり、くるしからざる事歟の由存ず云々、通茂申して、其の旨の仰せ如何、法皇は冷泉は家の者、如何、使の園大（基福）は□入り了ぬ、こなたはいづれにてもなるかと仰せなり、如何遊ばさるべき哉の由なり、通茂申して云く、此の義は決し難く、今一往法皇に窺われ、御免許にては別に召し寄せ、仰さるべき歟、尤もなり、其の通りに申すの由、則ち件の旨示し了ぬ、退出せしめ了ぬ、春上下承り退出、此の後に園大納言参会の間、冷泉の事を物語了ぬ（『古今伝受日記』）。

●二月十四日、中院通茂は参番の次に、三条亭（三条西実教）に向い言談、宗祇法師へ東野州免許の歌三首あり云々、重ねて見せしむべきの由なり、「身をあはせかたらふ人のまたもあらはいにしへ今をつたへてよ君」其の一首なり、古今伝受せば歌あがるべし、位のあつき歌共心にのるによりて位あがるなり、仙洞などには抄など度々御とりあつかひありて、御製のうすきは不審の由なり、……幽斎は二条家の一流ばかりきかれし人なり、東の流のはきかれざりしなり、法皇此の以前御尋の事あり、仍て幽斎伝受の時、三光院の抄を御目に懸けられ、東家の流を御尋ありしなり、されどもそれは虫なども損したり、三光院抄の内、皆部類して有り、此の外にさしてなきよし申して、東の家のは不進上の由、物語なり、根本は切紙などもそ■としたる事なり、後々次第にくはりて多くなりたるなり、多なるがよき事にもあらず、却てまぎらわしきなり、なれば或は儒或は真言・天台などに対して、其の方のそれよとさとしやすきためにをしへたる事さう、東家のは為家からなれば、根本

は数すくなきなり、今夜談、法皇へは宗祇抄も逍遙院抄をも御目に懸けず、三光院抄計りこれを進上、此の物は一枚一枚はなればなれなり、仍ていづれを抜き取るもしれずとなり、かけまもり《懸守》の事は、仙洞御存知なり、此の事此の度有るべき歟、誰□此の事、あれどもなくてもとてをかるるやうなる事あるべし、不知といふを恥辱にあそばして、ならはれても用いあそばされぬ事御すきなり、それにては何事をしへても詮無きなり、畢竟道の邪魔に為るなり、仍て申し入れざるなり、かけ守などは必ずある事なり、されども幽斎は免許なき故、中の何やらん、知られざるなり、仍ていづれも御伝受の時、かけ守の事はこれ無きなり云々、前右府へ伝受の時、一筆などなし、諸事御家の法度のごとくとかかれしなり、家へ対しては憚り存ぜられしなり（『古今伝受日記』）。

○二月十五日、承章は午時に院参、則ち新院御所・照御門主（道晃）成り為されるなり、御庭の大石引き、音頭取り四人赤衣を着し、戯言・狂言仕るなり、御二階にて御見物、承章また召され、御同座にて見物仕るなり、常御所に召され、法皇・新院・照門主・承章、御相伴、切麦御相伴申し上ぐるなり、奥へ召され、御賭物見為されるなり、夕御膳また御相伴仕る、御膳済み、女院御所へ召し連れられ、女院御所の御庭見物仕る、新院・照門・承章ばかりなり（『鳳林承章記』）。

●二月十五日、今夜より後七日法を行わる（南殿にてなり）、阿闍梨長者信遍、奉行経尚（『続史愚抄』）。二十一日結願。

●二月十八日、終日大雨なり、内々法皇仰せ故、承章は今日午後に参内仕るなり、後七日の御修法（去る月の御修法）今日これ有り、御室の菩提院（信遍）、当年より、初、東寺の長者なり、阿闍梨菩提院なり、新院御所・照高院宮道晃親王・承章ばかりなり、先に御学問所にて御菓子出るなり、新院御所の御興行の御連歌の御一順、今日廻され、承章また再々返一句仕るなり、御膳また御相伴仕るなり、主上は入御、法皇・新院・照門・承章御相伴仕るなり、公家衆、承章の前また給仕なり、御膳済み、宮中を見なされる、常の御所残らず、方々御供仕り、見物仕るなり、御濃茶召し上がられ、御濃茶を御前にて下されるなり、十炷香を催され、御人数十人、

今上皇帝・法皇・新院・照御門主・中院通茂・千種有維・押小路公起・作丸児・承章なり、法皇俄に賭物香然るべし、各懐中より何成り共出すべきの旨、仰せ、俄に各難儀なり、法皇は御鼻紙袋内伽羅、照門は石筆、承章は先年拝領奉る水牛の香匕、中院また伽羅、千種奉書紙一帖、押小路・作丸両人は色紙一枚充て、主上は御文匣封付を出すなり、御香始むなり、作丸八炷当て、右の賭物一人の為、拝領申さるなり、御香済み、御修法御聴聞、承章また簾中にて、法皇・新院・照門御同座、聴聞せしめ、護摩また拝見せしむなり、大輔典侍殿相対、阿闍梨の賀申すなり、兄弟故なり、紫宸殿より還御、後段の饂飩・御吸い物、承章また御相伴なり、法皇の天盃・新院の天盃また頂戴奉るなり（『鳳林承章記』）。

○二月二十一日、法皇より古今和歌集口伝を新院に伝えしめ給うと云う（『続史愚抄』）。

○二月二十三日、太上法皇御方違、青蓮院宮親王（尊証）に御幸、一昨日より仰せ出され、未刻承章もまた供奉仕るべきの旨、畏り奉り、午時に発足せしむ（『鳳林承章記』）。

○二月二十九日、承章は法皇に伺公致す、内々仰せ付けらる、五山出世長老・西堂へ仰せ付けらる詩仙の御色紙書写、皆々出来、御色紙持参、献上致すなり、吉長老一人は持参仕り、北面所まで伺公致す旨申されし故、三十五人分指し上ぐるなり、御対面なり、逐一僧名御尋、申し上ぐるなり、女五宮（賀子）今日御移徙の御粥上ぐる故、御相伴仕り、御粥下さるなり、法皇仰せて曰く、只今新院御所に御幸なり、承章また召さるの旨仰せ、畏り奉るなり、早々御幸、承章また追付、直に新院御所に伺公致し申し、則ち奥へ召されしなり、照高院宮道晃親王また先に御座なり、種々御咄、色々の御菓子共なり、御膳は御書院にてなり、御相伴、新院御所・照門宮・承章なり、御櫛笥殿（櫛笥隆致女隆子）・其の外女中衆御給仕なり（『鳳林承章記』）。

○二月、新院は日野弘資、烏丸資慶並に中院通茂と共に三十首和歌を詠進せしめらる（『実録』）。この早春鶯など兼題三十首和歌は、古今伝授の前に提出するもので、灌頂三十首とも称される。灌頂三十首については、高梨

素子『烏丸資慶資料集』（古典文庫）、盛田帝子「御所伝受と詠歌添削の実態」（『禁裏本と古典学』塙書房）等を参照。

○三月七日、新院にて御連歌の御会、承章また御連衆たるに依り、院参せしむ、発句は二条太閤康道なり、御連衆、法皇・新院・太閤・照高院宮道晃親王・中院通茂・日野弘資・正親町実豊・烏丸資慶・承章・玄陳法眼なり、執筆は七条少将（隆豊）なり、五十二句御一順廻るなり、初更前満るなり（『鳳林承章記』）。

●三月十三日、三条は法皇に参る、御問答有り云々、不能委細（『古今伝受日記』）。

●三月十五日、中院通茂は三条亭に向い、言談、法皇仰せ、官庫の文書等焼失、御文庫の錺の間に宸筆を遊ばされ、入れられたきの間、此の已前進上の文書を進むべきの由、三条申して、是の義は真実にあらず、真実を以て仰さるべし、数反問答云々、終に仰せを以て、此の伝受所望の人々有り、仍て御所望の由云々、此れ真実なり、誰々歟の由窺うなり、日野・烏丸・中院、此の次ぎ、新院御所望なり、此の人々皆歌道を以て相勤む者共なり、尤もなり、進上すべきの由、申し入れられ了ぬ、先ず御文庫に入れらるの事、禁中へは三条より伝え申すべきの由仰せ、是れ道なり、また伝受御礼進物共、受けらるの条、然るべからず、後々武家町人等、伝習の費えなり、尤も然るべからずの由、申し入れらるなり、此の度進上の物、先年進上の外の事共書き副え進上すべし、道の為なれば、一度には伝えざるの事なり、然る間、進上の事、此の一度に限るべからず、また進上の事あるべきなり、いく度と云う事あるべからざる由、申し入れらる、法皇御驚嘆云々、先年君命に違い父祖進上のこと存す、三条にては御したしみあるべき事の、かへりてそれよりうとみおほしめししなり、此の罰なり、法皇また進物の物焼失、此れまた罰なり、此くのごとく的然の間、真実にあらず、其の難進上の由申さる云々、また宸筆申請すべきの由申さる（後奈良院・正親町院等御伝受有り、宸筆云々）（『古今伝受日記』）。

○三月十六日、法皇・女院は修学院・岩倉に御幸なり（『鳳林承章記』）。

○三月十八日、太上法皇は今日聖護院宮道寛親王に御幸、桜を叡覧の為の御幸の由、俄に承章を召され、急々聖

御門主に伺公致すなり（『鳳林承章記』）。

●三月二十二日、東照宮に奉幣を発遣さる、先に日時を定めらる、上卿大炊御門経光、幣使五条為庸、奉行柳原資廉（『続史愚抄』）。

○三月二十八日、楽御会始あり、平調楽（五曲、郢曲なき歟）、御所作箏、所作公卿二条康道以下七人、殿上人柳原資廉（笛所作、当家にて管弦の席に接すること初度歟）、及び楽所等参仕、法皇・本院・新院・女院ら禁裏に幸す（『続史愚抄』）。

●四月一日か、中院通茂は法皇に参る、諸事を申し入れ、また此の次ぎに示さるの事等有り、新院御□敬なり、御伝受已後、各別に改めらる、御敬神の義然るべきの由申し入れ了ぬ、此の次ぎに語りて云く、和歌の口伝の事、近衞殿流にこれ無く、三条流にこれ有り、仍て三光院など副えたるやうに、思し召さるなり、宗祇相承の切紙、先年御目に掛けられし時、宗祇からなるとて驚かれ思し召すなり、此の宗祇、あらたにはじめし事にあらず、定家卿伝受の故、其の例を遂ぐる事なり、素順、逍遙院より伝受の後、入魂に依り、東家の文書を伝えし事あるなり、仍て宗祇へ伝ざりし事の、三条にある事あるなり、また素恵などつたへし事、文書等もあるよしなり、さやうに一代ならず、仍て執心つたへし事おほくなる事なり（『古今伝受日記』）。

○四月五日、承章は院参せしむ、先に勧修寺経広に赴くなり、東武より近日上洛故、見舞う、相対、伊勢祭主・誓願寺の事、具に申談なり、芝山宣豊に赴く、参院の由なり、院参致し、叢首座所持の『名庸集』一冊今日献上致すなり、御対面（『鳳林承章記』）。

●四月六日、方違の為、新院（後西）は禁裏に幸すと云う、違例、暁に向い還幸（『続史愚抄』）。

●四月八日、東山大仏像を造り始め、銅を改め木と為すと云う（『続史愚抄』）。

●四月二十日、承章は院参せしむ、新院御所和漢の御一順、一昨日仰せ下され、拙句法皇の命を窺うべき為、参

院せしむなり、承章は新院御所に御一巡持参致し、献上仕り、早々帰山せしむ（『鳳林承章記』）。

●四月二十九日、滋野井教広を安芸に、息実光を土左に流す（『続史愚抄』）。

○五月一日、承章は法皇に伺公致す、則ち今日以心庵宮（良純親王）呼び為され、御振舞、准后（清子）成り為され、幸に伺公仕るべき旨、仰せ出さる故、畏り奉るなり、照高院宮道晃親王またふと成り為され、是れまた御留め成られるなり、奥にて御振舞種々の事なり、承章小師出入り、勧修寺の首尾具さに申し上ぐるなり、松波主殿助（光教）先祖の拈香（横川景三師の作）を承章書写の事、主殿頼む事、具に申し上ぐるなり、勧修寺経広・飛鳥井雅章申し上ぐる事これ有り、伺公なり、承章は勧修寺に対し、誓願寺仏供養勅会相調う事、般舟院寺の修補の事、申談なり、法皇と承章は賭けの御双六、承章勝ちなり、鍛冶受領仕る者、捧げ奉る荒身の大脇指拝領奉るなり、上野大椽源吉正と云う作なり、照御門主（道晃）は刀拝領遊ばされしなり（『鳳林承章記』）。

○五月六日、鹿苑院の懺法・齋なり、今日は法皇・新院（後西）、本院（明正）御所に御幸、承章また御供を仰せ出されし故、鹿苑院には赴かざるなり、午時前に芝山黄門（宣豊）に赴くなり、黄門は院参、不対、尾州より芝山采女上洛、居られ、相対なり、黄門は御用有り、遅参たるべく、承章先に本院に赴くべき旨、申し来たる、承章一人本院に赴くなり、法皇・新院・照門主（道晃）成り為され、早々御前に出づるなり、御書院にて、先ず切り麦出るなり、御相伴、新院・照高院宮道晃親王・勧修寺経広・飛鳥井雅章・承章、此の衆なり、方々御殿中常御所まで残らず見物、晩に及び晴、則ち御茶屋・御庭所々残らず、御供仕るなり、御振舞また右の衆御相伴、御茶点てらるなり、芝山宣豊・長谷忠康御供仕らるなり（『鳳林承章記』）。

●五月七日、中院通茂に入夜烏丸大納言よりの状到来、古今■事来たる十二日に始めらるの由なり、昨日新院に参るべき云々、其の意を得る由返答了ぬ（『古今伝受日記』）。

●五月八日、中院通茂は新院に参る、烏丸に使いを遣すの処、彼亭に来るべきの由、仍て馳せ向い、言談、進物

の事、相談なり、飛鳥井大納言（雅章）伝受の時、馬代黄金五枚、白鳥（一羽箱入り云々）、然る間、彼卿五枚、塩鴈二羽、日野同五枚、塩引きにすべきよしなり、同道して新院に参る、御対面、珍重の由申し入れ了ぬ、法皇に参るべき歟の由仰せなり、仍て三人同道して法皇に参る、風早左京（実種）を以て申し入れ了ぬ、召し有り、通茂は奥に参る、仰せに、詠ずる所の三十首、読み改むの三首（去る十一日三十首、叡慮の旨仰せ聞かされ、件の中三首改むべきの由仰せ、仍て去る十九日歟詠み改め、進め置く処なり）、仰せの旨有り、畏れ入り了ぬ、此の次ぎ猶十二日より始めらるの事、畏るの由申し入れ了ぬ、仰せは略義を以て仰せらるべきの由なり、また入道大納言の御病義の事、御尋ね有り、今日烏丸云く、照門へ音信然るべきの由、沙綾五巻にすべき歟の由、日野、京織物三巻の由なり（『古今伝受日記』）。

○五月九日、中院通茂は件の三十首詠草を清書（三首を詠み改め、書き改むためなり）し了ぬ、これを持参し進上了ぬ、参内（今日当番）、小番より理り申し入るの間、参るの節、重ねて案内すべきの由示し了ぬ（葉室・園・正親町等、同じく語り了ぬ）、此の次ぎ、正親町（実豊）と相談、御礼進物の事等なり、入夜、日野に向い言談、進物の事、通茂は黄金三枚・巻物（唐二巻）然るべき歟の由相談尤もの由なり、また此の以後三部抄御伝受の事（先度申し入るの処、重ねて仰せ聞かさるの由なり）相談、此の次ぎ、能書方の事、苦しからざれば望み申す由、御次でを以て新院申し入れらるべきの由、語り了ぬ（『古今伝受日記』）。高松宮本『灌頂三十首』一冊には、後水尾院、堯然親王、道晃親王、雅章、具起、後西院、資慶、通茂、弘資、霊元院、基熙、実陰、光栄、公福、今上（桜町天皇）、職仁親王の三十首が収められている。

●五月九日、承章は『稽古略韻』の代銀十五銭目を本屋仁左衛門の所に遣すなり、新院御所和漢の再々返、法皇へ天気を窺う、承章少し持病指し出る故、風早実種まで書状を以て捧ぐるなり（『鳳林承章記』）。なお本屋仁左衛門は、田原仁左衛門（二条鶴屋町また二条柳馬場東へ入町）のことか。『大施餓鬼集類分解』（寛永七年）『難経本

義』（寛永十年）『歴代名医伝略』（同右）『韻鏡』（寛永十八年）『翰墨全書』（寛永二十年）『晦菴先生語録類要』（正保三年）『辨燈配剤医燈』（慶安五年）『佛法金湯編』（承応二年）『耳底記』（寛文元年）『仏国録』（寛文四年）『素問入式運気論奥序』（寛文十一年）等を刊行している。

●五月十日、法皇神事沙汰なきの由、仰せ云々、然して三条西（実教）神事然るべきの由、内々示さるの間、此くのごとし、仍て法皇にては神事無沙汰の間、食火了ぬ、帰宅の後行水、毎度如此、今朝伊勢・石清水・住吉・北野・玉津島を遙拝、看経、如意輪真言三百反、■■四百反、愛染三百反（『古今伝受日記』）。

●五月十一日か、通茂は■■古今を見了ぬ、抄物にては■伝受已然は免ぜらるの由、法皇仰せあり、仍て■■■■■■■、院に参る、御書院にてこれを始めらる、先ず春上五首許り御文字読み、次に題号御講、次に五首歌、次に春上を悉く御文字読み許り了ぬ、次に春下前の如く五首御講、残り文字読み、次に夏部また同前、御休息、また出御、秋上下・冬等前の如し、新院御対座（上段）、次段に通茂・日野・烏丸、縁座敷、前年御伝受、校合として照高院宮（道晃）、飛鳥井等候し了ぬ、また廿十三（日野子息）御童形なり、重服たるに依り、御講の間に召し使われず云々、未刻許り事了ぬ、退出の次、新院に参り、珍重と申し入れ了ぬ、退出、行水、烏帽子狩衣を着し、聞書清書了ぬ（『古今伝受日記』）。

○五月十二日、法皇の古今集講釈始まり、十六日満座。中院通躬自筆『古今集講談座割』仮横一冊によれば「寛文四年法皇御講談。依御老年、有被省略之事。新院（後西）、通茂卿、弘資卿、資慶卿等へ御相伝之時。道晃法親王、雅章卿等、同聴聞。初座五月十二日、春上初ヨリ五首御文字読御講談、六首目ヨリ春上分語文字読計也、春下端五首御文字読御講談、六首目ヨリ春下ノ分語文字読計也、此間暫時御休息之後、夏秋上下冬此四巻春下ト同シ、第二座十三日……、第三座十四日……、第四座十五日……、第五座十六日……。五月十八日庚辰切紙。新院（御冠直衣……紅打衣単御指貫鳥襷下括）廿八才。次烏丸前大納言（衣冠直衣白綾衣単）四十三才。次中院大納言

（衣冠単懸緒弁襪等無之）卅四才。次日野前大納言（衣冠単）四十八才」とある。書陵部蔵飛鳥井雅章筆『古今和歌集法皇御抄』四冊は明暦三年と寛文四年の両度の講釈聞書と古今御抄を合わせ、清書したものであろうか。奥書に「先年、法皇召妙法院堯然、聖護院道晃、岩倉黄門具起与雅章、有古今集之御講釈。事畢此集之奥義秘説、忝承御相伝。其後、新院此集御伝授之時、又被召加雅章。最前御相伝之趣、令再校合訖。以蒙昧之生質、窺歌道之奥秘。誠住吉玉津島之神慮、難測者歟。天恩之深重、如海如山、不耐感荷。剰此御抄（全部四冊）被許拝借。不日成書写之功。我家之至宝何物如之。深納函中、固加襲封、不得此集之伝授者、雖為我子孫、必勿開函封。可秘々々」とある。

●五月十三日、中院通茂は神拝・看経、如例（他の看経を止む、神事故なり）、院に参る、御講昨日の如し、賀・離別・羇旅・恋一（已上端五首）・恋二（六首歟）御講、残り文字読み計りなり（『古今伝受日記』）。

●五月十四日、中院通茂は神拝・看経、如例、今日恋三四五・哀・雑上了ぬ（『古今伝受日記』）。

●五月十五日、今日雑下・雑体（なか歌一首・旋頭二首・誹諧一首）・物名五首・仮名序（いつれか歌をよまさりけるまで御講也）（『古今伝受日記』）。

●五月十六日、大歌所・あたらしき一首（東歌一首）、軸一首、墨滅（文字読）、奥書（御講）、真名序（莫宜於和歌まで）御講なり、今日、進め置く所の古今箱を返し給い、御前にてこれを開く、一々御覧了ぬ、和歌懐紙書様を写し禁中に進上すべきの由仰せなり、此の正筆本は禁中に在り焼失の由なり、今夜更に神事に入る、明後日に切紙御伝受なり（『古今伝受日記』）。

●五月十八日、中院通茂は早朝神拝、院に参る、先ず進物を進上（青侍一人）先に此を遣す、太刀・折紙・目六・黄金三枚・緞子二巻（厨子ヲソユ）、御太刀　一腰・御馬　一疋（自筆）云々とある（『古今伝受日記』）。法皇よりの切紙伝授は後西院、烏丸資慶、通茂、日野弘資の順、伝授の座敷への先導役は道晃親王。臣下の三人がお互い

に順序を譲り合ったことは『古今伝受日記』にあり、高梨素子編『烏丸資慶家集』下（古典文庫）にも紹介がある。

●五月十九日、辰下刻、日野、烏丸等入来、通茂則ち同道し、照高院宮（進物沙綾三巻、日野京織三巻、烏丸沙綾五巻なり）に参る、御対面、一献の後帰宅、午刻法皇に参る、……御振舞の人数、新院御幸、照高院宮（道晃）、勧修寺前大納言、飛鳥井前大納言、通茂、清閑寺前大納言、日野前大納言、持明院前大納言、烏丸前大納言等なり、此の後、不審一紙これを献上（切紙の内のことなり）、速に御覧、仰せ聞かさるべきの由なり（『古今伝受日記』）。

○五月二十二日、法皇にて傀儡これ有り、承章招かると雖も、所労気故、参院あたわず（『鳳林承章記』）。

○五月二十三日、法皇より承章に御見舞の為、芝山宣豊の奉書状を給い、御使下され、羊羹一折十竿拝領奉るなり（『鳳林承章記』）。

●五月二十五日、新院御所より、承章の所労御見舞の為、御使下され、清閑寺共綱の奉書状来たり、岩茸大箱一ヶ拝領奉るなり（『鳳林承章記』）。

○閏五月二十七日、承章は院参せしむ、病気持ち以後、初めて伺公致すなり、御対面なり、芝山宣豊同道せしめ、御庭見物せしむなり（『鳳林承章記』）。

○閏五月二十九日、午時法皇は品宮（常子）に御幸、品宮御殿は法皇より造建成られ、進められしにより、御殿開きの御振舞の御幸なり、承章召し連れらるの旨、一昨日より仰せ付けらるなり、承章は初めて伺公致す故、伊万里染め付け上々の御茶碗三十持参致し、品宮に進め奉るなり、今日の御衆は、照高院宮道晃親王・仁和寺宮（性承）・妙法院宮（堯恕）・大覚寺宮（性真）・聖護院宮（道寛）・青蓮院宮（尊証）なり、承章・日厳院、此の衆なり、円光院また来臨なり、准后宮（清子）ふと成り為されるなり、種々の御馳走なり（『鳳林承章記』）。

●六月一日、新院（後西）御奉納住吉社・玉津島社御法楽短冊、出題飛鳥井雅章、奉行烏丸資慶、照高院道晃親

王出詠、住吉社法楽、江霞、花浮水、望雪、玉津島社法楽、卯花、野月、述懐。この折の記録は聖護院本『新院住吉玉津島御法楽社寛文四年六月朔日』一冊にある。なお住吉社法楽短冊の原本は住吉大社に現存する（『略年譜』）。是日、新院水無瀬宮御奉納二十首法楽和歌御会（『実録』）。出題飛鳥井雅章、奉行烏丸資慶、照高院道晃親王出詠。この折の記録は聖護院本『新院水無瀬殿御法楽写寛文四年六月朔日』一冊等にある。これらは勿論古今伝授の成った祝いのためであろう。

○六月一日、法皇にて、狩野探幽（守信）を召され、御寿影仰せ付けらる、其の故は承章伺公致すべき旨、昨日仰せ出されし故、飯後、院参せしむ、御寿影の段々仰せ聞かされしなり、探幽伺公仕り、承章具さに申し渡すなり、御面体は内々妙法院宮堯恕親王これを図されしなり、御薄衣・黒掛羅、御茵に御座なり、御茵の上、末広御扇これ有るなり、大形出来の節、承章退出せしむ（『鳳林承章記』）。

○六月四日、万年塔婆前にて、太上法皇の御誕節の御祈禱・祝聖、承章出頭せしむ、上方は慈照翁なり（『鳳林承章記』）。

●六月十二日、中院通茂は三条西実教亭に向う、言談の次に、今度古今の事ども相談、御伝受の様なり、通茂云く、御伝は委細ならず、是れ智仁親王歟、幽斎伝受の事ども等漏脱多しとみえたり、口決等一向これ無く、二十四首の秘歌を御存知無きとみえたり、先々おろそかなる由なり（『古今伝受日記』）。

●六月十九日、頃日、外宮正殿乾方の千木折れる由、禰宜ら言う（『続史愚抄』）。

●六月二十一日、将軍家綱より元和十七箇条の写を献ず、是れ去る万治四年焼失故、更に召さる故なり（『続史愚抄』）。

○六月二十二日、内々法皇より承章は召されしなり、仙洞の御泉水・御庭・御茶屋の御普請出来故、御庭開きの御振舞なり、新院御所・二条康道・照高院宮道晃親王・伝奏両人（勧修寺経広・飛鳥井雅章）・承章、御客是れなり、照宮と承章早く伺公致すに依り、先ず御前へ召され、御舟に乗られ、承章また御舟に乗り、御茶屋見物致

すなり、御茶屋の御掛物は定家筆、御構えの御掛物は無準禅師筆達磨賛なり、御茶屋の花は勧修寺これを立つ、花入は釣舟なり、御床の花は法皇遊ばされしなり、御振舞また御茶屋にてなり、御膳済み、御舟遊び、御茶、御謡あるなり、御茶の時は御構え三畳敷きへ、後段の時、御謡これ有るなり（『鳳林承章記』）。

○六月二十二日、道寛親王は法皇御所へ参り、御法楽の詠歌、仮名題、歌の続様、題の次第などに就き、法皇の指導を受けている。また新院御幸があり、二条康道、照高院宮道晃、勧修寺経広、飛鳥井雅章、鹿苑寺承章の伺公があり、御庭見物や御茶屋での振舞もあったことが知られる。その折の記録は聖護院本『道寛親王覚書』自筆仮横一冊にある。『鳳林承章記』と同じく、法皇御所の日常をかいま見るような記録である。吉良上野介義央や勝仙院晃玄は道寛親王から多くの懐紙短冊を贈られている。また吉良は道晃親王にも書写や加証奥書を依頼している。

●六月二十三日、聖護院宮道寛親王に勧修寺経広より使あり、巳刻に常照院へ赴く、午刻勝仙院来たる、未刻吉良義冬来たり、初めて対面、岡本丹後披露、申下刻に北小路主税介、酉上刻に樋口三位（信康）、聖護院に来る（『道寛親王覚書』）。

○六月二十四日、未上刻に道寛親王は法皇に院参、御茶屋にて御膳を上ぐるなり、御相伴は朱宮・品宮・円光院・帥殿・御匣殿・穏仁親王なり、今日の衆には始て御茶屋にての御振舞なり、異体にて参るべきの由、御内証ありて、白き帷子に黒き袴なり（『道寛親王覚書』）。

●六月二十五日、新院（後西）聖廟御法楽五十首和歌御会（『実録』）。出題飛鳥井雅章、奉行烏丸資慶。照高院道晃親王出詠、句題、花の所は、わかゐる山の。この折りの記録は聖護院本『新院聖廟御法楽写寛文四年六月廿五日』一冊等にある。また聖護院本道寛親王自筆『愚詠之覚』にもある（『略年譜』）。

○六月二十五日、辰刻に道寛親王は昨日の御礼に法皇へ使者を捧ぐ、同刻、禁中新院御法楽の短冊を差し上ぐ、

申刻に中院大納言（通茂）入来、同刻に針医藤木信濃来たる、針を指し、則ち退出、酉刻中院大納言退出、酉刻に新院へ院参、亥刻退出（『道寛親王覚書』）。

○六月二十八日、午時朱宮（光子）にて法皇・新院御幸、御殿開きの御振舞なり、承章また御供仕るべき旨、内々仰せ出だされし故、午時直に朱宮に伺公致し、伊万里染め付け上の御茶碗三十進上致すなり、照御門主（道晃）・大御門主宮（性真）・聖御門主宮（道寛）早く御成、御座に依り、承章は御殿に入り、御門主達と相対、打談せしむ、新院御所御幸なり、法皇は今朝俄に御霍乱の御心持ち故、遅々御幸なり、仁門宮（性承）・妙門宮（堯恕）・青門宮（尊証）御成なり、法皇御幸無きに依り、先ず麦切・切麦出て、御酒を浮かせらるなり、御膳前、法皇御幸なり、先日二条前摂政康道御庭の景気の御発句これ有る由、入韻法皇御製の由、法皇未だ成られざる前、照御門主仰せ、入韻の御製を承章見為され、其の上書付らるべき旨、承章は謹みて拝閲奉るなり、書付られ、第三新院御所、第四妙門宮、第五承章、第六照高院宮、第六日厳院、此の代句仕るべき旨仰せ故、承章仕るなり、前摂政発句、夏爐に浦山映す御園哉、御入韻法皇御製、松陰好坐涼、第三新院御製、夕立の晴る軒端に月待ちて、片桐石見守（貞昌）に頼まれ、玉舟翁賀頌・大徳寺諸老和韻、承章書跡の一巻、法皇・新院の叡覧に備え奉るなり（『鳳林承章記』）。

○七月一日、今度法皇・女院等御所の安鎮法、三井方勤仕に依り、去る月以来山門欝訴、因て自今安鎮には山門法と為すべき由、法皇宣を賜うと云う（『続史愚抄』）。

○七月十八日、今宵仙洞にて躍りの沙汰有るなり（『鳳林承章記』）。

○七月二十六日、法皇より仰せ出され、明日新院御所に法皇御幸、徳大寺公信御銚子を上げられ、承章院参致すべき旨仰せなり、畏るの旨、申し上ぐるなり、夜陰に及び、徳大寺よりまた使者を給うなり（『鳳林承章記』）。

○七月二十七日、午時新院御所に伺公致し、徳大寺公信御銚子を上げられし故、御相伴の為、承章また法皇より

召されるなり、照高院宮道晃親王・園基福・日野弘資・烏丸資慶・承章御相伴なり、御茶屋にて御膳を上げられるなり、掛物は正親町院宸翰御懐紙七夕の題、奥の掛物は公任朗詠の切れなり、御膳以後、日野に仰せ付けられ、狂句の章句仕るべき旨、章句仕らるなり、法皇は卒興御製御狂句、園・烏丸・日野は、此の如き御製、承章に対を仕るべき旨、仰せなり、承章言下に愚対致し、早作の仕合なり、対に曰く、藪鶯尾岩倉、此の如く仕る、則ち頓作出来の旨、仰せなり、相国寺開山遺像の事、大徳寺の内天正寺額宸翰かの事、伏見殿息女内親王と認むべきなりや否やの事、叡慮を窺い奉るなり（『鳳林承章記』）。

●八月十日、今夜より安鎮法を新院新仙洞にて行わる（二条康道の敷地を召して経営あり、後に凝華洞と号すなり）、阿闍梨天台座主堯恕親王、奉行院司歟、海住山経尚（『続史愚抄』）。十六日結願。

○八月十二日、承章は院参致し、来る十五日法皇にて、名月の御月見の漢和御会の御一巡四句目、昨日仰せ出されし故、拙句持参、叡覧に呈し、則ち御対面なり、拙句能き付句の旨、御褒美なり、吉権書付なり、法皇、此の書付の手跡何者かの仰せ故、召使いの吉田権兵衛と申す者の旨申し上ぐ、則ち殊の外手跡御褒美、見事の手跡の旨、段々仰せなり、吉権に申し聞かせ、則ち万々有り難く存ずるなり、玉舟より頼まれし、総見院の天正寺の額、正親町院宸翰か否かの事、今日叡覧に備う、則ち正親町院の勅筆正筆の旨仰せなり、先日申し上げし相国寺開山夢窓国師の像、女院御所より狩野探幽へ仰せ付けられ、下さるべき事、今日芝山宣豊申され、先日より、承章対顔の節、申し渡すべき旨仰せなり、此の如きの趣き、申し聞かされしなり、御失念無く、忝なき次第なり（『鳳林承章記』）。

○八月十五日、新院（後西）御所明月和歌御会あり（『実録』）。承章は院参仕る、則ち夕御膳の節、能き時分の由、承章は早々召し出され、御相伴仕るなり、新院御所・照高院宮道晃親王・日野弘資・烏丸資慶、此の両大納言の上座に召され、伺公致し御相伴なり、御膳済み、御舟に乗られ、御舟二艘なり、舟中にて漢和の御会一折済

み、二折より御誹諧の漢和なり、梨門（慈胤）親王また成り為され、御舟に乗られ、頓て還御なり、中院通茂伺公、御舟に乗られ、亥刻過ぎに及び、舟中御座なり、舟より上がり為され、御二階にて御菓子、漢和誹諧なり、御書院にて後段、漸く半鐘過ぎに及び、退出せしむ、今日御所にて長谷忠康内談為すべき事これ有る由、申され、対談せしむ、則ち歓喜寺と陽徳院宮（永崇）出入りの事、天龍寺妙智院（等修）へ相談せしむべき旨、法皇仰せの由、申談さるなり、今日御二階にて霊芝を見るなり（『鳳林承章記』）。

●八月二十一日、新院仮殿（近衞基熈今出川第）より移徙のため新仙洞に幸す（『続史愚抄』）。

●九月四日、長谷に御幸、茸狩の興あらせらる（『実録』）。

●九月九日、和歌御会、題は菊花秋久、飛鳥井雅章出題、奉行冷泉為清（『続史愚抄』）。一首懐紙。

○九月十一日、今日法皇・新院（後西）・本院（明正）・女院（東福門院）は修学院に御幸の由なり、新院御所は初めて御幸の由なり（『鳳林承章記』）。

●九月十一日、伊勢例幣、上卿大炊御門経光、弁柳原資廉、奉行広橋貞光、御拝なし（『続史愚抄』）。

●九月十四日、外宮仮殿度々例あるに依り、古殿を用いて修理を遂ぐべしと、（広橋）貞光綸旨を書き下す（『続史愚抄』）。

●九月十五日、誓願寺草創後千回、因て法会を修す（勅会歟、未詳）、公卿油小路隆貞、以下四人着座（『続史愚抄』）。

○九月十七日、承章は院参致し、手作りの砂糖梅干し一壺・菊花数朶持参せしめ、献上奉るなり、御対面、御二階にて暫く御咄なり、新院へ御幸の由、承る故、急ぎ退出、帰山せしむ、勝月権兵衛初めて来たる、能貨同道なり、能円孫婿なり、法皇御侍御奉公申す仁なり、承章始めて相対なり（『鳳林承章記』）。

●九月十七日、摂政二条光平は職を辞す（『続史愚抄』）。

●九月二十七日、法皇御壺の御口切り、承章は午時院参致すなり、今日の御客、新院御所・前摂政（二条康道）・照高院宮道晃親王・曼殊院宮良尚親王（竹門なり）・以心庵（八宮良純）・両伝奏（勧修寺経広・飛鳥井雅章）・日野弘

資・烏丸資慶・承章、以上十人なり、内々以心庵へ発句の事仰され、発句御持参、今日和韻遊ばさるべき旨、発句、千代の影や御池に浮かぶ月の舟、入韻承章仰せ付けられ、恩風霧乍晴、第三、釣簾捲ば雁金遠く嶺越えて（三条康道）、裏の十句ばかりまでこれ有るなり（『鳳林承章記』）。

○秋、道晃親王は「此集」（書名不明）を書写し、松平忠房に贈る。後西院宸翰外題は延宝四年に下賜される。聖護院本「奥書類写断簡」に「此集寛文四年秋依松平主殿頭忠房所望、不顧蚯蚓拙、染禿毫、終全部功。於外題者、今年新院被染震翰下給。則授与彼尚倉奉御畢。延宝四年ーー」とある。「此集」は古今集か。ただし島原松平文庫には現存しないようである。九州は蔵書家で鳴る大名が多い土地であるが、忠房もその一人であり、中院通茂、三条西実教より古今伝授を受けた鍋島光茂の叔母婿である（『略年譜』）。その蔵書については、島原公民館図書部編『肥前島原松平文庫目録』（昭和三十六年初版）、中村幸彦他「肥前島原松平文庫」（『文学』二九—一一・三〇—一）、日下幸男「鍋島光茂の文事」（『国語と国文学』六五—一〇）など参照。

●十月一日、今日より興福寺維摩会を行わる（『続史愚抄』）。七日竟。

●十月七日、新院（後西）に於て和歌御会始を行わる（『実録』）。題は鶴伴仙齢、出題飛鳥井雅章。

●十月八日、承章は院参致す、昨日天龍寺に赴き、妙智院補仲修東堂に相対、歓喜寺の事、法皇へ御返事の趣き、長谷忠康に対し、演説せしむなり、法皇は御室に御幸故、早々帰山せしむ、帰るばかりの次、正親町実豊に赴き、今度武家伝奏仰せ出さるの賀詞を伸ぶるなり、参内の由、門外より帰るなり（『鳳林承章記』）。

○十月十二日、日暮、承章は法皇に赴く、先に長谷忠康私宅に到る、則ち出逢われ、同道せしめ、御所に赴く、則ち御対面、常御所にて長谷と承章、御前にて移刻伺公、今度陽徳院（永崇）と天龍寺の歓喜寺の出入りの事、仰せ聞かされるなり（『鳳林承章記』）。

○十月十五日、今日法皇御日待、午時に承章院参致すなり、早速御対面、御茶屋へ御供仕るなり、漸くして新院

御所御幸、照高院宮道晃親王・聖護院宮道寛親王・准后（清子）・朱宮（光子）・（品宮）常子・以心庵宮（良純）・承章、此の御衆なり、常御所にて御日待、亥刻より御能五番、縁舞台なり、太夫小畠左近右衛門なり、御能半分充てなり、中入り以後なり、脇またこれ無し、葵上ばかり脇有り、小川庄右衛門葵上の脇仕るなり、三輪・忠度・源氏供養・葵上・猩々五番なり、狂言柿山伏一番、其の外は狂言これ無し、間々小舞仕るなり、甚三郎・弥次兵衛両人来たるなり、御能以後、役者共舞所にて御酒下され、面々何時成り共芸仕るなり、孫兵衛・又左衛門・甚三郎、此の三人仕り、三人片輪の狂言仕るなり、終に各躍るなり、常御所にて御遊なり（『鳳林承章記』）。

●十月十八日、流星、声あり、雷の如し、頃日、彗星あり、巽に見る、十二月に至り滅すと云う（『続史愚抄』）。

●十月二十一日、新院御所より御返納の古潤『略韻』十四冊持ち為し、東山大統院顕令東堂に投ずるなり、十冊また御借用なり（『鳳林承章記』）。

○十月二十三日、承章は般舟院を退き、直に法皇に赴く、則ち品宮（常子）に御成、長谷忠康また帰宿、申し置かれ、長谷私宅に来たるべき旨、長谷宿所に赴く、同道せしめ、品宮に赴く、則ち法皇御対面なり、歓喜寺の事、僧録金地院にて陽徳院（永崇）より吉長老御頼み、仰せ遣され、承章また吉長老同道仕り、金地に到るべき旨仰せ聞かされ、吉長老呼び請けるなり（『鳳林承章記』）。

●十月二十六日、承章一人慈照院に赴き、打談せしむ節、金地院より進甫与座元と天龍の梅林保西庵来られ、今度陽徳院と天龍寺の歓喜寺の出入り、天龍寺一山同心、即ち歓喜寺は悉くみな陽徳院へ相渡すべき旨、申さる、法皇即ち陽徳院に御幸なり（『鳳林承章記』）。

●十月以前二十四日、中院通茂は日野弘資・烏丸資慶と共に新院御所に参る、和歌を下さる、御添削の分別紙、法皇宸筆拝領、日野・烏丸同前なり、新院仰され、日野伊勢物語・源氏物語切紙、通茂三部抄切紙の事、内々

所望の由仰さるなり、御心得の由なり（『古今伝受日記』）。
●十一月八日、春日祭、上卿清閑寺熙房参向、弁不参、奉行甘露寺方長（『続史愚抄』）。
●十一月九日、内侍所臨時御神楽を行わる（天変御禱の為なり）、出御なし（幼主に依るなり、摂政鷹司房輔里第にて御拝御代官を勤むと云う）、拍子本持明院基定、末綾小路俊景、奉行貞光（『続史愚抄』）。
●十一月十四日、日野日野弘資、御茶を上げらるの次ぎ、伊勢物語・三部抄伝受の事、近々催され、宸筆叶い難きの間、照高院宮（道晃）御右筆の由、御理りなり（『古今伝受日記』）。五月の古今切紙も照門の右筆だったので、その流れであろう。
○十一月十六日、法皇より中院通茂・日野弘資・烏丸資慶へ筆道伝授あり。京都大学中院文書『筆道口伝切紙写』二通は道晃親王筆か。一通に「寛文四年十一月十六日、法皇於常御所被仰処之予、日野大、烏丸大等也、一貝ノ歌ノ書様、右だし上句右地下句書也、或右詩左歌をもかく也、一説左上句右下句云々、逍遥院なとかゝれたるは右上左下也」云々とある。
○十一月十六日、承章早々院参致す、常御所の御庭の内、御茶の湯の小座敷新造出来、其の後座敷開きの御振舞なり、新院御所・照高院宮道晃親王・中院通茂・日野弘資・烏丸資慶・承章、上下七人、四帖半大の御座敷なり、御掛物は一休（宗純）の蘭の自画自賛なり、御配膳風早実種南蛮出立、出されるなり、其の外童両人なり、御茶吉田兼庵立てらるなり、兼庵また紅衣を着られしなり、廻し炭有り、承章より始め、照御門主・烏丸・新院・日野・法皇なり、中院は堅く辞され、炭に居られざるなり、御膳前、法皇は承章に仰せて曰く、彗星の誹諧発句仕らざるや否や、勅答に曰く、此の中誹諧発句仕る由、申し上ぐ、則ち申し上ぐべき旨、仰せ故、申し上ぐ、則ち入韻は法皇遊ばさる、面八句和漢これ有るなり、承章発句、天の戸の煤掃きならし彗星、法皇入韻、雪疑繕垩新、日野、眉長山鉢額、道晃、月の桂はよき男ぶり、烏丸、打招く尾花が末に茶屋見えて、新院、餅

を喰いつつ露分る野へ、中院、旅奈弁当晩、承章、公令訴状申、後段の御振舞（『鳳林承章記』）。

●十一月二十日、中院通茂は三条西実教亭に向う、言談、三部抄御伝受の事談ず、珍重の由返答なり（『古今伝受日記』）。

○十一月二十三日、承章は高台寺に赴く、法皇より仰され、先年修学院の新八景の詩、先年清書の御色紙、焼却せしむに依り、今度詩歌一色の書かれ様仰せ付けられ、其の故なり、紙を持たしむなり、先年八景詩八人の内、五岳前住四人遷化なり、此の遷化の衆の詩は、遷化前住の小師書付、先師の印を押す事、仰せ出されしなり、高台寺にて、柏東堂に対し、段々申し渡すなり（『鳳林承章記』）。

●十一月二十六日、豊受大神宮仮殿遷宮及び正殿修理正遷宮等日時を定めらる、上卿今出川公規、奉行烏丸光雄（仮殿遷宮十二月三日、正殿修理八日、正遷宮十三日）（『続史愚抄』）。

●十一月二十七日、内侍所臨時御神楽あり、出御なし、拍子本持明院基定、末綾小路俊景、奉行貞光（『続史愚抄』）。

●十一月二十七日、承章は方丈にて、今度禁中御作事奉行江戸より上洛致され、朽木弥五左衛門（良綱）と相対、金地院引き合せられしなり、初て知人と成るなり（『鳳林承章記』）。

●十二月一日、日蝕、甲戌刻（『続史愚抄』）。

●十二月三日、外宮仮殿遷宮、亥刻（『続史愚抄』）。

○十二月四日、法皇修学院の離宮に御幸なり、修学院の焼き物の竈、今日開口、焼き物共を目利き仕り、拝領仕るべきの旨、内々仰せらる、承章また早天修学院に赴くなり、今日の御客は、照高院宮道晃親王・中院通茂・日野弘資・烏丸資慶・承章なり、於止々台の御茶屋にて、焼き物共飾られ、次第は鬮取りなり、一番中院、二番承章、三番日野、四番烏丸、五番照門主なり（『鳳林承章記』）。

○十二月七日、新院御所に法皇御幸、御壺の口切りの御振舞なり、御相伴に承章また伺公致すなり、先に法皇に

赴き、今度仰せ付けられし五山衆修学院新八景御色紙清書八枚持参せしめ、献上奉るなり、午時新院に伺公、法皇御幸、承章は常御所に召され、奥に入り、移刻、御咄なり、御書院に出御なり、照高院宮道晃親王・大覚寺宮（性真）・葉室頼業・中院通茂・承章、此の衆なり、御膳・御茶済み、御勝負有り、御茶は囲炉にて、持明院これを立つるなり、日野・烏丸は御勝手へ御見舞申さるなり、今度春葩入寺同門疏、承章これを製す、今日奥にて、法皇の叡覧に備うなり（『鳳林承章記』）。法皇は新院御所に御幸、中院通茂は、軽服去る五日脱了の由、照高院宮に申し入れ了ぬ（『古今伝受日記』）。

●十二月十日、中院通茂は召しに依り新院に参る、日野弘資語りて云く、明日三部抄御伝受有るべきなり、今夜より神事、明日参るべきの由なり、少時召し有り、御前に参り、此の事を仰せられ、畏り入るの由言上し了ぬ、早朝にては法皇御行水、御苦身、朝御膳已後に召しあるべきの由、奉り了ぬ、退出、神事（『古今伝受日記』）。

○十二月十一日、中院通茂は衣冠を着し新院に参る、今朝進物を進上す、太刀・馬代、折紙・目録は去る夏の如し、……日野弘資を同道し、法皇に参る、少時出御、御書院に召し有り、御前に参る、切紙を給う、次に百人一首の事を仰さる、次に未来記了ぬ、一々披見し頂戴了ぬ、包むの後、古今不審の条々を仰せ聞かされ了ぬ、捨て置かず沙汰すべきの由なり、次に日野了ぬ（伊勢物語・源氏等なり）、古今の事一々仰され了ぬ、長谷三位（忠康）披露、太刀、■紙■■■■台、また季■朝臣持参、三品申次、通茂御礼を申す、次に■■■■■■三品以て申し入れ了ぬ、退出、新院に参る、■■■■（『古今伝受日記』）。ちなみに京都大学中院文書『詠歌大概切紙』四通は道晃親王筆か。包紙に「寛文四十二十一御伝授、切紙照高院宮代筆也」とある。

●十二月十二日、中院通茂は召し有り、新院御所に参る、通茂・日野・烏丸等なり、誓紙の案なり、下され拝見、写し留め、退出、内々、懐紙短冊書様の事申し入れ了ぬ、是れまた一筆書くべき歟の由仰せなり、畏れ入るの由申し入れ了ぬ（『古今伝受日記』）。

●十二月十三日、中院通茂は三条西実教亭に向い、言談、語りて云く、一昨日三部抄御伝受、古今不審仰せ聞かさるの由これを談ず、珍重の由なり、また誓状の案下さるの由これを語る、彼卿云、此の案、飛鳥井・岩倉等の案の由なり、先々のと相違、然るべからずの間、其の分然るべきの由、内々言上云々（『古今伝受日記』）。

●十二月十三日、外宮正遷宮（正殿修理畢る故なり）（『続史愚抄』）。

●十二月十四日、今日は新院御所にて、先日御勝負の振舞これ有るに依り、承章は新院に参るなり、御亭主方は照高院宮道晃親王・中院通茂・清閑寺共綱・持明院基定・烏丸資慶、此の衆なり、御客方は、法皇・新院・葉室・日野・承章、此の御衆なり、御座敷は六帖敷の御炉の間なり、法皇・新院・照御門主・承章・葉室・日野、此の如く着座なり、御膳・御茶済み、御勝負有り、法皇狂句、御章句有り、窓白梅真白、承章に対仕るべき旨、仰せなり、対に曰く、日光桂大光、御狂句十句ばかり有るなり（『鳳林承章記』）。

●十二月十四日、今日より七箇日、修法を清涼殿にて行わる（臨時と云う）、阿闍梨天台座主堯恕親王、奉行経尚（『続史愚抄』）。二十日結願。

●十二月二十日、法皇より仰せ付けられし全長老・善長老・惺西堂、此の三人書付の御色紙出来、竹中季有まで献上奉るなり（『鳳林承章記』）。

●十二月二十三日、法皇皇女常子内親王（二十三歳、親王宣下日欠、級宮《しな》と号す、母新中納言局国子）は近衛基熙家に嫁す（兼て翠簾入家ある歟、日欠）（『続史愚抄』）。

寛文五年〔一六六五〕乙巳　七十歳　院政三十六年

●正月一日、四方拝・小朝拝等なし、元日節会あり、出御なし、内弁鷹司房輔、陣後早出、葉室頼業之に続く、

外弁坊城俊広以下八人参仕、奉行広橋貞光（『続史愚抄』）。
●正月二日、地動、雷電あり、今夜摂津大坂城殿主（故太政大臣秀吉築く所なり）震う、殿主災（『続史愚抄』）。
○正月五日、承章は法皇に伺公致し、首歳の嘉慶を伸べ奉る、則ち御対面なり、試春有りや否や御尋ね故、試筆の詩を叡覧に呈す、幷に発句・誹諧発句もまた呈上奉るなり、法皇御前にて菱・葩を忝なく賞翫、御酒また下さるなり、芝山宣豊また相伴なり（『鳳林承章記』）。
○正月六日、法皇・本院（明正）新院（後西）・女院等、禁裏に幸す（『続史愚抄』）。
●正月七日、白馬節会、出御なし、内弁三条公富、外弁油小路隆貞以下九人参仕、弁柳原資廉、奉行烏丸光雄（『続史愚抄』）。
●正月八日、後七日法始（南殿にてなり、以下同）、阿闍梨長者信遍、太元護摩始（理性院坊にてなり、以下同）、阿闍梨厳燿、以上奉行経尚（『続史愚抄』）。十四日両法結願。
○正月十一日、中院通茂は召し有り、法皇に参る、新院出御、御書院に召し有り、御前に参る、御伝受奉書（女房奉書なり、法皇宸筆なり）を給う、頂戴し、退出了ぬ（『古今伝受日記』）。奉書の内容は『宸翰英華』にある。
●正月十一日、神宮奏事始、伝奏大炊御門経光、奉行広橋貞光（『続史愚抄』）。
○正月十三日、法皇の徒然草講釈始まり、二月十二日に至る。この折の記録は聖護院本『寂然草聞書』仮横三冊にある。道寛親王自筆か。墨付①四三②二七③二六丁。朱筆書き込みや付箋が多くある。法皇の講釈とは明記されていないが、全体の流れから推察する（『略年譜』）。
●正月十六日、節会、出御なし、内弁久我広通、外弁中院通茂、以下六人参仕、奉行甘露寺方長、此の日、先に久我広通拝賀着陣（『続史愚抄』）。
●正月十九日、和歌御会始、題は春祝言、飛鳥井雅章出題、読師中院通茂、講師烏丸光雄、講頌飛鳥井雅章（発

声）、奉行三条西実教（『続史愚抄』）。

●正月二十一日、内侍所臨時御神楽を行わる（将軍家綱禱の為、女院より申し行わると云う）、出御なし、拍子本四辻公理、末綾小路俊景、奉行貞光（『続史愚抄』）。

●正月二十三日、新院（後西）和歌御会始、題は華夷皆楽春、出題飛鳥井雅章、読師烏丸資慶、講師隆豊、講頌某（発声）、御製読師二条康道、同講師勧修寺経広、奉行清閑寺共綱（『続史愚抄』）。

●二月三日、春日祭、上卿花山院定誠、弁不参、奉行甘露寺方長（『続史愚抄』）。

●二月十六日、青蓮院尊証親王、灌頂を遂ぐ（勅会）、大阿闍梨曼殊院良尚親王、公卿油小路隆貞、以下三人着座、奉行経尚、頃日、彗星あり、寅方に見る（晨見）、三月上旬に至り滅す（『続史愚抄』）。

●二月二十五日、後十輪院（中院通村）十三回忌、中院大納言通茂卿三十首勧進。照高院道晃親王出詠、未顕真実（『略年譜』）。

●三月一日、地動、摂政鷹司房輔男兼熙元服、即ち正五位下禁色等宣下（口宣）（『続史愚抄』）。

●三月三日、東照宮臨時奉幣を発遣す（今年五十回神忌に依るなり）、先に日時を定めらる、上卿徳大寺実維、幣使竹屋光久、次官冷泉定淳、奉行広橋貞光（『続史愚抄』）。

●三月六日、楽御会始あり、平調楽（郢曲等）、御所作箏、所作公卿二条康道以下九人参仕、殿上人なし（『続史愚抄』）。

●三月七日、東照宮奉幣を発遣す（恒例）、先に日時を定めらる、上卿中院通茂、幣使平松時行、奉行烏丸光雄（『続史愚抄』）。

●三月八日、法皇は聖護院宮（道寛）に御幸、桜花盛開、御花見なり、昨日より承章また御招きに依り、午時に聖御門主に伺公致す、准后（清子）・朱宮（光子）・御櫛笥御局（櫛笥隆致女隆子）・大夫典侍・承章、此の御衆なり、尤も照高院宮道晃親王なり、御双六の御勝負有るなり、勘解由御局御供なり、木工雅楽頭御供なり、御双

六の外、別事無きなり（『鳳林承章記』）。

●三月十日、新院（後西）月次和歌御会、道寛親王出詠、二首懐紙、花誰家、馴増恋、同日御当座短冊、古寺花、湖上花（『略年譜』）。

○三月十四日、承章は院参せしむ、法皇の御機嫌を窺うためなり、御対面、竹中季有と玄悦囲碁仕るべき旨、仰せ付けられ、御障子越しに叡覧遊ばされるなり、囲碁二番これ有り、入御、承章・各打たしめ、則ち奥より仰せ出され、明日は客これ無きか、珍しき椿花下さるべき旨、仰せ出だされ、椿花三輪拝領奉るなり、先日聖御門主（道寛）にて御懸け物の一包、今日芝山宣豊を以て仰せ出され、拝領奉り、辱く頂戴奉るなり、玄碩子玄悦、安井算知弟子に仰せらるべく、承章申し遣し、弟子に仕るべき旨、芝山を以て、仰せ聞かさるなり、畏り奉り、算知申し聞くべき旨、申し上ぐるなり（『鳳林承章記』）。

●三月十九日、此の日、興福寺維摩会を始行さる、行事甘露寺方長参向、講師一乗院真敬親王（今度別当に補す）（『続史愚抄』）。二十五日維摩会竟（『続史愚抄』）。

○三月二十一日、承章は北野の能貨・能祝・能順・随吟・能二を招き、朝茶の湯を出す、振舞なり、内々午時に招くと雖も、法皇より召されしに依り、俄に今朝相催すなり、茶済み、急ぎ院参せしむなり、新院御幸、照高院宮道晃親王御成なり、承章ばかりなり、常御所にて先ず葛索麪・御菓子なり、御庭御供致すなり、松尾相基と竹中季有囲碁二番、松尾と玄悦一番囲碁、叡覧有るなり、来る二十五日法皇にて御能有り、今日御能組役者仰せ付けられ、御内談なり、夕御膳済み、御舟を召されるなり、法皇・新院・照門宮・承章ばかりなり（『鳳林承章記』）。

○三月二十七日、太上法皇にて御能これ有り、内々承章また召されし故、早朝院参せしむ、太夫は小畠左近右衛門なり、脇は横田善太夫兄弟（次郎・三郎）・小川庄右衛門の三人なり、狂言師初めて出座の者またこれ有るな

り、本院（明正）・女院（東福門院）・新院（後西）、其の外の宮様方成り為される由、摂家・門跡衆大潟残らずなり、聖御門主（道寛）は成り為されず、梨門（慈胤）・青門（尊証）は関東下向なり、公家衆は十人ばかり、清閑寺共綱・三条西実教・中院通茂・日野弘資・阿野公業・園基福・持明院基定・東園基賢・樋口信康・堀川入道夢庵、大方此の衆なり、御能十番、此の内、御乞い能一番なり、無式三番なり、役者長袴なり、宿直またこれ無し、高砂・清経・江口・舟弁慶・三輪・藤永・冨士太鼓・海士（御乞い能脇庄右衛門）・舎利・猩々（乱）なり、御振舞済み、退出の刻、申刻なり、早く御能済むなり、日厳院（堯憲）・金剛院（房恕）、此の両人また伺公なり、御庭にて武家衆残らず見物なり、永井信齋（尚政）もまた見物仕るなり（『鳳林承章記』）。

●四月一日、妙心寺新命翠峯和尚入院、勅使甘露寺方長参向（『続史愚抄』）。

●四月五日、松尾祭、広橋貞光は祭を社家に付さる綸旨を書き下す（『続史愚抄』）。

○四月十一日、承章は院参致し、懺法役者の書立・人数書また捧げ奉るなり、御対面、十七日の首尾を申し上ぐるなり、今日、新院御幸御振舞なり、准后（清子）・照高院宮道晃親王成り為されるなり、御茶の時、法皇召し上がられ、其の次に新院、其の次に准后、其の次に照門、其の御茶碗にて、承章また御茶給うべき旨仰せ故、頂戴奉る、此の御茶碗は直に拝領奉る旨申し上げ、頂戴奉るなり、照門仰され、承章尤の儀申し上ぐる由、照門また仰せなり、麻姑手見事なる御拵え、一柄拝領奉るなり、本院御細工遊ばされ、紋を御付け成られ、扇子拝領奉るなり、照御門主と承章一本下されしなり、中々に驚目事、言語に絶し、見事なる扇子なり、太輔佐殿より袱紗一片これを給うなり（『鳳林承章記』）。

●四月十六日、東照宮幣使山科言行、同臨時幣使竹屋光久、次官冷泉定淳等参社（日光山）、贈経勅使及び法皇本院新院女院等使同参社（『続史愚抄』）。

●四月十七日、東照宮（五十回神忌）祭礼（『続史愚抄』）。

○四月十七日、法皇は宮中にて相国寺観音懺法仰せ付けられしなり、懺衆十八人なり、二番鐘鳴る、則ち各仙洞に赴くなり、北面所にて各道具衣を着すなり、道場は広御所、東方に観音像一幅を掛けしめて在り、高卓打敷を敷く、洗米・茶の湯のみ、無盛りなり、三具足、松は常松なり、非立花なり、北方・西方は御簾なり、懺衆叉手、御廊下より広御所に到り、入御座、懺法了、回向、承章より次第次第に退き、北面所にて道具・九条を脱ぎ、布衣・七条なり、非時の御振舞有るなり、一列各坐、則ち御振舞出るなり、二膳なり、給仕北面衆なり、芝山宣豊・梅小路定矩・藤江雅良出られ、酉水を勧めらる、御菓子一折、饅頭・落雁・高麗煎餅なり、芝山宣豊出され、非蔵人押紙台持ち出し、今日の御布施白銀二十枚各拝領奉るなり、御茶済み、御庭見物致すべき旨、各御廊下より御庭に到り、拝見致すなり、芝山・長谷忠康・梅小路御庭の案内を仕らるなり、簾中御聴聞の衆、新院・女院・本院成り為される由なり、以心庵（良純）また公家衆の座にて聴聞なり、公家衆は清閑寺共綱・三条西実教・日野弘資・高倉永敦・中院通茂、此の衆なり、今日の御懺法は東照大神宮（家康）五十年忌の御志の法事、然ると雖も、御位牌また立てず、回向・陳白また名を入れざるなり、武家の弔、禁中にてこれ有るの旧例これ無き故なり、常の観音懺法回向また其の通りなり（『鳳林承章記』）。

●四月十八日、東照宮神前（拝殿）にて宸筆御経供養を行わる（按ずるに法皇宸筆歟）、導師輪王寺尊敬親王、証誠梶井慈胤親王以下四人、公卿九条兼晴、以下十一人着座、奉行柳原資廉（『続史愚抄』）。

●四月十九日、日光山薬師堂にて曼荼羅供（勅会）を行わる、公卿九条兼晴以下十一人着座、奉行柳原資廉（『続史愚抄』）。

●四月二十二日、烏丸資慶は紀伊高野山に詣づ（去る三月母を喪う、未だ五旬に満たざる間、企て向かうと云う、二十九日帰洛）（『続史愚抄』）。

○五月四日、先日法皇にて御懺法の陳白、芝山宣豊まで献上奉るなり、叡覧有るべきの仰せ出なり（『鳳林承章記』）。

●五月十二日、地震、大動歟（『続史愚抄』）。
○五月二十日、承章は法皇に伺公致し、御暇乞い申し上ぐ、則ち御対面、江戸下向仕る御祝い成らるべき旨仰せ、式法の御銚子にて天盃頂戴奉り、其の上、色々拝領仕る（『鳳林承章記』）。二十四日発足。
●五月二十二日、阿蘭陀商船一艘来たり、肥前長崎に入る、而て二十四日船中より火起こり、船財・商客等倶に亡ずと云う（『続史愚抄』）。
○六月十日頃か、法皇より新院（後西）・道晃親王・飛鳥井雅章の三人に古今の免許状授与（『略年譜』）。
○六月十日頃か、道寛親王は法皇より堯恕親王と共に「能所七ヶノ灌頂」伝授を受く。この折の記録は聖護院本道寛親王自筆『能所歌道伝受之日次』仮一冊にある。墨付二丁（白紙二三丁）。
○六月十日、道寛親王は法皇に百人一首不審聞書。この折の記録は聖護院本道寛親王自筆『小倉山庄色紙和歌聞書』仮横二冊にある。二冊の内一冊は草稿、一冊は清書である。清書本は墨付四一丁。表紙に「寛五六十／小倉山庄色紙和歌聞書／道寛」、見返しに「玄抄ハ玄旨、後十ハ後十輪院通村公、御抄ハ旧院、愚私ハ法皇、両聞（ハ）三光院与公条卿ト両人ニ聞ル聞書ト仍而両聞ト也」とある。その特徴の一つは、法皇の口調をほぼそのまま写しているらしい点である。烏丸光広は玄旨の口調（ほじゃほじゃ等）をそのまま写して『耳底記』三巻を編んでいるが、この時代の聞書の一つの特徴なのかも知れない。ちなみにこれは堂上の聞書のみならず、勧化本にも見られる特徴である（日下幸男『菅原智洞集』）。
●六月十一日、石清水社仮殿遷宮日時を定めらる、上卿油小路隆貞、弁柳原資廉、奉行甘露寺方長（『続史愚抄』）。
●六月二十六日、石清水宮仮殿遷宮あり、行事甘露寺方長参向（『続史愚抄』）。
●六月、道寛親王と堯恕親王は法皇御所に参り、法皇より能所七ヶノ灌頂を受ける（『略年譜』）。堯恕は道寛の兄である。

○七月十一日、今出川公規は難波宗量（飛鳥井雅章三男）から法皇御撰の『類題』を借用す。京都大学菊亭本『今出川公規公記』三巻によれば、「十一日……先日難波中将へ仙洞（法皇）御撰之類題之事、令書写度之由申遣候処、今宿参番之節持参ニ而、則一冊借用了、以上十五冊有由也、此類題仙洞御在世之内ハ他見憚候様ニト依仰、飛鳥井大納言拝借之間、重而飛鳥井尋申候時、如何之間、一筆書付、他見憚可申之由調、難波羽林へ書状給度之由、依申之、明日書可遣之由申了」「十二日……内々申入候類題書写之事、毫頭他見申間敷候間、於許容可為祝着候也、謹言、七月十二日、公規。難波中将殿」とある（既にこの部分は和田英松『皇室御撰之研究』に引用されているが、念のため原本から引用した）。この『類題』のみならず、『円浄法皇御自撰和歌』『一字御抄』等も当時は外部には秘密にされていたようである。

●七月十二日、妙法院堯恕親王、聖護院道寛親王等を二品に叙す（口宣）、以上奉行柳原資廉（『続史愚抄』）。

●七月二十日、道寛親王は後光明院忌日により泉涌寺に参り、三井寺仏地院と対面する（『略年譜』）。

●七月二十五日、道寛親王は本山に入る（俗に峯入と称するなり、此の日、先に参内し、次に進発す、例の如し）（『続史愚抄』）。

○七月二十八日、新院（後西）皇子降誕（母東三条局共子）、益宮と号す（『続史愚抄』）。後の輪王寺天真親王。

●八月八日、今日より三七日、竹田不動尊開帳（『続史愚抄』）。

●八月二十一日、前関白前左大臣九条幸家薨ず、八十歳、唯付院と号す、此の日より廃朝三ヶ日（『続史愚抄』）。

●九月九日、和歌御会、題は菊綻禁庭、飛鳥井雅章出題、奉行冷泉為清（『続史愚抄』）。

●九月十一日、伊勢例幣、上卿園基福、奉行烏丸光雄、御拝なし（『続史愚抄』）。

●九月十四日、承章は今日江戸より上着（『鳳林承章記』）。

○九月二十一日、承章は法皇に伺公致し、色鳥の子紙千枚（十束なり）を献上奉るなり、新院御所に御幸、承章また新院へ伺公致すべき旨仰せ、幸に新院に伺公致すべき旨覚悟故、新院に伺公致し、色鳥の子紙千枚献上奉

り、両上様御対面なり、御櫛笥殿（櫛笥隆致女隆子）・太輔佐殿に御目に懸かるなり（『鳳林承章記』）。

●十月三日、八条宮穏仁親王（法皇皇子、母四条局隆子）薨ず、二十三歳、後日相国寺に葬る（廃朝の有無は未詳）（『続史愚抄』）。八条式部卿宮（穏仁）今朝他界なり（『鳳林承章記』）。

○十月四日、八条宮他界故、御弔の為、承章は法皇に伺公致すなり、照御門主（道晃）また成り為され、打談せしむ、伊勢殿（北小路忠快女）を以て、御機嫌を窺うなり、伊勢殿に御目に掛かるなり、朱宮（光子）に伺公致し御弔申し上ぐ、御櫛笥殿（櫛笥隆致女隆子）御局に赴き、御弔申し入る、新院に伺公致し、御弔申し上ぐ、平松時量に逢い、退出せしむ、八条殿慈照院にて葬礼・中陰執行なり、御葬礼今宵戌時なり、初更前、布衣・掛羅・帽子・金扇、慈照院に赴く、八条殿金剛寿院と号すなり（『鳳林承章記』）。

●十月十日、八条殿金剛寿院（穏仁）の頓写、慈照院より方丈を借られ、今朝頓写これ有り、本寺達の衆ばかり二十四人歟、承章また頓写に赴く、今日聖護院宮（道寛）大峯より駈け出し、因幡堂より烏丸通山伏行列、門主参内の筈、然ると雖も聖門主駈け出し今日は延引なり（『鳳林承章記』）。

●十月十五日、聖護院道寛親王本山駈出参内（『続史愚抄』）。今日聖護院宮道寛親王大峯より駈け出し、参内の由なり、去る十日式日たると雖も、八条式部卿宮他界故、十日は延引、然ると雖も、式日たるに依り、隠密に、十日入寺され、今日は上の御寺より行列、参内の由なり（『鳳林承章記』）。

●十月十五日、参向人々の館伴仰付られ、聖護院道寛法親王、照高院道晃法親王は稲葉能登守信通（『実紀』）。

●十一月二日、春日祭、上卿万里小路雅房参向、弁不参、奉行甘露寺方長（『続史愚抄』）。

●十一月十日、照高院道晃法親王は、願のごとく寺領転換仰出され、かつ聖門入峰の費金千両つかわされしを謝す（『実紀』）。

●十一月十六日、道晃親王・道寛親王は隅田川に舟逍遙し、高家大沢基将の所望に応じ、和歌を将軍家綱に遣す

（『略年譜』）。

●十一月十六日、月蝕（『続史愚抄』）。

●十一月十八日、子祭、四辻季賢は林歌・太平楽等を弾く（箏）（『続史愚抄』）。

○十一月二十日、承章は先日法皇より拝領の御礼弁に御機嫌伺いの為、法皇に伺公申すなり、今日また御対面無きなり、冬牡丹弁に白椿・山茶花・珍花数輪一桶拝領奉り、弁に梨実一籠また頂戴致すなり（『鳳林承章記』）。

●十一月二十三日、内侍所臨時御神楽を行わる、出御なし、拍子本持明院基定、末綾小路俊景、奉行烏丸光雄（『続史愚抄』）。

○十二月二日、法皇・本院（明正）・新院（後西）・女院は禁裏に御幸あらせらる（『実録』）。

●十二月八日、内侍所臨時御神楽あり、出御なし、拍子本持明院基時、末小倉公代、奉行烏丸光雄（『続史愚抄』）。

●十二月二十七日、此の日、越後大地震（時に雪深く一丈四五尺）、高田城郭以下厦屋多く倒れ、圧死者千四五百余人、また火ありと云う（『続史愚抄』）。

●是歳、勅願の為、三十三所観音を京師に定めらる、また絹布二丈六尺を以て一反と為すと云う（『続史愚抄』）。

寛文六年〔一六六六〕丙午　七十一歳　院政三十七年

●正月一日、四方拝・小朝拝等なし、元日節会あり、出御なし、内弁九条兼晴、外弁葉室頼業、以下七人参仕、奉行烏丸光雄（『続史愚抄』）。

○正月六日、法皇・本院（明正）・新院（後西）・女院（東福門院）等は内裏に幸す（『続史愚抄』）。

●正月七日、白馬節会、出御なし、内弁九条兼晴、陣後早出、今出川公規これに続く（之より先に油小路隆貞早出）、

外弁知長、以下五人参仕、弁柳原資廉、奉行広橋貞光（『続史愚抄』）。

●正月八日、後七日法始（南殿、恒の如し）、阿闍梨長者信遍、太元護摩始（理性院坊、近例の如し）、阿闍梨厳燿、以上奉行日野資茂（『続史愚抄』）。十四日両法結願。

●正月十一日、神宮奏事始、伝奏大炊御門経光、奉行広橋貞光（『続史愚抄』）。

●正月十六日、踏歌節会、出御なし、内弁近衛基熙、外弁園基福、以下九人参仕、奉行柳原資廉、此の日、新院皇女降誕（母東三条局共子と云う、不審、去年七月誕生あり、母別人歟）、賀陽宮《かや》と号す（『続史愚抄』）。

●正月十九日、和歌御会始、題は初春待花、飛鳥井雅章出題、読師坊城俊広、講師烏丸光雄、講頌飛鳥井雅章（発声）、奉行三条西実教（『続史愚抄』）。

●正月二十一日、新院（後西）和歌御会始、題は風来楊柳辺（『続史愚抄』）。出題飛鳥井雅章（発声）、読師大炊御門経光、烏丸光雄（『実録』）。

●二月九日、春日祭、上卿中御門資熙参向、弁不参、奉行柳原資廉、頃日、将軍家綱より林春斎に『本朝通鑑』の撰を令すと云う（『続史愚抄』）。

○二月十二日、法皇に伺公致す次に、承章は芝山宣豊に立ち寄り、今小路殿（御屋知）所労見舞、相対、少し打談せしめ、御所に赴くなり、手作りの甘酒一壷参らしめ、献上奉るなり、新院御幸、照高院宮道晃親王・准后（清子）、御振舞は御囲の御座敷なり、三畳半の内、承章また御座中に入り、御相伴なり、本院（明正）御庭の御茶屋の額の字、承章に申し上ぐべきの旨、法皇・新院仰せなり、即ち今三四申し上ぐ、則ち叡感に入るなり、法皇より御頭巾一片拝領奉るなり、御茶済み、照門主少し御病気の由、早く御退出、新院なり為されしに依り、承章伺公致し、初更過ぎ退出せしむ（『鳳林承章記』）。

○二月十五日、新院より、連歌の御一巡七句目、承章仕るべき旨仰せ出され、御一巡下さるなり、両句綴り出し、

先ず法皇へ献上奉り、尊添削を乞い奉るなり、風早実種まで書中を以て申し上ぐるなり（『鳳林承章記』）。

○二月十八日、芝山宣豊より承章に書状来たり、先日法皇仰せ出され、八条殿（穏仁）御位牌所寺屋敷、急ぎ相国寺より御返事申す様、仰せ出だされしなり、右の趣き彦西堂を以て、吉東堂へ申し遣すなり、法皇より仰せ出だされし、『列仙伝』の書物・団扇を天龍寿寧院泉叔亨東堂に遣すなり（『鳳林承章記』）。

○二月二十日、方丈にて出世評議これ有り、法皇より、相国寺にて寺一宇御建立、八条殿（穏仁）の御位牌所成らるべき、相国寺の内に空地これ有りや否や、其の御返事急ぎ申し上ぐべき旨、仰せ出され、今日評議を遂げ、法皇へ御返事の談合なり、相国寺の内に空地これ有り、其の趣きを申し上ぐべきの相談なり、法皇より御頼み仰せ出されし、『列仙伝』の団扇の書物を持ち為し、遣すなり、韋天祀長老・三峯善長老・顕令憲長老・虎伯宣長老、此の衆へ遣すなり（『鳳林承章記』）。

○二月中旬、道晃親王は「此集」（書名不明）を書写し、鍋島光茂に贈る。聖護院本「奥書類写断簡」に「此集依松平丹後守所望、不顧鳥跡之拙、終書功矣。烏焉之誤、恥後見而已。于時寛文第六年歳次丙午短景仲旬、二品（花押）親王」とある。光茂は後水尾院の和歌門弟の一人で、道晃親王や通茂から多くの歌書を得ている。なお鍋島光茂については、日下幸男「鍋島光茂の文事」（『国語と国文学』六五―一〇）等を参照。

○二月二十一日、承章は院参せしむ、法皇仰せ出されし、八条殿（穏仁）御位牌所の寺屋敷事、昨日評議の旨申し上ぐ、先ず芝山宣豊に到りて、相談せしむなり、芝山亭にて今小路殿（御屋知）に対談せしむなり、院参せしめ、屋敷の間の書付を献上奉り、早々帰山せしむ、天龍寿寧院より『列仙伝』の書物の団扇来たるなり（『鳳林承章記』）。

●二月二十三日、新院（後西）より御一順来たる、良全にて承章は拙句綴り、献上奉るなり（『鳳林承章記』）。

●二月二十三日、持明院基時は伊勢より帰洛（進発日未詳、参宮なり）（『続史愚抄』）。

●二月二十四日、承章は午時新院に伺公致し、当年初の御礼なり、杉原十帖・金扇一柄例年の如く、献上奉るなり、道具・九条これを着すなり、平松時量御披露、御書院にて御対面（『鳳林承章記』）。

○二月二十五日、方丈の評議は、法皇より吉長老に仰せ出だされ、金剛寿院御位牌所の寺御建立以後、毎月御齋僧下行の相談なり、評議済み、承章帰山せしむ（『鳳林承章記』）。

●二月二十七日、新院御所にて連歌の御会、承章伺公致すなり、発句は照高院宮道晃親王、脇は新院御製、第三は二条康道なり、御連衆、日野弘資・烏丸資慶・平松時量・承章、以上七人なり、執筆は七条隆豊なり、御一巡五十韻廻るなり、初更時分百韻満るなり、御会の中、御内証へ法皇御幸の沙汰なり（『鳳林承章記』）。

●二月二十七日、楽御会始、御所作箏（『続史愚抄』）。

●三月一日、妙心寺新命入院、勅使甘露寺方長参向（『続史愚抄』）。

○三月二日、承章は法皇に伺公致し、先日仰せ出されし『列仙伝』の内十二人の伝記、五岳長老・西堂十二員これを書かれ、十二人の筆痕出来故、持参致し、献上致すなり（『鳳林承章記』）。

●三月四日、東大寺三蔵開封あり、勅使日野資茂参向、此の日、柳原資行は法皇御使と為り関東に下向す（四月十二日上洛）（『続史愚抄』）。

●三月五日、新院より連歌の御一巡仰せ出だされ、下さるなり、二条康道の発句なり（『鳳林承章記』）。

●三月十四日、法皇・女院は修学院へ御幸なり（『鳳林承章記』）。

●三月二十一日、東照宮に奉幣を発遣さる、先に日時を定めらる、上卿今出川公規、幣使桂昭房、奉行柳原資廉（『続史愚抄』）。

●三月二十五日、新院より承章に和漢の入韻仰せ出ださる、発句は二条康道なり、発句に曰く、花の中に夏咲く色や深見草、入韻曰く、雨余葵茂牆、持参せしめ、院参いたす、則ち御対面なり、御連歌の御一順再々返、愚

句を綴り、是れまた献上奉るなり、法皇に伺公致し、久しく御機嫌伺わざる故、参上仕り、則ち御対面なり、高辻豊長と御前にて碁仕るべき旨仰せ（『鳳林承章記』）。

●三月二十九日、新院御所連歌の御会なり、早々院参せしむなり、御連衆、二条康道・照高院宮道晃親王・聖護院宮道寛親王・中院通茂・日野弘資・烏丸資慶・承章、執筆は持明院基定なり、申下刻百韻満るなり（『鳳林承章記』）。

○四月一日、承章は午刻法皇に伺公致す、新院・照高院宮（道晃）・以心庵宮（良純）御振舞なり、御振舞は御庭の御茶屋にてこれ有り、承章また御相伴なり、昨日新院にて御連歌の御懐紙の御穿鑿なり、以心庵と承章囲碁仕るべき旨、仰せ故、三番囲碁有るなり、後段は常の御所なり、山藤一根拝領奉るなり、柴田良宣より頼まれ、定家卿筆の色紙一軸を勅覧に呈し奉る、則ち偽筆の旨、仰せなり（『鳳林承章記』）。

●四月十日、今日芝山宣豊・長谷忠康来臨、法皇より御建立の開山塔の屋敷を見られる為なり、大工棟梁六人、御所の普請奉行両人連れられしなり（『鳳林承章記』）。

●四月十一日、松尾祭、柳原資廉は祭を社家に付さる綸言を書き下す（『続史愚抄』）。

○四月十三日、法皇・本院（明正）・新院（後西）・女院（東福門院）等は修学院に御幸あらせらる（『実録』）。

●四月十八日、照高院宮道晃親王より御頼みの額字相考え、七額書付、進上致すなり（『鳳林承章記』）。

●四月二十九日、讃岐善通寺宝物等を召され、叡覧あり（仁和寺性承親王執奏と云う）（『続史愚抄』）。

●五月五日、照高院道晃親王は道増准后筆『後撰和歌集』一帖に加証奥書する。杉谷寿郎本に、「此集、後如意寺准后筆蹟也。不及論真贋者乎。寛文第六端午　沙門道晃」とある。

●五月十一日、滋野井実光（流人）は土左より帰京（『続史愚抄』）。

●五月十四日、月蝕（『続史愚抄』）。

○五月十六日、承章また院参せしむ、先に風早実種に赴く、昨日三検校来りて内談の事、去年より風早に相談せしむに依り、其の段を内談せしむ為なり、風早請け入れられ、段々内談せしむなり、相国寺の行者元秀は風早に来るなり、御所に伺公して、勅額の竪横の本献上奉るなり、新院また御幸なり、照高院宮道晃親王・聖護院宮道寛親王また御成なり、御前にて、高辻と志賀自庵の囲碁仰せ付けらる、御庭の御茶屋にて御膳上ぐるなり、承章・芝山・梅小路定矩三人御相伴なり、御茶済み、御舟に乗られ、池上数回舟棹さるなり、北条氏治筆の絵を今日常御所にて、叡覧に備えしなり、御褒美なり、妙法院宮（堯恕）・聖護院宮また御覧に成られるなり、今日御茶屋の床内、後土御門の御懐紙宸翰掛けられしなり、巻物三巻、菅神御筆経・逍遥院（実隆）の筆・章長の筆なり、高辻先祖の章長なり（『鳳林承章記』）。

○五月十九日、法皇和歌御会始、題は寄道祝（『続史愚抄』）。

●五月二十一日、新院連歌御会に伺公、発句は承章仕るなり、発句に曰く、一声や千人に千声時鳥、脇は照高院宮道晃、月影漏らす五月雨の雲、第三は二条康道、軒近き楞片寄る風落て、御連衆、聖護院宮道寛親王・中院通茂・日野弘資・烏丸資慶なり、烏丸は所労故、不参、執筆は持明院基定息高野保春なり、御一順は五十二句廻るなり、名残の折面二句目の節、法皇御幸なり、懐紙叡覧遂げられ、承章句の内一二句に御添削を加えらるなり、辱く承知奉るものなり、日暮れ百韻満るなり（『鳳林承章記』）。

●五月二十六日、武蔵江戸に星あり、状は人の如し、長二丈、東に流る（『続史愚抄』）。

○五月二十九日、法皇より、先日仰せ聞かされし葭の御杖の仕立て出来、承章拝領奉り、頂戴奉るなり、芝山宣豊承り、持ち為し、給うなり、軽き杖希有の事なり（『鳳林承章記』）。

●六月一日、日蝕（未申刻）（『続史愚抄』）。

○六月四日、太上法皇聖誕の節、毎年の如く、万年塔婆の前、祝聖御祈禱なり、其の早晨出洛せしめるなり、当

住故、承章焼香せしむなり（『鳳林承章記』）。

●六月十五日、北条氏治は、法皇御庭見物、芝山定豊案内、同道なり（『鳳林承章記』）。

●六月二十五日、大通院にて施食これ有り、伏見宮後妙荘厳院（貞清）十三回忌なり、曇華院比丘尼（貞清妹）御所の施主なり、大衆二十人ばかりなり（『鳳林承章記』）。

●七月三日、豊光寺にて懺法・齋あり、伏見殿後妙荘厳院（貞清）十三回忌の仏事なり、伏見殿の息女、大樹（家綱）御台所顕子夫人施主の由なり、大衆三十八人か（『鳳林承章記』）。

●七月六日、当寺施食執行なり、去々年、去々々年両年は八条（智忠・穏仁）殿他界、相国寺仏事、金閣にて施食（『鳳林承章記』）。

○七月六日、法皇より仰せ出され、長谷忠康より承章に書状来る、天龍寺三会院の舎利の伝記聞こし召されたき事あり、天龍寺へ申し、伝記献上致すべき旨、仰せの由なり、畏り奉り、天龍寺へ申し、伝記献上致すべき旨、勅答申し上ぐるなり（『鳳林承章記』）。

●七月七日、和歌御会、題は星夕言志、題者奉行等冷泉為清（『続史愚抄』）。

○七月十一日、承章早々法皇に伺公、先に芝山宣豊へ立ち寄る、則ち安二位（土御門泰重）息図書と申し、今ほど尾州相公（徳川光友）奉公太田昌久（正休）と云う由、芝山に居られ、相対、数年不対、今日相逢うなり、御所に伺公、銀杏一箱・白蘭花五茎持参、献上奉るなり、御対面なり、相国寺開山堂今度勅額下され、宸翰の額字書き立て、直に献上奉る、承章撰二字・慈照吉東堂二字・冨春全東堂二字、合六字叡覧を遂げられ、此の内、宸翰を染められ、字の形態を叡慮、仰せ出さるべきの仰せなり、芝山宣豊内証申され、八月九月両度観音懺法、相国寺へ仰せ出さるべきの旨なり（『鳳林承章記』）。

○七月十六日、相国寺開山堂、法皇勅額の板竪横の本、紙を以て切り、昨日伝西堂より、承章今日芝山宣豊まで持

ち為し、献上奉るなり、風早実種へ文匣返進の次、日野より煎茶を文匣に入れ、これを贈るなり（『鳳林承章記』）。
○七月十九日、承章午天院参せしめ、則ち御対面、今日は新院御所御幸遊ばさる様、昨日御約束、法皇は御精進故、法皇の御相伴に照御門主（道晃）と承章召されしなり、新院御相伴、烏丸資慶召されしなり、平松時量召され、両人伺公なり、相国寺開山堂法皇より御建立、勅額の字は先日書上、承章二通・慈照吉東堂二通・冨春全東堂二通書付、献上致すなり、承章考えの字、法海・円明、慈照翁は寂真・玄霊、冨春翁は真際・猷光、先日の仰せ、此の内の字御吟味、御作、仰せ出さるべき旨、今日御下書きを出し為され、承章に愚見せしめらる、新院御所・照御門主、字の様子、仰せ談ぜられ、御穿鑿、御談合なり、額円明の字御定めなり、承章辱く存じ奉るなり、女院御所の御庭を各見物仕るべき旨、召し連れられ、院参の衆老若残らず、召し連れられしなり、尤も今日の御客、新院・照門・承章・烏丸・平松伺公致すなり、御庭の様、言語に絶する事、筆頭に尽くし難きなり、法皇還御、各御供仕るなり、中御二階にて夕御膳を召し上がり、三人御相伴なり、御茶済むなり、知恩院御門主（尊光）成り為されるなり、承章初めて御礼申し上ぐるなり（『鳳林承章記』）。
●七月二十日、豊光寺にて懺法・齋、後桂昌院（邦道）尊儀十三回忌なり、伏見殿なり、江戸の御台所（家綱室顕子）の仏事なり（『鳳林承章記』）。
●七月二十八日、二条康道薨ず、六十歳、浄明珠院と号す（廃朝の有無は未詳）（『続史愚抄』）。
●八月七日、後陽成院の奉為に（来る二十六日五十回聖忌）、法皇御所にて観音懺法あり、相国寺の僧徒奉仕と云う（『続史愚抄』）。法皇にて相国寺懺法仰せ付けなり（『鳳林承章記』）。
●八月十一日、相国寺開山堂、法皇より御建立、今日地撞始なり（『鳳林承章記』）。
●八月十五日、新院（後西）和歌当座御会あり、題は三五月正円（『続史愚抄』）。月次和歌御会、道寛親王出詠、三五月正円（『略年譜』）。

●八月十八日、造皇大神宮山口祭日時を定めらる、上卿葉室頼業、奉行烏丸光雄、次に造豊受大神宮同日時を定めらる、上卿油小路隆貞、職事同前（『続史愚抄』）。
○八月十九日、法皇は智積院僧正（宥貞）を仙洞に召し、論議を聞こし召す（後陽成院御年回故に依ると云う）、来月後光明院十三回聖忌（御忌二十日、引上らる）の奉為に、新院御沙汰為り、今明両日御法会を般舟三昧院にて行わる（逮夜）、例時導師実空長老（此の日、着座の公卿なし）、奉行院司歟、蔵人日野資茂（『続史愚抄』）。
●八月二十日、般舟三昧院にて後光明院御仏事あり（新院御沙汰、当日）、四箇法用、導師聡空長老、公卿万里小路雅房以下二人参仕（『続史愚抄』）。
○八月二十一日、後陽成院（御忌二十六日）の奉為に、御法会（理趣三昧）を法皇御所にて行わる（此の日一日なり）、導師性演、公卿油小路隆貞、以下二人参仕、奉行院司歟、蔵人日野資茂、此の日、同帝の奉為に（法皇新院の間、御沙汰歟）、御仏事（梵網頓写経供養）を泉涌寺にて行わる（一日歟）、導師如周西堂（『続史愚抄』）。太上法皇にて理趣三昧の御法事これ有り、安井門跡（性演）導師なり（『鳳林承章記』）。
○八月二十三日、承章は午天に法皇に赴く、則ち常御所にて御対面、後藤宗也事、歌集事、卒度申し上ぐるなり、新院御幸なり、御庭の御茶屋にて御振舞なり、法皇・新院・聖護院宮道寛親王・承章御相伴なり、四畳の内、召し入れられ、五人、承章また御同座致し、寔に辱き次第なり、御振舞の時、輪王寺門主（守澄）御陪膳なり、今日の掛物は花園の宸翰なり、小色紙なり（『鳳林承章記』）。
○八月二十五日、後陽成院五十回聖忌（逮夜なり）、今明両日重ねて御法会を法皇御所にて行わる、早懺法、導師道寛親王（聖護院、此の日、道晃親王の輿を奪うなり）、公卿西園寺実晴、以下二人参仕、奉行院司歟、蔵人日野資茂、伝奏柳原資行、また同帝の奉為に、法皇御沙汰為り、今明両日御仏事を般舟三昧院（逮夜）にて行わる、公卿着座なし、奉行院司歟、蔵人甘露寺方長（『続史愚抄』）。

○八月二十六日、後陽成院五十回聖忌、曼荼羅供を法皇御所にて行わる（昨今倶に弘御所を以て道場と為す）、導師道晃親王（照高院）、公卿三条公冨、以下三人参仕、此の日、法皇御衰日に依り御誦経使なし、今日般舟三昧院御仏事（法皇御沙汰）、法華懺法、公卿万里小路雅房、以下二人参仕（『続史愚抄』）。

○九月二日、後光明院の奉為に、観音懺法を法皇御所にて行わる、相国寺僧徒参仕（『続史愚抄』）。

○九月三日、太上法皇にて相国寺観音懺法仰せ付けらる故、辰上刻、相国寺懺衆は法皇御所に伺公致されるなり、承章は御法事に出頭致さざるなり、然ると雖も院参致し、肝煎り申すべき旨仰せにより、早天より参勤致すなり、今日慈照吉東堂出頭致すなり、承章は簾中に召され、終日御前に伺公仕るなり、新院・准后（清子）・朱宮（光子）・輪王寺御門主（守澄）・妙法院御門主（尭恕）・知恩院御門主（尊光）・以心庵宮（良純）簾中に御同座なり（『鳳林承章記』）。

○九月七日、新院御所より召されしに依り、承章院参せしむなり、日光輪王寺御門主（守澄）御振舞御相伴仕るべきの事なり、法皇御幸なり、照高院宮道晃親王・承章ばかりなり、御茶屋にて御振舞なり、御茶首尾以後、承章初めて拝見致すなり、見事なる広御茶屋、驚目なり、御振舞また出来、御掛物は慈鎮和尚の御文・御歌の物、定家卿の室八島の御掛物、顔緋筆の絵、三ヶ所に掛けられて在り、終日種々御雑談、栗・柿・昆布・山椒・羊羹、此の五種の隠題を以て、狂歌遊ばさるべきや否やの旨、法皇仰せ、早速御製一首出来、凡耳を驚かすものなり、御製に曰く、占やさんせうぶに勝て何もかもかきたくりこむふねやうかむる、此の如く御製遊ばされしなり（『鳳林承章記』）。

●九月九日、和歌御会、題は白菊戴露（『続史愚抄』）。

●九月十一日、伊勢例幣、上卿今出川公規、奉行烏丸光雄、御拝なし、此の日、新院皇女常宮（母中内侍局）薨ず、六歳、後日真如堂に葬る（『続史愚抄』）。

●九月十三日、月次和歌御会、道寛親王出詠、二首懐紙、菊花色々、歴夜待恋、同日御当座短冊、海上月（『略年譜』）。今宵新院御所にて御月見有るべく、昼の中、二十首御歌御会なり、法皇御幸、御伽の為、承章伺公致すべき旨、内々仰せ故、承章は法皇に参り、午時新院に伺公申すなり、法皇は常御所に成り為され、承章を召され、終日御伽、御雑談、種々の御菓子御相伴仕るなり、承章多年霓望の宸翰の事、申し上げ、則ち勅許なり、法皇御製の御発句、承章入韻の両句点されし宸翰の事、申し上ぐるなり、内々後藤宗也頼まれし歌の一冊、法皇の叡覧に呈し奉るなり、筆跡また、歌また御褒美なり、一冊御前に留め置かれしなり、今日承章の誹諧発句は、今宵こそ月の桂のかへり花、法皇御製、壷口切初秋、新院御製、秘蔵する雁の掛け絵の広しめて、聖護院宮道寛、集まる友の文字の穿鑿、法皇御製、不厭細衣屋、歌披講済み、御茶屋にて御咄なり、其の時、中院通茂・飛鳥井雅章・日野弘資・烏丸資慶・平松時量、此の衆、誹諧の和漢仕らるなり、一折これ有り、輪王御門主（守澄）・聖護院御門主（道寛）成り為されるなり、照高院宮道晃親王は御頭痛発するの由、今日御不参なり、今夜披講の衆七人なり、承章は先年、法皇御在位の時、聴聞仕り、以後数年不承、今宵聴聞致し、殊勝千万なり（『鳳林承章記』）。

○九月十五日、後光明院の奉為に、此の日、知恩院尊光親王は法問を法皇御所にて修行（『続史愚抄』）。午時前法皇に伺公申すなり、浄土宗法問仰せ付けられ、聴聞の為なり、知恩院御門主（尊光）・知恩院方丈知鑑（寂照）、其の外長老分の衆十五人出仕なり、公家衆は飛鳥井雅章・正親町実豊・三条西実教三人ばかりなり（『鳳林承章記』）。

○九月十九日、後光明院十三回聖忌の奉為に、今明両日御仏事を両寺にて行わる、般舟三昧院、導師某、奉行甘露寺方長、泉涌寺（楽儀、舎利講）、導師某、奉行日野資茂（両寺倶に此の日公卿着座なし）、此の日、同帝の奉為に、今明両日、御法会を法皇御所にて行わる、例時、導師曼殊院良尚親王、公卿久我広通、以下二人参仕、奉行院司歟、蔵人柳原資廉、伝奏日野弘資（兼日烏丸資慶伝奏承知、而て期に臨み障りを申し、替るなり）（『続史愚抄』）。

○九月二十日、後光明院十三回聖忌、両寺にて御仏事あり、般舟三昧院、導師某、公卿某以下二人参仕、泉涌寺(曼荼羅供)、導師某、公卿東園基賢、以下二人参仕、法皇御所御法事、御経供養四箇法要を加えらる、導師昨の如し、公卿西園寺実晴以下三人参仕(『続史愚抄』)。法皇にて後光明院十三回御忌の御弔なり、経供養の御法事、竹内御門主曼殊院良尚親王導師なり、衆僧十一人なり、内々承章召されしに依り、院参せしむなり、御門跡衆・摂家衆大形残らず伺公なり、着座三人、西園寺実晴・今出川公規・四辻季賢なり、非庭儀なり(『鳳林承章記』)。

●九月二十二日、三宝院高賢を東寺長者に補す、法務を知行す(信遍僧正の替わり)(『続史愚抄』)。

●九月二十四日、三宝院東寺一ノ長者、一昨日勅許、御礼のため御参、彦山座主大僧都亮有御礼に御参(『日次記』)。

●九月二十六日、免者宣下を行わる(今年後陽成院五十回、後光明院十三回等聖忌に依るなり)、上卿徳大寺実維、奉行甘露寺方長(『続史愚抄』)。

●九月二十八日、今度後陽成院五十年御忌・後光明院十三回御忌故、赦を行わる、去る二十六日なり、其の書付を今日勢多大判事献上、囚人十五人これを赦す(『日次記』)。

○十月二日、故八条宮穏仁親王一回(忌日明三日)、今明両日、懺法を法皇御所(弘御所にてなり、早懺法、今日楽なし)にて行わる、導師盛胤親王、経衆公卿大炊御門経光、以下二人参仕、奉行院司歟、蔵人甘露寺方長、伝奏清閑寺共綱(『続史愚抄』)。相国寺方丈にて金剛寿院(穏仁)三回忌の施食懺法、慈照院執行(『鳳林承章記』)。

○十月三日、法皇御所懺法講第二日、結願、導師昨の如し、共行公卿中院通茂以下三人参仕、楽あり、但し楽所のみ参仕、伶倫公卿殿上人なし(『続史愚抄』)。相国寺方丈にて金剛寿院(穏仁)三回忌の施食懺法、慈照院執行(『鳳林承章記』)。

●十月十日、今度御法事の役に参仕の殿上人、各御書院にて今朝御振舞下さる、伺公の衆、川鰭中将・今城中

将・裏辻中将・四条中将・難波中将・七条中将・兵部少輔・山本中将・小倉少将・梅園中将・滋野井侍従・平松侍従・裏松侍従・左衛門佐・櫛笥侍従・梅溪侍従・五条侍従・庭田侍従・東坊城侍従・源蔵人・新蔵人、所労により不参の衆五人、姉小路少将・久世侍従・藪侍従・倉橋右衛門佐・極﨟伏原少納言忌（『日次記』）。

●十月十二日、宮崎玄提と伊阿弥長門は院参し、拝領せる勅筆御色紙の表具出来につき御目に掛ける（『日次記』）。

○十月十七日、法皇御口切の御振舞、承章また召し加えらる、新院・日光御門主（守澄）・二条光平・照高院宮道晃親王・承章なり、四畳大の御構御座敷にて御振舞なり、御掛物は狩野探幽の鷺絵なり（『鳳林承章記』）。

○十月十八日、知恩院宮は御茶屋にて御茶を遣わさるなり、御人数、新院、照高院宮、日野前大納言、章長老、御掛物は御囲いに花園院宸筆、北座敷に為氏五首懐紙、後に定家、花桶に菊色々（『日次記』）。知恩院宮御門主（尊光）は法皇に御茶献ぜらる、新院・照高院宮（道晃）・承章・日野弘資なり、日光御門主（守澄）は神事に御隙入りに依り、俄に日野を召されしなり、先ず常御所に承章を召され、御打談、法皇仰せ、今日の御遊興、誹諧和漢遊ばさるべく、承章に発句仕るべき旨、仰せ故、卒吟申し上げ、則ち入韻御製なり、承章発句、「椶櫚の葉に降る霰こそ玉箒」、御製、「楓落世皆塵」、第三は照御門主なり、新院御幸、御茶屋にて御振舞、誹諧漸く一折有るなり、御茶以後、御舟に乗られるなり（『鳳林承章記』）。

○十月十九日、今朝御書院にて御伝受の事これ有り、法皇御所は夜前より御神事にて、輪王寺宮（守澄）御参、御受以後に御退出（『日次記』）。この「伝受」はもちろん古今伝授ではなく、のちの記事を参照すると能書伝受と思われる。

●十月二十二日、日向国宝満寺は先年勅願所の綸旨頂戴の御礼に、菅大寺静慮院・彦山座主亮有は権僧正の御礼に杉原十帖等を献上（『日次記』）。

○十月二十四日、相国寺開山堂、未刻に上棟、法皇より棟梁庄左衛門に強飯・精進肴、樽、銀子五枚などを下さ

る（『日次記』）。
○十月二十五日、法皇より輪王寺宮に、関東下向のために六枚御屛風一双百人一首の色紙、御薫物などを進めらる（『日次記』）。
○十月二十六日、輪王寺宮より法皇へ御伝受の御礼に、白銀五十枚・綿百把を進めらる（『日次記』）。晦日に坂本まで発足、御使に風早実種参る（『日次記』）。
●十一月三日、龍渓は院参、御書院にて心経の講談あり、新院御幸（『日次記』）。
○十一月八日、照高院宮道晃親王、御茶を法皇・新院に進めらる、新院の御茶屋にてなり、承章もまた御相伴に召されしに依り、午時に新院に伺公仕るなり、今日は法皇・新院、承章・中院通茂俄に召し加えらるの由なり、中院・承章を新院召し出され、御打談、法皇御幸なり、承章は常御所に召されるなり、御茶の御構御座敷にて御振舞なり、御掛物は法皇宸翰なり、照門は炭に居られ、御相伴は中院と承章なり、御給仕は聖護院宮道寛親王と照門主なり、三畳大の御座敷の内、法皇・新院・中院・承章の四人、近頃辱き御座なり、御茶済み、御構を出らる、先日承章発句の誹諧の和漢懐紙、法皇御持参これ有り、其の次御沙汰有るなり、後段半鐘前、御茶の時分、烏丸資慶伺公、御構にて御茶を喫せられ、後段また御相伴なり、後段済み、また濃茶召し上がられ、両度共に御茶堂は照御門主なり（『鳳林承章記』）。
●十一月八日、春日祭、上卿園基福参向、弁不参、奉行甘露寺方長（『続史愚抄』）。
●十一月十二日、淳寧院（琢如・光瑛）へ生鶴一羽を遣さる、御使西沢嘉兵衛（『日次記』）。
○十一月十四日、法皇は午下刻に本院（明正）へ御幸、辰麿元服、任民部太輔（『日次記』）。
●十一月十六日、鷹鶴を本願寺に遣さる、御使藤木但馬（『日次記』）。
○十一月十七日、新院は法皇御所へ御幸、大覚寺宮御参、無求亭にて御膳、戌時少地震（『日次記』）。
●十一月十八日、友麿元服、任右衛門佐（『日次記』）。

●十一月十九日、本院御所御誕生日、法皇より御祝儀出づる（『日次記』）。
○十一月二十一日、相国寺にて評議有り、法皇より金剛寿院（穏仁）御弔料小判百両相国寺へ下され、年忌年忌五十年御忌に至り、断絶仕らざるの壁書幷に相国寺より芝山宣豊・長谷忠康への書付、案文を遣し、祖堂供養の書立、法皇に捧ぐるの相談なり（『鳳林承章記』）。
○十一月二十三日、法皇は新院に御幸、御口切りの御振舞の旨、御相伴の為、承章また伺公致すべき旨、昨日仰され、今日院参せしむ、先に法皇に到り、芝山宣豊・長谷忠康に相談申すなり、今度相国寺へ拝領すべき勅額、来る二十六日三宝吉日に依り、降賜有るべく、来る二十六日請取り申すべき旨、仰せ出だされしなり、御幸有り、則ち承章は芝山第へ赴き、奥に入り、今小路殿（御屋知）に逢い、其の次に伏原賢忠后室と相対なり、新院に伺公せしめ、則ち奥に召されるなり、御茶屋の御構御座敷にて御膳なり、御掛物は有家（六条）の筆なり、御茶入れは大々の作物なり、新院御茶を点てられしなり、照高院宮道晃親王・聖護院宮道寛親王・承章御相伴、三畳大の内、承章また召し加えらる、照御門主・聖御門主・承章また同じ御茶碗にて御茶下さるなり、御給仕朱宮（光子）・女中衆なり、先日誹諧の和漢の次、七八句これ有るなり、御茶屋の御掛物は、後醍醐天皇の宸翰の御文なり、種々様々の御菓子なり、後段の後、また濃茶点てられるなり（『鳳林承章記』）。
○十一月二十六日、今度法皇御建立開山堂の額、円明の二大字、勅額拝領為すべき旨、内々芝山宣豊申され、承章・慈照院吉長老・冨春全長老を同伴せしめ、法皇に赴くなり、法皇にて殿上に赴き、則ち芝山宣豊・長谷忠康出られ、勅額相渡され、頂戴せしむなり、此の紙の勅筆また相国寺へ拝領仕りたき旨、去る二十三日承章御直に申し上ぐ、則ち降賜すべきの旨仰せ故、今日拝領奉るなり、承章にてまた宸翰拝領奉り、芝山持ち出され、相渡されしなり、内々大望申し上げ、法皇御製の発句・承章入韻、此の両句竪に点せられし宸翰、拝戴仕りたき旨、申し上げし故、右の両句遊ばされ、下し成られるものなり、御製は、浅緑露仁登良礼奴柳哉（入韻）、春

朝風綏渉風（鳳林）、此の如く遊ばされ、下され、再三拝戴奉るなり、晴雲軒に退去せしむ、肥前鍋島丹後守の内、竹田権右衛門所へ、先日の返礼に、今朝能貨まで遣すなり（『鳳林承章記』）。
●十一月二十六日、石清水宮正遷宮日時を定めらる、上卿中院通茂、奉行柳原資廉、今夜内侍所臨時御神楽あり、出御なし、拍子本綾小路俊景、末持明院基時、奉行冷泉定淳（『続史愚抄』）。
○十一月二十七日、辰上刻地震、法皇は禁中に御幸（『日次記』）。
○十一月三十日、法皇の御侍、祖堂普請奉行の武藤伊兵衛、晴雲軒に来たり、菓子一箱持参せしめ、相対なり、徳玄同道仕るなり（『鳳林承章記』）。
○十二月三日、伝奏衆御参、八条殿御相続の事（新院若宮）、大樹より勅答の旨、老中の書札到来、これらの趣き披露了ぬ、明後日に此の御所より新院へ仰せ入れらるべき旨、仰せ下さる、明日は御徳日によりてなり、去年金剛寿院（穏仁親王）薨去の節、御相続の事御沙汰ある事なり（『日次記』）。八条宮穏仁親王の跡目を新院（後西）御所の若宮（長仁親王）が十二月五日に相続することになる。
●十二月五日、葛野采女元服、御礼に参院（『日次記』）。
○十二月六日、油小路侍従元服、御礼の為に院参（『日次記』）。
○十二月九日、法皇は女院御所へ御幸、新院も御幸、二条光平伺公（『日次記』）。
○十二月十一日、新院は法皇御所へ御幸、中院通茂・日野弘資・烏丸資慶、御小座敷にて御振舞出る（『日次記』）。
○十二月十二日、法皇は、近衛殿遷徙につき御幸（『日次記』）。
●十二月十三日、修学院御方違、宮方渡御（『日次記』）。
●十二月十四日、石清水正遷宮（戌刻）、行事上卿千種有能、弁柳原資廉参向（『続史愚抄』）。
●十二月十六日、新院御所御会につき、午刻に法皇御幸（『日次記』）。

○十二月十八日、承章は法皇に赴く、新院御幸、白川の照高院宮道晃親王は御伺公無し、御名代として聖護院宮道寛親王御伺公なり、飛鳥井雅章・烏丸資慶・承章、四人御相伴なり、御茶にての御振舞なり、掛物は寂蓮法師の筆なり、花入青磁、白玉椿・白梅・寒菊なり、御膳済み、御殿に入御、後段は無求の御圍なり、また上林竹庵鱗形御茶点てらるなり、聖護院宮誹諧発句遊ばされ、承章入韻、誹諧和漢十四句遊ばさるなり（『鳳林承章記』）。

●十二月十九日、奥の物置御掃除、二十二日、御書院の御煤払い（『日次記』）。

○十二月二十二日、今度法皇より相国寺に祖堂御建立首尾成就仕り、先日芝山宣豊・長谷忠承は相国寺に来訊、祖堂相渡され、其の御礼に今日慈照院吉東堂・冨春全東堂・承章同道せしめ、院参せしむ（『鳳林承章記』）。

○十二月二十五日、承章は法皇に赴く、冨春全東堂を同道せしめ、御所に赴き、芝山宣豊・長谷忠康相対、今日相国寺開山堂御建立、満山有り難く、忝なく存じ奉る旨、御礼申し上ぐるなり（『鳳林承章記』）。

●十二月二十六日、五辻泰仲元服の御礼に伺公（『日次記』）。

○十二月三十日、法皇は、日野弘資を召され、明年四月二十日大猷院殿十七回忌の送経使の儀を仰せ付けらる（『日次記』）。

●是歳、柳原資行は紫竹村不動庵を建て（本尊不動、長五寸、弘法大師作と云う）、敷地等を寄付す（『続史愚抄』）。

寛文七年（一六六七）丁未　七十二歳　院政三十八年

●正月一日、四方拝・小朝拝等なし、節会、出御なし、内弁九条兼晴、外弁園基福、以下八人参仕、奉行烏丸光雄（『続史愚抄』）。法皇・本院（明正）・新院（後西）・女院（東福門院）は内裏に御幸始あらせらる（『実録』）。

○正月一日、法皇御所御書院にて御礼、如例、天盃のお流れ下さる、烏丸資慶・野宮定縁推参（『日次記』）。

○正月二日、新院は法皇御所へ御幸、女院御所へ院参衆は御礼に参る（『日次記』）。三日は摂家参院。
○正月五日、午時前に法皇に伺公、年頭の御礼なり、常御所にて御対面、天盃頂戴仕るなり、試春の詩発句・誹諧発句仰せ出され、則ち叡眷に呈し奉り、発句殊の外御褒美なり、退出せしむ（『鳳林承章記』）。
●正月六日、今出川公規は昨日詠ぜし歌を飛鳥井雅章に持ち遣す、則ち添削有り（『公規公記』）。
○正月七日、法皇御幸、禁中・本院・新院、供奉の殿上人七人、非蔵人五人、下北面五人、取次三人、鳥飼侍十五人（『日次記』）。
●正月七日、白馬節会、出御なし、内弁近衞基熙、外弁坊城俊広、以下八人参仕、弁柳原資廉、奉行冷泉定淳、此の日、法皇本院新院女院ら内裏に幸す（『続史愚抄』）。
●正月八日、後七日法始、阿闍梨長者高賢、太元護摩始、阿闍梨厳燿、以上奉行日野資茂（『続史愚抄』）。十四日両法結願。三宝院権僧正高賢院参、理性院法印厳燿院参（『日次記』）。
●正月九日、今出川公規亭に源吉来たり、論語講釈あり（『公規公記』）。
●正月十一日、神宮奏事始、伝奏坊城俊広、奉行烏丸光雄（『続史愚抄』）。
●正月十一日、宮崎玄提は法皇に延齢丹・杉原十帖を献上、十二日には中山三柳も同様に献上（『日次記』）。
●正月十四日、夕御膳以後、修学院御別殿へ、右少弁源蔵人は太元護摩御撫物献上（『日次記』）。
●正月十五日、弾正尹宮（高松宮好仁親王）は年頭の御礼に院参、牧野佐渡守は例年の御祝儀の為、越前綿五十把を献上（『日次記』）。
●正月十六日、踏歌節会、出御なし、内弁九条兼晴、陣後早出、今出川公規之に続く、外弁五条為庸、以下五人参仕、奉行甘露寺方長（『続史愚抄』）。
●正月十六日、法皇より承章召されるなり、今日新院御幸なり、法皇は常御所に召され、御対面、先ず御前にて

葩を下され、賞翫致すなり、新院・准后（清子）・逸宮（二条康道室）・以心庵（良純）なり、前後に常御所にて御振舞なり、新院は京中の元日誹諧の発句を書き立てられし一巻を御持参、院眷に懸けられしなり、新院の非蔵人（松尾相基）発句、祝へ酒今日立春の三五献、十五日立春なり、立春の発句の旨、御物、此の発句の脇、新院遊ばさるなり、仰せ聞かされ、霞みて円き新月の色、新院仰せ、第三は承章仕るべき旨仰せなり、畏り奉りて第三に曰く、暖な息を鏡に吹きかけて、四句目法皇御製なり、硯の氷くだく、右筆如此なり、以心庵（良純）遊ばされ付け、十句余御誹諧またこれ有るなり、承章また仰せに依り、簾中にて見物致すなり、小爆竹十三これ有るなり（『鳳林承章記』）。

●正月十九日、禁裏和歌御会始、題は松色春久、読師中院通茂、講師烏丸光雄、講頌四辻季賢（発声）、奉行冷泉為清（『続史愚抄』）。

●正月二十一日、五山当住今日参内、承章また参内せしむ、毎年五山衆・承章は勧修寺亭にて道具を着て参内致すと雖も、当年は穂浪経尚疱瘡故、成らざるなり、天授翁承東堂催され、烏丸資慶亭に赴く、家老平野図書に初めて相逢う、烏丸息天龍寺慈済院の小師御喝食また出られるなり、烏丸資慶・同光雄両公朝参なり、一乗院宮（真敬）参内、御献相済み、小御所にて五山の御礼なり（『鳳林承章記』）。

●正月二十五日、新院（後西）和歌御会始、題は春生人意中、出題飛鳥井雅章、読師日野弘資、講師烏丸光雄、講頌持明院基定（発声）、奉行中務某（手向と云う）（『続史愚抄』）。

○正月二十五日、法皇は弘御殿にて大樹使吉良侍従と御対面、吉良は新年を賀す（『日次記』）。

●正月二十六日、龍渓和尚院参、御書院にて御対面、以心庵（良純）御伺公（『日次記』）。

○正月二十八日、新院は法皇御所へ御幸、日野弘資・烏丸資慶・中院通茂院参（『日次記』）。

●正月二十九日、大樹使吉良侍従に女房奉書出づ、両伝奏へ遣す（『日次記』）。

○二月三日、法皇より仰せ出され、湖山古詩五岳長老・西堂十人御色紙書写仕るべき事、相調うべきの旨仰せなり、木辻行直より承りの書状来たる、承章当年初めて新院へ年頭の御礼申し上ぐ、内々新院仰せ、初参また道具を着ず、布衣を着し、伺公致すべき旨仰せ、然るに依り、布衣・掛羅を着し伺公、例年の如く杉原十帖・末広一柄献上奉る、常御所にて御対面なり、新院また御袴ばかり召されしなり、御前近く伺公仕り、天盃頂戴、種々御菓子下され、移刻、伺公致すなり、直に法皇に伺公、先刻仰せ出されし五山長老・西堂書物の事、或いは在国、或いは老人、書写成り難き事申し上ぐ、則ち常御所にて芝山宣豊を召され、両人伺公致し、移刻、御雑談（『鳳林承章記』）。

●二月三日、春日祭、上卿小倉実起参向、弁不参、奉行甘露寺方長（『続史愚抄』）。

●二月六日、大徳寺新命無穏和尚入院、勅使日野資茂参向（『続史愚抄』）。智積院宝護院権僧正年頭の御礼に伺公、杉原・末広を献上（『日次記』）。

○二月八日、新院は法皇御所へ御幸、龍渓院参（『日次記』）。

○二月十二日、新院は法皇御所へ御幸、以心庵（良純）伺公（『日次記』）。

●二月十三日、新院月次並に当座和歌御会あり（『実録』）。兼題二首、当座二十首。

●二月十四日、巳刻、南都二月堂災（内陣より火起ると云う）、本尊観世音等、灰中に存す由、寺家言う（小観音は東大寺僧これを取り除く、大観音は火炎の中に在りて、聊かも損せず、及び聖武天皇宸筆涅槃経、光明皇后書華厳経、牛王印等、また焼損せずと云う）（『続史愚抄』）。

●二月十四日、三条西実教は昨日関東より上洛し参院（『日次記』）。

●二月十八日、伏見宮貞致《さだゆき》親王に二品式部卿等の宣下あり、上卿坊城俊広、奉行烏丸光雄（『続史愚抄』）。

○二月二十六日、法皇より仰せ出されし西湖十境の詩色紙、五山諸老に仰せ付けられ、其の内竪横の書き直しの

色紙四人これ有り、今日持参せしめ、献上奉る、常御所にて御対面なり、知恩院御門主（尊光）・以心庵宮（良純）御伺公なり、御前にて温麵御相伴申し上げ、受用せしむなり（『鳳林承章記』）。
○閏二月四日、承章留守中、法皇より御用の事、仰せ出さるの由なり、承章今日院参せしむ、御用有るにより、御対面無きなり、内々申し上げげし金剛寿院の勅額の御下書き、今日頂戴奉るなり（『鳳林承章記』）。
○閏二月六日、両伝奏参院、大樹よりの鷹の鶴を献上（『日次記』）。
○閏二月十日、承章内々法皇より召されしなり、白賁軒の御殿御普請、承章初めて伺公致すなり、午時過ぎ直に白賁軒に赴くなり、今日の御客衆、照高院宮道晃親王・聖護院宮道寛親王・中院通茂・日野弘資・烏丸資慶・白川雅喬、此の衆に承章もまた召し加えらるなり、法皇仰せ、誹諧発句急ぎ仕るべき旨仰せ故、信口申し上げ、法皇御入韻なり、狂句の和漢これ有るなり、承章発句、梁の木の枠にぞかかる糸桜、法皇入韻、躑躅紹袴紅、第三聖御門主なり、永井信齋より椿花色々献上なり、其の花二輪充、今日七人とも拝領奉るなり（『鳳林承章記』）。
○閏二月十二日、大徳寺一渓和尚入院の御礼に院参（『日次記』）。
○閏二月十六日、法皇は女五宮（賀子親王）御方に御幸（『日次記』）。
●閏二月十八日、楽御会始、柳原資廉笛所作参仕、此の日、摂政鷹司房輔は左大臣を辞す（『続史愚抄』）。
○閏二月二十日、両伝奏（飛鳥井雅章・正親町実豊）は召しに依り参院、御対面、輪王寺宮（尊敬親王）へ進めらる品々（女房奉書・能書御伝授之事一箱・職原抄注新刊など）を両伝奏に奉る（『日次記』）。
○閏二月二十二日、法皇・本院（明正）・女院等岩倉殿に幸す（是れ女院離宮なり、長谷殿に同じ、顕子内親王座すと云う）（『続史愚抄』）。
○閏二月二十四日、新院は法皇御所へ御幸、御書院にて御膳、道晃親王・道寛親王御相伴（『日次記』）。

●閏二月二十八日、承章は万年に赴き、吉東堂・伝西堂・藤西堂四人同道せしめ、仙洞に赴く（『鳳林承章記』）。

○三月一日、午時法皇にて御振舞なり、御座敷一間出来、其の御開きなり、新院・照高院宮道晃親王・聖護院宮道寛親王・承章・中院通茂・日野弘資・烏丸資慶、此の衆なり、高辻豊長と承章は囲碁仕るべきの旨仰せ、一番高辻二目置くなり、承章負けなり、御振舞出づるなり、先に奥に召されしなり、来る二十三日相国寺堂供養の時、承章は陞座供養童子の衣裳等、内々聖御門主に拝借すべき旨、其の事聖門主へ申す、則ち法皇仰せ聞かされ、法皇より御門主達の中、御借り成され、下さるべきの旨仰せなり、内々久留島通清に頼まれ、絵巻物狩野右近（常信）筆、歌を書付らる事、聖門主へ頼み申し上げ、出来、今日御持参、法皇・新院・公家衆みなこれを披見なり、聖御門主の次、中院通茂へ六首書かる事依頼、則ち今日中院へ絵を相渡すなり、法皇へ伺公仕る前、先に新院に伺公致し、手作りの氷餅一箱二十片これを捧げ、内々手作り御覧有るべきの故なり、御目を驚かさるの由なり、法皇より退出の刻、紅白牡丹花三輪拝領奉るなり（『鳳林承章記』）。

○三月八日、新院は法皇御所へ御幸、道晃親王御参（『日次記』）。

○三月十二日、法皇・本院・女院等修学院殿に幸す（『続史愚抄』）。修学院に御幸、戌刻還御、修学院にて牧野佐渡守に御杖を下さる（『日次記』）。

○三月十四日、新院は法皇御所へ御幸、大覚寺宮（性真）・聖護院宮（道寛）・法鏡寺宮（理昌）御参、御書院にて御膳、仰せに依り八条宮諸大夫参る、生島玄蕃・同大学・岡本丹波（『日次記』）。

○三月十五日、相国寺開山堂、法皇より御造営、来る二十三日供養の儀仰せ出され、勅会なり（『鳳林承章記』）。

○三月十六日、承章は法皇に赴き、陞座拙語一巻、叡覧に備え奉る（『鳳林承章記』）。

●三月十八日、日野弘資・日野資茂・芝山宣豊・長谷忠康、今度供養の様子見合せの故、来訊、狩衣にて来臨なり、方丈に承章・吉東堂出迎え、西堂衆・平僧大形出られしなり（『鳳林承章記』）。

●三月二十日、方丈にて陞座の習礼なり、開眼仏事また唱えられ、陞座仏事挙唱しむ、問禅また唱えらるなり、各布衣・七条なり（『鳳林承章記』）。
○三月二十一日、法皇は新院へ御幸、和歌御会、戌下刻に還御、知恩院宮尊光親王・以心庵御伺公（『日次記』）。
●三月二十一日、東照宮に奉幣を発遣さる、先に日時を定めらる、上卿花山院定誠、幣使葉室頼孝、奉行日野資茂（『続史愚抄』）。
○三月二十三日、法皇御願の為、相国寺開山堂を建てらる、此の日、供養さる（勅会）、楽あり、公卿大炊御門経光、以下三人着座、奉行院司歟、蔵人日野資茂（『続史愚抄』）。五山前住残らず、今日陞座の賀儀に来訊なり、法事奉行日野資茂（十八歳）、着座三人、大炊御門経孝・小倉実起・桂昭房、蔵人二人、源冬仲・中原師庸（『鳳林承章記』）。
○三月二十四日、午時前、昨日供養の御礼の為、法皇に伺公、承章・吉長老・全長老三人同道せしめ、伺公致し、芝山宣豊・長谷忠康両殿を以て御礼申し上ぐるなり（『鳳林承章記』）。
●三月二十七日、新院は法皇御所へ御幸、大覚寺宮・聖護院宮御参（『日次記』）。
●三月二十八日、栂尾春日住吉等神影、今日より来月に至り開帳（一乗院真敬親王申請する所と云う）（『続史愚抄』）。
○三月、道寛親王は法皇御撰道晃親王筆『一字御抄』二冊を書写する。聖護院本は上巻欠。墨付下巻一一八丁。下巻の奥書に「右全部二品親王道晃以親書〻写之畢。／寛文七年弥勒生辰、／三井尋教臥雲三山検校（花押）和南」とある。
○四月二日、新院は法皇御所へ御幸、御相伴は大覚寺宮（性真）・聖護院宮（道寛）（『日次記』）。
○四月三日、新院は法皇御所へ御幸、一乗院宮（真敬）御参、正親町侍従（公通）は御方料拝領の御礼に伺公、東園侍従（基量）同断、父子ともに伺公（『日次記』）。

○四月四日、廣幡忠幸（智仁親王三男）は家料を拝領の御礼に伺公、一乗院宮御参（『日次記』）。

●四月四日、本屋の和泉入道白水来たり、伊藤由庵案内者の為、同道申すなり（『鳳林承章記』）。なお本屋和泉入道白水は出雲寺和泉掾（林時元、号白水）。宗政五十緒『近世京都出版文化の研究』等参照。

○四月五日、承章は法皇へ伺公、手作りの氷餅・氷豆腐一箱の内二色献上奉る、御対面、相国寺祖堂供養の首尾、具さに御尋、申し上ぐるなり、陞座の法語先日勅覧に備え、今日殊の外御褒美なり、辱き勅言なり、御酒また下され、池尻共孝・梅小路定矩・高辻豊長また一盞を投ずるなり、先日承章拙作の狂句上句の御製の御対遊ばされしなり、番所にて拙対仕り、これを捧ぐるなり（『鳳林承章記』）。

○四月七日、午時法皇は一乗院宮御門主（真敬）の御里坊に御幸、承章また午刻伺公致すなり、円照寺宮（文智）・新中納言（園基音女）御局なり、終日御前に伺公、先日の狂句遊ばされ、十句余出来なり、御茶召し上がられ、早く還幸なり、承章また退出せしむ、今日歌の儀申し上げ、西行歌、曇り無き鏡の上に居る塵を目に立ちて見る世と思はばや、此の歌の心、天慮を窺い奉るなり、御掛物は法皇宸翰、唯識の二字大文字なり、立花は御門主の御自作の由なり（『鳳林承章記』）。

○四月九日、新院は法皇御所へ御幸、性真親王・道寛親王御参（『日次記』）。

○四月十一日、法皇は『諸社諸寺額写』箱入を禁中に返納さる、御使千種有能（『日次記』）。

○四月十四日、法皇は大聖寺殿へ御幸（『日次記』）。大聖寺の永崇女王は号陽徳院、母は西洞院時慶女（『紹運録』）。珠宮得度の相談か。

●四月十五日、月蝕（申酉戌刻）（『続史愚抄』）。

○四月二十日、承章は大聖寺尼宮（永亨）御得度戒師御頼み故、大聖寺に赴く、承章は道具衣・九条、平江帯を着すなり、園基福・芝山宣豊・東園基賢・葉川基起伺公、禁中（霊元）の御使、愛宕通福伺公なり、法皇また

御幸なり、戒の作法式法のごときなり、剃髪は霊首座なり、御比丘尼衆御髪を包む、後見仕らるなり、御喝食(永享)十一歳なり、三拝以下悉く御勤めなり、御落髪済み、勅使愛宕は御盃を投ずるなり、御茶了、則ち法皇出御、承章を召され、御対面、今日の首尾打談、霊首座の事お尋ね、師匠は誰かの旨仰せ、瑞長老の旨申し上ぐ、則ち内々彦西堂屋敷替えの由聞こし召され、彦西堂寺建つるや否やの御尋、中々建寺の事、其の力無き由、申し上ぐ、則ち法皇御肝煎り、奉加成られ下さるべき旨仰せ、承章また肝潰し、忝なく存じ奉る旨申し上ぐ、寔に妙奇特の事、彦西堂冥加至極、勝計し難き事なり(『鳳林承章記』)。

○四月二十二日、法皇は新院に御幸、御月次御会(『日次記』)。

○四月二十五日、承章は今日幸に院参致し、芝山に対す、則ち松鷗庵(慶彦)へ普請御奉加の内談なり、手作りの人丸の菓子一箱、法皇に献上奉るなり、今日は少し御気色あしき旨、御対面無きなり(『鳳林承章記』)。

○四月二十六日、龍渓は参院、御書院にて法談あり、正明寺の勅額を拝領(『日次記』)。

○五月六日、承章は法皇に伺公、今度堂供養陞座拙語献上致すべき由、内々仰せに依り、一巻彦西堂書かれるなり、朱点仕り、今日持参仕る、然ると雖も法皇は禁中に御幸なり、芝山定豊当番故、拙語の一巻芝山に預け渡し、還幸の時、献上有るべきの由、申し渡すなり(『鳳林承章記』)。

○五月十四日、法皇は本院・女院御所へ御幸(『日次記』)。

○五月十八日、新院(後西)皇女降誕(母六条局定子、梅小路定矩女)、香久宮と号す(『続史愚抄』)。母は実は仏光寺新坊治部卿堯庸女(『紹運録』)。

○五月十八日、承章は芝山宣豊亭へ赴く、彦西堂相待ち、来らる、則ち法皇に伺公仕り、芝山へ案内申し入れ、則ち殿上に伺公すべき旨、彦西堂と両人殿上に座す、則ち芝山宣豊出られ、松鷗庵の寺造営仕るの御奉加拝領奉る旨、白銀百枚彦西堂へ下され、彦西堂再三頂戴、勝計なく相渡し、帰らるなり、承章は御対面成らるべき

旨仰され、出御、今日御奉加拝領の段々御礼申し上ぐるなり、後藤宗也一字三礼の観音信を折本に書かれ、叡覧に呈す、奥書を勅覧に呈するなり、宗也所持の定家の色紙、龍山（近衛前久）・青蓮院・梶井御門主添え状これ有り、叡眷に呈す、則ち非正筆なり、若しくは為和（上冷泉）筆と云うべきかの仰せなり（『鳳林承章記』）。

○五月二十一日、法皇は後鳥羽院御厨子の御移徙御祝儀の為、御太刀・馬代として黄金十両を御奉納、勅使堀川三位（則康）に相渡す（『日次記』）。

○五月二十四日、御針了設院参（『日次記』）。

○五月二十六日、法皇は御本尊二体（観音・釈迦）を輪王寺宮に進めらる、北面所にて威徳院に渡す（『日次記』）。

○五月二十八日、法皇の道寛親王への徒然草講釈始まるか。この折の記録は聖護院本道寛親王自筆『寂然草聞書私』仮横一冊にある。墨付五二丁。表紙に「寛文七天五月廿八日／寂然草聞書私／臥雲河□」とある。法皇講釈とは明記されていないが、全体の流れから推察する。

●六月四日、太上法皇聖誕節、毎年の如く、御祈禱、祝聖承章焼香せしむなり（『鳳林承章記』）。

●六月四日、級宮（常子）に若君誕生、御使芝山宣豊（『日次記』）。

●六月九日、中院通茂は御用に依り伺候、龍渓参る、御書院にて御対面（『日次記』）。

○六月十日、今日七夜により、法皇は級宮と若君に御祝儀を進めらる、黄金二十両、白銀五枚など、御使芝山宣豊（『日次記』）。

○六月十五日、法皇より道寛親王へ「ツヽトマリ、哉トマリ」の伝授ある。前引『能所歌道伝受之日次』一冊に「寛文七年六月十五日、ツヽトマリ、哉トマリナトノコト被仰聞。此時衣体素絹ハカマ。法皇御所へ伺公。辰ノ刻斗御伝受」とある（『略年譜』）。

○六月十六日、法皇は例年の如く御書院に出御、絵師住吉如慶・山本素程・山本理兵衛に嘉通を下さる、如慶に

銀子三枚など（『日次記』）。

○六月二十一日、法皇は御書院に出御、（山脇）道作法印診脈、貴体に煩労なしと雖も、御不食に依り、御薬を調進（『日次記』）。

●六月二十一日、造皇大神宮木作始日時を定める、上卿坊城俊広、奉行烏丸光雄、次に豊受大神宮同日時を定める、上卿職事等同（『続史愚抄』）。

○七月二日、承章午時院参致すなり、慈照院の踏合明け（吉長老五月二十九日遷化）故、今日法皇へ伺公致すなり、手醸の忍冬酒小壷献上奉るなり、幷に紅梅花三輪付枝これまた献上奉る、去年梅干し肉漬けの梅花なり、御対面、冷麵御相伴なり、天盃頂戴奉るなり（『鳳林承章記』）。

●七月五日、故園基音（今上外祖父）に贈左大臣宣下あり（口宣歟）、上卿中院通茂、奉行柳原資廉、高辻豊長は宣命を誓願寺に持向い（墓所歟、牌前歟、未詳）、之を読むと云う（此の日、贈左大臣園基音の十三回忌に当たる故と云う）（『続史愚抄』）。

○七月八日、法皇は新院御所へ御幸、和歌御会（『日次記』）。

●七月十一日、今出川（菊亭）公規は昼夜当番に依り禁裏に参る、先日難波宗量（飛鳥井雅章三男）に仙洞（法皇）御撰『類題』の書写を申し遣していたが、参番の節に持参され、一冊借用する、十五冊ある由である、『類題』は仙洞御在世の内は他見を憚るよう仰せにより、雅章拝借の間、他見を憚る旨の一筆を提出する。「内々申入候類題書写之事、／毫頭他見申間敷之間、於／御許容、可為悦着候也、謹言、／七月十二日　公規／難波中将殿」（京大菊亭本『公規公記』）。

○七月十四日、法皇は申下刻に禁中に御幸、新院・女院例年の如し（『日次記』）。

●七月十六日、渡瀬友世は内々竹門（妙法院堯恕）に赴く由、前門良恕親王二十五年忌法事これ有り、昨日より一

乗寺に赴く由（『鳳林承章記』）。
○七月二十一日、法皇は禁中へ御幸、晩来、本院へ御幸（『日次記』）。
○七月二十八日、法皇は八朔の御祝儀として三種（名臣奏議八帖全部・青磁御香炉・彫物御香炉）を禁中へ進めらる、御使芝山宣豊（『日次記』）。
●七月二十八日、故四条隆致（後に櫛笥と改む、慶長十八七五卒、新院外祖父）に贈左大臣従一位等宣下あり（口宣、今年五十回に当たると云う）。
●八月四日、新院（後西）第一皇子（若宮と号す、十三歳、母明子女王）、八条殿に移徙す（新院御所より出立あり、去年十二月八日八条家相続治定）、公卿殿上人等五六人之に従う（『続史愚抄』）。後の八条宮長仁親王。
○八月十四日、法皇の道寛親王への詠歌大概講釈が満座。この折の記録は聖護院本道寛親王自筆『詠歌大概法皇尊講』仮一冊にある。墨付三三丁。表紙欠（紙縒り切れ）。「初日」から「七日」まであり、七座であったことがわかる。奥書に「右詠歌大概法皇尊講一部、／至今日相済。謹而謂之。九拝。／寛七八十四／道寛」とある。
○八月十七日、新院は法皇御所へ御幸、龍渓院参、中二階にて法談、仁和寺宮院参（『日次記』）。
○八月二十八日、法皇・本院（明正）・女院等岩倉殿に幸す（『続史愚抄』）。亥刻還幸（『日次記』）。
○九月六日、法皇・本院・女院等修学寺殿に幸す（『続史愚抄』）。辰刻御幸、亥刻還幸（『日次記』）。
○九月九日、重陽の嘉儀のため、近衛基熙・梶井宮・青蓮院宮御参、常御所にて御対面（『日次記』）。
●九月十一日、例幣、上卿花山院定誠、奉行冷泉定淳、御拝なし（『続史愚抄』）。
○九月十二日、法皇は本院御所へ御幸、一乗院宮御参（『日次記』）。
●九月十三日、月次御月次、道寛親王出詠、二首懐紙、十三夜、聞擣衣、右二首懐紙物加波（徳大寺家諸大夫）所望（『略年譜』）。

○九月二十三日、院宣により烏丸資慶・甘露寺方長院参（『日次記』）。

●十月一日、金剛寿院（穏仁親王）大祥忌、当八条宮（長仁）、慈照院にて作善有り、仏事料白銀五十枚来たるの由、慈照院より常住方丈を借りて執行なり、今朝頓写なり、頓写衆二十人ばかり（『鳳林承章記』）。

○十月二日、故穏仁親王三回（忌日明三日）に依り、懺法を法皇御所にて行わる（今日楽なし、早懺法去年の如し）、導師盛胤親王、共行公卿日野弘資、以下二人参仕、奉行院司歟蔵人高辻豊長、伝奏烏丸資慶（『続史愚抄』）。慈照院に就き施食、人品ばかりなり、金剛寿院（穏仁親王）大祥忌作善、御櫛笥殿（櫛笥隆致女隆子）よりの仏事なり、銀子十枚の仏事料の由なり（『鳳林承章記』）。

○十月三日、法皇御所懺法講第二日、結願、導師昨の如し、経衆公卿大炊御門経光、以下三人参仕、楽所参（伶倫公卿殿上人等なし）（『続史愚抄』）。

○十月十日、朝、法印道作は御脈に伺公（『日次記』）。

○十月十一日、初雪、御口切り、新院御幸、照高院宮・大覚寺宮・緋宮・御匣殿御相伴、愚安亭にて御膳、御茶は上林竹庵の初昔（『日次記』）。

○十月十二日、御口切り、飛鳥井雅章・三条西実教・正親町実豊、御書院にて御対面、御振舞下さる（『日次記』）。

●十月十三日、南禅寺語心院の元英は、勧修寺経広息、昨日落髪、今日勧修寺より侍者礼のため此方へ越されるなり、櫻井掃部相付け来るなり、樽代として青銅二十疋の代、金子一歩両ヶ恵まれるなり、葛吸い物、浮盃なり（『鳳林承章記』）。

○十月十六日、太上法皇御壷御口切の御振舞なり、承章また午時院参致すなり、今日御客、新院御幸、近衛基煕・以心庵宮（良純）なり、以心庵は御茶堂遊ばされるなり、御庭の御茶屋にての御振舞なり、承章先に常御所に召されるなり、餅下され、以心庵宮と御相伴申すなり、今日の御客、中院通茂・日野弘資・烏丸資慶、此

の衆なり、御膳の時、法皇御座の真次、梱一ヶ隔て承章を召され、罷り居るなり、御菓子済み、御圍御座敷にて御茶なり、御茶堂以心庵、今日内々東韻の御狂句聯句遊ばされ、五六句これ有るなり、以心庵御持参定家卿筆跡、各御覧に成られるなり、四つ半時、御茶屋より常御所に還御、各御供（『鳳林承章記』）。

●十月二十七日、大樹よりの鷹の鶴献上、伝奏参院、老中より牧野佐渡守へ書札（『日次記』）。

○十一月一日、法皇御所の愚安亭にて御振舞あり、御客は以心庵（良純）、東園基賢、千種有能、白川雅喬（『日次記』）。

○十一月三日、新院は法皇御所へ御幸、無求亭にて御振舞、御相伴は常修院宮、龍渓伺公し御中二階にて御対面（『日次記』）。

●十一月四日、蹴鞠御覧あり、鞠足公卿殿上人（各烏帽子水干等を着すと云う）等参仕（『続史愚抄』）。

○十一月五日、難波中将伺公、御書院南庭にて蹴鞠御興行、竹の切立あり、御人数十三人、午刻、風早三位・難波中将・高辻少納言・芝山大弼・三条中将・見雲縫殿頭・長谷大膳大輔・交野内匠頭・木辻雅楽頭・鳴滝右京大夫・池尻宮内大輔・豊岡大蔵権大輔・梅小路民部大輔、御見物所は御書院南の縁座敷、西の御廊下にこれを構う（『日次記』）。因みに参衆の内、「鳴滝右京大夫」は後の清水谷実業である。『諸家伝』によれば、「鳴滝、実業、実条孫、慶安元誕生、寛文元叙爵……○同十二年正五清水谷家相続」とあり、清水谷家を相続したのは寛文十二年となっている。しかし『日次記』では寛文八年正月には「殿上人……実業」とあり、既に清水谷家に入っていたものと思われる。それが可能だったのは、三条西家の血筋の為であろう（父は堀親昌・母は三条西実条女）。日下幸男「堀親昌の文事」（『国語国文』五七―一二）ではそれに触れていなかったので、ここに補足しておきたい。

○十一月七日、今日御鞠あり、参勤、内大臣（近衛基熙）・飛鳥井雅章・阿野季信・風早実種・烏丸光雄・高辻豊長・芝山定豊・正親町三条公廉・梅園季保・日野資茂・正親町公通・東園基量・木辻行直・交野時久・梅小路

共益、新院御幸、聖護院宮御参、御鞠以前に愚安亭にて龍渓法談、御鞠見物致さる、正親町実豊・東園基賢推参、御鞠参勤の衆、御鞠以後、番所にて御振舞くださる、龍渓これに同じ（『日次記』）。
●十一月八日、春日祭、上卿油小路隆貞参向、弁不参、奉行甘露寺方長（『続史愚抄』）。
●十一月九日、冬至、新院は緋宮へ御幸（『日次記』）。
○十一月十日、午時烏丸資慶は法皇にて御茶献ぜらる、新院・照高院宮道晃親王・聖護院宮道寛親王・中院通茂・日野弘資・承章、御相伴なり、愚安の御座敷にての御振舞なり、掛物は高辻久長卿筆文なり、花は照門御立てなり、御茶は御構えの御圍にてなり、照門主は御茶済み、早々御退出なり、御病後故か、内々東韻御狂句六七句、法皇遊ばされるなり、御茶済み、『長恨歌・琵琶行』の御素読遊ばされ、各聴聞奉るなり、後段は饂飩なり、また濃茶を点てられるなり、佐野道意なり、御座の体、法皇・新院御対座、御茶菓子カボチャ大根出る、赤色十倍珊瑚珠なり、百勝赤大根なり、終に見ざる奇妙の大根なり、八幡より到来の由、烏丸申さるなり（『鳳林承章記』）。
●十一月十二日、一条恵観に地黄保命酒・鯖切漬・阿蘭陀芋一折二十本を遣さる（『日次記』）。
●十一月十三日、月次御会御当座、道寛親王出詠、霰、蝉、なお蝉二首の短冊は永井信齋に書き遣す（『略年譜』）。
○十一月十六日、藤堂大学は鶴一羽を献上、法皇は右の鶴を五味藤九郎に下さる、鮒十枚・白輪柑子一籠を牧野佐渡守に下さる、芝山宣豊・梅小路定矩・長谷忠康・交野可心（時貞）へ、愚安にて御茶を下さる（『日次記』）。
○十一月十九日、四条院御影渡御の御礼に泉涌寺長老弁に役者伺公、銀子十枚等を大仏師へ、四条院御影は勧修寺大納言（経広）に下さる（『日次記』）。
●十一月二十一日、新院（後西）皇女楽宮（七歳、母東三条局母共子）は中宮寺に入る（『続史愚抄』）。
●十一月二十一日、金剛寿院の像造立の功により、大仏師に白銀百両頂戴（『日次記』）。

○十一月二十七日、新院は法皇御所へ御幸、葉室大納言・平松宰相を召し寄せられ、愚安にて御振舞(『日次記』)。
○十一月二十八日、鍼医了雪は昨日に続き今日も参る、愚安にて御針を遊ばさる(『日次記』)。
●十一月三十日、白川の照高院宮道晃親王より御使の為、北山に横尾新六来られ、大樽一荷・昆布一箱・盃台金銀拝受せしむ(『鳳林承章記』)。
●十二月二日、内侍所臨時御神楽あり、出御なし、拍子本綾小路俊景、末小倉公代、奉行烏丸光雄、此の夜、秘曲ある歟(『続史愚抄』)。
●十二月二日、承章は午時に新院御所に召され、御口切りの御茶下さる、芝山宣豊・梅小路定矩・長谷忠康・岡崎宣持・交野時貞、此の衆なり、御精進の御齋は承章一人なり、御茶屋にてなり、御庭改めの事、今日初めて拝見致すなり、御掛物色々、後醍醐院御歌宸翰・後花園院宸翰御懐紙・定家卿文・東坡筆・顔暉筆蘆雁・奉挙筆尾長鳥、所々の御掛物なり、□□記、伏見院宸翰歌合一巻、色々様々なり(『鳳林承章記』)。
○十二月三日、白川の照高院宮道晃親王、御茶を法皇・新院に献ぜらるるなり、承章午刻新院に伺公致すなり、新院御茶屋にてなり、中院通茂・日野弘資・烏丸資慶、今日の衆なり、法皇御幸なり、聖護院宮道寛親王尤も御働きなり、両門主は御相伴無く、御献膳あそばさるなり、御茶は御圍みの内にてなり、御掛物は、後土御門院御懐紙なり、御書院の掛物は後陽成院の絵、老師像なり、御茶堂は照御門主なり、御茶後、承章持参せしむ古筆一巻を叡覧に呈し、法皇・新院・照門・三人の大納言、また披見なり、彦西堂頼まれし知専所持の慈鎮和尚筆と云う一巻なり、法皇仰せ、漢和上句仕るべき旨、承章申し上げ、時節不相応と雖も、上句一ヶ御座の由申し上ぐ、則ち申し上ぐべき旨仰せ、上句曰く、「梅上雪匂玉」、法皇入韻、「まだき粧ふ冬の棹姫」、第三照門主、「うっすりと山は霞の衣着て」、八句これ有るなり、法皇狂句御聯句の上句御製、承章対仕るなり、御製、咲梅椿早咲、承章、生実柿初生、今日六七句これ有るなり、平松時量呼び、奥の間にて、白羽二重の御服、新院よ

り拝領奉る、即ち廊下にて御礼申し上ぐるなり（『鳳林承章記』）。
●十二月八日、今朝真如寺にて、宝篋院宮仙寿院久岳昌（理昌）長老十三回忌の仏事、御櫛笥殿（櫛笥隆致女隆子）御局より仰され、施食有るにより、相国中一山真如寺に赴く（『鳳林承章記』）。
●十二月九日、承章は新院御所より御手掩い拝領奉る、穂浪経尚承り、尊書給うなり、法皇より修学院に仰せ付けられ、御焼き物五色を拝領奉るものなり、芝山宣豊より仰せ越されるなり、御茶碗二・御花入一・水注一・御筆濯一の五種拝戴奉るものなり（『鳳林承章記』）。
●十二月十二日、女院御所にて御歳忘れに依り、新院御所御幸、二条光平御参（『日次記』）。
●十二月十三日、新院御月次、惜歳暮、寄鏡祝、なお後者については双円坊に書き遣す（『略年譜』）。
○十二月十七日、法皇は新院へ御幸（『日次記』）。新院月次並に当座和歌御会あり（『実録』）。兼題二首、当座二十首。
●十二月二十三日、新院は法皇御所へ御幸、法皇同道にて、両御所は歳暮の御礼に禁裏へ御幸（『日次記』）。
○十二月二十六日、承章は法皇へ伺公、柴田良宣『蘭亭記』石摺一巻献上奉りたき旨、内々申され、一巻請取置くなり、今日御所へ持参せしめ、玉垣殿を以て献上奉り、殊の外御満足に思し召され、能々心得、申し聞かすべき旨、仰せ出されるなり、芝山宣豊より承章に石摺披露の旨書状取るなり、明日柴田良宣に遣すべきの故なり（『鳳林承章記』）。

寛文八年〔一六六八〕戊申　七十三歳　院政三十九年

○正月一日、法皇は御書院に出御、新院は未刻に法皇御所へ御幸、法皇は申刻に禁中へ御幸、供奉の殿上人は清水谷実業ら七人、非蔵人五人、北面四人、鳥飼十九人、酉刻に還御（『日次記』）。

●正月一日、四方拝なし、摂政鷹司房輔家拝礼（院拝礼なき歟、未詳）、次に小朝拝（当代初度）、鷹司房輔以下公卿殿上人烏丸光雄以下参列、申次歟奉行等烏丸光雄、節会、出御なし、内弁西園寺実晴、外弁園基福、以下八人参仕、奉行同前（『続史愚抄』）。

○正月五日、承章は法皇に伺公、今日は本院（明正）御幸、毎年の如く御庭にて猿舞これ有り、見物致すべきの仰せ故、見物致すなり、芝山宣豊・梅小路定矩奉祝、退出、朱宮（光子）に赴き年頭の礼を玄関にて申し上ぐ（『鳳林承章記』）。

●正月七日、今日、加田頼母の院昇殿を聴《ゆる》し、下北面の列と為す（『日次記』）。

●正月七日、白馬節会、出御なし、内弁九条兼晴、陣後早出、坊城俊広これに続く、外弁中院通茂、以下八人参仕、奉行冷泉定淳（『続史愚抄』）。

●正月八日、後七日法始、阿闍梨長者高賢、太元護摩始、阿闍梨厳燿、以上奉行日野資茂（『続史愚抄』）。十四日両法結願。

●正月八日、宝篋院尼宮（理忠）にて、懺法あり、仙寿院宮（理昌）十三回忌の由なり（『鳳林承章記』）。

○正月十一日、法皇御振舞に召されしに依り、承章は急ぎ伺公仕る、新院御幸、先に急ぎ新院に伺公致し、今城定淳を以て申し上ぐ、則ち御対面有るべき旨、仰せ出され、御対面、天盃頂戴奉るものなり、去年また道具衣着る事御免に依り、今日また紫衣・掛羅にて御礼申し上ぐるなり、進物例年の如し、承章急ぎ法皇に伺公致すなり、今日の御客、新院・常修院宮（慈胤）・中院通茂・日野弘資・烏丸資慶・白川雅喬、承章なり、御書院にて御振舞、御茶は中二階なり、交野可心（時貞）茶堂なり、御掛物は般然筆の牡丹の絵・達磨の瀬戸焼物の御香炉なり、新院へ御礼申し上ぐる時、当年承章試筆の誹諧発句を御尋ね、申し上ぐるなり、法皇にて新院仰せ出され、則ち御脇御製、第三日野、第四新院、第五烏丸、第六白川、第七常修院宮、第八中院なり、表八句こ

れ有り、旧冬より法皇・承章御両吟の狂句御聯句八九句これ有るなり、修学院の焼物を飾られ、今日の衆、目利き仕り、面々拝領奉るなり、承章また土器焼き一枚、法皇御手より下され、拝戴奉り、其の外御茶碗四ヶ、以上物数五ヶ拝領奉るなり、後段は愚安の御座敷にてなり（『鳳林承章記』）。
●正月十六日、踏歌節会、出御なし、内弁近衛基熙、外弁中山英親、以下五人参仕、奉行甘露寺方長（『続史愚抄』）。
●正月十七日、舞楽御覧あり、二曲後、雨に依り、舞台を軒廊に移さる（『続史愚抄』）。
○正月十九日、禁裏和歌御会始、題は禁中佳趣、読師大炊御門経光、講師冷泉定淳、講頌飛鳥井雅章（発声）、奉行三条西実教、此の日、法皇和歌御会始、題は毎山有春、飛鳥井雅章出題、奉行交野時久（『続史愚抄』）。
●正月十九日、雪三寸降る、今日園池季豊（二十四歳）始めて院参（『日次記』）。園池季豊は四条隆致の孫、三条正親町実昭猶子（『諸家伝』）。
●正月二十一日、新院より仰せ付けられ、御独吟の御誹諧百韻愚点、別紙の一巻を以て点幷に批言書付、今日献上奉るなり、穂浪経尚まで献上奉るなり（『鳳林承章記』）。
●正月二十一日、神宮奏事始、伝奏坊城俊広、奉行烏丸光雄（『続史愚抄』）。
●正月二十二日、新院（後西）和歌御会始、題は春日望山（『続史愚抄』）。読師中院通茂、発声・出題飛鳥井雅章、奉行平松時量、講師烏丸光雄（『実録』）。
●正月二十七日、西方に白気あり、二丈歟、柱の如し（日初入を目し、毎宵見る、戌刻に至り消散）、二月上旬に至り滅す（『続史愚抄』）。
●正月二十八日、酉下刻に彗星出現、星気瑩然として幾千万丈とも知らず（『日次記』）。
●正月三十日、今日関東より年頭の御礼のため、大樹使大沢少将参院、御太刀馬代を大樹より献上、御三家これに同じ（『日次記』）。

●二月一日、武蔵江戸大火、四日六日等同じ（江戸の大半は焼亡と云う）（『続史愚抄』）。

●二月三日、春日祭、上卿中山英親参向、弁不参、奉行甘露寺方長（『続史愚抄』）。

●二月十日、壬生院十三回御忌（御忌十一日）に依り、今明両日法皇御沙汰に為り、御仏事を泉涌寺に行わる、此の日、公卿着座なし、奉行院司歟蔵人日野資茂（『続史愚抄』）。

●二月十一日、壬生院十三回御忌泉涌寺御仏事（楽儀、舎利講なり、法皇御沙汰に為る）、公卿某以下二人着座（『続史愚抄』）。

〇二月十五日、承章早々院参せしむ、昨日法皇より仰せ出され、絵十二枚五山長老讃の事申し付くべき旨仰せなり、其の故、今日伺候致し、段々窺い奉り、則ち御対面、愚安の御座敷にて御対面、御前にて赤飯・御酒下され、芝山宣豊相伴なり、絵讃の段々勅命を得奉り、絵は皆人形、故事有る事なり、少し相違の事一枚これ有り、其の儀申し上げ、則ち絵描き改むべき旨、仰せ出され、梅小路定矩に仰せ付けなり（『鳳林承章記』）。

●二月十五日、平松侍従（時方）、元服の御礼に院参（『日次記』）。母は飛鳥井雅章女（『諸家伝』）。なお三月十五日にも同記事あり、不審。

〇二月二十六日、法皇は年頭の御祝儀の為、大樹へ御太刀一腰、黄金二十両、御三家へも御祝儀を贈る、法皇使中院通茂へ相渡す（『日次記』）。

●二月二十七日、延暦寺中前唐院文殊楼火く（善学院より火起こると云う）（『続史愚抄』）。

〇二月二十九日、新院は法皇御所へ御幸、龍渓院参、香合等を拝領す（『日次記』）。

●三月一日、中院通茂は関東下向の御暇乞に院参、愚安にて御対面、高倉永敦も御暇乞に参院（『日次記』）。

●三月二日、道寛親王は一身阿闍梨に補さる（『略年譜』）。

●三月三日、上巳の御祝儀例年のごとし、本願寺・東本願寺は御庭花などを拝領（『日次記』）。

●三月四日、今日より三箇日、不動小法を天台座主妙法院堯恕親王室にて行わる（按ずるに白気の御禱歟）、阿闍梨堯憲（日厳院、堯恕親王は護持中に依り与奪と云う）、奉行柳原資廉（『続史愚抄』）。六日結願。

○三月十二日、法皇は岩倉に御幸、供奉の殿上人は清水谷実業・園池季豊、亥刻還幸（『日次記』）。

●三月十二日、聖護院宮道寛親王は来る十五日三井寺にて御灌頂なり、内々御見舞に伺公致すべき所存と雖も、寸暇無きに依り、使僧今日進上致し、白大饅頭百顆一折進入致す（『鳳林承章記』）。

●三月十五日、道寛親王は園城寺にて灌頂、大阿闍梨道晃親王（『略年譜』）。今日は聖護院宮道寛親王三井寺にて灌頂御執行なり、天気晴、珍重々々、夥しき御法会の由なり（『鳳林承章記』）。

●三月十六日、天皇（御年十五）は幼主にあらざるに依り摂政二条康道復辟（今度省略を以て上表の儀なしと云う）、即ち摂政を改め関白と為す、また内覧牛車兵仗等元の如く宣下あり、上卿今出川公規、奉行烏丸光雄（『続史愚抄』）。

○三月二十一日、法皇・新院・女院今日修学院に御幸なり（『鳳林承章記』）。

●三月二十一日、東照宮に奉幣を発遣さる、先に日時を定めらる、上卿中山英親、弁柳原資廉、幣使綾小路俊景、奉行冷泉定淳（『続史愚抄』）。

●三月二十四日、承章は午刻仁和寺に赴きて、帥御局（水無瀬氏成女）へ御見廻申し入るなり、承章帰らんと欲し、則ち広間にて相留められ、饂飩・吸い物・菓藤花、色々馳走なり、院家の真乗院出でられ、久々対面なり、仁御門主（性承）の御乳母人水無瀬治部卿殿の室宮内卿と初めて知人と成る、法皇先年召使われ、今ほど御局に召し抱えらる御岩・中村と云う御局、数年召使う人、此の衆相対なり（『鳳林承章記』）。

○三月二十六日、承章は法皇へ伺公致し、天気を窺うなり、梨を持参せしめ、献上奉るなり、御対面、御前にて御菓子下され、御庭へ成り為され、牡丹花拝見せしめ、牡丹御栽替えの御穿鑿、札を付けらるなり、番所にて善哉賞翫致すべき旨、奥より出て、芝山宣豊・池尻共孝・梅小路定矩相伴せしめ、酉水を酌むなり（『鳳林承章記』）。

○四月九日、承章は新院御所より召されしに依り、午時に院参致し、法皇御幸、烏丸資慶伺公、承章と両人のみ、御構えの内にて、御膳御相伴、御掛物は俊成・定家卿両筆なり、御茶の湯、風炉、梅小路定矩御茶を立てらるなり、御花は法皇御入れ成られるなり、今日の御慰み、承章誹諧発句急ぎ仕るべき旨、法皇仰せなり、卒吟申し上げ、「壷の内に摘める茶の木の夏目哉」、法皇御製の脇、「卯の花垣や飯つぎの家」(『鳳林承章記』)。
○四月十二日、承章は北野能瑞を招き、法皇に献じ奉る狂句和漢を書写せしむ、先年仙洞にて、烏丸光広誹諧発句の和漢なり、此の懐紙これ有るに依り、叡覧有るべく、写しを献じ仕るべき旨、先日法皇仰せなり(『鳳林承章記』)。
○四月十三日、両伝奏(飛鳥井・正親町)伺公、常御所にて御対面、今度上洛の節、法度書の条々を叡覧に備え了ぬ(『日次記』)。
○四月十三日、承章は法皇に伺公、先日申し上げし、朝鮮の黄精九蒸一包献上奉るなり、先年御会狂句和漢烏丸光広誹諧の発句、建仁寺常光院益長老入韻、此の御懐紙写しこれ有るや否や、先日御尋ね、承章所持仕るの旨申し上ぐ、則ち書写致し、進上致すべき旨仰せ、今日写し持参、献上奉るなり、本院御所へ御幸の刻故、対面無きなり(『鳳林承章記』)。
●四月二十一日、造日吉社木作始日時定めあり、上卿大炊御門経光、弁柳原資廉、奉行また同じ歟(『続史愚抄』)。
○四月二十二日、法皇は新院・女院御所へ御幸、御中二階にて御振舞、御書院にて蹴鞠を御覧、御人数、飛鳥井雅章・阿野季信・風早実種・難波宗量・時成・資冬・梅園季保・鷲尾隆尹・東園基量・柳原資廉・日野資茂・萩原員従・押小路公起・交野時久・木辻行直・梅小路共益・飛鳥井雅豊(童形五歳)、雅章嫡男竹丸は始めて参院、御鞠の御人数に内々番所にて御振舞下さる(『日次記』)。
○五月一日、承章は法皇に伺公致す、今晩本院御所に御螢見御幸、御供仕るなり、以心庵宮(良純)また成り為

され、法皇先に御対面なり、御前にて芝山宣豊と以心庵の囲碁有るなり、中御二階にて夕御膳召し上がられ、以心庵御相伴なり、本院（明正）に御幸、本院に赴く、新院（後西）御幸、中院通茂・日野弘資・烏丸資慶・承章此方なり、中川忠幸・今一人武家相対なり、御庭を廻り、御茶屋に到る、則ち御庭御池の蛍火数万、宇治・勢多と雖も、何ぞかくの如き哉、凡眼を驚かすものなり（『鳳林承章記』）。

●五月一日、道寛親王を護持僧と為す（『略年譜』）。

○五月六日、法皇は近衛殿（基熙）に御幸、承章は近衛殿に赴く、照高院宮道晃親王・承章・中院通茂・日野弘資・烏丸資慶、此の衆なり、初更過ぎ退出せしむ、何の御遊興なく、御咄、其の外『職原抄』を御覧成らるなり（『鳳林承章記』）。

●五月七日、三条実昭薨ず、四十五歳（『公卿補任』）。

●五月九日、聖護院宮道寛親王より、今度灌頂の時、御見舞の菓子進上致し、御返礼の杉原十帖給うなり、雑務法印書状来たるなり（『鳳林承章記』）。

○五月十一日、法皇の衆、芝山宣豊・梅小路定矩・池尻共孝・長谷忠康・交野時貞、此の衆申し合わされ、法皇へ御茶献上なり、承章御相伴、取持ち頼まれしの由、昨日御申し越さる故、午時院参せしむ、先ず常御所へ召されるなり、以心庵宮（良純）また成り為されるなり、先日狂句の拙対上句を呈上奉るなり、近衛基熙伺公なり、聖護院宮道寛親王成り為され、新院御所御幸なり、『松鴎齋記』先日御覧に成らるべき旨、法皇仰せ、今日持参せしめ、叡覧に呈す、新院・聖門主また御覧に成られるなり、法皇仰せ、文章御写成らるべく、大文字また臨書仰せ付けらるべく、御借り置き為さるべき旨仰せなり、廣幡忠幸また今日の御相伴衆、承章初めて御目に懸かるなり、御幼少の時は御目に懸かるなり、御振舞・御茶済み、法皇『朗詠』御読誦、下巻半分みな遊ばされ、各聴聞せしむ、此の中素読遊ばされ、各聴聞の由、今日満るなり、今日御相伴、新院御所・聖門主・

近衛・以心庵・廣幡・承章、此の如くなり、御読誦済み、廣幡・近衛・以心庵は御退出なり、新院・聖門は奥へ成り為され、承章また召され、奥に伺公仕る（『鳳林承章記』）。

●五月十三日、新院（後西）月次並に当座和歌御会あり、月次二首、当座二十首（『実録』）。新院御月次兼日二首懐紙、道寛親王出詠、浦五月雨、被妨人恋、なお岩崎市兵衛所望により懐紙を書き遣す（『略年譜』）。

●五月十六日、道晃親王は『新一人三臣』一冊校合了。墨付一九丁。聖護院本奥書に「寛文八年五月十六日於灯下一校了」とある。

○五月十八日、法皇より『松鴎斎記』一軸返し下され、承章に御写仰せ付けられ、御写一巻また見るため返し下さるなり、古点これ有るに依れば、点付け献上致すべきの仰せ出なり、彦西堂へ申し聞かせ、古点有るに依れば申し上ぐべく、定て点は御座有るまじきの旨、勅答申し上ぐるなり（『鳳林承章記』）。

●五月十九日、藤木信濃相果て候に付き、藤木駿河に跡目相続の儀を仰せ付けられ、今日御礼に参る、御月次の御会あり、日野弘資来月の出題を持参（『日次記』）。

●六月四日、中院通茂亭に烏丸資慶入来、語りて云く、内々古今免許、内々新院を以て法皇に申し入れ■処、御許容、来る七日御伝受有るべきなり、通茂・日野御■■■、御前に参り望み申す、則ち仰せ入れらる御返事、別条無く、明日神事、七日早朝に参るべきの由なり、畏れ入り了ぬ、帰路新院に参り御礼申し、退出了ぬ（『古今伝受日記』）。

○六月五日、法皇は御書院にて朗詠の文字読を遊ばさる、近衛基熙・以心庵・御聴聞に御参（『日次記』）。

●六月五日、中院通茂は晩に神事、中院亭に産婦（三十ヶ日の由なり）有り、仍て憚り有り、母堂亭に参り、神事に入り了ぬ（『古今伝受日記』）。

○六月七日、法皇は御書院にて朗詠の文字読、上巻了、御聴聞は近衛基熙・以心庵、今日初めて廣幡中納言・烏

丸頭弁・日野弁参る（『日次記』）。
●六月七日、中院通茂は早朝、衣冠（直衣、単）、参院、先ず御礼を申し、召しに依り御前に参る、掛守を給いこれを頂戴す、入御の後、御書院にてこれを写す、守の袋を拝借し、私宅にてこれを模写す（『古今伝受日記』）。ちなみに京都大学中院文書『掛守写』二通は通茂筆か。包紙に「寛文八六七御伝授、拝見之後模写之、此免許也」、その裏に「此懸守也、切紙令伝受之時懸之、不免許之人不伝之、三条西云、後生之学者師弟共不堪此道而伝受有其恐、依之借此徳令伝受事云々、師弟共掛之也」とあり、一通に「伊勢大神宮、住吉明神、玉津島明神、柿下朝臣、紀貫之、女内侍」とある。
○六月八日、法皇は大聖寺宮へ御幸、未刻御成、申下刻還御、常修院宮。妙法院宮は御幸以前に御参、御内儀にて御対面、承章は御見舞に参るも御対面なし、御茶壷を例年の如く宇治へ遣さる、奉行藤木但馬守、鈴木伊兵衛手代塚本武兵衛は宇治に一宿（『日次記』）。
○六月九日、法皇は巳上刻に御書院にて朗詠下巻の文字読、雑部「山寺」に至る、御聴聞衆は右同、今日午刻に御壷は宇治より帰る（『日次記』）。
○六月十一日、朗詠の文字読相済み、御書院にて公卿・殿上人に御膳を上げらる、御人数は法皇・新院・照高院宮（道晃）・近衛基熙・以心庵・廣幡忠幸・承章、後段はなし、中院通茂は詠草持参（『日次記』）。
○六月十三日、法皇は新院へ御幸（『日次記』）。二十四日もこれに同じ。
●六月十四日、彦山霊鷲院は権律師の、仏光寺は権僧正の勅許の御礼に殿上まで参らる、御対面なし、円満院は院家霊鷲院の権律師勅許の御礼に参られ、杉原・末広を献上（『日次記』）。
●六月十九日、御短冊二十五枚を永井信齋（尚庸）に下さる、三宅玄蕃に相渡す、翌日、永井信齋は菊花・瓜を献上（『日次記』）。

●六月二十二日、新院皇女降誕（母六条局定子）、舘宮と号す（『続史愚抄』）。
○六月二十七日、法皇は新院へ御幸、蓮花を御覧、道晃親王・尊性親王・道寛親王御参、御相伴（『日次記』）。
●七月七日、和歌御会、題は七夕天象、また楽御会あり、柳原資廉笛所作参仕（『続史愚抄』）。禁裏七夕和歌御会、道寛親王出詠、一首懐紙、七夕天象（『略年譜』）。
●七月十一日、造皇太神宮地曳日時を定めらる、上卿坊城俊広、弁柳原資廉、奉行烏丸光雄、次に豊受大神宮同日時を定めらる、上卿弁職事等初めの如し（『続史愚抄』）。
○七月十六日、法皇は新院へ御幸、道寛親王・道晃親王御参（『日次記』）。
●七月十七日、今夜、新院皇女香久宮（母六条局定子）薨ず、二歳（『続史愚抄』）。
●七月十八日、造皇太神宮立柱上棟等日時を定めらる、上卿徳大寺実維、奉行冷泉定淳、次に造豊受大神宮同日時を定めらる、上卿職事等同前（『続史愚抄』）。
○七月二十九日、八朔の御祝儀の為、瑪瑙御硯・太平広記（唐本）・衝立障子（一双）を禁中へ遣さる、院使池尻共孝（『日次記』）。
○八月一日、法皇は新院御所に八朔の御祝儀を進上、新院御所も法皇に御祝儀を進めらる（『日次記』）。
○八月二日、以心庵（良純）は法皇御所に参らる、御対面なし、呂宋の壺を上げらる（『日次記』）。
○八月五日、法皇は禁中に御幸、三条正親町公廉朝臣・大江俊福供奉す（『日次記』）。
○八月七日、法皇より永井信斎に手鑑をくださる、御短冊幷目録札は清閑寺熙房筆なり（『日次記』）。道晃親王は永井尚政の依頼で手鑑『雲会』一帖に加証奥書する。聖護院にその奥書草案・中書・清書の写しが、断簡の形で存する。草案に「這一帖者、自御製至於諸家諸門主自歌幷内親王已下女筆、古歌之短冊等、法皇賜永井信濃守入道。不堪欣躍、集而貼之。剰、雲会之題銘、被染法皇震翰。誠可謂奇珍者乎。件旨可誌付之由、依被入道

之所望、汚余紙訖。寛文第八暦桂月日、二品判親王。（永井信斎従法皇被下短冊手鑑ノ奥書草案）」とあり、清書に「這一冊者、自御製至於諸家諸門主自歌弁内親王已下女筆、古歌之短冊等、従法皇賜永井信濃守入道。不堪欽躍、集而貼之。剰、雲会之題銘、被染法皇宸翰。誠可謂奇珍者乎。件旨趣可誌付之由、依彼入道之所望、汚余紙訖。寛文第八暦桂秋日、二品（花押）親王」とある。手鑑『雲会』本体の存否については不明であるが、宸筆題簽の写しについては林丘寺蔵『御手鑑』一帖の中に見られる（図録『近世の宮廷文化展』、毎日新聞社）。ちなみに『寛政重修諸家譜』には、「日々に仙洞をよび女院御所の御気色をうかがひしかば、叡感ありてしばしばものをたまひ、また禁裏仙洞の御製をはじめ公卿自詠の短冊、ならびに内親王以下女筆の短冊等、仙洞の御筆にて雲会と標題せし手鑑をたまふ」とある（『略年譜』）。

○八月八日、大樹は法皇に初鮭（入箱）を献上、両伝奏（雅章・実豊）持参（『日次記』）。十日に法皇は老中（板倉重矩・稲葉正則・土屋数直・阿部忠秋・久世広之・酒井忠清・脇坂備後守宛）への三日付女房奉書を両伝奏へ遣す（『日次記』）。

○八月九日、新院は法皇御所に御幸、照高院宮（道晃）・聖護院宮（道寛）御振舞、一乗院宮御参（『日次記』）。

○八月十一日、本願寺は法皇より修学寺焼物筆卓・香合・火入・水指・花入・茶入・茶碗等を拝領（『日次記』）。

○八月十二日、法皇は御庭の蒲萄《マヽ》を硯蓋に入れ、日野弘資・烏丸資慶に下さる、中二階にて夕御膳を上ぐる、御相伴は准后・以心庵・緋宮・大夫典侍、後段あり、各修学院焼物を拝領（『日次記』）。

○八月十三日、法皇より鈴木伊兵衛に、鴫・御庭の蒲萄《マヽ》・いくちを勧修寺大納言拝領（『日次記』）。

○八月十四日、法皇御所へ大覚寺宮・聖護院宮御参あり、また清水寺目代は継目の御礼に参り、御札・御菓子の折を上ぐる、同日宣豊・共孝・定矩・忠康は修学院の焼物を拝領（『日次記』）。

○八月十五日、法皇は禁中に御幸、同日、牧野親成は関東より上洛により蠟燭三百挺献上（『日次記』）。

○八月十六日、法皇は禁中に御幸、飛鳥井大納言雅章に御庭の葡萄・椋鳥を下さる（『日次記』）。
●八月十八日、和歌浦松原松根の御杖を向日了二に献上、執奏飛鳥井雅章（『日次記』）。
●八月十九日、大樹より法皇へ初菱喰（入箱）献上さる、両伝奏持参、同日法皇は女房奉書を両伝奏に遣す、御庭の蒲萄・鮑貝を牧野佐渡守へ下さる、龍渓は法皇御所に伺公、御書院にて講談、牧の間にて昼の御菓子幷に御非時を下さる（『日次記』）。
○八月二十日、新院は法皇御所へ御幸、聖護院宮（道寛）御参、龍渓伺公、御書院にて法談、昨日に同じ（『日次記』）。
●八月二十日、三宝院は大峰駈出し御礼（『日次記』）。
○八月二十三日、法皇は新院へ御幸、大覚寺宮・聖護院宮御参（『日次記』）。
○八月二十四日、法皇御所に一乗院宮・以心庵参る、鹿苑寺章長老（鳳林承章）遷化、歳七十六（『日次記』）。『鳳林承章記』解説では二十八日没とするが、おそらく二十四日没であろう。
○八月二十七日、廣幡中納言忠幸は御泉水の御茶屋にて御膳を献ぜらる、法皇・新院・内大臣・照高院宮・曼殊院宮・以心庵（『日次記』）。
○八月二十九日、法皇は禁裏に御幸、一乗院宮・大聖寺、辰上刻に御成、酉刻に還幸、供奉は交野時久・木辻行直・有尚・梅小路共益・大江俊福（『日次記』）。
●八月二十九日、多武峰大明神正遷宮あり、行事甘露寺方長参向（『続史愚抄』）。
○九月二日、法皇は女五宮（賀子・二条光平室）に御幸、供奉は芝山定豊・木辻行直・清水谷実業・梅小路共益・園池季豊（『日次記』）。
○九月六日、法皇は両伝奏を召さる、申刻に伺公、御書院にて御対面、此の夜亥刻に又伺公、御格子を為すに依り、風早実種に申し置かれ、北面所より退出、飛鳥井大納言（雅章）は蒲萄・雲雀を献ぜらる（『日次記』）。

○九月七日、法皇は両伝奏を召さる、御書院に伺公、御対面、又未刻伺候、御対面なし、同日中院大納言（通茂）伺公、御書院にて御対面（『日次記』）。
○九月八日、新院は法皇御所へ御幸、一乗院宮は法皇に御膳を献ぜらる、照高院宮（道晃）・大覚寺宮・准后御方・緋宮など御相伴、無求の囲炉裏にて御茶の湯、御茶堂は自安、御床の掛物は雪舟筆山水、愚安の掛物は一休筆横物（『日次記』）。
●九月八日、勢州朝熊岳金剛証寺の歯骨舎利を住持天西堂、殿上に持参し、分舎利一粒縁起一折を御内証を以て陽徳院宮（永崇）より献ぜらる、御書院にてこれを叡覧畢ぬ、殿上を出られ勅符を付す、長谷忠康この節御所望に依り、重ねて分舎利二粒を献ず、御奉納のため黄金十両を下さる（『日次記』）。
○九月九日、重陽の御祝儀の為、院参の輩は各相詣られ、諸家の御礼は北面所にて之を記す（『日次記』）。
●九月九日、和歌御会、題は菊契千年、飛鳥井雅章出題、奉行三条西実教（『続史愚抄』）。
○九月十日、法皇御所にて、辰刻に御亭の柱立、未刻に上棟（『日次記』）。
●九月十一日、例幣、上卿油小路隆貞、奉行烏丸光雄、御拝なし（初度出御為る間、日次不快故と云う）（『続史愚抄』）。
●九月十一日、永井信齋卒、歳八十二（『日次記』）。永井尚政没、八十二歳（『寛政重修諸家譜』）。尚政は宇治の興聖寺を再興しており、興聖寺には、中院通村筆『興聖寺縁起』（慶安三年十二月成、寛文元年八月烏丸資慶加証奥書）、道晃親王筆『興聖寺再興縁起』（明暦三年八月成）、天佑筆『興聖寺再興諸堂諸軸総目録』（寛文元年六月成）などが蔵されている。いずれも『宇治興聖寺文書』（同朋社出版）にあるので、引用は略す。興聖寺には他に、後西院宸翰喜撰法師宇治山の歌、後水尾院宸翰寂蓮法師宇治川の歌、明正院の押絵渡唐天神像、東福門院の押絵紀貫之像などがあり、これらはみな尚政が寄進したものである（『略年譜』）。
○九月十二日、法皇御所の愚安にて、梅小路定矩は御膳を上げらる、御相伴は聖護院宮（道寛）・緋宮・此の外女

中方なり、掛物・花を持参、丹州田辺の生鮭を牧野佐渡守献上、荻原左衛門佐・吉田侍従は来十四日関東下向の由にて、御暇乞に参らる、円満院門跡は修学院焼などを遣さる（『日次記』）。

○九月二十四日、法皇は今朝龍渓を召し、斎を下され、其の後、御書院にて説法有り、午時に説法終りて後退く、次の間にて茶菓を賜う、新院御幸、青蓮院宮御成り（『日次記』）。

○九月二十七日、法皇は岩倉に御幸、牧野佐渡守供奉、服部備後御留守、御見舞鈴木淡路（『日次記』）。

●九月、道晃親王は鍋島光茂の所望で『詠歌大概愚抄』一冊を書写する。書陵部蔵鷹司本『詠歌大概愚抄』の扉裏に「丹後守光茂朝臣、依所乞而、聊述愚意者也。一覧之後、可投紅炉。寛文第八晩秋日」とあり、元奥書に「這一冊、依松平丹後守光茂所望、照高院二品道晃親王編集。彼真筆以御本、令書写畢。寛文第八晩秋仲二」とある。

●十月三日、前左大臣鷹司教平薨ず、六十歳（『日次記』）。鷹司教平薨ず、六十歳、一致院と号す、廃朝三箇日（今日より歟）、後日二尊院に葬る（『続史愚抄』）。

○十月四日、法皇御所に新院御幸、表向の車寄より初めて渡御、照高院宮（道晃）・聖護院宮（道寛）・以心庵・中院大納言（通茂）・烏丸大納言（資慶）、今日は愚安にて御壷の口切り、御膳を供す、愚安の御床の掛物は狩野探幽筆鴈なり（『日次記』）。

○十月五日、道作法印は、法皇の御脈を窺う（『日次記』）。

○十月十一日、天皇・法皇・本院・新院・女院は、多武峰に御奉納の金銀を遣さる、同日大樹は鷹の鶴を法皇に進献す、飛鳥井大納言（雅章）持参す（『日次記』）。

○十月十二日、法皇・本院・女院は修学院に御幸、供奉は木辻行直・有尚・信昌・一忠、寅下刻に出御、亥下刻に還幸、武家の牧野佐渡守・野々山肥前守・松下伊賀守供奉す、土岐茅庵これに従う（『日次記』）。

○十月十四日、法皇御所は、前日大樹より鶴進上に付き、女房奉書を出され、伝奏飛鳥井大納言（雅章）へ遣す（『日次記』）。
●十月十六日、多武峰大明神千年神忌、因て法会を妙薬寺にて行わる（奉行甘露寺方長参向歟）（『続史愚抄』）。
○十月十七日、法皇は新院に御幸、園池季豊・氏成供奉す、修学院の茸干と幡枝御山の松茸を飛鳥井前大納言拝領す（『日次記』）。
○十月十八日、新院御幸、照高院宮（道晃）御参、夕御膳を円照寺にて上ぐる、相国寺彦西堂初て院参し、御書院にて御礼十帖一本を献上す、御礼終りて漢和これ有り、御人数、御製・照門主・梅小路定矩・風早実種・高辻豊長・正隅・岩橋友古・慶彦なり、表八句終りて、各退出す（『日次記』）。
○十月二十二日、法皇御所にて御壺の口切り、愚安にて御振舞、御客の新院・本院・女院御幸、花山院定好参院（『日次記』）。
○十月二十六日、新院御幸、円照寺殿にて御膳上ぐる（『日次記』）。
●十月二十九日、烏丸資慶は有馬より御土産として、岩檜葉・川茸を献上（『日次記』）。
○十一月一日、女御・八条宮・姫宮は院参、御書院にて御膳を出だす（『日次記』）。
●十一月一日、春日祭、上卿清閑寺熙房参向、弁不参、奉行甘露寺方長（『続史愚抄』）。
○十一月六日、廣幡中納言は江戸土産として、法皇に駿河竹組物・御料紙箱・御硯箱を献上す（『日次記』）。
○十一月十日、法皇御所に多武峰より巻数幷に御樽を献上す、一山使僧として玉泉院・成就院持参す、青蓮院宮より谷大進を相添えらる（『日次記』）。
○十一月二十二日、法皇御所の愚安にて廣幡忠幸は御膳を上ぐる、御相伴は緋宮・以心庵・この外女中方あり、掛物・花を持参す（『日次記』）。

●十一月二十二日、石川丈山に鴨・大樽を下さる（『日次記』）。
○十一月二十四日、法皇は新院に御幸、清水谷実業・氏成供奉す、大岡弥右衛門は蜜柑一籠献上（『日次記』）。
●十一月二十六日、内宮別宮造荒祭宮月読宮風日祈宮等山口祭木作始地曳立柱等日時を定めらる、上卿中院通茂、奉行烏丸光雄、次に外宮別宮造高宮土宮月読宮風宮等同日時を定めらる、上卿職事等同前（『続史愚抄』）。
●十一月二十七日、春日若宮祭、永貞参詣し供奉せしむと云う（『続史愚抄』）。
○十二月六日、法皇御所に、仁和寺宮（性承）・妙法院宮（堯然）・聖護院宮（道寛）御参、妙門・聖門は御内儀にて御膳を上ぐる（『日次記』）。
○十二月十一日、龍渓は法皇に伺公し、御書院にて法談、終りて牧間にて御齋幷に昼の物を下さる（『日次記』）。
○十二月十二日、法皇は申下刻に禁中に御幸、恒例の御神楽、出御始、両伝奏（飛鳥井雅章・正親町実豊）院参して言上の趣きは、板倉内膳正（重矩）上京に就き、大樹より、禁裏・院中の御機嫌を窺わる、幷に自今内膳正は在京と為すべく、御用等を仰せ付けらるべき旨、披露、両伝奏は内膳の私宅に詣でて上洛の後はじめて謁す、内膳宅は牧野佐渡守の二条の旧宅なり、当月五日上洛の由云々、今日初めて女院に参る（『日次記』）。
●十二月十二日、内侍所臨時御神楽あり、出御あり（当代出御晴儀初度、日次事に依り延引と云う）、御拝後入御、拍子本持明院基時、末小倉公代、奉行冷泉定淳（『続史愚抄』）。
●十二月十六日、法皇に板倉重矩より御太刀・馬代・蠟燭を献上、使者町田郷左衛門（『日次記』）。
●十二月十六日、新院御月次二首懐紙、道寛親王出詠、歳暮急於水、海辺見鶴、同日御当座短冊、冬夜、なお短冊を亀井茲政に書き遣す（『略年譜』）。
○十二月十八日、飛鳥井大納言（雅章）は御用により、法皇に伺候（『日次記』）。
○十二月二十二日、法皇御所御煤払い、唐橋（在庸）は元服の御礼に参院（『日次記』）。

○十二月二十三日、板倉内膳正重矩は院参し、太刀・馬代（黄金十両）を献上、牧野佐渡守も院参し、馬代（白銀一枚）を献上し、弘御殿にて御対面、御盃常のごとし（『日次記』）。

●是歳、諸国旱（『続史愚抄』）。

●是歳か、道寛親王詠三十首、また所々に懐紙・短冊を書き遣す、夕梅で智積院に懐紙、法皇へ短冊、朝霞で法皇へ短冊、水辺螢で同、河氷で同、守敬親王に短冊、夜神楽で新院に短冊、樹陰納涼で鍋島光茂に懐紙を書き遣す（『略年譜』）。

寛文九年〔一六六九〕己酉　七十四歳　院政四十年

●正月一日、四方拝（当代初度）、奉行烏丸光雄、小朝拝なし、節会、出御あり（初度）、内弁徳大寺公信、陣後早出、中院通茂之に続く（之の先に園基福早出、或いは参仕なしと云う）、外弁大炊御門経光、以下六人参仕、奉行烏丸光雄（『続史愚抄』）。

●正月七日、白馬節会、出御あり、内弁近衛基熙、外弁坊城俊広、以下七人参仕、奉行冷泉定淳、此の日、先に内大臣近衛基熙拝賀着陣（吉書官蔵人方等、柳原資廉之に従う）（『続史愚抄』）。

●正月八日、後七日法始、阿闍梨永愿（二長者なり、而て長者高賢重服故なり）、太元護摩始、阿闍梨厳燿、以上奉行柳原資廉（『続史愚抄』）。十五日両法結願。

●正月十一日、神宮奏事始、上卿坊城俊広、奉行烏丸光雄（『続史愚抄』）。

●正月十六日、踏歌節会、出御あり、立楽後入御、内弁近衛基熙、陣後早出、油小路隆貞これに続く、外弁忠幸、以下六人参仕、奉行柳原資廉（『続史愚抄』）。

●正月十七日、是日以前に道晃親王は鍋島光茂の所望で『百人一首抄』一冊を書写する。書陵部蔵鷹司本『百人一首抄』一冊の奥書に「這一冊、依松平丹後守（光茂）所望、二品道晃親王編集、被染真筆以御本、令書写畢。寛文第九初春仲七」とある。

○正月十九日、禁裏和歌御会始、題は瀧音知春、読師中院通茂、講師烏丸光雄、講頌持明院基時（発声）、奉行三条西実教、此の日、法皇和歌御会始、題は霞春衣、飛鳥井雅章出題、奉行交野時久（『続史愚抄』）。

●正月二十日、武家沙汰を為し、今日より百箇日、両所（北野松原、四条河原）にて粥を貧窮者に施行す（『続史愚抄』）。

●正月二十二日、新院（後西）和歌御会始、題は栽梅待鶯、飛鳥井雅章出題、読師烏丸資慶、講師冷泉定淳、講頌持明院基時（発声）（『続史愚抄』）。

●二月四日、北野社正遷宮あり（戌刻）、行事上卿五条為庸、史以下参向、奉行柳原資廉（参向なき歟）（『続史愚抄』）。

●二月九日、春日祭、上卿徳大寺実維参向、弁不参、奉行柳原資廉（『続史愚抄』）。

●二月上旬、道晃親王は松平山城守の所望で「此集」（書名不明）を書写する。聖護院本「奥書類写断簡」に「此集、依松平山城守所望、凌老眼書写之。烏焉之誤、落字等、後見輩、俟改正而已。寛文第九如月上旬、判」とある。右の松平山城守は重治か。重治は実は高家品川式部大輔高如長男。品川は今川氏真の一族。

●二月十七日、新上東門院五十回御忌（御忌十八日）の奉為に、法皇御沙汰に為り、今明両日御仏事を泉涌寺にて行わる（今日公卿の着座なし）、奉行院司某（『続史愚抄』）。

●二月十八日、新上東門院五十回御忌、御仏事（曼荼羅供）を泉涌寺にて行わる（法皇御沙汰に為る）、公卿某以下三人参仕（『続史愚抄』）。

●二月二十三日、三条西実教出仕停止、失脚（『略年譜』）。この件に関しては、内閣文庫蔵『三条西正親町両伝奏排斥之件』（中院通茂筆）一巻・国文研板倉家文書『御密事勅筆三通』一箱、京大中院文書『久我通名起請文』

一通など参照。

●二月二十四日、新院（後西）第一皇子（十五歳、八条、母明子女王）、御名長仁、親王宣下あり、上卿油小路隆貞、勅別当大炊御門経光、奉行冷泉定淳（『続史愚抄』）。

●二月二十五日、楽御会始あり（『続史愚抄』）。

○二月二十八日、亥刻、今上（霊元）第一皇女降誕（母多奈井局、故西洞院時良女）（『続史愚抄』）。

●三月四日、光照院禅尼宮（法名尊清、元尊厳と号す、後陽成院皇女、母目目典侍局、故葉室頼宣女）薨ず、五十七歳（『続史愚抄』）。

●三月十一日、星あり東に流れ、声雷の如し（『続史愚抄』）。

●三月十五日、今日より百二十箇日、竹田安楽寿院本尊阿弥陀以下開帳（『続史愚抄』）。

●三月十九日、東照宮に奉幣を発遣さる、先に日時を定めらる、上卿廣幡忠幸、幣使阿野季信、奉行烏丸光雄（『続史愚抄』）。

○三月二十一日、今上皇女降誕（母藤大典侍局、坊城俊広女）、女一宮と号す（第二宮と雖も議あり、而て女一宮と号す）（『続史愚抄』）。

○三月二十七日、法皇・本院（明正）・新院（後西）等は修学寺殿に幸す（『続史愚抄』）。

○四月五日、法皇本院新院等は岩倉殿に幸す（『続史愚抄』）。

●四月十一日、松尾祭、蔵人日野資茂は祭を社家に付さる綸旨を書き下す（『続史愚抄』）。

●五月十日、法皇は今日より職原抄の御講談を始めらる（『続史愚抄』）。六月四日に職原抄御校合。

●五月十三日、此の日、南都大風（西刻より戌に至る）、若宮内院北杉（大木）倒れ、因て通合社拝屋（一宇と云う）等を圧倒し、廊・瑞籬等損ずる（本社以下無為）由、十四日に社司言う（『続史愚抄』）。

○五月十八日、新院皇女降誕（母東三条局共子）、賢宮と号す（『続史愚抄』）。
●五月二十六日、広橋兼賢薨ず、七十五歳、後如雲院と号す（『続史愚抄』）。
●五月二十七日、造春日社木作始仮殿遷宮等日時を定めらる、上卿坊城俊広、奉行甘露寺方長（『続史愚抄』）。
●六月三日、前摂政（二条光平）姫君御逝去、御機嫌窺の為、輪王寺宮より使僧正徳院（『日次記』）。
○六月四日、法皇は御書院にて職原抄御校合、伏原少納言・船橋式部少輔院参（『日次記』）。
○六月六日、新院御幸、御中二階にて職原抄御文字読、御聴聞衆、道晃親王・道寛親王・廣幡忠幸・中院通茂・日野弘資・烏丸資慶・平松時量・烏丸弁・日野弁・船橋式部少輔（『日次記』）。
●六月七日、造日吉社立柱上棟等日時定めあり、上卿坊城俊広、奉行日野資茂（『続史愚抄』）。
○六月十日、法皇は新院へ御幸、供奉清水谷実業・氏成、御書院にて御針遊ばさる、鍼医藤木土佐守、十二日も御書院にて御針遊ばさる、藤木土佐守（『日次記』）。
○六月十五日、龍渓参勤、御書院にて御対面、仏書を講ず（『日次記』）。
○六月十七日、新院御幸、道寛親王・道晃親王・中院通茂・日野弘資・烏丸資慶、各巳刻御参、牧の間にて御振舞出づる（『日次記』）。
○六月十九日、職原抄御文字読、新院御幸、道寛親王・近衛基熙・廣幡忠幸・一条内房・日野弘資・烏丸資慶・平松時量・頭弁・日野弁・伏原少納言・船橋式部少輔、各伺公、昼御次にて赤飯出づる、当春仰せ出られ、『有職問答』書写（今出川公規）御本と新板を校合候いて、徳大寺公信献上（『日次記』）。右の新板『有職問答』は万治二年林和泉刊『多々良問答』を指すか。
○六月二十四日、職原抄御文字読、御書院にて遊ばさる、巳下刻、新院御幸、道晃親王・近衛基熙・一条内房・廣幡忠幸・日野弘資・烏丸資慶・同頭弁・伏原少納言・日野弁・船橋式部少輔、各伺候（『日次記』）。

●六月三十日、皇太神宮心柱正遷宮日時を定めらる、上卿清閑寺熙房、奉行烏丸光雄、次に豊受大神宮同日時を定めらる、上卿職事等同前（『続史愚抄』）。

○七月五日、職原抄御文字読、新院御幸、道晃親王・一条内房、此の外伺公、右前日の如し、新院、道晃親王・中院通茂・日野弘資・烏丸資慶、御内儀にて御振舞出づる、同日、聖護院宮坊官今大路中務に立花を仰せ付けられ、焼火の間東の縁にて之を立つ、蓮花の一体（『日次記』）。

●七月七日、和歌御会、勅題、星河秋興、奉行三条西実教（『続史愚抄』）。七夕和歌御会、道寛親王出詠、一首懐紙、勅題、星河秋興（『略年譜』）。実教の奉行は不審。二月二十三日に出仕停止、失脚。『公卿補任』では延宝九年以降も前権大納言として名を載すが、『諸家伝』では「明暦三十一廿四辞権大納言」から「元禄十四十二十九薨」まで官位の動きはなく空白状態である。

●七月十一日、大星あり、東南に飛ぶ（世に天狗と称するものや否や）（『続史愚抄』）。

○七月十八日、以心庵は古今集（一部以心庵御筆）・料紙箱（冠・楽器図の蒔絵）・御菓子一折を献上（『日次記』）。

○七月二十一日、法皇は本院へ御幸、中院通茂参院、詠草を上げらる（『日次記』）。

○七月二十四日、辰刻に法皇は禁中に御幸、未刻に還幸、今日入木道御伝受の御祝儀、勅使園基福、御目録、白銀五百両・綿五十把・御樽一荷・昆布一箱・鶴一羽（『日次記』）。

○七月二十六日、新院御幸、道晃親王御参、日野弘資・烏丸資慶伺公、御内儀へ参り、御振舞（『日次記』）。

●七月二十九日、今上皇女（母多奈井小路局）薨ず、当歳、後日廬山寺中に葬る（『続史愚抄』）。

○八月一日、法皇は八朔の御祝儀として、禁裏へ朗詠集古筆二巻・堆朱箱一箱を進めらる、御使池尻共孝、本院・新院へも御祝儀を進めらる、御使同（『日次記』）。

●八月一日、以心庵（後陽成院皇子、法皇御弟、元知恩院入道二品良純親王、配所より帰洛後、還俗し北野辺に在り）逝く、

六十六歳、因て廃朝三箇日と云う（違例歟）、後日（三日）泉涌寺中に葬る（『続史愚抄』）。
○八月上旬、烏丸資慶は祖父光広の家集『黄葉和歌集』十巻を編し、自跋を付す。跋に「……祖父亜槐被詠和歌秘于函底、承応年中不意嬰池魚殃亡失矣、欲再集之、散在諸方者不可容易求之、法皇忝賜被記置洞裏和歌二巻、及亜槐自筆百首草案等、而速応成編終功之由被仰下、因茲彼此相裒書、為一家集、名云黄葉和歌、経法皇御覧之処、即被写留畢、可謂千歳栄也、猶漏此篇者重拾摭附于後而已、寛文九年仲夏上浣、嫡孫特進資慶」（『新編国歌大観』九）とある。この編纂資料と思しきものが『烏丸光広詠草』六冊（『弘文荘古書目』三四）である。多く百首和歌の類で、その一冊の末に資慶自筆で「光広卿老後百首和歌、仙洞御着到也、令於東府詠進之、以彼自筆之藻写之、読合畢、寛文第二仲夏下旬、末葉資慶」とあるらしい。烏丸家菩提所法雲院蔵『黄葉和歌集』は資慶自筆と伝えられる（『烏丸光広卿』法雲院刊、その写真一葉は『京都の社寺文化』に載る）。後水尾院の文事の流れからすると、この時期つまり寛文延宝期は『円浄法皇御自撰和歌』入集六歌仙の私家集群が形成されて行く時期に当たる。法皇の「仰」によって編まれたこの『黄葉和歌集』もその一つであろう（『略年譜』）。
○八月八日、法皇は禁裏に御幸、大聖寺殿御参（『日次記』）。
○八月十日、新院御幸、道晃親王、中院通茂・日野弘資伺公（『日次記』）。
●八月十八日、両伝奏参院、大樹より初鮭献上（『日次記』）。
●八月十八日、妙法院尭恕親王は天台座主を辞す（『続史愚抄』）。
○八月十九日、法皇は新院へ御幸、歌書写の御用に付き、曼殊院宮へ岩橋友古を遣さる、御庭の葡萄・燕素を石川丈山に下さる（『日次記』）。
●八月二十日、以心庵の御弔に知恩院より御使を遣さる、今日中院通茂参院、御庭の葡萄を番所にて拝領（『日次記』）。
○八月二十一日、新院皇子降誕（母六条局定子）、貴宮と号す（『続史愚抄』）。後の毘沙門堂・輪王寺公弁親王。

●八月二十二日、今日知恩院什物の上人伝記（十六巻辛櫃に入る）御返し（『日次記』）。
●八月二十七日、新院第二皇子（十四歳、母東三条局共子、寛文七年、高松家相続治定）、御名字幸仁に親王宣下あり、上卿花山院定誠、勅別当今出川公規、奉行冷泉定淳（『続史愚抄』）。
●八月二十七日、長谷忠康卒、年五十八（『日次記』）。忠康は西洞院時慶五男、母家女房、法名浄然（『諸家伝』）。
●八月二十九日、龍渓院参、御書院にて仏経を釈す、出御、御対面、御聴聞、道寛親王御参、今日河端安芸守益経息宣経正六位下右衛門尉昨日勅許、御礼のため番所まで候す（『日次記』）。
●九月一日、両伝奏参院、大樹よりの初菱喰を献上（『日次記』）。
●九月三日、龍渓伺公、御書院にて仏経を釈す（『日次記』）。
○九月五日、禁裏は御詠草（重陽、御題池辺菊）を葉川基起を以て御目に掛けらる、飛鳥井雅章は詠草持参（『日次記』）。
●九月七日、法皇の御用に依り葉室頼業参院（『日次記』）。
●九月八日、大樹より初鶴献上、両伝奏持参（『日次記』）。
●九月十一日、例幣、上卿中院通茂、奉行冷泉定淳、御拝あり（『続史愚抄』）。
○九月十三日、御書院にて親康喜庵は御歯の療治奉る、新院御幸（『日次記』）。
●九月十三日、青蓮院尊証親王に天台座主宣下あり、上卿今出川公規、奉行日野資茂（『続史愚抄』）。
○九月十四日、法皇は禁中へ御幸、供奉清水谷実業・信昌、尊証親王は座主宣下の御礼に御参（『日次記』）。
○九月十六日、法皇は岩倉へ御幸（『日次記』）。
○九月十九日、法皇は禁中へ御幸、尾張国観心院は権僧正勅許の御礼に参院、白銀三十両献上、知恩院末寺伊予国大村寺は始めて参内、御礼の為に参院、十帖一本献上（『日次記』）。
●九月二十二日、伊勢一社奉幣を発遣さる（両宮遷宮に依りてなり）、先に日時を定めらる、上卿大炊御門経光、奉

行冷泉定淳（『続史愚抄』）。
○九月二十三日、龍渓伺公、御書院にて法談、昨日の御礼に中院通茂参院（『日次記』）。
○九月二十五日、来る十月三日は金剛寿院御忌月に就き、相国寺に観音懺法を仰せ付けられ、御布施白銀十枚を役者養首座に下さる（『日次記』）。
●九月二十六日、内宮正遷宮（『続史愚抄』）。二十八日、外宮正遷宮。
●九月二十九日、新院皇子（十一歳、三宮と号す、円満院治定、母権典侍局、故岩倉具起女）御名字貴平に親王宣下あり、上卿徳大寺実維、勅別当花山院定誠、奉行甘露寺方長（『続史愚抄』）。後の円満院永悟親王。
●十月二日、大樹より鷹の鶴を進上、飛鳥井雅章持参（『日次記』）。
●十月二日、禁中・法皇・本院・新院は雅楽の面を春日社に奉納（『日次記』）。
●十月五日、法皇は修学院へ御幸（『日次記』）。
●十月七日、禁裏は御詠草を法皇に御目に掛けらる、千種有能持参（『日次記』）。
●十月九日、御壷の口切り、御人数、新院・道晃親王・近衛基熙・曼殊院宮・飛鳥井雅章・中院通茂・日野弘資、烏丸資慶は所労に依り御理り（『日次記』）。
●十月十一日、御壷の口切り、御客御人数、油小路隆貞・柳原資行・小倉実起・中御門資熙、藪嗣孝は所労に依り御理り（『日次記』）。
●十月十一日、貴平親王（十一歳、新院皇子）は円満院室に入る。十三日、貴平親王は円満院にて得度、法名永悟（『続史愚抄』）。
○十月十四日、法皇は禁中へ御幸、彦火々出見尊の巻物（桐箱入）を禁中に進めらる（『日次記』）。
●十月十八日、憲長老は始めて参院、御書院にて御対面、杉原・末広・朝鮮筆を献上、御礼已後、御前に召し出

だされ、仰せに依り、漢和の章句を作進、漢和聯句一折二十二句満了、御人数、道晃親王・道寛親王・風早実種・高辻豊長・裏松意光・岩橋友古、御聯句已後、意光と憲長老に牧間にて御振舞下さる（『日次記』）。
○十月二十四日、相国寺常住の使、恕首座は玉体の安否を窺う（『日次記』）。
○閏十月一日、法皇は級宮へ御幸、野間三竹法眼は関東より上洛に付き灰団一箱百入を御礼に持参（『日次記』）。
○閏十月三日、日厳院（堯憲）の法談あり、法華経十如是の解釈なり、其の儀、未刻計りに出御、御書院（上檀北方）、是れより先に新院御幸、同出座（上檀南方）、近衞基熙・妙法院宮・道寛親王等（御座末）、御聴聞、中院通茂・飛鳥井雅章・日野弘資等、応喚伺公、聴聞あり（下段）、北方（耕作の間）に簾屏を儲け、女房の御聴聞あり、未下刻に事畢ぬ、両御所入御、御書院にて御膳を供す、近衞基熙。両御門主御相伴云々（『日次記』）。
○閏十月五日、法皇は禁中へ御幸（『日次記』）。今日道寛親王は詠山家嵐の短冊を、喜元取次にて岩上法印へ、また新院へ書き上ぐる（『略年譜』）。
●閏十月八日、円満院御弟子新宮、去月十三日御得度に就き、御礼の為に円満院常尊参院（『日次記』）。
●閏十月十一日、酉刻に光る物あり、西より巽の方に落つ、其の大きさ鞠の如し（『日次記』）。
●閏十月十二日、卯下刻に大地震、之に依り使池尻共孝は主上の御機嫌を窺う、使園池季豊は新院の御機嫌を聞こし召され、その後に千種有能を以て禁裏より聞こし召す、法皇には両伝奏伺候し、御機嫌を窺わる、板倉重矩は使者を以て御機嫌を窺う（『日次記』）。
●閏十月十五日、廣幡忠幸所労に依り御見舞のため、御蔵壱岐守を遣さる（『日次記』）。
●閏十月十七日、廣幡忠幸の病気危急のため、久我中納言次男相続、両伝奏披露、則ち今日忠幸薨ず（『日次記』）。
●閏十月二十八日、雨宮対馬守正種参院、奏者所にて御太刀馬代銀子一枚を献上（『日次記』）。
●十一月一日、朔旦冬至、平座を行わる、先に賀表奏あり、上卿九条兼晴（次第を作進）は奏表を訖え退出、平座

上卿園基福、已次公卿油小路隆貞、以下五人参仕、奉行冷泉定淳、此の日、春日祭延引（『続史愚抄』）。

●十一月五日、八条殿、今日御元服遊ばされ、参院、常御所にて御対面、御元服の御祝儀として、黄金二十両・昆布・白鳥・干し鯛・御樽を遣さる、御使梅小路左兵衛督（『日次記』）。八条宮長仁親王（十五歳、新院第一皇子）は新院御所にて元服あり、加冠関白鷹司房輔、理髪冷泉定淳、此の日、親王を中務卿に任ず（口宣）、上卿園基福、奉行日野資茂（『続史愚抄』）。

●十一月八日、丹州常照寺は後花園院御菩提所、今二百年御忌に及ぶ由言上、仍て御法事料として、禁中・法皇・本院・新院より黄金十両・白銀十枚・白銀五枚・白銀三枚を常照寺道充拝領す（『日次記』）。

●十一月十日、新院は法皇御所へ御幸、晩景御匣殿に御幸、同日持明院基輔は元服により御礼に伺公（『日次記』）。

●十一月十三日、此の日、春日祭を行わる、上卿東園基賢参向、弁不参、奉行甘露寺方長（『続史愚抄』）。

●十一月十四日、新院皇女楽宮（九歳、兼て入室し喝食と為る）、中宮寺にて得度、法名高栄尊秀、戒師北室院光忍比丘（按ずるに尼歟）（『続史愚抄』）。

●十一月二十一日、女御入内、鷹司教平息女（『日次記』）。女御藤原房子（十七歳、故鷹司教平女、女御宣旨を賜う、日欠）入内、扈従の公卿樋口信康以下二人、前駈殿上人為教以下四人（『続史愚抄』）。

●十一月二十二日、女御入内に就き、大樹より御使松平美作守・品川式部太輔、御進物、御太刀馬代白銀百枚・越前綿百把・白縮緬二十巻・御肴二種・御樽一荷、右御台より御内証にて披露、松平美作守・品川式部太輔・板倉内膳正よりも太刀馬代黄金十両など献上、弘御所にて御対面、天盃を下さる（『日次記』）。

●十一月二十八日、烏丸資慶卿卒、亥刻、四十八歳（『日次記』）。資慶については、高梨素子編『烏丸資慶家集』上下に詳しい。法雲院蔵の烏丸家関係遺品については、前引の『烏丸光広卿』にある。烏丸家に蔵されていた資慶の自筆本については、『弘文荘古書目』三四に『烏丸資慶自筆草稿類』（烏丸家旧蔵原本、一巻廿五冊）として

載る。なお、家集『秀葉集』の稿本とみられるものが、弘文荘古書目『日本の自筆本』に載る。外題に「故亜槐資慶卿御詠　二」とあり、何冊かの内の一冊と思われる。寛永十九年より寛文九年までの歌を収める。なお現在『烏丸資慶自筆草稿類』は天理図書館蔵である。

●十二月一日、柴田隆莚に鴈・生鯛・御樽を、奏者所に召され下さる（『日次記』）。

●十二月二日、内侍所臨時御神楽あり、出御あり、拍子本小倉実起、末持明院基時、奉行冷泉定淳、今夜戌刻、春日社仮殿遷宮、行事甘露寺方長参向（『続史愚抄』）。

●十二月五日、養寿院は法皇のお召しに応じ参勤、愚安亭にて御脈を診る（『日次記』）。

●十二月五日、日吉社正遷宮日時定めあり、上卿園基福、弁奉行柳原資廉、今夜、内侍所臨時御神楽を行わる（女院より申し行わる、是れ将軍家綱の去去年病癒の報賽と云う）、拍子本持明院基時、末小倉公代、奉行冷泉定淳（『続史愚抄』）。

●十二月八日、速水長門守将益は今日従四位下を勅許、御礼を申し上ぐ、翌日御礼に生鯛を献上（『日次記』）。

●十二月十日、日吉社正遷宮あり、行事柳原資廉以下参向（『続史愚抄』）。

●十二月十日、高見石庵に黄金十両を下さる（『日次記』）。

●十二月十一日、新院御煤払い、非蔵人十人、鳥飼七人（『日次記』）。

●十二月十二日、禁裏より今度入内の御祝儀として、公卿・殿上人に銀二十両宛拝領、玉垣これを伝えらる（『日次記』）。

●十二月十二日、道寛親王は青磁香炉銘吾妻野の歌を主敬所望により書き遣す（『略年譜』）。

●十二月十三日、御煤払い、飛鳥井雅章・日野弘資・石井右衛門佐御見舞いのため参勤（『日次記』）。

○十二月十五日、法皇は二宮へ御幸、御方違、新院御幸、御方違（『日次記』）。

●十二月十五日、志水了無は御書院にて御対面、鴨一双献上（『日次記』）。
●十二月十六日、中院通茂・日野弘資・飛鳥井雅章・花山院定好・勧修寺経広は法皇より海鼠腸（このわた）等を拝領する、今日風早三位息叙爵の義、御内意を窺し処、無子細、申し上ぐべき旨、仰せ下さる、河端安芸守加級の義、伺うの処、無子細、申し上ぐべき旨、仰せ下さる（『日次記』）。
●十二月十九日、野宮定縁は宰相勅許に依り、御礼に伺公（『日次記』）。
●十二月二十二日、女院御年忘れに依り、新院御幸（『日次記』）。

寛文十年〔一六七〇〕庚戌　七十五歳　院政四十一年

●正月一日、四方拝、奉行甘露寺方長、小朝拝なし、元日節会、出御あり、立楽後入御、内弁九条兼晴、陣後早出、中院通茂これに続く（之の先に油小路隆貞早出、或いは不参に作る）、外弁花山院定誠、以下六人参仕、奉行甘露寺方長（『続史愚抄』）。
○正月一日、辰下刻出御、院参の諸臣御対面、天盃等如令、未下刻新院御幸（『日次記』）。
●正月二日、法橋玄察は延齢固本丹を献上（『日次記』）。
●正月三日、養寿院道作法印・丈安法眼は御書院にて御対面、両人とも御脈を窺い申す（『日次記』）。
●正月五日、今日御幸始、法皇は禁中・本院・新院に御幸、供奉の殿上人は清水谷実業・園池季豊ら七人、今夜梅小路定矩宰相拝賀着陣、子刻参院、弘御所南庭（南門を入り、中門を経て、南庭に至る）にて舞踏、申次は中蔵人（『日次記』）。
●正月七日、猿舞御覧、諸式例年の如し、法眼寿元は年頭の御祝儀として延齢丹を献上（『日次記』）。

●正月七日、白馬節会、出御なし、御悩あるに依ると云う、内弁徳大寺実維、外弁大炊御門経光、以下六人参仕、奉行鷲尾隆尹（『続史愚抄』）。

●正月八日、後七日法始、阿闍梨長者高賢、太元護摩始、阿闍梨厳燿、以上奉行日野資茂（『続史愚抄』）。十四日両法結願。

●正月九日、土岐茅庵は年始賀義として龍脳丸を献上（『日次記』）。

○正月十一日、今日新院の御幸あり、法皇は道晃親王・道寛親王。近衛基熙・中院通茂・飛鳥井雅章・日野弘資を召され、御書院にて饗膳を進めらる、供膳後に龍池にて船を催さる（『日次記』）。

●正月十一日、神宮奏事始、伝奏清閑寺熙房、奉行甘露寺方長（『続史愚抄』）。

●正月十六日、踏歌節会、出御あり、内弁近衛基熙、国栖後早出、高倉永敦これに続く、外弁坊城俊広以下八人参仕、奉行日野資茂（『続史愚抄』）。

●正月十八日、禁中（霊元）の御詠草を、千種有能持参す（『日次記』）。

●正月十九日、和歌御会始、題は春色柳先知、飛鳥井雅章出題、読師今出川公規、講師鷲尾隆尹、講頌持明院基時（発声）、奉行日野弘資（『続史愚抄』）。

○正月十九日、法皇和歌御会始、題は鶯知万春、日野弘資出題、奉行木辻行直（『続史愚抄』）。

●正月二十二日、慈尊院は少僧正勅許の御礼に伺公（『日次記』）。

●正月二十三日、新院（後西）和歌御会始、題は花為佳会媒、出題飛鳥井雅章、読師清閑寺共綱、講師日野資茂、講頌持明院基時（発声）、奉行平松時量（『続史愚抄』）。

○正月二十四日、新院は法皇御所へ御幸、朱宮御方にて御膳、二宮御方御成（『日次記』）。

●正月二十四日、烏丸光雄は除服伺候（父資慶は去年十一月二十八日薨ず）、日野弘資同心、資慶の病中色々忝なしと

仰せの由、御礼あり（『日次記』）。

●正月三十日、今日大樹（家綱）使大沢基将は新年の賀を申す（『日次記』）。賀状は十一日付、家綱から両伝奏宛。御三家の内水戸家からは進献なし、水戸宰相（光圀）息少将（綱方）は当月二十一日逝去云々（『日次記』）。

○二月三日、法皇は金剛寿院遺物の金屏風一双（色紙と短冊を交押、皆諸家筆跡なり）・御短冊二箱（折本、一本は道晃親王真墨・一本は曼殊院良尚親王真筆）を相国寺祖師堂の什物として奉納（『日次記』）。

●二月五日、去る二十五日に所々に大小豆降るの由風聞、則ち御庭等尋ぬの処、少々相見る、これに依り先例を勘するに安元年の例あり、今に始まらざる事歟（『日次記』）。

●二月七日、勘解由殿局死去、年三十六（『日次記』）。

●二月八日、勘解由小路（資忠）は子息（韶光）元服の御礼に院参（『日次記』）。韶光は烏丸光雄男。

●二月九日、春日祭、上卿東園基賢参向、弁不参、奉行甘露寺方長（『続史愚抄』）。

●二月十二日、巳刻に御針医藤木土佐守院参（『日次記』）。

○二月十九日、仁和寺宮・大覚寺宮・梶井宮御参、中院通茂伺公、御中二階にて御対面、岩橋玄長出番、御掃除坊主了斎召し出ださる（『日次記』）。

●二月十九日、楽御会始あり（小御所にてなり）（『続史愚抄』）。

○二月二十四日、主上御詠草を柳原資行持参、法皇は禁中に御幸、巳刻聖輿出で、未刻還幸（『日次記』）。

●二月二十五日、両伝奏は関東下向の御暇乞に院参、御対面なし、御用に依り東園基賢・千種有能伺公（『日次記』）。

●二月二十七日、大宮実勝は元服の御礼の為に伺公（『日次記』）。実勝は姉小路公景末子、母西洞院時慶女。

●二月二十七日、道晃親王は『十体和歌』一冊を校合了（『略年譜』）。

○二月三十日、法皇は岩倉へ御幸、戌上刻還幸（『日次記』）。

●二月、飛鳥井雅章等は西本願寺本『三十六人集』三九帖を書写する。その内、欠本三冊は道晃親王、日野弘資、烏丸資慶が書写して補う。雅章筆奥書に「此三拾六人家集者、借本願寺(光常)家珍之本、不違一字令書写校合訖。件集昔日雖為官本、有子細下賜本願寺云々。誠世間無双之正本也。新院御在位之時、召上此本、被遂書写之功之処、三拾六人集之内三冊不足之間、仰人丸集者照高院道晃法親王、業平集者日野前大納言弘資卿、小町集者烏丸前大納言資慶卿、令書続之給。仍申下件官本補其欠。終全部之功者也。深秘函底、不可出家外。穴賢々々。寛文第十暦仲春、(花押)」(『弘文荘古書目』三〇)とある。

●三月十二日、泉涌寺住持職勅許の御礼に戒光寺院参、杉原・緞子を献上(『日次記』)。

●三月十三日、法皇は二宮へ御幸。龍渓院参、御中二階にて御対面(『日次記』)。

●三月十七日、両伝奏の書状(江戸よりの飛脚便)到来に就き、十二日首尾善く登城の旨を披露(『日次記』)。

●三月十八日、板倉重矩は御幸により検分の為、修学院に参る、御菓子を下さる、案内は速水右京亮(『日次記』)。

●三月二十日、主上御詠草を愛宕通福持参(『日次記』)。

○三月二十一日、法皇・本院・女院は修学院に御幸、清水谷実業ら供奉(『日次記』)。

●三月二十三日、東照宮に奉幣を発遣さる、先に日時を定めらる、上卿東園基賢、幣使野宮定縁、奉行鷲尾隆尹(『続史愚抄』)。

●三月下旬、道寛親王は河端安芸勧進短冊成就四法を円覚に書き遣す(『略年譜』)。

●三月、東常縁の家集『常縁集』一冊成る。『寛政重修諸家譜』常友(母は板倉重宗女)の条に「(寛文)十年三月さきに後水尾院の勅によりて、先祖常縁が詠ぜし和歌をたてまつるのところ、烏丸大納言資慶をしてこれを編集せしめられ、宸筆にて常縁集と勅題し賜はり、後西院よりもかつて禁庫におさめられしところの常縁が宗祇に贈りし詠歌三首を、宸翰に染られてこれを勅賜せられ、其後常縁が三男兵庫頭常和がえらびし代々首を、日

野中納言弘資書写して自詠及び奥書を加ふ」とある。常友は文事を好み、松平主殿頭（忠房）に『東常縁詠歌写』一巻を贈り、寛文元年六月にはそれに一〇六首を増補している。寛文七年五月には烏丸資慶に常縁家集の編纂を依頼している。編纂を終え、法皇の宸筆外題を得たのは寛文十年三月、資慶没後に息光雄より跋を得たのが寛文十一年七月の事である。『東家代々和歌』一巻には「平常友東野州冑也。野州既有集。……寛文十一年孟春日　藤公業」の奥書がある（『大和村史』史料編）。なお、常友家集『蒙吟詠藻』（岐阜県立図書館蔵）には寛文十年十一月の自序があり、日野弘資、阿野公業、飛鳥井雅章添削の歌などが並び、宗祇水あらため白雲水由来、それに対する弘資の歌（寛文十三年二月上澣）、延宝二年に至るまでの歌が載る。『常縁集』も勿論『円浄法皇御自撰和歌』入集六歌仙の私家集群の一つである（『略年譜』）。

○四月二日、法皇は近衛亭（基熙）へ御幸、御用に依り園基福は参院（『日次記』）。

○四月四日、法皇は禁中へ御幸、今城侍従・唐橋秀才は御方領を下されし御礼に院参（『日次記』）。

○四月八日、法皇は大覚寺殿へ御幸、檜皮師山城掾は水葵（沢桔梗）・白紫薄紅以上十五本を献上（『日次記』）。

○四月十日、御客、新院・道晃親王・常修院宮・近衛基熙・大覚寺宮・道寛親王（『日次記』）。

●四月十五日、日野弘資は禁中和歌御月次御会の触状の端作を出だすの事、聖意を得らる、御人数書を叡覧に入れらる（『日次記』）。

○四月二十六日、愚安にて御針、藤木土佐守（『日次記』）。

●四月二十八日、主上（御年十七）御笛始あり、近豊（楽所、上）之を授け奉ると云う（『続史愚抄』）。

○五月一日、卯下刻、御針医藤木土佐守、法印道作御診脈、法眼喜安御口疾に依り伺候、お薬献上、禁中に御幸し、源氏物語御講談、同日速水越中守相続の事、速水長門守次男に仰せ出だし了ぬ（『日次記』）。

●五月一日、春日社摂社造榎本社木作始仮殿遷宮立柱上棟正遷宮等日時を定めらる、上卿花山院定誠、また同摂

社造水屋社同日時定あり、上卿油小路隆貞、以上奉行甘露寺方長（『続史愚抄』）。

●五月三日、近衞基熙、一乗院真敬親王、道寛親王の三人は法皇御所に伺公する、即興歌や古難題を出され、仰せにより之を詠む、偽疑真恋（『略年譜』）。真敬は道寛の直近の弟。時に道寛は二十四歳。

●五月四日、禁裏御当座、道寛親王は始めて禁中に伺公、池螢、杜首夏、島夏草（『略年譜』）。

○五月十五日、法皇は新中納言御局へ御幸、中院通茂は御中二階にて御対面、通茂は十九日・二十三日も院参御対面、二十五日は御内証にて御対面（『日次記』）。

○五月十九日、親康喜庵は御歯を御療治（『日次記』）。

●五月二十四日、泉涌寺及び天神額の義、新院宸翰然るべきの旨、両伝奏伺候し言上候（『日次記』）。

●五月二十五日、冷泉侍従為綱は元服の御礼に院参（『日次記』）。

●五月二十六日、和漢御聯句、御人数、新院御幸、近衞基熙・道晃親王・道寛親王・風早実種、執筆愛宕通福・高辻豊長・裏松意光・憲長老・彦西堂・恕首座・拯首座、辰刻に始め申下刻に済む（『日次記』）。

●六月一日、芝山宣豊・池尻共孝・梅小路定矩は風早実種の御内義に御振舞に召さる（『日次記』）。

●六月六日、和歌御会（御当座）、御人数、近衞基熙・道寛親王・交野時久、蓮池の御茶屋にて昼御膳、奥にて夕御膳、酉刻各退出（『日次記』）。

○六月七日、法皇は禁中に御幸、右大弁宰相（烏丸光雄）に向後、詠草を叡覧に達すべきの旨、仰せ下さる（『日次記』）。

●六月八日、道晃親王は御機色御見舞の為に細川長益を遣さる（『日次記』）。

○六月十日、主上の御詠草を愛宕通福持参、新院御所御幸（御別殿）（『日次記』）。

○六月十一日、御庭の蓮花を板倉重矩に下さる、御茶代の金子三枚（星野・八島・村山）の手形を玉垣殿へ相渡す、

禁中に御幸、二宮（御別殿）へ御幸（『日次記』）。
●六月十二日、『本朝通鑑』未成と雖も惣奉行永井尚庸上洛するによって、成書せし二百六十五冊を進覧す（『実紀』）。
○六月十九日、御月次和歌御会、如例、道寛親王御参、白川雅喬伺候し、詠草（聖廟御法楽「渡水鶏」）につき窺わる、烏丸光雄伺候し、詠草（禁中月次御会「山月釈教」）につき窺わる（『日次記』）。
○七月一日、新院御幸、道寛親王御参、中院通茂伺候、詠草につき窺わる（『日次記』）。
●七月三日、中院通茂院参、詠草につき窺わる（『日次記』）。
●七月五日、白川雅喬・飛鳥井雅章伺公、詠草につき窺わる、道寛親王・近衛基熙御伺公、明後十七日禁裏御会の詠草につき窺わる為なり、同日中院通茂伺公、詠草につき窺わる、但し烏丸光雄勧進（『日次記』）。
●七月七日、七夕和歌御会、題は霧織女衣、飛鳥井雅章出題、奉行日野弘資（『続史愚抄』）。
○七月九日、新院御幸、岸通元・岡玄量初めて参る、御書院にて御目見を遂げ、御診脈、杉原・延齢丹を各奉る（『日次記』）。
●七月十三日、烏丸光広卿三十三回忌光雄卿勧進、道寛親王出詠、諸法実相、この歌を千葉院及び円覚に書き遣す（『略年譜』）。
○七月十六日、新院は法皇御所へ御幸、道晃親王・道寛親王・近衛基熙御参（『日次記』）。
○七月十七日、中院通茂参院、御内義にて御対面、源氏物語につき窺わる（『日次記』）。
●七月十九日、白川雅喬伺公、詠草につき窺わる、月次和歌御会如例、主上御着到の御詠草幷に大文字御下書入り御文画図を前大納言持参（『日次記』）。
●七月二十日、日野弘資伺公、詠草につき窺わる（『日次記』）。
○七月二十一日、禁中は先月の御詠草につき窺わる、愛宕通福持参（『日次記』）。

●七月二十二日、永井尚庸は初参院、天盃を下さる、板倉重矩参院、天盃を下さる（『日次記』）。

●七月二十三日、昨日四条隆音逝去、年三十三（『日次記』）。隆音三十四歳、七月二十二日辞す、同日薨ず（『公卿補任』）。

●七月二十三日、肥前太守（鍋島光茂）は家人作の風鈴を関東に献じ、関東は女院に献ず（『日次記』）。

○七月二十四日、新院御幸、妙法院宮・聖護院宮御参（『日次記』）。

●七月二十六日、点取之御点、道寛親王出詠、夕帰鴈、この歌を照高院道晃親王取次にて、板倉重矩、松平英親に書き遣す、禁中にも短冊を書上る（『略年譜』）。

○七月三十日、禁中に音楽あり、申刻に法皇御幸（『日次記』）。

●七月、日野弘資聞書『後水尾院和歌作法』はこの頃成立か（『略年譜』）。

●八月二日、日野弘資伺公、詠草につき窺わる（『日次記』）。

●八月七日、和歌御会、御人数、道寛親王・近衛基熙・風早実種・交野時久、昼の物は風早実種献上、夕方の御膳は近衛基熙献ぜらる（『日次記』）。禁裏御当座、道寛親王出詠、秋花（『略年譜』）。

●八月十日、積善院僧正（有雅）は御庭葡萄一籠など拝領（『日次記』）。

●八月十五日、内宮別宮荒祭宮月読宮風日祈宮等正遷宮及び同別宮造伊弉諾宮山口祭木作始地曳立柱上棟正遷宮等日時を定めらる、以上上卿清閑寺熙房、次に外宮別宮高宮土宮月読宮風宮等正遷宮日時を定めらる、上卿同前、以上弁柳原資廉、奉行甘露寺方長（『続史愚抄』）。

●八月十九日、烏丸光雄は詠草につき窺わる、中院通茂参院、大樹より初鶴献上（『日次記』）。

●八月十九日、新院皇女館宮（三歳、母六条局定子）は曇華院に入る（『続史愚抄』）。

●八月二十三日、大風、木を抜き廬舎を壊す、摂津に土ふる（土塊と云う）、及び西海より洪濤が上陸し、枚方に

至り、人多く死す（『続史愚抄』）。
●八月二十四日、禁裏御月次、道寛親王出詠、立春、照高院道晃親王御病中故、内府近衞基熙代筆清書（『略年譜』）。
●八月二十六日、暮に及び御鞠、御人数、飛鳥井雅章・阿野季信・風早実種・難波宗量・高辻豊長・芝山定豊・芝山定豊・裏松意光・重村・信昌、大覚寺宮御参（『日次記』）。
●八月二十八日、高松宮幸仁親王（童形、新院皇子）は新第に移徙す（花町の敷地を賜い、経営すと云う）（『続史愚抄』）。
●八月二十八日、板倉重矩は御暇下されし故、永井尚庸院参、弘御殿にて天盃、如例、其の後、御書院南庭にて御鞠、人数十人、御鞠の後に御庭拝見、御茶屋にて御振舞、巳刻に新院御幸（『日次記』）。
●八月二十九日、新院、二宮御方御移徙の御祝儀に参らる、法皇は禁中へ御幸（『日次記』）。
○九月四日、法皇は『俊成九十賀記』為家筆一巻他を禁中無気入の御祝儀の為に遣さる御使池尻共孝（『日次記』）。
●九月四日、新院御所にて和歌御会あり（中旬は後光明院御年忌を避けらる歟）、題は月契千秋、飛鳥井雅章出題、読師清閑寺共綱、講師日野資茂、講頌飛鳥井雅章（発声）、奉行平松時量（『続史愚抄』）。新院和歌御会、道寛親王出詠、懐紙、月契千秋、板倉重矩のために懐紙を清書（『略年譜』）。
●九月五日、道寛親王参院、烏丸光雄参院、書物持参（『日次記』）。
●九月十一日、例幣、上卿坊城俊広、奉行甘露寺方長、御拝ある歟（『続史愚抄』）。
●九月十二日、両伝奏（飛鳥井雅章・正親町実豊）は伝奏辞退勅許の御礼に伺公（『日次記』）。
●九月十三日、禁裏御当座、道寛親王出詠、月前鴈（『略年譜』）。
●九月十五日、日野弘資・中院通茂は今日武家の伝奏を仰せ、これに依り参院、此の趣き言上了ぬ（『日次記』）。
中院通茂・日野弘資は武家伝奏となる。なお前武家伝奏飛鳥井雅章は九月十日罷免、同正親町実豊は同十二日辞任。三条西実教失脚に関連する人事であろうか、未詳。

●九月十七日、中院通茂・日野弘資は御用に依り伺公、御中二階にて御対面（『日次記』）。
●九月十九日、後光明院十七回聖忌（御忌二十日）の奉為に、今明両日御法事を両寺にて行わる、般舟三昧院（此の日着座の公卿なし、寛文六年の如し）、奉行日野資茂、泉涌寺（般舟三昧院に同じ）、奉行某、また同帝の奉為に、今明両日御法会を法皇御所にて行わる、例時導師盛胤親王、公卿久我広通、以下二人参仕、奉行院司歟、鷲尾隆尹、伝奏坊城俊広（『続史愚抄』）。
●九月二十日、後光明院十七回聖忌逮夜の御法事、導師盛胤親王、伝奏坊城俊広、奉行鷲尾隆尹、着座久我通広・花山院定誠（『日次記』）。後光明院十七回聖忌、御法事を両寺にて行わる、般舟三昧院（声明懺法）、導師二尊院某、公卿藤谷為条、以上二人参仕、泉涌寺、導師某、公卿某以下二人参仕、法皇御所御法会第二日、結願、懺法講あり、導師昨の如し、経衆公卿内大臣近衛基熙、以下三人参仕、楽所等参る（伶倫公卿殿上人なしと云う）（『続史愚抄』）。
○九月二十二日、法皇は岩倉へ御幸（『日次記』）。
○十月一日、両伝奏院参、御書院にて御対面、近衛基熙・妙法院宮御参（『日次記』）。
●十月四日、勧修寺経慶伺公、和歌の奉行仰せ付けられ、御礼の為なり（『日次記』）。
●十月五日、親康恕安は法橋の御礼の為に参る、乳香散を献上（『日次記』）。
○十月六日、御壷の口切り、御客、新院御幸、道晃親王・常修院宮・道寛親王・近衛基熙・日野弘資・中院通茂、御掛物は為家七首懐紙（『日次記』）。
○十月十一日、新院御幸、両伝奏伺公、御中二階にて御膳上ぐる、御精進に依り法皇と大覚寺宮は愚安にて御膳上ぐる（『日次記』）。
●十月十二日、大樹より鶴を進めらる由にて、両伝奏持参（『日次記』）。

○十月十三日、法皇は修学院へ御幸（『日次記』）。
●十月十五日、所司代板倉重矩は御暇を下され、弘御殿にて御対面、天盃を賜る、相従い後任の永井尚庸も院参、同じく天盃を賜る、御礼の後、重矩は『新古今』二冊（筆者二十一人）・『時代不同歌合』一巻（筆者五十一人）・『三部鈔』三冊（詠歌大概は道晃親王・百人一首は中院通茂・未来記は日野弘資）各桐箱入他を拝領（『日次記』）。
○十月十八日、御書院にて和漢御会あり、御人数、新院御所・道晃親王・日野弘資・天龍寺顕長老・東福寺瞻長老・建仁寺憲長老・相国寺厚西堂、執筆高辻豊長（『日次記』）。
○十月二十三日、御書院にて和漢御会あり、新院御幸・道晃親王・妙法院宮・道寛親王・近衛基熙・風早実種・高辻豊長・裏松弁・日厳院憲長老・哲首座、各御人数なり（『日次記』）。
●十一月三日、蓮花光院性演を東寺長者に補し、法務を知行す（法務の事二十日宣下、而て今日の分と為すべし、去る月高賢辞するの替り）（『続史愚抄』）。
●十一月六日、春日祭、上卿坊城俊広参向、弁不参、奉行甘露寺方長（『続史愚抄』）。
○十一月七日、寅下刻、和漢の御会、新院に御幸（『日次記』）。
○十一月九日、御針を遊ばさる、藤木土佐守、両伝奏伺公、愚安にて御対面、烏丸光雄は詠草につき窺われ、愚安にて御対面（『日次記』）。
○十一月十二日、法皇は新院へ御幸、勘解由次官（勘解由小路韶光か）は元服の御礼に伺公（『日次記』）。韶光は実は烏丸光雄男（『諸家伝』）。
○十一月十九日、両伝奏参院、御内儀にて御対面、二宮御方御参院、御内儀にて御対面（『日次記』）。
●十一月二十日、道晃親王は文明十年元奥書本『和歌童蒙抄』二冊校合了（『略年譜』）。
●十一月二十一日、高松宮幸仁親王（十五歳、新院皇子）元服（里第にて歟、新院御所にて歟、未詳）、即ち親王を兵部

卿に任ず、奉行鷲尾隆尹（『続史愚抄』）。

●十一月二十二日、飛鳥井雅章は伺公、詠草につき窺う為なり（『日次記』）。

●十一月二十四日、禁裏御月次、道寛親王出詠、三首懐紙、寒閨月、雪中望、被厭恋、また円覚に書き遣す（『略年譜』）。

●十一月二十四日、外宮別宮月読宮火く（『続史愚抄』）。

●十一月二十五日、梶井宮（盛胤）御疱瘡御見舞の為に関東より書状到来（『日次記』）。

●十一月二十六日、飛鳥井雅章は詠草御添削の御礼に参院、土御門（泰福）左近将監は元服の御礼に伺公（『日次記』）。

●十一月二十八日、内侍所臨時御神楽あり（或いは恒例と云う、是れ恒例に非ず、毎年行わるに依り、臨時を以て俗に恒例と謂うなり）、出御あり、拍子本綾小路俊景、末小倉公代、奉行甘露寺方長（『続史愚抄』）。

○十二月六日、新院御幸、道晃親王・道寛親王・大覚寺宮御参（『日次記』）。

●十二月九日、月読宮去る月火《や》くに依り、今日より三箇日廃朝（『続史愚抄』）。

○十二月十四日、法皇は新院へ御幸、和漢御会、卯刻に御幸、戌刻に還幸（『日次記』）。

○十二月十五日、両伝奏参院、大樹より白鳥献上、永井尚庸方へ書状到来、同日相国寺全長老は新院御所へ始めて御目見仕り、忝なき由御礼に伺公、昨日は新院御所和漢御会に全長老も召されしなり（『日次記』）。

●十二月十八日、禁裏御月次御会、道寛親王出詠、同日二首、納涼、鹿声近枕、また亀井茲政に書き遣す（『略年譜』）。

●十二月二十二日、飛鳥井雅章伺候、昨日雅豊元服幷に御月次詠草御覧下されし御礼、日野弘資・中院通茂は御煤払の御見舞に伺候（『日次記』）。

●十二月二十四日、禁裏御月次短冊、道寛親王出詠、蘭、星、鷺、また円覚に書き遣す（『略年譜』）。

●十二月二十五日、鷹峯薬園の産薬一箱を大樹献ぜらる、伝奏持参（『日次記』）。

●十二月二十六日、白川雅喬は詠草につき窺うため院参（『日次記』）。

●十二月下旬、道晃親王は後陽成院宸筆本『和訓押韻』一冊を書写する。聖護院本の影印は龍谷大学『中世文芸論稿』一一号に備わる（『略年譜』）。

寛文十一年〔一六七一〕辛亥　七十六歳　院政四十二年

○正月元日、法皇は辰刻御書院に出御、院参の諸臣御礼あり、天盃例年のごとし、日野弘資・中院通茂・日野資茂は同所にて御対面、天盃を賜う、新院御幸は未刻、供奉の殿上人、非蔵人、北面、鈴木淡路は例年の如く、御祝儀を賜う、鷹司房輔・九条兼晴・二条康道・近衛基熙・一条内房・鷹司兼熙は、御礼に御参（『日次記』）。

●正月一日、四方拝、奉行鷲尾隆尹、小朝拝なし、元日節会、出御あり、公卿堂上後入御、内弁大炊御門経孝、陣後早出、油小路隆貞之に続く、外弁今出川公規、以下七人参仕、弁柳原資廉、奉行甘露寺方長（『続史愚抄』）。

○正月二日、法皇御所に仁和寺宮・妙法院宮・知恩院宮・青蓮院宮御参、知恩院宮より御太刀馬代・砂糖一曲物御進上、養寿院法印・法眼丈庵・法橋道意は御礼に杉原・延齢丹を各献上す、右三人どもは診脈に参る（『日次記』）。

○正月四日、法皇は今日始めて禁裏・新院に御幸、供奉は芝山定豊・清水谷実業・勝房・有尚・季豊・荷田信辰・源信昌・大江俊福・春原正愛・賀茂職久、北面四人、その外例年のごとし（『日次記』）。

●正月四日、主上（御年十八）御拭黛事あり、是れ後花園院及び法皇此の御年例と云う、法皇・新院、内裏に幸す（『続史愚抄』）。

○正月五日、新院御幸、照高院宮（道晃）・照高院宮（道晃）御参、愚安にて御膳出る、兵部卿宮御礼のために御参、猿舞例年のごとし（『日次記』）。

●正月七日、此の日、千秋万歳あり、白馬節会、出御あり、腋御膳を供する後入御、内弁九条兼晴、陣後早出、坊城俊広これに続く、外弁大炊御門経光、以下六人参仕、奉行日野資茂（『続史愚抄』）。
●正月八日、後七日法始（南殿にて恒の如し）、阿闍梨長者安井門跡性演、太元護摩始（理性院坊にて恒の如し）、阿闍梨理性院厳燿、以上奉行日野西国豊（『続史愚抄』）。十四日両法結願。
○正月九日、中院通茂は参内し常御所で御対面あり。無窮会図書館神習文庫本中院通茂自筆『寛文十一年記』四冊に「九日、諸礼なり、先式部卿宮、常御所にて御対面、二献元日の如し、次に内々の門跡、照高院宮……」云々とある。なお、自筆本『中院通茂日記』のうち寛文十一年分だけは二種類あって、形態から東京大学史料編纂所蔵本は草稿本、無窮会図書館蔵神習文庫本は中書本・清書本かとみられる（『略年譜』）。
○正月十日、新院御幸、内大臣（近衛基熙）、照高院宮（道晃）・飛鳥井大納言（雅章）・日野大納言（弘資）・中院大納言（通茂）、愚安にて御膳出る、無求にて御茶、御掛物は牧渓の達磨・源別の賛、花筒（小堀氏作）、花椿・水仙の花を照高院宮これを入れらる（『日次記』）。
●正月十三日、神宮奏事始、伝奏清閑寺熙房、奉行甘露寺方長（『続史愚抄』）。
○正月十五日、東大寺より法皇御所に、二月堂牛玉（二色）・油煙（一箱、五十）を東大寺寺役四聖坊は使僧を以てこれを献上す、内大臣（近衛基熙）御参、巳下刻に六条羽林有綱亭より爆竹の火が左右の隣家に伝わり焼失云々（『日次記』）。
●正月十五日、午刻、三条実秀、六条有綱（二階町第、此の第三毬打より火起こる）等第及び遺仰院、廬山寺、七観音院歟（此の後、東山高台寺前に移る歟、寛文中に移ると云う）以下火く、梨木町、京極通、河原町等数十町焼亡と云う、今夜、御吉書・三毬打延引、火事に依るなり（『続史愚抄』）。
○正月十六日、法皇御所に常修院宮御参、両伝奏は公用に依り御参、御書院にて其の事の仰せ、妙法院宮（尭

然）・知恩院宮・梶井宮・青蓮院宮御参、昨日失火の砌、両本願寺の衆人馳せて、将に失火の難を救わんとす、仍て今日青侍使し、その事を謝す（『日次記』）。

●正月十六日、踏歌節会、出御なし、国栖・立楽・舞妓等を停めらる、昨火事に依ると云う（陣にて職事は之を仰せず、兼ねて便所にて内弁に仰せと云う、内院を火くに非ず、而て停めらる、違例歟）、内弁近衛基熙、陣後早出、高倉嗣孝これに続く、外弁今出川公規以下六人参仕、奉行裏松意光（『続史愚抄』）。

●正月十九日、和歌御会始、題は貴賤迎春、読師高倉嗣孝、講師日野資茂、講頌持明院基時（発声）、奉行日野弘資（『続史愚抄』）。禁裏御会始、道寛親王出詠、貴賤迎春（『略年譜』）。

○正月十九日、法皇和歌御会始、題は柳臨池水（『続史愚抄』）。和歌御会始、題は柳臨池水、人数等常のごとし、日野前大納言（弘資）御参、御書院にて御対面、今出川大納言（公規）・中園宰相（季定）は公用に依り伺公、同所にて御対面、また日光贈経使の事を油小路大納言（隆貞）に仰せ（『日次記』）。

●正月二十三日、新院和歌御会始、題は風光処々生、読師高倉嗣孝、講師意光、講頌持明院基時（発声）、奉行平松時量（『続史愚抄』）。

○正月二十五日、勧修寺前大納言（経広）は近年所労により蟄居され、今日初めて参院、御書院にて御対面、天盃をくださる（『日次記』）。

●正月二十七日、禁裏御当座、道寛親王出詠、朝鶯、寄世祝（『略年譜』）。

○正月二十八日、舞御覧により、法皇は禁中に御幸、供奉は清水谷実業・大江俊福（『日次記』）。

○二月二日、法皇御所に、細川越中守（綱利）は去る十五日の失火の見舞状を芝山宣豊に呈し、法皇の御機嫌を窺う、仍て返書を彼国に遣さる、永井伊賀守（尚庸）も火事の節、早々に相詰め、防ぐにより、御所中御安泰、御感に思し召さる旨、仰せ下され畢ぬ（『日次記』）。

●二月二日、春日祭、上卿高倉嗣孝参向、弁不参、奉行甘露寺方長（『続史愚抄』）。
●二月三日、新院御所にて『三体詩』の御講釈あり（『実録』）。
○二月五日、年頭の御祝儀のため関東より戸田侍従伺候、弘御所にて御対面、白銀（五百両）・蠟燭（五百挺）、これを進献す、夜に入り両伝奏参院、愚安にて御対面（『日次記』）。
○二月六日、法皇は、級宮（常子）に御幸。女房奉書を両伝奏に伝え、戸田土佐守に渡さしむ（『日次記』）。
○二月八日、法皇は、大樹使の戸田土佐守に御暇を下さる、紗綾（五巻）を長橋局にて拝領す（『日次記』）。
○二月十一日、法皇は辰上刻に修学院に御幸、殿上人二人、非蔵人二人、取次一人、鳥飼五人供奉す、申下刻に還幸、今日召しに応じ、近衛基熙・日野弘資・中院通茂は修学院に伺公（『日次記』）。
●二月十七日、新院御所にて近衛基熙に能書を御相伝あり（『実録』）。三月六日近衛基熙は能書方の御相伝につき、青蓮院宮、一乗院宮等に参る。
●二月十七日、来春より三毬打を諸家にて焼くを禁ぜらる（去る月、件の火より大火ある故なり）（『続史愚抄』）。
○二月十九日、法皇御所にて観音懺法あり、導師法鏡《宝》寺宮（理昌）、大聖寺宮（元昌）衆比丘尼十三口、弘御殿にて修行、御聴聞に新院御幸、聖護院宮（道寛）、この外姫宮方、以上御七方、御内殿にて御膳を出す（『日次記』）。
○二月二十一日、水無瀬宰相（氏信）所労により、法皇は少将（兼豊）を召され、『後鳥羽院御記』一軸（桐箱入）を給う、愚安にて御対面、飛鳥井雅章は聖廟御法楽の詠草につき法皇に窺う（『日次記』）。
○二月二十三日、飛鳥井雅章は詠草につき伺う、烏丸光雄は詠草につき法皇に伺候、椿花（三輪）献上（『日次記』）。
○二月二十四日、法皇御所に新院御幸、近衛基熙伺公、御自詠につき窺う（『日次記』）。
●二月二十五日、禁裏御花見、道寛親王出詠、梅風（『略年譜』）。
○二月二十六日、年頭の御祝儀の為、大樹・尾張中納言・紀伊中納言・水戸宰相は、御太刀馬代を法皇に進めら

る、院使池尻中納言は来る二十九日発足の為、今日申し出るなり、同日板倉内膳正に下さる由にて、匂袋・三体和歌・やうとう蜜漬・黒龍酒などを、中院大納言（通茂）関東下向に依り遣わさる（『日次記』）。

○二月二十七日、両伝奏は明二十八日関東下向に依り、御暇乞のために院参、御書院にて御対面、天盃を下さる、法皇は新院に御幸（『日次記』）。

○三月朔日、法皇御所に近衛基熙御参、養寿院法印伺公し、愚安にて診脈、本院御所に御幸（『日次記』）。

○三月二日、法皇は修学院御幸、申刻還幸、円照寺宮・緋宮・品宮・光照院宮御成、永井伊賀守は使者を以て御機嫌を窺う（『日次記』）。

○三月三日、法皇御所に新院御幸、照高院宮（道晃）・聖護院宮（道寛）は杉の御茶屋にて御膳出づ（『日次記』）。

○三月九日、法皇・本院・新院等は修学寺殿に幸す（『続史愚抄』）。

○三月十四日、油小路大納言（隆貞）は参院、大猷院二十一年忌の日光贈経法皇使に就き、相渡す（『日次記』）。

○三月十八日、申下刻に相国寺中伝西堂の寺に火事、火事見舞の御機嫌窺いに烏丸光雄伺公、新院よりの御使たる穂浪筑前守（経尚）伺公（『日次記』）。

○三月二十日、申刻藤木土佐は御針に参る（『日次記』）。

○三月二十一日、飛鳥井雅章は法皇に伺候し、詠草につき窺う（『日次記』）。

●三月二十一日、東照宮に奉幣を発遣さる、先に日時を定めらる、上卿小倉実起、幣使平松時量、奉行甘露寺方長（『続史愚抄』）。

●三月二十一日、鞍馬寺毘沙門天開帳、六月に至る（百箇日と云う）（『続史愚抄』）。

○三月二十六日、安井門跡僧正は院参、御書院にて御対面、大覚寺宮御参、同日酉刻法皇は御茶屋に御方違（『日次記』）。

○三月二十八日、池尻中納言（共孝）は関東より上洛、常御所にて大樹公勅答の旨を申し上げ、退出、法皇は大覚寺宮里坊に御幸（『日次記』）。
○三月三十日、両伝奏は関東より上洛、是に依り参院、御書院にて御対面（『日次記』）。
○四月一日、大宮侍従（実勝）・下冷泉侍従（為直）は方領拝領の御礼の為に伺公（『日次記』）。なお実勝は姉小路公景末子、母西洞院時慶女、また為直は葉室頼業三男、為元養子、改為経（『諸家伝』）。
○四月三日、飛鳥井前大納言（雅章）は参院、後鳥羽院尊影（古筆）を叡覧に入れらる（『日次記』）。
○四月四日、主上御腫物の義に依り、御見廻のため風早実種を、右の御腫物の窺いの為に高見石庵を進めらる（『日次記』）。
○四月五日、法皇・本院（明正）・新院（後西）・女院（東福門院）等は岩倉殿に幸す（『続史愚抄』）。
○四月六日、主上御腫物の御見廻のため、芝山宣豊を進めらる、同日両伝奏参院、御書院にて御対面（『日次記』）。
●四月八日、萩原員従、吉田兼連等第及び宗源殿（按ずるに延宝三年行幸時の記に、此の殿兼連舘内に非ず、先年武家より建つる所と云う）、以下吉田在家等悉く火く（社頭無為）（『続史愚抄』）。
○四月九日、両伝奏参院、御中二階にて御対面、大覚寺宮御参（『日次記』）。
○四月十一日、大覚寺宮に随い安井門跡院参、中二階にて法談、申刻に及び晩炊を出す、茶菓了后に退出（『日次記』）。
○四月十三日、高松宮は御疱瘡以後、初めて御参、道作は法皇の御脈を窺う（『日次記』）。
○四月十四日、御庭の芍薬を西本願寺に下さる、御使宮崎河内守、即ち西本願寺御礼に参院（『日次記』）。
○四月十七日、西園寺左府（実晴）は家督相続の御礼の為に参院、御書院にて御対面、両伝奏は参院、御書院にて御対面（『日次記』）。
○四月二十一日、主上御詠草を愛宕通福持参、飛鳥井雅章・烏丸資慶は詠草を上げらる（『日次記』）。

○四月二十六日、遠目金・糟漬鯛・塩鱒を永井伊賀守献上（『日次記』）。
○四月二十七日、法皇は辰上刻修学院に御幸、申下刻還幸（『日次記』）。
●四月二十九日、禁裏御当座、道寛親王出詠、夏草、夏湖、また新院に短冊を書上る（『略年譜』）。
●五月七日、新院御所当座詩歌御会あり（『実録』）。新院御会詩歌御当座短冊、道寛親王出詠、松下躑躅、初秋朝露（『略年譜』）。
●五月二十五日、禁裏御月次御会、道寛親王出詠、去年九月の御月次なり、首夏郭公、紅葉秋深、また田中定格に書き遣す（『略年譜』）。
●六月九日、造春日社立柱上棟日時定めあり、上卿油小路隆貞、奉行甘露寺方長（『続史愚抄』）。
●六月十一日、春日社若宮等正遷宮日時を定めらる、上卿油小路隆貞、奉行甘露寺方長（『続史愚抄』）。
●六月二十八日、春日社若宮等正遷宮あり、行事甘露寺方長等参向（『続史愚抄』）。
●七月十二日、摂津大坂大雷電（『続史愚抄』）。
○八月十二日、新院は法皇御所に御幸あらせらる、『禁秘抄』の御校合あり（『実録』）。
○八月十六日、今上第一皇子降誕（母中納言典侍局、小倉実起女）、一宮と号す（『続史愚抄』）。後の勧修寺済深親王。
●八月二十五日、前左大臣三条実秀薨ず、七十四歳（『続史愚抄』）。
●八月二十六日、三条実秀の薨奏あり、因て今日より廃朝三箇日（『続史愚抄』）。
●九月七日、外宮別宮月読宮正遷宮日時を定めらる、上卿中御門資熙、奉行甘露寺方長（『続史愚抄』）。
●九月十一日、例幣、上卿高倉嗣孝、弁柳原資廉、奉行甘露寺方長、御拝あり（『続史愚抄』）。
●九月十三日、法皇は修学寺殿に幸す（『続史愚抄』）。
●九月十九日、新院皇子（御年十一、実相院治定、母東三条局共子）御名字幸嘉に親王宣下あり、上卿大炊御門経光、

勅別当今出川公規、奉行甘露寺方長（『続史愚抄』）。
●九月二十五日、幸嘉親王（十一歳、新院皇子）は実相院に入る、即ち得度、法名義延、戒師道寛親王（『続史愚抄』）。
●十月二十一日、主上去る十九日より御悩あり、此の日、水痘為る由、医師定め申す（『続史愚抄』）。
●十月二十三日、御悩の御祈を神宮に仰せらる、奉行甘露寺方長（此の余六社七寺同じく仰せらる歟）（『続史愚抄』）。
●十月二十八日、道晃親王は道寛親王に三部抄、源氏三ケ大事、伊勢物語之三ケ口伝を伝授する。この折の記録は前引『能所歌道伝受之日次』にある。右によれば「寛文十一年八月廿九日於円照寺宮御里坊、三部抄、源氏三ケ大事、伊勢物語之三ケ口伝大望之由申上ル、即時勅許、其砌ヨリ少病気、実相院宮得度、其内ニ可有之歟之事にて延引、同十月廿六日大覚寺宮里坊にて照高院宮ヨリ可伝受之旨申上ル、受者は三日神事、師之方は一夜神事ニテモトノ仰ニ付、三日神事、廿八日早天、白川エ参、右之三ケ条御伝受、御切紙頂戴、為御礼、馬代黄金十両、綸子二巻、太刀上ルニ、衣体照門ニハ素絹ハカマ、予鈍色上袴、内々進藤伊織度々肝煎ニヨリ金子三歩遣之、千秋万歳伝灯永代、期龍華暁者乎」とある。進藤伊織は照高院坊官である（『禁裏院中月卿雲客至地下分限帳』）。
●十月二十八日、白気あり、柱の如し、西に見る（西より戌刻に至る）（『続史愚抄』）。
●十一月二日、主上御水痘後に御浴あり（『続史愚抄』）。
○十一月九日、新院皇子降誕（母六条局定子）、員宮と号す（『続史愚抄』）。後の八条宮尚仁親王。
●十一月十二日、春日祭、上卿藤谷為条参向、弁不参、奉行甘露寺方長（『続史愚抄』）。
●十一月、京畿諸国草花皆発す（『続史愚抄』）。
●十二月十八日、柳原資廉は春日社に参る（『続史愚抄』）。
●十二月十八日、持明院基時は賢聖障子の銘を書き進む（今月二十一日賞の為、息基輔加級）（『続史愚抄』）。

●十二月二十五日、後西院・道晃親王両吟『新院後千句』一冊成る。聖護院本は道晃親王筆（『略年譜』）。

●十二月二十六日、内侍所臨時御神楽あり、出御あり、早韓神後入御、拍子本綾小路俊景、末小倉公代、奉行甘露寺方長（『続史愚抄』）。

●十二月、飛鳥井雅章は細川幽斎家集『衆妙集』一冊に跋を付す。「此集者、法印玄旨之詠歌也。曾孫細川丹後守行孝纂其詠草、寄藤亜相資慶卿、請編為家集。蓋法印依為亜相之外曾祖也。去去年（寛文九年）彼卿被捐館舎、易簀之前、嘱予曰、法印之詠歌編集有志不果。今有何面目、見法印於地下。若代我遂其事、死無遺恨。予不得辞、即許諾。……歌数都合八百余首。偶以清書之本、備法皇之御覧。辱賜其名、号衆妙集。是玄旨之集而玄之又玄之意歟。又被染御筆被下外題。（略）寛文十一暦極月吉旦、雅章」とある（『新編国歌大観』九）。『寛政重修諸家譜』綱利の条に「（寛文）十一年さきに先祖藤孝が詠ぜし和歌の遺稿をあつめ、烏丸資慶に序をこふのところ、資慶病により飛鳥井雅章を招きてこれを託す。雅章終に全集となし、後水尾院の叡覧にそなふるの所、宸筆にて衆妙集と勅題したまはり、又一本を書写して霊元院にまいらせらる」とある。依頼主の名が相違するようであるが、勿論前者が正しい。京都大学中院文書『飛鳥井雅章書状』（十二月廿二日付、大炊御門亜相宛）一通に「内々細川丹州被申上候玄旨集衆妙集外題、法皇被染宸筆被下也……」とある。丹後守は行孝、綱利は越中守である。何かの都合で本家の手柄にしたのであろう。行孝は『三十首』一巻（九州大学付属図書館蔵細川文庫）に法皇の勅点を受けている。広く言えば、行孝も鍋島光茂などと同じく、後水尾院の和歌門弟に属するであろう。『円浄法皇御自撰和歌』入集六歌仙の私家集群のうち、『黄葉集』『常縁集』『衆妙集』は烏丸資慶の手によってほぼ同時期に編纂されていたことがわかる。

なお、『衆妙集』の編纂資料としては、幽斎自筆詠草や佐方宗佐編『幽斎詠草』などが用いられたようである。宗佐は幽斎の側近で、幽斎語録『細川幽斎聞書』なども編している（『聞書全集』は『和歌題林抄』『筆のまよ

ひ』『耳底記』『枕詞燭明抄』などを無断で取り込んだ別人の別著である。拙編著『細川幽斎聞書』和泉書院刊参照）。聖護院本『幽斎詠草』一冊を見ると、「但此御詠ハ今書あつむる御詠草ニハ無之、余暗ニ覚書、加之者なり」「此御歌御自筆の御たんさく、御しろより到来、拝見仕候へハ……」「此御歌御自筆御短冊拝見之時、元和六三廿一」等と小字で右傍注・割注があり、本文に「此短冊御城ニ有之、拝見次書入元和六三廿一日」「右ハ短冊之包紙ニ幽斎御自筆にて如此御歌、但御名乗ハ無之、元和六三廿一拝見仕候」等とある。内容は熊本大学永青文庫本『法印玄旨御詠草』一冊とおなじである。宗佐の名はどこにも見えないが、文言から「余」は宗佐の事と想像される。

●十二月下旬、道晃親王は或人の所望により『和漢朗詠集』二冊を書写する（『略年譜』）。

寛文十二年（一六七二）壬子　七十七歳　院政四十三年

●正月一日、四方拝、奉行甘露寺方長、小朝拝なし、元日節会、出御あり、事終り入御、内弁近衛基熙、陣後早出、花山院定誠之に続く（之に先じ坊城俊広早出）、外弁五条為庸、以下六人参仕、奉行鷲尾隆尹（『続史愚抄』）。

○正月四日、法皇・本院（明正）・新院（後西）・女院（東福門院）等禁裏に幸す（『続史愚抄』）。

●正月七日、白馬節会、出御あり、内弁徳大寺実維、陣後早出、大炊御門経光之に続く（之に先じ油小路隆貞早出）、外弁今出川公規以下六人参仕、奉行裏松意光（『続史愚抄』）。

●正月八日、後七日法始、阿闍梨長者性演、太元護摩始、阿闍梨厳燿、以上奉行万里小路淳房（『続史愚抄』）。十四日両法結願。

●正月十一日、神宮奏事始、伝奏清閑寺熙房、奉行甘露寺方長（『続史愚抄』）。

●正月十二日、照高院道晃親王等は禁中にて加持を行う（『中院通茂日記』）。
●正月十五日、御吉書三毬打あり（去年より厳制あり、火高約二尺）（『続史愚抄』）。
●正月十六日、踏歌節会、出御あり、事終わり入御、内弁内房、外弁東園基賢、以下七人参仕、奉行国豊（『続史愚抄』）。
●正月十七日、舞楽御覧あり（『続史愚抄』）。
●正月十九日、和歌御会始、梅花薫砌、出題飛鳥井雅章、御不予に依り披講せず、奉行松木宗条（『続史愚抄』）。
禁裏御会始、道寛親王出詠、一首懐紙、梅花薫砌、なお此の清書の下書きを本屋三衛門に取り遣す（『略年譜』）。
○正月十九日、法皇和歌御会始、題は竹添春色、飛鳥井雅章出題、奉行（木辻）行直（『続史愚抄』）。
●正月二十二日、新院和歌御会始、題は後会契花時、出題飛鳥井雅章、読師万里小路雅房、講師裏松意光、講頌高倉嗣孝（発声）、奉行平松時量（『続史愚抄』）。
●二月一日、禁裏御会御当座、道寛親王出詠、岡雉、山家嵐（『略年譜』）。
●二月七日、春日祭、上卿梅小路定矩参向、弁不参、奉行甘露寺方長（『続史愚抄』）。
○二月十日、壬生院十七回御忌（御忌十一日）、法皇御沙汰に為り、今明両日御仏事を泉涌寺にて行わる、此の日、着座の公卿なし、奉行院司歟裏松意光（『続史愚抄』）。
○二月十一日、壬生院御忌、法皇御沙汰に為り、御法事を泉涌寺にて行わる（楽儀、舎利講）、導師某、公卿某以下二人参仕（『続史愚抄』）。
●二月十二日、戌刻、一条昭良薨ず、六十八歳、智徳院と号す（『続史愚抄』）。
●二月十三日、一条昭良の薨ずるを奏す、因て今日より三箇日廃朝（『続史愚抄』）。
●二月二十日、巳刻、一条昭良を東福寺中に葬る（『続史愚抄』）。

○二月か、道寛親王は法皇へ書を献ず、また吉良義央にも書き遣す、隣家梅、庭春雨（『略年譜』）。
●二月か、道寛親王は禁裏の仰せにより短冊を書上ぐる、羇中秋、円覚に書き遣す、夢、昌陸に書き遣す、依花待人（『略年譜』）。
●三月二十一日、東照宮に奉幣を発遣さる、先に日時を定めらる、上卿五条為庸、幣使烏丸光雄、奉行鷲尾隆尹（『続史愚抄』）。
○四月四日、法皇・本院・新院・女院等、修学寺殿に幸す（『続史愚抄』）。
●五月二十三日、中院通茂は鍋島直能より岡花の歌を所望される。『通茂日記』に「自鍋島加賀守使今日上洛、後刻可来之由也、毛氈三被贈之、少時入来、対面言談、無殊事、和歌向後可相談之由也、又岡花歌所望之由也」とある。
●五月二十六日、新院皇女降誕（母東三条局共子）、櫃宮と号す（『続史愚抄』）。後の宝鏡寺理豊。
●六月一日、重村（見雲）を佐渡に流す（『続史愚抄』）。
●六月八日、有栖川の号を幸仁親王に賜う（『続史愚抄』）。
●六月九日、禁裏卯日御月次、道寛親王出詠、春釈教、冬花、なお春釈教を円覚に書き遣す（『略年譜』）。
●六月十一日、中院通茂は霊元天皇に『也足百首』二冊を進上する。『通茂日記』に「自禁中五十首両冊被借下了、也足百首両冊進上了」とある。
●六月十九日、聖廟御法楽につき、道寛親王は新院御伽に出づ、浦夏月、窓前螢、夕立雲、夕納涼、河夏祓、後朝恋、なお夕立雲を新院に書上ぐる、窓前螢と夕納涼を兼寿に書き遣す、兼寿は仙台藩連歌師（『略年譜』）。
●閏六月十八日、京極寺八幡宮正遷宮と云う（『続史愚抄』）。
●閏六月二十四日、道寛親王は板本『寒山子詩集』一冊に朱点を付す、聖護院本識語に「右一覧於井阜浄光室記

之畢。／寛文十二壬六念四　勤息夜雪」とある。
●七月七日、和歌御会、題は牛女悦秋来、飛鳥井雅章出題、奉行勧修寺経慶（『続史愚抄』）。七夕禁裏御会、道寛親王懐紙詠進、牛女悦秋来、陶淵明、この両首を法皇仰せにより蝶鳥地の短冊に書上る（『略年譜』）。
●九月四日、法橋兼寿（氏猪苗代、兼与、連歌師、奥州松平陸奥守）は近衛基熙の執奏により今日院昇殿を聴す、則ち聖命により発句を奉る、時に基熙・道晃親王・道寛親王は御前に侍り、兼寿は西庇にて連歌十句に及び退く（『日次記』）。
○九月六日、法皇は修学院へ御幸（『日次記』）。
●九月七日、飛鳥井雅章伺公し、詠草につき窺わる（『日次記』）。
●九月八日、烏丸光雄伺公し、詠草につき窺わる、此の序でに胡桃一折献上（『日次記』）。
●九月十日、御匣局・新中納言局、両局の設けを以て御盃を献ぜらる、是れに依り新院御幸、諸門主御参、是れ諸門主賀儀の例に随う、戌下刻法皇不予の事あり、吐あり瀉あり、少し眩暈の気味有り、召しに依り法印道作・法眼通元は診脈、食宿の症にて、通元に命じ御薬を献ず、其の夜、みな奔走徘徊し、暁天に到る、新院御幸、翌十一日に到り、摂家は御機嫌を窺われ、御不例少し癒ゆ、申刻に至り御粥（割米）一碗の内七分奉る、爾後より諸卿は恐懼の心降る、戌刻夜御殿に入御、新院還幸、亥下刻諸門主退出、公卿雲客は各枕籍、某所にて仮寝云々（『日次記』）。
●九月十一日、例幣、上卿万里小路雅房、奉行柳原資廉、御拝あり（『続史愚抄』）。
○九月十二日、法皇の御悩愈倍す、新院御幸、御門跡方・右大臣・両伝奏伺公、主上の命に依り、柳原資行は園基福・東園基賢・藪嗣孝・中御門資熙、此の四人で交代し、御機嫌を窺わしむ云々（『日次記』）。
○九月十二日、今上第二皇子降誕（母源内侍局、愛宕通福女）、二宮と号す（『続史愚抄』）。後の仁和寺寛隆親王。

●九月十三日、辰刻、通元御脈を診る、昨夜の御脈より少し宜き由、言上せしめ了ぬ、両伝奏御参、巳刻新院御幸、黄昏に及び新院還幸（『日次記』）。
●九月二十一日、遊行上人参院（『日次記』）。
●九月二十四日、禁裏御月次御会、道寛親王出詠、木、居処、神祇、木の歌を吉良義央取次にて酒井忠挙に、居処歌を喜元取次にて円覚と早崎次兵衛に書き遣す（『略年譜』）。
●九月二十七日、永井尚庸は今度の御不例早速御平復、奉祝万歳の由言上す、巳刻通元御脈（『日次記』）。
●九月二十八日、通元御脈、針博士御灸治、二十九日これに同じ（『日次記』）。
○九月二十九日、法皇は大覚寺宮里坊へ御幸、鳴滝右京大夫（清水谷実業）ら供奉（『日次記』）。
●十月一日、今日連歌あり、是れに依り、道晃親王・道寛親王・近衛基熙御参、法橋兼寿は郎署に候し、毎句これを伝う（『日次記』）。
○十一月三日、法皇は一乗院宮へ御幸、今日本願寺は大僧正勅許の御礼に参院、御太刀馬代白銀二十枚他を献上、四足御門より殿上に候す、梅小路定矩申次なり（『日次記』）。
●十月四日、今日連歌御会、御書院北の間にて催さる、御連衆は近衛基熙・道晃親王・道寛親王・猪苗代兼寿（『日次記』）。
●十月四日、西園寺実晴落飾、七十二歳、法名性永（『続史愚抄』）。
●十月六日、法皇は御書院に出御、徳大寺公信・東園基賢・葉室頼業・園基福・千種有能に御茶を賜い御振舞（『日次記』）。
●十月七日、今日御連歌、去る四日の御会の次、道晃親王・道寛親王・近衛基熙御参、兼寿伺公、兼寿は白銀三枚・鷹の鴨二羽拝領（『日次記』）。

○十月八日、法皇は修学院へ御幸、御池の水鳥を御覧（『日次記』）。
○十月十日、昨夜中より少し御不例、今朝通元御脈を診る、お薬を献ず（『日次記』）。
○十月十一日、御容体を窺う為に、通元参院、先日の薬餌に依り殆ど平常の如し、竜顔快然、仍て今日より薬餌を停む（『日次記』）。
●十月十二日、御書棚を道寛親王進ぜらる、芝山宣豊奉る（『日次記』）。
○十月十四日、法皇は新院へ御幸、中院通茂参院、愚安にて御対面、同日信昌・職久に命じて『鑑禅師之信心銘』（写本は泉涌寺）を写さしむ、戒光寺の手筆、首書あり、総計十葉、半日にて功畢ぬ（『日次記』）。
●十月十九日、和漢御会あり、新院御幸、道晃親王・道寛親王・憲長老・哲首座、杖首座参院（『日次記』）。
○十月二十一日、通元を召し御脈を診る（『日次記』）。
○十月二十二日、通元御脈を診る、新院へ御幸、大覚寺宮・道寛親王御参（『日次記』）。
●十月、禁裏御月次御当座、道寛親王出詠、浦千鳥、法皇仰せにより短冊に書上る（『略年譜』）。
●十一月一日、春日祭、上卿万里小路雅房参向、弁不参、奉行裏松意光（『続史愚抄』）。
○十一月二日、今日転法輪右府（三条公富）御参、御茶献上、これに依り、新院御幸、道晃親王・常修院宮御参、日野弘資伺公、愚安にて御膳の事あり（『日次記』）。
●十一月六日、日野弘資参院、詠草につき窺う（『日次記』）。
○十一月七日、新院御幸、道晃親王・道寛親王御参、泉涌戒光寺を召し、愚安にて『信心銘』を講じ、御書院牧の間にて御振舞下され、白銀三枚を賜う（『日次記』）。
○十一月十三日、新院御幸、道晃親王・道寛親王御参、平松時量参院、憲長老・膽長老・辰西堂・順西堂・哲首座・杖首座・昌陸伺公、漢和御一巡今日満る、御会は御書院にて辰上刻に始まり、酉上刻に終わる、伺公の衆

に牧の間にて料理を下さる（『日次記』）。
○十一月十三日、新院皇女降誕（母六条局定子）、満宮と号す（『続史愚抄』）。
●十一月十四日、内侍所臨時御神楽を行わる、出御あり、拍子本綾小路俊景、末小倉公連、奉行柳原資廉（『続史愚抄』）。
○十一月十八日、法皇は禁中へ御幸、霊源寺の額は禁中に到る、酉下刻還御、今日正親町三条実久元服、仍て任侍従、殿上に謁す（『日次記』）。
●十一月十九日、常州太田の浄光寺・同国神応寺は殿上に謁す、両寺は遊行の流派云々（『日次記』）。
○十一月二十二日、新院御幸、近衛基熙・知恩院宮（尊光）・道寛親王御参、勧修寺入道（経広）伺公（『日次記』）。
●十一月二十三日、『四河入海』（官本四冊・古本二冊）の朱点出来、順西堂持参、永井尚庸に『短冊手鑑』を下さる、御使両伝奏（『日次記』）。
●十一月三十日、中院通茂は南都霙酒・法輪味噌を献上、昨夜南都より上洛の由言上（『日次記』）。
●十二月二日、今日吉日の為、歌定元服の儀仰せ出され、首服を加え、伊豆介に任ぜらる、常御所へ召され、伊豆介貞祐は御礼を申上ぐる（『日次記』）。
●十二月三日、建仁寺僧侶七人・相国寺僧侶五人、官庫本『古文真宝』を以て校合を仰せ付けられ、頃日校合を遂げ献上せしむ、其の賞として杉原十帖・沙綾一巻を各拝領、梅小路定矩奉る（『日次記』）。
○十二月五日、朱宮御方に御年忘れ御賀あるにより、午刻に新院御幸、道晃親王・梶井宮（盛胤）御参、御庭より朱宮御方へ成り為され、戌刻に及び還幸（『日次記』）。
○十二月七日、法皇は禁中へ御幸、梶井宮御参、転法輪右府（三条公富）、久我中将（時通）元服の御礼のために伺公（『日次記』）。久我時通母は伏見宮貞清親王女。

○十二月九日、新院御幸、道晃親王・近衛基熙・転法輪右府（三条公富）・飛鳥井雅章・日野弘資・中院通茂は召され、饗餞の事あり、入夜新院還幸（『日次記』）。
●十二月十日、内侍所御神楽あり（恒例）、拍子本小倉公連、末庭田重条、奉行鷲尾隆尹（『続史愚抄』）。
●十二月十四日、大樹より薬苑の薬種一箱四十色を献上、これに依り両伝奏院参、鳴滝右京大夫（実業）は清水谷（公栄）の養子に為らんと欲す、仍て勅許云々、此れに依り阿野季信御礼を申さる（『日次記』）。
●十二月十五日、大樹進献の薬種を芝山宣豊・岩橋友古・岩橋玄長・法橋道室これを拝領す（『日次記』）。
○十二月十六日、法皇は品宮（常子）御方へ御幸、御幸以前に通元を召され御脈を診る、即ち薬を用いらる、今出川少将（伊季）は元服の御礼の為に伺公（『日次記』）。
●十二月二十一日、道晃親王院参、御茶・茶菓子・饂飩・御吸い物等の具を数色献ず、焼火の間にて烹熟の事あり、仍て新院御幸、道寛親王・緋宮・新中納言局・円光院御相伴云々、奉行風早実種・沙弥正隅、同日仕丁吉兵衛は不懈奔走を以て白銀若干（百銭）を給う、賤僕の事たりと雖も、其の労に堪ゆるを以て天恩茲に及ぶと云う（『日次記』）。
●十二月二十三日、梅小路共益は硯匣を拝領す、歌書謄写の健筆の為に恩賜云々（『日次記』）。
○十二月二十四日、法眼通元は聖体恙なきを以て玉顔を窺うに及ばずして退出（『日次記』）。
●是歳、岩屋山不動尊開帳（四条局隆子の願と云う、逢春門院なり）（『続史愚抄』）。

延宝元年（寛文十三）〔一六七三〕癸丑　七十八歳　院政四十四年

○正月一日、法皇は御書院に出御、公卿殿上人、次に上北面・非蔵人拝礼、天盃如例、此の序でを以て、飛鳥井

雅章・日野弘資・中院通茂・烏丸光雄・野宮定縁・日野資茂・石井行豊御礼あり、天盃を賜う、次に御移徙御礼、法印道作・法眼春沢・同道竹・同理安・同丈安・同通元・法橋岡玄昌・法橋玄隆・法橋道意・法橋小原玄昌、法橋益安・法橋石庵、針医師（『日次記』）。

●正月一日、四方拝、奉行裏松意光、小朝拝なし、元日節会、出御あり、内弁九条兼晴、陣後早出、万里小路雅房これに続く、外弁花山院定誠以下六人参仕、奉行柳原資廉、此の日、先に左大臣九条兼晴拝賀着陣（申次柳原資廉）（『続史愚抄』）。

○正月二日、洞中に侍す公卿殿上人は先例に随い、女院に到り、新年の賀慶を申す（『日次記』）。

●正月七日、白馬節会、出御あり、内弁近衛基熙、外弁大炊御門経光以下六人参仕、奉行鷲尾隆尹（『続史愚抄』）。

●正月八日、後七日法始、阿闍梨長者性演、太元護摩始、阿闍梨厳燿、以上奉行万里小路淳房（『続史愚抄』）。十四日両法結願は廃朝中により延引、十五日両法結願あり。

●正月九日、今日諸礼、両本願寺・興正寺・有栖川宮・曼殊院宮・三宝院門跡・勧修寺門跡・随心院・大乗院・実相院宮・上乗院僧正・積善院僧正・慈尊院・松林院・日厳院・若王子（以下一四件略）、諸寺の僧（一三件略）、医師了説・喜安、申午刻に至り新院御幸、大覚寺宮・聖護院宮（道寛）御参（『日次記』）。

●正月十一日、西園寺実晴薨ず、七十三歳（『諸家伝』）。

●正月十一日、神宮奏事始、伝奏清閑寺熙房、奉行柳原資廉。此の日、西園寺実晴（法名性永）薨ず、七十四歳、大忠院と号す（『続史愚抄』）。

●正月十二日、西園寺実晴の薨ずるを奏す、今日より三箇日廃朝（『続史愚抄』）。

●正月十五日、日野弘資は禁裏御会始の詠草を持ち来たり、叡削を請う、御対面なし、書を以て端の詠を佳しと為す云々（『日次記』）。

○正月十六日、新院御幸、道晃親王・近衛基熙・妙法院宮・道寛親王・大覚寺宮・一乗院宮・青蓮院宮（『日次記』）。
●正月十六日、踏歌節会、出御あり、一献後入御、内弁一条内房、外弁中御門資熙、以下六人参仕、奉行日野西国豊（『続史愚抄』）。
●正月十九日、和歌御会始、題は初春見鶴、飛鳥井雅章出題、読師万里小路雅房、講師裏松意光、講頌持明院基時（発声）、奉行勧修寺経慶（『続史愚抄』）。禁裏御会始、道寛親王出詠、一首懐紙、初春見鶴（『略年譜』）。
○正月十九日、法皇和歌御会始、題は鶴契遐年（『続史愚抄』）。法皇御影一軸同讃の色紙、勧修寺経慶を召し、泉涌寺に伝えしむ、法皇は陽徳院へ御幸（『日次記』）。
●正月二十三日、新院和歌御会始、題は興遊未央、飛鳥井雅章出題、読師中御門資熙、講師日野資茂、講頌持明院基時（発声）、奉行平松時量（『続史愚抄』）。
○正月二十七日、法皇は新院へ御幸、飛鳥井雅章は詠草持参、御幸により退出（『日次記』）。
●正月二十九日、大樹（家綱）より年頭の御礼の為、大沢少将院参、弘御所にて御対面、其の便りに就き、御三家の年頭の御礼及び永井尚庸や自分の分も献上（『日次記』）。
○正月三十日、御月次和歌の御会、且つ奉行の事、幷に会衆不足の由、禁裏より園基福を以て窺わる、後日御幸の次に人数を加増さるべきの旨、使高辻豊長御返事を申す（『日次記』）。
●二月三日、伊井掃部頭（直澄）息玄蕃頭（直該）に鞠懸緒を聴す、仍て御礼に白銀三枚献上、飛鳥井雅章より家士を添え取次所に達す（『日次記』）。
●二月五日、法皇は禁中へ御幸（『日次記』）。八日これに同じ。
●二月七日、法皇は内々番所に出御、声明・梵語声明を聞こし召す（『日次記』）。
●二月七日、春日祭、上卿中御門資熙参向、弁不参、奉行裏松意光（『続史愚抄』）。

○二月十日、法皇は修学院へ御幸、永井尚庸へ『家集』（摂家門跡筆桐箱入）・梅花色々一筒を下さる、御使池尻共孝、修学院より寿月観御庭の土筆一籠を永井尚庸に下さる、大覚寺宮は修学院へ御参（『日次記』）。

●二月中旬、交野時貞は『玉露稿』四巻に奥書する。奥書に「右四十一ヶ条件々之勅話、承応二暦癸巳秋、依照高院道晃法親王之懇望、綴御宸手三巻之秘義、亦別准御茶話、被綴御一小冊之仮名切紙、都四巻被准御遺勅、且擬仙洞之宝祚者也、臣等潜写之、秘縉紳之闕者也、寛文十三年癸卯仲春中浣日　交野内匠頭芙蓉軒在判」とある（和田英松『皇室御撰之研究』）。『列聖全集』所収。

○二月十六日、法皇は辰刻に修学院へ御幸、申刻還幸（『日次記』）。

●二月十八日、照高院道晃親王は円光院文英の所望により『当途王経』一巻を書写する（『略年譜』）。

●二月十九日、白川雅喬は詠草につき窺わる（『日次記』）。

○二月二十一日、法皇は禁中へ御幸（『日次記』）。三月二日・九日・十九日もこれに同じ。

●二月二十二日、水無瀬宮御供飯破損と云う（『続史愚抄』）。

●二月二十三日、菓子師越前大掾義定、筆師石見掾、針師肥前は受領に依り、菓子・筆・針各一箱を献上（『日次記』）。

●二月二十三日、一乗院真敬親王を二品に叙す（口宣）（『続史愚抄』）。

○二月二十七日、法皇は新院へ御幸、鍛治丹波守吉道・相模守兼守、受領の御礼に小刀献上、御菓子屋任和泉大掾の御礼に御菓子箱を献ず（『日次記』）。

○三月八日、新院御幸、道晃親王・大覚寺宮御参、飛鳥井雅章伺公、御書院御中二階に出御、御対面（和歌の事御伝授の御沙汰なり）、入御、雅章退下（『日次記』）。

●三月十一日、御用に依り中御門資熙・園基福・万里小路淳房参院、常御殿にて御対面（『日次記』）。

●三月十二日、召しに依り法眼通元伺公、愚安に出御、御脈を診る、直所に退き御薬調合、芝山宣豊を以て献ず

(『日次記』)。
○三月十三日、法皇・本院・女院等修学寺殿に幸す(『続史愚抄』)。清水谷実業ら供奉す(『日次記』)。
○三月十四日、新院御幸、道晃親王御参、法橋兼寿を召し、御連歌の事あり(『日次記』)。
●三月十五日、『四河入海』朱点校合等終功、献上、菊亭大納言(今出川公規)遣さる(『日次記』)。
●三月十八日、青蓮院尊証親王を二品に叙す(口宣)(『続史愚抄』)。
●三月十八日、もとの帥殿の采邑百石を御匣殿・新中納言局へ分ち給い、法眼通玄を法印にのぼせ給う事、叡慮のままに仰出さるべき旨、伝奏衆に伝らる、また清水谷実業・今出川宣季にも方領百石づつ給うべき旨伝えらる(『実紀』)。
●三月十九日、霊源寺(西賀茂に在り)、法常寺(丹波に在り)等二寺(倶に法皇御建立)は恰も両翼の如し、永く開山一糸の遺範を伝うべしと、法皇勅書を賜うと云う(『続史愚抄』)。
●三月十九日、道晃親王参院、法橋兼寿を召し、御連歌あり、愚安に出御、昨十八日格首座始めて天顔を拝す、是れに依り漢和十句に及ぶ、和は道晃親王・風早実種・兼寿、漢は高辻豊長・正隅、御製一句、次で十句畢(『日次記』)。
●三月二十一日、東照宮に奉幣を発遣さる、先に日時を定めらる、上卿万里小路雅房、幣使中園季定、奉行日野資茂、此の日、東寺弘法大師供飯破損、因て後日祈謝の為、北斗法を東寺にて行わると云う(『続史愚抄』)。
○三月二十二日、法皇・本院・女院等岩倉殿に幸す(『続史愚抄』)。
○三月二十三日、法皇は禁中へ御幸、飛鳥井雅章伺公、詠草につき窺わる(『日次記』)。
○三月二十六日、法皇は新院へ御幸、和漢御会の御沙汰なり、供奉清水谷実業他(『日次記』)。
○三月二十八日、法皇は品宮(常子)御方へ巳下刻に御幸、法皇を饗され、点心の具は仙台の庖丁人持参し、宮

の烹厨を按排し布置、これを勧む、酉刻還御（『日次記』）。

○三月二十九日、今日女院は修学院離宮へ幸す（『日次記』）。

●四月一日、黄檗開山隠元隆琦和尚に大光普照国師号を賜う（今月十一日寂すと云う）（『続史愚抄』）。三日示寂、八十二歳。

●四月十日、梶井盛胤親王に天台座主宣下あり（青蓮院尊証親王辞替、辞日欠）、上卿小倉実起、奉行裏松意光（『続史愚抄』）。

●四月十一日、黄檗隠元遷化（『実紀』）。

●四月二十八日、先日西本願寺門跡光常は参府せしかば、大僧正拝任を謝して、太刀・銀百枚・時服二十献じ拝謁す、坊官家司も見え奉る（『実紀』）。

●五月五日、今夜戌亥両刻、賀茂別雷社鳴る由、後日（十五日）社司言う（『続史愚抄』）。

○五月八日、夜丑刻、鷹司房輔第より火起こり、禁裏（土御門里内）・法皇・新院（後西）・女院（東福門院）及び九条兼晴、今出川公規、日野弘資、坊城俊広、東園基賢（息同居）、勧修寺経慶、烏丸光雄、広橋貞光、裏松意光等第、及び町数百三十、家数一万三千余等を火く、先に主上は聖護院道寛親王室に行幸、而て火近きの間、上御霊社に行幸、火静まりし後、近衛基熙の今出川第に行幸し、仮皇居と為す、内侍所は幸路に随い渡御し、同第寝殿に奉安（時に翌日未刻に及ぶと云う）、法皇・新院等は照高院道晃親王室（白川）に幸す、次に法皇は有栖川幸仁親王第に幸し、仮仙居と為す、新院は八条宮長仁親王第に幸し、同じく仮仙居と為す、本院（明正）・女院等は二条光平第に幸し、火滅後に、本院は仙洞に還幸し（本院仙洞は今度無為）、女院は賀子内親王家（二条光平室、法皇皇女、母東福門院）を以て仮御所となす（『続史愚抄』）。

●五月八日（九日十日の間は未詳）、内院等火くに依り廃朝ありと云う（『続史愚抄』）。

●五月十三日、京の火災によって、高家戸田土佐守氏豊は御使にさされ暇給う（『実紀』）。
●五月十四日、此の日午刻、貴布祢社鳴る由、後日（十六日）社司重ねて言う（『続史愚抄』）。
●五月二十二日、今日より七箇日、火災の事に依り、御祈を神宮にて行わる（此の余六社七寺ら同じく仰せらる歟、未詳）（『続史愚抄』）。
●五月二十四日、此の日、蛮国（恵計礼須）商船（一艘）来り、肥前長崎津に入る、武家より商売往来等を禁ず、因て七月帰国と云う（『続史愚抄』）。
○五月二十五日、新院御幸、道晃親王・大覚寺宮・梶井宮御参、同日関東の使戸田土佐守（氏豊）院参、是れに依り所司代永井尚庸もまた院参、寝殿にて御対面、御盃を下さる、老中の状あり（『日次記』）。
○五月二十八日、昨日より女院御不例、法皇は女院に御幸（『日次記』）。
●五月二十九日、所司代永井尚庸京の邸宅災にあいしかば、経営料銀三百貫目を給う（『実紀』）。
●五月二十九日、板倉重矩卒す、五十七歳（『実紀』）。略伝は『実紀』にあり。
○六月一日、法皇は新中納言殿へ御幸、今日石丸元服、常御所にて御対面（『日次記』）。
●六月三日、今夜戌刻に女御御殿の柴部屋より出火、少しばかり焼け、忽ち消し了ぬ、付け火の由、沙汰す、後日に穿鑿あるべきの沙汰なり（『日次記』）。
○六月四日、新院御幸、法皇の新殿造営の図、棟梁出羽を召しこれに仰す（『日次記』）。
○六月七日、法皇は新大聖寺殿へ御幸、板倉重矩去る二十九日死去、今日叡聞に達す（『日次記』）。
●六月七日、新殿造営の差図、両伝奏参院により則ち仰す、中井主水は伝奏亭にて拝見、其の後、伝奏より永井尚庸に達せらる（『日次記』）。
●六月十一日、土井能登守は修学寺拝覧、同行前田安芸守・山崎四郎左衛門・中井主水、案内者高島市郎（『日次記』）。

●六月十五日、月蝕（寅刻）、地動（『続史愚抄』）。
●六月十六日、内侍所仮殿立柱あり、此の日、女御房子は九条兼晴第を退出し、産所を為す（『続史愚抄』）。
●六月二十二日、将軍使織田貞置は参院して物を上る、御所焼亡に依りてなり（『実録』）。
●六月二十三日、夜酉刻より戌刻に到り、雷電夥しく雷声衆人を驚かす、電光は夜を昼の如し、茲により主上の御機嫌を窺われん為に、清水谷実業を進めらる、禁裏の勝房は新院に参らる、且つまた御見廻に荷田信辰参り、春原正愛は級宮御方に参る（『日次記』）。
○六月二十六日、辰刻に女院は一条殿に遷御（『日次記』）。女院（東福門院）は賀子内親王家（二条光平室）より一条教輔第に幸し、仮御所と為す（『続史愚抄』）。
○六月二十八日、法皇は有栖川幸仁親王家より一条内房第に幸し、仮仙居と為す（『続史愚抄』）。
○七月二日、今日より公卿殿上人非蔵人は三番の番組を相定む（今日より当番を守り相勤めらる）、武家両伝奏参院、紫宸殿にて御対面、禁中よりの御使として園基福院参、寝殿にて御対面、常修院宮御参、石谷長門守武清・山口壱岐守許之、受領の御礼の為、太刀馬代献上、兵部卿宮（幸仁）御礼に御参、道寛親王御参（『日次記』）。
●七月四日、花山院定好薨ず、七十五歳、淳貞院と号す（『続史愚抄』）。
○七月五日、法皇は新院へ御幸、白川雅喬参院し詠草につき窺わる（『日次記』）。
●七月七日、近衛基熙・一条内房御参、御内儀にて御対面、日野弘資・中院通茂参院、寝殿にて御対面（『日次記』）。
●七月九日、内侍所仮殿渡御日時を定めらる（当時主上は内侍所と御同座の間、仮殿を造られしなり）、上卿大炊御門経光、奉行日野資茂（『続史愚抄』）。
○七月十日、女院御所御目出度事、新院御幸、輪王寺宮御参、薄暮に及び青蓮院宮御参（『日次記』）。
●七月十二日、戌刻、内侍所は仮皇居寝殿より仮殿に渡御す、近衛の将・少納言・弁等供奉す、奉行日野資茂、

此の間、主上は庭上に下御す（『続史愚抄』）。

●七月十三日、今日より三箇日、内侍所神饌を供す（『続史愚抄』）。

●七月十七日、内侍所御搦及び清祓あり、吉田兼連奉仕す（『続史愚抄』）。

●七月二十一日、本願寺末寺より権律師勅許の御礼に杉原十帖・銀子一枚献上、御匣殿・上﨟御局へ青銅百疋宛進む（『日次記』）。

●七月二十三日、綴の御袈裟を東寺へ御寄進、法菩提院参院、芝山宣豊北面所にて渡され奉る（『日次記』）。

●七月二十七日、地動（『続史愚抄』）。

○七月二十七日、地震故、御機嫌窺の為、永井尚庸は使者を上ぐる、芝山宣豊御披露、玉垣殿迄仰せ入れらる（『日次記』）。

●七月二十八日、召し有り、新蔵人（土御門泰福）参院、曰く、故二位泰重『日時期文之抜書』を奉る、其の書みな焦土と成る、新写し敢えて献ずべしと、其の命に伏すと云う（『日次記』）。

○八月一日、八朔の御祝儀、宮門跡公卿殿上人より献上あり、風早実種・豊岡有尚・清水谷実業・大江俊福・源信昌・賀茂職久・玄長、皆走筆の功有り、仍て『伊勢物語』の写を命ず（『日次記』）。

●八月六日、権針博士藤木土佐守御針に参る、大工の棟梁来たる、北面所にて今度新造の御殿の指図を改作のためなり（『日次記』）。

○八月七日、法皇の貴体に粟粒の如き者生ず、無名の腫れ物たりと雖も、少し疼痛あり、仍て法眼石庵に御薬を伝えしむ、法印通元を召し、宸脈を診る、頃日御腹に瀉の事ある故、御薬を献ず云々、道寛親王御参、法橋兼寿を召し、連歌の嫌忌の事を尋ねらる云々、未刻法皇は禁中に御幸（『日次記』）。

●八月八日、去る炎上の前、浄華院の霊宝六字名号、後白河院宸筆なり、暫く法皇の御前に置く、今度焼却に及

ばず、今日使万里小路雅房は彼の寺に返す云々（『日次記』）。
●八月九日、此の日、武蔵江戸大風、厦屋壊る（『続史愚抄』）。
●八月九日、道寛親王御参、順西堂・兼寿を召し、御連歌の御沙汰なり、新院御幸、両伝奏参院、今度回祿類火等の摂家卿相雲客上北面已下に、関東より金子到来分の差し等あり（『日次記』）。
○八月十二日、法皇は禁中に御幸、両伝奏参院、大樹よりの初菱喰献上（『日次記』）。
●八月十六日、延暦寺文殊楼地曳立柱等日時を定めらると云う（『続史愚抄』）。
○八月十八日、御霊祭の日なり、御輿は法皇女院の門より、女院にまた見物台あるを以て、法皇新院皇女はみな幸いに御輿の行隊を御覧なり（『日次記』）。
○八月十九日、辰上刻潜かに修学院に御幸、車五両、公卿一人・殿上人一人・非職二人・鳥飼数十人、御拝箱持・雨皮持等如例（『日次記』）。
○八月二十三日、法皇は大覚寺宮里坊へ御幸、未下刻に還幸、即刻また禁裏に御幸、御幸の前に聖護院宮（道寛）御参、今日女御御方に姫宮御誕生、使芝山宣豊御誕生を賀す云々（『日次記』）。今上皇女降誕（母女御房子、産所は九条兼晴第）、女二宮と号す（『続史愚抄』）。後の二条綱平室、栄子内親王。
○八月二十五日、法皇は妙法院宮里坊へ御幸、番匠中井主水来尋、新殿造営の事云々（『日次記』）。
●八月二十九日、本願寺は女御姫宮御誕生の御祝儀を献上、本願寺末寺仏照寺静円法橋、権律師勅許の御礼を献上、裏松弁（意光）を使者に添えらる（『日次記』）。
○八月二十九日、女御御七夜の御祝儀を禁中に進めらる、姫宮御方にも進めらる、院使芝山宣豊、法皇は禁中へ御幸（『日次記』）。
●九月二日、照高院道晃親王は女院御所の中納言局の所望により石須弥の図を歌を添えて遣す（『略年譜』）。

●九月三日、地動（『続史愚抄』）。

○九月五日、今日辰刻に新殿木造始め、永井伊賀守・能勢日向守・前田安芸守・桜井庄之助・石尾七兵衛・平野次郎左衛門・川井甚五兵衛・岩井七左衛門、右八人は木造始めの御祝儀に各御樽・肴を下さる（『日次記』）。

●九月六日、飛鳥井雅章参洞、重陽の詠草につき窺わる、針博士を召し、御鍼療あり、鍼師越後目は受領の御礼に針金を献上、日野頭弁披露（『日次記』）。

●九月七日、今夜より三箇夜、内侍所臨時御神楽を行わる、出御あり、採物後入御、拍子本小倉実起、末東園基賢、奉行姉小路公量（『続史愚抄』）。

●九月九日、神楽第三夜、拍子初夜の如し、此の日、和歌御会、題は菊香春不如、飛鳥井雅章出題、奉行勧修寺経慶（『続史愚抄』）。

○九月九日、新院御幸、兵部卿宮・実相院宮・知恩院宮・梶井宮御参、輪王寺新宮（益宮）今日初参院、輪王寺宮御参（『日次記』）。

○九月十日、法皇は辰上刻に修学院へ御幸（『日次記』）。

●九月十一日、例幣、上卿小倉実起、奉行日野資茂、御拝あり（『続史愚抄』）。

●九月十三日、左大臣九条兼晴第にて年号勘者宣下あり、奉行日野資茂（『続史愚抄』）。

●九月十三日、新院皇子（御年九、益宮と号す、輪王寺治定、母東三条局定子）、御名字幸智に親王宣下あり、上卿今出川公規、勅別当花山院定誠、奉行姉小路公量（『続史愚抄』）。後の輪王寺天真親王。

●九月十四日、櫛師某を山城目に叙す、仍て白銀一枚・櫛一筥を持参し、侍所にて拝謝、奉行万里小路弁（淳房）（『日次記』）。

●九月十五日、九条兼晴の里第にて日野資茂を以て、国解年号勘文等を奏す（『続史愚抄』）。

○九月十六日、新院御幸、聖護院宮（道寛）御参、勝仙院権僧正は御祈禱御撫物御札を献上（『日次記』）。

●九月十八日、頃日、毎宵赤気あり、西に見ゆ（日入りて後、凡そ一時許り見ゆ、正親町院の御宇に此の事ありと云う）（『続史愚抄』）。

○九月二十一日、法皇は禁中へ御幸、今夜改元杖儀あり（『日次記』）。

●延宝元年九月二十一日、条事定あり（摂津国司雑事五箇条を言う）、上卿九条兼晴、已次公卿万里小路雅房以下八人参仕、次に改元定を行わる、上卿以下同前、寛文を改め延宝と為す、火災の事に依るなり、勘者五人、延宝字は五条為庸撰び申す、赦令なし（火災の事に依り改元あると雖も、また代始為る間、猶予さると云う）、吉書を奏す、上卿万里小路雅房、奉行日野資茂、伝奏葉室頼業（『続史愚抄』）。

○九月二十二日、禁裏皇女御誕生に就き、関東より吉良上野介義央に賀せしむ、今日参院に及び両伝奏伺公、永井尚庸また之に従い、紫宸殿にて御対面、天盃を賜う、大樹よりの献物（御太刀一腰・白銀百枚・御樽肴）を献上、御三家よりも御祝儀献上（『日次記』）。

●九月二十二日、九条兼晴の里第にて日野資茂を以て条事定文を奏す（『続史愚抄』）。

●九月二十五日、女御房子は女二宮を伴い、産所より入内す（北面等供奉すと云う）、即ちまた里殿に退出す、是れ座所の未だ定まらざる故なり（『続史愚抄』）。

●九月、照高院道晃親王は『瀟湘八景詩歌』一巻を書写す（『略年譜』）。

○十月二日、法皇・女院・本院は修学院へ御幸卯上刻、申中刻還幸、供奉清水谷実業他（『日次記』）。

●十月三日、御針藤木土佐守、法印通元御脈を窺う（『日次記』）。

●十月四日、徳大寺公信・飛鳥井雅章・園基福・千種有能は饗膳を献ぜらる、新院御幸、近衛基熙・道晃親王御参（『日次記』）。

○十月六日、御壷の口切り御振舞、是れに依り新院御幸、近衛基熙・道晃親王・飛鳥井雅章・日野弘資・中院通

茂御参（『日次記』）。

●十月七日、明日漢和御会有るに依り、今日其所に設けらる、寝殿上段・次の間に厚畳二畳を構え、其の後に屏風を立て、饗膳の事等また次第に其の命あり云々、墨師近江大極は受領の御礼の為に墨三箱献上、裏松弁（意光）は青侍を添えられ、東久世通廉披露、輪王寺新宮は坂本にて御得度、之に依り、御祝儀の為に黄金一枚等を進めらる、御使梅小路定矩（『日次記』）。幸智親王（九歳、輪王寺治定、新院皇子）は近江志賀院に入る（三仏堂と号す歟）、扈従の公卿永福以下三人、前駈殿上人公綱以下三人、此の日、即ち得度、法名守全（後に天真と改む）、公卿永福以下三人着座（『続史愚抄』）。

●十月八日、今日新殿の柱立ての御祝儀、永井尚庸・前田安芸守・桜井庄之介・石尾七兵衛・平野次郎左衛門・川井甚五左衛門・岩出藤左衛門は各御樽・肴を献上、漢和御会あり、発句「承露槿長命」、新院御幸、道晃親王ら参会、道寛親王不参により風早実種を加う、僧六人と兼寿には各沙綾・杉原を賜う、園基福は晩景勅使として院参、常御殿にて御対面（『日次記』）。

●十月九日、法皇は右大臣（近衛基熙）殿へ御幸（『日次記』）。十日もこれに同じ。連句集は順西堂御借りに成らる。

●十月十一日、法印三竹関東より上洛の由伺公、西上刻ばかりに輪王寺宮御弟子宮は御得度以後始めて御同道にて御参、之に依り御祝儀の為、輪王寺宮・新宮よりの献上あり、常御殿にて御対面（『日次記』）。

●十月十二日、禁裏御月次御当座、道寛親王出詠、屋上霰過、薄暮眺望（『略年譜』）。

○十月十二日、今日法皇は有栖川宮へ御幸、御懸け有るに依り、之を借用され御鞠あり、御客は一条内房・輪王寺宮・新宮・妙法院宮・大覚寺宮・聖護院宮（道寛）・知恩院宮・青蓮院宮、御内儀にて御座所を構えられ、其所にて御膳の事あり、鞠足は近衛基熙・兵部卿宮・飛鳥井雅章・阿野季信・難波宗量ら（『日次記』）。法皇・新院等は有栖川幸仁親王家に幸す、蹴鞠御覧あり、鞠足亭主幸仁親王、公卿近衛基熙以下四人、殿上人梅園季保

以下六人（『続史愚抄』）。
○十月十三日、法皇は禁裏へ御幸、和歌御会（『日次記』）。
●十月十七日、大樹より鷹の鶴献上、土御門新蔵人（泰福）は『日時勘文』の事に依り参院（『日次記』）。
○十月二十日、法皇は禁中へ御幸、新中納言局へ御幸、法印通元・法眼石庵・鍼博士土佐伺公（『日次記』）。
●十月二十二日、青蓮院宮は御茶を上げらる、新院御幸、近衛基熙・輪王寺宮・道晃親王・常修院宮・聖護院宮（道寛）御参、便殿にて御膳、修学院の陶器を数品各御拝領（『日次記』）。
○十月二十六日、法皇は修学院へ御幸（『日次記』）。
○十月二十八日、法皇は禁裏へ御幸（『日次記』）。蹴鞠御会あり（密儀）、主上（御直衣御張袴）立御、鞠足公卿阿野季信以下殿上人等六人参仕、法皇・本院・女院等は禁裏に幸し、御見物ありと云う（『続史愚抄』）。
○十月二十九日、新院御幸、道晃親王・道寛親王御参、大工の棟梁は北面所次間にて御普請の事を公卿に窺う（『日次記』）。
●十月、照高院道晃親王は女院付侍久保勝時の所望により「此抄」を書写する（『略年譜』）。
○十一月四日、『新写伊勢物語』一冊を永井尚庸に下さる、院使梅小路定矩（『日次記』）。
●十一月五日、家綱は墨田川辺に御鷹狩あり、御みづから取らせ給いたる白鳥を、翌日法皇に、鶴を新院・女院へ駅進せらる（『実紀』）。
●十一月五日、頃日、暁の東西、夕の西等、雲の赤さ火の如しと云う（『続史愚抄』）。
●十一月七日、春日祭、上卿小倉実起参向、弁不参、奉行日野西国豊、路次の小倉堤（帰路歟）にて、白雁飛来し、輿丁頓死すと云う（『続史愚抄』）。
●十一月十一日、大樹より白鳥一羽献上、之に依り両伝奏参院し、献上の旨を奏達さる（『日次記』）。

●十一月十五日、右大臣の息益君は今日首服を加う、仍て御祝儀として御馬太刀御樽等を献ず（『日次記』）。右大臣近衛基熙の息家熙は元服す、即ち従五位上禁色等宣下（口宣）あり（『続史愚抄』）。

●十一月十九日、女御房子は里殿より内に還入し、常子内親王家（近衛基熙室、法皇皇女）を以て仮曹司と為す（『続史愚抄』）。

●十一月二十日、肥前国一乗院は権僧正勅許の御礼に参院、白銀三枚献上（『日次記』）。

●十一月二十二日、岩橋玄長は法橋勅許の御礼に金鳳丹を、法皇・禁中・新院・本院・女院に献上、阿野侍従（実孚《ナ》）元服の御礼に参院（『日次記』）。

●十一月二十二日、天台座主盛胤親王を二品に叙す（口宣）、奉行裏松意光（『続史愚抄』）。

●十一月二十三日、紫宸殿に御座を構え、連歌の御会あり、新院御幸、道晃親王・道寛親王御参、風早実種伺公、執筆清水谷実業・豊岡有尚、法橋兼寿は御縁座敷に参る（『日次記』）。なお豊岡有尚は日野弘資三男（『諸家伝』）。

○十一月二十四日、新院御幸、近衛基熙・道晃親王御参、常御殿にて御膳および御茶三種、一条禅閤（兼遐）の次男次郎君始めて御参、常御殿にて御対面（『日次記』）。

○十一月二十八日、摂家門跡諸家院家に饗膳を賜う（『日次記』）。

○十二月一日、法皇は緋宮御方へ御幸、猪熊神祇大副息卜部兼満六位蔵人勅許、今日元服の御礼に院参（『日次記』）。

○十二月七日、今日より七箇日、安鎮法を法皇御所（下御所、本所なり）にて行わる、阿闍梨盛胤親王、奉行院司歟万里小路淳房（『続史愚抄』）。

●十二月八日、園侍従（基勝）元服の御礼に伺公、道寛親王御参（『日次記』）。

●十二月十一日、内侍所御神楽あり（恒例）、出御あり、拍子本東園基量、末持明院基輔、奉行日野資茂（『続史愚抄』）。

●十二月十二日、幸徳井は『新暦八卦』を献ず（『日次記』）。

○十二月十三日、新院御幸、道晃親王・道寛親王・近衛基熙御参、連歌御会あり、風早実種・兼寿伺公（『日次記』）。

○十二月十三日、法皇の新仙洞正鎮、舞楽あり、即ち此の日、安鎮法結願（『続史愚抄』）。

○十二月十五日、法皇新殿上棟辰刻、之に依り御祝儀の為、御作事奉行永井尚庸、前田安芸守等に御樽・肴を下さる、安鎮法結願の御祝儀を梶井宮御持参（『日次記』）。

○十二月十六日、法皇は禁中へ御幸、今日吉日に依り新殿請取、神尾弥右衛門下総守勅許の御礼に北面所に参り、太刀馬代を献上す（『日次記』）。

○十二月十九日、法皇は新殿に遷御、未造営の殿舎あり、残余は来春に及ぶ云々、本院・新院・女院御幸、仁和寺宮・妙法院宮・大覚寺宮・知恩院宮・聖護院宮・梶井宮・青蓮院宮・常修院宮各御参、日野弘資・中院通茂（時に武家伝奏）は永井尚庸を誘引し院参、五味藤九郎らも御移徙の御祝儀を献上、諸門主諸家参賀（『日次記』）。法皇は一条内房第より新仙洞（下御所、本所なり）に還幸す（『続史愚抄』）。

○十二月二十日、晩景に及び法皇は御移徙の為に疲労か、法印通元御脈を診る、御保養の為に御服薬を調合、戌刻に鍼医土佐守を召し、御内儀にて御鍼の事あり（『日次記』）。

○十二月二十一日、法印通元御脈を診る、針博士賀茂成量を召し、御針あり、両伝奏また参院、新殿の御道具の為の料、黄金千両を関東より献上（『日次記』）。

●十二月二十二日、関東の使畠山下総守義里院参、永井尚庸は副使として同じく院参、大津の針師大和目に任じ御礼に張金一箱を差上げ、日野西弁（国豊）より青侍を添えらる、京白粉師近江目を仕り御礼の為に白粉を差上げ、万里小路弁（淳房）より青侍を添えらる（『日次記』）。

○十二月二十七日、新院御幸、法印通元御脈、加味の御薬献上、法橋勅許の御礼に眼科境海乗坊は薬などを献上、文匣屋宗源は山城掾勅許の御礼に文匣二つを献上（『日次記』）。

○十二月二十九日、新院御幸、仁和寺宮・聖護院宮御参、武田杏仙は法眼勅許の御礼に沈香丹などを献上、西本願寺末寺法橋勅許の御礼に杉原一束献上、法橋勅許の御礼に安雪・清安は各杉原・白銀、杉原・目薬を献上（『日次記』）。

●是歳、興福寺維摩会あり、講師大乗院信賀、而して寺務に補さず（翌年に及び補すと云う）、是れ一乗院より違乱せしむ故なり、慈尊院永愿を東寺長者に補し、法務を知行す（性演と僧正を替う）（『続史愚抄』）。

●是歳か、鍋島直能所望により勝仙院取次にて、岡花の懐紙を書き遣す、但し『桜岡懐紙集』の添紙には「寛文九己酉年桜岡懐紙次第」とあり、年代に齟齬がある（『略年譜』）。延宝三年の条も参照。

延宝二年〔一六七四〕甲寅　七十九歳　院政四十五年

○正月一日、辰下刻、法皇出御、御小座敷に公卿・殿上人・上北面・非蔵人は例年のごとく御礼、此のついでを以て日野弘資・中院通茂御礼、天盃を下さる、医者の法印道作・通元は各杉原十帖・延齢丹一包を献上、法眼石庵権針博士御礼（『日次記』）。

●正月一日、日蝕（寅卯辰等刻）、暁、四方拝恒の如しと云う（按ずるに蝕以前歟）、奉行日野資茂、小朝拝・節会等なし、仮皇居に依りてなり、新院（後西）は法皇御所に幸す（『続史愚抄』）。

○正月二日、摂家門主は新年を賀す御祝儀に御参院、詳しくは玄関記に記す故、茲に略す、女院（東福門院）・本院（明正）御幸、照高院宮（道晃）御参（『日次記』）。

○正月三日、法皇御所御祝い昨日に同じ、実相院宮御参、番所より退出、両伝奏日野弘資・中院通茂伺候、関東より到来の状持参、其状に曰く、「貴翰致拝見候、法皇御殿早速御造畢、去十九日被遊御移徙、御感不斜之由

承届候」云々（『日次記』）。

○正月四日、新院（後西）御幸、知恩院宮御参、御太刀馬代幷に砂糖桶を御進上、蠟燭・昆布・干鯛・御樽を年頭の御祝儀のため永井伊賀守（尚庸）献上、女院及び新院に御幸、供奉は清水谷実業・木辻行直・池尻勝房・豊岡有尚・梅小路共益・長谷忠能・相楽利直・東久世博意・源信昌・大江俊福・春原正愛・賀茂職久・源常治・春原孝成・鴨秀富、北面、鳥飼は例年のごとし（『日次記』）。

●正月五日、千秋万歳・猿舞等あり、法皇・本院・新院等は禁裏に幸す（『続史愚抄』）。しかし『日次記』では六日のこととする。『続史愚抄』の誤りであろう。

○正月六日、今日例年のごとく常御所南庭にて猿舞の事あり、例年は五日、昨日は御幸により始めて御延引、今日新院御幸、右大臣（近衛基熙）・照高院宮（道晃）・飛鳥井雅章・日野弘資・中院通茂参院、御振舞（『日次記』）。

○正月七日、上林峯順は年頭の御礼のため丸柿一箱献上（『日次記』）。

○正月八日、前大納言中御門資熙・葉室頼業・園基福・東園基賢は召しに依り参院、御小座敷にて食を賜う（『日次記』）。

●正月八日、後七日法始、阿闍梨慈尊院永愿、蓮花光院室にて勤仕（仮皇居に道場なき故と云う）、太元護摩始（理性院坊にてなり、近例の如し）、阿闍梨厳燿、以上奉行万里小路淳房（今度始終蓮花光院に向わず）（『続史愚抄』）。十四日両法結願。

○正月九日、法印通元は御脈和寛珍重の由、言上云々、本願寺僧正（寂如・光常）新年の御礼の為、御太刀馬・御樽代呈上、諸門主ら御参（『日次記』）。

○正月十一日、今朝、中納言芝山宣豊・池尻共孝・梅小路定矩は便殿にて饗膳を賜う、女院に御幸、供奉は清水谷実業ら（『日次記』）。

●正月十一日、神宮奏事始、伝奏三条実通、奉行日野資茂（『続史愚抄』）。

○正月十五日、例に随い爆竹あり、常御殿南庭に其の処を設け、爆竹の大きさ三尺ばかり、期に臨み、階の左右に銀燭を置く云々（『日次記』）。

○正月十六日、鷹の水鶏を永井伊賀守（尚庸）献上、梅小路定矩披露、新院（後西）御幸、右大臣（近衛基熙）殿・照高院宮（道晃）・大覚寺宮（性真）・妙法院宮（堯然）・聖護院宮（道寛）・青蓮院宮（尊証）・梶井宮（盛胤）御参、御内儀にて饗膳の事あり（『日次記』）。

○正月十九日、越前少将（松平光長）は御移徙の御祝儀のため、二荷三種、奉書紙を献上、使者大井田九右衛門（『日次記』）。なお光長妹亀姫は秀忠養女・好仁親王室、妹鶴姫は家光養女・九条道房室である（『徳川諸家系譜』）。

○正月十九日、法皇和歌御会始、題は松作千年友、飛鳥井雅章出題、奉行風早実種（『続史愚抄』）。

●正月十九日、和歌御会始、題は雲消水又釈、読師飛鳥井雅章、講師日野資茂、講頌持明院基時（発声）（『続史愚抄』）。禁裏御会始、道寛親王出詠、一首懐紙、雲消氷又釈（『略年譜』）。

●正月十九日、新院皇女降誕（母六条局定子）、多喜《タキ》宮と号す（『続史愚抄』）。後の慈受院瑞光。

○正月二十四日、摂津久安寺は例に依り一倉炭を献ず（『日次記』）。

○正月二十五日、法皇は新院に御幸、輪王寺宮（守澄）より年頭の御祝儀進上、西本願寺（寂如）も御祝儀を献上（『日次記』）。

●正月二十五日、照高院宮（道晃）は松平直矩の所望により『播州之名所』画図に古歌を書き加えらる（『略年譜』）。

○正月二十七日、饅頭・水鶏を東本願寺（常如）に賜う、木練《こねり》柿・鯛魚を興正寺僧正（良尊）献呈し、法皇の御機嫌を窺う（『日次記』）。

●正月二十七日、新院和歌御会始、題は青柳風静（『続史愚抄』）。出題飛鳥井雅章、奉行平松時量（『実録』）。

○正月二十八日、甲府宰相綱重は御移徙の御祝儀を献上、使者野瀬又兵衛、舘林宰相綱吉も御移徙の御祝儀を献上、使者志村忠兵衛、右大臣（近衛基熙）・妙法院宮（堯然）・聖護院宮（道寛）・青蓮院宮（尊証）・一乗院宮（尊覚）御参、両伝奏参院、通元法印御脈を窺う（『日次記』）。

●正月二十八日、輪門（守澄親王）御所望により、柳郭公の絵を書き遣すか（『略年譜』）。

○正月三十日、龍眼春到り、弥よ烟霞の如く是れを隔つ、偏に御老色を加うにより、眼科医青木芳庵・水島慶鐸を召し、御眼を窺う、二医者無官を以て御小座敷に隔離、南面の障子一間に御眼を出し、その小破の間にてこれを窺わしむ（『日次記』）。

○二月一日、青木芳庵・水島慶鐸は昨日のごとく御小座敷にて御眼を窺う、二医は御洗薬・御指薬を献上す、両伝奏参院、野宮中納言（定縁）参院（『日次記』）。

○二月三日、両伝奏日野弘資・中院通茂は公用により御参（『日次記』）。

○二月四日、関東（家綱）より年頭の御使大澤少将（基将）院参し、年始の御祝儀白銀・蠟燭を進上、紀伊中納言・尾張中納言・水戸宰相は御馬代黄金十両を各献上、永井伊賀守（尚庸）も院参、御小座敷にて御対面、天盃を下さる、風早実種に参議勅許（『日次記』）。

○二月五日、風早実種拝賀、是れに依り参賀、新院御幸、照高院宮（道晃）御参、眼科医慶鐸来りて玉眼を拝す、目薬の効験あり（『日次記』）。

○二月六日、院領の有司五味藤九郎は緑鴨一羽を献上、上使大澤兵部太輔（基将）明日下向の御暇、法皇より縮緬五巻を例の如く長橋局にて賜う、よって今日禁中取次木坂越中守に渡さる、女房奉書は両伝奏にこれを渡す（『日次記』）。

●二月八日、水島慶鐸は御眼を窺い、即ち御薬を献ず（『日次記』）。

●二月九日、水島慶鐸は御眼を窺う、加味の薬、玉眼を弥よ潤す（『日次記』）。
○二月十一日、新院御幸、聖護院宮御参、森島玄覚は法橋勅許の御礼に、延齢丹・杉原・末広を献ず（『日次記』）。
●二月十三日、松平薩摩守（綱貴）は、中将勅許の御礼の為、綿・馬代を献上、了説は常御殿で御針を転ず（『日次記』）。
●二月十三日、此の日、春日祭を行わる、上卿三条実通参向、弁不参、奉行日野西国豊（『続史愚抄』）。
●二月十六日、永井伊賀守（尚庸）は関東下向の御暇乞に伺公、御小座敷にて御対面、天盃を賜う（『日次記』）。
●二月十七日、元格は法橋勅許の御礼の為に杉原・末広・延齢丹を献上、玄篤は法橋勅許の御礼の為に杉原・末広・神仙宝命丹を献上、外科伯養は法橋勅許の御礼の為に杉原・末広を献上、正朴は法橋勅許の御礼の為に白銀十両・延齢丹・杉原を献上、玄隆は法橋勅許の御礼の為に延齢丹・杉原を献上、筆師常仁は法橋勅許の御礼の為に筆一箱を献上、江戸本所天神社別当大鳥居信祐は法橋律師勅許の御礼の為に緞子・末広・杉原・牛玉を献上（『日次記』）。
●二月十八日、御鍼医藤木駿河守は関東下向の御暇乞、両伝奏参院、小座敷に召され、御盃を下さる（『日次記』）。
●二月十九日、勢州一身田専修寺（堯円）は年頭の御礼に、杉原・末広・鯨を献上（『日次記』）。
○二月二十二日、修学院に御幸、村上友佺、井川玄味に法橋勅許（『日次記』）。
○二月二十三日、針博士藤木土佐守は常御殿にて御針（『日次記』）。
○二月二十四日、新院御幸、御相伴は右大臣（近衛基熈）・照高院宮（道晃）・聖護院宮（道寛）御参、御膳等は例に随い内殿に出御、御茶は永井尚庸献上せし所の上林峯順の初昔、泉涌寺内に小堂を造営し、木造の観音を安置の由、両伝奏より永井尚庸に達し、即ち永井尚庸より関東に伝え、寺内の新地の造営に非ざるを以て御機色に任するの由、関東より達す（『日次記』）。

●二月二十六日、夜子刻、黒雲（或いは気に作る）潤さ一丈（或いは五尺及び三尺に作る）、東西の天に竟る（一時許り後消散す、洪水の変を為す由、通鑑に見ゆると云う）（『続史愚抄』）。

○二月二十七日、一条内府（内房）は御機嫌を窺われ、常御所にて御対面、加鍋作安は法眼御礼の為に杉原・白銀を献上、万里小路弁（淳房）は使者を添えらる（『日次記』）。なお淳房母は東本願寺光従女（『諸家伝』）。

○二月二十八日、修学院に御幸（『日次記』）。

○二月二十九日、御小細工師藤原永吉は丹後目《さかん》に任じ、御茶入れを献ず（『日次記』）。

●二月か、日野大納言（弘資）所望により、鹿紅葉の絵色紙を書き遣す（『略年譜』）。

●三月十三日、長講堂後白河院御影堂供養あり（去年修復ある故なり）、楽所等参向（『続史愚抄』）。

●三月二十一日、東照宮に奉幣を発遣さる、先に日時を定めらる、上卿三条実通、幣使冷泉定淳、奉行姉小路公量（『続史愚抄』）。

●四月十一日、昨今大雨、鴨川洪水、三条橋崩落、五条橋もまた損じ人を通さず、京畿の近国悉く大水（『続史愚抄』）。

●四月十二日、久我《こが》広通薨ず、四十九歳、妙雲院と号す、今日より三箇日廃朝（『続史愚抄』）。

●四月二十三日、日出時、二日並び見ると云う（司の天奏に非ず、民間の説なり、按ずるに抱珥の類歟）（『続史愚抄』）。

●五月一日、新院皇子貴宮（六歳、母六条局）毘沙門堂に入る（『続史愚抄』）。後の輪王寺公弁親王。

●五月四日、内侍所和歌御法楽あり（再興と云う）（『続史愚抄』）。

●五月九日、新院（後西）は修学寺殿に幸し、陶器を造るを覧ると云う（『続史愚抄』）。

○五月十九日、主上（御年二十一）に三部抄・伊勢物語等の御伝受あり、法皇は内裏に幸し授け奉らる（『続史愚抄』）。主上は霊元天皇。

●五月中旬、禁裏御月次御当座、道寛親王出詠、勅題、巻頭、霞春衣、草花盛、なお前の歌の短冊を花山院定誠

に書き遣す（『略年譜』）。

○五月、照高院宮（道晃）は『続撰吟抄』八冊校合了。徳大寺実通自筆本は慶長頃に流出し、通村姻戚の石川主殿頭忠総の所有に帰しており、その自筆本ないし二次写本を書写したのが聖護院蔵道晃親王筆本である（日下幸男「続撰吟抄紙背文書について」『国語国文』六二―二）。右によれば、道晃親王校合奥書に「延宝二年五月朔日於灯下一校了」「延宝二五月四日一校了」「延宝二五七一校了」「延宝二五十二一校了」「延宝二五十五日一校了」「延宝二五十八一校了」「延宝二寅年五月廿五日一校了」「延宝二年寅五月廿七日於灯下一校了」とある（『略年譜』）。

●六月十一日、京師大いに雹ふる、弾丸（或いは木患子に作る）の如し、西郊東寺及び醍醐辺は大きさ拳の如し（懸け目三百目に至る）、燕雀を殺す、此の日、雷盧山寺の堂に墜つ（『続史愚抄』）。

●六月十三日、妙心寺新命入院、勅使某参向（『続史愚抄』）。

●六月十四日、大雨水、人馬多く溺死、畿内同前（『続史愚抄』）。

○六月十九日、道晃親王は聖護院本『一人三臣』二冊校合了。墨付上一一五、下一〇四丁。元奥書に「本云享禄三年庚寅六月五日以他筆令書写畢。穴賢々々。不可有外見者也。尊俊」、道晃親王校合奥書に「延宝二六十三於灯下一校了」「延宝二寅年六月十九日一校了」とある。なお聖護院本『続撰吟抄』と『一人三臣』とは同装本である。両書はともに後水尾院歌壇で編まれた『三玉集』『円浄法皇御自撰和歌』『一字御抄』『類題和歌集』などの編纂資料となったものである。官庫または法皇御所の本を書写したものかもしれない。

●六月中旬、照高院道晃親王は中院通茂取次にて或人の所望で『土御門院順徳院御百首』一冊を書写する（『略年譜』）。

●六月二十七日、今日より五箇日、犬死にあるに依り、宮中（仮皇居、近衛殿）触穢、三上皇・女院等御所及び鷹司房輔第は之に触らずと云う（『続史愚抄』）。

●六月下旬、照高院道晃親王は貞応二年定家奥書、文保二年藤羽林中将跋本『古今和歌集』一冊（大和綴、色変り

料紙）を書写する（『略年譜』）。

●七月七日、和歌御会、題は銀河月如船、飛鳥井雅章出題、奉行勧修寺経慶、また楽御会あり、盤渉調楽、御所作笛、所作公卿大炊御門経光以下二人、殿上人四辻季輔以下四人、及び楽所等参仕（『続史愚抄』）。

●八月三日、道寛親王は章海僧正の追善和歌二首を詠み、集慶和尚に遣す（『略年譜』）。

●八月八日、内侍所（仮殿庭上）にて清祓あり（触穢の後と云う、頗る延引、子細未詳）、吉田兼連これに奉仕す（『続史愚抄』）。

●九月六日、今日より七箇日、安鎮法を東福門院新御所（本所）にて行わる、阿闍梨盛胤親王、奉行清閑寺熙定（『続史愚抄』）。十二日結願。

●九月、照高院道晃親王は故妙法院堯然筆菊の絵に賛の歌三首を加える（『略年譜』）。

●九月十一日、例幣、上卿三条実通、奉行姉小路公量、御拝あり（『続史愚抄』）。

●九月二十六日、妙心寺新命仲岳和尚入院、勅使中御門宣基参向（『続史愚抄』）。

○十月七日、中院通茂、日野弘資は和歌所に移る。「法皇、本院へ鶴駅進したまふ。これまで伝奏にてありし日野前大納言弘資、中院前大納言通茂卿を和歌所に定めらる。法皇の叡慮による所とぞ聞えし」（『実紀』）。

●十一月十二日、春日祭、上卿阿野季信参向、弁不参、奉行日野西国豊（『続史愚抄』）。

●十一月二十七日、春日若宮祭、園基福、東園基量等は之に参る（『続史愚抄』）。

●十二月五日、内侍所御神楽あり（恒例）、出御あり、早韓神後入御、拍子本小倉公連、末東園基量、奉行姉小路公量（『続史愚抄』）。

●十二月九日、酉刻、清子内親王（鷹司信尚室、後陽成院皇女、母中和門院）薨ず、八十三歳（『続史愚抄』）。

●十二月十日、清子内親王薨ずるにより、今日より三箇日廃朝（『続史愚抄』）。

●十二月十二日、清子内親王を二尊院中に葬る（『続史愚抄』）。
●十二月十六日、月蝕（子刻）（『続史愚抄』）。
○十二月二十六日、造内裏木作始日時を定めらる（仰せ詞と云う、土御門殿木作始）、上卿中御門資熙、奉行姉小路公量、法皇来年方違御幸を修学寺殿に為すべしと治定さる（『続史愚抄』）。

延宝三年（一六七五）乙卯　八十歳　院政四十六年

○正月一日、法皇出御（巳上刻）御小座敷にて、公卿・殿上人・上北面・非蔵人、各天盃を給う（『日次記』）。
●正月一日、四方拝、奉行万里小路淳房、小朝拝・節会なし、仮皇居に依りてなり（『続史愚抄』）。
○正月二日、辰上刻に医師御礼あり、その次第、法印道作より法橋道通まで一五名（一覧省略）、新院御幸、供奉の殿上人・非蔵人は休息所にて御祝を給う、此の外、山口壱岐守・松尾甲斐は別座、北面所にて御祝を給う（『日次記』）。
○正月三日、海北友雪は短冊五枚献上（『日次記』）。
○正月五日、法皇・本院（明正）・新院（後西）・女院（東福門院）等は禁裏に幸す（『続史愚抄』）。御幸以前に御饗応の事あり、飛鳥井雅章・日野弘資・中院通茂、御小座敷にて賜う（『日次記』）。
○正月八日、弘御殿の前にて猿舞あり、例のごとし、伊勢外宮長官より一万度御祓・熨斗三把を献上（『日次記』）。
●正月八日、後七日法始（蓮花光院にて行わる、去年の如し）、阿闍梨慈尊院永愿、太元護摩始（理性院坊にてなり、例の如し）、阿闍梨厳燿、以上奉行清閑寺熙房（『続史愚抄』）。十四日両法結願。
○正月九日、法皇御試筆の御製につき道寛親王詠進、御褒美により御試筆の宸翰を拝受する（『略年譜』）。

○正月十一日、伊勢祭主より一万度御祓・鰒・昆布・御樽を献上、有栖川宮・円満院宮御参、常御殿にて御対面、新院御幸、右大臣（近衛基熙）・聖護院宮（道寛）御参、常御殿にて夕御膳の事あり（『日次記』）。
●正月十一日、神宮奏事始、伝奏三条実通、奉行姉小路公量（『続史愚抄』）。
○正月十二日、修学院に御方違御幸、永井尚庸は修学院に鯛・鮑を献上（『日次記』）。
○正月十五日、南都東大寺は新年の御礼に、寺僧上座院をして、二月堂牛玉・杉原・末広を献ず、同日酉下刻に吉書・爆竹あり、法皇吉書大江俊福、女院吉書賀茂職久（『日次記』）。
○正月十六日、本願寺は年頭の御祝儀を献上、東本願寺は年始の賀儀を献上（『日次記』）。
●正月十九日、内裏木作始あり（『続史愚抄』）。
●正月十九日、和歌御会始、題は多春採若菜、飛鳥井雅章出題、読師柳原資行、講師姉小路公量、講頌東園基賢（発声）、奉行勧修寺経慶（『続史愚抄』）。禁裏御会始、道寛親王出詠、多春採若菜（『略年譜』）。
○正月二十一日、法印道作・通元は命に依り参院、御脈を診る（『日次記』）。
●正月二十三日、新院和歌御会始、題は心静延寿、読師日野弘資、講師姉小路公量、講頌中院通茂（発声）（『続史愚抄』）。近衛基熙は所労に依り不参、懐紙の清書を平松時量方へ書状を以て送る（『実録』）。
○正月二十四日、今年聖算満八十なり、茲に因り飛鳥井雅章・日野弘資・中院通茂は照高院宮（道晃）に請い、祝宴を献ぜらる、新院御幸、大覚寺宮（性真）・聖護院宮（道寛）は御内儀にて夕御膳の事あり（『日次記』）。
○正月二十四日か、法皇八十賀、照高院道晃親王出詠、花（『略年譜』）。
○正月二十五日、大澤兵部太輔（基将）は上使として京着、二十八日参内参院の由、両伝奏伺候、右の旨言上、池尻共孝奏達す（『日次記』）。
○正月二十七日、弘御殿西庇の簀子にて、鶴包丁あり、福田石見これを剪る、新院御幸、大炊御門経孝ら十二人

（『日次記』）。

○正月二十八日、年頭の上使として大澤少将院参、弘御所にて御対面、永井伊賀守（尚庸）も参院、天盃を下さる、大樹より白銀・蠟燭を進献（『日次記』）。

○二月一日、法印道作・通元は伺公し、御脈を窺う、駿河守御針（『日次記』）。

○二月三日、梶井宮（盛胤）・聖護院宮（道寛）御参、白川二位（雅喬）伺公、照高院宮（道晃）は年頭の御礼に参院（『日次記』）。

○二月六日、『定能舞楽記』一結四六葉、正隅は命を受けてこれを写し、今日写し了ぬ、仍てこれを拝上（『日次記』）。

●二月七日、春日祭、上卿勧修寺経慶参向、弁不参、奉行日野西国豊（『続史愚抄』）。

○二月八日、永井尚庸は鴨・ちんた酒を献上、利直披露、池尻共孝より当番の雲客に披露すべきの由示し来るに因る、チンタ酒は昨日阿蘭陀より到来の由、言上す、新院御幸、大覚寺宮御参（『日次記』）。

○二月十日、新院御幸、大覚寺宮・聖護院宮（道寛）御参、御庭の径より法皇同幸、同日大樹より宝算八十の賀のために白銀二百枚・御樽・御肴三種を永井伊賀守（尚庸）持参、女院御所に万歳の寿を言上すとかや、是に依り黄金三枚を伊賀守に下さる（『日次記』）。

●二月十日、中院通茂（四十四歳）・日野弘資（五十八歳）は武家伝奏を辞す（『諸家伝』『公卿補任』）。

○二月十一日、鷹の鴨を永井尚庸献上、池尻共孝披露、また法皇遐算奉賀に永井尚庸は紗綾・昆布・鶴・御樽を献上、池尻共孝執奏、法印通元は参院し、御脈を窺うに及ばず退出（『日次記』）。

○二月十二日、大樹より献上の銀は、上は禁裏・本院・新院・女院より、下は月卿雲客・官女・下北面等に頒け賜い、鶴算の賀を拡充す（『日次記』）。

○二月十四日、禁裏より御有卦入りの御祝儀として、俊成卿筆一巻・伊勢物語抄（玄旨作）一冊・御見台・御脇

息・鶴を進めらる、大覚寺宮御参、聖護院宮（道寛）に御幸、供奉は相楽利直・国久ら、一乗院宮（真敬）御参（『日次記』）。
○二月十五日、般舟院は使僧を以て、釈迦の御掛物を申し出づ、則ち杉原・末広を遣わさる、此の事例年の由なり、聖護院宮（道寛）御参、入夜例年のごとく、涅槃像の供物、御鬮あり（『日次記』）。
○二月十六日、女一宮に御幸、入院の御礼に大徳寺天倫参院し殿上にて芝山宣豊に閲す（『日次記』）。
○二月二十日、大覚寺宮御執奏にて天龍寺の定西堂始めて院参、御書院にて御礼申し上げ、法談の義ありとかや、内々休息所にて御料理を賜い、退出（『日次記』）。
○二月二十一日、新院御幸、一乗院宮（真敬）御参、法皇と新院・一乗院宮は円照寺宮に御幸、殿は御門の前に在る故、庭上より直に其の宮に入御（『日次記』）。
○二月二十二日、一乗院宮に御幸、両伝奏（千種有能・花山院定誠）は関東下向の御暇乞いに参院、御小座敷にて御対面、天盃を下さる（『日次記』）。
○二月二十三日、今日御方違の為に修学院離宮に御幸、例のごとし（『日次記』）。
●二月二十三日、楽御会始あり、平調楽（郢曲等）、御所作笛、所作公卿中御門資熙以下六人、殿上人小倉公連以下七人及び楽所等参仕（『続史愚抄』）。
○二月二十五日、連歌師（松江）維舟は法橋勅許の御礼に杉原・紗綾を献上、風早実種披露（『日次記』）。
○二月二十六日、泉涌寺の塔頭戒光寺を御書院に召し、御袈裟受持の法事を修す、終わりて休息所にて御斎を下さる、聖護院宮（道寛）御相伴（『日次記』）。
○二月二十八日、墨師は出雲掾勅許の御礼に墨を上ぐる、中御門弁（宣基）は青侍を添ゆ、徳大寺左府（公信）・飛鳥井雅章・葉室頼業に御料理を下され幷に御茶を御小座敷にて出さる（『日次記』）。

●二月二十八日、将軍は代官に諭して、摂河の飢民三万余人を賑救せしめらる（『実紀』）。
○二月二十九日、徳大寺公信は昨日の御礼に伺公、『源語秘訣』一冊を献上、飛鳥井雅章・葉室頼業も昨日の御礼に伺公、聖護院宮（道寛）御参、常御殿にて御対面（『日次記』）。
○三月一日、辰刻、修学院に御幸（『日次記』）。
○三月二日、轡師明珍出雲掾に任ず、よって轡二掛を献ず、中御門弁（宣基）は雑掌を添えらる。
○三月四日、勧修寺経慶参洞、御書院にて御対面、石安を召し、御足痛を窺う（『日次記』）。
○三月五日、新院御幸、聖護院宮（道寛）・知恩院宮（尊光）・梶井宮（慈胤）御参（『日次記』）。
○三月六日、京都墨師、大和大掾勅許の御礼として墨一箱を上ぐる、清閑寺弁（熙定）は青侍を添え、芝山定豊これを披露す（『日次記』）。
○三月十一日、法皇八十宝算の奉賀に、皇子皇女十九方、合せて御匣局新中納言以上二十一人、御膳を献じ、万歳を祝われて、院中の公卿・殿上人・女中・上北面・非蔵人・下北面・取次・鳥飼・仕丁等、都て二百人、各晩食を給う、誠に千載の一隅にみな跪き、寿盃を傾くに余りありとかや（『日次記』）。
○三月十二日、法皇は修学院に御幸、大徳寺春外は入院の御礼に緞子・杉原を献ず（『日次記』）。
●三月十二日、将軍は勅使（日野弘資）・法皇使（池尻共孝）、本院使（高倉永敦）、新院使（今城定淳）引見あり（『実紀』）。
○三月十三日、神宮代参賀茂県主職久、洞中の公卿殿上人非蔵人等は法皇八十の宝算を賀し奉る、仍て職久を勢州に到らしめ、なお万歳の遐参を祈り申す、彼今日発足とかや、法皇は禁中に御幸（『日次記』）。
○三月十四日、狩野探幽法印弟子桑原幽室は法橋勅許の御礼に二枚屏風一双を献上（『日次記』）。
○三月十五日、飛鳥井雅章は詠草御点作の御礼に花一筒を持参、曼殊院宮は関東下向の御暇乞に御参、御書院にて御対面、御盃幷に黄金十両を賜う、聖護院宮（道寛）・梶井宮（慈胤）は関東下向の御暇乞に御参、常御殿に

て御対面（『日次記』）。

●三月十九日、一糸和尚（法常寺、霊源寺等開祖）三十回に依り、法皇勅書を以て定恵明光仏頂国師号を諡さると云う、是れ三十三回の為、兼ねて諡賔さる歟（『続史愚抄』）。

●三月二十三日、東照宮に奉幣を発遣さる、先に日時を定めらる、上卿中御門資熙、幣使甘露寺方長、奉行万里小路淳房（『続史愚抄』）。

○三月二十四日、葛城嶺にて御祈禱の御札・御撫物巻数・加田海苔を勝仙院献上、不動院持参、梅小路定矩披露、午刻ばかりに新院御幸、一乗院宮御参（『日次記』）。

○三月二十六日、新院（後西）御幸、照高院宮（道晃）御参、法印道作御脈を診る（『日次記』）。

●三月二十六日、将軍、毘沙門堂公海と御対面あり、季吟の『源氏物語湖月抄』をささげらる（『実紀』）。

○三月二十八日、岩倉に御幸、女院より饗応、例なり（『日次記』）。

○三月二十九日、新院に御幸、風早実種ら供奉、道作法印御脈を窺う（『日次記』）。

●三月三十日、聖護院道寛親王参着ありければ、酒井忠清慰労の御使し、高家吉良義央そいたり（『実紀』）。

○四月一日、池尻共孝は関東より上洛、常御殿にて大樹勅答の旨を言上、日野弘資・花山院定誠は今日関東より上洛により院参、番所より退出（『日次記』）。

○四月六日、御方違に修学院御幸（『日次記』）。

●四月九日、家光公二十五回の御法会、寛永寺にて万部読経始あり、開白導師は道寛親王つこうまつられ、輪王寺守澄親王、梶井慈胤親王、曼殊院良尚親王、毘沙門堂公海出座あり（『実紀』）。

○四月十一日、法皇・女院・本院（明正）は修学院に御幸（『日次記』）。

○四月十五日、輪王寺宮（守澄）・輪王寺新宮（天真）は法皇八十賀の為に、昆布・御樽などを献ず、住心院僧正

御使、風早実種披露、東寺にて御祈禱の事を仰せ出され、当九日より今日に至り御結願、同日新院御幸、一乗院宮御参、常御殿にて御対面、夕御膳の事在り（『日次記』）。
○四月十八日、法皇は修学院に御幸（『日次記』）。
○四月十九日、新院御幸、右大臣（近衛基熙）・照高院宮（道晃）御参、同日連歌師兼寿来る（『日次記』）。
○四月二十一日、大覚寺御参、定西堂伺公、御小座敷にて法談の事あり、外様休息所にて昼物・夕飯を賜い、退出（『日次記』）。
○四月二十四日、二月堂牛玉・松烟一箱、東大寺四聖坊献上、今日連歌の御会あり、新院御幸、右大臣・照高院宮・近衛基熙・平松時量・風早実種、御小座に上段下段の二間を以て構えられ、上段の厚畳二畳は法皇・新院の御座と為し、連歌師兼寿は縁座敷に候す、此の御連歌、兼ねて三十句余り一巡、御発句は照高院宮、散露に秋風しろき尾花哉、今日百句に満たず、また他日相催さるべきの由なり、御昼物・夕御膳は御内儀にて上ぐる、右府・照高院宮は同じく御内儀にて御膳の事あり、平松・風早・執筆等は番所にて饗応あり、執筆は清水谷実業（『日次記』）。
○四月二十四日、法皇御所連歌御会あり（『実録』）。
○四月二十七日、新院御幸、右大臣（近衛基熙）・照高院宮（道晃）御参、前大納言飛鳥井雅章・日野弘資・中院通茂・上醍醐水本僧正は召しに依り院参、修学院陶器を例年のごとく下さるべき為なり、兼日弘御所の次の間に彼の陶器を並べ置き、新院御所を始め各好みに随い色々拝領す、御小座敷にて昼物出で、飛鳥井亜相以下同じく縁座敷にて御昼物を下さる、其後、三卿・水本僧正退出、去る二十四日の御連歌の余り、今日又相催さるに依り、平松時量・法橋兼寿を召し、法皇・新院は出御なし、右府・照高院宮は御内儀に候し、御句等御内儀より仰せ出され、夜亥刻ばかりに新院還幸、各退出なり、平松時量・猪苗代兼寿にまた陶器を下さるなり

（『日次記』）。

○四月二十七日、法皇御所連歌御会あり（『実録』）。

○四月二十九日、御小座敷にて御連歌あり、辰刻出御、御連衆は新院・右府・照高院宮・風早実種・兼寿、申刻に成り満つる、兼寿は色絹など拝領す（『日次記』）。

○四月二十九日、法皇御所連歌御会あり（『実録』）。新院御幸、近衛基熙、平松時量、風早実種、連歌師猪苗代兼寿等。申刻満座、此の後御飯。

●四月、鍋島直能発願・道晃親王跋『八重一重』一帖成るか。詠者は後西院・道晃親王・坊城俊広・飛鳥井雅章・日野弘資・烏丸資慶・中院通茂ら。直能室は坊城俊完女俊子、坊城俊広室は飛鳥井雅章女。該書はその縁故に依るか（『佐賀の文学』）。なお寛文元年に北野の能貨から古今伝授を受けた直能については、日高愛子「架蔵『直能公御詠歌集』」（『佐賀大学地域学歴史文化センター研究紀要』一〇）等を参照されたい。

○閏四月五日、英彦山座主広有は継目の御礼に、杉原・末広を献上、芝山宣豊披露（『日次記』）。

○閏四月十二日、青蓮院宮御参、御内儀にて夕饗の事あり、両伝奏伺公、前伝奏随い来り、内々番所より退出、徳大寺前左府の剃髪隠居の義、相望まるの処、関東より叡慮に任さるべき由申し来る、茲に因り永井尚庸は口上書を以て伝奏に達す、前左府の方領は隠居領として直に領地すべきの旨、是れ又関東より申し来る、彼れ是れ逐一言上了ぬ（『日次記』）。

○閏四月十五日、徳大寺公信今日落髪せしむ、法名浄覚、法体として御礼に参院、御衣を賜い、退出（『日次記』）。

●閏四月十五日、徳大寺公信落飾、六十八歳、法名浄覚（『続史愚抄』）。

○閏四月十六日、未下刻御方違に修学院に御幸、酉下刻に還御（『日次記』）。

○閏四月二十一日、新院御幸、聖護院宮（道寛）関東より御上洛、始て参る、知恩院宮御参（『日次記』）。

○閏四月二十二日、妙法院宮・知恩院宮・青蓮院宮御参、知恩院宮は明後二十四日関東発向、仍て御立別のため院参せしめ給う（『日次記』）。

○閏四月二十五日、尾州の路医《ママ》牧野安立の法橋を除く、杉原・白銀・延齢丹を献ず、清閑寺弁（煕定）披露（『日次記』）。

○閏四月二十六日、新院（後西）御幸、女三宮の御不例に依るなり、戌刻女三宮御逝去（『日次記』）。

●閏四月二十六日、顕子内親王（法皇第三皇女、母東福門院、北山岩倉御所に坐す）薨ず、四十七歳（『続史愚抄』）。

○閏四月二十七日、新院御幸、右大臣（近衛基煕）・仁和寺宮・大覚寺宮・妙法院宮・聖護院宮・青蓮院宮御参、中務卿宮・兵部卿宮・実相院宮御参、両伝奏・中院通茂御参院、その外御弔のために伺公の輩は北面所にて記す、夜に入り一乗院宮御参（『日次記』）。

●閏四月二十七日、顕子内親王の事に依り、今日より三箇日廃朝（『続史愚抄』）。

●五月一日、日蝕（未刻）（『続史愚抄』）。

○五月三日、新院御幸、右府以下も御参、今宵戌刻女三宮御葬送、網代の肩輿を駕し、東山光雲寺に葳む、院宣により殿上人四人、下北面四人、供奉を為す、各狩衣、新院仰せて下北面二人相添えられ、都て六人なり、女院の西穴門より御輿出づ（『日次記』）。

●五月三日、顕子内親王を東山光雲寺に葬る（『続史愚抄』）。

○五月四日、道作法印・通元法印・赤塚芸庵・玄長法橋は御脈を窺う（『日次記』）。

○五月五日、新院御幸、右大臣（近衛基煕）・大覚寺宮・妙法院宮・一乗院宮・聖護院宮・青蓮院宮各御参、御精進以後始めて御魚の御膳を献ず、知恩院宮は関東下向の道中に女三宮の薨去の事を聞かしめ、これに依り遠江国袋井より飛翰を以て御機嫌を窺わしむ（『日次記』）。

○五月八日、新院御幸、右大臣（近衛基熙）・大覚寺宮・青蓮院宮・一乗院宮・仁和寺宮・兵部卿宮御参（『日次記』）。
○五月十日、未下刻、新院御幸、聖護院宮（道寛）御参、輪王寺宮より御文を以て女三宮の御悔みを仰せ入れらる、御使坊官吉川大蔵卿、風早実種これを執奏さる（『日次記』）。
●五月二十四日、新院皇女賀陽宮（母東三条局共子）薨ず、十歳、後日報恩寺に葬る（『続史愚抄』）。
●六月十七日、貞子内親王（斎宮と号す、故二条康道室、後陽成院皇女、母中和門院）薨ず、七十歳、因て今日より三箇日廃朝（『続史愚抄』）。
●六月二十二日、貞子内親王を二尊院中に葬る（『続史愚抄』）。
○六月二十三日、新院皇女降誕（母六条局定子）、寿宮と号す（『続史愚抄』）。なお寿宮の伝については『中興光照大規和尚紀年行状』一冊が、詩文については『大規和尚吟稿』一冊が詳しい（個人蔵）。前者の冒頭に、

中興仏日山光照院第十世大規尼和尚大禅師紀年行状

延宝三年乙卯

人皇一百十二代後西院皇女、寿宮と称す、是年六月二十三日誕る、六条局にて育つ、六条局は梅小路前亜相定矩女、後に正三位を贈る、定子と称す、五皇子・五皇女を誕むか、間にまた夭あり、其所、世に尊顕あり、第一に中興通玄寺大成尼和尚、第二に天台座主輪王寺一品准后修礼法親王、第三に三井長吏聖護院二品道祐法親王、第四に八条宮無品尚仁親王、第五に慈受院大円尼和尚、第六に大規尼和尚、第七に三時知恩寺尊勝尼上人、第八に天台座主曼殊院二品良応法親王なり、同朋連枝、みな先んじて薨ず、

云々とある（原漢文）。
●六月二十五日、八条宮長仁親王（故穏仁親王養子、新院第一皇子、母明子女王）薨ず、二十一歳、因て今日より三箇日廃朝（『続史愚抄』）。

●六月二十八日、長仁親王を相国寺に葬る（『続史愚抄』）。
○七月五日、今上皇子降誕（母少将内侍局）、三宮と号す（『続史愚抄』）。母五条為庸女、庸子。延宝五年七月十八日薨ず、三歳、号見性院宮。
●七月七日、和歌御会、題は織女渡天河、飛鳥井雅章出題、奉行日野資茂、また楽御会あり、盤渉調（郢曲等）、御所作笛、所作公卿大炊御門経光以下三人、殿上人四辻季輔以下四人参仕、奉行季輔（『続史愚抄』）。
●八月上旬、照高院道晃親王は鍋島綱茂の所望により『古今和歌集』を書写する（『略年譜』）。
○八月二十日、法皇御所へ道寛親王伺公、その節、近衞基熙、一乗院真敬親王も参会、御出題にて即興詠、月秋友（『略年譜』）。
○九月三日、今上皇子降誕（母藤原宗子、岩局と号す、松木宗条女）、五宮と号す（実は第四なり、東山院）（『続史愚抄』）。
○九月六日、法皇は修学寺殿に幸す、方違いの為の幸歟（今年中に当寺を以て方違いに用いらる由、去年冬治定さる）（『続史愚抄』）。
●九月十一日、伊勢例幣、上卿柳原資廉、奉行姉小路公量、御拝あり（『続史愚抄』）。
●九月十二日、慈眼大師（天海）三十三回忌檀那院僧正勧進之短冊（紫雲上）、道寛親王は中院通茂取次にて詠進、作礼而去。打曇短冊はふつう上が藍色で下が紫色であるが、追善では天地逆に用いる（『略年譜』）。南光坊天海は中院家と因縁があり、寛永十二年に通村父子が寛永寺に幽閉された時に、天海の取りなしで赦されたという話がある（『慈眼大師全集』）。
●十月二日、新院、慈眼大師三十三回追善三十首短冊に、御製を賜う（『実録』）。
○十月十日、中院通茂は参内し、源氏物語を講談す（紅葉賀を以て初めと為し、桐壷は後日に講ずべしと云う、已下細々は之を略す）。此の日、法皇は禁中に幸すと云う（『続史愚抄』）。この時の通茂と道晃親王との応答は内閣本『道

晃法親王御詠集』に載る。
●十月十二日、嵯峨法輪寺修造の事を聞し召す、因て貴賤都鄙に勧進すべき旨、蔵人中御門宣基は綸旨を書き下す（『続史愚抄』）。
●十月十四日、持明院基時は新内裏賢聖障子の銘及び築地門外下馬札等を書き進む（『続史愚抄』）。
●十月二十三日、造土御門内裏上棟日時を定めらる、上卿今出川公規、奉行万里小路淳房（『続史愚抄』）。
●十月二十五日、新院は近衛基熙に入木道七箇条の灌頂御相伝あらせらる（『実録』）。
●十一月九日、土御門新内裏にて地鎮祭あり、陰陽頭賀茂友伝奉仕、奉行清閑寺熙定（『続史愚抄』）。
●十一月十二日、春日祭、上卿烏丸光雄参向、弁不参、奉行日野西国豊（『続史愚抄』）。
○十一月十四日、宮中（仮皇居、近衛殿）にて法皇八十御賀あり、因て法皇は早旦に内裏に幸す、殿上人これに舞う（今出川伊季以下七人先に庭座に着く、挿頭あり）、所作上達部中御門資熙以下七人、柳原資廉を人数と為す、殿上人東園基量以下四人参仕、奉行四辻季輔、御屏風（画土佐光起、和歌御製以下、清書青蓮院尊証親王）、御杖（銀、御製和歌あり、法皇御返歌あり）等を献ぜらる、次に和歌御会あり、題は対亀争齢、飛鳥井雅章出題、披講に及ばず、奉行烏丸光雄、柳原資行、柳原資廉等詠進（『続史愚抄』）。
●十一月十五日、道寛親王は関東下向前、俄に仰せ出され、霜月十五日に詠進す、御延引につき、霜月十四日に賀せらる法皇八十御賀御年満、主上賀せらるる日の御屏風の詠、月（『略年譜』）。
●十一月十五日、九条兼晴息輔実元服（加冠父九条兼晴、公卿万里小路雅房以下五人着座、理髪万里小路淳房）、即ち従五位下禁色等宣下（口宣）（『続史愚抄』）。
●十一月十六日、新内裏上棟あり、今夜より七箇夜、安鎮法を同所にて行わる、阿闍梨盛胤親王、奉行清閑寺熙定（『続史愚抄』）。二十二日安鎮法結願。

●十一月十七日、新内裏遷幸日時を定めらる、上卿万里小路雅房、奉行姉小路公量（二十七日治定）、次に内侍所本殿渡御日時を定めらる、上卿大炊御門経光、奉行万里小路淳房（『続史愚抄』）。

●十一月二十一日、遷幸無為（風雨の難なき等）の御祈を神宮（六社及び七寺に同じく仰せらる歟）に仰せらる（『続史愚抄』）。

●十一月二十四日、遷幸習礼あり、今日より七箇日、安鎮法を新院・新仙洞（本所、凝華洞）にて行わる、阿闍梨盛胤親王（『続史愚抄』）。

○十一月二十五日、午刻、堀川油小路の間（一条）より火起こり、仮皇居（近衛基熙今出川第）、本院仙洞（元中和門院旧地）、新院仮仙居（八条院宮第）、及び高倉永福（息同居）、花園実満（息同居）、竹屋光久（息同居）、岩倉具詮、川鰭具共、愛宕通福、難波宗量、木辻行直、外山宣勝、竹内惟庸、正親町三条実久、以下（諸家第六十余箇所と云う、五十箇所未詳）火く、先に主上は法皇仙洞（下御所）に行幸す、火近きに依り、また吉田宗源殿に幸す、内侍所同渡御（宗源殿は先年武家により建つる所にして、吉田兼連の舘にあらざるの間、之に幸すと云う）、頃之、女御房子は新殿（土御門新内裏北殿、空殿なり）に行幸す、内侍所渡御同（若宮新殿を以て仮殿と為す、隔注連を引くと云う）、抑も新内裏造畢の間、直に遷幸あるべき哉、議あり、而て暫く女御新殿を以て仮皇居に用いられ、遷幸あるべきと云う（慶長十八年の例なり、日時また已に定めらる故歟）、本院は女御御所に幸す、新院は直に新仙洞（凝華洞）に還幸歟、今度内院火くと雖も廃朝なきと云う、今日より三箇日、遷幸日の静謐御祈を台（養源院慶算）密（報恩院某）両僧正（各本坊にて勤仕）に仰せらる（『続史愚抄』）。

●十一月二十五日、聖護院は上京大火により寺宇焼亡、因て替え地を願い、聖護院村四千坪を賜う（『略年譜』）。

●十一月二十七日、辰刻、主上は仮皇居（女御新殿、土御門殿北殿）より廊を経て新内裏（土御門殿）に遷幸、剣璽将（剣は姉小路公量、璽は東園基量）、関白鷹司房輔、職事等供奉（密儀、慶長十八年例）、次に大床子御膳を供す、陪膳姉小路公量、次に朝餉を供す、以上奉行姉小路公量、此の日、内侍所渡御なし（猶女御新殿に坐す）、因て公

卿殿上人等両三人に守護せしめらると云う（『続史愚抄』）。

○十一月二十七日、今上皇女降誕（母源内侍局）、綱宮と号す（『続史愚抄』）。

●十二月一日、宮中にて大殿祭あり（南殿にて歟）、景忠奉仕、新院新仙洞正鎮と云う、舞楽ある歟（『続史愚抄』）。

●十二月二日、新院仙洞安鎮法結願（按ずるに去る月二十五日の大火に依り一日延引歟）（『続史愚抄』）。

●十二月五日、戌刻、内侍所仮殿（女御新殿）より本殿（土御門殿）に渡御、次に将弁少納言以下供奉す、奉行万里小路淳房、此の間、主上は御殿（清涼殿）東庭に下御（『続史愚抄』）。

●十二月五日、本院（明正）付岡部久恒上洛するにより、本院に金三十枚、小袖二十、狩野探幽・養朴両筆画屏風二雙進らせたまう、こたびの火災によりてなり（『実紀』）。

●十二月七日、吉書奏あり（遷幸後なり）、上卿近衛基熙、奉行万里小路淳房（『続史愚抄』）。

○十二月十日、法皇・女院・本院・新院は、新造内裏に御幸始あらせらる（『実録』）。

●十二月十日、将軍使織田貞置は参院して、御移徙を賀し奉る（『実録』）。

●十二月十一日、今度新内裏等火災を免る事、全く安鎮法の験為る旨、天台座主盛胤親王に仰せ、蔵人清閑寺熙定は綸言を書き下す（建保三正七、大炊殿の火を免れらる時に仰せらる例と云う）（『続史愚抄』）。

○十二月十二日、新院皇女降誕（母按察使局）、菅宮と号す（『続史愚抄』）。後の聖護院道尊親王。

○十二月十二日、新院は法皇御所の御内宴に臨御あらせらる（『実録』）。九条兼晴、近衛基熙、飛鳥井雅章、日野弘資、中院通茂、花山院定誠、千種有能等。

●十二月十三日、本院（明正）は女院御所より左大臣九条兼晴第に幸し、仮仙居に用いらる（『続史愚抄』）。

●十二月十七日、内侍所御搦及び清祓等あり、吉田兼連奉仕、奉行中御門宣基、今夜より三箇夜、内侍所御神楽を行わる、出御、早韓神《はやからかみ》訖り人長舞《にんじょうまい》後に入御、拍子本小倉実起、末東園基賢、奉行万里小路淳房（『続史愚抄』）。

●十二月二十一日、内侍所御神楽あり（恒例）、出御あり、阿知目作法後入御、拍子本東園基量、末庭田重条、奉行万里小路淳房（『続史愚抄』）。

●是歳、天下饑饉、人多く死す（『続史愚抄』）。

延宝四年（一六七六）丙辰　八十一歳　院政四十七年

○正月一日、法皇出御辰下刻、御小座敷にて、公卿・殿上人・上北面・非蔵人、各天盃を給う（『日次記』）。

●正月一日、四方拝、奉行日野西国豊、小朝拝、公卿関白鷹司房輔、以下十四人、殿上人蔵人万里小路淳房以下八人等参列、申次奉行等万里小路淳房、関白鷹司房輔家及び院拝礼等なし、元日節会、出御あり、饂飩の間に入御、内弁右大臣（近衛基熙、足痛に依り、小朝拝に立たずして参仕と云う）、陣後早出、小倉実起これに続く（之の先に万里小路雅房早出）、外弁綾小路俊景以下七人参仕、奉行万里小路淳房（『続史愚抄』）。

●正月一日、中院通茂は去年十一月の大火のため義兄板倉重種（初重道）屋敷にて正月を迎える。無窮会図書館蔵神習文庫本『中院通茂日記』延宝四年五年記自筆一冊によれば、「四方拝之間、天明了、予馳帰三条（板倉石見守屋敷、回祿之後、借此所住居、依内縁也）」とある。本宅にもどったのは九月の事である。「二日……本宅普請雖未終功、依吉日今日移徙」（同上）とある。

○正月二日、右大臣（近衛基熙）御参、常御殿にて御対面、未刻に新院御幸始、法皇は新院・緋宮方へ御幸、今日医師の御礼十七人、各薬・杉原を献上、小児・口医の外は皆御脈を診る（『日次記』）。

○正月四日、今日法皇御幸始、禁裏・新院へ御幸、供奉の殿上人清水谷実業ら八人・非蔵人大江俊福ら七人（『日次記』）。法皇・本院・新院・女院等は禁裏に幸す（『続史愚抄』）。

○正月五日、新院御幸、近衛基熙御参、今日如例猿舞の事あり、弘御所前庭にて此の儀あり、簾中より御見物、庭上の様如例（『日次記』）。

●正月七日、白馬節会、出御なし、内弁一条内房、外弁大炊御門経光以下七人参仕、奉行中御門宣基（『続史愚抄』）。

●正月八日、後七日法始（南殿にて行わる、以下同）、阿闍梨慈尊院永愿、奉行清閑寺熙定、太元護摩始（理性院坊にて行わる、以下同）、阿闍梨厳燿、奉行中御門宣基（後七日と太元の奉行別人、子細未詳）（『続史愚抄』）。十四日両法結願。

●正月八日、石山衆徒・水野慶雲・眼科郭翁・御霊社別当祐玄・清和院・上林竹庵より物を献ず（『日次記』）。

●正月九日、永井尚庸・松平大膳大夫・知恩院宮・飛鳥井雅章・曼殊院宮・法橋慶雲・永井尚庸・一乗院宮・実相院門主よりの献上あり（『日次記』）。

●正月十一日、神宮奏事始、伝奏三条実通、奉行姉小路公量（『続史愚抄』）。

●正月十二日、狩野洞雲弟子三人、貞山・常雲・宗眼みな法橋に叙す、仍て御礼に杉原十帖・押絵十二枚宛献ず（『日次記』）。

○正月十四日、新院御幸、右大臣・大覚寺宮・妙法院宮・一乗院宮・聖護院宮・青蓮院宮・梶井宮各御参、難波宗量は一昨日内々に召し加えられ、其の御礼の為に参院、松平越後守息は任三河守の御礼を献上、芝山宣豊披露（『日次記』）。

●正月十五日、酉下刻に爆竹を催す、荷田信成・大江俊福これを勤む、右大臣・聖護院宮・一乗院宮・青蓮院宮御参（『日次記』）。

○正月十六日、法皇は禁中へ御幸、清水谷実業ら供奉、伊勢外宮長官は一万度御祓・熨斗を献ず（『日次記』）。

●正月十六日、踏歌節会、出御あり、内弁左大臣九条兼晴、陣後早出、中御門資熙これに続く、外弁今出川公規、以下五人参仕、奉行姉小路公量、法皇は禁裏に幸し、節会を御見物ありと云う（『続史愚抄』）。

●正月十七日、舞楽御覧あり（大太鼓舞装束等新調と云う）（『続史愚抄』）。
●正月十九日、和歌御会始（新所に依り厳重と云う、但し翌年また同じ）、題は水石契久、飛鳥井雅章出題、読師中御門資熙、講師万里小路淳房、講頌東園基賢（発声）、御製読師近衛基熙、同講師甘露寺方長、奉行烏丸光雄（『続史愚抄』）。
○正月二十日、法印通元御脈を診る（『日次記』）。
○正月二十一日、狩野洞雲の絵を御覧に預からんと欲し、今日参院、直所の東廊に御簾を垂れ、其の前の屛風に絵等数十幅を懸け了ぬ、弟子二人は左右に立つ、北面所に退き休息す、其の筆を視んと欲し、各御参の衆、新院御幸、右大臣・一乗院宮・聖護院宮・浄覚（『日次記』）。
○正月二十三日、法皇は新中納言御局へ御幸、供奉は木辻行直・清水谷実業・園池季豊ら、同日法印通元子李元は法橋勅許の御礼に唐紙・延齢丹を献上（『日次記』）。
●正月二十三日、新院和歌御会始、題は伴松栄久、出題飛鳥井雅章、読師飛鳥井雅章、講師外山宣勝、講頌中院通茂（発声）、奉行平松時量（『続史愚抄』）。
●正月二十四日、地動（『続史愚抄』）。
●正月二十五日、天龍寺定西堂明可は参院、御小座敷にて御法談あり（『日次記』）。
○正月二十九日、法皇は禁裏へ御幸。関東より年頭の御使吉良侍従上洛し、今日参内・参院、此の序を以て御三家も太刀馬代等を献上、是れまた累年の例なり（『日次記』）。
●正月三十日、地震（『続史愚抄』）。
○二月一日、法印通元は御脈を窺う、里村紹因は法橋勅許の御礼、北面所に参り杉原・末広を献ず（『日次記』）。
●二月四日、妙法院堯恕親王に天台座主宣下あり（再補、梶井盛胤親王と替わる、辞す日欠）、上卿烏丸光雄、奉行清

閑寺熙定（『続史愚抄』）。
○二月五日、新院は法皇御所に御幸、法橋狩野清眞の図絵するを御覧あらせらる（『実録』）。
○二月六日、法皇は修学院へ土筆御覧に御幸、申下刻還御（『日次記』）。
●二月七日、春日祭、上卿今城定淳参向、弁不参、奉行日野西国豊（『続史愚抄』）。
●二月八日、両伝奏参院、旧冬摂家弁門跡の里坊回祿、禁裏院中月卿雲客非蔵人北面、出火の輩は残らず関東より銀子若干を与えらるべき由申されし、即ち芝山宣豊・池尻共孝は奏され、禁裏院中御馳走を為す、斯くの如き旨申し来たるなり（『日次記』）。
○二月十日、新院御幸、近衛基熙・青蓮院宮御参、中院通茂・通躬は参院、御小座敷にて御対面、侍従通躬は始めて参院云々、伊勢一身田専修寺は年頭の御礼（杉原・末広・鯨）を献ず、池尻共孝披露（『日次記』）。
○二月十一日、法印通元は御脈を窺う、鍼医藤木土佐守は御針（『日次記』）。
○二月十二日、法皇は修学院へ御幸、供奉は清水谷実業ら、酉刻還幸、同日松隈亨安（鍋島加賀守（直能）家、吉田意安弟子）は法橋勅許の御礼に杉原・延齢丹を献上（『日次記』）。
●二月十四日、明日関東下向発足のため御暇乞に牧野親成（所司代板倉重宗の後任）参院、徳大寺浄覚（公信）参院、両伝奏参院（『日次記』）。
●二月十五日、池尻共孝は御用に依り、永井尚庸亭に向かう、同日般舟院涅槃の掛物を申し出、如例年、杉原・末広を如例年、涅槃の供物として下す、当番の各献上（『日次記』）。
○二月十六日、法皇は御匣殿へ御幸、同日道作を召し御脈を窺う、藤木駿河は御針（『日次記』）。
●二月十八日、東園基賢は今度関東下向に依り、御暇乞の為に参院、直所にて芝山宣豊と対談、其の旨を言上し退出（『日次記』）。

●二月二十一日、将軍は、去年火災に逢いし公卿等に経営の費用をたまう、近衛・二条・一条・伏見・八条・有栖川・女五宮・好君・一条の息女は金二千両づつ、徳大寺実維は金五百両、千種有能に銀五百枚、久我・飛鳥井・中院に金三百両づつ、高倉・藪・松木・四辻・阿野・清閑寺・平松・野々宮・六条・藤谷に二百両づつ、花園・竹屋・堀川・岩倉・高辻・鷲尾・山本・樋口・船橋・河鰭・愛宕・難波に百五十両づつ、久世・滋野井・伏原・西大路・山科・竹内・裏松・四条・正親町三条・上冷泉・武者小路・裏辻・石井幷に法皇・新院の院参、今参に金百三十両づつ、阿野・四辻・高倉・藪・松木・花園・堀川・清閑寺・平松・植松・六条・藤谷・五条・中山・武者小路・庭田に銀三十枚づつ、新院院参に二十枚づつ、聖護院門跡に二千枚、妙法・一乗・青蓮・円満・大覚の五門跡・大聖寺・大炊御門経孝に二百枚づつ、陽徳院に百枚、徳大寺公信・勧修寺経広に五十枚づつ、……金銀給わる事差あり（『実紀』）。

●二月二十二日、照高院道晃親王は『水無瀬殿法楽和歌』一巻を書写する。三十一首。檀紙七枚継ぎ。霊元天皇、近衛基熙、道晃親王、平松時量ら。巻軸は後西院。奥書に「延宝四暦二月廿二日。「此一巻者、去年依有瑞夢子細、後鳥羽院尊像手自写画図、於讃者新院被染宸翰下給。然間彼御製也。蒙卅一首頭、勧進之法楽和歌也。為令知子細、記之畢。」（花押）」（『弘文荘古書目』四三）とある。

○二月二十六日、新院御幸、大覚寺宮御参、法印通元御脈を診る（『日次記』）。通元は翌日も参る。

○二月二十八日、御庭の南山に植えし数株の桜、桜山と為す、今日盛んに開き、雲の如く雪の如し、仍て其の西南を御宴の座（西北十八帖、北上南下）と為し、西北に屏風を引き回し風を防ぐ、築地の影を厨と為す、午時より御菓子・角粽・菊餌・御酒・御肴などの数品、爾後は座を弘御殿に移す、晩日の御膳の為なり、近年の御遊、各万歳を喚ぶ、御客は本院御所・女院御所・新院御所、侍女数十人、初更に及び各還御（『日次記』）。

○二月二十九日、鷹司房輔・九条兼晴・一条内房・徳大寺浄覚・妙法院宮・青蓮院宮を召す、仮山の桜花を覧せ

しむ、座は昨日の如し、二条光平・近衛基熙・大覚寺宮・中院通茂・四郎殿・殿主（『日次記』）。

○三月一日、主上（霊元）は御酒湯を浴びらる、是れに依り御祝儀として緞子・黄金・海老・御肴・御樽を法皇より参らせらる由、使芝山宣豊、摂家門跡諸臣参院、関東御使上杉伊勢守は長橋局にて御暇くだされ、紗綾を賜う、女房の奉書は出ず、法皇は禁中へ御幸（『日次記』）。酒湯は疱瘡全快に関わる儀式か。関東からの使者や御祝儀もつながるか。因みに甲府宰相綱重は正月二十五日に酒湯式を行っている（『実紀』）。

●三月三日、御祝儀の為に宮門跡御参、諸臣参院、御扶持人医師は各参る（『日次記』）。

○三月七日、法印春沢御脈を窺う、意斎御針、水戸宰相（光圀）は池上新左衛門を以て御機嫌を窺う、本願寺末寺長覚寺は法橋勅許の、下間治部は法眼勅許の御礼に、各杉原・白銀十両を献上、勧修寺経広執奏（『日次記』）。

●三月八日、聖護院道寛親王（法皇皇子、母御匣局隆子）薨ず、三十歳、後日（十五日）園城寺に葬る（『続史愚抄』）。浄願寺宮と号す。

○三月十日、法皇は修学院へ御幸（『日次記』）。

○三月十一日、今日御庭の桜爛漫たり、仍て本院御幸、女五宮・緋宮・級宮御参、花陰の亭にて宴饗あり（『日次記』）。

●三月十二日、新院御幸、遊行末寺三州称名寺覚阿上人号の御礼のため参る、勧修寺経広披露、白銀二十両・杉原・末広を献上（『日次記』）。

○三月十四日、法皇は本院へ御幸。石川主殿頭（憲之）より牡丹花・桜花到来の由にて、中院通茂献上（『日次記』）。なお憲之祖父忠総は通茂祖父通村の時代から親戚で、古筆鑑定の依頼などで交流がある。

○三月十七日、新院御幸、定西堂参院、常御殿にて例の如く法談あり（『日次記』）。

○三月十八日、将軍は聖護院道寛親王遷化により、法皇の御けしきを伺わせたまうべしとて、中奥小姓能勢頼澄、京の御使にさされ、暇たまう（『実紀』）。

●三月十九日、大樹使大沢右京大夫（基恒）院参、当今の疱瘡快然の御祝儀黄金三十枚他を進上、弘御所にて御対面、天盃を賜う、戸田越前守（忠昌）同前（『日次記』）。
●三月中旬、照高院道晃親王は中院通茂の『三十六人集』三十七冊書写の助筆のため、「柿本人麿集」「紀貫之集」を書写する（『略年譜』）。
●三月二十一日、東照宮に奉幣を発遣さる、先に日時を定めらる、上卿綾小路俊景、幣使柳原資廉、奉行日野西国豊（『続史愚抄』）。
●三月二十一日、石山寺観音開帳（『続史愚抄』）。
○三月二十三日、法皇は修学院へ御幸。親康恕庵は召しに依り伺公し御口中を窺う、春益は御脈を窺う（『日次記』）。
○四月三日、主上御疱瘡御快験の為、公卿殿上人上北面非蔵人下北面鳥飼仕丁等に到るまで、其の分に随い白銀若干を賜う（『日次記』）。
●四月三日、奏者番兼寺社奉行戸田伊賀守忠昌は京所司代を命ぜられ、一万石益封ありて、三万千石になさる（『実紀』）。所司代就任により従四位下侍従に進み、伊賀守から越前守に改めている。
●四月四日小姓組番頭奥勤酒井壱岐守忠良京に御使して、所司代永井伊賀守尚庸免職の旨をつたえしめらる、尚庸久しく病臥するをもて、しきりに請うが故とぞ聞こえし（『実紀』）。
○四月九日、法皇は修学院へ御幸、戸田越前守忠昌、離宮にて栗一箱他を下さる（『日次記』）。
○四月十二日、戸田越前守忠昌を召し、御料理を下さる、先に御小座敷にて御対面、天盃を下さる、弘御所に退き、勅作「保之」の香合幷に綿三十把を拝領、香合札「保之」の銘は勅筆を以て遊ばさる、次いで御門を出て御庭の穴門に入り、御茶屋に参り、石谷長門守・牧野摂津守相伴、戸田越前守に御料理を下さる（『日次記』）。
●四月十四日、法皇は近衛殿に御幸、猪苗代兼寿は金海鼠等を献上（『日次記』）。

●四月二十四日、法眼意斎御鍼、法印春沢御脈を診る（『日次記』）。二十七日・五月一日これに同じ。
●四月三十日、法印春沢天脈を診る、法眼玄長御脈を診る（『日次記』）。
●五月一日、日蝕（酉戌刻）、流星あり、五升器の如し（『続史愚抄』）。
●五月六日、大雨、洛中洪水、烏丸正親町平地に水三尺余、京極河原町の激流は河の如し、小川辺以下京師の人家四十余宇流る（『続史愚抄』）。
●五月八日、尾州弘徳寺権律師勅許の御礼、十帖・白銀を献上。定西堂参院、常御殿にて法談（『日次記』）。
●五月八日、霪霖洪水、三五条等の橋流れ、舟渡を五条松原に設くと云う、また白河山崩れ、激水湧出、吉田辺の田畠浸水、頂明寺（二条川東に在り）二王門倒れ、二王流れて淀にて之に上る、鴨川堤所々壊れ、また水は淀の大小橋の上を上る、凡そ京師の大水未曾有の事と云う（『続史愚抄』）。
●五月十六日、紀伊国雲蓋院権僧正勅許の御礼に白銀三枚献上、筑後国高良山月光院権僧正勅許の御礼に白銀三枚献上、両僧正伺公し殿上に謁す（『日次記』）。
○五月十九日、定西堂参る、常御殿にて説法を聞こし召され、休息所にて膳の事あり（『日次記』）。
●五月十九日、今日より七箇日、御禱を神宮に仰せらる、水火災なく天下安全の事と云う（六社七寺等同じく仰せらる歟）（『続史愚抄』）。
○五月二十一日、法皇は新院に御幸、使風早宰相は照高院宮の癰瘡を尋ぬ（『日次記』）。
●五月二十六日、本国寺末寺越前国大野円立寺日通権律師勅許御礼として白銀一枚・杉原十帖献上、庭田頭中将執奏、西本願寺院家勝奥寺法眼勅許の御礼の為に、杉原十帖・白銀二枚献上（『日次記』）。
●五月二十九日、芝田梅安法橋勅許の御礼の為、延齢丹を献上、姫宮御方御執奏の由なり（『日次記』）。
●六月四日、奥州仙台住医正伯法橋勅許の御礼に杉原十帖・白銀一枚献ず、中御門弁は青侍を添ゆ。右大臣殿御

参（『日次記』）。

●六月五日、日向宝満寺継目の御礼に杉原・扇子・白銀三枚を献ず、勧修寺勧経慶は青侍を添ゆ（『日次記』）。

●六月九日、天龍寺慈済院虔長老・蔵光庵俊西堂参院、大覚寺宮召し連れらる、当春両寺の僧、大門を以て執奏、『葵旧記』（官家の記なり）を禁裏に献じ奉るなり、御感に依り、両寺の僧、綿・金等拝賜、聖恩を謝す為に今日参内・院参す（『日次記』）。

●六月九日、中院通茂は禁中にて『源氏物語』を講釈す。無窮会神習本『中院通茂日記』によれば「六月九日、於禁中講源氏（桐壷終、そのころこまうとのまいれるかーー至終）、聴衆、関白（鷹司房輔）、烏中（光雄）、野中（定縁）、甘中（方長）、柳宰（資廉）、日宰（資茂）、白二（雅喬）、難三（宗量）、千三（有能）、（万里小路）淳房、（庭田）重条、（裏松）意光、（水無瀬）兼豊、（藤谷）為教、（平松）時方、（石井）行豊等朝臣、（梅園）季保、（今城）定経、（三室戸）誠光朝臣、（五辻）英仲等也」とある。『通茂日記』によればこの源氏講釈は連々と続いている。また延宝五年十月からは彦坂織部に、閏十二月以来は菊亭でも源氏の講釈をしている（本書「後水尾院歌壇の源語注釈」を参照）。

●六月十二日、楽御会始あり、平調楽（郢曲等）、御所作笛、所作公卿中御門資熙以下七人、殿上人四辻季輔以下五人参仕、奉行四辻季輔（『続史愚抄』）。

○六月十九日、法皇は禁中へ御幸、法印通元御脈を診る（『日次記』）。

●六月二十一日、雷北野七本辺に墜ち、松樹を裂く（『続史愚抄』）。

○六月二十三日、新院御幸、近衛基熙・青蓮院宮二郎御参、女院の御気色に随い、宜く兼寿を召し御連歌の事あり、晩涼に乗り御庭に出御、池水に棹さし、暫時の御遊あり、酉下刻に到り各退出（『日次記』）。

○六月二十五日、法皇は御匣殿へ御幸、権針博士藤木土佐守御針（『日次記』）。

●六月二十九日、堺の住白粉工は和泉掾勅許の御礼に白銀一枚・白粉一筥を献上す、姉小路頭中将は青侍を添え

らる（『日次記』）。

○七月一日、法皇は御匣殿へ御幸、近衛基熙御参、日野弘資参院、中院通茂は参院し詠草につき窺わる（『日次記』）。

●七月三日、近衛基熙・青蓮院宮御参、中院通茂は参院し詠草につき窺わる、梶井宮御参（『日次記』）。

○七月四日、絵師深谷永碩は法橋勅許の御礼に小二枚屏風一双を献ず、芝山宣豊披露（『日次記』）。

●七月四日、大風、木を折り小屋を倒す（『続史愚抄』）。

○七月六日、早朝土佐守を召し御針、法印通元・土佐守・石庵・慶雲を召し、法印通元は御脈を診る（『日次記』）。

●七月七日、近衛基熙・一条内房・幸仁親王・実相院宮御参、御内儀にて御対面、此の外諸家御礼、北面所にて是を記す。針博士賀茂成親・権針博士賀茂成量・道作法印・通元法印・法眼石庵・道玄法橋・慶雲法橋他御礼の為に参る（『日次記』）。

●七月七日、和歌御会、題は七夕瑤琴、飛鳥井雅章出題、奉行日野資茂、また楽御会あり、盤渉調楽（郢曲等）、御所作笛、所作公卿中御門資熙以下六人、殿上人嗣章以下四人参仕（『続史愚抄』）。

○七月十三日、勅使として菊亭大納言（今出川公規）院参、御機嫌を窺わる、微に御泄瀉の御事の故なり（『日次記』）。

○七月十四日、新院御幸、法皇は禁裏・新院へ御幸、入夜法印通元は御脈を窺う、権針博士成量は御針に参る（『日次記』）。

●七月十七日、御用に依り法橋兼寿を召す（『日次記』）。

○七月二十三日、新院御幸、近衛基熙・青蓮院宮二郎殿御参、法橋兼寿を召し、御連歌の事あり（『日次記』）。

●七月二十三日、京所司代戸田越前守忠昌赴任のいとまたまい、従四位下侍従に叙任せられ、備前長光の御刀・御馬一匹・金二十枚・時服五下され、又茶寮に召して御手前の御茶を下さる（『実紀』）。

●七月二十四日、花山院定誠（武家伝奏）伺公、関東よりの書状（法皇へ初鮭御進献、十九日付、老中四人より永井伊賀

守宛）持参（『日次記』）。

●七月二十八日、会津法立寺権律師勅許の御礼に杉原十帖・白銀一枚献上、姉小路頭中将青侍を添え、芝山宣豊披露。法印通元御脈を診る（『日次記』）。

○八月一日、法皇は八朔の御祝儀に、尊円親王御手本（消息詞）一巻・御机（和歌浦の蒔絵）一脚を禁中へ、白蜜一壷・小判十両を新院へ進めらる、御使池尻共孝（『日次記』）。

○八月五日、法皇は御匣殿へ御幸、藤木土佐守御鍼（『日次記』）。

●八月五日、此の日、将軍家綱室（顕子女王、伏見宮貞清親王女）逝く（『続史愚抄』）。御とし三十七（『実紀』）。

○八月六日、法橋兼寿を召し、連歌の事を仰せ（『日次記』）。十一日これに同じ。

○八月七日、定西堂を召し法談あり、昼物・夕料理を端の休息所にて下さる、次に銀子五枚頂戴（『日次記』）。

●八月七日、先の京職永井尚庸京を発程するにより、奉書を以て問わせたまう（『実紀』）。

●八月七日、中院通茂は参内し、『後十輪院内府集』上中二冊を進上する。無窮神習本『中院通茂日記』によれば「七日晴、参内、永井伊州（尚庸）下向之節、被遣大樹（家綱）伊勢物語屏風絵詞切様御相談、日野（弘資）、予仍相談、五十枚若輩之衆被書之了、山下水（三光院源氏抄、先日進上了）、於被写者校合仕、可進上之由申入了、又後十輪院集進上了（上中）、是又可被写之由也、又給源氏絵詞可吟味之由也」「十二日、……押小路（公音）入来、後十輪院集（雑部）校合了」「十六日……参内、後十輪院集春夏可写進之由仰也」とある。『後十輪院内府集』三冊はこの頃編まれたものと思われる。去年の火事で通村詠草を殆ど焼失し、所々から資料を尋ね求めて編纂し、霊元天皇の求めに応じて、取り敢えず上中二冊のみ進上することになったのであろう。因に、この事を聞き付けた板倉重道（重矩三男）は、通茂に書写を依頼し、十二月に書写校合が成っている。即ち国文学研究資料館板倉家文書『後十輪院内府集』三冊（本文別筆）通茂奥書に「此集者、祖父後十輪院内府（通村公）詠

歌也。被玉草先年悉以焼失、哀惜之余、自所々尋求而類聚之。今分為三帖。猶九牛之一毛也。爰石見守重道(板倉)聞此事、被請之。雖未及清書、任所望、令傭筆写之、手自加校合、授与之。相違之所、以禿毫改正畢。延宝第四臘月初六、特進源朝臣(花押)」とある。書陵部蔵『後十輪院内府集』外題霊元天皇宸筆、本文上巻霊元天皇、中巻飛鳥井雅章、下巻中院通茂筆、寄合書三冊本はこの頃に成ったものであろう。『新編国歌大観』の解題には成立時期を寛文頃と書いておいたが、明確となったので、ここに訂正しておきたい。この『後十輪院内府集』も勿論『円浄法皇御自撰和歌』入集六歌仙の私家集群の一角であろう。

●八月十日、青蓮院尊証親王に天台座主宣下あり(再補、妙法院堯恕親王辞替、辞日欠)、上卿今城定淳、奉行清閑寺熙定(『続史愚抄』)。

○八月十一日、新院御幸、青蓮院宮御参、法橋兼寿を召し、連歌の事を仰せ(『日次記』)。

●八月十一日、中院通茂は参内し、『源氏絵詞』を持参する、仰せにより永井尚庸所望の『歌仙屏風押様之事』は照高院道晃親王に申し入る(『略年譜』)。

●八月十二日、是れより先、西園寺公益は『翰林五鳳集』を写す、仍て今これを召し(大宮)少将より之を献ず云々。近衛基熙・中院通茂御参。御針土佐守(『日次記』)。

●八月十六日、『翰林五鳳集』を大宮少将(実勝)に返し下さる(『日次記』)。なお実勝は姉小路公景末子、母は西洞院時慶女(『諸家伝』)。

○八月十七日、法皇は修学院へ御幸、申下刻に還御(『日次記』)。

●八月十九日、近衛基熙御参、御用に依り法橋兼寿を召す(『日次記』)。

○八月二十三日、新院御幸、定西堂を召し、御書院にて伝心法要を講ず。御針成親(『日次記』)。

●八月二十三日、今日より三箇日、天台座主青蓮院尊証親王室にて不動小法を行わる(近日京師物忩の間、御祷と云

う）（『続史愚抄』）。二十五日結願。

●八月二十六日、中院通茂は詠草につき窺わる（『日次記』）。

○八月二十七日、新院皇女降誕（母六条局定子）、貞宮と号す（『続史愚抄』）。後の三時知恩寺尊勝。

○八月二十九日、新院御幸、大覚寺宮御参、今朝公卿殿上人は御小座敷にて御料理を下さる。今井道員は法橋勅許の御礼に杉原・延齢丹・白銀一枚献上、中御門左少弁は青侍を添え、池尻共孝披露（『日次記』）。

○九月六日、本院へ御幸、芝山宣豊・池尻共孝・梅小路定矩・風早実種・交野入道可心（時貞）・東久世通廉・木辻行直、以上七人、修学院山の松茸、各一折を賜う。是より先、永井尚庸は洛陽を辞し、去る夏、戸田越前守に交代の命有り、仍て今日上京、洛陽の市人は御廟野に到り之を迎えしとかや、板倉伊賀守父子より牧野佐渡守に到りて諸司代の名有り、板倉内膳正・永井伊賀守はその名を称せず、今に到り戸田越前守はまた旧職の名に随い所司代というとかや（『日次記』）。

●九月六日、京所司代戸田越前守忠昌（四月三日拝命）上洛により、面命の旨ありて、御手づから着御の羽織をたまう（『実紀』）。

○九月九日、重陽の御祝儀の為、有栖川宮・実相院宮・仁和寺宮御参、一乗院宮御参（『日次記』）。

●九月九日、和歌御会、題は挿頭菊、飛鳥井雅章出題、奉行甘露寺方長（『続史愚抄』）。

○九月十日、戸田越前守は今日本院・女院に初礼、青蓮院宮・一乗院宮御参、両伝奏（千種有能・花山院定誠）参院（『日次記』）。

●九月十一日、例幣、上卿大炊御門経光、奉行万里小路淳房、御拝あり（『続史愚抄』）。

○九月十三日、諸司代戸田越前守忠昌は初て院参、太刀一腰・馬代（白銀十両）・蠟燭五百挺を献上、此の序に永井尚庸参院し、御対面、天盃を下さる、禁中に御幸（『日次記』）。

○九月十四日、今上皇子降誕（母藤原宗子）、英宮と号す（後に綾宮と改めらる）（『続史愚抄』）。後の伏見宮邦詠親王御息所、福子内親王。

○九月十七日、法皇は幡枝に御幸（『日次記』）。

○九月十八日、戸田越前守は初めて御幸の経営を勤む、仍て祝儀に昆布・白鳥等を賜う、大樹より初鶴一羽進上、千種有能持参、池尻共孝披露、則ち女房奉書を乞い、伝奏花山院定誠に下さる、金子三百五十六両を永井尚庸より速水長門守に奉らしむ、三黄門受納す、右三百余両の金子は、先年延焼の節、燼余の雑具代なり、往々公用に用いし余分なり、残金かくの如し（『日次記』）。

○九月十九日、永井伊賀守（尚庸）は役儀を終え、関東に下向、御暇乞いに伺候、戸田忠昌・両伝奏は倶に伺候、広御殿にて御対面、天盃を下さる、入御の後、五品の賜いものあり、『三部抄』（詠歌大概は飛鳥井雅章筆・百人一首は日野弘資筆・未来記雨中吟は中院通茂筆）一箱入・御硯筥一面桐筥入・御屏風一双（三十六歌仙諸家筆）桐筥入・羽二重五疋・黄金五十両を上段の次の間にて拝領、その西間にて御饗応、陪膳の輩は源信昌ら六人、芝山宣豊・池尻共孝・梅小路定矩は諸事を総領す、御菓子・御茶のこと畢ぬ、各退出、伊賀守一人召し返され、また御小座敷にて御対面、勅作の保志伽羅入銀香合（鼓皮の輪違の形、片方勅作保志、片方伽羅）桐筥入、幷に一座御会の御短冊一結（十五枚勅題、伊賀守息大学に下す）、右御前にて拝領、忝なき由申して退出、御所々々六人の武家不参、その故を知らず（『日次記』）。

○九月二十一日、神宮祭主例幣使昨日帰京、勝仙院僧正大峰より帰京、法皇は修学院に御幸す、戌刻還幸（『日次記』）。

○九月二十一日、法皇は修学寺殿に御幸す（『続史愚抄』）。

○九月二十七日、戸田越前守を四位侍従と為す、勅許の御礼に白銀二百三十両献上、二百両は任官の、三十両は叙位の御礼なり（『日次記』）。

○九月二十九日、修学院に御幸（『日次記』）。同日、裏辻季盛は元服昇殿（『諸家伝』）。

●秋、照高院道晃親王は福仙院僧正所持道澄准后筆『百人一首』を書写し、原本を聖護院門室文庫に留め、写本を福仙院僧正に授与する（『略年譜』）。

○十月一日、裏辻侍従（季盛）は元服の御礼に参院、万里小路雅房同道（『日次記』）。

○十月二日、本願寺末寺伯州香宝寺、権律師勅許の御礼に杉原・白銀一枚を献上（『日次記』）。

●十月二日、今夜より七箇夜、安鎮法を本院新仙洞（本所）にて行わる、阿闍梨青蓮院尊証親王、奉行清閑寺熙定（『続史愚抄』）。八日結願。

○十月三日、讃州高松悉地院観海、権大僧都勅許の御礼に杉原・巻物を献上（『日次記』）。

●十月三日、女御房子は里殿退出（去る夜母鷹司太政所逝く故なり）（『続史愚抄』）。

●十月七日、本院新仙洞正鎮、舞楽あり（『続史愚抄』）。

○十月九日、修学院に御幸、霜葉たるを御覧なり、供奉は清水谷実業ら、飛鳥井雅章・日野弘資・中院通茂は兼ねて召しに依り伺候（『日次記』）。

●十月十日、本院（明正）は仮仙居（九条兼晴第）より新仙洞に還幸す（『続史愚抄』）。

○十月十日、本院御移徙に就き、尾張中納言父子・紀伊中納言・水戸宰相父子、使者を献ぜらる（『日次記』）。

○十月十二日、大樹より御鷹の鶴献上、両伝奏持参、老中よりの書札到来、小原正安・大山玄同は法橋を除く、その御礼の為に参院（『日次記』）。

○十月十三日、幕府上使畠山下総守は本院御移徙の御祝儀の為に院参、その状は土屋・久世・稲葉・酒井の連署、両伝奏（花山院定誠・千種有能）宛なり、仏御所にて御対面、天盃を賜る（『日次記』）。

○十月十六日、連歌師昌頓（昌陸子）は法橋勅許の御礼に杉原・末広を献上（『日次記』）。

○十月二十七日、新院御幸、右府（近衞基熙）・内府（一条内房）・浄覚・飛鳥井雅章・日野弘資・中院通茂・花山院定誠・千種有能各御参、御饗応の後、修学院の陶具、新院の御好みを窺い、各其の好む所を拝受し、退出（『日次記』）。

●十一月一日、円満院栄悟親王（新院皇子、母権典侍局）薨ず、十八歳、後日園城寺に葬る（『続史愚抄』）。

●十一月六日、春日祭、上卿葉室頼孝参向、弁不参、奉行万里小路淳房（『続史愚抄』）。

●十二月三日、近衛基熙は今出川第を造り畢ぬ（本所）、因て安鎮祭を行う、阿闍梨日厳院堯憲、祭文柳原資廉草す（清書は平松時量）と云う（『続史愚抄』）。

●十二月四日、両度地震（『続史愚抄』）。

●十二月二十三日、神宮にて今日より二夜三日、女院御悩の御禱を修せらる（『続史愚抄』）。

●十二月二十五日、内侍所御神楽あり（恒例）、出御あり、榊末歌間に入御、拍子本東園基量、末持明院基輔、奉行万里小路淳房（『続史愚抄』）。

○十二月二十七日、今暁寅刻、法皇仙洞より火起こる（下御所なり、火は弘御所より起こると云う、或いは番衆所と云う、不審、若しくは天火歟）、法皇・女院等御所を火く、法皇は河原御所に幸す（女院別御所なり、時々御幸に為り、兼ねて経営さる所と云う）、女院（東福門院）は賀子内親王家（二条光平室）に幸す、火滅する後、法皇は女御の空殿に幸す（女御房子は重喪に依り、当時は里殿に退出の間故なり、土御門里内北殿）、女院は本院仙洞に幸す（御同座為り）、今度の院中火に依る廃朝はなしと云う、此の日、主上は他所に行幸あるべく催さるの間、火滅する間之を罷めらる、内侍所早速に依り暫く庭上に降り奉ると云う（今暁法皇御所の火熾ん、殿上人梅小路共益一人のほか候せず、因て下部の男、法皇を負い奉り、密に原監物某の河原舘に入り奉る、此の間、供奉人等馳せ参じ、此の舘より河原御所に幸すと云う）（『続史愚抄』）。法皇御所火く、仍て新院御所に渡御（『実録』）。

○十二月二十八日、今上皇子降誕（母少将内侍局、五条為庸女）、六宮と号す（『続史愚抄』）。後の妙法院堯延親王。
●是歳、照高院道晃親王は此の年三月以前に成立した道寛親王・飛鳥井雅章・中院通茂三筆寄合書『三部抄』一冊に加証奥書する（『略年譜』）。
●是歳、賀茂の阿利可池濁る、社家言わず、因て御沙汰なしと云う（『続史愚抄』）。
●是歳か、照高院道晃親王は道寛親王遺物の法皇宸翰名号を知恩寺に納め、後陽成院宸筆名号を光誉上人に授与す（『略年譜』）。

延宝五年（一六七七）丁巳　八十二歳　院政四十八年

●正月一日、四方拝、奉行中御門宣基、小朝拝なし、元日節会あり、出御なし、国栖笛（当時歌なし）立楽等を停めらる、是れ旧臘法皇女院等御所火くに依るなり、内弁右大臣（基熙、宣命拝に立たず退出）、外弁万里小路雅房以下九人参仕、奉行万里小路淳房（『続史愚抄』）。
○正月五日、法皇・新院等は禁裏に幸す（『続史愚抄』）。
●正月七日、白馬節会、出御あり、一献後に入御、内弁一条内房、外弁清閑寺熙房以下八人参仕、奉行清閑寺熙定（『続史愚抄』）。
●正月八日、後七日法始（南殿にてなり、恒の如し）、阿闍梨長者永愿、太元護摩始（理性院坊にてなり、恒の如し）、法眼尭観未だ灌頂せざるに依り代官僧某勤仕、以上奉行坊城俊方（『続史愚抄』）。
●正月十一日、神宮奏事始、伝奏三条実通、奉行万里小路淳房（『続史愚抄』）。
●正月十四日、両法結願、阿闍梨長者永愿及び法眼尭観（修法せずと雖も例有るに依り参内、但し御加持に及ばず）等参

内、永愿僧正御加持申す（『続史愚抄』）。
●正月十六日、節会、出御あり、饂飩後に入御、内弁近衛基熙、外弁小倉実起、以下八人参仕、奉行姉小路公量（『続史愚抄』）。
●正月十九日、和歌御会始、題は春情有鶯、飛鳥井雅章出題、読師清閑寺熙房、講師万里小路淳房、講頌持明院基時（発声）、御製読師鷹司房輔、同講師烏丸光雄、奉行甘露寺方長（『続史愚抄』）。
●正月二十三日、新院和歌御会始、題は飛瀧音清、飛鳥井雅章出題、奉行平松時量（『続史愚抄』）。
○正月、霊元天皇の法皇歌学聞書始まる。書陵部蔵『聴賀喜』霊元天皇宸筆仮横一冊の表見返しに「自延宝五年正月／至　／法皇以女御局、為仮／殿、御座候間、尋申／条々記之。……」とある。初葉に「幾喜賀来。一仰、当代歌の手本とすへきは逍遥院也。也足（中院通勝）時分まては草庵集をみよと教たれと、はや風体うつりたる歟。頓阿風にてはかさり少なくわろし。只逍遥院也。基綱歌なとも逍遥院には及はす。逍遥院は随分手つまめきたる歌也。窺申云、逍遥院も定家なとを学たる物候哉。仰云、左様にてはなし。時代之風自然に移来たる也。……」とある。後水尾院の歌論歌学については、承応期の道晃親王『玉露稿』一冊、寛文期の日野弘資『後水尾院御仰和歌聞書』一冊（書陵部本は自筆）、延宝期の霊元天皇『聴賀喜』一冊（『近世歌学集成』上）などがある。
●二月一日、春日祭、上卿清閑寺熙房、弁中御門宣基（数年弁不参、今度再興）等参向、奉行万里小路淳房（『続史愚抄』）。
●二月二日、此の日辰刻、春日若宮神体（御鏡なり）墜つ、後日（五日歟）社司言う（旧例六度、此の内四度は兵革、一度は長者の事、一度は無事と云う）（『続史愚抄』）。
●二月二十九日、照高院道晃親王は後十輪院二十五回忌に当たり心経を書写し、経題名を五首の初句に冠し詠歌（『略年譜』）。

●三月十日、地動、頃日、盗賊毎夜宮門の銅瓦を偸む、武士等は之を窺うと雖も竟に搦めずと云う（『続史愚抄』）。

●三月十五日、照高院道晃親王は『御千首和歌』一冊を校合了（『略年譜』）。

○三月十八日、法皇は女御空殿（禁裏北殿）より鷹司房輔第に幸す、仮仙居に用いらる（『続史愚抄』）。

●三月二十一日、東照宮に奉幣を発遣さる、先に日時を定めらる、上卿清閑寺煕房、幣使鷲尾隆尹、奉行中御門宣基（『続史愚抄』）。

○三月二十二日、法皇は仁和寺性承親王室に幸す（初度）、即ち還御（『続史愚抄』）。

●四月十五日、賀茂祭なし、但し社家沙汰恒の如しと云う（『続史愚抄』）。

●四月二十五日、地震、頃日、仏法僧鳥（或いは曰く三宝鳥）を大和高取にて獲る（『続史愚抄』）。

●五月十三日、内侍所臨時御神楽を行わる（去年女院御悩御願平癒御報賽と云う）、出御あり、早韓神後に入御、拍子本綾小路俊景、末持明院基時（星より息基輔与奪）、奉行姉小路公量（『続史愚抄』）。

●五月中旬、飛鳥井雅章は雅親の家集『続亜槐集』一冊を編纂する。書陵部本は雅章筆で、奥書に「亜槐集曩祖入道大納言雅親（法名栄雅）之家集也。歌有千二百余首。曾想、入道宏詞逸才而、吾家之巨擘也。一代之所詠、豈止於是乎。只恐詠草失没、存十一於千百。故往々博索深捜、得此集。所漏洩之歌及六百余首。乃編次、名続亜槐集。以伝子孫、向来猶有所得、須増益之而已。延宝第五暦仲夏中旬、正二位雅章」（新編国歌大観）とある。これは烏丸資慶、中院通茂らの動きと軌を一にし、『円浄法皇御自撰和歌』入集歌人私家集群の一角を占めるものであろう（『略年譜』）。

●六月五日、楽御会始あり、平調楽（郢曲等）、御所作箏（初度歟、日来御笛）、所作公卿大炊御門経光以下七人、殿上人東園基量以下六人参仕、奉行四辻公理（不参）（『続史愚抄』）。

●六月十二日、申刻、三条公冨薨ず、五十八歳、唯心院と号す、今日より三箇日廃朝（『続史愚抄』）。

○六月二十日、法皇御所に新院御幸し、法皇の御悩を問わせらる（『実録』）。

●六月二十五日、今上皇女綱宮（母源内侍局）薨ず、三歳、後日（二十六日）清浄華院に葬る（『続史愚抄』）。

●七月五日、母儀藤原国子（法皇妾、新中納言局、園基音女、日来退出し二階町第に在り）に准三宮宣下を行わる（病急に依り、俄に夜戌刻之を行わる）、上卿大炊御門経光、奉行万里小路淳房、其の後、准后国子薨ず（五十四歳、後日今日分と為す、新広義門院の号を宣下さる）、亥刻、霹靂、御春屋（松樹を裂くと云う）、及び一条教輔第等を震わす（『続史愚抄』）。

●七月六日、准后国子の薨ずるを奏す（今暁丑刻薨ずと雖も、此の日重日と為す間、昨夜子刻薨ずる由を奏すと云う）、因て今日より五箇日、廃朝（『続史愚抄』）。

●七月八日、母儀准后国子の事に依り、主上は今日より三箇日錫紵を着御、御慎は五箇月と為すべし（『続史愚抄』）。

●七月十日、今夜、主上は錫紵を除御（御服以下陰陽師に之を賜い、河原に向かうと云う）、吉田兼連清祓に奉仕す、今夜戌刻、光恠あり、形は弓の如し、内侍所神殿より二つ出で、軒廊柱の中に滅す、議あり、宮中は戒慎す、近臣二人死す、寝ずに勤番と云う（『続史愚抄』）。

●七月十六日、准后国子を泉涌寺に葬る（去る十日、竊に当寺に渡す、今夜当寺にて葬儀あり）、親族上達部園基福、柳原資廉以下十人、殿上人東園基量以下等之に従う、公家より密に御沙汰ありと云う（『続史愚抄』）。

●七月十八日、今上第三皇子（三宮と号す、円満院治定、未だ入寺に及ばず、母少将内侍局）薨ず、三歳、後日（二十二日）遣迎院に葬る（『続史愚抄』）。

●七月二十五日、故顕子女王（将軍家綱御台所、伏見宮貞清親王女）に贈従一位の宣下あり（口宣）（『続史愚抄』）。

●七月二十九日、中院通茂は『三十六人集』書写し、道晃親王本により校合。『中務集』一冊奥書に「右卅六人家集借請烏丸黄門光雄卿本此本幽斎所持之本也、従去年始之、至当四月連々馳之。其後依眼病止之両三日、快然之

間企之。今日終書写之功。多年之本願既成就、自愛最無極矣。延宝第五孟秋廿九日、特進源（花押）」「日夜一校了。照門御本所々見合者也」（『桃園文庫目録』）とある。

●七月下旬、中院通茂は冷泉家相伝定家筆『拾遺和歌集』一冊の新院臨写本を書写する。綴葉装、鳥ノ子紙、墨付一八三丁。奥書に「右拾遺集、申出定家卿自筆臨写新院御本冷泉家相伝之本、先年被召之、所被臨写也、行数字形至書損等、不違一点、書写之。及数度校合（独校二度、読合一度）畢。尤以可謂証本。但御本雑賀二枚之奥（ある人の産して侍ける七夜ノ下）、一面有白紙。此本誤直、書続之。依之奥之礼紙、有一枚之相違者也。延宝五年仲秋下浣、特進源（花押）」（京都大学中院本）とある。定家本の臨写本としては、寄合書の高松宮本『三代集』、道晃親王筆聖護院本『三代集』などがあるが、通茂筆本も含めてこれらはみなほゞ同じ時期に成立したものと思われる（『略年譜』）。

●八月三日、今日より七箇日、御祈を神宮にて行わる、是れ天下静謐玉体安穏の事と云う（『続史愚抄』）。

●八月十日、新院皇女（母東二条局）薨ず、二歳、後日清浄華院に葬る（『続史愚抄』）。

○八月十二日、新院皇女（休体）誕生（母山小路局、松木宗条女）（『続史愚抄』）。

●八月二十一日、盛胤親王に天台座主宣下あり（再補、尊証親王辞替）、奉行清閑寺熙定（『続史愚抄』）。

●九月七日、新院皇女満宮（光照院治定、入室ある歟、母六条局定子）薨ず、六歳、後日知恩寺に葬る（『続史愚抄』）。

●九月十一日、例幣、上卿清閑寺熙房、奉行姉小路公量、御拝なし、御慎中に依るなり（『続史愚抄』）。

○九月十二日、法皇御所（仮仙居、鷹司房輔第）にて蹴鞠御覧あり、鞠足公卿飛鳥井雅章、以下殿上人等参仕、頃日、老狐は野宮定縁に襲託すと云う（『続史愚抄』）。

●九月二十日、今日より七箇日、安鎮法を法皇新仙洞にて行わる、阿闍梨盛胤親王（六度と云う）、奉行院司（歟）坊城俊方（『続史愚抄』）。二十六日結願。

○九月二十一日、法皇新仙洞正鎮、舞楽あり（『続史愚抄』）。
●九月下旬、照高院道晃親王は久世出雲守重之の所望により『詠歌大概』一冊を書写する（聖護院蔵奥書写断簡）。
○十月二日、法皇は新殿に御移徙、関白（鷹司房輔）・大覚寺宮・梶井宮・中井主水・五味藤九郎・戸田忠昌らから御祝儀を献上、新院御幸、右大臣（近衛基熙）・内大臣（一条内房）御参（『日次記』）。
○十月二日、法皇は鷹司房輔第（仮仙居）より新仙洞（下御所）に還幸す、今夜より七箇夜、安鎮法を女院新御所にて行わる、阿闍梨盛胤親王（『続史愚抄』）。八日結願。
●十月二日、女院新御所正鎮、舞楽あり（『続史愚抄』）。
○十月三日、右大臣（近衛基熙）・一乗院宮・妙法院宮御参、賀茂松下民部少輔・岡本内蔵助は惣代として参院（『日次記』）。
●十月五日、故准后藤原国子（母儀）に新広義門院号の宣下あり（口宣）、去る七月五日分為りと云う（『続史愚抄』）。
○十月六日、円通山興聖寺の住持交替、当住石梯入院の御礼に参院、杉原・末広献上、風早実種披露、新院御幸、新広義門院百箇日の御法事料白銀五百両を般舟院に賜う、伝奏万里小路雅房これを引接し、住持来りて頂戴す（『日次記』）。
○十月八日、定西堂は参院、法談あり、羽二重・綿を拝領、休息所にて御菓子・御非時を下さる（『日次記』）。
●十月十一日、女院は新殿（下御所郭内北方敷）に還幸す（『続史愚抄』）。
○十月十四日、修学院に御幸（『日次記』）。
○十月十四日、前新広義門院百箇日逮夜に依り、御仏事を泉涌寺にて行わる（法用理趣三昧）、公卿今出川公規以下三人参仕、奉行中御門宣基、此の日、宸筆法華経を同寺に納めらる（御助筆近衛基熙、同室常子内親王、大聖寺禅尼宮泰岳、青蓮院尊証親王、妙法院堯恕親王、一乗院真敬親王等なり、右大臣外悉く新広義門院御同腹）、此の日、また法皇

より同御仏事を般舟三昧院にて行わる、着座の公卿なし、奉行院司（歟）清閑寺熙定（『続史愚抄』）。
○十月十五日、新広義門院百箇日、泉涌寺にて御仏事あり（曼荼羅供）、公卿近衛基熙以下五人参仕、法皇より同仏事を般舟三昧院にて行わる、公卿柳原資廉以下二人参仕（『続史愚抄』）。
○十月十五日、般舟院の御法事結願、仍て万里小路雅房・清閑寺弁院参、池尻共孝を以て右の旨言上（『日次記』）。
○十月十六日、来る二十四日新殿にて和歌御会始有るべき旨、今日諸家に触れらる、梅小路定矩奉る、一乗院宮御参、両伝奏伺公、菊花数種を岩橋友古献上（『日次記』）。
○十月十九日、定西堂伺公、例の如く法談（『中峯広録』）あり、中院通茂・飛鳥井雅章・同少将（雅豊）伺公、詠草を窺わる（『日次記』）。なお『中峯広録』は寛永二十年板本一〇冊が流布する。
○十月二十二日、摂州天王寺の宝物を叡覧に備う、目録に、左の如くある。

一楊枝之御影（皇太子宸筆）一軸　　一小字之御経（皇太子前生御持経幷伝文）
一本願寺御手印縁起（皇太子宸筆）一軸　一同縁起御写（後醍醐天皇宸筆）
一御守（皇太子従一歳至七歳）七種　　一閻浮檀金弥陀三尊（皇太子御守本尊）
一達磨大師袈裟一領（片岡化人之時皇太子江附属）
以上

右弘御所にて御覧、御奉加の為、黄金十両を遣さる、天王寺一舎利・二舎利・秋野の参人伺公、同日新院御幸、円照寺（文智女王）に御幸（『日次記』）。
○十月二十四日、法皇御所にて和歌御会始あり（当年初度、新仙洞為るに依り、厳重に存せらる）、題は池岸有松鶴、飛鳥井雅章出題、読師清閑寺熙房、講師万里小路淳房、講頌清閑寺熙定（発声）、御製（法皇新院等）読師近衛基熙、同講師勧修寺経慶、奉行梅小路定矩（『続史愚抄』）。
○十月二十五日、修学院に御幸（『日次記』）。

○十月二十八日、戸田越前守院参、御対面、天盃なし、弘御殿にて御菓子を賜う、千種有能同道なり、花山院定誠は故障により不参、『古今集』（諸家筆、桐箱入）・巻物三（金襴二緞子一）を越前守拝領、『三十六歌仙』（諸家筆、絵法橋元休）・縮緬を御普請奉行神尾若狭守に下さる、白銀二十枚を中井主水に下さる（『日次記』）。

○十一月一日、大樹より御鷹の鶴献上、女房奉書は千種有能亭に遣す、池尻共孝奉る（『日次記』）。

●十一月一日、女御房子、里殿より内へ還入す（重服関故なり）（『続史愚抄』）。

○十一月二日、将軍より御移徙の御祝儀の為、吉良上野介を差し上ぐ、今日院参し、黄金二十枚・襦珍・御樽・御肴を進上、太刀馬代・和紙を吉良献上、御対面、天盃を賜う、甲府宰相・舘林宰相・尾張中納言・紀伊中納言も御祝儀献上（『日次記』）。三日に水戸宰相・同少将より、四日に高松侍従より、七日に松平越前守綱昌・松平出羽守より献上。

●十一月七日、照高院道晃親王は吉良義央の所望により『三十六歌仙』を書写し、吉良義央所持の後小松院宸筆『自讃歌』に加証奥書する（『略年譜』）。

○十一月八日、吉良上野介に御暇下され、両伝奏同道し、弘御殿にて御菓子・御酒を賜う、御対面なし、白銀二百両・縮緬を下され、女房奉書は伝奏より伝達（『日次記』）。

●十一月十一日、春日祭、上卿柳原資廉、弁以下参向、奉行中御門宣基（『続史愚抄』）。

●十一月十二日、左大臣九条兼晴は職を辞す、即ち薨ず（三十六歳、夜と云う）、後往生院と号す（『続史愚抄』）。

●十一月三日、右大臣（近衛基熙）御参、九条殿不予の色、甚だ以て急、故に一上を辞す、九条兼晴薨ず、行年三十七（『日次記』）。

●十一月十三日、九条兼晴の事により今日より三箇日廃朝（『続史愚抄』）。

●十一月十六日、新院御誕生日なり、仍て御祝儀あり（『日次記』）。

○十一月十九日、定西堂参院、式日なり（『日次記』）。
○十一月二十一日、猪苗代兼寿を召し、御一巡綴り献ず（『日次記』）。
○十一月二十八日、野宮定縁養子、御礼の為、安居丸《アコ》（親茂、改定基）伺公、海老一折献上、花山院定誠・中院通茂同道、常御殿にて御対面（『日次記』）。
●十二月二日、盗、法皇御府に入り、白銀を取る（六千七百両余と云う）（『続史愚抄』）。
○十二月四日、東久世通廉、来たる八日関東発向、仍て今日御暇を下され、常御殿にて御対面、御盃を給う（『日次記』）。
○十二月八日、定西堂参院、御内儀にて法談あり、平松時量伺公（『日次記』）。
●十二月八日、内侍所にて清祓あり、吉田兼連奉仕す、任大臣宣下あり（口宣、若しくは二十四日今日分と為すべき宣下歟）、奉行万里小路淳房、左大臣近衛基熙（『続史愚抄』）。
○十二月九日、八幡豊蔵坊（信海）、牛蒡など献上、連歌の御会あり、新院御幸、右大臣・兼寿参る、兼寿に御振舞下され、以後白銀五枚拝領す（『日次記』）。右に右大臣とあるのは前日左大臣となった基熙のことか。
●十二月十二日、昨夜、法印通元死す、行年五十九（『日次記』）。
●十二月十五日、今上五宮（御年三、東山院なり）御色直しあり（『続史愚抄』）。
○十二月二十一日、女御御方に御幸、例の如く龍駕長橋局に入る（『日次記』）。
●十二月二十一日、今上女二宮（御年五、母女御）御髪剪、関白鷹司房輔奉仕（『続史愚抄』）。
○十二月二十六日、前田安芸守、関東下向、是れに依り伺公、御玄関より退出（『日次記』）。
○十二月二十七日、花園実満参院、所労に依り御移徙已後未だ参院せず、病中に人参拝領、忝なき由言上了ぬ、風早実種披露、今日御壷御口切、新院御幸、左大臣（近衛基熙）・徳大寺入道・飛鳥井雅章・日野弘資・中院通

茂は御小座敷にて饗応あり、新院・法皇・左大臣は常御殿にて御膳の事あり、御茶は星野初昔、修学院の陶器を頃日竈口開きに因り、今日各拝領（『日次記』）。

●十二月二十七日、吉書御覧あり（御慎後と云う、按ずるに若しくは密儀歟）（『続史愚抄』）。

●十二月二十八日、内侍所御神楽を行わる（恒例）、出御なし（御風病に依ると云う）、拍子本東園基量、末庭田重条、奉行中御門宣基（『続史愚抄』）。

○閏十二月二日、御香具屋播磨、継目の御礼の為に杉原・紗綾を献上（『日次記』）。

○閏十二月五日、今上（霊元）皇女降誕（母藤原宗子、飛鳥井雅章の船橋第を以て、産所と為す）、重宮と号す（『続史愚抄』）。

○閏十二月八日、定西堂参上、常御殿にて法談あり、休息所にて御非時弁に白銀二十枚を賜い、退出（『日次記』）。

○閏十二月九日、東久世通廉は、昨日関東より上洛、今日参院、大樹勅答の趣きを言上、女院使梅園季保は上洛に就き、御機嫌を窺わる（『日次記』）。

○閏十二月十日、御連歌御会、御連衆、新院御幸、左大臣・次郎殿・風早実種・兼寿（『日次記』）。

○閏十二月十六日、新院御所に御幸、本屋山城掾勅許、『万葉集』一部・『歌加留多』一面献上、中御門弁（宣基）執奏（『日次記』）。

○閏十二月十八日、黄檗山卓峯筆三十三観音の像を、叡覧に備えらる故、表具料黄金十八両を御寄付、風早実種亭にて寺僧雷州に伝えらる、卓峯筆観音の像（高泉賛）一幅を雷州献上、風早実種執奏（『日次記』）。

○閏十二月二十三日、関白（鷹司房輔）は詠草の事に就き御参、御幸により退出、法皇は禁中に御幸（『日次記』）。

○閏十二月二十七日、小笠原丹波守、去る十二日隠居仰せ付けらる由、是れに依り御太刀馬代（白銀十両）を使者を以て献上（『日次記』）。

●是歳夏、岩屋山不動開帳、東福門院御願に依ると云う（『続史愚抄』）。

延宝六年〔一六七八〕戊午　八十三歳　院政四十九年

○正月一日、辰刻、御小座敷に出御、日野弘資・中院通茂・花山院定誠・千種有能・高辻豊長・石井行豊・文野時香、各御対面、天盃を賜う、院参の公卿・殿上人・非蔵人御礼、例年の如し、新院御幸、関白（鷹司房輔）・左大将（鷹司兼熙）・右大臣（一条内房）・近衛大納言（家熙）御参、殿上より御退出（『日次記』）。

●正月一日、四方拝、奉行中御門宣基、小朝拝なし、元日節会、出御あり、入御次第の如し（宣命拝し訖り、公卿復座の後なり）、内弁近衛基熙、外弁清閑寺熙房以下十人参仕、奉行東園基量（『続史愚抄』）。

○正月四日、法皇御幸始、禁裏・本院・新院、弾正尹宮御参（『日次記』）。

○正月五日、院経師法橋浄智（今年九十歳）は年頭の御祝儀として色紙一包を献上（『日次記』）。

○正月六日、申刻弘御所東庭にて猿舞あり、紫金錠一包を原田養仙献上、仁和寺宮御参（『日次記』）。

●正月七日、白馬節会、出御なし、内弁一条内房、外弁万里小路雅房以下八人参仕、奉行庭田重条（『続史愚抄』）。

○正月八日、御祈禱札十帖一本を石山寺惣中献上、定西堂伺公、御内儀にて法談あり、御非時等例の如し（『日次記』）。

●正月八日、後七日法始、阿闍梨長者永愿、太元護摩始、法眼堯観代官僧勤仕、以上奉行坊城俊方（『続史愚抄』）。十五日両法結願。

○正月九日、意斎の御鍼の後、医師御礼あり、法印杏仙から法橋正淵まで十八人（『日次記』）。

●正月十一日、神宮奏事始、伝奏清閑寺熙房、奉行東園基量（『続史愚抄』）。

○正月十二日、諸門跡・諸寺院、年始の御祝儀を献上、公卿・殿上人・非蔵人、諸礼に依り参内、烏丸光雄を召し、池尻共孝使して『詠歌大概』の官本を借下す、二月五日右の官本を烏丸光雄持参、池尻共孝御使し返献（『日次記』）。

○正月十六日、新院御幸、左大臣（近衛基熙）・大覚寺宮（性真）・妙法院宮（堯然）・一乗院宮（尊覚）・青蓮院宮（尊証）・近衛家熙・緋宮・品宮御参、例年の如し、常御所にて御祝儀あり、兵部卿宮御参（『日次記』）。

●正月十六日、踏歌節会、出御あり、飯汁後に入御、内弁大炊御門経光、外弁勧修寺経慶、以下七人参仕、奉行清閑寺熙定（『続史愚抄』）。

●正月十七日、舞楽御覧あり（『続史愚抄』）。

○正月十九日、法皇和歌御会始、題は春色浮水、飛鳥井雅章出題、奉行風早実種（『続史愚抄』）。

○正月十九日、定西堂参院、御内儀にて法談あり、御非時等例の如し（『日次記』）。

●正月十九日、和歌御会始、題は霞添春色、飛鳥井雅章出題、読師飛鳥井雅章、講師東園基量、講頌中園季定（発声）、奉行烏丸光雄（『続史愚抄』）。

●正月二十二日、新院和歌御会始、題は柳糸随風、出題飛鳥井雅章、奉行平松時量（『続史愚抄』）。近衛基熙は所労により、懐紙を書状を以て平松時量に遣す（『実録』）。

○正月二十三日、梅花一筒飛鳥井雅章献上、中院通茂参院、詠草を窺われ退出（『日次記』）。

○正月二十八日、大樹（家綱）使大澤右京大夫基秀院参、年頭の御祝儀として白銀五十枚・蠟燭五百挺を進上、尾張紀伊水戸の三卿からも献ず、大澤侍従・戸田越前守も献上、大和国岡寺の観音を御目に掛けらる、一乗院宮御執奏（『日次記』）。

○二月一日、中院通茂参院、法印道作御脈を窺う、法眼石安・法橋意斎伺公、御内儀にて御対面、春澤伺公、御脈を窺う（『日次記』）。

●二月一日、春日祭、上卿勧修寺経慶、弁以下参向、奉行中御門宣基（『続史愚抄』）。

○二月二日、左大将（鷹司兼熙）参院、詠草を窺わる（『日次記』）。

●二月四日、大徳寺新命仰堂和尚入院、勅使坊城俊方これに向かう（『続史愚抄』）。
●二月五日、夜子刻、霊鑑寺禅尼宮（法名月江宗澄、法皇皇女、母壬生院）薨ず、三十九歳、廃朝なし、後日（十二日）廬山寺に葬る（『続史愚抄』）。
○二月六日、妙法院宮・一乗院宮・梶井宮・青蓮院宮・左大臣（近衛基熙）御参、日野弘資・中院通茂・花山院定誠・千種有能・高辻豊長は霊鑑寺宮薨去に依り、法皇の御機嫌を窺わる（『日次記』）。
○二月十三日、修学院に御幸、御客飛鳥井雅章・日野弘資・園基福・中院通茂、今日花山院侍従持房元服、御礼の為に院参（『日次記』）。法皇は修学寺殿に幸す（『続史愚抄』）。
○二月十六日、遊行末寺甲斐国黒駒称願寺其阿上人号勅許御礼の為、杉原・末広・白銀献上、勧修寺経慶執奏（『日次記』）。
○二月二十日、関白（鷹司房輔）御参、詠草御持参（『日次記』）。
●二月二十日、狂男は勾当内侍某局車寄（玄関と云う）を経て、男末御三間辺に入る、因て殿上人に仰せて搦めしめらる（『続史愚抄』）。
●二月二十五日、仁和寺性承親王を一品に叙す（口宣、病急に依るなり）（『続史愚抄』）。
●二月二十六日、法橋玄長を以て仁和寺宮の御脈を窺う、仁和寺宮一品法親王勅許御礼の為に真光院僧正伺候、御病中に因るなり（『日次記』）。
○二月二十九日、仁和寺宮薨去（『日次記』）。仁和寺性承親王（法皇皇子、母帥局）薨ず、四十二歳、今日より三箇日廃朝、後日（三月二日）法金剛院に葬る（『続史愚抄』）。
●三月一日、仁和寺宮薨去に依り、戸田越前守・野瀬日向守・牧野摂津守御機嫌窺う、殿上にて芝山宣豊・池尻共孝謁す、諸家弔いに参り、北面所に記す（『日次記』）。

●三月三日、去る二十九日将軍家より献上さる人参三斤一箱を御蔵に入る、芝山宣豊・池尻共孝奉る（『日次記』）。
●三月四日、霊源寺法常寺開基一糸の国師号の事、戸田越前守より池尻共孝に口上書あり（『日次記』）。
○三月八日、定西堂参院、御内儀にて法談あり、御非時以後、大広紙・飴・牡丹を拝領す（『日次記』）。
○三月十一日、定西堂参院、今日修学院拝見仕り、忝なき由言上、新院御幸（『日次記』）。
○三月十三日、親康喜安は御口中を窺う、意斎を召し御針（『日次記』）。
○三月十五日、親康恕安は御口中を窺う（『日次記』）。
○三月十六日、親康恕安参り、御口中を窺う、法眼春澤御脈を窺う、同日遊行寺末寺四寺は上人号の御礼を申し上ぐ、勧修寺経慶執奏、同日左大臣（近衛基熙）・妙法院宮（堯然）・梶井宮御参、常御所にて御膳の事あり（『日次記』）。
○三月十八日、親康恕安、御口中を窺う（『日次記』）。
○三月十九日、法橋恕安、御口中を窺う、定西堂伺公、常御殿にて法談あり、休息所に退き、膳を給う、仁和寺宮薨去に依り、関東より状到来（『日次記』）。
●三月十九日、霊源寺開基一糸和尚三十三回、因て法皇は兼て（去る三年）定恵明光仏頂国師号を諡さる（『続史愚抄』）。
○三月二十日、修学院御幸、御客は緋宮・品宮・左大臣（近衛基熙）、供奉等例の如し（『日次記』）。
○三月二十一日、親康恕安、御口中を窺う、春澤法眼御脈を窺う、新院御幸（『日次記』）。
●三月二十二日、東照宮に奉幣を発遣さる、先に日時を定めらる、上卿勧修寺経慶、幣使持明院基時、奉行庭田重条（『続史愚抄』）。
○三月二十三日、本院御幸、御茶屋にて御膳の事あり、同日三宝院門跡得度の御礼に参る、誓願寺秀岳は入院の御礼に院参、同日梅小路定矩上洛し、大樹勅答の趣き言上す、親康喜安は御口中を療す（『日次記』）。

○三月二十四日、法眼春澤参り、御脈を窺わしむ（『日次記』）。
○三月二十六日、両伝奏花山院定誠・千種有能は関東より上洛、今日院参、則ち御小座敷にて御対面、大樹勅答の趣き、一条二郎君を新家取立、清華の列に加え、医師春澤を法印に叙す旨、御尤の由言上、同日親康恕安、御口中を窺う、意斎は御針を転ず（『日次記』）。
○三月二十七日、右大臣一条内房息二郎君御参、御幸に依り殿上に謁す、新院御所に御幸（『日次記』）。
○三月二十八日、徳大寺実維は関東より上洛に依り、御機嫌を窺う、同日松平大隅守（島津光久）室は交野可心娘なり、これに依り花毛氈を献じ、御機嫌を窺う、可心執奏（『日次記』）。
○三月二十九日、女院御所御不例の儀に就き、本院御幸（『日次記』）。
●三月三十日、貴布祢辺大いに雹ふる、弾丸の如し、平地で五六寸（『続史愚抄』）。
○四月一日、道作法印・春澤法印は御脈を診る、意斎法橋は御鍼を転ず（『日次記』）。
○四月四日、法印春澤・法橋意斎は御機嫌を窺う、意斎は御針（『日次記』）。
○四月五日、得寿院法印春澤は安神散を献上、女房奉書を拝領、道竹法印は延齢丹を献上、いずれも法印勅許の御礼なり（『日次記』）。
○四月七日、古八条宮桂光院殿五十回御忌、今日相国寺にて法会あり、茲に因り使梅小路定矩を彼の寺に遣し、焼香を為すなり、且つまた香典として黄金十両を贈る、同日本院御幸（『日次記』）。
○四月八日、法印春澤御脈を窺う、法印慶雲は女院御所の御用体を言上、同日定西堂院参、法談あり（『日次記』）。
○四月十日、照高院宮（道晃）異例に依り、使春澤法印・玄昌法眼は脈を診る、両医は倶に御腹弱の由言上（『日次記』）。
●四月十一日、有栖川幸仁親王を二品に叙す（口宣）（『続史愚抄』）。

○四月十二日、春澤法印を召し、御脈を診る（『日次記』）。
○四月十三日、先年より飛鳥井亜相（雅章）をして、也足軒（通勝）の奥書ある『徒然草』を尋ねしむ、仍て今日烏丸光広の奥書有る本を持参、奥書の年号は慶長癸丑とかや、御目に懸けられし『徒然草』上下二通、飛鳥井一位（雅章）に返し下され候、同日新院御幸、御茶屋にて晩餐を進む（『日次記』）。
○四月十四日、意斎を召し、御針を転ず（『日次記』）。
○四月十五日、法印道作伺候、御脈を窺う、法印春澤は御脈を窺う（『日次記』）。
○四月二十七日、新院御幸、御茶亭にて昼の御遊及び晩景あり、新院・法皇は緋宮公主の亭に御幸、公主は夕御膳を進めらる（『日次記』）。
●五月二日、輪王寺新宮守全親王に二品宣下あり、上卿清閑寺熙房、奉行庭田重条（『続史愚抄』）。
●六月六日、新院皇子菅宮（四歳、母按察局）は円満院に入る（『続史愚抄』）。
○六月八日、新院皇女降誕（母六条局定子）、勝宮と号す（『続史愚抄』）。
○六月十五日、午刻、東福門院（和子、法皇妃、徳川秀忠女）崩ず、七十四歳、養母儀為るに依り、天下諒闇（『続史愚抄』）。
●六月二十日、前東福門院御入棺、円照寺禅尼宮（大通文智、法皇皇女）商量と云う、今夜より彼徒比丘尼参仕、因て籠僧なしと云う（『続史愚抄』）。
●六月二十六日、酉刻、前東福門院を泉涌寺に葬り奉る、公卿飛鳥井雅章、以下二十四人、殿上人五条為致以下二十一人供奉、奉行院司（欠）清閑寺熙定、伝奏万里小路雅房、素服を公卿二条光平以下七人に賜う、殿上人石井行豊以下三人等、今日より天下蝕穢（『続史愚抄』）。
●六月二十七日、前東福門院の遺令を奏す、上卿清閑寺熙房、使五条為経言う、宜く国忌山稜挙哀素服等を停

めらるべし、此の日、廃朝の宣下なし（若くは他日歟）、即ち作楽宴飲着美服音奏警蹕等を停止の事及び警固固関等宣下、上卿同前、以上奉行東園基量、夜戌刻、主上倚廬に下御（御学問所を以て其の所と為す）、錫紵を着御し、素服を公卿今出川公規以下五人、殿上人東園基量以下七人、女房等に賜う、奉行東園基量、伝奏坊城俊広（『続史愚抄』）。

●七月三日、前東福門院の初七日の奉為に、御経供養を般舟三昧院にて行わる、導師正覚院僧正某、公卿飛鳥井雅章以下五人参仕、此の日より当院にて中陰の御仏事を始めらる、泉涌寺にて御法事を行わる、導師某、公卿三条実通以下三人参仕、以上奉行清閑寺熙定、御法事伝奏般舟院は万里小路雅房、泉涌寺は勧修寺経慶（『続史愚抄』）。

●七月五日、新広義門院一回御忌に依り、御仏事を泉涌寺にて行わる、導師某、公卿鷹司兼熙以下三人参仕、奉行庭田重条（昨逮夜の御仏事を行わる歟、重ねて考うべし）、また法皇より同仏事を般舟三昧院にて行わる、導師某、公卿葉室頼孝以下二人参仕、奉行院司（歟）中御門宣基（『続史愚抄』）。

●七月八日、前東福門院二七日、御経供養を般舟三昧院にて行わる、導師法曼院某、公卿一条内房以下五人参仕（『続史愚抄』）。

●七月九日、今夜、主上は倚廬より本殿に還御し、先ず錫紵を脱ぎ、御諒闇□を着御す、素服公卿殿上人女房等除服、次に御禊あり、次に開関解陣及び殿上侍臣に橡袍を着すを聴すべき由等宣下、上卿清閑寺熙房、以上奉行姉小路公量、此の日、前東福門院三七日御経供養、導師日厳院堯憲、公卿大炊御門経光、以下五人参仕（『続史愚抄』）。

●七月十四日、前東福門院四七日御経供養、導師住心院某、公卿近衛基熙以下五人参仕、泉涌寺にて御仏事あり（初七、四七、七七日外、御仏事を当寺にて行われず）、導師某、公卿清閑寺熙房以下三人参仕（『続史愚抄』）。

●七月十五日、前東福門院五七日御経供養、導師某（積善院歟）、公卿兼熙以下五人参仕（『続史愚抄』）。
●七月十七日、前東福門院六七日御経供養、導師某（三井、住心院歟）、公卿大炊御門経光以下五人参仕（『続史愚抄』）。
●七月十八日、前東福門院七七日御経供養、導師某（南松院）、公卿徳大寺実維以下五人参仕、泉涌寺にて御仏事あり、導師某、公卿今出川公規以下三人参仕、御霊御輿迎延引（触穢中に依る）（『続史愚抄』）。
●七月十八日、照高院宮道晃親王は東福門院遺品（提婆品・聖観音尊像）を泉涌寺に奉納するに、その由来を記す（『略年譜』）。
●七月二十日、前東福門院の奉為に、本院より御仏事を泉涌寺にて行わる（法花三昧）、導師某、公卿東坊城恒長以下三人参仕、奉行院司（歟）清閑寺熙定（『続史愚抄』）。
●七月二十六日、触穢限り（『続史愚抄』）。
●七月二十七日、内侍所西庭にて清祓あり、吉田兼連奉仕、奉行坊城俊方（『続史愚抄』）。
●七月二十七日、今明両日、東福門院の奉為に、泉涌寺に於て御法事を行わる（『実録』）。新院より仰せ付けらる。
●八月四日、照高院道晃親王は東福門院遺品舎利塔を泉涌寺に奉納するに、その由来を記す（『略年譜』）。
●八月六日、地動、音奏警蹕宣下を行わる、上卿阿野季信、奉行東園基量、此の日、本所素服公卿殿上人等除服宣下あり（口宣）、奉行東園基量（『続史愚抄』）。
●八月十五日、泉涌寺にて前東福門院御石塔供養及び開眼あり、導師某、公卿一条内房以下五人参仕、次に供養法、導師及び公卿等同歟（秀光を散花所役と為す）、奉行清閑寺熙定、此の日、また同御月忌為る間、法皇より御法事を同寺にて行わると云う（『続史愚抄』）。
●八月二十八日、報恩院有雅を東寺長者に補す、法務を知行す（去る二十二日、前大僧正永愿辞替）（『続史愚抄』）。
●九月十一日、例幣、上卿勧修寺経慶、奉行東園基量、御拝なし、諒闇に依るなり（『続史愚抄』）。

●九月十四日、月蝕（『続史愚抄』）。

●九月十九日、後光明院二十五回聖忌の奉為に（逮夜）、御仏事を般舟三昧院にて行わる、導師某、公卿日野資茂以下二人参仕、奉行中御門宣基（『続史愚抄』）。

●九月二十日、後光明院二十五回聖忌、御仏事を泉涌寺にて行わる（土砂加持）、導師某、公卿勧修寺経慶以下三人参仕、奉行坊城俊方（按ずるに一日）（『続史愚抄』）。

●九月二十四日、前東福門院百箇日の奉為に（逮夜）、御仏事を両寺にて行わる、般舟三昧院、導師某、泉涌寺、導師某、各公卿の着座なし、以上奉行清閑寺熙定（『続史愚抄』）。二十五日もこれに同じ。

●十月十九日、新院皇子（十歳、貴宮と号す、兼ねて毘沙門堂に入る、母六条局定子）、御名字秀憲に親王宣下あり、上卿勧修寺経慶、勅別当今出川公規、奉行東園基量（『続史愚抄』）。

●十月二十六日、秀憲親王（十歳、新院皇子）は毘沙門堂にて得度、法名守憲（後公弁と号す、改名歟、但し一名守憲歟）（『続史愚抄』）。後の輪王寺公弁親王。

●十一月九日、中院通茂は照高院道晃親王と共に参内し、御振舞の後に退出する（『略年譜』）。

●十一月十一日、春日祭、上卿葉室頼孝、弁以下参向、奉行中御門宣基（『続史愚抄』）。

●十一月十一日、木下順庵は中院通茂に持参の歌書の筆者を尋ね、『類題一字抄』に奥書加筆を所望する。「木下順庵来、歌書持参之、続千載為之筆（光広奥書）、金葉集、続詞花、筆者被尋之、又先年所借遣之類題一字抄等奥書所望也」（通茂日記）。順庵は加賀藩儒。右の『類題一字抄』は『一字御抄』のことか。清輔の『和歌一字抄』と後水尾院の『一字御抄』は全く別の本である。『一字御抄』は、後水尾院の文事の流れの中では『三玉集』『円浄法皇御自撰和歌』と『類題和歌集』との中間に位置し、『類題和歌集』編纂のきっかけとなったもので、『類題和歌集』の中に幾分か吸収されてもいる（日下幸男「一字御抄の成立と伝本」《日本近世文学会秋季大会平成

三年十一月於鹿児島大学、口頭発表資料》)。
●十一月二十七日、新院皇女舘宮(十一歳、寛文十年入室、喝食と為す、母六条局定子)曇華院にて得度、法名大成聖安、戒師松厳寺長老(『続史愚抄』)。号通玄大成(『本朝皇胤紹運録』)。
●十一月下旬、照高院道晃親王は大工頭中井正知が取次、法皇新殿造営奉行神尾元珍・本多正之所望により『三十六人之色紙形』を書写し、奥書を加える(『略年譜』)。
●十二月十五日、知恩院鐘楼成る、因て供養の儀あり(『続史愚抄』)。

延宝七年〔一六七九〕己未　八十四歳　院政五十年

●正月一日、四方拝、御座を設く、御さず、諒闇に依るなり、奉行庭田重条、元日節会を停む、平座にて行わる、諒闇に依るなり、上卿清閑寺熙房、宰相以下参仕、奉行東園基量(『続史愚抄』)。
●正月八日、後七日法始、阿闍梨長者有雅、太元護摩始、法眼堯観代官僧勤仕歟、以上奉行坊城俊方(『続史愚抄』)。十四日両法結願。
●正月十一日、神宮奏事始、伝奏今出川伊季、奉行東園基量(『続史愚抄』)。
●正月十八日、諒闇により、三毬打なし(『続史愚抄』)。
●正月中旬、中院通茂は尊経閣本『類題和歌集』に奥書を付す。公事部巻末に、
右類題和歌集者、寛永末年於仙洞、仰/諸臣、所被類聚也。件御本申出于所々書写之。尤魚魯之誤不少、今以両三本、/僻字等雖令改正、猶恐其漏脱而已。
延宝七年黄鐘中浣　特進源朝臣(通茂花押)」

●正月二十三日、造賀茂下上社及び河合社等木作始日時を定めらる（一度之を定めらる）、上卿清閑寺熙房、奉行東園基量（二十七日卯刻、三社同時に治定と云う）（『続史愚抄』）。
●二月七日、春日祭、上卿甘露寺方長、弁以下参向、奉行中御門宣基（『続史愚抄』）。
●二月十五日、主上は一両日御悩あり、而て此の日御疱瘡に為る旨、医師定め申す（『続史愚抄』）。
●二月十八日、今日より七箇日、御悩御禱を七社七寺にて行わる、奉行坊城俊方（『続史愚抄』）。
●三月二十二日、東照宮に奉幣を発遣さる、先に日時を定めらる、上卿葉室頼孝、幣使山本実富、奉行清閑寺熙定（『続史愚抄』）。
●四月三日、因幡薬師開帳始（道晃親王申請と云う）、公卿中院通茂以下三人着座、奉行職事なし、今度三七日と為す（『続史愚抄』）。
●五月七日、造賀茂下上社仮殿立柱上棟遷宮等日時を定めらる、上卿三条実通、奉行庭田重条（『続史愚抄』）。
●五月七日、百万遍影堂建つと云う（『続史愚抄』）。
●五月、照高院道晃親王は『易然集』のために、赤壁一首を法皇に進上する（『略年譜』）。
●六月十一日、東福門院一回御忌（御忌十五日）、新院より御仏事を泉涌寺にて行わる、導師某、公卿中院通茂以下三人参仕、奉行院司（歟）坊城俊方、昨今御仏事あり、昨公卿着座なし（『続史愚抄』）。
●六月十二日、同御忌の奉為に、本院より御仏事を泉涌寺にて行わる、導師某、公卿日野弘資以下三人参仕、奉行院司（歟）坊城俊方、昨今御仏事あり、昨公卿着座なし（『続史愚抄』）。
●六月十三日、同御忌の奉為に、法皇より御仏事を両寺にて行わる、般舟三昧院、導師某、公卿清閑寺熙房以下三人参仕、昨今御仏事あり、昨公卿着座なし、此の日、新院皇女（休体）誕生（母六条局定子）、知恩寺に葬る（『続史愚抄』）。

●六月十四日、東福門院一回御忌の奉為に（逮夜）、御仏事を両寺にて行わる、般舟三昧院、導師某、公卿小倉実起以下三人参仕、奉行庭田重条、泉涌寺（梵網経讃）、導師某、公卿勧修寺経慶以下三人参仕、奉行同前（『続史愚抄』）。十五日もこれに同じ。

●六月十八日、巳刻、照高院道晃親王（後陽成院皇子、母女三位中臣胤子）薨ず、六十八歳、後日（二十七日）、白河山に葬る（『続史愚抄』）。

●六月十九日、道晃親王薨ずるに依り今日より三箇日廃朝（『続史愚抄』）。

●六月二十二日、諒闇終大祓日時を定めらる、上卿清閑寺熙房、奉行東園基量（『続史愚抄』）。

●六月二十三日、造賀茂下上社貴布祢社等立柱上棟等日時を定めらる（正殿なり）、上卿小倉実起、奉行清閑寺熙定（『続史愚抄』）。

●六月二十六日、諒闇終大祓あり（南門下を以て朱雀門代に擬す、卜部兼景奉仕と云う）、参議難波宗量、弁以下参行、奉行東園基量、夜御禊あり、次に吉書奏あり、上卿一条内房、此の次に殿上人禁色雑袍等元の如き由宣下、以上奉行東園基量、また大床子御膳を供す、陪膳同人（『続史愚抄』）。

●七月三日、中和門院五十回御忌の奉為に、法皇より御仏事を泉涌寺にて行わる（法用理趣三昧）、導師某、公卿某以下三人参仕、奉行院司（歟）、昨今御仏事あり、昨着座公卿なし（『続史愚抄』）。

●七月四日、新広義門院三回御忌に依り（逮夜）、御仏事を泉涌寺にて行わる、導師某、公卿小倉実起以下二人参仕、奉行坊城俊方（兼日東園基量奉行、而て今日辞替なり）、此の日、先に御仏事を般舟三昧院にて行わる歟、また法皇より御仏事を般舟三昧院にて行わる、導師某、着座公卿奉行院司（歟）等同前（『続史愚抄』）。

●七月五日、新広義門院三回御忌、御仏事を両寺にて行わる、般舟三昧院、導師某、公卿柳原資行以下三人参仕、奉行清閑寺熙定、泉涌寺、導師某、公卿坊城俊広以下三人参仕、また法皇より泉涌寺にて御仏事あり、導師某、

着座公卿同前歟（『続史愚抄』）。

●七月六日、今上皇子（母少将内侍局）薨ず（当歳、誕生日欠）、清浄華院に葬る、此の日、新院皇女撰宮（二十二歳、母東三条局共子）、霊鑑寺に入る、即ち得度、法名光山宗栄（『続史愚抄』）。

●八月三日、新院より賀茂社拝領歌仙色紙（三十六枚）書写の事を近衛基熙に仰せ付けられ、歌仙色紙形極秘の事を基熙に御相伝あらせらる（『実録』）。八日に至る。

○八月八日、法皇御所（弘御所南面板敷）にて千反楽（五常楽歟）あり、次に舞楽御覧ありと云う（『続史愚抄』）。

●八月十二日、道晃親王遺物『源氏物語不審条々』一巻を中院通茂を通じて霊元天皇に献上する。

延宝七己未八月十二日禁裏寛文帝、遍照寺宮道晃為御遺物、源氏物語不審条々問正徹筆、答兼良筆古之一巻、以源大納言通茂卿献上。源大納言方へ勅書被成下。勅書ニ二首之御製在之。

たえてみし夢のうきはし長き世のかたみとまては思ひかけきや

今更の忘れかたみかは丶木丶ににたる俤立むかひつ丶

右勅書申出シ白川御寺（照高院）に在之。包紙源大納言ヨリ書付之献返歌両首、則通茂卿筆ニテ書ル同在之。

通茂卿

なかき世にかけても忍ふかたみとや思ひわたりし夢の浮はし

あさからぬ恵を見てもは丶木丶のある世ならはとしたふ俤

勅書日付八月十九日」（『道晃親王御詠集』）

右に言う霊元天皇勅書や霊元天皇宸筆模写『源氏物語不審条々』一巻など、みな聖護院の宝物庫に現存する。因みに霊元天皇宸筆中院通茂宛書状一通に、

唯今者、照高院宮遺物／持参、今更令愁傷候了。
然者約諸候一冊、即入見参候。／他聞候はぬ様ニと思候。扨者
彼一巻無相違、借給候様候。／待入候。手自可令書写候間、／不可有他見候也。（略）
八月十二日
（封）　前源大納言殿　（花押）」

とある。包紙に「遍照寺宮為御遺物源氏物語不審条々（問正徹筆、答兼良筆）一巻、以中院大納言殿被献禁裏之時、中院殿迄勅書被遣、御製アリ。其勅書申請、侍御□前、御蔵納者也。上包之歌、中院殿御詠御自筆。延宝七年八月十九日」とある。霊元天皇に献上された原本は書陵部（五〇三―四五）に現存する。原本の紙焼写真と霊元天皇宸筆臨模本とを具に比較してみると、墨消や虫穴にいたるまで、寸分の違いも無い（『略年譜』）。

●八月十三日、和歌御会始、（亮陰に依り延引）、題は月契千秋、飛鳥井雅豊出題（初度と云う）、読師今出川公規、講師庭田重条、講頌清閑寺熙定（発声）、御製読師一条内房、同講師日野資茂、奉行之に同じ（『続史愚抄』）。

●八月十五日、石清水放生会を行わる（寛正六年以後、上卿以下参向せず（文正元年若しくは上卿ある歟、未詳）、今度再興、社家の沙汰にては寛正後も猶存す）、上卿勧修寺経慶、宰相弁近衛将以下参向、宣命を奏す（殿上にてなり）、上卿鷹司兼熙、奉行庭田重条（『続史愚抄』）。

○八月二十一日、法皇御所にて五常楽千反及び舞楽あり（『続史愚抄』）。

●八月二十二日、楽御会始あり（亮陰に依り、延引する所なり、小御所に為る）、平調楽（郢曲等）、御所作笛、所作公卿大炊御門経光以下六人、殿上人東園基量以下七人参仕、奉行四辻公韶（『続史愚抄』）。

●八月二十七日、賀茂下上社及び貴布祢河合片岡社等社正遷宮日時を定めらる、上卿勧修寺経慶、奉行坊城俊方（『続史愚抄』）。

●八月二十八日、新宮太田比良木三所等社正遷宮日時を定めらる、上卿甘露寺方長、奉行坊城俊方、蹴鞠叡覧あり、鞠足公卿難波宗量、殿上人六人等参仕（各烏帽水干葛袴を着すと云う）（『続史愚抄』）。
●九月十一日、例幣、上卿葉室頼孝、奉行庭田重条、御拝あり（『続史愚抄』）。
●九月十六日、賀茂下上社貴布祢社等奉幣使定及び宣命奏あり、上卿甘露寺方長、奉行庭田重条、今夜戌刻、別雷社正遷宮、行事清閑寺熙定以下及び奉幣使甘露寺方長、次官唐橋在庸等参向（『続史愚抄』）。
●九月十七日、新院御不例（『実録』）。腫物を病ませらる。
●九月十七日、戌刻、御祖社正遷宮、行事坊城俊方以下及び幣使甘露寺方長、次官在庸等参向（『続史愚抄』）。
●九月二十日、栂尾春日住吉等神影開帳（或いは二十一日と為す、大乗院信雅の申請と云う）（『続史愚抄』）。
●九月二十三日、亥刻、貴布祢社（奥前等社）正遷宮、行事清閑寺熙定以下及び幣使（幣使にては奥社に向かわず、本社（端方なり）のみ参向なり）甘露寺方長、次官唐橋在庸等参向（『続史愚抄』）。
●九月二十五日、戌刻、河合社正遷宮、行事坊城俊方参向（『続史愚抄』）。
●九月二十七日、戌刻、賀茂片岡社正遷宮、行事清閑寺熙定以下参向（『続史愚抄』）。
●十月一日、延暦寺六月会（法花会なり）を行わる、行事清閑寺熙定向かう（四日五巻日、七日竟わる）、妙心寺新命入院、勅使坊城俊方参向（『続史愚抄』）。
●十月二日、知恩院尊光親王を二品に叙す（口宣）（『続史愚抄』）。
●十一月二日、妙法院尭恕親王に天台座主宣下あり（再補、盛胤親王辞替、辞日欠）、上卿阿野季信、奉行坊城俊方（『続史愚抄』）。
●十一月五日、春日祭、上卿日野資茂、弁以下参向、奉行清閑寺熙定（弁を兼ね参向）（『続史愚抄』）。
●十二月十六日、内侍所御神楽（恒例）、出御あり、庭火後入御、拍子本東園基量、末庭田重条、奉行東園基量

（『続史愚抄』）。

●十二月十九日、今上五宮（五歳、東山院）御髪剪御着袴等あり（『続史愚抄』）。

延宝八年〔一六八〇〕庚申　八十五歳　院政五十一年

●正月一日、四方拝、奉行庭田重条、小朝拝なし、元日節会、出御あり、飯汁後入御、内弁近衛基熙、外弁清閑寺熙房、以下八人参仕、奉行庭田重条（『続史愚抄』）。

○正月六日、法皇・本院・新院等は内裏に幸す、此の日、知恩院尊光親王（法皇皇子、母権中納言局、贈太政大臣家光養子）薨ず、三十六歳、後日（十二日）花頂山に葬る（『続史愚抄』）。

●正月七日、白馬節会、出御あり、国栖後入御、内弁一条内房、外弁今出川公規、以下七人参仕、奉行中御門宗顕（『続史愚抄』）。

●正月八日、後七日法始、阿闍梨長者宥雅、太元護摩始、法眼堯観代官僧勤仕歟、以上奉行坊城俊方、尊光親王薨ずるに依り、今日より三箇日廃朝（『続史愚抄』）。十四日両法結願。

●正月十一日、神宮奏事始、伝奏清閑寺熙定、奉行庭田重条（『続史愚抄』）。

●正月十六日、踏歌節会、出御あり、餛飩後入御、内弁大炊御門経光、外弁小倉実起、以下八人参仕、奉行清閑寺熙定（『続史愚抄』）。

●正月十九日、和歌御会始、題は竹遐年友、読師中院通茂、講師中御門宗顕、講頌中園季定（発声）、奉行甘露寺方長（『続史愚抄』）。

●二月十一日、壬生院二十五回忌に依り、御仏事を泉涌寺にて行わる（法花懺法）、導師某、公卿烏丸光雄、以

下三人参仕、奉行坊城俊方、抑も春日祭の前日に御仏事を行わるは違例、昨今御仏事あり、昨着座公卿なし（『続史愚抄』）。
●二月十二日、春日祭、上卿鷲尾隆尹参向、奉行清閑寺煕定（『続史愚抄』）。
●二月十三日、新院和歌御会始あり、題は筆写人心、出題飛鳥井雅豊、披講なしと云う、奉行平松時量（『続史愚抄』）。
●二月二十二日、主上、古今御伝受御所望の事、日野弘資・中院通茂御使と為り、新院に参り申し入れ了ぬ、法皇に御相談あるべきの由なり（『古今伝受日記』）。
●二月二十八日、中院通茂は新院に参り、先日の義、窺うの処、去る二十七日法皇に御相談の処、御伝受然るべきの由なり、然して遮りて仰せられざる事の間、御延引の由なり、新院にまいり仰せの旨を言上了ぬ（『古今伝受日記』）。
●三月九日、中院通茂は日野と同道し戸田越前守に向い、御伝受の事を談じ了ぬ、此の間に三十首御沙汰なり、左府（近衛基煕）また此の度御伝受、仍て同じく御製を詠ぜらる、先年御伝受の時、法皇・新院詠ぜらる所の題、左府は別題なり（『古今伝受日記』）。
●三月十四日、浄土四箇本寺（金戒光明寺・知恩寺・清浄花院・知恩院）及び禅林寺等にて善導大師千回法会を行うと云う（『続史愚抄』）。
●三月二十一日、東照宮に奉幣を発遣さる、先に日時を定めらる、上卿今出川公規、幣使小倉公連、奉行中御門宗顕、蹴鞠御覧あり、鞠足公卿阿野季信以下六人、殿上人裏松意光以下七人参仕（『続史愚抄』）。
○三月二十一日、法皇・新院等内裏に幸す（『続史愚抄』）。
●四月一日、日赤く赭の如しと云う（『続史愚抄』）。
●四月八日、中院通茂は日野亜相弘資と召され、三十首を新院御方に進めらる（中高檀紙、巻物なり、高さ廿七八寸

計りなり）、進め置き、退出了ぬ（『古今伝受日記』）。

●四月二十六日、中院通茂は新院召しあり、御対面、先日進め置く所の三十首御製を御添削（別紙携行遊ばさる）を拝見し了ぬ、則ち御詠草を相副えられ、これを返進さる、禁中に持参、左府今日院に参り、御詠草を下さる云々、帰りて新院御所に参り、御満足の由申し入れ了ぬ、退出、御伝授の日限の事申し入れ了ぬ（『古今伝受日記』）。

●四月二十七日、御伝授の日限、来月六日■進むの由、女房文を以て仰せ入れらる云々（『古今伝受日記』）。

●五月六日、陰■■於■■■■（常御所東なり）巳刻御講談あり、更に御文字読みに及ばず、■■主上・新院また御単を着され了ぬ、■■■■主上・左大臣・其の外、日野亜相・通茂ばかりなり、他人は此の辺りに参らず（『古今伝受日記』）。

●五月六日、新院は禁中に幸し、古今和歌集の御講談を始めらる、是れ近日主上御伝受あるべき故なり、近衛基熙相伴為るべきと云う（『続史愚抄』）。七日、八日、九日、十日、十一日これに同じ。十二日は将軍家綱の薨去により、之を停めらる（『実録』）。

●五月七日、時々雨、辰半刻、今日新院御幸、春下の御講談あり（『古今伝受日記』）。

●五月七日、今宮御輿迎、神輿旅所に渡御する時、酔い人あり、下部の男を斬る、而て触穢の沙汰に及ばず、近日毎事斯くの如しと云う（『続史愚抄』）。

●五月七日、此の日歟、将軍家綱の病急なり、嗣子なき間、弟の舘林宰相（綱吉、贈太政大臣家光三男）を以て養子と為す、後日（十一日）関東より言う（『続史愚抄』）。

●五月八日、雨、辰刻御講談、夏秋上祇候せず、惜秋夜歌（『古今伝受日記』）。

●五月八日、将軍家綱薨ず。酉刻終に御大漸に及ばせたまふ。御齢四十にてましましける（『実紀』）。十三日御納

棺、二十六日霊柩塋域に納まり、二十七日御法事始、六月十一日勅使等参向。
●五月九日、辰刻、御講談秋上了ぬ（『古今伝受日記』）。十日、辰刻、御講談秋下了ぬ。
●五月十一日、辰刻、御講談冬祝了ぬ（『古今伝受日記』）。
●五月十二日、辰刻、中院通茂参るの処、大樹去る五日薨ぜらるの由、告げ来たるの間、御幸なく、其の後、御延引さるなり（『古今伝受日記』）。
●五月十二日、将軍家綱の薨奏あり、因て今日より五箇日廃朝（『続史愚抄』）。
●五月十六日、輪王寺守証親王（元尊敬と号す、法皇皇子、母壬生院）東叡山にて薨ず、四十七歳（『続史愚抄』）。
●五月十六日、徳川綱吉を権大納言に任じ、正二位に叙す、去る七日分宣下（『続史愚抄』）。
●五月二十一日、故右大臣（家綱、正二位、征夷大将軍）に贈太政大臣正一位等宣下あり、上卿清閑寺熙房、奉行庭田重条、守証親王の事に依り、今日より三箇日廃朝（『続史愚抄』）。
●五月二十八日、贈太政大臣（家綱）の事に依り、贈経勅使大炊御門経光、本院・新院等使は関東に下向す、此の日、贈太政大臣（家綱）を東叡山に葬ると云う（『続史愚抄』）。
●六月七日、祇園御輿迎延引、関東の事に依るなり、今日より（限り未詳）本院御沙汰に為り、贈太政大臣家綱の法会を養源院にて行わる（『続史愚抄』）。
●六月九日、東福門院三回御忌に依り、今明両日、泉涌寺に於て御仏事を行わる（『実録』）。新院御沙汰。別資料では十一日とする。
●六月十一日、東福門院三回御忌（御忌十五日）の奉為に、新院より御仏事を泉涌寺にて行わる（例時）、導師某、公卿某以下三人（歟）参仕、奉行院司（歟）中御門宣基、昨今御仏事あり、昨着座公卿なし（『続史愚抄』）。
●六月十二日、同御忌の奉為に、本院より御仏事を泉涌寺にて行わる（施餓鬼）、導師某、公卿某以下三人参仕、

奉行院司（歟）坊城俊方、昨今御仏事あり、昨着座公卿なし（『続史愚抄』）。

○六月十三日、東福門院三回御忌の奉為に、今日より三箇日、懺法を宮中にて行わる（清涼殿を以て道場と為す、講を為すべきと雖も関東の事に依り略さると云う、尤も不審、音楽に非ざるに如何）、垂簾出御、御行道なし、導師毘沙門堂公弁親王（十二歳）、経衆公卿一条内房以下三人参仕（柳原秀光を散花役と為す）、奉行中御門宗顕、伝奏柳原資廉、法皇より同御仏事を泉涌寺にて行わる、導師某、公卿某以下三人（歟）参仕、奉行院司（歟）坊城俊方、昨今御仏事あり、昨公卿着座公卿なし（『続史愚抄』）。

●六月十四日、懺法第二日、今明両日、同御仏事を両寺にて行わる、般舟三昧院（如法念仏）、導師某、泉涌寺（経供養）、導師某、倶に公卿着座公卿なし、以上（歟）奉行中御門宣基（『続史愚抄』）。

●六月十五日、東福門院三回御忌、宮中懺法第三日結願、導師以下所役日々同、また両寺にて御仏事あり、般舟三昧院（声明懺法）、導師某、公卿某以下三人参仕、泉涌寺（理趣三昧）、導師某、公卿小倉実起、以下三人参仕（『続史愚抄』）。

●六月二十六日、梶井盛胤親王（法皇皇子、母権中納言局）薨ず（三十歳、申刻）、今日より三箇日廃朝、後日大原寺に葬る（『続史愚抄』）。

●七月五日、是より先、伊達綱村の申請により、新院は『百人一首』を宸筆あらせられ、是日、近衛基熙は加証して之を賜う（『実録』）。

●七月八日、明子女王（新院妃、女御と称す、但し宣旨なし、好仁親王女、母松平忠直女）薨ず（歳未詳）、廃朝に及ばず、公家御慎みと云う（按ずるに三箇日歟）（『続史愚抄』）。

●七月十八日、徳川綱吉（猶上野舘林城に在り、将軍家綱養子）に征夷大将軍右大将（右馬寮御監）淳和奨学両院別当源氏長者等の宣下あり、上卿今出川公規、奉行中御門宗顕（『続史愚抄』）。

●七月二十一日、徳川綱吉（右大将、将軍）に内大臣兵仗牛車等宣下あり、上卿小倉実起、奉行中御門宗顕（『続史愚抄』）。
●七月二十七日、此の日、今宮祭あり（『続史愚抄』）。
●七月二十八日、徳川綱吉宣下賀儀の院使を関東に遣さる（『実録』）。
●八月二日、贈東叡山贈太政大臣家綱仏殿（霊屋なり）木作始地曳等日時を定めらる、上卿清閑寺熙房、奉行中御門宣基（『続史愚抄』）。
●八月四日、意斎は御鍼、春沢は御脈を窺う。御祈禱の御祓を上御霊社別当祐玄献上（『日次記』）。
○八月六日、法皇は禁裏に御幸未刻、未下刻還幸、春沢御脈を診る、意斎御鍼、昨日の御膳は十五匁、今朝は八匁五分、還御の後、御粥二十匁余献上、然れば芻膈の間に滞り、御腹痛の意、是れに因り意斎御鍼数回、黄昏に及び少し癒ゆ、是れ故、本院・新院御幸、禁中は御機嫌を窺わること数回、諸家も往々参院（『日次記』）。
○八月六日、法皇は御悩を抑え、内裏に幸す、還幸後御絶気あり、頃之御落居、但し是れより御増気と云う（『続史愚抄』）。
○八月七日、新院御幸、医師芳安・杏仙・益安御脈を窺う、春沢御脈を窺う、意斎御鍼（『日次記』）。
○八月八日、禁中より諸卿を以て御機嫌を窺わる事数回、新院御幸、戸田越前守弁に摂津守等武士五人御機嫌を窺う（『日次記』）。
●八月八日、今日より七箇日、法皇御悩御祈の為、薬師法を東寺西院にて行わる（按ずるに若くは七寺御祈今日より修行、即ち此の法歟、結願十四日と云う）（『続史愚抄』）。
●八月十一日、近衛基熙御参、常御殿にて御対面あり（『日次記』）。
○八月十一日、今日より七箇日、法皇御悩御禱を神宮にて行わる（余六社七寺等また之を仰せらる歟、考うべし）（『続

史愚抄』）。

○八月十三日、新院御幸、諸門主の院参、昨日の如し、法皇御不例に依り、近習の卿相雲客は春日社に祈り、今日結願（『日次記』）。

○八月十四日、禁中に詰め置く月卿五人（菊亭大納言・勧修寺大納言・転法輪大納言・中園宰相・甘露寺中納言）に、中院大納言・園大納言・醍醐中将を加え、以上八人明後十六日に御振廻を賜る云々、御悩頻りにより延引云々、石清水・賀茂・松尾・平野・稲荷・春日、以上六社、禁中より御祈禱の命を得て、今日結願（『日次記』）。

●八月十四日、祇園御霊会あり（『続史愚抄』）。

○八月十五日、新院御幸、御宿（『日次記』）。

●八月十五日、石清水放生会、上卿清閑寺熙房、宰相以下参向、宣命を奏す（殿上にてなり、以下同）、上卿葉室頼孝、奉行中御門宗顕（『続史愚抄』）。

○八月十六日、午刻に新院還御。芳安・松安御脈、昨夜の御脈より御力あるの由言上（『日次記』）。

○八月十六日、今上皇子降誕（母藤原宗子）、富貴宮と号す（『続史愚抄』）。後の京極宮文仁親王。

○八月十七日、中山三柳を召し御脈を診る（『日次記』）。

○八月十八日、以後、御不予は時刻を追って厚き故、近習の月卿雲客は以て皆、涙滴の痕あり（『日次記』）。

●八月十八日、早旦、御霊祭あり、是れ法皇御悩大漸に依ると云う、違例（『続史愚抄』）。

○八月十九日、太上法皇崩ず、寅中刻、聖寿八十有五、去る六日より御不例（『日次記』）。今暁寅刻、法皇（諱政仁、法諱円浄）崩ず（下御所にてなり、御年八十五）、天下諒闇、此の日、即ち御北首の事あり（園基福、中院通茂、冬基等奉仕）（『続史愚抄』）。

○八月二十日、故院御追号は遺詔に依り後水尾院《ごじつおの》と号す（『続史愚抄』）。

○八月二十二日、亥刻、故院の御入棺あり（泉涌寺の僧徒奉仕）、去る十九日（或いは二十日と作す）、御内棺の事あり、先に御湯を供すと云う（大覚寺性真親王、妙法院尭恕親王、一乗院真敬親王、青蓮院尊証親王商量す、御湯は芝山宣豊奉仕と云う）（『続史愚抄』）。

●八月二十二日、東海道に洪浪あり、陸上の人多く死すと云う（『続史愚抄』）。

●閏八月八日、故院の遺詔を奏す、上卿今出川公規、使清水谷実業言う、宜しく任葬司山陵国忌挙哀素服等を停めらるべし（廃朝の宣下なし、他日歟、未詳）、即ち作楽宴飲着美服音奏警蹕等停止及び警固固関等宣下、上卿同前、以上奉行中御門宗顕、亥刻、故院を泉涌寺に葬り奉る（酉刻、出御奉ると云う）、公卿近衛基熙、以下三十六人、殿上人裏松意光以下三十四人供奉、葬場使持明院基輔、山頭使卜部兼充（山頭四額御牌面等、青蓮院尊証親王清書）、導師天圭長老（当寺僧）、奉行坊城俊方、伝奏清閑寺熙房（凶事）、素服を公卿左大臣近衛基熙以下十人、殿上人清水谷実業以下十六人等に賜う、今日より旧院祇候の公卿殿上人は般舟三昧院にて結番、是れ本所に准ぜらる故なり、今度泉涌寺もまた結番あり、違例（勧修寺経慶申し行うと云う）、此の日、中陰の御仏事を始めらる歟、天下触穢（『続史愚抄』）。

●閏八月十日、夜、主上は倚廬（御学問所を以て其の所と為す）に下御、錫紵を着御、素服を公卿三条実通以下五人、殿上人中御門宗顕以下八人、女房等に賜う、奉行中御門宗顕、伝奏葉室頼孝（諒闇）（『続史愚抄』）。

○閏八月十一日、故院初七日の奉為に、御経供養を般舟三昧院にて行わる、導師積善院宥雅、公卿内大臣大炊御門経光以下五人参仕、また泉涌寺にて御仏事あり（梵網講讃）、導師天圭長老、公卿一条冬経以下五人参仕、以上奉行坊城俊方、伝奏清閑寺熙房（『続史愚抄』）。

○閏八月十三日、故院二七日御経供養（般舟三昧院なり、以下同）、導師正覚院某、公卿近衛基熙、以下五人参仕（柳原秀光を布施取役と為す）、泉涌寺御仏事（法用理趣三昧）、導師円岩長老、公卿大炊御門経光、以下五人参仕

（『続史愚抄』）。

○閏八月十七日、故院三七日御経供養、導師日厳院堯憲、公卿一条冬経以下五人参仕、泉涌寺御仏事（法花懺法）、導師肯隠長老、公卿近衛基熙以下五人参仕（『続史愚抄』）。

○閏八月十九日、故院四七日御経供養、導師養源院某、公卿徳大寺実維以下五人参仕、泉涌寺御仏事（法用光明三昧）、導師天圭長老、公卿一条冬経以下五人参仕（『続史愚抄』）。

○閏八月二十日、故院五七日御経供養、導師南松院某、公卿近衛基熙以下五人参仕、泉涌寺御仏事（頓写供養）、導師円岩長老、公卿大炊御門経光以下五人参仕（『続史愚抄』）。

●閏八月二十一日、酉刻、主上は錫紵を脱し、御諒闇に着御、本殿に還御、御禊あり、次に素服の公卿殿上人女房等に除服宣下あり、次に開闢解陣及び殿上侍臣に橡袍を着するを聴す等宣下あり、上卿今出川公規、次に大床子御膳（精進）を供す、陪膳中御門宗顕、以上奉行中御門宗顕（『続史愚抄』）。

○閏八月二十六日、故院六七日御経供養、導師理覚院某、公卿鷹司兼熙以下五人参仕、泉涌寺御仏事（法用法花三昧）、導師肯隠長老、公卿近衛基熙以下五人参仕、頃日、武蔵江戸に黄蝶数万一団を為す（凡そ五尺と云う）、雲に登ると云う（『続史愚抄』）。

○閏八月二十七日、後水尾法皇の奉為に、泉涌寺に於て御法事を行わる（『実録』）。新院仰せ付けらる。

○閏八月二十九日、故院七七日御経供養、導師理覚院某、公卿大炊御門経光以下五人参仕、泉涌寺御仏事（曼荼羅供）、導師天圭長老、公卿一条冬経以下五人参仕、此の日、宸筆般若心経を当寺に納めらる、今日、中陰の御仏事終わるなり（『続史愚抄』）。

○閏八月三十日、此の日、後院（下御所なり）にて故院御仏事あり、導師堯憲、是れ宮方諸門跡等商量と云う（『続史愚抄』）。

●九月七日、蝕穢限り（『続史愚抄』）。

●九月九日、内侍所西庭にて清祓あり、吉田兼連奉仕（昨五旬終わるなり）、今日より魚味の御膳を供す、此の日、本所素服公卿殿上人等に除服宣下あり（口宣、此の中、近衛基熙、二条光平等に十一日宣なり、如何）、奉行中御門宗顕（『続史愚抄』）。

●九月十一日、音奏警蹕宣下あり、上卿小倉実起、奉行中御門宗顕、例幣延引（『続史愚抄』）。

●九月十九日、後水尾院皇女明宮（元緋宮、母四条局隆子、光子《てる》内親王と云う、親王宣下未詳）落飾、四十七歳、法名照山元瑤（故院御事に依る、時に未だ修学寺に入らず、天和二年入寺と云う）、戒師天龍寺提西堂（『続史愚抄』）。

●十月十日、妙心寺新命入院、勅使中御門宣基これに向かう（『続史愚抄』）。

●十月十七日、頃日、彗星あり、巽に見る（晨に見る）（『続史愚抄』）。

○十月二十三日、泉涌寺にて後水尾院御石塔供養及び開眼等あり、導師天圭長老、公卿近衛基熙以下五人参仕、次に御仏事あり（堂前にてなり、梵網講讃）、導師公卿等同前、以上奉行坊城俊方（『続史愚抄』）。

○十月二十八日、後水尾院百箇日の奉為に（逮夜）、御仏事を両寺にて行わる、般舟三昧院（声明、例時）、導師南坊某、公卿清閑寺熙房以下五人参仕、泉涌寺（法用理趣三昧）、導師円岩長老、公卿勧修寺経慶以下五人参仕（柳原秀光を散花役と為す）、以上奉行坊城俊方（『続史愚抄』）。

○十月二十九日、後水尾院百箇日御忌、御仏事を両寺にて行わる、般舟三昧院（声明懺法）、導師定光院某、公卿一条冬経以下五人参仕、泉涌寺（法花懺法）、導師天圭長老、公卿徳大寺実維以下五人参仕（『続史愚抄』）。

●十一月三日、彗星あり、申酉に見る、五丈余（夕に見る、初め星に見えず、因て白気為り、中旬に至り、星稍見ると云う）、十二月上旬に至り滅す（『続史愚抄』）。

●十一月五日、春日祭、上卿今出川伊季、弁以下参向、奉行坊城俊方（弁を兼ねて参向）（『続史愚抄』）。

●十一月十日、此の日、例幣を発遣さる、日時定なし（職事仰せ詞に曰く、式月延引に依り此の日例幣発遣さる）、上卿柳原資廉、奉行中御門宗顕、御拝なし、諒闇に依るなり（『続史愚抄』）。

●十一月十二日、新院皇子（十一歳、攀宮と号す、聖護院治定、母六条局定子）、御名字宗範に親王宣下あり、上卿鷲尾隆尹、勅別当勧修寺経慶、奉行清閑寺熙定（『続史愚抄』）。

●十一月二十七日、宗範親王（十一歳、新院皇子）は聖護院室に入る、即ち得度、法名道祐、戒師実相院義延親王、公卿勧修寺経慶以下三人着座。此の日今上六宮（御年五、母少将内侍局）、御髪剪着袴等あり、後の妙法院堯延親王。また此の日、将軍綱吉（内大臣）は上野舘林より武蔵江戸城（西丸）に入ると云う（『続史愚抄』）。

●十二月二十六日、盗あり、主上の御衣以下種々の物を取る、後に発覚、表使女房の所為なり、因て搦めて武士に渡すと云う（『続史愚抄』）。

●十二月二十六日、越前越後に赤い雪ふる、平地二寸（『続史愚抄』）。

●十二月三十日、九月より今日に至り雨ふらず（『続史愚抄』）。

後記

最初に本書各章の初出一覧を示す。

第一章　「継承と発展――後陽成院の文事――」（新稿）

第二章　「後水尾院の文事」

　同題にて（『国文学論叢』三八輯、平成五年二月刊）

第三章　「後水尾院御集について」

　同題にて（『龍谷大学論集』四八七号、平成二十八年三月刊）

第四章　「円浄法皇御自撰和歌について」

　同題にて（『高野山大学国語国文』三号、昭和五十一年十二月刊）

第五章　「集外三十六歌仙について」（新稿）

第六章　「後水尾院歌壇の源語注釈」

　同題にて（『源氏物語古注釈の世界』汲古書院、平成六年三月刊）

第七章　「寛永改元について」

　同題にて（『日本歴史』五五二号、平成六年五月刊）

後水尾院年譜稿（新稿）

本来なら全体の「結語」として、主旨をまとめて茲に示すべきではあるが、その余裕がないので、やむをえず「後記」と名を変え、贅言を以て余紙を汚すことになる。

本書の特徴として、ほぼ全体を和文脈で統一したことが挙げられる（引用の一部分を除く）。漢文脈をはさむとリズムが転調して読みづらいという意見もあるので、それにしたがった。しかしふだん使い慣れない古文調なので、舌が回らずに調子のちがった部分もあるかとおそれている。また大きなレベルでは全体を統一したつもりであるが、小さなレベルでは（表記など）様々な不統一を残す結果になったことは悔やまれる。

筆者（日下）は文を飾ることには興味がなく、ひたすら事実を正確につたえることに主眼をおいている。古文調ではあるが、四十五年間に及ぶ教員生活での経験を念頭において、本文の読みやすさも考えており、一般読者が通読するのにも不便がないよう、難読語にはルビを振るなど、一定の配慮はしたつもりである。

昭和四十八年に「後水尾院御製集」の翻刻を公表して以来、近世和歌の研究をはじめ、いつしか半世紀近くたってしまった。時間がかかりすぎたせいもあって、一書として繁閑よろしきをえず、全体のバランス等についても良いとはいえない。しかし停年退職の時を迎えて、とやかく逡巡する余裕もない。停年の記念出版としては、これが精一杯の結果である。まだ次に自著（『中院通村の研究』）の出版なども予定しており、区切りを付けざるをえなかった側面もある。

内容的には、文禄から延宝にいたる、後水尾院の文事および院をとりまく政治経済文化の流れを綜覧できるようにこころみたつもりである。前著（『中院通勝の研究』）と同様に、外交内政にわたる国の動向にも筆をついやしたが、余計なことと思われる向きは、読み飛ばしていただきたい。ただ、近隣諸国のように押し寄せる西欧列強の属国になることなく、国の独立をたもったことは単なる偶然ではない。階層や立場を越えて、入り組んだネットワークの広がりがうまく機能したためか、民度はどこよりも高く、海の彼方の彼等も、侵略するには少し難物と

感じたことであろう。若き日に西海岸(昔の新スペイン)の山の上の学校で『史料綜覧』を読みふけった時のように、その時代の歩みは意外性の連続であるかもしれない。

これも余計なことであるが、筆者は大局をみることはできても微細な点に目をやることが苦手なようである。様々なほころびが多々あろうことは覚悟している。しかし型どおりではあるが、何の驚きも魅力もない書物をいまさら作ってみても仕方がないと思う。

不統一ついでに、索引も型どおりではない。二重括弧のついた普通の書名だけではなく、むしろそれより広義の古筆や書画作品を勝手に名づけてとりこんでいる。「定家」だけではなく、絵師の名などもたくさん登場する。その昔、「寛政重修諸家譜」古筆索引を編んだ時に、『古筆伝来の研究』を構想した時の名残であるのかもしれない。筆者にとっては全篇みな常識のようなことでも、よく考えれば世間には新鮮に映るやもしれない。ながく近世和歌研究会や近世和歌輪読会などで同学からの刺激をうけている身としては、御恩報謝の微志がこめられていることを、多少なりとも汲み取っていただければ幸いである。

ずっと一人で自学自問を楽しんできたのに、麗々しく先学の名を以て巻軸を飾り立てるのも大人げないような気がする。ただ聖護院御文庫の悉皆調査では自由な調査をお許しくださり、それが研究の根幹に成っていることは、ここにも銘記しておきたい。同様に京都大学中院本の自主的調査も然りである。また国文学研究資料館から依頼された文献調査、科研費などをいただいた調査等で、おもしろがりながら調査に協力してくださった若い人々には、心の中で感謝をしている。また最後になって手作業での人名索引が遅延し期限が切迫して、龍谷大学の院生学生諸君の助力を一部で得たが、その諸君にも御礼を申し上げたい。

末筆ながら長きに亘って閲覧調査等で御世話になった全国の図書館・文庫などの方々、なかでも今回の翻刻のご許可をたまわった宮内庁書陵部・京都大学附属図書館の当局には厚く御礼を申し上げたい。なお本書は龍谷大学より二〇一六年度出版助成を得ての出版でもあるので、ここに銘記して謝意を表する次第である。

日下幸男識

平成二十九年正月吉旦